王步高

1965年南京大学读书
期间，在宿迁部队锻炼

南京大学德文64级一班毕业照（四排左二）

1984年在吉林大学硕士
研究生答辩后与导师合影
（后排右二）

与博士导师唐圭璋先生合影

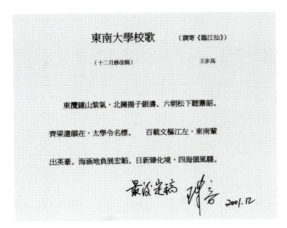

東南大學校歌　　（調寄《臨江仙》）

（十二月修改稿）　　　　王步高

東瀆鍾山紫氣，北擁揚子銀濤。六朝松下聽簫韶。

齊梁遺韻在，太學令名標。　百載文樞江左，東南薈

出英豪，海涵地負展宏韜。日新臻化境，四海領風騷。

最後定稿 玷音 2001.12

东大校歌定稿手稿

庆祝东大百年校庆动员会上

向东南大学档案
馆捐赠校歌手稿

在东南大学作
《六朝松下话东大》
的讲座

首届北京市人文知识竞赛（左七）

在清华大学清莲诗社（前排右五）

清华大学校长邱勇、书记陈旭的祝愿

2017年9月清华大学杨斌副校长看望病中的王步高教授，并颁发素质教育基地顾问聘书

《教师》2010年8月（总第73期）封面　　　　《源流》2011年第4期（总第170期）封面

2013年9月在北大新讲堂开讲座

2016年5月在哈尔滨工程大学开讲座

1996年与老校长匡亚明

2007年与杨振宁、金启华教授

2016年与夫人在叶嘉莹先生家

1984年暑假全家游长城

2017年7月全家福

2016年8月在美国

November 1 2017

晚上九点，同学们自发来到体育馆西侧齐唱校歌以缅怀王步高先生。
"亲友今宵何处?高天难问飞鸿。街离惜别古今同。莫抛几女泪,西海一中。"（王步高）
图：安伟亮

2017年11月1日夜，东大九龙湖
校区学生自发组织悼念活动

2017年11月"王步高教育基金"成立仪式

2018年8月中国词学学会纪念活动

2018年第一
届"王步高教育
基金"颁奖

王步高诗文集

王步高 著

上

南京大学出版社

序 一

当我翻阅这部内容丰富的《王步高诗文集》时，就想起德国哲学家、教育家雅斯贝尔斯所说的："教育意味着一棵树撼动另一棵树，一朵云推动另一朵云，一颗心灵唤醒另一颗心灵。"《文集》使我感到步高老师并未离开我们，我们依然能够感受到他给与的心灵震撼，这部文集是一部难得的教科书。

文集始终突出了一个"爱"字：突出了步高老师对祖国的爱，对华夏文化的爱，对教育事业的爱，对学生的爱，对曾经付出心智和宝贵年华的东南大学和清华大学的爱，同时，也反映了步高老师所受到的尊重和挚爱。

文化是国家的灵魂，民族的精神家园。爱国带有根本意义的是对国家、对民族历史文化的敬重和热爱。王步高老师的爱心充分表现在对中华文化的热爱和继承、传播、弘扬中华文化的自觉上。清华诗人教授闻一多曾深情地说过："我爱中国固因它是我的祖国，而尤因它是那种可敬爱的文化的国家。"他还说过："诗人主要的天赋是爱，爱他的祖国，爱他的人民。"王步高老师将一生主要精力投入到中国语言文学和诗词文化的研究和教育中，他本人也是一位出色的诗人教授。他认为中国近现代激进的反传统造成了文化的断裂，而继承中国传统文脉、语脉、德脉正是母语教育的历史使命。他尤为重视文化的道德熏陶与情感教育的功能，他强调大学语文首先要培养爱国、爱乡、爱校的感情，要引导关心民生疾苦，要弘扬"仁者爱人"的思想，要塑造刚直不阿、一身正气的风范，倡扬潇洒豁达的人生态度，还要提高审美情趣和人格品位。他认为"文学便是人学，优秀的文学作品是人生的教科书"。这些理念正是步高老师悉心致力开展大学语文和诗词教育的原动力和导航灯，也是他的教学能够抵达人心，取得立德树人深刻效能的根本。

同时,步高老师以高度的责任心,严谨的科学态度,寓研于教,不断提高教学质量,扩大传统文化的影响力。他说:"我教的大学语文课,是国家最早的一门精品课程,从教材到教学网站课堂录像,都已进行了无数次,可以说都是烂熟于胸了。但每次备课上课我都当作新课对待,从头进行认真的备课,并把最新的研究成果融入教学,保证不停地超越自己。"他为自己制定了"教学四境界"的目标:科学性认知的境界、人文与传道的境界、研究型教学的境界、为艺术而醉心的境界,不断提高学术研究和教学水平。正是基于这样的宗旨,他在东南大学任教期间,主编的《大学语文》系列教材,成为"十五""十一五""十二五"国家级规划教材之一,荣获国家优秀教材二等奖。主持的"大学语文""唐宋诗词鉴赏"课程是国家级精品课程;基于他的学术和教学影响力,他曾任全国大学语文研究会副会长,对推进高校中国语言文学的教育改革,提高教育教学质量做出了重要贡献。在东南大学工作的 19 个年头里,王步高老师不仅创立了中文系,在课程建设上取得了不菲的业绩,两次被学生评为"最受欢迎的教师"。他还为东南大学谱写校歌——被誉为新中国最美的校歌之一。王步高老师说:"我在东南大学的工作成果,可以概括为一句话:通过我的努力,使得东南大学这样一所理工类的院校变得更加有文化气息。"

苏联教育家赞科夫曾说:"当教师必不可少的,甚至几乎是最重要的品质就是热爱学生。"中国著名教育家陶行之先生说过:搞教育要"捧着一颗心来,不带半根草去。"正是基于对事业对学生的爱,步高老师在东南大学退休后,2009 年受聘于清华大学继续他的学术与教学生涯。他说,在清华减少了应酬干扰和诱惑,减轻了各种负担,只剩下了一个阵地——课堂,只剩下一个上帝——学生,可以心无旁骛,备好课,上好课。他开设了"大学语文""唐诗鉴赏""唐宋词鉴赏""诗词格律与创作"等课程。他的课受到清华学生的普遍喜爱,多门课程列全校评估前 5%。他被誉为"清华大学近十年最优秀的教师之一"。凡是听过王老师讲课的人,无不被他的学识和人格魅力所打动。有学生为在学四年未能选上步高老师的课而深表遗憾。为了满足学生选课的需求,他在清华每年要开 288 学时的课。他每天吃在食堂,全身心扑到学生身上。夫人来北京多次,他从未陪同出游。女儿病重,也未能守在病床边。面对夫人与女儿,他深感愧疚:"对得起学生,对不起家人!"

他说在东南大学,自己就非常注重教书与育人的结合,来清华后,对号称"半国英才"的清华学子,深感育人更重于教书。他说,当代大学生代表着国家的未来,清华大学的学生更是如此,学校的思想政治工作不能单单依靠政治辅导员,要每一个教师都来关心学生的成长。因此,他特别注意给学生有益的人生启示。如讲到爱情诗词时,把自己对爱情的理解告诉学生,把自己的爱情故事写成散文,挂在网站上,许多学生含泪读了好多遍。步高老师曾有过坎坷的经历,但一直没有改变热爱祖国、忠诚事业的初心。他在教学中,常以苏轼坎坷的身世、高尚的人格和豁达的性格,对学生进行正确面对挫折的教育。有学生反映,王步高老师的课,给人以心灵的冲击和启示,帮助我们完善自己的人格。这种心灵的沟通,使步高老师有了许多忘年交的学生朋友。在一个冬天,他没有戴帽子、围围巾,一个学生给他送来了一套帽子围巾和手套,令他好生感动。几位同学还跟他一起过除夕,共进晚餐后,一起搞诗词游戏。在他独处北京时,每到年节,总是有学生到他家里共度节日。步高老师以"自强不息,教无止境"来要求自己,同时鼓励学生抱有批判性思维来对待学习。他赞赏学生为老师纠错,大胆地发表自己的观点。他感慨地说:学生一些争鸣观点甚至批评意见言之成理,独具匠心。对自己是很大的促进,作为老师,能不感到"震撼"与"自愧不如"吗?他要求上他课的学生在期末时指出他的不足,以便不断改进。"在这些后生面前,我绝不敢以真理的化身自居,必须谦逊、低调、活到老,学到老。"同时,步高老师没有停留在让学生接受已有的知识上,而是引导学生通过自身的实践,提高诗词创作的能力。《新华每日电讯》以"因为他,清华理工学子写出让诗人'震撼'的诗"为题,报道了步高老师指导学生出版《清华学生诗词选》,原中华诗词学会常务副会长、诗人梁东给予高度评价,认为作品"体裁多样,古风、五绝、七绝、五律、七律、词均能写出严格守律的佳作,词之佳作尤其多。这些作品既透着强烈的青春气息,又不失典雅的韵致,有的尚显稚嫩,可有不少却给人以老辣和成熟的感觉"。他认同一种说法:这些作品甚至令人"震撼"和"自愧不如"。

王步高老师的为人为学,在清华享有高度的声誉,他爱学生,爱清华,学生和清华也爱他。2016年王步高老师因病回南京休养,有十几拨学生专程到南京看望,许多学生翘首以待,祈祷步高老师康复,北归授课。清华大学教学副校长、清华大学文化素质教育基地主任杨斌专程代表学校前往慰问,并带去了邱勇校长与陈旭书记的祝福:"八载清华讲坛,一世水木情缘。向学生们最敬爱的王步高老师致以由衷的谢忱,祝福早日康复。"步高老师本人也深深眷恋清华,期待着回清华上课,在他生命的最后时刻,仍然在修改《清华百年赋》第54稿。

2017年11月1日,王步高先生仙逝。那天晚上,上百名东南大学的学生聚集在一起,齐唱步高老师作词的校歌,而在清华的网上学生纷纷表达深切的哀思。11月13日,为了继承步高先生的事业,弘扬他的精神,清华大学成立"清华大学王步高教育基金"。是日,清华师生和步高老师家属齐聚工字厅参加基金成立仪式,会后大家在"为人民服务"牌匾前盛开的冬桂旁留影,因为冬桂临寒风而飘香,甘之如饴的品格是步高老师的最爱。我曾以《浪淘沙》词一首描述当时的心境,现在以其作为此序的结尾:

泪雨洒钟山,
心绪飞翻。
宗师巨匠不回还。
宋韵唐风泽桃李,
此任谁担?

冬桂贵饴甘,
沥胆披肝。
诗心懿愫撼华寰。
蜡炬高擎扬国粹,
忠魄长传。

胡显章

2019年7月

(本序作者为清华大学原党委副书记、大学生文化素质教育基地原主任)

序 二

　　转眼间,王步高老师离开已快两年了。近来,他的夫人刘淑贞女士要我为《王步高诗文集》作序,我婉言拒绝了,因为我清醒地认识到,作为一个工科的教师,为一个著名文科教授的书写序,不是合适的选择。当她再一次要我写一些追思的文字时,我已无法再拒绝了。因为作为和王步高老师多年在东南大学共事的同事,后来又一起在清华大学从事文化素质教育课程教学的同仁,还是"清华大学王步高通识教育奖"的首届获得者(每届一人),加之他的音容笑貌仍一直萦绕在我的脑海,实在是应该有所表达的。

　　回想起和王老师的结缘,应该是在上个世纪九十年代的中期,我在东南大学教务处处长的任上,为了推动文化素质教育,我提出,应该将"大学语文"作为全校所有学生的必修课。时任东南大学文学院副院长的王步高老师,全力投入"大学语文"课程的建设,明确提出了"大学语文要姓大"的主张,编写了以"大"(大容量、高水平)为特色的《大学语文》教材,在全国产生了积极影响,成为"大学语文"教学园地中的一朵奇葩。后来我进一步了解到,王步高老师调入后,几乎是以一己之力创办了东南大学的中文系,创办了汉语言文学专业,后来又以坚忍不拔的毅力申报了硕士点。当时的中文系,也呈现出一派勃勃生机。经过进一步努力,"大学语文"评为国家精品课程,教材获国家优秀教材二等奖,"大学语文改革的理论与实践"获国家教学成果二等奖,在全国产生了很大的影响。他本人曾两次被学生选为"全校最受欢迎的十佳教师",又被评为"江苏省教学名师"。后来,由于种种原因,王老师的教学热情受到了一定影响。没过多久,他就带着些许遗憾和未了的心愿退休了,结束了在东南大学的工作。

　　好在新的机遇到来了。清华大学慧眼识珠,让时任文化素质教育基地主任的李树勤老师全力邀请王步高老师到清华大学从事"大学语文"

"唐宋诗词鉴赏""诗词格律"课程的教学。在长达八年的教学中,王老师的教学得到了清华学子的热情欢迎和充分肯定,多次被评为"最受欢迎的教师",录制的课程被评为"国家精品网络课程",在更大范围内产生了积极影响,成就了他一生中最为辉煌的岁月。然而,让人没有想到的是,正当他满怀各种计划、向着更高目标前进时,却突然被病魔击倒。记得是在2016 年 12 月的冬天,我已结束在清华的教学回到了南京,接到他打来的电话,说是被查出患了胃癌。当时他说话的语气十分平静,没有丝毫的惊慌,我也以自身的经历安慰他,只要自己保持积极的心态,不会有什么问题。而且以他平日的精神状态,那种充足的底气、昂扬的激情,我确实从心底相信,他绝对不会有什么问题。实在让人没有想到的是,未出一年的时间,他就离开了人世。给我留下深刻印象的是,在他离世的前一周,我和清华大学的程钢老师及其他几个好友一起,专程从北京赶到南京的医院看望他。当时他已消瘦得几乎认不出来,说起话来也有气无力,但仍念念不忘他第 54 次修改的《清华大学百年赋》,还拉着我的手,感谢我当年对他的支持。那情景实在让人动容。

王步高老师是一个以诗词为生命的人,他对诗词投入了自己的全部热情,也对学生投入了自己的全部热情,无怪乎在他住院期间,居然有 20 多批清华学子专程从北京到南京看望他。无论在任何场合,只要一谈起诗词,就似乎只有他一个人的存在。特别是谈到他对格律的研究,对入声的体会,那更是神采飞扬、如数家珍,让所有在场的人都为之感染、为之倾心。有一次他对我说,他要走遍祖国的名山大川,并且为每一处写上一首诗词。我深为他的这种豪情感动。可惜的是,天不遂人愿,竟让他的这一计划未能成为现实。想到这一点,让人感慨万端,真可谓:豪情未遂身先去,常使英雄泪满襟。但是转念一想,以王老师一生所取得的成就,以他在莘莘学子中留下的深刻印象,以他为东南大学所写校歌仍将回响在校园,还有这些感人的场景和往事,他会永远活在我们心中。

斯人虽已缘仙去,犹有诗文传世间。是为念。

陈 怡

2019 年 9 月于南京

(本序作者为东南大学教授、东南大学原教务处处长)

目录

卷一　诗词歌赋

王步高诗文集

目录

卷二　散文·回忆

王步高诗文集

卷三　诗词鉴赏

卷四　诗词研究

王步高诗文集

目 录

7

王步高诗文集

卷一 诗词歌赋

望 乡

负笈去乡何时还？举首瞩目千重山。

相烦天神负山去，登楼望乡一眼穿。

（1965 年）

【自注】我记得四十多年前我考取南京大学的时候，才十七八岁，很想家，也写了一首小诗。当时站在南大的宿舍楼上，朝着我们家乡的那个方向看，正好被紫金山挡住了，所以我就想到愚公移山，"相烦天神负山去"，像愚公那样感动天帝，也把这座山给我背走了，我站在这个楼上"登楼望乡一眼穿"，就能看到家乡。想家，是人之常情。如果对自己的家乡没有感情，对自己的亲人没有感情，我看这个人恐怕也是铁石心肠。（录自王步高《探寻词苑的艺术与人生》，福建教育出版社，2009 年 8 月）

卷一 诗词歌赋

我登上紫金山巅 (节选)

当我站在紫金山的最高峰上，
无限地快意，无比地欢畅。
望祖国山河雄伟壮丽，
看巍巍群山不变本色，郁郁苍苍。
铁道线像丝带缠绕着山身，
天文台巨人般地屹立在山顶上。
遍山的青松，出奇的苍翠，
烂漫的山花扮出一派春光。
在这高高的山巅上，
怎能不叫我为之歌唱。
森林的松涛为我伴奏，
溪涧的流水与我和唱，
空谷为我传颂乐章……

（1965 年）

舟过焦山

1965年7月21日晨去宿迁部队当兵,途经镇江焦山而作。

泛舟过焦山,风雨侵朱栏。
山林愈清秀,碧波起漪涟。

船行惊微澜,经过千重山。
举首极目望,何处是乡关?

天高江面旷,鱼跃百鸟翔。
向使天晴日,遥可见故乡。

男儿有志向,投笔着戎装。
苦练硬功夫,荷枪保国防。

我站在月台尖尖上（节选）

1965 年 10 月 20 日送别父亲去洛阳而作，于南京。

我站在月台尖尖上，
任夜风掀散我的头发，
让雨点不唯凉意地打在我的脸颊上。
听身边火车恼人的鸣号，
我却目不转睛地——
一直盯着远方。
远去的车影和灯光，
渐渐消逝在地平线上。
雨水和着热泪，
扑簌簌地直往下淌。
亲人又愈来愈远地离去，
带走了瞬息见面的欢畅。
……
列车消逝在地平线上，
车灯也不再闪光。
可这灯光却照亮着我的心，
赋予我无穷的智慧、取之不竭的力量。

游太湖

其一

阳春三月太湖畔,樱花已盛梅馀妍。
瞩目群山山峣峣[①],凝视湖水水溅溅[②]。

其二

渚边激浪咬鼋头[③],蠡园[④]碧波涤朱栏。
回首身周空寂寂,便是仙境也索然。

（1969 年 4 月）

【注释】

① 峣峣:音 yáoyáo,山高峻的样子。

② 溅溅:音 jiānjiān,水疾速流动的样子。

③ 鼋头:鼋,音 yuán。即鼋头渚,是横卧无锡太湖西北岸的一个半岛,因巨石突入湖中,形状酷似神龟昂首而得名,现为国家 5A 级风景区。

④ 蠡园:蠡,音 lǐ。园位于无锡市的蠡湖之滨,现为国家 4A 级旅游景区。蠡湖,原名漆湖、五里湖,相传春秋时越国大夫范蠡偕美人西施泛舟于此。民国年间王禹卿父子在此建造蠡园。

中秋诗赠淑贞君

一

快快悒郁心沉闷，展转反侧夜不眠。
一年三百六十日，与君欢聚能几天？
见面便忧分舍日，哪堪依依惜别情。
时隔数月君记否？扬子江畔送我行。
离乡屈指又半载，日日思情夜夜心。
朝朝盼望鸿雁到，几时奋飞递佳音？

二

睡梦依稀返故乡，惊醒恍然泪沾裳。
披衣拂帐轻开窗，满天繁星闪寒光。
夜阑秋风几阵紧，阵阵风吹起寒噤。
对风独洒相思泪，谁人来拭腮边痕？
往日月缺犹慰藉，今逢中秋独凄清。
月影清清月光冷，谁怜月下断肠人？

王步高诗文集

三

织女心碎牛郎恨，月君凄苦守孤灯。

仙子当是过来人，伶仃人知孤苦心。

柔情脉脉朝东方，举首天际极目望。

孤雁对月一声啼，与我较之谁凄凉？

借问皓月照我乡，娇妻稚儿可健壮？

胸怀浩宇万千里，举足迈步难三寻。

百里青山一道水，山高水阔隔乡音。

心声落纸化彩笺，月君望达胜甘霖。

（1969 年 9 月 22 日）

回　首

走过了万里征途，

我不想去数自己的脚印；

翻过了巍巍高山，

我不想去讲它的高峻；

泅过了急流险滩，

我不想去奢谈它的深浅；

有志气有抱负的革命者啊，

我们应放眼于未来。

（1971 年 8 月）

写给子弟兵的信

守卫着祖国边防的亲人，虽说我叫不出您的名和姓，
我不知道您的籍贯和乡音，阶级的感情联系着咱，隔山隔水难隔心。
曙光初露的晨曦，我惦记着您。
我在扬子江畔瞻仰喷薄的日出，您在呼啸的海边迎来祖国的黎明。
当我跨进课堂的时分，您在干什么？
莫不是在边卡巡逻，
莫不是在长空比翼，
莫不是在祖国领海游弋，
莫不是在开凿隧道，建设新工程？
还是在收音机前倾听党中央的声音？
是在擦拭武器和装备，还是在灯下刻苦地攻读马列？
是在边防哨卡荷枪站岗，还是在苍茫的大海上，
警惕地守卫着祖国的大门？
你们度过多少个不眠之夜啊，又迎来多少个战斗的清晨？
你们是祖国的忠诚卫士，你们是七亿人民的眼睛，
你们是无产阶级专政的柱石，中华民族勇敢和智慧的化身。
——人民感谢你们！
守卫着祖国边防的亲人，我不知你们的名姓，
更不知你们的相貌和年龄，
炽烈的阶级感情敦促我，写上这封信。
山连山啊，水连水，子弟兵与咱血肉紧相连。

(1973 年 9 月 23 日)

月下漫步

寒夜散步兴致高，皓皓明月当头照。
漫野浪迹何所之？波涛滚滚是心潮。
唏嘘又辞一岁去，瞻念前程路遥遥。
何当得展少年志，展翅长空万里翱。

（1974 年 1 月 8 日）

题赠谢其福同志

桂花香时登新程，依依话别情难分。
风华正茂须珍惜，学习工作当勤奋。
狂飙浪头莫裹足，耳聪目明路线真。
战斗岁月方开始，认准道路往前奔。

（1974 年 10 月 19 日）

春节前遥寄庆生弟皖南从军

云岭山何翠？舒溪流更清。
朝辞扬子水，夕登九华巅。
昔怀书生志，今看戎装新。
乡邻意常念，父老教训亲。
肩挑革命担，钢枪重千钧。
地沐先辈血，岭浴党恩深。
饱领山川秀，黄山常为邻。
未见黄山面，常忆黄山人。
山高志更远，休效儿女情。
此去多努力，勿负母叮咛。
纸短三五语，聊表惜别情。

(1975 年 1 月 20 日)

【注】庆生，为王步高大弟王庆生，现为江苏大学中文系教授。

满江红

咏　怀

岁月匆匆,虚过了、元宵灯节。揽玉镜、又添华发,感伤今昔。三十光阴成荏苒,人间阅尽风霜雪。想儿时,壮志敢拏云^①,空陈迹。　　西风恶,谗口烈。行路苦,多狐蜮^②。倾长江流恶,未清其孽。八十冤魂行未远,台除又洒斑斑血。扫群妖,雷电伴长风,迎春色。

（1976 年前后）

卷一　诗词歌赋

【注释】

① 拏云:又作"拿云",比喻志向远大。拏,音 ná。唐代李贺《致酒行》:"少年心事当拏云,谁念幽寒坐呜呃。"

② 狐蜮:比喻阴险、迫害他人之人。蜮,音 yù,《说文》短狐也。《五行传》:"蜮如鳖,三足,生于南越,一名射影。在水中,人在岸上,影见水中,投人影,则杀之,故曰射影,或谓含沙。"

期　待

户外或闻戏水声,笑语喧哗亦诱人。
我凫*思潮赴千里,孽海何处是归程?

（1978 年）

【注释】

* 凫:音 fú,作动词,泅水、游泳之义。此句造语奇特。

贺新郎

淫雨①声声滴。更何堪、寒鸦孤噪，鸱鸮②凄泣。苦读无心闻夜籁③，冷气时侵窗槅④。安记得，今宵何夕？三载创伤今犹痛，便梦中，亦见狼吮血。蛇共舞，卧车辙。　黄连⑤水打心头咽。告无门，官官相护，盘根连节。包拯况钟⑥诚作古，又恨冯唐⑦难识。徒叹息，长虹化碧⑧。空囊无钱购状纸，忍血泪酿酒贻⑨仇敌。每念此，肺肝裂。

（1978 年）

【注释】

① 淫雨：久雨，连续不停的雨。又写作"霪雨"。

② 鸱鸮：音 chīxiāo，又作"鸱鸱"。鸟名，今名猫头鹰。古诗文中常用来比喻坏人。《诗经·豳风》中有《鸱鸮》篇，其中首章前三句为"鸱鸮鸱鸮，既取我子，无毁我室。"

③ 夜籁：夜间自然界的音响。籁，古代一种三孔乐器。《说文》："三孔龠（yuè）也。大者谓之笙，其中谓之籁，小者谓之箹（yuē）。"后引申为从孔穴里发出的声音。

④ 窗槅：指窗户。槅，音 gé，门窗上用木条做成的格子。

⑤ 黄连：一种多年生草本植物，根茎味苦，可入药。

⑥ 包拯况钟：包拯是北宋著名清官，况钟是明代著名清官。包拯、况钟和海瑞并称为中国古代三大青天。

⑦ 冯唐：西汉著名大臣，曾向汉文帝荐举因为错报多杀敌六人而被下狱的大将魏尚去抗击匈奴，汉文帝于是派遣他去赦免魏尚，使其官复云中郡郡守。苏轼《江城子·密州出猎》："酒酣胸胆尚开张，鬓微霜，又何妨！持节云中，何日遣冯唐？"

⑧ 苌弘化碧：也作"化碧苌弘"。苌弘为周朝卿士刘文公所属大夫，后蒙冤为人所杀。《庄子·外物》："人主莫不欲其臣之忠，而忠未必信，故伍员流于江，苌弘死于蜀，藏其血三年而化为碧。"后世用这个成语形容忠贞之人含冤屈死或为国捐躯。

⑨ 贻：赠送。《诗经·邶风·静女》："静女其娈，贻我彤管。"

观《七品芝麻官》有感

油坊镇影剧院观《七品芝麻官》,十个月前此处乃我被千人批斗之地,县官唐成有云:"当官不为民作主,不如回家卖红薯。"感慨系之。

台除*犹忆泪斑斑,虽见唐成难诉冤。
红薯只能梦里吃,清官且在戏中看。

(1979 年)

卷一 诗词歌赋

【注释】

＊ 台除:即阶除,台阶。除,《说文》殿陛也。

灌 菊

苦读轩窗不自开,幽香缕缕入帏来。
红葩素日爱清洁,绿叶此番苦旱灾。
盥*手轻弹沾玉叶,携盆慢涤洗尘埃。
甘霖滴滴照肝胆,隔户相邻效傲梅。

(1979 年 11 月 3 日于扬中二中)

【注释】

＊ 盥,音 guàn,洗手。

春 夜

雪压霜欺不识春，掖衣秉笔对灯昏。

勤思盈腹书难释，苦读通宵被未温。

困倦尤期心力济，饥寒怎禁残羹吞。

何须自斸诚如此①，且看腮边道道痕。

（1980 年 2 月 25 日）

【注释】

① 斸：音 zhuó，古同"斫"，击、砍。

附：

七律·和步高《春夜》

王 剑

戊午岁三月，余如志入南师就读。未几，挚友步高身陷囹圄，折磨至岁末始获释。于是愤发研习唐宋文学，求挣脱桎梏耳。己未年自春而冬，日憩甚少，每丑时入眠，寅时即起，历常人所不能之苦，八尺身躯竟消瘦不足百斤。庚申春书七律《春夜》寄余，述其间悲苦。余感慨系之，乃和拙诗以勉之。

蒿蓬难锁鲲鹏志，缧绁怎系骐骥心①。

忍辱愤发学太史，含羞自勖效苏秦②。

笑饮人间秋茶苦，试看金榜题华名。

冬雪消融应是春，浮云遮日一时阴。

【注释】

① 缧绁：音 léixiè，捆绑犯人的绳索，比喻监狱。

② 勖：音 xù，勉励。自勖：自我勉励。

望月思乡

直北去乡五千里，
思亲宵宵盼梦归。
可怜关外低低月，
忍为游子照泪衣。

(1982 年)

思乡曲

望　月

欲酬凌云志①,只身来关东②。
辞家向三月,未闻乡音同。
亲朋隔万里,家书得几封?
明日问归雁,江南桃花红?

(1982 年前后)

卷一　诗词歌赋

【注释】

①　凌云志:凌云,高入云霄。凌云志,比喻志气高超。《先秦汉魏晋南北朝诗》梁诗卷十八《行还值雨又为清道所驻》诗:"徒抱凌云志,终愧摩天翔。"

②　关东:旧称今辽宁、吉林、黑龙江三省为关东,因位于山海关以东得名。作者于1982—1984 年期间在吉林大学读研究生,故云。

临江仙

壬戌仲秋

　　故国溶溶江水,他乡瑟瑟秋风。清光著意①透帘栊②。敲窗黄叶雨,夺魄五更蛩③。　　　亲友今宵何处?高天难问飞鸿。伤离惜别古今同。莫抛儿女泪,四海一望中。

(1982 年 10 月 1 日)

【注释】

① 著意:同"着意",精心、刻意之义。著,同"着",音 zhuó。

② 帘栊:泛指门窗的帘子。栊,音 lóng。

③ 蛩:音 qióng,蟋蟀。

临江仙

感 怀

忧患此身常为友,连年苦度春秋。不堪回首太平洲。三年江令泪①,十月柏台囚②。　　总道沟渠多污垢,大江岂少蜉蝣?莫嫌常伴曲如钩。胸襟当自阔,豁达不知愁。

(1984 年 9 月 27 日)

【注释】

① 江令:指南朝陈之江总。江总,字总持,济阳考城人。在陈后时任授尚书令。江总"好学,能属文,于五言七言尤善,然伤于浮艳,故为后主所爱幸"。后常以此比喻在朝有文采的官员。李商隐《对雪二首》:"已随江令诗琼树,又入卢家姹玉堂。"作者用江令泪和柏台囚以喻自身的悲惨遭遇。

② 柏台囚:指北宋时期发生在苏轼身上的乌台诗案。乌台诗案发生于元丰二年(1079),御史何正臣上表弹劾苏轼,奏苏轼移职湖州到任后谢恩的上表中,用语暗藏讥刺朝政,御史李定曾也指出苏轼四大可废之罪。这案件先由监察御史告发,后在御史台狱受审。所谓"乌台",即御史台,因官署内遍植柏树,又称"柏台"。柏树上常有乌鸦栖息筑巢,乃称乌台。所以此案称为"乌台诗案"。

浪淘沙

受辱有感

窗外月含烟，憔悴灯前。吞声无语泪空悬。日夕又逢宵小辈，扰我无眠。　　半世苦多艰，忧事无端。赤心遭诬作驴肝。借问子期樵采处，可在人间？

（1986 年 4 月 16 日）

临江仙

忆松花湖（一）

斑斓霜林幽处，倚藤懒听松风。劈波荡桨空明中。一泓沧溟水，四野落丹枫。　　谈古论今知己，推心置腹高朋。星移物换苦匆匆。纵成千里别，长忆映山红。

（1986 年 4 月 22 日）

临江仙

忆松花湖(二)

千顷碧波如縠①,群峰百里流丹。青松霜叶色相间。信知秋色美,夜雨莫添寒。　几度观鱼江干②,喜尝野果层峦。别离席上举杯盏。他年游故地,相约赋新篇。

(1986 年 4 月 23 日)

【注释】

① 縠:音 hú,有皱纹的纱。宋代宋祁《木兰花》词:"东城渐觉风光好,縠皱波纹迎客棹。"

② 江干:江边。干,音 gān,水涯、水边。《诗·魏风·伐檀》:"坎坎伐檀兮,置之河之干兮。"

卷一 诗词歌赋

临江仙

忆松花湖(三)

树若彩霞繁丽,水波澄澈微澜。晚花野果遍林间。群峦峰顶上,举手接云端。　不忍南天遥望,故乡几度关山。新伤旧创泪斑斑。海天何处路,荆棘遍人间。

(1986 年 4 月 25 日)

鹊桥仙

淀山湖大观园留题萧湘馆

竹窗映水,松枝卧雪。虚对疏梅几树。怎禁千顷碧波寒,况冷屋、孤衾夜雨。　　姑苏未远,乡情萦系,何恋青浦一隅？无猜豆蔻伴知音,已不亏、人生一度。

（1986 年 12 月）

【自注】1986 年我首次参观上海青浦大观园内的潇湘馆,就题过一首《鹊桥仙》词,其下阕曰:"姑苏未远,乡情萦系。何恋青浦一隅？无猜豆蔻伴知音,已不亏、人生一度。"姑苏(苏州)是林黛玉的家乡,如果爱情不成,不如回故乡去。她从两小无猜的豆蔻年华已与知音相伴,"已不亏,人生一度"。与世间绝大多数人比起来,她已是非常幸福的了。世上的夫妻美满者有之,较美满者亦有之;和睦者有之,较和睦者亦有之;此外尚有许多不太和睦的夫妻、濒于破裂的夫妻、同床异梦的夫妻、异床异梦的夫妻。大多数人都不可能有完美的夫妻感情。人们同情宝玉、黛玉,殊不知更应该同情的常常是洒泪者自己。天下人,大多得到的是残缺的美,失恋只是人生中的一次小失败,是绝不值得为之自杀的。

为瞿世云等同志入党感赋

经霜梅萼喜逢春,镰斧红旗意义深。
鬓角斑斑存浩气,丹心耿耿见胸襟。
伏槽老骥思千里,历劫黄珠值万金。
奏凯尚须骠骑力,暮钟可响九州音。

（1987 年）

卷一 诗词歌赋

悼恩师郭石山先生

霹雳晴空动海寰,恩师羽化赴神山。
潇湘洪涝皆清泪,长白峰峦尽祭坛。
德劭功高昭日月,海涵地负灌痴顽。
年年桃李春风后,一瓣心香报紫关。

(1987 年 3 月 18 日)

【注释】郭石山系吉林大学中文系教授,曾担任王步高就读吉大研究生班时的导师。

再悼恩师郭石山先生

安居欲酬邀师愿,今夕忽闻作古人。
三载虚怀奉明德,千夜泪眼望长春。
金焦^①古刹馀香火,宛洛^②遗踪挂啼痕。
山迢水远魂飞度,寸断肝肠入寝门。

(1987 年 3 月)

【注释】
① 金焦:金山与焦山的合称。两山都在今江苏省镇江市。
② 宛洛:二古邑的并称。宛指南阳,洛指洛阳。

鹊桥仙

青云①梦杳，世途多舛②，长苦狼猜狐妒。播迁南北饱酸辛，万斛③泪、当抛何处？　　孤身羁旅，吞声无处，总被意气相误。凄风苦雨复经秋，怎捱得、霜朝雪暮？

（1987 年 8 月 30 日）

【注释】

① 青云：比喻远大的抱负和志向。唐代王勃《滕王阁序》："穷且益坚，不坠青云之志。"

② 世途多舛：人生之路多有不顺。舛，音 chuǎn，错误、违背。唐代王勃《滕王阁序》："时运不齐，命途多舛。"

③ 万斛：极言容量之多。斛，音 hú，古代以十斗为一斛，南宋末改为五斗。

满庭芳

为南京金陵中学建校百周年作①

　　燕雁同归,辽东丁令②,不远飞度重关。雪融冰解,霞彩满长天。墙角疏梅蕊绽,香细细、沁客心田。诚难忘,门前立雪③,又几度冬寒?　　拳拳。珍重意,金针度我④,雨露甘泉。且移晷焚膏⑤,常伴无眠。皓首恩师记否,一度度、桃李翩跹?鸡窗下,依依垂柳,夜夜梦魂牵。

(1987年12月25日)

【注释】

　　①1988年系南京金陵中学(南京十中)百年诞辰,作者代友人填贺词一首。

　　②辽东丁令:引用"辽东鹤"的典故,比喻久别重归而叹世事变迁。《搜神记》中有故事云:辽东城门有华表柱,忽有一白鹤集柱头,时有少年,举弓欲射之,鹤乃飞,徘徊空中而言曰:"有鸟有鸟丁令威,去家千岁今来归。城郭如故人民非,何不学仙冢垒垒。"遂高上冲天。今辽东诸丁,云其先世有升仙者,不知名字。

　　③门前立雪:北宋时杨时和游酢程门立雪的故事。

　　④金针度我:乃"金针度人"之变换。比喻将高明的技艺、秘诀授与他人。出自金代元好问《论诗》绝句三首之三:"鸳鸯绣了从教看,莫把金针度与人。"

　　⑤移晷焚膏:出自韩愈《进学解》中"焚膏油以继晷,恒兀兀以穷年"。表示夜以继日地学习。晷,音guǐ。

送人赴齐鲁从军二首

一

蓬莱①烟波海市②花，岱岳③劲松宜枕霞。
北国自古多英杰，戎马倥偬④度年华。

二

扬子⑤培育青松林，一朝移向岱岳栽。
日饮军营甘露水，枝繁叶茂期成才。

（1988 年 9 月）

【注释】

① 蓬莱：我国古代神话中海上三座神山之一（另两座为"方丈"、"瀛洲"）。山东省蓬莱市是国家历史文化名城、著名旅游胜地。汉元光二年（公元前 133 年），汉武帝东巡，"于此望海中蓬莱山，因筑城以为名"。

② 海市：为"海市蜃楼"的简称。

③ 岱岳：泰山的别称。

④ 倥偬：音 kǒngzǒng，事情纷繁迫促。戎马倥偬，形容军务繁忙。

⑤ 扬子：长江又称扬子江，扬中是长江中的一座小岛，此处当指扬中。

金缕曲

《金元明清词鉴赏辞典》代序

四代千年曲。怅多少、孤臣孽子,九州歌哭。雪月风花兴物感,吐尽骚愁万斛。笔底见、国殇民瘼①:兵燹流离黔首怨②,更瓜分豆剖群夷辱。满纸泪,化醽醁③。　　纷呈异彩凝词幅。逞英才,绍唐追宋④,雄奇芳郁。丽句清辞醇雅竟,比兴深微敦笃。作变徵⑤,声堪裂竹。剖璞披沙咀宫角,探骊珠涵泳沧波渌。兰畹⑥萃,饷君读。

(1989年4月)

【自注】此首词被一位不相识的朋友用为《当代百家词选》序言。

【注释】

① 国殇:为国牺牲的人。殇,音 shāng,未成年而死。民瘼:人民的疾苦。瘼,音 mò,病。

② 兵燹:因战乱所造成的焚烧和破坏。燹,音 xiǎn,火,野火。黔首:平民、百姓。

③ 醽醁:音 línglù,美酒。

④ 绍唐追宋:此处指继承唐诗宋词。绍,继承。追,跟随。

⑤ 变徵:高而悲壮的调子。《战国策•燕策》:"高渐离击筑,荆轲和而歌,为变徵之声。"徵,音 zhǐ,古代五音(宫、商、角、徵、羽)之一。五音加上变徵、变羽构成七音。

⑥ 畹:音 wǎn,《说文》田二十亩也,另有一畹为十二亩或者三十亩的说法。屈原《离骚》:"余既滋兰之九畹兮,又树蕙之百亩。"

菩萨蛮

余生长农家,少时亦多习农事,半生颠沛,终未以农为业,然乡情耿耿。时值农忙,兹赋一阕,以慰乡思。

声声布谷梅初熟,麦香千里蚕上蔟①。稚子馌②东田,莳秧③微雨天。柳摇溪水绿,众鸭溪中浴。飏净卖馀粮,经商俟整装。

【注释】

① 蔟:音 cù,蚕在上面做茧的东西,通常用稻草做成。

② 馌:音 yè,送饭到田里给耕者吃。

③ 莳秧:插稻秧。莳,音 shì,移栽,分秧插种。

渡江忆

雄师渡江,解民于倒悬①,今四十年矣。故乡扬中为其主渡口之一。时余犹为童稚,藏竹园旁土穴中,目睹乡亲冒弹雨相迎大军盛况,毕生志之。

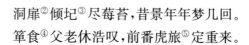

洞扉②倾圮③尽莓苔,昔景年年梦几回。

箪食④父老休浩叹,前番虎旅⑤定重来。

(1989年7月)

【注释】

① 倒悬:头朝下脚朝上地悬挂着,比喻处境非常困苦危急。《孟子·公孙丑上》:"民之悦之,犹解倒悬也。"

② 洞扉:洞门。扉,《说文解字》:"户扇也",即门扇。

③ 倾圮:倒塌毁坏。圮,音 pǐ,毁坏,坍塌。

④ 箪食:竹篮里盛了干粮。《孟子·梁惠王下》:"箪食壶浆,以迎王师。"箪,音 dān,古代盛饭的圆形竹器。

⑤ 虎旅:勇猛善战的军队。唐代李商隐《马嵬》诗:"空闻虎旅传宵柝,无复鸡人报晓筹。"

为俞小鹏题菊

月桂余香在,寒梅绽蕊迟。
凌冬姹万紫,为有傲霜枝①。

(1990 年 2 月)

【注释】

① 傲霜枝:出自宋代苏轼《冬景》诗:"荷尽已无擎雨盖,菊残犹有傲霜枝。"

鹧鸪天

庚午中秋,为调动事夜访东南大学文学院长刘君①。予致力古籍出版七年矣,一朝调离,感慨系之。

七载春秋转瞬间,任凭青鬓竟成斑。不堪回首崎岖路,且任沾巾涕泪潸。　　休戚戚,应开颜。云烟往事属当年。驱车大道通衢地,举首高天月正圆。

(1990 年 11 月 4 日)

【注释】

① 刘君,即东南大学文学院院长刘道镛先生。

临江仙

春 雨

　　曾送报春新暖,也随醉意熏风。妆红着绿应时功。黄莺烟树里,青杏落花中。　　点滴故园情结,河豚煮笋①香浓。秧针②想已绿茸茸。长天抬望眼,千里尽濛濛。

(1991 年 4 月 30 日)

王步高诗文集

【注释】
① 河豚煮笋:作者家乡扬中名菜。
② 秧针:指扬中特产蔬菜秧草,又名草头、母鸡头。

浪淘沙

　　居室对面为一办公楼,装饰华贵。楼顶水箱大量漏水,而排水管长期损坏,夜间漏水顺墙面及空调机流下,通宵达旦。大楼倾圮当为期不远,感慨系之。

　　墙面水潺潺,彻夜难安。经年屋漏等闲观。唯见轿车歌舞闹,逐乐追欢。　　不忍去凭阑,对景心寒。兴家创业几多难。先辈冥中如见此,泣涕涟涟。

(1991 年 7 月 23 日)

永遇乐

《爱国诗词鉴赏辞典》代序,用稼轩北固亭词韵。

泱漭①神州,扶危纾难②,英杰何处? 泽畔行吟③,中流击楫④,总为苍生去。睢阳折齿⑤,文山授命⑥,正气凛然长住。有千椽、凌云健笔,尽诛世间豺虎。　　马关蒙耻⑦,圆明烟烬⑧,百载伤心回顾。戊戌维新⑨,辛亥首义⑩,苦觅图强路。浩歌忧患,诗心词魄,都作振兴鼙鼓。何须问、雄篇再谱,子能继否?

(1992 年 5 月)

【注释】

① 泱漭:广大无际的样子。张衡《西京赋》:"山谷原隰,泱漭无疆。"

② 纾难:解除灾难。纾,音 shū,缓和,解除。

③ 泽畔行吟:指屈原被流放。出自屈原《渔父》:"屈原既放,游于江潭,行吟泽畔,颜色憔悴,形容枯槁。"

④ 中流击楫:出自晋代祖逖中流击水的典故。《晋书·祖逖传》:"中流击楫而誓曰:'祖逖不能清中原而复济者,有如大江。'"

⑤ 睢阳折齿:事见《旧唐书》卷一百八十七,文中记述了睢阳太守张巡英勇抗击安禄山叛军的事迹:"巡神气慷慨,每与贼战,大呼誓师,眦裂血流,齿牙皆碎。"睢,音 suī。

⑥ 文山授命:指南宋末年著名政治家、文学家文天祥为国捐躯的故事。文天祥,初名云孙,字宋瑞,一字履善,道号浮休道人、文山。

⑦ 马关蒙耻:指甲午中日战争失败以后,清朝政府和日本明治政府于1895 年 4 月 17 日在日本马关(今山口县下关市)签订的《马关条约》。

⑧ 圆明烟烬:指 1860 年 10 月 18 日英法联军火烧以圆明园为代表的三山五园。

⑨ 戊戌维新:指 1898 年清朝政府实行的戊戌变法,后以失败告终。

⑩ 辛亥首义:是指发生在中国农历辛亥年(清宣统三年),即公元 1911年的辛亥革命。

附:

辛弃疾《永遇乐·京口北固亭怀古》

千古江山,英雄无觅,孙仲谋处。舞榭歌台,风流总被,雨打风吹去。斜阳草树,寻常巷陌,人道寄奴曾住。想当年,金戈铁马,气吞万里如虎。元嘉草草,封狼居胥,赢得仓皇北顾。四十三年,望中犹记,烽火扬州路。可堪回首,佛狸祠下,一片神鸦社鼓。凭谁问:廉颇老矣,尚能饭否?

金缕曲

九二年校庆同学重会有感

四海归飞燕。喜翩翩,欢声笑语,昔时庭院。草地芳径寻旧迹,花落红稀堪叹。情切切,黉宫①学馆。师友同窗话往事,更温馨软语依依恋。珍重意,涕汍澜②。　　风霜岁月容颜变。鬓斑斑,垂垂老矣,儿时同伴。二十光阴岂谓久,难料星移物换。壮志当今何在,惦儿婚女嫁粗茶饭。人事改,梦成幻。

(1992 年 5 月 20 日)

【注释】

① 黉宫:学校,又称黉门、黉序。黉,音 hóng。

② 汍澜:音 wánlán,哭泣的样子。东汉冯衍《显志赋》:"泪汍澜而雨集兮,气滂浡而云披。"请注意,根据词律,该词中,"澜"字为韵脚,应读作去声 làn。

台城路

贺东大中文系重建

台城①千载诗书路，后湖细陈今古。萧统②华章，明成大典③，长执文坛机杼④。人才济楚。数中大东南，九州谁与？人世沧桑，只松桧⑤郁勃如许。

丹枫征雁玉露，喜橙黄桔绿，高帜重树。潜社⑥风骚，梅庵懿范⑦，砥砺新人无数。和衷共处，会裕后光前⑧，文雄苏沪。剪水青溪，磨金针铁杵。

（1993年10月8日）

【注释】

① 台城：宋代洪迈《容斋续笔·台城少城》："晋宋间谓朝廷禁省为台，故称禁城为台城。"其旧址在今南京城北，玄武湖侧，与鸡鸣山相接。

② 萧统：南朝梁代文学家，梁武帝萧衍长子。天监元年（502）十一月，萧统被立为太子，然，未及即位即英年早逝，谥号"昭明"，故后世称其为"昭明太子"。曾主持编撰中国现存最早的一部诗文总集《文选》（即《昭明文选》）。

③ 明成大典：即指明成祖朱棣下旨编纂的《永乐大典》。明成：即明成祖朱棣。大典，即《永乐大典》。

④ 机杼：指织布机。杼，织布的梭子。引申为事物的关键。

⑤ 松桧：松树与柏树，这里指东南大学四牌楼校区西北角的一株桧柏"六朝松"，六朝时梁武帝亲手种植。六朝松是南朝文脉流传千年、历丧乱而不息的象征。桧，音 guì。

⑥ 潜社：民国年间南京著名的诗社之一。

⑦ 梅庵：梅庵在东南大学四牌楼校区西北角，六朝松旁，是为了纪念两江师范学堂校长李瑞清（字梅庵，号清道人）所建。懿范：美好的风范。

⑧ 裕后光前：即光前裕后之倒装，寓意光耀先人，造福后人。

附:

台城路

黄立中

东南大学教授王步高诗丈赐示大作贺贵校中国文化系成立一词,至为感佩,谨依原调奉和求正。

龙蟠虎踞台城路,江涛送迎今古。王谢衣冠,六朝俊彦,千载歌诗机杼。蜚声吴楚,仰潜社风流,瀛寰同慕。重建"东南",星拱北斗复如许。　　烟消天降玉露。察黄钟瓦釜,诗旆重树。首倡吴公,唐、王继武,更现新星无数。群芳媚妩,喜宋韵唐风,映辉成趣,赶超前朝,九霄雏凤翥。

王步高诗文集

梦与官争盛怒致捶床而伤手

下心抑志几春秋，坎凛半生今白头。
尚得梦中存浩气，横眉拍案向公侯。

（1994 年 6 月 17 日）

【**自注**】十几年前，我处境不好，当时我就做过一个梦，跟一个当大官的人吵架，吵架时我还手拍台子，拍起来跟他吵。哪知道因为是在做梦，台子没拍到，拍到床栏杆上，把两根手指头拍伤了。一醒过来，两根手指头都血淋淋的。我当即就写了一首小诗……这首诗不太符合格律，后来很多朋友都讲："老王你是懂格律的人，为什么写这首诗不合格律？"我当时是做梦刚醒过来，根本就没有考虑格律。就这样，朋友说你改一改，我说不能改，改了一个字就不真实了。

"下心抑志几春秋"，就是忍气吞声地过了多少年。"坎凛半生今白头"，坎坷地过了半辈子，现在头发开始白了。"尚得梦中存浩气"，还好我在梦中还保留年轻的那种青春的浩气。"横眉拍案向公侯"，眉毛横起来，拍着台子，朝着那些当大官的，指责怒斥他们，敢于跟他们吵架。

这首诗很反映我的个性，所以在我的所有作品当中，这一首一定要入选。就像我给东南大学写的校歌那样，那个是反复琢磨出来的，这一首倒是即兴写的，一个字都没有虚夸的成分。梦境是虚幻的，感情是最真实的，比白天还要真实。白天我跟你吵架总要瞻前顾后，我跟你这个当领导的吵了架有没有什么坏的结果，对不对？梦里考虑不到那么多，反而真实。

（《探寻词苑的艺术与人生》）

临江仙

贺扬中县改市及长江大桥通车

臂挽青山平野,足分九派惊涛。铮铮铁骨傲狂飚。江表增沃土,天堑架金桥。　　孤岛喜成新市,稻香村里商潮。励精图治展龙韬。齐驱苏锡沪,回首望金焦。

(1994 年 10 月)

乳燕飞

代友人赠别

独向空街立,奈匆匆、片时欢会,又成长别。软语莺声犹在耳,情影轻车已没。何处觅、隋柳相折?湛湛长天阴云黑,恐天公亦伴余悲咽。风似吼,雪为割。　　十年难解松花结。忆与君,泛舟秋水,看山红叶。鸿雁双鱼传彩笺①,谁会登临眦裂②?任岁岁,鬓添华发。地久天长魂飞苦,况千山万水相悬绝。剩夜夜,盼星月。

(1994 年 12 月)

【注释】

① 鸿雁双鱼传彩笺:鸿雁和双鱼是我国古代诗文中传递书信的使者。"鸿雁传书"的典故出自《汉书·苏武传》:"数年,匈奴与汉和亲。汉求武等,匈奴诡言武死。后汉使复至匈奴,常惠请其守者与俱,得夜见汉使,具自陈道。教使者谓单于,言天子射上林中,得雁,足有系帛书,言武等在某泽中。"双鱼:即双鲤鱼。出自《古诗十九首》:"客从远方来,寄我双鲤鱼。呼童烹鲤鱼,中有尺素书。"彩笺,彩色的信纸。

② 登临眦裂:出自杜甫《望岳》:"荡胸生层云,决眦入归鸟。"

题谢稚柳《荷花》

蘋风水月沁幽香，
洛妃凌波试素妆^①。
濯足沧浪须解语^②，
莫随世态共炎凉。

(1995年3月11日)

【自注】 为江苏美术出版社十二名家挂历作。

【注释】

① 洛妃凌波：语出曹植《洛神赋》。洛妃：河洛之神，名曰宓妃。凌波：形容女性步履飘逸轻盈的样子。《洛神赋》："凌波微步，罗袜生尘。"

② 濯足沧浪：语出《孟子·离娄上》：有孺子歌曰："沧浪之水清兮，可以濯我缨。沧浪之水浊兮，可以濯我足。"沧浪，水名。

卷一　诗词歌赋

39

题钱松喦①《岗陵永固图》

壁立千寻矗九天。
红霞翠柏绕峰巅。
云宵飙落②甘泉水。
滋润江山万万年。

（1995年3月28日）

【注释】

① 钱松喦（1899—1985）：江苏省宜兴市人，著名画家，当代中国山水画主要代表人物之一。喦，音 yán，同"岩"。

② 飙落：迅疾而落。当出自毛泽东《蝶恋花》："国际悲歌歌一曲，狂飙为我从天落。"飙，《说文》："扶摇风也。"即暴风。

金缕曲

为母校五十周年校庆作

梦返故乡路。觅当年,崎岖石径,茧吾双踞①。此后生涯多波折,赖它披荆涉阻。又再见、苍松柏树。人世几番风波恶,数青松翠柏等闲度。黑板报端刊诗稿,喜图书馆里寻李杜。衣褴褛,腹如鼓。　参差三十春秋去。固难忘、师恩如海,宽容风度。犹记楹联嘲赫秃②,怒诵关窗诗句。铭肺腑,晨风暮雨。同学相逢谁相识,况酸甜苦辣从何诉? 泪眼对,哽无语。

(1996 年秋)

【注释】

① 茧吾双踞:指两只脚因为长久地行走山路而长了茧子。之所以用"双踞"而不用"双脚"二字,是考虑到诗词押韵的缘故。

② 赫秃:指前苏联最高领导人赫鲁晓夫。

水调歌头

与春华诗友登紫金山作

　　浑涵北湖水、巍巍紫金山。携朋有兴登临,松柏亦开颜。浩浩长江千里,绵延群山拱卫,古邑嵌其间。记得孔明语,虎踞又龙盘①。　　快吟眸,舒歌管,喜峰峦。花香蝶舞,春华今日喜团圆。笑对兴风混混②,冷眼梁间棍棍③,健步向峰巅。大势如江水,东去自无边。

(1997 年 5 月)

【注释】

　　① 虎踞又龙盘:宋代李昉《太平御览》卷一百五十六云:刘备曾使诸葛亮至京,因睹秣陵山阜,叹曰:"钟山龙盘,石头虎踞,此帝王之宅。"

　　② 兴风混混:指地位卑微、搬弄是非的小人。

　　③ 梁间棍棍:指占据高位、思想僵化教条、打击迫害他人的人。

行香子

送别东大 98 届学子

　　梅熟桃红,细雨濛濛。送君去,行色匆匆。金陵四载,花月春风。记师生情,同窗意、六朝松。　　此时别后,何日相逢?鹏程处,海阔天空。披荆斩棘,伟业丰功。看几人凤,几人虎,几人龙?

(1998 年 6 月 1 日)

临江仙

作家刘震云来校讲演,黄蓓佳、苏童、叶兆言、储福金诸作家及友人丁帆教授皆莅会,书以志感。

籍籍①震云今识面,咳唾②四座皆惊,香山有幸得传灯。一书麾万象,捭阖论人生③。 六代流风馀韵在,辉光犹照台城。理工学子好诗文。永明④成往事,巨擘⑤待新星。

(1998 年 9 月 26 日)

【注释】

① 籍籍:显著盛大貌。

② 咳唾:指言论、谈吐。

③ 捭阖:音 bǎihé,开合。本为古代纵横家游说之术,指分化或联合。捭之者开也,阖之者闭也。

④ 永明:永明(483—493)是南朝齐武帝萧赜(zé)的年号。南齐在萧赜统治时期被称为永明之治。

⑤ 巨擘:大拇指,比喻在某一方面杰出的人或事物。擘,音 bò。

卷一 诗词歌赋

西江月

戊寅①秋八月参观高淳监狱,书赠狱警。

都道人间炼狱②,谁会【卧】③眠井然?只把汗水洗心肝,还听书声一片。
抛撇故园邦土,年来僻壤湖湾。粗茶清苦亦心甘,就是菩提④再现。

(刊于《东南风》,1998年11月)

【注释】
① 戊寅:1998年为农历戊寅年。
② 炼狱:比喻受苦难的地方。
③ 卧:此处原缺字,根据词律和句意添加。
④ 菩提:梵语 bodhi 的音译,本意指觉悟。此处指菩萨。

鹧鸪天

贺东大浦口校区建立十周年

十载星霜十载风,艰辛困苦不言中。郊原拔地群楼起,遍地芳菲绿映红。 披星月,伴晨钟。师生协力步书丛。科峰有险同擒虎,学海无涯共缚龙。

(2000年)

迁龙江新居感赋和白坚

卅年饥馑廿年蜗[1]，半百人生付水流。
身欲奋飞偏铩羽，心思报国竟投囚。
作赋陋室讥原宪[2]，击楫[3]蛙池叹覆舟。
莫负今朝迁广居，摘星揽月得高楼。

（2001年2月4日）

【注释】

① 卅年饥馑廿年蜗：三十年饥饿二十年蜗居。卅，三十。廿，二十。饥馑，本指灾荒、荒年，此处指吃不饱饭。蜗：蜗居，形容居室狭小。

② 原宪：字子思，春秋末年宋国人，孔门七十二贤之一。他出身贫寒，个性狷介，一生安贫乐道，不肯与世俗合流。

③ 击楫：出自晋代祖逖中流击水的典故。《晋书·祖逖传》："中流击楫而誓曰：'祖逖不能清中原而复济者，有如大江。'"

临江仙·东南大学校歌

东揽钟山紫气,北拥扬子银涛,六朝松下听箫韶。齐梁遗韵在,太学令名标。　　百载文枢江左,东南辈出英豪。海涵地负展宏韬。日新臻化境,四海领风骚。

(2001 年 12 月)

附:

东南大学校歌释义

这是一首以《临江仙》词调写成的歌词。《临江仙》属双调,间于中调与小令间。柳永《乐章集》入"仙吕调"。"仙吕调"是"黄钟宫"的六调之一,"黄钟大吕"属高亢激越的声调,故极长于抒情。《临江仙》别体很多(共 13 种),此用第六体(依万树《词律》)。开头用两个六字句,上下片结尾用两个五字句,字数相同,平仄相反,易于形成对仗。全词仅 58 字,也方便记诵。

词用一组工整的对仗句开头:"东揽钟山紫气,北拥扬子银涛",首先写出东大的地理位置。东大地处南京,又位于钟山之西南。钟山,一名蒋山,乃南京第一名胜。山高高耸立于城东北,距东南大学不过两三华里,从学校望去,不仅山似乎近在咫尺,甚至草木也依稀可辨。东晋时,因山有紫色石而被南迁的达官贵人改名"紫金山"。其实,真紫金山在山西境内,东晋南渡士人只是借此慰藉自己的思乡之情。这里的"紫气"不是用老子"紫气东来"之典,而是切"紫金山"之名。庾信《哀江南赋》中便有"昔之虎踞龙盘,加以黄旗紫气"之句。由于山近,仿佛可将山中之山岚紫气揽之入怀。后一句切

王步高诗文集

东大位于扬子江畔。"北拥"二字又明言学校主要部分在江南却又横跨长江两岸。"江南"是令天下人魂牵梦绕之地,谢朓《入朝曲》云:"江南佳丽地,金陵帝王州。"况且又得钟山之拱卫,依山傍水。山是名扬天下之山,水是全国最大之水,得山水之滋养,诞生这样一所全国名校具有了地域上的优势。

这里很注意炼字炼句,而着力于两个动词"揽"和"拥"。前者有举手可及之义,明言钟山与该校相邻关系;而一"拥"字,似乎将万里长江"拥"入怀中,既有《岳阳楼记》中"衔远山,吞长江,浩浩荡荡"的磅礴气势,又暗指东大跨长江两岸,两岸四地,而长江居其中,似乎"拥"长江入校中,自然气势夺人。"拥",此处读平声。

这两句又运用了工整的对仗句,"东"与"北"同属方位词,"揽"和"拥"均属动词,而主语均为省略了的"东南大学"。"钟山"与"扬子"是地名对(山水对)。"紫气"与"银涛"也对得很工,"紫"、"银"均是色彩。南朝诗人谢朓写长江曾有"余霞散成绮,澄江静如练"之句,以"白练"比喻长江的静态,"银涛"与"白练"异中有同,拥"银涛"入怀,颇有诗意。这两句不仅写出东大地理位置的优势,也写出其依山傍水之美,给人以美的感受。且"揽"、"拥"气魄宏大,透出东大不凡的"大气"。

"六朝松下听箫韶"(此处"听"读 tìng,去声)一句,仿佛电影中由大的广角镜头转为小的特写镜头,从广阔的大江、高峻的大山,转为写一棵老松树。迅速把焦距对准东南大学本身。"六朝松"是东大西北角的一棵古树,相传原来长于六朝宫中。此句由写东大的地理位置转而写其历史,其转折点竟是这棵并不起眼的老松树,它没有栖霞山、庐山的六朝松高大挺拔,却给人以岁月沧桑之感。"六朝"是指历史上东吴、东晋、宋、齐、梁、陈,这几个朝代累计也有三百多年,从陈灭亡至今也已一千四百余年,人活不过百年,而这棵松树竟活了千年以上,树的古老道出这块土地的古老、历史的沧桑。于此古树下所听之"箫韶",又是舜时的古乐,这是更古老的文化。《尚书·益稷》曰:"箫韶九成,凤凰来仪。""箫韶",也就是韶乐。《论语》中有"(孔)子在齐闻韶,三月不知肉味。曰:'不图为乐之至于斯也'"。六朝松是古老的物质遗产,而"箫韶"则是古老的文化遗产,这是将二者有机结合,说明对古老的传统文化与人文精神的传承。"箫韶"二字乃叠韵字,并不十分通俗。但加一"听"字,则不难理解,显然是可听之物,系音乐之类,与"箫韶"的本义便非常接近。"听箫韶"显得典雅、华贵,使东大这块古老的土地也有了一种神圣之感。"六朝松下听箫韶",显然以中华文明的传承者自居,东大是"名校"、

"老校"，至此已尽在不言之中。

"齐梁遗韵在，太学令名标"二句，是历史的回顾，是由"六朝松下听箫韶"引发的思古之幽情。就在东大这块古老的土地上，一千八百年来，有多少可歌可泣的历史往事，有多少辉煌的、足以使我辈引以为荣的往事。从东吴永安元年(258)设"五经博士"和南朝刘宋时雷次宗在鸡笼山下的这块土地上办学，讲经学、玄学、史学、文学开始，中国便有了多科性的高等教育，而东南大学便是其发源地之一。

"齐梁"只是六朝中的两朝，却是南朝文化高度发展的时期，中国最早的格律诗"永明体"就产生于此时，中国最早的文人词——梁武帝、沈约等的多首《江南弄》也产生于此时，《昭明文选》也于此时此地编成。祖冲之任职之华林学府，校试指南车之乐游苑也在今东大校园中，而梁钟嵘《诗品》、刘勰的《文心雕龙》等也都产生于齐梁时期，故在中国文化史上常以"齐梁"代六朝。"遗韵"，流风遗韵的缩语。六朝已过去千年，但六朝的文彩风流世代流传，而东大这块神奇的土地正是这六朝文化的源头。

明代定都南京，洪武十四年(1381)在东大这块土地上设国子监，后又改名"南雍"，这是当时的太学。加以东吴、刘宋时在此办学，均可称"太学"。"令名"，美名。"名标"，"名标青史"的缩语。明成祖曾于此编成《永乐大典》，成书后藏于南京文渊阁(东大北围墙外和平公园一带)。清代这里是江宁府学，蘅塘退士孙洙在这里任府学教授时编成了《唐诗三百首》。这两句道出了东大这块土地上曾对中国历史，尤其对中华文化作出的贡献。虽然这两句较之东大厚重的历史文化积淀而言太简略了，但有此二句，已比全国的其他任何院校显得历史更悠久、更深厚，而使东大人产生一种历史自豪感。

"齐梁遗韵在，太学令名标"二句，又构成对仗。词的对仗没有律诗严格，这里用宽对，整炼之中又有几分松动，反而显得不板滞。此处没有为对仗而追求生硬的字面，而是信口道来，流畅而自然。仿佛千年的历史长河在静静流淌，在柔和的月光下，只是泛起粼粼的水波。这里也未着力去描绘这些"水波"，犹如家财亿万的巨富，对价值连城的珍宝也只是不十分在意的一提，无心着意炫耀，显得更雍容、大度。

词的下片以"百载文枢江左"一句作转折，把地理的描述、辉煌的校前史的回顾打住，转而写建校以来的峥嵘岁月。"百载"是缩略词，可指目前的建校百年，即便一百多年、二百年也可略称"百载"，例如"二万五千里长征"可略为"万里长征"。"百载"相对于六朝以来的漫长历史而言是很短暂的。但毕竟百年前才有了这所现代意义的大学。这一句也是对百年校史的集中概括。"文枢江左"四字高度凝炼地说出其在中国教育界的地位。"文枢",文化枢纽,文化中枢。三江师范学堂以来的百余年,使该校成了南方的文化中心之一。"江左",即江东。古人叙地理以东为左,以西为右,故称江东为江左。万里长江一直由西向东流淌,但到了安徽芜湖以后转向东北再偏北方向流过,所以长江流经南京附近时,几乎作南北流淌,江的两岸不是一边是北、一边是南,而是一边是东、一边是西。人们站在长江大桥上这种感受特别明显。历史上称东吴为"江东",其疆域大致相当于今江浙皖赣四省。"文枢江左"一句自负而有分寸,实际上中央大学时期我校远不止是"江左文枢",而是"天下文枢"(古人称"天下"实仅指中国)。

"文枢江左"一句较为典雅含蓄,相比较下一句"东南辈出英豪"则较为直白。诗词写作、文章写作均应有变化。古人说"文似看山不喜平",含蓄是优点,若句句含蓄则显得晦涩艰深。"东南"二字有二义性,本可指我国的东南一带,明清以来东南一带是天下人才之渊薮。清朝近三百年间,江苏出的状元就占全国的近一半。然而"东南"二字出现在东南大学校歌中,它就更多指这所大学。百年以来,东南大学和全国少数几所名牌大学一样,涌现过一大批能改写中国历史的大人物。这里既有大科学家、文学家、艺术家、军事家,也有大政治家。还有更多名声虽不显赫,却也成就卓著的人物。故云:"东南辈出英豪。"

"海涵地负展宏韬"一句是下片的过渡,从昨天、今天过渡到写明天,写未来,同时此句又揭示了东大作为名牌大学的办学理念与办学思想。"海涵地负",谓大地负载万物,海洋容纳百川,形容包罗万象,含蕴丰富,也比喻人的学问博大精深。用在这里,它应具有以下内涵:一是名校的胸襟与器识,从领导到教师,应当有一种雍容阔大的气度,能吸纳各种各样的人才;二是作为一所研究性、开放性、综合性的大学,要给各学科以宽松的生存发展空间,多学科的相互共存与融合,才能造就一个可以造就文化大师、科学大师的人文环境和科学环境;三是作为办学思想,东南大学应当容许各种办学风格、各种学术流派的平等竞争,要能兼容并包;四是作为一所名牌大学,它是知识和学术的海洋,应当有一批能在某一学术领域内领国际和国内风骚数年、数十年,乃至数百年的大师级的专家,他们今天为东大的辉煌辛苦耕耘、鞠躬尽瘁,也为东大日后的持续发展和创建世界高水平大学奠定基础。

"展宏韬"意为施展宏图大略。"韬"出于《孙子兵法》,有龙韬、虎韬、豹韬等六韬,此处"宏韬"指学校的远景规划、宏大的发展计划。用一"展"字,有发挥、实践之意。这里没有半点犹疑和彷徨,有上述"海涵地负"的帅才、将才、人才,实现"宏韬"则毋庸置疑。

　　词的结尾二句既是对东大未来的展望,也是全校师生奋斗的长远目标。面对日益激烈的国际、国内的竞争,科学、经济、文化、教育事业的发展对未来的高等教育尤其是像东大这样的名牌大学提出了很高的要求。"日新臻化境",才能适应形势的变化,"日新"语本《易经·系辞上》:"富有之谓大业,日新之谓盛德。"孔颖达疏:"其德日日增新。"在信息时代的今天,科学技术日新月异,社会也瞬息万变,人们的思想观念也须日日更新。道德的升华,技术的进步,观念的更新,均须达到一个全新的境界。"化境"原出《庄子》的"物化"思想,即庖丁解牛的以"无厚"入"有间"的思想。所谓"无厚"者,"金之至精,炼之至熟,刃之至神,而厚之至变,至化者也"。后引申为诗之"化境",是指诗人举重若轻,不见笔墨痕迹的深厚功力,创作出思想与艺术高度统一的、浑然一体的艺术境界。"化境"是诗歌作品所达到的最高美学境界。进一步引申,"化境"是艺术造诣达到精妙的境界,可与造化媲美。一个人、一个学校达此"仙境",其精神、科技、文化均臻于最高的境界。"四海领风骚"也就势所必然。

　　"四海"一语出自《书经》:"文命敷于四海。"古时认为中国四面皆海,中国为海内,外国是海外,四海即指海内外,也即天下。毛主席也曾云:马列主义是"放之四海而皆准"的真理,其中"四海"亦指世界。"风骚"本指《诗经》之《国风》和《离骚》,古代读书人认为"风""骚"是文学的极至。"领风骚"指居世界学界的前列,也即该校要成为世界高水平大学的婉转说法。清人赵翼《论诗绝句》曾云:"江山代有才人出,各领风骚数百年。"校领导已制定出五十年的远期发展目标,要把东大在 21 世纪中叶建成世界高水平大学,我们对此将抱定必胜的信念。

百年校庆碑记附诗

饮长江以思源兮，登钟阜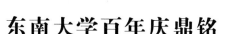以远望。
观沧海之纳百川兮，喜桂馥而兰芳。
探赜②敢先天下兮，六艺③相依而益彰。
揽四海英才而育之兮，铸千秋万载之辉煌。

（2002 年）

【注释】

① 钟阜：指钟山。

② 探赜：探幽，此处指学术研究。赜，音 zé，幽深难见。《易·系辞》："圣人有以见天下之赜。"

③ 六艺：古代教育学生的六种科目，指礼、乐、射、御、书、数。

东南大学百年庆鼎铭

北临玄武，西枕长江。比邻钟阜，毓秀文昌。
潮沟湛湛，凸松苍苍。台城韵雅，国子书杏。
回眸百载，历经沧桑。三江伊始②，鼎盛中央。
南工东大，令名益彰。六艺皆备，理工担纲。
兼容并蓄，矫翼雁行③。谨严求实，桃李芬芳。
敦行诚朴，器识轩昂。创新致远，大业煌煌。

（2002 年）

【注释】

① 钟阜：指钟山。

② 三江：太湖的支流松江、娄江、东江，泛指长江中下游的江河。

③ 矫翼：展翅。南朝宋鲍照《拟古》："河畔草木黄，胡雁已矫翼。"

行香子

代两岸三地研究生精英大奖赛东大代表队作

漫步虎丘,苏堤恣游。更高塔、浦江凝眸。会稽揽胜,古迹寻幽。听一山泉,一山雨,一山讴。　楹联对句,拓字碑头。曾携手,攀岭翻沟。待来岁、再度争优。有海峡情,同窗意,直航舟。

(2003 年 11 月)

题望湖岭山庄

蠹兀红楼雨雾间,天池一鉴涤尘烦。

饱看苍翠千枝竹,不食灵芝亦似仙。

(2003 年 12 月)

南乡子

甲申元旦书赠文学院研究生诸同学

寒气透窗纱,斗转星移送岁华。暮鼓晨钟嗟又去,雪花。玉洁冰清不自夸。 节序迅如车,惊见枝头又吐芽。雪压霜欺皆不惧,梅花。相敬相依两不差。

(2004年1月1日)

卷一 诗词歌赋

一剪梅

纪念乡贤王龙先生牺牲六十周年

日寇屠刀破帝关。投笔从戎,杀敌除奸。赢来"诸葛"美名传。乡里儿孙,世代仰攀。 六十光阴弹指间。国运昌隆,道仍艰难。党奸国蠹势熏天。铁马金戈,莫放南山。

(2005年)

53

一剪梅

乙酉冬荣膺东大"十佳共产党员""学生最欢迎的教师"志感

手把证书泪暗流。几分酸楚，几分含羞。两番盛誉怎能侔①？喜鹊啁啁②，思绪悠悠。　　已是霜华两鬓秋。半世蹉跎，徒叹休休。苍鹰振翮③志难酬，白在人头，痛在心头。

（2005 年冬）

【注释】

① 侔：音 móu，相等、齐。

② 啁啁：音 zhōuzhōu，鸟鸣声。

③ 振翮：振翅。翮，音 hé。《说文》："羽茎也"。《尔雅·释器》："羽本谓之翮。"

鹧鸪天

为南京十六高校诗歌节而作

东渐西风气势汹，中文告退外文红。俗歌艳舞狂如虎，游戏网吧多似蜂。　　心颤颤，泪濛濛。中华诗国欲何从？不能重树"三元"帜，泉下何颜见放翁？

【注】 三元：指中国诗史上最兴盛的开元、元和、元祐时期。

钟山整治纪念鼎铭

巍巍锺阜，叠嶂重峦。衡庐茅蒋，翘楚南天。
十朝故都，延祚千年。洪武逸仙，陵寝比肩。
草长莺飞，古树翁繁。奇花珍卉，彩蝶翩跹。
文革伊始，山运屯邅。居民企业，大举入迁。
垃圾狼藉，污水漫湮。鸟兽逃窜，花萎草蔫。
市府决策，挥写宏篇。五年整治，捷报连连。
村寨企业，整体迁搬。拆除违建，景点新添。
七区布局，九河绕山。湖水丰沛，湿地拓宽。
山增灵秀，栈道蜿蜒。显山透绿，生意盎然。
继承文脉，丰富内涵。旅游发展，文化当先。
还景于民，游憩休闲。人文绿都，品质初现。
寒来暑往，历尽艰难。造福子孙，功德无边。

（2009 年 8 月）

贺新郎

清华园九公寓拜谒黄万里先生^①故居

文士多无骨。独先生、大家风范,凛然高节。疾雨狂飙等闲视,歌德但丁堪蔑^②。终不断、黄河情结。敢犯龙鳞持真理,怕流沙淤死移民血。三峡错、六州铁^③。　　吾今暂附清华末。日三番,经君旧舍^④,肃然心折。自古长才能伸少^⑤,而况黄公孤洁。策几上、嘶声力竭。赍志徒然冲天泣,纵古今王景犹肝裂^⑥。公道在,对星月。

(2009 年 11 月 27 日于清华大学西南楼)

【自注】

① 黄万里:清华大学教授,著名水利专家,黄炎培之子,因反对造黄河三门峡水电站,写小说《花丛小语》被钦点为右派。徐刚《黄河万里独行客》曾予长篇报道。吾心仪久之。2009 年 11 月 27 日去食堂路上经居委会介绍,得认识黄先生之子,且得进旧居拜谒,并见到 93 岁的黄万里夫人。

② 歌德但丁:据《花丛小语》,所谓"歌德派"是指专事歌颂功德的那派"学者";"但丁派"诗人,指但知盯住领导党员,随声附和者。

③ 六州铁:据《资治通鉴》卷二百六十五记载:唐哀帝天祐三年(906),魏州节度使罗绍威为应付军内矛盾,借来朱全忠军队,但为供应朱军,历年积蓄用之一空,军力自此衰弱,因之悔而叹曰:"合六州四十三县铁,不能为此错也。"在这里,"错"字语意双关,既指错刀,也指错误。

④ 日三番:我在清华大学任教期间,每次去食堂皆须经九公寓。

⑤ 自古长才能伸少:引自黄万里《渔家傲·牙落惊老》:"王景千年擅工巧,长才自古能伸少。"

⑥ 王景:西汉末治黄专家,曾使黄河千年不溃。

临江仙

自　嘲

怕见熟人冷面,懒与官宦逢迎。时宜不合醉难醒。半生多坎坷,百折尚孤行。　　常以东坡为镜,伶俜*吾辈相形。不求腾达度兹生。但能终坦荡,无悔亦无名。

(2009 年 11 月 3 日于清华大学西南楼寓所)

【注释】

　*　伶俜:孤单、孤独。杜甫《新安吏》:"肥男有母送,瘦男独伶俜。"相形:相互比较、对照。晋陶渊明《饮酒·其六》:"是非苟相形,雷同共誉毁。"

行香子

贺陆挺、尉芹溪新婚之喜

橘绿橙黄,稻谷飘香。高堂上,喜气洋洋。窈窕淑女,脱俗新郎。正琴儿鸣,燕儿舞,雁儿翔。　　才华出众,品格端庄。最堪敬,不畏豪强。从今比翼,岁岁辉煌。愿两心知,永相敬,白头长。

(2009 年 11 月 15 日)

【注】

陆挺:东南大学原团委书记,与王步高工作上联系颇多。

金缕曲

题第八届江苏省园博会

中华园林甲天下,江苏尤为翘楚。苏、扬、金陵,自不待言,即吾郡镇江,素有甘露、金、焦诸古刹,声名远播;北固多景,梦溪各园亭,载誉千秋。吾乡扬中,明珠江上,物阜民康,秀冠江左。首以一县市承办斯会。园滨江韵水,浮光耀彩。胜景佳会,畅人心怀。故为词曰:

万里东流去,独钟情、芳洲宝岛,稻香鱼馥。芦柳长环堤百里,更有丛林修竹。萃众市、新精园博。作核河豚依水脉,巧钩描、四区中为轴。江可览,景堪读。 桂花香溢催秋菊。待宾朋,远来近悦,毂车相逐①。示范交流新理念,兼赖人文熏沐。愿岁岁,精心扶育。生态靓妆新生活②,更园林城市鞭先著。百载史,谱新曲。

(2013 年 9 月于清华园)

【注释】

① 毂车:车辆。毂,音 gǔ,车轮中心,有洞可以插轴的部分,借指车轮或车。《六书故》:"轮之正中为毂,空其中,轴所贯也,辐凑其外。"

② 靓妆:美丽的妆饰。靓,音 jìng,妆饰,打扮。北宋赵佶《燕山亭》:"新样靓妆,艳溢香融,羞杀蕊珠宫女。"

临江仙

教师之歌

　　足踏九州大地,胸怀四海云涛。言传身教立风标。德行常自砺,学识创新高。　　挚爱莘莘学子,风晨雨夕操劳。殚精竭虑育新苗。行行甘苦泪,都作醍醐浇^①。

(2014 年 5 月 18 日)

【自注】 醍醐,有三意:作乳酪时,上一层凝者为酥,酥上加油者为醍醐,味甘美,可入药;二指美酒;三喻指人品之莘美。佛家以醍醐灌人之顶,喻输入人以智慧,使人头脑清醒。醍,有两读,读上声或平声,在"醍醐"中本应读平声,此处改读上声,按词谱此处用仄。

题耿心华《江洲放歌》

　　酸甜苦辣话人生,法槌道义怎量衡?
莫羡他人皆富贵,但思无愧赛公卿。

(2014 年 7 月 19 日)

行香子

为南大德文 64 级学友入学 50 年返校活动作

跋涉维艰，雨雪风寒。今回首，万里关山。同窗六载，五十登攀。有几多乐，几多苦，几多难。　苍颜华发，热泪潸潸。盼重逢，梦绕魂牵。欣然执手、话语涓涓。看钟山青，秦淮绿，楚天蓝。

（2014 年 12 月 31 日）

七绝·赠陈爱民律师

陈词述理气轩昂，雄辩滔滔敢主张。
公正江洲循义道，人生潇洒姓名香。
（载 2017 年 9 月《春华秋实》，中国诗词楹联出版社）

圆明园闻笛

山亭谁弄悠悠笛，惊落梅花作雨声。
莫道六年孤独惯，凄然难抑故乡情。

（2015 年 7 月 1 日）

七绝·贺张正春老师为赵磊女士题照

万朵白云王母栽，奇花异卉遍山开。
借问仙姬何处至？瑶池席散御风回。

（2015 年 7 月 6 日于洱海湖）

西江月

2016 年春节前与黄寿年、张大恒二兄同访丰裕中学旧址

不见小桥杨柳，但寻师友情长。三年从教好时光，惊起心潮细浪。　　当时青春年少，而今衰鬓如霜。休言荣辱共仓皇，都作黄连佳酿。

（2016 年 5 月 25 日）

咏蜡梅

熬肝沥血铸新词,华发青灯莫笑痴。
若见梅开三月半,岂输桃李果垂枝。

病中忆清华

每忆荷塘涕泪潸,纵经沉疴*亦开颜。
清华值得终身许,重上讲坛日夜盼。

（2017 年 9 月 28 日）

【注释】

＊ 沉疴:久治不愈的病。疴,音 kē,病。

清华大学百年赋（第54稿）

上苑[1]清华，坐京师[2]西北，倚燕山[3]而望玉泉[4]塔影，邻颐和而近圆明故垣[5]。康熙造熙春[6]以贻皇子，咸丰更清华而为新藩[7]。今之清华也，方六千余亩，黉宇[8]崔巍[9]，中西合璧；亭台隽秀[10]，今古相间[11]。工字厅[12]临漪榭[13]，续前清民国之古风雅韵；主体楼科技园，展信息时代之华彩新颜。秀木森森，栖黄莺丹凤；芳草萋萋，缀锦簇花团。湖光秀丽，寻荷塘月色[14]之踪迹；园景旖旎[15]，摘亚洲校园之桂冠[16]。二校门[17]玉立亭亭，兴毁之间识沧桑巨变；万泉河[18]流水潺潺，涨落之际涵世纪风烟。

【注释】

① 上苑：皇家园林。

② 京师：帝王的都城。

③ 燕山：中国河北省北部山脉。西起八达岭，东到山海关，主峰雾灵山2116米。著名的明朝万里长城在河北省、北京市部分即沿其山脊而筑。

④ 玉泉：出自北京市西北玉泉山下，流为玉河，汇成昆明湖。出而东南流，环绕紫禁城，注入大通河。"玉泉垂虹"胜景即此。

⑤ 垣：音yuán，矮墙，墙。

⑥ 熙春：清康熙帝的行宫熙春园。熙春园的建园时间约与圆明园同。在道光初年，道光将熙春园一分为二赐予两个弟弟。西半部名为"近春园"，即后来的"荒岛"（因同圆明园一样遭破坏荒芜而得此名）、现今的"近春园遗址公园"；此园赐给皇四弟绵忻，俗称"四爷园"。东半部仍袭用"熙春园"名，赐给皇三弟绵恺；绵恺无子，将道光五子奕誴过继过来，于是由奕誴承袭熙春园，俗称"小五爷园"。1851年咸丰即位，咸丰（道光四子）与其弟关系甚好，特将熙春园易名为"清华园"。

⑦ 藩：封建时代称属国属地或分封的土地。

⑧ 黉宇：古称校舍。黉，音 hóng。

⑨ 崔巍：高大雄伟。

⑩ 隽秀：清雅秀丽。

⑪ 今古相间：总揽清华园全景，其建筑有五种形式：中国古典式（皇家园林）、欧美古典式（礼堂区）、俄罗斯式（主楼）、当代校园式、后现代式。

⑫ 工字厅：原称"工字殿"，始建于 1762 年，以它为主体的一组清代皇室园林即是最早的"清华园"，距今已有近 250 年的历史。工字厅所在地属当时清康熙帝的行宫熙春园的东半部。

⑬ 临漪榭：与纪念吴晗的"晗亭"相连，导游的解说词为："临"是面临的"临"，"漪"是涟漪的"漪"，"榭"则是指水边的亭子的意思，临漪榭是遗址内唯一象征性的旧物恢复。

⑭ 荷塘月色：朱自清写的散文，描写近春园的景观。

⑮ 旖旎：音 yǐnǐ，柔美的样子。

⑯ 2010 年美国著名财经杂志《福布斯》评选出全球 14 个最美丽的大学校园，其中 10 个来自美国，3 个来自欧洲，而亚洲唯一上榜的是位于中国北京的清华大学。（凯尼恩学院、牛津大学、普林斯顿大学、斯克利普斯学院、斯坦福大学、三一学院、清华大学、美国空军学院、博洛尼亚大学、加州大学圣塔克鲁兹分校、辛辛那提大学、弗吉尼亚大学、韦尔斯利学院、耶鲁大学）。

⑰ 二校门：进西校门，沿东西主干路一路向东，在路的中点，左手边有一座以灰白为主色调的三拱石牌坊，大拱两侧各嵌两根陶立克西式立柱，门楣上高悬清末要臣那桐亲题的"清华园"匾额——这是建校之初的主校门，现在被称为"二校门"。

⑱ 万泉河：水木清华的荷花池是清华园水系两湖一河之一（水木清华荷花池、近春园荷塘和万泉河）。

宣统辛亥，迁"庚子赔款"游美肄业馆⑲于斯，乃建校之始也。十七年间，校名迭更，曰学堂，曰学校，曰大学，所不变者，"清华"之名也。国学院名著中外，四导师博通古今。沉潜坚毅，信古疑古释古；洞幽秉持⑳，道深学深法深。涵泳㉑千载，诗词证史开新路；训证万有，金石钩玄㉒传希音㉓。七十学子，立雪程门求真谛；半百才俊，勤学梦笔㉔得金针㉕㉖。梅贻琦㉗长校，博采众议，"教授治校"开新政；注重通识，科学人文育棣昆㉘。严门槛，足后劲，闻风㉙景从㉚，天下英才近悦而远造㉛；敬教授，重学术，见贤思齐，鸿儒名宿接踵而连桄㉜。抗日军兴,初迁长沙,临时大学,合南开北大共建;兵燹㉝近迫,再徙昆明,西南联大,与菁英㉞赤子同袍㉟。灾难铸就辉煌,三校师生刚毅坚卓,心系国难,励精图治,共挽天河。铁皮房里,夺秒争分,轰炸间隙攻书授课;茅草棚中,焚膏继晷㊱,风雨晨昏切磋琢磨。忍饥学子,未尝释卷;清寒教授,不辍弦歌㊲。战时高校之表率,杰才簇拥而嵯峨㊳。外著民主堡垒之称号,内树学术自由之楷模。寒来暑往,星霜㊴八易,山河光复,重返熙春㊵。建国之初,院系调整;四院㊶皆出,工科仅存。蒋南翔掌序,拨乱探津㊷:因材施教,又红又专;顶风开拓,斩棘披荆。厚基础,重实践,欲其今朝出类拔萃;双肩挑,高素质,求彼异日㊸领袖群伦㊹。"反右""文革",深创巨痛;国运遭劫,桂折㊺椒焚。开放改革,老木逢春;文理管院复建,工艺美院入并,综合性研究型开放式,世界名校雄姿初呈。教学科研双飞比翼,清华面貌月异日新。

【注释】

⑲ 游美肄业馆:清政府于1909年6月即在北京设立了游美学务处,由外务部和学部共同管辖,招考合格学生直接送往美国留学。此外同时筹设游美肄业馆,以便经过短期训练后,每年甄别一次,"择其学行优美、资性纯笃者,随时送往美国肄业"。肄,音 yì。

⑳ 秉持:操持。

㉑ 涵泳:深入领会。

㉒ 钩玄:探求精深的道理。

㉓ 希音:指玄远高超的言谈。

㉔ 梦笔:才思敏捷,文章华美。

㉕ 金针:技能和诀窍。

㉖ 清华国学研究院于1925年9月成立,于1929年撤销。研究院聘请著名学者王国维、梁启超、陈寅恪、赵元任为研究教授,另有讲师李济和助理教授赵万里、浦江清等人。国学研究院开办的四年中,毕业生共四届计70人,绝大多数(约50余人)后来成为知名学者,在文、史、哲等学科领域作出了卓越贡献,如王力、刘盼遂、刘节、高亨、谢国桢、吴其昌、姚名达、朱芳圃、徐中舒、姜亮夫、陆侃如、罗根泽、蒋天枢。

㉗ 梅贻琦:1931年至1948年,任清华校长,一直到他在台湾去世,一直服务于清华,因此被誉为清华的"终身校长"。在他的领导下,清华才得以在十年之间从一所颇有名气但无学术地位的学校一跃而跻身于国内名牌大学之列。

㉘ 棣昆：弟弟哥哥。棣，音 dì。
㉙ 闻风：打听消息；听到音讯或传闻。
㉚ 景从：如影随形。比喻追随之紧或趋从之盛。
㉛ 近悦而远造：无论远近都纷纷高兴地奔来。
㉜ 连桡：船舶相连。桡，音 ráo。
㉝ 兵燹：因战乱而造成的焚烧破坏等灾害。
㉞ 菁英：精华；精英。
㉟ 同袍挚友。
㊱ 继晷：夜以继日。
㊲ 弦歌：用琴瑟等伴奏歌唱，这里喻教授们安贫乐道。
㊳ 嵯峨：形容山势高峻，喻杰出人才。嵯，音 cuó。
㊴ 星霜：星辰一年一周转，霜每年遇寒而降，因以星霜指年岁。
㊵ 熙春：明媚的春天。但这里应为重回熙春园。
㊶ 四院：后文提到的文理管美四院。
㊷ 探津：探索。
㊸ 异日：今后，日后。
㊹ 群伦：同类或同辈人。
㊺ 桂折：桂枝折断。喻品德高尚的人亡故。

古之大学者，以弘道济世为本，明德至善为宗。清末以降[46]，西风东渐[47]，全盘西化，如潮汹汹；清华始于留美预科，而立足华夏，力主中西兼容，古今贯通。器识[48]为先，文艺[49]其从。取“自强不息，厚德载物”为校训，求真务实，“行胜于言”作校风。君子自励，犹天道运行不息，不屈不挠，坚忍强毅；学者育人，欲砥砺与天同德，摈私自克，敢为前锋。君子接物，如大地之博，无所不载；躬自厚[50]而薄责于人，气度雍容[51]。荟天下之英才，为师为友；集八方之俊彦[52]，共辱共荣。而潜心治学，朴实无华，不尚标榜，言必有中[53]；亦躬行[54]实证之结合，重团队，善协同。诚信为人，严谨为学，为人与为学并重。胸怀大志兼切实苦干，才华出众亦笃实[55]谦恭。长于用脑且善于动手，脱心志于俗谛[56]桎梏之中；养健全之人格，直道而行，外圆内充。诚如斯也，则崇德修学，勉为君子，异日出膺[57]大任，可挽狂澜于既倒[58]，堪作中流之砥峰[59]。

【注释】

㊻ 以降：犹言以后，表示时间在后。

④⑦ 西风东渐：指西方文化传播到中国。

④⑧ 器识：器量与见识。裴行俭少聪明多艺，立功边陲，屡克凶丑。及为吏部侍郎，赏拔苏味道、王勮，曰："二公后当相次掌钧衡之任。"勮，勃之兄也。时李敬玄盛称王勃、杨炯等四人，以示行俭，曰："士之致远，先器识而后文艺也。勃等虽有才名，而浮躁浅露，岂享爵禄者？杨稍似沈静，应至令长，并鲜克令终。"卒如其言。（唐·刘肃《大唐新语·知微》）

④⑨ 文艺：这里指学问。

(50) 躬自厚：这里意谓重于自责。躬：自身。

(51) 雍容：形容仪态温文大方。

(52) 俊彦：才智出众的人。

(53) 言必有中：一说就说到关键、要害的地方。形容说话恰当得体。

(54) 躬行：身体力行；亲身实行。

(55) 笃实：忠厚老实。笃，音 dǔ。

(56) 俗谛：佛教语。佛教依照事物的现象而阐发的浅明而易为世人所理解的道理。引申指浅陋的道理，与"真谛"相对。

(57) 出膺：犹出任。

(58) 既倒：已经倒塌，指危难之际。

(59) 砥峰：砥柱（中流）。

所谓大学者，非谓有大楼之谓也，有大师之谓也。维我清华，潮流引领；才子巨匠，灿若河星(60)。王国维冯友兰诚为当代大儒，金岳霖张岱年可称哲学泰斗。闻一多朱自清俞平伯，民国文海之巨舟。吴雨僧钱锺书学贯中西，陈寅恪季羡林人中骅骝(61)。数物理叶企孙吴有训赵忠尧成就卓越(62)，钱三强王淦昌赵九章邓稼先亦彪炳(63)千秋。论数学熊庆来杨武之筚路蓝缕(64)，华罗庚陈省身林家翘丘成桐更誉满全球。曹禺吴晗洪深若诚(65)，中华艺苑之魁首。王大珩堪称光学之父，侯德榜摘取化工冕旒(66)。张奚若先生拟定国号，梁思成张仃国徽最优。杨振宁李政道为诺奖得主，姚期智拔图灵奖(67)头筹。黄万里力排众议，铁骨铮铮；光耀教席，硕德(68)名师；不拘一格，清芬挺秀。回眸百载，清华已名著中外，造就俊才万千，推动中华崛起，功莫大焉。清华校友，两院院士，几近五百(69)；弹星功臣，亦过其半(70)；最高科技奖，已彰四贤(71)；治国政要，多出斯园(72)。喜吾清华，诚为院士之摇篮，大师之渊薮(73)。

【注释】

(60) 河星：银河中的星星。

⑥ 骅骝:周穆王八骏之一,泛指骏马。音 huáliú。

⑥ 数物理叶企孙吴有训赵忠尧成就卓越:物理方面的三个著名校友:叶企孙,卓越的物理学家、教育家,中国物理学界的一代宗师;吴有训,以系统、精湛的实验为康普顿效应的确立作出了重要贡献,是近代物理学奠基人;赵忠尧,核物理学家,是我国核物理研究的开拓者。

⑥ 彪炳:照耀。

⑥ 筚路蓝缕:驾着柴车,穿着破衣去开辟山林。形容创业的艰辛。筚路蓝缕,以启山林。筚路,柴车;蓝缕,破衣服。

⑥ 曹禺吴晗洪深若诚:四位著名的文学艺术方面的校友:曹禺,中国现代杰出的戏剧家;吴晗,现代明史研究的开拓者和奠基者之一,中国现代著名历史学家、社会活动家;洪深,著名戏剧家;若诚,英若诚,著名戏剧表演艺术家、翻译家。

⑥ 冕旒:古代帝王的礼冠和礼冠前后的玉串,皇冠。旒,音 liú。

⑥ 图灵奖:Turing Award,是计算机协会(ACM)于 1966 年设立的,又叫"A.M. 图灵奖",专门奖励那些对计算机事业作出重要贡献的个人。其名称取自世界计算机科学的先驱、英国科学家,英国曼彻斯特大学教授艾伦·麦席森·图灵(Alan M. Turing),这个奖设立目的之一是纪念这位现代计算机奠基者。获奖者的贡献必须是在计算机领域具有持久而重大的技术先进性的。大多数获奖者是计算机科学家。

⑥ 硕德:大德。

⑥ 截至 2009 年,清华大学有 357 位毕业生成为中国科学院院士或中国工程院院士,占毕业生总数的 0.26%,清华校友——包括教师共 479 名次院士(其中 14 名双院士),院士数 465 人,约占全国院士总数 23.2%;获诺贝尔奖校友两人。

⑦ 1999 年被授予"两弹一星勋章"的 23 位科技功臣中,有 14 位是清华校友。

⑦ 国家最高科技奖共评 16 人,清华校友金怡濂、王永志、叶笃正、吴征镒四人获奖;另有两位西南联大校友获奖。

⑦ 新中国成立以来,清华毕业生有 402 名部级干部,中央委员 50 人(其中政治局常委 9 人,政治局委员 14 人),候补委员 29 人,中纪委委员 19 人,人大常委 75 人,政协常委 114 人;将军 66 名;总工程师 325 名,校长(正职)246 名,全国劳动模范 111 名。

⑦ 渊薮:比喻人或事物集中的地方。渊:深水,鱼住的地方;薮:音 sǒu,水边的草地,兽住的地方。

百年已矣,万世期焉,展望宇内,天外有天。报国兴华,当著先鞭⑭。行成于思,知行合一,独立之精神,自由之思想,为吾校生命之源泉。后之来者当自我激励,批判创新;追求境界,攀峰闯关;耻落群雄后,敢为天下先;培育众多道德楷模、思想巨人、科学领军、文化大师、治国栋梁、创业中坚。

伟哉,清华! 壮哉,清华! 瞻念未来,鹏程万里,当再接再厉,成世界文化高地之愿景可期而见矣。吁嘻⑮! 慨当以慷,宁不额首顶礼而赞曰:

水木清华⑯,地集灵氛。百年风雨,强国志伸。民主科学,求实求真。自强不息,人文日新。厚德载物,取义怀仁。坚毅秉持,正意诚心。追求卓越,耻不如人。国学津逮⑰,织锦传薪⑱。理工探骊⑲,傲视寰尘。培育栋梁,辉耀乾坤。英才济济,麟凤⑳振振。世界一流,期许殷殷㉑。

【注释】

⑭ 先鞭:占先一着。

⑮ 吁嘻:感叹。

⑯ 水木清华:北京清华园中最著名的景点,位于清华大学工字厅的北侧。清华园的名字即来源于此,被称作清华园之"园中之园"。

⑰ 津逮:由津渡而到达,比喻通过一定的途径而达到或得到。

⑱ 传薪:传火于薪,前薪尽而火又传于后薪,火种传续不绝。比喻师生递相授受。

⑲ 探骊:探骊得珠,比喻作文章扣紧主题、抓住要领。骊:黑龙。

⑳ 麟凤:麒麟和凤凰,比喻才智出众的人。

㉑ 殷殷:情意深厚的样子。

卷二 散文·回忆

在激烈竞争中夺取胜利

——《唐宋词鉴赏辞典》编辑手记

《唐宋词鉴赏辞典》出版半年来,先后被评为全国十大优秀畅销书、江城书市优秀畅销书,且荣获全国优秀畅销书奖、江苏省优秀图书奖,印数已达55万册,为江苏古籍出版社赢得了较好的经济效益和社会效益。作为本书的责任编辑,能奉献给人民一份较好的精神产品,我是感到欣慰的。为了更好地总结经验,我觉得以下几个方面的体会或许对出版界同行有参考作用,故不揣冒昧,以就教于专家。

一、掌握信息,讲究一个"准"字

我于1984年9月到出版社工作,两个多月后,就正式接受了编辑《唐宋词鉴赏辞典》的任务。当时,上海辞书出版社与此同名的辞典已搞了4年多,他们的大部分稿件已在请专家定稿。

我们不仅起步晚,而且缺乏经验。但是,我们也不是什么都比不上人家。据我们所知,南京师大、华东师大、杭州大学三所学府是词学家荟萃之地,如果我们依靠这三所大学为基本力量,并请出当代著名的词学大师唐圭璋教授为主编,在作者阵容上我们完全可以超过上海。同时,我与全国词学界的许多专家、学者有一定交往,再通过我的导师、同学等多方面的关系,可以联系较多的作者。更重要的我们充分发挥唐圭璋教授作为主编的巨大号召力,对一些德高望重的老学者,可以借重唐老的名义去组稿。此外,还请金启华、程千帆教授等为我们写信向海外一些专家组稿。

掌握信息,使我们坚定了敢打必胜的信念。及时掌握信息,也使我们不断改进工作。在《唐宋词鉴赏辞典》组稿至出书的两年多时间里,我与作者通讯近三千封,通过信函及时掌握出版信息。作者来信询问选目的出处,要求提供所约篇目的参考资料,甚至要我给他寄一些书籍,我都尽力照办。这就取得了作者的信任,增进了友谊,也使自己的信息来源更畅通。

知己知彼,百战不殆。在如今信息传播已逐步现代化的时代,更可以借助通信工具与各界建立联系。信息可以增强竞争意识,准确的信息是竞争中取胜必不可少的条件。

二、切磋选目,做到一个"精"字

因唐老年事已高,我在他的指导下具体负责选目的拟定工作。解放以来出的各种注释本词选,大都只选三四百首,而本书计划选八百首左右,所以必须博采众本之长,重新拟定选目。为此,我认真通读了《唐五代词》、《敦煌曲子词集》、《全宋词》、《全宋词补辑》,并参考了《词综》等十多种古今人编写的词选,力求把唐宋词中各类题材、各种风格流派的名篇佳作都网罗进来,然后再去粗取精,去伪存真,确定全部选目。首先确定170多位词人的选目,请唐老过目以后再广泛征求专家们的意见。对一二十位历史上有一定影响的词人,则请对该词人有深入研究的专家提出选目,然后认真斟酌原作,分别取舍。由于每位专家(作者)提出该词人的选目不过三五首,而且大多集中于一些脍炙人口的名篇,这样选出的选篇,仍不能令人一新耳目。因此,我又不厌其烦地去研讨这些名家的词集,使本书的选篇有自己的特色,既包括像岳飞《满江红》那样为人熟知的篇目,也有不少为解放以来的各种选本从未选过的篇目,如王琪的《忆江南》三首、苏轼《沁园春》(情若连环)、华岳和赵希篷的两首《满江红》等许多独具特色的杰作,都是第一次被选录(其中有一些是近年新发现的)。

在选目中,我们还力求吸收近年来词学研究的成果。如《生查子》(去年元夜时)一首,解放以来的选本大都认为是朱淑真作,但经专家考订,此当属欧阳修词,收入本书时则归入欧阳修名下。对一些赝品词作,也都鉴别真伪,从选目中剔除。如李清照《点绛唇》(蹴罢秋千)、秦观《鹧鸪天》(枝上流莺和泪闻)、《行香子》(树绕村庄)等,经唐圭璋教授鉴别为伪作,本书均不加收录。此外如孙浩然《离亭燕》、李重元《忆王孙》等词作,也都依据最新研究成果判定其归属。

三、慎重组稿,保证一个"专"字

稿件的质量直接影响出书的质量,而作者的质量也往往影响稿件的质量。请什么人撰稿,很有讲究。本书组稿面广量大,我们先后向200多位作者组稿,他们分布于全国23个省市自治区和香港、加拿大等国家和地区。本书出书时仍包括作者161位,基本上把国内绝大多数词学研究的专家都动员起来了,因此,从某种意义上说,本书是全国词学界专家学者共同努力的结果。

本书题为《鉴赏辞典》,但并不是会写写赏析文章的人都能写出高质量的鉴赏文章。我们认为,以专治专是保证书稿质量的关键措施。我们坚持一条原则,凡中等以上词人,都请对该词人有专门研究的专家撰稿。为了做到这一点,我一方面查阅建国以来词学研究的论文目录和词学方面著作的目录,又多次向唐老、曹济平老师等请教。唐老给我的一封信中就推荐了50多位作者,有的还指明应请他写哪位词人词作的赏析。因此,从组稿时开始,就奠定了本书成功的基础。如我们请对吴文英词有专门研究的加拿大哥伦比亚大学终身教授叶嘉莹写《梦窗词》赏析,请编撰过《辛弃疾词编年笺注》的邓广铭教授和对辛词有深入研究的喻朝刚教授写辛弃疾词赏析,请钱仲联教授和《陆游年谱》的编著者于北山教授写陆游词赏析,请编著过《周邦彦清真集笺》的香港大学罗忼烈教授写清真词赏析,请金启华教授撰写柳永词赏析……参加本书撰稿的一些中青年学者大都是近几年研究生毕业,他们对所写的词人也都有深入的研究。由于作者对该词人有专门研究,所以分析他们作品时常能照顾该词人的全部作品并兼顾词人当时的身世遭遇,不仅防止以偏概全的毛病,而且大大提高了书稿的质量。

四、字斟句酌,坚持一个"细"字

因为是鉴赏稿,要准确理解词意,帮助读者深入理解此词,但往往作者参考的某注释本本身就不准确,或根本没有注释本可供参考,作者发生错讹还是随时可能的。这就给我们的审稿带来许多麻烦。

审稿中我注意从宏观和微观两个方面严格细致地进行。从宏观而言,全书的体例必须严格统一,分析必须相互照应,具有辞书的严肃性。一个词人的作品请几个人写鉴赏文章,往往会同引某一古人的评论,有人对这段话持肯定态度,有人则持完全否定的态度。作为学术争论是允许的,但作为一般读者,就无所适从了,凡属这种情况,都作妥善处理,免得自相矛盾。就一首词的赏析而言,也有个宏观与微观的问题。从宏观看,就是看对整首词的词意理解是否正确,对词作的背景交待有无错误。发现对全词理解有错误的,我则采取退改或与作者通信联系后代为修改的方法;对词作背景等理解不当,则与作者通信,说明修改的理由后由我改定。例如南宋某小词人的一首《满江红》,作者认为当写于开禧北伐之后,事实上应作于开禧北伐之前,词中"万灶貔貅,便直欲、扫清关洛"等句纯属设想之辞。我给作者写了长达两千余言的信,说明我的理解,作者同意我的看法,对原稿加以改正。

审稿中发现大量的错误出现在对某些词句,某个典故的错误理解上。如王埜《西河》词:"陵图谁把献君王"一句,作者根据中国社科院文研所的注释本解释这是指唐宣宗大中五年沙州人张义潮起兵逐走吐蕃统治者,遣使献河湟图籍于朝廷事。其实,据《续资治通鉴》记载,这是用宋人事,理宗端平元年(1234),"朱扬祖、林拓以《八陵图》上进"。王埜词中是对献陵图一事激起理宗抗敌情绪颇为怀念。作者在解释北宋初魏夫人词中"墙头红杏花"一句时说:这是化用叶适(当为叶绍翁)诗"春色满园关不住,一枝红杏出墙来"而来。叶适、叶绍翁都是南宋人,上距魏夫人 200 余年,200 余年前的人竟化用 200 余年后的诗,显然十分荒唐。也有少量专家把一些不该错的知识性的问题搞错。如有的把"过片"与"下片"混为一谈,竟说"过片十句","过片分三个层次";有的把"幺弦"(琵琶的第四弦)想当然地解释为"细而长的弦"。这些均须一一改正。又如王建一首《调笑令》全词都暗用班婕妤的《团扇》诗,作者却忽略了这一点,在审读中须加以补正。

五、环环扣紧,力求一个"快"字

从本书编辑之始,我们就是在明确竞争对手的情况下进行的,领导要求我们当年选题,当年组稿,当年审稿,当年发稿。而当年我还承担着《南北词简谱》、《明清诗文论文集》等几本书的编辑任务,不可能全力以赴编这本书,压力是够大的。我也清楚地认识到,要战胜对手,在竞争中取胜,质量是关键,速度也是很重要的,这就要有点拼命精神。

为了提高出书速度,我们采取流水作业,排、校、审同时进行,这样就大大减少了"等"的时间。

由于本书题为"辞典",要求较高。印刷厂也前后 6 次送校,对每一次校样都得一丝不苟地审读,耗费时间极多,但我们仍在坚持质量的前提下加快速度。这样,全书只花了两年零两个多月就出书了,这比早我们四年起步的上海辞书出版社的同类书早了一年,也比早我们一两个月征订的燕山出版社的《宋词鉴赏辞典》早了三四个月。由于速度快,宣传工作做得好,此书迅速占领了市场,初版 20 万册一抢而空,接着又重印了 35 万册。

(《编辑纵横谈》,江苏人民出版社,1988 年 7 月)

我是怎样主编《爱国诗词鉴赏辞典》的

　　我的一位老师说过："著作家应爱惜自己的羽毛，自己的著作应力求后来者居上。"我便是本着这样的想法开始《爱国诗词鉴赏辞典》的编纂的。虽然此书未必能如我以前在唐圭璋老师指导下主持编纂的《唐宋词鉴赏辞典》、《金元明清词鉴赏辞典》那样畅销、那样轰动，而我却敝帚自珍，因为较之前者，我为之倾注了更多的心血。

　　本书的选题是七年前提出的。在约稿前便做了长期的准备，而于本书的选目尤其煞费苦心。提起"爱国诗词"，稍有点古典文学修养者都能举出岳飞《满江红》等名篇，把同类诗词选本作简单的迭加，做做加减法，也不难凑上几百首。我未这样做，而是艰苦细致地，从古今人编订的各种诗词总集中爬梳寻觅、披沙拣金。同时把诗话、词话、辑佚补遗、诗纪事以至地方志均列入选目的涉猎范围。仅在约稿单上开列给撰稿人作选目及写作者小传参考的书目便达 121 种，500 余册。唯其如此，本书选篇既包括人们熟知的名篇，也包括更多鲜为人知的爱国佳作。为本书审稿的李廷先教授不无感慨地说："这本书的选目确实令人耳目一新。"为了避免因约稿审稿中某些周折而使一些佳作不能入选，从而破坏本书作为一个大型选本的完整性，本书将这类作品补辑于后，便弥补了这一缺憾。这也是本书与众不同之处。

　　本书选目还反映了当代诗词古籍整理的最新成果。如有多首诗词均是从近年来新发现的 76 卷《永乐大典》的残本中辑出的，有些不仅《四库全书》未收，近年来新版的各种诗词总集也未收，有些选目则是从《中国韵文学刊》等刊物辑录而来。还有一些则来自海外孤本、国内的地方志、手抄本及稿本。由于搜罗完备，选择余地大，入选的篇目内容精湛，篇篇珠玑，而且题材风格也异彩纷呈。

　　本书选篇的确定，不仅就作品论作品，也兼顾其人。本书撰稿人规格之高、阵容之强,也是已出各种鉴赏辞典中很少能够企及的。本书有领衔撰稿人66人,其中30人是博士生导师,其余也都是深孚众望的著名学者。200名撰稿人中,正教授以上专家占一半以上,其他撰稿人也大都是学有成就的副教授、博士等。以专治专,使全书的质量有了可靠保障。

本书还附录了《历代爱国人物》、《历代爱国事件》,它既拓宽了读者视野,又可作为阅读本书某些篇章的背景材料。本书还辑录爱国名句千余条,它既不限于已入选的篇目,也不限于诗词,更可进一步窥见我国爱国主义文学的全貌。

本书审稿也坚持精益求精,注意从学术性和普及性两方面来加工书稿。宁得罪作者,不得罪读者,使全书的质量有了进一步的提高。江泽民同志题写的辛弃疾爱国词《菩萨蛮》手迹,交由本书首次发表;南大名誉校长、国务院古籍规划组组长、江苏省诗词协会名誉会长匡亚明教授为本书题写了书名,并担任本书顾问,都使本书大为生色。而南大出版社有关领导同志担任本书编委,著名诗词专家李廷先教授参加本书的审稿及校对工作,都对本书的出版作出了重要贡献。

图书的上帝是读者。《爱国诗词鉴赏辞典》究竟能否对弘扬中华文化有所裨益,能否使读者在得到文学享受的同时,也陶冶情操,增强民族自信心和自豪感,这还有待于广大读者的评判。

(《大学图书馆学报》,1993年第3期)

王步高诗文集

唐门立雪二三事

——纪念唐圭璋师逝世 10 周年

去年 9 月，我去武汉开会时有幸得知北京学界同仁公认唐圭璋师与周振甫先生是学术界的"二圣人"，他们谈及唐老师都径称"唐圣人"而不名。说这话的是中国新闻学院教授、中华诗词学会副会长兼秘书长周笃文先生。我与周笃文先生书信往还近 20 年，但这才是初次见面。周先生对唐老的敬重和爱戴使我们有了更多的共同语言。

回想我第一次见到唐老是 1982 年冬天，这时距离他去世尚有 8 年。而从 1984 年秋我到江苏古籍出版社工作，并具体负责编辑《唐宋词鉴赏辞典》后，就有了很多接触唐老的机会。1987 年，我又报考并被录取为他的第二届博士生。几年间，先生耳提面命，使我受益良多。先生的博学，使我辈永远难望其项背。但使我感受更深的不是先生作为"词学大师"，而是作为"唐圣人"的那一面。姑且以这篇小文，作为周笃文教授那段话的一个小小的注脚。

唐先生的胸襟博大、虚怀若谷是早有所闻的。亲历的几件事，更给我留下强烈的印象。80 年代中叶，日本的水原渭江教授来信向唐先生求教，并寄来他的《敦煌舞谱》等著作，还约定不久将来南京拜会唐先生。唐老很认真地阅读了这些论文，他对我说："说实话，对敦煌舞谱等我不大懂，南大有个高国藩先生，他是研究敦煌学的，可惜我去不了他家，你能不能替我把这些论文送给他看看，方便时，让他到我这里来一趟，把我不懂的地方给我讲讲。"我去了当时才是讲师的高国藩先生家，把唐老的话一一告诉他。高国藩先生激动得几乎掉下眼泪，他决计想不到，这样一位名满天下的大师竟会来向他求教。

唐先生的朋友遍天下，他一直与他们保持着良好的联系。为编《唐宋词鉴赏辞典》，他一次就开出 60 多位词坛耆宿及青壮年学者的姓名及通讯地址,让我们组稿时一定要请他们。有次我谈到我读硕士生时的导师喻朝刚教授曾师从过夏承焘先生时,唐老说:"夏先生很了不起,他的学问比我大,你有问题可以多向夏先生请教。"

即便对我们这些后生小辈,唐先生也能虚心听取我们的意见。有一次《光明日报·文学遗产》专栏发表了湘潭大学羊春秋教授的文章《韦庄是"花间派"吗?》。羊先生认为,韦庄不应当算是"花间派",并且引证说,唐圭璋先生也说过这样的话。唐先生看了这篇文章很不高兴。我正好去他家,他生气地对我说:"你给羊春秋先生写封信,问问他我什么时候说过'韦庄不算花间派'?韦庄的词都收在《花间集》里,'温韦'并称,他怎么能不算'花间派'呢?"我见先生正在气头上,就应允下来。过了两天,我再去唐先生家,他又问我给羊先生的信有没有写,我搪塞说:"这两天忙,过两天就写。"又过了几天,唐先生再谈起此事,我见他气早消了,就告诉他:"唐老,您其实是说过'韦庄不算花间派'的话。"他不信,我就指着齐鲁书社出版的《唐宋词学论集》上《论温韦词》一文,其中果真有类似的话。那篇文章是潘君昭先生执笔,以唐先生和她两人名义发表的。于是,唐先生立即说:"那赶紧写封信向羊春秋先生道歉!我年纪大了,署过名的文章记不清了。"我告诉他,原来并没有给羊先生写信,用不着道歉,唐先生才松了口气。

《词话丛编》出版以后,我有一次问起唐先生为什么不收《清词玉屑》等几部词话,唐先生说:"《清词玉屑》等几部词话我未见过。《词话丛编》遗漏的词话可能还有不少,你以后有机会可搞个《补编》。"他还说:"我年纪大了,多年不能到外地图书馆查书了。"先生的坦诚令我吃惊,这样博学的大师竟坦然承认这些书我没见过,而不像其他人那样设法掩饰,我的心灵被震撼了。我曾多次向先生请教过学问上的许多问题,我惊叹先生的学识渊博,然而我更惊叹先生这种坦诚。这才是"常人"与"圣人"的分水岭。

唐先生是个大学者,但在他的门生弟子面前他却是个可以亲近,甚至还可以争论、可以批评的凡人。

1987 年,他任主编的《唐宋词鉴赏辞典》问世后,引起轰动,一年内重印达 55 万册。上海首发式出现排 400 米长队购买的空前盛况。上海《新民晚报》约他写文章记述该书的编纂经过。他对我说:"你最了解情况,就由你写吧!"他谆谆嘱咐,一定要把一些大力支持本书编写的先生写进去。我模仿唐先生的口气,以浅近的文言文将文章写成以后,唐先生又把我漏掉的几位先生的名字补进去,也把我的名字补进去。文章是以唐先生的名义发表的。

事后,他一再叮嘱他的女婿卢德宏老师一定要把稿费送给我。先生一生总是为别人着想,生怕亏待了任何一个人。

唐先生十分重视"名节",尤重民族气节。1987 年我开始为南京大学出版社主编《金元明清词鉴赏辞典》时,曾多次向唐先生请教。他说:"你读过夏老(承焘)主编的《金元明清词选》吗?那本书最好的就是没有收钱谦益等降清的变节分子,你编《金元明清词鉴赏辞典》也决不可收钱谦益。"我是完全照办了。透过唐先生那弱不禁风的身躯,我看到了中华民族的精神和气节。

唐先生很注意奖掖后进,年轻人给他写信,他只要身体好,都一一作答。王筱芸同志 1985 年报考唐老的博士生,考前曾给唐先生来信。唐先生把信拿给我看,说:"这位女同学文章写得不错,字写得特别好!"他对曾向他请教过的许多外地学者如周念先、沈家庄、周少雄等常记挂在心,让我们代他写信致问。

我本人受唐老教益良多。由于原工作单位不同意我在职攻读博士学位,我未能完成博士学业便中途退学了。唐先生知道我很难过,多次举本校郁贤皓、陈美林二位老师作例子,说他们连硕士生也没有读,不是照样成才了,而且都成了国内著名的学者。鼓励我不要气馁,没读完博士照样可以有所作为。其实,他对我的退学是很痛心的,直到去世前不久,还对曹济平老师谈起关于我读博前后一些不为外界所知的事,让曹老师在适当的时候告诉我。

唐先生人虽早已离我们而去,他的知识财富仍将永远哺育中华民族的代代学人。他"圣人"般的高风亮节,是更为不朽的精神财富,它将通过千百名"唐门弟子",代代相传。

(钟振振主编《词学的辉煌——文学文献学家唐圭璋》,南京大学出版社,2001 年 3 月)

四牌楼校区历史沿革考略

　　四牌楼校区是东南大学校本部所在地,东望钟山,北傍玄武,西邻鼓楼,占地不足千亩,却有着近1800年的教育史、文化史,可以说,这里是世界上最古老的大学之一。如今校园内尚郁郁葱葱生长着的一株六朝松便是最好的见证。

　　这里是东吴、东晋、宋、齐、梁、陈六个朝代的皇宫、内苑所在地,历时三百余年。东吴黄龙元年(229)4月孙权称帝,9月迁都建业(今南京),10月营造都城。东吴建业都城位于鸡笼山、覆舟山之南。都城外南门为宣阳门,出门五里即秦淮河。赤乌三年(240)的开运渎引秦淮河水入宫城内之仓城,次年又于仓城和玄武湖间开凿潮沟(即今之珍珠河)。吴都城建太初宫和昭明宫,据罗宗真《六朝考古》认定"两宫大小相同",其位置据《建康实录》记,在唐江宁县(今朝天宫东)东北,即今天东南大学之西南附近。又在太初宫东面、北面建苑城。今之东大应是当年昭明宫及苑城所在地。东晋时修建建康宫,宫城名"台城"。《建康实录》注:"台城在苑城内。"《宫苑记》载:"古台城即建康宫城,本吴后苑城,晋咸和中修缮为宫。"故知建康宫是在吴宫城旧址上扩建而成。罗宗真《六朝考古》又云:"《舆地志》又说:'台城周八里,有墙两重,咸和七年(332)宫城,新宫内外殿宇大小凡三千五百间。'可知这时宫城已有两重城,其范围约占今东南大学全部。"以后宋齐梁陈几代均以此为宫城。2001年12月,南京四牌楼华能城市花园工地挖掘发现六朝宫城的部分遗址,也即在东大附近。

　　关于"台城"的确切位置,并非指解放门附近那段城墙,而应是指六朝宫城。东汉以后,中央政务由三台改归台阁(尚书),习惯上称中央政府为"台"。《舆地纪胜》曰:"晋宋时谓朝禁省为台,故谓宫城为台城。"今鸡鸣寺后有一段200多米的古城墙,城下有门,民间称之为台城门,据专家考察,筑这段城的打基条石与中华门城墙条石相同,应是明初所筑,与古台城无关。《同治上江两县志》中就明确指出:"鸡鸣寺后之城,乃是明扩都城时所造。"《舆地志》记载谓:"同泰寺南与台城隔路,今法宝寺及圆寂寺,即古同泰寺之基,故法宝寺亦名台城苑。以此考之,法宝、圆寂二寺之南,盖古台城地也。"因此,古台城的北部应在今北京东路东南大学的北围墙附近。

东吴景帝孙休永安元年(258),诏立五经博士,这是东大这块土地上办学之始。诏书云:"古者建国,教学为先","自建兴以来,时事多故,吏民颇以目前趋务,去本就末,不循古道","其案古置学官,立五经博士,核取应选,加其宠禄;科见(现)吏之中及将吏子弟有志好者,各令就业。一岁课试,差其品第,加以位赏","以敦王化,以隆风俗"。五经博士乃学官名,始于汉武帝建元五年(前136),掌教授五经。五经为儒家五经:《诗经》、《书经》、《易经》、《礼记》、《春秋》。

南朝刘宋元嘉十五年(438)征著名学者雷次宗至京师,开馆于鸡笼山下,也即今东南大学北部,学生百余人。会稽朱膺之、颖川庾蔚之并以儒学监管诸生。又使丹阳尹何尚之立玄学,太子率更令何承天立史学,司徒参军谢元立文学,凡四学并建,皇帝的车驾也数次幸雷次宗学馆,资给甚厚。雷次宗不入公门,于是使之自华林东门入延贤堂就业。研究教育史者认为这是我国创办多科性大学之始。齐之开国皇帝萧道成就曾于此学《礼记》与《左氏春秋》。梁武帝即位,又开五馆。据《南史·严植之传》载:"兼五经博士馆,在潮沟,生徒常百数,讲说有区段次第,析理分明,每当登讲,五馆生毕至,听者千余人。"潮沟旧址,也在今之东大也。

南朝时期是我国科学技术高度发展时期,祖冲之(429—500)即生活于此时。他精确测定圆周率在 3.1415926 至 3.1415927 之间;又创制《大明历》,算定一回归年为 365.24281481 日,与近代科学误差仅 50 秒;算定月亮环行一周的日数为 29.21222 日,与近代科学所测的日数误差不到一秒。还试制成指南车。祖冲之在宋武帝时任职的华林学省及校试指南车的乐游苑,均在今东南大学四牌楼校区内。

南朝时期,更是文化高度发展的时期。钟嵘之《诗品》、刘勰之《文心雕龙》、干宝之《搜神记》、刘义庆之《世说新语》等均产生于此时,而这些著名文学家均曾在台城为官。著名书法家王羲之,著名画家晋明帝、顾恺之、梁元帝、顾野王等,也都曾在东大四牌楼校区这块土地上为官。此外如陶弘景、葛洪等,也都有在这块土地上生活的经历。

齐梁时期,中国的诗歌发展到一个转折时期。沈约、周颙等受转读佛经和当时文气说之影响,发现汉语字的读音有四声的变化。《南史·陆厥传》云:"永明末,盛为文章,吴兴沈约,陈郡谢朓,琅琊王融,以气类相推毂。汝南周颙,善识声韵,约等文皆用宫商,以平上去入为四声。以此制韵,有平头、上尾、蜂腰、鹤膝。五字之中,音韵悉异,两句之内,角徵不同,不可增减。世呼为永明体。"顾炎武云:"四声之论,起于永明,而定于梁陈之间也。"(《音学五书·音论》)而沈约、谢朓、王融等均为梁武帝次子竟陵王萧子良在鸡笼山下开西邸时的座上客,文学史上称"竟陵八友"。他们创作永明体诗歌,相与讲论音律,酬答唱和,极一时之盛。"永明"是齐武帝萧赜的年号。梁简文帝萧纲更是大量写作这种新体诗,它形式整齐,讲究格律,对仗工稳,只是平仄与定型的格律诗略有不同,常有失粘失对等情况。如范云之《巫山高》、张正见之《关山月》、庾信之《舟中夜月》等诗已似五言律诗;庾丹之《秋闺有望》诗已似五言排律;柳恽《和梁武帝景阳楼》诗、梁简文帝《梁尘》诗、陈沙门慧标《送陈宝应起兵》诗已似五言律绝;萧子云《玉筒山》诗、虞世南《袁宝儿》诗已似七言律绝;而庾信之《促柱弦歌》、陈子良之《我家吴会》也已具备七言律诗之雏形;沈君攸之《薄暮动弦歌》诗更已似七言排律……显然,齐梁陈的诗歌创作不仅取得了很大的成就,而且对诗歌的格律化起了极大的推动作用,为唐诗的繁荣奠定了基础。

　　梁武帝的《江南弄》七曲虽仍属乐府诗,但已被很多研究者认为是文人词之滥觞。每首均由三个七字句、四个三字句组成,第四句重复第三句的末三字,这七首诗形式高度一致,与之唱和者也均无例外。除了平仄不完全相同,已看不出它与《忆江南》之类单调小令词有何区别。而写这些早期格律诗、文人词的代表作家均集中于东南大学所在地的古台城,所以,说东大这块土地是中国格律诗词的发源地是并不过分的。

　　我国文学史上第一部多种文体的文学总集《昭明文选》也应是成书于东大这块地方。梁代的太子宫位于台城东南,从古地图看应相当于东大文昌桥宿舍区之南部。萧统(昭明太子)曾于宫中开凿善泉池(一名九曲池),池中有亭榭洲岛,极幽深之至。萧统常在池中泛舟,还曾吟咏左思《招隐士》诗云:"何必丝与竹,山水有清音。"《梁书·昭明太子传》云:他"引纳才学之士,赏爱无倦。恒自讨论篇籍,或与学士商榷古今;闲则继以文章著述,率以为常。于时东宫有书几三万卷,名才并集,文学之盛,晋宋以来未之有也。"江南一带多有昭明太子的"读书台",事或有之。而《昭明文选》的编纂离开东宫的三万卷藏书,似乎是编不成的。刘勰等均曾任太子宫"通事舍人"等职,肯定对《文选》的编纂有所帮助。而一些"读书台","读书"尚可,编书便较少可能了。谓《昭明文选》成书于太子宫,也即成书于今之东大校址,应是无疑的。

隋灭陈后,隋文帝下令将南朝宫殿平毁,金陵(或称建康)已无复六朝之繁盛,只留下城西水西门一带作为蒋州,唐代为扬州大都督府所在。南唐定都南京,鸡笼山南这一带离宫城也不远。宋元两代江宁府学和集庆路学,亦在鸡笼山之南,但似乎距山稍远,已超出今东南大学的南沿。隋代的这场浩劫之后,六朝建筑大致已极少,流传至今的已一件无存。独有六朝松虽历经1500余年生机犹存。

明太祖定都金陵,洪武十四年(1381)改建国子学于鸡笼山南,翌年五月落成,并正式定名国子监,其地即今之东南大学四牌楼本部。国子监的位置:东至小教场,西至英灵坊,北至城坡土山,南至珍珠桥,左为龙舟山(即覆舟山),右为钦天山(即鸡笼山)。其范围要略大于今东南大学的四牌楼本部。有正堂十五间,每间阔一丈九尺,深五丈四尺二寸,高三丈三尺四寸,匾额由太祖题写;次间列祭酒、司业公座。支堂六,曰:率性、修道、诚心、正义、崇志、广业,由助教、学正、学录分居之,每堂各十五间。东为文庙,殿宇宏伟。学生所居号房多至千余间,另建有光哲堂、王子书房,以居日本、高丽、琉球、暹罗诸国学生。储米有仓库,习射有圃,讲学有院,入学者谓之监生,有举监、贡监、廪监之别,学生最多时达9000多人,设官师40余人。其规模之大,不仅前无古人,亦为当时世界仅有。其课程有四书、五经、《说苑》、律令、射、书、数、大诰及外国文。学生实行供给制,衣服、膳食、医药均为公家供应,还赡其家属,许其省亲。永乐迁都北京后,学生稍减。明英宗正统六年(1441),又改名南京国子监(又名南雍),前后历时265年(明代共276年,不含南明2年)。

明代发生在这块土地上值得大书一笔的是《永乐大典》的编纂。明成祖永乐元年(1403)解缙进翰林学士兼右春坊大学士,主持纂修《文献大成》。《南雍志》载:"永乐二年(1404)十月丁巳翰林院所纂录韵书,赐命《文献大成》。上以其未备,遂命重修。以(国子)祭酒胡俨兼翰林院侍讲及学士王景等为总裁,开馆于文渊阁,礼部简能书监生缮写。"《明史·陈济传》载:"成祖诏修《永乐大典》,用大臣荐,以有石为都总裁,修撰曾棨等为之副。词臣纂修者及太学儒生数千人,缮秘库书数百万卷,浩无端倪。济与少师姚广孝等数人,发凡起例,区分钩考,秩然有序。"《永乐大典》成书于永乐五年(1407,

一说永乐六年)十一月,广收各种图书七八千种,书共22877卷(另凡例、目录60卷)。书仍藏于文渊阁。文渊阁遗址紧邻当时的国子监,故由国子监祭酒兼编书之总裁(不止一人),且国子监儒生数千人直接参与纂修缮写等。《永乐大典》按《洪武正韵》编排,常常整部书抄入。明代文渊阁当在今东南大学北部至和平公园一带,由于当时没有北京东路,这二者是紧邻着的。至今南京市政协前靠近和平公园仍立有"古文渊阁遗址"的纪念碑。《明史》卷一百四十七曰:"成祖入京师,(解缙)擢侍读,命与黄淮、杨士奇、胡广、金幼孜、杨荣、胡俨并直文渊阁,预机务。内阁预机务自此始。"该卷末赞曰:"明初罢丞相,分事权于六部。成祖始命儒臣直文渊阁,预机务。沿及仁、宣,而阁权日重,实行丞相事。解缙以下五人,则词林之最初入阁者也。"直至永乐十九年(1421),明成祖迁都北京,在北京也造了个文渊阁,《永乐大典》才运往北京。这是我国历史上工程最浩大的类书,由于它不肆意删改、禁毁(如《四库全书》),其保存文献的价值特别巨大。惜乎当时仅有一本,后也仅抄一副本,正本至明代嘉靖、隆庆抄成副本后即神秘失踪(有人怀疑已埋入地下),副本也仅存730卷,仅占原书之3.19%。但它对人类文明的贡献是巨大的,编《四库全书》时即从《永乐大典》中辑出佚书385种。

清代顺治七年(1650),改南京国子监为江宁府学,当时又颁刻卧石碑文,谕旨曰:"帝王敷治,文教为先。臣之致君,经术为本。自明末扰乱,日寻干戈。学问之道,阙焉未讲。今天下渐定,朕将兴文教,崇经术,以开太平。尔部传谕直省学臣,训督士子,凡理学、道德、经济、典故诸书,务研求淹贯。明体则为真儒,达用则为良吏。果有实学,朕必不次简拔,重加任用。"由于国子监在明末破坏严重,故顺治九年(1652)、康熙五年(1666)、康熙十九年(1680)、康熙二十一年(1682)、康熙二十二年(1683)、康熙四十五年(1706)、康熙五十五年(1716)、雍正十三年(1735)担任两江总督和江宁织造等职的名臣马国柱、周亮工、于成龙、曹玺等均一次次增修,修圣殿、棂星门、戟门、两庑、七十二楹、四碑亭、泮池、屏墙……使江宁府学一次次完善,历久而常新。其规模远远超过今日之夫子庙(当时只是县学)。但嘉庆中毁于大火,咸丰中又遭太平天国兵祸,乱后由曾国藩迁往朝天宫。

明清时东大四牌楼校区还是文昌书院旧址。据《乾隆江南通志》载:文昌书院在江宁府学成贤街,原国子监文昌阁地。明万历间国子监助教许令典创建。清代顺治十七年(1660)学博(即教谕)朱谟同学生白梦鼎等重修。建坊申请,匾额书"文昌书院",以为读书讲学之所,与钟山书院、惜阴书院等齐名。至今其他名犹有"文昌桥",亦从文昌阁、文昌书院得名。

今年是东南大学建校一百周年,这一百年来在这块土地上又出现了一大批卓行特立之大师级的人物,教育家则有李瑞清、江谦、郭秉文、罗家伦、汪海粟、刘雪初、韦钰等,自然科学家则有(按学科排序)熊庆来、吴刚复、吴有训、严济慈、赵忠尧、吴健雄、杨立铭、柳大纲、张钰哲、竺可桢、李四光、秉志、童第周、梁希、金善宝、蔡翘、戚寿南、茅以升、虞兆中、严恺、陈章、顾毓琇、刘盛纲、倪光南、刘敦桢、杨廷宝、童寯、吴良镛、戴念慈、罗荣安、冯元桢、任新民、黄纬禄、钱钟韩、周仁、丁衡高等。人文社会科学家则有黄侃、赵元任、刘师培、吕叔湘、吴梅、赛珍珠、胡小石、徐志摩、汪东、唐圭璋、刘伯明、汤用彤、宗白华、柳诒徵、闻一多、吴宓、楼光来、陶行知、陈鹤琴、李叔同、吕凤子、徐悲鸿、张大千、傅抱石、高剑父、李剑晨、马思聪、马寅初、孙本文、李国鼎等。确乎群星璀璨,俊彦云集。这些大师的出现,与这片神奇土地上1800年的深厚文化积淀是分不开的,是千年辉煌史的继续。如今由这块土地上衍生出的十多所院校均已进入"211"的行列,这些学校造就了更多的著名自然科学家、社会科学家、文学艺术家,他们又可在各自学科领域写出与《永乐大典》《昭明文选》可以媲美的巨著,创造出比祖冲之更骄人的业绩。在这片神奇的土地上,世界罕见的悠久教育传统、厚重的文化积淀一定会促使我校在本世纪中叶成为世界一流大学之理想得以实现。"祖宗回眸应笑慰,擎旗自有后来人。"

参考文献

[1] 南京地名源[Z].南京:江苏科技出版社,1991.

[2] 宋·张敦颐.六朝事迹类编[M].上海:上海古籍出版社,1995.

[3] 叶楚伧,柳诒徵.首都志[Z].1935.

[4] 三国志、晋书、宋书、南齐书、梁书、陈书、南史.中华书局校点本.

[5] 清·姚鼐.嘉庆江宁府志[Z].清刻本.

[6] 清·汪士铎.续修江宁府志[Z].清刻本.

[7] 黄佐.南雍志[Z].明刻本.

[8] 张铉.至正金陵新志[M].南京:南京出版社.

[9] 罗宗真.六朝考古[M].南京:南京大学出版社,1994.

[10] 范文澜.中国通史(第二卷)[M].北京:人民出版社,1978.

[《东南大学学报》(哲学社会科学版)2002年第4卷第3期]

卷二 散文·回忆

悠悠岁月　深深情结

——致母校扬中市高级中学建校六十周年

我将终生铭记在扬中县中的六年！我十分眷恋这段人生事业的准备期！

我是 1958 年从沙家港小学毕业入县中的，1961 年又考入本校高中部，1964 年考入南京大学外文系德文专业。大学毕业后我改行当了中学语文教师，后又以优异的成绩考取吉林大学中文系研究生，此后又成为唐圭璋教授的词学研究博士生。1994 年成为东南大学中文教授。尽管我也经历了本科—硕士—博士，但真正在中文系就读的时间不足三年，我的中文基础靠中学六年、当中学教师和准备研究生考试的十多年，在扬中的这近二十年打下的。我感谢扬中，感谢母校！

首先我感谢县中的老师。五六十年代的县中，教师中本科以上学历的并不多，却有许多极优秀的人才。由于历史上的政治问题，许多本可以当大学教授或官员的资深老师被"贬"到这里。如数学教师曹文崇、华世同，俄语教师姚树诚，语文教师朱石渠、匡一，等等，他们有的是黄浦军校出身，有几人还在东南大学及南京大学学习、工作过。又有一批很优秀的中青年教师，如余清逸、裴祥林等。我们钦佩华世同只带两支粉笔进课堂的潇洒，也钦佩姚树诚标准地道的莫斯科式的俄语。教师队伍中有若干座高耸入云的高山，是县中五六十年代令人景仰的原因之一。

其次，我感谢县中相对宽松的学习环境。我是个很调皮的孩子，初中时打闹曾让一位同学用小刀把手腕戳穿。县中六年我没当过一次"三好生"，我当过的最大"干部"是校黑板报主编和语文课代表（五年）。当时语文课要背书，老师总在课堂上让我背古文，从不要我背现代文，他知道，我肯定一句也背不出。语文考试我每次只考 78 分左右。有 20 分现代文的填空我是一定放弃的。

学校和老师对我的宽容也是我至今深深感激的。苏共二十大赫鲁晓夫大反斯大林，我国公开"反修"还未开始。我热血沸腾，去县新华书店买了一本《斯大林传略》，将斯大林像裁下，贴在教室的墙上，还配了一副对联骂赫鲁晓夫，歌颂斯大林。这张像竟在我桌子边的墙上贴了一个多月，班主任才与我协商将它揭下。我这一做法今天看来并不可取，却使我保持了独立的人格，突出了个性，养成了从不人云亦云、从不惟命是从的性格。这正是我一生能够百折不挠，敢为天下先的开始。

其三，我感谢县中的图书馆。我一生没有抽烟喝酒等嗜好，却酷爱读书买书。当时县中图书馆仅藏书万余册（远少于我今天的个人藏书），但对于我这个初入学的少年，这是一个知识的海洋了。我当过三四年兼职图书馆管理员，我读遍了县中图书馆古今中外的文学书，许多著名长篇，我读过不下五六遍。当我高中毕业时，我的文学修养，已接近于当时的中文系本科生。书本是我这所自修大学的讲师和教授。几年后，我改行教中学语文，还能在几年后给中学教师上大学课程，这六年是我的资本原始积累。

其四，我感谢那段艰苦的磨炼。1958 年至 1964 年，正是国家最困难的年月。其间我父亲响应国家号召下放回乡务农，工资由每月 110 元（这在当时与县长的工资相当）改为在生产队挣工分。我高中三年完全在饥饿中度过。衣不蔽体，食不果腹。一年中大半年赤脚上学。我们当时最大的理想是能喝上稠点的稀饭，能不挨饿。然而生活的艰辛磨炼了我，再大的苦，我能吃；再大的压力，我扛得住。物质的极端匮乏，却使我的意志极端的顽强。"文革"岁月，我一次次被打成"反革命"，我能站直了不趴下。在准备考研的三年中，我每天凌晨两点起身，一天只睡四小时，靠的便是这种精神。

然而县中的教育并非尽如人意，我和我先后的师兄、师弟们，未能成为可以震古铄今的大才、帅才。除了时代及个人的原因，也有基础教育的原因。与苏高中、扬州中学、南师附中等名校比，县中的教育也有其诸多不足。

首先是文化底蕴不厚。四十年前，县中建校时间很短，还远不曾形成自己的办学理念与办学风格。华中科技大学一位教授提出一个"泡菜理论"，认为"泡菜的味道与质量是由泡菜缸里水决定的"。营造一个好的文化氛围很重要。这里有硬件（如图书馆等设施），也有软件。历史上扬中连进士也未出过一个，这不是我们的光荣。应当正视我们的不足，向绍兴、常熟、吴江、宜兴等文化大县（市）看齐，向名校看齐。

其次是缺少面向世界、面向全国的勇气与胆识。我记得当年我们常与大港中学来往密切，唯一敢与之较量的对手是八桥中学。扬中建市时我填过一首贺词，其末云"齐驱苏锡沪，回首望金焦"，如果连这点勇气也没有，那是比较渺小的。一定要跳出扬中看县中，跳出江苏看县中。

再则缺少培养文化巨人、科学巨人的气魄。四十年前的扬中除了一个农具厂、一个食品厂外几乎没有工业,是落后的农村,农民意识局限了我们的办学胸襟,也局限了我们的办学理念的提升。如今扬中有了天翻地覆的变化,办学理念也得改变。我们既要培养有知识、有道德、身体健康的劳动者,也应培养出几十年后可成为国家栋梁的大政治家、大军事家、大科学家、大文学家。要培养人才,也要培养将才、帅才。校长、老师、职工都要有这个意识,这样我们学校的一切工作便不会只跟着应试教育转。教师应成为基础教育的专家,要进行教育理论的探索,也要成为自己学科的专家。老一代的大学者不少人当过中学教师,要做这种学者型的教师。中学教师的社会地位虽不很高,但并不意味着不能有大的作为。要学习吴仁宝把一个村支部书记当得那么出色,使许多比他地位高得多的官员都黯然失色。杰出的中学教师一定比平庸的大学教授更能实现人生的价值。教师是红烛,是照亮别人的,希望被我们照亮的人中有一批巨人。教师本身也应当是人才,也可以成为教育家。仅仅甘当"人梯"不行,没有"可上九天揽月"的老师培养不出"手可摘星辰"的高足。拿破仑说"不想当元帅的士兵不是好士兵",我们也可以说不想成大才的学生不是好学生,不想当名师的教师不算好教师。没有若干名师的学校也不可能是名校。

当我毕业四十多年后,回首往事,我对母校深深地眷恋。我的成长,我的事业是在这片土地上开始的。我也深感惭愧,由于自己个性弱点,小农意识,也因为一度缺少对外界环境的抵御能力,在"文革"前后虚度了不少光阴,在后来的治学经历中也走过许多弯路,致使如今不能向母校六十寿诞上交上更丰厚得多的贺礼。我的成功,应归功于母校!我的失败,也希望母校师生引以为戒!当今中国教育存在的问题很多:重视意识形态教育而忽视道德情感教育,过于重视外语教育而忽视母语教育,过于重视共性教育而忽视个性教育,过于重视知识的传授而忽视创造力的培养……由于社会舆论的导向、家长的要求,要真正实行素质教育还困难重重。教育改革,任重而道远。需要有非凡勇气的领导和众多忠于教育事业,有献身精神,有扎实专业知识的老师不受功利的束缚,按教育规律办事,才能将市高中营造成中华名校,希望扬中的大地上也能矗立起珠峰和泰山,也能出一些造福于中国和全人类的大人物!

殷切希望我们的母校,成为我辈学子永恒的骄傲!

（2005 年 10 月）

回乡小札

近日我与曹济平教授一起陪日本大阪的水源渭江教授到扬中访问，重点访问了扬中玉雕厂，时间很短，倒颇有感触。

玉雕在扬中工业史上是作出过很大贡献的产业，由于外销不畅，目前遇到很大困难。产品积压，生产规模也大大缩小。据说扬中同行业的其他厂也大致如此。

尽人皆知，玉器价格昂贵，中国人买不起，只能靠外销。既然出口不景气，造成上述生产情况，固势在必然。……这是该行业一些同志的思维模式，也是我参观前的观念。到该厂参观后，我倒觉得这个观念似乎得变一变。玉器的价格虽对于我们这些"工薪阶层"显得过于昂贵，但对于我国已先富起来的"大腕"恐怕并不太贵。水原渭江先生买的一块不太小而很精致的玉才 1000 多元。对于那些年收入以六位数、七位数计的人，实在是微不足道。

玉文化是中华传统文明的一个组成部分，我们祖先对"玉"的尊崇远胜于西方人的拜"金"主义。皇帝的印是玉做的，朝廷中最高的官佩玉，其次才是配"金"配"银"。《史记》中就记载着秦王要用五个城换赵国的"和氏璧"的故事。"璧"者，玉也。真正地道的西方人，似乎并不如中国人对它如此钟情。我想，玉器出口，也是主要卖给海外那些大中华文化圈各民族的富人的，当然也有些崇尚东方文明的西洋人士。诚如此，为何当今一些中国人自己也腰缠万贯以后，便不能成为玉器的买主呢？如今，颈上挂着沉甸甸金项链的妇女，戴着两三只金戒指、钻石戒指的女士、男士都到处可见。有数万元红木家具的也屡见不鲜。如果说这是一种古文化、古代审美观的回归，何以被我们祖先看得比黄金更贵重的玉器，却备受冷落呢？

玉器行业的同志们，是不是可以转变一下观念，改变一下思维模式呢？

91

如果生产一些适合中国人习俗的工艺品,如以一对玉鸳鸯作订婚、结婚的装饰物,其文化品位不是比戒指、项链更雍容华贵吗? 如果能以之占领苏、锡、常、镇江等地的市场,并进而打进上海、南京,再辅之以必要的宣传广告,玉雕行业是可以不全靠洋人的钱包,也可振兴起来的。

由此我也想到,一些企业是式微不振,似乎应改变一下思维定势。"穷则思变",不景气和种种困难,能逼我们去思考,去创新,去改弦更张。一切都是可以改变的。

我也想,我们的祖国有着几千年的古老文明,是不是可以使我们的某些产品也可以多些民族文化的内涵、民族文化的特色呢?

隔行如隔山,我是个书生,不自藏拙,却来侈谈经济,令乡亲嗤笑了。

王步高诗文集

我在东大的十九年

　　当我办完退休手续又在东大工作了一年后，我告别这块深深眷念的土地，踏上北行的列车，我将在清华大学和其他院校的讲台上延续自己的教学生涯，延续我对母语教育的钟情，延续我对众多莘莘学子的挚爱与期盼。十九年了，当我即将挥泪告别之际，心中萦回着许多会永生难忘的师生与同志之爱，我已与从此以往世世代代的东大人结下永远的友谊。他们可能从未见过我，也一定会把我当成他们可以引以自豪的校友。我能得到这样的垂青眷顾，知足了。今后无论我到哪里，脸上都会写上"东大人"，我还要为东大增光，为东大争气。十九年，对人的一生是不短的岁月。我们刚跨进大学校门时曾有一个提法"要健康地为国家工作五十年"，后来我曾要求自己"拼到五十，苦到六十，干到八十，活到九十"，实现"健康地为我国的教育文化事业工作六十年"；近几年来，我又根据自己的身体情况，提出"拼到七十，苦到八十，干到九十、一百，力争赶上郑集教授（他已 110 岁）"。

　　我来东大之前，经历了太多的苦难与磨折。因参加民兵试验负重伤，呼吸心跳都停止，死而复生；"文革"中我曾两度被打成"反革命"，被关押 309天，担任的中学副校长也被免职。来东大前我在出版社工作十分出色，为出版社创造了极好的效益，其中一本书利润便达数百万元（20 世纪 80 年代），却因欲在职攻博，被出版社停发工资和奖金，当时我两个女儿在上大学，为了她们，我被迫中断博士生学业退学。我是因受到极不公正的待遇而投奔东大的，我深深感激刘道铺等领导。东大以博大的胸怀接纳了我。我在没有高校教龄的情况下，当年评为副教授，三年晋升为教授。第五年任文学院副院长，并成为中文学科的带头人。

　　中文系当时只是社会科学系文史教研室的一部分，三四个人，除我以外，均为本科学历。十九年来，我在刘道铺、江德兴、尹莲英等院领导和陈怡等教务处领导及同行的支持下，先后负责筹建了中国文化系和中文系，建起中国古代文学、现当代文学两个硕士点和汉语言文学本科专业。由于种种原因，中文系规模极小，至今还只有十一个教师，但已实现博士化。中文系同志高度团结，先后建起"大学语文"、"唐宋诗词鉴赏"（含唐诗鉴赏、唐宋词鉴赏、诗词格律与创作）两门国家精品课程，建起"大学语文"、"唐宋诗词鉴赏"两个立体化系列化的精品教材（共17种），建起两个精品课程网站（http：www.dxyw.cn，http：www.tsscjs.cn），组建了以东大牵头的江苏省大学语文研究会，获得过多次省和国家教学成果奖。近十年来，全国的大学语文教育改革是与东南大学的名字联系在一起的，我们在全国大学语文教学中，一直发挥着引导与示范作用。

作为两门国家精品课程的主持人，我一直把自己定位在既当队长，又当第一主力队员。涉及的四门课程，我在教学团队中承担的门数最多，"大学语文"同时开两个班；"唐诗鉴赏"、"唐宋词鉴赏"、"诗词格律与创作"有时在不同校区同学期一起开；"诗词格律与创作"甚至同一学期既对本科生开，也对研究生和进修教师开。每年，在给研究生上三门课的同时，仍然给本科生上五门课左右。最多时有四五百人听我一门课。在四牌楼校区，有过五百人选我一门课，因没有这么大的教室，只好一周上两个晚上。我每年的工作量都超出一两倍，但我上的公选课仍折算工作量，不拿课酬，让中文系缺编，有利于引进人才。

我对教材、教学内容烂熟于胸，仍认真备课，大量课文都能背诵，每年讲白居易《长恨歌》，我从头背到尾，不错一句，学生都报以长时间热烈掌声。有一次在四牌楼校区致知堂上大课，刚上几分钟便停电，我对学生说："今天上'黑课'，今天要讲的诗词我都背出来。要求大家下课时也都会背。"两节多课完全在黑暗中进行，没有一点声音，效果比有电时还好。几年后还有学生记得我给大家上"黑课"的事。虽课件已很精美，但我每次课前还作大幅修改，力求尽善尽美。

我上课有激情，缘于我对学生的爱，缘于我对东南大学深深的爱，缘于我对东大这样一所著名高校讲台的珍视。我常常对学生说："同学们，我们现在是在皇宫里给大家上课。"我在"致知堂"等老教室上课时，常常说："这是当年闻一多、徐志摩站过的讲台，也是我的导师唐圭璋先生站过的讲台，甚至是王国维、梁启超站过的地方。"我的学养不如他们，我的敬业精神一定要不亚于他们。我是用整个身心在上课，我的课十分投入。讲古诗词时，我不仅是一名教师，更是一名作家和诗人，我要以与李白、杜甫、苏轼、李清照的知己或知音的角度去分析这些传世名篇，深入阐发其内涵，道出其诗心词魄，甚至也道出其缺憾与不足。我是代古人立言，要源于古人、高于古人，不十分投入，是难以奏效的。所以我的一个"六朝松下话东大"讲座能讲上30多场，场场掌声不断。我经常是流着泪讲，学生也是流着泪听，这样的课才会给学生终身铭记的效果。

我还言传身教，用自己做人的经验（更多是教训）去启发学生，这时候我已不仅仅是老师，更像他们的父母和叔伯，与其说是上课，不如说是谈心，不是谆谆教导，而是娓娓道来，是以心换心。让学生明白老师是一番真诚，是贴心之语。有一年，文学院本科生毕业典礼，让我去讲五分钟。我说："同学们要走了，希望带走的是对东大的美好记忆，把一切不愉快都留下，不要带走。六朝松没有对不起你，大礼堂没有对不起你。以后，有了成就，回来对母校说说，让我们分享你的喜悦；有难处，也回来对母校说说，这里永远是你们的娘家。儿行千里母担忧，母校会永远想着你们。"学生很多人都哭了。发毕业证书时，学生上台来，有的人紧紧握住我的手，说："老师，您的话我们会记一辈子。"

我这大半辈子，只有东大给了我施展才能的舞台，让我为东大，为全国的母语教育做成了点事，我深深感激让我能做点事的领导和同志们。感谢对我情有独钟的东大学子。当你们唱起校歌，看到我写的碑文想起我时，我更想念你们，想念东大。当我百年之后，我的在天之灵每年也会到东大的各校区转上几十回，看看我所期望的"日新臻化境，四海领风骚"理想在年轻一代的东大人手里变为现实。

（2009年5月）

漫话东南大学校歌

国有国歌,军有军歌,校有校歌。诚如周武《从西南联大校歌看民国时期的大学精神》一文所言:校歌之于它的学校,就如同国歌之于它的国家,它可以说是校园生活的现代图腾。对大学而言,校歌不只是一串音符、一簇象征性的符号,更是一种灵魂,是大学精神的集中体现,并代表各校的特点,它是由各校的历史传统和办学风格凝聚而成的,它的旋律萦绕,弥散着每一位学子心中的憧憬和梦想。

我们东大这百余年的现代办学史也是校园文化的形成史,历史上的四首校歌,生动地记录下学校发展的历史轨迹,体现了我校的大学精神,也有着鲜明的个性特征。

一、三首老校歌

东大历史上曾有过三首老校歌:一为江谦作词,李叔同作曲的《南京高等师范学校校歌》;二是汪东作词,程懋筠作曲的《中央大学校歌》;三是罗家伦作词,唐学咏作曲的《中央大学校歌》。现分别阐述之:

吾校虽始创于 1902 年,初名三江师范学堂,1904 年开始招生时已改名两江师范学堂,只维持到 1912 年,因辛亥革命爆发,李瑞清坚持不与民国新政权合作而停办。1914 年江苏省巡按使韩国钧委任江南硕儒、原江苏省教育司司长江谦为南京高等师范校长,在两江师范原址办学,后韩国钧调安徽,待新巡按使齐耀琳到职后方经教育部批准再度任命江谦(1876—1942)为南高师校长,并于 1915 年 1 月 17 日到任。江谦任南高师校长为 1915—1918 年。由他作词的校歌也应产生于这一时期,因李叔同到任更晚一些,现在一般认为,《南京师范高等学校校歌》产生于 1916 年,应是可信的。歌词如下:

大哉一诚天下动，

如鼎三足兮，曰知、曰仁、曰勇。

千圣会归兮，集成于孔。

下开万代旁万方兮，一趋兮同。

踵海西上兮，江东；

巍巍北极兮，金城之中。

天开教泽兮，吾道无穷；

吾愿无穷兮，如日方曒。

此歌 2001 年被定为《南京大学校歌》，南大译之如下：

诚实之德多么伟大，整个世界都为之鼓动。

像鼎之三足支撑着它的，是智慧、仁爱和奋勇。

集大成的圣人是孔子，是众圣汇聚归依的正宗。

直到千秋万代，旁及四面八方，我们的目标都相同。

随着海潮沿江西上，就是富饶的江东。

巍峨的北极阁啊，耸立在雄伟的南京城中。

上天开启了教育的恩泽，我们的事业永无穷。

衷心祝愿事业无穷，像初升的太阳照耀长空。

　　江谦国学功底深厚，曾就学于紫阳书院与南京文正书院。这首以骚体写成的校歌，体现了他的办学理念。江谦倡导以"诚"为校训，认为"诚者自成"。他对孔学与孔教加以区别，在新文化运动（提出"打倒孔家店"）即将兴起之时，仍倡导孔学，肯定中国传统文化的历史地位。时过 90 年，他的这些思想仍闪烁着光辉。南京大学定其为新校歌，可能也考虑到这些因素。若论其不足处：歌调层次有点乱，个别句子读起来不畅，重字太多，作为南大校歌，"巍巍北极"句有点障碍。

　　该歌由李叔同（1880—1942）谱曲。李叔同是多才多艺的才子，曾留学日本 5 年，就读于东京上野美术学校，学习西洋绘画与音乐。1910 年学成回国后任教于天津、上海、杭州，1915 年应江谦之聘，兼任南高师国画音乐教师。大画家丰子恺及国立东南大学、中央大学许多著名美术教授多出自他门下。1918 年出家杭州定慧寺，号弘一法师。对音乐我修养不够，无力评论其曲之高下。

　　吾校历史上的第二首校歌是由汪东作词,程懋筠作曲的第一首《中央大学校歌》,全文如下:

> 维襟江而枕海兮,金陵宅其中。
> 陟升皇以临眺兮,此实为天府之雄。
> 焕哉郁郁兮,文所钟。
> 宏我黉舍兮,甲于南东。
> 干戈永戢,弦诵斯崇。
> 百年树人,郁郁葱葱。
> 广博易良兮,吴之风。
> 以此为教兮,四方来同。

　　与第一首校歌相同处,这首歌词也是一首骚体写成的诗。前八句写学校所在的地理位置,写南京深厚的文化积淀。"宏我黉舍兮,甲于南东"两句写明代吾校所在地为国子监以来在东南一代文枢的地位。后八句涉及本校的办学理念与办学方针。这是一首写得很好的歌词,缘于其作者汪东(1890—1963)先生深厚的文学底蕴。汪东是著名文学家,曾入日本早稻田大学,又与黄侃、钱玄同、吴承士同为章太炎先生的四大弟子。1927年受校长张乃燕之聘,任中文系教授兼系主任,后任文学院院长。

　　曲作者程懋筠(1900—1957)则为著名音乐家,十七岁留学日本,为中央大学教育学院艺术系主任,曾为《中国国民党党歌》(亦《中华民国国歌》)作曲(词乃孙中山作)。仅就校歌的歌词而言,汪东作词的这一首似较其他二首为优。

　　但不知什么原因,罗家伦接掌中央大学校长以后便又自己撰词,由唐学咏作曲,完成了中央大学的又一首校歌。词曰:

> 国学堂堂,多士跄跄;
> 励学敦行,期副举世所属望。
> 诚朴雄伟见学风,雍容肃穆在修养。
> 器识为先,真理是尚。
> 完成民族复兴大业,增加人类知识总量。

进取、发扬,担负这责任在双肩上。

罗家伦任中央大学校长为 1932 年 9 月 5 日,此校歌当作于此之后。据载此校歌问世后,曾两校歌并存。罗家伦是吾校历史上最有作为的校长之一,特别是抗战内迁中,他远见卓识,使大迁徙不仅未伤筋动骨,还出现空前繁荣。他也是我国著名大教育家。这首校歌的突出优点是体现了他的教育思想,这是显而易见的。

2001 年南大也曾考虑将罗家伦歌词保留,由印青、吕晓祎重新谱曲,共谱曲三首。南大还因此举行八首校歌演唱会(另五首为江谦作词之《南高师校歌》、汪东作词的《中央大学校歌》与《金陵大学校歌》、校友新创的两首校歌),据收回的 675 张选票(统计),这三首得票分别为 384 票(占 56.89%)、121 票(占 17.93%)、13 票(占 1.93%)。可见罗家伦校长至今仍受到人们的爱戴。但这首歌词有三十年代文白夹杂之病,且未采用形象思维,尽管其得票占绝对优势,南大亦未采用它为新校歌是明智的。这首歌的作曲者为唐学咏(1900—1991),曾留学法国里昂学院,毕业时获法国文坛最高荣誉“桂冠乐士”称号,当时任中央大学艺术系教授。

以上三首老校歌与我校的历史相联系,在历史上均产生过一定影响。我在撰写《东南大学校歌》时均曾参考过,但并未试图改写,甚至任何一句亦未引用。

二、新校歌是怎样诞生的

十年准备

我调入东大的第二年便赶上九十周年校庆,学校让我们几位有文科博士学历者撰写《东南大学校歌》,我们的歌词在校报上刊发后未引起任何反响,我深深后悔用了白话诗的形式,亦深深为未能完成学校交的任务而内疚。1999 年,我赴武汉参加中华诗词研讨会,接着又与林萍华、陈怡一起参加在同地举行的全国文化素质工作会议。时任校党委副书记的林萍华就问我:为什么不为东大写个校歌? 我无言以对。返校后我便与南师大常国武教授商议:校歌可否采用词的形式,用文言文创作? 这一想法得到相关专家的支持。常国武教授知我很擅长写《临江仙》词,便建议我用此词调。该词仅 58 字,易读易记。柳永《乐章集》中《临江仙》入“仙吕调”,为“黄钟宫”六调之一,黄钟、大吕属高亢激越的词调,最长于抒情。我选之《临江仙》全词共十句,上下片平仄句式相同,均为两个六字句、一个七字句、两个五字句,句式参差,但变化不大,而且上下阕之一二、四五句字数相同、平仄相反,易用对仗。如今看来,这一选择是成功的基础。

以众为师

2001年3月校庆办虽收到一两百种校歌应征稿,均感不满意(我未应征),才根据一些专家的建议向我单独约稿。我经过一个多月的努力于4月下旬交出初稿,并附上给校领导的信,信中说:"东大是格律诗词的发祥地,校歌用格律诗词来写,不仅其文化底蕴更丰富,也有利于与海外校友,尤其是与台湾'中央大学'的交流。过去的中大、金大校歌也都是用浅近的文言文写成的,这样语言含蓄,可以百看不厌。""如果领导同意这种形式,我这里奉献的仅仅是初稿,使正式校歌的写作有一个修改的基础……我有一批朋友是全国诗坛的一流高手,我可以将此词打印后广泛征求他们的修改意见,使最后的定稿成为一流的精品。"初稿便得到校领导的高度认可,学校基本确定校歌歌词由我撰写。这是莫大的信任,也是我坎坷的人生中难得一次可施展才华的机遇。我暗下决心:一定要把校歌写好,要十年后我自己也无力改动其中一个字。

当年"五一"长假,我不仅自己全身心投入修改,还于4日、5日两天分别宴请江苏省春华诗社(我为社长)、中大校友诗社(我为总干事)的十六位诗友,前者是四五十岁的中青年诗人,后者为七八十岁的老教授、老专家。他们是江苏诗坛的诗词高手,苏昌辽、常国武以及丁芒等先生在全国也算高手。天下着雨,我与夫人在楼下迎候他们,付"打的"费。两整天,每天八人,帮我一字一句地推敲,提修改意见,使校歌创作又迈进了一大步。长假后,我综合大家意见,又交出第二稿。

此后我或登门求教,或电话咨询,仅给常国武教授打电话便在50次以上,上他家门不下10次。南农大单人耘先生家住卫岗,我也上门求教,中午还请他全家和南农大的其他诗友一起吃饭。丁芒先生家是我常去之地。我甚至向比我年轻的诗友请教,向我的学生请教。上课时我把不满意的字句写在黑板上,让学生提意见。把两个拿不定主意的句子,让学生投票,说哪种方案好。过去诗坛上闻所未闻的笨办法、怪办法,我都用上了。我只想让大家帮帮我,不要辜负学校的期望。

千锤百炼

修改校歌的九个多月,我仿佛着了魔似的。夜深了,我一个人坐在阳光

王步高诗文集

广场边上,为一个句子中的某个字的修改冥思苦想;下半夜两三点钟,我一个人起来,开亮小餐厅的灯,一直干到天亮。家里人多嘈杂,每次向校方递交一次修改稿,我都要两三点起身。至少有十几个晚上,我一夜只睡两三个小时。

人多意见多,孰是孰非?我焦灼、不安,甚至常常如热锅上的蚂蚁乱转;我烦躁、狂喜,在别人眼里,我如醉如痴,甚至有点神经质。这时才知道,我进入了一种境界——诗的境界。唯其如此,我才会不计较任何经济得失,才会放下架子向任何人不耻下问;才会不受任何世俗观念的羁绊,才会吃得了任何辛苦……春去秋来,寒来暑往,除了上课,我以校歌为中心,像个陀螺一样高速旋转不停,自然也排除了一切其他的干扰。

"六朝松下听箫韶"一句,最初作"千年松下话六朝"。有专家说"六朝松"是东大的象征,应当明说,便改为"六朝松下话前朝"。又有人说"前朝"容易使人想起民国,有歧义。于是又改为"六朝松下舞箫韶"。"箫韶"是舜时的舞曲,"舞箫韶"虽通,不知其出处则不好懂,加一"听"(读去声)字,知"箫韶"为可听之物,它应是音乐、乐曲之类,距离其本义便很近了。一次次修改,越改越精,越改越美,越改越突出东大的历史文化传统。

"海涵地负展宏韬"一句,初稿作"创新求实赶帮超",一交上去便觉得太俗,又打电话去要求改成"谨严求实创新高",后来又改为"兼容并蓄创新高"、"创新求实展宏韬"、"钩深致远展龙韬"、"兼容并蓄驾新潮",后来定为"兼容并蓄展宏韬"。有人说"兼容并蓄"很容易使人想起蔡元培的"兼容并包,学术自由",能否回避一下,而且"兼容并蓄"字眼太"熟",最终才改为"海涵地负",这个词很冷,《辞源》、《辞海》里都没有,只有十二大本的《汉语大词典》里才可查到,但"海涵"、"地负"都不难懂,合在一起意思也未改变。它作为东大的办学理念,内涵更丰富,有海纳百川、地载万物之意,既有博大精深之意,也可兼含"兼容并包"的理念,且气魄宏大,又生新不熟,要比未改前好得多。

校歌经过数十次修改,历时十个月,它含有四月初稿、五月稿、七月二稿、九月二稿、十月稿、十二月定稿,仅送呈校领导审阅的便达八稿,其中九月两稿还是各两首(分两段唱)。还挂上东大 BBS 征求过意见,又挂上东大网并登在 2001 年 10 月 30 日校报上。定稿与初稿比,除"百载文枢江左"一句未改,已面目全非。《临江仙》最后定稿如下(调寄《临江仙》):

东揽钟山紫气，北拥扬子银涛，六朝松下听箫韶，齐梁遗韵在，太学令名标。　百载文枢江左，东南辈出英豪。海涵地负展宏韬。日新臻化境，四海领风骚。

相映生辉

校歌的曲作者印青同志现任总政歌舞团团长，是《走进新时代》等著名歌曲的作曲者。我与他并不熟悉，从七月修改稿起，我便同时写了《关于校歌的说明》《校歌歌词赏析》，这些都是供印青作曲参考的。校歌改了，《说明》《赏析》也跟着改。改动太多了，文章的文气不贯，干脆推倒重写，仅赏析便达 6000 多字，比校歌长 100 倍。2002 年春节，印青回宁探亲，胡凌云书记宴请他，让我参加。我们谈了两小时，他很满意，说："这下子回去可以写了。"果真又过了不到一个月，曲子便出来了。印青来函说：

> 遵照校方对歌曲"古风与现代气息兼备，旋律简洁，节奏明快激昂，易唱易传"的要求，作者将歌曲处理成单二部曲式，采用小调调式（民族称羽调），具有类似昆曲等古韵之风，但形式上又采用进行曲的风格，给人以向上、自豪的精神风貌。在 B 段的文字处理上，调整了顺序结构，一是为乐句的相对工整，二是突出"百载文枢江左，东南辈出英豪"这重点的两句词，使歌曲一气呵成，高潮起伏，错落有致，全曲音域仅十度，便于群众歌唱。

当年 2 月，校文化艺术中心组织学生合唱团演唱，胡书记及校党政领导及部分中层干部到场，大家均表满意，仅我强调"听"必唱去声。3 月 29 日校党政联席会议决定确定为校歌。次日《东南大学报》正式予以公布，并配发我的《校歌歌词赏析》（本为作曲参考用）。江苏音像出版社还出版了中央交响乐团演奏、中央广播合唱团演唱的《东南大学校歌》光盘。

三、新校歌问世以后

由于大家的共同努力，东大校歌取得了巨大成功。中华诗词学会的七位会长、副会长看了歌词后说：内容高度概括，气魄宏大，音节优美，用事（用典）恰到好处，还说"多年看不到写得这样好的诗词了"。

百年校庆期间，校园内外、五台山体育场上，到处响起我们的校歌声。

百年校庆当晚丁肇中先生与百名教授同唱校歌,使我们最终拿到了"合格证"(或"出生证")。北大百年校庆的"三大遗憾"之首便是"没有一首与北大地位相当的校歌",我们避免了这一遗憾。

校歌也受到省委领导、校友的广泛欢迎。广西桂林电子工学院离休副院长易寅亮是 1941 年我校毕业生,时已 85 岁,竟然打电话给我,在电话里唱校歌。

一次次校歌竞赛,让上万师生都登过礼堂舞台唱校歌。新生入学后,也以唱校歌的方式融入东大的大家庭。

如今六年过去,校歌成了东大人引以自豪的名片之一,成了全校师生和校友的共同精神财富,成了我校校园文化的一个组成部分。当东大人一致同意将之刻到九龙湖校区大门上的时候,我才敢说:我和大家一起努力,没有辜负领导对我的期望。

如今若用百度、搜狗等搜索关于东南大学校歌的信息,用"好评如潮"并不过分。许多人认为这是全国写得最好的校歌之一。许多学校都欲以我们为榜样写自己的校歌。

借此东风,我在四牌楼、丁家桥开设的"诗词格律与创作"课也连年不断,对本科生、研究生都开过。东大学生的诗词创作,不仅走在全省的前列,在全国也属先进行列。东大文学院还被授予省"诗教先进集体",最近中华诗词学会派调查组到我校调研,要推广东大的经验。今年我们还将以之与"唐诗鉴赏"、"唐宋词鉴赏"一起再申报一门国家级精品课程。

校歌歌词的创作成功,向世人证明:传统诗词可以为现代化服务,可以为今天的精神文明建设服务,我们可以诗词为形式讴歌我们的时代,写出无愧于祖先的壮丽诗篇!我将在有生之年再创作一些大题材的作品,让全国、全世界的人都听到我们东大人的歌声!

(《东南大学报》,2007 年 6 月 2 日)

李文正图书馆碑记

丙戌年（2006）冬，东南大学九龙湖校区图书馆落成，而以捐资者李文正公之名颜之。李公文正者，生于印尼，福建莆田人也。乃我中央大学哲学系三五级（1947）校友，为该国跨亚澳二洲财团力宝集团董事会之名誉主席。李公亦曾任亚洲银行家协会主席、印尼工商总会之副主席。公热心教育，捐资贰佰万美元助建本馆，其于振兴东大，厥功甚伟。而其成就人品，亦堪称吾校校友之表率。

九龙湖校区方可肆仟亩，李文正图书馆居中央，以示吾东大人对知识之尊重，亦对李公之崇敬也。其南为泮池，而西北东三面皆为九龙湖水环抱。湖水悠悠，柳竹依依，灵秀而不失之纤巧，厚重而不古老，竟有湖海之雍容，高山之端庄，诚乃知识之渊薮，学术之天堂也。楼高五层，面积伍仟伍佰平米，非惟吾校之最大建筑，置之全国，亦堪称高校图书馆之翘楚也。

登斯楼也，九龙湖校区尽收眼底，而令人胸襟开阔，思及千里。其东为方山，古秦淮自溧水、句容而来，交汇于斯；其西乃将军、韩府、翠屏、牛首诸山，有南唐二陵、岳飞抗金遗址在焉，而又近在跬步之间也；其南为禄口，有国际机场在焉，银燕凌空，待吾校联接欧美，传誉五洲也；其西北之九龙湖经牛首山河汇入秦淮，北与古运渎相接，河畔有吾四牌楼校区在焉，是乃六朝之皇宫内苑，明之国子监，吾校一千七百年文脉，赖此一水相连。六朝流风，齐梁遗韵欲吾等光而大之。

本馆藏书数百万册，阅览室可容数千人，吾辈师生日日治学于此，与中外古今大师巨匠为友，求人生之真谛，攀科学之高峰，戒浮躁而淡名利，早作而夜思，苦其心志，则学业可成，事业可成也。人生百年，征程万里，此其扬帆起碇之所耶？中华振兴，科教为先，吾侪勉之矣。辞曰：

群山苍苍，湖水泱泱。高楼嵯峨，耸立中央。

李公情义，山高水长。书山学海，任吾腾骧。

继我文统，千载煌煌。振兴华夏，吾侪担纲。

丁亥壬寅扬中王步高撰

焦廷标馆碑记

吾校久处六朝宫苑之地,其历史之悠久,文化积淀之深厚,迥非他校可比也,然校园区区数百亩,弹丸之地,湫隘仅堪旋马。民国间曾拟迁徙城南,而抗战军兴,亦成虚文。后纵有浦口新区,教室实验室犹感不足,欲求学生文化活动之所,岂可得哉!丙戌秋举校迁址九龙湖,地域辽阔,一望无垠。越明年,得焦公廷标捐资贰仟万元,此馆始落成,亦盛事也。

焦公廷标者,吾省江阴市人,台湾电信电缆业界钜子,华新丽华公司名誉董事长也。焦公出身寒门,自操作工做起,而终成大业。其顽强奋斗之毅力,父子兄弟同舟共济之精神,热心教育仗义疏财之胸襟,堪令吾辈钦敬!吾莘莘学子,倘日后事业有成,亦能慷慨大度如焦公否?

此馆为大学生文化活动中心,或曰乃愉悦身心之所也,非惟如此,吾校欲跻身世界一流名校之列,须于此汲取思想精神营养也。何谓世界一流耶?吾云:世界一流大学,思想知识之渊薮者也。一灯能灭千年暗,一智能灭千年愚,倘能造就可改变人类历史,造福中国及世界之大思想家,乃上之上者也;能造就学识渊博、品行端庄、各学科领军之大师,上之中者也;而能造就全国较杰出之人才,犹上之下者也。至若仅能造就在国内小有名声,技艺较精湛之学者、工程师,则与世界一流相去尚远矣。欲真成世界之一流难矣哉!吾东大诸君勉之矣!

或谓学无分理工医农文史,倘不兼为思想家,则难称大师。学富五车而无超前之思维,仅一饱学之学究耳,与大师无缘焉;技艺超群,而理论创新无与,仅一高级之工匠耳,与大师何与焉?本学科学识俱佳,而乏人文之素养,亦非完璧。欲成就领一代风骚之大师也,难矣哉!吾东大诸君勉之矣!

入此门者,欲求思想之启迪、知识之拓展、人格之完善、境界之升华也。此方可称文化中心,非徒载歌载舞也。欲遂吾校成世界名校之宏愿,此馆其

王步高诗文集

于传统文化之弘扬,新学派新思想之催生,亦任重而道远也! 吾东大诸君勉之矣!

　　词曰:

　　　　　　　　　襟江带河,古都依傍。
　　　　　　　　　焦公远识,建此厅堂。
　　　　　　　　　启迪心智,学德兼彰。
　　　　　　　　　拓吾胸襟,一流是尚。
　　　　　　　　　千载文脉,继承发扬。
　　　　　　　　　励精图治,共创辉煌。

丁亥壬寅扬中王步高撰

田家炳楼暨田家炳物理实验中心碑记

丙戌孟秋,东南大学建物理实验楼成,而以捐资者田公家炳之名颜之,嘱余撰文以记之。

田公家炳者,乃香港著名实业家慈善家,广东大埔人也,早岁历经艰辛,方事业有成,辄捐资助学。东南亚金融危机,先生资产缩水,竟出售其自住别墅及汽车,租公寓挤公车,以所得资金助学。迩来受其巨万资助之高校八十余所,中小学近贰佰所。知其事者莫不心动泪垂,况亲炙其泽惠之莘莘学子乎!

余尝谓世间之人有四等焉。试以吃饭为喻,曰:己食薄粥而愿他人食干饭者,伟人也;己食干饭亦欲他人得干饭食者,高尚人也;己食干饭而无视他人食薄粥者,平常人也;己食干饭乃不愿他人有薄粥食者,卑劣之徒也。吾辈识富且贵者夥矣,如家炳公者能有几何? 杜少陵诗尝云"安得广厦千万间,大庇天下寒士俱欢颜,风雨不动安如山",虽"吾庐独破受冻死亦足"。倘杜公再世,当以家炳先生为知己而相视莫逆。杜少陵,诗之圣者也,亦人之圣者也。余谓田公之德行,亦与杜公相若。或问:何谓先天下之忧而忧,后天下之乐而乐者? 吾曰:如田公家炳是矣。

吾校之物理系乃实验物理学家吴健雄曾就读之所,此实验楼今乃国家级实验教学示范中心。悠久辉煌之历史,益以精美之楼宇,先进之设备,新一代吴健雄当应运而生也。出入此楼者,有此志否? 凡我师生,当永怀田公之盛德,而视健雄女史为楷模,夙兴夜寐,矢志不渝,则吾校四海领风骚之日可期期以待矣。诚如是,则东大幸甚! 天下幸甚! 歌曰:

> 士生当乱世兮,当疆场斩棘而披荆;
> 今逢盛世兮,应学海苦读而求真。

相与砥砺操守兮,欲追田公而与之京;

发愤潜心科学兮,期共健雄而相为邻。

朝伴三尺之讲台兮,夕守数吋之荧屏。

既严谨而求实兮,亦敢立异而创新。

为振兴中华而奋进兮,愿吾侪毋忘重任之在身。

丁亥壬寅扬中王步高撰

钟山景区五年整治碑记

钟山雄峙于古都南京之东郊,与衡、庐、茅并称江南四大名山。钟山古称金陵山,战国时楚国于此建金陵邑,城因山而得名。汉始称钟山,东吴改曰蒋山,东晋因"侨置"之故而名紫金山,亦名北山,亦名圣游山,明嘉靖中诏改为神烈山。钟山为金陵诸景区之首,亦为全国首批国家级风景名胜区。

钟山东西长 7 千米,南北宽 3 千米,周长达 30 千米,为江南茅山余脉——宁镇山脉之最高峰。山势整体呈弧形,中部向北凸出;东段折向东南,止于马群、麒麟门;西段经太平门入城,隆起为富贵、覆舟及鸡笼诸山。山势蜿蜒逶迤,形如莽莽巨龙,故诸葛武侯有"钟山龙蟠"之说。

钟山有三峰,呈笔架形。主峰居中偏北,曰北高峰(俗名头陀岭),海拔448.9 米,其东为小茅山,西为天堡山。环山溪流交汇,多湖泊,其北麓为烟波浩渺绿柳依依之玄武湖,其南麓为玲珑剔透风景秀丽之前湖、紫霞湖、燕雀湖、琵琶湖、月牙湖,均颇负盛名。

钟山古朴雄浑,承载着古城数千年之文化积淀。其深山密林之中,莺啼燕语之处,名胜古迹星罗棋布,历代帝王和文人雅士诗文墨迹亦时有可见。千古以来,钟山乃令人心醉神迷之游览胜地;近世以来,中山陵更为联系两岸同胞之心灵纽带。

自明太祖于独龙阜建陵伊始,迄今已六百余年,历经明孝陵、中山陵两次大规模建设和整治,建国初与"文革"间农民、居民、企业大批迁入,年深日久,钟山景区生态日益恶化。景区内有自然村 13 个、工企单位近百家。外缘景区土地被蚕食,违章搭建如繁星满天,生活工业垃圾狼藉,历史遗迹和生态环境保护岌岌可危。

伴随南京东郊城市化进程之加速,钟山景区已成为"城中之山"、"城中之林"、"城中之园",其潜在之生态价值和品牌效益日显突出。2004 年 2 月,南京市委、市政府决定对景区环境综合整治,邀美国易道公司编制《外缘景区规划》。此乃历史上第三次对钟山风景区的大规模整治工程。意欲将山川形胜、河湖水系、明城墙、宫城遗址、历史轴线和传统街巷等均列为景观资源,平衡旅游发展与生态保护,改善旅游环境,促进旅游业发展。

　　整治历时五载,投资过 50 亿元,搬迁 13 个自然村、9 个居民片区、5223 户、30000 余人,搬迁工企单位 97 家,拆除建筑 89.8 万平方米,新增绿地 7000 亩。整治后景区布局为:山岳生态保护区、钟山名胜旅游区、山南风景游憩区、沪宁高速南景观改善区、山北风景游憩区、玄武湖滨水区、明城墙景区等。初步恢复环钟山水系,"九水绕山"之景得以重现。新建起梅花谷公园、琵琶湖景区、紫金山木栈道、南北登山道、下马坊公园、博爱园、钟山体育运动公园、前湖公园、中山门入口公园、营盘山市民广场等景观区,且对明孝陵翁仲路、龙脖子道路等出新改造,以巨大手笔刷新山之外缘,使景区面貌为之大变。将霹雳沟之水西调入燕雀湖,沟一侧原有植物得以保留,又成功建起一片生态湿地。"还景于民、还绿于民"和"显山透绿"之整治初衷得以实现。

　　景区整治乃"绿色南京"、"文化南京"之民心工程,其本意乃以生态保护为先,著力构建人与自然和谐共生之优良环境。且以整治之机,梳理景区历史文脉,挖掘其传统文化内涵,整合景观资源,融六朝文化、佛教文化、明代文化、民国文化、山水城林文化、生态休闲文化为一体,全面提升景区文化品位及其旅游市场吸引力。

　　经五度寒暑,整治工程"惠民、惠山、惠城"之效果已初见端倪:吾市民顿添众多免费游憩之所,外地游客来此更有今非昔比不虚此行之感;钟山文物亦受到更好保护。山增灵秀之气,南来北往之候鸟,会更钟情于此,五彩斑斓之异域蝴蝶亦翩翩来此。绿地、山林、水体大为增加,景区绿化率节节上升,扩大了城市之"绿肺"效应,南京为"长江四大火炉"之一已成历史,"人文绿都"之生态品质初现。倘地下之仲谋、荆公、洪武、逸仙有知,当与吾辈联名为建设者请功。诚为煌煌之伟业,不朽之丰功。

公元二〇〇九年秋八月记

回　眸

　　月到中天,清华园里月色溶溶,万籁俱寂,我上完晚间的三节课,答完疑,激情奔涌的心情还未平静下来,又骑车急急忙忙赶回寓所。我要赶紧给妻子打电话,这是独处异乡每天必做之事,她不接到我的电话是不会睡觉的,虽然这时已过 10 点半钟。

　　我是从东南大学退休后应聘来清华任教的,转眼一年多了。妻子刘淑贞虽也从南京大学退休,却因办着一印刷厂,不能陪我一起"北漂",这就使我们年过花甲还得经历分离之苦。

　　结婚 40 多年了。我们的父辈是上海同厂的工人,私交甚笃。我俩又是初高中同学,我坐她前一桌。她是初中全班 13 个女同学中唯一考取高中的。我们都爱好文学,她经常把我课桌抽屉里的小说拿过去看,当时为此也有过不少次"冲突"。

　　从恋爱开始,我们就赶上了"文革"的时代列车,我们才通信一年多,约会过三次,我就在 1966 年 6 月初因参与了一张给校党委提意见大字报的起草第一次被打成"反革命"(这也是全省"文革"中的第一批"反革命")。当时我是南京大学外文系二年级学生,不满 20 岁。事发地点是南大的溧阳分校。铺天盖地的反击大字报和无休止的批斗,使我很快将自己与 50 年代的"坏分子"划上等号。我相信,等着我的是深重的苦难,我不想连累她。就在被打成"反革命"的第三天我写信给她,如实告诉她我的处境,我已从令人羡慕的"天之骄子"跌入深渊,要求断绝通信联系。五六天后我就连续收到她的几封回信,她安慰我,劝我坚强些,并表示她会永远跟我站在一起。我能想象她写这些信时会流多少泪。收到她的来信的不久我就被"平反"了,但她的信使我们确立了终身伴侣的关系,我们是可以互相信赖,是可以患难与共、生死相依的。事实后来也一次次证明了这一点。

大学毕业第二年正月，我还在家乡扬中县的幸福公社农村劳动锻炼，因参加民兵造"土地雷"试验被炸伤，与我一起负伤的民兵一只手被炸飞，公社人武部长一只眼几乎完全失明（他们后来均被定为一级残废军人），而我被送到常州医院时，因严重脑震荡呼吸和心跳都停止了，县人武部决定追认我为革命"烈士"，并让我家所在公社人武部长陪我爱人去医院。我却在医院奇迹般地活过来了。她在我恢复知觉不久赶到医院。当时我面部血肉模糊，焦黑一片，眼睛因负伤较重被绷带蒙着，头发被剃光。我看不到她，却分明感受到她在流泪，她拉着我的手还在颤抖。她在医院精心照顾我。我恢复得很快，是爱的力量使我在与死神的抗争中赢得胜利，我只 22 天就出院了，未留下任何后遗症。我们一起坐小轮船回乡。一个月后我就能回到生产队开手扶拖拉机耕地了。

　　最难忘的是"文革"后期那次被打成"反革命"。我在故乡一所小中学里当副校长，教着语文课，因为给县里工业局长改一封给上级的申诉信而被审查。我被县委工作组叫去训过几次话，并被勒令"边工作边检查"。工作组威胁要将我"隔离审查"。"黑云压城城欲摧"，我仿佛头顶悬着达摩克利斯剑，不知落在何时。当时县教育局分给我们公社一笔图书经费，有一天领导要我带着各校代表去县书店挑新开禁的图书，直到下午两点多才回家。只见爱人与两个女儿都未吃午饭，哭成一团，以为我已被关起来了。被恐怖笼罩着的家庭，仿佛风雨飘摇中的一叶小舟，在惊涛骇浪中随时有倾覆的危险。

　　我终究被关起来了。就在我被关的当天晚上，淑贞竟敢找到分管政治运动的县委副书记家，责问县委凭什么关我。妻子平时非常平和，也不知这时哪来的胆量。

　　被关之后，也许是书生气，我自以为有理，竟不肯认"罪"。当时专案组说得最多的话就是"坦白从宽，抗拒从严"和"罪行不在大小，关键在于态度"。

　　而我公然对县纪委书记说"我没有罪，我绝不走坦白从宽的道路"，"态度不好"倒成了我的主要罪行。尽管来我专案组视察的县纪委领导私下对我说"哪有组织向个人低头的"，我却天真地认为"党是不会冤枉一个好人的"。关心政治又心直口快的性格让我不得不每天为自己过去所说的话辩解，就是不肯认罪，这就使我愈关愈久。

　　开始我被关押在一所已弃置的乡医院里，周围没有围墙，倒有大片桑树。桑树地的南面有两间被竹林环抱的茅屋。那家有个残疾学生在我们学校读书。我爱人常先到他家,他母亲就让他的哑巴哥哥来通知我,哑巴向我做个眼色,民兵和专案组员忙于逗哑巴,我就向民兵请假上茅坑。妻子已借夜色和桑树的掩护在茅坑附近等我,与我偷偷说上几句话。她一再叮嘱我宁愿自己多关些日子,也不要乱交代,更不要去乱揭发别人。

在我被关押的 309 天里,妻子含辛茹苦。县委专案组还到我家抄家,勒令她揭发我的问题,与我划清界限。妻子当时在一家小工厂做工,一人带着两个不足 10 周岁的孩子。她要上"三班倒",经常上中班,深夜 11 点才下班;或是上大夜班,深夜 11 点上班。厂里还在大会上点名批评她,一些势利之人也冷嘲热讽。我平素的某些同事好友也变了脸,甚至捏造罪状诬陷我。

她到处打听我的案情,关心我有没有又挨批斗,有没有与专案人员干仗。两个女儿还先后出痧子,发高烧多日。她当时身体很弱,营养不良,严重贫血,劳累与精神打击使她一次次晕倒在车间和回家的路上。

当时物资也十分匮乏,过年只买得起二三斤黑市高价肉,妻子自己不吃,也舍不得给孩子吃,总是把肉和点别的菜一起烧,让孩子一次次给我送去。甚至连一点肉皮也要炸炸,留着烧给我吃。开始我关在医院时,孩子送菜来还能见到我。每次见到孩子来,我都迎上去,大女儿燕子把菜递给我,都特别交给我一个小纸条。我主动把菜送给看押我的民兵检查,回到屋里,迫不及待地拿出女儿给的纸条。那是妻子写的,她听我在县委工作的学生说,县委领导经常开会讨论我的案情,将对我采取新行动。还经常告诉我外面特别是与工业局长一起被关的 23 人的情况(他们因认罪态度好都陆续解除隔离了)。连看几遍,能一字不错背出来,就把它撕碎,然后一点点吃下去。有几十张纸条就这样被我吃掉。纸条在胃里,妻子的话我却记在心里。

夜晚,久久难以成眠,我想着妻子女儿,眼泪止不住流下来,我给她们带来的罪孽,何时才能还清呢?对党、对国家,我问心无愧,我是个好教师,我教的学生刚刚夺得全县高中生作文竞赛第一名,我没有罪;对妻子女儿,我是有罪之人。她们为什么要跟我受这样的煎熬呢?三个月后县委决定把我进一步"隔离"起来。将我关到一个尚未完工的食品公司仓库里,四面有围墙,出大门就是大港,只有一个土坝通到对面的公路上。又把关我房间的窗户钉死,窗外有铁栏,用油毛毡和牛皮纸遮蔽住。我只能从窗角扒开一点缝隙,看到通往公路的土坝。什么时候我才会走过这土坝回家呢?

然而,接下来我倒是天天被专案组和民兵押解着走过土坝去县和各公社的人民大会堂("文革"中在中国最受亵渎的大概就是"人民"二字,掌权者常常自封是"人民"的代表,而我们这些挨整的自然就不是"人民"了,"民"不是,"人"也不全是,往往猪狗不如)去接受批斗,对诬陷、恐吓渐渐麻木的我,对不绝于耳的口号也渐渐无动于衷,只是我站在批斗的主席台上,我都仿佛看到妻子的眼睛,似乎那双疲惫辛酸的眼光中才透射出温情和信任。它让我挺直腰杆。我想起鲁迅的话:"要敢于直面惨淡的人生,敢于正视淋漓的鲜血。"想到这里,我会心地笑了。挨批斗还笑,而且绝非装出来的笑。台上台下都笑了。这是主持者始料不及的。在县人民大会堂斗我一场,我笑了六次,全场也大笑了六次。县委领导未想到才30出头,书生气十足的我,却叫他们下不来台,王某人的头这样难剃。在我专案组的那位特派员几个月前还夸口他"过的桥比我走的路还多",这时也觉得无奈了。

这里离家远得多,孩子小,要上学,妻子就不让她们来看我了,来了也见不到我。淑贞却总要找个理由来看我,给我送点东西,送吃的,也送衣服,还送王力《古代汉语》等与古代文学有关的书籍。她已在为我出"狱"后考研究生考虑了。当时,专案组已不容许她与我见面,等她走后,检查过她带来的东西,才让人把东西给我送过来。我一接到东西,知道妻子刚来过,立即到被封闭的窗下,从缝隙中看,这时她刚走过土坝。当她快踏上公路之前,总要驻足朝着关押我的囚室深情地回眸一望。虽然相隔不过数十米,我已不能看清她的目光。但与之相依为命十多年的我,却分明能见到她的泪花。她充满爱和恨的目光,此时无声地告诉我:别气馁,要挺住!困难总会过去!

卷二 散文·回忆

我也仿佛看到她瘦骨伶仃(当时她体重只剩70多斤)的身子后所蕴含的力量。她总是比我坚强。时过三十多年,我永远忘不掉她那回眸一望的目光。每当我疲惫欲偷点懒时,想起那目光就平添了无穷的力量;每当我小有成就,有点自满自足时,就会从那目光中看到轻轻的责备;每当我再度受挫,就会想起妻子的鞭策与期望……妻子这回眸成了我永生难忘的记忆,成了我毕生自强不息的动力。

后来,我终于作为那次运动镇江地区11个县市最后一名被关押人员放了出来,又被送农场监督劳动几个月后才恢复工作。为了改变工作环境,又是她督促我排除万难报考研究生(我是跨专业报考,难度要大得多)。当时家庭经济困难,她自己种菜喂鸡,还给她所在工厂糊包装镙钉的纸盒,把省下的钱给我买书,三年间我买了近千元的书,差不多等于我三年工资的一多半(当时我的月薪51元)。她无怨无悔。全家人都跟着我节衣缩食,至今我们保留着大女儿上初一时被评为县中"三好生标兵"的照片,清癯瘦弱的她

115

穿的是她妈很旧且有点破的春秋衫。

后来我硕士研究生毕业到江苏某出版社工作，设法把她调到母校南京大学的出版社工作。当时我正在读唐圭璋教授的博士生，我所在的出版社领导迫使我或脱产读完博士生，或中途退学，还以停发我五个月工资、扣发七个月奖金来要挟。为了妻子的工作和两个女儿的学业，我选择中断博士生的学习。虽未能取得博士学位，第一次能以自己的辍学回报妻子女儿，我感到由衷的欣慰。是妻子身体力行，为我们树起事事为他人着想，为别人愿意牺牲自己的家风。

再后来她支持我离开出版社到东南大学任教，支持我编《大学语文》教材，支持我进行大学语文教学改革、创建两门国家精品课程，支持我撰写《东南大学校歌》，是她鼓励我接受撰写《司空图评传》、《唐诗鉴赏》、《唐宋词鉴赏》等大量南大出版社的书稿，是她支持我退休后来清华大学任教。每次人生的低谷我都能重新跃起，每一个打击都变成进步的阶梯，都缘于她的推动。我很多的文章、著作，她是第一个读者和审稿人。我五十多部著作、教材的封面上，我的名字之前都应写上她——刘淑贞的名字。

夜半了，月光静静地照在我的脸颊上，泪水打湿了枕巾，我每晚都在这思念与回忆中安然入睡。梦中我又穿山度水回到南京，和她在一起，我又能见到那双永生难忘的眼睛……

(2010 年 10 月于清华西南楼寓所)

王步高诗文集

空中望月

受 13 号台风"鲇鱼"的外围影响,在宁波开会三天,天一直阴沉着脸,大风与中雨也几乎从未停止。到我独自打车往机场赶,中雨转小雨,我久阴的心情也开始转为多云。谁知刚领了登机牌,通过安检,到 2 号登机口候机厅坐下,广播里便连续传来两次去北京的飞机都晚点的公告,包括我要乘坐的5485 航班在内,而且晚点到何时未定。让人的心情又重新焦躁起来。后来才知我们下午四点的飞机拖到六点多才起飞。许多要从北京转机或坐大客车去秦皇岛的旅客皆嘟嘟囔囔,怨声不断,担心会在北京过夜。我无须转机转车,稍许平静些。

飞机终于起飞了,我坐在第八排靠窗口的位置,有两个窗口可以看出去,视野较开阔。只见宁波的万家灯火被我们的机翼飞速掠过,飞机在急速升高,很快就穿入浓浓的云雾中。我们仿佛掉入云的海洋,除机灯照亮的一小块云层,稍远处的云雾漆黑如墨,令人窒息和恐惧。我期盼着,更后悔着,真不如坐动车组列车,在软卧车上睡上一觉,也就到北京了,也不会影响我第二天晚上的课,用不着如此担惊受怕。

飞机穿过云层了,夜空还是很黑,过了好一阵子才看到天宇上有一些不很明亮的星星。看不到往日白天飞机穿过云层后蓝天万顷、白云如雪的景象。我感到又一次的失望,便打算小憩一会。突然,从天宇的尽头跃出一道金黄色的圆环,并迅速变大、变亮,我此时顿然想到是月亮升起来了。今天是农历十八,故乡有民谚云:"十七八,暗一眨。"月亮要入夜一段时间才会升起。不一会,月亮就完全跃出云海,只是还不是平素我们见到的那种皎洁银白的样子,而是金黄色,仿佛是初升的太阳,不同之处在于看不到红霞万朵,升起后也不见光焰万丈,反倒渐渐恢复其本相,由黄转白,不久就成了我们习惯的那颗月亮了。只是我觉得今天的月亮离得特别近、特别亮。在万米高空赏月确实不一样，我仿佛也成了天上人，有点飘飘欲仙了。又似乎我也朝着月亮飞升，嫦娥、吴刚都离我愈来愈近。我第一次感到我也是他们中的一员，他们正在召唤我。

月亮渐渐升高，我的心绪也特别好，我从未夜间坐飞机，更未能有机会在飞机上见到月亮升起。张九龄《望月怀远》所谓"海上生明月，天涯共此时"和张若虚《春江花月夜》所谓"春江潮水连海平，海上明月共潮生"，我今天都更深切地体会到了。云海也是海，而且是更广阔的海。可惜我去宁波前刚刚给清华大学的同学讲过了这两首诗。

目睹眼前的月色，我却深深陷入沉思。

此时不仅是宁波，我们机翼下云层另一面的人们此时并不能见到如此明月，他们甚至想象不到他们的风雨之夜，竟有人就在他们头顶的高空欣赏如此的月色美景。看不到是因为重重浓云的阻隔，把并不很远的距离分成阴晴两个世界。我们的生活中不也有许多这样的浓云吗？它隔断了上下级关系，让喜欢窜上跳下颠倒黑白的无耻小人大有用武之地；它让我们鼠目寸光，让我们看不到事物的另一面，看不到事物的真相。不仅芸芸众生如此，领袖人物也难有例外。

看不到就不相信，这是多少人的思维方式呀！他们相信眼见是实，不相信自己见不着的东西，甚至怀疑其存在。啼饥号寒的人难以想象同一个世界上也有不少人家"朱门酒肉臭"；面黄肌瘦营养不良的下岗工人，想象不出与他同在一个城市，才能并不高于他们的那些权贵们也在为自己的"将军肚"减肥效果不明显发愁；"蚁族"大学毕业生，想象不出学习成绩远不如他们，毕业学校品牌远不如他们的权贵子弟一月的收入竟超过他们一年的收入；生活在社会下层的工人兄弟不会想到若干年前深圳的一个汽车驾驶员如今当了大国企的老总，其年薪是美国总统的20多倍；想不到我们工人阶级政党里也有人可以每天公款消费200多万，只是因为还贪污了2个多亿才被捕；许多买不起房找不到对象的工人或大学生想不到一个江苏省厅级干部可以包二奶和情妇近三百名。……

时间与思绪同逝，不多时机舱内的电视显示屏告知，我们已飞过江苏，来到山东地界，已离济南不远。飞机的高度也降到不足8000米，我们也飞出了雨区，天地澄澈一片，我突然想到我们正飞越泰山的上空。泰山海拔1500多米，我们比它高五倍了，几乎与珠穆朗玛峰比肩了。孔子曾有"登泰山而小天下"之感，杜甫也曾望此山兴叹"会当凌绝顶，一览众山小"。古人便懂得

"欲穷千里目，更上一层楼"的道理，站得高就超出了普通的障碍物，视野就开阔许多，登泰山绝顶就超越了齐鲁众山而令人有"小天下"之感，孔夫子自然想象不出人们今天可以很轻易站在有泰山五倍高度之云层上欣赏阴雨天的月出。我们自然无法体会在太空工作站俯瞰地球是如何情景，他们更不会受眼前云雾的障蔽了，可以如哈勃望远镜那样窥见宇宙深处，只是他们对地球的观察还是要透过重重云雾，还是会受障蔽。因此光是登高也还未必能知道真相。这使我想到眼睛也会骗人，连朱镕基那样很英明的领导有时也会受骗。"耳听是虚，眼见是实"也未必尽然。

　　社会上和高校里，我们普通群众痛恨的某些中层干部，常常却扳不倒他，再向上级领导反映多少次也没有用，这些中层领导给上级展示的是皓月当空的景象，别人告诉领导地面在下雨，他是不会相信的。他们相信耳听是虚，眼见是实；群众认为是狼，在他们眼里是再温驯不过的绵羊。你说它会吃人，领导信吗？只有当这些狼倒了霉，严重的经济问题被暴露，被纪委盯上，情况才会有变化。其实，能骗领导，连广大群众也一起骗了的情况并不多。领导眼见的有时也不全面，常常耳听的却是实。如果领导也不过于相信自己的眼睛，因为会"一叶障目，不见泰山"，能借助于群众的眼睛，他就能看到属下老百姓经常看到的另一面，人们痛恨的官员为非作歹的空间就小多了。

　　我想，要有许多领导也有一次如我这次坐飞机的经历多好，想想又哑然失笑了。与我同坐这班飞机的人不靠右边窗户的，就不会看到刚才的景象，没有我这样有着孩童般好奇心的也不会看得如此真切。领导坐飞机的机会比我多得多，即便他也看到如此景象，他如果不这般想又有何用？我愕然了！

　　飞机已飞临北京上空，我远别了吴刚、嫦娥，又要从奇思遐想回到尘世中来，恢复这大千世界芸芸众生一员的身份，但这次飞行对我的启示大概此生是难以忘记了。

（2010 年 11 月 24 日完稿于清华园寓所）

我对故乡扬中教育的回忆与反思

扬中是一个历史不长的沙洲、岛县,远没有吴县、常熟、宜兴、绍兴等江南老县的深厚文化积淀,没有诗书传家的世家大族,几乎没有出过震古铄今的大人物,没有众人仰慕的大儒学者,当时公私藏书也相当有限。昔日,岛县的交通不便也使外地的饱学之士足迹难至此地,因此扬中的教育先天不足。建国以来,教育规模发展较快,但受历次政治运动的摧残,中小学许多优秀的教师、学生往往命运凄惨,甚至死于非命,又不能不使人黯然神伤。我就读县中时,多名优秀的教师属没有选举权的政治另类人。扬中的教育就是在这样的环境中艰难发展起来的。其所以取得一些成绩,还因为有一批无私献身的领导与教师,有一个尊师重教的社会环境。

扬中正因其文化底蕴不足,老百姓特别看重读书人,看重老师。扬中县中等校也确实聚集了一些不亚于如今大学教授的教师。我的俄语老师姚树诚先生,是留苏多年的学者,他的俄文发音非常地道,他对学生非常认真。他曾在南京工学院(今东南大学)任教,因为政治问题被发配到扬中县中来。我考入南京大学外文系,与俄文专业的高年级同学用俄语交谈,他们都为我的发音准确而惊叹。然而姚老师就是个无选举权的人。1964年夏姚老师带我们在镇江参加俄语口试,我因报考的南京大学,姚老师家在南京,我问他:"南京在哪里?"他用手指着镇江的西面。一年多以后我们几位在南京大学学习的县中校友得知姚老师生病去他南京的家探视时,姚老师已故去。这一指竟是他留给我的最后记忆。谁知这一指,竟决定了我的大半生与南京紧紧联系在一起,也与他曾饮恨离去的东南大学联系在一起。

我们有多个好数学教师,如曹文崇、华世同,我至今还对他们的风度、学识记忆犹新。曹老总是拿着个木制的圆规、三角尺,微弓着腰,他教我们平面几何,深入浅出,诲人不倦。华世同则是南京大学数学天文系高才生,才华横溢,每天上课只带两支粉笔,风度翩翩,讲课如行云流水,滔滔不绝,又有极强的逻辑性。我虽酷爱中文,数学成绩却极优秀,高三下学期,我还得过全县数学竞赛第二名。其中主要得益于曹老、华世同先生。对华先生"文革"初死于非命,我是很悲痛的。离开县中后对曹老也知之甚少。

我们的语文老师中初中的朱石渠先生对我影响较大,他也是有政治问题,从县教育科长任上罢免发配到县中来的。他学识渊博,古文功底很好,对学生作文抓得很紧,初三一学年,我每次作文均为"5"分,或"5+",他对我特别赏识。高一教我们语文的有好几个老师,其中之一是刚摘掉右派帽子的匡一老师,先生个子不高,文质彬彬。是他最早提议我给文学刊物投稿,开展文学创作。高二、高三的语文老师裴祥林先生当时刚从南京师范学院毕业(当时县中真正本科毕业的老师并不多),有许多新知识、新观念,包括许多学术争鸣问题,令我耳目一新。当时余清逸先生也在县中教语文,他学问好,人品也好,他出身书香门第,对寒门子弟从不歧视,还在经济上力所能及地予以支持。据说他每月工资仅50多元时还每月接济一个穷学生5元钱,一直坚持了好几年。1984年我从吉林大学研究生毕业,分配到江苏古籍出版社工作,与余老同事。1987年,我考取唐圭璋教授的博士生,出版社领导对我百般刁难,我两个女儿正读大学,出版社却要我脱产读博士生,并扣发我7个月奖金、5个月工资。停发工资期间,余清逸先生每月给我100元(当时他的工资也不到200元),有个月他实在没有钱,就让他的儿子给我100元。回想在扬中县中,很多老师的学识人品,都是令我终生景仰、终生学习的。

不仅县中,其他学校也有许多优秀的、品德高尚的教师。在"文革"及以前的历次政治运动中,扬中许多教师受到迫害,仅"反右"运动中被打成右派分子的就54人,我后来陆续认识了其中约20人左右,他们无一不是坦诚正直、学有所长者,他们的人生遭遇大都非常凄凉,有不少还殃及子女。他们本应是人们仰慕的对象,后来大都成了人们同情的对象。也有敢于与命运抗争者,八桥中学应如法老师,在"深挖5.16"运动("文革"中一个无中生有的抓反革命运动,江苏被抓40万人)中敢于对着干,不认罪、不乱揭发,铁骨铮铮,是我学习的榜样。在我被关押审查的300多天里,一度任我专案组长的张舜先生、副组长吴俊禄先生、组员陈莲生老师,原领导杨九林校长,都能坚持实事求是,对我千方百计加以呵护。当年春节,吴俊禄先生放弃与家人团聚,在专案组陪我过年。张舜先生在那昔日的朋友、同事都纷纷与我划清界限、捏造罪名、整之唯恐不重，甚至"强烈希望扬中县委开除王步高的党籍与公职"的时候，当我面说："你是个好教师，学习班结束后欢迎你到我们同德中学来工作。"听了这些话，我潸然泪下，仿佛快冻僵的人得到一碗热姜汤。在我被关押期间，快过春节，杨九林校长冒着雨送条大鱼到我家，给孩子们过年。吴俊禄先生不久离开了专案组到三茅中学任校长，他又开始跑教育局(据说有20多次)，一定要领导同意让我结束审查后去该校工作。我被关押300多天后，又去农场监督劳动几个月才去三茅中学上班。吴校长又从生活、工作上照顾我，让我不参加政治学习、不坐班，有时间准备研究生考试，给我两间住房，给我一块菜地……扬中教育界好人真多。可惜离开家乡后我与他们中的大多数联系不多，这些先生有一些先后离开人世，我很少能去他们灵前拈香磕头。正是这些正派高尚的教育工作者，在扬中教育史上写下最光辉的文字，留下最美好的心灵传承。是他们告诉我应当怎样做人。我以"吃饭哲学"为名，形成一个判别人品高下的经验公式：宁愿自己喝稀饭甚至没饭吃，却希望别人能吃上干饭的人，是伟大的人；自己吃干饭，也希望别人有干饭吃的人，是高尚的人；自己吃干饭，却只让别人喝稀饭的人，是道德平庸的人；自己吃干饭，却不让别人有稀饭吃的人，是卑劣的人。我常向学生灌输这一做人的哲学。是扬中的生活经历，使我有了这些感悟。

我 1964 年考入南京大学外文系德文专业。大学毕业后我改行当了中学语文教师，后又考取吉林大学中文系研究生，此后又成为唐圭璋教授的词学研究博士生。1994 年成为东南大学中文教授，2008 年评为二级教授，2009年从东南大学退休后到清华大学任教。尽管我也经历了本科——硕士——博士，但真正在中文系就读的时间不足三年，我的中文基础——中学六年、当中学教师和准备研究生考试的十多年，是在扬中的这近二十年打下的。我感谢扬中，感谢扬中县中！

扬中的老师给了我知识，更给了我万难不屈、决不轻易低头的性格，每次人生的低谷我都能重新跃起，每一个沉重打击都变成进步的阶梯，这也是在扬中老师们的熏陶下形成的。

扬中的教育还有这样一些特点：

尊师重教，我说的主要是民间，学生家长非常尊敬"先生"。我记得在上小学时，我们沙家港小学实行给老师供饭制，以"供饭"代替学费。那是大跃进之前，我们农村的生活还不错，对老师供饭就少不了鱼肉，家长总尽其所有，以最好的饭菜招待老师。老师来家访，有条件的总要按扬中的风俗煮上三个水鸡蛋。学生见了老师还敬礼。毕业以后,学生即使上了大学,都还与中小学老师保持联系。曾长期在扬中任教的余清逸先生非常怀念扬中,他也在其他县市任过教,与那里的学生联系很少。去年夏天他去世时,参加遗体告别的除了子女亲属、单位同事,全都是扬中的学生,这些都是他50年前的学生,如今也大都年过古稀,须发尽白。我离开扬中也30年了,至今与扬中的学生也保持较多的联系。等到自己干不动了,我离开清华大学后还想回扬中,最近我还在老家翻盖了已成危房的祖屋,我希望能靠近昔日的学生们。

其次,扬中教育留给我的印象最深的是他的包容性。我感谢县中相对宽松的学习环境。我是个很调皮的孩子,初中时打架曾让一位同学用小刀把手腕戳穿。县中六年我没当过一次"三好生",没有能入共青团,我当过的最大"干部"是校黑板报主编和语文课代表(五年)。当时语文课要背书,老师总在课堂上让我背古文,从不要我背现代文,他知道,我肯定一句也背不出。语文考试我每次只考78分左右。有20分现代文的填空我是一定放弃的。但我的大学中文系本科课程是在中学时代基本完成的。

学校和老师对我的宽容也是我至今深深感激的。苏共二十大赫鲁晓夫大反斯大林,我国公开"反修"还未开始。我热血沸腾,去县新华书店买了一本《斯大林传略》,将斯大林像裁下,贴在教室的墙上,还配了一副对联骂赫鲁晓夫,歌颂斯大林。这张像竟在我桌子边的墙上贴了一个多月,班主任才与我协商将它揭下。我这一做法今天看来并不可取,却使我保持了独立的人格,张扬了个性,养成了从不人云亦云,从不惟命是从的性格。这正是我一生能够百折不挠,敢为天下先的开始。

教育决不可模式化,应当让学生有自我发展的时间与空间,学校和老师对学生干预少一些,让学生培养各种兴趣,找出自己的潜质,决不要为了升学率而违背学生的意愿。当年班主任要我填报德文专业,使我的人生折腾了18年才从外文系回到我想读的中文系。这也是我终身的遗憾。

改革开放使我们的教育有了很大的发展,也让我们睁开眼睛看世界,走出扬中看世界。特别是到清华大学任教以来,几乎每学期都有一两个使我感到震撼或自愧不如的学生,他们的水平不仅超过我以往遇到的在校本科生,甚至超过我带过的研究生。他们有的也只是本科一二年级的学生,他们的知识和理解能力的积累主要在中学,与培养了这样一些学生的中学比起来,我们扬中的教育还有较大的差距。

这便是我所主张的"巨人教育",培养科学巨人、学术巨人。去年我写的《清华大学百年赋》,便指出应"培育众多道德楷模、思想巨人、科学领军、文化大师、治国栋梁、创业中坚",这尽管是对清华大学的期望(清华大学要全面做到这些也还有相当大的距离),而这一切的实现必须从中小学开始。教育是一个系统工程。普及教育只是其基本任务之一,从人才学角度说培养了几千几万毕业生是没有太大意义的,因为其大多数都是较平庸的广义"人才",只有统计学的意义。比如当清华大学这样的名校回首百年时,固然也会列举培养了10多万毕业生,这个数字给人的视觉冲击力并不大,多一些与少一些差距甚微。相反,数百名院士的冲击力就大得多,虽然他们仅占清华毕业生总数的0.26%,而几十个大师的名字则更闪闪发光,没有后者,你还算什么名校? 与全国许多著名的中小学相比,扬中还没有造就较多的"巨人",还算不上很成功。更何况,我们的院士、大师真正为全世界公认,对世界有较大影响力的更少。建国后我国的教育受政治的负面影响太大,这是全国性的问题,扬中的历史文化积淀不足又是一个先天性的问题。

扬中教育要赶上苏南浙东一些历史文化名县市,还须在恢复祖国的文化传统、营造大文化氛围上下功夫。华中科技大学一个教授创造了"泡菜的味道是由泡菜坛中水的味道决定的"理论,"五四"以来,中国的传统文化遭受巨大的破坏,"厚今薄古"、"学以致用"、"少而精"等"左"的教育观念的破坏,使我国的教育缺少深厚的文化根基。扬中要有意识改变物质生活与精神生活的投资比例,有意识加强文化传统的建设。既建设供广大工农兵消费的大众文化,也建设供少数知识精英消费的小众文化。

常熟、宜兴、绍兴等县市,常常出大批杰出人才,与该县市的历史文化积淀有关,也与该县市的大文化氛围有关。扬中的大文化氛围不改变,要出现大批文化巨人是很困难的。要看到扬中目前有许多现象对营造大文化氛围不利。一是小农意识。我本人在农村长大,又长期在农村中学任教,农民艰苦朴素、吃苦耐劳的品质对我影响很大。在我被关押300多天准备研究生考试的三年里,我每天10点睡觉,2时起身。如此艰苦奋斗,我能坚持,得益于农家子弟的吃苦精神。但小农思想在我身上也根深蒂固。我经常自嘲说:"我是个戴眼镜的农民。"每前进一步都要与自己的小农意识作斗争,要经常想到自己身上的先天缺陷,这样才小有成就。在我的经历中还是处处看得出小农意识的影响,它容易使人固步自封,这也是我不能做出更大成就的原因之一。二是赌博等社会风气。目前扬中麻将风气很盛,这也不利于造就文化巨人，一个经常赌钱的父母对学生的影响肯定是负面的。与苏南如千灯镇等文化氛围的雅俗迥异，要培养成年人读书、学习或有高雅情趣、高尚追求。可以走出去看看，到文化氛围极好的地方看看。

我到清华几年，感受最深的是清华人"自强不息，厚德载物"和"独立之精神，自由之思想"，前者较易为多数人接受，而后者正是成就世界一流名校、成为一流人才的根本。没有后者，任何政治家、军事家、文学家、科学家，至多是二流的。清华的十八字教育理念，对初等教育同样适用。我上文所说的"巨人教育"，首先是思想的巨人，一个思想上奴性十足的人，决不可能成为大才。

回顾过去，感慨系之，既为扬中教育界前辈高风亮节所感佩，也为扬中教育界同仁的成绩而兴奋，而不尽如人意处尚多。瞻念未来，更当努力奋进。全市教育界同仁勉之，全市之乡亲父老勉之，含我在内的扬中籍人士也当勉力为之。

（2012 年 1 月 5 日于清华大学）

卷二　散文·回忆

我在清华教大学语文

出于对梅贻琦、王国维、黄万里等教授人品和学问的崇拜，我心中对清华大学一直十分向往，从东南大学退休后我应聘到这里教唐宋诗词和大学语文，转眼第五年了。对清华讲堂的敬畏，对清华学生感到震撼和自愧不如，对清华精神"自强不息，厚德载物"越来越深刻的体验，对清华园如东南大学般的钟情，刻下我这段人生的轨迹。下面就重点说说大学语文。

大家似乎都认为，如今的大学生语文水平每况愈下，我来清华前也持此见解。但是清华的学生震撼了我，他们是我见到语文水平最好的本科生。有一次我在上课讲到岳飞与《满江红》的真伪问题，第二次课上就有个姓郭的学生提出"河南话里没有入声韵"，岳飞是河南人，《满江红》是押入声韵的，以此对岳飞的《满江红》表示怀疑。尽管我不同意这位姓郭的学生的意见，但他这种敢于提出问题的精神值得我们肯定，我鼓励同学们在学术上提出跟习惯的观点不同的意见。一次我讲"诗词格律与创作"，一个学生写了《访蒋鹿潭故居》，并对蒋鹿潭姓名字号生活时间作品词集都说得清清楚楚，说实话，中文系的古代文学研究生也不一定能这样。大学语文期末考试，我出的一道作文题：读明朝方孝孺的《深虑论》，联系当前实际，用"忧思篇"为题写一篇议论文，不少于800字。整场考试两个多小时，还有很多其他的问答题、赏析题，作文只能占一小部分，36分。结果有一个叫胡欣育的女生写了一篇2000多字的文言文，通篇没有一处涂改，没有一句文白夹杂，又紧扣题目，文章写得极好！我很感慨，自愧不如。

清华学生选我的课，又并非只注重考试，非考试的内容他们也都很重视，他们会到上届同学那里抄笔记，提前把我全学期的教学课件全部下载打印装订成书，以便课前预习，再在上面记本学期的笔记，把我历年教学的内容积累起来，期末有的学生把这样的笔记送给我，我感觉这是对老师最好的回报。所以有人说现在的学生不爱学语文,我觉得不全是这样,起码清华的学生就绝不是这样。

学生的学习态度又会反过来提升教师的教学水平。在清华当老师,我对讲堂无比地敬畏。我知道,我站的讲台以前是王国维、梁启超、陈寅恪、赵元任等站的地方。就大学语文而言,据资料记载,曾在清华教过大一国文的教师有:1929—1930年为杨树达、张煦、刘文典、朱自清;1932年为闻一多;1934—1935年为俞平伯、浦江清、许维遹;1936—1937年为余冠英、李嘉言;1940年为沈从文、吴晓铃、何善周;1944年为王瑶;1946年为范宁、叶金根、朱德熙、王宾阳;1947年为郭良夫;1949年为吴组缃。这些人哪一位不比我学术造诣高呢?这些大师才与清华在全国的地位相当。我如何继承他们的衣钵呢?我与上述名师学术水平有较大差距,但我可以学习他们对教学的敬业精神,为此我发明了一种"回头看"的备课法,每次上课前我都认真备课,即使这篇课文上一周在大学语文课刚讲过,到下周上课时我的课件又有新的修改补充,多的时候,一次课的PPT就多达300页,当然不是上课都要用。我遵奉的是,要给学生一杯水,自己必须有足够多的储备。我教的大学语文课,是国家最早的一门精品课程,从教材到教学网站到课堂录像,都已进行了无数次,可以说都是烂熟于胸了。但每次备课上课我都当作新课对待,每次备课的时候,都把以前的讲稿或录像重看一遍,这样达到一个目的,保证我今天重新讲的不低于我原有的水平,站在自己过去的肩膀上。回头看,看看自己过去上课的录像,自己上课的录音整理稿,保证自己不停地在超越自己。

我还为自己制定了"教学四境界"的目标:第一是科学性认知的境界;第二是人文与传道的境界;第三是研究性教学的境界;第四是为艺术而醉心的境界。这也是大学语文教学的境界,我愿意和全体大学语文界的同行共同努力,开创大学语文新境界。

(《中国教育报》,2013年9月30日)

自强不息　教无止境

——在清华园里教国文

出于对梅贻琦、王国维、黄万里等教授人品和学问的崇拜，我心中对清华大学一直十分向往，从东南大学退休后我也应聘到这里任教，转眼第五年了。对清华讲堂的"敬畏"，对清华学生感到"震撼"和"自愧不如"，对清华精神"自强不息，厚德载物"越来越深刻的体验，对清华园如东南大学般的钟情，刻下我这段人生的轨迹。

首先说说清华的学生。夫子曰：后生可畏。清华的后生尤"可畏"。来清华前，我是东南大学较著名的教授，得过不少国家大奖，我牵头的东大大学语文是全国同类课程中第一门国家精品课程，可是清华学生似乎并不看重这些标签和"光环"，第一学期，我的这门大学语文安排课容量120人，第一次没有选满，还缺1/3，使得教务处不得不专门发个通知，介绍这门课程，动员补选。但我上完第一次课，学生就报以极其热烈的掌声。两周后，就有学生发起签名，得到全体同学支持，要求教务处把大学语文由2课时改为3课时，他们宁愿只要2学分。从第四周起，我的几门课全部延为3课时。从第二学期起，我的四门课成了清华园很受欢迎，也很难选上的课程。有的课不但要用第一志愿去选，有时命中率也仅1/7。清华学生认可了我们的教材、课件、网站、教学水平，也认可我主持的这些国家精品课程是名副其实的，称它们是精品中的精品，甚至有人称之为"神课"，我却一直战战兢兢，心有余悸。

大家似乎都认为，如今的大学生语文水平每况愈下，我来清华前也持此见解。清华的学生"震撼"了我，他们是我见到语文水平最好的本科生。

有一次我在课上讲到岳飞与《满江红》的真伪问题，第二次课上就有个姓郭的学生因"河南话里没有入声韵"，岳飞是河南人，《满江红》是押入声韵的，以此对岳飞《满江红》表示怀疑，前人还从来没有一个人是这样提问的。但岳飞有两首《满江红》，有以"怒发冲冠"开头，还有以"遥望中原"开头，同押入声韵,后者岳飞的手迹还在,民国版《中华民族五千年爱国魂》就收了其手迹,至少到目前为止,学术界对该手迹并不怀疑。尽管我不同意这位郭同学的意见,但他这种敢于提出问题的精神值得我们肯定,我鼓励同学们在学术上提出跟习惯的观点不同的意见,期末考试的时候,希望同学们这一条作为附加题,并请把 e-mail 地址和手机号码写在题目后面。结果还没等到考试,下一周,一个叫王鑫的安徽女生,交给我几页打印稿,把家在北方用入声韵的词牌写词的词人列了一个统计表。此后更有学生对争鸣双方的主要观点进一步阐述,也有人指出,岳飞家乡河南汤阴一带是保留入声的。

一次我们讲《诗词格律与创作》,申昊同学写了《访蒋鹿谭故居》,我马上就怀疑他是抄的,因为蒋鹿谭知名度不很高。我说蒋鹿谭名字叫什么?他说叫蒋春霖,鹿谭是他的号。我说什么朝代的?他说清朝的。清朝什么年间?他说太平天国时期。我又问他的词集叫什么?他说叫《水云楼词》。我说你读过冯其庸教授著的《水云楼词集校注》吗?他说我知道这本书但没买着。我说你读的是什么版本?他说王老师你不要怀疑我,我读的是电子版,我今天晚上就把这两本书的电子版发你邮箱,我还有蒋鹿谭的年谱。说实话,中文系的古代文学研究生也经不起我这八九问的,真难为他。

大学语文期末考试,我出的一道作文题:读明朝方孝孺的《深虑论》,联系当前实际,用"忧思篇"为题写一篇议论文,不少于 800 字。整场考试两个多小时,还有很多其他的问答题、赏析题,作文只能占一小部分,36 分。结果有一个叫胡欣育的女生写了一篇 2000 多字的文言文,通篇没有一处涂改,没有一句文白夹杂,又紧扣题目,文章写得极好。我很感慨,自愧不如。年轻时不如,写不出;如今也不如,写不快。此事一公布,结果学生的作业,近半数都写成文言文。

清华学生选上我的课以后,常常找到上届同学或网络学堂把我全学期的教学幻灯全部打印装订成书,先预习,再在这上面记笔记,并注意我有哪些修改补充。实际上他们也在检查我的备课,如果改动不大,证明我未做新的努力。期末有的学生把这样的笔记送给我,他说,老师,您这学期补充改动很多很多。这不就是我的成绩报告单吗?

我一直认为中文比英文细腻,我上课说,凭我的印象,汉字里表示"看"的字词不下 60 个,谁知几天后清华一位同学给我发来邮件,他详细统计汉字常用字里表"看"的一字词、二字词、三字词、四字词各多少,总共 130 个。

我也有个别讲错的,学生也一一纠正。我记得在报纸上看到一个材料,说古代皇帝大多是短命的,活到 70 岁的皇帝仅 7 个。课后也有同学给我发邮件,说我讲的不完整。既没有包括各割据政权和少数民族政权,如梁武帝

卷二　散文·回忆

萧衍、吴大帝孙权、辽道宗耶律洪基等，也未包括女皇武则天，如果都算，有18人，至少也应加上武则天，应是8人。最近我讲《楚辞》，我讲这本书的编定者刘向是我国目录学的创始人，他是西汉末年人，他的儿子刘歆则活到东汉时期，一下课，就有学生找到我，纠正说刘歆死于王莽篡位时期，还不到东汉。老师的知识也有陈旧、不准确的，有这样严格、较真的学生，能使我的教学科学性、学术性进一步增强，水平也显著提高。

我故乡江苏扬中属江淮官话区，是保留入声的，我在教学中标入声字便依家乡方言，谁知也会有出错的时候。我们方言中读"这"和"只"（一只鞋的"只"）没有区别，我一直认为"这"也应为入声，因此在课件上出现"这"字，我便用蓝颜色标注，下课后一位叫郭家宝的学生对我说，您课件上把"这"标成入声是错的，在《广韵》里它读"鱼变切"，不是入声。我问他怎么知道这个字《广韵》的读音。他回答，他编过《广韵》的检索系统，编有《韵典》网。后来我经常用韵典网查字。我读研究生时曾师从王力教授的助手许绍早教授学音韵学，还先后学过两遍，自认基础是较好的，在这位清华计算机系二年级本科生面前我深感惭愧。

我渐渐养成一个习惯，凡遇到古音问题，常常请广东、闽南、广西或学习日语的同学帮助解决。如欧阳修《戏答元珍》："春风疑不到天涯，二月山城未见花。残雪压枝犹有橘，冻雷惊笋欲抽芽。夜闻归雁生乡思，病入新年感物华。曾是洛阳花下客，野芳虽晚不须嗟。"显然这首诗押《平水韵》麻部，但无论普通话或我们江南方言，"嗟"都发不出"麻"韵的音，末句读来便不押韵。我问学生广东话"嗟"怎么读，他们说读"遮"音，我说好解决了，我们江南话"遮"读 za，便与"麻"押韵了。后来检索"嗟"，《广韵》子邪切，《中原音韵》车遮韵，《分韵撮要》遮韵。问题就解决得较圆满，师生共同努力，教学中尽量少留或不留"死角"。

过去只知粤语有九声，古代分平、上、去、入四声，即使每声均分阴阳，也只八声，何来九声？又听说粤语保留 -p、-t、-k 作韵尾，究竟如何？我明白说出我的疑问，万誉之同学发邮件给我，说："您之前上课说粤语的九声是把入声分成了 t p k 结尾，但是我今天看到的资料说粤语中的入声分为高阴入、低阴入和阳入，和韵尾不是一一对应的。原文如下：实际上高阴入、低阴入、阳入声调的音高，与阴平、阴去、阳去是一样的，不过是用-p、-t、-k 韵尾的入声字用以区分。由于声调的定义，是包括抑扬性（即实际音高）和顿挫性。而入声韵尾-p、-t、-k 正是影响了其顿挫性。因此，即使只以 1 至 6 标示，我们仍然要说是有九个声调，或者说有'九声六调'，不能称作只有六个声调。"还附有一些表格，使我对此认识有所提高。

有一次我讲《诗词格律与创作》,讲到词句两个仄声连用的时候,不能任意用两个仄声字,最好用去上声。我举周邦彦《花犯》为例"**更可惜**雪中高士,香篝熏**素被**。""但梦想、一枝潇洒,黄昏斜**照水**。"(其中拉黑的字均为去上声)下了课,有个旁听我课的学生叫曾悦,跟我说:"《花犯》是犯调,不是正格的,你应该举正格的例子。"我眼睛睁得老大的,他是学工科的,还知道什么叫"犯调"? 这个名词是一般中文系老师也不懂的。"犯调"是什么意思呢? 是两个不同的宫调合成一个词调,像周邦彦自己创的《花犯》《玲珑四犯》。尽管他是批评我的,我眼睛陡然一亮,心悦诚服。

我发现古人的送别诗词很多以黄昏为背景,为什么不第二天起早走呢? 在课堂上我说出自己的不解,谁知期末竟有多人以此为题写争鸣文章。有一些言之成理,独具匠心。这样的同学对老师的促进是很大的。作为老师,能不感到"震撼"与"自愧不如"吗?

我年过六旬,在这些后生面前,我决不敢以"真理的化身"自居,必须谦逊、低调,活到老,学到老。

关于如何在清华园当老师,我也讲几点:

第一,是对讲堂的"敬畏"。

我知道,我站的这些讲台以前是王国维、梁启超、陈寅恪、赵元任等站的地方。就大学语文而言,据资料记载,曾在清华教过大一国文的教师有:

1929—1930 年为杨树达、张煦、刘文典、朱自清;1932 年为闻一多;1934—1935 年为俞平伯、浦江清、许维遹;1936—1937 年为余冠英、李嘉言;1940 年为沈从文、吴晓铃、何善周;1944 年为王瑶;1946 年为范宁、叶金根、朱德熙、王宾阳;1947 年为郭良夫;1949 年为吴组缃。

这些人哪一位不比我学术造诣高呢? 这些大师才与清华在全国的地位相当。我能继承他们的衣钵吗? 我与上述名师学术水平有较大差距,但对教学的敬业精神应该有过之而无不及。"敬畏"心态势在必然。

2011 年 10 月 4 日晚,我梦见在为清华学生讲白居易《长恨歌》,200 余人的教室人都几乎跑光,只剩下六七个人,我惊得一身冷汗。每年讲《长恨歌》我都格外卖力,生怕梦中的情形会出现。

每次上课前我重新备课,即使这篇课文上一周在大学语文课刚讲过,到下周上唐诗鉴赏时我课件又有新的修改补充,以至一个晚上的课,我做的PPT 多达 300 页。我都提前半小时左右到教室,补充字库,调试电脑和投影、激光笔。

我教的几门课有国家精品课程的基础,教材都是由我主编的国家规划教材或精品教材,网站、课件已近于专业水准,我仍不放过任何一个薄弱、模糊环节。

来清华时,"诗词格律与创作"虽有 20 年的教学实践,但无自编教材,也无教学幻灯,资料积累也相对薄弱。我利用当年暑假近三个月时间,阅读资料,搜集素材,做出前几周的教学幻灯片。通过不停努力,这些课件如今也相当丰富、精美,一次课都有 200 张 PPT,多的达 300 张左右。

在东南大学"诗词格律与创作"课限 40 人,学生完成作业后,上黑板展示,七八人一组,其他同学定点评审,我再补评。老师课前负担不重,只要考虑讲课内容。在清华大学开始两年仍然如此,因为希望上这门课的同学很多,尽管这门课每学期都开,也远不能满足同学的要求。部门领导希望我扩大课容量,我先同意扩大到 50 人,后再次同意扩大到 60 人,教务处安排一间84 人的教室。因为有校内外的本科生、研究生,兄弟院校教师、学生及社会人员,教室坐满,再去其他教室搬椅子。人数激增,再用上黑板的办法评点作业就不行了。改为用教学幻灯片点评。要求学生提前把作业发到我邮箱里,我对之分类做成 word 文档(如我出十副上联,要学生对下联,要把各人的下联一一归到对应的上联之后),再改成 PPT。再对作业标出入声(用蓝色),再用"★"、"★★"、"★★★"标出优秀作品、佳句,也用标红色、拉斜标出有问题的句子、词汇,并以括号指出问题的性质(如出韵、三平调、犯孤平、失粘、失对、合掌,等等)。教学效果更好了,我却苦不堪言。终于感动了一位来旁听的贾伟同学,他帮我做成"清华大学诗词格律与创作作业管理系统"(http://scgl.sinaapp.com)。学生在网上提交作业,每副下联直接置于相应的上联之下,更节省了收录邮件的时间,减少疏漏,提高了质量。我们甚至容许旁听者提交作业,并把提交作业的截止时间推迟到下次上课日上午 11 时,让学生有更多时间打磨作品。我则依然忙碌,一次要新做 80 张PPT,还得修改旧课件,有时连吃午饭也来不及,只好去楼下食堂买两支玉米,一边啃玉米一边做课件。旁听生做网站这事也感动了一些成绩特别优秀的学生如张洵恺、刘人杰,他们结束本课学习后,又主动提出当我的义务助教,帮助学弟、学妹在网上批改作业,点评作品。

由于教学内容、手法不断更新,学过这门课的不少同学经常相约回到课堂来听课。他们还相约参加"清华大学清莲诗社",该社几乎所有成员都曾是我这门课的学生。

对学生和教学的"敬畏"与虔诚使我的教学水平每学期都有很大提高。我来清华的第三年春节,东南大学一位校领导和几位教务处领导与我座谈 5小时,我汇报说:去清华不到三年,我开设的"诗词格律与创作"水平提高超过在东南大学的 20 年,其他几门也超过在东南大学的 10 年。

第二,把教书与育人紧密结合。

宋代苏舜钦《石曼卿诗集序》曾曰:"诗之作与人生谐者也。人函愉乐悲郁之气,必舒于言。"中国有"诗言志"的传统。"大学语文"、"唐宋诗词鉴赏"系列课程,作为文化素质教育的核心课程,应具有弘扬传统文化、传播人文精神、开展道德情感教育的功能,不靠空洞的说教,而是要在诗词和文学精品的感染下,使学生讲气节、讲节操、讲正气、讲廉耻、讲有所不为、讲不唯上不唯官、讲民本思想、讲平民意识……从而促成其思想境界的升华与健全人格的塑造,培养高尚的道德情操。

在东南大学,我就非常注重教书与育人的结合,来清华后,对号称"半国英才"的清华学子,我深感育人更重于教书。备课时均认真考虑这篇课文与何种道德情感教育相联系。又要"润物细无声",不能生硬牵强,那样只会令学生反感。

我在课堂上结合作品分析,给学生一些有益的人生提示:如讲到一些爱情诗词时,我把自己对爱情的理解告诉学生。讲秦观《鹊桥仙》:"两情若是久长时,又岂在朝朝暮暮","金风玉露一相逢,便胜却人间无数",我以自己所见所闻,告诉学生:我的朋友、邻居、同事、亲戚中美满的婚姻是不多的,大量的婚姻都带有一定凑合的成分。现实中的家庭是和睦的、比较和睦的、不太和睦的、同床异梦的和异床异梦的。婚姻要追求美满,但决不要追求完美,完美是不存在的。我还应学生社团之邀在清华大学和多所院校开"诗词与爱情"讲座,我还把自己的爱情故事写成散文《回眸》,发表在文学期刊,挂在清华大学、东南大学网站上,也被百度文库收录。许多学生含着泪读上好多遍。我相信,我的爱情观对清华学生会有较大且长久的影响。

开展校史教育。我在写《清华大学百年赋》时读过大量关于校史的资料,觉得很有价值,我也以清华大学的著名校友的经历对学生进行理想信念的教育。如叶企孙、赵九章、梅贻琦、黄力里等。把读校史与读后感作为每学期大学语文的课外作业。我是东南大学校歌的词作者,来清华前后,我都坚持每年在东南大学以"六朝松下话东大"、"人文东大 科学东大"为题讲校史,听众达数万人次,最多的一次,学生鼓掌43次,校报还以六个整版连载讲座全文。也在清华大学和东南大学以"沧桑百载赋清华"为题,讲清华的校史,也很受欢迎。

古人中我最敬佩苏轼。他坎坷的身世、高尚的人格和旷达的性格,都是最有价值的。在"唐宋词鉴赏"的教材中,苏轼词分两单元,其中以苏轼的黄州词独立为一个单元,讲课时从"乌台诗案"讲起,对学生进行挫折教育。讲完之前,我向学生提出6点人生感悟:1. 要能从黄连(最苦的中药)中嚼出甜味来,苦味中往往蕴含着希望。2. 不要以自己的创伤去博得别人的怜悯,怜悯的眼光后面难保没有几分鄙夷。3. 落魄者的尊严只能靠重新崛起。4. 做生活中的强者,要尊重,不要同情,被同情的永远是弱者。5. 鲁迅"敢于直面惨淡的人生,敢于正视淋漓的鲜血"。6. 一个人不在于其曾做过什么,而在于其曾做好过什么;能达到自己最好水平的可以称"无悔",能达到时代最好水平和历史最好水平的叫"不朽"。

我还以"乌台诗案与苏轼的黄州词"在清华和十多个高校开过讲座,很受学生欢迎。

大学语文讲苏轼的《留侯论》,文章主题是一"忍"字,我便强调:要"忍一时之小忿,争一生之高下"。

我前半生经历坎坷,有许多可以汲取的经验与教训。应清华学生社团邀请,我给学生做了关于我个人奋斗、自强不息的讲座。我把人生经历与自己的诗作串在一起,新颖别致。当天教室里连走道、讲台边全坐满,一场讲座学生鼓掌 30 多次,北京大学等校也有人参加。我结合文学作品分析开展道德情感教育,很受大家的喜爱,也是我的课程受学生"热捧"的主要原因之一。

第三,认真开展研究性教学。

东南大学与清华大学学生素质较高,特别是清华,许多学生令我感到"震撼"和"自愧不如",对他们特别适合进行研究性教学。养成学生研究性学习的习惯,善于独立思考,不迷信教师,不迷信书本。大学本科低年级学生语文学了十几年,对自己的专业课程反而知之不多,改善思维品格,开展研究性学习,从语文类课程开始更可行。

每门课开学之初便明确提出期末要交两份作业:一是对课程进行评价,提意见;二是挑我主编的教材上三个错误。

我还带领学生挑古人的错误,对名家、名篇也不放过。教材的《集评》、《汇评》里常常辑录历代名家对某作家、作品互相对立的评论,让学生取舍;对《长恨歌》这样的名作,也指出其多处不足。再如对陆游《卜算子·咏梅》"零落成泥碾作尘"、姜夔《踏莎行》"淮南皓月冷千山,冥冥归去无人管"、张孝祥《念奴娇·过洞庭》"素月分辉,明河共影,表里俱澄澈"等处有语病。许多名篇有失粘、失对等音韵格律的毛病。唐代诗人诗作结尾常常疲软,引导学生去读《唐诗三百首》,让他们找出正反两面的例子。

注意从较学术的眼光分析作品,不要一味颂扬,更不用"文笔流畅"、"情景交融"之类的套话去吹捧。对较著名的学术争鸣,让学生有所了解。如岳飞《满江红》的真伪;高适《燕歌行》是否讽刺张守珪;李清照是否改嫁过;李白的家世、出生地；欧阳修与冯延巳著作权问题；王国维对周邦彦前后不同的评价……让非中文专业的学生对学术考证等有所了解，虽不深入，浅尝辄止，有聊胜无。

期末要求学生对所学领域的某个学术问题发表自己的看法，作为加分的附加题，常常会有非常意外的收获。

第四，采用"回头看"的备课法。

我到清华来之后，不但每学期都重新备课，当然利用原有的 PPT，重新补充修改，而且创造了一个"回头看"的备课法。我前面谈到我有很多课有录像（共 400 多节），也有录音，而且我有几门课的录音稿已整理出书，我的《唐诗鉴赏》、《唐宋词鉴赏》都由福建教育出版社出了录音整理本，都是 30 来万字。我现在每次备课的时候，都把以前自己的讲稿或录像重看一遍，这样达到一个目的，保证我今天重新讲的不低于我原有的水平，站在自己过去的肩膀上。回头看，看看自己过去上课的录像，自己上课的录音整理稿，保证自己不停地在超过自己。回头看就会发现你的上课当中是有许多语病、许多废话和缺憾。比如我上课，过去不讲"同学们"，都是"同志们"，"同学们"就亲切一些，"同志们"就显得生硬一点。类似这样的小缺点，不停地在改正，不停地完善自己。

有人听过我同样的讲座，我再讲一次，人家就觉得大不一样，而且眼界也不同了。比如我在东大开一个讲座叫"六朝松下话东大"，以我为东大写的校歌为脉络，讲我们东大的校史，这个讲座我在东大讲了四十六场。内容愈来愈充实，结构更合理，PPT 更美观大方。

第五，教学的四境界说。

受清华校友王国维学问事业"三境界"、冯友兰人生"四境界"说的启发，我提出"汉语言文学教学四境界说"。是指：其一，科学性认知的境界；其二，人文与传道的境界；其三，研究性教学的境界；其四，艺术而醉心的境界。

人们称"文学是语言的艺术"，其实，语言文学的教学也是一门艺术。学生听课如果如观赏精彩的演出，如醉如痴，如坐春风，它既能给学生传授知识，也能愉悦身心，陶冶情操，这与戏剧、电影、电视、音乐等听觉和视觉艺术有相通之处，便是教学之艺术与醉心的境界。这已不仅仅是一门课程，而更像一门艺术，一门带学生走出世俗纷扰，游走在古典文化沃野里的艺术。它是否成功决定于以下几个方面：

一、提高教师的人格魅力

清华工程物理系赵科同学说："我想，一门课的受欢迎程度，老师的魅力占了很大一部分。您的可爱，您的感情充沛，您的饱经沧桑，我想肯定都深深地打动了很多同学,这也是同学们抢着选您的课的原因。"

教师的个人魅力应当包含以下几方面的内容:

1. 有较广博的学识:我教学的重点是诗词,我研究的重点是唐宋诗词,我编纂过李贺、李商隐、李清照、辛弃疾的全集,对史达祖、司空图有较深入的研究,有专著和较多论文,对隋代诗歌也有多篇研究论文,对李白也有一些论文发表,起草过《中国诗歌史》杜甫章。我编著过《唐诗三百首汇评》(120 万字),参与编纂《唐宋词汇评》(本人主持 100 余万字),还主持编写过三本诗词鉴赏辞典,更主编过四本唐宋诗词鉴赏的教材。这些是我上好"唐宋诗词鉴赏"系列课程的学识基础。

2. 教学的激情:教师必须要有高度的激情,教师不能感动自己,何谈去感动学生? 要学生醉心,教师首先要醉心,进入角色,以极大的教学激情,令学生不能不为我所动;我慷慨激昂,学生也热血沸腾;我激动得泪流满面,学生也为之动容。无论在东大还是清华,我都被学生公认为最有激情的教师。

3. 潇洒自如,张扬个性:学生欢迎有个性的教师,欢迎教师有潇洒旷达的人生态度。教师的个人魅力,与其在课堂上适度张扬个性有关。美院史论 918 班刘花称我"这是一个用生命来讲课的老师","他把知识分子的良知和诗人的浪漫气质结合在一起"。

4. 教师的亲和力:新闻 82 班张翔宇:"很少见到这么率真的老师,这也让同学们感到了王老师的坦诚和亲和力。"新闻 92 班刘晶:"您的身上总有一种亲和力,同您讲的诗歌无比契合的气质,听您读诗,尤其是那些现在听起来略显怪异的入声字,让人觉得古韵悠长,诗意盎然。诗歌传情,而从您的身上我们不仅看到了诗歌的情,更有诗歌的意蕴、诗歌的风骨。"计 93 班闫令琪:我一直觉得,先有"亲其师",然后才能有"信其道"。

5. 幽默诙谐的语言风格:与上者相联系,教师的语言风格也是教师魅力的组成部分。

6. 发挥自己阅历丰富的长处:我上完大学二年级,便赶上"文化大革命",并成为江苏省"文革"中的第一批"反革命"之一,"文革"后期,又再次被打成"反革命",关押 309 天。我参加民兵土地雷试验,地雷不炸,我们在排雷时被炸伤,呼吸和心跳都停止,县人武部党委已决定追认我为"革命烈士",我在医院又死而复生。在几个工作单位也历经坎坷。比起同龄人,我的人生经历要丰富得多。从自己人生经历,总结出许多经验教训,这对青年学生是十分宝贵的财富。学生听课读书,也读老师这本人生的大书,老师这本书内容愈丰富,愈吸引人,教学的效果愈好。社科 8 班黄梦丹说:"我最敬佩王老师的一点就是他积极拼搏又能淡然相对的人生态度。"建筑系 2009010038

魏炜嘉说:"您的那些亲身经历非常有震撼力,非常有感染力,有的时候甚至比诗文本身来得更有意思,也让我们对那首诗印象极度深刻。非常佩服您,我觉得您很有文人风骨。"

二、以文学创作推动教学

民国年间,大学中文系教授大多既是学者,也是作家、诗人,仅就我们东南大学(其前身为中央大学)和清华大学,中外文教授中陈三立、闻一多、朱自清、徐志摩、俞平伯、吴梅、胡小石、黄侃、钱锺书、吴组缃、沈从文、浦江清、刘文典、陈铨、唐圭璋、陈匪石、卢冀野、卞之琳、曹禺、汪东、沈祖棻……在戏剧、小说、诗词创作方面,都是卓有成就的作家。

我本人二十多年来在诗词研究的同时,一直坚持写作诗词,近年也写作散文、赋,我二十多年来还一直是江苏省诗词创作界的负责人之一。从四言诗、古风、格律诗、词,我都写过不少。我是《东南大学校歌》的词作者,这一校歌被很多网友称为"建国以来最好的校歌"。前年清华大学建校一百周年,我完成了《清华大学百年赋》,洋洋 1800 余言,也颇受辞赋界朋友的好评。

卷二　散文·回忆

写作是我教学的坚强后盾,上课时我评论李清照、辛弃疾、李白、杜甫,仿佛不是在评论千年之前的古代作家,而是评论我们诗社的其他诗友,既熟悉又亲切,似乎连他们的生活习性、创作习惯都了解;评析他们的作品,也仿佛谈我某位诗友的旧篇新作,不是一味歌颂称赞,充分肯定的同时,也常常指出其不足。不是见所谓优美词语就大加褒奖,而是从创作的角度指出其成败得失。这样更能从诗人的眼光论诗词的艺术。

教"诗词格律与创作"课,则每节课都离不开自己的创作实践经验。

核 82 班余韵寒说:"诗人或许是最了解诗人的,老师从诗人的角度探寻,总有驾轻就熟、深入浅出之感,独到的点评、犀利的评价,更让我对一位刚正耿直、率真直言的老人有了由衷的敬佩和喜爱。同为诗人,因此能够更好地触碰到诗人的心境,并且具有与诗人同样广博深厚的学问,这使得王老师的评论和解析能和诗歌本身一样直达人心。"社科 8A 班秦菁云:"从王老师讲课我们可以看出,有眼界有胸襟之才子诗人,为人不仅能执著亦能潇洒,其作诗评诗同样可以执著于常规,又能潇洒于变体。这是胸中自有一段风流气韵所致,非花大功夫沉潜精舍不可得。"

三、要能给学生以心灵的冲击

建筑系杨柳青同学说:"我们希望课程能够给人一些心灵的冲击、一些思考,能够帮助我们完善知识体系和人格。"清华另一位女同学说:"诗触动了我心中最柔软的角落,带给我无限的宁静平和的同时,又能够在心中激起波澜壮阔的气象。或许,只是诗歌能够做到这些,能够带来感性思维的冲击,能够带给人对生命的思索与赞美。常常觉得情绪是一种微妙的东西,它的神奇之处就在于你无法预知思绪下一秒会有怎么样的变化与悸动,正如诗歌一般,平平仄仄看似呆板的结构却能够千回百转乃至于荡气回肠。"

四、教学中要给学生留下终身难忘的印象

一门成熟的精品课程,不仅要当前有很好的教学质量,会引起一时的激动兴奋,还要有一些文化积淀,最好能有一些句子和人生的格言使学生终身难忘。我善于以简洁的文言语句把一些人生和学习体验概括起来,也使我的课更上升到理性高度。这些自创的格言警句,有些是来自在东南大学工作时期,2008年我曾把它汇集和综合为《编教心语》,后来不断丰富。如"有缺点的凤凰还是凤凰,完美的苍蝇还是苍蝇"。

五、形成自己独特的教学风格,力争教学效果最优化

新闻学院孙超同学如此向他的同学们推荐我的课:"如果说可以用浪漫来形容一门课的话,那么唐宋词鉴赏一定是清华园里最浪漫的课之一。掌故经典随手拈来,臧否人物辛辣爽快,加上诗词本身的氤氲蕴藉,配合着王老师江苏一带的口音,听者竟时有时空交错之感而全然忘我。以至于一门从不点名的选修课几乎场场满座,结束时的掌声经久不息。"

当我们能驾轻就熟,十分自如而又不断补充新内容、新观念,大家都会有一种自我陶醉之感,能让学生醉心的课程,必须不懈地全方位追求课程的完美。戏剧的表演大师们,对自己的一举手,一投足,一句唱腔,一个眼神都有精心设计,演久了也会冷漠,不动情。

郭昊原说:"王老师最触动我的,是他令人叹服的人格魅力——真诚地待人、诗意地生活,永远保持一颗赤子之心。课上的教学质量真的是好得少有,在清华之中也很少有什么课能上起来让我如此激动。"

新闻学号尾号为81的王一惠:"五一假期的时候,我终于有机会去一趟南京,特意让同学领我去东南大学看看。在这一所校园里,我看见了您曾经向我们描述过的那种娴雅而庄重的气质。您不仅常说'我们东南大学',也常说'我们清华大学',在我们的心里,您是可爱而可敬的清华老师的代表,我很高兴能和您有师生之缘。"清华的学生是我舍不得离开的主要原因。他们基础好,爱学习,也爱老师。

来清华的第一个冬天,我未戴帽子、围围巾,有一位家住河北农村的同学给我送来一套帽子、围巾和手套,令我激动不已。这年元旦,几位选我诗词格律课的同学约我一起过除夕,共进晚餐后大家在一起搞诗词游戏。

又一年夏日的周三晚上,突然下起大雨,下课时,一个前学期选过我这门课的同学给我和其他同学送来五把伞,也让我好感动。

我独处北京,每年元旦、节日都有些学生希望到我家来与我共度节日。近三年的元旦我家总有二十七八位同学来做客,我给他们包馄饨,一起吃橘子、花生、瓜子等,今年元旦单橘子吃掉十五斤。其乐融融,令我和孩子们都久久难忘。

　　有些过去选过我课的同学,女朋友从广东来,还提前跟我约定,要带女友到我家吃馄饨。过去选过我课的同学,每次回北京都来看看我。有个女同学的男友给我打电话,他们之间有了点问题,希望我跟他的女友谈谈。孩子们都把我当成自己的爷爷一样信任。

　　尤其令人感动的是,一位雕塑系的女同学,连选我的几门课,还常常要"绑架"她读研究生的男友一起听我的课。星期天一起到我家做客,还让男友为我塑一座铜像(尚未完成)。

....

　　来清华几年,虽离开原先的团队,孤身一人,但我与清华学子已结下深深的友谊,在两校领导和电教中心支持下,我已基本完成"唐宋诗词鉴赏"国家精品课程升级为国家资源共享课(共66节),大学语文国家精品课程今年也可望完成升级;唐诗鉴赏、诗词格律与写作均已入选国家精品视频公开课(共42节),其门数、节数均居全国前列;唐宋词鉴赏视频公开课的拍摄及后期制作也已完成,即将于明年申报。以此为契机,我在清华开设的四门课其理论性、学术性、科学性、艺术性均再次较大幅度提升,更成熟,漏洞、错误及含糊不清处更少,也更受学生欢迎。

　　取得某些成功并不意味着我们做得都对,按不同的标准审视它,结论很不一样,我们的教学的第三、四境界仅仅才开始,第一、二境界上升到空间也很大。

　　我对清华讲堂的"敬畏"依旧,对学生感到"震撼"、"自愧不如"之心依旧,经常往返于清华与东大依旧,对教学兢兢业业依旧。

　　追求卓越,耻不如人,是清华的精神。我深感教无止境,要继续自强不息,进取不止。

(《中国大学教育》,2017年第9期)

祭江洲革命先烈文

维公元二〇一四年四月五日,岁在甲午,节序清明。春回大地,扬中烈士陵修葺一新,市党政军各界,并父老乡亲具鲜花雅乐,敬呈心香,祭于陵前。词曰:

盖吾江洲,据长江之中,圌峰之侧,古涧之东。或谓起自东晋,仅星点之沙洲;隋唐始连为长洲,南宋辄有岳飞"扬鞭指小沙"之说。明称新洲,或曰细民洲,有徐达封地在焉。曾为四府五县分治,清季始知太平洲。一九零四年统为太平厅,一九一一年改曰太平县,一九一四年易名扬中县,一九九四年更名扬中市,建置迄今亦仅百余年。

扬中为江中宝岛,地肥水美,风光旖旎。春来时桃杏花团锦簇,绿柳婀娜;夏季里麦黄果熟,菱歌蝉唱;秋风里稻浪千重,桂香菊黄;冬日时蜡梅傲雪,翠竹斗霜。岸上有芦柳葳蕤,水中见江豚徜徉。三春有刀豚鲥之美味,四季闻鱼虾蟹之浓香。

江洲物产富饶,民风淳朴,然地势低湿,旧时洪涝时至,家产尽漂没,良田成汪洋;更有地租高利贷捐税三刀悬顶,民不聊生,啼饥号寒,长夜茫茫。党顺民心,发动民众,抗租抗粮,火烧七家,风云激荡。抗战军兴,镇江沦陷,日寇屡扰扬中,县府溃散。顾先知组织维持会,顾秉琪拼凑土匪武装,勾结顽军,无恶不作,称霸一方,哀鸿遍野,庐舍为墟。江洲青年救亡图存,组织团体,投身抗日,血荐轩辕。新四军始据茅山,欲向苏北发展,扬中成江心跳板,抗战要塞。军民协力,血战敌顽。贾长富顽军横行乡里,被我挺纵全歼。吾军据江洲全境,扼长江沿岸,开南北通道。陈毅、粟裕亦情系扬中,常来视察。陈有诗赞"立足扬中无限好""地利天时好,人和更不同""长江跳板稳如山"。一九三九年秋新四军管文蔚部与叶飞部于我八桥镇合编,且于此整训,伺机挺进苏北。扬中成茅山根据地之一部,令敌伪切齿。日寇多次来此

140

王步高诗文集

"扫荡""清乡"，到处烧杀掳掠，遍地血雨腥风。是时也，我军/党主力北上，地方武装顽强坚守，锄奸惩匪，抗击日伪，杀汉奸季广根、薛德裕，击落日寇飞机。建起抗日政权，兴修水利，发展生产，重视教育，"培根简师"、初级中学先后建起。我江洲军民喋血苦战，艰苦卓绝，于全国抗战胜利前，驱逐日寇，处决汉奸，光复全县。解放战争中，或"北撤"，或坚守，众多革命者再披战袍，转战南北，家庭离散，血洒黎明。渡江战役，吾县军民策动敌军起义，积极支前，迎接解放，亦功莫大焉。

忆往昔，扬中英雄儿女，或与敌斗智并斗勇，效命疆场刑场；或在建设中，赴汤蹈火，为国献身，均可歌可泣，可佩可敬。王龙、王子清、朱永山、张日化、王明高、赵良斌、朱尊华、张建新、印士庸、罗云高、刘晓扬、严桂珍等近千人为国捐躯。有多少吾乡志士命丧异国他乡？有几多外地干部亦血沃江洲？

其视死如归，场景异常壮烈：李培根被伪军包围，拼死血战，终饮弹自尽；杨明被俘后，乘敌赌博之机拉响伪军手榴弹，炸死炸伤两敌，临刑时，又举椅砸敌；徐锡同被强令挖坑自埋，以铁锹与敌拼搏，掩护战友脱逃；王渊鉴被捕时脚被打断，乘狱中日军上操，匍匐至门口夺枪朝日军射击，后被乱刀戳死……

伟哉！壮哉！如是之英烈也，千秋之下亦为鬼雄矣！拯民于水深火热之中，效命于民族危亡之秋；抗日寇、斗伪顽、抛头颅、洒热血，其气节，其风操，感天地、泣鬼神，令后人高山仰止。当其沥血沙场刑场之际，尚为青春年少之人，或抛撇娇妻幼子，或弃养耄耋之父母高堂，英勇赴死。缅怀英烈之披肝沥胆，令吾辈能不思量：将何以建功于社稷，葆基业之长青？追抚英烈之无私奉献，而今吾等肩负使命，服务人民，又怎敢亵渎职守，有负先贤？面对英烈品行之全洁皛尚，对大叮表，同为革命者，同为扬中儿女，吾辈当尽忠报国，以告慰先烈在天之灵。众仁人志士面对外敌和死亡毫无畏惧、大义凛然之精神，将鞭策后辈：毋论强敌与险境，均当挺起脊梁，风骨嶙嶙！英烈为造福今人，不惧爬冰卧雪，慨然以身许国，无怨无悔，吾等夙兴夜寐，殚精竭虑，更理所当然。革命先烈安息！革命精神永存！吾辈及后代子孙自当秉承遗志，磨砻砥砺，矢志不渝，廉洁自守，勤勉尽职，兢兢业业，创新进取，令先辈奠定之江山永固，江洲昌盛，人民安康！心到神知。伏惟尚飨！

（2014 年为扬中市人民政府作）

卷二　散文·回忆

风雨兼程双十载　七十犹当少壮年

2009年我从东南大学退休来清华大学任教,开设我主持的两门国家精品课所包含的"大学语文"、"诗词格律与创作"(每学期开设)、"唐诗鉴赏"、"唐宋词鉴赏"(交替开设)等课程,这四门课受到清华学生的充分肯定。

在清华,减少了应酬、干扰与诱惑,减轻了各种负担,只剩下一个阵地——课堂,只剩下一个上帝——学生。可以心无旁骛,备好课、上好课。我也渐渐把自己定位于既是东大人,也是清华人了,深深爱上了这个园子、这里的学生。回首走过的这段人生轨迹,永生难忘。

清华学生称质量不高的课程为"水课",而称特别优秀的课程为"神课"。

课程"去水",重点解决教师知识的"三不足":知识老化、知识模糊、知识错误。尽量减少"三不足"知识的传授,是保证课程不"水"的关键。这六年里我有意识对课件上过去认为天经地义的内容严加过滤,许多内容都面目一新;课程"去水",教师要有充分的"干货"准备,"干货"决定课的价值。我有自己400多节教学录像和两门课的录音整理稿(已出版),每次课前,先看这些材料,我称这是"回头看"备课法,通过修改补充,不停地超越自己。

课程"增神",每节课要有鲜活光彩的内容,要出乎学生的期望之外,也即"亮点",小亮点接大亮点,令学生发自内心地佩服,让他们回味无穷。纠正学生中小学学到的错误知识,最受学生欢迎。而要做到这一点,靠教师的知识积累和及时更新,其中特别是教师的发现与有分量的研究成果;课程"增神",也与教师的人格魅力、语言魅力有关。最近我讲大学语文的李白章,我气定神凝,滔滔不绝,语言精美,出口成章。课堂上学生也特别神清气爽,神采飞扬,庄重而不肃穆。我当时似乎进入另一个境界,这种体验是我几十年当教师没有过的。

清华学生都是识货的主,内容、知识、推理、教法,在这些真神面前,是半点糊弄不得的。给"神"就应该上"神课"。

在清华的这几年我在探索研究性教学、教书育人、教学理论、教材改革、学术讲座、教学手段现代化等方面均取得显著进步，我还培养了一批清华学生成为写作格律诗词的诗人。不久我也将以清华名义拍摄一门 mooc 课······

在文化素质教育的征途上我已风雨兼程二十多年，已两鬓斑白，我 68 岁了，"七十犹当少壮年"，希望当我们纪念全国开展素质教育三十周年、四十周年时我还能精神矍铄地站在讲台上，活跃在队伍中。

（《新清华》（文化素质教育专刊），2015 年第 2 期）

卷二　散文·回忆

终生的导师

——深切怀念喻朝刚教授

"文化大革命"前多年的忍饥挨饿，"文化大革命"中两度被打成"反革命"与十个多月近乎牢狱的折磨，因地雷试验被炸、死而复生的经历，年轻时多年坐"冷板凳"，看惯来自领导和同事的歧视与冷眼……这一切使我对物质生活要求标准特别低，对思想自由特别看重，对组织和同志的温暖与信任特别感激，对每一个可以干成点事业的机遇也格外珍惜。每年岁末我和爱人总要在一起念叨：哪些人过去帮助过我们，特别是我们处境艰难的时候？我们还欠哪些人情？有两位老师，是我们经常念叨、没齿难忘的，这就是我读硕士、博士生时的导师喻朝刚和唐圭璋教授。他们的人品、学识都堪为我的终生导师。

我是在人生最落魄潦倒的时候报考吉林大学研究生的。此前，我因帮家乡扬中县的老工业局长修改给镇江地委的一封申诉信而被打成"反革命"，被关押、游斗，前后达 309 天，尽管组织宣布我的问题可以"不定性质，不做结论，不作处理，不入档案"，但当北京召开十一届三中全会时，我还在农场监督劳动。家乡的帮派势力令我对前途完全绝望，要体面地改变处境，当时报考研究生是唯一的选择。准备报考的三年中，全家节衣缩食，我每月工资仅 51 元，我却买了一千多元的参考书。我每天凌晨两点起身，一天只睡四小时。最终有幸在 129 名报考者中出线（共五人）。录取政审时他们又加以干预，我比其他同学迟了一个多月才拿到录取通知书。入学的第二年，他们又把一大捆黑材料寄到吉林大学。喻老师受系总支委托找我谈话，我详细地把事情原原本本告诉他，又写了万言说明材料，喻老师深深同情我，靠他的支持，我在吉林大学的几年才有惊无险，可以每天与图书馆古籍部的老师一起上下班，以平和的心态博览群书。

喻老师当时还是中年教师，他对比他年长的老师都谦恭地执弟子礼。

144

他当时是教研室主任，后来做系主任，他对赵西陆老师、郭石山老师都非常敬重。当时虽已开始改革开放，"左"倾思潮还有很大市场，而他对曾经当过右派的公木（张松如）老师十分尊敬，他多次对我说："俗话说：金无足赤，人无完人。但是如果世界上有完人的话，公木老师是完人。"他要求我们多与公木老师接触，帮公木老师做点事，公木老师召开的会要积极参加。喻老师对长者尊重，对同事帮助补台，以身作则。

当时喻老师家境并不富裕，只有一台十四英寸黑白电视机，住房条件较差，对学生却特别大方，经常邀我们到他家吃饭。我是班长，我的论文又是由喻老师指导，找喻老师联系工作的机会更多，在他家蹭饭也最多。我爱人来长春看我，喻老师也设家宴招待。1983年在松花湖召开十三院校文学史研讨会，会议结束那天，我去吉林城里给大家买回长春的火车票，天黑了，我还没回来，有十几里山间公路，他不放心。晚上会餐，他让客人先喝酒，却带两位同学顺山间公路去接我。

学业上他对我帮助也很大。我的硕士论文题目是他建议的。说实话，在他要我研究史达祖及其《梅溪词》之前，我对史达祖几乎一无所知。华东师范大学马兴荣教授后来曾问我为什么选择这个题目，他说，他自己也曾想搞这个题目。我对此研究了半年左右，写出一万六千字的《论史达祖和他的〈梅溪词〉》，发表在吉林大学《古代文学研究丛刊》上，再深入就感力不从心。喻老师又建议我从校注《梅溪词》入手，并且提供经费，让我到北京图书馆、天津图书馆查资料，这在当时是很破格的。在吉林大学两年多，我完成了硕士论文，以清代王鹏运四印斋所刻词本为底本，完成了《梅溪词校注》的初稿。赵西陆老师也抱病为我审看了全稿。此书后来由天津人民出版社出版，全书三十四万字，颇受行内专家好评，获夏承焘词学研究二等奖。

后来我出版过李清照、辛弃疾、李贺、李商隐的全集，出版过司空图的评传，基本沿袭了研究史达祖及《梅溪词》的做法。

毕业离校后我到江苏古籍出版社任编辑，不久即担任唐圭璋先生主编的《唐宋词鉴赏辞典》的责任编辑。当时唐老已年近九十，许多该主编做的事情常常要由我来完成，在组稿中，向一些夏承焘的门生，如吴熊和、蔡义江、陆坚、吴战垒约稿等都利用喻老师的关系。1986年冬，我和喻老师一起出席全国第二届词学研讨会，他又介绍我认识了张璋、唐玲玲等，使我很快在全国词学界立足，工作也顺利得多。《唐宋词鉴赏辞典》1987年问世，当年印刷五十五万册，很快突破百万，成为当年全国十大优秀畅销书。此后我为南京大学出版社主编《金元明清词鉴赏辞典》《爱国诗词鉴赏辞典》也都得

卷二　散文·回忆

到喻老师的帮助和支持。特别是《金元明清词鉴赏辞典》，最初我是打算给江苏古籍出版社出版的，后来社领导决定不出版，而且在大会上宣布。然而，当我决定将此书交南京大学出版社出版时，他们又决定与我竞争，由唐圭璋老师的另一个博士生具体负责，组织全社之力与我较量。当时南京大学出版社已同意接收我爱人去该社工作，我没有退路。喻老师得知这一情况，坚决支持我，并派吉林大学中文系王士博、徐翰逢老师来南京帮助审稿。唐圭璋先生、程千帆先生均为我题写书名，金启华教授及唐门弟子曹济平、常国武、潘君昭、钟陵、顾复生教授等均参加审稿。南京师范大学程杰等几位青年教师甚至为我下印刷厂校对。叶嘉莹等学者帮我撰稿。我们比他们迟两个月开始，却早半年出书。全书达 180 万字，作者阵容更强大。喻老师在这次正义之争中大力支持了我，让我在权势面前没有低头。

1991 年，在喻老师的朋友郑云波副教授的引荐下，我调东南大学工作，很快筹建成立了东南大学中华词学研究所，创办了《中华词学》，请吴熊和、喻朝刚、曹济平三先生和我一起当主编，赵朴初先生为我们题写刊名，叶嘉莹等著名学者为顾问，杨海明等中青年学者为编委。喻老师不但支持，而且写了发刊词。后来因为经费人力等原因，只出了三期就停办了，但还是在海内外产生了一定影响。

喻老师去世后，每当我要开始一个较大的工程，还时常想起，要是喻老师还在多好！那样的话我胆子也会更壮了，弯路也会少走了。

在吉林大学只两年多，却留下很多珍贵的记忆，奠定了我一生治学做人的基础。喻老师生前对我说："我向别人谈起，你们几个都是我的学生，别人都感到吃惊。"喻老师以我们为骄傲，我的几位师弟也确实出类拔萃，我也以他们而骄傲；同样，我们也以喻老师为骄傲，他言传身教，教我们治学，更教我们做人。后来我担任教授、研究生导师、院系领导，也处处以唐圭璋、喻朝刚二位导师为楷模，善待自己的学生，善待自己的部下。到清华工作六年来，每年端午、元旦我都邀请家不在北京的二十多位学生到我家过节，这时我常常想起在吉林大学，在喻老师家聚餐的情景。

吉林大学有近乎完人的公木先生和喻老师、赵老师、郭老师这老一辈的学者，他们的精神与学术生命会在我们这些吉林大学学子身上代代延续。吉林大学中文学科一定会兴旺发达。

（《喻朝刚文集·怀思录》，广西师范大学出版社，2016 年）

卷三 诗词鉴赏

出塞二首

[隋] 杨　素

其一

漠南胡未空，汉将复临戎。
飞狐出塞北，碣石指辽东。
冠军临瀚海，长平翼大风。
云横虎落阵，气抱龙城虹。
横行万里外，胡运百年穷。
兵寝星芒落，战解月轮空。
严镞息夜斗，骍角罢鸣弓。
北风嘶朔马，胡霜切塞鸿。
休明大道暨，幽荒日用同。
方就长安邸，来谒建章宫。

其二

汉虏未和亲，忧国不忧身。
握手河梁上，穷涯北海滨。
据鞍独怀古，慷慨感良臣。
历览多旧迹，风日惨愁人。
荒塞空千里，孤城绝四邻。
树寒偏易古，草衰恒不春。
交河明月夜，阴山苦雾辰。
雁飞南入汉，水流西咽秦。
风霜久行役，河朔备艰辛。
薄暮边声起，空飞胡骑尘。

这是两首开盛唐边塞诗派先河的佳作。诗中反映的是隋王朝出兵抗击东突厥的战争,杨素本人参与了这期间的两场战争。一次是隋文帝开皇十八年(598),据《隋书·杨素传》载:"突厥达头可汗犯塞,以素为灵州道行军总管,出塞讨之。"一次是仁寿元年(601)。就这一点而言,《出塞二首》可以写于这两次中的任何一次。而从诗的内容看,诗中"漠南胡未空,汉将复临戎"以及"汉虏未和亲"等句都与后一次出塞更相吻合。故这组诗可能作于仁寿元年至二年间。

　　突厥是隋初北方最强大的少数民族政权,由于南北朝时期中原分裂,内战不休,北齐、北周皆重赂突厥。突厥木杆可汗灭柔然后,北方归于统一。隋文帝采纳长孙晟建议,对突厥各部采取远交近攻,离间强部、扶助弱部的方针,使突厥各部自相混战。隋开皇四年(584),突厥分裂为东西两部。杨素两次出塞抗击的均为东突厥。其东西疆界相当于今蒙古人民共和国,其北直抵贝加尔湖以北。东突厥可汗原为沙钵略,因贵族继承权纠纷,又立达头等四人为可汗,听沙钵略号令。沙钵略亡后,再传至其子,为都蓝可汗,都蓝与达头结盟,攻击其弟突利可汗,大败之。隋文帝厚待突利,命高颎、杨素率兵出塞,大破达头、都蓝军。这就是本组诗写作的时代背景。

　　本诗在宋人郭茂倩所编《乐府诗集》中被收入《横吹曲辞》。隋朝薛道衡、虞世基也各有二首《出塞》诗,皆为与杨素唱和之作,可与本诗参读。

　　诗从出师之背景落笔:"漠南胡未空,汉将复临戎。""漠南",在古代泛指蒙古高原大沙漠以南地区。"胡未空",指突厥人尚未剿灭干净。漠南乃隋之疆土。以前中原纷争,突厥人时常南侵。隋开皇七年(587),隋灭陈统一中国,自不能容突厥再久占漠南疆土。"汉将",为诗人自称。诗中于"临戎"前冠一"复"字,也言明此次乃是再次出征。"飞狐出塞北,碣石指辽东",这两句诗以"出"、"指"两个动词联结两个地名,说的是行军出征的路线:经由飞狐城而出塞,经由碣石而至辽东。"飞狐",要塞名,即今河北涞源,自古为兵家必争之地。飞狐距这次杨素出塞之地云州(今山西大同)颇近。"碣石",古山名,在河北昌黎西北。秦始皇、魏武帝(曹操)均曾东巡至此。此处系北平郡最东北处,过了山海关即达辽西地界,再向东即为当时属高丽国的辽东城。这可能是另一支远征军的行军路线(当时高颎与杨素同时受命出师)。"冠军临瀚海,长平翼大风"二句,乃写大军压向突厥。"冠军",将军名号,汉武帝时征匈奴的大将军霍去病被封为冠军侯。"瀚海",北海,即今之呼仑贝尔湖。汉武帝时骠骑将军霍去病追击匈奴,曾临瀚海。本诗中瀚海乃泛指突厥人生活的草原、沙漠地区。"翼",辅助。"大风",气势。以上写杨素出师后的声威气势,颇像汉代抗击匈奴的名将卫青、霍去病。诗中实际上也以卫青、霍去病自比。《隋书》本传载,杨素"出云州击突厥,连破之",便是对这两句诗的极好注脚。

"云横虎落阵,气抱龙城虹"二句,是全诗的警句,它以磅礴的气势,表现出出师必胜的信念和整肃的军容。"虎落",遮护城堡或营寨的篱笆。"龙城",汉时匈奴地名。匈奴于每年五月于此大会各部酋长,祭其祖先、天地、鬼神于此,又称龙庭。梁简文帝《陇西行》:"康居路犹涩,月晕抱龙城。"辛德源《星名诗》:"虎落惊氛敛,龙城宿雾通。"军阵上为云气笼罩,据说是一种吉祥之兆,表明出师必胜。这两句诗为互文见义。以上四句用曾立大功于异域的卫青、霍去病的典故,写出杨素此次出军的大致情况。薛道衡在其《出塞二首》的和诗中云"凝云迷代郡,流水冻桑乾"、"长驱鞮汗北,直指夫人城";虞世基和诗云"瀚海波澜静,王庭氛雾晞",亦同此意。

"横行万里外,胡运百年穷"二句及以下六句写战争的经过和体验。"横行万里"是对出师盛大气象的自然延续。严明的军纪,昂扬的斗志,使这支军队具有很强的战斗力,而中国北方百年战乱一旦停止,胡人的百年好运也结束了。"兵寝星芒落,战解月轮空。严鐎息夜斗,驿角罢鸣弓",这四句均写夜战。"兵寝"、"战解"均写战斗结束,"寝",止息。"星芒落"、"月轮空",均写夜将尽之时。唐代诗人李白也有诗云"阵解星芒尽,营空海雾销",很可能受了杨素诗影响。"严鐎息夜斗,驿角罢鸣弓"二句,也是写临近天明时战斗结束。"严",寒。秋夜凌晨,北方已是相当寒冷。"鐎",即鐎斗。宋人王应麟《急就篇补注》谓鐎即有足之刁斗(作报更用)。"驿",红色。驿角是用来装饰弓的,古人诗中多有"驿弓"、"驿角弓"之称。如后来唐人陈子昂《送别出塞》诗云:"君为白马将,腰佩驿角弓。"严鐎已息,鸣弓已罢,当然是战斗结束了。"北风嘶朔马,胡霜切塞鸿",寒风中北地的战马嘶鸣,而塞外的严霜冷彻南飞的鸿雁。这里有两点似当说明:一是杨素长于夜战,他带兵灭陈时便用此法;二是杨素对突厥作战,一改鹿角方阵为骑阵,改防守为主的阵地战为进攻战,大破突厥军,杀伤不可胜计。

诗的最后四句,写胜利后奏凯还京师。"休明大道暨,幽荒日用同。"两句诗立意与张衡《东京赋》"惠风广被,泽洎幽荒"("洎",即暨)和陆机《五等诸侯论》中"德之休明,黜陟日用"相同,指政治清明,治国有道,使荒僻边远之地同受王化。"休明",清明之意。"暨",至,到。结尾两句,道出奏凯还京师。建章宫,汉武帝太初元年建,位于未央宫西,故址在今陕西省长安县西。后代借以泛指宫阙。

以上这首《出塞》诗,应作于出塞归来以后。而这组诗的第二首很可能作于出塞战争期间。至少,其写作时间要早于第一首。诗写出塞以后边地的战争生活及诗人的切身感受。

"汉虏未和亲,忧国不忧身",写突厥屡次入侵,诗人愿为国忘身,远赴边塞,舍身报国。"和亲",与敌议和,结为姻亲。从汉高祖以来,对北方匈奴常采取和亲政策。"握手河梁上,穷涯北海滨"二句,指告别亲友而出征。"河梁",桥梁,语本李陵《别诗》"携手河梁上,游子暮何之",后世因用为送别之地的代称。"穷涯",指极远之地。"北海",即前诗之"瀚海"。

"据鞍独怀古"以下四句可以视作一篇《吊古战场文》,抚今思昔,感慨良多。诗中的"良臣"二字,指古代在这一带征战的将军,如卫青、霍去病等人,也是诗人的自期。"历览多旧迹,风日惨愁人"二句,面对古战场的景象,诗人露出一种惨戚的神情。尽管杨素是一位常胜将军,身经百战,功业煊赫,可以说是靠"杀人"起家的,但当他面临一场大战时,不能不感到"一将功成万骨枯",而流露出一种略带伤感的情绪。"荒塞空千里,孤城绝四邻"。"荒塞"空阔千里,"孤城"四无依傍。这里以加倍写法,把这塞外幽荒之地孤寂凄清的景象刻画了出来。而"树寒偏易古,草衰恒不春"则写出北国高寒地带的特点,树木光秃秃的时候多,草枯的时候长。寒林、衰草把这古战场的萧瑟景象更生动地凸现出来。"交河明月夜,阴山苦雾辰"二句,更以时空的转换,概括地写出整个出塞的从军生活。"交河",古城名。《汉书·西域传》:"车师前国,王治交河城。河水分流绕城下,故号交河。""阴山",山名,为河套以北、大漠以南诸山的统称。"苦雾",梁元帝《骢马驱》:"朔方寒气重,胡关饶苦雾。"交河、阴山都是古代抗击匈奴的古战场,隋时交河属西突厥,阴山属东突厥,杨素于隋开皇十八年出兵击达头可汗,有可能到过这两处地方。"雁飞南入汉,水流西咽秦"二句,隐含思归之意。诗人进军北国,见大雁南飞、水流西向,不免产生思归之情,但这是含蓄的。何以会思乡怀归呢?诗中说:"风霜久行役,河朔备艰辛",饱受从军跋涉之苦,久在边地,怀乡自在情理之中。"河朔",泛指黄河以北地区。

"薄暮边声起,空飞胡骑尘"二句,写傍晚时分,又传来边地特有的肃杀之声,胡尘又起,夜色降临,一场恶战又将开始,这与诗的开头"汉虏未和亲,忧国不忧身"作了很好的回应。胡尘未归,自然无以为家。以景结情,蕴藉

152

有味。

　　这两首诗运用典故贴切是一大特点。诗中多次运用卫青、霍去病抗击匈奴而大获全胜的典故,隐然以卫青、霍去病自比,其身份、经历也确有相似之处。这两首诗中还多处化用了前人的诗歌语言,而熔铸出新的形象鲜明、凝练生动的诗歌语言。除前文已经言及之外,这里再补数例:如"飞狐出塞北,碣石指辽东"二句,语句极洗炼,其实它是从南朝齐文学家孔稚珪《白马篇》中"早出飞狐塞,晚泊楼烦城"句化来。"交河明月夜"句,系从南朝文学家刘孝标《出塞》诗中"绝漠冲风急,交河夜月明"后一句化来。又如诗中"薄暮边声起",亦从刘孝标《出塞》诗中"日暮动边声"化来。再如诗中"汉虏未和亲"句,亦从鲍照《拟古》诗"汉虏方未和"句化来。诗人还善于锻句炼字,尤其是动词和某些虚词的使用,很见功力。

　　就此诗对后代边塞诗的影响而言,也是不可忽视的。反映边塞生活的诗篇,《诗经》中已有多首。南北朝以来的诗人也写了不少。但这些诗人大多并无出塞戍边的经历,诗的题材深度广度和艺术价值都不甚高。诗人能以诗写自己出塞征战之切身感受的,当自杨素始。加之薛道衡、虞世基的和作,以及隋炀帝等人写的不少边塞诗,这就在隋代诗坛上形成了一个小小的边塞诗人群。与盛唐边塞诗派比,杨素本身的战争体验并不在高适、岑参之下。尽管其流传至今的边塞诗作仅此二首,但诗中既写了其报国忘身的情感,说他是盛唐边塞诗派的先驱并不为过。

　　就诗风转变的角度而言,这两首《出塞》诗也很有意义。沈德潜说:"隋炀帝……边塞诸作,铿然独异,剥极将复之候也。杨素幽思健笔,词气清苍。"(《说诗晬语》)其中评杨素之语,极为允当。杨素诗今所存无几,自以"雄深雅健"之笔,力矫齐梁柔靡之风,为文坛带来了生气,成为陈子昂之前隋唐诗坛上转变诗风的代表作家之一。

（王步高《爱国诗词鉴赏辞典》,南京大学出版社,1992 年 5 月）

卷三　诗词鉴赏

老将行

[唐] 王　维

少年十五二十时，步行夺得胡马骑。
射杀山中白额虎，肯数邺下黄须儿？
一身转战三千里，一剑曾当百万师。
汉兵奋迅如霹雳，虏骑崩腾畏蒺藜。
卫青不败由天幸，李广无功缘数奇。
自从弃置便衰朽，世事蹉跎成白首。
昔时飞箭无全目，今日垂杨生左肘。
路傍时卖故侯瓜，门前学种先生柳。
苍茫古木连穷巷，寥落寒山对虚牖。
誓令疏勒出飞泉，不似颍川空使酒。
贺兰山下阵如云，羽檄交驰日夕闻。
节使三河募年少，诏书五道出将军。
试拂铁衣如雪色，聊持宝剑动星文。
愿得燕弓射天将，耻令越甲鸣吾君。
莫嫌旧日云中守，犹堪一战取功勋。

　　《老将行》是一首新乐府，《乐府诗集》载于《新乐府辞·乐府杂题》。这首诗叙述了一从小就从军的老将，驰骋沙场，出生入死，而得不到封赏，失职家居，过着闲散生活。而当边疆战事重起，他又不顾个人恩怨，愿再请缨报国。诗热烈歌颂了老将军的高尚节操和爱国主义精神，是王维爱国诗篇的杰作之一。

　　这首诗大致可分三个部分，前十句为第一部分。这部分写将军青壮年时期保卫祖国英勇杀敌，却如李广一样得不到封赏。开头句"少年十五二十时",写将军从军之年。"十五"、"二十"言其年轻,均非实指。将军从军后,作战英勇。"步行夺得胡马骑"句,用李广事,据《史记·李将军列传》载,李广在和匈奴作战中,一次受伤被俘,便装死,后于途中见一胡儿骑一匹好马,就腾身跃上,将之推落马下,取其弓,而鞭马南归。诗中以李广的英勇比喻老将年轻时的勇敢。"射杀山中白额虎,肯数邺下黄须儿"二句,分用周处、曹彰的典故,继续写老将年轻时的英姿。据《晋书·周处传》载,周处少年时武艺高强,曾射杀白额虎。黄须儿,指曹操次子曹彰。据《三国志·任城王传》载,曹彰,须黄,他北征打了胜仗,曹操大喜,持曹彰须曰:"黄须儿竟大奇也。""一身转战三千里,一剑曾当百万师",概写老将军的从军生活及勇敢杀敌。"汉兵"二句,写老将军所带的队伍行动迅速。"汉兵",借汉指唐。"蒺藜",本指蔓生地上的草本植物,果实有角刺。诗中的蒺藜指铁蒺藜。用以布于地上,阻挡敌人骑兵。"崩腾",溃乱时互相践踏。这两句诗写老将军很善于用兵。"卫青不败由天幸,李广无功缘数奇"二句,收束上文种种,表明老将军尽管勇敢善战,却如李广一样未能封侯。前句王维误用典故。宋人张镃《诗学规范》指出:"不败由天幸,乃霍去病,非卫青也。"这批评是对的。《史记·卫将军列传》曰:"大将军卫青者,平阳人也。大将军姊子霍去病为骠骑将军,敢深入,常与壮骑先其大军。军亦有天幸,未尝困绝也。""数奇",运气不好,古代以偶为吉,以奇为凶。汉武帝曾嘱卫青,李广年老"数奇",勿令与匈奴对阵。诗中以卫青比位高名重的将帅,以李广比喻老将。这两句诗极有名,它说出了一个道理:成功者常常出于侥幸,而失败者也并非无能而是机遇不好。这里诗人明确表示了对老将军的深切同情。

"自从弃置便衰朽"以下十句为诗的第二部分。写老将被弃不用以后的生活。这位闲散的老将渐渐衰老,岁月虚度,头发也渐渐白了。过去武艺高强射箭百发百中,而如今肘上如同生了个疙瘩,行动也不利落了。"飞箭无全目"句,语本鲍照《拟古诗》:"惊雀无全目。"李善注引《帝王世纪》,吴贺要羿谢雀左目,却误射中右目。这里只强调羿能使雀双目不全,以见其射艺之精。"垂杨生左肘",语本《庄子·至乐》:"支离叔与滑介叔观于冥伯之丘、昆仑之墟,黄帝之所休,俄而柳生其左肘,其意蹶蹶然恶之。"沈德潜《说诗晬语》认为这里柳即疡之意,而王维称:"垂柳"是误用。高步瀛《唐宋诗举要》则引《抱朴子·论仙篇》说明柳即垂杨。又说:"或谓柳为瘤之借字,盖以人肘无生柳者。然支离、滑介本无其人,生柳寓言亦无无不可。"无论是否误用,此处的意思仍是明确的。"路傍"以下四句写将军被弃置不用后的贫困生活。他只能像曾为秦东陵侯、秦亡后沦为平民的召平及退隐田园的诗人陶渊明那样种瓜植柳,躬耕自食。苍老的古木连着深巷,冷落的寒山对着空寂的窗户。显然,老将的住所已是门庭冷落,从无宾客往返,但他仍难以忘怀昔日的战斗生活,仍渴望像后汉耿恭那样与士兵同甘苦,而不像灌夫那样纵酒使气。"疏勒",在天山北,今新疆吉木萨尔县附近(天山南另有一疏勒,但非耿恭驻军之所)。后汉名将耿恭攻匈奴以援车师,引兵据疏勒,匈奴截断城外涧水,耿恭命士兵在城内掘井,十五丈仍不见水,士兵渴极,饮马粪汁。耿恭向井拜视,不久,水涌出,士兵高呼"万岁"。耿恭令士卒扬水以示匈奴,匈奴以为有神助,遂引去(事见《后汉书·耿恭传》)。"颍川空使酒",用汉将军灌夫故事。据《史记·魏其武安侯列传》载,灌夫性刚直,颍川人,常借酒发脾气,后被丞相蚡诬陷灭族。这一段既写了老将军闲置后的清苦生活,也揭示了他"心在天山,身老沧州"(陆游语)的矛盾心境,为下文作铺垫。

　　诗的最后十句是第三部分,写边塞战争又起,老将军捐弃前嫌,以国事为重,渴望重上前线为国立功。"贺兰山",一称阿拉善山,在今宁夏中部,唐代常为战地。"阵如云"谓驻军很多、很密。"羽檄",《汉书·高帝纪》颜师古注:"檄者,以木简为书,长尺二寸,用征召也。其有急事,则加以鸟羽插之,示速疾也。""传",传报。此句意为告急的文书不停地传至京师。边塞战争又起,持有符节的使臣到三河畿辅之地征召青年从军,皇帝诏令几位将军分路出击。"三河",汉人称河东、河内、河南三郡为"三河",与三辅、弘农同为畿辅之地。"五道出将军"句,语出《汉书·常惠传》:"汉大发十五万骑,五将军分道出。"颜师古注曰:"祈连将军田广明,蒲类将军赵充国,武牙将军田顺,度辽将军范明友,前将军韩增。"以上四句铺写战争又起紧张忙乱的情景。闻此消息,老将军再也坐不住了。他把铠甲拂拭得雪亮,又练起宝剑,剑上星光随之闪烁。"铁衣",护身的铁甲。《木兰诗》:"寒光照铁衣。""聊持",且持。"星文",指剑上所嵌的七星文。《吴越春秋》:"伍子胥乃解百金之剑,以予渔者曰:此吾前君之剑,中有七星,价值百金。"又吴均《边城将》诗:"剑抱七星文。"他擦铁衣、挥宝剑是跃跃欲试的动作。"愿得"以下四句则着力写他的内心世界。他渴望重新出战,手持燕地出产的弓去射杀敌军的渠魁,以敌人甲兵惊动国君为可耻。只要朝廷肯起用他,他照样能杀敌立功。"耻令"句语本《说苑·立节篇》:"越甲至齐,雍门子狄请死之。曰:'昔者王田于囿,左毂鸣,车右请死之。今越甲至,其鸣吾君也,岂左毂之下哉?车右可以死左毂,而臣独不可死越甲也?'遂刎颈而死。是日越人引甲而退七十里。""云中守",指汉文帝时名将魏尚,为云中太守,匈奴不敢犯其境。嗣因所缴敌首差六级,被削爵。后冯唐在文帝前为他抱不平,文帝乃命冯唐持节赦魏尚罪,复其官职。"云中",汉郡名,在今蒙古托克托西北。

这首诗刻画了一位遭受不公平待遇的老将军的形象,表现了他驰骋沙场,建立功勋的英雄壮志,抒发了抗敌御侮的爱国思想。从艺术上说,这首诗章法整饬,又注意起承转合,层次分明而结构严谨。方东树评论说:"'卫青'句陪,'李广'句转。'昔时'二句,奇姿远韵。'贺兰'句转。"(《昭昧詹言》)固然,章法井然是本诗的特点之一,而运用大量典故则是此诗最显著的特点。使事用典,可以大大拓宽诗的容量,但也易晦涩难懂,而且此诗中个别用典并不准确,显得堆砌。但此诗是盛唐边塞诗派的代表作之一,其反映积极向上的爱国主义精神还是应当充分肯定的。

(《爱国诗词鉴赏辞典》,南京大学出版社,1992 年 5 月)

燕歌行

[唐] 高　适

开元二十六年，客有从御史大夫张公出塞而还者，作《燕歌行》以示适。感征戍之事，因而和焉。

汉家烟尘在东北，汉将辞家破残贼。
男儿本自重横行，天子非常赐颜色。
拟金伐鼓下榆关，旌旆逶迤碣石间。
校尉羽书飞瀚海，单于猎火照狼山。
山川萧条极边土，胡骑凭陵杂风雨。
战士军前半死生，美人帐下犹歌舞。
大漠穷秋塞草腓，孤城落日斗兵稀。
身当恩遇恒轻敌，力尽关山未解围。
铁衣远戍辛勤久，玉箸应啼别离后。
少妇城南欲断肠，征人蓟北空回首。
边庭飘摇那可度，绝域苍茫更何有！
杀气三时作阵云，寒声一夜传刁斗。
相看白刃血纷纷，死节从来岂顾勋！
君不见沙场征战苦，至今犹忆李将军。

《燕歌行》为乐府旧题，《乐府诗集》将其收入相和歌平调曲中。最早见于魏文帝曹丕之作。或谓："燕，地名也。言良人从役于燕，而为此曲。"（《乐府广题》）高适这首乐府诗，主题较前人之作深广得多。

关于这首诗的写作背景一般认为它是讽刺幽州节度使张守珪的。而且言之凿凿，谓指的是这样一件事：赵堪、白真陀罗矫张守珪命，逼迫平卢军使

158

乌知义出兵攻奚、契丹，先胜后败。朝廷派牛仙童调查此事，张守珪贿赂牛仙童，次年，事泄，牛仙童伏法，张被贬括州。此乃穿凿附会之谈：既谓此诗作于"开元二十六年"，便不难联想这年张守珪部下有矫其命战败一事。其实，此次战败，张守珪并无直接责任。既谓"矫命"，则赵堪、白真陀罗胁迫乌知义出兵，并没有得到张的同意。朝廷派牛仙童调查，张归罪白真陀罗，并使其自杀，并不错。就追究责任角度说，只是未提如何处理赵堪。张守珪的责任仅在于贿赂牛仙童。若就此事讽刺张守珪，当刺其对下属管治不严或贿赂大臣，而全诗并无一字言此。此疑之一也。诗有小序云："客有从元戎（一本'元戎'作'御史大夫张公'）出塞而还者"，如果指开元二十六年（738）战败事，则与"出塞而还"不合，这次战败者乃其部将，史书并未记载这年张守珪本人有出塞之事。况且"元戎"二字亦无贬义。此疑之二也。且前贤均忽略一个时间差，开元二十六年战败，从战出塞之人归来，又至宋州，且写诗示高适，高再和作。这些若都在同一年，在通讯交通发达的今天固不足怪，而在当时并非易事。宋州距幽蓟千里之遥，人员往返，对这一事件做出迅速反应，可能性甚微。如果战败是下半年，更是如此。此疑之三也。高适与张守珪似无直接交往。他第二次从蓟门返回是开元二十年，张是开元二十一年方到幽州，他对张守珪说不上有何感性认识，讽刺张守珪思想基础不充分。相反，他对张守珪因部下私自出战失败，而被贬官一事倒是极为同情的。高适作《燕歌行》次年（开元二十七年）之《宋中送族侄式颜，时张大夫贬括州使人召式颜，遂有此作》诗云："大夫东击胡，胡尘不敢起。胡人山下哭，胡马海边死。部曲尽公侯，舆台亦朱紫。当时有勋业，末路遭谗毁。"这几句诗充分肯定了张守珪平定奚、契丹之乱的功绩，对他因部下战败及贿赂事被贬括州，认为是遭"谗毁"，显然，这已不是一般的同情。况且他还送侄儿去依张守珪，又何能写诗去讽刺他呢？此疑之四也。据刘开扬先生考订作于同年之《睢阳酬别畅大判官》（此考尚有可疑，宋州改名睢阳乃天宝元年，在此之后）诗亦云："言及沙漠事，益令胡马骄。丈夫拔东蕃，声冠霍嫖姚。兜鍪冲矢石，铁甲生风飙。""酋豪尽俘馘，子弟输征徭。边庭绝刁斗，战地成渔樵。榆关夜不扃，塞口长萧萧。"这对张守珪更是推崇备至了。此可疑之五也。

《燕歌行》是为张守珪而作，似无疑问，但所指应是开元二十四年深秋至次年二月再讨契丹之事。其间也融合诗人自己六年前两次出蓟门的经验，以及对张守珪出守幽蓟后多次战绩的了解。这是一段颇为多姿多彩的民族

卷三　诗词鉴赏

159

战争史：

奚、契丹是隋唐时期东北部两个少数民族,其地约相当于今河北承德、辽宁朝阳、内蒙古赤峰一带。它们是匈奴、鲜卑后裔。唐初已归唐版图,为唐饶乐、松漠二都督府辖地。入唐以后,百余年虽有战事,并不严重。开元十九年,契丹权臣、曾任静析军副使的可突于("于"一作"干")再次杀契丹主,并胁奚众共降突厥,背叛唐朝。次年朝廷调信安郡王李祎击破之。开元二十一年,可突于再次寇边,幽州长史、守将或败或死。时李祎已离幽州,朝廷调鄯州都督、陇右节度使张守珪为幽州长史,兼御史中丞、营州都督河北节度副大使,俄又加河北采访处置使。据《旧唐书》本传载"守珪到官,频出击之,每战皆捷"。开元二十二年冬十二月,又借契丹别帅李过折之手杀了可突于等,次年春,函其首传于东都。李过折被任为北平郡王,可就在同一年,李过折为可突于党涅礼所杀,朝廷赦其罪,任命涅礼为松漠都督,但对之并不放心。开元二十四年,张守珪使平卢讨击使、左骁卫将军安禄山讨奚、契丹叛者。禄山恃勇轻进,为虏所败。张守珪曾奏请朝廷斩安禄山,又惜其骁勇,上敕令免安禄山之官,为白衣将领。这年夏末,丞相张九龄起草诏令,诏命张守珪曰："卿可秣马驯兵,候时而动,草衰木落,则其不远。近者所征万人,不日即令进发。大集之后,诸道齐驱,蕞尔凶徒,何足歼尽……"(《敕幽州节度张守珪书》)

这年深秋,张守珪发起讨伐奚、契丹的战争,直至开元二十五年二月在捺禄山才大破敌军。张九龄又草诏谓张守珪曰："一二年间,凶党尽诛,亦由卿指挥得所,动不失宜。"《燕歌行》诗小序谓"从御史大夫张公出塞",张守珪亲自出塞讨契丹、奚,这是开元二十六年前的最后一次。"客"所从出塞者亦当指这一次(或包括前几次在内)。开元二十五年二月击破敌军,追击残敌及撤回幽州尚须时日,待其写作《燕歌行》,并自幽蓟还至宋州,以诗示高适,高适和作此诗已是开元二十六年,这是完全可能的。

高适是最受杜甫推崇的诗人(杜甫赠高适诗远比其赠李白诗为多)。近人赵熙则称赞这首《燕歌行》是高适诗中的"第一大篇",这既缘于其高超的艺术技巧,更缘于其感人的爱国精神。

"汉家烟尘在东北,汉将辞家破残贼"二句,写出了张守珪出师幽蓟的大背景。奚和契丹在唐之东北,"烟尘",烽烟与尘土,喻指发生战争,此即指这年四月曾击败过安禄山的可突于余党叛唐之事。"汉将",此处指张守珪。"残敌",契丹自开元二十年以来,已先后败于李祎及张守珪,至张守珪于开

160

元二十四年出师,可突于已死,挑起战事的仅其余党而已,故以"残贼"称之。"男儿本自重横行"二句,指张守珪去国的威武与荣耀。"横行",语本《史记·季布列传》:"樊哙曰:'臣愿得十万众,横行匈奴中。'"前人对这两句理解也有欠妥处。唐汝询曰:"此述征戍之苦也。言烟尘在东北,原非犯我内地,汉将所破特余寇耳。盖此辈本重横行,天子乃厚加礼貌,能不生边衅乎?"(《唐诗解》卷十六)显然,这是一种想当然的解释。"横行"一词在高适诗中屡有出现,并无贬义,也并不指敌方。如"从来重然诺,况值欲横行。"(《酬河南节度使贺兰大夫见赠之作》)"幽州多骑射,结发重横行。一朝事将军,出入有声名。"(《蓟门行五首》)而"天子非常赐颜色"句,亦指朝廷厚待张守珪耳。《旧唐书·张守珪传》云:"二十三年春,守珪诣东都献捷,会籍田礼毕酺宴,便为守珪饮至之礼,上赋诗以褒美之。遂拜守珪为辅国大将军、右羽林大将军,兼御史大夫,余官并如故。仍赐杂彩一千匹及金银器物等,与二子官。仍诏于幽州立碑以纪功赏。"《资治通鉴》甚至有"上美张守珪之功,欲以为相"的记载,因张九龄坚决反对才未实行。这便是"天子非常赐颜色"的内容,这是一般将领很难获得的殊荣,故云"非常"。

　　《新唐书》对高适开元二十四年这次出征记录得很简略。而《旧唐书》于此竟不置一辞。但高适却为它写了这篇近二百言的长诗。于出征的路线,史书几乎未有一字言及,而诗中却云:"摐金伐鼓下榆关,旌旆逶迤碣石间。校尉羽书飞瀚海,单于猎火照狼山。"鸣金击鼓,是军中特有的声响,也是战争气氛的特有标志。"下榆关","榆关"一作"渝关",即山海关。"碣石",山名,唐时属平州,在山海关西南。从内地出师,应先抵碣石后到渝关。此处谓前锋已抵山海关,而后续部队的旗帜仍逶迤于碣石山间。唐军的紧急公文飞送沙漠一带,而契丹军的战火已燃至白狼山一带。白狼山,唐时属营州,在今喀喇沁左翼蒙古族自治县东部,唐时名白狼县,因山得名,有水名白狼水(今大凌河),唐时为奚的南境。高适《信安王幕府》诗有云:"倚弓玄兔月,饮马白狼川。"

　　"山川萧条极边土"以下四句写军情紧迫及兵士的苦况。奚、契丹本唐之边塞。虽开元年间唐的东北边疆已达到黑龙江之北,外兴安岭及库页岛一带,但那里大多是少数民族聚居之区,在诗人眼里,这里已是极边之地,又当深秋草木萧条。而敌兵又像疾风暴雨一样逼压而来。"杂风雨",形容来势猛烈。刘向《新序·善谋》:"韩安国曰:'且匈奴者,轻疾悍亟之兵也,来若风雨,解若收电。'"高适《蓟门行五首》亦曰:"胡骑虽凭陵,汉兵不顾身。""战士军前半死生，美人帐下犹歌舞"二句，则是极受前人推崇的名句，一般人均以为这是反映军中不平等的，认为后句写将官骄奢淫逸的生活，其实不然。古诗词中"战士"通常只有在与"将军"对举时才专指士兵，而在其他情况下则指"军人"、"将士"，如《荀子·富国》："其耕者乐田，其战士安难。"《史记·秦纪》："孝公于是布惠，振孤寡，招战士，明功赏。"杜甫《园人送瓜》云："食新先战士，共少及溪老。"而"美人"句则指达官贵人们。这并非臆测，高适《效古赠崔二》诗有同样的用法，诗云："缅怀当途者，济济居声位。邈然在云霄，宁肯更沦踬。周旋多燕乐，门馆列车骑。美人芙蓉姿，狭室兰麝气。金炉陈兽炭，谈笑正得意。岂论草泽中，有此枯槁士。"诗中以"当途者"与"枯槁士"作对比，与这里以"战士"与"当途者"相对照是颇为一致的，而"周旋多燕乐"、"美人芙蓉姿"，正是"美人帐下犹歌舞"的原版，将士们在前方出生入死，而后方的官员们却穷奢极侈，追欢逐乐。陈沆云："张守珪为瓜州刺史，完修故城，版筑方立，虏奄至，众失色，守珪置酒城上，会饮作乐，虏疑有备，引去。守珪因纵兵击败之，故有'战士军前半死生，美人帐下犹歌舞'之句。"（《诗比兴笺》）他本人也不敢肯定，事实上也说不通。张守珪是演的空城计，与"美人帐下犹歌舞"相去甚远。

"大漠穷秋塞草腓"以下四句，继续写将士们的英雄主义精神。"穷秋"，深秋，道出战争开始的时间。"腓"，衰败，枯萎。《诗·小雅·四月》曰："秋日凄凄，百卉具腓。"战士们苦守孤城，由于战斗减员，兵士越来越少。因为身受国恩，用尽兵力，但也难解孤城之围。"恒轻敌"，并不含贬义。唐时朝廷及将帅对外族都是蔑视的，此处含有不畏强敌之意。

"铁衣远戍辛勤久"以下四句写由于战争长期不能结束，征人难以还乡，引起将士与家人的两地相思。"铁衣"，战士身穿的铠甲。一"久"字，写出战争的持续时间长久。这场战争从开元十九年可突于叛唐开始，直至开元二十六年，断断续续地打了七八年。仅这次出征，也从开元二十四年深秋打到次年春二月。"玉箸应啼别离后"，因为久戍边地，不能返乡，军人之妻只能垂泪相思。"少妇城南欲断肠，征人蓟北空回首"二句，以"少妇"、"征人"对举，是战争造成了他们的分离。一"断"，一"空"，写出其思念与感伤的深度。这是乐府诗《燕歌行》的传统内容，即所谓"言时序迁换，行役不归，妇人怨旷无所诉"（《乐府解题》），这与《蓟门行五首》中"羌胡无尽日，征战几时归"，《塞下曲》中"荡子从军事征战，蛾眉婵娟空守闺"，同一意蕴。

诗的最后八句，进一步歌颂戍边将士不畏艰难英勇献身的爱国精神。

边庭的疾风迅猛，边地却一无所有。"绝域"句意同"山川萧条极边土"句，夸言边地的苦况。"苍茫"，无边无际，迷茫一片。"杀气三时作阵云，寒声一夜传刁斗"二句，写将士们白天和夜晚的战斗生活。"三时"，早、中、晚，指一整天，白天在战斗中度过，夜里还得听着刁斗声枕戈待旦。"相看白刃血纷纷"以下四句，把戍边将士爱国主义精神进一步升华，他们拼死血战，历尽艰辛，并不是为了立功受赏。甚至为国捐躯死节，也无暇顾及自己的功名。"至今犹忆李将军"句，历来认为以李广爱恤士卒来讽刺张守珪，显然是同样站不住的。李广杀敌报国，而不能封侯，以此与"死节从来岂顾勋"意脉相连。李广尝言，"广结发与匈奴大小七十余战，然无尺寸之功以得封邑"（《史记·李将军列传》）。这几句表述的观念，在高适诗中也屡有出现，甚至句式也相似。如其《蓟门行五首》云："一身既零丁，头鬓白纷纷。勋庸今已矣，不识霍将军。"又如其《淇上酬薛三据兼寄郭少府微》云："倚剑对风尘，慨然思卫霍。"又《送兵到蓟北》云："谁知此行迈，不为觅封侯。"《旧唐书·高适传》曰："适喜言王霸大略，务功名，尚节义，逢时多难，以安危为己任。"联系此诗结尾，是完全吻合的。他以高尚的情操，抒发尽忠报国之志。班超曾云："大丈夫无它志略，犹当效傅介子、张骞立功异域，以取封侯。"与之相较，高适是只要能报效祖国，哪怕像李广那样终身不取功名也心甘情愿。这种思想境界，似又在班超之上。

这首歌颂戍边将士不畏艰难，英勇卫国的爱国之作，却一直被误解成讽刺戍边将领的作品。于是，有人竟提出所谓"全诗处处隐伏着诗人有力的讽刺"，实是荒唐可笑的。此诗应作于张守珪部将矫命攻契丹失败之前，同时，张守珪并非因不恤士卒而被贬，相反，他无论在西北，还是在东北战场，倒是屡建奇功的。张不恤士卒，将士不用命，又何能如此？

这是一首戍边将士爱国精神的颂歌。这一主题是从下面几个方面来表现的：一是正面歌颂，如"男儿本自重横行""拟金伐鼓下榆关，旌旆逶迤碣石间"，"相看白刃血纷纷，死节从来岂顾勋"等，歌颂他们的英雄无畏。二是以环境的艰苦、敌人的强悍，来反衬将士们的爱国献身精神，如："山川萧条极边土，胡骑凭陵杂风雨"，"边庭飘摇那可度，绝域苍茫更何有"，"杀气三时作阵云，寒声一夜传刁斗"等，以边地的荒僻艰难，明白地暗示战斗在这里的边关将士战斗生活是何等不易，是什么力量支持他们在此荒漠之地生活下去并取得战争的胜利？其三是以思妇的相思反衬将士们的牺牲精神，而诗的结尾以"岂顾勋"的反问，以及李广难封，更把其爱国精神升华到无私奉献的境地。这在古代诗词中是难能可贵的。

以律句、对仗等近体诗的方法来写歌行体古诗，这是本诗的又一特点。如"战士军前半死生，美人帐下犹歌舞"等句，均是严整的律句（后句仅一"美"字可平而用仄，但这是律句允许的），而"少妇城南欲断肠，征人蓟北空回首"，"杀气三时作阵云，寒声一夜传刁斗"等联则是工整的对仗句。这在盛唐以前的七言古诗中是见不到的。尽管如此，由于用韵有规则的变换，结尾一联又以"君不见"领起，整中有散，律中有变，并无板涩滞重之感。

徐献忠曰："左散骑常侍高适，朔气纵横，壮心落落，抱瑜握瑾，浮沉闾巷之间，殆侠徒也。故其为诗，直举胸臆，摹画景象，气骨琅然，而词峰华润，感赏之情，殆出常表。视诸苏卿之悲愤，陆平原之怅惘，辞节虽离而音调不促，无以过之矣。"（《唐诗品》引）这是对高适边塞诗的定评，也是对《燕歌行》的中肯评价。《燕歌行》不仅是高适诗中的"第一大篇"，也是唐代边塞诗中的"第一大篇"。

（王步高《爱国诗词鉴赏辞典》，南京大学出版社，1992 年 5 月）

将军行

[唐] 张　籍

弹筝峡东有胡尘，天子择日拜将军。

蓬莱殿前赐六纛，还领禁兵为部曲。

当朝受诏不辞家，夜向咸阳原上宿。

战车彭彭旌旗动，三十六军齐上陇。

陇头战胜夜亦行，分兵处处收旧城。

胡儿杀尽阴碛暮，扰扰唯有牛羊声。

边人亲戚曾战没，今逐官军收旧骨。

碛西行见万里空，幕府独奏将军功。

张籍、王建在唐代以新乐府著称。这首《将军行》不仅是一首新题乐府，而且是一篇七言古诗，融七古与乐府诗为一体，是张籍诗的特点之一。

这首诗完整地写了一次战斗的全过程，从敌军入侵、拜将、赐旗、行军、分兵、战斗直到战后报功。而战斗的场面则写得很少。全诗大致可分为四个层次。

诗的前四句为第一层次，写出征前。首句道出战争发生的地址。"弹筝峡"，在甘肃平凉市西一百里。据《元和郡县志》："泾水南流经都卢山，山路之中，常如弹筝之声，行旅因谓之弹筝峡。"弹筝峡是古代军事要地。《周书·赫连达传》载："太祖遂以数百骑南赴平凉，引军向高平，令达率骑据弹筝峡。""有胡尘"，指北方少数民族贵族军队的入侵。这句既交代了战争发生的背景，是外族入侵，这就确定了这场战争是一场反骚扰的卫国战争，也交代了战争发生的地点乃军家必争的弹筝峡。这里离唐代都城长安也仅数百里之遥，说明这股"胡尘"不可轻视，所以以下三句写皇帝发兵。天子择日拜将，宫前赐旗，派禁军参战。"拜将"，古代任命大将的一种仪式。"蓬莱

殿",即蓬莱宫,原名大明宫,龙朔二年(662),高宗改名蓬莱宫。"六纛",
"纛",军中大旗。六纛,唐代节度使军中才可以树六纛。见《新唐书·百官
志》。"禁军",警卫皇宫之军队,诗中指唐之南北衙兵。"部曲",古时军队的
两级编制单位,这里泛指部属。以禁军为部曲,可见出朝廷对这场战争的重
视程度。弹筝峡在唐代属京畿道,何况"胡尘"已在弹筝峡东,离京都长安就
更近了,这不能不引起朝廷高度的重视。

　　第二层次为诗的五句至八句,这四句写出征。"当朝受诏不辞家"句,说
明将军忠心报国,这与汉代名将霍去病"匈奴未灭,何以家为"很相似。他在
朝廷接受任命后,不辞家就带兵于咸阳原上扎营了。咸阳为秦代都城,故址
在今陕西咸阳东北,诗中指长安城外。诗之七、八两句写行军的气势,战车
盛多,战旗飘动,三十六军齐集陇山。"彭彭",盛多貌,出自《诗经·小
雅·出车》:"出车彭彭,旟旐央央。""陇",指陇山。为六盘山南段的别称。
又名陇坻、陇坂。在今陕西陇县至甘肃平凉一带。唐时这里为京畿道的陇
州和原州。"齐上陇"中的"齐"字,写出军容整肃。这也暗示这场战争必然
取胜。

　　"陇头战胜夜亦行"以下四句是诗的第三层次。这四句是写战斗本身。
"陇头"是交兵之所。"陇头",即陇山。《三秦记》称为"陇头"。陇头夜战,获
得大胜,消灭了敌军的主力。又分兵各处,把沦于敌手的旧城池统统收复。
"胡儿杀尽阴碛暮",沙漠夜晚,胡兵被消灭完了。"碛",指沙漠或不生草木
的砂石地。由于入侵的胡兵全部被消灭,陇头原上归于沉寂,只听见牛羊的
叫声。这里把这场战争保家卫国的意义写了出来:没有这场战争,就不会有
安定的生活,生命财产就没有保障。

　　诗的最后四句是第四层次,写战胜以后。这里是对战争意义的进一步
引申,也是对全诗的收束。"边人亲戚曾战没"二句,写出边地人民为这场战
争作出的牺牲,他们的亲戚战死。战斗结束以后,只好跟着官军去收拾他们
的白骨。诗的结尾二句含义颇深。"碛西",大漠以西,岑参有《碛西头送李
判官入京》诗。"碛西行见万里空",一"空"字,表明万里之内不再有入侵的
胡兵,这是广大士兵苦战的结果。可是帅府里只奏将军之功,而不提牺牲的
战士,这与曹松诗中"一将功成万骨枯"的意思是一致的。

　　边塞诗是张籍诗的重要内容,以七言乐府来表现,显得尤其有气势。清
人贺贻孙《诗筏》评曰:"七言古须具轰雷掣电之才,排山倒海之气,乃克为
之。张司业籍以乐府、古风合为一体,深秀古质,独成一家,自是中唐七古别

166

调,但可惜边幅稍狭耳……盖司业所病者节短,而元白所病者气缓,截长补短,庶几与李、杜诸人方驾。"张籍边塞诗产生于中唐时期,这时唐王朝的疆域已大大缩小,战争发生的地点已不再是安西、塞外,而到了京畿地区,诗中不可能再有高、岑、李、杜边塞诗中那种积极进取的盛唐气象,而只能汲取一两场战斗的胜利。但其爱国精神还是值得称道的。

(王步高《爱国诗词鉴赏辞典》,南京大学出版社,1992 年 5 月)

卷三 诗词鉴赏

没蕃故人

[唐] 张　籍

前年戍月支，城下没全师。

蕃汉断消息，死生长别离。

无人收废帐，归马识残旗。

欲祭疑君在，天涯哭此时。

题目"没"，通"殁"，死亡。"蕃"，指吐蕃。"故人"，旧友。此诗是张籍为悼念与吐蕃交战牺牲的朋友而作。

吐蕃是7至9世纪我国青藏高原建立的军事奴隶制政权，在唐太宗贞观年间曾与唐和亲，唐以文成公主嫁之。8世纪半后，赞普（即王）墀松德赞时最为强盛，向外发动掠夺性战争。吐蕃与唐争夺西域，前后凡一百二十余年。安史之乱后，唐朝边防虚弱，吐蕃乘机进攻，攻取石堡城（在今青海境内），进取唐陇右、河西两镇。至唐代宗时，河陇及京西许多州县已全为吐蕃所有。唐北庭节度使李元忠、安西四镇留后郭昕率将士守境，与朝廷声问中断。贞元三年（787）安西也被吐蕃攻克。吐蕃攻伊州时（属陇右道，今哈密），唐伊州刺史袁光庭坚守累年，最后粮竭兵尽，不能再守，袁光庭先杀妻子，自己跳入火中身亡。张籍的旧友很可能也是这样一位将领。

诗的开头二句交代"故人"出征的地点及阵亡的简单过程。"前年"，交代时间。"戍"，守边。"月支"，一作月氏。古西域国名。秦汉之际，游牧于敦煌、祁连间，后因遭匈奴攻击，分为两支，一支西迁至今伊犁河上游，占有塞种故地。这一支称大月氏。而没有西迁者进入祁连山区与羌族杂居，称小月氏。诗中以"月支"指西域一带边城。"城下没全师"，全军于城下覆没。从此与唐王朝断绝了消息，而自己也与友人生死睽隔，永无相见之期。这种境况与上文言及的北庭节度使李元忠、安西四镇留后郭昕曾与朝廷声问中断相似，所不同的是，诗人之友不通音问是因为其已不在人世。

诗的第五六句是引申详述"城下没全师"句。由于全师已没于城下，故军营的废帐却无人来收，只有归来的战马犹识残留的战旗。战旗是军队的标志，即使战败，也不过偃旗息鼓，撤退而已，如今营帐无人来收，只有归马能识战旗，说明将士全已牺牲，只有老马识途，犹来战场。

诗的最后两句，想祭祀亡去的故友，又担心友人还在人世。这与其说是担心，不如说是一丝希望。"欲祭疑君在"，语本唐李华《吊古战场文》："其存其没，家莫闻知。人或有言，将信将疑。悁悁心目，寝寐见之。"诗的结句"天涯哭此时"句，语本张九龄《望月怀远》："海上生明月，天涯共此时。"李华《吊古战场文》中亦云："布奠倾觞，哭望天涯。天地为愁，草木凄悲。吊祭不至，精魂无依。"

这首诗的立意并无特别高明之处，但写得沉郁顿挫，它反映了中晚唐时期，唐王朝在边塞战争中连连失利，陇右、河西及西域一带出征的将士往往埋骨荒漠的凄惨现实。同时，也写出了两人的深厚情谊。俞陛云说："苍凉沉痛，一篇哀诔文也。……此诗可谓一死一生，乃见交情也。"（《诗境浅说》）从诗中也不难看出，中晚唐的边塞诗中已是哀伤多于进取了。查慎行说"结意深惨"，潘德舆说它"语平淡而意沉痛"（《养一斋诗话》卷二）。这不仅是个人的伤痛，也是时代的悲歌。

这首诗的缺点也是很明显的。纪昀说："第四句即出句之意，未免敷衍。"（《瀛奎律髓》评语）语意重复，结构也较松散，难出新意，大大影响了此诗的艺术成就。

（王步高《爱国诗词鉴赏辞典》，南京大学出版社，1992 年 5 月）

卷三 诗词鉴赏

泊秦淮

[唐] 杜　牧

烟笼寒水月笼沙，夜泊秦淮近酒家。
商女不知亡国恨，隔江犹唱后庭花。

　　这是一首被清代文学批评家沈德潜称为"绝唱"的七绝佳作。当作于诗人罢官途经南京时，他亲自经历了晚唐政坛上风风雨雨，又目睹了秦淮一带豪绅、官吏的奢侈腐化的生活，有感而发，写下了这一千古传诵的名篇。

　　秦淮河是流经南京的一条长江支流，长不过二百余里，发源于溧水县的东北山区，古名藏龙浦，又名淮水。相传秦始皇凿方山断长垄以泄"王气"，引此入长江而得名。秦淮河流至南京，分为两条，作为护城河的称外秦淮河，而自古城通济门外九龙桥至水西门的西水关间流经城内长约十里的一段称"内秦淮河"。古诗词所咏之秦淮河均指这一段。自东吴迁都建康，历东晋、宋、齐、梁、陈诸朝，均建都于此。秦淮河边是王、谢等达官贵人定居之所，人烟辐辏，纸醉金迷。这六个朝代都是短命王朝，每代延续的时间都不过几十年。统治者尽情享乐，因而其历史教训是相当深刻的。诗人政治上失意以后，又泊船于此，自不能不感慨系之。

　　诗之开头两句紧扣诗题。首句写夜泊之景，次句写夜泊之事。"烟笼寒水月笼沙"句，连用两"笼"字，和谐地融合在一起，互文见义。秦淮河之水、水边之沙，都笼罩于氤氲的烟霭和溶溶的月光之下。尽管诗中着一"寒"字，道出节令已是秋冬季节，而这烟气、这月色又透出暖色调来。在这两"笼"字的后面，是一层层朦胧和迷茫，使事物的本质被这烟、月笼盖住了。达官贵人、豪绅富商并未因天气寒冷而冷落了这供其享乐的秦淮河。诗的第二句才道出题字。"夜泊"的主语是诗人本身。一"近"字，用得很精当，由于"近酒家"，才能切身感受这灯红酒绿的生活，才能听见下文歌女的歌唱。

由于泊秦淮，又近酒家，诗人的所见所闻自然不少，却只拈出一件来说，就是听歌。诗的三、四句即围绕听歌展开。唱歌者是"商女"，即卖唱女。刘禹锡《夜闻商人船中筝》诗云："扬州市里商人女，来占江西明月天。"近人陈寅恪先生说："此商女当即扬州之歌女而在秦淮商人舟中者。"扬州与南京一江之隔，歌女大概便是随商船而来。"不知亡国恨"句，当是指不知所唱是"亡国之音"。因为其所唱乃是《后庭花》，又名《玉树后庭花》，本南朝陈的亡国之君后主陈叔宝所作。《隋书·乐志》曰："陈后主于清乐中造《黄骊留》及《玉树后庭花》、《金钗两鬓垂》等曲，与幸臣等制其歌词，绮艳相高，极于轻荡，男女唱和，其音甚哀。"其唱词有"玉树后庭花，花开不复久"和"璧月夜夜满，琼树朝朝新"等。宋人郭茂倩《乐府诗集》犹录陈后主《玉树后庭花》一首，极绮艳而侈靡。《旧唐书·音乐志》载御史大夫杜淹对唐太宗曰："前代兴亡，实由于乐。陈将亡也，为《玉树后庭花》，齐将亡也，而为《伴侣曲》，行路闻之，莫不悲泣，所谓亡国之音也。"尽管唐太宗不同意这种说法，后人还是把它当亡国之音对待。如刘禹锡《台城》诗曰："万户千门成野草，只缘一曲《后庭花》。"许浑《金陵怀古》诗亦曰："玉树歌残王气终，景阳兵合戍楼空。"《后庭花》为亡国之音，何以商女"犹唱"？诗人谓她"不知亡国恨"，其实，不知亡国之痛的又何止是商女？居安不思危、醉生梦死活着的大有人在。卖唱女为人歌唱，唱什么是由追欢买唱者决定的，"不知亡国恨"的首先应包括他们。

　　杜牧生活于晚唐时期，但自他去世到唐亡还有五六十年，他写作此诗时，唐王朝暂时还未有亡国的危险。但宦官专权，藩镇割据，吏治腐败，国已不国。诗人这里抒写的忧患意识，不仅是未雨绸缪，而是深切地感受到唐王朝已在无可挽回地没落下去，亡国只是时间问题。他写的《阿房宫赋》，也寓以同一意蕴。其结尾曰："秦人不暇自哀，而后人哀之。后人哀之而不鉴之，亦使后人而复哀后人也。"诗人忧国忧民，痛心统治者的腐化堕落，却又无力回天，故写下大量咏史怀古之作，从中读者不难感受到一颗爱国者的拳拳之心在搏动。

　　这首诗感情含蓄深沉，又能以凝练的语言出之，却毫不雕琢晦涩，极炼为不炼，在众多金陵怀古诗中，堪称极品。

　　　　　　　　（王步高《爱国诗词鉴赏辞典》，南京大学出版社，1992 年 5 月）

江城子

东武雪中送客

〔宋〕苏　轼

　　相从不觉又初寒。对樽前,惜流年。风紧离亭、冰结泪珠圆。雪意留君君不住,从此去,少清欢。　　转头山上转头看。路漫漫,玉花翻。银海光宽,何处是超然? 知道故人相念否,携翠袖,倚朱栏。

　　苏轼一生以诚待人,广于交接,朋辈众多,除众所周知的苏门四学士、六君子外,他跟佛印、参寥子、述古等交往也都很深。他乐于助人,在《石氏画苑记》中他称赞石康伯“与人游,知其急难,甚于为己”。苏轼本人也当作如是观。在与友人诗酒唱和中,他留下了不少名篇佳制,而把友情题材大量引入词中,也自苏轼始,这也是他词体革新的成就之一。这首《江城子》便是这类词作中的佳构。

　　此词题作“东武雪中送客”,东武为山东诸城县,当时是密州州治。苏轼是熙宁七年(1074)九月罢杭州通判,以太常博士、直史馆知密州的。傅藻《东坡纪年录》载:“丙辰十二月,移知徐州,东武雪中送章传道,作《江神子》。”这里小有错讹,丙辰为熙宁九年,这年十二月上旬,诏命苏轼以祠部员外郎直史馆移知河中府(今山西省永济县蒲州镇)。次年二月,他赴汴京时才知徐州。苏轼作此词时,他还不知道会改知徐州。章传道乃苏轼好友,曾与苏轼同游庐山,《苏轼诗集》中有与之唱和的作品。

　　这是一首送别词。它既把惜别之情写得深笃沉挚,又表现出对友人的体贴入微。词中先写送别时自己的依依不舍,接着推己及人,设想友人别后怀念自己,全篇都按这一思路来布局。

　　起句写章与苏相处甚欢,不知不觉中又到了天寒雪飘的冬季。“不觉”二字以作者与友人耽于欢乐感觉不到时光的流逝,把水乳交融的朋友之情平平道出,似不甚经意而一往情深。"初寒"之"寒"则扣住词题之"雪"。这年下雪较迟,时已隆冬,才下头次大雪,故称"初寒"。这句既交代送别的时间节令,也为下文写惜别舒徐地开启了感情的闸门。

"对樽前,惜流年"二句,写送别宴会上举杯话别之际,共同慨叹年光的流逝。流年,即指光阴、年华,这是因为时光易逝,仿佛流水。词中用"流年"二字,既指代光阴、年华,又关合时令已近岁底,并道出痛惜的内容。如改为"惜华年",虽平仄韵脚不变,而词的内涵则大为减少,也失去了与前后文的照应。可见,两个习见的字,用在这里却天衣无缝,不可移易。

没有不散的宴席,酒后作者依恋不舍地送客出城。"风紧"二句,既照应起句之"初寒",又进一步渲染别情。这天不仅雪下得很大,而且北风凄紧。如此风雪交加,却不得不到城外路边的驿亭(离亭)送别,凄切之情早已在不言之中,眼泪也盈盈欲滴。天气如此之寒,以至泪珠都凝结成了冰,这虽然不无夸张的成分,却是前文感情自然发展的结果,是合乎艺术真实的。

苏轼另一首《满江红》写雪中送客的词中也有"泪珠先已凝双睫",写的是大致相似的情景。作者即将离任,偏又碰上友人先自己别去,自然心绪不佳。通过层层铺垫,送别的离情已臻极至,故上片结句逼出:"雪意留君君不住,从此去,少清欢。"

这两句是全词唯独直抒胸臆之笔。俗话说"人不留人天留人",如此风紧雪飘,天寒地冻,友人却生生离别而去,雪也留他不住,这颇使作者伤感。"从此去,少清欢",就词中而言,自然是指友人离去,欢会难再。联系作者的身世,似乎有更深一层的含义。东坡被移知河中,心情确乎不佳。他在《别东武流杯》诗中也说:"莫笑官居如传舍,故应人世等浮云。"他另一首作于同时的《江城子》中也慨叹道:"人事凄凉,回首便他年。莫忘使君歌笑处,垂柳下,矮槐前。"他离密州前写了不少留别的诗作,都显得沉郁哀伤。当时朝廷中正是新党专政,苏轼不为所容,这次调任,在苏轼一生中是长期潦倒落魄的开始。两个月后他亲赴汴京,连京都大门也未许进便改知徐州,两年后便在知湖州任上发生了著名的"乌台诗案",他"被押赴台狱勘问"。东坡一生旷达,不汲汲于功名利禄,但他仍留恋和友人一起登山渡水的生活,薄酒一杯,粗茶淡饭,"雪沫乳花浮午盏,蓼茸蒿笋试春盘"(《浣溪沙》)。这便是他所孜孜以求的"人间有味是清欢"。此后即便这样微薄的要求也难以实现了,他颠沛流离,甚至衣不遮身,食不果腹,得靠友人的接济生活。"从此去,少清欢"

未尝不是对此后半生遭遇的总概括，令人慨叹。这前结二句，看似浅率直露，其实不然，这正如况周颐《蕙风词话》所说："至真之情，由性灵肺腑中流出，不妨说尽，而愈无尽。"

上片是从居人送客的角度来写的，全系实写，下片则改由行人思念居人的角度来写，用虚实交替的手法。过片连用两个"转头"，以粘连的修辞手法，增加了词的谐趣，也使词情稍稍振起。转头山在诸城县南四十里，当是章传道归去的必经之地。作者设想章登上此山时必回望城中，由于天阴大雪，即便在山上也看不清城廓。望中所见唯有"路漫漫，玉花翻"。玉花，喻雪花。苏轼另有诗句谓"玉花飞半夜，翠浪舞明年"（《和田国博喜雪》）。这里用一个"翻"字，道出了雪大。雪茫茫，路漫漫，望高城不见。但思念不已，故逗出"银海光宽，何处是超然"二句。道家以眼睛为银海，苏轼《雪后书北台壁》云："冻合玉楼寒起粟，光摇银海眩生花。"王注："（李）厚曰：道经以项肩骨为玉楼，眼为银海。"银海也有光明眩曜意，这里指雪地，有如以银为海，亦通。视野茫茫，什么地方是超然台呢？超然台在诸城县北城上，是苏轼守密时于熙宁八年（1075）十一月所建，其弟苏辙取名的。台中刻有秦篆，台上建有山堂。东坡经常游宴其上，并作有《超然台记》。章传道在四十里外的山上，又值大雪，自然不易看清城里的诗人，只好寄希望于看到城上的超然台，说不定东坡还正在台上翘首凝望呢！这里东坡是代章传道设想，故送别友人后，东坡重上超然台向南方友人的去路上眺望，以期在友人回望时能看见自己，这未始不在情理之中。此可见作者笔致之细腻、感情之真挚。

后结三句笔法仍与前几句相同，这里"故人"当指东坡，设想章传道在转头山上会想到，东坡这时一定也在深切地思念着自己，并且会携着绿衣佳人倚着超然台的朱栏在遥望自己。这里虚虚实实，作者笔下章传道在转头山上的思想活动纯属虚写，是镜中月、水中花，由章传道再设想作者之行径理应是虚中之虚。在词中，这些都是实有之物的折射，表现了二人的深厚友情。

这首词在艺术手法上最大的特点是既写自己对友人的惜别之情，又设想友人在途中回望自己，把作者与友人别后的思想和活动更曲折地表现出来。这样以假托、虚拟来写实，角度变换，使词句回环吞吐，摇曳生姿，显得婉转沉挚，感情也更深厚，更有利于表现双方意绪的契合，故情真而意挚。词中还生动运用了借代和粘连的修辞手法，前者如用"玉花"代雪，"翠袖"代佳人。这虽不罕见,却使词句更古朴典雅。"转头山上转头看",连用两个"转头",含义不一,一为山名,一为动作,只是音同谐合,粘连于一句之中,别有兴味,也使词句更自然灵动,不板滞也不粗俗。这首词在《东坡乐府》中并非代表作,但艺术上独树一帜,体现了融豪放于婉约之中、虚实交替的结构特点,倒是值得一提的。

（王思宇《苏轼词赏析集》,巴蜀书社,1990 年）

示 儿

[宋] 陆 游

死去元知万事空，但悲不见九州同。
王师北定中原日，家祭无忘告乃翁。

　　这首诗是爱国大诗人陆游的绝笔。《四朝闻见录》云："至公之终，犹留诗以示其家云：'王师剋复中原日，家祭毋忘告乃翁。'则公之心，方暴白于易簀之时矣。"对此，学术界亦无争议。而于陆游之卒年，则说法有所不同。《宋史》本传谓："嘉定二年卒，年八十五。"而陈振孙《直斋书录解题》曰："嘉定庚午年八十六而终。"清人钱大昕《陆游年谱》曰："（嘉定三年）是岁先生卒，先生《题药囊》诗有'残暑才属尔，新春又及兹'之句，又《末题》诗云：'嘉定三年正月后，不知几度醉春风？'则正月间先生尚无恙。"目前，陆游的卒年倾向定于嘉定三年（1210），故《示儿》诗也作于这一年。有一些书仍持嘉定二年之说，似不妥。在此之前，太师韩侂胄发动的开禧北伐因卖国贼史弥远政变而彻底失败，史弥远等与金人签订了丧权辱国的条约，增岁币三十万，犒军钱三百万两，甚至将韩侂胄、苏师旦两人首级送金军。主战派被贬杀殆尽，爱国词人辛弃疾逝世后，也还因支持过北伐而被追贬。为抗金北伐事业呼喊过一辈子的老诗人陆游也因与韩侂胄有过交往而被视为晚节有亏（见《宋史》本传）。抗金复国大业受到了严重挫折，这时，年已八十六岁高龄的诗人也走到他人生的终了。尽管如此，他临死之前还写下这首名垂千古的绝笔诗，成为《陆游集》中最著名的作品。

　　起句显得很豁达开朗，"死去元知万事空"，爱国诗人早已置自己的生死安危于度外，也没有任何忌讳。古往今来，以"死"字开头的诗可能独此一首，诗人已是垂暮之年，他并不怕死。他并不相信封建迷信的那一套。"万事空"三字，把一切都看得相当透彻，这并非佛家之"空"，而是近于无神论的达观。下句"但"字一转,似乎诗人并不真的觉得万事成空,还有放心不下的事,这就是"不见九州同"。九州,是中国古代所设立,《书经·禹贡》谓,九州指冀、豫、雍、扬、衮、徐、梁、青、荆九个州。古诗中常以之代指全中国。陆游逝世时,古九州中的北方多州已均成了沦陷地,当然不见九州之同。诗于"不见九州同"之前犹冠一"悲"字,因为这是诗人临终前最感放心不下,也是最感痛心之事。诗人一生立志报国,以扫清中原、统一祖国为己任,但始终不得重用,而终于"心在天山,身老沧洲"(《诉衷情》),但他"位卑未敢忘忧国",始终以祖国不能统一为恨事,至死不忘。

诗的结尾二句更值得千古传诵,他嘱咐儿孙:"王师北定中原日,家祭无忘告乃翁。"王师,南宋王朝的军队,北定中原指收复中原。乃翁,你的父亲,指诗人自己。他希望家里祭祀时,不要忘记把这一喜讯告诉他。诗人赍志以殁,但其收复中原的愿望没有因死而终结,还把希望寄托在下一代人身上。这样强烈、执着的爱国热情和坚定信心,是千古罕见的。诸葛亮《出师表》中有"鞠躬尽瘁,死而后已"的名句,放在陆游身上则成了"鞠躬尽瘁,死而未已"。也见出他对抗金大业的一往深情。

这是一首极催人泪下的爱国歌,悲痛而不低沉。正如钱锺书先生所说,这首悲壮的绝句最后一次把将断的气息来说未完的心事和无穷的希望。它在当时和后世,都曾激励过许多爱国志士。陆游去世以后,金国也逐渐衰落,但这时北方的蒙古逐渐强盛起来,二十四年后,即宋理宗端平元年(1234)正月,蒙古与宋联合灭金,这年七月,宋军曾一度进入洛阳。刘克庄《端嘉杂诗》就这件事曾云:"不及生前见虏亡,放翁易箦愤堂堂。遥知小陆羞时荐,定告王师入洛阳。"谁知好景不长,一个月后宋军就退出洛阳。陆游逝世六十六年后,宋帝昺德祐二年(1276)春季,元兵在元帅伯颜统帅下,攻下南宋都城临安,灭了宋朝。虽然抗元复国力量又在南方坚持了三四年,宋朝还是灭亡了。遗民诗人林景熙读了这首《示儿》诗,在其《书陆放翁诗卷后》中曰:"青山一发愁蒙蒙,干戈况满天南东。来孙却见九州同,家祭如何告乃翁!"来孙,重孙之子。放翁的子孙,确实重见"九州同"了,但这如何告其翁祖呢?

这首诗,未用一个典故,既无语典,也无事典,而且不加雕琢,直抒胸臆,沉痛悲壮,而不低沉,所蕴含和蓄积的感情却有如火山一样奔涌而出。清人贺贻孙《诗筏》说它"可泣鬼神",是丝毫不为过的。这首短短四句的爱国词章却可成为千古爱国诗词的压卷之作,可谓南宋诗坛的洪钟巨响,字字千钧。

(王步高《爱国诗词鉴赏辞典》,南京大学出版社,1992 年 5 月)

伏读二刘公瑞岩留题感事兴怀至于陨涕追次元韵偶成

［宋］朱　熹

谁将健笔写崖阴？想见当年抱膝吟。

缓带轻裘成昨梦，遗风余烈到如今。

西山爽气看犹在，北阙精诚直自深。

故垒近闻新破竹，起公无路只伤心。

朱熹曾被当成南宋政坛上的主和派（投降派）而大加挞伐；批判其哲学思想时，也很少顾及全人。其实，朱熹是南宋诗坛上屈指可数的爱国诗人。其爱国诗作不仅数量多，而且独具特色。

从这首诗的诗题及题下自注可知，此诗是为怀念曾任宝文阁直学士的抗金名将刘子羽而作（题中另一刘公为其弟刘子翚）。刘子羽，为朱熹之父的生前好友，受其父之托，与其弟子翚一起承担抚养教育朱熹的责任。他们是朱熹的恩人和老师。

诗题下自注又云："近闻西兵进取关陕，其帅即公旧部曲也。"再联系诗中"起公无路只伤心"，可以大致确定此诗当作于绍兴三十二年（1162）。这时，刘子羽早已去世，同时，在这年春及前一年冬，吴璘等在大散关一线大败金兵，璘当时为开府仪同三司领兴州驻扎御前诸军都统制。吴璘及其兄吴玠（此时已亡故），均系刘子羽的旧部下。《宋史·刘子羽传》载："吴玠始为裨将，未知名。子羽独奇之，言于浚，浚与语大悦，使尽护诸将。"这次金主完颜亮大举入寇，东起扬州，西起大散关，遭到南宋军民的沉重打击。虞允文在采石大败金兵，吴璘在关陕重创敌军。从绍兴三十一年（1161）九月起，吴璘所部先后收复洮州，在德顺军之治平砦大败金兵，又收复陕州，再收复水洛城及治平砦。绍兴三十二年初再于巩州东大败金兵，接着又败敌军于瓦亭砦、新店，再收复顺德军，遭将取环州……一直被动挨打的南宋王朝，获得了

王步高诗文集

少有的伟大胜利。有着满腔爱国激情的诗人朱熹,这时仍隐居武夷山从胡宪求学。他重游武夷山之瑞岩,拜读当年刘子羽的题诗,激动得流下热泪而写下此诗。

诗以设问开头,紧扣诗题。瑞岩上至今留着刘子羽笔力矫健的题诗,令人不禁回忆起他的大将风度。这两句诗中用了两个典故,其一为语典。"健笔",语出徐陵《让五尚书表》:"虽复陈琳健笔,未尽愚怀。"杜甫《戏为六绝句》亦曰:"庾信文章老更成,凌云健笔意纵横。"其二为事典。三国鱼豢《魏略》云:"亮每晨夕从容,常抱膝长啸。"诸葛亮是未出山时作抱膝之吟,刘子羽却是建立大功以后,受秦桧排挤提举太平观而家居。当时一起被打击的还有岳飞父子。抗金的大好局面一时断送殆尽,令人扼腕痛心。"想见"二字,既提示下文,又见出诗人对死者的深深怀念。一十六年过去,死者的笑貌音容犹随时可以想见,可见其真挚感情。朱熹是绍兴十五年(1145)父死后,遵父遗命投奔刘子羽的,第二年刘即去世,相处仅仅一年。但刘氏一家不仅为他们提供了安生立命之所,而且尽到教育的责任。

"缓带"句仍由"想见"二字领起,仍写刘子羽生前的风姿。这句用《晋书·羊祜传》之典:"祜镇荆州,在军常轻裘缓带,身不披甲。"以羊祜比刘子羽,既切合身份,又见出其儒将风度。但"成昨梦"一跌,把从"想见"二字领起的思路切断,而紧扣题旨,歌颂刘子羽的历史功绩。刘远见卓识,知人善任,泽被后世,故其功业风范,至今犹存。"遗风"句又用两典故。"遗风"语出屈原《哀郢》:"哀州土之平乐兮,悲江介之遗风。"屈原的后一句,实是本诗的主旨所在,吊古是为了伤今。"余烈",语出《史记·东越列传》:"由此知越世世为公侯矣,盖禹之余烈也。"《宋书·谢灵运传论》亦有"遗风余烈,事极江左"之句。刘子羽德高功著,故使人怀念不已。

"西山"一联,与上联立意相似,继续写刘子羽的风度精神。"西山爽气",用王徽之典。《世说新语·简傲》:"王子猷(徽之)作桓车骑(冲)参军,桓谓王曰:'卿在府久,比当相料理?'徽之初不答,直高视,以手版拄颊云:'西山朝来致有爽气。'""看犹在"与前联中"成昨梦"相反相成。刘子羽不趋奉当政的投降派,其铮铮傲骨,至今仍如在目前,这里见出诗人对其人品的敬仰。诗人推崇刘子羽,还因为他尽忠报国。"北阙"本指宫殿北面之门楼,本为大臣等候朝见或上书奏事的地方。后世统称帝王宫禁为"北阙",也作朝廷的别称。"精诚""自深"四字与岳飞的"精忠报国"异曲而同工。刘子羽父死于靖康之难,自己戎马一生,转战南北,功勋卓著,俱含在这四字之中。

"故垒"一联，回归到目前，西兵进关陕，其帅乃公旧部。"故垒"，旧营垒。关陕一带是绍兴初年刘子羽浴血奋战，屡建战功而终于保住全蜀的地方。《宋史·刘子羽传》载："浚虽衄师，卒全蜀，子羽之力居多。""破竹"，比喻战争取得节节胜利。语出《晋书·杜预传》："今兵威已振，譬如破竹，数节之后，皆迎刃而解，无复著手处也。"显然，这是关合前文之"遗风余烈"。刘公虽"心在天山，身老沧州"，但其旧部终于大获全胜，扬眉吐气，这是令人高兴的，无奈难起黄泉之下之刘公而告之，这是又令人伤心的。

　　朱熹论诗讲究"义理"，其《答杨宗卿》云："熹闻诗者，志之所之；在心为志，发言为诗。"这首诗，由重见刘子羽旧题而感事兴怀，将满腔爱国热情蕴含其中。第二年，孝宗即位，他又上封事云："修攘之计不时定者，讲和之说误之也。夫金人与我有不共戴天之仇，则不可和也明矣。愿断以义理之公，闭关绝约，任贤使能，立纪纲，厉风俗。数年之后，国富兵强，视吾力之强弱，观彼衅之浅深，徐起而图之。"他还与辛弃疾、陆游、陈亮等抗金志士有着密切的交往。显然，以天下为己任，爱国主战，是朱熹的一贯思想，也是本诗的主题。这是应当首先肯定的。

　　此诗也有以才学为诗的习惯，全诗句句用典，典故涉及的古人便有屈原、诸葛亮、羊祜、杜预、王徽之等多人，大都是功勋卓著的英雄豪杰和大军事家，以这幅英雄群像来比刘公，贴切生动，把他儒雅、忠贞、不阿附权势的刚直形象，含蓄地表现了出来。这是本诗的又一特点。

（王步高《爱国诗词鉴赏辞典》，南京大学出版社，1992 年 5 月）

念奴娇·登多景楼

[宋]陈 亮

危楼还望,叹此意、今古几人曾会?鬼设神施,浑认作、天限南疆北界。一水横陈,连冈三面,做出争雄势。六朝何事,只成门户私计? 因笑王谢诸人,登高怀远,也学英雄涕。凭却长江,管不到、河洛腥膻无际。正好长驱,不须反顾,寻取中流誓。小儿破贼,势成宁问强对?

此词当作于淳熙十五年(1188)春至镇江时。前一年十月宋高宗卒,宋廷当即派使向金告哀,又派人为遗留国信使。至这年二月,金方派一人为吊祭使,而"哀祭之辞,寂寥简慢"。高宗为主和派首领,其去世,扫除了北伐的一大障碍。孝宗即位初曾力主恢复,陈亮以为恢复有望,故去金陵、镇江考察形势,并再次上书孝宗。此词即作于再上孝宗书之前,而上书中的观点,于词中已见端倪。

卷三 诗词鉴赏

多景楼在镇江北固山甘露寺内,北临长江,为乾道六年(1170)知润州军州事陈天麟重建。此楼不甚高,其所在北固山仅高一二百米。但由于它拔江而起,其北江江面浩渺,隔江为广袤无垠之苏北平原,视野十分开阔。陈天麟《多景楼记》曰:"至天清月明,一目万里,神州赤县,未归舆地,使人慨然有恢复意。"建楼者本意即欲不忘家国之恨,故时人多登此楼而赋诗,其中以陈亮此作为最有名。

词之起句即笼罩全篇。全词议论乃由登楼环望引起,而"叹此意,今古几人曾会"为主旨所在。全词即由此生发而出。"此意"究为何意?他的友人辛弃疾《水龙吟》曰:"把吴钩看了,阑干拍遍,无人会、登临意",显而易见,"此意"即辛词之"登临意"。亦即图谋恢复中原的壮志。以下六句,均描述镇江的军事形势。镇江地势险要,若鬼斧神工特意安排。人们把长江看成天然的南北疆界。曹丕南征孙吴,到达长江边叹道"此天限南北也",词句化用其意。长江从北面横过,东西南三面为山冈环绕,形成北出争雄的地形。从地形上看,长江从安徽经南京流来,是流向东北,而过镇江以后则折向东南,这样镇江则成了江南最突向北方的一角,即所谓"争雄势"。这几句在陈亮的《再上孝宗皇帝书》中说得更具体:"京口(即镇江)连岗三面,而大江横陈,江旁极目千里,其势大略如虎之出穴,而非若穴之藏虎也。"镇江有这样的地利条件,却往往被统治者用作苟安的资本。故前结二句愤慨地说:六朝干了些什么,他们只知靠京口的屏障来保住家族私利,做偏安一隅的打算。陈亮早在《上孝宗皇帝第三书》中就说过:"二圣北狩之痛,盖国家之大耻,而天下之公愤也……以天下之公愤而私自为计,恐不足以感动天人之心,恢复之事亦恐茫然未知攸济耳。"词中"只成门户私计"说"六朝"实指当今,与文中之意相合。

　　词的下片续写"因笑王谢诸人,登高怀远,也学英雄涕"数句,用东晋周顗等新亭对泣之典。晋室南渡之后,诸臣常于新亭饮宴,慨叹"风景不殊,举目有河山之异"。词中"王谢诸人"本指东晋之南渡诸臣。此处借指南宋朝臣。(按:王谢指王导、谢安。而谢安比王导、周顗等人晚许多年,不仅未参与新亭对泣,且尚未出世。此乃词人疏忽处。)"凭却长江,管不到、河洛腥膻无际",凭仗着长江,却不管沦于敌手的广大中原地区。河洛指黄河、洛水,流经中原,代指中原地带。"腥膻无际",谓广阔无边之河洛地区皆为金人统治。腥膻言其秽。这与《再上孝宗书》中"河洛腥膻,而天地之正气抑郁而不得泄"之语同意。对此国土沦亡而朝廷不思恢复的现实状况,词人深感痛心。他一再上书皇帝,力主北伐。"正好长驱,不须反顾,寻取中流誓"数句也正属此意。"中流誓"用祖逖领兵北伐渡江,中流击楫而发誓之典。誓云:"祖逖不能清中原而复济者,有如大江。"词人主张长驱直入,不须反顾。同时代爱国词人辛弃疾、陆游、史达祖等也都有同样的主张。"小儿破贼,势成宁问强对",这后结两句又用淝水之战典。谢安得知谢玄等已击败前秦苻坚兵,当时正与人下棋,了无喜色。客人问他,他才慢慢回答:"小儿辈遂已破贼。"(《世说新语·雅量》)强对,即强敌。语见《三国志·陆逊传》:"逊按剑曰:'刘备天下知名,曹操所惮,今在疆界,此强对也。'"陈亮的主张很明显,他认为南宋有足够的力量,可以破敌,完全可以下定决心,而不必畏首畏尾。姑且不论其议论实际上是否可行,这种"立顽起懦"的爱国豪情却是值得肯定的。

此词最大的特点仍在于以词议论国家大事。因为此词作于考察金陵、镇江以后，词中分析形势，提出了北伐主张，意气风发，气概不凡。如果说有什么不足，则此词用典较多，且大多与多景楼及镇江无关，致词意较晦，这在某种程度上影响了全词的成就，但它仍不失为南宋爱国词苑中的一株奇葩！

（夏传才《中国古典诗词名篇分类鉴赏辞典》，中国矿业大学出版社，1991 年 4 月）

（王步高《爱国诗词鉴赏辞典》，南京大学出版社，1992 年 5 月）

卷三　诗词鉴赏

贺新郎

寄辛幼安，和见怀韵

[宋] 陈　亮

　　老去凭谁说？看几番、神奇臭腐，夏裘冬葛！父老长安今余几？后死无仇可雪，犹未燥、当时生发！二十五弦多少恨，算世间、那有平分月！胡妇弄，汉宫瑟。　　树犹如此堪重别！只使君、从来与我，话头多合。行矣置之无足问，谁换妍皮痴骨？但莫使、伯牙弦绝！九转丹砂牢拾取，管精金、只是寻常铁。龙共虎，应声裂。

　　此词乃与辛弃疾唱和之作。幼安是辛弃疾的字。自淳熙五年（1178）经吕祖谦介绍，陈亮与辛弃疾结识，感情甚厚。淳熙十五年（1188）冬，陈亮约朱熹在赣闽交界之紫溪与辛弃疾相会。朱熹未至，陈亮独与辛弃疾在上饶盘桓十余日，同游鹅湖。陈亮东归之次日，辛弃疾仍留恋不已，又去追赶他，至鹭鸶林因雪深泥滑而返。夜半投宿，写下一首《贺新郎》。又过了五天，收到陈亮来信索词，辛弃疾就将《贺新郎》寄去。陈亮此作就是和辛弃疾词第一首。

　　全词之起句"老去凭谁说"，起得突兀。年纪老大，心里的话可以对谁诉说？"凭"，向也。"看几番"三句，谓南宋统治者倒行逆施，把大好的形势葬送了。"神奇臭腐"语出《庄子·知北游》："臭腐复化为神奇，神奇复化为臭腐。""夏裘冬葛"语出《淮南子》："知冬日之箑，夏日之裘，无用于己，则万物之变为尘埃也。"世事颠倒，神奇亦化为臭腐。这两句看似闲笔，实是为下文作铺垫。"父老长安今余几？后死无仇可雪，犹未燥、当时生发"，这几句感慨深沉。作者写此词时上距靖康之变（1127）中原沦陷已经六十一年。如果说，辛弃疾几年前写《水龙吟》时尚且可以说"长安父老，新亭风景，可怜依旧"，到陈亮几年后写《贺新郎》时，中原恢复已更加无望，故有"后死无仇可雪"之叹,词人深切地感到,中原沦陷区北宋灭亡前出生的父老所剩无几。北魏太武帝拓拔焘回答南朝宋文帝欲收复黄河南故土时说:"我自生发未燥(干)即知河南是我境土,安得为南朝故地!"中原地区的年轻人一出生就在金人的统治下,自然无仇可雪。"二十五弦多少恨,算世间、那有平分月! 胡妇弄,汉宫瑟。"这几句以瑟而生发议论,认为这种南北分裂的局面极不正常。据《史记·封禅书》载:"或曰:太帝使素女鼓五十弦瑟,悲,帝禁不止,故破其瑟,为二十五弦。"钱起《归雁》诗曰:"二十五弦弹夜月,不胜清怨却飞来。"本此。"二十五弦多少恨",这"恨"乃家国之恨。"平分月"谓月亮分成两半,比喻大好河山南北分裂。"胡妇弄,汉宫瑟"二句与"二十五弦"相照应,夏承焘先生谓"此处用乌孙公主、王嫱和番事"。指与金议和,此借用其事。

　　词的下阕着重抒发与辛弃疾的友情。"树犹如此堪重别"化用桓温语,桓温北征经金城,见早年所种柳树皆已十围,慨叹道:"木犹如此,人何以堪!"(见《世说新语》)这里意谓词人与稼轩均年纪老大,更不堪忍受重新别离的痛苦。"只使君、从来与我,话头多合",这两句写出陈亮与稼轩依依不舍的原因。"使君"是古时对州郡长官的尊称,此处指辛弃疾。辛曾在湖北、湖南、江西等地做过州郡长官,故称"使君"。"话头多合",指彼此有着共同语言,谈话非常投机。"行矣置之无足问",一句是指辛陈鹅湖会后,辛弃疾于别后的第二日又追赶陈亮至鹭鸶林一事。我走就走了,那些事权且放置一边,不值得你追赶问讯了。但我的这副"痴骨"怕是决不会改变的。古谚有"妍皮不裹痴骨"之说。据《晋书》记载,慕容超怕被后秦主姚兴重用,就佯狂行乞。姚绍仍推荐他。姚兴召见之后说:"谚云:'妍皮不裹痴骨',妄语耳。""妍皮",指外貌俊美,"痴骨",指内心痴顽。陈亮这段话并非无稽之谈,他一直受人鄙视,并几次被诬下狱。这话语中含有失意的牢骚。唯其如此,词人与辛弃疾等爱国志士的友情显得弥足珍贵。词的后几句均是对友人期待勉励的话。"但莫使、伯牙弦绝"句用了俞伯牙绝弦谢知音的典。此处词人借此谓应保持共同的信念和深厚的友谊。他与辛弃疾共勉,希望像炼丹一样,坚持修炼,相信精金也是由普通的铁炼成的。"九转丹砂",古代道教徒炼丹,炼过九次的丹砂,传说吃了可以成仙。"龙共虎,应声裂"二句中龙虎为宝剑名。唐李峤《宝剑篇》曰:"一朝运偶逢大仙,虎吼龙鸣腾上天。"这里以龙虎宝剑比喻自己与辛弃疾,期望能有朝一日"虎吼龙鸣飞上天"。声裂,指宝剑鸣吼。

这首词以饱满的爱国激情,表示对时局的焦虑和对祖国山河沦亡的痛心。同时词人坚持抗金报国的信念,珍惜两人的友谊。此词悲壮激烈,英气逼人。词中多用典故,借古喻今,使豪放之外又添含蓄,全词感情跌宕,波澜起伏,撼人心魄,具有极强的感染力,是一首不可多得的爱国佳作。

(夏传才《中国古典诗词名篇分类鉴赏辞典》,中国矿业大学出版社,1991 年 4 月)

(王步高《爱国诗词鉴赏辞典》,南京大学出版社,1992 年 5 月)

王步高诗文集

水调歌头

送章德茂大卿使虏

［宋］陈　亮

不见南师久，漫说北群空。当场只手，毕竟还我万夫雄。自笑堂堂汉使，得似洋洋河水，依旧只流东！且复穹庐拜，会向藁街逢。　　尧之都，舜之壤，禹之封。于中应有，一个半个耻臣戎。万里腥膻如许，千古英灵安在，磅礴几时通？胡运何须问，赫日自当中。

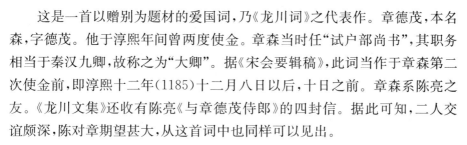

这是一首以赠别为题材的爱国词，乃《龙川词》之代表作。章德茂，本名森，字德茂。他于淳熙年间曾两度使金。章森当时任"试户部尚书"，其职务相当于秦汉九卿，故称之为"大卿"。据《宋会要辑稿》，此词当作于章森第二次使金前，即淳熙十二年(1185)十二月八日以后，十日之前。章森系陈亮之友。《龙川文集》还收有陈亮《与章德茂侍郎》的四封信。据此可知，二人交谊颇深，陈对章期望甚大，从这首词中也同样可以见出。

上阕重在送别。起句"不见南师久"，一"久"字，感慨深沉。当时，宋金恪守隆兴和议，已多年没有战事，北方失地仍未收复。朝廷过惯了苟安生活，乐不思蜀。在金人眼中，似乎南宋没有人才。章森此次出使，让金邦看看，宋朝也还有能支持场面的巨手和力敌万夫的人才。中华不是无人。"北群空"以马作比，说章德茂是一匹骏马。用韩愈《送温处士赴河阳军序》"伯乐一过冀北之野，而马群遂空"之典。

上阕的后半则从使金一事发生议论，堂堂大宋使臣，不能像河水永远东流那样，总是对金王朝下拜。（当时宋朝每年至少派两次使者去金，贺正旦和生辰。）姑且再去朝拜一回，总有一天会扫灭金邦，将其首领悬挂京都的。"且复穹庐拜，会向藁街逢"中一"且"一"会"表现了词人对抗金复国大业的必胜信念。"穹庐"指北方少数民族所住的帐篷。"藁街"在汉长安城中是少数民族使臣聚居之处。汉朝陈汤上疏有"斩郅支首及名王以下，宜悬头藁街"之语，见《汉书·陈汤传》。此词暗用此典。

下阕更是通篇议论。北方中原地区是尧舜禹的故土和封疆，几千年古国文明的熏陶，按理说今虽沦陷，其中总会有一些不屈于金人的人物。"耻臣戎"，谓以向金朝称臣为可耻。可如今万里疆土沦亡，千古杰出人物的英魂又安在哉？"腥膻"，指牛羊的腥膻气。北方游牧民族多食羊肉，有腥膻气，此处指金人。这与张孝祥《六州歌头》中"洙泗上，弦歌地，亦腥膻"同义。面对祖国的大好河山为金人所侵占，词人慷慨发问："磅礴几时通？"郁积的民族正气何时可伸呢？这是一设问，词人随即自己回答，金虏气数将尽，不问可知，而南宋国运方隆，有如赤日中天。后结慷慨激昂，豪气逼人。

此词之最大的特点是以政治议论入词。其好友叶适《书龙川集后》谓："(亮)有长短句四卷，每一章就，辄自叹曰：'平生经济之怀，略已陈矣！'"陈廷焯亦云："同甫《水调歌头》云：'尧之都，舜之壤，禹之封，于中应有，一个半个耻臣戎。'精警奇肆，几于握拳透爪，可作中兴露布读。"都注意到陈亮以词发政治议论这一特色。具体就这首词来说，词中"不见南师久，漫说北群空。当场只手，毕竟还我万夫雄"，这跟他《与章德茂侍郎》第二书中的意思完全一致，书曰："渡江安静且六十年，辛巳之变(金主完颜亮南侵)行三十年，和议再成(乾道元年)又二十三年，老秦(秦桧)掀天扑地，只享十六年之安，通不过二十二年。今者文恬武嬉，宜若可为安静之计，揆之时变，恐劳圣贤之驰骛矣，……侍郎英雄磊落，不独班行第一，于今大抵罕其比矣。"又如词中谓："于中应有，一个半个耻臣戎。万里腥膻如许，千古英灵安在，磅礴几时通"数句，与《上孝宗皇帝第一书》意思也相同。书曰："南师之不出，于今几年矣。河洛腥膻，而天地之正气抑郁而不得泄。岂以堂堂中国，而五十年之间无一豪杰之能自奋哉？其势必有时而发泄矣。""天地之正气郁遏于腥膻而久不得骋，必将有所发泄。"再如词中谓："胡运何须问"句，此言在其《与王季海丞相准》的书信中也曾说过："南北分裂，于今六十年，此天数之当复也。阿骨打之兴，于今近八十年，正胡运之当衰也。"……夏承焘先生曾说，把政治议论写进词里去，"在宋代词家里，能够自觉地这样做，而且做得这样出色——内容是政治，写出的却不是政治语汇的堆砌，这就只有陈亮一人，只有他的《龙川词》里有这一部分作品"。这评价是非常精辟的。

古人谓词有英雄之词与文人之词，陈亮这首《水调歌头》自然是前者，全词通篇洋溢着强烈的民族自豪感和胜利的信心。陈亮自负其文谓:"堂堂之阵,正正之旗……推倒一世之智勇,开拓万古之心胸。"(甲辰秋致朱熹的信)应该说,他的词也是这样的。

（夏传才《中国古典诗词名篇分类鉴赏辞典》,中国矿业大学出版社,1991 年 4 月）

（王步高《爱国诗词鉴赏辞典》,南京大学出版社,1992 年 5 月）

卷三 诗词鉴赏

沁园春

张路分秋阅

[南宋]刘 过

万马不嘶，一声寒角，令行柳营。见秋原如掌，枪刀突出；星驰铁骑，阵势纵横。人在油幢，戎韬总制，羽扇从容裘带轻。君知否？是山西将种，曾系诗盟。 龙蛇纸上飞腾，看落笔四筵风雨惊。便尘沙出塞，封侯万里，印金如斗，未惬平生。拂拭腰间，吹毛剑在，不斩楼兰心不平。归来晚，听随军鼓吹，已带边声。

这首词着眼于南宋军队的一次大规模秋季阅兵，刻画了一位爱国将领的勃勃英姿。在宋金对峙的年代里，边境几十年间并无战争，词人却期望他能"尘沙出塞"、"斩楼兰"，道出了南宋爱国军民的心声。"路分"，宋代习惯对路一级武官都监、钤辖或总管的称谓。

词的开头即渲染出这次阅兵的磅礴气势。"万马不嘶"，"万马"言其极多，却没有一点声息。军令整肃从这四字透出。这使人想起李商隐《筹笔驿》诗谓"猿鸟犹疑畏简书"，猿鸟也怕诸葛亮的号令。这里万匹战马也仿佛听从张路分的号令，不敢嘶鸣。"万马不嘶"，隐含"肃静"二字。而此时"一声寒角，令行柳营"，在如此静穆的场合，一声号角，显得格外清脆嘹亮。号角是传达长官的命令的，整个军营都响遍号角声。号角而称"寒"，照应词题。"柳营"，借指军营，汉将周亚夫治军严明，曾屯军细柳营（故址在长安西）。起首三句把张路分号令严明，令行禁止的大将风度写出。下句以"见"字领起，直接描写秋阅的场面。"秋原如掌"状练兵场平坦。以下三句分别以"突出"、"星驰"、"纵横"，写出军队勇猛果敢。以上虽没有写"张路分"，却未见其人先闻其令，未见其将先见其兵。这壮阔的阅兵场面，究竟指挥者为何人呢？"人在油幢，戎韬总制，羽扇从容裘带轻"三句，道出总制戎机者却

190

是一位有着儒将风度的统帅。"油幢",油布制的帐幕;"戎韬",军事韬略。他住在帐篷里,按兵法指挥着千军万马,而自己却摇着羽扇,身着轻裘。而不是通常人们想象中那种铜盔铁甲的武将。"羽扇"、"纶巾"是传说中诸葛亮的打扮,是文学作品中的儒将形象,这里以此来夸张路分,可见其大将风度。而"从容"二字,把他举重若轻,指挥万马千军若等闲的非凡气概勾勒出来。前结三句,以一设问句开头,更补足前文:"君知否?是山西将种,曾系诗盟。"山西指华山以西,《汉书·赵充国辛庆忌传赞》谓:"秦汉以来,山东出相,山西出将。"张路分出生于山西,那是出将才的地方。尤其难能可贵的是,他不仅有将才,还会写诗,而且参加过诗社。词人与一些爱国将领有文字交,他非常爱戴这种文武双全的将领。他在《沁园春·寄辛稼轩》词中云:"拥七州都督,虽然陶侃,机明神鉴,未必能诗。"张路分虽姓名亦已不传,大概也是一位具有诗人气质的将领。

这首词过片没有断了文气,而是承上写来,张路分有诗人才,而且文思敏捷:"龙蛇纸上飞腾,看落笔四筵风雨惊。"张路分长于狂草,写起字来如龙蛇飞舞。李白《草书歌行》有"时时只见龙蛇走"之句。后句又化用了杜甫的诗句。杜甫《寄李十二白二十韵》谓:"笔落惊风雨,诗成泣鬼神。"又《八仙歌》谓:"高谈雄辩惊四筵。"刘过将这些诗句熔铸于一炉,用以称颂张路分的诗才。他写得既快又好,令人惊叹不已。但诗才对于一位武将毕竟不是本分的事,词人对他的期望也不在这里。以"便"字一转,深入一层,写出张路分的志向:"便尘沙出塞,封侯万里,印金如斗,未惬平生。""印金如斗",语出《世说新语》:东晋大将军王敦举兵叛乱,周顗说:"今年杀诸贼奴,当取金印如斗,大系肘后。"这几句是说,即使在边塞立功,封万里侯,悬黄金印,也不能快平生意。立功边塞,"封万里侯","印金如斗"是古人的宏伟理想,如班超等无不如此。但张路分的志向更宏伟。"拂拭腰间,吹毛剑在,不斩楼兰心不平"数句,写张路分的形象更为伟大。他身佩利剑,要斩灭外来之敌。吹毛剑,指利剑。《碧岩录·百则评唱》载:"剑刃上吹毛试之,其毛自断,乃利剑,谓之吹毛也。"楼兰为汉时国名,其王勾结匈奴,多次杀害汉使,后傅介子出使楼兰刺杀其王(事见《汉书·傅介子传》)。古代诗词中常用指西北地区入侵的敌人。如王昌龄《从军行》曰:"黄沙百战穿金甲,不破楼兰终不还。"本词中"楼兰"指金兵。"不斩楼兰心不平"句使这次"秋阅"与抗金复国的大业联系起来,充满信心:"归来晚,听随军鼓吹,已带边声。"词人目睹这盛大的阅兵仪式,兴致很高,很晚才归来。这时听到军乐演奏,已有边地肃杀之声，仿佛已身临战场。这"随军鼓吹"之声，给词人带来了希望。词人也殷切期望这次阅兵成为北伐中原的前奏。

这首词虽以写秋季阅兵开始，但全词却以浓墨重彩着力刻画张路分这样一个爱国将领的形象。在宋词中塑造人物形象的作品并不多见，何况词中还寄托着作者抗金复国的美好理想。全词起伏跌宕，开头先写阅兵场面，接着写张路分的儒将风姿，再写对他的殷切期望，词豪纵而不粗率，足称佳作。

（夏传才《中国古典诗词名篇分类鉴赏辞典》，中国矿业大学出版社，1991 年 4 月）

（王步高《爱国诗词鉴赏辞典》，南京大学出版社，1992 年 5 月）

王步高诗文集

贺新郎

[南宋] 刘　过

　　弹铗西来路,记匆匆、经行数日,几番风雨。梦里寻秋秋不见,秋在平芜远渚。雁信落、家山何处?万里西风吹客鬓,把菱花、自笑人憔悴。留不住,少年去。　　男儿事业无凭据。记当年、击筑悲歌,酒酣箕踞。腰下光芒三尺剑,时解挑灯夜语。更忍对灯花弹泪?唤起杜陵风雨手,写江东渭北相思句。歌此恨,慰羁旅。

　　刘过青年时期曾漫游于江浙一带,晚年又定居昆山(今属江苏省),而中年以后,曾溯江西上,到过江汉一带。这首词显然是这次西去江汉所作。他是位爱国词人,一生中交结过许多爱国将领,劝说其抗金。他也曾投书献策,向朝廷敬呈恢复中原的方略。但终于流落江湖,终身不遇。这首词中,既抒发了尽忠报国的志向,也流露出不得志的牢骚。刘熙载《艺概》谓:"刘改之词狂逸之中,自饶俊致,虽沉着不及稼轩,足以自成一家。"从这首词亦可略见一斑。

　　词的上片抒发自己羁旅异乡的感受。"弹铗西来路,记匆匆、经行数日,几番风雨"几句,写自己西行依人做客的苦况。"弹铗"用冯谖之典。冯谖乃战国时齐国孟尝君的门客,开始不受重视,他弹着剑铗唱道:"长铗归来乎食无鱼。"这句暗示自己这次西来是到富贵人家做客,而旅途颇为艰辛。急急忙忙经过几天功夫,几番风雨才得以到达(别本"数日"作"十日")。"梦里寻秋"二句,既道出了西行的时间是在秋季,也道出了失望的情绪。"秋在平芜远渚"句颇耐人寻味。平芜是指平旷的草地。远渚(一作"远树"),指远处的小沙洲。欧阳修《踏莎行》云:"平芜尽处是春山,行人更在春山外。"本是指行人离乡而言的。秋在词人之梦外,寻不见,梦不见,失望之情是显而易见的。词人已远离家乡亲人,欲抗金报国又不可得,甚至连梦中也难寻觅。此处的"平芜远渚"与陈亮词中的"芳菲世界",都指代沦陷了的大好河山。自己苦苦为之奋斗的事业不能成功,又离乡背井,因而更觉得孤苦伶仃。"雁信落、家山何处?"相传苏武陷匈奴,汉使诡言汉武帝在上林苑射猎得雁足书,知苏武在某大泽中。后世即以"雁信"、"雁书"代指书信。落,沉落。没有家乡的来信,所以格外惆怅。刘过是吉州太和(属今江西)人,但他早年生活在江浙一带,这里的"家山"恐也应指那里的家,而非其祖籍。明乎此,"万里西风吹客鬓"不难理解。词人做客湖北江汉一带,距江浙一带已是数千里之遥,故称"万里"。"客",词人自指。"把菱花,自笑人憔悴。"菱花,即镜。古代铜镜,六角形的或镜背刻有菱花的,称菱花镜,后世即以菱花为镜的代称。词人持镜自伤憔悴,慨叹青春不再而人已老大。

词的下片紧承"留不住,少年去"之意,云"留不住"的不仅是青春年少,而且还包括少年时的理想与抱负,"男儿事业无凭据"句中,"男儿事业"即指此而言。"无凭据",指无着落,没有实现的可能。故词以"记"字领起,追怀往事。"记当年、击筑悲歌,酒酣箕踞。"这都是写词人年少气盛之情状的。"击筑悲歌"用荆轲、高渐离事。《史记·刺客列传》:"高渐离击筑,荆轲和而歌。""箕踞",指傲慢不敬之容。古时无椅凳,坐于席上,坐则跪,行则膝前,足皆向后,以是为敬。如两足前伸,以手据膝,若畚箕状,则谓不敬。三国时,魏国著名诗人阮籍在大将军司马昭案上,"箕踞啸歌,酣放自若"。这两句写出词人少年意气,不可一世。"腰下光芒三尺剑,时解挑灯夜语,更忍对灯花弹泪?"词人志在抗金北伐,报效祖国。他挑灯看剑,自叹报国无门,只能挑灯看剑,洒泪悲歌,够凄凉的。"唤起"二句追念杜甫与李白的友谊,聊以自慰。杜陵在长安县南,为杜甫祖籍所在,杜甫曾自称"杜陵野老"、"杜陵布衣"。杜甫《寄李十二白二十韵》:"笔落惊风雨,诗成泣鬼神。"又《春日怀李白》诗:"渭北春天树,江东日暮云。何时一樽酒,重与细论文。""歌此恨,慰羁旅",不仅表现了他抑郁不平之气,而且分外悲壮。

这首词用典较多,又有多处化用前人的诗句,但并不生僻,反而增加了词的容量与内涵。此词把家国之恨与自身的遭遇融合起来写,明写自己,暗写国事,冯煦曾谓:"龙洲自是稼轩之附庸,然得其豪放,未得其婉转。"就这首词而言,倒是神似稼轩的,豪放兼能婉转,高亢而不浅露,含蓄而不晦涩,是龙洲爱国词中的又一杰构。

(夏传才《中国古典诗词名篇分类鉴赏辞典》,中国矿业大学出版社,1991年4月)

(王步高《爱国诗词鉴赏辞典》,南京大学出版社,1992年5月)

双双燕

咏燕

[南宋] 史达祖

　　过春社了，度帘幕中间，去年尘冷。差池欲住，试入旧巢相并。还相雕梁藻井，又软语、商量不定。飘然快拂花梢，翠尾分开红影。　　芳径。芹泥雨润。爱贴地争飞，竞夸轻俊。红楼归晚，看足柳昏花暝。应自栖香正稳，便忘了、天涯芳信。愁损翠黛双蛾，日日画阑独凭。

　　这是一首后人推崇备至的咏物杰作。它以白描的手法，描绘春社过后，春燕归来，成双成对戏弄春光的神态，进而由燕的欢乐，反衬闺中人的寂寞孤独。这首词能摹画入神，尽态极妍；字字刻画，而又字字天然。

　　全词的意脉与分片并不一致，上片及下片的大部都用于描摹燕子的神态。"过春社了"三句，首先点明燕子到来的时间和地点。"春社"是旧俗祭祀土地神的日子，为立春后的第五个戊日，大约在春分以后、清明之前。相传燕子总是春社时到来，秋社时归去。周邦彦《满庭芳》中就有"年年。如社燕"，晏殊《破阵子》也有"燕子来时新社"的说法。春社已过，燕子该从南方飞回来了。闺妇们居住的红楼上，帘幕重重，去年以来已积满灰尘。这里的"度"，一般认为是燕子飞度，也可通，但作"揣度"、"估计"解则更佳。有这三句作铺垫，燕子就已呼之欲出。这样用笔显得格外空灵、传神。这里的"去年"和一"冷"字，看似闲笔，其实不然。其本身既互相关合，为下文"入旧巢"和托燕传信埋下伏笔，也为"欲住"、"试入"及"还"字"又"字张本，真所谓"草蛇灰线，伏脉千里"，同时，更暗寓今昔之感。从"差池欲住，试入旧巢相并"开始，燕子才正式飞出，其尾翼张舒不齐，在旧巢前徘徊不定。这里用一"试"字，把燕子辨认旧巢，踌躇不决，而终于落在旧巢之上的娇憨之态，写得活灵活现。一个"并"字，不仅写出了双燕亲昵的神态，也为后文反衬闺中人的孤寂,创造了极好的氛围。同时,还自然照应词题,暗示出不仅是咏燕,而且是咏双双之燕。句中"差池"二字出自《诗经·邶风·燕燕》:"燕燕于飞,差池其羽。"本含成双成对之意。"还相"二句进而摹写双燕在巢中的神态,一是"雕梁",一为"藻井",以二者并列,而前面加一"相"字(此处"相"有张望的意思),就把燕子活泼、好奇、东张西望的神态写出。人们往往有这样的体验,久别以后重游故地与初到一地同样新奇,前者睹今思昔,思想中迅速唤起对旧景、往事的记忆,展开对比,是一切依旧,还是今非昔比。从这对燕子的形态看似乎也正进行着这样的思索过程。"又软语、商量不定",便道出燕子在用自己柔和的语言交换着彼此对旧巢环境变化的看法。"商量",本指人对话,移用于双燕,格外形象,格外传神。真是神来之笔!明人王世贞称赏它:"可谓极形容之妙。"(《弇州山人词评》)说得是中肯的。这"商量"的内容,可能包括重到故地的感受,也包括对未来行动的打算。果不其然,"商量"完,这小两口就飞出旧巢,戏弄春光了。"飘然快拂花梢,翠尾分开红影"二句便写出燕子出巢后矫健、轻捷的形象。"飘然"二字,已有"轻盈"之意,再着一"快"字,便令人有一种快意之感。双燕轻快地从花梢飞掠而过,其绿色的尾羽像张开的剪子把花影剪开。有了这两句,双燕的形象更加突出、更加丰满了。

上结并未煞尾,换头紧承上文,写飞燕之路。"芳径"是长满花草的小径,与上文之"花梢"、"红影"是紧紧连贯的。"芹泥"指水边生长芹菜的泥土。杜甫《徐步》诗云:"芹泥随燕嘴。"紫燕常用芹泥来筑巢,尽管芹泥经雨湿润,正好用来筑巢,可是燕子留连春光,高兴地贴着地面飞着,仿佛比赛谁更轻盈、俊俏。这里用"爱"和"竞",也赋予了燕子以人的心理。通过这三句,已对燕子贪玩好动的特点补足无余,把燕子写活了。正因贪玩,导致下文误了替红楼闺妇捎信。层层铺垫,丝丝入扣。至此,双燕的形象已大致塑造完成,故下文运用转笔:"红楼归晚,看足柳昏花暝。"这两句是极受后人称赞的炼句,王国维称它有"化工"之妙。写双燕很晚才飞回红楼,看够了外面明媚旖旎的黄昏景色。以上都是第一层次,单纯写燕,写其在各种情况下的神态动作及其顽皮活泼的性情。下文则一笔宕开,从写燕转而写人。

"应自栖香正稳,便忘了、天涯芳信。""应"是猜度语气,敢情燕子在香巢中睡得很甜,忘记了给闺中人传达远方带来的信息。这两句也是匠心独具的。托燕寄书,最早见于江淹《杂体诗·李都尉陵从军》,其中有"袖中有短书,愿寄双飞燕"。王仁裕《开元天宝遗事》中更记载着一个动人的故事:唐长安女子绍兰,丈夫任宗经商湘中,数年不归,音信不达。她托双燕寄书,吟诗一首,细书其字,系燕足,竟达其夫。夫感动归来。这里用此典故,只是"远信还因归燕误",这些贪玩好动的燕子,竟将捎信的大事忘了。以至"愁损翠黛双蛾,日日画阑独凭"。这两句写出闺中人念远的愁苦之情。古时女子用一种名为"螺黛"的青黑色矿物颜料画眉,故称眉为"翠黛"。"双蛾",也即双眉,这里都代指闺中人。燕子把捎信之事忘了,却苦了托书人的妻子,双眉都愁损了,还天天倚着阑干,等候远方丈夫的书信呢!这里,作者不以燕而以人来收束本词,出人意料。这就使所咏之物与咏物之人融而为一,增强了抒情效果。燕成双成对,相亲相爱,正好反衬出闺中人的孤寂。

沈祥龙《论词随笔》曾说:"咏物之作,在借物以寓性情,凡身世之感,君国之忧,隐然蕴于其内。斯寄托遥深,非沾沾焉咏一物矣。"这话说得颇有见地。前人认为:南宋词多黍离麦秀之悲,北宋词多北风雨雪之感。也说得极中肯。一切与国家民族同呼吸、共命运的作家,其作品不可能不打上时代的印记。与林则徐一起禁烟抗英的爱国将领邓廷桢便认为:"史邦卿为中书省堂吏,事侂胄久。嘉泰间,侂胄亟持恢复之议,邦卿习闻其说,往往托之于词。如《双双燕》(略)大抵写怨铜驼,寄怀麦幕,非止流连光景,浪作艳歌也。"邓廷桢可谓知梅溪者。陈匪石也认为"红楼归晚"以下六句,"讥不思恢复、宴安鸩毒之非,喻中原父老望眼欲穿之苦"。又说这种笔法,"微而显,志而晦,婉而成章,居然《春秋》之笔"。有寄托,是《双双燕》一词的特点,也是梅溪咏物词的主要特点之一。

这首词的艺术成就,可概略为以下三点:其一,不出题字而形神俱似。全词没有一字提到"燕",但没有一句不在写燕,读者既可借"翠尾分开红影"、"爱贴地争飞"等特征性的细节描写看出燕的形象,而且起句"庰帘幕中间",乃从稼轩词句"正值春光二三月,两两燕穿帘幕"化来,也暗示出所咏乃双双之燕。其二,此词声韵圆转。《双双燕》乃梅溪自度曲,为从回环中求变化,上下片句式、平仄多有不同。如前起"过春社了"为四字句,而过片"芳径"则为二字句。前后结虽同为六字句,但前结"翠尾分开红影"为仄仄平平平仄,后结"日日画阑独凭",却用仄仄仄平仄平,显著不同。在这首词中还有多处运用上去通押。全词十二个韵脚中,"冷、井、影、稳"为上声,"并、定、径、润、俊、信、凭"均为去声。上去通押,并未使音响效果受到影响。徐釚《南州草堂词话》便记载,有人唱起《双双燕》词,"宛转嘹亮,字如贯珠"。其三,是词中讲究炼字和句法,使语言更加凝炼,增强了概括力。如"红楼归晚,看足柳昏花暝"句中,"柳昏花暝"四字便具有极丰富的内涵,把词中没有写出的人事、景物都包容了进去。承接此句而来的"应自栖香正稳,便忘了、天涯芳信",乃是讽刺当权的投降派耽于安乐,忘了沦陷区的中原父老。那末"柳昏花暝"四字,应包含住在朱楼中的王孙公子、达官贵人苟安奢侈生活的全部。这些事,在当时是不能明言而又不能不形之笔墨的,此处用"昏"、"暝"二字便足以尽之。这四个字,也是对词人所处时代的极好写照:表面繁荣掩盖着腐朽没落的实质,南宋朝廷已一步步走向穷途末路。

毛晋说:"余幼读《双双燕》词,便心醉梅溪。"王士祯也说:"仆每读史邦卿咏燕词……以为咏物至此人,巧极天工矣。"清人汪蛟门做梦时甚至梦见两位仙女也唱这首词,他自己还即席和唱。可见这首词深受人们喜爱。

(唐圭璋《唐宋词鉴赏辞典》,江苏古籍出版社,1986 年 12 月)

(王兆鹏《宋词鉴赏》,长江文艺出版社,2009 年 10 月)

王步高诗文集

三姝媚

[南宋] 史达祖

　　烟光摇缥瓦。望晴檐多风，柳花如洒。锦瑟横床，想泪痕尘影，凤弦常下。倦出犀帷，频梦见、王孙骄马。讳道相思，偷理绡裙，自叹腰衩。　　惆怅南楼遥夜。记翠箔张灯，枕肩歌罢。又入铜驼，遍旧家门巷，首询声价。可惜东风，将恨与、闲花俱谢。记取崔徽模样，归来暗写。

　　这首词描述了一个动人的爱情故事。词人早年与一妓女相爱，后因故久别。该妓对之思念不已，终于憔悴而死。词人归来重访故人，可是锦瑟虽在，弹瑟人却早已作古。听人介绍了她生前深于情、专于情的一幕幕往事，抚今思昔，写下这样一首情真意挚的悼亡词。

　　联系史达祖的身世，这首词可能作于他被黥面流放，遇赦重回临安之后。史达祖被贬流放到荆襄一带，是开禧三年（1207）冬。此后曾遇两次大赦：一是嘉定五年（1212）；一是嘉定十二年。史达祖大概是在这两次大赦后回临安的。他以前也曾几次久离临安，但"一钱不直贫相逼"，而有"王孙骄马"的富贵气象，只能指任职中书省时期。

　　起首三句先用倒叙，交代词人重访故妓的时间、天气及户外的景物。而天气与时间又是在写景中自然显示出来的。明丽的阳光映照在琉璃瓦上，烟光氤氲，柳絮飘飞。刘禹锡诗中曾说："遥想敬亭春欲暮，百花飞尽柳花初。"（《酬宣州崔大夫见寄》）柳花飘飞，可见已是暮春时节。春和景明，也最容易勾起人的相思之情。词人就选择这样一个春日去访旧。

　　"锦瑟横床"，是当词人走进她的房间留下的最突出的印象。这是实景，又含象征意义。李商隐《锦瑟》诗曾云："锦瑟无端五十弦，一弦一柱思华年。"看到锦瑟，很容易使人引起对青春年华的回忆。同时，古人也称和美的夫妇为"琴瑟之好"，见到"锦瑟横床"，更易引起对爱情生活的兴会。锦瑟依旧横床,但物似人非,锦瑟的主人却不在了。由瑟思人,令人黯然神伤。以下四句,用一"想"字总领,均属虚写,其中固然也有听来的成分,但更多是词人的想象。妓女思念词人,回忆共处时的前尘影事,而泪流不止。心绪不佳,知音不在,无心理琴,以至琴弦也常常除下。因为心知情人远贬他乡,不能前来,所以足不出户,终日守在闺帏之中。她唯一能寻求安慰的是她可以时常梦见情人骑马赴会的旧事。这几句中,作者注意锻句炼字。"常下"、"倦出"、"频梦",寥寥数字,境界全出,把这位妓女对词人的拳拳之心写了出来。淡淡几笔,便勾勒出这位忠实于爱情的女性形象。"讳道相思,偷理绡裙,自惊腰衩"三句,写出这位妓女压抑的心理。"讳"、"偷"二字,把这位女性细腻的心理刻画得十分深刻,而又很有分寸。史弥远政变以后,韩侂胄遇害,史达祖受株连而流放。史是罪人,他的直系亲属自不免遭难,家产也在嘉定元年(1208)被籍没入官。这位故妓虽痛心词人的不幸,这种相思之情却是不能明言,也无处可倾诉的。而压抑的悲痛对人体的损害往往来得更重,越是闷在心里,越是摧肝裂胆,所以她一天天消瘦了。有一天偷偷拿出旧时穿过的薄裙来比试,腰身是那么的宽松,吃惊自己瘦得太多了!词的上片,有记录旁人的介绍,也有丰富的想象。这种想象又是以对女性的个性、人品充分的理解为基础的,所以形象而逼真。

词的下片分三个层次。"惆怅南楼遥夜。记翠箔张灯,枕肩歌罢"这三句为第一层,插叙他们昔日的爱情生活。人们常有这样的经验,美好的事物、心爱的亲人失去以后,追忆往事,一件平平常常的事,亲人的一颦一笑,都觉得弥足珍惜。"惆怅"二字,把词人迷惘的心境画出,昔日欢会的情景记忆犹新,而情人却永远失去,这样的事使词人简直难以相信。当年,明烛高照,在翠色的帐箔中,妓女枕着词人的肩膀,曼声低唱,在南楼一起度过这欢乐的长夜。这本是写欢会,而冠以"惆怅"二字,却倍感沉痛。接着,词人笔锋逆转,把思路拉回现实中。"又入铜驼"以下为第二层次,写自己从流放地返回临安,就到处打听这位情人的下落。"铜驼"本指洛阳的一条街,这里借指临安的街道。秦观《望海潮》中便有"金谷俊游,铜驼巷陌,新晴细履平沙"之句,故史达祖这里用"铜驼"、"门巷"均指妓女们出没的烟花巷。"声价",本指声名和身份地位,这里指"消息"、"下落"。到处打听的结果是:"可惜东风,将恨与、闲花俱谢。""闲花",本指野花、无主之花,后世喻指妓女。这里用双关的手法写出情人含恨而死。"东风",指春风。就在春风送暖,百花盛开的季节,这朵野花却凋谢了。词人对妓女的人格是尊重的,对她的爱情是真挚的。写到这里,词人联想起一个与妓女相爱的故事,"记取崔徽模样,归来暗写",这是第三层次。据《丽情集》载:"蒲女崔徽与裴敬中善。敬中去,徽极怨抑,乃托人写真致意曰:'为妾谢敬中,崔徽一旦不及卷中人,徽且为郎死矣。'"崔徽死之前还留下一幅肖像,而这位情人却没有,所以词人下决心"记取崔徽模样,归来暗写"。画出她的模样,为的是保留永久的纪念。这结尾两句,情深意长,缠绵悱恻,无限低回。

　　这首词在章法结构上颇似周邦彦的《瑞龙吟》。清真之作,吸收了魏晋以来辞赋家的手法,因而章法多变。词中通过种种回忆、联想等手法,前后左右,回环吞吐地描摹出他所要表达的东西。而梅溪这首《三姝媚》,有叙事,有写景,景中又虚实相间,看到的和想到的融于一篇。若干个画面交错穿插,正叙、倒叙、插叙,交替使用。头绪虽多,虚实变化,却又围绕爱情这一主线,故收纵绵密,而一气流贯。

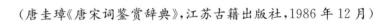

　　　　　　　　　　(唐圭璋《唐宋词鉴赏辞典》,江苏古籍出版社,1986 年 12 月)

湘江静

[南宋] 史达祖

　　暮草堆青云浸浦。记匆匆、倦篙曾驻。渔榔四起，沙鸥未落，怕愁沾诗句。碧袖一声歌，石城怨、西风随去。沧波荡晚，菰蒲弄秋，还重到、断魂处。

　　酒易醒，思正苦。想空山，桂香悬树。三年梦冷，孤吟意短，屡烟钟津鼓。屐齿厌登临，移橙后、几番凉雨。潘郎渐老，风流顿减，《闲居》未赋。

　　有人认为，南宋词坛应分为三大派，分别以辛弃疾、史达祖、姜夔为代表。其中史达祖则作为周邦彦格律词派在南宋时期的代表。此说未必允当，但史与周确实有着艺术风格的继承关系。清人戈载说："予尝谓梅溪乃清真之附庸，若仿张为作《词家主客图》，周为主，史为客，未始非定论也。"《湘江静》一词情景交融，浑灏流转，语言与结构都和清真极相似，以至陈廷焯评它："居然美成复生。"陈匪石先生更认为它："置之《清真集》中殆将莫辨矣。"

　　这首词乃作者身为天涯迁客，言情说恨之作。大约作于其流放到荆汉时期。早年，他因科举失意，曾在这一带做过幕僚之类的小官。这次贬谪荆汉，乃是重返故地。但自身的处境比前次更不幸，不仅政治抱负难伸，而且行动没有自由，想归隐闲居亦不可得。这首词就是在这样的背景下创作的。

　　词的起句就交代了时间、环境，并为全词定下抒情的基调。这是一个秋天的傍晚，暮色苍茫，云层低卷，长着青草的小山包和停船的水口都笼罩在暮霭及云雾之中。接下去词人并未继续缘情布景，也不叙说现时心事，而突入对前情往事的回忆，记叙三年前客中遇艳。这一故事与当年白居易在浔阳江口巧遇琵琶女一事颇有几分相似。当时，词人也在客中，曾匆匆坐船路过这里，并作过短暂停留。"篙"本用以撑船，借以代船。船停在江口，只听到渔人到处击起鸣榔，在驱鱼入网。沙鸥在空中盘旋，久久不肯落下，怕惊扰客中发愁的诗人。"渔榔"绘声,"沙鸥"绘影,写出了词中愁境。"怕愁沾诗句"更新颖别致,不蹈袭前人,而"沾"字尤工致入妙,不仅赋予沙鸥以人的心理,而且也写出词人愁之深重,连沙鸥都不忍心为他客中添愁,这同时也暗示出他写诗未成。这以上三句,既是对昔日艳遇环境的追忆,也投上了今日境遇的影子。"碧袖"以下三句,写与歌女的际遇。一个身着翠袖衣衫的女郎,唱着湖北一带的民歌,也是一个秋风萧瑟的日子,她与词人相遇了。此处"碧袖"二字便道出了女郎的身份乃是歌女。南朝乐府有歌名《石城乐》,相传为刘宋竟陵太守臧质所作。臧在城上眺望,见群少年欢乐歌唱,而作了这首歌。《旧唐书·音乐志》载:"石城有女子名曰莫愁,善歌谣《石城乐》,和中复有莫愁声,故歌云:'莫愁在何处,莫愁石城西。艇子打两桨,催送莫愁来'。"《石城乐》本为欢乐之歌,词人这里改作《石城怨》,与本词的情调、意境更相一致。"西风",即秋风。"随去",照应前文之"匆匆",同样道出了他们相处之短暂。因"一声歌"而相逢,因"西风"而"随去",来也匆匆,去也匆匆。诗不成而闻歌,本为幸事,而唱歌之人竟又随西风而去,匆促、短暂,只留下令人"剪不断,理还乱"的离愁,摆脱不得。人固随西风而去,此后本不当重来。几年后的一个秋天,江波激荡,浅水中菰蒲都染上秋色,在这样一个凄凉萧瑟的秋日黄昏,词人竟又重返故地。"断魂"本有销魂神往之意,形容情深或哀伤。把旧日欢会之处称作"断魂处",可见出词人对那位不知名歌女的一往深情。两人尽管相处短暂,但"同是天涯沦落人,相逢何必曾相识",两人情投意合,以至久别以后仍念念不忘。

过片"酒易醒,思正苦"六字,紧接"重到"。旧地重游,物是人非,令人断魂,只好借酒浇愁。无奈酒醉总有醒时,一醒来则愁更愁。"思正苦"三字,笼罩后片。这后片之九句,正是写词人之"苦思"的。"想空山"之"想",承"思正苦"之"思"而来,"空山"之中"桂香悬树",这是词人主观的想象。空山之中并无花繁叶茂芳香四溢的桂子,只不过是企求归隐的词人美好的向往。他当时的处境恶劣。"三年"以下三句,便凝炼概括地写出了与歌女分别几年来的生活:几年工夫,如同做了一场大梦。"三",约数。目下,自己对爱情固然已经绝望,而独自吟诗(无歌声相伴),又才思不敏,没有意绪。"短",不足。江淹《伤内弟刘常侍》:"长悲离短意,恻切吟空庭。"此化用其意。"烟钟津鼓",即烟津钟鼓之互文。"津",渡口。"钟鼓",晨钟暮鼓,代表朝暮。联系史达祖的身世,这里似乎并不仅指他日夜奔走于水乡渡口,到处奔波劳碌,同时也有着朝廷晨钟暮鼓,旰食宵衣生活的投影。"屐齿"句承上说,似乎已厌倦登山临水的生活,其实这里也隐含词人的身世之感。史弥远政变,韩侂胄遇害,词人受黥面而流放。这段凄惨的遭遇,隐含在"移橙后、几番凉雨"一句之中。有人认为"移橙"乃化用杜甫"衰年催酿黍,细雨更移橙"诗句而来,其实不然,"橙"同"凳",一作"镫",即马镫。"移橙",意即离别。这离别后的几年中,词人曾经过"几番凉雨",遭受屈辱打击以致被流放到这里。"三年"以下这五句,含蓄蕴藉,多少人世的风风雨雨,尽收缩在这短短的二十多个字中。沉郁顿挫,哀而不伤。结拍借潘岳《闲居赋》而抒发感慨。"潘郎",即西晋大文学家潘岳。他三十二岁开始白头,年近五十时曾作《闲居赋》,词人此处以潘岳自比,当时他也已四十六岁以上,渐近老境,对男女情爱之事自然看得轻了,而还未能像潘岳那样闲居作赋。潘岳《闲居赋序》说:"拙者可以绝意乎宠荣之事矣。太夫人在堂,有羸老之疾,尚何能违膝下之色养,而屑屑从斗筲之役乎?"这也是词人心里想说的话,可是他身不由己,只好忍受屈辱,而无从归隐闲居。这三句中,"渐老"、"顿减"、"未赋",浑厚重拙,感慨良深。

这首词最显著的特色表现在其结构方面。全词并不按时间或空间的顺序来安排,而多处交叉,却又处处关合,岭断云连。开头写重游故地,但从第二句即宕开许多感喟,不说现时的心事,却追溯与歌女相遇的情事,而"沧波荡晚"重又折回现实,与开头一句紧紧关合,同时领起后片。后片中"想空山"关合"思正苦","屐齿"句又照应"空山"句。章法完密,而又曲折多变。陈匪石在论及此词时曾说:"其转折皆在空际,为潜气内转之法,愈转愈深,愈转愈郁,此善学清真者。"我们读了《三姝媚》、《湘江静》二首,于清真词在章法结构上对梅溪的影响,应当看得比较清楚了。

(唐圭璋《唐宋词鉴赏辞典》,江苏古籍出版社,1986 年 12 月)

王步高诗文集

满江红

九月二十一日出京怀古

[南宋] 史达祖

缓辔西风，叹三宿、迟迟行客。桑梓外、锄櫌渐入，柳坊花陌。双阙远腾龙凤影，九门空锁鸳鸾翼。更无人、扺笛傍宫墙，苔花碧。　　天相汉，民怀国。天厌虏，臣离德。趁建瓴一举，并收鳌极。老子岂无经世术，诗人不预平戎策。办一襟、风月看升平，吟春色。

　　这首词作于宋宁宗开禧元年（1205）。当时史达祖正作为权吏部侍郎李璧、广州观察使林仲虎的随员出使金国。他们七月初七从临安（今杭州）出发，八月二十七日到达金都（今北京），贺完天寿节（九月初一）后，返程途经北宋故都汴京（今河南开封），逗留三日后，于九月二十一日重新上路。词题中的"京"即指"汴京"。南渡以后，宋人习惯仍称"汴京"为"京"，而以南宋的临时都城临安为"行在"。

　　史达祖是汴京人，所以此次得返故都，他除了具有与其他爱国者共同的亡国之悲以外，还融入了自己对故乡家园的深刻依恋，所以这首词写得格外沉挚、悲凉。词题虽曰"怀古"，实为"伤今"。

　　词的上片，记叙出京时所见的凄清之景，抒发黍离之悲的感慨。当时正逢西风萧瑟的深秋季节。秋季在文人心中本来就是一个易于使人伤感的季节，加之惜别故都家园的沉痛悲凉的气氛，词人出京之际心绪是相当不佳的。前起"缓辔西风，叹三宿、迟迟行客"二句，就以"缓辔"、"迟迟"写出一种依恋不舍的感情。楼钥等其他使金者返程途经汴京，大都只留住一宿，次日赴宴以后便继续赶路，而史达祖一行却住了三夜，故称"迟迟行客"。在这句之前又加一"叹"字，更是意味深长，这一字是全词的"词眼"。抒发黍离之悲，抒发家国之恨，正是这"叹"字的内涵。"桑梓"本是古代家宅旁边常栽的

205

树木，后常用作"故乡"的代称。汴京正是梅溪的桑梓之地。词人出京，从城外回望京城，看到的却是"锄耰渐入，柳坊花陌"的景象。锄和耰(yōu)都是种地的农具。昔日花柳交映的街道，如今却种上了庄稼。这是一种萧条景象。这与姜夔《扬州慢》中"过春风十里，尽荠麦青青"的立意是一样的。从城外向内城远眺，只见"双阙远腾龙凤影，九门空锁鸳鸯翼"。"双阙"，是宫门两侧的楼观。"九门"，古制，天子所居有九门，此处代指皇宫。"鸳鸯"，本为汉宫殿名；"翼"，指宫殿的飞檐。作者笔下的京都旧城也已是一片衰败的景象，只有远处的楼观还能见出龙飞凤舞的影子，使人睹此旧物，尚能联想起汴京昔日繁盛的景况。词中一"远"字，一"空"字，都属炼字，深含无限的感慨。前者有"往昔不可追"的叹息，后者含"今非昔比"的哀伤。况且词紧逼一句："更无人、拚笛傍宫墙，苔花碧。"这里用了元稹《连昌宫词》中的"李谟拚笛傍宫墙，偷得新翻数般曲"的典故。唐玄宗自己作曲，让梨园子弟演奏，却不料让"拚笛傍宫墙"的李谟偷学去了。宋徽宗也精于音律，他在位时，汴京宫中同样笙歌缭绕，也未尝不会有李谟那样的乐师来"拚笛傍宫墙"。如今，"九门空锁"，自然不会再有人来"拚笛傍宫墙"，故此句中"更无人"三字，包含无限感伤的情绪于其中。"苔花碧"是设想宫墙外的景象，承接上句而来。由于宫墙外无人拚笛依傍，久绝人迹，苔藓已碧绿一片。皇帝和朝廷本是封建国家的象征。这时，徽钦二帝早已作为金人的俘虏而丧身异域，眼前的京都和宫廷已是一片破败。这一切对于一个爱国志士，只能激起他报国雪耻的决心。所以，词的下片转入议论时事，抒发自己的报国热情。

过片连用了四个三字句。知己知彼，方能百战不殆。史达祖深得其中三昧，故首先从"天意"、"人心"两方面来进行敌我双方力量的对比。"天相"、"天厌"均出自《左传》，一谓："晋楚唯天所相，不可与争。"一谓："天而既厌周德矣。""汉"，宋人惯以"汉唐"代宋王朝，而以"虏"表示对异族入侵者的鄙视。词中"天相汉"，指天意扶助宋人。"民怀国"，指沦陷区人民不忘宋朝。"臣离德"，指金奴隶主贵族内部离心离德。这后二者均有所指。《鹤林玉露》载："嘉泰中，邓友龙使金。有赂驿吏以夜半求见者，具言虏为鞑所困，饥馑连年，民不聊生，王师若来，势如拉朽。……此必中原义士，不忘国家涵濡之泽，幸虏之乱，潜告我使。"同时，1197 年，沦陷区山东及山西泽潞间有万余农民起义抗金。"民怀国"，由此可见。"臣离德"亦不乏其例。形势对南宋是有利的。所以词人极力主张："趁建瓴一举，并收鳌极。""建瓴"，即高屋建瓴,喻势之易。"鳌极",谓鳌鱼之脊。《一切经音义》载:"鳌,海中大龟也,力负蓬、瀛、壶三山。"传说以为中国九州均处于鳌的脊背之上。此处"鳌极",喻指天下,特别指沦陷区的失地。"老子"二句,既抒发了自己的政治抱负,又流露出不能被重用的愤懑。词人自信有经国治世的能力,而不能参与制定平戎之策,这与辛弃疾《鹧鸪天》词中"却将万字平戎策,换得东家种树书"的愤慨有所相似。但梅溪此时已开始受到韩侂胄的信赖,加之朝廷是主战派占主导地位,因而作者心情还是开朗的。其结句"办一襟、风月看升平,吟春色",表示在祖国山河统一之后,预备以自己的诗章,歌颂升平气象,吟唱大自然的美景。王国维说:"词人者,不失其赤子之心者也。"作为一个战略家来要求,梅溪对北伐的困难显然是估计不足的,这一点也为两年之后开禧北伐的失败所证实。但是,这种高度的爱国热情,不失其赤子之心的精神,却是不能不予以肯定的。特别是在爱国呼声渐趋沉寂的南宋后期词坛,尤其显得难能可贵。

这首词与辛弃疾之《永遇乐·京口北固亭怀古》写于同一年,爱国热情也是共同的。"老子岂无经世术,诗人不预平戎策",与稼轩词之"凭谁问,廉颇老矣,尚能饭否"也有着异曲同工之妙。这首词,与《梅溪词》中为数众多的那些"夺苕艳于春景,起悲音于商素"之作不尽相同。本词既沉郁顿挫,又激昂慷慨,把黍离之悲、家园之恨抒发得淋漓酣畅。这是时代打在《梅溪词》上的印记,也是史达祖受同时代豪放词风影响的结果。

(唐圭璋《唐宋词鉴赏辞典》,江苏古籍出版社,1986 年 12 月)

寿楼春

寻春服感念

［南宋］史达祖

　　裁春衫寻芳。念金刀素手，同在晴窗。几度因风残絮，照花斜阳。谁念我、今无裳？自少年、消磨疏狂。但听雨挑灯，敧床病酒，多梦睡时妆。
　　飞花去，良宵长。有丝阑旧曲，金谱新腔。最恨湘云人散，楚兰魂伤。身是客，愁为乡。算玉箫、犹逢韦郎。近寒食人家，相思未忘苹藻香。

　　史达祖是继苏轼、贺铸之后的在两宋词坛上写作悼亡词最多的大词人之一。《寿楼春》为词人自度曲。词题为"寻春服感念"。词人于冬去春来，欲寻春服以换寒衣之际而引起对亡妻的怀念。《梅溪词》中另有一首《忆瑶姬》，题作"骑省之悼也"，"骑省"即散骑常侍，晋著名悼亡诗作者潘岳曾任此职，故"骑省之悼"即对亡妻之悼。而这两首词中"下楚领、香分两朵湘云""最恨湘云人散，楚兰魂伤"，两处"湘云"，所指显然为同一人。史达祖婚后，"十年始未轻分"，感情甚笃。此词把悼亡妻之情与自身孤独寂寞之感融为一体，故格外深挚感人。
　　上片均为忆旧。因为这首词写于时近"寒食"之际，正当莺啼燕语，百花争妍的时节，换上春衣到郊外踏青赏花，是古代文人的赏心乐事。如今"寻春服"，自然不难联想起妻子在日，每值清明寒食，总要为自己裁几件衣裳。词的开头"裁春衫寻芳"由此落笔。"念金刀素手，同在晴窗。"这两句用领字格，以一"念"字领起两个四字句。"金刀"此处是对剪刀的美称。"素手"，洁白的手，《古诗十九首》谓"娥娥红粉妆，纤纤出素手"。此处"素手"二字已暗示出其妻的美貌与柔情。作者看着妻子，旭日临窗，为自己外出赏花准备衣裳。这是一幅极平常的家庭生活剪影，静谧、和谐，但美满幸福也溢之于辞。这样的画面在《过龙门》一词中又再现过，词中说："箧中针线早销香，燕尾宝刀窗下梦,谁剪秋裳?""十年未始轻分"的夫妻终于拆散了。"几度因风残絮,照花斜阳",前句仍化用谢道韫《咏雪》诗"未若柳絮因风起"。这里将"柳絮"改作"残絮",并继之以"斜阳",透露出一种萧瑟气象。残絮被风吹去,难以寻觅,暗示出妻子的亡故。以"残絮"比其妻,也抒发了词人对人生短促的感慨。妻子死后,又已几度春风,道出时光的流逝。人虽死去,但柳照样绿、花照样开。"年年岁岁花相似,岁岁年年人不同。""谁念我、今无裳"二句,照应词题。此情本是因寻春服而起,为何寻春服便会思故人?这里道出了原因。"今无裳"勾起愁肠使作者陷入深深的回忆之中。"自少年、消磨疏狂"二句,出自白居易《代书诗一百韵寄微之》诗中"疏狂属年少,闲散为官卑"。青年时期无忧无虑,狂放不羁,而如今人到中年妻子早丧,郁郁寡欢,少年豪气消磨殆尽。上结三句,又用领字格,以一"但"字领起三句,试比较"听雨挑灯,欹床病酒"刻画与贺铸著名的悼亡词《半死桐》中"空床卧听南窗雨,谁复挑灯夜补衣?",点化的痕迹十分明显。从"今无裳"及其他悼亡词作看来,他丧妻以后也可能并未续娶。梅溪是深于情、专于情的。这在视妇女为玩物的封建社会,尤属难能可贵。"多梦睡时妆"乃是写实情,这还可以从他其他的作品中得到,如他在《忆瑶姬》中也写道:"袖止说道凌虚,一夜相思玉样人。但起来,梅发窗前,哽咽疑是君。"词的上片,通过对亡妻琐碎往事的回忆,已开始道出了作者对她的一往情深。

下片更是直抒胸臆,重在表达自己对死者念念不忘的深挚感情。换头句是一个折腰六字句,这在词中不多见。"飞花"照应"残絮","良宵"照应"多梦",使上下片意脉紧紧相连。"有丝阑旧曲,金谱新腔"以"有"字领起两个四字句。"丝阑"即乌丝阑,于缣帛上下以乌丝织成栏,其间以用朱墨界行,称为乌丝阑。后人也称有墨线格子的笺纸之类为乌丝阑。这里与"金谱"都是对乐谱的美称。"新腔",指新曲,新调。这两句互文见义。说明死者都是精于音乐的。如今物依旧,人已非。睹物思人,自然引入下句:"最恨湘云人散,楚兰魂伤。"词人青年时期曾在江汉一带生活过很长一段时期,他写及爱情的许多作品也常常带上"楚"、"湘"等字眼。这大概有两种可能:一是其结婚是在楚地,二是其妻的名字叫"湘云"之类。为史料所限,今已不可确考。"楚兰":楚地香草,代指美人。元人张翥有诗谓:"鹧鸪声中花片飞,楚兰遗思独依依。"在这里"湘云人散、楚兰魂伤"二句亦互文见义,同是指妻子的死去。而冠以"最恨"二字,道出了词人的痛惜之情。"身是客、愁为乡"二句更推进了一层,融入了自己孤独凄苦的身世之感。在他的另一首悼亡之作《玉簟凉》的一开头，词人便写道："秋是愁乡。自锦瑟断弦，有泪如江。"在《梅溪词》中言愁说恨之处很多，在一百一十二首词中竟用了七十多个"愁"字，近二十个"恨"字，而其中相当一部分与其妻子之死有关。"算玉箫、犹逢韦郎"句，用韦皋典。据《云溪友议》载："韦皋游江夏，与青衣玉箫有情，约七年再会，留玉指环。八年，不至，玉箫绝食而殁。后得一歌妓，真如玉箫，中指肉隐如玉环。"玉箫生不能与韦皋再会，死后犹能化为歌妓与韦皋团圆。而自己的妻子亡故以后，自己再也无缘与她重会了。后结"近寒食人家，相思未忘蘋藻香"二句，既点出节令，又表明了自己的心迹。寒食清明，正是踏青游赏的节日，在江浙一带，这还是一个"鬼节"，是民间上坟祭奠的日子。"蘋藻"均为水草名，"相思不忘蘋藻香"乃是不忘贫贱之妻的意思。这首词可能作于词人任中书省堂吏，受韩侂胄重用以后。"寿楼"可能是其居所名。《寿楼春》乃梅溪自度曲。其艺术特点主要表现在其韵律方面：其一，本词冲破了"一声不许四用"的戒律，词中常出现四平声和五平声句。如"消磨疏狂"、"犹逢韦郎"均为四平声，而起句"裁春衫寻芳"则是一个五平声句。这是对词律的大胆突破，这在婉约词人中更是极罕见的。其二，本词多用平声和拗句。全词一百零一字，平声字便占了六十四个。拗调平声使声音舒徐平缓，也直接影响到词的语言风格。正如焦循所说："词调愈平熟则其音急，愈生拗则其音缓。急则繁，其声易淫，缓则庶乎雅耳。如苏长公之大江东去，及吴梦窗、史梅溪等调，往往用长句……而其音以缓为顿挫。"(《雕菰楼词话》)其三，运用双声叠韵。上片"因风飞(一作'残')絮，照花斜阳"，下片"最恨湘云人散，楚兰魂伤"几句中，"风飞"、"花斜"、"云人"、"兰魂"并用双声叠韵字，这更使词的节奏舒缓，声情低抑，全是凄音，适于抒发缠绵、哀怨的悼亡之情。唯其如此，《寿楼春》便成了后世词人用于悼亡的常用词调。而史达祖开创之功是不可泯灭的。

(李文禄、宋绪连《古代爱情诗词鉴赏辞典》，辽宁大学出版社，1990年7月)

绮罗香

咏春雨

［南宋］史达祖

做冷欺花，将烟困柳，千里偷催春暮。尽日冥迷，愁里欲飞还住。惊粉重、蝶宿西园，喜泥润、燕归南浦。最妙它、佳约风流，钿车不到杜陵路。

沉沉江上望极，还被春潮晚急，难寻官渡。隐约遥峰，和泪谢娘眉妩。临断岸、新绿生时，是落红、带愁流处。记当日、门掩梨花，剪灯深夜语。

此当为史达祖自度曲，《词谱》亦以此词为正格。此是史达祖词的压卷作之一。史达祖以写作咏物词著称，这是其咏物词的代表作之一。

词题曰"咏春雨"，全词却未出现"雨"字，却句句不离"雨"。

"做冷欺花，将烟困柳"起八字得春雨之神。俗话说："春寒多雨。"春雨与春寒联系在一起，"做冷欺花"，正抓住这一联系。"自在飞花轻似梦，无边丝雨细如愁"（秦观），蒙蒙细雨，如烟似雾，欺花困柳。"花"与"柳"是春季最有特征的景物。百花争艳，柳丝婀娜，打扮出明媚春色，而一场春雨，却试图改变这一切。"千里偷催春暮"，明点出"春暮"这一节令。一"偷"字把春雨"润物细无声"的功能写了出来；一"催"字，照应前两句之"欺"、"困"二字，是春雨将春天推向春暮。

"尽日冥迷，愁里欲飞还住"，既指出春雨时间之长，又引出春雨带来春愁，为下文抒情埋下伏笔。"惊粉重、蝶宿西园，喜泥润、燕归南浦"是一组扇面对，交叉对仗。蝶因雨，蝶粉加重，而难以起飞，只能宿于西园；而刚刚过完冬天归来的燕子正抓紧雨后衔泥筑巢。这里的一"惊"、一"喜"，既写出各种动物对春雨的不同反应，又是对上文"愁里欲飞还住"的反拨。

"最妙它、佳约风流，钿车不到杜陵路"三句，宕开一笔，写春雨对有佳约的有情人是一种妨碍，使他们无法去践约，"多少淑偶佳期，尽为所误，而伊仍浸淫渐渍,连绵不已"。为下文拓展抒情开一天地。"杜陵"在长安城南,为唐代风景名胜之区,此为借用。

佳约不成,而心潮难平,"沉沉江上望极,还被春潮晚急,难寻官渡"三句似乎以痴心男子的视角,苦等女子不见,虽明知因春雨所致,但仍在渡口苦等。这换头三句乃男子目中所见。这里明显化用了唐代韦应物《滁州西涧》诗中"春潮带雨晚来急,野渡无人舟自横"诗意。

"隐约遥峰,和泪谢娘眉妩"亦从这多情的男子眼中见出,烟雨朦胧中的隔江远山仿佛是心爱女子沾上泪水的眉毛。在他心目中,那位相约未来的女子也因未能如期赴约而难过。

"临断岸、新绿生时,是落红、带愁流处"又是一副扇面对,写出春雨导致绿肥红瘦、落花流水、春涨春暮。吴世昌先生称这两句初稿为"是带愁,落红流处",不知何据? 这几句对得不算很工,却新颖别致,为词中妙语。正是"有好句不必强对也"(吴世昌语)。

后结三句化用李重元(或谓秦观)"欲黄昏,雨打梨花深闭门"(《忆王孙》)和李商隐"何当共剪西窗烛,却话巴山夜雨时"(《夜雨寄北》)而来,前面加"记当日"三字,写出念往之情。又暗示天已黄昏,且暗点出"雨"字。黄苏称这结尾"写得幽闲贞静,自有身份,怨而不怒"(《蓼园词选》)。

这是一首咏物名作,对景物描摹细腻工巧,富有情韵,"语语淋漓,在在润泽"(《草堂诗余隽》),画出了一幅优美传神的春雨图。不正面言"雨",却以前人诗句、典故,紧扣春雨。正如《词洁》评此词所云:"无一字不与题相依,而结尾始出'雨'字,中边皆有。前后两段七字句,于正面尤著到。"

(李文禄、宋绪连《古代爱情诗词鉴赏辞典》,辽宁大学出版社,1990 年 7 月)
(王兆鹏《宋词鉴赏》,长江文艺出版社,2009 年 10 月)

东风第一枝

咏春雪

[南宋] 史达祖

　　巧沁兰心，偷粘草甲，东风欲障新暖。谩凝碧瓦难留，信知暮寒轻浅。行天入镜，做弄出、轻松纤软。料故园、不卷重帘，误了乍来双燕。　　青未了、柳回白眼。红欲断、杏开素面。旧游忆著山阴，厚盟遂妨上苑。寒炉重暖，便放慢春衫针线。恐凤靴、挑菜归来，万一灞桥相见。

　　这首咏物词以细腻的笔触，绘形绘神，写出春雪的特点，以及雪中草木万物的千姿百态。大概作于词人独处异乡的某年初春。

　　词的开头就紧扣乍暖还寒的节令特点，用兰吐花、草萌芽来照应"新暖"。春风拂拂，花香草绿，但不期而至的春雪却伴来春寒，"东风"、"新暖"似乎都被挡住了。"巧沁"、"偷粘"写的是静态无风的情况下的飞雪。"谩凝"二句引申前意。毕竟是早春，地气转暖，雪花落在碧瓦之上难以留存，从而知道暮寒"较浅"。"行天入镜"四字，语本韩愈《春雪》诗"入镜鸾窥沼，行天马度桥"。以镜与天喻池面、桥面积雪之明净。"轻松纤软"写出雪花之细，不同于冬雪的大朵。也正因为如此，它才能沁入兰心、粘上草甲。前结"料故园、不卷重帘，误了乍来双燕"三句从春雪——春寒——重帘不卷——误了双燕回归，层层递进，想落天外，又很有人情味。史达祖是汴京人，但出生时已入南宋，此地之"故园"应指他在西湖的住所，其《贺新郎·西湖月下》词有"同住西山下"之句，西山即灵隐山。这里又用双燕传书之典，抒发念故园、思亲人之意。重帘会阻住传书之燕，睹物伤情，异乡沦落之感溢于言表。

　　过片续写春雪中的景物。柳眼方青，经雪返白；杏花本粉红色，经雪返为素色。这四句又是一组扇面对。春雪使季节逆转。"眼"、"面"均有状物拟人作用，为下文转而写人服务。"旧游忆著山阴"，用王徽之雪夜访戴逵，及门而返的故事;"后盟遂妨上苑",用司马相如雪天赴梁王兔园之宴迟到的故事。梅溪颇具浪漫气质,见眼前雪景自然而生古人踏雪清游的联想,颇心向往之。"寒炉"二句,上承"障新暖"、"暮寒轻浅"之意。春天本已降临,春雪使之延缓,寒炉重又点起,做春衣则可放缓。后结二句更补足前意,本已到踏青挑菜的季节,如今却会遇上风雪。这里连用唐代的风俗:"挑菜",唐人二月初二曲江拾菜,士民游观其间,谓之挑菜节。宋沿其习。"灞桥"句用一雪典。据孙光宪《北梦琐言》卷七载:郑繁曰:吾"诗思在灞桥风雪中驴子背上"。意为,即便到挑菜节时,也会遇上下春雪的情况。

此词咏春雪似乎并无深刻的寄托,但依然成为梅溪咏物词中的名篇,全在其艺术成就。词题为"咏春雪",却无一字道着"雪"字,而又无一句不言"雪",诚所谓"不粘不脱",是"雪",是"春雪"。"巧沁兰心,偷粘草甲"之雪绝非"战罢玉龙三百万,败鳞残甲满天飞"(张元《雪》)那种纷纷扬扬的大雪。"碧瓦难留"、"轻松纤软"均紧紧把握住春雪的特征。这首词咏物又不滞于物,前结和下片"旧游"以下六句,均不乏设想与议论,虚笔传神,极有韵味。梅溪还精于锻句炼字,如"青未了、柳回白眼。红欲断、杏开素面"这一联,以柳芽被雪掩而泛白称之"白眼";以杏花沾雪若女子涂上铅粉,而谓之"素面"。又在不经意中用了拟人手法。况且"青未了"、"红欲断",准确把握分寸,笔致细腻,空灵而不质实。后结二句,黄昇《花庵词选》谓其"尤为姜尧章拈出",陆辅之《词旨》也将其录为"警句",其长处也在于含蓄蕴藉。"凤靴"借指红妆仕女,"挑菜"点明节令,"灞桥"隐含风雪。用一"恐"字领起,显得情致婉约,清空而脱俗。

(唐圭璋《唐宋词鉴赏辞典》,上海辞书出版社,1988年4月)
(王兆鹏《宋词鉴赏》,长江文艺出版社,2009年10月)

秋　霁

[南宋] 史达祖

　　江水苍苍，望倦柳愁荷，共感秋色。废阁先凉，古帘空暮，雁程最嫌风力。故园信息。爱渠入眼南山碧。念上国。谁是、脍鲈江汉未归客。　　还又岁晚，瘦骨临风，夜闻秋声，吹动岑寂。露蛩悲、青灯冷屋，翻书愁上鬓毛白。年少俊游浑断得。但可怜处，无奈苒苒魂惊，采香南浦，剪梅烟驿。

　　这是史达祖被贬江汉时期的作品，大概作于宋宁宗嘉定五年（1212年前后）的某年深秋。词以伤秋怀归为题材，而艺术地展示了他不得志和贬谪时期的孤寂生活，抒发了落泊志士的凄凉咏叹。

　　词人一生曾两度到过江汉一带，前一次可能任幕僚之类的小职，他多次参加科举考试失败，只能做幕府小吏为生，很不得志；开禧三年（1207）他又被黥面流放到这里。当时开禧北伐失败，史弥远政变，太师韩侂胄遇害身死，他被牵连下狱，家产也被抄没。写作此词时，他被贬已有五六年，处境窘迫，而怀归思乡之情与日俱增，适值深秋，又逢送别友人，孤独惆怅之情一寄于词。

　　词以景语导入，"江水苍苍"三句是愁人眼里的秋色。"苍苍"，浩渺而壮观，但在流放异乡的词人眼里则充满苦涩与悲愁。"望"为领字，"倦柳愁荷"更是带强烈感情色彩的景物。柳叶行将黄落，荷叶也将枯萎、变色，一"倦"、一"愁"，定下全词抒情的基调。自然界是秋天，诗人的人生更是深秋乃至严冬。史弥远于嘉定元年丁母忧（遭遇母亲丧事）一年，次年起复为右丞相，后逐步走向独专朝政，对韩侂胄党人的打击不会放松。"废阁"三句似乎是写诗人在江汉流放地，"废阁"、"古帘"与下片之"清灯冷屋"均与其住所有关，词人生活相当清寒，住的是早已废弃之"阁"，所用之帘已"古"，而且孤苦伶仃，"清灯冷屋"。"雁程"句兼有人生旅程与大雁传书二层意思。"嫌"，怕也,处于流放之所的词人仿佛受伤的孤雁,本来难以展翅翱翔,况且风急,更举步维艰。大雁传书,是诗词中常用之典,孤雁难以高飞,自然难带来故乡的信息。"爱渠入眼南山碧","渠",他;南山,恐系泛指,也可能是对昔日生活的回忆。"念上国"句,明点出所思乃首都。史达祖是汴京人,但他出生已是北宋灭亡多年后,他的家在杭州西湖葛岭下,此处所思之"上国"应是南宋都城临安(杭州)。"谁是、脍鲈江汉未归客"句明用杜甫诗意,又化用张翰典故。杜甫《江汉》诗云:"江汉思归客,乾坤一腐儒。"仇兆鳌《杜诗详注》云:"旧编在夔州,今依蔡氏入在湖南诗内","盖大历四年秋也"。这里也透露这首诗的写作信息,他也应作于荆州或湖南一代。"脍鲈",用张翰典。张翰任齐王冏之东曹掾,"翰因见秋风起,乃思吴中菰菜、莼羹、鲈鱼脍,遂辞官,命驾而归"。宋代官员得罪流放远州,轻者送某州居住,稍重曰安置,又重曰编管,皆指定居住地,受地方官约束,不得自由行动。况且他说黥面流放,身不由己。词写至此,词情更为抑郁,便由伤秋怀乡,转为感伤身世。

"还又"二字过渡,"岁晚",犹岁暮。杜甫《秋兴》诗有"一卧苍江惊岁晚"句,所写亦是深秋。"瘦骨临风,夜闻秋声,吹动岑寂"三句是写自己,"瘦骨",自己被流放时之清癯憔悴。"夜闻秋声,吹动岑寂",令人想起欧阳修《秋声赋》有云:"其意萧条,山川寂寥。"词人曾"每为神州未复"(《龙吟曲》)而忧心忡忡,也曾幻想"趁建瓴一举,并收鳌极"(《满江红》),更希望有一天能"办一襟风月看升平,吟春色"(《满江红》)。但他寄予厚望的开禧北伐失败了,国事日非。"吹动岑寂"并非言孤寂,正相反,是使"岑寂"之心再被"吹动"。但迅速跌入冷酷的现实中,"露蛩悲、青灯冷屋,翻书愁上鬓毛白",使他不能不面对凄苦的生活和年岁老大。秋露降下,蟋蟀悲鸣,他忧国伤时,鬓毛已白。曾几何时,嘉泰元年(1201)张镃为《梅溪词》作序还称他"郁然而秀整","须发未白",如今竟已是"瘦骨临风"、"鬓毛白"。"年少俊游浑断得","俊游",胜友、良伴;"浑断得",《诗词曲语辞汇释》云:"断,亦作断当,商订之辞。又作订约。断俊游即约俊游或订俊游也。"此为送别之辞。此可能又是对昔日友情的回忆。"但可怜处,无奈苒苒魂惊,采香南浦,剪梅烟驿"几句,"苒苒",渐渐之意,晋陆机《遨游出西城》诗曰:"靡靡年时改,苒苒老已及。"骆宾王《畴昔篇》:"他乡苒苒消年月,帝里沉沉限城阙。""魂惊",语本杜甫《夜》诗:"露下天高秋水清,空山独夜旅魂惊。"这几句有叹息年华老大,又露出几分无奈。"采香南浦,剪梅烟驿",送别之词。"南浦",送别之水边。《楚辞》:"超北梁兮永辞,送美人兮南浦。"江淹《别赋》曰:"春草碧色,春水绿波,送君南浦,伤如之何?""剪梅烟驿",典出《荆州记》:"陆凯与范晔相善,自江南寄梅花一枝,诣长安,且赠诗曰:'折花逢驿使,寄与陇头人。江南无所有,聊赠一枝春。'"因无所有而折梅相赠已属可叹,何况词人身在贬中,更多一番苦情。

　　词人身遭不幸,家国之恨、身世之感郁积于胸,不可不然,而又不可明言,故形成一种沉郁苍凉的风格和回环往复、虚实相间的抒情结构。梅溪词深受清真影响,章法结构上常常通过种种回忆、想象、联想等手法,前后左右,回还吞吐地描摹出他所要表达的东西,看到的和想到的融于一篇。这首词正是如此。全词以伤秋怀归为贯穿全篇的主题,虚虚实实,欲言又止,摇曳生姿,朦胧而不晦涩,耐人寻味。这首词含蓄蕴藉,陈匪石《宋词举》评"露蛩悲"三句说:"寥寥十四字,可抵一篇《秋声赋》读。"俞陛云《宋词选释》谓:"废阁古帘,写景极苍凉之思。"结尾数句,既点明是送别友人,又将未了之情牵起读者遐想,不尽之言见于言外,显得含意隽永,余音不绝。

（唐圭璋《唐宋词鉴赏辞典》,上海辞书出版社,1988 年 4 月）

（王兆鹏《宋词鉴赏》,长江文艺出版社,2009 年 10 月）

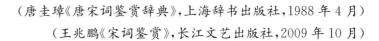

卷三　诗词鉴赏

大江东去

滕王阁

〔元〕高　永

　　闲登高阁，叹兴亡，满目风烟尘土。画栋珠帘当日事，不见朝云暮雨。秋水长天，落霞孤鹜，千载名如故。长空澹澹，去鸿嘹唳谁数。　　遥忆才子当年，如椽健笔，坐上题佳句。物换星移知几度，遗恨西山南浦。往事无凭，昔人安在，何处寻歌舞。长江东注，为谁流尽千古？

　　这首词隐括王勃《滕王阁序》。滕王阁，旧址在江西南昌章江门城上，西临赣江。为唐高祖子滕王李元婴官洪州（今南昌市）都督时所建。咸亨年间王勃省亲过此，写出了名噪一时流传千古的《滕王阁序》。词人巧妙地隐括《滕王阁序》的词句，将追慕王勃当年座上挥毫的往事和感慨人世沧桑的内容写入词中。

　　上片起首三句，开门见山，道出登高吊古、感慨兴亡的题旨。

　　"闲登高阁"句令读者自然联系到王勃笔下"滕王高阁临江渚"的鲜明画面，着一"闲"字，把词人"冷眼向洋看世界"的角度确立下来。显然，全词是作者冷眼观照的产物。"叹兴亡"句，点出题旨。而"满目风烟尘土"则是对前句"兴亡"的具体生发，而且也紧扣了时代的大背景。这首词写作的年代，正值宋金对峙，战争频繁之际，"风烟尘土"既是写眼前景，又隐喻动乱。就在那些年代，宋金正酝酿着战事，旋即发生了开禧北伐之役。"画栋珠帘当日事，不见朝云暮雨"二句，化用王勃的"画栋朝飞南浦云，珠帘暮卷西山雨"诗句。"画栋"、"珠帘"都是滕王阁的昔日繁华盛况，而"当日事"三字，明点出这一切都已成过去，如今已繁华消歇、满目凄凉了。"秋水长天，落霞孤鹜"化用王勃"落霞与孤鹜齐飞，秋水共长天一色"名句。一说落霞是鸟，形如野鸭，鹜乃野鸭，此乃从滕王阁眺望赣江秋日胜景的名联。"千载名如故"，其实从王勃作赋到高永点化王勃的《滕王阁序》而作此词，相隔仅六百余年,"千载"乃取其成数。千载之下,滕王阁已名存实亡,既无昔日画栋珠帘的繁华,也见不到"落霞与孤鹜齐飞,秋水共长天一色"之胜景,而战争时代重登滕王阁所能见到的只有"长空澹澹,去鸿嘹唳谁数"。嘹唳,指鸿雁响亮凄清的叫声。澹澹,广漠貌。杜牧《登乐游原》诗谓:"长空澹澹孤鸟没,万古销沉向此中。"这里与杜牧同一感慨。广袤的天幕上,仅几只孤雁高叫着飞去,这凄清的画面只会勾起词人深沉的感慨。

换头句以"遥忆"二字领起,回忆起当年王勃赋《滕王阁序》之文坛佳话。王勃是初唐诗坛、文坛上最负盛名的作家,与杨炯、卢照邻、骆宾王合称"初唐四杰"。杜甫《戏为六绝句》曾云:"王杨卢骆当时体,轻薄为文哂未休。尔曹身与名俱灭,不废江河万古流。"故作者这里以"才子"称之。"如椽健笔",比喻大手笔。据《晋书·王珣传》:"珣梦人以大笔如椽与之,既觉,语人云:'此当有大手笔事。'""坐上",同"座上"。据《新唐书·王勃传》载:"九月九日,都督大宴滕王阁,宿命其婿作序以夸客,因出纸笔遍请客,莫敢当,至勃沉然不辞。都督怒起更衣,遣吏伺其文辄报,一再报,语益奇,乃矍然曰:'天才也。'请遂成文,极欢而罢。勃属文初不精思,先磨墨数升,则酣饮,引被覆面卧,及寤,援笔成篇,不易一字。"然而正如《滕王阁序》所云:"胜地不常,盛筵难再,兰亭已矣,梓泽丘墟。"时移事易,"物换星移知几度,遗恨西山南浦"。前句是化用王勃"物换星移几度秋"成句,后句仍隐括"画栋朝飞南浦云,珠帘暮卷西山雨"句意,但冠以"遗恨",则寄予了深沉的身世之感。王勃能"躬逢胜饯",写下这篇文字而名传千古,词人自己却累举不第,上书言事不报,此句实感慨系之。往事无凭,像王勃这样的才子又在哪里呢?如今战乱不断,哪里还能寻得见歌舞升平的太平景象?所不变者,只有东注的长江。"槛外长江空自流",可是大江流日夜,又"为谁流尽千古"?

这是一首著称十世的佳作,词人借吊古以伤今,寄托对和平生活的向往和对施展才华机遇的企盼。全词艺术上最大的特点是以极简练的笔墨,熔铸《滕王阁序》佳句,写得流利自然,即使完全不知王勃诗文的读者,读来也毫无困惑。此词与清真词《西河·金陵怀古》主题相似,所不同者,清真化用刘禹锡诗意,主题不作改变,而高永则将原作的语句、文句纳入自己的主题中,以切合"满目风烟尘土"的时代背景和吊古伤今的主题,从一定程度上说来,这比清真《西河》词又有其长处。

(王步高《金元明清词鉴赏辞典》,南京大学出版社,1989 年 4 月)

[中吕]满庭芳

送别二首

[元]张可久

分飞断肠,花笺写恨,粉腕留香。临行休倚危楼望,总是凄凉。人去去寒烟树苍,马萧萧落日沙黄。牙床上,相思夜长。翠被梦鸳鸯。

愁春未醒,芳心可可,旧友卿卿。乍分飞早是相思病,几度伤情。思往事银瓶坠井,赋离怀象管呵冰。人孤零,梅花月明,熬尽短檠灯。

这是两首抒写情人相别的小令。爱情本属古代诗歌中的传统题材,而情人分别又是爱情戏的高潮,如同《西厢记》,最动人心弦的自是《长亭送别》一折。张可久这两首散曲,题材并未出新,却写得典雅、清丽,缠绵蕴藉,动人心弦。

第一首以时间顺序铺写别前事、别时景和别后情。

"分飞断肠"一句,把全曲的情事总括了出来,为全曲之总领。"分飞",乃离别之意,《玉台新咏》古词《东飞伯劳歌》有"东飞伯劳西飞燕"之句。古人习称离别为分飞,亦云"劳燕分飞"。离别之事令人痛断肝肠。曲中分别的一对男女,是情人还是夫妻不易窥见,但所别的是一位妙龄女郎却是显见的。"花笺"、"粉腕"总是与女性联系在一起的。"花笺"用来"写恨",人别后,只有粉腕上还留下些许香气。"临行"二句,以危楼所见"总是凄凉"之景,引起"人去去寒烟树苍,马萧萧落日沙黄"的别景。"烟"上冠一"寒"字,"树"后着一"苍"字,再伴以落日、黄沙,完全是一派萧条、冷落、凄清、悲凉的景象。令人断肠的分别再衬以如此触目伤情之景,就更令人黯然神伤。分别以后,独睡牙床,思念离人,只有盼望梦中再与所思之人相聚。显然,这已是送别归来之景,也是别情的继续。可见两人感情的深长。在重男轻女,视

王步高诗文集

女人为玩物的旧时代,作者在曲中抒发这样情真意挚的感情,是颇为难能可贵的。

这首曲用韵颇有特色。首句"肠"字,按谱多用仄声,此处却用平声。这在《小山乐府》中较多见,如他的几首同调之作,开头分别为"相思故人"、"风波几场"、"逋仙旧冢"、"穷通异乡"……所用平仄韵均有,而他人则多作仄声。如乔吉《满庭芳》作"扁舟最小"、周德清《满庭芳·看岳王传》作"披文握武",等等。唐圭璋师云:"起句可平叶,但《中原音韵》云:'平叶属第二着。'故当以仄叶为佳。"又如"人去去寒烟树苍"句,按谱亦多用仄韵,此处也用了平声。而这一句与"马萧萧落日沙黄"句形成对仗(按谱这两句可不对仗),使全曲整散变化,抑扬有致。而多用平韵,使音节更舒缓委婉,适于抒发细腻、宛曲的感情。

就意境而言,这里又再现了小山乐府以词境作散曲的特点。细心人不难比较出他与宋代词作中某些意境乃至用韵的相似之处。如史达祖《玉簟凉》上阕:"秋是愁乡。自锦瑟断弦,有泪如江。平生花里活,奈旧梦难忘。蓝桥云树正绿,料抱月,几夜眠香。河汉阻,但凤音传恨,阑影敲凉。"显然,史达祖词与小山词立意、用韵都相当相似。又如辛弃疾《摸鱼儿》:"闲愁最苦,休去倚危栏,斜阳正在,烟柳断肠处。"这与本曲中"临行休倚危楼望"以下四句的措词用语乃至立意都惟妙惟肖。

第二首曲与前首并非同时之作,前者作于深秋,此首则作于春日。相思的双方是一对自由恋爱的青年男女,其关系多半是情人而非夫妻。他们的爱情曾受过严重的挫折,故曲中抒发的情感便分外深沉、悲郁。

词的开头三句乃从柳永《定风波》"自春来,惨绿愁红,芳心是事可可"的词句脱化而来。明媚的春光,却无心欣赏,而春睡不醒,其心中对什么事均不在意,原因是她眷恋着自己的情人。情人刚刚离去,她就生起了相思病,且"几度伤情"。"卿卿",古人对所爱者的昵称。这里有几个字值得注意:"乍"、"早"、"几"。"乍",才也。刚刚分别,却已"几度伤情",都说明两人感情深挚。何以伤情呢?乃缘于思往事所致。这里作者引了一个"银瓶坠井"的故事。原出自白居易一首本意在于"止淫奔"的自由恋爱故事。一位姑娘于墙头对一马上郎君一见倾心,便私奔以身相许,因不为公婆所容,最终走投无路。诗开头几句说:"井底引银瓶,银瓶欲上丝绳绝。石上磨玉簪,玉簪欲成中央折。瓶沉簪折知奈何?似妾今朝与君别。"曲中直书"银瓶坠井",可见乃正面用典,暗示出这二人的婚姻属自由恋爱私奔性质。"赋离怀"三字,又领起结尾四句。"象管",指笔,或以象牙为饰。罗隐《清溪江令公宅》云:"蛮笺象管夜深时,曾赋陈宫第一诗。"春寒冰冻,呵冰写信,可见心情的急切。"梅花月明,熬尽短檠灯"二句,以景结情,既点出相思赋离怀之自然环境,而"熬尽"二字,说明虽是刚刚分别,而相思之情已写不完。结得含蓄有味。

张可久是写男女闺情的"曲家高手",他的闺怨之类的作品大都写得很动情。如"一言半语恩情,三番两次丁宁,万劫千生誓盟","越间隔越情多"。而这首曲子却写得回环吞吐,其原因在于他们的婚姻在当时得不到社会承认,这一别未尝不会如白居易诗中离散了的一对情人那样,动如参商二星,永远无缘更会。结句一"尽"字,似乎还有着许多没有说出的辛酸话在,也似乎暗示着他们爱情的断绝,如同井底引银瓶断绝了的井绳一样。显然,用典故在加以暗示,含蓄而深沉是这首小曲最显著的特点。

（钱仲联《爱情词与散曲鉴赏辞典》,湖南教育出版社,1992 年 9 月）

王步高诗文集

百字令

登石头城

[元] 萨都剌

石头城上，望天低吴楚，眼空无物。指点六朝形胜地，唯有青山如壁。蔽日旌旗，连云樯橹，白骨粉如雪。一江南北，消磨多少豪杰。　　寂寞避暑离宫，东风辇路，芳草年年发。落日无人松径里，鬼火高低明灭。歌舞尊前，繁华镜里，暗换青青发。伤心千古，秦淮一片明月。

这是萨都剌的代表作，是一首用苏东坡《念奴娇·赤壁怀古》词原韵的怀古词。也为继王安石《桂枝香》之后写得最好的金陵怀古词，全词气魄恢宏，风格豪迈，感慨深沉，堪与前人名作比肩。石头城在南京清凉山西麓，城墙雄峙，石崖耸立，乃依山修筑而成。其历史可追溯到战国时代，周显王三十六年(公元前333年)，楚灭越，楚威王设置金陵邑，并在今清凉山上筑城。三国时，孙权于赤壁之战后，把国都从京口迁至秣陵(今南京)，并改名建业，次年即在清凉山原有城基上修建石头城。当时长江即在清凉山下流过，故石头城在军事上颇为重要。此后，东晋、宋、齐、梁、陈均建都于此，石头城更成为兵家必争之地。

词的开篇即见气势阔大，出语不凡："石头城上，望天低吴楚，眼空无物。"其实，石头城所在之清凉山高不足百米，但由于周围地势平坦，兼之濒临大江，所以视野十分开阔。由于词人胸襟阔大，虽站在此小山之巅，却仿佛置身万仞绝顶，手可接天，使吴楚之地的天空都显得低了。孟浩然有诗谓："野旷天低树，江清月近人。"戴叔伦诗谓："夜静月初上，江空天更低。"此用其意。南京一带春秋战国时曾先后属过吴楚二国。词人屹立石头城上，却已不复可见历史上的繁华盛况，故称"无物"。历代的金陵怀古词总是以吊古伤今为主旨的，此词亦然。"指点六朝形胜地，唯有青山如壁"二句，正

223

卷三　诗词鉴赏

是承此意脉而生发。南京城处处都有六朝遗址，如朱雀桥、乌衣巷、六朝石刻、谢公墩、台城、桃叶渡，等等，这些名胜之区或湮没无闻，或名存实亡，唯独留下的，只有这曾作过六朝都城的石头城。如今这里已不再濒临长江，而只是一座如同石壁的青山而已。石头城委实不算高，在山下看去也仅是一道石壁而已。何以六朝形胜之地竟如此一败涂地呢？只缘石头城是战略要地，古往今来，一次次战火洗劫过这里。"蔽日旌旗，连云樯橹"，写的就是水陆战争的景象。旌旗指战旗，战旗遮蔽了天空，极言军队众多；樯为船桅杆；橹，巩船上划船的工具，樯橹指战舰。战舰连云，亦极言水兵之多。连年的水陆战争，使六朝胜景破坏殆尽，留下的是"白骨纷如雪"的惨景。登上石头城的词人，眺望至此，不禁发出"一江南北，消磨多少豪杰"的感慨。古往今来，大江南北，有多少英雄豪杰在频繁的战争中消磨了他们的精力与生命。这两句与苏轼赤壁怀古词中"大江东去，浪淘尽，千古风流人物"立意大致相似，它也同样得到后世词评家的称赏。《词苑》曰：萨都剌"金陵怀古词尤多感慨，有'一江南北，消磨多少豪杰'之句"。陈廷焯《词则》认为这两句"语意凄恻"。

上片大笔挥洒，展望石头城的概貌，下片细笔勾勒，续写石头城的今昔变迁。"寂寞避暑离宫，东风辇路，芳草年年发"三句，取景于南唐遗址，以概括石头城的盛衰。石头城所在之石头山（一名石城山）东麓，有著名的清凉寺，它的前身是五代十国时吴国顺义年间徐温所建之兴教寺，南唐时改为石头清凉山。宋时改建为寺。萨都剌登眺之时，已非南唐在此建避暑离宫的盛况，故称"寂寞"。当年歌舞繁华之地已经荒废无人，固然是"寂寞"，当年皇帝乘坐的宫车来往的辇路长满萋萋青草，蓬勃的春光反衬衰败的遗迹，更使人悲从中来。登眺至此，黍离麦秀之愁油然而生。（如今清凉遗址还存有南唐的古井——还阳井）。"落日"二句则更为凄凉，太阳一下山，松间小径里阒无一人，只有鬼火（磷火）飞窜其间。"歌舞尊前，繁华镜里，暗换青青发"三句，叹繁华转瞬，乐尽哀来，人生易逝，古往今来莫不如此，他人如此，自己也将如此。这是登石头城历览前代兴亡遗迹，而生发出来的历史的感慨和人生的感慨。"伤心千古，秦淮一片明月"二句，谓千古之下，可怜只有秦淮河上明月犹存，除了这明月亘古不变以外，人世已发生了沧桑巨变，曾是六朝故都、南唐离宫的石头城已衰败零落，流经石头城边的古秦淮河不也同样目睹这深刻的变迁吗？又深化了前结的思想。道出宇宙长存，人生有限，人世沧桑的悲哀。

此词全用苏轼赤壁怀古词《念奴娇》原韵,千载之下,和苏词者极众,但能如此作者寥寥。此词虽和韵却不受束缚,反而因难见巧,思笔俱畅,论古道今,纵横驰骋,千载兴亡,历朝往事,驱策于腕下;眼前景物,胸中慨叹,交汇于笔端,深沉豪迈,凄凉悲慨兼而有之,味之令人动情,读之令人叹为观止。

　　　　　　(王步高《金元明清词鉴赏辞典》,南京大学出版社,1989 年 4 月)
　　　　　　(王步高《爱国诗词鉴赏辞典》,南京大学出版社,1992 年 5 月)

卷三　诗词鉴赏

念奴娇

自述

[元末明初] 高　启

　　策勋万里，笑书生骨相，有谁曾许？壮志平生还自负，羞比纷纷儿女。酒发雄谈，剑增奇气，诗吐惊人语。风云无便，未容黄鹄轻举。　　何事匹马尘埃，东西南北，十载犹羁旅？只恐陈登容易笑，负却故园鸡黍。笛里关山，樽前日月，回首空凝伫。吾今未老，不须清泪如雨。

　　这是词人自述平生志向的作品，作于元惠宗至正二十一年(1361)。当时他虽过着"我耕妇自桑，击木野田间"的田园生活，却踌躇满志，盼望有朝一日立功报国，大展宏图。这时，有一浙江的相命先生薛月鉴坐船来访。为他相了命，称他"难久藏"草野间，因为"脑后骨已隆，眉间气初黄"，很快将会飞黄腾达，虽然词人写了一首《赠薛相士》的诗赠给薛，并称"驰弓懒复张"、"妄念吾已忘"，似乎就准备潦倒一生。其实不然。一石激起千层浪，薛相士走后，他又作了这首词，款款道出自己的心曲和报国心愿。

　　词的开头三句即从薛相士来访说起。"策勋万里"即立功万里。"策勋"，记功于策。"骨相"，指人的骨骼和形体相貌，古代相命以骨相推算人的命运。"有谁曾许"，指薛相士对他的骨相的称许。从这里不难看出，虽然他在《赠薛相士》诗中，说自己似乎并不相信所谓自己将富贵的话，并且也无意出仕，其实，他内心对这相士的话还是颇为相信，并以此自得的。二、三句以"笑"字领起，颇有几分得意。四、五二句，就透出了这种情绪："壮志平生还自负，羞比纷纷儿女。"他自信自己平生的志向一定会实现，因而羞与芸芸众男女比肩并列。"酒发雄谈，剑增奇气，诗吐惊人语。"这三句是他狂放不羁、英姿勃发的年轻生活情景的真实写照。这与他在《赠薛相士》诗中所谓"我少喜功名，轻事勇且狂。顾影每自奇，磊落七尺长。要将二三策，为君致时康。公卿可俯拾,岂数尚书郎"是完全一致的。他在这一时期写的另一首《沁园春·寄内兄周思谊》词中也曾写道:"忆昔初逢,意气相期,一何壮哉。拟献三千牍,叫开汉阙。蹑一双屐,走上燕台。"显然,他不仅以一诗人自期,更期望在政治上有所作为,而"剑增奇气"、"走上燕台"句,还显然有着登台拜将、立军功于万里之外的抱负。其理想之所以未能实现,是因为"风云无便,未容黄鹄轻举"。显然,他把自己不能功成名就归之于未有合适的机遇。"黄鹄",即天鹅。《汉书·昭帝纪》曰:"黄鹄下建章宫太液池中。"注:"黄鹄,大鸟也,一举千里者,非白鹄也。"据《韩诗外传》载,田饶谓鲁哀公曰:"夫黄鹄一举千里,啄君黍粱,君犹贵之,以其所从来者远矣。故臣将去君黄鹄举矣。""轻举",有轻举妄动之意。高启生活的苏州一带,这时还是张士诚农民起义军活动区域,高启不肯与张士诚政权合作。他对这个政权有着自己的看法。他在《赠薛相士》诗中说:"请看近时人,跃马富贵场。非才冒权宠,须臾竟披猖。鼎食复鼎烹,主父世共伤。"他看出张士诚政权是个短命的政权。

词的下阕紧扣自己的身世遭遇抒发不得志的悲哀。"何事"三句,对自己过去十年的漂泊动荡生活作了很好的概括。他从十六岁起即知名于世,迄今已整整十年,这些年间,他来往于北郭、青丘间,还曾去城中一游。"匹马尘埃"一句写出了词人在尘世间苦苦寻觅报国之路的形象。他在《沁园春·寄内兄周思谊》词中亦云:"惊回首,漫十年风月,四海尘埃。"十年的努力,并未使他找到一个可以安身立命之所。"只恐"二句用三国时许汜与陈登的典故。许汜去见陈登,因为许不关心国家大事,而一味求田问舍,言无可采。陈登很瞧不起他,自上大床卧,让他睡下床。词中作者以许汜自比,因为自己关心的只是"故园鸡黍",故恐为陈登所笑。"笛里关山,樽前日月,回首空凝伫"三句,写自己不平静的心境。"笛里关山",语出杜甫《洗兵马》诗:"三年笛里关山月,万国兵前草木风。"这几年,国家正处于生死存亡的关头,而他却沉湎于自家田园之中,故内心并不平静。他对这种消沉无所作为的生活状况并不甘心。后结二句,词意微微振起,相信自己年纪尚未老大,不应当过于失望。这比起《赠薛相士》诗中"回头几何年,突兀渐老苍"以及"安居保常分,为计岂不良?愿生毋多言,妄念吾已忘",显然格调要高亢一些。不过从这首诗中我们也不难看出,词人政治上是软弱的,他有远大的抱负,却没有足够的胆识,所以当朱元璋任命他为户部右侍郎时,他又坚辞不受,而仅以诗人终其一生。

青丘乐府,素以疏旷见长。这首词亦是如此,全词直抒胸臆。其中如

卷三 诗词鉴赏

"酒发雄谈,剑增奇气,诗吐惊人语",一气贯注。而"笛里关山"与"樽前日月"的矛盾,"黄鹄轻举"与"风云无便"的矛盾又在不经意中抒发出来,这又是其抒情的细致处。故通观全篇,疏旷之中又不无缠绵,是这首词艺术上的最大特点,其所以成功或许亦缘于此。

　　(萧涤非、刘乃昌《中国文学名篇鉴赏·词赋卷》,山东大学出版社,2007年10月)

王步高诗文集

水龙吟

秋感

[明末清初] 陈维崧

夜来几阵西风,匆匆偷换人间世。凄凉不为,秦宫汉殿,被伊吹碎。只恨人生,些些往事,也成流水。想桃花露井,桐英永巷,青骢马,曾经系。

光景如新宛记,记瑶台、相逢姝丽。微烟淡月,回廊复馆,许多情事! 今日重游,野花乱蝶,迷濛而已! 愿天公还我,那年一带,玉楼银砌。

弱冠即身丁鼎革之变、亲见明政权覆亡的陈维崧,本为明代贵公子,他对亡国有着深沉的哀痛。"山崩海竭"、"日暝霜零"的大动乱在他的词作中打上深深的时代烙印。即便在一些并非直接抒发家国之恨的词作中,也不乏故国沧桑之感。这首《水龙吟》便属此类。这首词写的是爱情生活的变故,昔日词人曾在红粉丛中结识一风尘知己,由于江山变故,物人俱非,故神情黯然,凄怆欲绝。

词的开头两句紧扣词题"秋"字落笔。"西风"即秋风,几阵秋风,就换了人间。这种生活感受在北方最为明显,中秋以后,一股冷空气南下,一夜之间,会把正茂盛生长的青青树叶全部冻落,昨日枝繁叶茂的丛林,一夜中会变得光秃秃一片。一个"偷"字,道出这变换全在不经意中。"凄凉"三句,透出个中真谛,这种瞬息万变的人世变化,并非自然界的气候变化,而是"秦宫汉殿,被伊吹碎",尽管在这两句前冠以"凄凉不为"一句加以否定,却是正话反说。其实,词人的"凄凉"心境正为时事的变迁所致。

"只恨"句与"不为"相照应,往事都随流水逝去。从"想桃花"句开始,直到"许多情事"句为止,以"想"和"记"两个动词领起,展开对昔日往事的回忆。"想桃花"以下四句,回忆过去冶游艳遇的情事。"桃花露井",语出古乐府:"桃生露井上,李树生桃旁。"梁简文帝《咏初桃诗》:"飞花入露井,交干拂华堂。"王昌龄《春宫曲》:"昨夜风开露井桃,未央前殿月轮高。"李商隐《嘲桃》诗亦云："无赖夭桃面，平明露井东。""露井"，无盖之井。"桐英"，桐花。"永巷"，宫内道名。《列女传》："待罪永巷。"这里借指娼妓之烟花巷。"青骢马"二句也透出此处乃娼妓的住所。《苏小小》诗曰："妾乘油壁车，郎骑青骢马。"又冯延巳《鹊踏枝》曰："百草千花寒食路，香车系在谁家树？"这段贵胄公子的生活是既相当熟悉，又早已陌生了的，故用一"想"字领起，它如今已只存在于想象中了。

"光景如新宛记"句承接上文，当年冶游的情景还仿佛记得。这一"记"字，又使他记起昔日艳遇的"许多情事"。先是在"瑶台相逢"。"瑶台"，美玉所砌之台；一指神仙的居所。李白《清平乐》："若非群玉山头见，会向瑶台月下逢。"此处本指冶游之所。"姝丽"，美女。"微烟淡月，回廊复馆"也是对冶游生活环境的描述。词中之"烟月"与"风月"意同，用法如同陈与义诗："尚余烟月债，驱使入吟笔。"也可进而指妓院，如宋代陶毂《清异录》："四方指南海，为烟月作坊，以言风俗尚淫故也。""许多情事"句，回应"些些往事"一句。这化作流水一般过去的多少冶游"往事"，具体说便在上几句的一"想"、一"记"之中。

如果说，上几句是插入的一段回忆，从"今日"句起，重又回到现实中来。当年的"桃花露井，桐英水巷"，已是"野花乱蝶，迷濛而已"。这前后景况的比照，说明江山易改，人事变迁，怀旧而伤今。"愿天公"三句，是对未来的企望。词人希望回归到明亡以前的昔日世界去。结句的"玉楼银砌"，即前文之"回廊复馆"。明亡以前，词人过的是贵公子的生活，词中对昔日享乐生活的向往，并不能笼统地视为封建没落意识，反之，这中间有民族觉醒的意识在，有对故国河山的怀念。

这首词，很可能是明亡以后陈维崧词风转变时期的作品，它既非如早期学"花间"、北宋之婉丽，又不同于后期的沉雄俊爽，也没有"一发无余"的毛病，而是柔中有刚。关于这一点，其堂弟陈宗石在其序《湖海楼词》时谓："迨中更颠沛，饥驱四方，或驴背清霜，孤篷夜雨；或河梁送别，千里怀人；或酒旗歌板，须髯奋张；或月榭风廊，肝肠掩抑。一切诙谐狂啸，细泣幽吟，无不寓之于词。"诗穷而后工，也许正是家国的陵变、生活的艰难促使他从"微烟淡月，回廊复馆"更深地走向生活，去面对惨淡的人生，去正视淋漓的鲜血，造就全清词坛上首屈一指的一代宗师。而从这首词中正不难看出这种演进的轨迹。

（萧涤非、刘乃昌《中国文学名篇鉴赏·词赋卷》，山东大学出版社，2007年10月）

贺新郎

秋夜呈芝麓先生

[明末清初] 陈维崧

掷帽悲歌发。正倚幌，孤秋独眺，凤城双阙。一片玉河桥下水，宛转玲珑如雪。其上有、秦时明月。我在京华沦落久，恨吴盐、只点离人发。家何在？在天末。　　凭高对景心俱折。关情处，燕昭乐毅，一时人物。白雁横天如箭叫，叫尽古今豪杰。都只被、江山磨灭。明到无终山下去，拓弓弦、渴饮黄獐血。《长杨赋》，竟何益？

　　陈维崧与清初著名词人都有不同程度的交往，其中与龚鼎孳唱和尤多。龚鼎孳，号芝麓。这首词作于他中年旅居京师时，当时龚鼎孳正长期在京中任职。在此以前，康熙元年(1662)，汉奸吴三桂杀了南明王朝的最后一个皇帝桂王朱由榔。爱国名将郑成功也卒于台湾。康熙三年(1664)，抗清名将张煌言被俘遇害。康熙六年(1667)，康熙皇帝亲政。经过二三十年的动乱，抗清复明力量被剿灭干净，清朝统治已在中国确立。曾对抗清复明斗争抱同情支持态度的陈维崧最后一点希望也破灭了。面对清朝统治下的祖国河山，他一腔忧愤，国恨家愁使他夜不能寐，写下了这首悲怆激越而又含蓄蕴藉的爱国辞章。

　　起句即悲怆愤激。"掷帽"而发悲歌，起句即给全词笼罩上一层悲凉的气氛。这是一个孤寂的秋夜，词人正在高楼上，倚着窗独自眺望京都的宫殿城阙。伤春悲秋，本是离居之人常有的感情，何况在这国破家亡以后。一"孤"、一"独"，为下文客居思家，设置了很好的抒情氛围。对于明朝覆亡，清人入关，汉族许多士大夫感情上都不易接受，但何以陈维崧特别如此悲慨呢？这与他的家世有关。他的祖父陈于廷，明末官左都御史，曾是东林党的中坚人物。其父陈贞慧，是坚持民族气节的明遗民，明亡以后，埋身土室，十年不入城市。1644年明亡时，陈维崧也已二十一岁。清军入关，使他饱尝了亡国之恨。入清以后，他长期未入宦途，客游四方，穷困潦倒。这样的身世经历，使他对明王朝始终怀着深深的眷恋。故"独眺"这故都宫阙，自然涌起家国兴亡之感。"凤城"，即丹凤城，指京城。因秦穆公女弄玉吹箫引凤，凤凰落于京都而得名。

"一片"以下四句，为倚幌独眺所见之景。一是桥下之水，泛着粼粼水波；二是天上一轮明月，正照着当头。这四句景物实是再平常不过，词人却以不平常语出之。这水不是平常的水，"玉河桥"三字含有深意。据《一统志》载：顺天府玉河桥在府南玉河上，一跨长安东街，一跨文德坊街，一近城垣。"玉河"，即明清故宫外之御河，又名"玉泉"，源出北京西北之玉泉山。这水从皇宫太液池流来，它就成了人世沧桑的见证。"玲珑如雪"，语出宋许棐《茉莉》诗："荔枝香裹玲珑雪。"这月也非普通之月，它是"秦时明月"。此语出自王昌龄《出塞》诗，这首诗下面还有两句："但使龙城飞将在，不教胡马度阴山。"如今"胡马"不仅度了"阴山"，而且踏上龙庭，又只是因为没有"龙城飞将"在吗？显然词中虽未点明此二句，但怀旧伤今之情却俱在不言之中。

"我在京华沦落久"以下五句，由家国之恨进而写自己的身世之感。一"久"字，有着深长的怨愤。明亡这山崩地裂的巨变，对陈维崧的打击十分沉重，也使他的生活境遇一落千丈。在国恨家仇的煎熬下，他已是两鬓斑白。而家乡却远在千里万里之外的天边。自己惶惶如丧家之犬，孤苦无依。"吴盐"，此处形容白发。唐肃宗时，盐铁铸钱使第五琦于两淮所煮盐，以洁白著名，后来指这里的盐为吴盐。这里词人也暗用了李贺《还自会稽歌》中"吴霜点归鬓，身与塘蒲晚"的成句。词人何以客中思乡，这与他当时的处境有关。他当时已到了干谒求生的地步。他在作于这一时期的诗《春日范龙仙前辈相约……》中曰："四十男儿学干谒，朝游江淮暮吴越。漫将衣食累朱门，讵有文章动金阙。倦游屡岁赋归欤，故人相值还唏嘘。劝我莫作千里客，留我共读三冬书。忆别吴阊一年久……嗟余短鬓日苍浪，太息忧来未可忘。"就词中"我在京华沦落久"句看来，此词比上述诗写作时间更晚些，思乡之情也显得更急切。

换头以"凭高对景"四字收束上文，以"心俱折"三字转入伤今怀古。"关情处"，指京华山水。这里战国时也曾是燕国的首都。由此不难想到燕昭王设黄金台招纳贤士，又以乐毅为将军，联合秦、楚、赵、韩、魏几国合力攻齐，甚至攻下齐都临淄,故云:"燕昭乐毅,一时人物"。陆龟蒙《又酬袭美次韵》诗云:"酒香偏入梦,花落又关情。"而使词人触景而动情的是当今再也找不出燕昭王那样雄才大略、招贤纳士的君主,也不会有乐毅那样为国雪耻的大将军了。这时,传来一声白雁的叫声。"白雁",据《续墨客挥犀》:"北方有白雁,似雁而小,色白,秋深则来,至则霜降,河北人谓之霜信。"杜甫有诗谓:"旧国霜前白雁来。"范成大也有诗谓:"年年客路黄花酒,日日乡心白雁诗。"词中用"白雁",既可能是实景,也切合时令。白雁横天,发出响箭一般的叫声,似乎呼叫着被"江山磨灭"的燕昭、乐毅那样的古今豪杰。这里似有更深的含义在。"江山磨灭"的不仅是燕昭、乐毅那样的古人,还应包括史可法、郑成功、张煌言以至陈贞慧那样一些抗清复明的志士。而"江山磨灭"句中的江山,是暗指大明江山。

"明到无终山下去"两句,词人不忘国耻,直抒报国豪气。"无终山",在河北省蓟县北,一名"翁同山"。《搜神记》载:阴雍伯,洛阳人,至性笃孝。父母殁,葬于无终山,遂家焉。山高八十里,上无水,雍伯作义浆于坂头,行者皆饮之。无终山山高无水,词人欲"渴饮黄獐血"。此句语出《汉书·王莽传》:"饥食虏肉,渴饮其血。"表现出词人的英雄气概。正如陈廷焯所言:"雄劲之气,横扫千人。"

结句引用汉代扬雄著《长杨赋》事。长杨为秦旧宫,汉时又加修饰,宫在今陕西省周至县东南三十里,宫中有垂杨数亩,因以为宫名。扬雄曾随汉成帝羽猎,因帝王羽猎而影响了农业生产,扬雄故作赋以讽。词中谓"《长杨赋》,竟何益",是联系上文说的,即应当"拓弓弦"去战斗,写点讽刺性文章是无用的。

这是陈维崧词中一首爱国主义的杰作,其爱国的情感均是通过运用典故来表达的。除上文已论及的以外,有一点得补充说及。这首词的词眼在"秦时明月"四字,在四字的背后隐藏着王昌龄《出塞》诗的后两句,而"燕昭乐毅"等古人以及郑成功、张煌言等一时人物,正是词人心目中的"龙城飞将",虽然他们"都只被、江山磨灭"了,他仍渴望有这样的人物出现,甚至自己也欲去"拓弓弦",参加战斗,而不满足于写几首诗词文章。这样看来,全词的内容联系全在一个"月"字上。这首看似一般对月怀乡、写景抒怀的唱酬之作却是爱国主义词苑中的一块瑰宝。相形之下,龚鼎孳的和作则显得苍白无力,词中谓"羁宦薄游俱失意"、"作达狂歌吾事足"。甚至暗作规劝之语:"问人生,几斗荆高血。行乐耳,苦无益。"龚鼎孳为明崇祯七年进士,授兵科给事中，李自成攻下北京，他投降了，任直指使职。清兵入关，多尔衮攻进北京，他又降清，任吏科右给事中。康熙间官至礼部尚书。他曾与吴伟业、钱谦益并称"江左三大家"，对清初文坛有一定影响，此人品、气节却一无可取。陈维崧这样一首气冲云霄的爱国之作，他见了也只是奉劝陈维崧"行乐耳，苦无益"。这首佳作，陈维崧实在是"呈"错了人。

（萧涤非、刘乃昌《中国文学名篇鉴赏·词赋卷》，山东大学出版社，2007年10月）

（王步高《爱国诗词鉴赏辞典》，南京大学出版社，1992年5月）

王步高诗文集

金缕曲

亡妇忌日有感

[清] 纳兰性德

　　此恨何时已？滴空阶，寒更雨歇，葬花天气。三载悠悠魂梦杳，是梦久应醒矣。料也觉、人间无味。不及夜台尘土隔，冷清清一片埋愁地。钗钿约，竟抛弃！　　重泉若有双鱼寄，好知他、年来苦乐，与谁相倚？我自终宵成转侧，忍听湘弦重理。待结个他生知己。还怕两人俱薄命，再缘悭、剩月零风里。清泪尽，纸灰起。

　　这是一首悼亡词，作于康熙十九年（1680）五月三十日，这一天是其妻卢氏死去三周年的忌日。这时纳兰性德二十六岁。据徐乾学所撰《纳兰君墓志铭》载，性德之"配卢氏。两广总督、兵部尚书、都察院右都御史兴祖之女，赠淑人，先君卒"。据1977年出土的《皇清纳腊氏墓志铭》载："卢氏年十八归成德，康熙十六年五月三十日卒，春秋二十有一，生一子海亮。"卢氏与纳兰性德结婚时，性德二十岁，婚后三年她便去世了，但其夫妻感情深厚，今存《饮水词》，悼亡之作便占很大篇幅。纳兰性德生长于富贵之家，为承平少年，乌衣公子，丧妻使他开始尝到人生的苦涩。这首《金缕曲》是诸悼亡之作中的代表作。

　　词起得突兀："此恨何时已？"劈头一个反问，道出词人心中对卢氏之死深切绵长、无穷无尽的哀思。自卢氏死后，纳兰性德对她的思念一直没有停止。他既恨新婚三年竟成永诀，欢乐不终而哀思无限；又恨人鬼悬隔，相见无由。值此亡妇忌日，这种愁恨更有增无已。"滴空阶，寒更雨歇，葬花天气"三句，更渲染出悼亡的环境氛围。"滴空阶，寒更雨歇"二句，化用了温庭筠《更漏子》下阕词意，温词曰："梧桐树，三更雨。不道离情正苦，一叶叶，一声声，空阶滴到明。"能清晰听到夜雨停歇之后，残雨滴空阶之声的人，一定有着郁闷难排的心事,温飞卿是为离情所苦,纳兰容若则为丧妻之痛,死别之伤痛自然远过于离别,故其凄苦更甚。亡妇死于农历三十日,此时已是夏天,争奇斗艳的百花已大都凋谢,词中故称"葬花天气"。此处两个措词当注意:其一都属夏夜,却称"寒更",此非自然天气所致,乃寂寞凄凉之心境感受使然;其二是词人不谓"落花"而称"葬花","葬"与"落"平仄相同,自非韵律所限,人死方谓"葬",用"葬"字则更切合卢氏之死,如春花一样美艳的娇妻,却如落花一样"零落成泥碾作尘"。如今之"葬花天气"三年前却曾是"葬人"天。妻死整整三年,仿佛大梦一场,但果真是梦也早该醒了。被噩耗震惊之人,常会在痛心疾首之余,对现实产生某种怀疑,希望自己是在梦境中。梦中的情景无论多么令人不快,梦醒则烟消云散。可是哪有一梦三年的呢?惨痛的现实使词人不能不予以正视,妻子之死已无可怀疑,那是什么原因使她不留恋人间的生活弃我而去呢? 词人设想:"料也觉、人间无味。"这句话给后世的读者留下耐人寻味的疑问。卢氏因何而死? 为何她会觉得"人间无味"? 为什么卢氏死后与她结婚三年的丈夫会留下如此之多的悼亡之作?而今日发掘出的卢氏墓地又是那样的小(虽比较精致,却与她丞相的长媳身分不很相称)?"不及夜台尘土隔,冷清清一片埋愁地"二句谓一抔黄土,将人间与幽冥两个世界隔开。夜台,即墓穴。埋愁地,亦指墓地。卢氏葬于玉河皂荚屯祖茔。"钗钿约,竟抛弃"二句,谓夫妇白头到老的誓言竟成虚语。古时夫妇常钗钿作为定情之物,表示对爱情的忠诚。钗为古代妇女首饰之一,乃双股笄;钿,即金花,为珠宝镶嵌的首饰,亦由两片合成。上片写词人对亡妇的深切怀念。下片则驰骋想象,设想卢氏死后的生活,使对死者的追念更深一层。

下片开头词人即遁入"魔道",期望能了解卢氏亡故以后的情况。这当然是以人死后精神不死,还有一个幽冥的阴间世界为前提的。此亦时代局限使然,也未必不是词人的精诚所致,自然无可厚非。"重泉若有双鱼寄,好知他、年来苦乐,与谁相倚?""重泉",即俗称之黄泉、九泉,指死者埋葬之所。双鱼,指书信。古乐府有"客从远方来,遗我双鲤鱼。呼儿烹鲤鱼,中有尺素书"之诗,后世故以双鲤鱼指书信。倘能与九泉之下的亡妻通信,一定得问问她,这几年生活是苦是乐,她和谁人相伴。此乃由生前之恩爱联想所及。词人在另两首题为《沁园春》的悼亡词中也说:"记绣榻闲时,并吹红雨;雕阑曲处,同倚斜阳。"又曰:"最忆相看,娇讹道字,手剪银灯自泼茶。"由生前恩爱,而虑及爱人死后的生活,钟爱之情,可谓深入骨髓。词人终夜辗转反侧,难以成眠。欲重理湘琴以消遣，又不忍听这琴声，因为这是亡妻的遗物，睹物思人，只会起到"举杯消愁""抽刀断水"的作用，而于事无补。湘弦，原指湘妃之琴。顾贞观有和性德《采桑子》云："分明抹丽开时候，琴静东厢……孤负新凉，淡月疏棂梦一场。"由此可以看出卢氏在日，夫妇常东厢理琴。理琴，即弹琴。弹琴既不成，捎信又难达，词人只好盼望来生仍能与她结为知己。据叶舒崇所撰卢氏墓志，性德于其妻死后，"悼亡之吟不少，知己之恨尤多"。词人不仅把卢氏当作亲人，也当成挚友，在封建婚姻制度下，这是极难得的。词人欲"结个他生知己"的愿望，仍怕不能实现："还怕两人俱薄命，再缘悭、剩月零风里。"词人甚至担心两人依旧薄命，来生的夫妻仍难长久。缘悭，指缘分少；剩月零风，即残月凄风，好景不长。读词至此，不能不使人潸然泪下。新婚三年，便生死睽隔，已足以使人痛断肝肠，而企望来生也不可得，这个现实不是太残酷了吗？在封建制度下，婚姻不以爱情为基础，故很少美满的，难得一两对恩爱夫妻，也往往被天灾人祸所拆散。许多痴情男女，只得以死殉情，以期能鬼魂相依。词人期望来生再结知己，已是进了一步。但又自知无望，故后结"清泪尽，纸灰起"二句，格外凄绝。

　　这首词，是纳兰性德词风转折时期的作品。顾贞观曰："容若词一种凄惋处，令人不能卒读。"陈维崧曰："饮水词哀感顽艳，得南唐后主之遗。"前贤认为，卢氏之死，是性德词风转变的关键，从这首词也可见一斑。此词的风格特点正在于"哀感顽艳"。词从空阶雨滴、寒夜葬花写来，这自然界的景物虽令人产生伤春之感，却令词人勾起悼亡之思，以夜台幽远，书信难达，以至来生难期，感情层层递进，最后万念俱灰。其感情之真挚、悼念之沉痛，均艺术地表达出来了。全词虚实相间，有实景，有虚拟，看到的和想到的糅合为一，真实的往事及对幽冥生活的设想密合无间，而联系这一切的是夫妇深沉的爱情。这首词的表现手法与苏轼悼念亡妻的《江城子》一词相似。纳兰词"不及夜台尘土隔，冷清清一片埋愁地"与苏词"千里孤坟，无处话凄凉"如出一辙。而纳兰词中几处设想之辞，也与苏词"纵使相逢应不识，尘满面，鬓如霜"近似。而词的结构，又与清真词《瑞龙吟》及史达祖之悼亡词《三姝媚》相近。只是感情更深挚感人，情致更缠绵。这首词的语言，多是感情的真实流露，而较少雕琢，质朴自然，却不够洗炼、不够含蓄，故全词有篇而无句。

　　（李文禄、宋绪连《古代爱情诗词鉴赏辞典》，辽宁大学出版社，1990年7月）

减字木兰花（八首）

庚戌除夕客中

[清] 吴敬梓

今年除夕，风雪漫天人作客。三十年来，那得双眉时暂开？　　不婚不宦，嗜欲人生应减半。鲍子知余，满酌屠苏醉拥炉。

这组《减字木兰花》词共八首，作于雍正八年庚戌（1730年）除夕。作者正客居南京。风雪之夜，他的朋友鲍某生着炉火，满斟酒与他共度除夕。此情此景，并未完全能化解其愁肠，因为他的忧愁实在太深广了。

吴敬梓"家本膏华"，但由于不善理财，又"性耽挥霍"，所以尽管有"灌夫骂坐之气，庄叟物外之思"，却只能"闭门而学书空，叩门而拙言辞"，以至"竟有造请而不报，或至对宾而杖仆"。他在科举道路上也十分不顺利，既未能像曾祖吴国对那样高中探花，甚至也不能像嗣父那样被拔贡，而他的妻子陶氏又郁郁以终，他"不婚不宦"，一事无成。且"田庐尽卖，乡里传为子弟戒"，为乡里所不容，虽尚未正式迁居，却经常流落异乡。这组词便是在这种情况下写成的。这年他已虚龄三十，回顾自己三十年来的经历，有对世路艰辛的苦涩回味，有对"少年游冶"生活的追悔，有对事业无成的莫名惆怅，对未来又抱着似有若无的朦胧期待。作者写这组词的心情是相当复杂的。

这是八首词中的第一首，是全组的总冒，扣合除夕的节序及当时的自然环境，综述自己的人生感受。

"今年除夕，风雪漫天人作客"，紧扣词题点出天气及自己的身份，并且关合第二首开头之"昔年"。"除夕"是合家团圆的日子，却独在异乡"作客"，何况这种"作客"并非为官为宦，也不是腰缠万贯的富商巨贾，实是流落异乡。家乡就在百里之外，在古代交通不发达的情况下也不过一日路程，可作者却有家难归。望着漫天飞舞的风雪，逼人的寒气，可谓从外凉到心。咀嚼这生活的苦味，作者不禁发出令人酸鼻的一声感叹："三十年来，那得双眉时暂开?""开眉",谓笑。贾岛《落第东归逢僧伯阳》:"老病难为乐,开眉赖故人。"三十年来,竟不得"眉暂开",可见身世之不幸。元稹《遣悲怀》结句云"唯将终夜长开眼,报答平生未展眉","平生未展眉"与"那得双眉时暂开"意思相近。这两句是整组词的词眼,很耐人寻味。这两句定下了全词的主旋律,也确定了全词抑郁、凄暗的基调。应当指出,"眉暂开"三字似乎是极易极平常之事,但就连这一点三十年来竟也从未做到过,这里似乎有几分夸张。但读者正从这夸张中感受到作者忧愁之深重。

词之换头通常要转换一层意思,而这首词打破了词习惯的分片程式,顺着前片的意思继续申说。这既是由于小令文字少,一片一层意思不易说清,更因为这首词从前片开始即已打破上片景、下片情的传统习惯,故下片开头意思仍紧承上片。"不婚不宦"四字是对他时下处境的极好概括。"不婚"并非从未结婚。他十六七岁时就与姑母的小女儿陶氏结了婚,他还带着妻子一起随嗣父吴霖起到赣榆县任所,并生下长子吴烺。由于南北播迁,生计维艰,使妻子早逝。据陈美林教授等的考证,陶氏去世约是作者二十六七岁时,距作这首词时已有三四年时光。"不宦",意思比较明确,即他从未做过官。作者在《移家赋》中曾自称"少有六甲之诵,长余四海之心",显然也想走祖辈科举仕宦的道路。但严酷的现实不能不开始头脑清醒些了,故云:"嗜欲人生应减半。"嗜欲,原指嗜好与欲望。如《大戴礼记·保傅》曰:"胡越之人,生而同声,嗜欲不异。"但这里嗜欲应视为"理想"、"抱负"的同义词,也即读书做官的愿望。"应减半"三字,说明他对科举制度已开始有所认识,科举不是读书人的唯一出路。这既是前几年科举屡屡受挫所致,也是他对科场黑暗有所了解使然。但这时他对科举尚未完全绝望,甚至两年后移家南京时,他对此仍心存希冀。三四年后,他还参加了博学鸿词科的头两场考试,便是明证。"应减半"三字,措辞极有分寸。

"鲍子知余,满酌屠苏醉拥炉"紧扣除夕的时令特点。除夕之夜,作者在朋友鲍某家吃年夜饭。"知余"二字,道出鲍某乃作者的知交。作者一生有过不少知心朋友,而这位鲍某,其名已不可考,在吴敬梓移居南京后的诗文中,似乎也未再提及,但他与作者关系较密切,却是无可怀疑的。作者称他为"鲍子",含有尊敬之意。作者落魄潦倒,不容于乡里,鲍某并不嫌弃他,还与他结伴过年。"满酌屠苏醉拥炉"一句是对他们共进年夜饭的具体描述。屠苏,酒名,古代风俗于正月初一饮屠苏酒。唐韩谔《岁华纪丽·元日》曰:"进屠苏。"注云:"俗说屠苏乃草庵之名,昔有人居草庵之中,每岁除夜遗闾

卷三　诗词鉴赏

里一药贴,令囊浸井中,至元日取水,置于酒樽,合家饮之,不病瘟疫,今人得其方而不知其人姓名,但曰屠苏而已。"后代似乎不仅年初一所饮酒称屠苏,除夕所饮酒亦可称屠苏了。陆游《除夜雪》诗即曰:"兰盏屠苏犹未举,灯前小草写桃符。"雪夜拥炉饮酒,又与好友相伴,并未使作者乐以忘忧,反而使他在这辞旧迎新之际,认真反思自己三十年来的遭遇,检讨自己。

这首词,因韵律要求,仄平韵交替。值得一提的是,词开头两句夕、客二字用入声,入声短促,其收音于 k、t 等清塞音。在这里往往更能有扣人心弦、振聋发聩的作用。而且在全椒、南京的方言中,仍保留有入声。以入声用于这组词的第一对韵,就很有特色。词中"那得双眉时暂开"句,通俗而又典型,易懂而又含蓄,也是值得称道的。

(陈美林《儒林外史辞典》,南京大学出版社,1994 年 10 月)

王步高诗文集

移家赋　并序

［清］吴敬梓

　　粤以癸丑之年,建寅之月,农祥晨正,女夷鼓歌。余乃身辞乡关,奔驰道路。晏晏爽垲,先君所置,烧杵掘金,任其易主。百里驾此艋艇,一日达于白下。

　　土云信美,客终畏人。阮籍之哭穷途,肆彼猖狂;杨朱之泣歧路,悲其南北。昔陆士衡之入洛,卫叔宝之过江,俱以国常,非由得已。梓家本膏华,性耽挥霍,生值承平之世,本无播迁之忧;乃以郁伊既久,薪缠成疾。枭将东徙,浑未解于更鸣;鸟巢南枝,将竟托于恋燠。烟寒土锉,仲蔚之居尽蓬蒿;月冷绳床,陈平之门惟散席。心妍面丑,力薄才绵,紫谖岂疗愁之花,丹棘非忘忧之草。饥者歌食,劳者歌事,觊缕惧荒耗之讥,忱恨尽佗傺之况。叹老嗟卑,思来述往。御炉宫锦,旧事销沉;葛帔西华,故交零落。泛腾财散,聊自适于琴书;贾岛诗穷,复何心于薪米? 相如涤器,炉边有婵娟之女;景略扪虱,山中遇蹒跚之翁。诛茅江令之宅,穿径谢公之墩。乌衣巷口,燕子飘零;白板桥边,渔舟暖逐。苔殷蔇紫,凄凉何代江山;断碣缭垣,寂历前朝陵树。帘开昼永,雀作嘉宾;户冷宵澄,鱼为门钥。具崔洪之癖,不言货财;读潘尼之诗,易遗尺璧。遂乃笙簧六艺,渔猎百家。有若之恶卧,焠之以掌;苏子之屈首,刺之于股。坐萧藻之床,书帙盦希;映孙康之雪,炉香鸭困。林宗不改其乐,痀偻用志不分。竟同元豹,任终隐以无伤;转惭蜾蠃,能负财以至死! 虽无杨意之荐,达之天子;桓谭之赏,传于后人。优哉游哉,聊以卒岁。蛟入仲舒之怀,凤吐子云之口,忝翰列元中之名,别馆著紫方之号。金陵王海,连城足比,兔友退锋,成功可期。千户之侯,百工之技,天不予梓也,而独文梓焉。追为此赋,歌以永言,悲切怨愤,涕洟流沫。左思之赋覆酱瓿,讵其然乎? 李贺之诗投溷中,是吾忧也!

　　我之宗周贵裔,久发轫于东浙。(按族谱:高祖为仲雍九十九世孙。)有明靖难,用宣力于南都。(远祖以永乐时从龙。)赐千户之实封,邑六合而剖符。迫转弟而让袭,历数叶而迁居。(始祖讳转弟公,自六合迁全椒。)值前代之中天,正太和之宇宙,隶淮南为编氓,勤西畴以耕耨。陨荣露而脂凝,合萧云而车覆。春亩青连,芳郊绿绣。鹖唪而挞挞镰挥,蟀吟而轧轧织就。舣舟于蔡姥湖边,扶杖于丁姑祠右。(蔡姥湖见《全椒志》,丁姑祠见《搜神记》。)爰负耒而横经，治青囊而业医。鬼臾区以为友，儌贷季以为师。翻玉版之精切，研《金匮》之奥奇。德则协于仁恕，知则达于神示。聪明理达，淳良廉洁，道遗金而不拾(先世还金事，至今乡里皆称之)，墙有桃而讵折，讲孝友于家庭，有代传之清节。信作善之必昌，乃诞降于高祖。自束发而能文，及胜衣而稽古。绍绝学于关闽，问心源于邹鲁。梦丹篆而能吞，假采毫而不与。清丽芊绵，疏越朱弦，风行水上，繁星丽天。初奋发于制举，仍追逐于前贤。仲舒无窥园之日，公美无出墅之年。遭息翩而垂翅，遽点额而迤遭；夜珠之光按剑，泣玉之泪如泉。暖风晴日，张乐花前。望龙门而不见，烧虎尾而茫然！席帽随身，番毡盖骨，躬耕而田病硗确，转徙而财难薜越。贫居有等身之书，干时无通名之谒(宁国太守关骥以书召，谢不往)。时呵壁而问天，遂举觞而喝月；种白杨于萧斋，感黄槐于林樾。陇上乌飞，花间莺歌，流水潺湲，寒山碑矶，无不伤迟暮于美人，白盈颠之华发。乃守先而待后，开讲堂而雏诵，历阳百里，诸生游从，鸟啼花影，马嘶香鞚。蒴轴之寤寐言，趾离之告吉梦，见神物之蜿蜒，占大璋之载弄(高祖梦神物，而太史、黄门李生)。肇锡之以嘉名，命王家而作栋。于是驹齿未落，龙文已光，始则河东三凤，终则马氏五常。或笃志于铅椠，或尽力于农桑(曾祖兄弟五人，四成进士，一为农，终布衣)。寻桑根之遗迹，过落叶之山房，家有逸民之号，人传导引之方。东华遗佚，阆苑翻觞，落次仲之翩，逐箫史之凰(布衣公无疾而终，人传仙去)。伯则遨游薇省，叔则栖迟槐署，季抗疏于乌台，受两朝之眷顾。似子固兄弟四人，吾先人独伤晚遇，常发愤而揣摩，遂遵道而得路。三殿胪传，九重温语，宫烛宵分，花砖月午。张珊网于海隅，悬藻鉴于畿辅。诏分玉局之书，渴饮金茎之露。羡白首之词臣，久赤墀之记注。五十年中，家门鼎盛，陆氏则机、云同居，苏家则轼、辙并进，子弟则人有凤毛，门巷则家夸马粪。绿野堂开，青云路近，宾客则轮毂朱丹，奴仆则绣駬妆靓，卮茜有千亩之荣，木奴有千头之庆。宅为因旧，斋号长梁，禽鸣变柳，燕寝凝香。故物唯存于簪笏，旧业不系于貂珰，谢棋子之方褥，去班丝之隐囊。纱帷昼暖，素琴夕张，图史与肘案相错，绮襦与轩冕俱忘。听吕蒙之呓语，过张申之墨庄，鼎文有证谬之辨，金根无误改之伤，羡延陵之鄂子，擅海内之文章。

吾父于是仰而思，坐以待，网罗于千古，从横于百代，为天下之楷模，识前贤之记载，实文苑之羽仪，鲜沧海之流芥。元默以为稼穑，洪笔以为钼耒。独正者危，至方则阋。九州之被有余，三秀之门斯在。雕虫而耻壮夫，弃觚而叹散儒。讲学邹峄，策名帝都，摩石鼓之文，听圜桥之书。当捧檄之未决，念色养之堪娱，感蔡顺之噬指，鄙温峤之绝裾。捆蒲苇而织屦履，浣厕牏而涤溺器。荻水堂前，板舆花里。见孝草之敷荣，有慈鸦之戾止，六芝竞进以延年，五采戏前而色喜。曾参之心乐三釜，赵综之母年八十。身隐而文焉用，善养而禄弗及，方遂茅容之愿，遽下皋鱼之泣。肝乾肺焦，形变骨立。白蛇素狸之扰，皓鸟曜雀之集，凡见似而目瞿，皆隐志之相及。丧葬既毕，精业维勤，卷之万象，挥之八垠。守子云之玄，安黔娄之贫，观使才于履屐，作表帅于人伦。郇成分宅之义，羊舌下泣之仁。门堪罗鸟，庭无杂宾，挥乐广之麈，书羊欣之裙，马帐溢执经之客，鹿车骈问字之人。暮年黉舍，远在海滨，时矩世范，律物正身。时游历于缁帷，天将以为木铎。系马堂阶，衣冠万萭。鲑菜萧然，引觞徐酌。春夏教以诗书，秋冬教以羽籥，鸟革翚飞，云蔓连阁，见横舍之既修，歌泮水而思乐(先君为赣榆教谕，捐赀破产修学宫)。凛朽索之驭马，每求信于尺蠖，守规矩与绳墨，实方圆而柄凿。微子之叹蓬飞，仲尼之感桑落，归耕颍上之田，永赴遂初之约(先君于壬寅年去官，次年辞世)。贤人则岁在龙蛇，仙翁则惟遗笙鹤。于是君子之泽，斩于五世，兄弟参商，宗族诟谇。假荫而带狐令，卖婚而缔鸡肆，求援得援，求系得系。侯景以儿女作奴，王源之姻好唯利。贩鬻祖曾，窃赀皂隶，若敖之鬼馁而，广平之风衰矣！彼互郎与列肆，乃贩脂而削脯，既到处而辙留，能额瞬而目语。鱼盐漆丝，齿革毛羽，僵喜荣猱，驵侩枝梧。漉沙构白，熬波出素，积雪中春，飞霜暑路。迁其地而仍良，皆杂处于吾土。山猱人面，穷奇锯牙，细㡩广厦，锦幄香车，马首之金匼匝，腰间之玉辟邪。春风则乘醉而倚，秋月则倍明于家。昔之列戟鸣珂，加以紫标黄榜，莫不低其颜色，增以凄怆，口嗫嚅而不前，足盘辟而欲往。念世祚之悠悠，遇斯人而怏怏。

梓少有六甲之诵，长余四海之心。推鸡坊而为长，戏鹑栏而忿深。嗟早年之集蓼，托毁室于冤禽，淳于恭之自箠不见，陈太邱之家法难寻。熏炉茗椀，药白霜砧，竟希酒圣，聊托书淫，旬锻季炼，月弄风吟，谈谐不为寒默，交游不入金壬。尔乃洛阳名园，辋川别墅，碧柳楼台，绿苔庭户，群莺乱飞，杂花生树，枕石漱流，研朱滴露。有瑰意与琦行，无捷径以窘步，吾独好此姱修，乃众庶之不誉。贺拔甚之交疏，刘䲭鹠之门杜。群疑叟叟，有似墨尿，蚵蚵咕咕，甡甡栖栖。无为牛从，宁为鸡尸。灌夫骂坐之气，庄叟物外之思，壮士欻兮绝天维，北斗戾兮太山夷，闭户而学书空，叩门而拙言辞。至于眷念乡人，与为游处，似以冰而致蝇，若以狸而致鼠，见几而作，逝将去汝。飘瓦而恢心不怨，虚舟而惼心不怒。买丝五色，绣作平原君；有酒一杯，唯浇赵

243

州土。

当其年少旅愁，东下西游，向临邛以作客，过邺下而登楼；马鸣驿路，鸡唱星邮，严霜点鬓，酸风射眸。鼠窥灯而破梦，鸟啼树而生愁，月晓则深林寂寂，叶落而古道飕飕。风力冱冰，寒威绵折，行道迟迟，忧心惙惙。日薄西山，乍明乍灭，有迷津而莫问，无幽事之可悦。乐莫乐兮新相知，悲莫悲兮生离别！看山光而黯淡，听水声而呜咽。既而名纸毛生，进退维谷，叹积案而成箱，亦连篇而累牍，虽浚发于巧心，终受蚩于拙目。鬼嗤谋利之刘龙，人笑苦吟之周朴。竟有造请而不报，或至对宾而杖仆。谁为倒屣之迎？空有溺庐之辱。拨寒炉之夜灰，向屠门而嚼肉。五世长者知饮食，三世长者知被服。彼钱癖与宝精，枉秤珠而量玉，遂所如而龃龉，困穷涂而瑟缩。

金陵佳丽，黄旗紫气，虎踞龙盘，川流山峙，桂桨兰舟，药栏花砌，歌吹沸天，绮罗扑地，实历代之帝都，多昔人之旅寄。爱买数椽而居，遂有终焉之志。楼外花明，帘前日丽，竹院风清，纸窗雪霁；常扪虱而自如，乃送鸿而高视；吊六代之英才，忽怆焉而陨涕。彼夫金、张之馆，许、史之庐，南邻钟磬，北里笙竽，有万人之僮客，具千乘之辎车，生奇树于庭内，待时英而馆虚；久从吾之所好，岂有慕于彼都！乃有青钱学士，白衣尚书，私拟七子，相推六儒，既长吟而短啸，亦西抹而东涂，咸能振翼于云汉，俱夸龙跃于天衢。谁解投分之交，惧诵绝交之书。

于是登高舒啸，临流赋诗，朝露之托柏叶，枯朽之出菌芝，世事则唯感木槿，文字则竟少姜莪，浇书摊饭，朝斯夕斯。况复回文织锦，故人织素，鬟影春风，缟衣惧蘦，垂露华于石井，弹绿绮而佳趣，不工封禅之书，聊作美人之赋。别有何戡白首，车子青春，红红小妓，黑黑故人。寄闲情于丝竹，消壮怀于风尘，识沈约梦中之路，销江淹别后之魂。

谦以称物而平施，忍以含容而成德。石火电光，终于此灭，取富贵以何时，嗟韶年之转迫。且夫消息盈虚，天道在焉。余家世于淮南，乃流播于江关，枯鱼穷鸟，不可问天；布衣韦带，虚此盛齿。寄恨无穷，端忧讵止？忆风景之通华，写哀思于侧理。妙曲唱于旗亭，绝调歌于郢市。正如雍门之琴，闻而泪落无休；素女之瑟，听则悲生不已！

（《文木山房集》卷一）

吴敬梓并不以赋名家，但其诗赋的功力亦颇受时人称许。其友人程晋芳《文木先生传》云，其"诗赋援笔立成，夙构者莫之为胜"。《移家赋》则是他

244

殚精竭虑之力作。

一

吴敬梓在雍正十一年(1733)二月迁居南京。大约一年后,他回忆自己的半生经历,即事感怀,写下这篇《移家赋》。这是中国赋史上不可多得的长篇大赋,分序言与正文两部分。其中序言长五百七十二字,正文二千五百二十九字。就其字数而言,古代的名篇大赋中,仅庾信的《哀江南赋》堪与匹敌(《哀江南赋》正文二千九百零八字,长于《移家赋》,而序言比《移家赋》短四十字)。两篇赋的内容都是写为形势所迫而离开故乡家园,表现手法以至遣词用语也颇多相似之处。

庾信《哀江南赋》开头作:"粤以戊辰之年,建亥之月,大盗移国,金陵瓦解。余乃窜身荒谷,公私涂炭;华阳奔命,有去无归。"《移家赋》则云:"粤以癸丑之年,建寅之月,农祥晨正,女夷鼓歌。余乃身辞乡关,奔驰道路。"显然,二者如出一辙。"粤"为语助词,用于句首,意与"曰"通。癸丑之年,乃雍正十一年,建寅之月,为农历二月。"农祥晨正,女夷鼓歌"二句则补写这二月的节令特征。前句语本《国语·周语上》:"土气震发,农祥晨正,日月底于天庙,土乃脉发。"农祥,乃房星。晨正,谓立春之日,晨中于午。房星晨正而农事开始,故谓农祥。女夷鼓歌语本《淮南子·天文训》:"女夷鼓歌,以司天和,以长百谷、禽鸟、草木。"女夷乃传说中掌春夏万物生长之神。吴敬梓就是在这样一个初春之时,"身辞乡关,奔驰道路"的。他要离开故土,迁居异地,昔日分家时分得的二万金由于他不善经营,又慷慨乐施,此时已基本用尽,只得卖了故乡田产和祖宅。"故土难离",这种彻底割舍的行动,不能不对他的思想产生强大的冲击波。故云:"晏婴爽垲,先君所置;烧杵掘金,任其易主。"连用了两个易宅的典故。"晏婴爽垲",语本《左传·昭公三年》:"初,(齐)景公欲更晏子之宅,曰:'子之宅近市,湫隘嚣尘,不可以居,请更诸爽垲者。'"爽垲,意为明亮干燥。晏婴拒绝了景公的好意,拒绝迁居,后景公在晏婴出使晋国时为其迁居,晏婴回国,又坚持搬回旧宅。"烧杵掘金",语本《列异传》,谓张奋原先家中巨富,后家道衰落,将住宅卖与黎阳程家。程家迁入后,死病相继,只得又卖给何文。何文待日暮时,持刀坐到北堂中梁上,听到高冠黄衣人、高冠青衣人、高冠白衣人及细腰人的对话,经过盘问,终于弄清此宅的秘密,原来黄衣人乃黄金,白衣人乃白银,青衣人乃钱,细腰人乃杵,于是掘得金银各五百斤,钱千万余,又取杵烧之,宅内从此平安。前两句谓此乃"先君所置"之祖宅,像晏婴一样有着不忍割舍之意。而后两句,则谓即便宅下埋有金银钱财,也只能"任其易主",又表现了决计迁居的决心,因为同族之间的倾轧,使他下定离乡决心,故不忍也要舍。这几句用意义相反的两个典故描述迁离故乡时的矛盾心态,简洁而明快。"百里驾此艋艇,一日达于白下"二句,极简括地写出移家的途程。安徽全椒,与南京仅一江之隔,百里之遥。"艋艇",小舟,显然家当不多。"一日",言时光迅速,回应"百里"。"白下",南京东晋南朝时建康(今南京市)附近之滨江要地。本名白石陂,后人于此筑白下城,故址在今南京市金川门外。唐初曾移金陵县治于此,改名白下县。故又以白下为南京之别称。

"土云信美,客终畏人"二句道出作者旅途中的心情,为以下一段的总冒。"土云信美",语本王粲《登楼赋》:"虽信美而非吾土兮,曾何足以少留。"信美,确实美。吴敬梓对南京的印象极佳,下文还将详细言及。然而南京毕竟是异乡的土地,新来乍到,举目无亲,"客终畏人"在所难免。畏人,语本《诗经·郑风·将仲子》:"岂敢爱之?畏人之多言。"韦应物《鹧鸪诗》云:"不意道苦辛,客子常畏人。"乃此语所本。"阮籍之哭穷途,肆彼猖狂"句,语本王勃《滕王阁序》:"孟尝高洁,空余报国之情;阮籍猖狂,岂效穷途之哭。"《晋书·阮籍传》:"时率意独驾,不由径路。车迹所穷,辄恸哭而反。""杨朱之泣歧路,悲其南北"二句,杨朱,战国时魏人,字子居,又称杨子、阳子或阳生。后于墨子,早于孟子。其说重在爱己,不以物累,不拔一毛以利天下。事本《列子·说符》:"杨子之邻人亡羊,既率其党,又请杨子之竖追之。杨子曰:'嘻,亡一羊何追者之众?'邻人曰:'多歧路。'"而终未得羊,"杨子戚然变容,不言者移时,不笑者竟日"。"因多歧路,可以南可以北,故亡其羊。"以上四句,用阮籍、杨子的两个典故,写出了作者穷途怅惘的心态。阮籍穷途而泣,扬子悲歧路,这是作者当时心境的真切写照。作者是在家乡待不下去而移家南京,处于可南可北的人生歧路,何处是自己的归宿?作者心中是茫然的。"昔陆士衡之入洛,卫叔宝之过江,俱以国常,非由得已。"几句中,陆士衡,即陆机。陆机是东吴名将陆逊、陆抗的后代,《晋书》本传云:"至太康末,与弟云俱入洛,造太常张华。华素重其名,如旧相识,曰:'伐吴之役,利获二俊。'"卫叔宝,即晋卫玠,叔宝乃其字,"曾为晋太傅西阁祭酒,拜太子洗马。兄璪为散骑侍郎,内侍怀帝。玠以天下大乱,欲移家南行。母曰:'我不能舍仲宝而去也。'玠启谕深至,为门户大计,母涕泣从之。临别,玠谓兄曰:'在三之义,人之所重。今可谓致身之日,兄其勉之。'乃扶舆母转至江夏"。国常,本指国家的典章制度,《左传·襄二十三年》:"毋或如叔孙侨如,欲废国常,荡覆公室",此处用作国家政权的变故。陆机入洛因为东吴覆亡,卫玠南渡是因为天下大乱(不久西晋灭亡),都出于不得已。而作者谓"梓家本膏华,性耽挥霍,生值承平之世,本无播迁之忧;乃以郁伊既久,薪缠成疾。"这段文字,颇有自遣自责之意。谓自己出身于富贵之家,又生于太平之世,本无必要流离迁徙。而不能不离乡背井,迁居异乡。是因为"郁伊既久,薪缠成疾"。郁伊,忧闷不舒畅。《后汉书·崔寔传政论》:"是以王纲纵弛于上,智士郁伊于下。"注:"郁伊,不申之貌。"薪缠,为日常生活琐事缠扰。寥寥八字,把自嗣父吴霖起去世后十年间家族内部的纷争和烦恼高度浓缩其中。作者将造成这一结局的责任归于自己"性耽挥霍"。

　　关于这次移家的动机,作者又作了进一步的阐述:"枭将东徙,浑未解于更鸣;鸟巢南枝,将竟托于恋燠。"这里又用两个典故。枭东徙本于《说苑》:"枭逢鸠。鸠曰:'子将安之?'枭曰:'我将东徙。'鸠曰:'何故?'枭曰:'乡人皆恶我鸣,以故东徙。'鸠曰:'子能更鸣可矣。不能更鸣,东徙犹恶子之声。'""浑未解于更鸣"句明白道出作者虽"性耽挥霍",以至"家产荡尽",甚至早在三年前,他已"田庐尽卖,乡里传为子弟戒"(《减字木兰花·庚戌除夕客中》),但他似乎并不想改弦更张,故云"浑未解于更鸣"。鸣声依旧使枭继续遭人之恶,吴敬梓不肯"更鸣",终使他潦倒一生。"鸟巢南枝"句,南枝,谓南向的树枝,后多用作思念家乡的代词。《古诗十九首》:"胡马依北风,越鸟巢南枝。"此处反用其义。燠,暖也。作者爱暖畏寒而愿巢于南枝,所恋者并非自己的家乡,而如唐李峤《鹧鸪》诗所云:"可怜鹧鸪飞,飞向树南枝。南枝日照暖,北枝霜露滋。"南京在全椒之东略偏南,又在江南,这里的"巢南枝"不仅用典,也是指实。"烟寒十铧"两联,写清寒的生活。土铧,瓦锅。古时蜀人呼釜为铧。杜甫《闻斛斯六官未归》:"荆扉深蔓草,土铧冷疏烟。""仲蔚",张仲蔚,后汉扶风人,少与同郡魏景卿隐身不仕。明天官,学问弘博,尝好为诗赋,所居蓬蒿没人。绳床,坐具。唐·义净《南海寄归内法传·食坐小床》:"西方僧众将食之时,必须人人净洗手足,各各踞坐小床,高可七寸,方才一尺,藤绳织内,脚圆且轻,卑幼之流,小拈随事,双足蹋地,前置盘盂。"其式样来自西域,故又称胡床。唐岑参《惠净上人幽居》诗:"江云入袈裟,山月吐绳床。"陈平,西汉初年的政治家,年轻时家贫,《史记·陈丞相世家》:陈平"家乃负郭穷巷,以弊席为门,然门外多有长者车辙"。"心妍面丑",语本韩愈《送穷文》:"影与形殊,面丑心妍,利居众后,责在人先。""紫诶岂疗愁之花,丹棘非忘忧之草",写移居之时的沉痛心情。谖,谖草,即萱草,忘忧之草。《诗经·卫风·伯兮》:"焉得谖草,言树之背。"丹棘,萱草的别名。晋崔豹《古今注·问答释义》:"丹棘,一名忘忧草,使人忘其忧也。"疗愁花,亦萱花。南朝梁任昉《述异记》下:"萱草一名紫萱,又呼为忘忧草,吴中书生呼为疗愁花。"这两句句式亦本庚信《哀江南赋序》:"楚歌非取乐之方,鲁酒无忘忧之用。"又《小园赋》:"草无忘忧之意,花无长乐之心。"两句言紫萱、丹棘,均难排遣心头的忧愁愤懑。以下四句也顺此思路抒发失意惆怅之情。"饥者歌食,劳者歌事"二句,语出汉何休《春秋公羊传·宣公十五年解诂》:"男女有所怨恨,相从而歌。饥者歌其食,劳者歌其事。"后世借这两句评价《诗经·国风》中一些反映劳动人民生活的诗歌。"觊缕惧荒耗之讥,怅悒尽佗傺之况"两句,以柳宗元、屈原以自比,抒发不得意之情。"觊缕",委曲、原委。语出《新唐书·柳宗元传》:"贤者不得志于今,必取贵于后,古之著书者皆是也。宗元近欲务此,然力薄志劣,无异能解,欲秉笔觊缕,神志荒耗,前后遗忘,终不能成章。"怅,忧伤苦闷。佗傺,失意貌。语出屈原《离骚》:"怅郁邑余佗傺兮,吾独穷困乎此时也。"像柳宗元一样担心受"荒耗"之讥,又担心如屈原一样感伤失意。不免有叹老嗟卑的忧伤。按理说,作者写此赋时才三十三四岁,不能谓老。潘岳《秋兴赋序》曰:"余春秋三十有二,始见二毛。"后人曾以潘岳三十二岁开始鬓白作为衰老的开始,故这里用"叹老嗟卑"也就不足为怪。"御炉宫锦,旧事销沉"二句究竟何指,不易指实。宫锦,宫中特制的锦缎。《旧唐书·李白传》:"白衣宫锦袍,于舟中顾瞻笑傲,傍若无人。"黄庭坚有诗云:"宫衣黄带御炉烘。"能使用御炉,着宫锦衣者,是极大的殊荣,或即指其曾祖吴国对等受到的恩宠。据陈廷敬《吴国对墓志铭》载,吴国对高中一甲三名,很受顺治皇帝的"恩眷",除按例授官翰林院编修外,还随顺治帝游幸景山瀛台、南苑诸处,经常得召从行,偶尔还获"赐坐延问如家人"。"旧事销沉"谓昔日曾祖辈的繁盛往事俱成过去。"葛帔西华,故交零落"二句,用南朝梁代任昉子西华之典,《南史·任昉传》载,任昉之子西华"冬月著葛帔练裙,道逢平原刘孝标,泫然矜之,谓曰:'我当为卿作计。'乃著《广绝交论》以讥其旧交"。这里以西华之贫寒自比,古人夏葛冬裘,冬季当着皮裘衣服,却仍着葛帔,可见已穷困到穿不暖的地步。吴敬梓亲曾祖吴国对之后,吴家逐步败落,吴国对的三个儿子,仅一人中过举人,另两名仅为秀才,到吴敬梓父辈,也是一败涂地,其嗣父吴霖起只是一个拔贡,正经举人也未中过。"故交零落",不完全谓这些亲朋故旧势利,因吴家败落而不再来往，很可能这些故交的后裔，历经三世，本身也大都衰落了。“氾腾财散，聊自适于琴书”，语见《晋书·氾腾传》：“氾腾字无忌，敦煌人也。举孝廉，除郎中。属天下兵乱，去官还家。太守张阏造之，闭门不见，礼遗一无所受。叹曰：‘生于乱世，贵而能贫，乃可以免。’散家财五十万，以施宗族，柴门灌园，琴书自适。”“贾岛诗穷”二句，用中唐诗人贾岛事。欧阳修《六一诗话》曰：“孟郊、贾岛皆以诗穷至死，而平生尤自喜为穷苦之句。”这几句作者以氾腾、贾岛自比，用典贴切。吴敬梓也曾散漫使钱，接济穷人。同时，他也如贾岛一样是一名诗人。（此时他还未开始《儒林外史》的写作，仅是一名诗人而非小说家。）沈大成《全椒吴征君诗集序》也说他：“以诗名东南，东南之人交口推先生，今犹然也。”吴敬梓本来也许可以诗名家，其在诗坛的地位也许不亚于贾岛之于唐代诗坛，但为小说家盛名所掩。其“自适于琴书”，史料也不乏类似的记载。如金两铭《和（吴檠）作》中说他：“生小心情爱吟弄，红牙学歌类薛谭。旗亭盛事可再见，新诗出口鸡舌含。”程晋芳《文木先生传》亦云，他移居南京后，“居江城东之大中桥，环堵萧然，拥故书数十册，日夕自娱。窘极，则以书易米”。显而易见，诗人生计窘迫，而才艺出众，与任西华、贾岛是何等相似？

说到这里，他并不因此止住，又接着云：“相如涤器，炉边有嫭姱之女；景略鬻畚，山中遇蹒跚之翁。”相如，即司马相如。《史记·司马相如列传》：“相如与俱之临邛，尽卖其车骑，买一酒舍酤酒，而令文君当垆。相如身自著犊鼻裈，与保庸杂作，涤器于市中。”嫭姱，美好之意。《楚辞·大招》曰：“朱唇皓齿，嫭以姱只。”嫭姱之女，此指卓文君。用相如之典，暗示自己贫困的窘况。其《买陂塘》词亦云：“臣之壮也，似落魄相如，穷居仲蔚，寂寞守蓬舍。”景略，乃前秦王猛之字。鬻，卖。畚，畚箕。《晋书·苻坚载记》：“王猛，字景略，北海剧人也。家于魏郡。少贫贱，以鬻畚为业。尝货畚于洛阳，乃有一人贵买其畚，而云无直。自言家去此无远，可随我取直。猛利其贵而从之，行不觉远，忽至深山，见一父老，须发皓然，踞胡床而坐，左右十许人，有一人引猛进拜之。父老曰：‘王公何缘拜也！’乃十倍偿畚直，遣人送之。猛既出，顾视，乃嵩高山也。”王猛后官至丞相，尚书令，太子太傅。以上四句，仍然是写作者对当时生活的反映。当时他与叶氏结婚不久，情投意笃，似乎与当年司马相如、卓文君卖酒临邛相似，夫妻相爱，虽苦犹甜。他又以王猛自喻，意谓自己眼下虽如王猛落魄，安知不会有朝一日时来运转。不难看出，他在挣脱家族倾轧的牢笼，改换环境以后，对个人的前途还是抱有幻想的。

自"诛茅江令之宅"以下,作者抒写移居南京以后的生活及感受。

"诛茅江令之宅,穿径谢公之墩"二句,诛茅,铲除杂草。江令,古诗中江淹、江总皆可称江令,此处指江总,他有宅在南京,且靠近秦淮河边,与吴敬梓新居相距不远。穿径,修筑道路。南京有两个谢公墩,其一在"冶城西"(光绪《江宁府志》卷八);吴敬梓《谢公墩》诗序亦称有二(参见陈美林教授《吴敬梓研究》中《"秦淮水亭"考索》一文)。这两句是从庾信《哀江南赋》中"诛茅宋玉之宅,穿径临江之府"二句化来。

"乌衣巷"二句,化用唐人刘禹锡《乌衣巷》诗意:"朱雀桥边野草花,乌衣巷口夕阳斜。旧时王谢堂前燕,飞入寻常百姓家。"这里指作者背井离乡,流落到南京。乌衣巷,在南京市东南,即在内秦淮河南。"白板桥",桥名,今其址已不可考。"暖迺,即欸乃,舟行摇橹声。板桥亦指吴敬梓曾寄寓之所。白板桥西为妓女所居,吴敬梓的居处乃应在白板桥东。

"苔殷蚕紫,凄凉何代江山;断碣缭垣,寂历前朝陵树"几句,写其在南京的住所的环境,苔藓满地,毒虫出没。居所早已破旧,说不上建于何朝何代,只有一些断墙残垣环绕着,静静长着几株前代的树。"寂历",寂静。江淹《灯赋》:"涓连冬心,寂历冬暮。""前朝树",语本司空图《汴柳半枯因悲柳中隐》诗:"行人莫叹前朝树,已占河堤几百春。""帘开昼永,雀作嘉宾;户冷宵澄,鱼为门钥"这四句续写生活的窘况。"昼永",白天很长,但无人来访,只有雀来作宾。这两句语本梅尧臣《品晋叔遗新茶诗》"会待嘉客来,侑谈当昼永",而加以改造,显得凄怆哀伤。白天如此,夜晚就更为冷清,"户冷宵澄,鱼为门钥",只有一把鱼形大锁与门作伴。"鱼钥",鱼形门锁。唐丁用晦《芝田录》云:"门钥必以鱼者,取其不瞑目守夜之义。"(《类说》十一)白天尚有鸟雀飞来,夜晚则连鸟雀亦无,鱼虽也是动物,而鱼形的门锁毕竟是死的,连鸟雀的那点活气也没有。这里写出吴敬梓初抵南京的情况,除了几个在全椒结识的朋友不时相访外,他在南京文坛还未站稳脚跟,在南京结交不广。

"具崔洪之癖,不言货财;读潘尼之诗,易遗尺璧",四句谓自己像崔洪那样,不问钱财,而读书也不得要领。崔洪之癖,见《晋书·崔洪传》:"洪口不言货财,手不执珠玉。汝南王亮尝宴公卿,以琉璃钟行酒。酒及洪,洪不执。亮问其故,对曰:'虑有执玉不趋之义故尔。'然实乖其常性,故为诡说。"尺璧,直径一尺的璧玉,言其大而可贵。潘尼《答陆士衡》诗:"惭无琬琰,以酬尺璧。"潘尼,晋中书令。钟嵘《诗品》云:"正叔(尼之字)绿繁之章,虽不具美,而文彩高丽,并得虬龙片甲、凤凰一毛。事同驳圣,宜居中品。"今人对潘

王步高诗文集

尼诗评价并不甚高。

　　吴敬梓不言货财,而读诗无成,"遂乃笙簧六艺,渔猎百家"。笙簧,簧管类吹奏乐器,此处指吟诵。六艺,汉以后指儒家的六经,即《诗》、《书》、《礼》、《乐》、《易》、《春秋》。渔猎,犹言涉猎。徐陵《在北齐与宗室书》:"或有渔猎三史,纷论五经。"此处化用了韩愈《进学解》中"口不绝吟于六艺之文,手不停披于百家之编"、"有若之恶卧,焠之以掌;苏子之屈首,刺之于股。坐萧藻之床,书帙囊希;映孙康之雪,炉香鸭困。林宗不改其乐,佝偻用志不分"。这段文字即上句中"笙簧六艺,渔猎百家"二句的注脚。这说明,迁居南京以后,吴敬梓曾潜心攻读过一段时间。这段时间,他与外界交往很少,故把主要精力用于读书。有若,春秋鲁人,字子有,孔子弟子。主"礼为用,和为贵",孔子死后,门人以有若貌似孔子,曾一度奉以为师。"有若恶卧",语本《荀子·解蔽》:"有子恶卧而焠掌,可谓能自忍矣。"焠,灼也。有若苦读,害怕睡着而用火烧灼手掌。苏子,即苏秦,战国时的谋士。《战国策·秦策》曰,苏秦"得太公阴秘之谋,伏而诵之,简练以为揣摩。读书欲睡。引书自刺其股,血流至踵"。萧藻,为梁西昌县侯,大将军。《梁书·萧藻传》:"藻性恬静,独处一室,床有膝痕。宗室衣冠,莫不楷则。常以爵禄太过,每思屏退,门庭闲寂,宾客罕通,太宗尤敬爱之。"梁任昉《为萧扬州荐士表》曰:"至乃集萤映雪,编蒲辑柳。"李善注引《孙氏世录》曰:"孙康家贫,常映雪读书,清介,交游不杂。"炉香鸭困,谓鸭炉香尽。在连用四个刻苦读书的典故以自况之后,赋中又写道:"林宗不改其乐,佝偻用志不分",表明了自己对这种刻苦攻读生活自得其乐的态度。林宗,后汉郭太之字。郭太家世贫贱,且早孤,名震京师,却不愿出仕。范滂曾评之曰:"隐不违亲,贞不绝俗,天子不得臣,诸侯不得友。"闭门教授,弟子千数,他以此为乐。佝偻,驼背老人。《庄子·达生》记叙孔子遇到一个驼背老人粘蜩(蝉)的故事。老人云:"虽天地之大,万物之多,而唯蜩翼之知。吾不反不侧,不以万物易蜩之翼,保为而不得。"孔子说:"用志不分,乃凝于神,其佝偻丈人之谓乎?""元豹"两名,说自己要如元豹那样终生隐居不仕,元豹,当为某隐士之字。蝜蝂,虫名,也作"负版"。唐柳宗元《蝜蝂传》:"蝜蝂者,善负小虫也,行遇物则持取,卬其首负之,背愈重,虽困剧不止也。"作者宁愿隐居终生,不愿像蝜蝂那样,贪财至死。"虽无杨意之荐,达之天子,桓谭之赏,传于后人",杨意,《史记·司马相如列传》:"蜀人杨得意为狗监,侍上(汉武帝)。上读《子虚赋》而善之,曰:'朕独不得与此人同时哉!'得意曰:'臣邑人司马相如自言为此赋。'上惊,乃召问相如。"杨意,杨得意之简称。王勃《滕王阁赋》:"杨意不逢,抚凌云而自惜。"桓谭为东汉初人,因不肯读谶,触怒光武帝,几乎被处死,被贬六安郡丞,病死道中。但"元和(汉章帝年号)间,肃宗行东巡狩,至沛,使使者祠谭家,乡里以为荣。"作者并不指望像司马相加、桓谭那样获得生前或死后的荣耀。只希望能"优哉游哉,聊以卒岁",即姑且逍遥自在地度过岁月。此语出于《左传·襄公二十一年》:"人谓叔向曰:'子离于罪,其为不知乎?'叔向曰:'与其死亡若何?诗曰:优哉游哉,聊以卒岁。知也。'"注谓:"言君子优游于衰世,所以辟害卒其寿,是亦知也。"今谓勉强度过一年,形容生活艰难。

从上文看,吴敬梓似乎无用世之心,只希望得过且过。其实不然。据陈美林等专家考订,他移家南京后不久,即着手《儒林外史》的写作。《移家赋·序》中似乎也透露出这一信息:"蛟入仲舒之怀,凤吐子云之口,染翰列元中之名,别馆著紫方之号。"蛟,蛟龙。《西京杂记》载:"董仲舒梦蛟龙入怀,乃作《春秋繁露》。"子云,杨雄之字,《西京杂记》又载:"杨雄著《太玄经》,梦吐白凤。"染翰,以笔蘸墨,指作书绘画、写作。染翰,以笔蘸墨,此处指皇帝御笔。元中,北宋末吴敏之字,据《宋史·吴敏传》:敏"为秘书省校书郎,(蔡)京荐之充馆职。中书侍郎以敏未尝过省,不可,京乃请御笔特召上殿,除右司郎官。御笔自此始"。别馆,别墅。《史记·李斯传》:"治离宫别馆,周遍天下。"紫方,唐欧阳通别馆之号。欧阳通乃欧阳询之子,字通师,仪凤中迁中书舍人。居母丧,居庐四年不释服……通亦善书,与询齐名,时号小欧阳。""金棱玉海,连城足比,秃友退锋,成功可期"四句,说明自己对著书立说的信心。金棱玉海与连城之璧均为珍贵之物。金棱,《宋史·舆服志》云:"非三品官及宗室戚里之家毋得用金棱器,其用银者毋得涂金。"玉海,本谓海碧澄如玉,喻博大精深。又《南史·张融传》:"融文集数十卷,行于世,自名其集为《玉海》,褚彦回问其故。融云:'玉可比德,海崇上善耳。'"连城璧,价值连城之玉。《史记·蔺相如传》:"赵惠文王时,得楚和氏璧。秦昭王闻之,使人遗赵王书,愿以十五城请易璧。"后在形容璧之极其珍贵者为连城璧。秃友,秃笔的别称。笔用久则毛秃,故称。宋陶谷《清异录·文用》:"赵光逢薄游襄汉,濯足溪上,见一方砖,上题云:'秃友退锋郎,功成鬓发伤,家头封马鬣,不敢负恩光。'……盖好事者瘗笔所在。"当然,《儒林外史》是我国最有影响、最著名的古典长篇小说之一,确是名副其实的"金棱玉海,连城足比"。作者还说:"千户之侯,百工之技,天不予梓也,而独文梓焉。"说老天既不赋予我政治上的达官显贵之位,又不使我有各种工匠的技艺,只使我具有写作的才能。千户侯,食邑千户之侯。从以上文字不难看出,他充分相信自己能在文学上一展雄才,名垂千古。这是他虽穷困潦倒,困窘一生,却能在文学上大展鸿图的原因。

"追为此赋"以下,为序言的结束语。既云"追为"可知此赋并非移家之时所作,而是如陈美林先生所考订,乃定居南京一年多以后所追记。"歌以永言"出后汉郑玄《诗谱序》引《虞书》曰:"诗言志,歌永言,声依永,律和声。"但作者对这篇赋的命运又不太乐观。他担心它会像左思之赋、李贺之诗那样被人用去覆酱瓿或投入厕所。左思,西晋文学家,曾作《三都赋》,十年始成。豪贵之家,竞相传写,洛阳曾为之纸贵。亶,信然,诚然。语本《诗经·小雅·常棣》:"是究是图,亶其然乎?"李贺是中唐诗人,其诗想象丰富,炼词琢句,险峭幽诡。覆瓿,语本《汉书·杨雄传赞》:"而钜鹿侯芭常从雄居,受其《太玄》、《法言》焉。刘歆亦尝观之,谓雄曰:'空自苦!今学者有禄利,然尚不能明《易》,又如《玄》何?吾恐后人用覆酱瓿也。'"后以覆瓿喻著作价值不高,只能用来盖酱罐。其实作者仍然是相当自信的,故以左思、李贺等著名文学家自比。当然,今人眼中,吴敬梓在中国文学史上的地位,是决不在左思、李贺之下的。

这篇赋序,从迁居写起,既写了迁居的原因、移家的过程,也写了抵南京后安家的情况及思想感受,以及安家以后自己的打算,包蕴了极丰富的内容。既具备全赋导语的作用,其本身也具有相对的完整性和独立性。较之全赋,似乎序文更精彩一些。这一情况,与庾信《哀江南赋》及其赋序的情况颇相似。而这篇赋序比庾赋更长,是古今赋序中不可多得的佳作杰构。

二

《移家赋》的正文分别叙写自己的家世、父亲、自己及移居南京的感受,对这篇比《离骚》还长的大赋,我们按其内容分六段来阐发。

正文的第一部分介绍自己的家世,重点写自曾祖吴国对以来家族的兴衰。

"我之宗周贵裔,久发轫于东浙"二句,追溯自己家世的源头。并自注:"按族谱:高祖为仲雍九十九世孙。"仲雍,商代周人。《史记·吴太伯世家》云:"吴太伯,太伯弟仲雍,皆周太王之子,而王季历之兄也。季历贤,而有圣子昌,太王欲立季历以及昌,于是太伯、仲雍二人乃奔荆蛮,文身断发,示不可用,以避季历。""太伯之奔荆蛮,自号句吴。荆蛮义之,从而归之千余家,立为吴太伯。太伯卒,无子,弟仲雍立,是为吴仲雍。"吴敬梓此处为自己找一个有名望的先人,是封建时代文人的习惯。吴姓的始祖为仲雍,倒是有根据的,《元和姓纂》载:"吴,周太王子泰伯、仲雍封吴,后为越所灭,子孙以国为氏。"今江苏常熟市虞山下犹有仲雍墓道。明乎此,吴敬梓何以自称"宗周贵裔"就不难理解了。发轫,启行。轫,刹车木,行车必先去轫,故称。后比喻事物的开端。其祖辈生活在东浙一带。吴敬梓曾祖吴国对的孪生兄弟吴国龙的墓表中亦云:"公讳国龙,先世居东瓯。"东瓯,是古越族东海王摇的都城,故地在今浙江温州一带。据《史记·吴太伯世家》,泰伯至寿梦已十九世,而寿梦至吴敬梓高祖吴沛之卒已有二千二百一十六年,再上推十九世,加之高祖至吴敬梓又有四世,年代如此久远。事实如何谁也搞不清楚。

"有明靖难,用宣力于南都,赐千户之实封,邑六合而剖符。""有明靖难",指朱元璋死后,其子朱棣篡夺建文帝朱允炆皇位的事。朱棣出兵的口实是靖难、清君侧。吴敬梓的远祖在这次争夺帝位的斗争中"从龙"有功,被封在江宁府属的六合县为骁骑卫,故举家从浙江温州迁居六合。剖符,古时帝王授与诸侯和功臣的凭证,竹制,剖分为二,帝王与诸侯各执其一,故称剖符。"迨转弟而让袭,历数叶而迁居。"作者自注:"始祖讳转弟公,自六合迁全椒。"转弟即吴凤。《全椒志·吴凤传》谓:"吴凤,号古泉,家世骁骑卫户爵,以志趣高淡让袭,卜居邑之西墅。"陈美林先生云:"转弟,显然是吴氏族人失去袭爵资格,成为百姓人家时随着平民习俗所起的名字。当转弟的子孙发迹以后,可能嫌其先人的名字不够雅驯,就为之别起大名吴凤。"吴聪永乐时"从龙"有功被封为骁骑卫,传袭几代之后,因无子孙再立军功,按当时的规定,不得继续袭职。"让袭",实是对这一自认为不十分光彩的家史的委婉说法。"历数叶而迁居"句中,"历数叶"三字较难理解,若指转弟让袭后又历数叶(世)后才迁居,则与自注之"始祖讳转弟公,自六合迁全椒"句意不合。"值前代之中天,正太和之宇宙,隶淮南为编氓,勤西畴以耕耨。"这几句写转弟迁全椒。前代,指明代。中天,犹言盛世,古史称尧舜时为中天之世,后来成为对帝王歌功颂德的套语。太和,太平,《汉书·叙传》谓:"是以六合之内,莫不同源共流,沐浴玄德,禀印太和。"这两句是说转弟公迁全椒的时间,大约是明代中叶,当时正是太平盛世。他迁居的全椒,隶属淮南。淮南曾先后为郡国、道、方镇及路名。辖区变化较大,但历来均包括吴敬梓的家乡全椒在内。编氓,编入户籍的普通人民。陆游《除直华文阁谢丞相启》:"幼生京洛,尚为全盛之编氓;长缀班联,曾是中兴之朝士。"西畴,西边的田

254

园。陶渊明《归去来辞》:"农人告余以春及,将有事于西畴。"据今人考证,吴凤迁居全椒时,起初居住在西南郊区梅花山下的程家市西墅,从事农业生产。吴敬梓在《西墅草堂歌》中亦云:"先人结庐深山中,布衣蔬食一亩宫。"

"陨荣露而脂凝,合萧云而车覆。春亩青连,芳郊绿绣。鹧啼而掷掷镰挥,蟋吟而轧轧织就。"这些句子显然是对祖辈田园生活的理想化的描述。荣露,甘露;萧云,卿云,彩云,与荣露同属祥瑞。《宋书·符瑞志》:"荣霜腾轩,萧云掩阁。"脂凝,凝冻的油脂,柔滑洁白。掷(zhì)掷,拟声词。甘露降而萧云合,这都是吉祥之兆。田里庄稼长得极好,"春亩青连,芳郊绿绣"是对春日田野的极好刻画。大片嫩绿的麦苗连成一片,郊外百花盛开,翠绿如锦绣。而时届初夏,鹧鸪鸣叫,农人就掷掷挥镰收割,而到秋晚时节,蟋蟀鸣叫,农妇又开始轧轧织布。"舣舟于蔡姥湖边,扶杖于丁姑祠右。"舣舟,船泊岸边。蔡姥湖,当为全椒境内一小湖。作者原注:"蔡姥湖见《全椒志》。丁姑祠见《搜神记》。"据《搜神记》卷五载,淮南全椒有丁新妇者,本丹阳丁氏女,年十六,适全椒谢家。其姑严酷,被逼自缢死。遂有灵响,闻于民间。自念人家妇女,作息不倦,使避九月九日,勿用作事。是日,于牛渚津求渡,为两男子调戏,而一老翁载之渡河。两男子覆水而死,老翁却得鱼满仓而归。江南人咸呼为丁姑,所在多祠之。这段文字写得很优美,是对田园生活的颂歌,也是对祖辈业农生活的美化。其实,失袭而迁居,生活境况并不见得如此美好,他们并未完全为全椒社会所接受,直至转弟吴凤的曾孙吴国鼎参加科举考试时,仍以六合县籍应试即为明证。

"爰负耒而横经,治青囊而业医,鬼臾区以为友,僦贷季以为师。翻玉版之精切,研《金匮》之奥奇"几句,写其祖辈吴谦弃农业医的事迹。爰,于是、乃。耒,犁一类农具。负耒,语本徐陵《在北齐与宗室书》:"持竿而钓,征聘不来;负耒而耕,公侯靡屈。"横经,原指听讲时横陈经书,引申为读经。青囊,卜筮人盛书之囊,借指医术。鬼臾区,传说中黄帝时的名臣,善占候,明医道,晓兵法。僦贷季,上古神农时人,岐伯祖之师。岐伯对黄帝说:"我于僦贷季理色脉,已二世矣。盖吾国医家之最古者。"玉版,原指玉简,通指古代典籍。金匮,指《金匮要略》、《金匮玉函经》等一类医书。吴氏由六合迁居全椒,起始务农,到吴凤幼子吴谦才开始学医,上面这段文字,当就吴谦而言。《康熙全椒志·吴谦传》说他习医的原因是:"念母老恐病,不忍听之庸医,自习医,遂精方药针灸之理。"

"聪明理达,淳良廉洁,道遗金而不拾,墙有桃而讵折。讲孝友于家庭,有代传之清节。"这几句写吴谦等祖辈的品德与为人。他聪明而又通情达理,敦厚善良而廉洁。他拾金而不昧,孝顺父母友爱兄弟,有着世代相传的高洁的节操。作者犹自注:"先世还金事,至今乡里皆称之。""信作善之必昌,乃诞降于高祖"二句,谓由于吴谦等祖辈积善成德,所以生了光大门楣的高祖。高祖,祖父的祖父,此处指吴沛。这自然带有因果报应的迷信色彩,其实,是吴谦行医以后,家道丰实,有可能供子侄辈读书,从而走科举道路。吴谦是吴敬梓很敬重的祖先,他学医行医,性好施予,赏还遗金等行为对他有着很大的影响。

"自束发而能文"以下十句,转写高祖吴沛发愤读书的事迹。"束发",古代男孩成童,将头发束成一髻,因用"束发"代指成童。"胜衣",儿童稍长,体力足以承受得起成人的衣服。"稽古",研习古事。"束发"两句说吴沛自幼即读书能文,稍许长大一些,便能稽习古事。"绍",承继。"绝学",中断的学术。《汉书·韦贤传论》:"汉承亡秦绝学之后,祖宗之制因时施宜。""关闽",疑指关东与福建。程朱理学的代表人物程颐兄弟为河南人,河南为函谷关之东,古称关东。朱熹出生成长于福建,晚年也讲学于福建武夷山,故称闽。"心源",指心灵。卢纶《宝泉寺送李端公归邠宁幕》诗:"眼界尘虽染,心源蔽已通。""邹鲁",喻指文化昌盛之地。邹,孟子故乡;鲁,孔子故乡。庾信《哀江南赋》:"于时朝野欢娱,池台钟鼓,里为冠盖,门成邹鲁。"李白《留别金陵诸公》诗:"地扇邹鲁学,诗腾颜谢名。""绍绝学"两句云,高祖吴沛刻苦治学,继承先贤中断的关闽之学,又求学于文化昌盛之地。"梦丹篆而能吞"两句用韩愈及江淹之典,言吴沛善于学习,故文思大进。《异人传》载:"韩文公(韩愈)梦人与丹篆一卷,吞之,旁一人拊掌而笑。后见孟郊,乃梦中旁笑者。""假采毫"句,用江淹典。相传南朝梁文学家江淹少年时梦人授五色笔,从此文思大进,晚年又梦一自称郭璞者索还其笔,自后作诗,再无佳句,人称"江郎才尽"。"不与",不归还。"清丽芊绵",语本陆机《文赋》:"或藻思绮合,清丽芊眠。""疏越朱弦",语本《礼记·乐记》:"清庙之瑟,朱弦而疏越,一唱而三叹,有遗音者矣。"疏曰:"越为瑟底孔也,疏通之,使声迟,故云疏越。""朱弦",乐器上的红色丝弦。"风行水上",语本《易·涣》:"象曰:风行水上,涣。"疏曰:"风行水上,激动波涛,散释之象,故曰:'风行水上,涣。'""繁星丽天",语本唐刘禹锡《唐故尚书礼部员外郎柳君集纪》:"天下文士争执所长,与时而奋,粲然如繁星丽天,而芒寒色正,人望而敬者,五行而已。""清丽"四句称赞吴沛的文章,风格清丽,光彩鲜艳。像乐器上的红色丝弦发音清越流畅。又如风之行于水上，繁星之满天，美不胜收。

"初奋发于制举"以下八句，写吴沛虽学识渊博，在科举场上却累试不第。"制举"，本指唐代的科举取士制度。除地方贡举外，由皇帝亲自在殿廷诏试的称制科举，简称制举，制科。《新唐书·选举制》："其天子诏者曰制举，所以待非常之才焉。清代康熙十七年，乾隆元年两次开博学鸿词科，也属制举性质。此处指平常科举，因科举殿试进士，因由皇帝策问，故一般亦称制举。"前贤"，前代的贤人或名人。这两句言吴沛起初是想从科举觅得进身之阶的。因为其父吴谦改行行医以后，家里薄有资财，可以供给吴沛读书。"仲舒无窥园之日，公美无出墅之年"二句，言吴沛学习勤苦。"仲舒窥园"见《汉书·董仲舒传》："董仲舒下帷讲诵，弟子传以久次相授业，或莫见其面。盖三年不窥园，其精如此。""出墅"，出门，言吴沛闭门读书，终年不出家门。可惜"遭息翮而垂翅，遘点额而迤遭"，翮，羽茎，指鸟翼。息翮，指不能展翅翱翔。谌方生《吊鹤文》："望云舒而息翮，仰朝霞而晨征。""点额"，《水经注·河水》：鲤鱼"三月上则渡龙门，得渡为龙矣，否则点额而还"。此处以科场落第为点额。迤遭，难行貌。蔡邕《述行赋》谓："途迤遭其塞连，潦汙滞而为灾。"据陈美林《吴敬梓评传》谓：吴沛"万历丙午三十四年（1606）而立之年方始参加乡试，房师关骥以第一名推荐，但主考只同意录取而不同意他为第一名。关骥不让步，为他力争第一，表示如果不是以第一名录取，宁可等待下科再试。以后吴沛虽然多次参加考试，但'七战皆北'，均以失败告终。关骥的好心反而使他失去中举机会。为此关骥感到十分内疚，曾与吴沛'相对叹惋'不已。"夜珠之光按剑，泣玉之泪如泉"二句，谓吴沛对科举失意的痛心疾首。"夜珠"，夜明珠。《拾遗记》："禹凿龙关之山，亦谓之龙门。至负火而进，有兽状如豕，衔夜明之珠，其火如烛，又有青犬行吠于前。"又《汉书·邹阳传》："苏秦相燕，人恶之燕王，燕王按剑而怒，食以𫘝𬳿；白圭显于中山，人恶之于魏文侯，文侯赐以夜光之璧。""泣玉"，《韩非子·和氏》："楚人和氏得玉璞楚山中，奉而献之厉王。厉王使玉人相之，玉人曰：'石也。'王以和为诳，而刖其左足。及厉王薨，武王即位，和又奉其璞献之武王。武王使玉人相之，又曰：'石也。'王又以为诳，则刖其右足。武王薨，文王即位，和乃抱其璞而哭于楚山之下，三日三夜，泣尽而继之以血。"且曰："吾非悲刖也，悲夫宝玉而题之以石，贞士而名之以诳，此吾所以悲也。"此处用此二典，悲吴沛之怀才而不遇。

"暖风晴日，张乐花前"二句，意同良辰美景，赏心乐事。躬逢太平盛世，却无法为世所用。"望龙门而不见"两句,指虽参加科举,却未能得中。"龙门",科举试场的正门。"烧虎尾",语本《谈苑》:"士人初登第,必展欢宴,谓之烧尾。说者云:'虎化为人,唯尾不化,须为烧去,乃得成人。'"吴沛虽苦读博学,却终然不能有烧虎尾之机遇,而只得"席帽随身,番毡盖骨,躬耕而田病硗确,转徙而财难薛越"。"席帽",以藤席为骨架编成的帽,取其轻便,相当于后来之笠。《炙毂子》云:"席帽本羌服,以羊毛为之。"《青箱杂记》载:"李巽累举不第,为乡人所侮,曰:'李秀才应举,空去空回,知席帽甚时得离身?'巽亦不较。""盖国初犹袭唐风,士子皆曳袍重戴,出则以席帽自随。"硗(qiāo)确,土地瘠薄。《韩诗外传》:"余衍财之所流,故斗膏不独乐,硗确不独苦。"转徙,迁移;薛越,散乱,糟蹋。《荀子·王制》:"务本事,积财物,而勿忘栖迟薛越也。"这几句说,由于读书不成,科举道路走不通,吴沛只得亲自参加农业劳动,过着贫苦的生活。

    "贫居有等身之书"以下十二句,乃写吴沛的贫居生活。"等身之书",似不指其藏书,而指其著作。《宋史·贾黄中传》云:"黄中幼聪悟,方五岁呲,每旦令正立,展书卷比之,谓之等身书,课其诵读。"吴沛是有著作传世的,今可见《题神六秘说》、《作法六秘说》等。当然这距著作等身差之甚远。但若指其藏书,则未免太少了。"干时",求合于时,文中意同干谒。通名,通报姓名。谒,名刺,名帖。吴沛洁身自好,不愿趋附权贵。赋中自注曰:"宁国太守关骥以书召,谢不往。"关骥,即吴沛县考时的考官,他曾力主取吴沛为第一名,岂知此后吴沛竟七试不中,关骥因此而感内疚。安贫乐道,本是古代读书人穷困潦倒时不得已的选择,本不值得格外称道,因为吴敬梓本人与高祖吴沛命运颇相似,所以吴敬梓对高祖的遭遇寄予了极大的同情。"时呵壁而问天",用屈原之典。相传屈原放逐之后,彷徨山泽,见楚先王庙及公卿祠堂,壁间画有天地山川神灵及古圣贤等,因作《天问》,书于其壁,呵而问之,以泄愤懑。"遂举觞而喝月",喝月,语本李贺《秦王饮酒》诗:"酒酣喝月使倒行。"两句写出吴沛的不凡气概。"种白杨于萧斋,感黄槐于林樾",种白杨,语见《南史·萧惠开传》:"寺内所住斋前,向种花草甚美,惠开悉刬除,别种白杨。"萧斋,书斋的别称。唐李肇《国史补》:"梁武帝造寺,令萧子云飞白大书萧字,至今一萧字存焉。李约竭产自江南买归东洛,匾于小亭以玩之,号为萧斋。"林樾,林阴。《玉篇》:"楚谓两树交阴之下曰樾。"这两句写吴沛科举失意以后,过着失意的隐士生活。"陇上乌飞,花间莺歇,流水潺湲,寒山硉矹,无不伤迟暮于美人,白盈颠之华发"几句,更是对吴沛后半辈子隐居生活的热情讴歌，也未尝不是作家本人对自己未来生活的热烈企盼。潺湲，水徐流貌。寒山，冷落寂静的山。碑矹，一作"碑兀"，高耸，突出。王维《辋川闲居赠裴秀才迪》中有"寒山转苍翠，秋水日潺湲"。迟暮，暮年，晚景。屈原《离骚》："唯草木之零落兮，恐美人之迟暮。"田间鸟雀飞舞，花间莺啼燕语，流水潺潺，秋山高耸。时光流逝，年纪老大，白发满头，不能不感到自伤。

"乃守先而待后"六句，叙述吴沛赴历阳任教之事。"守先"、"待后"二语不易解，似指坚持治学等待科举考试，也含有为生计所迫之意。吴谦始弃农行医，家境不会很宽裕，吴沛至少七次参加科举考试皆败北，又有五个儿子，不能不为生计着想。万历四十六年（1618），吴沛年过四十岁，才补上一名廪生，前往历阳（今安徽和县）教书。历阳距全椒仅百里之遥。讲堂，原指讲经之堂，此处指课堂。雒诵，反复诵读。"鸟啼花影"，语本唐杜荀鹤《春宫怨》诗："风暖鸟声碎，日高花影重。"鞚（kòng），马鞭。尽管吴敬梓对高祖吴沛从教的经历极力美化，而吴沛对这段从教生活却视若一段失意的经历，但在失望中又有所企望。其《历阳行》诗曰："噫嘻古来常不偶，东西南北栖栖走。会稽太守何卖薪，文园谒士何沽酒。莫笑淮阴老妇慆，绿波垂钓哀王孙。"所用的典故均是落魄失意之士。但仍有所希冀，诗中说"士患不为玄晏耳，莫愁宇内无皇甫"，"丈夫遇合应有时，休将明月暗投之"。吴沛任教名声很不错。其"道德文学""为东南学者宗师，称海若先生"（《吴国对墓志铭》），并使"淮南学者多游其门"（《吴国龙墓表》）。吴沛虽然只不过是一个连秀才也未能考取的穷书生，但他是吴氏家族第一个以儒为业者，没有他，不可能有后来吴氏门庭的鼎盛。这段文字里称"信作善之必昌，乃诞降于高祖"。高祖是吴门的福星，对吴门的兴盛起着关键的作用，使吴氏家族特别是吴敬梓这一支走向兴盛顶点的是高祖一辈。"藐轴之寤寐言，趾离之告吉梦，见神物之蜿蜒，占大璋之载弄，肇锡之以嘉名，命王家而作栋"数句，写曾祖吴国对及吴国龙的诞生。《诗经·魏风·考槃》："考槃在阿，硕人之藐""考槃在陆，硕人之轴。"笺曰："藐，饥意；轴，病也。"藐轴连用，比喻病困。寤寐言，语本《后汉书·臧洪传》："袁绍兴兵围臧洪，历年不下，使洪邑人陈琳以书譬洪，示其祸福，责以恩义。洪答曰：'隔阔相思，发于寤寐。相去步武，而趋舍异规，其为怆恨，胡可胜言！'"趾离，语本《致虚阁杂俎》："梦神曰趾离，呼而寝梦皆清吉。"告梦，语本《汲冢周书》："维文王告梦，惧后祀之无保庚辰，诏太子发汝敬之哉！"大璋，《周礼·冬官·玉人》："大璋中璋九寸，边璋七寸。"注："三璋之勺，形如圭瓒，天子巡守，有事山川则用灌焉，于大山川则用大璋，加文饰也；于中山川用中璋，杀文饰也；于小山川用边璋，半文饰也。"弄璋，《诗经·小雅·斯干》："乃生男子，载寝之床，载衣之裳，载弄之璋。"璋谓圭璋，宝玉；祝其成长后为王侯执圭璧。后因称生男曰弄璋。作者自注谓："高祖梦神物，而太史、黄门孪生。"高祖，即吴沛。"神物"为何，赋中未曾言明。而陈廷敬在为吴国对所写的墓志铭中则说得很明白："君，吴氏，讳国对，字玉随，又字默岩。初，母夫人有身，梦二龙相对，已而乳生二男子。君先生故名对，其季曰龙。"这"神"原来是龙。这二龙后来果然成了国家的"栋"梁。"太史"，指吴国对，曾任翰林院编修，清代翰林院诸官也负责修撰史书，约相当于周之太史或秦汉时之太史令，故亦称太史。黄门，秦汉时官名，掌侍从皇帝，传达诏命。此指吴国龙，他在清代重新出仕后，多任言官，并曾任礼科掌印给事中，故云。"肇锡之以嘉名，命王家而作栋"二句，说因梦二龙相对而生此孪生兄弟，故一名国对，一名国龙。希望他们成为国家的栋梁。"肇锡之以嘉名"句，语本屈原《离骚》："皇览揆余初度兮，肇锡余以嘉名。"意为赐之美善之名。

"于是驹齿未落，龙文已光，始则河东三凤，终则马氏五常。或笃志于铅椠，或尽力于农桑。"这段文字介绍了曾祖五人的情况。驹齿，乳齿。《北齐书·杨愔传》："愔从父兄黄门侍郎昱特相器重，曾谓人曰：'此儿驹齿未落，已是我家龙文，更十岁后，当求之千里外。'"龙文，骏马名。《汉书·西域传赞》："蒲梢、龙文、鱼目、汗血之马充于黄门。"注："孟康曰：四骏马名也。"后比喻才华出众的子弟。河东三凤，唐代薛收、收族兄薛德音和从兄子薛元敬，俱有文才，为蒲州汾阴人，属河东道，时有"河东三凤"之称。吴沛五子中，国鼎、国龙为明崇祯十六年(1643)进士，国缙也中清顺治六年(1649)进士。河东三凤当指这三人。马氏五常，三国蜀马良兄弟五人，都有才名，马良最著。他们的字都有"常"字，因此乡里有谚语说："马氏五常，白眉最良。"马良字季常，有白眉毛，故称。此处以马氏五常喻吴沛的五个儿子。"或笃志于铅椠，或尽力于农桑。"作者自注："曾祖兄弟五人，四成进士，一为农，终布衣。"笃志，专心致意。语本《论语·子张》："博学而笃志，切问而近思，仁在其中矣。"铅椠：铅，铅粉笔；椠，木板。皆古人书写工具。也指著作和校勘。笃志于铅椠指专攻举业，走科举做官的道路。农桑，指务农。由于此时吴氏仍然"家贫"，为了保证兄弟"业儒"，国器一身专"家政"，在乡务农。国器与其妻滕氏"椎布操作，隐居独山，足迹不入城市"。

"寻桑根之遗迹，过落叶之山房。家有逸民之号，人传导引之方。东华遗俵,阆苑翻觞,落次仲之翮,逐萧史之凰。"这几句介绍曾伯祖吴国器的乡居务农生活。桑根,山名。《明一统志》:"桑根山在滁州全椒县西北四十里梁南谯州,故城在其西。"山房,山中的屋舍。吴氏全椒住处并不靠近县城,而在桑根山下。"落叶山房",语本唐·李频《暮秋宿清源上人院》:"野客愁来日,山房木落中。"逸民,本指避世隐居之人。导引,古代医家的一种养生术。呼吸俯仰,屈伸手足,使血气流通,促进身体健康。东华本京都城门名,似与吴国器身世无关。"俵"或为"表"之误,指丁令威从灵虚山学道成仙,后化鹤归来,落在城门华表柱上。这样则文义贯通。阆苑,阆风之苑,仙人所居之境。翻觞,飞觞,尽情痛饮。"落次仲之翮",典出《列仙传》:"王次仲变篆为隶,始皇召之不至,将杀之。次仲化为大鸟,振翼而起。使者拜曰:'无以复命。'乃以三大翮堕于使者。因号落翮山。"箫史,又作萧史,传说为春秋时人,善吹箫,作凤鸣。秦穆公以女弄玉妻之,为作凤台以居。一夕吹箫引凤,与弄玉共升天仙去。事亦见《列仙传》。作者自注云:"布衣公无疾而终,人传仙去。"据康熙《全椒志·吴国器传》,他享年六十一岁"无病而逝"。王士禛《用韦寄全椒道士韵追赠全椒吴仙人国器》小序云:"康熙甲辰仙人已化去。"王士禛在他病逝后作诗云:"先生谢人世,逍遥友园客。时登云外峰,自扫峰头石。山深不知晓,采药恒日夕。兴尽下山时,查查麈麂迹。"国器平生"好老子术","精邵子皇极诸书"。这使他之死带有神秘色彩。吴国器为兄弟们在科举道路上取得成就提供保证,为吴家的崛起作出了巨大贡献。故吴敬梓在赋中不惜以较多笔墨大加渲染,对他的自我牺牲加以极力美化,甚至赋予他仙风道骨。这既与吴国器的自身经历有关,又未尝不是吴敬梓未能免俗之处。

作者在写其曾伯祖吴国器时已不惜浓墨重彩,而对他引以为荣的曾祖辈的四位进士,更是调动了赋家的多种艺术手段,文字也显得尤为骈骊工整。

"伯则遨游薇省,叔则栖迟槐署,季抗疏于乌台,受两朝之眷顾。"四句写曾祖吴国对的三个中进士的兄弟。"伯",长兄,指吴国鼎,字玉铉,号朴斋。薇省,乃紫薇省的略称,唐时的中书省曾一度称紫薇省,中书令亦称右相、紫薇令。明代从洪武十三年(1380)起,即废除中书省,仅设中书科,署中书舍人。吴国鼎在明崇祯十六年(1643)与弟吴国龙同榜考取进士,授中书科中书舍人,故云。明清时的中书舍人,只是阁内抄写文书的七品小官,没有什么权势,根本不能与唐中书省相比。"叔",指三兄吴国缙,字玉林。他是崇祯十二年(1639)举人,清顺治六年(1649)进士,顺治九年殿试授文林郎。据康熙《全椒志·吴国缙传》,以他的才望本应入馆选,但为忌者中伤,谢归二十年,后因"性好山水游,遂应江宁郡学博之命"。"叔则栖迟槐署"语含遗憾之意。"槐署",学校之谓,与"槐市"意同。《淮南子》云:"太学曰槐市。"又《三辅黄图》:"礼小学在公宫之南,大学在东,就阳位也。去城七里,东为常满仓,仓之北为槐市。列槐数百行,为隧无墙屋。诸生朔望会,且各持其郡所出货物及经传书记,笙磬乐器,相与买卖,雍容揖让,论义槐下。"后世太学有专门机构。但槐仍与学校有关。《苻坚载记·上》:"自永嘉之乱,庠序无闻,及(苻)坚之僭,颇留心儒学,王猛整齐风俗,政理称举,学校渐兴。关陇清晏,百姓丰乐,自长安至于诸州,皆夹路树槐柳,二十里一亭,四十里一驿,旅行者取给于途,工商贸贩于道。百姓歌之曰:'长安大街,夹树杨槐。下走朱轮,上有鸾栖。英彦云集,诲我萌黎。'"南齐·王俭《侍皇太子释奠宴诗》云:"降冕上庠,升宴东序。槐宰金贞,藩维玉誉。"上庠即古代为贵族设置的大学。《礼·王制》:"有虞氏养国老于上庠。"槐宰,即上庠的长官。"栖迟于槐署",当即久为学官之谓。吴国缙虽中了进士,仕途并不得意,晚年也仅做个江宁府学官。但他修缮郡学,有过一些善政。"季则抗疏于乌台"指的是吴敬梓曾祖吴国对的孪生弟弟吴国龙。他在兄弟中排行最末,故云"季"。吴国龙,字玉骢,号亦岩。他生于明万历四十四年(1616),卒于康熙十年。他是明崇祯十五年(1642)进士,曾授户部主事,后丁母忧归乡。清顺治十五年,吴国对中探花,顺治帝问及其家世,才召其赴京。他因病至顺治十七年(1660)才赴京陛见。康熙即位之初,曾试其疏论,留内阁办事。后以"才堪科道"乃授职工科给事中,不久转为工科右给事中,又改授河南道监察御史,旋回任兵科给事中。康熙五年(1666)出任山东主考,事竣后又转礼科掌印给事中。他在明清两朝做官,在清代主要为言官。乌台,即御史台,是言官的办事官署。他长期任言官,有《吴给谏奏稿》八卷。《吴国龙传》更说其"奏议逾十数万言,皆明体达用,不为抗激以邀誉,务期于军国民生实有裨益",故"深荷主知,言辄报可"。他的一些奏章是切中时弊的,言其"抗疏于乌台"并不过分。"受两朝之眷顾"却未必值得称道。钱谦益、龚鼎孳等人,便是因为"受两朝之眷顾"而被视为丧失民族气节的。当然,到吴敬梓生活的年代,清代统治早已巩固,显然,也不必过于苛求于作者。

"似子固兄弟四人"数句写吴敬梓的曾祖父吴国对高中探花一事。子固,宋代文学家曾巩的字,他与其弟牟、宰、布、肇等先后进士及第。(此处

"兄弟四人"似应谓"兄弟五人"才是。）吾先人,指曾祖吴国对,因其考中进士在兄弟几人中最迟,故云"独伤晚遇"。"常发愤而揣摩",指其中进士之前的苦读。"遂遵道而得路",语本屈原《离骚》"彼尧舜之耿介兮,既遵道而得路",原指遵循治国的正确轨道而开辟出治国平天下的康庄大路。此处指终于如愿以偿,依靠揣摩举业,遵循儒术而读书做官。吴国对于顺治十五年(1658)戊戌科高中一甲三名进士,即俗称探花。"三殿胪传",指殿试。清朝以太和殿、中和殿、保和殿为三大殿。节日庆典、命将出师、殿考朝考、宴待外使皆分别在三殿举行。胪传,专指传告皇帝的诏旨。举子经礼部考试后,须经皇帝殿试才能正式钦点为进士。这里还暗含另一层意思。因为前一年(顺治十四年),南闱(江南)、北闱(顺天)都发生科场舞弊案。故这年会试,顺治帝特别注意,严加防范,亲自出题。据金埴《不下带编》卷五记载:"顺治十四年科丁酉,京闱及江南乡试皆被论劾。世祖章皇帝震怒,御殿亲校,可□□天仗森严,士子惊惧,多不能成文。有全椒吴公国对捧卷手战,仅书'天子独怜才'五字。御览大赏,准中举人。是科戊戌,遂赐榜眼及第。"可见,吴国对在中举前即受到皇帝赏识。这实际上已是一种变相的殿试。"九重温语"也是有所指的特别宠遇。九重,本指宫禁,极言其深远。因谓天子之门九重,此句指天子本人。吴国对高中探花后,除按例授翰林院编修外,顺治皇帝游幸景山瀛台,南苑诸处,经常召他从行,偶尔还"赐坐延问如家人"。吴国对也"侃侃以对"。"宫烛宵分,花砖月午"二句,互文见义,宵分、月午均指夜半。这也应指吴国对受皇上眷顾,随皇帝游幸宫廷,甚至常常到深夜。吴国对虽在弟兄中得功名最迟,却名第最高,且又受到皇帝恩宠,这当然是值得吴敬梓引以为荣的。

"张珊网于海隅,悬藻鉴于畿辅。诏分玉局之书,渴饮金茎之露。羡白首之词臣,久赤墀之记注。"这几句是写其曾祖的仕宦经历的。"张珊网"二句,写吴国对先后任福建主考和顺天学政的经历。珊网,珊瑚网。《山海经》曰:"珊瑚生海中,欲取之,先作铁网沉水。珊瑚贯网而生,岁高二三尺,有枝无叶,形如小树,因绞网出之。"珊瑚是古人眼中的珍宝,任主考为朝廷网罗人才,如张网捕珊瑚。海隅,沿海地区,此指福建。吴国对康熙五年(1666)出任福建乡试主考。藻鉴,品藻镜察,即品评鉴别。引申为掌管铨选的职位。畿辅,即王都所在地,泛指京城地区。畿,京畿;辅,京都郊县,清代畿辅指顺天府。据《吴国对墓志铭》:国对曾"迁国子监司业、侍读,又讫迁葬,去居八年,补侍读、提督顺天学政"。玉局,玉局化的简称,道教名词。玉局化在成都。道书云,东汉永寿元年(155),李老君与张道陵到此,有局脚玉床自地而出,老君升座,为道陵说《南北斗经》,既去而林隐,地中因成洞穴,故名玉局化。宋时于此置玉局观。苏轼曾提举玉局观,作为一种祠职。陆游《玉局歌》曰:"玉局祠官殊不恶,衔如清冰俸如鹤。"成都每年九月九日在此设药市。故此处"诏分玉局之书",当时指御赐道家及医药之书。因为吴家自吴谦行医,后世虽不业医,但医药乃祖业。吴敬梓《遗园》诗中亦云:"辛苦青箱业,传家只赐书。"对"诏分玉局之书",吴国对还在遗园中建书楼以贮藏,作为世代的荣耀。"渴饮金茎之露"更是一种夸饰之辞。金茎,铜柱,用以擎承露盘。即李贺《金铜仙人辞汉歌》中的"金铜仙人"。班固《西都赋》:"抗仙掌以承露,擢双立之金茎。"此处"金茎之露",实际上仅指他可以饮到皇宫的茶而已。而"羡白首之词臣,久赤墀之记注",言吴国对由编修而升任侍读。词臣,文学侍从之臣,如翰林之类。赤墀,皇帝宫殿阶地涂丹漆,故称赤墀,也称丹墀。记注,记录注释,指任皇帝的侍读。吴国对中探花后,按惯例授翰林院编修,后历经福建主考、国子监司业而升任侍读。

"五十年中,家门鼎盛"一段总写吴门的兴盛,这是吴敬梓追慕不已的一段家史。曾祖辈兄弟五人,四人中进士。吴国龙的第五子吴晟又中康熙三十年榜眼。故云"五十年中,家门鼎盛"。接着以陆机、陆云和苏轼、苏辙两对兄弟与曾祖辈兄弟相比,陆机、陆云兄弟均为由东吴而入晋之贤才,且兄弟情笃。《世说新语·赏誉》曰:"蔡司徒在洛,见陆机兄弟住参佐廨中,三间瓦屋,士龙住东头,士衡住西头。"士龙,陆云之字;士衡,陆机之字。苏轼、苏辙联名同中进士,且兄弟友善。《宋史·苏辙传》曰:"辙与兄进退出处,无不相同,患难之中,友爱弥笃,无少怨尤,近古罕见。"凤毛,谓先人遗下的风采。《世说新语·容止》:"王敬伦(劭)风姿似父(王导)……桓松(温)望之曰:'大奴固自有凤毛。'"马粪,里巷名。《南史·王志传》:"志家居建康禁中里马粪巷。父僧虔门风宽恕,志尤惇厚,所历不以罪咎劾人。""兄弟子侄皆笃实谦和,时人号马粪诸王为长者。"《南齐书·王僧虔传》亦载:"兄僧绰,为太初所害,亲宾咸劝僧虔逃。僧虔涕泣曰:'吾兄奉国以忠贞,抚我以慈爱,今日之事,若不见及耳。若同归九泉,犹羽化也。'孝武初,出为武陵太守。兄子俭于中途得病,僧虔为废寝食。同行客慰喻之。僧虔曰:'昔马援处儿侄之间一情不异,邓攸于弟子更逾所生,吾实怀其心,诚未异古。亡兄之胤,不忍忽诸。若此儿不救,便当回舟谢职,无复游宦之兴矣。'还为中书郎,转黄门郎,太子中庶子。"以上说明,在曾祖一辈,不仅家门鼎盛,而且兄弟和睦。绿野堂,唐裴度的别墅,旧址在河南洛阳。裴度以宦官擅权,时事已不可为,乃自请罢相,于午桥建别墅,花木万株,中起凉台暑馆,名曰绿野堂。与白居易、刘禹锡作诗酒之会。青云,既可谓官高爵显,也可谓品德高尚之士。《史记·伯夷传》:"闾巷之人,欲砥行立名者,非附青云之士,恶能施于后世哉!"扬雄《解嘲》亦云:"当涂者升青云,失路者委沟渠。"轮毂朱丹,指红漆车轮,彩绘车毂,古代贵官所乘的车。语亦本扬雄《解嘲》:"吾闻上世之士,人纲人纪,不生则已,生必上尊人君,下荣父母。折人之珪,儋人之爵,怀人之符,分人之禄;纡青拖紫,朱丹其毂。""宾客则轮毂朱丹",谓往来的宾客均为达官贵人。绣毼,彩色半臂衣。《后汉书·光武帝纪》:"时三辅吏士车迎更始,见诸将过,皆冠帻,而服妇人衣,诸于绣毼,莫不笑之,或有畏而走者。"妆靓,美艳,指服装。"卮茜有千亩之荣",语本《史记·货殖列传》:"若千亩卮茜,千畦姜韭。此其人皆与千户侯等。"《集解》曰:"卮,鲜支也。茜,一名红蓝,其花染绘赤黄也。"木奴,指柑橘。三国吴丹阳太守李衡于宅边种桔千株,临死谓其子曰:"汝母恶我治家,故穷如是。然吾州里有千头木奴,不责汝衣食,岁上一匹绢,亦可足用耳。"自"绿野堂开"句以下,指营建探花居所。吴敬梓的高祖吴沛以上至转弟公,一直居住在郊外程家市的西墅草堂,而吴敬梓却出生于城西北襄河湾之探花第。"探花第"是吴敬梓曾祖辈四人高中进士,特别是吴国对高中探花后新建的。位于襄河岸边接近城垣处,早在明清之交时已奠定基础。虽吴国鼎、吴国龙在崇祯十六年已中进士,但因"流寇告警,奉母避地白下"及顺治三年(1646)"丁丙艰,与诸弟庐墓山中,遂一意于丰草长林,足迹不至公府"。吴国缙又于顺治六年(1649)考中进士,先为文林郎,后官江宁府学博。吴国对中探花后,更是青云直上,仕途得意。吴国龙也被重新起用。因此,吴家到顺治末年才真正发家饶富。

　　"宅为因旧,斋号长梁,禽鸣变柳,燕寝凝香。故物唯扮于簪笏,旧业不系于貂珰,谢棋子之方缛,去班丝之隐囊。"这段文字仍是就曾祖辈建探花第而言的。"宅为因旧"句,似有所本,"因旧"在现实生活中亦有所指,如前所云,探花第之址并非新购,早在明清易代之际即已选定。"斋号长梁"句则仍用王僧虔之典。《南齐书·王僧虔传》云:其"兄子俭为朝宰,起长梁斋,制度小过,僧虔视之不悦,竟不入户,俭即毁之"。"禽鸣变柳"句,语出谢灵运《登池上楼》:"池塘生春草,园柳变鸣禽。"此句意谓藏在园柳中啼唤的鸟类也变换了,指春天的鸣禽如黄莺之类,不是冬季所有。这两句写景物变换。"燕寝凝香"句,语本唐·韦应物《郡斋雨中与诸文士燕集》诗:"兵卫森画戟,燕寝凝清香。"燕寝,有二说:一谓周制,王有六寝,一是正寝,余五寝在后,通名燕寝。另一说指休息安寝的地方,即私室。相传宋济南府布政司内书斋旧名西斋,曾巩即依韦应物诗句改其名为凝香斋。故物,旧物。《辍耕录》:"周仁荣买地于府城之郑槐儿坊,创义塾,以淑后进。筑础时,掘地深才数尺,有青石,获双砚,砚有款识,乃唐郑司户虔故物。塾既成,遂名双砚堂。簪笏,古代笏以书事,簪笔以备书。臣僚奏事,执笏簪笔,即为簪笏。旧业,先人的遗业。貂珰,汉代中常侍冠上的两种饰物,后以作宦官的别称。"旧业不系于貂珰"句,语本左思《咏史》中"金张藉旧业,七叶珥汉貂"二名,而反其意而用之。左思诗是谓金日磾、张安世凭祖先的世业,七代做汉朝的贵官,而吴敬梓的曾祖辈出身寒门,无先世祖业可凭借。"谢棋子之方缛,去班丝之隐囊"二句,语本北齐颜之推《颜氏家训·勉学》:"梁朝全盛之时,贵游子弟……坐棋子方缛,凭斑丝隐囊,列器玩于左右。"隐囊,靠枕。此处以一"谢"、一"去",反其意而用之,即不像那些贵游子弟那样去追求奢侈享乐。

"纱帷昼暖,素琴夕张,图史与肘案相错,绮襦与轩冕俱忘。"这几句写吴家终于走上科举传家之道。"纱帷昼暖",语本李贺《杨生青花紫石砚歌》中"纱帷昼暖墨花春"句。"素琴夕张",语本江淹《恨赋》:"及夫中散下狱,神气激扬,浊醪夕引,素琴晨张。"素琴,不饰彩绘的琴。张,陈设。图史,《宋书·礼》:"太宰江夏王臣义恭咀道遵英,抽奇丽古,该润图史,施祥秘载。"图史,史节图籍之类。绮襦,显贵豪门的衣服,指富贵人家。轩冕,卿大夫的轩车和冕服,亦谓官位爵禄。这里道出吴家不是一般富贵人家,而是一个书香门第。

"听吕蒙之呓语,过张申之墨庄,鼎文有证谬之辨,金根无误改之伤,羡延陵之季子,擅海内之文章。"这几句是对吴氏书香门第的进一步描述。吕蒙,三国吴大将军。呓语,梦话。王嘉《拾遗记》:(吕蒙)"常在孙策座上酣醉,忽卧,于梦中诵《周易》一部,俄而惊起。……众座皆云吕蒙呓语通《周易》。"墨庄,藏书之室。张生,张邦基,宋代高邮人,有《墨庄漫录》。其自序曰:"性喜藏书,随所寓榜曰墨庄,故以为名。"申,元代申屠致,亦聚书万卷,亦名为墨庄。鼎文,又名钟鼎文,系钟鼎上所刻之铭文。吴敬梓生活的时期,甲骨文尚未被发现,钟鼎文是当时最古老的文字。金根,车名。《古纬书》谓器车,根车皆祥瑞之车。秦汉饰车以金,以为乘舆,谓之为金根车。唐李绰《尚书故实》载,韩愈之子昶暗劣,为集贤校理,见史传有金根车处,皆以为误,悉改根为银字,为时人所讥。"金根无误改之伤",反用指韩昶误改金

王步高诗文集

根为金银之典。延陵,古邑名,春秋吴邑。故址即今江苏常州。延陵季子,即吴季札,《史记·吴太伯世家》谓:"季札封于延陵,故号曰延陵季子。"又太史公曰:"延陵季子之仁心,慕义无穷,见微而知清浊。呜呼,又何其闳览博物君子也!"故称其"擅海内之文章"。

三

吴敬梓常自夸"家声科第从来美",实际上仅限于其曾祖辈,到其祖父一辈,其嗣祖吴旦(吴国对的长子),仅以增生援例考授州同知。其祖父吴勖(吴国对次子),以增贡考授州同知,都只是一名秀才。故《移家赋》中于祖父一辈略而不论。仅在"五十年中"以下一段文字中含糊过去。随即转而写其嗣父吴霖起。吴霖起是吴旦的独子,吴国对一支的长房长孙,但他没有子女,便将吴旦的同母弟吴勖孙子吴雯延之长女及幼子吴敬梓过继为子女,故《移家赋》中之"吾父"乃吴霖起而非吴雯延。这是读下文时首先得注意的。

接着颂扬嗣父吴霖起,其中不无夸饰之辞。"仰而思,坐以待"二句,前者语本朱熹诗"清夜端居独仰思"句,后语语出何逊《苦热诗》:"卧思清露沺,坐待高星灿。""网罗于千古,从横于百代,为天下之楷模"几句,对吴霖起推崇到极至。从横,即纵横。"千古"、"百代"互文见义,即千秋万代。《晋书·陈寔传》引诏曰:"昔虞任五臣,致垂拱之化,汉相萧何,兴宁一之誉,故能光隆裕当时,垂裕于百代。"楷模,榜样。《后汉书·卢植传》引曹操称赞卢植"名著海内,学为儒宗,世之楷模,国之桢干"。而且作者还称他为"文苑之羽仪",羽仪本为仪仗中以羽毛装饰的旌旗之类,吴霖起成了文坛的旗帜,又如"沧海之流芥"一样少有。芥,芥菜子。"元默以为稼穑,洪笔以为钼耒",两句语本《世说新语·赏誉》:"凡此诸君,以洪笔为钼耒,以纸札为良田,以玄默为稼穑,以义理为丰年。"元默,当即"玄默",乃沉静无为之意。清人避康熙玄烨之讳,常以"元"代"玄"。《晋书·儒林传序》曰:"简文玄默,敦悦丘坟。"洪笔,犹言大手笔。比喻擅长写文章。昔郭璞《乐雅注·序》云:"英儒赡闻之士,洪笔丽藻之客,靡不钦玩耽味,为之义训。"疏:"洪,大也;丽,美也……比喻人之文章,言大有词笔美于文章之客也。"钼(chú),"锄"的异体字。耒,钼耒,古代翻耕土地之工具。钼耒,家具。这两句谓吴霖起以沉默无为作为耕种和收获,而以如椽之大笔作为农具。

"独正者危"十句,是继续介绍吴霖起的身世经历的。"独正者危,至方则阂"二句,语本颜延之《陶征士诔》:"独正者危,至方则碍。""阂",即"阻碍"。独正,本于《庄子》:"受命于地唯松柏独也正,冬夏青青,受命于天。唯舜独也正,幸能正生以正众生。"由于品格方正,所以觉得危碍。显然,这两句的背后,是有某种难言之隐的。想必吴霖起是受到某些毁谤攻击的。"九州之被有余,三秀之门斯在",夸言吴霖起的道德文章的影响及地位。九州,相传古时分全国为九州,实指全中国。"九州之被有余"句从《边让别传》化来:"让字元礼,才辨俊逸。孔融荐于魏武(曹操)曰:'边让为九州之被则不足,为单衣襦襠则有余。'"这里竟认为吴霖起涵盖天下而有余。三秀之门,谓有孝行之门。《新唐书·侯知道传》云:"寿州安丰李兴亦有至行,柳宗元为作《孝门铭》曰:'……神锡祕祉,三秀灵泉。帝泉荐加,亦表其门。'""雕虫而耻壮夫"句,语本《扬子》:"或问吾子好赋,曰然。童子雕虫篆刻。俄而曰,壮夫不为也。"《隋书·李德林传》云:"至如经国大体,是贾生、晁错之俦;雕虫小技,殆相如、子云之辈。"这句说吴霖起长于辞赋,这是古人认为"壮夫不为",而只有司马相如、扬雄(字子云)才干的雕虫小技,这里暗将吴霖起与大文学家司马相如、扬雄相比,似贬而实褒。觚,木简,古人用以书写。《急就篇》曰:"急就奇觚与群异。"注:"觚者,学书之牍,或以记事,削木为之,盖简之属。……其形成六面,或八面,皆可书。觚者,棱也,以有棱角,故谓之觚。"散儒,指不成才之儒。《荀子·劝学》:"不隆礼,虽察辩,散儒也。"注:"散,谓不自检束。""弃觚而叹散儒"句,语本《西京杂记》:"傅介子年十四,好学书,尝弃觚而叹曰:'大丈夫当立功绝域,何能坐视散儒。'"吴霖起虽叹散儒,却无力像傅介子那样立功异域。"讲学邹峄,策名帝都"二句,写吴霖起的经历。邹峄,山名,亦名邾峄山、邹山,在今山东邹县东南。"讲学邹峄",这里暗用司马迁事。《史记·太史公自序》曰:"迁生龙门……二十而……北涉汶泗,讲业齐鲁之都,观孔子之遗风,乡射邹峄,厄困鄱薛、彭城,过梁楚以归。"这里显然又是将吴霖起与司马迁相比。策名,指应征辟,出仕。《左传·僖二三年》:"策名委质,贰乃辟也。"疏:"古之仁者,于所臣之人书己名于策,以明系属也。""策名帝都",指吴霖起去京都应拔贡考试的事。吴霖起中秀才多年,每次参加岁科考试,成绩也常列为一等,但未能考中举人。经多年积累,于康熙二十五年(1686)科考之后参加了拔贡考试。第一场四书文、经文,第二场论、策、判等都写得不错,被当作"奇才"拔萃,贡入太学,成为拔贡。"摩石鼓之文,听圜桥之书"二句,写吴霖起在京都的经历。摩,揣摩、研究。石鼓文,唐初在天兴三畤原出土的十块鼓形石,上刻籀文(大篆)四言诗,每块十首为一组。发现时文字已残缺不全,其内容及刻石时代众说纷纭。近人考定为秦刻,叙述当时贵族畋猎游乐生活。鼓文唐时已损,宋欧阳修所见仅四百八十五字,后人所见,字数愈少。圜桥,古代辟雍四门,周围环水,以桥相通。《后汉书·儒林传序》:"飨射礼毕,帝正坐自讲,诸儒执经问难于前,冠带缙绅之人,圜桥门而观听者,盖亿万计。"此处用石鼓文及圜桥听书二者说明吴霖起在京都能见到珍藏的石鼓文,和有幸听到皇帝的声音。吴霖起参加拔贡考试是康熙二十五年。福格在《听雨丛谈》卷五谈及"拔贡"时说:"拔贡之科,每十二年学臣于府、州、县学廪生内各举一名,贡入京师。钦简大臣会考后,拔其优等,再赴朝考,入选者以七品小京官分部观政,或以知县分赴直省叙补。其余贡生,均以州佐,教职选用。"这说的是乾隆七年(1742)以后的情况,在此之前,拔贡的时间间隔是不定的。但"拔贡"的做法与此大致相同。当时的"五贡"中以"拔贡"最难得,故也受生员看重。吴敬梓在这里对其加以自诩也就不足为怪了。

尽管如此,吴霖起拔贡的功名及县学教谕的官职都不值得大做文章。因而转而从其人品方面落笔,而在其孝道上大做文章。吴霖起被"拔贡"以后,候选长达二十八年之久,直到康熙五十三年(1714)才被选为江苏赣榆县学教谕。吴敬梓解释其原因时认为这是为养亲的需要。吴霖起的父亲吴旦早逝,寡母在堂,作为独子的霖起不便远游。"当捧檄之未决,念食养之堪娱。"捧檄,谓奉命就任。檄,官符,犹后来的委任状。色养,《论语·为政》曰:"子夏问孝,子曰:'色难。'"注:"包(咸)曰:'色难者,谓承顺父母颜色乃为难。'"后世故称承顺父母颜色,孝养父母为色养。堪娱,疑当作"堪虞",即堪忧。"感蔡顺之噬指",用蔡顺孝母之典,据《后汉书·周磐传》:(蔡顺)"少孤,养母。尝出求薪,有客卒至,母望顺不还,乃噬其指,顺即心动,弃薪驰归。"后代以"噬指"指母子眷顾之情。作者这里用典有误,"噬指"者非蔡顺本人而是其母。此句当云:"感蔡(顺)母之噬指。"温峤绝裾是不孝的例子,故冠之以"鄙"。《世说新语·尤悔》:"温公(峤)初受刘司空(琨)使劝进,母崔氏固驻之,峤绝裾而去。""捆蒲苇而织屦履"句,语本《吕氏春秋·士节》:"齐有北郭骚者,结罘网,捆蒲苇,织萉散屦,以养其母,犹不足,踦跂见晏子曰:'愿乞所以养母'……晏子使人分仓粟、分府金而遗之,辞金而受粟。""浣厕牏而涤溺器"句,语本《史记·万石君传》:"(石)建为郎中令,每五日洗沐归谒亲,入子舍,取亲中裙厕牏,身自浣涤。"注谓厕牏为近身的小衫,即内衣。清人王先谦认为,厕牏指旁室门墙边的水沟。石建取其父亲之中裙,隐身侧近窬边,自浣洗之。溺器,便盆。以上数语谓吴霖起对寡母尽孝道的情况。

　　"菽水堂前"数句承上文继续写吴霖起孝顺寡母之事。菽水,豆和水,指粗茶淡饭,形容生活清苦。后常用以指晚辈对长辈的供养。板舆,古时老人的一种代步工具。后指官吏在任奉养父母。这两句似也有夸大之处,自曾祖吴国对一辈科举发家以后,吴门经历了"五十年"左右的鼎盛时期,到吴敬梓时才败落,吴霖起时家庭还是比较富足的。且"板舆"常指官吏在任供养父母,如白居易《送崔使君侍亲赴任诗》:"乌府一抛霜简去,朱轮四从板舆行。"此时吴霖起尚未做官,用此典也似不甚恰当。孝草,又名舜草。《述异记》曰:"舜草,今之孝草也。"敷荣,开花。慈鸦,即慈乌,相传乌能反哺其母,故称慈乌。戾止,来到。《诗经·周颂·有瞽》:"我客戾止,永观厥成。"六芝,补药之一种。《养生经》:"上药养命,五石练形,六芝延年。"五采戏,相传老莱子著彩衣为儿戏以娱亲,后因以斑衣彩戏为老养父母之典。色喜,父母欢喜。曾参,孔子弟子。三釜,古代低级官吏的俸禄数量。一釜为六斗四升。《韩诗外传》引曾参曰:"吾尝仕为吏,禄不过钟釜,尚犹欣欣而喜也,非以为多也,乐道养亲也。""赵槩之母年八十"句,语本《宋史·赵槩传》:欧阳修越次知制诰,"逾岁,槩始代之。郊祀,当任子,进阶爵。乞回其恩,封母郡太君。宰相谓曰:'君即为学士,拟封不久矣。'槩曰:母年八十二,愿及今拜君赐以为荣。'乃许之,后遂为例"。以上,用众多的儿子尽孝道的典故,说明吴霖起宁可辞官不做,候选二十八年而侍养寡母,以尽孝道。

　　"身隐"句,语本《左传·僖公二十四年》,介之推语其母曰:"言身之文也,身将隐焉,用文之求显。"这句话的意思是:身子都要隐居起来了,身上的文饰还有什么用处呢?"善养"句,语本《吕氏春秋》:"养有五道:养体、养目、养耳、养口、养志,此五者代进而厚用之,可谓善养矣。"禄不及,指当时吴霖起尚未出仕,没有俸禄收入。茅容,东汉人,年四十余耕于野,避雨树下,众皆夷踞,容独危坐愈恭。郭泰见而异之。因留寓宿。旦日(茅)容杀鸡供母,自以草蔬与客共饭。泰拜之曰:"卿贤乎哉!"因劝令学,率以成德。茅容之愿当指孝养母亲之愿。皋鱼为春秋时人。据《韩诗外传》:"孔子行,闻哭声甚悲。孔子曰:'驱驱,前有贤者。'至,则皋鱼也。……孔子辟车与之言,曰:'子非有丧,何哭之悲也?'皋鱼曰:'吾失之三矣。少而学,游诸侯,以后吾亲,失之一也。高尚吾志,间吾事君,失之二也。与友厚而小绝之,失之三也。树欲静而风不止,子欲养而亲不待也,……吾请从此辞矣。'立槁而死。"皋鱼之泣即"子欲养而亲不待也",即丧亲之泣。道出寡母去世。"肝乾肺焦,形变骨立"二句,云丧母之后的情状。肝肺焦,语本明刘基诗:"登高望远肝肺焦,安得羽翼抟长飙。"形变骨立,言人极消瘦,语本《后汉书·韦彪传》:"彪孝行纯至,父母卒,哀毁三年,不出庐寝。服竟,羸瘠骨立异形。""白蛇"二名谓为母守孝庐墓之事。语本《华阳国志》:"宋支渐,蜀资阳人,年七十,庐于母墓,白蛇素狸绕于旁,皓乌皫雀集于陇。"白、素、皓、皫四字均为白色,守孝之义。"见似目瞿",语本《礼记》:"见似目瞿,闻名心瞿。"疏:"见他人形状似其亲则目瞿然,闻他人所称与父名同,则心中瞿瞿然。""皆隐志之相及"句,语本《吕氏春秋》:"父母之于子也,虽异处而相通,隐志相及,痛疾相救,忧思相感。"这末句用于母死以后,似也不十分贴切。

"丧葬既毕"以下几名,写吴霖起办完母亲丧事以后,潜心治学,安贫乐道。"精业维勤",语本韩愈《进学解》:"业精于勤,荒于嬉。"万象,指自然界的一切事物,景象。八垠,八方的界限,杜甫《寄薛三郎中据》:"赋诗宾客间,挥洒动八垠。""卷之万象,挥之八垠"二句谓吴霖起学识广博。子云,扬雄字,著有《太玄》。黔娄,战国时齐隐士。家贫,不求仕进。齐鲁之君聘赐,俱不受。死时衾不蔽体。"观使才于履屐,作表帅于人伦"二句,分别用晋代谢玄和王承典故。《晋书·谢玄传》载:"时符坚强盛,边境数被侵寇,朝廷求文武良将可以镇御北方者,(谢)安乃以玄应举。中书郎郗超虽素与玄不善,闻而叹之,曰:'安违众举亲,明也。玄必不负举,才也。'时咸以为不然,超曰:'吾尝与玄共在桓府,见其使才,虽履屐间亦得其任,所以知之。'"《晋书·王承传》:"东海王越镇,许以为记室参军,雅相知,重敕其子,毗曰:'王参军人伦之表,汝其师之。'"这几句言吴霖起才德俱备,实堪大用,但处境不佳,生活也很贫困。"郈成分宅之义,羊舌下泣之仁"二句,语本刘峻(孝标)《广绝交论》:"自昔把臂之金兰之友,曾无羊舌下泣之仁,宁慕郈成分宅之德。"《文选》李善注:"此谓到洽兄弟也。刘孝绰与诸弟书曰:任(昉)既假以吹嘘,各登清贯。任云亡未几,子侄漂流沟渠,洽等视之,悠然不相存瞻,平原刘峻疾其苟且,乃广朱公叔《绝交论》焉。"羊舌,姓,此处指叔向。李善注引《春秋外传》:"叔向见司马侯之子,抚而泣之曰:'自此父之死也',吾蔑与此事君也。昔者此其父始之,我终之;我始之,夫子终之。"郈成子事见《孔丛子》:"郈成子自鲁聘晋过于卫,右宰縠臣止而觞之,陈乐而不作,酣毕而送以璧。成子不辞,其仆曰:'不辞何也?'成子曰:'夫止而觞我,亲我也;陈乐不作,告我哀也;送我以璧,托我也。由此观之,卫其乱矣。'行三十里,而闻卫乱作,右宰縠臣死之。成子于是迎其妻子,还其璧,隔宅而居之。"此处引《广绝交论》而反用其意。《广绝交论》以"曾无"、"宁慕"否定句式,以讽刺到洽对任昉子侄的落魄不负责任。而此赋用典旨在说明吴霖起乃一忠厚长者,其所指已不可一一坐实。

"门堪罗鸟",《周礼·罗氏》:"掌罗乌鸟。"注曰:"罗氏主捕鸟者。罗,网也。以罗网捕鸟也。"意与罗雀同。"门可罗雀"谓门庭冷落,来客绝少,至能张罗捕雀。《史记·汲郑传》太史公曰:"始翟公为廷尉,宾客阗门;及废,门外可设雀罗。""庭无杂宾",语本《晋书·刘惔传》:"累迁丹阳尹,为政清整,门无杂宾。""挥乐广之麈"句,挥麈,挥动麈尾。晋人清谈时,每执麈尾挥动,以为谈助。后人因称谈论为挥麈。乐广,晋人。《晋书·乐广传》曰:"广孤贫,侨居山阳,寒素为业,人无知者。性冲约,有远识寡嗜欲,与物无兢。尤善谈论,每以约言析理,以厌人之心,其所不知,默如也。"这一句说吴霖起像乐广一样雄辩滔滔,独尚清谈。"书羊欣之裙"句中,羊欣,南朝宋人。与王献之友善。《宋书·羊欣传》谓:"献之尝夏月入县,欣著新绢裙昼寝,献之书裙数幅而去。欣本工书,因此弥善。""马帐溢执经之客",此句用东汉马融故事。《后汉书·马融传》:"融才高博洽,为世通儒,教养诸生,常有千数。涿郡卢植,北海郑玄,皆其徒也。""常坐高堂,施绛纱帐,前授生徒,后列女乐。弟子以次相传,鲜有入其室者。"而《马融传》中无有"执经"之说。"执经"语本《汉书·于定国传》:"迁水衡都尉,超为廷尉,定国乃迎师学春秋,手执经北面,备弟子礼。""鹿车骈问字之人",鹿车,小车。《风俗通》曰:"鹿车,柴车也。窄小裁容一鹿,故云。汉冗散郎乘之。"问字,《汉书·扬雄传》谓,扬雄多识古文奇字,刘棻曾向雄学奇字。后来称从人受学或请教为问字。这两句中"溢""骈"均谓向吴霖起求学请教的人众多。

"暮年黉舍"以下十六句,言吴霖起赴江苏赣榆任县学教谕事。"黉舍",古代学校名。"远在海滨",赣榆地处海滨,赣榆在江苏最东北角,与山东接壤。所谓暮年,切吴霖起的身世。吴霖起于康熙五十三年(1714)被选为江苏赣榆县学教谕。至康熙六十一年(1722)去职,次年即去世,故云"暮年"。"时矩世范,律物正身"二句,谓吴霖起品格崇高,是时人的楷模和典范,并以此来修身教人。世范,李商隐《赠送前刘五经映三十四韵》:"凝邈为时范,虚空作士常。"这两句道出吴霖起在赣榆任上立身行事,待人接物极其方正不阿,这对吴敬梓本人也有熏陶及启迪作用。"时游历于缁帷",语本《庄子·渔父》:"孔子游乎缁帷之林,休坐乎杏坛之上。"《释文》:"缁帷,司马云:'黑林名也。'"以缁帷为深林名,因树木郁茂,阴沉蔽日,布以帷幕,故称。木铎,原指以木为舌的铃,比喻宣扬某种政教、学说的人。《论语·八佾》:"天下无道也久矣,天将以夫子为木铎。"这两句极力夸张吴霖起在任赣榆教谕时传播知识,倡导教化方面的作用,两次将他与孔子相比。"系马堂阶"句,语本杜甫《戏简郑广文兼呈苏司业》:"广文到官舍,系马堂阶下。""衣冠万镬"句,衣冠,指士大大、官绅。镬,即鑊(huò),尺度。万镬,指众多。鲑菜,鱼菜。杜甫《王竟携酒高亦同过》:"自愧无鲑菜,空烦卸马鞍。"萧然,冷落。《元史·孙辙传》:"家居教授,门庭萧然,而考德问业者日盛。"此处用其意。引觞,持杯。徐酌,慢饮。陶渊明《归去来分辞》:"引壶觞以自酌,眄庭柯以怡颜。"这里写出吴霖起、吴敬梓父子在赣榆的教读生活,贫寒清苦而怡然自得。"春夏教以诗书,秋冬教以羽籥。"羽籥,雉羽与籥,古代文舞用的舞具和乐器。《礼记·文王世子》:"春夏学干戈,秋冬学羽籥,皆于东序。"注:"羽籥,籥舞,象文也……《诗》云:左手执籥,右手秉翟。"疏:"羽,翟也……籥,笛也。"吴敬梓化用《礼记》之语说明吴霖起教学的内容。"鸟革翚飞,云蔓连阁,见横舍之既修,歌泮水而思乐"四句,谓修学宫之事。作者自注亦云:"先君为赣榆教谕,捐赀破产修学宫。""鸟革翚飞",喻宫室庄严华丽。语本《诗经·小雅·斯干》:"如鸟斯革,如翚斯飞。"革,翼;翚,五彩雉。言飞檐凌空,如鸟之张翼;丹青奇丽,如雉之振采。"云蔓连阁",语本张衡《西京赋》:"长郭广庑,连阁云蔓。"注:"谓阁道如云气相延蔓也。"显然,这里对学宫的形容也多有夸张。横舍,学舍。横,同"黉"。《后汉书·朱浮传》:"宫室未饰,干戈未休,而先建太学,进立横舍。""歌泮水而思乐"句,语本《诗经·鲁颂·泮水》:"思乐泮水,薄采其芹。"笺:"泮之言半也。半水者,盖东西门以南通水,北无也。"也有云泮水乃泮宫之水。泮宫东西南方有池,形如半壁,以其半于辟雍,故称泮水。他自己过着"鲑菜萧然"的生活,却捐赀破产修学宫。故"见横舍之既修,歌泮水而思乐"。这"乐"比起"引觞徐酌"之怡然自得来,自然是更高层次的快乐,这是一种为公益事业而自我牺牲的奉献精神。这对吴敬梓不无影响,他以后挥金济人,以及捐赀修祠等都是证明。

"凛朽索之驭马"以下几句,继续写吴霖起道德崇高,本可大展鸿图,但年届耄耋,不得不弃官归田。朽索,腐烂的绳索。《书经·五子之歌》:"予临兆民,懔乎若朽索之驭六马。"此句有戒惧之意。"每求信于尺蠖"句,语本《易经·系辞下》:"尺蠖之屈,以求信(伸)也。"尺蠖,尺蠖蛾的幼虫。《尔雅义疏·释虫》:"其行先屈后申,如人之布手如尺之状,故名尺蠖。"后常用以比喻人的先屈后伸。规矩,校正圆形方形之器。《荀子·儒效》:"没规矩,陈

卷三 诗词鉴赏

绳墨,便备用,君子不如工人。"枘凿,榫头和卯眼。《庄子·天下》:"凿不围枘。"宋玉《九辩》:"圜凿而方枘兮,固知其鉏铻而难入。"以上几句多属隐语。陈美林教授认为,从"这样的记叙中可以觇知他的嗣父吴霖起在赣榆教谕任上,只知道规规矩矩,照章办事,而不知逢迎上司,阿谀士绅。因此,到了康熙六十一年(1722),宫廷的夺嫡之争日愈激烈,朝廷的变化日益明显,官员的调动也随之频繁的紧要关头,既无上司做后台、又不见容于当地士绅的吴霖起,自然属于首先被淘汰之列,终于被罢去了县学教谕这一冷官"。这一推断是非常正确的。微子,商纣王庶兄,名启。因数谏纣王不听,去国。周灭商,称臣于周。周公旦杀纣子武庚,乃以微子统率殷族封于宋,为宋国始祖。飞蓬乃飘荡无定的蓬草,常用以比喻散乱、飘摇无定的事物。《北齐书·颜之推传·观我生赋》:"嗟飞蓬之日永,恨流梗之无还。"但微子叹飞蓬事不知何本。桑落,据《荀子》载,孔子厄于陈蔡之间,子路进问之曰:"由闻之,为善者天报之以福,为不善者天报之以祸。今夫子累德积义、怀美,行之日久矣,奚居之隐也?"孔子曰:"……故居不隐者思不远,身不佚者志不广。女庸安知吾不得之桑落之下?"注:"桑落,九月时也。"吴霖起以一教谕的微官,客居异乡,实同于飞蓬。且年纪老大,自不难起孔子桑落年暮之感。因而自然导出"归耕颍上之田,永赴遂初之约"二句。颍上,安徽北部一县名,北宋文学家欧阳修曾在此任颍州知州,买有田地,晚年辞官住在颍州时曾撰有笔记《归田录》二卷。遂初,赋名。《晋书·孙绰传》曰:(绰)"少与高阳许询俱有高尚之志,居于会稽,游放山水十有余年,乃作《遂初赋》以致其意。"在这两句之后,作者自注曰:"先君于壬寅年去官,次年辞世。"壬寅为康熙六十一年(1722),而其去世已是雍正元年了。

四

嗣父吴霖起死后,吴敬梓立即陷入纷繁复杂的宗族矛盾之中。这一不善治家理财的书生,在这场纷争中迅速陷入一筹莫展的境地。赋的第三部分回顾这段不愉快的经历。

"贤人则岁在龙蛇",贤人指嗣父吴霖起。岁在龙蛇,语本《后汉书·郑玄传》:"梦孔子告之曰:'起,起,今年岁在辰,来年岁在巳。'既寤,以谶合之,知命当终,有顷寝疾。"注曰:"辰为龙,巳为蛇,岁至龙蛇贤人嗟,玄以谶合之。""仙翁则唯遗笙鹤"句,事本《列仙传》:"王子乔者,周灵王太子晋也。好吹笙作凤凰鸣,道士浮丘公接以上嵩山。后乔于山见桓良曰:'告我家,七月七日待我于緱山头。'果乘白鹤驻山顶。望之不到,举手谢时人,数日而去。"两句说吴霖起逝世。"于是君子之泽,斩于五世",语出《孟子·离娄下》:"孟子曰:'君子之泽,五世而斩;小人之泽,五世而斩。'"朱熹注:"泽犹言流风余韵也,父子相继为一世,三十年亦为一世,斩,绝也。大约君子小人之泽,五世而绝也。杨氏曰:'四世而缌,服之穷也,五世袒,免杀同姓也,六世亲属竭矣,服穷则遗泽寖微,故五世而斩。'"如果说曾祖吴国对一辈是吴氏的鼎盛时期,到吴敬梓一辈尚不足五世。吴国对高中探花,而他的子孙中竟没有一个人再中过进士,其嗣祖吴旦、祖父吴勖连举人也未考中,仅以增生、增贡考授州同知。不能从科举发家,生计自然只能靠祖辈的遗产,家族内部纷争的加剧也就势不能免。兄弟参商,是指兄弟之间发生矛盾。参商,二星名。参在西,商在东,此出彼没,永不相见。商星即辰星。古代神话传说,高辛氏二子不睦,因迁于两地,分主参商二星,后因以比喻兄弟不睦。"宗族诟谇",指与外族的矛盾,诟(gòu),耻辱,诟骂。谇(suì),责让,埋怨话。诟谇,意同龃龉,即矛盾。其堂兄吴檠《为敏轩三十初度作》诗中云:"他人入室考钟鼓,怪鸮恶声封狼贪。""外患既平家日削,豪奴狎客相钩探。"其联襟金榘《次半园韵为敏轩三十初度同仲弟两铭作》中亦云:"撑柱门户讵容易,弱肉讵能供饕贪?"显然,吴家与外族发生过争斗,很可能是吴家吃了亏。这从"他人入室""外患""家日削"等字眼可以见出。"兄弟参商"的内容不得而知。这时,吴国龙一支已从探花第迁出,吴国对一支仍住在这里,这是五个很庞大的家族。吴敬梓既是吴国对次子吴勖的幼孙,他又出嗣长房长孙吴霖起,对吴国对长子吴旦一支的财物具有继承权,但他因为不是吴霖起所生,这份财产势必为其他兄弟所垂涎,从而导致家族内部的纷争。这大约是"兄弟参商"一句的内涵。

"假荫而带狐令"以下十句,对吴氏门风败坏的情况作了辛辣的嘲讽。"假荫而带狐令",语本钱易《南部新书》:"令狐绹以姓氏少,族人多有投者,不吝其力,由是远近者皆趋之,至有姓胡冒令者。进士温庭筠戏为词曰:'自从元老登庸后,天下诸胡悉带令。'"卖婚,语本《史通》:"山东士人尚阀阅,嫁娶必多取资,人谓之卖婚。"鸡肆,以除粪为业者。张鷟《朝野佥载》卷三载:"长安富民罗会,以剔粪为业,里中谓之鸡肆。""求援得援,求系得系"二句,用《国语·晋语九》:"董叔将娶于范氏,叔向曰:'范氏富,盍已乎!'曰:'欲为系援焉。'他日,董祁愬于范献子曰:'不吾敬也。'献子执而纺于庭之槐,叔向过之,曰:'子盍为我请乎?'叔向曰:'求系,既系矣;求援,既援矣。欲而得之,又何请焉?'""侯景以儿女作奴",事见《通鉴》卷一百六十一:"(侯)景请娶于王谢,上(梁武帝)曰:'王谢门高非偶,可于朱张以下访之。'景恚曰:'会将吴儿女配奴。'""王源之姻好唯利",用沈约指责王源事。王源贪图庶族富豪满氏五万钱的聘资,不顾自己高门,将女儿嫁给满氏。这种婚姻与当时的门阀制度是不相容的,沈约奏弹王源"托姻结好,唯利是求,玷辱流辈,莫斯为重",指责这种行为是"贩鬻祖曾,以为贾道"。认为这种婚姻是出卖祖宗来向下贱的皂隶换取钱财,即所谓"窃赀莫非皂隶"。"若敖之鬼馁而"句,用楚令尹子文事。子文系若敖氏。越椒初生,子文曰:"是子也,熊虎之状,而豺狼之音,弗杀,必灭若敖氏矣。"子文担心越椒会使若敖氏覆灭,以致祖宗无人祭祀,使鬼也挨饿。"广平之风衰矣",用盛唐贤相宋璟子孙事。宋璟以功封广平郡公,刚正为时所重,但其子皆不肖。二子宋尚贪赃。三子宋浑诱奸表兄之妻,四子宋恕"依倚权势,颇为贪暴"。恕子华、衡,"居官皆坐赃,相次流贬"。"兄弟尽善饮谑,俳优杂戏,衡最粗险。"故《旧唐书·宋璟传》谓:"广平之风教,无复存矣。"以上这段文字,是谴责吴氏宗姓子弟在婚嫁等问题上辱没门风等行为的。从中也不难看出吴敬梓陈腐的门第观念。到吴敬梓这一辈,吴家已是门衰祚薄,但他仍不肯放下这份架子。其实,他谴责的族人不顾门第,与一些富家结亲,若无"卖婚"之嫌,倒也是无可指责的。

"彼互郎与列肆"句以下,对家乡经济生活,特别是商品经济作了较细致的描述,显然,作者对此是采取鄙薄、嘲讽的态度的。互郎,买卖经纪人。列肆,市场上成列的店铺。贩脂、削脯,皆贱业也。削脯,即洒削和胃脯。《史记·货殖列传》:"贩脂,辱处也,而雍伯千金。卖浆,小业也,而张氏千万。洒削,薄技也,而郅氏鼎食。胃脯,简微耳,浊氏连骑。马医,浅方,张氏击钟。此皆诚壹之所致。"《说文》云:"戴角者脂,无角者膏。"《索引》:"洒削,谓磨刀以水洒之。"又引晋灼云:"太官常以十月作沸汤焯羊胃,以末椒姜粉之讫,暴使燥,则谓之脯,故易售而致富。"《正义》案:"胃脯谓和五味而脯美,故易售。"此处以贩脂、削脯比喻卖浆之类的低贱职业。"既到处而辙留,能额瞬而目语"二句,言他们不遵善行,巧诈奸伪。《老子》云:"善行无辙迹,善言无瑕谪。""既到处而辙留"与《老子》语相反,言商人无孔不入。目语,以目示意。《三国志·周鲂传》:"目语心计,不宣齿唇。"额瞬出典不详,似亦指狡诈之态。"鱼盐漆丝,齿革毛羽",指传统商品。《史记·货殖列传》:"夫山西饶材、竹、谷、纑、旄、玉石;山东多鱼、盐、漆、丝、声色。"《书经》则云:"荆及衡阳,唯荆州厥贡羽毛齿革,唯金三品。"涩嚞(zhí),言语纷繁。枭(xiāo)獠

(xiāo)，交错貌。左思《吴都赋》："涩嶵粊獠，交贸相竞，喧哗喤呷，芬葩荫映。"驵侩，一作"驵会"，原指牲畜交易的经纪人，后泛指市场的经纪人。《史记·货殖列传》："子贷金钱千贯，节驵会，贪贾三之，廉贾五之，此亦比千乘之家。"枝梧，本指屋梧斜柱，小柱为枝，斜柱为梧。此处有混同、混杂之意。杜甫《夜听许十一诵诗爱而有作》云："陶谢不枝梧，风骚共推激。"用法似与此同。"漉沙构白，熬波出素，积雪中春，飞霜暑路"四句，这是张融《海赋》中的句子，据《南齐书》《南史》本传载，这几句《海赋》中原先没有，是根据镇军将军顾凯之的意见加上去的。用在这里并不十分贴切，与前后文也不十分连贯。"迁其地而仍良，皆杂处于吾土"二句，既对上述种种情况作了归结，也提起下文。从这段文字倒也不难看出，清代前期，距南京仅百里之遥的全椒商品经济已较为发达。

"山猱人面，穷奇锯牙，细旃广厦，锦幄香车，马首之金匼匝，腰间之玉辟邪。春风则乘醉而倚，秋月则倍明于家。"这几句写巨商特别是盐商的生活。山猱，一名山臊，即山魈。据《荆楚岁时记》载："正月一日……先于庭前爆竹，以辟山臊恶鬼。"旧题汉东方朔《神异经》："西方深山中有人焉，身长尺余，袒身捕虾蟹。性不畏人，见人止宿，暮依其火以炙虾蟹；伺人不在，而盗人盐，以食虾蟹，名曰山臊。其音自叫，人尝以竹著火中，烨熚而出，臊皆惊惮，犯之令人寒热。此虽人形而变化，然亦鬼魅之类，今所在山中皆有之。"穷奇，恶兽名。《山海经·西山经》："邽山，其上有兽焉。其状如牛，蝟毛，名曰穷奇，音如獋狗，是食人。"又有一说谓："西北有兽焉，状似虎，有翼能飞，便剿食人，知人言语。闻人斗，辄食直者；闻人忠信，辄食其鼻；闻人恶逆不善，辄杀兽往馈之，名曰穷奇。亦食诸禽兽也。"（《旧小说》甲集）由此可以看出，吴敬梓对商人（特别是盐商）是深恶痛绝的。细旃（zhān），即细毡。广厦，大屋。《汉书·王吉传》："夫广厦之下，细旃之上，……其乐岂徒衔橛之间哉！"锦幄，锦帐，此处指香车上之纬帐。匼匝，周绕貌，指马络头。金匼匝，金制的马络头。杜甫《送蔡希鲁都尉还陇右因寄高三十五书记》："马头金匼匝，驼背锦模糊。"辟邪，古代传说中的一种神兽，似狮而带翼。古代织物、军旗、带钩、印钮、钟钮等物，常用辟邪为象。玉辟邪，当指玉制的辟邪，作装饰物。"春风则乘醉而倚，秋月则倍明于家"二句，也写商人奢侈的生活。明清时期，我国资本主义经济已有一定规模的发展，与之相适应的商业发展也较为迅速，一些商人迅速发展了起来，江苏仪征附近的一个盐埠，发展成了有数万人的大市镇。这里距全椒有水路、陆路可通。商人（尤其是盐商)迅速暴富,以至超过了许多世族及官宦人家。

"昔之列戟鸣珂,加以紫标黄榜,莫不低其颜色,增以凄怆,口嗫嚅而不前,足盘辟而欲往。念世祚之悠悠,遇斯人而怏怏。"戟,门戟。宫庙,宫府及贵族家门前皆列戟,以为仪仗。紫标黄榜,语本《南史·萧宏传》:"宏性爱钱,百万一聚,黄榜标之,千万一库,悬一紫标,如此三十余间。"低其颜色,低首下心,自愧不如。刘兼诗云:"刘毅暂贫虽壮志,冯唐将老自低颜。"作者在这里还形象地写出这些出身高贵的人们在这些暴富者面前露出凄怆的神色,甚至连话也不敢说,却不由自主地想趋附他们。嗫嚅,欲言又止。韩愈《李愿归盘谷序》:"足将进而趑趄,口将言而嗫嚅。"盘辟,犹盘旋。"念世祚之悠悠,遇斯人而怏怏",祚,本指福、赐福。此处兼有指家风、家庭的社会地位。斯人,这类人,指对暴富者"低其颜色"者。怏怏,不乐。这两句写对吴氏门衰祚薄的忡忡忧心。

以上这一段,写嗣父吴霖起去世后,家庭内部的矛盾斗争加剧。同时,更多的族人抵制不住经商(尤其是经营盐业)的诱惑,导致家风败坏。作者对家族的前途感到沮丧和不安。

（左侧竖排）王步高诗文集

五

正文的第三部分,作者把笔触指向自己,写自己的身世及嗣父吴霖起死后的困窘处境。

"梓少有六甲之诵,长余四海之心,推鸡坊而为长,戏鹅栏而忿深"四句,是对儿时生活的回忆。六甲,用天干地支相配计算时日,其中有甲子、甲戌、甲申、甲午、甲辰、甲寅,叫六甲。《汉书·食货志上》:"八岁入小学,学六甲五方书计之事。"四海,古代以为中国四周皆有海,所以把中国叫作海内,外国叫作海外。四海,意同天下。两句意为自幼读书求学,年长以后便有心济世。"推鸡坊而为长",用唐代斗鸡儿贾昌故事。据陈鸿《东城老父传》:"玄宗在藩邸时,乐民间清明节斗鸡戏。及即位。治鸡坊于两宫间。索长安雄鸡,金毫铁距高冠昂尾千数,养于鸡坊,选六军小儿五百人,使驯扰教饲。""帝出游,见(贾)昌弄木鸡于云龙门道旁,召入,为鸡坊小儿,衣食右龙武军。三尺童子,入鸡群,为狎群小,壮者,弱者,勇者,怯者,水谷之时,疾病之候,悉能知之。""召试殿庭,皆中玄宗意。即日为五百小儿长。加之以忠厚谨密,天子甚爱幸之。""推鸡坊而为长"当不是实指,只是说他少年时十分顽皮,是儿童的首领。"戏鹅栏而忿深"句,谓他小时也曾意气用事,做出一些调皮任性的事来。戏鹅栏，指养鹅而斗。斗鹅乃南北朝时期的习俗。《世说新语·忿狷》云："桓南郡小儿时，与诸从兄弟各养鹅共斗。南郡鹅每不如，甚以为忿。迺夜往鹅栏间，取诸兄弟鹅尽杀之。既晓，家人咸以惊骇，云是变怪，以白车骑。车骑曰：'无所致怪，当是南郡戏耳！'问，果如之。"这是桓玄的故事，他七岁时即袭封南郡公。车骑，指桓冲，桓温弟，累迁车骑将军。"忿深"二字，可见他与同族兄弟自小就有一些矛盾。

"嗟早年之集蓼，托毁室于冤禽，淳于恭之自箠不见，陈太丘之家法难寻。熏炉茗碗，药臼霜砧，竟希酒圣，聊托书淫，句锻季炼，月弄风唫，谈谐不为塞默，交游不入金壬。"这段文字接着写自己少年时期的经历。集蓼，语出《诗经·周颂·小毖》："未堪家多难，予又集于蓼。"郑玄云："集，会也。"孔颖达云："会，谓逢遇之也。"朱熹注："蓼，辛苦之物也。""嗟早年之集蓼"句，谓吴敬梓早年即遭遇苦难。他的母亲去世很早，过早地尝到了人生的苦涩。他《小桥旅夜》诗中亦云："早岁艰危集。"毁室，语本《诗经·鸱鸮》："鸱鸮鸱鸮，既取我子，无毁我室。"冤禽，神话中精卫鸟的别名。旧题任昉《述异记》："昔炎帝女溺死东海中，化为精卫，其名自呼，每衔西山木石填东海。……一名冤禽。又名志鸟，俗呼帝女雀。"庾信赋曰："岂冤禽之能塞海，非愚叟之可移山。"淳于恭，后汉人，其兄崇卒，恭养孤幼，教诲学问，有不如法，辄反用杖自箠，以感悟之，儿惭而改过。陈太丘，东汉陈寔。《后汉书·陈寔传》："寔在乡间，平心率物。其有争讼，辄求判正，晓譬曲直，退无怨者。至乃叹曰：'宁为刑罚所加，不为陈君所短。'"这里对淳于恭、陈太丘的典故均属反用，以"不见""难寻"，说明这种淳朴、高尚的民风和家风均不可复见，可见道德沦丧。作者"嗟早年之集蓼"，得不到家族内部的温暖是一个重要的方面。熏炉，用来熏香或取暖的炉子。茗碗，茶盅，茶碗。韩愈、孟郊会合联句："云弦寂寂听，茶碗纤纤捧。"药臼，捣药之臼。卢仝《月蚀》诗："药成满臼不中度，委任白兔夫何为？"霜砧，指寒秋时的砧声。砧，捣衣石。马臻《漫成》诗："燕山越水曾为客，惯听霜砧捣月明。"酒圣，谓豪饮之人。李白《月下》诗："所以知酒圣，酒酣心自开。"书淫，称嗜书入迷的人。晋皇甫谧《玄晏春秋》："余学或兼夜不寐，或临食忘餐，或不觉日夕，方之好色，号余曰书淫。""句锻季炼"句，语本欧阳修《六一诗话》："唐之晚年，诗人无复李杜豪放之格，然亦务以精意相高。如周朴者，构思尤艰，每有所得，必极其雕琢，故时人称朴诗'月锻季炼，未及成篇，已播人口'。其名重当时如此，而今不复传矣。""月弄风唫"，唫同吟，即吟风弄月。谈谐，言谈风趣。陶渊明《答庞参军诗》："谈谐无俗调,所说圣人篇。"塞默,出《颜氏家训》:"或因家世余绪,得一阶半级,及公私宴集谈古赋诗,塞默低头,欠伸而已。"佥壬,佥,同"俭",谄媚卑鄙的人,小人。《旧唐书·后妃传论》:"左右附之,佥壬綦之。"这几句是他少年时期生活的写照,他经常得与熏炉茶碗、药臼霜砧打交道,饮食寡淡,不大能喝酒吃肉,只能埋头于书本之中。切磋磨炼,吟弄风月,言谈谐趣,而不与小人交往。这是一段颇有价值的文字,它使我们了解这样一位文学大师成长过程中一个极重要的阶段。这对他一生的成就都是颇为重要的。

"尔乃洛阳名园"八句,写作者祖居的自然环境。洛阳名园,本书名,宋李格非(李清照父)撰有《洛阳名园记》,记载洛阳名园十八所,市集一处。对名园的历史、景物、花木等都有记载。末言名园的兴废,反映洛阳的兴衰。"辋川别墅",唐代大诗人王维晚年在蓝田辋川得宋之问蓝田别墅,改筑别业,水环舍下,风景奇胜,与友裴迪浮舟往来其间。后为退隐别业的通名。"碧柳楼台",语本唐崔涂《春日登吴门》:"春潮映杨柳,细雨入楼台。"又李白《题东溪公幽居》诗:"宅近青山同谢朓,门垂碧柳似陶潜。""绿苔庭户",见唐耿湋《许下书情》诗:"绕院绿苔闻雁处,满庭黄叶闭门时。""群莺乱飞,杂花生树",语本丘迟《与陈伯之书》:"暮春三月,江南草长,杂花生树,群莺乱飞。""枕石漱流",比喻隐居山林。曹操《秋胡行》:"名山历观,遨游八极。枕石漱流,饮泉沉吟不决。""研朱滴露",语本高骈《步虚词》:"洞门深锁碧窗寒,滴露研朱点周易。"作者笔下,童年生活的环境是值得留恋的,它如天仙化境,景物秀美,风光旖旎,超凡脱俗。就是这优美的环境,塑造了一代文学大师超脱尘垢的高尚人格及极高的文学素养。据陈美林先生考证,作者的祖居探花第位于全椒县城边,临近襄河。全椒县城西北有花神、龙陡等山脉,山水都倾泻入襄河。襄河以石臼山北麓发源,由石梁潭流至襄城入袁村河。过宝林桥下转东北向,再曲转向南,过积玉桥至雷家渡由赭涧石潭流入滁河,环曲如带,水秀土厚,榆柳夹岸,颇有江南景象。(《吴敬梓评传》)探花第建于吴国对中探花的顺治十五年(1658)以后,至吴敬梓出世的康熙四十年(1701),仅四十来年。吴敬梓年少时,探花第仍维持较繁华的景象,赋中所写,当然是可信的。探花第的急剧衰落,当是吴敬梓青年以后,特别是吴霖起去世以后的事。

"有瑰意与琦行,无捷径以窘步,吾独好此姱修,乃众庶之不誉。贺拔基之交疏,刘鸨鹕之门杜。群疑奠奠,有似墨尿,蛔蛔啮啮,跮跮栖栖。""瑰意琦行",指不凡的思想和行为。宋玉《对楚王问》:"夫圣人瑰意琦行,超然独处。夫世俗之民，又安知臣之所为哉!"窘步，因惶急而不得前行。屈原《离骚》："何桀纣之昌披兮，夫唯捷径以窘步。"姱修，美好。语亦出于《离骚》："汝可博謇而好修兮，纷独有此姱节。"姱节，为美好的品德。众庶，众人，普通人。《礼记》："知音而不知乐者，众庶是也。"李斯《谏逐客书》："王者不却众庶，故能明其德。"不誉，不支持。以上几句与屈原《离骚》中"举世皆浊而我独清，众人皆醉而我独醒"的意思相似，谓自己道德崇高，却得不到众人的称许。而自己决不与世俗同流合污。"贺拔惎之交疏"句，事见《剧谈录》："贺拔惎求官未遂，将出京，与白公敏中同年登第赢驹就门先别，阍者以方俟朝客，乃以他适对之。贺拔惎遂留书备述羁游之意，白公览命，遽命回车留饮。朱崖李相国称赏曰：'此事真古人之道。'"《唐摭言》记载更详细。谓"王相起长庆中再主文柄，志欲以白敏中为状元，病其与贺拔惎为交友，甚有文而落拓。因密令亲知申意，俾敏中与惎绝"。白敏中口头上也答应，当贺拔惎登其门迟留不言而去以后，"敏中突然跃出，连呼左右召惎。于是悉以实告。乃曰：'一第何门不致，奈轻负至交。'相与欢聚，负阳而寝"。这是一个白敏中不负朋友的故事。"刘㶉鶒之门杜"句，事见《太平广记》引《异苑》："有人姓刘，在朱方，不得共语。若与人言，人必遭祸难，或本身死疾。唯一士谓无此理。偶值有人顿塞耳。刘闻之，欣然而往，自说被谤，君能见明。答曰：世人雷同，何足恤? 须臾火发，资蓄服玩荡尽，于是举世号为㶉鶒。脱遇诸途，皆闭车走马，掩目奔避。刘亦杜门自守。岁时一出，则人惊散、过于见鬼。"这两个故事说明他在故乡弄到知交零落，只得杜门不出的地步。吴棨在《为敏轩三十初度作》诗中亦谓："以兹重困第不悔，闭门嗟唶长醨酾。"

"群疑隽嶲，有似墨屎，蹒蹒啮啮，矼矼栖栖"四句，多冷词僻语，意指不为众人所知，而落魄不偶。隽嶲，音 xié jié，头峭正的样子。墨(mòi)屎(chì)，狡诈、无赖。《方言》十："央亡、墨屎、姡狤也。江湘之间或谓之无赖，或谓之獠。凡小儿多诈而狤谓之央亡，或谓之墨屎，或谓之姡。姡，婬也。或谓之猾，皆通语也。"蹒(jiàn)蹒啮(niè)啮，语本《易林》："蹒蹒啮啮，贫鬼相责，无有欢怡，一日九结。"矼(zhèng)矼，行也。栖(xī)栖，忙碌，不能安居貌。这几句写众人对他总是侧目而视，仿佛他是个无赖，喋喋不休地加以批评指责，使他惶惶然而无法安居。

"无为牛从"八句，写作者面对种种流言蜚语，处之泰然，不与世俗苟同，自甘寂寞。"无为牛从，宁为鸡尸"，语本《战国策·韩策一》："臣闻鄙语曰：宁为鸡尸，无为牛从。"延笃《战国策音义》曰："尸，鸡中之主；从，牛子。"王念孙曰："鸡尸喻臣人也。牛从,喻臣于人也。"此句《史记》作"宁为鸡口,无为牛后"。灌夫,西汉人。他为人刚正不阿,任侠,好使酒,家财千万,食客日数十百人。与魏其侯窦婴相善,婴置酒延丞相田蚡,灌夫使酒骂坐,为蚡所劾,以不敬罪族诛。庄叟,指庄周。物外,指世外,超脱于世事之外。"壮士剡兮绝天维",语出宋玉《大言赋》。维,系物的大绳,也象征能使事物固定下来的意识或力量。天维,《管子》:"天或维之,地或载之。"《淮南子》:"天维建元常以寅始右从,一岁而移,十二岁而周。"剡,举起。"北斗戾兮太山夷",亦出宋玉《大言赋》。戾,曲也。夷,平也。李白《上云乐》诗也云:"拜龙颜,献圣寿,北斗戾,南山摧。天子九九八十一万岁,长倾万岁杯。"这两句化用宋玉《大言赋》中的成句,说壮士举手可掐断系天的大绳,能令北斗弯曲,可使太山夷为平地。气魄极大,作者以壮士自比,言自己的志向极高。然而,时不我与,不仅不能如鹍鹏展翅,一展宏图,反而弄得落魄潦倒。闭户,照应前文之"门杜"。书空,用手在空中虚画字形。语出《世说新语·黜免》:"殷中军(浩)被废,在信安终日恒书空作字。扬州吏兵寻义逐之,窃视唯作'咄咄怪事'四字而已。""叩门而拙言辞"句,语本陶渊明《乞食》诗:"行行至斯里,叩门拙言辞。"这两句意为,作者只能关门闭户,读书生闷气。像陶渊明那样懒得与人交接,不善与人交际。

"至于眷念乡人"八句道出了吴敬梓对家乡冷酷的人际关系的痛心与愤懑。按常理,全椒是生他养他的故乡,总应该有些感情的。其实不然,故乡烙在他心灵上的创伤太深了!作者落魄以后,乡里势利之人不再与他来往。要与他们游处,比以冰致蝇、以狸致鼠还要难。游处,交游相处。曹丕《与吴质书》:"昔日游处,行则连舆,止则接席,何曾须臾相失?""以冰致蝇,以狸致鼠"二句,语本《吕氏春秋·仲春纪·功名》:"以狸致鼠,以冰致绳,虽工;不能。"狸,猫也。猫引不来老鼠,冰诱不来苍蝇。尽管自己节操高尚,对那般利欲熏心的人们没有任何吸引力。这里暗含着冰炭不可同炉之意。"见几而作"句,语出《易·系辞传下》:"君子见几而作,不俟终日。"原意是发现了问题立即行动,绝不等到明天。"逝将去汝"句,语本《诗经·魏风·硕鼠》:"逝将去女,适彼乐土。"意为决心将离开你,到那快活的地方去。这两句是全赋的主旨。故乡使他饱尝人世艰辛,也使他伤透了心。"逝将去汝"是不得已的绝决辞。"飘瓦而怃心不怒"句,语本《庄子·山水》:"方舟而济于河,有虚舡来触舟,虽有惼心之人,不怒。"又见《淮南子·诠言》:"方船济乎江,有虚舟从一方来,触而覆之,虽有忮心,必无怨色。"虚舟,空船。惼心,心胸狭隘，急躁。"买丝五色，绣作平原君；有酒一杯，唯浇赵州土"四句，语本李贺《浩歌》："买丝绣作平原君，有酒唯浇赵州土。"这两句诗原来是说，如果向往招贤纳士的贵人，那只好为古代的平原君绣一幅丝像，或到他的墓上浇酒祭奠以示凭吊。平原君，战国时赵国的公子，名胜，封于平原，以好客著名。赵州，指赵国。以上这些话激励有志之士，不必寄托希望于贵官的赏识，其实还是对自己说的，当时读书人求功名也须贵官的推荐，作者在这方面早已失望了。

"当其年少旅愁"是对少年壮游生活的回忆。年轻时壮游南北，李白、杜甫等大诗人都有过类似的经历。"当其年少旅愁，东下西游"二句，语本李商隐《送崔珏诗》："年少因何有旅愁，欲为东下更西游。"杜牧亦有《夜雨诗》："点滴侵寒梦，萧骚著旅愁。"旅愁，羁旅之愁。"向临邛以作客"，用汉司马相如故事。据《史记·司马相如传》载，相如曾客临邛，作客卓王孙家，以琴挑引其女文君夜奔。后夫妇二人又返临邛置酒舍，自与保庸杂作，而令文君当垆。临邛，今四川邛崃县地。"过邺下而登楼"句，用唐王建《酬赵侍御》："年少同为邺下游，闲寻野寺醉登楼。"邺下，故城在今河北临漳县北。"马鸣驿路，鸡唱星邮。"驿路，驿使传邮的道路。孔稚圭《北山移文》："驰烟驿路，勒移山庭。"星邮，吕周任《泗州大水记》："达维扬之路，俾星邮无壅滞。""严霜点鬓，酸风射眸"二句，均化用李贺诗句。"严霜点鬓"句，语本李贺《还自会稽歌》："严霜点归鬓，身与塘蒲晚。"严霜，寒霜，重霜。吴敬梓移家南京为雍正十一年二月，当是春初，严霜如雪。"酸风射眸"，语本李贺《金铜仙人辞汉歌》："魏官牵车指千里，东关酸风射眸子。"酸风，尖利寒冷之风。眸子，眼珠。此处抒发离家之痛。俗话说："故土难离。"全椒毕竟是生他养他的土地，是祖先几代人生活的地方。"鼠窥灯而破梦"，《佩文韵府》引有苏轼词"梦破鼠窥灯"句，但今本苏轼词集无此句。"乌啼树而生愁"句，似化用了唐张继《枫桥夜泊》诗"月落乌啼霜满天，江枫渔火对愁眠"。"月晓则深林寂寂，叶落而古道飕飕"二句，写途中的情景。月晓，月落天晓之际。卢纶《夜投丰总寺谒海上人》："上方月晓闻僧语，下路林疏见客行。"古道，古旧的道路。杜甫《田舍》："田舍清江曲，柴门古道旁。""月晓"二句所写的景物不像是移家南京的二月初春，倒像是深秋景色。"深林"、"落叶"、"飕飕"均不是初春景物。"风力酒冰，寒威绵折，行道迟迟，忧心惙惙。"四句写旅途中的感受。"风力酒冰，寒威绵折"二句，化用黄庭坚赠苏轼外甥柳闳展八首诗中的第三首"霜威能折绵，风力犹冰酒"。"行道迟迟，忧心惙惙"二句，均为《诗经》成句,前句语本《诗经·小雅·采薇》:"行道迟迟,载渴载饥。"意为路远道长之意。朱熹曰:"迟迟,长远也。"后句语本《诗经·召南·草虫》:"未见君子,忧心惙惙。"忧心惙惙乃忧郁貌。"日薄西山,乍明乍灭。有迷津而莫问,无幽事之可悦。"这四句也是写途中景物及感受。"日薄西山",太阳迫近西山。扬雄《反离骚》:"临汨罗而自陨兮,恐日薄于西山。"乍明乍灭,忽明忽灭。杜甫《北征》:"回首凤翔县,旌旗晚明灭。""有迷津而莫问"句,用孔子事。问津,问路。津,渡口。《论语·微子》:"长沮桀溺耦而耕,孔子过之,使子路问津焉。""无幽事之可悦",语本杜甫《北征》:"青云动高兴,幽事亦可悦。"幽事,指山间野趣,此处反其意而用之。

以上这段文字所指为何,颇费猜疑。若是对青年时期壮游生活的回忆,得不到其他史料的印证,且这段文字大都化用前人成句或典故,很难具体落实。若指移家南京时,感情抒发倒颇吻合,但许多情景又与时令不相切合,同时,本赋序言中说得很明白:"百里驾此艋艇,一日达于白下",这段文字并未涉及坐船一事。似乎作这样的解释较为合理:《移家赋》作于移居南京之后,故这段回忆少年壮游的文字中,融合了一种"逝将去汝",却又不忍心分离的矛盾心境。这正是吴敬梓移家之后,欣喜之余,对故乡缅怀、留恋,却又决心离开的心境。因此,这段文字的实际内涵显得迷离恍惚,难于捉摸。作者的心情似乎是相当凄暗、抑郁的。这从"行道迟迟,忧心惙惙","有迷津而莫问,无幽事之可悦"等句可见。其原因正在"迷津"二字,迷津者,迷途也。孟浩然《南还舟中寄袁太祝》诗谓:"桃源何处是? 游子正迷津。"这两句借用来形容作者的心境倒是再恰当不过的。有桃源可望,忧郁中显出一种期盼,凄暗中又透出一丝光明。这与文中"乍明乍灭"一句的意蕴相似。这种心境,在下文中又作了进一步的揭示。

"乐莫乐兮新相知,悲莫悲兮生别离! 看山光而暗淡,听水声而呜咽。"这四句明写移家异地的痛楚心情。开头二句乃屈原《九歌·少司命》中的句子。意思是,快活不过新交上知心朋友,悲伤不过生时与亲人长别离。由于心情很坏,所以山光水声都带上凄暗色彩。郭熙《山水调》曰:"山水之云气,四声不同,春融怡夏,翁郁秋竦,薄冬暗淡。"又窦叔向《酬弟牟》诗:"逝水犹呜咽,祥云自卷舒。"尽管作者在故乡遭风刀霜剑严相逼,最后不得不出走他乡。他真正背井离乡之际,心情并不佳。这不只是对故乡的依恋,也有对在故乡遭遇痛心疾首的反思。以下几句便形象地写出其移家前的处境,这也道出了移家的原因。"既而名纸毛生。"名纸,名片。《唐摭言》:"刘鲁风投谒所知,为典谒所阻,因有诗曰:'无钱乞与韩知客,名纸毛生不为通。'""进退维谷",进退两难,《诗经·大雅·桑柔》:"人亦有言,进退维谷。"董仲舒《士不遇赋》:"虽日三省于吾身兮,犹怀进退之维谷。""叹积案而成箱,亦连篇而累牍",语本隋李谔《上隋高祖革文华书》:"江左齐梁,其弊弥甚,贵贱贤愚,唯务吟咏。遂复遗理存异,寻虚逐微,竞一韵之奇,争一字之巧。连篇累牍,不出月露之形;积案盈箱,唯是风云之状。""虽浚发于巧心,终受蚩于拙目。"两语出于陆机《文赋》,仅将原句的"或"改为"终"。蚩,笑也,与嗤同,亦作嗤。两句言知音之难。李善注曰:"虽复巧心浚发,或于拙目受蚩。"这里作者叹息在故乡不能找到知音,虽然自己写的锦绣文字积案盈箱,连篇累牍,却仍不免被庸人耻笑。"鬼嗤谋利之刘龙,人笑苦吟之周朴"二句,以刘伯龙受穷、周朴苦吟自比。《南史·刘粹传》:"同郡宗人有刘伯龙者,少而贫薄,及长,历位尚书左丞,少府、武陵太守,贫窭尤甚。常在家慨然,召左右将营十一之方,忽见一鬼在傍抚掌大笑。伯龙叹曰:贫穷固有命,乃复为鬼所笑也。'遂止。"周朴事出宋·尤袤《全唐诗话》:"朴,唐末诗人。性喜吟诗,尤尚苦涩。每遇景物,搜奇抉思,日旰忘返。闽有一士人,以朴僻于诗句,欲戏之。一日跨驴于路,遇朴在旁,士人乃欹帽掩头吟朴诗云:'禹力不到处,河声流向东。'朴闻之忿,遽随其后,且行。士但促驴而去,略不回首。行数里追及,朴告之曰:'仆诗"河声流向西",何得言流向东?'士人颔之而已。闽中传以为笑。"作者移家之时,家境已相当贫寒。穷而苦吟,其志可悯。这与刘伯龙、周朴的经历相似。他受到别人的冷落,"竟有造请而不报,或至对宾而杖仆"。造请,往见。语本《史记·赵禹传》:"禹为人廉倨。为吏以来,舍毋食客。公卿相造请禹,禹终不报谢。""对宾而杖仆"出典不明,当着客人的面杖责奴仆显然是对宾客极不礼貌的表示。倒屣,语本《三国志·王粲传》:蔡邕"闻粲在门,倒屣迎之"。古人家居,脱鞋席地而坐,客人来,急于出迎,把鞋子倒穿。后以"倒屣"形容热情迎客。"谁为倒屣之迎"句,谓无人倒屣相迎。反之,倒"空有溺庐之辱"。人情冷暖,世态炎凉,使他感到无限愤激。"拨寒炉之夜灰,向屠门而嚼肉"二句,分用二典,谓自己企盼不得,只能望梅止渴。"拨寒炉之夜灰"句,语本宋吕蒙正诗:"拨尽寒炉一夜灰。"炉已熄灭,寒夜无可取暖,拨一夜寒炉之灰,聊以自慰而已。"向屠门而嚼肉",屠门,肉铺。汉桓谭《新论》:"人闻长安乐,出门西向笑,人知肉味美,即对屠门而嚼。"曹植《与吴季重书》:"过屠门而大嚼,虽不得肉,贵且快意。"屠门是宰牲的地方,比喻羡慕而不能得到,想象已得之状聊以自慰。二句写得十分凄凉。

　　"五世长者知饮食，三世长者知被服。"两句出自曹丕《与群臣论被服书》:"三世长者知被服，五世长者知饮食，此言被服饮食难晓也。"《史记·货殖列传》曾云:"中国人民所喜好，谣俗被服饮食奉生送死之具也。故待农而食之，虞而出之，工而成之，商而通之。"三世，指祖孙三代。五世，五代。长者，对年长父兄之称谓。这两句话用在这里，有当家方知柴米贵之意，历尽曲折之后，才知道生计的艰难。这两句中长者大约指责吴敬梓是个败家子，不懂得衣食之艰难。吴敬梓并不以为然，他认为这些长者乃"钱癖与宝精，枉秤珠而量玉"。钱癖，谓贪钱成癖。《晋书·和峤传》:"峤家产丰富，拟于王者，然性至吝，以至落讥于世，杜预以为峤为钱癖。"宝精，与钱癖意似。《云笈七签》:"七童卧牛法曰，第四童子讳宝精，吐白银之光。"秤金量玉，《拾遗记》曰:"郭况累金数亿，庭中起高阁置衡石于其上，以称量珠玉。两句是对那些守财奴的抨击，由于作者的价值取向与宗族长者截然不同，因而也为社会所不容，故"遂所如而龃龉，困穷涂而瑟缩"。所如，所到之处。龃龉，原意指牙齿参差不齐，引伸为抵触、不合。穷途，无路可走。王勃《滕王阁序》有"阮籍猖狂，岂效穷途之哭"。据说，阮籍常率意独驾，不由径路，车迹所穷，辄痛哭而反。瑟缩，蜷缩。《吕氏春秋·古乐》载:"昔陶唐氏之始，阴多，滞伏而湛积，水道壅塞，不行其原，民气郁瘀而滞著，筋骨瑟缩不达，故作为舞以宣导之。""穷涂"二字下得尤其精当，在作者眼里，故乡确已无路可走。经济上的困窘，亲友的冷眼，长者的指责，使他在物质上精神上都处于极窘迫的境地。移家异地是唯一的选择，而南京又是最为理想的地方。

六

　　《移家赋》虽以写移家南京一事为主要题，但文章的主要部分却是历数自己的家世、父辈的经历、自己早年的遭遇，到赋的第五部分也就是最后一个部分，才道出自己决定离开故乡时，何以选择南京作为定居之点，并概略地记叙了初抵南京时的一段生活。

　　"金陵佳丽"以下十二句，写南京悠久辉煌的历史。"金陵佳丽"句，语本谢朓《入朝曲》:"江南佳丽地，金陵帝王州。"这是两句高度赞颂南京的名句。"黄旗紫气，虎踞龙盘"二句，本自庾信之《哀江南赋》:"昔之虎踞龙盘，加以黄旗紫气。"黄旗紫气，一作黄旗紫盖，是古时迷信谓帝王应运而生的气象。《三国志·孙皓传》注引《江表传》曰:"初丹杨刁玄使蜀，得司马徽与刘廙论运命历数事。玄诈增其文以诳国人曰："黄旗紫盖见于东南,终有天下者,荆扬之君乎!'"虎踞龙盘,形容地形雄壮险要。相传汉末刘备使诸葛亮至金陵,谓孙权曰:"秣陵地形,钟山龙蟠,石城虎踞,此帝王之宅。"龙蟠,即龙盘。"川流山峙"句,语本《诗经·大雅·常武》:"如山之苞,如川之流。"毛亨注曰:"苞,本也。"郑玄曰:"山本以喻不可惊动也,川流以喻不可御也。"川流,长江从南京流过,秦淮河流经市区南部及西部。山峙,南京城内及附近有众多的山峦峙,如清凉山、鸡笼山、紫金山等。桂桨,以佳木制成的船桨。陈基《寄姚子章》诗曰:"沙棠为舟,桂为桨,惊起鸳鸯飞两两。"兰舟,用木兰树木材造的船。任昉《述异记》:"木兰洲在浔阳江中,多木兰树,昔吴王阖闾植木兰于此,用构宫殿也。七里洲中,有鲁般(班)刻木兰为舟,舟至今在洲。"后常用为船的美称,并非实指木兰所制。药栏,《资暇录》:"今围庭中药栏,栏即药,药即栏。犹言围援非花,药之栏也。有不悟者以为藤架蔬圃堪作切对,是不知其由乖之矣。"花砌,花阶。"歌吹沸天,绮罗扑地"二句,语本鲍照《芜城赋》:"当昔全盛之时……廛闬扑地,歌吹沸天。"廛,古代城市居民区域。闬,巷口。扑地:遍地,廛闬扑地,谓到处都是居民的房屋。吴敬梓改为"绮罗扑地",谓到处都是达官贵人、豪富之家,一派繁华景象。歌吹,指箫笙、笛、簧等笙歌弦管的声音,沸天,直达云天。"实历代之帝都"句,指出南京是帝王之州,南京是著名古都。东吴、东晋、宋、齐、梁、陈、南唐、明八朝都建都于此。"多昔日之旅寄"句,道出这里曾是许多名人旅居之所。程廷祚《文木山房集序》对此说得最清楚:"金陵大都会,人文之盛,自昔艳称之。考之于古,顾陆谢王,皆自他郡屝居。所谓'避地衣冠尽向南'者,其所致良有由哉。全椒吴子敏轩(敬梓),慨然卜筑而居。"旅寄,唐温庭筠《上盐铁侍郎启》:"萍蓬旅寄,江海羁游。""爱买数椽而居,遂有终焉之志"二句谓作者已决定在南京买房居住,并打算终生在此定居。爱,于是,乃。《诗经·小雅·斯干》:"爱居爱处,爱笑爱语。"爱居,迁居。《三国志·钟离牧传》:"少爱居永兴,躬自垦田。"数椽,谓几间屋。终焉,终于此。南京距全椒仅百里之遥,早年吴敬梓随嗣父吴霖起赴赣榆县任及几度返乡皆须途经南京。他的生父吴雯延病重,他曾在南京服侍多日。南京的自然风光、都市气象都给他留下了极深的好感。雍正八年庚戌除夕作于南京的《减字木兰花》词中,他即云:"秦淮十里,欲买数椽常寄此。"可见,卖掉祖籍家产迁居南京,不是他心血来潮的一时冲动,而是深思熟虑的决定。此后,作者虽曾多次离开南京去外地,但他始终以南京为家,死后亦归葬南京。他的"终焉之志"是始终不渝的。南京也为接纳了这样一位文学大师而使钟山淮水大为生色。

"楼外花明"以下八句,写新居所的自然环境及迁入新居以后的喜悦之情。"楼外花明,帘前日丽",二句互文见义。花明、日丽语见《锦带书》:"花明丽日,光浮窦氏之机;鸟弄芳园,韵响王乔之管。"竹院,长有竹枝之院;纸窗,纸糊之窗。《诚斋杂记》:东坡云:"岁云尽矣,风雨凄然,纸窗竹屋。灯火青荧时,于此间得少佳趣。"风清雪霁,语本元袁士元《题水仙墨竹》诗:"孤山初雪霁,三径午风清。"喜悦之情溢于言表。新居虽不可能如全椒探花第那样阔大豪华,但仍清静优雅,作者因此而自得其乐。扪虱,摸捉虱子,形容放达任性,毫无拘束。崔鸿《前燕录》:"王猛隐华山,桓温入关,猛被褐而诣之,一面说当代之事,扪虱而言,傍若无人。"送鸿,目送归鸿。唐元稹《春六十韵》诗:"既蒸难发地,仍送懒归鸿。"高视,抬头仰望。《晋书·王徽之传》:"桓冲尝谓徽之曰:卿在府日,久比当相料理,徽之初不酬答,直高视以手版拄颊云:'西山朝来致有爽气。'"南京是六朝故都,作者一直"抗志慕贤达"(《登周处台同王溯山作》),故六朝时期的文人的道德文章、言谈行事对吴敬梓有较大影响,"吊六代之英才",六代即六朝。魏万《金陵酬李翰林》:"金陵百万户,六代帝王都。""忽怆焉而陨涕",出自陈子昂《登幽州台歌》之"前不见古人,后不见来者,念天地之悠悠,独怆然而涕下"。

"彼夫金张之馆"以下十句,铺写南京繁盛情况。"彼夫金张之馆,许史之庐"二句,语本左思《咏史》诗:"朝集金张馆,暮宿许史庐。"金张,汉金日磾与张汤。金家自武帝至平帝,七世为内侍。张汤后世,自宣帝、元帝以来为侍中、中常侍者十余人,后因以金张为功臣世族的代称。许、史,指汉宣帝时两家外戚:许,宣帝许皇后家;史,宣帝母家,皆显贵。《汉书·盖宽饶传》:"上无许史之属,下无金张之托。""南邻钟磬,北里笙竽"二句,亦出自左思《咏史》:"南邻击钟磬,北里吹笙竽。"这两句互文见义,见出一派富贵豪华的景象。钟、磬、笙、竽均系乐器。"有万人之僮客,具千乘之辎车"二句,夸说南京一些人家的豪富之况。僮客,僮仆宾客,《晋书·隐逸传》:"陶淡家累千金,僮客百数。淡终日端拱,曾不营问。"辎车,有帷蔽可坐卧载物的车。《释名·释车》:"辎车,载辎重,卧息其中之车也。"《史记·穰侯列传》:"穰侯出关,辎车千乘。""生奇树于庭内",语本《古诗十九首·庭中有奇树》:"庭中有奇树,绿叶发华滋。"时英,一时英杰。贺朝《从军行》:"骑射先鸣推任侠,龙韬决胜推时英。"馆虚,事见《三国志·管宁传》:"天下大乱,闻公孙度令行于海外,遂与(邴)原及平原王烈等至于辽东。度虚馆以候之。既往见度,乃庐于山谷。"久从吾之所好"句,语本《论语》:"如不可求,从吾所好。""岂有慕于彼都",彼都,语出《诗经·小雅·都人士》:"彼都人士,狐裘黄黄。"此处彼都,指南京。

南京是明初的首都,明成祖迁都北京以后,南京仍留有六部等衙门,并统辖今苏皖沪三省市地。清初改为江南省。江南总督赵弘恩《江南通志序》云:江南省"物产之富,甲于海内","国之大计,以财用为根本。而江南田赋之供当天下十之三,漕粮当天下十之五,又益以江淮之盐策、关河之征榷,是以一省当九州之半未已也"。直至乾隆二十五年八月己亥(1760 年 10 月 6 日),安徽、江苏才正式分省。而这是吴敬梓逝世四十五年以后的事了。当时南京人口约八万余户,四五十万人口。《儒林外史》中曾这样描写南京:"城里几十条大街,几百条小巷,都是人烟凑集,金粉楼台","大街小巷,合共起来,大小酒楼有六、七百座,茶社有一千余处"。南京不仅经济发达,文化事业也相当兴盛,是全国的一个文化中心,印刷、书肆等行业也都很兴盛。

"乃有青钱学士"以下十句,便是写当时南京的文坛盛况。青钱学士,语出《新唐书·张荐传》:员外郎员半千数为公卿称"(张)鷟文辞犹青铜钱,万选万中,时号鷟青钱学士"。青钱,青铜所铸之钱,即铜钱。白衣尚书,东汉尚书郑均乞骸骨归家。元和二年(807),章帝东游经任城到均家,命均终身领取尚书俸禄,当时称之为"白衣尚书"。七子,文学史上有"建安七子"及明"前七子""后七子"等。六儒,据《北史·儒林传》:隋开皇初征山东义学之士马光与张仲让、孔笼、窦士荣、张买奴、刘显仁等俱至,并授太学博士,时人号为六儒。七子、六儒都是当时文坛上出类拔萃的人物。"既长吟而短啸",语本《晋书·嵇康传》:"采薇山阿,散发岩岫,永啸长吟,颐神养寿。""亦西抹而东涂",语本《唐摭言》:"薛逢尝策赢马赴朝,值新进士缀行而出,左右斥令回避新郎君。逢遣价语之曰:'莫乞相!阿婆三五年少时也曾东涂西抹来。'""咸能振翼于云汉,俱夸龙跃于天衢"二句,语本《后汉书·祢衡传》:孔融《荐祢衡表》云:"如得龙跃天衢,振翼云汉,扬声紫微,垂光虹霓,足以昭近署之多士,增四门之穆穆。"振翼,展翅。云汉,霄汉,长空。天衢,天路。衢,四通八达的大路。"谁解投分之交"句中,投分,志向相合,相知、定交。分,情谊。潘岳《金谷集作诗》:"投分寄石友,白首同所归。"注:"阮瑀为魏武与刘备书:'披怀解带,投分托意。'"绝交书,断绝友谊之信。东汉朱穆有《绝交论》,晋嵇康有《与山居源绝交书》,南朝梁刘峻有《广绝交论》,均可称绝交书。在以上这段文字中,看出作者移居南京后,对在南京文坛上崭露头角是很有信心的。据陈美林教授考证，他移家南京之后，逐渐结交了不少文人、学者，中有科学技术专家周榘、颜李学派传人程廷祚、刘著，诗人朱卉、李葂、徐紫芝、汤懋坤、姚莹、黄河，画家王宓草、王溯山等等。此时，他的族兄、诗人吴檠以及故乡的友人章裕宗也一度来到南京。

"于是登高舒啸"以下八句写吴敬梓移家南京以后，与南京文坛人士雅集以及自得其乐的景况。"登高舒啸"二句，语本陶渊明《归去来兮辞》："登东皋以舒啸，临清流而赋诗。"舒啸，放声长啸。啸，撮口发出的长而清越的声音。南京周围多山，风景优美。南京北有长江，南有秦淮河。南京的名山大川是登高和临水的好处所。吴敬梓诗写得很多，也比较好。在当时，他以诗著名于文坛，而《儒林外史》尚未写成。"朝露之托柏叶"句，语本《齐谐记》："弘农邓绍入华山采药，见童子执五彩囊盛柏叶上露，皆如珠满囊。问之曰：'赤松先生取以明目。'"《宋史·五行志》："太平兴国七年（982）知汉州安守亮献柏叶甘露一器。""枯朽之出菌芝"，柳宗元《与萧翰林俛书》："虽朽柟腐败不能生植，犹足蒸出菌芝以为瑞物。"苏轼《次韵吕梁仲屯田》诗："空虚岂敢酬琼玉，枯朽犹能出菌芝。"菌芝，灵芝之类，"世事则唯感木槿"，语本皇甫曾《张芬见访郊居作》："愁心自惜江蓠晚，世事方看木槿荣。"木槿，木名，落叶灌木，夏秋开红、白或紫色花。朝开暮敛。这句的意思是世事变化如同木槿花一样，朝暮不同。"文字则竟少萋葭"句，不知所本。萋，草盛貌；葭，草木花下垂貌。萋葭，意同繁荣。这句的意思是写诗作文少有成就，未能写出令自己满意的好诗文。"浇书摊饭，朝斯夕斯"二句，实谓朝朝暮暮，仅浇书摊饭而已。《书堂诗话》云："东坡谓晨饮为浇书，黄门谓午睡为摊饭。""朝斯夕斯"句似从陶潜《命子诗》"温恭朝夕，念兹在兹"二句化来。

"况复回文织锦"以下八句，仍写作者初抵南京以后，聊以自适的情况。这一时期他结识的南京友人还不多，而全椒的友人相对说来交往又少了。故这段时间他独往独来的情况居多。织锦回文，指用五色丝织成的回文诗。晋窦滔妻苏惠字若兰，善属文。滔仕前秦苻坚为秦州刺史，被徙流沙。苏氏在家织锦为回文旋图诗，用以赠滔。诗长八百四十字，可以宛转循环以读，词甚凄婉。"故人工织素"句，语本古乐府诗《上山采蘼芜》："新人工织缣，故人工织素。"素，白色绢，价值较贵。以上两句不可能实指，似指写些回文诗、乐府诗之类的游戏之作。"鬓影春风"以下四句，多从李贺《贺怀二首》诗中"长卿怀茂陵，绿草垂石井。弹琴看文君，春风吹鬓影"四句化来。这里"鬓影春风"似取其字面意，吴敬梓移家南京正是农历二月，二三月间，南京正是春光明媚的时节。登高临水,春风吹鬓影,何等惬意之事!缟衣,白衣。细白生绢做成之衣。茹藘,草名,也作"絮藘",即茜草,其根可作绛红色染料。《诗经·郑风·出其东门》:"缟衣茹藘,聊可与娱。"绿绮,《白帖》:"相如有绿绮之琴,从卓氏奏求凰之曲。"封禅,帝王祭天地之典礼。在泰山上筑土为坛祭天,报天之功,称封;在泰山下梁父山上辟场祭地,报地之功,称禅。相传古时封泰山,禅梁父者七十二家。自秦汉以后,历代封建王朝均把封禅作为国家大典。封禅书,是十分庄重的国家大典的祭文,用不着吴敬梓来写,他能写的只是《美人赋》之类的小文章。据《西京杂记》载:司马"长卿(相如)素有消渴疾,及还成都,悦文君之色,遂以发痼疾,乃作《美人赋》欲以自刺,而终不能改"。吴敬梓是个才子,故常以司马相如自比,其才识风流,都大致相当。

"别有何戡白首"更进一步写作者移家南京后无拘无束的放浪生活。何戡,唐长庆时著名歌者。刘禹锡有《与歌者何戡》诗:"二十余年别帝京,重闻天乐不胜情。旧人唯有何戡在,更与殷勤唱渭城。"车子,三国魏人,也是有名的歌手。红红,姓张,唱歌丐于市。韦青纳为姬。敬宗召入宫,号记曲娘。黑黑,姓罗,唐宫人,善琵琶。纵观吴敬梓的诗文词,不难看出,他并非一个道貌岸然的君子,倒是一个情场上很风流的才子。他与一些秦淮歌妓舞女均有交往。"寄闲情于丝竹"句,闲情,悠闲之情。陶渊明有《闲情赋》。梁萧统《陶靖节集序》:"白璧微瑕,唯在《闲情》一赋。"丝竹,弦乐器和竹管乐器。此句谓把悠闲之情寄之于音乐。"消壮怀于风尘"句,壮怀,壮志。风尘,喻娼妓。吴敬梓的狎妓生活,在词中表现得更详尽明白。如《减字木兰花·庚戌除夕客中》词云:"昔年游冶,淮水钟山朝复夜,费蜀锦吴绫、那惜缠头价。"从这段文字不难看出,作者是杜牧、柳永一流人物。"识沈约梦中之路"句,乃反用沈约《别范安成》诗之"梦中不识路,何以慰相思"句意。"销江淹别后之魂"句,用江淹《别赋》中"黯然销魂者,唯别而已矣"句意。这两句有与妓女重叙别情之意。前句反用,后句为正用。据前引,吴敬梓年轻时曾在南京秦淮河有冶游的经历,如今重返秦淮,故人重逢,可慰相思离别之苦。

七

离开故乡,移居南京为一大变动。故土难离的依恋痛苦;故都南京的水光山色、风土人情引起的喜悦……在这种种震撼和惊悸之后,作者不能不冷静地沉思自己未来的生活前途。他不能不感到困惑和迷惘。故《移家赋》并未拖一个光明的尾巴，而是饱含凄凉悲怆之意。

"谦以称物而平施"以下八句，多引《易经》的卦辞，说明天道不我佑，故命运坎坷，年华老大。"谦以称物而平施"，语本《易·谦》："象曰：地中有山，谦。君子以裒多益寡，称物平施。"意谓卑下的地蕴含着高大的山，外卑而内高，有谦之象。治国应损有余而补不足，又使远近亲疏大小各当其分。"忍以含容而成德"句，含容，语出《指月录》："如莲之华，有含容开落之义。"成德，盛德、全德。《易·乾》："君子以成德为行，日可见之行也。"意谓君子须将自己的品德修养完满无缺，然后方可有所行动、有所作为。石火，击石所发的火星，一发即灭，与电光一样同形容人生的短暂。朱熹《答张钦夫书》："高明之意大抵在于施为运用处求之，正禅家所谓石火电光底消息，而于优游涵泳之功似未留意。"吴敬梓作此赋时才三十四岁左右，但人世的艰难已使他饱尝辛酸，痛感人生之短暂。"取富贵以何时"，此句看似平平道来，实际上也是用典。《旧唐书·李靖传》：靖"少有文武材略，每谓所亲曰：'大丈夫若遇主逢时，必当立功立事，以取富贵'"。韶年，年华。王融《灵瑞歌》："韶年春已仲，明星夜未央。"作者感到时不我待。在故乡他曾中过秀才，移家南京后，实际上这点功名也丢了。走祖辈科举发家的道路似乎希望更渺茫了。又自感年华老大，故不免有"转返"之感。这也许正是他后来要参加拔贡考试的原因。"且夫消息盈虚，天道在焉"二句，前句语本《易·丰》："日中则昃，月盈则食。天地盈虚，与时消息，而况于人乎？而况于鬼神乎？"盈虚，满与空。意谓整个天地，整个自然界，都处在盈虚盛衰的不断变化中，所有的变化都是以时为进退的，时间决定变化的性质，这是自然规律。扟，同"在"。

"余家世于淮南"以下八句，再次写自己这番移家是出于不得已。"余家世于淮南"句与本赋开头"隶淮南为编氓"句意近。吴敬梓的祖辈自转弟公失袭迁居全椒，已历数世。而全椒属淮南，故云"家世淮南"。"乃流播于江关"，流播，流离播迁。江关，语本《后汉书·公孙述传》："六年，述遣戎与将军任满出江关。"注引《华阳国志》曰："巴楚相攻，故置江关。"旧在赤甲城，后移在江州南岸，对白帝城，故基在今四川奉节县东。又湖北荆门虎牙二山间亦称江关。这里指南京。南京地濒长江，但并无江关之称。枯鱼，干鱼，《庄子·外物》："吾得斗升之水然活耳，君乃言此，曾不如早索我于枯鱼之肆。"后常用来比喻处境困窘者。穷鸟意与此同，古代以处境困窘，投靠于人，谓穷鸟入怀。赵壹有《枯鱼赋》《穷鸟赋》。吴敬梓这次被迫离家，已家产荡尽，穷愁潦倒,且受世俗观念的歧视,确是迫不得已。"不可问天",语本王逸《楚辞·天问序》:"《天问》者,屈原之所作也,何不言问天,天尊不可问,故曰天问也。""布衣韦带"句,语本《汉书·贾山传》:"夫布衣韦带之士,修身于内,成名于外,而使后世不绝息。"布衣,庶人之服,亦作为平民的代称。韦带,古代贫贱之人所系的无饰皮带。盛齿,盛年。"虚此盛齿",虚度此青春年华。作者当时正三十多岁,正当盛年。寄恨,寓托憾事之意。步飞烟《答赵象书》:"每至清风朗月,移玉柱以增怀;秋帐冬钰,泛金徽而寄恨。""无穷"二字则道出对年华虚掷、事业无成的憾恨之深。"端忧"即"忧端",杜甫《自京赴奉先县咏怀五百字》结句云:"忧端齐终南,澒洞不可掇。"讵止,何止,岂止。

　　"忆风景之通华"以下八句是全赋的结尾,进一步抒发被迫离乡背井后痛定思痛的哀思。通华,光彩、美艳。张融《海赋》云:"连瑶光而交彩,接玉绳而通华。"这里,作者所忆之"风景"当指故乡全椒之景。"通华"二字,颇含感情色彩,道出作者对故乡的脉脉余情。故乡的势利眼、守财奴曾使他饱经忧患,但故乡的山水却是依然令人留恋的。"风景"二字也自然将那班"山獭人面,穷奇锯牙"排除在外。侧理,纸名。《拾遗记》:"南人以海苔为纸,其理纵横斜侧,因以为名。"旗亭,酒楼。据《集异记》载,唐代诗人王之涣与王昌龄、高适共诣旗亭,听女郎唱其诗。郢市,楚国都城郢都。绝调,高贵的曲调。"绝调歌于郢市"句,事出宋玉《对楚王问》:"客有歌于郢中者,其始曰《下里巴人》,国中属而和者数千人,……其为《阳春》《白雪》,国中属而和者不过数十人。"故这里有曲高和寡之意。"妙曲""绝调"二句,似专指《移家赋》而言,在当时社会中,能读懂这篇"无人作郑笺"的艰涩文字的人就不多,况且按照封建的道德传统,能赞同吴敬梓的处世哲学,赞许他人的为人的则更少。故不免有遗珠之恨。作者又以两个关于乐器的典故申说此意。雍门,春秋齐国的城门。有雍门周者,名周,居雍门。曾以琴见孟尝君。孟尝君曰:"先生鼓琴亦能令文悲乎?"周引琴而鼓,于是孟尝君涕泣增哀,下而就之曰:"先生之鼓琴,令文立若破国亡邑之人也。"素女,传说中管霜雪之神女名。与黄帝同时,或言其长于音乐。《史记·封禅书》:"太帝使素女鼓五十弦瑟。""闻而泪落无休","听则悲生不已"二句均就琴瑟的感人效果而言,其实,作者期望自己的这篇赋也能如雍门之琴,素女之瑟一样感人。"嘤其鸣矣,求其友声。"尽管曲高和寡,它最终还是招致了许多能赏识它的知音,不多几年,使他成了南京文坛上的有名人物。终于有旗亭可唱其"妙曲",有郢市可歌其"绝调"。龙入大海,虎上高山,一代文学大师虽在科场失意,但在文学这一苑囿中终于有了自己一显身手的机缘。他的名著《儒林外史》也如躁动于母亲腹中的胎儿,呼之欲出了。

八

　　《移家赋》是吴敬梓最重要的著作之一,是研究他家世生平及前期思想的重要资料。他在赋中对社会、人生、文艺都发表了自己的见解。综合全文的思想,可以大致归结为以下几个方面:

　　一是对孔子及儒家思想的尊崇。孔子及儒家思想是几千年封建社会占统治地位的思想,清军入关以后,满清统治者把尊孔祭孔作为笼络汉族知识分子的重要手段之一。康熙帝玄烨更是极力倡导儒学,推崇程朱。纵观《移家赋》全文,不仅多处引述儒家经典,如《诗经》、《易经》、《尚书》、《周礼》、《左传》等,更有直接引用《论语》中孔子的话以及关于孔子的传说故事。如赋中云:"久从吾之所好,岂有慕于彼都。"前句即出自《论语·述而》:"如不可求,从吾所好。"又如赋中"时游历于缁帷,天将以为木铎"二句,其后句也出自《论语》一书的《八佾》篇:"天下之无道者久矣,天将以夫子为木铎。"而"时游历于缁帷"句,也与孔子有关。再如这一段中又云:"春夏教以诗书,秋冬教以羽籥。"诗书,指《诗经》和《尚书》,均儒家经典。后句则本于《礼记·文王世子》,中有:"春夏学干戈,秋冬学羽籥。"这两段文字均是写其嗣父吴霖起在赣榆县教谕任上倡导儒家教化的,不难看出,作者对儒教及孔子的尊崇。吴敬梓赋中曾极力揄扬的高祖吴沛,也是个"绍绝学于关闽,问心源于邹鲁"的人物,关闽指程朱理学,邹鲁谓孔孟之道。尊儒崇孔之意是十分明显的。此外,赋中还有多处言及孔子本人及其弟子和后代的大儒。如"微子之叹蓬飞,仲尼之感桑落"。后句用《荀子》所载孔子厄于陈蔡之事。"有若之恶卧,焠之以掌。""曾参之心乐三釜,赵棨之母年八十。""仲舒无窥园之日,公羡无出墅之年。""蛟入仲舒之怀,凤吐子云之口。"这里先后用了孔子弟子有若、曾参及汉代大儒董仲舒的典故。不难看出,吴敬梓对儒学的尊崇几乎是全方位的。

　　二是对科举制度的肯定评价。《儒林外史》的研究者中有很多人都认为《儒林外史》的主题乃反科举。此说之肇始者乃胡适先生,他在《吴敬梓传》中云:"这书的楔子一回,借王冕的口气,批评明朝的科举用八股文的制度……这是全书的宗旨。"此说在《儒林外史》研究者中间曾引起过争议。书中刻画的范进、周进、严贡生、严监生等许多典型人物,显然是对科举制度辛

王步高诗文集

辣的讽刺和批判。然而,反映在《移家赋》中,作者对科举制度却差不多是全盘肯定甚至称颂溢美的。吴家自转弟公吴凤移居全椒,以务农为业("隶淮南为编氓,勤西畴以耕耨"),后其幼子吴谦改业医,至高祖吴沛"初奋发于制举,仍追逐于前贤",但"遭息翮而垂翅,遽点额而逃遁","望龙门而不见,烧虎尾而茫然"。尽管吴沛在科举道路上并不得意,甚至连一秀才也未考中,到年过四十才补一廪生,但毕竟是使吴家从务农业医走上科举发家道路的领航人。在《移家赋》中吴敬梓对这位高祖倾注了极大的热情,若就赋中所用文字的多少而言,他仅次于嗣父吴霖起,而在曾高中探花的曾祖吴国对之上。

毕竟吴国对在吴敬梓的祖辈中功名最高,这是最能令作者引以为荣的,赋中更是津津乐道:"三殿胪传,九重温语,宫烛宵分,花砖月午。""诏分玉局之书,渴饮金茎之露。羡白首之词臣,久赤墀之记注。"对由于科举发家而导致的家门兴盛,他更是眷恋不已:"五十年中,家门鼎盛。陆氏则机云同居,苏家则轼辙并进。子弟则人有凤毛,门巷则家夸马粪。"可见作者认为家族之所以鼎盛,全因为科举制度。虽然,吴敬梓自己在科举道路上饱尝苦楚,最后不得不丢掉秀才的功名移家南京。但在这移家后一年多作的《移家赋》中,对科举制度并无微辞。这并不意味着他完全看不到科举制度的弊病,但他对之还抱有幻想,这大概就是他参加乾隆元年(1736)的博学鸿词科考试的原因。后来,他结识了李塨、程廷祚,开始受颜(元)、李(塨)学派影响,重新检讨自己对程朱理学和科举制度的认识,思想才有了根本性的转变。

三、儒家"穷则独善其身,达则兼济天下"思想的影响。《孟子·尽心》中的这两句话是古代读书人立身处世的准则之一。吴敬梓《移家赋》中,这种思想非常突出的。对科举并不得意,甚至连秀才也未能考中的高祖吴沛,多次乡试而未中,便"席帽随身,番毡盖骨,躬耕而田病硗确,转徙而财难薜越。贫居有等身之书,干时无通名之谒。"他科举失意,过的是贫寒的生活,但他安于贫贱。宁国太守关骥以书召,他亦谢而不往。他到四十多岁不得不到历阳(今安徽和县)去教书。"开讲堂而雏涌,历阳百里,诸生游从。"其曾祖辈"四成进士",这是达则兼济天下的典型。其嗣父吴霖起在科举上也是不得意的。他后来出任赣榆县学教谕,最终被罢官还乡,"微子之叹蓬飞,仲尼之感桑落,归耕颍上之田,永赴遂初之约。"吴敬梓自己更以白衣终生,虽然作《移家赋》时他才三十四岁,对科举入仕尚未完全绝望,但"穷则独善其身"的思想已时见于赋中。如序言的结尾一段:"虽无杨意之荐,达之天子,桓谭之赏，传于后人，优哉游哉，聊以卒岁。蛟入仲舒之怀，凤吐子云之口，染翰列元中之名，别馆著紫方之号。"并且自我解嘲地说"千户之侯，百工之技，天不予梓也，而独文梓焉"。在赋文的结尾部分他又说："谦以称物而平施，忍以含容而成德。"

四、儒家孝悌观的影响。孝悌是儒家思想重要组成部分，《书经·尧典》即云："克谐以孝。"《论语·学而》："弟子入则孝，出则悌。"歌颂了兄弟友善、善事父母的行为，同时对不孝悌的行为则予以尖锐的批评。孝顺父母的典型是其嗣父吴霖起。赋中有很长一段文字言及，如"当捧檄之未决，念色养之堪娱，感蔡顺之噬指，鄙温峤之绝裾"等。母亲去世，他十分悲痛，以至"肝乾肺焦，形变骨立"。而作者对"兄弟参商，宗族谇诟"则大张挞伐，予以尖锐的批评。吴敬梓自己也是个孝子。其生父吴雯延在南京丛宵道院卧病，他虽已出嗣吴霖起，仍千里迢迢从赣榆赶赴南京，侍奉汤药，最后又将其送回全椒，为之办理丧事，嗣父吴霖起逝世十年后，他又困居全椒十年，其中是否有孝亲养母的原因已不得而知。

五、吴敬梓的文艺观。《移家赋》的内容与文艺观无直接联系，但其中也有只言片语言及他对文艺见解的众多方面。他论及到创新与继承的关系，如序言谓："读潘尼之诗，易遗尺璧。遂乃笙簧六艺，渔猎百家。"这是一种不主一家的文艺观。兼收并蓄，使吴敬梓的创作呈现多样化的特点。从形式上说，诗、词、文、赋、小说无一不精；从内容上说，应酬赠答、咏史怀古，时序节令，抒情咏怀，咏物题画，范围也相当广泛；从艺术风格上来说，他还有一段话可以参阅。他说："乃有青钱学士，白衣尚书，私拟七子，相推六儒，既长吟而短啸，亦西抹而东涂，咸能振翼于云汉，俱夸龙跃于天衢。"这里以建安七子、隋代六儒以及三国时祢衡等人相比拟，这些都是领一代文坛风骚的人物，但他们的时代悬隔，文风也不相同。这里长吟与短啸并举，东涂与西抹并存。"咸能""俱夸"，似乎平列二者，并无褒贬。这是一种较进步的文艺观。甚至他说："不工封禅之书，聊作美人之赋。"又云："寄闲情于丝竹，消壮怀于风尘。"作者既看重《封禅书》那样的严肃文字，又不鄙视《美人赋》那样的通俗文学。庄谐并重，这是他并不轻视小说家言，而去创作"穷极文士情态"（程晋芳《文木先生传》）的《儒林外史》的思想认识基础。

六、魏晋名士风度。南京是六朝旧都，此赋明显受六朝赋影响。他的友人程晋芳《寄怀严东有》诗曾云："敏轩生近世，而抱六代情。"《移家赋》中大量引用汉魏六朝的语典、事典，几乎俯拾皆是。魏晋名士们狂傲、散漫及至不修边幅,故作浪漫,以此标榜,《移家赋》中吴敬梓的自画像也和魏晋名士十分相似。如"具崔洪之癖,不言货财";"摊鸡坊而为长,戏鹅栏而忿深";"向临邛以作客,过邺下而登楼";有着"灌夫骂坐之气,庄叟物外之思";"闭户而学书空,叩门而拙言辞";"浇书摊饭,朝斯夕斯";"垂露华于石井,弹绿绮而佳趣";"常扪虱而自如,乃送鸿而高视;吊六代之英才,忽怆焉而陨涕";"熏炉茗碗,药臼霜砧,竟希酒圣,聊托书淫,旬锻季炼,月弄风唅,谈谐不为塞默,交游不入金壬。"清代中叶的社会与战乱的魏晋南北朝时期并不相同,这种名士风度在《儒林外史》书中随处可见,特别是天长杜少卿身上正体现了这种精神风貌。这是吴敬梓人生观的体现之一。

七、门第观与宿命论。门阀制度是封建社会建立并巩固起来的等级制度,如魏晋时期的"九品中正制"。这种门阀制度到唐代为科举制所取代,但门第仍十分重要。唐代就有"城南韦杜,去天尺五"之说。到封建社会末期,门阀制、门第观已成为一种陈腐的意识。可惜在《移家赋》中却相当集中地表述了这观念。如赋的开头:"我之宗周贵裔,久发轫于东浙。"并自注:"按族谱:高祖为仲雍九十九世孙。"笔者前文已言及,从吴泰伯至吴敬梓有近三千年,吴敬梓也没有忘记抬出这样一位名人作为自己的远祖,从而说明自己的血统高贵。紧接着又追溯四百年前的帮助明成祖篡夺帝位的远祖。最令吴敬梓引为自豪的是其曾祖一辈,他极力夸饰其荣耀显赫的历史。即便吴家后来败落了,不得不与暴富的新贵结亲拉关系,但吴敬梓十分看不顺眼,他认为这是有失身份,丢家族脸面的事。《移家赋》中有一大段文字,专门抨击这种家族的"败类":"假荫而带狐令,卖婚而缔鸡肆,求援得援,求系得系。侯景以儿女作奴,王源之姻好唯利。贩鬻祖曾,窃赀皂隶,若敖之鬼馁而,广平之风衰矣!"他还为"昔之列戟鸣珂,加以紫标黄榜,莫不低其颜色"而"怏怏"不乐。其实还是放不下大家世族的架子。他甚至痛斥那些新富者(尤其是盐商)是"山獟人面,穷奇锯牙"。其实,作者痛斥的倒正是资本主义生产的萌芽。这暴露作为思想家的吴敬梓,思想上还有着一定程度的时代局限性。

宿命论思想在《移家赋》中也有所流露。如他写到吴沛出生:"信作善之必昌,乃诞降于高祖。"而言及曾伯祖吴国器去世时即云,"布衣公无疾而终,人传仙去。"在写其曾祖吴国对之同胞弟吴国龙的出生,则云:"辺轴之瘠瘵言,趾离之告吉梦,见神物之蜿蜒,占大瑝之载弄。肇锡之以嘉名,命王家而作栋。"并自注说:"高祖梦神物,而太史、黄门孪生。"据前贤考证,所梦蜿蜒的神物当是龙。（我认为可能是蛇,民间呼为小龙。）所以叔曾祖名吴国龙。这无须多说,这故意给曾祖披上一层神秘的色彩,也是作者未能免俗之处。

综上所述,吴敬梓在作《移家赋》之时,其思想还是以儒家正统思想为主导,对科举制,资本主义生产关系及自己的家世的认识还有不少时代的局限性。联系《儒林外史》一书的思想倾向,其中不乏继承与沿袭的一面,但也看出作者在创作《儒林外史》时,对科举制度已彻底绝望,对世态人生才有了更深切的感受,思想认识在许多方面发生了质的飞跃。

九

《移家赋》是吴敬梓精心结撰的文学佳作,其艺术性也是不容忽视的。赋是一种今天已很少用的文体,从产生到吴敬梓时期,曾经历过几次大的演变。明代徐师曾《文体明辨》将赋分为古赋、俳赋、律赋和文赋四种。古赋又名辞赋,流行于汉代。俳赋又名骈赋,流行于六朝。律赋则是唐宋时期科举考试所采用的一种试体赋。文赋是受古文运动的影响而产生的,以散代骈,句式参差,押韵较随便。其代表作如苏轼之《赤壁赋》。明清时期,赋已不甚流行。明清一些文学家即使作赋,也只作一些唐宋以来的文赋,而且篇幅大都很短。

吴敬梓一反时尚,仿庾信《哀江南赋》写下这样一首长达三千余言的长篇俳赋,包括序言均以骈文写成,结合赋与骈文的文体特点,现从语句、语音、用韵三方面来加以说明。

运用骈偶和四六句式。这本是骈文的基本特点,《移家赋》既讲究句法结构的相互对称,又多用四六句。骈偶如古代宫廷卫队的仪仗,两两相对,故骈偶又称对仗。骈赋的对仗与近体诗的对仗相似,不同的是除名词、动词、形容词、副词要求异字相对,连词、介词等则可以用同词相对。在这方面,《移家赋》并无特别之处,与《哀江南赋》相比,似乎《移家赋》更追求古朴,不避同字相对的情况似乎更突出些。连词、介词同字相对自不待言,即便实词也有同词相对之处。如:"守子云之玄,安黔娄之贫""自束发而能文,及胜衣而稽古",这是连词的同词相对。"种白杨于萧斋,感黄槐于林樾",这是用介词的同词相对。"五世长者知饮食,三世长者知被服","春夏教以诗书,秋冬教以羽籥",这是以实词的同词相对,但这种情况在赋中并不多见。同字相对的情况主要限于"或""而""之""则"等几个连词及"于"等介词。骈偶句的句型相对,这在《移家赋》中更是比比皆是。因而使句式对仗工整。如:

"楼外花明,帘前日丽","青钱学士,白衣尚书","挥乐广之麈,书羊欣之裙","始则河东三凤,终则马氏五常","六芝竞进以延年,五采戏前而色喜",等等。

本赋与六朝骈赋一样,主要采取四六句式,其形式有四四、六六、四六四六或六四六四这四种形式,前两种形式已如前举,第三种形式如其序:"枭将东徙,浑未解于更鸣;乌巢南枝,将竟托于恋燠。""竟同元豹,任终隐以无伤;转惭蚍蜉,能负财以至死!"第四种形式如:"阮籍之哭穷途,肆彼猖狂;杨朱之泣歧路,悲其南北。"

《移家赋》以四六文句为主,也间有五字句及七字句。如"落次仲之翮,逐箫史之凰","坐萧藻之床","映孙康之雪","有若之恶卧","苏子之屈首"等,均属五字句。"鹔鹴而挃挃镰挥,蟀吟而轧轧织就","舣舟于蔡姥湖边,扶杖于丁姑祠右","卮茜有千亩之荣,木奴有千头之庆","曾参之心乐三釜,赵槩之母年八十"等,均属七字句。但《移家赋》中的五字句及七字句,与五七言诗句的节奏并不相同。五言诗句的节奏一般是二三,而《移家赋》中大都四一或二一二节奏。如:"摩石鼓之文,听圜桥之书"为四一节奏,"网罗于千古,从横于百代"为二一二节奏。七言诗句一般是四三节奏。《移家赋》中七字句则有下列几种情况,如:"舣舟于蔡姥湖边,扶杖于丁姑祠右",这是三四句式,这种情况在《移家赋》的七字句中居多数。此外如"拥蒲苇而织屦履,浣厕牏而涤溺器",为三一三句式。"曾参之心乐三釜,赵槩之母年八十",为四一二句式。也有少量句子实与诗句无异,如"六芝竞进以延年,五采戏前而色喜"。由于运用骈偶和四六句式,使赋文工练而整饬,又由于间用五言七言句式,加上用于句首句尾的虚词及共有的句子成分不必对仗,如"吾父于是仰而思,坐以待","彼夫金张之馆,许史之庐"。全赋的句式显得整练中有变化,句式并不呆板。

《移家赋》在语音上的特点之一为赋文平仄相对,但并不严格。总的说来,四字句平仄相对较严格,而六字句则宽松得多。如"乌衣巷口,燕子飘零;白板桥边,渔舟暖迤",完全遵循"平平仄仄,仄仄平平"的典型句律。其他四字句,如"春亩青连,芳郊绿绣","陇上乌飞,花间莺歇"及"楼外花明,帘前日丽","菽水堂前,板舆花里",等等,偶句平仄完全相对,而奇句则未必。六字句的情况有一些也与此相似,如"常扪虱而自如,乃送鸿而高视""张珊网于海隅,悬藻鉴于畿辅""沼分玉局之书,渴饮金茎之露"等,在这些句子中,大致是"一三五不论,二四六分明",二四六字除同字相对的连词和介词,平仄均相对。但纵观全赋，六字句的平仄相对是多有不合的。如"鼠窥灯而梦破，鸟啼树而生愁"，"朝露之托柏叶，枯朽之出菌芝"，"实历代之帝都，多昔日之旅寄"，这三组对句中，第二字平仄当对而实同。这与六朝骈赋相近而宽于唐宋律赋。

《移家赋》在语音上的最主要的特点表现在其用韵方面。此赋基本遵循偶句押韵的规定，且不时换韵，少则二韵、三韵一换，多则连用十多韵。此赋押韵基本上按诗韵，即清代通行的平水韵。如："当其少年旅愁，东下西游，向临邛以作客，过邺下而登楼；马鸣驿路，鸡唱星邮，严霜点鬓，酸风射眸。鼠窥灯而破梦，鸟啼树而生愁，月晓则深林寂寂，叶落而古道飕飕。"在这段文字中，韵字"愁、游、楼、邮、眸、愁、飕"，在《广韵》中分属尤、侯二韵，在《平水韵》中均属下平声十一尤韵。紧接这段文字，"风力酒冰，寒威绵折"以下十二句，韵脚字为"折、惙、灭、悦、别、咽"，属《广韵》薛、屑二韵，在《平水韵》中属入声九屑韵。又如"于是登高舒啸，临流赋诗"以下八句，韵脚字为"诗、芝、蕤、斯"，在《广韵》中分属"之、脂、支"三韵，按《平水韵》均属上平声四支韵。再如本赋的结尾："布衣韦带，虚此盛齿"以下八句，韵字是"齿、止、理、市"，在《广韵》中分属上声"止、纸"二韵，在《平水韵》中均属上声四纸韵。然而，《移家赋》的用韵实际比《平水韵》宽泛得多，跨韵部相押的情况多得很，具体说，有以下几种情况：

其一，以词韵的韵部相押。词韵比诗韵要宽得多。清人戈载《词林正韵》将词韵平上去韵分为十四部、入声韵五部，共十九部。除极少数平仄互押的词调外，实际用韵仅限同一声部，故韵实际远不止十九部，但较之诗韵的一百零六部，还是宽得多。《移家赋》的序言不押韵，正文中以词韵相押的大约有十处。如："爰负耒而横经，治青囊而业医，鬼臾区以为友，傀贷季以为师，翻玉版之精切，研《金匮》之奥奇。德则协于仁恕，知则达于神示。"这一段的韵字中，"医"属《广韵》平声"之"韵，"师"属《广韵》平声"脂"韵，"奇"属《广韵》中平声"支"韵，"示"则属去声"至"韵。按《平水韵》"之、脂、支"属上平声四支韵，而"示"字属去声四寘韵，在《广韵》《平水韵》中是不能与支韵通押的，但"支"与"寘"二韵同在《词林正韵》第三部，在词中是可以通押的。又如："尔乃洛阳名园，辋川别墅，碧柳楼台，绿苔庭户，群莺乱飞，杂花生树，枕石漱流，研朱滴露。有瑰意与琦行，无捷径以窘步，吾独好此姱修，乃众庶之不誉。"这一段中，韵脚"墅"为上声韵六语韵，户、杜二字属上声七麌韵，"树、露、步"属去声七遇韵，"誉"则属去声六御韵。这里，上声韵的语韵、麌韵也不可通押,去声遇韵、御韵也不可通押。但这四个韵均属《词林正韵》第四部,按词韵,这是可以通押的。

其二是同声部邻韵通押。这与上一种情况相似,不同的是它须平仄相同,实际上它也是属词韵同个韵部的。如:"信作美之必昌,乃诞降于高祖。自束发而能文,及胜衣而稽古。绍绝学于关闽,问心源于邹鲁。梦丹篆而能吞,假采毫而不与。"韵脚均属上声,但"祖、古、鲁"属《平水韵》麌韵,而"与"属语韵。六语、七麌是邻韵,读音差距不大,故借韵相押,读来一样朗朗上口。"三殿胪传,九重温语,宫烛宵分,花砖月午。张珊网于海隅,悬藻鉴于畿辅。"这里的"语、午、辅"三个韵脚也分属上声语、麌二韵,与上例用法相同。又如赋的结尾:"谦以称物而平施,忍以含容而成德。石火电光,终于此灭,取富贵以何时,嗟韶年之转迫",其中"德"属《平水韵》十三职韵,"灭"属入声九屑韵,"迫"属入声十一陌韵。这三个韵部在《词林正韵》中,合为入声第十七部。

其三,按清人读音押韵,而这些读音,实与今音已基本一致。按韵书(特别是按《广韵》),这些韵是完全不能通押的,但按清人(及今人)读音,已可通押,所以读来并不觉拗口。如"陨荣露而脂凝,合萧云而车覆。春亩青连,芳郊绿绣。鹧唪而掇掇镰挥,蟀吟而轧轧织就。舣舟于蔡姥湖边,扶杖于丁姑祠右。"在这段中,覆(fù)、绣(xiù),就(jiù),均属《平水韵》去声二十六宥韵。而"右"却属上声二十五有韵。但"右"今音读作 yòu,与前几个韵字韵头虽不同,韵腹与以上三字皆为"u",且同样无韵尾,按今音完全押韵。今音当与清人此字读音相同。类似情况在《移家赋》中还有几处。如:"吾父于是仰而思,坐以待,网罗于千古,从横于百代,为天下之楷模,识前贤之记载,实文苑之羽仪,鲜沧海之流芥。元默以为稼穑,洪笔以为钼末。独正者危,至方则阂。九州之被有余,三秀之门斯在。"这段文字中,韵字"代、载、芥、来、阂"分属《平水韵》去声十卦、十一队二韵,而待、在两个韵却属上声十贿韵。去声、上声在唐代古体诗中是有通押的。而"待"今读作 dài,"在"今读作 zài,均为去声。这样就与属去声韵的上列几个韵字更相近了。(当然,由于语言的发展,上述几个古音读作去声的字,今音有的已读作上声、阳平声)。

其四,保留了入声韵。考察《移家赋》的用韵情况,这是不可忽视的事实。今人作旧体诗词,仍保留入声韵,清人作诗填词更保留着入声韵,似乎《移家赋》保留入声韵便不值一提,其实不然。它至少与二者有关:一是进一步说明《移家赋》是按诗韵来押韵的;二是作者的方言中也确实还保留着入声韵。元人周德清编《中原音韵》时,已将入声派入平上去三声,但吴方言、广东方言中仍保留入声。安徽全椒紧靠南京,正是吴方言与北方方言的交界地带,这一带的方言中,仍能明确区别入声。从音韵学角度来说,入声短促,易于表达悲壮激烈的感情。这与《移家赋》所要表达的情感是颇为一致的。

其五,不避同字相押。在诗韵中,同字相押是很忌讳的,在《移家赋》中却能不时见到同韵相押的情况。如:"身隐而文焉用,善养而禄弗及,方遂茅容之愿,遽下皋鱼之泣。肝乾肺焦,形变骨立。白蛇素狸之扰,皓鸟曜雀之集,凡见似而目瞿,皆隐志之相及。"这里"及"作为韵脚便重复出现。再如:"乃有青钱学士,白衣尚书,私拟七子,相推六儒,既长吟而短啸,亦西抹而东涂,咸能振翼于云汉,俱夸龙跃于天衢。谁解投分之交,俱诵绝交之书。"在这一段话中"书"韵两用,这也从而说明,作者虽依诗韵作为押韵的基础,但他觉得并不要过于拘泥,故冲破诗韵规定处不少。

其六,不当用韵处承上押韵。当押不押,不当押处押韵,在诗中(尤其是近体诗中)是违忌的。而词中有所谓"暗韵"和"句中韵"之说。《移家赋》中似亦如此,于不当押韵处,承上用韵。其优点是使文章更连贯,读来更酣畅。如:"见神物之蜿蜒,占大璋之载弄。肇锡之以嘉名,命王家而作栋。于是驹齿未落,龙文已光,始则河东三凤,终则马氏五常。"这段文字中,"弄、栋"为去声一送韵,而从"光"开始,已换韵,"光、常"相押,均为《平水韵》下平声七阳韵,但"河东三凤"之"凤"却依然是属去声一送韵,与上文之"弄、栋"相押。"凤"用在句尾,但此句并非应用韵处,当属承上押韵。再如:"假荫而带狐令,卖婚而缔鸡肆,求援得援,求系得系。侯景以儿女作奴,王源之姻好唯利。贩鬻祖曾,窃贷皂隶,若敖之鬼馁而,广平之风衰矣!彼互郎与列肆,乃贩脂而削脯,既到处而辙留,能额瞬而目语。""彼互郎而列肆"句,当已承下换韵,且"肆"非用韵处,此处也承前押韵(去声四寘),且与"缔鸡肆"句重韵。

《移家赋》在用典方面也颇具特色。具体说来有这样几个方面:用典多,不仅多于汉魏六朝的古赋及俳赋,也多于唐宋以来的文赋。多用野史笔记之典,这些典故,诗人词家以为是"小说家言",一般很少用。而吴敬梓是小说家(尽管此时《儒林外史》尚未完成),对僻典、传说可信手拈来。再一点是他既用儒家经典如《诗经》、《易经》、《论语》及《史记》、《汉书》、《后汉书》等正史的语典及事典,也引用杜甫等唐宋及六朝诗人的语典,尤其值得一提的是,他似乎对以恢奇诡谲、璀璨多彩为特点的中唐诗人李贺特别青睐。

用典多是本文最显著的特点之一。《移家赋》中几乎很少有句子没有出处，这一点与宋代江西诗派之"无一字无来处"颇相似，这样的例子是举不胜举的。他既大量运用事典，更大量运用语典，而且许多事典、语典是直接运用前人陈句。如"郇成分宅之义，羊舌下泣之仁"二句，即本于刘孝标《广绝交论》："曾羊舌下泣之仁，宁慕郇成分宅之德。"这里同时又用了两个典故（详见前文）。又如"金陵佳丽，黄旗紫气"二句，亦本于庾信《哀江南赋》："昔之虎踞龙盘，加以黄旗紫气。"当然，"金陵佳丽"与"黄旗紫气"亦各有所本（详见前文）。

本文在用典方面的另一显著特点是多用野史笔记、小说之典故。较之诗词只引儒家经典、李白、杜甫之诗及《世说新语》等少量传说故事，用典范围大大拓宽，而且大多属僻典，有许多甚至为辞典、类书所不收。据不完全的统计，文中运用野史、笔记小说的典故，涉及的书竟有数十种之多。如《孔丛子》《淮南子》《世说新语》《高士传》《述异记》《西京杂记》《清异录》《异人传》《谈苑》《青箱杂记》《灸毂子》《韩诗外传》《国史补》《辍耕录》《墨庄漫录》《拾遗记》《边让别传》《养生经》《华阳国志》《吕氏春秋》《神仙传》《玄晏春秋》《神仙传》《云笈七签》《朝野佥载》《齐谐记》《玄中记》《指月录》《集异记》以及《全唐诗话》《书堂诗话》等。古往今来，在一篇文章中运用如此众多的小说典故，虽不一定以此赋为最，大概再多的也很少了。

本文用典的特点之一是较多运用了李贺的诗句。此说易产生误解，实际上，《移家赋》中引用《诗经》、《楚辞》、陶渊明、李白、王维、杜甫的诗句都不比用李贺诗少，何以独提出李贺来说？其一是李贺在文学史上的地位远不如上述诸大家，他英才早逝，后世对其诗褒贬不一，引用其诗的一般很少；其二是《移家赋》中引用李贺诗有近十处之多，且有以李贺自比者，显然，作者对李贺有着一种特殊的感情。这里略举几例加以说明。如"纱帷昼暖"句，即语出李贺《砚石》诗："纱帷昼暖墨花香。""买丝玉色，绣作平原君；有酒一杯，唯浇赵州土"这几句，更是直接出于李贺《浩歌》："买丝绣作平原君，有酒唯浇赵州土。"又"严霜点鬓，酸风射眸"二句，前句出自李贺诗《还自会稽歌》："严霜点归鬓，身与塘蒲晚。"后句出自李贺《金铜仙人辞汉歌》："魏官牵车指千里，东关酸风射眸子。"再如："鬓影春风"、"垂露华于石井，弹绿绮而佳趣"数句，均出自李贺《咏怀诗》："长卿怀茂陵，绿草垂石井，弹琴看文君，春风吹鬓影。"而赋序的结尾则云"李贺之诗投溷中，是吾忧也"。这时作者以《移家赋》与李贺诗相比，显然，这种感情是非同寻常的。

其实,吴敬梓对唐代大诗人王维也崇敬有加,他在《题王溯山左茅右蒋图》诗便云:"平生我爱王摩诘,辋川图画妙入神。"司马相如也是吴敬梓喜爱的古代人物。《移家赋》中用司马相如的典故特别多。几乎把正史、野史、笔记小说中关于司马相如的故事差不多都用完了,但却很少用其辞赋中的文句。受其影响,其子吴烺对司马相如也一往情深。其诗集《春华小草》中便有《咏司马相如二首》。

十

《移家赋》洋洋三千多言,是文学史上罕见的长赋,取得了相当高的成就,其史料价值也是无可比拟的。然而,这篇赋也有不足之处。这篇赋显然模仿了庾信的《哀江南赋》。其结构与《哀江南赋》完全一致。开头是一篇长序,正文之后以一段与"乱"相似的议论结尾,这也是两赋相同之处。其内容也有其相似之处,两人都是为形势之迫而被迫离乡背井:庾信是出使被拘,吴敬梓是为乡里所不容。二者虽不可同日而语,但毕竟有其相似之处。这些并不是缺点。其缺点是在于机械模仿。试比较下列句子。

> 序开头:粤以戊辰之年,建亥之月,大盗移国,金陵瓦解。余乃窜身荒谷,公私涂炭。(《哀江南赋》)
>
> 粤以癸丑之年,建寅之月,农祥晨正,女夷鼓歌。余乃身辞乡关,奔驰道路。(《移家赋》)
>
> 正文开头:我之掌庾承周,以世功而为族;经邦佐汉,用论道而当官。(《哀江南赋》)
>
> 我之宗周贵裔,久发轫于东浙;有明靖难,用宣力于南都。(《移家赋》)

这两个开头,完全相似,这是一目了然的。《移家赋》序言和正文还大量引用了《哀江南赋》的句子,或模仿其句式。如"诛茅江令之宅,穿径谢公之墩","昔之虎踞龙盘,加以黄旗紫气","彼夫金张之馆,许史之庐"……也有的仿效庾信赋之句法,如:"紫谖岂疗愁之花,丹棘非忘忧之草",实是效法《哀江南赋》"楚歌非取乐之方,鲁酒无忘忧之用"及《小园赋》"草无忘忧之意,花无长乐之心",再如"陆氏则机云同居,苏家则轼辙并进",以及庾信《小园赋》"陆机则兄弟同居,韩康则舅甥不别"。

《移家赋》用典过多，造成晦涩。而且又多为野史、笔记小说之僻典，不仅使一般读者不敢问津，甚至使专家学者也望而却步。

逞才炫博，往往割裂词语，甚至误用典故。如："虽无杨意之荐，达之天子，桓谭之赏，传于后人。"杨意，名杨得意，是司马相如同乡，为狗监，曾向汉武帝推荐司马相如。王勃《滕王阁序》曾云："杨意不逢，抚凌云而自惜；钟期既遇，奏流水以何惭。"这里王勃为字数所限（四句字），将杨得意简化为"杨意""钟子期"简化成"钟期"，这种割裂词语的做法并不可取。吴敬梓此处明显效法王勃。《移家赋》中这样做的还不止一处，再如"鬼嗤谋利之刘龙，人笑苦吟之周朴"二句中，前句用刘伯龙因贫困为鬼所笑之典（见《南史·刘粹传》），为与周朴对仗，便将刘伯龙改为"刘龙"，同样不足取。再如"感蔡顺之噬指"句，蔡顺打柴，有客相访，母亲以口咬指，蔡顺心有所感，弃柴而归。可见，"噬指"者实为蔡顺之母而非其本人。再如"浇书摊饭，朝斯夕斯"二句，苏轼称晨饮为浇书，午睡为摊饭。"朝斯"可指晨饮浇书，"夕斯"则不能指午睡摊饭。又如"飘瓦而恔心不怨，虚舟而惼心不怒"，后句用《淮南子·诠言》典，说人渡江时，有虚舟触之沉没，人虽有惼心，也不会发怒。虚舟，空船也。"虚舟而惼心不怒"句，意思相当含混，用典不准确。此外如写祖母死后，赋云："皆隐志之相及。"语本《吕氏春秋》，谓父母之于子也，"虽异处而相遇，隐志相及，痛疾相救，忧思相感"。这一典故与母亡无关，这里所谓"异处"，与生死异处不同。用典也不够准确。

夸饰是汉赋常有的毛病，《移家赋》在这一点上与之相似。这一点在文章分析时已大多言及。如溢美高祖"绍绝学于关闽，问心源于邹鲁"，俨然是孔孟、程朱的继承人。又如其嗣父吴霖起，亦只是个未中举而拔贡的秀才，称他"九州之被不余，三秀之门斯在"。孔融荐边让于曹操，也只是说他"边让为九州之被则不足，为单衣襜褕则有余"。"九州之被有余"是怎样的才能？只怕作者自己也未必说得清。他又称嗣父吴霖起"时游历于缁帷，天将以为木铎"，这两句都是关于孔子的典故，缁帷，深林名。《庄子·渔父》："孔子游乎缁帷之林，休坐乎杏坛之上。"木铎，以木为舌之铃。《论语·八佾》："天下无道也久矣，天将以夫子为木铎。"一县学教谕可同孔圣人等同起来，不能不说是夸饰太过。

《移家赋》用韵较宽，但仍有个别地方不得用宽韵解释，应视作疏误。如"至于眷念乡人，与为游处，似以冰而致蝇，若以狸而致鼠，见几而作，逝将去汝。飘瓦而恔心不怨，虚舟而惼心不怒。买丝五色，绣作平原君；有酒一杯，唯浇赵州土。"在这段文字中,韵脚字:处、鼠、汝、怒、土,分属《平水韵》上声六语、七麌二韵,是可以通押的,而"君"字却属上平声十二文韵。不能与之通押,此处出韵。而"彼互郎与列肆"以下十四句中,"龃佲枝梧"句之"梧"出韵。"捆蒲苇而织屦履,浣厕牏而涤溺器",两句次序应颠倒,押韵方和谐贴切。

笔者无意苛责古人。《移家赋》是一篇赋苑佳作,这是毋庸置疑的。个别不足之处,亦属美玉之瑕。程晋芳《文木先生传》曾云:吴敬梓"其学尤精《文选》,诗赋援笔立成,夙构者莫之为胜"。读罢《移家赋》,对这一结论会有更深切的体会。这篇赋广征博引,见出他不仅"尤精《文选》",且学识十分渊博,他在文学、史学等方面都有极深的造诣,在此赋中均有极好的表现。这篇精心结撰的大赋,不仅是吴敬梓集中的连城之璧,也是清代赋坛上不容忽略的传世巨篇。

（陈美林《儒林外史辞典》,南京大学出版社,1994 年 10 月）

王
步
高
诗
文
集

定风波

[清] 庄 棫

　　为有书来与我期，便从兰杜惹相思。昨夜蝶衣刚入梦，珍重，东风要到
送春时。　　三月正当三十日，占得，春光毕竟共春归。只有成阴并结子，
都是，而今但愿著花迟。

　　这是一首以伤春为题材的爱情词。全词围绕情人的书信而展开遐想，
写得情意绵绵，缠绵悱恻。

　　词的起首两句便交代伤春的原因："为有书来与我期，便从兰杜惹相
思。"情人来信相约，惹得我产生不尽的相思之情。兰杜，均为香草名，杜，即
杜若。《楚辞》："源有芷兮澧有兰。""山中人兮芳杜若。"《楚辞》中常用美人
芳草以喻君子，但这里似乎并无如此深意，仅是由兰杜而惹起对远方情人的
相思之情。这里暗用了《古诗十九首》中"涉江采芙蓉，兰泽多芳草。采之欲
遗谁？所思在远道"诗意。"昨夜"句紧承上二句句意，日有所思，夜有所梦，
"蝶衣入梦"，用庄周梦为蝴蝶的典故。据《庄子·齐物论》："昔者庄周梦为
蝴蝶，栩栩然蝴蝶也。"昨夜情人又如彩蝶翩然入梦。"珍重"是指两人的情
谊。"东风要到送春时"意为"春风要待送春时"，"东风"即春风，"到"，等到。
这送春之时也许正是情人书信中约会的日期。

　　词的下片进一步写伤春惜春之情。"三月正当三十日"，春季三个月，而
三月的三十日是春季最后一天，第二天就是四月，就进入夏天了。词人说：
"占得，春光毕竟共春归。"《白雨斋词话》引这首词时"春光"作"春芳"，其他
各种版本均作"春光"，当以"春光"为是。时当春暮，春光和春天就要一同归
去了。"只有成阴并结子"一句，用了杜牧的一个典故。据《丽情集》记载：杜
牧早年游湖州，遇一位十来岁少女，约定十年后当湖州郡守时来娶。杜牧十
四年后才守湖州，此女嫁已三年，并生三子。杜牧赋诗自伤曰："自是寻春去

较迟,不须惆怅怨芳时。狂风落尽深红色,绿叶成阴子满枝。"后人常以成阴结子喻女子结婚生子。这里暗含词人的某种忧虑和担心。与其情人落入他人之手而"成阴结子",不如干脆迟些开花,"而今但愿著花迟"即是此意。辛弃疾《摸鱼儿》词中即有"惜春常怕花开早",同一意蕴。

这首词是一首爱情词无疑,所思者是一如香花兰草一般的美人。时值春天,又收到情人的信相约,自然不免浮想联翩。这情人似乎在可望而不可即之中,作者很担心会失去她。庄械身世不详,联系他的书生家世,可作这样的推测。他的祖辈是做盐商的,自然较富裕,但到他这辈时已家道中落,他只能校书淮南和江宁,不到五十岁就去世了。他一生并未入仕,仅是一个穷愁潦倒的书生,门第低微,很容易导致爱情上受挫,《中白词》中的爱情之作多感伤情调,这不无一定原因。我国古代的爱情诗词,大都不是美满幸福婚姻的记录,却是追求美满婚姻而不能实现的悲伤咏叹。写爱情诗较多的作家,往往是婚姻最不幸福的失恋者或单相思者。

关于这首词,陈廷焯《白雨斋词话》有一段评论:"蒿庵词有看似平常,而寄兴深远,耐人十日思者,如《定风波》云云,暗含情事,非细味不见。"据陈氏自称,庄械是其姨表叔,对庄的身世经历,陈是应当清楚的,惜乎《词话》中并未言明,后人就不得而知了。这首词含蓄蕴藉,回环宛转是其最大特色。欲言又止,看来词人确有不可不言而又不可明言之情事,却看不出有明显的寄托。

(王步高《金元明清词鉴赏辞典》,南京大学出版社,1989 年 4 月)

水龙吟

［清］文廷式

落花飞絮茫茫，古来多少愁人意。游丝窗隙，惊飙树底，暗移人世。一梦醒来，起看明镜，二毛生矣。有葡萄美酒，芙蓉宝剑，都未称，平生志。

我是长安倦客，二十年、软红尘里。无言独对，青灯一点，神游天际。海水浮空，空中楼阁，万重苍翠。待骖鸾归去，层霄回首，又西风起。

这是一首咏怀词，却以写景开头。吴衡照《莲子居词话》说："言情之词必藉景色映托，乃具深宛流美之致。"此词正是如此。"落花飞絮茫茫"，写的是暮春景物。落花飞絮乃美好事物衰歇景象，吟咏它们常寄予绵邈深长的愁思。如秦观"春去也，飞红万点愁如海"（《千秋岁》），苏轼"不是杨花，点点是离人泪"（《水龙吟》）。次句"古来多少愁人意"，"愁"字，奠定全词抒情基调。"游丝窗隙，惊飙树底，暗移人世"三句中，"游丝"谓飘动着的蛛丝，"惊飙"指疾风。暮春时节，加上惊风，落花飞絮自会"茫茫"一片，落花如雨，飞絮满天，春天行将结束。"暗移人世"字面上是指节序更替，词人却别有深意地用了"人世"二字，显然，衰落颓败的不只是明媚鲜妍的自然景观，也包括整个人间世界，还透射时代的折光。词人生当末世，鸦片战争后，几千年闭关锁国的封建王朝"忽喇喇如大厦倾"。辛亥革命虽未爆发，但时局变化已在暗中进行。"一梦醒来，起看明镜，二毛生矣。"这里词人由自然的节序更替而产生迟暮之感。二毛，指头发花白。潘岳的《秋兴赋·序》："余春秋三十有二，始见二毛。"岁月流逝，年纪老大，而壮怀难伸。所以"有葡萄美酒，芙蓉宝剑，都未称，平生志"，说明词人胸怀伟略，却报国无门。"葡萄美酒"句，语出唐诗人王翰《凉州词》："葡萄美酒夜光杯，欲饮琵琶马上催。""芙蓉宝剑"见《越绝书》："客有能相剑者，名薛烛。王取纯钩示之，薛烛手振拂扬，其华淬如芙蓉始出。"词人期望能立功报国，但"都未称，平生志"。"称"，满足。

国家多事之秋,呈现在词人面前的是官贪吏污、腐败黑暗的社会。戊戌变法失败,词人也被罢职,不久又亡身海外,故平生报国之志一概付之东流,可悲可慨。

下片意脉关连。"我是长安倦客",用唐代马周久客长安之典,明显道出对官场生活的厌倦。"二十年、软红尘里",综括京都华贵生活。"软红",指都市的繁华。语出苏轼《次韵蒋颖叔钱穆父从驾景灵宫》诗:"半白不羞垂领发,软红犹恋属车尘。"东坡自注:"前辈戏语,有西湖风月,不如东华软红香土。"文廷式光绪十六年(1890)中进士,曾官翰林侍读学士,虽未曾有马周以布衣为宰相的殊荣,却也曾蒙朝廷赏识,一度受到重用。在这内忧外患深重的岁月,清廷内部一切的积弊矛盾都已暴露无遗。同时代作家吴趼人《二十年目睹之怪现状》,便有深刻形象的揭露。这二十年里,词人身在朝廷,比之吴趼人对积弊情况应当更为详悉,失望自亦更甚。"无言独对,青灯一点,神游天际"三句,写倦极词人,神游八极的驰想,而眼前却仅有青灯一盏。青灯,即油灯,其光青荧。陆游《雨夜》诗:"幽人听尽芭蕉雨,独与青灯话此心。"默默无言,青灯独对,一幅寂静孤单的画面,词人的内心世界并不如此。"神游天际"一语透出个中消息。这里运用了游仙诗的手法。词人的思想早已遨游于"海水浮空,空中楼阁,万重苍翠"的境界,显然,这个境界是海市蜃楼,乌托邦国。贺裳《皱水轩词筌》说:"凡写迷离之况者,止须述景。"这里海水迷空的景象,正是词人迷惘失落的内心世界的写照。两次鸦片战争,随后的甲午战争等,打破了文廷式等旧知识分子的传统观念,但新的思想尚未成熟。词人深感对现实的失望,却又找不到出路。改良主义曾使他寄予很大希望,但这种希望不久也归于破灭。"待骖鸾归去,层霄回首,又西风起。"这又是一种失落感。不仅理想国不复存在,即使乘鸾驾风,神游天外,但只要回首看一人间,不又是一派秋风萧瑟景象!

这首词写的是报国无门,回天无力的苦闷情愫。归到世外桃源去,他欲了尘缘,又用世之心未泯,心境颇与李白《行路难》相近,同是穷途末路的咏叹,所不同的,李白生当盛唐,而文廷式则身沦末劫。李白"欲渡黄河冰塞川,将登太行雪满山",关心的是个人进退出路,文廷式关心的是国家的安危、民族的兴废。叶恭绰评这首词:"胸襟气象,超越凡庸。"(《广箧中词》)可谓知言。

这首词写得沉郁蕴藉,"暗移人世"四字多少感慨;"无言独对,青灯一点"二句,何等悲凉。"神游天际",像是遨游太空,而"层霄回首",则又堕入乱世。而词人胸存块垒,志趣不凡,或是"平戎万里",抑或"整顿乾坤",均尚未及明言,亦自耐人寻味。至于"空中楼阁,万重苍翠",既现实又空虚,扑朔迷离的情愫,似清晰而又朦胧。这也正是词人所要表达的具有艺术魅力的境界。王瀣评此词:"思涩笔超,后片字字奇幻,使人神寒。"(手批《云起轩词钞》)切中肯綮。

(王步高《金元明清词鉴赏辞典》,南京大学出版社,1989 年 4 月)

永遇乐
秋草

[清] 文廷式

落日幽州,凭高望处,秋思何限?候雁哀鸣,惊麇昼窜,一片飞蓬卷。西风万里,踰沙越漠,先到斡难河畔。但苍然、平皋接轸,玉关消息初断。千秋只有,明妃冢上,长是青青未染。闻道胡儿,祁连每过,泪落笳声怨。风霜未改,关河犹昔,汗马功名今贱。惊心是、南山射虎,岁华易晚。

这是一首风格豪放的咏物词,风格颇近东坡。夏敬观说:"近人惟文道希学士,差能学苏。"(手批《东坡词》)此词名为咏物,实则深有寄托。

词以咏草起兴。北国秋草,又值黄昏,开篇即酿成一派萧瑟的氛围。"落日幽州,凭高望处,秋思何限"三句,大气包举,笼罩全篇。幽州,古十二州之一,在今北京市一带,清定都北京,此词当为作者在京供职时所作。秋季的落日时分,词人登高远眺,只见衰草连天,不禁萌生无限秋意。此词在落日黄昏背景下写秋草,衰飒气象不言自喻。前贤认为"夕阳无限好,只是近黄昏"(李商隐)是晚唐气象,此词之"落日"、"秋思"气象更为凄冷。晚清时期,内忧外患,纷至沓来,较之晚唐尤甚。这是中国历史上最腐败、黑暗的年月。在词人笔下,就正是"候雁哀鸣,惊麇昼窜,一片飞蓬卷"的凄凉景象。雁冬南春北,来去有定,故称"候雁"。雁的鸣声近于凄厉,"哀鸿遍野"则是灾荒年月,民不聊生的形容,词人以自己心境观照自然,悲凉凄切自属当然。麇(jūn),即麕,鹿科。獐鹿受惊,大白天竟然四处奔窜。蓬,飞蓬,秋日干枯连根株拔起,风卷而飞,故名飞蓬或转蓬。此三句虽写秋草,但显然意在言外。接下三句写衰草连天景象:"西风万里,踰沙越漠,先到斡难河畔",西风萧瑟,塞外草衰,极目万里,跨越沙漠之外,一直延伸向蒙古大草原的斡(wò)难河畔。斡难河在黑龙江上游,这里是清王朝的北部边疆,1206 年,成吉思汗曾即帝位于此。"但苍然"是只见一片苍黄的草色。"平皋接轸",谓平冈

312

野地,车迹相接之处,然却听不到边关传来的讯息。玉关,即玉门关,指塞外。上阕写登高望远所见,下阕转入抒发吊古伤今的感慨。

换头由北地草枯色白,想到昭君墓草独青:"千秋只有,明妃冢上,长是青青未染。"明妃指王嫱,字昭君,晋时避司马昭讳改称明妃,年十七,汉元帝选入宫,后嫁匈奴和亲。其墓在今呼和浩特市郊。据《归州图经》"边地多白草,昭君冢独青",千秋之下,秋风过处,边草尽枯,独有明妃的墓草,仍青青一片,未染上苍黄颜色。接着宕开一笔:"闻道胡儿,祁连每过,泪落笳声怨。"三句乃化用唐代诗人李颀《古从军行》"胡雁哀鸣夜夜飞,胡儿眼泪双双落"诗意。"祁连"山名,在今甘肃张掖县西南,古时是匈奴、吐蕃等少数民族居住地区。笳,古管乐器,汉时流行于西域,初卷芦叶吹之,与乐器相和,后以竹为之,声调哀怨。旧日"风霜未改",往日"关河犹昔",但是"汗马功名"现在可不值钱了。结句用李广的故事。李广是西汉抗击匈奴的名将,他参加了汉朝对匈奴的作战,但始终未获封侯,还曾一度免官,落魄还乡,在终南山打猎,见一石卧草中,以为虎而射之,箭入石中没镞。"岁华易晚"为时光易逝,功业无成之意。此处"惊心",实为痛心,抗击外敌的赫赫战功不值分文,投降卖国者却弹冠相庆,怎不使人痛心疾首!

本词题为"秋草",实是借秋草起兴,词中运用若干与秋草有关的事典,又一再提到"斡难河"、"玉门关"、"明妃冢"、"祁连山"等边塞地名,这些都是历史上发生战争的地方,如今是"风霜未改,关河犹昔",却再也寻不到李广那样的英雄了。词就在这"冯唐易老,李广难封"的咏叹中结束。

王濬评这首词说:"此作极似曹珂雪(贞吉)《和竹垞雁门关》一首,其用意、用笔各有独到处。"又曰:"后遍源出稼轩。"都是颇有见地的。曹贞吉词乃为《消息》,词中说:"鱼海冰寒,龙沙戍断,历乱蓬根飞卷。""折戟沉沙,老兵拾得,磨洗前朝辨。""问谁是封侯校尉,虎头仍贱。"显而易见,文、曹二词的主题是很近似的,只是曹词重在吊古,而文词重在伤今。王炜曾为曹贞吉词作序:"珂雪词肮脏磊落,雄浑苍茫,是其本色,而语多奇气,惝恍傲睨,有不可一世之意。"此论也与文氏词风相近。王濬所谓"后遍源出稼轩",似指辛弃疾"夜读《李广传》之《八声甘州》"及"别茂嘉十二弟之《贺新郎》"诸作,辛弃疾笔底也驱使昭君、李广之典,借题发挥,抒发抑塞磊落、英雄末路的沉郁情怀。只是文词稍逊一些雄豪,而略多一些委婉而已。

(王步高《金元明清词鉴赏辞典》,南京大学出版社,1989年4月)

卷四 诗词研究

斫雕为朴及隋代南北诗风的融合

隋代虽结束了西晋末年以来近三百年的分裂局面,却二世而斩,历时仅三十七年。因此,隋代有影响的诗人不多,作品总量也少。文学史家往往将之视为南北朝之延伸而一语带过。其实,这恰恰忽略了大一统政局对诗坛的影响,忽略了南北诗风的融合。

隋代是扭转齐梁诗风、拓宽诗的题材、进一步推进诗歌格律化进程并使六朝诗向唐诗过渡中的一个重要转折点。"起衰中立"一语本为清人沈德潜用以评论杨广(隋炀帝)、杨素边塞诗历史作用的(见《说诗晬语》),以之来说明隋诗的历史地位倒颇为恰当。

从隋朝统一中国以后,南北诗风便开始融合的过程。隋代是以北朝诗风为主体吸收齐梁以来南朝诗歌格律化成就而形成的融合,而初唐则是以南朝诗风为主体吸收北朝贞刚之气的另一种融合,至陈子昂、李白以后,这一融合才基本完成。魏徵曾云:"江左宫商发越,贵于清绮,河朔词义贞刚,重乎气质。气质则理胜其词,清绮则文过其意。理深者便于时用,文华者宜于咏歌,此其南北词人得失之大较也。若能掇彼清音,简兹累句,各去所短,合其两长,则文质斌斌,尽善尽美矣。"(《隋书·文学传序》)魏徵期望的这种南北诗风的融合,直至盛唐才得以完成,也确实导致了唐诗的空前繁荣。而隋诗斫雕为朴,摧柔为刚,重乎气质,则对矫正齐梁以来的淫靡诗风起了巨大的作用。

言及齐梁诗风,有两段文字是人们熟知的。一是李谔的《上隋高祖革文华书》:"江左齐梁,其弊弥甚,贵贱贤愚,惟务吟咏。遂复遗理存异,寻虚逐微,竞一韵之奇,争一字之巧。连篇累牍,不出月露之形;积案盈箱,惟是风云之状。世俗以此相高,朝廷据兹擢士。"另一段话出自陈子昂《与东方左史虬修竹篇序》:"仆尝暇时观齐梁间诗,彩丽竞繁,而兴寄都绝,每以永叹。思

卷四　诗词研究

古人常恐逶迤颓靡，风雅不作，以耿耿也。"这两段文字对齐梁诗风的抨击是深刻的。自然，齐梁诗歌在中国诗歌发展史上自有其卓越的贡献，而题材狭窄，诗格卑下，也大大影响了它的成就。隋诗正是在这方面取得了长足的进步。

隋诗数量虽不算很多，但题材相当广泛，特别是隋代的乐府诗，上接《诗经》、汉乐府和建安诗歌的现实主义精神，成为隋代社会的一面镜子。这与梁陈宫体诗有很大的不同。宫体诗写宫廷中饮食男女之事，不乏卑下色情的描写。如梁简文帝萧纲诗中，多写内人卧具、内人昼眠、伤美人、娈童、倡妇怨情、美人晨妆……此外如《行雨诗》则更是赤裸裸地描写性行为。这样的作品，在隋诗中已基本绝迹。以荒淫闻名的隋炀帝，其诗却很典雅庄重，没有这类作品。魏徵说得好："炀帝初习艺文，有非轻侧之论，暨乎即位，一变其风。其《与越国公书》、《建东都诏》、《冬至受朝诗》及《拟饮马长城窟》，并存雅体，归于典制，虽意在骄淫，而词无浮荡，故当时缀文之士，遂得依而取正焉。"为什么这样一个淫荡昏庸的皇帝也能写出一些令人回肠荡气的健康作品，这不能不归于隋代诗坛风气的影响。

隋代诗坛最有成就的诗作，首推其边塞诗。隋代结束了东晋以来的南北分裂，但并未结束战争。隋文帝取得北周政权后，从开皇元年（581）八月与吐谷浑战于青海开始，曾先后多次发生内外战争。其中较重要的有开皇八年冬至次年春讨伐陈的战争；开皇十八年（598）、仁寿元年（601）抗击突厥的战争；开皇三年（583）、大业五年（609）与吐谷浑的战争；开皇十七年（597）与西宁羌的战争；大业六年（610）春攻流求的战争；开皇十八年（598）、大业八年（612）、大业九年（613）与高丽的战争……以及平定交州、朱崖及众多内乱的战争，直至隋朝末年农民起义、军阀混战……使终隋之世，三十七年间，战争不断。这里有反侵略战争，结束南北分裂的统一战争，也有侵略战争以及镇压农民起义的战争。战争的密度和规模，是历史上任何一个统一王朝所罕见的。而活跃于隋代诗坛上的许多作者，或是战争的策划者、指挥者，或是战争的参加者，许多人有着亲身参战的经历，这是唐代除岑参外多数边塞诗人所不及的。

频繁的战争，使边塞战争成为隋一大突出的题材。杨广、卢思道、何妥、杨素、薛道衡、王胄、陈子良等均有边塞之作。在隋代诗坛上，形成了一个以杨广、杨素为中心的边塞诗人群。隋代的边塞诗大多以乐府诗的题目写成，如卢思道的《从军行》，杨广的《饮马长城窟行》、《白马篇》、《纪辽东》、《云中

318

受突厥主朝宴席赋诗》，杨素、薛道衡、虞世基的《出塞二首》，王胄的《白马篇》《纪辽东》，何妥的《入塞》等。这些乐府诗，大多不以渲染边塞战争的艰苦以及离人思妇的相思之情为主旨，而是以浓墨重彩渲染边塞的风光及战场气氛。如"边庭节物与华异，冬霡秋霜春不歇"（卢思道《从军行》），"雪夜愁烽湿，冰朝饮马难"（辛德源《成连》），"凛凛边风急，萧萧征马烦。雪暗天山道，冰塞交河源。雾烽黯无色，霜旗冰不翻"（虞世基《出塞》），这些诗写出了边塞的奇异风光。与南朝乐府中的边塞诗多拟作不同，隋代边塞诗多具"有我之境"，是亲身经历的纪录。边塞风光也是亲眼所见，"潜思于战争之间，挥翰于锋镝之下"（令狐德棻《周书·王褒庾信传论》）。如杨素《出塞二首》，便是融合了他自己开皇十八年（598）和仁寿元年（601）两次抗击突厥的战争经历写成。诗开头云"漠南胡未空，汉将复临戎"，诗中之"汉将"便是作者自己。这与唐代高适《燕歌行》中之写张守珪、岑参《走马川行》中写封常清犹有不同。隋代是经近三百年战乱及南北分裂以后出现的第一个统一王朝，其统治者自然以华夏正统自居，杨素诗中自称"汉将"即然。曾任杨素记室的陈子良在言及杨素这两次出征时说："匈奴轶燕蓟，烽火照幽并。天子命薄伐，受脤事专征。七德播雄略，十万骋行兵。雁行蔽虏甸，鱼贯出长城。"（《赞德上越国公杨素》）这种凛然不可犯、志在必胜的气概，只有高岑边塞诗中那种盛唐气象方可与之媲美。

其实，这里已言及隋代边塞诗中的英雄主义、爱国主义精神问题。读了杨广、王胄的《白马篇》，使人不难想起曹植的同题之作。试加比较："长驱蹈匈奴，左顾凌鲜卑。弃身锋刃端，性命安可怀？父母且不顾，何言子与妻？名编壮士籍，不得中顾私。捐躯赴国难，视死忽如归。"（曹植）"轮台受降虏，高阙翦名王。射能入飞观，校猎下长杨。英名欺卫霍，智策蔑平良……木持身许国，况复武功彰。曾令千载后，流誉满旂常。"（杨广）"三韩劳薄伐，六事指幽燕。良家选河右，猛将征西山。浮云屯羽骑，蔽日引长旆。自矜有余勇，应募忽争先。王师已得隽，夷首失求全。"（王胄）这三首诗，题目虽同，写作的年代却相隔四百年。隋代的边塞诗上承建安，下开盛唐，也于此可见。隋代边塞诗中已大量运用语典和事典，这与曹植不同而更近盛唐。沈德潜《说诗晬语》谓，隋炀帝"边塞诸作，铿然独异，剥极将复之候也。杨素幽思健笔，词气清苍。后此射洪、曲江，起衰中立，此为胜广云"，将二杨边塞诗比作秦末首举义旗的陈胜、吴广，赋予了他们倡一代诗风的领袖地位。毋庸讳言，杨广、杨素确乎是隋代诗坛上的两位领袖人物，这不仅由于他们诗作无人企及的地位,也由于他们的倡导和身体力行,使清绮而少气质的六朝诗有了复兴的转机,以"起衰中立"谓其在转变齐梁诗风方面的贡献,是大致恰当的。当然诚如沈德潜所说,真正完成"起衰中立"使命的是初盛唐之交的陈子昂、张九龄等人。

隋诗数量虽少,题材却甚广泛。举凡怀古、咏物、思乡怀归、游子思妇、友情赠别,均在诗中有所表现。这是对北朝诗的继承,也是对南朝诗的拓展。如孙万寿便有几首怀念旧京故国之诗,沉郁深沉。其《和周记室游旧京》云:"大夫悯周庙,王子泣殷墟。自然心断绝,何关系惨舒。仆本漳滨士,旧国亦沦胥。""闻君怀古曲,同病亦涟如。方知周处叹,前后信非虚。"这首诗一开头便有《诗·黍离》之情调,而又与宋元、明清之际的遗民诗人的作品相类。所不同者,遗民诗人的民族情绪更强烈。

即便一些游子思妇之类传统题材,也赋予了时代新气息。如陈子良《于塞北春日思归》:"我家吴会青山远,他乡关塞白云深。为许羁愁长下泪,那堪春色更伤心。惊鸟屡飞恒失侣,落花一去不归林。如何此日嗟迟暮,悲来还作白头吟。"这诗恐亦随杨素从军塞外时所作。战事频繁,经年不归,怀念远在江南的故乡,怀念孤处之妻子。首两句以"我家"、"他乡"对举,第三联又以"惊鸟"、"落花"对举,写出山水悬隔、有家难归的羁愁伤春之情,"屡飞"二字,写出征次数太多。通观全诗,言情意味甚浓。由于它和前引《赞德上越国公杨素》同被收入《全唐诗》,故论隋诗者从未言及。

写男女之情的篇什在隋诗中不甚多见,而写友情的篇章却颇为突出。《全隋诗》收杨素诗十九首,无一不是与薛道衡唱和之作。其《赠薛播州诗》十四章,《山斋独坐赠薛内史二首》等,便颇具建安风骨。如写于其卒年(606)的《赠薛播州》从开天辟地的混沌之初写起,写到隋文帝杨坚扫灭群雄,一统天下,刷新政治,网罗人才。然后写自己与薛道衡在朝廷共事,情谊日笃,志趣相投。而友人受猜忌出守,自己进退两难,处境微妙。如其十:"北风吹故林,秋声不可听。雁飞穷海寒,鹤唳霜皋净。含毫心未传,闻音路犹复。唯有孤城月,徘徊独临映。吊影余自怜,安知我疲病。"诗中以北风、秋声、孤雁、鹤唳、孤月构成寂寞、凄清、阴冷的画面,一个卧病的老者怀念远在万里之外的友人,这种真挚的友情自然很能打动人。以意境感染读者,又发人遐思。其《山斋独坐赠薛内史》写得也很动情:"落花入户飞,细草当阶积。桂酒徒盈樽,故人不在席。"又如《赠薛内史诗》:"耿耿不能寐,京洛久离群。横琴还独坐,停杯遂待君。待君春草歇,独坐秋风发。朝朝唯落花,夜夜空明月。"诗中把与薛道衡的相知相得之情写得细腻入微,情真意挚,把对友人的眷恋之情写得婉转缠绵。就这一点而言,它不仅胜过齐梁宫体诗人,也比初唐统治诗坛几十年的上官仪等诗人高明得多。唯其如此,《北史》、《隋书》本传称这组诗"词气宏拔,风韵秀上,亦为一时盛作"。

隋诗贴近现实生活,因而获得了生气和活力。除了上述边塞等诗歌以外,另外一些诗歌也都不同程度地反映了现实生活。如孔德绍《王泽岭遭洪水诗》,尽管此诗并未能反映遭洪水时民生蒙受的苦难。而这方面的任务转由当时的民歌民谣来承担了。魏徵《隋书·经籍志·集部总论》说:"属以高祖少文,炀帝多忌,当路执权,递相摈压,于是握灵蛇之珠,韫荆山之玉,转死沟壑之内者,不可胜数,草泽怨刺,于是兴焉。"隋代民歌总体水平不高,但也有少量反映现实的优秀之作,如《炀帝幸江南(当作"都")时闻民歌》:"我兄征辽东,饿死青山下。今我挽龙舟,又阻隋堤道。方今天下饥,路粮无些小。前去三千程,此身安可保。寒骨枕荒沙,幽魂泣烟草。悲损门内妻,望断吾家老。安得义男儿,焚此无主尸。引其孤魂回,负其白骨归。"写开边和劳役使劳动人民遭受的巨大苦难。此诗载于《隋炀帝海山记》,乃宋人所著,文中称见于家藏秘籍,一般认为是可靠的。自己服苦役,又缺口粮,死亡已不可免,他的唯一愿望是有人能将自己的骸骨带回故乡去。诗中还可见出,儿已战死,家中还有妻子和年老的父母,主要劳力已死,他们也难免冻馁而死。这首民歌是对隋炀帝暴政的血泪控诉,与建安诗人笔下"白骨露于野,千里无鸡鸣。生民百遗一,念之断人肠"(曹操《蒿里行》)、"出门无所见,白骨蔽平原"(王粲《七哀诗》)颇为一致。由于暴政,隋代文人作家反倒未能写出如此具有战斗性的诗篇。

隋诗的题材较之齐梁诗是个历史的巨大进步,即使较之北朝诗,也有长足的进步。虽然并未出现庾信那样的大家,也没有《木兰辞》那样的名篇,但其斫雕为朴,返朴归真,使诗从梁陈宫体诗的桎梏中解放出来。内容上如此,艺术上也是如此。

隋诗不尚雕琢,有许多优秀诗作都继承了北朝诗"词义贞刚,重乎气质"的特点。前面列举的隋代边塞诗大多质朴无华。即便如杨素的《赠薛播州》诸作,亦如刘熙载所云:"隋杨处道(杨素字处道)诗,甚为雄深雅健。齐梁文辞之弊,贵清绮而不重气质,得此可以矫之。"(《艺概·诗概》)然而隋诗中也并非全无清绮之作。如薛道衡负有盛名的闺怨诗《昔昔盐》中"盘龙随镜隐,彩凤逐帷低。飞魂同夜鹊,倦寝忆晨鸡。暗牖悬蛛网,空梁落燕泥",便写得清俊而超逸,使闺怨这样一个传统题材表现得意象婉转变化,见出情意之缠绵悱恻。再如孙万寿《远戍江南寄京邑亲友》,乃其因衣冠不整而由滕穆王府文学发配江南从军时所作。诗中谓"梦想犹如昨,寻思久寂寥。一朝牵世网,万里逐波潮。回轮常自转,悬旆不堪摇。登高视衿带,乡关白云外。回首望孤城,愁人益不平。华亭宵鹤唳,幽谷早莺鸣。断绝心难续,惝恍魂屡惊",把穷途的悲苦之情倾吐而出。故《隋书·孙万寿传》云:"此诗至京,盛为当时之所吟诵,天下好事者多书壁而玩之。"隋诗中也多用比兴、对仗、顶真等修辞手法,使隋诗在艺术上也达到了相当高的成就。唯其如此,有些诗便写得极优美。

隋诗斫雕为朴、咸去浮华是否符合文学发展的规律,这是有争议的。显然它是矫枉过正、有利有弊的。但如此一个短命王朝,诗坛能取得如此成就,其价值是显而易见的。再者,隋诗使走入绝境的齐梁诗有了生机,使唐诗的繁荣有了一个好的基础,这一历史功绩尤应大书一笔。

（《江海学刊》,1994 年第 21 期）

（中国人民大学书报资料中心《复印报刊资料·中国古代、近代文学研究》,1994 年第 4 期）

略论隋代诗体的格律化进程

内容提要：在中国诗歌的发展史上，隋代是一个很有成就的时期。在这一时期中，五言近体绝句已基本成熟，五言律诗已近于成熟，七言律诗、七言绝句也已具雏型，甚至类似五言排律的形式也大量出现。

隋诗在中国诗歌发展史上处于一个新老交替时期，旧形式（如五言古诗、乐府诗）不仅仍然存在，而且依然是诗的主要形式，四言诗主要只存在于宗庙祭祀等场合（如《隋书·音乐志》中的那些诗作），一般文人已很少写作。乐府诗作为民歌与文人诗结合的产物，在南朝是得到长足发展的。隋代的乐府诗，较多用于写边塞诗。这种旧瓶装新酒的办法，赋予了乐府诗以新的生命力。这与南朝乐府多拟古之作而非直接反映现实生活有所不同。它上承汉乐府、建安乐府，并下启唐代的边塞诗派及新乐府运动。

自沈约首倡"四声八病"说，并经谢朓等永明体作家及齐梁以来众多诗人的共同努力，诗歌格律化的进程已有了很大成就。隋代统一使南朝诗人把追求形式、格律化的作法传统带入隋朝，而原先就受过王褒、庾信等南来诗人影响的由北朝入隋的诗人，也自觉向南方诗人学习，使隋诗的格律化进程继续发展。

首先要讨论的是隋诗的押韵问题。为方便讨论起见，我们在文中将形式上已近于格律诗但某些方面尚不成熟之作称为类近体诗，而将其他的诗（词除外）称作古体诗。

笔者根据同属隋陆法言（切韵）体系的《广韵》韵目考察隋代类近体诗的用韵情况，发现其用韵已与初唐诗大致相似。具体说来，有以下几种情况：

同部相押者。这在隋代类近体诗中较常见。如杜公瞻《咏同心芙蓉》诗，韵脚为"中"、"红"、"风"、"同"，隔句用韵，同属《广韵》上平声"东"部。再如薛德音《悼亡》诗，押韵情况也与此相同，均押"东"部韵。而虞世南《奉和献岁宴功臣》诗，其韵脚为"筵"、"弦"、"烟"、"天"，均属《广韵》下平声二十一部"侵"韵。

"真"、"谆"二韵不分。据今人研究认为陆法言《切韵》中，"真"与"谆"、"寒"与"桓"、"歌"与"戈"韵部不分，这与《广韵》显然不同。这在隋代的类近体诗及古体诗中均能找到例证，尤以'真"、"谆"二韵同用为多。如弘执恭《和平凉公观赵郡王妓》诗中，五个韵脚字"陈"、"秦"、"春"、"尘"、"津"，其中"春"属《广韵》上平声十八部"谆"韵，而其余四字则均属《广韵》上平声十七部"真"韵。古体诗中也有类似的情况。如杨素《赠薛播州》组诗的第五首，薛道衡《豫章行》诗中均有"真"、"谆"通押的情况。

隋诗中也不乏邻韵相押之例。《广韵》中有不少邻韵可"同用"。隋代类近体诗中也可觅得此类例证。如李巨仁《赋得方塘含白水》诗中，五个韵脚字（首句入韵）："塘"、"扬"、"行"、"黄"、"梁"，分属《广韵》下平声十部"阳"韵和十一部"唐"韵。在《广韵》中这两个邻韵是注明可以"同用"的。

类近体诗押韵并非皆如此严谨。同属李巨仁的《赋得镜》诗，四个韵脚是"名"、"生"、"明"、"精"，其中"名"、"精"二字属《广韵》下平声十四部"清韵"，而另两韵则属《广韵》下平声二十一部"侵"韵。在《广韵》中"侵"韵是注明"独用"的，况且"清"、"庚"在《广韵》中并非邻韵。类似情况，在唐以后的近体诗中便不多见了。在现代汉语中这两部也是不可通押的。

与类近体诗的情况相反，一些古体诗的用韵则宽松得多，但也显然受到诗歌格律化的影响。试以杨素的《赠薛播州》十四首组诗为例。其中一韵到底，不跨其他韵部的有六首。其中四首押平声，其余二首押去声或入声。另有五首是以可同用的邻韵相押，其中押平声、上声的各二首，押去声的一首。其余三首的情况则较为复杂。其中第三首与李巨仁《赋得镜》诗的情况相似，亦是"清"、"侵"二韵相押。组诗的第十首，均押去声，韵脚却跨了《广韵》"映"、"劲"、"径"三个韵部，前两韵本可同用，而"径"虽为邻韵，却是注明"独用"的。组诗的第七首则更为复杂一些。此诗五个韵脚，"处"、"曙"属《广韵》去声部"御"韵，而"语"、"序"、"伫"则属《广韵》上声部"语"韵。上去通押，在后世的词中是屡见不鲜的，而在唐诗中则很少使用。

其次我们再看看隋诗的对仗情况。隋诗用对仗是很普通的，不仅类近体诗用对仗，即便一些古体诗也自觉运用对仗，以使诗句整饬，以对语俪辞以求整炼之美。略举数例如下：

水映临桥树,风吹夹路花。——杨侗《京洛行》

潜鳞波里跃,水鸟浪前沉。——虞世南《奉和出颍至淮应令》

有雾疑川广,无风见水宽。——孔德绍《赋得涉江采芙蓉》

这些句子不仅对得工整,而且写得也很优美。初唐上官仪有《论对属》(见《文镜秘府论》)和"六对"、"八对"之说,显然其所依据的是隋及隋以前诗歌创作的成就。上官仪所言及的各种对仗形式,大多在隋诗中均可找到例证。隋代一些类五言律诗,在对仗上已很工稳,语意相对,词性相同,平仄也相对。这与后世近体诗的对仗已没有区别。试看上文已提及的李巨仁、薛德音的两首诗:

凤楼箫曲断,桂帐瑟弦空。画梁才照日,银烛已随风。
苔生履迹处,花没镜尘中。唯余长簟月,永夜向朦胧。

——薛德音《悼亡诗》

魏公知本姓,秦楼识旧名。凤从台上出,龙就匣中生。
无波菱自动,不夜月恒明。非唯照佳丽,复得厌山精。

——李巨仁《赋得镜诗》

这两首类似五律的诗,中两联都是较严格的对仗句。除前诗第三联第三字当平而仄外,这两诗中间各联平仄也都严格对仗。就这一点而言,与唐代那些完全成熟的五言律,已没有区别。

再从平仄的角度来看看隋代类近体诗的格律化进程。自沈约等发现汉语的四声变化以来,到隋时四声已归并成平仄两种,诗人自觉运用平仄的交替以求诗句的和谐和音韵优美。经过百余年的努力,到隋代,律诗的四种基本句型不但均已出现,而且一些非律句也已向趋同律句的方向发展。如一种"平平仄仄仄"的句型,在隋代类近体诗中时时可见。如前举薛德音《悼亡》诗之第五句"苔生履迹处"即为一例。再举一个更为典型的例子:

西蜀称天府,由来擅沃饶。云浮玉垒夕,日映锦城朝。
南寻九折路,东上七星桥。琴心若易解,令客岂难要。

——卢思道《蜀国弦》

这首诗的第三、五、七句均用"平平仄仄仄"句型。这种句子较之"平平平仄仄"的律句仅一字之差，可视为"平平平仄仄"句型的一种变格。它是诗歌格律化过程中形成的句型之一。这种句型在近体格律定型后仍继续存在。试看王力《汉语诗律学》中列举的几例：

> 林花扫更落。——孟浩然《晚春》
> 清晨入古寺。——常建《题破山寺后禅院》
> 孤城向水闭。——刘长卿《余干旅舍》
> 微升古塞外。——杜甫《初月》

　　讲究用韵、对仗，也由律句组成的诗还未必是律诗，还有个"粘"与"失粘"的问题。如前面提及的薛德音《悼亡》，其诗均用律句组成，但全诗只用了"平平平仄仄，仄仄仄平平"（某些句首字平仄有变化），因而不成其为律诗，这固然也失粘。即便是包括四个基本律句的类近体诗，也有个是否失粘的问题。隋代诗人似乎尚未有意识地讲究粘，即二三、四五、六七句的第二字平仄往往不同。如前举李巨仁《赋得镜诗》，全诗句句皆律句，且律诗的四种基本句型此诗亦具备，中间两联不仅词性、词法同，平仄也基本相对，押韵也无问题，但诗中四五、六七句失粘，故仍不成为一首成熟的五言律。失粘导致律句排列组合的次序紊乱。类似的情况在隋诗中还可举出不少。这可以给我们一种启示：律诗的发展曾经历了失粘的阶段。在格律诗几个形式特征中，押韵、对仗、平仄，较之粘，均较早成熟。到诗人能自觉讲究"粘"，律诗便完全成熟了。

　　尽管隋代完全成熟的五言律诗还很少，但有些诗与初唐的律诗已大致相近，距离完全成熟仅一步之遥。试看以下两例：

> 曲浦戏妖姬，轻盈不自持。擘荷爱圆水，折藕弄长丝。
> 飐动裙风入，妆销粉汗滋。菱歌惜不唱，须待暝归时。
> 　　　　　　　　　　　　　　　　——卢思道《采莲曲》

> 三边烽乱惊，十万且横行。风卷常山阵，笳喧细柳营。
> 剑花寒不落，弓月晓逾明。会取淮南地，持作朔方城。
> 　　　　　　　　　　　　　　　　——明余庆《从军行》

王步高诗文集

在《采莲曲》中,第三句为"平平仄平仄"是一种变化了的律句,第七句乃前面言及过的"平平仄仄仄"句型,全诗已基本上与成熟的律诗没有差别。《从军行》仅首句第三字当仄而平(这也是允许的),末句二四字平仄错位,此外它已是一首完全的五言律了。而且并无失粘、失对之病。此外如杜公瞻之《咏同心芙蓉》,李孝贞《园中杂咏桔树》等诗,也至多仅二三字不合律。时至隋代,五言律诗已如足月的婴儿,即将呱呱坠地了。元人陈绎曾《诗谱·律体》曾指出,入隋的诗人薛道衡、江总与沈约、吴均、何逊等诸家,同为"律诗之源,而尤近古者,视唐律虽宽,而风度远矣"。以之移评隋代其他重要的类近体诗作家也是恰当的。

与此同时,五言绝句则已先行一步,已有较多成熟之作产生。五绝仅二十字,由四个五言律句组成,相对说来,格律化也容易一些。今存的隋人诗中,已有不少成熟的五绝:

  本求裁作瑟,何用削成圭。愿寄华亭里,枝横待凤栖。

——魏澹《咏桐诗》

  柳黄知节变,草绿识春归。复道含云影,重檐照日辉。

——王胄《枣下何纂纂二首》之一

  窗中斜日照,池上落花浮。若畏春风晚,当思秉烛游。

——辛德源《浮游花》

  兰幕虫声切,椒庭月影斜。可怜秦馆女,不及洛阳花。

——秦玉鸾《忆情人诗》

  心逐南云逝,形随北雁来。故乡篱下菊,今日几花开?
——江总《于长安归还扬州九月九日行微山亭赋韵》

这些诗均押平声韵,平仄也符,二三句也不失粘。所有句子也都是严格的律句(个别句子首字平仄有变化,这是诗律许可的)。类似的例子在隋诗中还可举出一些,可见入隋以后诗歌格律化的进程并未放慢。

还有一点应当指出,隋代已有类七言律诗出现。历来认为隋炀帝杨广的《江都宫乐歌》便是早期的七言律诗:

> 扬州旧处可淹留,台榭高明复好游。风亭芳树迎早夏,长皋麦陇送余秋。
> 绿潭桂楫浮青雀,果下金鞍跃紫骝。绿觞素蚁流霞饮,长袖清歌乐戏州。

此诗全押韵《广韵》下平声"尤"韵,首句入韵,此外则隔句用韵,这与律诗无不同,诗中中二联对仗也基本符合律诗的要求,究其平仄则略有出入,第三句前四字"平平平仄"应作"仄仄平平",他句平仄则无不合,均为律句。尾联二句虽属律句,却用错了句型。故除第三句因平仄有误与第二句失粘外,第七句与第六句也失粘。然而在七言律诗形成过程中,这首诗还是有着重要历史地位的。

在隋诗格律化的过程中,还有一种情况应注意,即大量类五言排律的诗。王力先生曾说:"依常理推测,五言排律的起源应该是比普通的五律更早,因为律诗是由五言古诗逐渐演变而来,而五言古诗又多数是超过八句的。"(《汉语诗律学》)他还举谢灵运和庾信的两首诗为例。隋诗中这种类似排律的五言诗有数十首之多。这些诗除首尾二联外,中间各联均已对仗,但其平仄则常常不合律句的要求,而且常常有失粘的毛病,因此,它们还不是成熟的排律。排律的最终成熟是在律诗之后。因它要求严格,许多诗人望而却步,像隋代诗坛这样大家都尝试写排律的情况,在后世的诗坛上并不多见。

隋诗在形式上另一个不容忽视的成就,是七言歌行的出现。卢思道之《从军行》、《听鸣蝉篇》,薛道衡之《豫章行》即这方面的代表作。这是两首乐府。七言乐府诗,曹丕已有《燕歌行》传世。若将之与《燕歌行》加以比较,便不难见出其不同处。如薛道衡《豫章行》是隔句用韵,而《燕歌行》则是句句用韵。《燕歌行》是一韵到底,且全押平声韵,《豫章行》却先后四次换韵。它先用《广韵》下平声"尤"、"侯"韵,一换为上平声"真"、"谆"韵,再换为去声"祭"、"霁"韵,又换为入声"职"韵,最后又以上平声"支"韵结束。卢思道之《从军行》同样四次换韵。由于用韵多变,且句式也有变化(如卢思道的两首),挥洒、跳脱,使这两首乐府诗已具备盛唐歌行体诗的许多特征。卢思道的《从军行》、《听鸣蝉篇》且句式多变(据考这二首是诗人入隋前写就的),则更与唐代的七言歌行相近了。

从中国诗歌发展史的角度来看,隋代是一个很有成就的时期。在这一时期中,五言近体绝句已基本成熟,五言律诗已近于成熟,七言律诗、七言绝句也已具雏型,甚至类似五言排律的形式已大量出现。

(《辽宁大学学报》,1994 年第 4 期)

卷四　诗词研究

略论隋诗对唐宋诗词的影响

摘　要　隋诗转变了齐梁以来的淫靡诗风,推动了诗歌的格律化进展。隋诗的丽辞雅体及其优美的语言风格,对唐宋诗词的兴盛产生了积极的影响。初唐诗人深受虽未入唐、成就却很高的隋代诗人的影响,他们化用隋诗词句的情况时时可见。盛唐受隋诗影响最大,如边塞诗、田园诗等。连大诗人李、杜也不例外,尤其是杜甫,受隋诗影响更大。中唐也没有忘记在隋诗中吸取养分。晚唐受隋诗影响较小,但在温庭筠、李商隐等重要作家作品中,也是有迹可寻。宋代诗词受隋诗影响要小得多,但隋诗中一些高度凝炼的语句,仍是宋人乐于吸取的。归结上述种种,以"起衰中立"四字来归纳隋诗在文学史上的作用则是公允的。

关键词　隋诗;起衰中立;丽辞雅体唐宋诗词

　　唐诗宋词是我国古代文学的两个高峰,其语言方面的成就也是极高的。研究唐宋文学的发展历史,有一个特殊的情况值得我们注意,每一次诗文、诗词的革新运动,往往是在复古的旗帜下进行的,其内涵则是内容上的创新而语言风格上的复古(实际上是打破陋习,以有生命力的古人语言推动诗词文语言的革新)。就像隋诗对唐宋诗词的影响,就属于值得我们注意的一个特殊的情况。

　　运用语典,是诗词中用得最多的修辞手法之一。苏轼、周邦彦词中,有一种檃括体,甚至将整首诗、几首诗或散文檃括入词。对这种现象早已有人指出。然而人们往往注意隋以前及唐代,而忽略了隋代。这是个历史不长却距唐代最近的统一王朝。清代学者在注释唐诗时(如仇兆鳌《杜诗详注》)对隋诗也往往不屑一顾。其实,唐宋诗人词人却并未冷落隋诗,隋诗对唐宋诗词的影响竟是十分巨大的。初盛中晚唐诗人,宋代的词坛名家,大多不同程度地受过隋诗的影响,其中尤以杜甫受隋诗影响最大。还出现过一两句隋诗,为众多唐宋诗人词家引用仿效的情况。隋诗的句法章法也为唐代诗人所借鉴。对此,明人张溥在《汉魏六朝百三家集·卢武阳集题辞》中便曾指出:"唐风近隋,卢薛诸体,世尤宗尚,含蓄意寡,而音响无滞,自以为昆吾莫邪尔。"惜乎这段极精辟的论断并未被后代的文学史家所重视。

隋诗对初唐诗坛的影响来自两个方面,一是如虞世南、孔德绍、王绩、袁朗、许敬宗、陈子良等人,他们在隋代诗坛上地位并不高,其中有的还是由南朝陈入隋再入唐的。他们入唐以后创作成就也不甚高。这种影响虽是最直接的,但对唐诗的发展并不起太大作用。反之,隋代一些成就较高的诗人,虽未直接入唐,但其影响反倒大一些。如卢思道《听鸣蝉篇》,既有南朝诗的富艳精工,又具北朝诗的刚健气骨,故文质彬彬。清人张玉谷评此诗即云:"此种七言,骈丽中尚饶逸气,的是王杨卢骆之源。"这首诗论者谓它"上承六朝下开四杰"。初唐诗人的一些大篇,如卢照邻之《长安古意》、骆宾王《帝京篇》以浓墨重彩、铺张扬厉的风格,与《听鸣蝉篇》酷似。初唐诗人化用隋诗词句的情况也时时可见。如杜审言的名作《和晋陵陆丞早春游望》中"独有宦游人,偏惊物候新",这后一句,便是从隋诗人虞绰《于婺州被囚》诗之"况当此春节,物候惊田里"化来。又如被闻一多先生称为"孤篇压全唐"的张若虚诗《春江花月夜》中"何处相思明月楼"句,便从隋薛道衡七古名篇《豫章行》中"妾住长依明月楼"句化来。初唐诗人化用隋诗句式的也能找到例证。如前面言及的卢照邻《长安古意》中"独有南山桂花发,飞来飞去袭人裾",这后一句,也显然仿效了薛道衡《豫章行》中"愿作王母二青鸟,飞去飞来传消息"。隋诗在格律化方面取得的进展,也为近体诗在初唐的定型做了充分的准备。元陈绎曾《诗谱·律体》曾把薛道衡等隋代诗人与沈约等家称为"律诗之源,而尤近古者,视唐律虽宽,而风度远矣"。这是中肯之见。人们论及初唐诗时,往往只讲其受南北朝诗的影响,很少提及隋代,这是有失公允的。

盛唐诗歌成就最高,受隋诗的影响也最大。盛唐的边塞诗派受隋诗的影响最大。隋代曾涌现过一个以隋炀帝杨广、开国元勋杨素为首的边塞诗人群(如果说他们还称不上一个边塞诗派的话),其中还包括薛道衡、卢思道、虞世基、陈子良等人,其边塞诗数量之多、成就之高,是隋诗中最重要的部分,这些"潜思于战争之间,挥翰于锋镝之下"(令狐德棻《周书·王褒庾信传论》)的名篇佳制,不仅远胜建安之后西晋、南北朝乐府诗中的边塞之作,甚至比盛唐边塞诗人更多战争生活的体验,艺术上也可与之媲美。盛唐边塞诗人也从隋诗中汲取了语言的营养。如被称为盛唐边塞诗派"第一大篇"的高适《燕歌行》，其中便有多处是从隋诗化来。如诗的开头"汉家烟尘在东北，汉将辞家破残贼"二句，显然模仿了卢思道《从军行》的开头"朔方烽火照甘泉，长安飞将出祁连"二句，及杨素《出塞二首》的开头"漠南胡未空，汉将复临戎"。再如《燕歌行》中"摐金伐鼓下榆关"句，则与隋代何妥《乐都曹观乐诗》中"奏鼓间摐金，清管调丝竹"极相似。又《燕歌行》中"大漠穷秋塞草腓，孤城落日斗兵稀"之前句，则仅仅在隋虞世基《出塞二首》中"穷秋塞草腓，塞外胡尘飞"的前句开头添了两个字而已。另一位边塞诗人岑参《白雪歌送武判官归京》诗中最受后人称诵的名句之一"风掣红旗冻不翻"也同样是从虞世基的这两首《出塞》诗中"霜旗冻不翻"变化而来。隋诗开盛唐边塞诗派之先河，同样是功不可没的。

在王维、孟浩然的山水田园诗中，受隋诗影响之处也随处可见。其诗在字法、句法、修辞乃至章法上均可以觅得受隋诗影响的痕迹。就字法而言，王维《汉江临泛》可作一例，诗中"襄阳好风日，留醉与山翁"二句中"好风日"便出于隋卢思道《上巳禊饮》诗："山泉好风日，城市厌嚣尘。"再如孟浩然的名作《望洞庭湖赠张丞相》一诗的颔联"欲济无舟楫，端居耻圣明"，这"端居"二字便是出自隋诗。隋炀帝杨广《赐牛弘诗》有"垂拱事端居"。又许善心《奉和赐诗》中亦有"端居留眷想"之语。就句法而言，可看孟浩然《与诸子登岘山》诗之"水落鱼梁浅，天寒梦泽深"。这两句显然是仿效沈君道的《侍皇太子宴应令诗》之"水落金沙浅，云高玉叶竦"的句法。明人陆时雍《诗镜总论》也指出，刘长卿"'寒鸟数移柯'，与隋炀（帝）'鸟击初移树'同，而风格欲逊"。再如隋尹式《别宋常侍》诗中"无论去与住，俱是一飘蓬"，用的是两句一意十字句的句式。王夫之在《古诗评选》中认为尹式的这种句式"遂为太白首路"。李白诗中这样的句子就用得多了。如"此地一为别，孤蓬万里征"（《送友人》），"为我一挥手，如听万壑松"（《听蜀僧濬弹琴》）。这些本是应用对仗句的，却用了单行句。就修辞而言，也可举孟浩然的《秋登兰山寄张五》诗为例。诗中"天边树若荠，江畔舟如月"二句，前句虽可以追溯到梁戴暠诗"长安树如荠"（《度关山》）句，但这两句更近于薛道衡诗："遥原树若荠，远水舟如叶。"（《敬酬杨仆射山斋独坐诗》）就章法而言，王维的《杂诗》（君自故乡来）与隋何妥诗《门有车马客行》也有相似之处，所不同的是何妥诗内容丰富些，而王维诗仅四句，显得新颖而凝炼。

唐代还流传着一些关于隋诗的故事。据郑处晦《明皇杂录》载："唐玄宗

332

自蜀回,夜阑登勤政楼,凭阑南望,烟云满目,上因自歌曰:'庭前琪(今本作"奇")树已堪攀,塞外征夫久未还。'盖卢思道之词也。"这两句是卢思道《从军行》中的句子,可见唐人对之倾赏如此。

纵观唐宋诗人词家中,受隋诗影响之大莫过于杜甫了。杜甫受阴铿、何逊的影响是尽人皆知的,其实在字法和句法方面,他也同样深受隋诗的影响。他的诗中也较多吸收了隋诗的词和词组。例如杜甫的名作《秋兴八首》第七首之开头"昆明池水汉时功"句,便是从隋代诗人虞世基《四时白纻歌二首·长安秋》诗中"昆明池水秋色明"句而来。再如杜甫《湖中送敬十使君适广陵诗》中"少壮乐难得,岁寒心匪他"二句中,"岁寒心"一语,在隋诗中便可找出多例。如李孝贞《园中杂咏橘树》诗:"自有凌冬质,能守岁寒心。"隋炀帝《北乡古松树》诗中,也有"孤生小庭里,尚表岁寒心"。不同之处,只有隋人用以指物,而杜诗中则用来指人了。杜诗中仿效隋诗句法的例子很多,这里试举几例。卢思道《上巳禊饮诗》:"聊持一樽酒,共寻千里春",被杜甫点化以后则变为:"何时一樽酒,重与细论文。"(《春日忆李白》)隋卢思道的另一首《蜀国弦》诗中"云浮玉垒夕,日映锦城朝"二句,为杜甫所化用,在其《登楼》诗中则成为"锦江春色来天地,玉垒浮云变古今"的名句,显然,这是青出于蓝而胜于蓝了。而被推为杜甫七律第一的名作《登高》诗首句"风急天高猿啸哀",竟是从隋炀帝《悲秋》诗中"风急蝉声哀"句变化来的。杨慎《升庵诗话》卷一也指出:隋《尹式《和宋之问》诗(一作《别宋常侍诗》):'愁发含霜白,衰颜寄酒红。'杜子美云:'发短何须白,颜衰肯再红。'宋陈后山云:'短发愁催白,衰颜酒借红。'皆互相取用,各不失为佳"。又如隋诗人李德林《咏松树诗》"露自金盘洒,风从玉树吹"二句,杜甫则加以变化,成为"露从今夜白,月是故乡明"(《月夜忆舍弟》)。成为脍炙人口的名句。杜甫诗中间或也有照用隋诗中成句的,如隋孙万寿《远戍江南寄京邑亲友》诗中有:"江南瘴疠地,从来多逐臣。"杜甫在《梦李白二首》诗中几乎未加太多改造,便加以采用:"江南瘴疠地,逐客无消息。"但这种情况在杜诗中极罕见。杜诗中间或亦有效法隋诗修辞手法的例子。如虞世基《四时白纻歌二首·江都夏》诗中有"兰苕翡翠但相逐,桂树鸳鸯恒并宿"。杜甫在《戏为六绝句》中便采用了这个比喻:"或看翡翠兰苕上,未掣鲸鱼碧海中。"江西诗派把杜甫推举为其"一祖三宗"之"祖",并称杜诗"无一字无来处",从杜甫化用隋诗这一点而言,似乎并不失之偏颇。

定型后的近体律诗首联是不要求对仗的,事实上唐代律诗中仅有很少的首联也运用对仗。如杜甫《登高》之首联"风急天高猿啸哀,渚清沙白鸟飞回"二句,不仅上下联对仗,且句中自对。这不同于唐诗中的一般情况,而是对诗歌格律化过程中某些现象的复归,正是隋诗对之影响的结果。首联对仗,在隋诗中随处可见。试举数例如下:

> 倡楼对三道,吹台临九重。(卢思道《夜闻邻妓诗》)
> 游人杜陵北,送客汉川东。(尹式《别宋常侍诗》)
> 灼灼荷花瑞,亭亭出水中。(杜公瞻《咏同心芙蓉》)
> 荆门秋水急,巫峡断云轻。(崔仲方《夜作巫山诗》)

与唐诗不同的是这些首联的对仗句只是词性相同,意思相对而平仄并不全对。其中也有工对的,这大概是诗歌格律化过程中的一种探索。杜甫转益多师,加以继承和发展,推陈出新,反倒新颖别致。

李白是最不喜受前人拘系的,然而今本李太白集中也不难找出受隋诗影响的例子。如其题为《三五七言》的诗:

> 秋风清,秋月明。落叶聚还散,寒鸦栖复惊。相思相见知何日,此时此夜难为情。

杨齐贤曾云:"古无此体,自太白始。"其实不然,《古诗类苑》、《古诗纪》均载隋代释慧英已有《一三五七九言诗》:"游,愁。赤县远,丹思抽。鹫岭寒风驶,龙河激水流。既喜朝闻日复日,不觉颓年秋复秋。已毕耆山本愿诚难遇,终望持经振锡住神州。"这首诗的形式与李白诗是同种类型的。而隋以前未见此种诗出现。严羽《沧浪诗话》曾怀疑此诗非李白作,王琦已作了否定。诚如此,连李白也未能不受隋诗的影响,隋诗在唐诗发展中的作用也可见一斑了。

中唐是唐诗的中兴时期,这一时期的诗人也没有忘记隋诗语言中有可供摄取的养分。其较具代表性的是刘禹锡和白居易。刘禹锡那首享有盛名的《竹枝词》第一句"杨柳青青江水平"句,即从隋炀帝杨广《四时白纻歌二首·江都夏》中"枫叶萧萧江水平"句点化而来。刘禹锡的另一名句"马思边草拳毛动,雕眄青云睡眼开"(《始闻秋风》)中的前句,也有所本。它是从隋孔德绍《夜宿荒村诗》中"秋草思边马,绕枝惊夜禽"二句化来。白居易受隋诗的影响似乎比他的好友刘禹锡更大一些。他既化用隋诗的词句,还受隋诗句法的影响。白居易自己特别珍爱的讽谕诗《秦中吟十首》中有一首《轻肥》诗,诗中"樽罍溢九酝,水陆罗八珍。果擘洞庭桔,脍切天池鳞"这几句很显然直接化用隋诗人于仲文《侍宴东宫应令》诗中:"金卮倾斗酒,琼筵列八珍。花惊度翠羽,萍散跃颁鳞。"而白居易这里的前两句诗还另有所本。隋王胄《在陈释奠金石会应令诗》:"酒溢金罍,肴分玉馔。"刘端《和初春宴东堂应令诗》亦云:"八珍罗玉俎,九酝湛金觞。"白居易享有盛名的代表作《长恨歌》中"九重城阙烟尘生,千乘万骑西南行"二句,也得益于隋炀帝杨广《饮马长城窟行》诗之"鸣鼓兴士卒,千乘万骑功"。《长恨歌》中的名句"春风桃李花开日,秋雨梧桐叶落时"二句,其句型显然是受了杨素《赠薛播州》组诗中"秋水鱼游日,春树鸟鸣时"二句的影响。

晚唐诗相对说来受隋诗的影响要小一些,然而这并不是说这种影响并不存在。晚唐重要诗人温庭筠、李商隐诗中均可找到受隋诗影响的例子。试比较以下两首诗:

> 乡关不再见,怅望穷此晨。山烟蔽钟阜,水雾隐江津。洲渚敛寒色,杜若变芳春。无端复飞羽,空悲沙塞尘。
>
> ——(隋)孙万寿《早发扬州还望乡邑》

> 晨起动征铎,客行悲故乡。鸡声茅店月,人迹板桥霜。槲叶落山路,枳花明驿墙。因思杜陵梦,凫雁满回塘。
>
> ——(唐)温庭筠《商山早行》

这是两首形式上大致相似的五言诗(作为五言律诗,前一首平仄、粘对均不尽同),题材相同,都是写一大早离开故乡踏上旅途的。两首诗的首联意思颇相近。中间两联虽措词不同,但句型相似,又均写旅途清晨之景。不同之处仅在于一是山中之景,一是山边之景。而诗的尾联同写对故乡的依恋之情,将这二首对读,不难见出其艺术风格、手法的相似之处,我们纵不能断言后者一定是从前者脱化而来,而影响之迹却是不难领略到的。

隋诗中也有特别受唐人青睐的而反复加以化用的例子。如李密《淮阳感秋》诗中有"金风荡初节,玉露凋晚林"二句。唐太宗李世民曾加以化用,其《秋日》诗云:"菊散金风起,荷疏玉露圆。"此后杜甫又从李密诗的第二句点化成"玉露凋伤枫树林"(《秋兴八首》)。晚唐李商隐《辛未七夕》又云:"由来碧落银河畔,可要金风玉露时。"这两句到了北宋词人秦少游手中便化成了"金风玉露一相逢,便胜却人间无数"(《鹊桥仙》)。从而成为千古绝唱的名句。

随着时光的流逝,隋诗的影响有逐步缩小的趋势。隋诗对宋诗、宋词的影响便要小得多。但隋诗中一些高度凝炼的语句,仍是宋人乐于吸取的。如隋元行恭《秋游昆明池诗》中有"敧荷泻圆露,卧柳横清阴"。苏轼在《永遇乐·彭城夜宿燕子楼》词中便化成"曲港跳鱼,圆荷泻露,寂寞无人见",从而构成了一幅清新优美的图像。隋炀帝杨广诗中有"寒鸦飞数点,流水绕孤村。斜阳欲落处,一望黯销魂"之句,秦少游又将之移入词中,写出"斜阳外,寒鸦数点,流水绕孤村"(《满庭芳》)。晁补之称赞这几句词为:"虽不识字人,亦知是天生好言语。"胡仔就嘲笑晁补之说:"其褒之如此,盖不曾见炀帝诗耳。"隋人魏澹的《初夏应诏》诗中"舞衫飘细縠,歌扇掩轻纱"二句,到北宋著名词人周邦彦的作品中便成了"舞衫歌扇,何人轻怜细阅"(《华胥引》)。隋诗人李孝贞《酬萧侍中春园听妓》诗中"愁人当此夕,羞见落花飞"二句,在南宋遗民词人张炎词中出现时便化为"怕见飞花,怕听啼鹃"(《高阳台·西湖春感》)。陆游爱国诗作中,也可见出有学习隋诗之处。如其《追感往事》之"诸公可叹善谋身,误国当时岂一秦"二句的前一句,显系从孙万寿诗"少小拙谋身,欲飞无假翼"(《远戍江南寄江南亲友》)点化而来。

隋代是个短命王朝,但其诗歌却取得了较高的成就。尽管其诗作流传至今的已为数不多,也缺少震古铄今的第一流大家,但隋诗转变了诗歌格律化的进程,并以优秀的边塞诗作成为盛唐边塞诗派的先驱。同时隋诗的丽辞雅体及其质朴优美的语言风格,对唐诗宋词的兴盛也产生了较为积极的影响。归结上述种种,以"起衰中立"四字来归纳其历史作用是基本恰当的。隋诗对中国诗歌发展史的贡献,应当给予肯定的评价。

(《吉林大学社会科学学报》,1994 年第 5 期)

李白是达摩的子孙吗？

对李白为凉武昭王李暠九世孙问题，前人多有不信。其理由有二：一是漏于属籍，其名不入唐王室的宗正寺；二是在其作品中，李白与宗室子弟交往时自称的辈分常不一致，从李暠的九世孙至十三世孙皆有。对以上两点，郭老和詹瑛先生论述甚详，这里不再赘言。我想仅就麦朝枢和剑梅二同志提出的关于李白是否达摩后代一说，提出一些不同看法。

麦朝枢同志在《关于李白姓氏籍贯种族问题》一文（载《文学遗产增刊》第六期）中指出：

> 从唐代先世的显达来推论，李暠其他的子孙，在后魏和周隋之间不会都没有显达的。而唐高祖李渊祖父李虎的哥哥起头，生子达摩，其后无闻。达摩后一代，即李渊从兄弟行。李白的先人，在隋以罪徙西域。而达摩的后代，恰在这一时期失踪，虽不可以决定李白的先人即为达摩的后代，但不妨可以作这样的推测。

麦朝枢同志提出此说，论据固嫌不足，但作为一种"推测"，当然是允许的。剑梅同志是同意麦氏的观点的。他在《李白的籍贯家世与种族点滴》一文中又发展了这种观点，而其措词的轻率、思维之混乱，更远出麦氏之上。这里且举一例。剑梅同志说：

> 据詹（瑛）先生考证，"（李）阳冰于凉武昭王当为九世孙。"可是李阳冰在《草堂集序》中说李白为"凉武昭王九世孙"。哪个说法可信呢？我想李阳冰是"当涂县令"，是知道自己是凉武昭王九世孙的，他在"布衣"

337

（李白）的面前该不会"降一二世"吧！李阳冰是李白的族叔，是比我们更为了解李白的。我们可以承认李白为暠之九世孙。

剑梅同志的这一说法是自相矛盾的。既然李阳冰和李白同为李暠的"九世孙"，又何以有叔侄之分呢？据詹瑛先生考定："阳冰为赵郡李氏南祖房真之八世孙，真于秦将军昙为二十六世孙，较梁武昭王下一世，则阳冰为梁武昭王九世孙。"可见，李阳冰对自己的家世也并不是十分清楚的，否则李白自称是李暠的九世孙，应当与阳冰平辈，他又怎能心安理得地当李白的"族叔"呢？自然，仅用李阳冰的话来证明李白是"李暠九世孙"，也是不能成立的。

剑梅同志又说：

> 李白是凉武昭王李暠之后是不可怀疑的。……既然李白是唐室宗亲，他们出于一个祖先，有着共同的血缘关系，我们就有理由把他和唐宗室列在一个世系表中。至于李白的先人李客是否是达摩的后代，我们说是很可能的，因为虽然李氏"子孙藩衍"，难以推断血缘关系，但达摩之后的无闻和李白先人的流徙西域是同时发生的，把李白的先人当作达摩的后代不会有多大错误，至多不过是把侄子当成儿子罢了！

显然，这段话是缺少分析的，也是缺乏科学态度的。何以见得呢？且不谈具体史实，先就其结论来说，很显然，最终的结论只有两种可能，李白或者是达摩的子孙，或者不是。不是正确的，就是错误的，在这里不存在"把侄子当儿子"那样的情况。因为无论怎么说，李白总不会是达摩的儿子一辈。如果他确系达摩的后代，把他说成达摩子孙中某人的儿子或侄儿，都仍为达摩之后，对我们讨论的问题毫无影响，当然不成其为错误。如果这个"侄儿"本不是达摩之后，却被说成"儿子"而成了达摩之后，这显然是完全错误的，又怎能轻描淡写地说成是"不会有多大错误"，"至多不过是把侄子当成儿子罢了"呢？

由于作者没有作细致的推证，就别出心裁地绘出了一幅李白与唐王室的家世图。现摘引如下：

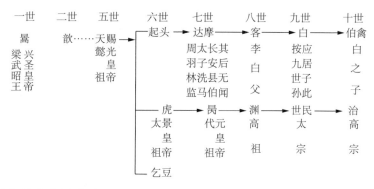

这个图表是有着许多错误的,我权举以下几点:

一、按此表,李客应是达摩的儿子。达摩曾任北周羽林监、太子洗马长安县伯等职,北周亡国是 581 年,达摩任职当在此之前。他什么时候生下这个"儿子"李客,当然无案可稽,如果以后周灭亡之年作为李客的生年,那么到 701 年李白出生时,李客已经 120 岁。能够设想如此高龄的老翁还能生儿子,并在五年之后还带领全家跋涉万里迁徙到四川吗?李白在《万愤词投魏郎》中说:"兄九江兮弟三峡,悲羽化之难齐。"一般认为这里提到的"兄弟"是他的亲兄弟,也就是说李白还有弟弟。这位弟弟出世时,其父李客应超过 120 岁了吧!这当然是不合情理的。即便把李客的出生再推迟三四十年(一代)也绝无可能。

二、按此表,李白和唐太宗李世民都系李天赐的第四代孙。李白还是长房的曾孙,李世民是二房的曾孙。众所周知,李世民还有个哥哥,他只是老二,可他却要比这位平辈的堂弟李白出生早 103 年。从一个祖宗传下来,仅间隔两代,长房重孙反比二房重孙小 103 岁,这在现实生活中也是不可能的。据史书记载,李世民的儿子高宗(按此表应是李白的族侄),生于贞观二年(628),也比这位族叔大 73 岁;李世民的孙子中宗生于显庆元年(656),另一孙子睿宗生于龙朔二年(662),按此表均系李白的族孙,却分别比李白大 45 岁和 39 岁。李世民的曾孙玄宗,生于垂拱元年(685),按此表应是李白三世侄孙,仍比李白大 16 岁,而且他们差不多全不是长子,而其出生远在李白之前。同时我们知道,达摩是起头的长子,他的年龄应与李虎之子李昞的年龄相仿。可是达摩的子孙却比李昞的孙子大 103 岁。达摩刚抱孙子,而李昞孙子的重孙都早已出世了,这也同样是不合情理的。因此,表中把李白排作达摩的孙子,是不能成立的。

三、按此表格,李白与唐宗室的关系是相当近的,那他的先人在唐王朝

卷四 诗词研究

339

建立后的一百多年间为什么不设法回来呢？虽说西域路途遥远，但李白的先人并非穷人，决不会筹措不起这笔路费。这已经发人深省了。更有甚者，李阳冰《草堂集序》说："神龙之始，逃归于蜀。"范传正《唐左拾遗翰林学士李公新墓碑》也说："神龙初，潜还广汉，因侨为郡人。"既为皇室宗亲，血缘又如此亲近，应是"金枝玉叶"，为什么在李唐王室当政的情况下却要"逃"、"潜"，并乔妆打扮成郡人呢？如果说当时正是武则天当政，杀戮宗室子弟，他们为什么偏偏选择这个时机往回"逃"呢？武则天杀高祖、太宗子孙，是为了消灭政敌，免得与她争夺皇位。李客并非高祖子孙，决无争夺皇位的资格，显然不在杀戮之列，又为什么要"潜逃"呢？再说由西域入中国，直抵长安，远比去四川绵州近便得多。他们不入长安，却经"黄鹤之飞尚不得过，猿猱欲度愁攀援"的"天梯石栈"逃入彰明县（今四川江油）青廉乡那样的偏僻山区，这就叫人难以理解了。同时，李白的父亲是个大商人，唐代长安是个国际性的大商埠，在长安经离，不也比四川方便得多吗？这些问题，都使剑梅同志难圆其说。

四、唐代风俗喜欢联宗，李白也未能免俗。他一再自称是"京武昭王九世孙"，甚至说"家本陇西人，先为汉边将"，与皇室拉关系，正是欲"高自标榜"。如果他确系达摩的子孙，这不比凉武昭王和汉飞将军李广的世代更近，与王室的关系更亲得多吗？他为什么总是舍近而溯远呢？为什么从不见他自称是"懿祖光皇帝"（李天赐）的"五世孙"呢？这样他不就成了当朝皇上的堂曾祖，这不比刘备当"皇叔"还更荣耀，不更可以抬高自己的身价吗？李白没有这样做，也进一步说明，李白即便是凉武昭王之后，也不会是达摩的子孙。再说，如果他与唐王室的血缘关系如此之近，而在玄宗朝还清理过宗正寺谱牒，李白也就决不会"漏于属籍"了。

综上所述，麦朝枢同志把李白说成是达摩的子孙，是不能成立的，剑梅同志把李白列成与唐太宗平辈是完全错误的。李白不是达摩的子孙。

附：如果李白不是凉武昭王李暠九世孙，而是晚几辈，其为达摩子孙或有可能，但这又与剑梅同志的基本论点冲突了。

（《衡阳师专学报》1986 年第 1 期）

李白乐府诗《白头吟》考索

李白是我国历史上写作乐府诗最多的大诗人。宋人郭茂倩《乐府诗集》所录李白乐府诗竟多达124首。人们习知的《唐诗三百首》录乐府诗共35首,李白一人即占了12首之多。其中如《蜀道难》、《行路难》、《将进酒》等早已脍炙人口。《白头吟》也是李白乐府诗中的名篇佳作之一。

《乐府诗集》及今存各种版本《李太白集》中《白头吟》均有二首,有些李白诗选中这二首也一并选录。但关于这两首诗的关系,宋以来却众说纷纭,莫衷一是。今转录瞿蜕园、朱金城《李白集校注》所摘引几说如次:

黄庭坚《题李太白〈白头吟〉后》云:"此篇皆太白作,而不同如此,编诗者不能决也。予以为二篇皆太白作无疑。盖醉时落笔成篇,人辄持去;他日士大夫求其稿,不能尽忆前篇,则又随手书成后篇耳。杜子美'巢父掉头不肯住'一篇,凡四句,参错不齐,盖亦此类。盖可俱列,不当去取也。"(《山谷文集》)

萧士赟云:"按此篇出入前篇,语意多同,或谓初本云。"

《千一录》谓:"太白《白头吟》二首颇有优劣,其一盖初本也。"

今人詹锳云:"按二篇语言多同,盖一诗之两传者。"

复旦大学中文系古典文学教研组选注之《李白诗选》(人民文学出版社1977年再版)中《白头吟》题解亦云:"李白的《白头吟》今存两首。另一首的语意与本篇大致相同,可能是本篇的初稿。"

上述种种，除詹锳先生讲得较含混而外，诸说均认为第二首《白头吟》是一首初稿或是一份记忆不全的稿件。其实，这些全属误解。实际上，这两首乐府诗，都是模仿相和歌中《白头吟》古辞而作，拟为新旧辞的相和组诗。上引黄庭坚所云显系揣测之辞，不足凭信。云第二首为第一首的初稿，其根据是语意相同，同样也不能成立。

何以两诗会语意相同呢？初稿和定稿固然容易语意相同，古乐府中的相和歌大都配对流传，也有语意相同的情况。前人往往不明此种原因，故作出种种臆测。下面我们试对李白的两首《白头吟》和乐府相和歌中的作品作一番比较分析，首先看李白的两首《白头吟》：

其一

锦水北山流，波荡双鸳鸯。雄巢汉宫树，雌弄秦草芳。宁同万死碎绮翼，不忍云间两分张。此时阿娇正娇妒，独坐长门愁日暮。但愿君恩顾妾深，岂惜黄金买词赋。相如作赋得黄金，丈夫好新多异心。一朝将聘茂陵女，文君因赠《白头吟》。东流不作西归水，落花辞条羞故林。兔丝固无情，随风任倾倒。谁使女萝枝，而来强萦抱？两草犹一心，人心不如草。莫卷龙须席，从他生网丝。且留琥珀枕，或有梦来时。覆水再收岂满杯，弃妾已去难重回。古来得意不相负，只今惟见青陵台。

其二

锦水东流碧，波荡双鸳鸯。雄巢汉宫树，雌弄秦草芳。相如去蜀谒武帝，赤车驷马生辉光。一朝再览《大人》作，万乘忽欲凌云翔。闻道阿娇失恩宠，千金买赋要君王。相如不忆贫贱日，官高金多聘私室。茂陵姝子皆见求，文君欢爱从此毕。泪如双泉水，行堕紫罗襟。五起鸡三唱，清晨《白头吟》。长吁不整绿云鬓，仰诉青天哀怨深。城崩杞梁妻，谁道土无心？东流不作西归水，落花辞枝羞故林。头上玉燕钗，是妾嫁时物。赠君表相思，罗袖幸时拂。莫卷龙须席，从他生网丝。且留琥珀枕，还有梦来时。鹔鹴裘在锦屏上，自君一挂无由披。妾有秦楼镜，照心胜照井。愿持照新人，双对可怜影。覆水却收不满杯，相如还谢文君回。古来得意不相负，只今惟见青陵台。

《白头吟》，乐府相和歌楚调曲名。据《西京杂记》载：司马相如准备娶茂陵女为妾,其妻卓文君作《白头吟》以表达自己的哀怨,使司马相如打消了此念。诚然,李白这两首《白头吟》的主题亦是从女子角度表现弃妇的悲哀及对坚贞爱情的追求。这两首《白头吟》主题既同,许多措辞也极相似。如两首诗的开头四句及结尾两句几乎全同,诗中"东流不作西归水,落花辞条羞故林"、"莫卷龙须席,从他生网丝。且留琥珀枕,或有梦来时"等句也几乎全同。尽管如此,这并不能说明其二乃其一之初稿,恰恰相反,这是乐府相和歌中特有的一种现象。翻一下《乐府诗集》中的"相和歌辞",这样的例子便不下十多例。如魏武帝曹操之《短歌行》(见该书卷三十),前首标明"右一曲,晋乐所奏",后一首标明"右一曲,本辞"。诗的前后两首诗句竟只有三四句不相同,只是句子的顺序略有差异。又如曹操之《苦寒行》亦然,只是后一首比前一首少几句而已。再如古辞《东门行》二首,古辞《满歌行》二首,曹植的《怨诗行》,亦属此类。更有甚者,《乐府诗集》卷三十九(《相和歌辞》十四)载有曹植《野田黄雀行》二首,两首文字全然相同,只有"盛时不再来,百年忽我遒"二句与"惊风飘白日,光景驰西流"二句的位置颠倒而已。与李白《白头吟》二首收于同一卷的古辞《白头吟》二首更具有说服力:

其一

皑如山上雪,皎若云间月。闻君有两意,故来相决绝。平生共城中,何尝斗酒会。今日斗酒会,明旦沟水头。蹀躞御沟上,沟水东西流。郭东亦有樵,郭西亦有樵。两樵相推与,无亲为谁骄?凄凄重凄凄,嫁娶亦不啼。愿得一心人,白头不相离。竹竿何袅袅,鱼尾何离簁,男儿欲相知,何用钱刀为!蚯如马啖萁,川上高士嬉。今日相对乐,延年万岁期。(右一曲,晋乐所奏。⋯⋯原注)

其二

皑如山上雪,皎若云间月。闻君有两意,故来相决绝。今日斗酒会,明旦沟水头。蹀躞御沟上,沟水东西流。凄凄复凄凄,嫁娶不须啼。愿得一心人,白头不相离。竹竿何袅袅,鱼尾何簁簁,男儿重意气,何用钱刀为!

这两首诗中,第二首"鱼尾何簁簁,男儿重意气"二句,在第一首则为"鱼尾何离簁,男儿欲相知",有四字不相同;此外,在第二首则仅比第一首少若干句而已。至于《乐府诗集》未收的乐府诗相和歌，这种情况仍有很多。如汉乐府古辞《西门行》、《艳歌何尝行》等亦无不如此。其第二首也无不"出入前篇，语意全同"，可见此乃乐府相和歌的特殊样式，并非李白《白头吟》一家独尔。

然而，何以乐府相和歌须一题两篇，相辅而行呢？首先是因为配合不同乐曲的需要。据《晋书·乐志》、《宋书·乐志》载：(二书文字俱同)"相和，汉旧歌也。丝竹更相和，执节者歌。本一部，魏明帝分为二，更递夜宿。本十七曲，朱生、宋识、列和等复合之为十三曲。"又载："但歌四曲，出自汉世。无弦节，作伎最先唱，一人唱三人和。魏武帝尤好之。时有宋容华者，清彻好声善唱此曲，当时之特妙。自晋以来不复传，遂绝。"这段文字讲得很清楚，其所以谓"相和歌"，在于一个执节而歌，丝竹相和；其所以一题两篇，相辅而行，则在于"本一部，魏明帝分为二"。明帝之前的作品，本仅一首，乃后人人为地将其分开，故其文字上几乎没有多少区别。正如《晋书·乐志》所云："凡乐章古辞，今之存者，并汉世街陌谣讴。《江南可采莲》、《乌生十五子》、《白头吟》之属也。"又云："凡此诸曲，始皆徒歌，既而被之弦管，又有因弦管金石，造歌以被之，魏世三调歌辞之类是也。"

今本《乐府诗集》中"相和歌辞"有许多诗篇已非一题两篇形式。大致是时代久远，亡佚的缘故。唐时，许多乐府乐曲即已亡佚。据《旧唐书·音乐志》载："隋平陈，因置清商署，总谓之清乐，遭梁陈亡乱，所存盖鲜。隋室以来，日益沦缺。武太后之时，犹有六十三曲，今其辞存者唯有《白雪》、《公莫舞》……《泛龙舟》等三十二曲。《明之君》、《雅歌》各二首，《四时歌》四首，合三十七首，又七曲有声无辞……通前为四十四首存焉。"这是说了民间乐曲的亡佚情况。崔令钦《教坊记》虽亦载有不少首乐曲的曲名，那是配合西域传入的燕乐的，其中虽亦有《泛龙舟》等曲名相同(恐怕实际唱法也不一样)，而《白头吟》等曲更是该书所不载。至于文人诗作的亡佚亦很多。逯钦立《先秦汉魏晋南北朝诗》于《后记》中云："宋代保存下来的先唐文集，较之梁时只剩百分之一而强，较之隋代也还不够百分之三，旧文集可以说是散失殆尽了。"他又说："能确定流传到今天的旧集……较之梁代文集，只剩下千分之一二了。"这里说明亡佚势必造成两种结局：一是虽是乐府诗，却不能歌，至少是无法相和而歌(如后世之填词然)；二是虽当时尚能歌，但后世又有散失，我们今天所见便不复可歌，甚至从文字上也看不出当年相和而歌的全貌。

王步高诗文集

其实，这种相和歌辞两首一组，相辅而行的情况在唐以后虽已极为少见，但在近现代歌词创作中则又有某种程度的回归。一首有多段唱词的歌曲，开头几句和结尾几句唱词都相同，中间几段内容则颇为不同。甚至同一段唱词，分为几部轮唱，句式交替参差，如以文字记录下来，与这种相和歌辞"出入前篇，语意全同"的情况也是颇为一致的。

否定《白头吟》之二为前首《白头吟》之初稿，可以使我们更清楚认识李白乐府诗受汉魏六朝乐府诗的影响，认识唐人乐府诗批判继承的又一段轨迹。

（中国社会科学院《文学遗产》，1990 年第 3 期）

卷四　诗词研究

李白吟唱《蜀道难》，雄豪诗歌为谁作？

　　《蜀道难》是李白诗中的第一名篇，为一切唐诗选本所必收，家喻户晓，脍炙人口。然而这首诗因何而作，它是在什么背景下写的，自古以来却众说纷纭，莫衷一是。由唐至清主要有下列四说。

　　其一，谓为忧杜甫、房琯而作。《新唐书·严武传》云："武在蜀放肆……房琯以故宰相为巡内刺史，武慢倨不为礼。最厚杜甫，然欲杀甫数矣。李白为《蜀道难》者，乃为房与杜危之也。"在此以前，唐李绰《尚书故实》、唐范摅《云溪友议》已有此说。《新唐书·韦皋传》、宋杨遂《李太白故宅记》、宋钱易《南部新书》等亦持此说，认为李白作《蜀道难》是为房琯、杜甫的前途担心，奉劝他们"不如早还家"。

　　其二，谓讽章仇兼琼作。南宋胡仔《苕溪渔隐丛话》前集引《洪驹父诗话》云："尝见李集一本于《蜀道难》题下注：讽章仇兼琼也。考其年月近之矣。"北宋沈括《梦溪笔谈》卷四、南宋洪迈《容斋续笔》卷六、清仇兆鳌《杜少陵集详注》卷十《寄题杜二锦江野亭》（此系严武诗）注及北宋诗人黄庭坚等均持此说。章仇兼琼开元末为益州长史、剑南防御使，李白作《蜀道难》是担心他会搞地方割据，故忧心忡忡，云"所守或非亲，化为狼与豺"，故作诗讽之。

　　其三，谓乃"太白初闻禄山乱华，天子幸蜀时作也"。"太白深知幸蜀之非计，欲言则不在其位，不言则爱君忧国之情，不能自已，故作诗以达意也。"此说始于元萧士赟《分类补注李太白诗》卷三。此后清沈德潜《唐诗别裁集》卷五、清陈沆《诗比兴笺》、清人《唐宋诗醇》等均持此说，认为"问君西游何时还"之"君"乃指唐明皇，"锦城虽云乐，不如早还家"，谓蜀地不可久留，作《蜀道难》以讽之。

　　其四，谓"《蜀道难》自是古相和歌曲，梁、陈间拟者不乏，讵必尽有为而作。白蜀人，自为蜀咏耳。言其险，更著其戒，如云'所守或匪亲，化为狼与豺'。风人之义远矣。必求一时一人之事以实之，不几失之凿乎？"意谓并无本事可言，仅以乐府旧体写蜀地山川险要而已。此说始于明胡震亨《唐音癸签》及《李诗通》卷四。顾炎武《日知录》卷二十六亦持此说。

唐至清代的古人对上述四说，也早已展开过争鸣，如其说之一危房、杜说，早已为古人所不取。如《洪驹父诗话》即指出，此说乃"《新唐书》据范摅《云溪友议》言之耳。案《唐书》(指《旧唐书》)、《摭言》载李白始自西蜀至京，道未甚振，因此所业赞谒贺知章。知章览《蜀道难》一篇，曰：'子谪仙人也'。案白本传：'天宝初，因吴筠被召，亦至长安，时往见贺知章。'则与严武帅蜀岁月悬远"。专家们认为此诗为天宝初年所作，而严武帅蜀是二十年后的事。沈括《梦溪笔谈》，亦持相似的说法，并认为这是"小说所记，率多舛误"。建国以后的学者，对第一种说法已没有坚持者了。俞平伯还进一步驳斥此说，云："《蜀道难》一诗不必作于天宝初，但《新书》(《新唐书》)据唐人小说作此记载，本不足信，与本诗语意不符，即为明证。严武杜甫私交很厚，历见杜诗，即《新书》杜甫彼传云云亦属难信，当以《旧书》(《旧唐书》)为正。即使严武有杀杜甫之意，既未成事实，太白在远，更何从知道，而替老杜耽忧呢？故此说实可置之不论。"(《文学研究集刊》五册)

俞平伯力主乃讽明皇幸蜀之作。他以大量的史料论证了这种可能性，认为萧士赟说"大体上不错"，但嫌其"笼统"，故一一条分缕析。认为明皇幸蜀的时代背景与诗篇"无论在情感上，意义上都很合符。""不但切合当时情事，且说着了唐玄宗幸蜀的心理。"文中对李白与此时间相近的《上皇西巡南京歌》及《为宋中丞请都金陵表》中极力称美蜀中，与《蜀道难》的题旨完全相反也作了解释。这一点萧士赟在《主客答问》中亦已言及，但说服力不足。俞平伯认为这两首诗要比《蜀道难》晚一些，当作于至德三载。"这两篇文字距离明皇初去西川，至少隔了一年以上，情势大变，诗文立意即使跟《蜀道难》恰好相反也不足怪。并不能证明《蜀道难》以幸蜀为非这个主题的不能成立。"

然而于此文之末，俞平伯附记有一条材料云："汲古阁本《河岳英灵集》选有李白《蜀道难》，殷璠序云：此集起甲寅，终癸巳。按甲寅为唐开元二年，癸巳为天宝十二年。假如这里著录是严密准确的，则《蜀道难》自不可能作于明皇幸蜀时。"俞平伯又对"英灵"二字提出质疑，认为天宝十二年李白尚健在，不得谓"英灵"，对此书下限"癸巳"表示怀疑。

目前,国内学者尚无人能推翻《河岳英灵集》之序对时间跨度的说法。如这一时间无法否定,则不仅讽明皇幸蜀之说不可能成立,前人已批判过的危房杜二说也更不能成立。

对"讽章仇兼琼"说,古今人也多有不同意见。萧士赟云:"天宝初,天下以安,四郊无警,剑阁乃长安入蜀之道,太白乃拳拳然欲严剑阁之守,不知将何所拒乎? 以此知其不为章仇兼琼也。"清赵翼《瓯北诗话》则云:"不知章仇在蜀,正当天宝之初,中外晏安,臣僚贴服,岂有所顾虑!"青莲《答杜秀才》有云:"'闻君往年游锦城,章仇尚书倒屣迎'则章仇并能下士者,更无从致讥。"并云:"黄山谷误信旧注,以为刺章仇兼琼之有异志。"建国后二三十年间,此说似乎已无人坚持,直至 1986 年《北京师范大学学报》第 3 期发表聂石樵《蜀道难本事新考》一文,重申《蜀道难》的创作意图是"讽章仇兼琼"之说。文中列举缪氏影刻北宋《李太白集》于题下自注:"讽章仇兼琼也。"及萧士赟注引《洪驹父诗话》及黄庭坚事,以及沈括《梦溪笔谈》、洪迈《容斋随笔》等记载,并断言"这几条材料是北宋人的见闻和记载,是可信的史实","因此,《蜀道难》是讽章仇兼琼,乃确切无疑"。文中还列举了一些史料以证明章仇兼琼尽管有很多政绩,却也有劣迹可诛。同年《山西大学学报》第 4 期即发表傅如一的《蜀道难本事新考质疑》一文,对聂石樵的说法提出商榷。其一为对聂列举的几条说明是"讽章仇兼琼"的"最有力的证据"提出质疑,指出,"所列上述诸条,关键是第一条,其他都源于此"。指出"缪本并非李白手迹","清康熙五十二年缪曰芑得到昆山徐氏收藏的北宋晏处善本《李太白文集》三十卷,重加校正,到康熙五十六年才刊印,世称缪本。缪本并非晏处善本原貌。"并引陆心源评论,指出"缪本改易既多,伪误亦不少,且有不照宋本摹刊者"。从而说明缪本并不足据。并指出,这首诗既作于"天宝初年",甚至是"天宝二年以前",聂石樵所列章仇兼琼是一个"顽固的地方割据势力",其所列举之劣迹均是"天宝三载"以后之事,而"天宝五载五月"以后,章仇兼琼当上了户部尚书,已经离开了四川,更不存在形成割据势力的可能性了。傅如一的结论是:"还是明代胡震亨的说法较为稳妥,即《蜀道难》是沿用乐府旧调,即事名篇之作,没有特定的讽刺对象。"

对胡震亨说,后人同样也多有臧否。清人王琦注《李太白集》以胡震亨说置之末尾,似有赞成之意,而顾炎武《日知录》则云:"即事成篇别无寓意。"但俞平伯《蜀道难说》谓:"从常情观察,这诗既这样的郑重叮咛,一唱三叹,又那般大声疾呼,危言耸听,自不宜看作漫无所为。若非当时深有所感,确有所指,亦不易写出这样瑰异峥嵘的长歌来。"而王运熙等则大致赞成胡震亨说,并论述甚详。

安旗则另辟蹊径自倡新说。她根据李白研究的新成果,在李白曾两次入长安说的基础上,提出此诗是开元十八至十九年间第一次入长安失败后所作。认为蜀道"以喻世途","跋涉在蜀道的畏途巉岩之间的旅人",正是"奔走于坎坷世途中的李白本人",而诗中的"剑阁"、"锦城"皆非实指其地。这是诗人"借大自然的鬼斧神工""使他胸中的种种思想感情化为可感的形象,化为惊心动魄的诗篇"。

以上种种说法有一个共同点,均建立于李白自开元十三年左右出蜀,直至病死当涂,从未归蜀。《蜀道难》非亲历蜀道艰险,仅想象而成。李从军《李白归蜀考》一文(见《李白考异录》)在唐人姚合认为,李白离长安后曾归蜀说的基础上,首倡李白首次入长安失败后,因贫困思乡,故曾返蜀二年。"《蜀道难》是李白谋仕失败后归蜀写的。"

后两种新说有一点相同,它均建立于李白除天宝元年那次外,在此之前还曾有过首次入长安之行,《蜀道难》作于这次入长安失败之后。所不同者,安旗仍未把《蜀道难》与李白亲身经历过入蜀之地山川之险联系起来,而另外二者均认为这是根据诗人自身的经历写成的。所不同者一是来时由蜀而入长安,一是离长安以后曾有归蜀之举。

《蜀道难》不仅是李白诗中的代表作,也是唐诗的代表作,由于它"曲折幽深",故对其本事争议较多,安旗曾谓:"好诗如同大海,探龙宫者得骊珠,涉中流者获巨鱼,游汀洲者揽芳草,戏岸边者拾贝壳。深者见深,浅者见浅,仁者见仁,智者见智。但均有所见,出有所得。彼以朦胧晦涩掩盖心灵之空虚者,岂可同日而语哉!"说还是不错的。

(朱恒夫、王基伦《中国文学史疑案录》,江苏教育出版社,1998 年)

卷四　诗词研究

李白诗综论

李白是我国盛唐时期最伟大的诗人之一。他的诗作是盛唐气象的杰出代表,最集中地体现了那个时代的精神风貌。

首先,李白诗中反映了盛唐时期积极向上的时代精神。他对自己的政治才能充满信心,期望能"申管晏之谈,谋帝王之术,奋其智能,愿为辅弼。使寰区大定,海县清一"(《代寿山答孟少府移文书》)。他经常以管仲、张良、乐毅、诸葛亮、谢安、鲁仲连为榜样或以之自许。他也以大鹏自比:"大鹏一日同风起,扶摇直上九万里,假令风歇时下来,犹能簸却沧溟水"(《上李邕》)。坚信"天生我材必有用"(《将进酒》),也自信"长风破浪会有时,直挂云帆济沧海"(《行路难》),"但用东山谢安石,为君谈笑静胡沙"(《永王东巡歌》)……这种积极用世、奋发向上的精神,正是盛唐的时代精神。

其二,李白诗中表现了强烈的反权贵意识,也有着否定单纯追求功名利禄的思想。如"黄金白璧买歌笑,一醉累月轻王侯"(《忆旧游寄谯郡元参军》),"安能摧眉折腰事权贵,使我不得开心颜"(《梦游天姥吟留别》)等豪气横溢的诗句,千载之下读之,也不难领略其英风豪气。杜甫说他"天子呼来不上船,自称臣是酒中仙"(《饮中八仙歌》)。任华称他"数十年为客,未尝一日低颜色"(《杂言寄李白》)。显然,诗人渴望建功立业,又希望保持独立的人格,不愿向权贵"摧眉折腰"。这大概正是古代"诗穷而后工"(欧阳修语)和"文章憎命达"(杜甫诗句)的原因。保持独立人格是取得创作成功的基本前提之一,不"摧眉折腰事权贵"又是保持独立人格所必须做到的,这是古代几乎所有伟大的作家都"穷"、都不"达"的缘故。从李白身上,人们自不难联想起不愿"为五斗米折腰"的陶渊明。

其三,李白对祖国山川异乎寻常的热爱。李白半仙、半侠的豪迈的诗人性格也只有借祖国壮丽山川才能更好地得到表现。他笔下那"难于上青天"

的蜀道；那"登高壮观天地间，大江茫茫去不还。黄云万里动风色，白波九道流雪山"（《庐山谣寄卢侍御虚舟》）的庐山；那"半壁见海日，空中闻天鸡"的天姥山；那"黄河之水天上来，奔流到海不复回"的中华民族母亲河；那"人行明镜中，鸟度屏风里"的清溪……或雄伟壮美，或光明澄澈，均折射出诗人高尚的品行与人格，也写出了诗人的审美情趣和对高洁、光明的追求。

李白时时把国家和人民的命运系之于胸。如：他的《远别离》中对"君失臣兮龙为鱼，权归臣兮鼠变虎"的忧虑；《蜀道难》中对"所守或匪亲，化为狼与豺"的担心；《答王十二寒夜独酌有怀》中对哥舒翰"横行青海夜带刀，西屠石堡取紫袍"的抨击；他《古风》诗中以"殷后乱天纪，楚怀亦已昏"的诗句，把批判的矛头直指当时的最高统治者。反之，他对普通的劳动人民，如炼铁工、酿酒叟、五松山下的老媪以及一个乡村朋友汪伦……都一往情深，无半点傲气。安史乱后，他的诗笔更直接反映战乱的现实："洛阳三月飞胡沙，洛阳城中人怨嗟。天津流水波赤血，白骨相撑如乱麻"（《扶风豪士歌》），"白骨成丘山，苍生竟何罪"（《赠江夏韦太守良宰》）……他晚年应永王璘的征召，自然也与其"拯社稷，救苍生"的愿望一致。

李白的诗从各个不同侧面表现盛唐气象，也揭示了其背后隐藏着的严重危机。当然，李白诗中也存在一些糟粕，例如宣扬"人生得意须尽欢"、人生如梦、求仙学道的内容等。

李白诗在艺术上取得的巨大成就，使之成为中国诗歌遗产中的瑰宝。

王世贞《艺苑卮言》指出李白诗"以气为主，以自然为宗"。李白诗气势磅礴，汪洋恣肆，纵横飞动。贺裳说："太白胸怀高旷，有置身云汉、糠粃六合意，不屑屑为体物之言，其言如风卷云舒，无可踪迹。"（《载酒园诗话》）李白诗融会了屈原、庄子等人的艺术风格，从而形成了一种雄奇、飘逸、奔放的风格；而丰富的想象、生动的比喻，高度的夸张等修辞手法的运用，更使其诗具有一种掀雷挟电的夺人气势，令人折服。在他的一些代表作如《蜀道难》、《梦游天姥吟留别》等诗作中，常运用飞动的笔触，把现实与梦幻、想象结合在一起，或升天，或入地，把时间、空间的界限也都打破，或"兴酣落笔摇五岳，诗成笑傲凌沧洲"（《江上吟》），或"俱怀逸兴壮思飞，欲上青天览明月"（《宣州谢朓楼饯别校书叔云》），或"划却君山好，平铺湘水流"（《陪侍郎叔游洞庭醉后》）……诗的结构也很少平铺直叙，而是跳跃跌宕，大起大落。他的一些名作往往能体现这些特点，《将进酒》、《行路难》等篇尤为如此。

李白诗另一个显著的特点是自然而不雕琢。对于这一点,古人早已论及。贺裳说:"太白高旷人,其诗如大圭不琢,而自有夺虹之色。"(《载酒园诗话》)乔亿亦云:"试阅青莲诗,如海水群飞,变怪百出,而悠然不尽之意自在,所以横绝高绝。"(《剑溪说诗》)李调元更明白指出:"李诗本陶渊明,杜诗本庾子山。"(《雨村诗话》)也有人借用李白自己的诗句"清水出芙蓉,天然去雕饰"(《经乱离后天恩流夜郎忆旧游书怀赠江夏韦太守良宰》)来称赞其诗的语言风格,其实这也可归结为"自然"。试举他的两首小诗便可见一斑。其一为《山中问答》:"问余何意栖碧山,笑而不答心自闲。桃花流水窅然去,别有天地非人间。"又如《山中与幽人对酌》:"两人对酌山花开,一杯一杯复一杯。我醉欲眠卿且去,明朝有意抱琴来。"名篇如《静夜思》、《长干行》、《子夜吴歌》等均如此。李白有些诗不仅浅显自然,且语近情遥。乐府诗、七言歌行,均有歌谣的特征。

李白诗艺术成就最高的是他的乐府诗,现存一百四十九首。他沿用乐府旧题,在传统规定内加以变化。"他的伟大之处,并不在于扩大题材,改换主题,恰恰相反,他是在继承前人创作总体风格的基础上,沿着原来的方向把这一题目写深、写透、写彻底,发挥到淋漓尽致,无以复加的境地,从而使后来的人难以为继。"(郁贤皓《李白集序》)

李白的歌行体诗共有八十余首,其中也有许多杰作,如《梦游天姥吟留别》、《宣州谢脁楼饯别校书叔云》、《庐山谣寄卢侍御虚舟》等等,均是千古传诵的名篇。冯班曾指出:"歌行之名,本之乐章,其文句长短不同,或有拟古乐府为之,今所见如鲍明远集中有之,至唐天宝以后而大盛,如李太白,其尤也。太白多效三祖及鲍明远,其语尤近古耳。"(《钝吟杂录》)管世铭也说:"李供奉歌行长句,纵横开阖,不可端倪,高下短长,唯变所适。"(《读雪山房唐诗序例》)冯、管二位的论述有一些共同的认识:李白的歌行体诗中,均采用长短句式,纵横开阖,更近于古。李白歌行更能于"其豪放中别有清苍俊逸之神气"(朱庭珍《筱园诗话》)。

李白的《古风》五十九首,内容广泛,虽非作于一时一地,而体制相同。诗以咏怀为内容,其中包含指斥朝政的腐败、感伤自己的遭遇、咏史和游仙等等。高棅曾指出:李白"《古风》两卷,皆自陈子昂《感遇》中来,且太白去子昂未远,其高怀慕尚也如此"(《唐诗品汇》)。沈德潜则说:"太白诗纵横驰骤,独《古风》二卷,不矜才,不使气,原本阮公,风格俊上,伯玉《感遇》诗后,有嗣音矣。"(《唐诗别裁集》)这些作品更多继承了风骚传统,而指事深切,言情笃挚,缠绵往复、每多言外之旨。

李白集中有八首七律,一百一十首五律。李白生活的时代,五律早已成熟,七律才趋于定型,李白的律诗大致反映了这一时代的创作情况。有人认为李白不喜束缚,故集中七律甚少,这种解释并不能成立。七律到杜甫漂泊西南的一些诗作中才完全定型,李白及同时代的崔颢等人的七律均不十分工稳整饬,即便基本符合,也多属暗合。李白律诗成就也很高。田雯说:"青莲作近体如作古风,一气呵成,无对待之迹,有流行之乐,境地高绝。"(《古欢堂集杂著》)对其五律,古人尤多嘉许。吴乔说:"太白五律,平易天真,大手笔也。"(《围炉诗话》)管世铭说:"太白五言律,如听钧天广乐,心开目明;如望海上仙山,云起水涌。又或通篇不着对偶,而兴趣天然,不可凑泊。常尉、孟山人时有之,太白尤臻其妙。"(《读雪山房唐诗序例》)三人对李白律诗的论述是比较公允的。

太白绝句仅九十三首,其中五绝四十八首,七绝四十五首。胡应麟指出:"太白五七言绝,字字神境,篇篇神物。""太白诸绝句,信口而成,所谓无意于工而无不工者。"又说:"五言绝二途:摩诘之幽玄,太白之超逸。""七言绝,太白、江宁为最。""五七言(绝)各极其工者,太白。"(《诗薮》)毛先舒则指出:"七言绝起忌矜势,太白多直抒旨畅,两言后只用溢思作波掉,唱叹有余响。"(《诗辩坻》)今人对李白绝句之论述大致不出以上范围。各种唐诗选本,选李白绝句均较多,王士祯《唐人万首绝句选》仅七绝即选李白二十一首,孙洙《唐诗三百首》选李白绝句八首,与王维、杜牧相当,位居第一。在脍炙人口的唐人绝句中,李白的《静夜思》、《早发白帝城》、《黄鹤楼送孟浩然之广陵》等又属流传最广的篇章。"床前明月光"的诗句常常是"呀呀"学语的儿童接触的第一首唐诗。

李白将我国古代诗歌艺术推上了顶峰,对后人的影响也是深远的。李白身前就享有盛名,身后更赢得极高的评价。李阳冰《草堂集序》称:"千载独步,惟公一人。"吴融《禅月集序》谓:"国朝能为歌诗者不少,独李太白为称首。"郁贤皓《李白集序》指出:"唐代韩愈、李贺、杜牧都从不同方面受过李白诗风的熏陶;宋代苏轼、陆游的诗,苏轼、辛弃疾、陈亮的豪放派词,也显然受到李白诗歌的影响;而金元时代的元好问、萨都剌、方回、赵孟頫、范德机、王恽等,则多学习李白的飘逸风格;明代的刘基、宋濂、高启、李东阳、高棅、沈周、杨慎、宗臣、王穉登、李贽,清代的屈大均、黄景仁、龚自珍等,都对李白非常仰慕,努力学习他的创作经验。"近现代以来,李白更不仅为东方熟知,也

卷四　诗词研究

广为西洋各国所推崇。李白的诗，成了中华民族文化遗产中最光彩夺目的部分之一。

参考书目

〔清〕王琦注《李太白全集》，中华书局 1977 年。

瞿蜕园、朱金城校注《李白集校注》，上海古籍出版社 1980 年。

安旗主编《李白全集编年注释》，巴蜀书社 1983 年。

詹锳等编著《李白全集校注》，百花文艺出版社 1997 年。

复旦大学中文系编《李白诗选》，人民文学出版社 1983 年。

郁贤皓编选《李白集》，凤凰出版社 2006 年。

郁贤皓主编《李白大辞典》，广西教育出版社 1995 年。

郁贤皓著《李白与唐代文史考论》，南京师范大学出版社 2008 年。

李从军著《李白考异录》，齐鲁书社 1986 年。

中国李白研究会编《李白学刊》（二集），上海三联书店。

中国李白研究会编《中国李白研究》，江苏古籍出版社、安徽文艺出版社。

（王步高《大学语文》（全编本），南京大学出版社，2008 年）

王步高诗文集

《燕歌行》主题辨

高适的《燕歌行》是盛唐边塞诗的代表作之一。近人赵熙称之为高适诗中"第一大篇",也是唐诗中的第一流名篇。

《燕歌行》乃乐府旧题,最早见于魏文帝曹丕之作。其内容"言时序迁换,行役不归,妇人怨旷无所诉也"(《乐府解题》)。或云"燕地名也,言良人从役于燕,而为此曲"(《广题》)。那么,高适《燕歌行》的内容如何? 它有无本事? 前辈学者对此说法不一,具有代表性的看法有下列几种:

其一,认为并无本事。清人何焯评曰:"常侍有《燕歌行》一首,亦是梁陈格调。"又唐汝询曰:"此述征戍之苦也,言烟尘在东北,原非犯我内地,汉将所破特余寇耳。盖此辈本重横行,天子乃厚加礼貌,能不生边衅乎? 于是鸣金鼓,建旌旆,以临瀚海,适值单于之猎,凭陵我军。我军死者过半,主将方且拥美姬歌舞帐下,其不惜士卒乃尔。是以当防秋之际,斗兵日稀,然主将不以为意者,以其恃恩而轻敌也。何为使士卒力尽关山未得罢归乎? 戍既久,室家相望之情极矣,则又述士卒之意曰:吾岂欲树勋于白刃间耶? 既苦征战,则思古之李牧为将,守备为本,亦庶几哉!"(《唐诗解》卷十六)

其二,是认为事关后任幽州节度使的张守珪,但是歌颂还是讽刺难定,但定有所指。此说始于清人陈沆:"张守珪为瓜州刺史,督余众完修故城,版筑方立,虏奄至,众失色,守珪……置酒城上,会诸将作乐,虏疑有备,不敢攻,引去。守珪因纵兵击败之,故有'战士军前半死生,美人帐下犹歌舞'之句。然其时守珪尚未建节,此诗作于开元二十六年建节之时,或追咏其事,抑或刺其末年富贵骄逸,不恤士卒之词,均未可定。要之观其题序,断非无病之呻也。"(《诗比兴笺》卷三)

其三,即刺张守珪说。今人岑仲勉说:"此刺张守珪……二十六年,击奚,讳败为胜,诗所由云'孤城落日斗兵稀,身当恩遇常轻敌,力尽关山未解围'也。"(《读全唐诗札记》)赵熙亦云:"其于守珪有微词,盖与国史相表里也。"似与岑仲勉观点相似。

从以上几说大家不难看出,"刺张守珪说"出现最晚,但由于岑仲勉在文学、史学界的地位,这一说法成了当今占统治地位的说法。

1980年《文史哲》第2期发表蔡义江《高适〈燕歌行〉非刺张守珪辨》一文,对岑仲勉说提出了不同的说法。蔡义江说:"高适《燕歌行》讽主将骄逸轻敌,不恤士卒,致使战事失利,此说诗者并无异议。""然细看序文,知高适所刺者并非张守珪。"又说:"客所示高适之《燕歌行》未知作于何时,或在还归之前;若然,则客诗所言之事,更必在二十六年之前。""守珪裨将赵堪、白真陀罗等逼令平卢军使乌知义邀叛奚与战湟水之北,先胜后败。此事乃赵堪等'假以守珪之命'而为之者,实与守珪无干。至事后守珪知而隐其败状,以克获奏闻,《唐书本传》虽记为二十六年,但真相泄露,守珪坐贬括州刺史,实乃二十七年之事。故《资治通鉴》……载入开元二十七年。此又二十六年已'从张公出塞而还'之客与高适均不得预闻者。"

蔡义江谓讥刺的对象是指开元二十四年奉命讨奚、契丹而轻敌致败的安禄山。文中引《资治通鉴》、《新唐书·张九龄传》、《张曲江文集》中《上张守珪书》、《上平卢将士书》。由以上记载,蔡义江云:"知禄山入朝,本恃勇骄蹇,以后有得玄宗宥赦,则高适诗'天子非常赐颜色',或于明皇亦有微词。"又云:"安禄山喜好歌舞声色,能自作胡旋舞,此史书中屡见,与诗中'美人帐下犹歌舞'亦合。"甚至认为这是"有感于禄山重罪不诛之事,因此作《燕歌行》以寄讽的"。

此后几年,唐诗研究者就高适《燕歌行》之本事及所感"征戍之事",究竟针对什么而言,开展了深入的探讨,其中陈伯海发表于《中文自学指导》1985年第6期的《高适〈燕歌行〉三题》,是一篇带有总结性的文章。他反对《燕歌行》为"刺张守珪而作";对"刺安禄山作"之说也作了分析,认为"根据也很薄弱"。他说:"《燕歌行》中有'身当恩遇常轻敌'一句,常被引为诗歌批评将帅轻敌致败的佐证,实属误解。细观上下文意,这里不是单指统帅,而是总写作战的将士。"又云:"轻敌显然不是轻敌冒进的意思,而是指藐视敌人,甘愿为报答国恩而奋战到底。"由此他认为"不必拘泥于一时一事。高适本人是一位胸有宏图、好谈王霸大略的诗人。开元十八、九年至二十二年间,他曾北上漫游蓟门,对边地生活和军事形势有亲自体验。这次再听到友人叙说前方所见所闻,自然会激起自己的种种回忆与感受,于是用诗歌的形式集中反映出来,就成了这首《燕歌行》"。这就否定了陈沆《诗比兴笺》中的"非臣咏边塞"之说。

王步高的《高适的〈燕歌行〉》(见《爱国诗词鉴赏辞典》)也不同意"刺张守珪说",认为这是一首爱国的颂歌。他说此诗为张守珪而作,似无疑问。但"所指应是开元二十四年深秋至次年二月再讨契丹之事。其间也融合了诗人六年前两次出蓟门的经验以及对张守珪出守幽燕后多次战绩的了解"。文中追溯了与奚、契丹战事的历史演变情况后指出,开元二十四年安禄山讨奚、契丹叛者恃勇轻进,为虏所败以后,丞相张九龄曾起草诏令令张守珪"可秣马驯兵,候时而动,草衰木落,则其不远。近者所征万人,不日即令出发。大集之后,诸道齐驱,蕞尔凶徒,何足歼尽。"(张九龄《敕幽州节度张守珪书》)这年深秋,张守珪发起讨奚、契丹的战争,直至开元二十五年二月在捺禄山才大破敌军。张九龄又草诏谓张守珪曰:"一二年间,凶党尽诛,亦由卿指挥得所,动不失宜。"诗前小序谓"客有从御史大夫张公出塞而还者","客"所以出塞者,也当指这一次(或亦包括前几次)。于此诗稍后作的《宋中送族侄式颜,时张大夫贬括州使人召式颜,遂有此作》及《睢阳酬别畅大判官》二诗中更对张守珪的功绩作了极高的赞许,对其"末路遭谗毁"表示深切的同情。

如此说成立,与诗中所言也更吻合。开头即云"汉家烟尘在东北,汉将辞家破残贼"。契丹自开元二十年以来已先后败于李祎及张守珪,这次出师,可突干已死,挑起战事的仅其余党而已。诗中"天子非常赐颜色"句,指张守珪前次击败奚、契丹后,于开元二十三年春赴东都献捷,皇帝赐宴并作诗奖赏,升其官为辅国大将军、右羽林大将军,给以极高的物质奖励。并于幽州立碑纪功。《资治通鉴》甚至有"上美张守珪之功,欲以为相"的记载,因张九龄坚决反对才未实行。这便是"天子非常赐颜色"的内容。

文中谓"战士军前半死生,美人帐下犹歌舞"句,并非指军中的不平等,也非讽刺将官的骄奢淫逸。因为诗词中"战士"只有在与"将军"对举时才专指士兵,而在其他情况下则指"军人"、"将士"。这一联中,"战士军前半死生"可解为"将士军前半死生","美人帐下犹歌舞"则是指后方达官贵人淫乐生活,以前方将士与后方官僚对比。高适在《效古赠崔二》诗中便曾以"当途者"与"枯槁士"作比照,该诗中"周旋多燕乐""美人芙蓉姿"正是"美人帐下犹歌舞"的原版。

笔者认为诗的结句"至今犹忆李将军"句,同样不是讽刺将官不恤士卒。

这两句与"死节从来岂顾勋"意脉相连,李广尝言"广结发与匈奴大小七十余战","然无尺寸之功以得封邑"(《史记·李将军列传》)。此处用"李将军"取其不得封侯意,类似的句子在高适诗中时有出现,如"勋庸今已矣,不识霍将军"。"倚剑对风尘,慨然思卫霍。"这里诗人抒发的是要能报效祖国,哪怕像李广那样终生不得封侯也甘心的爱国精神。所以说,这是一首爱国的颂歌,讽刺论以及多主题论,均是错误的。

因为《燕歌行》在文学史上的崇高地位,对其本事的争论还会继续下去,但争论的各方将逐渐对某些旧说取得否定的一致意见。这样,对这样一首盛唐边塞诗的代表作的理解便将会深入一步。

(朱恒夫、王基伦《中国文学史疑案录》,江苏教育出版社,1998年。原题为《〈燕歌行〉是否讽刺将军张守珪?》)

唐代边塞诗概说

边塞诗是以边疆地区自然风光和边地军民生活为题材的诗。它与军旅、战争题材的诗作有联系却又不能划等号。唐代是我国边塞诗创作最为繁荣的时代，如今一些脍炙人口的名篇佳作大多产生于这一时期。

其实，边塞诗是伴随着我国疆域的相对不稳定而产生的。东汉以后，战争频繁，反映征人思妇之作、边地战争艰苦之作渐渐多了起来，陈琳的《饮马长城窟行》、曹丕的《燕歌行》、鲍照的《代出自蓟北门行》……这些乐府诗中的名篇杰作均以边塞为题材。又如蔡琰（文姬）的《胡笳十八拍》、《悲愤诗》，以及后世的徐陵《关山月》、王褒《渡河北》、庾信《咏怀》诗中的部分作品，也都为边塞诗史留下了辉煌的篇章。隋代历史短暂，诗歌数量不多，也无一流的大家，但其对外战争却几乎从未间断，故边塞诗作特别发达。卢思道《从军行》、明余庆《从军行》、何妥《入塞》、杨广《饮马长城窟行》、《白马篇》、《纪辽东》、杨素《出塞二首》、薛道衡《出塞二首》、王胄《白马篇》、《纪辽东二首》、虞世基《出塞二首》……不仅均以边塞为题材，而且创作水准都很高，出现了多位诗人同题唱和边塞诗的盛况。显然，这为盛唐边塞诗的繁荣及边塞诗派的出现，奠定了基础。

唐代最终结束了自东汉末年以来四百多年战乱和不安定的局面，国家的疆域也大大拓展，与周边国家的关系也出现了崭新的局面。唐代建立初年，高祖李渊不得不经常贿赂最大的外部威胁——东突厥，尽管如此，东突厥人仍屡犯太原及京城长安，高祖甚至考虑迁都。后来，唐王朝与周边外族政权——不论其是否为唐王朝的保护国——先后发生过许多次战争，如与吐蕃、东西突厥、奚、契丹的多次战争，成了唐代边塞诗反映的内容，许多诗人或从军边塞、参预军幕，或去边塞（如幽蓟一带）旅行，诗中有一定边塞生活的切身体验，也有的则是依据别人介绍或间接资料，或只是翻用乐府旧题……然而无论何种途径,都使唐代边塞诗创作出现了万紫千红的繁荣局面。

唐代边塞诗在一些由隋入唐的诗人及初唐诗人的笔下便已较多出现。初唐时期的骆宾王是写作边塞诗较多的作家。他有过数度从军的经历,高宗咸亨年间还从军塞上,从而写下较多反映军旅生活的边塞诗,如《边庭落日》《从军行》《早秋出塞》《在军中赠先还知己》《从军中行路难二首》、《宿温城望军营》《在军登城楼》《晚度天山有怀京邑》《夕次蒲类津》《送郑少府入辽共赋侠客远从戎》……除了盛唐的少数边塞诗大家外,骆宾王写边塞诗也比较多,质量也算比较好的,诗中不仅写到边塞风光,也写出从军将士生活的艰辛和不安定,如:"云疑上苑叶,雪似御沟花","落雁低秋塞,惊凫起暝湾","风旗翻翼影,霜剑卷龙文","阴山苦雾埋高垒,交河孤月照连营","弓弦抱汉月,马足践胡尘","阵去金河冷,书归玉塞寒"……诗中还抒发了杀敌报国、建功立业的抱负和京国之思以及思乡怀归之意。其笔触所及,已大致能涵盖盛唐边塞诗鼎盛时期的大多领域,题材开阔,而且格调高亢。与此同时,初唐的其他著名作家如杨炯、沈佺期、陈子昂、郭元振、李峤、崔融、杜审言等均写下一些边塞诗作,诗人向往军旅生活,希望立功边塞、报效国家,如杨炯《从军行》:"烽火照西京,心中自不平。牙璋辞凤阙,铁骑绕龙城。雪暗凋旗画,风多杂鼓声。宁为百夫长,胜作一书生。"杜审言之《旅寓安南》则把殊方的气候、物产写得新颖别致:"交趾殊风候,寒迟暖复催。仲冬山果熟,正月野花开。积雨生昏雾,轻霜下震雷。故乡逾万里,客思倍从来。"一些未必到过边塞的诗人也都纷纷仿效写作边塞诗,一时蔚为风气。读这一时期的诗作,边塞诗的成就是一道亮丽的风景线,是初唐诗作中成就较突出的部分,为盛唐边塞诗派的出现做了很好的前期准备。

盛唐是边塞诗创作的鼎盛时期,涌现过著名的边塞诗派,可以直接归入这一诗派的作家并不多,创作过边塞诗的盛唐作家则是一个颇为庞大的群体,其作家人数、作品数量之多,都是前无古人、后无来者的。盛唐大诗人李白、杜甫都写过一些精妙绝伦的边塞诗作,而成为其代表作的一个部分。如李白的《关山月》《战城南》《北风行》《幽州胡马客歌》《塞下曲》六首……杜甫的《兵车行》《前出塞九首》《后出塞五首》《高都护骢马行》……王昌龄的《从军行》《出塞》……盛唐一些诗人如陶翰、刘长卿、常建、储光羲、祖咏、刘湾、王之涣等,也都写过一定数量的边塞之作。这些作品塑造了边庭将士英勇杀敌、保卫边疆的英雄形象.写出了边地艰苦、将士报国献身的精神。而盛唐边塞诗的代表作家则为王(维)、李(颀)、高(适)、岑(参)及王昌龄。其中王维、高适、岑参都有过较丰富的边塞生活经历:高适开元十九年(731)至次年曾送兵北上蓟门,并曾出卢龙塞;天宝九载(750)又曾送兵蓟北,北使归来,也曾经燕赵之境;天宝十一载(752)曾任河西节度使哥舒翰之左骁卫兵曹、充翰府掌书记,亲见次年哥舒翰收河西九曲;天宝十五载(756),从哥舒翰守潼关,同年底任淮南节度使,后任彭州、蜀州刺史,又任剑南节度使……,这些经历,使他有较丰富的军旅和对外战争的经验。王维于开元二十五年(737)曾入河西节度使崔希逸幕,为监察御使兼节度判官。岑参在边塞生活的经历更为丰富,从天宝八载(749)冬至十载夏,他任安西节度使高仙芝僚属;天宝十三载(754)夏到至德元载(756),岑参被北庭节度使封常清辟为节度判官,第二次出塞;至德元载(756),又出任伊西、北庭支度副使,这次在北庭历时三年,足迹几遍整个西北地区……他们的从军、出塞生活大大丰富了他们的创作题材,边塞的壮丽风光,边疆的地理、交通、民俗、民族交往,少数民族的歌舞、音乐……在他们诗中均有充分的反映,如"大漠孤烟直,长河落日圆"、"忽如一夜春风来,千树万树梨花开"、"纷纷暮雪下辕门,风掣红旗冻不翻"等绝唱,显然是以厚实的相关生活经验为基础的。他们的诗作中有气势磅礴、雄奇高亢、充满爱国激情且词采飞扬的篇章,同时怀念家乡及边地将士生活的艰辛在其诗作中也有较深刻的反映。李颀、王昌龄虽无从军与边塞生活的经历,却以乐府旧题写出新意,把盛唐气象融汇到其边塞诗作中去。这些诗作,令人鼓舞、振奋,千载之下,仍虎虎有生气,成为中华民族爱国的强音、民族精神的集中体现。

习惯认为,盛唐的边塞诗是唐代边塞诗创作的顶点,也是其终点。其实,边塞诗的创作是继续贯穿到中晚唐时期的。中晚唐时期虽然没有一个公认的边塞诗派,但从事边塞诗创作的诗人并不少于盛唐时期,这一时期的著名诗人如卢纶、李益、白居易、李贺、杜牧、李商隐、张籍、王建都写过许多边塞诗,而写过一些边塞诗(尤其是边塞题材乐府诗)的诗人则更多,其中如郎士元、柳中庸、戎昱、司空曙、刘商、杨巨源、张仲素、施肩吾、鲍溶、许浑、赵嘏、马戴、刘驾、于濆、翁绶、许棠、司空图、罗隐、周朴、卢汝弼、韦庄、张蠙、沈彬、陈陶、金昌绪等等。有些诗人,传世之作不多,却有一些边塞诗脍炙人口(如陈陶、金昌绪、许棠等)。董乃斌先生甚至发现,《全唐诗》中"凡是存诗一卷以上的中晚唐作家,无不多少写过一些直接或间接与边疆生活有关的作品"。

中晚唐时期,以内忧外患深重为特点。此时战争更多的是朝廷与各割据的藩镇之间,以及各藩镇之间。这时期对外战争也较多。安史乱后,唐王朝国力日衰,中央渐渐失去对边远地区的控制,如吐蕃大举东进,陇右、河湟等地相继沦丧,鄯、秦、成、洮等十多州均先后失去。昔日岑参生活过的安西、北庭两大都护府所属地区更是为吐蕃所有。因而反映收复失地的要求,反映汉人被迫改从蕃俗,反映故人没蕃的作品显著增加。如杜牧《早雁》和《河湟》、白居易《西凉伎》、张籍《陇头行》等作即如此。这些诗作颇似南宋的爱国诗,以沉郁悲凉为基调,他们直面冷酷的现实,表达拯救国家和沦陷区人民于水火的强烈愿望,而紧紧围绕国家领土完整、边塞安危的主题,这与南宋也有相似之处。

中晚唐边塞诗的题材较之盛唐也有开拓之处,如反映南方边地的生活,如施肩吾《岛夷行》、王建的《海人谣》、李商隐的《异俗》等等,比之盛唐边塞诗仅限于东北和西北有所拓展。此外反映军中官兵苦乐不均、朝廷赏罚不明、反映和蕃的太和公主从回纥返回长安等主题。刘商《胡笳十八拍》中就明确写道:"汉室将衰兮四夷不宾,动干戈兮征战频","一朝胡骑入中国,苍黄处处逢胡人",诗中写没蕃汉人的痛苦经历。又如司空图《河湟有感》中:"一自萧关起战尘,河湟隔断异乡春。汉儿尽作胡儿语,却向城头骂汉人。"诗中所反映的情境在初盛唐的边塞诗中是绝不会有的,这使人想起陈亮《贺新郎》中"父老长安今余几?后死无仇可雪,犹未燥、当时生发!"这些沦陷区出生的后代因年代久远,已没有原来的民族意识。他们已没有回归故国的要求,这是诗人所最担心的。诗中的议论说理也充满忧伤和感愤。

中晚唐没有出现王、李、高、岑和王昌龄那样的边塞诗大家,这也是不争的事实。但这一时期边塞诗不但在思想的尖锐和深刻方面有所加强,而且反映的题材也有所拓展,这同样是不争的事实。

唐代的边塞诗是纵贯初、盛、中、晚整个过程的。大致的情况是这样的:一些有边塞生活经历和军旅生活切身体验的作家,从亲历的见闻和经验来进行边塞诗创作;另一些诗人则利用间接的材料,用一些乐府旧题进行旧调翻新的创作。这类乐府诗题在不同时期其内涵也各不相同,显然,后者的作家人数众多,数量也多得多,而且出现过李白、杜甫等大家及高适《燕歌行》

之类的杰作,但就总体水平而言,前者的那类诗作中更贴近边塞生活,更能准确反映时代精神,艺术特色也更为鲜明。由于国力强弱不同,在对外战争中的胜负不同,初盛唐边塞诗中多昂扬奋发的格调,中唐前期尚有其余响,而中唐后期及晚唐只有对昔日盛况的追慕以及对凄凉现实的哀叹。终唐之世,边塞诗始终是唐诗中思想性最深刻、想象力最丰富、艺术性最强的部分。

(王步高《大学语文》(全编本),南京大学出版社,2008 年)

卷四　诗词研究

《李贺全集》序

一

我国的古代诗歌发展到盛唐时期可谓登峰造极,各体皆备,异彩纷呈,名家辈出。它既为后来的诗人积累了丰富的创作经验,也使后人难乎为继,更难以超越。自唐代宗大历五年(770)杜甫去世以后,虽有大历十才子等活跃诗坛,但其成就不仅难望李、杜之项背,连盛唐的一般名家也有所不及。当稍后的中唐诗人登上诗坛时,摆在他们面前的是两种抉择:一是步盛唐后尘,如明代的前后七子一样;二是另辟新路。大多中唐著名诗人选择了后者,从而出现了以韩愈、李贺、孟郊、贾岛等以奇峭、诡怪为特色的一派;一是白居易、元稹、李绅、张籍、王建等新乐府诗人,他们崇尚朴实平易、通俗好懂。这两派在盛唐均找不出完全相同或相似者,可算是对盛唐诗向两个极端的发展(晚唐李商隐则是向另一极端发展),在"异"中求"变"、求"新"。此外犹有韦应物、柳宗元继承发展盛唐王维、孟浩然之山水田园的诗派,还有不入各派的大家刘禹锡……这就使中唐诗歌出现再次鼎盛。但因时代已中衰,难以有盛唐的繁荣,没有人们乐于称道的"盛唐气象",较难产生李白、杜甫那样的大家。韩愈主要致力于散文,终于成为文章宗师;李贺才气极大,偏偏又命短运蹇。而元白之类,虽不失为一流大家,但如司空图所云:"元白力勍而气孱。"(《与王驾评诗书》)白居易过于强调写作要"老妪能解",把"通俗"强调到高于一切的地位,因而影响了诗歌艺术水平的提高。尽管如此,中唐仍是唐代名家、流派最多的时代(特别是近人将杜甫、杜牧、李商隐也归入中唐)。在这明星荟萃的年代,李贺又是其中最具特色的重要作家之一。

二

李贺(791—817),字长吉,河南福昌(今河南宜阳)人,家居福昌昌谷,后

王步高诗文集

364

以"昌谷"名其集。他的高祖从父是郑王李亮,算是唐朝皇家宗室,但谱系已远,沾不上皇室的光,他的父亲也只当过县令,而他本人因其父名"晋肃","晋"与"进士"之"进"同音,时议认为他不能参加进士考试,只做过从九品的奉礼郎。元和八年(813)李贺辞官回乡。后迫于生计,他曾往潞州依张彻,因体弱多病,二十七岁时病逝。

李贺一生短促,涉世未深,但屈沉下僚、蹭蹬坎坷的身世使他对社会的认识有了一定的深度,他睁开眼睛看世界,见到当时社会官吏横行、荒淫奢侈。他虽年少,却像当时许多有远大志向无可施展的读书人一样,也渴望有施展政治抱负的机会,如:"男儿何不带吴钩,收取关山五十州?请君暂上凌烟阁,若个书生万户侯?"(《南园》十三首之五)他写了二十三首《马诗》,抒发壮志难酬的悲怆,如:"吾闻马周昔作新丰客,天荒地老无人识。空将笺上两行书,直犯龙颜请恩泽。""我有迷魂招不得,雄鸡一声天下白。少年心事当拿云,谁念幽寒坐呜呃?"他还写出一些反映民生疾苦的作品,最典型的为《老夫采玉歌》、《感讽》之一等。李贺诗中更有特色的是一些写游仙、历史题材与京城市民生活的作品。其中相当多的是用乐府旧题写成,李贺是李白以后写旧题乐府成就最高的诗人之一。

李贺诗最显著的艺术特色之一是其思出常表的想象能力,有人说这是一种"病态的天才幻想"。如《李凭箜篌引》,为了夸说李凭箜篌的艺术魅力,引证许多神话传说的人物对这音乐的反映,上天入地,想落天外。他会设想敲击太阳会发出玻璃般的响声,铜人也会流出铅水般的泪水……其二是语言的独特和意象的新颖、炼字着色的瑰丽精巧。韩愈古文运动中提出"辞必己出"的主张,李贺诗歌创作似乎也受此影响,别人通常不用到诗里的词汇如:"血"、"死"、"鬼"、"哭"等字眼在李贺诗中却用得很多,而诗中感人的意境是通过幽冷、孤峭,令人为之一振的种种画面构成的,这使任何一个读过李贺诗的人都有一新耳目之感。其三是其诗结构的跌宕起伏,跳跃性极大,其豪放的风格与冷酷的现实之间的矛盾,对远大理想的企盼与理想难以实现的忧怨、哀伤之间,形成感情的起伏变化。使诗句之间的联系不是靠正常的意脉联接,而是大幅跳跃,这与李白诗的风格颇相似。

李贺诗的成就很高,杜牧为其诗集作序云:"云烟绵绵,不足为其态也;水之迢迢,不足为其情也;春之盎盎,不足为其和也;秋之明洁,不足为其格也。风樯阵马,不足为其勇也;瓦棺篆鼎,不足为其古也;时花美女,不足为其色也;荒国陊殿,梗莽丘陇,不足为其怨恨悲愁也;鲸吸鳌掷,牛鬼蛇神,不足为其虚荒诞幻也。盖骚之苗裔,理虽不及,辞或过之。"这段文字将李贺诗多姿多彩的艺术风貌,形象地刻画了出来。杜牧将李贺诗与《离骚》、《楚辞》相比,既道出了其文学渊源,也说出其风格的特点。杜牧说:"骚有感怨刺怼,言及君臣理乱,时有以激发人意,乃贺所为,得无有是。"这即是上文所谓与《离骚》相比之"理虽不及",后世研究者对此多所辩护,其实大可不必。李贺去世时仅二十七岁,人生经历还较浅,且并未真正的从政,对治国安邦的见解、"君臣理乱"的看法较少涉及,这并不足怪,而如前所言,他诗中对国计民生还是有所涉历,对社会的种种矛盾并不回避。杜牧评李贺的诗时还说:"贺生二十七年死矣,世皆曰:使贺且未死,少加以理,奴仆命骚可也。"后人于此论断多有争议,其实此论断的前提是并不存在的,只能是假设。我国诗词领域有许多早慧者,如王勃、李贺、夏完淳、叶小鸾等,其早岁才华出众,让许多成年人瞠目结舌,然而因其早逝,其创作的总成就便难以与李杜等超一流大家颉颃。

三

李贺诗名《昌谷集》,共四卷,相传为李贺之友沈子明编成,收诗 233 首,也可能是为李贺自编而成,杜牧为之作序。宋吴正子曾为之作注,明代徐渭、董懋策、曾益、余光、姚佺也有注本,又有宋人刘辰翁评本、宋代蜀刻《李长吉文集》四卷本。清代又有王琦注本、黎二樵批点黄陶庵评本,刘嗣注本、吴汝伦评本。舍此而外,今人犹可见得董氏诵芬室影印宋宣城本、四部丛刊影印铁琴铜剑楼藏蒙古本、明弘治庚申马炳然刻本、明吴兴凌濛初刻本、明于嘉刻本、《四库全书》集部刊王琦注本、姚文燮注本、方扶南注本……

诚如《四库全书总目提要》所云:(李)"贺诗镂心刿肾,意匠多在笔墨之外,往往可以意会,不可言诠。诸家多钻研字句以求之,失之愈远",为李贺诗作注往往是吃力不讨好的,它不同于那些惯于引经据典的作家,即使"无一字无来处",总可以广搜博采,以字句求之;也不同于白居易等新乐府诗人,简明易解;李贺之"辞必己出",准确说出其内涵及言外之意便显得非常困难。王琦《李长吉歌诗汇解》是迄今为止人们公认优秀的注本,它博采众家之长,既注诗中生僻字句,更串解诗意,引证资料非常翔实,本书即以王琦注本为基础,整理而成。

王琦,字琢崖,清代钱塘(今浙江杭州)人,是清代乾隆时的著名学者。他与齐召南、杭世骏友善。早鳏,杜门著述,有林处士风。他曾花几十年的功夫研究李白、李贺的诗文,除《李长吉歌诗汇解》五卷外,他还注有三十六卷本《李太白文集》,且帮助赵殿成注释过《王右丞集》中的佛教典故。这三本书的注释,当时就很有名,至今仍被奉为圭臬。

《四库全书总目提要》也曾提出王琦注本"不免寻行数墨之见,或附会穿凿,或引据失当"(举例见本书附录),似乎这一缺点与它批评王琦的《李太白诗集注》之"采撷颇富,不免微伤于芜杂"似乎更严重一些。

本书以王琦注本为基础,又汇辑诸家注本之评语,李贺一些名篇代表作还汇辑了历代名家诗话的评论,书后又汇辑对李贺诗的总评以及对其七言古诗、歌行及乐府的评语。同时附录有李贺的几首佚诗、重序跋、古人咏李贺的几首名作,供读者参考。

此书完成中参考过近年重印的李贺诗集王琦注本,也参考过吴企明教授的《李贺研究资料汇编》(中华书局),在此一并致谢!

(王步高、刘林《李贺全集》,珠海出版社,2002年)

卷四　诗词研究

《李商隐全集》序

李商隐(约813—约858)是我国晚唐时期最重要的诗人,也是我国诗坛上最有特色的大抒情诗人之一。

一

李商隐,字义山,号玉溪生、樊南生,原籍怀州河内(今河南沁阳),祖迁居郑州荥阳(今属河南),其远祖与唐皇室同宗,但支派已远,属籍失编。从高祖、曾祖至其祖父,也只做过美原县令、安阳县尉、邢州录事参军,其父也只做过获嘉县令。

李家世代短命,他的祖父、父亲均英年早逝,李商隐也只活到四十七岁。他约十岁时,父亲早卒,而家境贫寒,十二岁起便为人家从事抄写等佣作。十六岁时便能著《才论》、《圣论》,以古文为士大夫所知。十八岁被天平军节度使令狐楚聘为巡官,并从令狐楚学骈文。二十六岁(开成二年)登进士第,这年令狐楚死。次年,李商隐入泾原节度使王茂元幕,并娶其女。由于王茂元与李德裕的"李党"关系稍密切,而令狐楚及其子令狐绹则是牛僧孺"牛党"的人,故李商隐被令狐绹视为"背恩"、"无行"。开成四年(839)李释褐为秘书省校书郎,调弘农尉。会昌二年(842)以书判拔萃,为秘书省正字。因母丧居家,次年岳父王茂元卒。会昌五年服丧期满,重任秘书省正字,时已三十四岁。宣宗大中元年(847)起,李商隐先后从桂管观察使郑亚为支使兼掌书记,从武宁节度使卢弘止之判官,任侍御史衔,卢弘止卒后又依东川节度使柳仲郢为书记、判官、掌书记,大中六年曾被奏请加检校工部郎中衔。大中九年,柳仲郢奉调回长安任盐铁转运使,李商隐改任盐铁推官。大中十二年(858)柳仲郢改任刑部尚书,李商隐罢盐铁推官,不久病卒。

李商隐空有政治抱负和政治才干,却始终没有施展的机会,诚如崔珏

《哭李商隐》诗所说:"虚负凌云万丈才,一生襟抱未曾开。"

二

晚唐时期唐王朝已是一蹶不振,中唐以来的藩镇割据和宦官专权愈演愈烈,以至出现"甘露之变",皇帝也成了宦官手里的木偶。据说宣宗是个很有作为的皇帝,今天国内外的史学家还叹息,如果唐宪宗直接将皇位传给这位皇弟,唐末几十年的历史将会发生根本性的改变。然而,即便在宣宗当政时期,贤相李德裕不仅继续被贬,而且又重贬为潮州司马、崖州司户,比唐武宗更甚,还恢复钱重物轻的积弊……国运的凋弊,使诗人对国家的前途、个人的遭际都感到暗淡、沮丧,从而使李商隐在诗中发出"夕阳无限好,只是近黄昏"的慨叹。李商隐诗中虽也有"永忆江湖归白发,欲回天地入扁舟"的愿望,但现实距离诗人的理想实在太远,当他因"活狱"得罪上司,叹息自己任弘农县尉官卑职微:"却羡卞和双刖足,一生无复没阶趋。"这是字字血泪的诗句,连卞和被刖去双膝都值得羡慕,只因为他从此不必趋奉上司而忍气吞声。诗人为生计所迫却不能不依旧时时要"没阶趋"。诗人身当末世(虽然他的死距唐王朝的灭亡尚有整整半个世纪),面对满目疮痍的人世,诗人发出忧国伤时的悲歌,如"甘露之变"后写的《有感》、《重有感》、《赠刘司户蕡》、《哭刘蕡》、《哭刘司户蕡》,并发出"安危须共主君忧","岂有蛟龙愁失水,更无鹰隼与高秋"的深重危机感。李商隐反映民生疾苦的作品虽不很多,但有相当的深度,尤其是他早年所作《行次西郊作一百韵》,堪称继杜甫《奉先咏怀》及《北征》之后的一篇光辉的史诗。

李商隐的咏史、咏物诗是颇见功力的。晚唐的衰败,汉唐的鼎盛不再,倒难免有末世景象。许多皇帝信奉道教、服食仙丹以至丧身。李商隐在一些咏史诗中借古讽今,如《贾生》诗中讽刺汉文帝"不问苍生问鬼神",《瑶池》诗中"八骏日行三万里,穆王何事不重来"之讽刺统治者求长生不老。中晚唐皇帝沉湎声色,宴游畋猎无度,诗人写下许多讽刺南朝、隋炀帝、唐玄宗的诗,名为咏史,实为讽今。在咏史中甚至寄寓身世之悲。

李商隐更以写爱情诗著称,他差不多是我国历史上最著名的爱情诗作家,以至"无题"成了爱情诗的同义词。他的许多爱情诗写作的时间及对象都难以考定,而且常带有隐秘的性质与浓重悲剧的色彩。

随着时代的盛衰变化,李商隐诗中已不复有盛唐及部分中唐诗人的宏放开朗气象而代之以沉郁幽怨,感情也由清晰转为隐约,语言由潇洒飘逸、通脱流畅变为精雕细琢，随着作者生活面的缩小，李商隐由青少年至晚年，更多个人内心体验。

李商隐诗用典故颇具特色，他是唐代用典最多的诗人，无论语典、事典，甚至某些神话传说，他都能随心所欲地用于诗中，变幻莫测，表达出隐曲之意、难言之情。他的诗语言锤炼、句式运用上也颇具特色，其语言有的纯用白描，不加雕琢，最典型者如《乐游原》诗、《夜雨寄北》诗。也有的诗句华艳而精炼，辟绩重重。其语意舍蓄也是其显著的特色。朱鹤龄说："义山厄塞当涂，沉沦记室，其身危，则显言不可而曲言之；其思苦，则庄语不可而谩语之。计莫若瑶台琼宇、歌筵舞榭之间，言之者可无罪，而闻之者足以戒。"（《笺注李义山诗集序》）李商隐还善于以朦胧的形态表现复杂变幻的内心情绪，他还大大发展了七律诗的表现能力，义山七律反复回环、对偶整炼，赋予了七言律诗以更强的表现力。

三

李商隐因早逝，生前未能为自己编集。宋初西昆体诗人杨亿苦苦搜求，仅得二百八十二首，又经钱若水摭拾，才得四百多首。今本李商隐诗有六百多首，其中一百多首系钱若水之后的两宋人补辑而成。今《四库全书·集部》所载之《李义山诗集》三卷，相传即为明末崇祯七年（1634）护净居士参考两种北宋本校勘抄成。因此，他的诗集中往往混入他人的作品，如白居易《送阿龟归华》、无名氏之《失题》长律，据今人考定，均为混入的他人之作。此外可考定的《赤壁》、《定子》是杜牧的作品，《垂柳》是唐彦谦之作，《灵伽寺》为许浑所作，今人叶葱奇先生还怀疑其集中《子初全溪》、《子初郊墅》、《过招国李家南园二首》亦应他人之作羼入。

李商隐诗集注本据《四库全书总目提要》谓有刘克、张文亮注本，今不传。刘、张为何代人亦不可知，故元好问《论诗绝句》中谓"诗家总爱西昆好，独恨无人作郑笺"。明末释道源曾为义山诗作注，王士祯论诗绝句有曰："獭祭曾惊博奥殚，一篇《锦瑟》解人难。千秋毛郑功臣在，尚有弥天释道安。"诗中之"释道安"即指释道源。清初朱鹤龄注李义山诗，亦参考了释道源之注，谓释道源之注"征引虽繁，实冗杂寡要，多不得古人之意"。朱鹤龄注删取其什一，补葺其什九。后之注义山诗者，如程梦星、姚培谦、屈复、陆昆曾、冯浩以至近人张采田笺注李义山诗时，均参考了朱鹤龄注本。

冯浩注本较晚出。据《清代人物象传·冯浩传》载：

冯浩字养吾,号孟亭,浙江桐乡人,少颖异。祖景夏,时为安徽布政使,极钟爱之,命与从父钤同读书于署中之瞻园,师友砥砺。乾隆元年举于乡,年未弱冠;十二年成进士,选庶吉士散馆,授编修;分校顺天乡试,典江南乡试,皆称得人。在词馆中清望资深,历充各馆纂修官,均为总裁所倚重,先生亦思以文学自效。未几改御史,旋丁母艰。素有心疾,至是屡发。二十五年服阕,赴补途中遂大作,告归,年甫四十有二。是秋,长子应榴举乡试,明年成进士,入中书直军机。先生乃养疴乡园,四方慕其学行者,先后聘主书院:常州、龙城、浙东西、崇文、蕺山,皆文人荟萃之区,鸳湖尤近在乡邦,先生雅意造就,群才蔚起。尝手自笺注《李义山诗文集》,凡数易稿,艺林并服其精审。先生行辈渐高,海内文学之往来经过者,贰庐造谒,苟有一长,无不被其容接,诱掖奖劝,唯恐不及,巍然为东南之望。年八十有三,以病卒于家,所著有《孟亭诗文集》各若干卷。(第一集第二册)

冯浩注本纠正了朱鹤龄所作李商隐年谱中的多处疏漏。对诗的多处理解也纠正了朱鹤龄的错讹。如《有感》二首,本为"甘露之变"而作,朱笺引钱龙惕之注,以李训、郑注为"奉天讨","死国难",显系有感于明末的党祸而牵强引伸。李商隐诗中就有过:"如何本初辈,自取屈牦诛。""临危对卢植,始悔用庞萌。"虽然李商隐并不同情李训、郑注,朱氏之笺,有乖诗人原旨。冯浩注本已加改正。又如《重有感》中"窦融表已来关右,陶侃军宜次石头"。朱笺谓此是"竟以称兵犯阙望刘从谏,汉十常侍之已事,独未闻乎?"朱鹤龄亦引钱龙惕语而未加驳正,冯浩于此等处均作了改进。冯浩以扎实的史学基础,又吸收了前人的成果,融会李商隐的文集,对李商隐诗中涉及的大量语典、事典及人物典章制度等,均能一一注明其出处,加以考证。对诗人的创作意图,冯氏也加以演绎串解。冯浩注本是明清研究李商隐诗的集大成者之一。

据《宋史·艺文志》所载,李商隐有赋一卷、杂文一卷、文集八卷,四六甲乙集四十卷,别集二十卷,诗集三卷,《蜀尔雅》三卷,《杂纂》一卷,《杂稿》一卷,《金钥》一卷,《桂管集》二十卷,《使范》一卷,《家范》十卷。如今,大多均已散失。如《樊南四六》,甲集四百三十三篇,乙集四百篇,合共八百三十三篇,各二十卷,宋以后,日渐散佚。赋和杂文也皆散佚。

清初朱鹤龄从《文苑英华》、《唐文粹》诸书汇辑为文集五卷,徐炯、冯浩又加以辑补,辑为《樊南文集》,共一百五十首。同治年间,钱振伦又从《全唐文》补二百三首,成《樊南文集补编》。现存文较之原编,相差仍多,主要是四六的散失,赋与杂文的散失也较多。

本书《李商隐诗集》部分以冯浩注本为基础,在前人辑评的基础上,又吸收新的古籍整理成果,补充从各种诗话、序跋、野史笔记中汇辑的对诗人、诗作的精到评论。由于冯注本有乾隆丁亥(1767)初刻本和庚子(1780)和嘉庆等刊本,相异很大。本书选择乾隆庚子重刻本为底本,校勘中适当参考初刻本与嘉庆本。而用以辑评的则多采用新校点本。近年来唐诗研究者从《永乐大典》、《浩然斋雅谈》、《锦绣万花谷别集》、《全芳备祖》、《合璧事类》……等书辑出的若干首佚诗。

本书《李商隐文集》部分则以冯浩注本,钱振伦、钱振常补编本为基础。因考虑到今人对李商隐的看法,较注重其诗,于文则不十分重视。而文之注释又很冗长,因而将注文删去。经与《全唐文》相校,补入《为柳州郑郎中谢上表》一篇。同时将年谱、史料、序跋、古人吟咏义山之作一并附入,力求使读者对作为大诗人、大文学家的李商隐有个更全面的了解。

本书的策划人是赵洪林先生,由我和刘林同志担任汇辑、校勘及辑评工作。由于资料的参阅面不广,汇辑校勘中疏误一定难免,敬请读者批评指正!

(王步高、刘林《李商隐全集》,珠海出版社,2002 年)

司空图晚年行迹考

摘 要 政局的动荡,仕途的险恶,使诗人从理想跌回现实。晚年司空图放弃了仕途,回到家乡王官谷,过着归隐田园的生活,保全了名节。考证这段时间司空图的生活,对研究诗人的思想具有重要意义。

关键词 司空图;王官谷;归隐;守节

遭受黄巢之乱与卢携之死的打击后,司空图也渐入中老年。政局的动荡、仕途的险恶,使诗人从理想跌回现实。自此,他过起亦官亦隐,而以隐为主的生活。这近三十年的生涯又可分为三个阶段:王官谷的八九年;华阴十一年;再回王官谷的六年。本文即对司空图重回王官谷的晚年生活进行考证。

司空图在华阴的十多年,生活相对安定一些,虽然乾宁二年也曾一度避乱至浙上、郧乡,但为时仅几个月,次年正月即离开。天复元年(901),朱全忠威逼京师。十一月戊戌(二十)"全忠引四镇之师七万赴河中,京师闻之大恐,豪民皆亡窜山谷"(《旧唐书·昭宗纪》)。十一月初四,中尉韩全海与凤翔护驾都将李继诲奉车驾山幸凤翔。李全忠回军攻华州,韩建出降。次年正月,全忠归河中,又大败太原(李克用)军于蒲县西北,六月,再度兵围凤翔。这次战乱,使京师长安及同州、河中、华州、凤翔等均纳入朱全忠的势力范围,朱最强劲的竞争对手李克用在几次较量中屡屡失败,昭义节度下属邢、磁、潞、泽各州屡次失守,沁、慈、晋、汾及蒲、绛等州也相继失守,以至汴军(朱全忠部)攻至太原城下。历史正由唐末向后梁过渡,朱全忠统一黄河下游,建立以洛阳、汴京为中心的政权的事业已取得决定性的胜利。

一

然而这场胜利是以更多百姓的流离失所为代价的,靠近权力中心长安

373

附近的人民受害更烈。司空图又一次被迫离开华阴到淅水、郧乡一带避乱。

司空图有《绝麟集述》一文,曰:

> 驾在石门年秋八月,愚自关畿窜淅上,所著歌诗累年首,题于屋壁,且入前集。壬戌春,复自擅山至此,目败痁作,火土二曜,叶力攻凌可知矣。

"驾在石门年秋八月"指乾宁二年(895)李克用兵屯河中,又陷同州,昭宗逃出长安,驾至石门。这年八月司空图从关中避乱到淅上。祖保泉先生校本此段引文中"所著歌诗累年首"已改为"累千首",语句是通了,但很难有此可能,今本司空图诗仅300余首,《四部丛刊》编作五卷,《全唐诗》编为三卷,其诗编集原为十卷即便不散失,仅十卷,依此类推,其诗之总量应在700~1000首左右。此处言"累千首",如果是历年累计千首,倒也符合实情,但诗人何以在此避乱的几个月中编《绝麟集》,似不可晓。若仅指避乱所又何得"千首"之多,若真有千首,何家屋壁能题得许多? 此处似有佚文。径改为"千首",似有不妥。

关于"擅山"一名的考证,陶礼天《司空图年谱汇考》一文考证甚详。据之考证,"擅山"乃"檀山"之误,时有两檀山,一在富平县北二十五里(谭其骧《中国历史地图集》第五册,唐京畿道、关内道一图附图《长安附近》一图,富平县西北有檀山、龙泉山);一在河南荥泽县境(今郑州市西北)。陶礼天谓这二者均不在由华阴赴淅上及郧乡途中,是。陶先生所认定之河南永宁县之山,且谓《四库全书》本《水经注》中即作"檀山",较有理。但对照地图,由华阴赴淅上、郧乡似乎也不必绕道洛水,完全可经商州而南,况且商州是诗人昔日宦游之地,地理更熟,何须出潼关而东,经洛水(河南)再湖北,差不多远了近一倍。从华阴到此"山",与华阴到淅川、郧乡的距离已差不多。且将"擅山"释为"檀山",再释为"壇山",似乎改动大了点。

这里还有一点文字上应注意:这段原文作"复自檀山至此","檀山"似应指出发之地,如果仅指经由之地,何不言"洛水"、"潼关"、"崤山"(若由永宁之"壇山"此乃必经之地,而且其知名度均不在"壇山"之下)。况且,经由此道路入湖北,还得再经过熊耳山、伏牛山等高山峻岭,如此迂回,又非坦途,窃谓古人不当出此下策。故这次入鄂的线路,尚应存疑。

也许是"树高千丈,叶落归根",诗人也深感于老之将至(其《绝麟集述》中所谓"小星将坠"亦此意也),诗人此次避乱淅上、郧乡以后又直接返回中条山王官谷。在故乡,诗人度过了生命的最后年月。

这几年更是国家多事之秋。其一,朱全忠四面攻掠,许多州、府得而复失,失而复得,反复易手,自长安以东黄河沿岸各州郡基本都在其掌握之下;其二是唐王室政权进一步被削弱;其三是除中原地带以外,"十国"割据的局面也进一步形成;其四,人民进一步流离失所,人口锐减,至北宋开国初宋太祖建隆元年(960)(当时其辖境与五代各朝大致相等,略大于后梁),全国人口仅967353户,甚至比唐开元年间河南道一道的人口1439461户还少了40%,按每户3～4人计,当时人口也不足400万人,国家又近乎与三国时相等,无怪乎曹松《己亥岁》诗会发出:"泽国江山入战图,生民何计乐樵苏。凭君莫话封侯事,一将功成万骨枯。"

自天复三年(903)政局动荡,主要大事如下:

> 三年正月甲子(二十二),昭宗幸朱全忠军,庚午(二十八)崔胤及朱全忠杀中官七百余人。

> 天复四年(904)正月,朱全忠迁都洛阳,朱全忠兼判左右神策及六军诸卫事。八月壬寅(十一),朱全忠以左右龙武统军朱友恭、氏叔琮、枢密使蒋玄晖兵犯宫门,弑昭宗。八月丙午(十五)立辉王李祝为帝(哀帝),全忠杀朱友恭、氏叔琮等;天祐二年(905)二月,杀德王裕等六王子。十月朱全忠为诸道兵马元帅,十一月为相国,总百揆,封魏王。十二月,杀皇太后、蒋玄晖、柳璨等;天祐四年(907)四月甲子(十八),皇帝逊于位,次年(908)二月被弑,年十七。

唐王朝近300年的历史终于凄凉地结束了。《新唐书》赞语曰:

> 自古亡国,未必皆愚庸暴虐之君也。其祸乱之来有渐积,及其大势已去,适丁斯时,故虽有智勇,有不能为者矣,可谓真不幸也,昭宗是已。昭宗为人明隽,初亦有志于兴复,而外患已成,内无贤佐,颇亦慨然思得非常之材,而用匪其人,徒以益乱。

《旧唐书》赞语曰:

> 昭宗皇帝英猷奋发,志愤凌夷,旁求奇杰之才,欲拯沦胥之运。而

世途多(僻)[舛],忠义俱亡,极爵位以待贤豪,罄珍奇而托心腹。殷勤国士之遇,罕有托孤之贤;羹丰而犬豕转狞,肉饱而虎狼逾暴。五侯九伯,无非问鼎之徒;四岳十连,皆畜无君之迹。虽萧屏之臣扼腕,岩廊之辅痛心,空衔毁室之悲,宁救丧邦之祸?

这两段赞语精辟论述昭宗、哀帝朝世运之不支,国亡之必然。虽无桀、纣之君,也无幽、炀之祸,而国亡仍不免。韩愈云:"士之处此世,而望名誉之光,道德之行,难矣!"传主司空图偏生此末世,况年纪老大,其不幸之命运也就注定了。

<h2 style="text-align:center">二</h2>

天复三年(903)春夏之交,诗人结束在浙上、郧乡一带的再度避难而经华阴归乡。其《自郧乡北归》诗云:

> 巴烟羃羃久萦恨,楚柳绵绵今送归。
> 回避江边同去雁,莫教惊起错南飞。

这次逃亡郧乡已整整一年,此时政局已相对平稳,昭宗皇帝已完全处于朱全忠的掌握之中,华阴、河中一带也已稳固地处于朱全忠的掌握之中,政局便相对稳定一些。"鸟飞返故乡兮,狐死必首丘。"诗人也急迫地希望返回中条。这首《自郧乡北归》中"巴烟"、"楚柳"道出地理位置。郧乡一带,正是楚、蜀交界之处,与巴东一带相邻。"楚柳绵绵"既写节令是春天,又写出对寄居地的丝丝柔情。前句一"久"字也写逃亡时间的长久。因是春暖季节,秋冬南飞的大雁也该北归了,他以担心大雁飞错方向,写出归乡的急切之情。

《自河西归山二首》,据祖保泉等考证,也作于这次归乡时:

> 一水悠悠一叶危,往来长恨阻归期。
> 乡关不是无华表,自为多惊独上迟。
> 水阔风惊去路危,孤舟欲上更迟迟。
> 鹤群长扰三珠树,不借闲人一只骑。

祖保泉先生认为华阴在河西,自河西归山意指从华阴归,是。尽管从方位看,华阴在渭水之南,由华阴归中条可由几条路,一是由华阴出潼关,北渡黄河,但中条山阻隔,王官谷在山北,得翻过中条山,路不好走;二是由华阴过渭水,经蒲津桥到蒲州(河中府),不知作者何以此次不选择此路;三是由华阴渡渭水以后再东渡黄河,才有诗中"一水悠悠一叶危","孤舟欲上更迟迟",史书中未载蒲津桥在战乱中被毁之事,否则无须走此水路。诗人已六十七岁,尚经此战乱及风波颠沛,诗中两用"危"字、"惊"字,写出旅途之艰险,战乱之危殆。出于逃生的欲望,诗人不得不辗转迁徙。故虽久别故乡,诗中也有急切之情,却不见有欣喜之情。

天复三年七月,作者于中条山王官谷作有《休休亭记》,文中云:"司空氏祯贻溪休休亭,本濯缨也。濯缨为陕军所焚;愚窜避逾纪,天复癸亥岁,蒲稔人安,既归,葺于坏垣之中,构不盈丈……"文又曰:"自开成丁巳岁七月,距今以是岁是月作是歌,亦乐天作传之年,六十七矣! 休休,且又耄而可以自任者,不增愧负于家国矣,复何求哉! 天复癸亥秋七月记。"这篇记及附诗较深刻地反映了诗人暮年的思想与情感。

集中有《寓居有感三首》,颇有深意,艺术性也极高,是司空图诗作中的精品。

天复四年(四月改天祐元年),此为甲子年,故是年有《元日》诗曰:

> 甲子今重数,生涯只自怜。
> 殷勤元日[旦]日,歆午又明年。

从写作年代说,此年为甲子午,诗人六十八岁, 生中已过一个甲子年(当时八岁),故言"甲子今重数"。"歆午"一词较费解,一般作"过午"讲,苏轼、王之道均有诗用此,然用于此处则不易解。祖保泉校本已经改为"歌舞",似乎仍不易解,因诗作于"元日"而非"除夕",何以称"歌舞又明年"?

《与李生论诗书》一文,是司空图诗论的殿军之作,《罗谱》、《陶谱》等均谓作于此年或稍后,因其中已引《元日》诗中后两句,在所引二十多联诗中,可考写作年代者,以此首为最晚,故《与李生论诗书》亦作于本年或稍后。

祖保泉先生谓集中犹有《岁尽二首》也当作于此年除夕,是。然这两首诗远非上乘之作,只可略窥诗人当时心境:

明日添一岁，端忧奈尔何。

　　冲寒出洞口，犹较夕阳多。

　　莫话伤心事，投春满鬓霜。

　　殷勤共尊酒，今岁只残阳。

昭宗是个颇为能干也寄托着诗人及许多欲复兴唐室的士大夫希望的君主，结果惨死朱全忠之手。换上台的李祝只是一个十四五岁的孩子，更是被朱全忠玩弄于股掌之中的傀儡，篡位弑君只是时间问题，诗人也清楚地认识到这一点。"今岁只残阳"，李商隐《晚晴》诗中"夕阳无限好，只是近黄昏"句中的晚霞、夕照也没有了，只有几丝为重重乌云遮蔽住的落日余晖了。"日薄西山，气息奄奄，人命危浅，朝不保夕"（李密《陈情表》）中刻画的祖母形象颇似此时此刻的唐王朝。

　　天祐二年（905），这年诗人已六十九岁。新春作《乙丑人日》诗，"人日"，正月初七。诗云：

　　自怪扶持七十身，归来又见故乡春。

　　今朝人日逢人喜，不料偷生作老人。

这是诗人晚年作品中少有的一首有几分喜气之作。诗人中年时便患眼疾、足疾，身体并不好，诗人甚至未曾指望能活到这古稀之年，"不料偷生作老人"句，便透出几分喜悦来。

　　这年诗人还著有《泽州灵泉院记》一文，文中记载是应洪密长老的门徒慧依、慧海之"勤请"而为，诗人自言"耐辱居士病且死"。《全唐文》载此文文末有"天祐二年岁次乙丑（905）望日记"之语。对文之作日言之凿凿。

三

　　这年八月十四日，因柳璨荐诏，司空图又至洛阳拜谒哀帝。《旧唐书》本传记载如下：

　　昭宗迁洛，鼎欲归梁，柳璨希贼旨，陷害旧族，召图入朝。图惧见诛，力疾至洛阳，谒见之日，堕笏失仪，旨趣极野。璨知不可屈，诏曰："司空图俊造登科，朱紫升籍，既养高以傲世，类移山以钓名。心惟乐于漱流,仕非专于禄食。匪夷匪惠,难居公正之朝;载省载思,当徇栖衡之志。可放还山。"

诏书所引尚非全文,前脱漏"前大中大夫尚书兵部侍郎赐紫金鱼袋"一句。据《全唐文》卷八三〇中还有柳璨《敬黜司空图李敬义奏》章一篇:

> 近年浮薄相扇,趋竞成风,乃有卧邀轩冕,视王爵如土梗者。司空图、李敬义三度除官,养望不至,咸宜屏黜,以劝事君者。

这段近于诽谤的文字,却使诗人脱却杀身之祸。设想,如果诗人这次愿意出山,名义上的官位是很高的,势必严重有损名节,而在后来的鼎革之际,难保不遭杀身之祸。柳璨虽为朱全忠之鹰犬,这年的十二月也被杀。而如果坚不应诏,也可能招致杀身之祸,司空图佯作老态(他当时已近七旬,身体也不好,这样做并不困难,坠笏失仪等也只是稍事夸张便可),是最好的选择。

柳璨等招司空图入京,也是为朱全忠收买人心。

《五代史阙文》另有一段记载:

> 柳璨为相,臣僚多被放逐,图为监察御史,尤加畏慎。昭宗郊礼毕,上章恳乞致仕曰:"察臣本意,非为官荣,可验衰羸,庶全名节。"上特赐归山。

这段文字疏漏极多。柳璨为相时,他的头衔已是"大中大夫尚书兵部侍郎",远不止是正八品上的小小"监察御史",况且上章乞致仕的奏章也决不可能如此写。"非为官荣","庶全名节"之类的话岂能如此直白地写入奏章中,致仕者"非为官荣",岂非在朝者皆是官迷、"禄蠹"。致仕者是为保全名节,置皇帝及在朝大臣于何地? 即使内心如此想,奏章中也决不可如此说。故这段文字可信度不高。

此年稍后之九月十日,卢渥病逝,诗人为之作《唐故太子太师致仕卢公神道碑》,碑文对卢渥的孝道、德行、胆识、政绩都作了较深刻的揭示,令人读之由衷而生敬意。此文与《纪恩门王公宣城遗事》是司空图写得最成功的两篇祭悼类的文章之一。此文颇长,才思不减当年,反之倒更老成,诚如杜甫评庾子山:"庾信文章老更成,凌云健笔意纵横。"读此文,自然看不出"坠笏失仪"之龙钟老态,更见出司空图应诏时的做作,是拒绝与朱全忠、柳璨之流合污的大义凛然之举。

司空图《寿星集述》一文亦作于此时,他被放还山,群公饯送,因老人星现,故谓是集为《寿星集》,司空图《寿星集述》云:

> 若某者孤立多虞,衰年谢病。因耕岩而自给,非欲贩山;知在木而无堪,便当为社。莫敢张皇邱壑,拟议巢由,且自顷求贤,多因肆眚。盖乘运泰,莫顾才难。
>
> 今也龙门回望,鹤盖交驰。落日琴樽,前朝图画。想家山之醉石,认客处之渔舟。白首归心,黄花缘路。来时不下,飘零海上之鸥;去矣自怜,放旷人间之世。

实际上这段文字部分是对柳璨之奏章的低调回应。诗人此时更多"苟全性命于乱世,不求闻达于诸侯"(诸葛亮《前出师表》),"苟全"而又不与篡国之逆贼合污,则守节而自保。

这年末犹有《偶诗五首》(依祖保泉说),诗中云:"贤豪出处尽沉吟,白日高悬只照心。一掬信陵坟上土,便如碣石累千金。"又云:"甘得寂寥能到老,一生心地亦应平。"能脱柳璨之祸平安归来而老死乡梓,诗人已觉万幸。

四

天祐三年(906),司空图已年满七十,隐王官谷。《旧唐书·司空图传》曰:

> 图既脱柳璨之祸还山,乃预为寿藏终制。故人来者,引之圹中,赋诗对酌,人或难色,图规之曰:"达人大观,幽显一致,非止暂游此中。公何不广哉!"图布衣鸠杖,出则以女家人鸾台自随。岁时村雩祠祷,鼓舞会集,图必造之,与野老同席,曾无傲色。

《新唐书》本传亦有类似的记载,可谓对诗人晚年平易近人、潇洒旷达的真实写照。

这年诗人还写有《修史亭三首》,选其二首:

甘心七十且酣歌，自算平生幸已多。

不似香山白居士，晚将心事著禅魔。

乌纱巾上是青天，检束酬知四十年。

谁料平生臂鹰手，挑灯自送佛前钱。

这两首诗极生动地写出了诗人七旬时自足和不平的双重心态。第一首看来是诗人对自己能安度晚年的庆幸："甘心七十且酣歌，自算平生幸已多。"诗人一生政治上未遭遇太大的打击，他所受到的不幸大致均是时代及社会造成的，"检束酬知四十年"句，诗人犹念念不忘恩师的提携栽培之恩德，他中进士虽不足四十年，认识王凝却差不多已四十年。然而诗人心亦不平。尤其是第二首的后两句："谁料平生臂鹰手，挑灯自送佛前钱。"臂鹰，驾鹰于臂，指狩猎或打仗，暗指可立大功建大业者。诗人并非能驰骋疆场者，却以将官自许。后来元人薛元曦有逸句云："臂鹰过雁碛，老马上龙堆。"显然就不是狩猎或游逸而是写边塞战争了。臂鹰之手却只能送佛前钱。看到这里不难想到宋代文学家陆游、辛弃疾的类似作品：

追往事，叹今吾，春风不染白髭须。却将万字平戎策，换得东家种树书。（辛弃疾《鹧鸪天》）

此身谁料，心在天山，身老沧洲。（陆游《诉衷情》）

"谁料平生臂鹰手，挑灯自送佛前钱"二句道出了怀才者的不遇，有志者的失意，然而在那个哀鸿遍野、杀人如草芥的世道（魏博节度使罗绍威这年正月十五一夜便杀其衙内亲军八千人），宗室王爷、朝廷大臣在朱全忠眼里也形同鸡犬，任意找个借口便可杀许多人。宋太祖建隆元年（960），其统治区的全部人口仅 967353 户[1]，中原地区全部人口也仅 300 余万人。此时，司空图能"挑灯自送佛前钱"又未尝不是莫大的幸运了。

这年秋诗人还作有《白菊三首》：

自古诗人少显荣，逃名何用更题名。

---

[1]　全部人口仅 967353 户：《中国历代户口、田地、田赋统计》，第 122 页。

诗中有虑犹须戒，莫向诗中著不平。

登高可羡少年场，白菊堆边鬓似霜。

益算更希沾上药，今朝第七十重阳。

诗人暮年回顾自己的一生，而得出"自古诗人少显荣"的结论，况且自己是"逃名"者，又何须"更题名"？"诗中有虑犹须戒，莫向诗中著不平"，联系诗人的论诗主张，他是不主张向诗中"著不平"的。他在《与王驾评传书》中贬低"元白力勍而气孱，乃都市豪估耳"，应是指他们那些"新乐府"诗而言的。司空图生活的年代，较之元白时代，政治更黑暗，人民生活更艰难，再写《卖炭翁》之类的作品也觉得缺乏力度了。

唐天祐四年(907)，司空图71岁。诗人继续隐居王官谷。这年四月甲子(十八)，哀帝被逼禅位于朱全忠，改封帝为济阴王，徙置曹州。朱全忠即帝位，号大梁。改元为梁开平元年。

《五代史阙文》及《新唐书》之本传均载朱全忠曾召司空图为礼部尚书：

梁祖授禅，以礼部尚书召，辞以老病。（《五代史阙文》）

朱全忠已篡，召为礼部尚书，不起。（《新唐书》）

而《旧唐书》《唐才子传》不载。从其诗文作品中也不易看出。王禹偁《五代史阙文》还议论说：

梁室大臣，如敬翔、李振、杜晓、汤涉等，皆唐朝旧族，本以忠义立身，重侯累将，三百余年，一旦委质朱梁，其甚者赞成弑逆。唯图以清直避世，终身不仕梁祖。

前有柳璨之召的坠笏失仪，这里又有辞朱梁礼部尚书之聘，可见诗人此时已心如止水，对功名已彻底淡漠了。况且诗人已年过七旬，也确实有病，而儒家的正统思想也使诗人把名节看得比生命还重要得多，一个"礼部尚书"的头衔是不会使诗人屈膝的。

关于司空图的去世，新旧《唐书》等记载不同：

唐祚亡之明年,闻辉王遇弑于济阴,不怿而疾,数日卒,时年七十二。(《旧唐书》)

哀帝弑,图闻,不食而卒,年七十二。(《新唐书》)

后闻哀帝遇弑,不食,扼腕,呕血数升而卒,年七十有二。(《唐才子传》)

《旧唐书》谓司空图听到哀帝遇弑的消息,只是"不怿"(不高兴),因此而得病数日而卒。《新唐书》、《唐才子传》均谓其绝食而死。《唐才子传》之"呕血数升"不知何据。三种说法,后人取《新唐书》者较多。如庐江王正茂纂《临晋县志》卷四《人物》载《唐兵部侍郎司空图传》云:

昭宗末造,全忠谋逆已著,柳璨党之,表圣以若进若退之身,处不惠不夷之列,坠笏见遗,嘉遁贞吉全身尽年之道,其庶几矣,迫贼温聘至,饿死王官,首阳抗迹。《唐史》所谓真丈夫者,洵矣哉!

另《司空表圣文集》十卷抄本卷首语:

闻哀帝遇弑,不食呕血卒,年七十有二。

这一说则与《唐才子传》相同。司空图受后人景仰,与他绝食而死不无关系。宋人江休复《王官谷司空侍郎故居》诗即云:"首阳采薇士,商代缅以遐。唐季有夫子,遁世肥且嘉。拔迹离污险,抗志凌青霞。"将他与耻食周粟的同乡伯夷、叔齐相提并论(首阳山即在今山西永济县境),显然,司空图绝食而死的说法在宋代已为人们广为接受。

有出众才华的司空图,最终却如此悲壮地死去,引起后人无尽的哀思,以至历代文人吊祭不绝。明人丁守中还专门将这类诗文编为《王官谷集》(今藏中国社会科学院图书馆及上海图书馆),除苏东坡等大作家外,受此待遇者恐不多。这不能不与他壮烈的绝食行为有关。

(《东南大学学报(哲学社会科学版)》2005 年第 5 期,与苏倩倩合著)

论宋金人眼里的司空图

司空图是唐代最重要的文艺理论家,他对后世有着多层面的影响。他的人品气节、辞官不做的隐士形象,以及其在文艺理论、诗文创作等方面都对两宋产生过较为显著的影响。

一

儒家重节操,看人品首先看其大节。《左传·成公十五年》引古语曰:"圣达节,次守节,下失节。"《论语·泰伯》亦载曾子语,谓"临大节而不可夺"。权奸当道、昏君临朝,朝臣则面临是舍身取义、明哲保身,还是助纣为虐、卖身求荣的选择。这里便有个大节问题。在朝代鼎革之际,更有个何去何从问题。司空图生活于唐末,又曾任中书舍人、谏议大夫、兵部侍郎等职(或任职不久,或辞未就职),是唐末一个较有影响的朝廷重臣。他自然也是当政的权奸及窃国篡逆者竭力拉拢争取的对象,其目的自然是为了掩饰其倒行逆施的罪行,也为自己不得人心的形象贴金。

昭宗天祐二年(905),朱全忠积极谋划篡位,二月杀昭宗子德王等九人。六月,又与权奸柳璨勾结,排斥异己,在白马驿杀宰相裴枢及静海军节度使独孤损、左仆射崔远、吏部尚书陆扆、工部尚书王溥、司空致仕裴贽、检校司空及太子太保致仕赵崇、兵部侍郎王赞。而且投尸于黄河。这年八月初,司空图因柳璨荐召至洛阳。《旧唐书》本传曰:

> 昭宗迁洛,鼎欲归梁,柳璨希贼旨,陷害旧族,召图入朝。图惧见诛,力疾至洛阳,谒见之日,堕笏失仪,旨趣极野。璨知不可屈,诏曰:"司空图俊造登科,朱紫升籍,既养高以傲世,类移山以钓名。心惟乐于漱流,仕非专于禄食。匪夷匪惠,难居公正之朝;载省载思,当徇栖衡之

384

志。可放还山。

对司空图在朝廷堕笏失仪,辞不与朱全忠、柳璨合作一事后人多有嘉许。另一事则是辞不就伪职,哀帝死,绝食殉国一事。《新唐书》本传有云:

> 朱全忠已篡,召为礼部尚书,不起。哀帝弑,图闻,不食而卒,年七十二。

堕笏失仪,不与朱全忠、柳璨合作,不任伪梁礼部尚书,闻哀帝遇弑绝食殉国,这三件事是最能见出司空图之节操的。宋以来的史学家、文学家均对此加以高度称赞。

其实,对司空图的人品、节操唐末及五代人即已加以褒奖。

唐末一些文人对司空图淡于名利,不愿为官即大加称赏。僧齐己《寄华山司空图》云:"天下艰难际,全家入华山。几劳丹诏问,空见使臣还。"僧虚中《寄华山司空图》亦云:"有时开御札,特地挂朝衣。"徐夤《寄华山司空侍郎二首》更云:"金阙争权竞献功,独逃征诏卧三峰。鸡群未必容于鹤,蛛网何繇捕得龙。"又云:"紫殿几征王佐业,青山未拆诏书封。""前古负材多为国,满怀经济欲何从?"徐夤《闻司空侍郎讣音》更云:"园绮生虽逢汉室,巢由死不谒尧阶。(八征不起)夫君没后何时葬,合取夷齐隐处埋。"据叶梦得《石林燕语》载:

> 司空图,朱全忠篡立,召为礼部尚书,不起,遂卒。宋次道为河南通判时,尝于御史台案牍中,得开平中为图蔍辍朝敕。

这条资料,不见于他书。朱全忠显然对司空图甚敬重,似乎他召司空图为礼部尚书并非虚文,司空图拒不应召,又绝食殉唐,朱全忠仍辍朝以示悼念。可见司空图的人品、节操连敌人也是钦敬的。

史学家更给司空图以高度评价。新旧《唐书》均列司空图传,《旧书》入文苑传,《新书》改入卓行传。王禹偁《五代史阙文》更对旧《梁史》对司空图的种种非议加以反驳。对司空图的人品节操加以称赞:

> 梁室大臣,如敬翔、李振、杜晓、汤涉等,皆唐朝旧族,本以忠义立

身,重侯累将,三百余年,一旦委质朱梁,其甚者赞成弑逆。唯图以清直避世,终身不仕梁祖。

《新唐书》将元德秀、权皋、甄济、阳城、司空图入《卓行传》,其赞词曰:

> 节谊为天下之大闲,士不可不勉。观皋、济不污贼,据忠自完,而乱臣为沮计。天下士知大分所在,故倾朝复支。不有君子,果能国乎? 德秀以德,城以鲠峭,图知命,其志凛凛与秋霜争严,真丈夫哉!

一些野史、笔记中也对司空图的操守有很高的评价。如宋人黄震《古今纪要》卷十五《卓行》列司空图为第一人。并列举其事迹如下:

> 奔避黄巢,其奴陷贼中,招之不肯,奔从僖宗,拜官多不受,阳堕笏避柳璨,归隐中条山王官谷。图唐兴节士,名亭曰休休。作文见志曰:"休,美也,休而美也。"不受王重荣馈遗,自目为耐辱居士,寇盗独不入王官谷,士人依以避难。全忠招不往,哀帝被弑不食而卒。

大致将在儒家眼中司空图后半生的主要事迹均一一列出,这便是封建士大夫心目中的大节了。熙宁中曾任虞乡县令的俞充曾作《贻溪怀古十首》,其序曰:

> 唐衰全忠僭窃,士之有忠义之心者皆深嫉之,而能潇然脱去不污其身,得全其节者,表圣一人而已。予令于虞,表圣之居适在境内,造其祠,拜其像,想慕其生平,为之赋《王官十咏》,更邀世之能诗者和之,以发扬其潜德,奈何世之知表圣者以休休莫莫而止耳。予近得表圣《一鸣》全集观之,至于一歌一咏,一亭一榭,意皆有谓,非若世之隐者,自弃于山林之中,无心于及物也。信乎全出处之大节,踵夷齐之高风矣。

俞充的《王官十咏》、《贻溪怀古十首》均完整流传至今,虽创作水平不高,倒是明白见出北宋士大夫对司空图道德、人品的高度敬仰。与苏舜钦同时的一位诗人江休复(字邻几)有《王官谷司空侍郎故居》一首,颇能代表北宋士大夫对司空图道德人品的敬仰,诗如下:

首阳采薇士,商代缅以退。唐季有夫子,遁世肥且嘉。拔迹离污险,抗志凌青霞。剥运扇颓风,奸雄比回邪。不然随波流,横噬狼貐牙。吁哉士德衰,暌乖鬼盈车。英英夫子贤,显晦吾所嗟。相见栖隐情,遗文搴菁华。山藏白驹谷,水绕骚人家。踌躇碧峰前,寒日忽已斜。

虞乡县今属山西永济市,首阳山正在县境。司空图之不随波逐流,不与世俗同流合污,俞充、江休复均将之与昔日之伯夷、叔齐相提并论。韩愈曾有《伯夷颂》,在儒家士大夫心目中,伯夷的地位是有几分神圣的。在宋代,王官谷也和首阳山有了近乎相似的地位。

南宋时期司空图的家乡是沦陷区,宋人能实地拜谒王官谷司空图的几乎没有了。南宋诗中提及司空图的要少了一些,但有刘克庄《杂咏一百首·十节·司空图》云:

> 节将飞扬去,牙郎卖弄余。
> 唐臣不负国,唯有一尚书。

刘克庄误以为司空图曾任"尚书",司空图曾被后梁朱全忠聘为礼部尚书,但并未任职,此前他的头衔只是中书舍人、兵部侍郎、户部侍郎之类,并未任尚书。但诗之立意清楚,对司空图的忠心、大节予以了充分的肯定。

二

在宋代一般文人士大夫眼中,司空图更是一名志向高洁的隐士。因而他们对司空图自称"耐辱居士"、作"休休亭",以示绝意功名,又预置生圹,与客游戏圹中等行为更为称赞,司空图的名字常和陶渊明一起被提到,王官谷也有了隐居之地标志的含义。这类例子多不胜举。

宋代对知识分子是十分优待的。科举考试的录取名额大幅增加,南宋时多达近 500 名,比唐代的 30 名左右增了一二十倍。宋代的官员也比唐代多了很多倍,知识分子读书做官的门路宽了许多,除了像朱敦儒那样刻意不求官者,宋代文人中从科举出身的占了大多数。宋代官场倾轧虽仍存在,蔡京、秦桧、贾似道等奸臣当道的时间也不短,但不居高位的知识分子基本生活较有保障,被削职了,还能以"提举××观"的名义领取退休金。做隐士在宋代变得不那么时髦,至少已不是一条"终南捷径",至多是官僚退休养老的或是落泊知识分子的一种生活方式。但这并未影响到作为隐士的司空图在宋代大行其道，十分受到两宋文士赞许，王官谷也成了文士们向往的地方。

从北宋初年开始，诗文中便有较多作品歌颂司空图，此后络绎不绝。略举数例如次：

耐辱幽人不愿名，　一丘一壑遂高情。
门前流水无冬夏，　想见先生到骨清。

——北宋·王午《游王官谷》

表圣于文尚未高，　善将名利比秋毫。
王官谷里当安卧，　天子呼来亦逐逃。

——北宋·王钦臣《游王官谷》

世事心知不可为，　拂衣归此养天机。
先生独善端无意，　肯续春秋辨是非。

——北宋·郑集《游休休亭》

掣舟直度闲千骑，　佩印重来仅十秋。
预约前春挂冠去，　湖山阁好换休休。

——北宋·赵抃《题孤山寺湖上阁》

势利煎人漫白头，　休休休去是良谋。
应须买取堪骑鹤，　跨入芝田阆苑游。

——北宋·蒋之奇《游休休亭》

人们较注重司空图自称"耐辱居士"和"三休亭"以明心迹之事。其《休休亭记》曾云："司空氏祯贻溪之休休亭，本名濯缨亭，为陕军所焚，天复癸亥岁，复葺于坏垣之中，乃更名休休。休，休也，美也，既休而具美存焉。盖量其材一宜休，揣其分二宜休，耄而聩三宜休。又少而惰，长而率，老而迂，是三者皆非济时之用，又宜休也。"北宋时知识分子的生存环境总的来说大大好于司空图生活的时代，但官场的倾轧也使许多知识分子堕入一个怪圈：勤奋读书——努力参加科考——争取做官——做大官——及早提前退休——安度晚年。这是官场的"围城"现象，未当官的拼命往里挤，当了官的又希望尽早出来以全身远祸。司空图的不慕名利，弃官归隐的隐士形象便为知识分子所仰慕。

南宋的诗文中，这种对司空图的仰慕依旧，这一点还表现在与南宋同时的一些金代文人的诗词中。这些作品自南渡作家(其前半生在北宋度过)集中便有反映,如南宋初名相赵鼎之《陪王毅伯游柏梯寺 次毅伯韵》(节录):

> 伊昔耐辱人,诛茅此山谷。爱闲如爱官,食薇如食肉。酌泉吸山光,清冷饱空腹。故居今宛然,修篁蔽山麓。我亦困尘笼,暮年思退缩。①

柏梯寺在虞乡县境,与王官谷相近,写此诗时赵鼎应正在虞乡境内,当系北宋亡之前。显然,司空图的淡泊名利,与赵鼎等厌倦官场的心境有着较多的契合点。南宋其他作家的情况则有所不同。如陆游的两首诗:

> 残年孤寂不禁秋,醉自凄凉醒更愁。
> 富贵空成守钱虏,吾今何止百宜休。
>
> ——《悲秋》(四首其三)

> 衰病犹须药石功,残春终日在园中。
> 地偏幽草为谁绿,雨霁新花如许红。
> 足蹇扶持须稚子,杯深暖热赖邻翁。
> 此身虽向闲中老,若比休休却未同。
>
> ——《小园新晴》(其二)

　　陆游主要生活在宋孝宗隆兴和议以后,宋金两国相持无战事的年月,宋无力收复失地,金也无力继续南侵,主和势力占主导地位,国家十分需要岳飞那样能收复旧山河的英雄,却让辛弃疾等英雄人物"报国欲死无战场"(陆游语)。陆游的后半生只能过着"心在天山,身老沧洲"的赋闲生活,山阴与王官谷虽隔千里,都是风景名胜之区,便成了二人隐居之所。
　　与此时间大致相同,金代的文学家有不少到过王官谷,对这位前贤的隐士形象,同样加以推崇与颂扬。如:

> 黄尘乌帽走西州,溽暑秋霖两滞留。
> 居士有灵应见笑,微官何事不休休?
>
> ——蔡珪《游王官谷谒司空表圣祠三首》(之二)

---

① 见《四库全书》本《忠正德文集》卷五。

不见高人耐辱公,倚天山色自清雄。

凭君莫促东州驾,且看苍崖泻玉虹。

——王隆吉《游王官谷》

表圣当年爱此山,倚楼终日看飞湍。

后人空饮贻溪水,不学先生便挂冠。

——陈庚《题师岩卿蒲中八咏·王官飞湍》

仕路奔驰两鬓华,谁能来此老烟霞。

而今三诏亭前水,都属寻常射利家。

——李楫《望天柱峰三绝》(之二)

司空图在宋、金人的眼中既是一位节义之士,又是一位隐士,甚至将之与伯夷、叔齐相比。他淡泊名利,多次让官的高洁品格是这些诗人共同歌颂的主题。

司空图轻生死,还是一位旷达之士。《旧唐书》本传曰:

> 图既脱柳璨之祸还山,乃预为寿藏终制。故人来者,引之圹中,赋诗对酌,人或难色,图规之曰:"达人大观,幽显一致,非止暂游此中。公何不广哉!"

人固有一死,不畏死,能达观面对者代不乏人,但能像司空图这样豁达者并不多见。预为寿藏,又作生圹,还引客坐圹中,说明他对死的无所畏惧。朱全忠、柳璨对不屈从者杀掉很多,司空图不得不做死的准备,也表明他将以死抗争。哀帝遇弑,他绝食而死,便是这旷达之后的结局。这种旷达是以不屈不挠的意志为基础,不是阿Q式的苦中作乐,而是一种意志的委婉表达。后人谓其旷达,我谓其坚毅,国难当头,表现为对死的旷达则显得格外悲壮。这点,也受到宋金文人的赞许。试举诗文数例于次:

> 负锸刘伯伦,坐圹司空图。
>
> 谁为后来达,息庵与之俱。

——宋·刘学箕《寄题吴介夫专壑七咏·寿藏》

予尝爱司空表圣弃官隐王官谷,布衣鸠杖,日从野老游,预卜寿藏,遇胜日,引客坐圹中,赋诗饮酒,史氏以为知命。君岂睎表圣者耶?何其旷达之相似也？

——宋·周必大《眉寿堂记》①

唐高士司空表圣自作冢棺，时或引客坐圹中，饮酒赋诗，裴回终日。客或难之，表圣笑曰：……此语载之史册，作范来裔，其视汉鲁相孔耽之神祠、赵岐之墓石、晋陶徵士之自祭、唐王无功、杜牧之之墓铭、宋米元章坐棺木黄堂上，表圣之言尤为殷重。②

——金·元好问《尚药吴辨夫寿冢记》

仅元好问集中，《寿冢记》便有二篇，均言及司空图，他认为："频值丧乱，阅世变也熟，超然远览。"元好问称司空图与米芾"皆名世大贤"（《樊侯寿冢记》）。

王官谷本是距虞乡县城数十里的一个小山谷，却因出了个司空图，便成了与伯夷、叔齐之首阳山、谢安之东山、王维之蓝田辋川庄……齐名的隐居之所，成了厌倦官场污浊者向往的桃花源。去过或未去过王官谷的人都倾心仰慕，这是一种耐人寻味的文化现象。对此北宋曾任虞乡县令的俞充于其《王官十咏·序》曰：

> 王官谷山水之胜甲于关右，由司空表圣所尝居，名尤著于天下，好事者道出虞板，必枉辔以游之，洒涤尘虑，想慕清风，随其人所得，皆有以为乐，题名满山岩屋壁。

更多的游王官谷者是慕司空图之名而来，一些著名政治家、文学家在一些事关隐居的作品中往往较多写到王官谷，如：

> 王官有空谷，隐者常栖迟。拂榻梦其人，亦足慰所思。
> ——宋·王安石《寄题睡轩》（节录）
> 钟鼎山林出处明，中间不合枉高情。
> 有钱须买王官谷，流水声中过一生。
> ——宋·王钦臣《游王官谷》
> 表圣隐王官，出处适其宜。……优游向泉石，琴酒聊自资。休休复莫莫，终永忘所归。著史以见态，迂阔从人嗤。风驭去不返，幽谷空遗

---

① 见《四库全书》本《文忠集》卷二十八。
② 见山西人民出版社《元好问全集》卷三十四，第784页。

卷四 诗词研究

祠。名与前峰高，挺挺为表仪。洁与飞瀑并，浊流应忸怩。方今重完节，褒封并非迟。发扬在守土，抗章无愧词。庶几慰精爽，光辉于盛时。

——宋·郑滋《游王官谷》（节录）

郑滋此诗是刻于石上的，其序文曰：“大观初，家府君簿临晋，尝留诗于祠堂，意以表圣之高名清节，暴白于世，而风采为可仰也。谨摹诸石，庶永来观。政和戊戌八月望，男从事郎虞乡县令师甫题。”父子两代，对司空图均一往情深，应传为佳话。

金人游王官谷诗流传至今的尚有十多首，如：

居士乘鹤去，人间几百秋。
惟余旧山色，空碧照溪流。

——王肩元《谒表圣祠》

一峰凝碧倚晴空，一水萦纡一径通。
中有幽人曾说古，谁知高兴与今同。

——雷思《游王官谷二首》之二[①]

先生节义全终始，名与青山万古高。
遗像仅存人已远，满岩修竹冷萧骚。

——李楫《望天柱峰三绝》之二

晚唐的战乱和政治黑暗丧送了司空图的政治前途，他不可能如其母的曾祖刘晏那样在政治上很有作为，甚至也不能如其父司空舆在一个不高但颇重要的榷盐使的岗位上施展自己的政治才能并有所建树。黄巢之乱使他的政治前途化为乌有，军阀的互相攻掠，朝廷宦官政治的黑暗使每个有独立人格的官员在朝廷很难找到立身之地，多少正直的官员死于非命。司空图选择了绝世独立而非与世浮沉，只能一次次辞官不就，隐居王官谷、隐居华阴。司空图的大半生便是在这隐居与赋闲中度过的，这是身处乱世的知识分子不得已的选择。司空图以其过人的人格魅力、其淡泊名利的道德情操，令宋金文人为之倾倒。

---

① 《全辽金诗》（山西人民出版社）谓周昂作。

392

三

在今人眼里，司空图是作为唐代最伟大的文艺理论家而引人注目的，在宋人眼里，除苏东坡外，十分看重这一点的人还不很多，诗话、文论中论及司空图这方面贡献的，较多是苏东坡论述的翻版。这一方面是苏东坡本人的巨大影响所致（笔者一直认为，苏轼对后世的多方面影响，是我国历史上任何文学家无法与之相比的，甚至是除孔子等少数大思想家外也无可比拟的）；另一方面也说明，其他人（除严羽外）对司空图的理论贡献的认识（尤其是对《二十四诗品》的认识）还十分肤浅。具体说来是以下几点：

一是他的《与王驾评诗书》，这篇文章中对唐诗的主要流派作出了评价。其文曰：

> 国初，上好文章，雅风特盛。沈、宋始兴之后，杰出于江宁，宏肆于李杜，极矣。右丞、苏州趣味澄复，若清沇之贯达。大历十数公，抑又其次。元白力勍而气孱，乃都市豪估耳。刘公梦得、杨公巨源，亦各有胜会。浪仙、无可、刘得仁辈，时得佳致，亦足涤烦。厥后所闻，徒褊浅矣。

陈伯海先生《唐诗学引论》谓："这段文字自然十分简略，谈到的作家也不多，甚至还存在着后人所批评的'论中晚唐人，殊乖公允'（许印芳《王与驾评诗书跋》）"的毛病。尽管如此，它却是现今所能见到的唐人对唐诗的发展历史作出系统归纳的第一篇文献，在短短的篇幅中，要言不烦地综括了各时期诗歌创作的代表作家和基本风貌，反映出唐诗的盛衰起伏。正如明胡应麟所指出：'唐人评骘当代诗人，自为意见，挂一漏万，未有克举其全者。唯图此论，撷重概轻，繇巨约细，品藻不过十数公，而初、盛、中、晚肯綮悉投，名胜略尽。后人综核万端，其大旨不能易也。'当然，宋人对这篇诗论的认识还远不及此。计有功《唐诗纪事》引证全文，题为尤袤的《全唐诗话》也摘引约三分之一。蔡启《蔡宽夫诗话》则云：

> 司空图善论前人诗，如谓"元白为力就气孱，乃都会之豪估；郊岛非附于寒涩，无所置才"，皆切中其病。……

这段文字中，关于元白的评论，正见于《与王驾论诗书》，文字一两字有出入，

393

而对郊岛的批评，似有讹误，而原《与王驾论诗书》中谓"浪仙、无可、刘得仁辈，时得佳致，亦足涤烦"，虽说不上有多抬举，但至少是肯定的，但后人引文如《蔡宽夫诗话》者尚多，似从《与李生论诗书》屡入。《诗话总龟》、《诗人玉屑》也都转引了《蔡宽夫诗话》的这段论述。

《题柳柳州集后》是司空图的一又一重要论诗名篇，其中有曰：

> 愚常览韩吏部诗歌数百首，其驱驾气势，若掀雷抉电，撑挟于天地之间，物状奇怪，不得不鼓舞而徇其呼吸也。其次皇甫祠部文集外，所作亦为遒逸，非无意于渊密，盖或未遑耳。今于华下方得柳诗，味其深搜之致，亦深远矣。俾其穷而克寿，玩精极思，则固非琐琐者轻可拟议其优劣。

《苕溪渔隐丛话》后集卷十一录其全文，陆游作于开禧丁卯（1207）四月二十一日之《再跋皇甫先生文集后》[①]引录上述引文之前半部。《诗人玉屑》卷十五也转引了此文论韩愈诗的两句话。

《与李生论诗书》是司空图诗论中除《诗品》外最重要的篇章，在这篇文章中他提出了著名的"味外之味"的命题，这篇文章很受到宋人的关注。后来计有功《唐诗纪事》、胡仔《苕溪渔隐丛话》将之全文收入，题为尤袤著《全唐诗话》也大致收录全文。陈振孙《直斋书录解题》也对之作出了评论。然而，相比之下，这些都不重要，重要的是苏轼的《书黄子思诗集后》一文。其中云：

> 唐末司空图崎岖兵乱之间，而诗文高雅，犹有承平之遗风，其论诗曰："梅止于酸，盐止于咸，饮食不可无盐梅，而其美常在咸酸之外。"盖自列其诗之有得于文字之表者二十四韵，恨当时不识其妙，予三复其言而悲之。

文中还对李杜、韦柳作了高度评价，称韦柳诗"发纤秾于简古，寄至味于淡泊，非余子所及"，与司空图强调"辨于味而可言诗"的主张是一致的，也与司空图提倡味外之味以及在《二十四诗品》中倡导"自然"、"冲淡"的审美倾向相一致。

---

① 见《四库全书》本《渭南文集》卷三十。

苏东坡的这篇文章,在两宋时期被广为引用,曾季貍《艇斋诗话》、洪迈的《容斋随笔》、张镃的《诗学规范》、魏庆之的《诗人玉屑》等均加以引用。近年来,关于文中提及的"自得于文字之表者二十四韵"是否即指《二十四诗品》论辩双方还有争议,本人另有专文论及。《二十四诗品》在宋代的影响不是很大则是肯定的。目前学术界多数意见仍认为《二十四诗品》的作者应是司空图,以下三点便值得耐人寻味了。

其一是欧阳修的《二十四花品》。欧阳修《洛阳牡丹记》中列举洛阳牡丹的二十四品:

姚黄　　魏花　　细叶寿安　　鞓红(亦曰青州红)

牛家黄　　潜溪绯　　左花　　献来红

叶底紫　　鹤翎红　　添色红　　倒晕檀心

朱砂红　　九蕊真珠　　延州红　　多叶紫

粗叶寿安　　丹州红　　莲花萼　　一百五

鹿胎花　　甘草黄　　一捻红　　玉版白

"牡丹之名或以氏,或以州,或以地,或以色,或旌其所异者而志之。姚黄、牛黄、左花、魏花以姓著;青州、丹州、延州红以州著;细叶、粗叶寿安、潜溪绯以地著;一拟红、鹤翎红、朱砂红、玉板白、多叶紫、甘草黄以色著;献来红、添色红、九蕊真珠、鹿胎花、倒晕檀心、莲花萼、一百五、叶底紫等皆志其异者。"[①]洛阳牡丹甲天下,洛阳牡丹品种远不止此,《洛阳牡丹记》便云:"洛阳亦有黄芍药、绯桃、瑞莲、千叶李、红郁李之类,皆不减它(外地)出者,而洛阳人不甚惜,谓之果子花。"欧阳修何以只选定二十四品? 与《二十四诗品》是否有某种因缘?

其二,金元好问《遗山集》卷三十七《陶然集诗序》云:"诗之目既广,而诗评、诗品、诗说、诗式亦不可胜读。"钟嵘《诗品》时人有目之《诗评》者,《诗品》谓何? 若指前者或李嗣真《诗品》,谓之《不可胜读》显然已非一种,是否含《二十四诗品》?

其三,宋人诗中已较多运用《二十四诗品》的句子,如"手把芙蓉"、"水流花开"等《诗品》中的句子,均已为宋代诗人所引用。否定《诗品》是司空图所作者以此作为《诗品》是作于宋以后的证据,而我们是否也同样可以认为,这

<hr>

① 　见《四部丛刊》本。《欧阳文忠公文集》卷七十二《洛阳牡丹记》。

是《诗品》在宋代诗坛影响的又一方面痕迹？

四

司空图的创作较之他的诗论要逊色许多，这似乎是学术界的定论，但对宋代文坛的影响而言，其诗文创作的影响并不亚于其诗论，这也毋庸置疑。这大致表现于三个方面：一是其诗文受到宋代著名文人的珍爱；二是他的诗文在宋代被引用的频率极高；三是较多文人对司空图的诗文加以阐释。

首先说说他的诗文受到宋代文人的珍爱。前引苏东坡《书黄子思诗集后》便云："司空图崎岖兵乱之间，而诗文高雅，犹有承平之遗风……自列其诗之有得于文字之表者二十四韵，恨当时不识其妙，予三复其言而悲之。"对"二十四韵"的解释迄今尚有争议，或指《二十四诗品》，或指其《与李生论诗书》中的所谓"二十四联"，无论是哪一种（笔者当然倾向于前者），这都说明司空图的诗作令苏轼也十分倾倒（《二十四诗品》亦可视为诗作）。

《东坡文集》卷六十七有《书司空图诗》云：

> 司空表圣自论其诗，以为得味于味外。"绿树连村暗，黄花入麦稀。"此句最善。又云："棋声花院静，幡影石坛高。"吾尝游五老峰，入白鹤院，松阴满庭，不见一人，惟闻棋声，然后知此句之工也，但恨其寒俭有僧态。若杜子美云："暗飞萤自照，水宿鸟相呼。四更山吐月，残夜水明楼。"则才力富健，去表圣之流远矣。

这段文字对司空图诗作了有分寸的肯定，既肯定其"工"，又指出其"寒俭有僧态"，距杜甫差距甚远，这种评价是公正的。

司空图的诗也受到宋祁等文人的喜爱或收藏。宋祁《题司空图诗卷末》①云：

> 唐司空表圣，隐虞乡之王官谷，唐亡表圣死，无子，家书湮散。后百五十三年，直宋嘉祐岁己亥(1059)，武威段绎得书一卷示予曰："表圣诗稿也。"纸用废漫，字正楷，凡诗十有二篇。此世所传表圣笔，其真不疑。髹以重番治，背发轴锦护，首粲然若新，其势不数百年，不泯也。噫，表

---

① 见《宋景文集拾遗》卷十五，转引自《宋诗话全编》，江苏古籍出版社 1998 年版，卷一，第140 页。

圣贤者也。以其贤,故一物一言为后人爱秘若此,宁当时之人举不及后之知表圣耶? 是不然同时者媚,异时者慕,尚何怪哉! 绎得于虞乡尉孙膺,膺得于谷口民张,张传之祖,祖尝为表圣主阁云。广平宋某记。

这段文字可见出司空图诗受后人的珍爱情况。尽管如此,《司空表圣诗集》原有 10 卷,今仅剩不到一半,《全唐诗》作 3 卷,《四部丛刊》本(即《唐音统签》本)作 5 卷,即便其《与李生论诗书》中列举的二十四至二十六联自以为得意之作,也已至少三分之一不见全诗,而只赖这篇文章留下一联。今本司空图诗形式很不全,五言律诗为数很少,五七言古诗仅一两首,七律、乐府、歌行几乎不见,四言诗也仅见《诗品》,而五七言绝却多达三百多首。

其次说说其诗被宋人引用的情况(《诗品》另作专篇论述),也可见其影响之一斑。苏东坡、黄庭坚等诗人,在其作品中都曾引用过司空图诗,或用司空图诗文作语典,这类例子非常多,略举数例如次:

白云穿破碧玲珑,三休亭上工延月。①(《登玲珑山》)

王十朋注曰:"《唐书·司空图传》:司空图居中条山王官谷,有先人田,遂隐不出。作亭观素室,悉图唐兴节士文人,名亭曰休休,作文以见志。曰:'休,美也,既休而美具,故量才一宜休,揣分二宜休,耄而聩三宜休,又少也惰长也率,老也迂,三者非济时用,则又宜休。'因自目为耐辱居士。"又如:

纤纤入麦黄花乱,飒飒催诗白雨来。②(《游张山人园》)

前句,王十朋注曰:司空图《郊园》诗:"绿树连村暗,黄花入麦稀。"再如:

闭门群动息,香篆起烟缕。③(《宿临安净土寺》)

前句,王十朋注曰:司空图诗:"夜久群动息。"此句今本《司空表圣诗集》已不载。王十朋乃宋人,或可得见司空图更多的诗作。黄庭坚诗亦然,如其《山

---

① 见王文诰《苏文忠公诗编注集成》卷十,珠海出版社《苏东坡全集》第 436 页。
② 见王文诰《苏文忠公诗编注集成》卷十,珠海出版社《苏东坡全集》第 731 页。
③ 见王文诰《苏文忠公诗编注集成》卷十,珠海出版社《苏东坡全集》第 306 页。

谷外集》卷十一《和答魏道辅寄怀十首》(其六)曰:

> 眉颊颇秀发,村狐托脂泽。

宋史容注曰:"司空图《山居记》云:'中条距虞乡百里,亦犹人之秀发,必见于眉宇之间。'"再如其《二十四弟归洪州赋莫如兄弟四章赠行》诗中之"恼人自作乐,休休莫莫莫"①。这后一句显然来自司空图《休休亭记》所附《耐辱居士歌》中"休休休,莫莫莫"句。

陈师道诗中也常用司空图的句子。如《后山诗注》卷七《登燕子楼》:"绿暗连村柳,红明委地花。"前句同样来自司空图《郊园》诗"绿树连村暗,黄花入麦稀。"又同卷《答颜生见寄》"闲处著身容我老,忙中见记识君情。"前句也出于司空图《耐辱居士歌》:"赖是长教闲处著。"

再如宋晁说之《景迂生集》卷七《约结》诗曰:"自怜不注《愍征赋》,一世征衣愧不才。"前一句既出自司空图诗《杂题九首》之一"今日甘为客,当时注《愍征》"。同时司空图曾为卢献卿《愍征赋》作注,其文集中犹有《注愍征赋述》、《注愍征赋后述》。

又如宋傅察《忠肃集》卷上《九日次韵邢子友》诗曰:"年过骑省悲秋易,贫似司空乞酒难。"这后一句,显然出自司空图《九日》诗:"黄菊新开乞酒难。"

特别值得一提的是宋王阮与金李俊民的集句诗,常集司空图诗句。如王阮《沧洲阁集句二首》之一:

> 沧洲有奇趣(刘禹锡),吾道付沧洲(杜　甫)。
> 树影中流见(张　祜),船灯照岛幽(司空图)。
> 转思江海上(王介甫),却著土山头(贺　涉)。
> 野水无人渡(寇莱公),乘桴学圣丘(韩退之)。

又如李俊民《七言绝句集古》集中《雨后出郊》曰:

> 柳塘烟起日西斜(鲍　溶),马踏青泥半是花(窦　巩)。
> 何处最伤游客思(武元衡),绿阴相间两三家(司空图)。

---

① 见《四库全书》本《山谷外集注》卷十七。

又《约同归》曰：

> 故国烟花想已残（卢　弼），浮生各自系悲欢（司空图）。
> 春色似怜歌舞地（姚　合），不论时节遣花开（苏　轼）。

《江湖小集》里也辑录宋·释绍嵩《江浙纪行集句诗》及李龚的《梅花衲》中也集有司空图多句诗。辑司空图诗句最多的是清人黄之隽《香屑集》，集有司空图诗句的竟达 77 首之多。司空图的诗句被宋人引用、化用、集之为诗十分常见。宋人潘自牧所编《纪纂渊海》也辑录司空图文数十处。由此可见，司空图诗文在宋金两代文人中的影响。

其三是对司空图诗文加以阐释，虽然这种阐释未必全符合作者本意。宋罗大经《鹤林玉露》卷四甲编《戒色》曰：

> 司空图诗云："昨日流莺今日蝉，起来又是夕阳天。六龙飞辔长相窘，更忍乘危自着鞭。"戒好色自戕者也。杨诚斋善谑，尝谓好色者曰："阎罗王未曾相唤，子乃自求押到，何也？"即此诗之意。

司空图在文学艺术的其他方面，对宋人也有一定的影响。司空图写过几首词，如今流传下来完整的仅一首。试比较此词与欧阳修的一首词：

> 买得杏花，十载归来方始坼。假山西畔药栏东，满枝红。　旋开旋落旋成空，白发多情人更惜。黄昏把酒祝东风，且从容。
>
> ——司空图《酒泉子》
>
> 把酒祝东风，且共从容。垂杨紫陌洛城东。总是当时携手处，游遍芳丛。　聚散苦匆匆，此恨无穷。今年花胜去年红。可惜明年花更好，知与谁同？
>
> ——欧阳修《浪淘沙》

欧公的词开头两句完全从司空图词化来，这是一目了然的。许昂霄云："欧公《浪淘沙》起语本此。然删去'黄昏'二字，便觉寡味。"（《词综偶评》）陈廷焯亦云："遣词命意是六一公之祖也。"俞陛云则曰："表圣有绝句云：'故国春

归未有涯，小栏高槛别人家。五更惆怅回孤枕，犹自残灯照落花.'与此词同慨，隐然有《黍离》之怀也。"(《唐词选释》)

司空图还是一位著名书法家，《宣和书谱》卷九行书三有《司空图传》。传中谓司空图于徐浩真迹"志后之曰'人之格状或峻，则其心必劲，视其笔迹，可以见其人.'于是知图之于书非浅浅者。及观其《赠岑光草书歌》，于行书尤妙知笔意。史复称其志节凛凛与秋霜争严，考其书，抑又足见其高致云。今御府所藏行书二：赠岑光草书歌，赠岑光草书诗"。而宋祁见到的司空图诗为正楷，可见他在行、楷两方面均有较高造诣。他集中的《书屏记》等著作，甚至在书法理论上也有一定贡献。这些对宋代均有较好影响。

司空图去世仅半个世纪，便入宋，而宋延续了三百余年。置身于偏僻乡野的司空图以其高风亮节，以其淡泊名利的精神及理论创作上的杰出成就令史学家、文学家、文艺理论家、书法艺术家均对之倾倒。他是宋代诗文中出现频率很高的唐代文学家，他也导致王官谷声名显赫，甚至宋金时期一些较著名的文学艺术家也以王官谷为栖身之地。"司空图"、"王官谷"与宋金文人有着不解的情结，这是一种耐人寻味的历史文化现象。

（中国宋代文学学会第四届年会，2005 年于浙江大学）

王步高诗文集

《二十四诗品》非司空图作质疑

司空图《二十四诗品》真伪的争论是当今古代文学和文学批评研究领域最大的一场论争。因我正应约写作南京大学《中国思想家评传丛书》中的《司空图评传》，自难以置身这场论争之外，且有意结识了这场论争的关键人物复旦大学陈尚君教授，受其启发，涉猎了一些材料，有些粗浅的零星见解，不揣浅陋，以求正于方家。

卷四　诗词研究

一

如何认识苏轼《书黄子思诗集后》？这是这场论争的焦点之一。诚如陈尚君先生所指出的，苏轼的《书黄子思诗集后》一文，是迄今为止，宋人将《二十四诗品》与司空图联系在一起的唯一证据。其文曰：

> 予尝论书，以为钟、王之迹，萧散简远，妙在笔画之外。至唐颜、柳，始集古今笔法而尽发之，极书之变，天下翕然以为宗师。而钟、王之法益微。
>
> 至于诗亦然。苏李之天成，曹刘之自得，陶谢之超然，盖亦至矣。而李太白、杜子美以英玮绝世之姿，凌跨百代，古今诗人尽废；然魏晋以来，高风绝尘，亦少衰矣。李杜之后，诗人继作，虽间有远韵，而才不逮意。独韦应物、柳宗元发纤秾于简古，寄至味于淡泊，非余子所及也。唐末司空图崎岖兵乱之间，而诗文高雅，犹有承平之遗风。其论诗曰："梅止于酸，盐止于咸，饮食不可无盐梅，而其美常在咸酸之外。"盖自列其诗之有得于文字之表者二十四韵，恨当时不识其妙，予三复其言而悲之。

古人一直认为此处"有得于文字之表者二十四韵",指的便是《二十四诗品》,后人于此不复深究。独陈尚君、汪涌豪先生对此产生怀疑,其《二十四诗品辨伪》(节要)一文(以下简称"陈、汪文")指出,上文"论诗数语据(司空)图《与李生论诗书》撮录大意。次句中'有得于文字之表'为'其诗'之修饰语。唐宋人习称近体诗中一联为一韵,不以一首为一韵。'自列其诗……二十四韵',应指司空图自己所作诗二十四联。《与李生论诗书》在陈述论诗主张后,即举己作为证,如'得于早春则有"草嫩侵沙短,冰轻著雨销"'之类,恰为二十四联"。

　　这里有四个问题:一是唐宋人是否都"习称近体诗中一联为一韵,不以一首为一韵";二是司空图《与李生论诗书》所列诗例"恰为二十四联"是否可靠;三是"有得于文字之表者"一语是否只是"其诗"的修饰语,而不是另有其意;四是司空图《与李生论诗书》中的所谓"二十四联"是否值得苏轼"恨当时不识其妙",并"三复其言而悲之"? 这里试针对这四个问题加以剖析论述。

　　其一,唐宋人是否都"习称近体诗中一联为一韵,不以一首为一韵"? 愚以为不然。唐宋时期适应近体诗的产生,人们逐步将近体诗中的两句称为一联。但从未将一联称为一韵,"韵"这个词在任何辞书里均不具有"联"的含义。且看唐宋名家诗中的一些实例:如杜甫便有《秋日夔府咏怀奉寄郑监李宾客一百韵》、《上韦左相二十韵》、《投赠哥舒开府翰二十韵》、《奉送严公入朝十韵》、《奉和严中丞西城晚眺十韵》、《奉赠韦左丞丈二十二韵》、《奉赠鲜于京兆二十韵》……又如苏轼《李公择过高邮,见施大夫与孙莘老赏花诗,忆与仆去岁会于彭门,折花馈笋故事,作诗二十四韵见戏,依韵奉答,亦以一戏公择云尔》、《王晋卿作烟江叠嶂图,仆赋诗十四韵,晋卿和之,语特奇丽,因复次韵,不独纪其诗画之美,亦为道其出处契阔之故,而终之不忘在莒之戒,亦朋友忠爱之义也》……这些诗,凡是称作"××韵"者,也恰好是"××联",甚至某些五七言律诗明明是五韵(首句入韵),亦称"四韵"(如王禹偁《翰林毕学士寄示医瘰疾药方因题四韵兼简两制诸知》韵脚为:钟、功、公、红、空),似"韵"即是"联",其实不然。唐宋时格律诗已发展到成熟阶段,自《诗经》以来偶句押韵的传统早已定型。五七言律首句入韵与否是随意的(据王力先生说,五律首句多不入韵,七律首句多入韵),如果入韵亦称"谐韵",可以借邻韵(这比用本部字押韵甚至更多),故可不计入韵脚数中,五七律便也都成了"四韵"了。似乎"韵"与"联"更一致了。但这二者毕竟是完全不同的两个概念,"联"是诗中的两句,而"韵"只是指"韵脚"一个字。

况且，自近体诗产生后，古体诗中也不乏称"××韵"的。如李商隐著名的长诗《行次西郊作一百韵》，诗中多次换韵，且每一联并不对仗，它是古诗而非排律（所以不属近体），但也用了"一百韵"的字样，倒也恰好一百联。又如其《戏题枢言草阁三十二韵》亦是两次换韵且跨了邻韵的古风。陆游诗中则有《遣舟迎子遹因寄古风十四韵》，则明标"古风"，非近体明矣。

然而无论古风还是近体，"韵"和"联"一致处（仅指其数量恰好相等，一韵脚正好一联）也仅限于一首诗中，不能将分散于二十多首诗中的二十四联诗合在一起称"二十四韵"。

陈、汪文中称不以一首诗为一韵，这一说法也是不正确的。唐宋人称诗的一首，情况相当混乱，有称"首"、"篇"、"阕"、"章"者，也有称"短韵"、"长韵"、"短歌"、"长句"，也有以"韵"代"诗"者。如梅尧臣《河阳秋夕梦与永叔游嵩……因足成短韵》、《韵语答永叔内翰》、《希深惠书言与师鲁子聪永叔几道游嵩因诵而韵之》，又如《赴任嘉州待阙左绵七十日通判吕国博日相从吟酌至嘉阳因成四韵寄之》，黄庭坚有《子瞻诗句妙一世，乃云效庭坚体，盖退之戏效孟郊，樊宗师之比，以文滑稽耳。恐后生不解故以韵道之》，张耒有《某寒热伏枕已数日忽闻车骑明当接顿睡中得韵语数句上呈四丈龙图兼记至日之饮》，陈傅良有《丁端叔送海错以诗来用韵酬之》，文天祥有《予题郁孤泉管五湖翁姚濂为之和翁官满归里因韵赘别并谢前辱》……在上述诗中，"韵"的含义均可以释作"诗"或"一首诗"。当然，"韵"不同于"首"，数首诗不宜作数韵诗。

其二，司空图的《与李生论诗书》中自举的作品是否恰好是二十四联？笔者认为这也是不肯定的。司空图《与李生论诗书》有多种版本，所举联数各不相同。当今较通行的是《四部丛刊》本，所举的自作诗恰好二十四联。《四部丛刊》通常选较好的版本，但此处所选的版本显然有残阙。如此文在列举了自己的佳作的例证以后说："皆不拘于一概也。盖绝句之作本于诣极，此外千变万状，不知所以神而自神，岂容易哉？"这里"绝句"二字令人费解，文中列举的"二十四联"有不少并不出于绝句中，是唐人对绝句的定义与宋以后人有不同，还是此中有佚文？陈、汪文在论及此处时注云："此据《司空表圣文集》及《唐文粹》，《文苑英华》收此篇仅二十三联，有二联不见集本。南宋周必大校《英华》时补入二联，《全唐文》又拼合三本为二十六联。"

陈、汪文称"《全唐文》拼合三本为二十六联"的说法是主观的。宋人刘克庄《后村诗话》后集卷一云：

卷四　诗词研究

403

司空表圣有书《与李生论诗》，略云："王右丞、韦苏州澄淡精致，岂妨道举。贾浪仙虽有警句，视其全篇意思殊馁，大抵附于寒涩方可致才，亦为体之不备也。"余谓四灵辈□□□□□□（原校：缺文当作"诗似之。表圣尝"）自摘其警联二十六，如"人家寒食月，花影午时天"，"雨微吟足思，花落梦无憀"。《乐府》云："晚妆由拜月，春睡更生香。"七言诗："得剑乍如添健仆，亡书久似忆良朋。"皆甚佳。然世人惟通其"棋声花院静，幡影石幢高"，"绿树连村暗，黄花入麦稀"之句。表圣有《绝句》云："后生乞汝残风月，自作深林不语僧。"其高自标致如此！

这段文字中，有两点值得注意：一是刘克庄谓司空图《与李生论诗书》中原"自摘其警联二十六"，而不是二十四联，恰与《全唐文》相同，断言《全唐文》的"二十六联"是"拼合三本而成"说是不能成立的。二是《后村诗话》所引的诗句如"绿树"、"后生"二联为今本《与李生论诗书》所不载。《全唐文》本也有"日带潮声晚，烟和楚色秋"、"暖景鸡声美，微风蝶影繁"二联为今本《与李生论诗书》所不载。宋计有功《唐诗纪事》、尤袤《全唐诗话》、明胡震亨《唐音统签》、光绪《山西通志》引司空图《与李生论诗书》也均不作"二十四联"。如果司空图《与李生论诗书》中自摘联的数目还难以确定为"二十四联"，则断言苏轼《书黄子思诗集后》中的"二十四韵"便是指《与李生论诗书》中的那些自摘联，便难以令人信服了！

其三，《与李生论诗书》中的那些自摘联，能否令东坡倾倒如此，以至谓"恨当时不识其妙"，"三复其言而悲之"？苏东坡也是凡人，他在与时人的交往中，也不免说些恭维的话，但对古人却常常作较尖锐甚至较尖刻的批评，如他曾批判孟郊诗，曾说过郊寒岛瘦之类，他对唐代大书法家怀素、张旭也说："张颠醉素两秃翁，追逐世好称书工，有如市娟抹青红。"（宋葛立方《韵语阳秋》卷十四）司空图比苏轼早二百年，苏轼更无须应酬、恭维这位先辈。

司空图对中国文学的贡献主要是在文学批评方面，他的创作成就则相对逊色得多。前人对司空图的创作大多评价不高，如明人胡震亨云："司空表圣自评其集，'撑霆裂月，劼作者之肝脾'，夸负不浅。此公气体，不类衰末，但篇法未曾谙，每每意不贯浃，如炉金欠火未融。"（《唐音癸签》卷八）清人贺贻孙也说："晚唐唯司空图善论诗……但其自为诗，亦未脱晚唐习气，而辄自誉云：'自变万状，不知所以神而自神。'抑太过矣。"（《诗筏》）翁方纲云："司空表圣在晚唐中，卓然自命，且论诗亦入超诣。而其所自作，全无高韵，与其评诗之语,竟不相似。"又云:"《二十四诗品》,真有妙语。而其有自编《一鸣集》,所谓'撑霆裂月'者,竟不知何在也。"(《石洲诗话》卷二)……也有说他好话的(如吴乔《围炉诗话》),但不多见。他自摘的那些诗句(其中还不包括"绿树连村暗,黄花入麦稀"这样的佳句),很难使一般读者倾倒,况是苏东坡!

陈、汪文还说:"宋人引苏轼此篇(即《书黄子思诗集后》)者颇众,似并无异解。洪迈《容斋随笔》更直接指出:予读表圣《一鸣集》,有《与李生论诗》一书,乃正坡公所言者。"这段话也是误解了洪迈的意思。洪氏原文见《容斋随笔》初笔卷十:

> 东坡称司空表圣诗文高雅,有承平之遗风,盖尝自列其诗之有得于文字之表者二十四韵,恨当时不识其妙。 又云:"表圣论其诗,以为得味外味,如'绿树连村暗,黄花入麦稀',此句最善。又'棋声花院闭,幡影石坛高',吾尝独入白鹤观,松阴满地,不见一人,惟闻棋声,然后知此句之工,但恨其寒俭有僧态。"予读表圣《一鸣集》,有《与李生论诗》一书,乃正坡公所言者。

卷四 诗词研究

这里实际上是两段话,本不相连续。第一段是根据苏轼《书黄子思诗集后》的意思改写的。第二段则出自《东坡题跋》卷二。"但恨其寒俭有僧态"句下犹有:"若杜子美云:'暗飞萤自照,水宿鸟相呼,四更山吐月,残夜水明楼。'则才力富健去表圣之流远矣。"显然这二者本不是一回事。洪迈谓"予读表圣《一鸣集》,有《与李生论诗》一书,乃正坡公所言者"云云,应指《东坡题跋》中所引的那段文字,并不能概括《书黄子思诗集后》)的"二十四韵"一句。

《容斋随笔》的这段引文也说明,东坡称赏"绿树连村暗,黄花入麦稀"二句"最善",然而此二句并不在今本《与李生论诗书》中。"棋声花院闭,幡影石坛高"二句,东坡也称其"工",却又"恨其寒俭有僧态",且去老杜甚远而《与李生论诗书》中所列"二十四联",多数比这两联更不如,却会令东坡"恨当时不识其妙,予三复其言而悲之",是令人难以置信的。

二

如果说上文回答"如何认识"这个问题还大多做题外文章,还停留在逻辑推理等方面,下文则试图从其最关键的一句话去解开问题的症结。

这最关键的一句便是："盖自列其诗之有得于文字之表者二十四韵"一句中几个要害的词如何谓"有得于文字之表"，二十四韵之"韵"究竟如何解。陈、汪文是试图将这个问题停留在诗的范畴中解决的，故才做出唐宋人以"近体诗中一联为一韵，不以一首为一韵"的论断，殊不知，解铃犹须系铃人，这个问题最终解决，还得靠苏轼本人。

人们读《书黄子思诗集后》，往往忽视文章开头一段论书法的话，整个这篇文章，便是以书法喻诗的，解释这个令诗学家感到费解的句子，若将其放到书法理论家面前，似乎就变得一点也不难解了。

首先解决何谓"文字之表"一语，书法理论史上至少有两次谈及这个术语。一是梁代庾肩吾的《书品序》：

> 玄静先生曰：予遍求邃古，逖访厥初，书名起于玄洛，字势发于仓史，故遗结绳，取诸爻象，诸形会诸人事，未有广此缄縢，深兹文契。是以一画加大，天尊可知；二力增土，地卑可审。日以君道，则字势圆；月以臣辅，则文体缺。及其转注假借之流，指事会意之类，莫不状范毫端，形呈字表。开篇玩古，则千载共朝；削简传今，则万里对面。记善则恶自削，书贤则过必改。玉历颁正而化俗，帝载陈言而设教，变通不极，日用无穷。与圣同功，参神并运。

这段文字当然讲的是古文字及书法演进。这段中的"字表"，与《书黄子思诗集后》中"有得于文字之表"句中的"文字之表"同意。《隋书·文学传·潘徽〈韵纂序〉》亦云：

> 文字之来尚矣……至如龙策授河，龟威出洛，绿绨白检，述勋、华之运；金绳玉字，表殷夏之符，衔甲示于姬坛，吐卷征于孔室，莫不理包远迩，迹会幽明，仰协神功，俯照人事。

此段引文中"字表"的用法与《书品》的用法略有区别。"文字之表"一语中，"文字"一词比较好解。许慎《说文解字·序》云："盖依类象形，故谓之文；其后形声相益，即谓之字。"在书法领域中，"文字"一词常指书法。苏轼本人也是如此用的，如其《石鼓歌》："旧闻石鼓今见之，文字郁律蛟蛇走。""文字"也可释作连缀单字而成的诗文，如唐孟郊诗《老恨》"无子抄文字，老吟多飘零"。与之相反,"表"字的情况就复杂得多,这是一个多义词,《汉语大词典》列举其义项达二十四项之多,尚未收《汉语大字典》等书列出的某些义项。与"文字"一词可以组合,且在这段话中可以解释得通的义项大致有二,其一作表率、准则解。《韩非子·十过》:"夫坚中则足以为表,廉外则可以大任。"《大戴礼记·主言》:"上者民之表也,表正而何物不正?"《太平御览·记室参军》:"王参军人伦之表,汝其师之。"此处"表"义同"表则",曾巩《越州贺提刑夏倚状》:"伏以提刑屯田,抱材精敏,涵德粹温。文章为国之光华,治行乃时之表则。"其二作"特出,迥异于众貌",或作"首"、"第一"解。《楚辞·山鬼》:"表独立兮山之上,云容容兮而在下。"王逸注:"表,特也。言山鬼后到,特立于山之上而自异也。"又,《汉书·冯奉世传》:"奉世图难忘死,信命殊俗,威功白著,为世使表。"颜师古注:"白著谓显明也,表犹首。"王僧虔《吴地记》云:"虎丘山绝岩耸壑,茂林深篁,为江左丘壑之表。"

在苏轼《东坡题跋》中一些论书法的篇章,与《书黄子思诗集后》同样常使用"韵"字,其用法是大致一致的:

> 颜鲁公平生写碑,惟《东方朔画赞》为清雄,字间栉比而不失清远。其后见逸少本,乃知鲁公字字临此书,虽大小相悬,而气韵良是。非自得于书,未易为言此也。

——题颜鲁公《画赞》

> 自颜、柳氏没,笔法衰绝,加以唐末丧乱,人物雕落磨灭。五代文采风流扫地尽矣。独杨公凝式笔迹雄杰,有二王、颜、柳之余,此真可谓书之豪杰,不为时世所汩没者。国初李建中号为能书,然格韵卑浊,犹有唐末以来衰陋之气,其余未见有卓然追配前人者。

——《评杨氏所藏欧、蔡书》

> 作字要手熟,则神气完实而有余韵,于静中自是一乐事,然常患少暇,岂于其所乐常不足耶?自苏子美死,遂觉笔法中绝。

——《记与君谟论书》

> 近日米芾行书、王巩小草,亦颇有高韵,虽不逮古人,然亦必有传于世也。

——《论沈辽、米芾书》

这些与书法有关的东坡题跋,一再用到"韵"字,均可解作艺术品的风格或神情,即气韵、风韵、韵格。宋人黄伯思《东观余论·晋宋齐人书》亦云:"(王)逸少之书,(王)凝之得其韵。"用法也与东坡相同。笔者认为《书黄子思诗集后》中"有得于文字之表者二十四韵"的"韵"字亦可解释为"风格"、"韵格","二十四韵"即二十四种风格,二十四种风韵。

综上所述,鉴于对"文字"的两种不同的解释,苏轼《书黄子思诗集后》中"其诗自得于文字之表者二十四韵"一句可有二解:其一释作:他的诗中有以精美书法写成的关于二十四种(诗文)风韵之(条幅);其二释作:他的诗中有关于(诗文)二十四种风韵的论述。

关于前者,当然有某种假设的成分。我设想苏轼写这一题跋很久前曾亲见过司空图手书的《二十四诗品》,如今已不复可见,故自"恨当时不识其妙",也才需"三复其言而悲之"。关于这一假设,其前提是:司空图是晚唐重要的书法家(他的父亲司空舆也是书法家),他的作品在北宋颇受重视,甚至为宫廷和大书法家收藏。试看以下几条材料:

(司空图)自号为耐辱居士,其父舆得徐浩真迹一屏,题"朔风动秋草,边马有归心",尤为精绝。舆遂于其下记云:"怒猊抉石,渴骥奔泉,可以视碧落矣。"因以戒图曰:"儒家之宝,莫逾此屏。"图后为之志曰:"人之格状或峻,其心必劲,视其笔迹可以见其人。"于是知图之于书非浅浅者。及观其《赠卨光草书歌》,于行书尤妙知笔意。史复称其志节凛凛,与秋霜争严。考其书抑又足见其高致云。今御府所藏行书二:《赠卨光草书歌》、《赠卨光草书诗》。

——《宣和书谱》卷九

(司空图)自号耐辱居士,作篆隶飞白章草,行书尤妙,知笔意。

——《书史会要》卷五

(司空图)善行书,妙知笔意,米芾收有其所书赠梁广歌。

——转引米芾《宝章待访录》

卨光僧生于东越,虽幼落于佛而学无不至,故遗迹道功之外亦浓为歌诗,以道江湖郁勃之气,是佛老而儒其业者也,虽孟荀复生,岂拒之哉! 今系名内殿,且为归荣,足以光于远矣。永嘉西岑康乐胜游之最是行也。为我以论诗一篇题于绝壁。

——司空图《送草书卨光归越》

以上几条材料见出司空图在书法方面的造诣，也道出其与书法界的交往及其作品在北宋时的收藏流传情况。苏东坡乃北宋最重要的诗人和书法家之一（他所最擅长的也是行书，他的《黄州寒食诗》笔圆而韵胜，平淡见天真，为苏氏代表作，有人评为"天下第三行书"），也是最重要的书法理论家之一，他与司空图相似处也正于此。《书黄子思诗集后》一文是以书法喻诗，文章开头以论钟繇、王羲之、颜真卿、柳公权的书法开始，文中关合司空图的书法也是极自然的。以钟王之萧散简远、到苏李、曹刘、陶谢之"天成"、"自得"、"超然"及至韦柳之"发纤秾于简古，寄至味于淡泊"，而言及司空图以清新、淡泊为审美基调的《二十四诗品》也是极其自然的事情。

　　"文字之表"语中"字表"一词原出于庾肩吾《书品》（见前引），《书品》"载汉至齐梁能真草者一百二十八人，分为九品，每品各系以论，而以总序冠于前"（《四库全书总目》）。《书品》列张芝、钟繇、王羲之为上品之上，也与《书黄子思诗集后》开头的那段议论一致。庾肩吾以九品论书法家（实分上中下三品，每品中再分上中下三等），这与钟嵘《诗品》以三品论诗很相似。苏轼文中不难由钟王书法而《书品》，再《诗品》，再及司空图《二十四诗品》，再及黄子思的诗作，这样的思路也是极自然的。这种理解是建立在《书黄子思诗集后》一文是以书法喻诗的大背景下的。虽有假想的成分，笔者认为也是不难理解的。上引的几条材料，说明司空图的书法作品在北宋时仍有一些被宫廷和大书法家所收藏，而且他自己很重视论诗的著作，还曾请好友誉光法师书于绝壁之上，作者很希望自己的论诗之作传之于世，自书《二十四诗品》便很自然。

　　当然，对这段文字也可撇开书法的因素来理解，即如上述的第二种解释。诚如此，"文字"一词即解释为诗文（就具体情况而言，实际仅指诗而不含文），因为前文已有了"其诗"二字，用"文字"可避免重复。"表"则是表则、准则之意。将"其诗有得于文字之表者二十四韵"一语理解为"他的诗中有关于诗歌二十四种风韵（风格）的论述"，这种理解，与全文的气韵也是一致不悖的。无论这两种理解的任何一种，"有得于文字之表者"均不是句中累赘或迭床架屋的成分，而是作者需要加以强调的部分。

　　不论从书法角度还是从文学角度来理解"其诗有得于文字之表者二十四韵"一语，均可以说明苏轼《书黄子思诗集后》一文是迄今我们能见到的最早肯定《二十四诗品》为司空图作的可靠材料，古人也是一贯如此理解的，如明人毛晋《津逮秘书·二十四诗品跋》：

此表圣自列其诗之有得于文字之表者二十四则也,昔子瞻论黄子思之诗谓表圣之言美在咸酸之外,可以一唱三叹于乎崎岖兵乱之间而诗文高雅,犹有承平之遗风,惟其有之,是以似之,可以得表圣之品矣。

　　对苏轼《书黄子思诗集后》一文的理解是关于司空图《二十四诗品》真伪论争的焦点,一切认为《二十四诗品》非司空图作者,均是以此文所指"二十四韵"非指《二十四诗品》为前提。我的结论是:苏轼《书黄子思诗集后》一文以书法喻诗,对与司空图有关的那段论述也与书法有一定联系,谓"二十四韵"即指《与李生论诗书》中的"二十四联"是不太可能的,"韵"和"联"之间有一定联系但并不等同,不同诗中的二十四联更不能称为"二十四韵",古人对苏轼这段文字的理解并不错,此文是《二十四诗品》乃司空图作的有力证据。

三

　　北京大学张健博士的《〈诗家一指〉的产生时代与作者》一文(载《北京大学学报》1995 年 5 期)一方面同意陈、汪文提出的《二十四诗品》非司空图作及《二十四诗品》出自《诗家一指》的观点,但认为《一指》非明代僧怀悦所著,《新编名贤诗法》本题名《虞侍书诗法》的本子已近于《诗家一指》,故认为《诗家一指》包括《二十四诗品》的作者有可能是元代的虞集。

　　《虞侍书诗法》的发现,使《二十四诗品》的作者归宿问题大大向前推进,但笔者认为,虞集是否会写《诗家一指》且不论,他不太可能是《二十四诗品》的作者。其理由有三:

　　其一,范椁引《二十四诗品》,已云司空图作。

　　清人仇兆鳌《杜诗详注》,其后《诸家咏杜》中引范椁《诗品五则》,其注云:"《诗品》本司空图所作,范氏引此以证李杜。"正文与《二十四诗品》全同。注文分别为:"此论雄浑,以杜少陵当之";"此论沉著,亦以少陵当之";"此论高古,亦以少陵当之";"此论劲健,亦以少陵当之";"此论豪放,以李太白当之"。应当指出,这里作"范椁",而不作"范梈",而排于元赵孟頫、张养浩、虞集、马祖常之后,宋元之前,"范椁"当即"范梈"。范梈,即范德机。

　　据陈、汪文及张健文,均提及明万历"杨成本《诗家一指》中《二十四品》部分于雄浑、沉著、高古、劲健诸品下标杜少陵,中(冲)淡、自然下标孟浩然,典雅下标揭曼硕(傒斯),洗炼、清奇下标范德机(梈),……"。张文又谓:"题注中谓李、杜能得其'全美',那就应全标或全不标,但标杜甫者仅四品,而竟无一品标李白，互相矛盾。"仇注杜诗所引范氏评本《豪放》品下标李白，显然仇氏所见之本与杨成本不是同一个本子，况且既标范梈著，他不可能在洗炼、清奇二品下标上自己。

仇注杜诗并非全善，《四库全书总目》也指出其错讹处，但云：其"援据繁富，而无千家诸注伪撰故实之陋习"，此处注为"范梈"，当有所本。张健曾指出朱绂《名家诗法汇编》标明"范德机《诗家一指》"，"其版本来源是杨成刊本《诗法》，其标'范德机'，乃是受了杨成本《诗法》标范德机《木天禁语》为'内篇'，标《诗家一指》为'外篇'的影响。认为'内篇'，'外篇'同为范德机所作。这种说法没有另外的版本依据，是不足为据的"。然而，仇氏所引显然与杨成本不是同一版本系统，张健先生的上述论证并未能排除仇注杜诗所引是另一个更可靠版本的可能。笔者遍阅南京可以觅见的范德机的著作，也经陈伯海先生指点，托人去清华大学图书馆查检了《李翰林诗范德机批选》，尚未能寻得仇注杜诗所引材料的出处。但显然，《诗家一指》包括《二十四诗品》与范德机之间有某种不解之缘。

范梈与虞集生于同一年，去世还早虞集十八年，范去世后虞集还为其诗集题诗曰："玉堂妙笔交游尽，投老江南隔死生。最忆崖州相忆处，华星孤月海波清。"难以设想，如果虞集写了《二十四诗品》，而范梈却引作司空图，或故意不标作者姓名。

其二，如果虞集作有《二十四诗品》，《诗品》中有明显犯忌之处。

虞集一生活了七十七岁。他生于元世祖忽必烈至元九年（1272），卒于元惠宗至正八年（1348），历经了元代全部十个皇帝。他经历的第三个皇帝乃元武宗海山。武宗即位时，虞集入仕尚不过十年左右，当时才三十七岁，因丁内艰，后再除国子助教，除国子博士。对他这段生涯，《元史·虞集传》记载："监祭殿上，有刘生者，被酒失礼俎豆间，集言诸监，请削其籍。大臣有为刘生谢者，集持不可，曰：'国学，礼义之所出也，此而不治，何以为教！'仁宗在东宫，传旨喻集，勿竟其事，集以刘生失礼状上之，移詹事院，竟黜刘生，仁宗更以集为贤。"虞集为一刘生在祭殿上"被酒失礼"而坚持削其籍，甚至不惜得罪大臣和太子。

然而，熟悉《二十四诗品》的人都会知道，《二十四诗品·豪放》有句云："天风浪浪，海山苍苍。""海山"者，元武宗之名讳也。作为对封建礼教十分看重的虞集，在诗中竟直用皇帝的名讳，乃是不可思议的。

古人很计较在言谈和书写时，要避免君父尊亲和孔子的名字，尤其对孔子及帝王之名，众所共讳，被称为公讳。人子避父祖之名，称为家讳。即便古时人与帝王名字重字也得改名。昭君改名明妃，王士禛改名王士正、王士禎都是如此。元代皇帝除世祖、成宗、惠宗在位较长，武宗在位也仅四年。元代避讳不如宋、金繁复，清赵翼《二十二史札记》卷二十九甚至有《元帝后皆不讳名》一条，但同样《元史·程钜夫》传有："钜夫名文海，避武宗讳以字行。"元武宗名海山，但当时以"海"名者仍多，其即位诏中也有"以文德洽海内"之说。程钜夫所以改名是不同程度受宋代习俗影响，他系南人，故有此举。虞集乃南宋名相虞允文四代孙，亦系南人，宋代的文化对他的影响应更深（虽他出生较程钜夫为晚，并未在宋代生活过）。但是"海山苍苍"句犯皇帝名讳远比"文海"一名重得多。而四言诗并不严讲平仄，"天风浪浪，海山苍苍"句中完全可将"海山"改为"江海"、"山海"、"河山"等字样均能少犯讳乃至不犯讳，（在虞集诗集中正是这样做的）。作者没有这样做，只能说作者当时完全没有必要这样做。它出于虞集之手的可能性便大大减小了。

其三，即使《虞侍书诗法》中出现《二十四诗品》，也难以断言虞集拥有《二十四诗品》的著作权。古今诗话、词话，尤其是传授诗法之类的书互相抄袭的情况已太严重了。"假作真来真亦假"，弄得后人难以辨别每段文字的真正作者是谁。也许古人很不重视这类著作，而实际诗歌创作中又很需要这样的书，于是这类凉菜拼盘类的著作便大量应运而生。陈、汪文曾认定《诗家一指》是明代僧人怀悦之作，张健文便认为怀悦连"编集的资格也没有，只是出资刻之而已"。笔者为学生开"诗词格律与创作"课，有意搜集一些这类书籍，开卷以后多数章节都令人有似曾相识之感，而有不少文字甚至不用翻检典籍便能一一说出其出处。清代袁枚有所谓《诗学全书》，开头论述部分全录自《苕溪渔隐丛话》、《诗人玉屑》等书。即便是袁枚自己观点的部分也是从其《师友诗传录》等书过录过来。这类著作不太可能全出自袁枚亲笔，很可能是其门生乃至书商托其名而作。而等而下之者更全书照搬，极少改动，只换个书名或作者名而已。

张健先生认为《诗家一指》可能出自虞集（或他人假托其名），这种可能是存在的。然而也未必准确。陈尚君教授曾以四川大学古籍所祝尚书所发现的宋人王晞《林湖遗稿序》相寄。其序云：

> 予阅（高）南仲诗，词体浑厚，风调清深，脱弃凡近……其始其终，绝无蔬笋气味，无斧凿痕迹，可见其能参高妙之格，极豪逸之气，包冲淡之

趣,兼峻洁之姿,得藻丽之妙。诚能全十体,备四则,该二十四品,具一十九格,非浅陋粗疏者所能窃也。

此处言及的"十体、四则、二十四品、十九格"已与《虞体书诗法》《诗家一指》内容一致。此序云作于南宋嘉泰四年（1204），可惜尚不知其可靠性如何。如其可靠,似虞集、范德机之前早已有类似的著作。

虞集倒并非完全不具备写《二十四诗品》的能力。虞集与道家有着不解之缘。《元史·虞集传》云:"集之将生,文仲（其外祖父）晨起,衣冠坐而假寐,梦一道士至前,牙兵启曰:'南岳真人来见。'既觉,闻甥馆得男,心颇异之。"而道教是《二十四诗品》的基调之一。虞集也长于写四言诗,又是元代四大诗人之一,其创作水准似也不在司空图之下。然而,虞集生活的时代很难产生《二十四诗品》（前贤于此已有论及）,虞集自称其诗为"汉廷老吏",也与《二十四诗品》冲淡、自然的审美趣味大相径庭,而且从未有任何人提及,以虞集的声望地位,若其真著有《二十四诗品》,这也是极不正常的,元以来战乱相对五代及宋金之际已少得多,典籍毁于兵火已少得多。毕昇发明活字印刷后,书籍的印量比手抄大得多,散佚必少,却从未提及虞集著《二十四诗品》,这是说不通的。

四

这部分将重点探讨司空图作《二十四诗品》的可能性。

唐代诗歌创作的空前繁荣为诗歌理论的发展创造了任何其他朝代无可比拟的条件,唐诗流派众多,风格各异,也为《二十四诗品》探讨诗歌的风格特点做了极好的准备。诚如前贤已言及,唐代思想解放,儒释道三者均得到充分发展,这与《二十四诗品》的思想基调也是一致的。

我国是诗国,诗词曲的创作成就斐然,诗话、词话、曲话等理论著作也不少,但大都限于作家论、作品论,品评一个诗人、词人或一个诗人群,间或也将之作些比较,以区分高下异同。如《二十四诗品》这样能撇开具体的作家、作品来从理论高度去总结诗词曲创作经验的理论著作并不多见,能向《二十四诗品》的作者提供如此之多诗歌理论研究的经验和创作原材料而又无隔世之感的唯有唐代。唐以后具备如司空图之个人天赋、创作才能和理论素养者自然不少,但他们都不可如司空图之同时具备这样的时代及其他外部条件。无论虞集还是僧怀悦都不太可能。"不识庐山真面目,只缘身在此山中。"唐代诗人自己并不能如后代的唐诗专家对唐诗的全貌、流派、演进轨迹、各诗人的特点、优劣看得如此全面、透辟,但后代的唐诗专家却无论如何不能如司空图对唐诗有那样深切的理解与感受。

从创作论的角度看,司空图也具备创作《二十四诗品》的条件。

这是当前论争的关键之一。汪涌豪先生说:"《诗品》是二十四首四言连章体论诗诗,然唐以来少有以四言论诗的,司空图集中也无此体,并且只有四言韵语,而无四言诗。"笔者认为,这段话也不能用作否定司空图作《二十四诗品》的理由。

五言诗兴起之后,四言作为诗体的种形式,魏晋以后写作的人渐趋减少。但四言诗仍有一定生命力。梁钟嵘《诗品序》曾云:"夫四言文约意广,取效《风》、《骚》,便可多得,每苦文繁而意少,故世罕习焉。"李白亦云"寄兴深微。五言不如四言,七言又其靡也,况使束于声调俳优哉!"(孟棨《本事诗》)明人胡应麟也指出:"退之《琴操》,子厚《鼓吹》,锐意复古,亦甚勤矣。然《琴操》于文王列圣,得其意不得其词;《鼓吹》于铙歌诸曲,得其调不得其韵。其犹在晋人下乎?"(《诗薮》内编卷一)唐代是近体诗及七言歌行、新乐府的天下,人们往往因此忽略四言诗的地位。对韩柳古文复古运动,人们往往只注意其对散文的影响,较少注意到其对诗歌创作的影响,尤其是其对诗体形式复古的影响。韩愈的《元和圣德诗》《琴操》十首等,均为四言。显然,韩愈倡导复古,也表现在诗体形式上。应当注意到中晚唐诗坛四言诗有所复苏的倾向,这也是司空图《二十四诗品》产生时的社会文学风气。司空图作为韩柳的后来者,既仿效杜甫以来的以绝句论诗,又取四言诗"文约意广,取效风骚"和"寄兴深微,五言不如四言"的特点而采取以四言诗的形式论诗,不是很合乎情理的吗?

至于汪先生认为司空图集中无四言诗(除《二十四诗品》外),这也不难理解。司空图的诗文散佚已大半。他的文集《一鸣集》原有三十卷,今仅剩十卷。其诗集原有十卷,早已只剩下五卷。即便其《与李生论诗书》中列举的"二十四联"的作者自以为得意之作,也至少三分之一已不见全诗,而只赖这篇文章留下一联。今本司空图诗形式很不全,五言律诗为数很少,五七言古诗仅一两首,而五七言绝却多达三百多首,七律、乐府、歌行几乎不见,除《二十四诗品》外不见四言诗又何足为怪呢?

《二十四诗品》虽是四言,并未刻意复古,其带有唐诗的痕迹也是较明显的。这与韩柳倡导的以复古为革新也颇一致。《二十四诗品》的用韵已与近体诗基本一致。这组二十四首的组诗,共跨了十四个韵部(此韵部划分从《平水韵》,如从《广韵》则多一些韵部,但如把注明"同韵"的韵部视为一韵则与《平水韵》全同,其中仅一首押了入声韵,其余的均押平声韵,这与近体诗全押平声韵的情况非常一致,而且都是一韵到底,不换韵(除有一首跨邻部押韵)。元人(如虞集)也写少量四言诗,但刻意仿古,很少全押平声韵,很少一韵到底的情况多有不同。这显然受唐代以近体诗唱主角,古体(尤其是七言歌行)亦不同程度的格律化(如元和体诗)的情况相仿佛。虽用旧瓶装新酒,倒到酒杯里还不免有唐人风味。

尤其值得注意的是:《二十四诗品》用韵的情况与司空图本人诗作的押韵情况有着惊人的相似之处。司空图除《二十四诗品》外共存诗三百七十首(不含佚句),除一首押上声"有"韵,一首押去声"霁"韵,四首分别押入声"屋"、"月"、"药"、"屑"韵外,其余的均押平声,平仄换韵的长篇古风仅一首。司空图诗集中用得最多的韵(均不含《二十四诗品》)是:"真"韵四十首,"支"韵三十三首,"庚"韵三十四首,"先"韵二十六首,"灰"韵、"阳"韵各二十一首,"集"韵、"尤"韵各十九首、"侵"韵"微"韵各十八首"删"韵、"萧"韵各十二首,"歌"韵十一首,"东"韵十首,"虞"韵九首。以上十五个韵部共三百余首,占了其诗作(不含佚诗)的 80%。《二十四诗品》用到的十四韵部是:"真"韵四首,"尤"韵、"灰"韵、"侵"韵、"东"韵、"阳"韵各二首,"微"韵二首(另有跨"微"韵韵部的一首),"支"韵一首(另有跨"支"韵韵部的一首),此外"冬"韵、"虞"韵、"文"韵、"歌"韵、"庚"韵各一首,入声"屋"韵一首。《二十四诗品》里用到的十四韵部无一不是司空图诗中用过的,除入声"屋"韵在其诗集中也仅一首外,绝大多数韵在司空图诗集中都出现过十首以上。"冬"、"文"二韵在司空图诗集中各用五首,在《诗品》中各一首。只有"先"、"麻"一韵,司空图诗集中用得较多,而《诗品》中未用。"真"韵是其诗集和《诗品》中都用得最多的一个韵,其诗集中极少用上声、去声韵,《诗品》中便不用上、去韵。司空图诗中很少采用"佳"、"鱼"、"青"、"肴"、"豪"、"覃"、"盐"、"咸"等韵(均不足五首),从未用过"江"韵,其中除个别韵太险、太窄外,显然也有个人的兴趣、爱好方面的原因,而《诗品》中也均未采用这些韵。司空图诗集中有五首诗有跨部押韵的情况,《二十四诗品·缜密》一首也跨了"支"、"微"二部。这仅仅是偶然的巧合,还是二者本出于一人之手。这是耐人寻味的。

《二十四诗品》出于司空图之手,还可以找出一些可资佐证之处。司空图文集中有《诗赋》一篇(今人有谓其乃《二十四诗品》之序者),赋中不仅多用四言,赋中"挥之八垠,卷之万象","涛怒霆蹴,掀鳌倒鲸。镜空擢壁,峥冰掷戟"等语,与《二十四诗品》的用语已极相似。《二十四诗品》"雄浑"一首"超以象外,得其环中"一语是最受后人称赏的,"象"的概念在司空图文中已两次提及,上引《诗赋》中已有"挥之八垠,卷之万象"之语,其《与极浦书》中更有"象外之象,景外之景"之说,"超以象外"与"象外之象"何其相似?《二十四诗品》中无"通俗"一类的品位,这与司空图《与王驾评诗书》中称元白"力勍而气孱,乃都市豪估耳"的说法也是一致的。

然而何以解释陈尚君、汪涌豪先生等指明的明代万历以前人们很少引用司空图《二十四诗品》一书的问题呢?("一书"一词是陈、汪文所用)连一些正史的《艺文志》,一些公私藏书目均不载此"书"呢?我的解释很简单,因为在明万历以前的人眼里,它本不是一本"书",它只是几首诗,一组组诗,一组并不十分好懂,其美学价值还未充分为大多数接受,也没有太多句子(当然如上引"超以象外,得其环中"及"不著一字,尽得风流"等应除外)可以直接引用。宋元人的诗话,理论探讨的成分很少(《沧浪诗话》等除外),不太称引它也属自然。明代人开始大量编辑丛书,后人将《二十四诗品》独立成丛书中的一种,使它比司空图的诗集更为流行。我觉得这种情况与朱熹将《大学》、《中庸》从《礼记》中抽出的情况有些仿佛。《大学》、《中庸》一旦与《论语》、《孟子》合称"四书",它的流传就比《礼记》更广了。然而南宋以前的正史《艺文志》,公私藏书目录谁又见过有《大学》、《中庸》这两本"书"呢?所不同的是,《礼记》作为儒家经典,不仅保存完好而且为很多人所熟悉,不会有人怀疑它们的真伪,而司空图的诗文集已不见明以前的版本,今本也已亡佚过半,其真伪也就成了问题。

类似的情况在诗史上也是屡见不鲜的。如今读唐诗者尽人皆知的《春江花月夜》一诗,在明人高棅编《唐诗品汇》以前,很少为人提及,高棅选了它却又不置一辞,似乎也不特别欣赏。明代后期胡应麟及清初的王夫之开始重视它,但直至清末王闿运才给它以崇高的评价,到闻一多才提出"孤篇压全唐"之说。张若虚受人冷落的时间更长(他生活的年代要早司空图二百余年)。这类事在文坛上并不少见。况且不同时代的文学思潮不同、审美趣味各异,对一些作家作品及理论的抑扬褒贬也常与时代风尚相关。《二十四诗品》在明以前较少被人称引便不足为怪。

我从几个方面试图对《二十四诗品》非司空图作的各种论点提出质疑,

王步高诗文集

而重申《二十四诗品》的著作权应归于司空图,自认并非出于我正着手准备写作《司空图评传》而对传主的偏爱。然而我在写作准备方面做的工作很少很少,涉猎的资料比陈尚君、汪涌豪、张健都少得多,他们文中提及的一些材料也未能检阅一过,甚至对陈、汪三万言的论文全文也未能见到,故错讹一定不少,恭请陈、汪、张诸先生及广大读者批评!

这里犹有一点必须提及,本文写作得到复旦大学陈尚君教授的许多帮助。他将其发表的论文均复印相寄,也将其他材料复印寄我。没有他的帮助,我无法写成此文。虽然我的意见与陈先生相左,但对其人品,我深表钦敬!

(《中国诗学》第五辑,南京大学出版社,1997 年)

卷四　诗词研究

关于《二十四诗品》作者问题的争鸣

　　《二十四诗品》(以下简称"《诗品》")一直被认为是唐代诗论家司空图的代表作。朱东润《司空图诗论综述》曾指出:"有唐一代虽以诗著,然唐人论诗之作传于世者,实不多见,就其中诸作家论之,求如司空图之比者,更不易得,东坡称其诗文高雅,有承平之遗风,又云'盖尝自列其诗之有得于文字之妙(当作"表")者二十四韵,恨当时不识其妙。'"《四库总目提要》论《诗品》,亦称"表圣'持论非晚唐所及,故是书亦深解诗理'。"清代的王士祯还仿《诗品》作《续诗品》,词学家郭麟等又仿《诗品》作《二十四词品》、《二十四文品》、《二十四赋品》等等,宋人也曾仿其《诗品》而作《二十四画品》。清以来以迄当代诗论家还纷纷为《诗品》作注,推许其为我国文学批评史上关于诗歌风格论的第一部专著。

　　由于最早认定司空图作《诗品》的文字是苏轼的《书黄子思诗集后》。最早对此提出疑问的是1980年陕西人民出版社《中国古代文论选注》(北师大中文系编),认为此文中所谓"自列其诗有得于文字之表者二十四韵"不是指《诗品》,而是指司空图所举自己《与李生论诗书》中的二十四联诗句。此说当时未引起重视。

　　1994年唐诗研究年会上,陈尚君和汪涌豪提交了《司空图〈二十四诗品〉辨伪》一文(全文3万多字,载上海古籍出版社《中国古籍研究》第一卷,以下简称陈汪文),指出署名司空图的《诗品》,在思想倾向、论诗旨趣及行文风格上,均与司空图存世诗文有所不同。从司空图去世到明代万历末年的七百多年间,此书从未为人所知,也不见典籍称引。其出世在明亡前夕,时人未说明版本所据,引以为证的苏轼一段话,其实与该书并无关系。而明嘉靖刻本《诗家一指》中有《二十四品》一节,与《诗品》几乎完全相同。《诗家一指》为明前期嘉兴人怀悦所撰,除外编是摘引前人的语录,其余皆怀悦自撰。经过对《诗家一指》与《诗品》行世时间、时人对二书态度、二者内容与语辞的一致性等五个方面的考察比较,考定《诗品》为明末人据《诗家一指》伪造,并托名于司空图。

陈汪文在海内外引起了强烈的反响,张健、张少康、王运熙、祖保泉、王步高、陈胜长等陆续发表论文。蒋寅、张伯伟主编的《中国诗学》第五辑还专门发表了一组共九篇文章就此专题展开讨论。1996年9月在南昌召开古代文论学会年会也就此专题展开讨论,除就陈汪文的主要观点及论据展开讨论外,张健还提出《诗品》的作者可能是元代的虞集,陈胜长则提出《诗品》的作者可能是南宋的戴复古。

本文就争论的若干焦点问题列举一些代表性观点加以说明。

1. 对苏轼《书黄子思诗集后》一文中"二十四韵"是否指《诗品》问题

陈汪文认为此"论诗数语据图(司空图)《与李生论诗书》撮录大意。次句中'有得于文字之表'为'其诗'之修饰语。唐宋人习称近体诗中一联为一韵,不以一首为一韵。'自列其诗……二十四韵',应指司空图自己所作诗二十四联。《与李生论诗书》在陈述论诗主张后,即举己作为证,如'得于早春则有"草嫩侵沙短,冰轻著雨销"'之类,恰为二十四联"。

王运熙《〈二十四诗品〉真伪问题我见》一文(载《中国诗学》五辑)同意陈汪文的观点,认为"这是很有说服力的",又说:"《二十四诗品》每品十二句六韵,把一品称为一韵,是绝不可能的。所以我认为《辨伪》指出苏轼没有提及《二十四诗品》,证据是有力的。"

王步高《二十四诗品非司空图作质疑》一文(载《中国诗学》第五辑)认为"《辨伪》对苏轼《书黄子思诗集后》的理解是不够准确的。"又云:"联和韵在数量上仅仅是一致,二者并不等同,一联是两句诗,一韵在这里仅指诗中的一个韵脚字。唐宋人从未将一联称为一韵,'韵'这个词在任何辞书里均不具有'联'的含义,更不可把若干首诗的若干联合在一起称为'若干韵'。反之,唐宋诗中并不排斥把一韵代指一首诗。"又云:"司空图《与李生论诗书》中,自列自己的诗作并不能确指为二十四联。"他又列举《文苑英华》、范成大增本、刘克庄《后村诗话》及计有功《唐诗纪事》、尤袤《全唐诗话》、胡震亨《唐音统签》及《全唐文》本均不作《二十四联》,因此,"以靠不住的'二十四联'来附会苏轼《书黄子思诗集后》中的'二十四韵'便更靠不住"。

关于如何理解"有得于文字之表者二十四韵",王步高认为苏轼文本是由论钟繇、王羲之书法开始,以书法喻诗,理解这句话也应联系苏轼的书法

卷四　诗词研究

观。苏轼这里是借用了庾肩吾《书品序》中"及其转注假借之流,指事会意之类,莫不状范毫端,形呈字表"一句中"字表"一词的用法。东坡论书法时多处用到"韵"字,均可作气韵、风韵解。司空图也是大书法家,其书法在北宋被公私收藏,苏轼很可能亲见司空图自书的《诗品》。(他的亲戚米芾就收藏有司空图的某些书法手迹。)故"其诗自得于文字之表者二十四韵"一句可作两种解释:其一释作:他的诗有以精美书法写成的关于二十四种(诗文)风韵之(条幅);其二释作:他的诗中有关于(诗歌)二十四种风韵的论述。显然均指《二十四诗品》。

张少康《司空图〈二十四诗品〉真伪问题之我见》(载《中国诗学》第五辑)指出:"苏轼是在引用了《与李生论诗书》关于味在酸咸之外说后,紧接着说'盖自列……二十四韵,恨当时不识其妙',指司空图自己举出其诗之味在咸酸之外者为例,应当是就《与李生论诗书》而言的,如果是指《诗品》,也许苏轼会直接提出《诗品》的名字。"但是他又提出三点怀疑:首先,苏轼"所说'二十四韵'如果是指《与李生论诗书》中的二十四联诗,那就一定要在写此文时认真地对《与李生论诗书》中引诗的数目加以核算,这与常情似不相合。因为对《与李生论诗书》中这种举一些诗例来说明各种情况下的味外味者,读者似乎没有必要专门数数有多少例"。"苏轼这里之所以专门提出'二十四韵',说明他对'二十四'有特别深刻的印象,而《二十四诗品》则比较符合这种特点,因此按常情来推测,'二十四韵'指《二十四诗品》的可能性是比较大的。"他又说:"苏轼所见的《与李生论诗书》是哪种本子、究竟是几联? 这需要认真地加以研究和考订,但是至少我们现在还不能认定苏轼所见《与李生论诗书》一定是二十四联。苏轼既把小注中的诗联也看作是有味外味的例子,那么不管哪一种本子都不可能是二十四联。由此可以充分说明,'二十四韵'是否指《与李生论诗书》中的二十四联诗,确还值得作进一步研究。"他又说:"苏轼所说的'恨当时不识其妙'怎么理解,'其'指什么?""从苏轼原文来看,似乎以'二十四韵'指《二十四诗品》较为自然。"他最后又说:"如果对苏轼说的'二十四韵'之所指不能确定,那么就不能否定司空图作《二十四诗品》的可能性,也不能说司空图作《二十四诗品》是明末人的牵合了。"祖保泉则认为:"'盖自列其诗之有得于文字之表者二十四韵'句中'其'字用杨树达《词诠》术语说:'指示形容词,与今语"那"相当。''其诗'即特指的'那诗',亦即宾语'二十四韵'。"又说:"陈注把'其诗'解作'他的诗',更把它理解为专指司空图的律诗、绝句,又在'一联为一韵'上脱离叶韵的大前提。"他说:"如

'其诗'指司空图的诗,则只用'盖列己诗'即完全达意。大苏行文哪会四字中有两字皆'自己'!"他又说:"'其诗之有得于文字之表者'为短语,作定语用,规定'二十四韵'的共同特性。"

2. 关于司空图《诗品》明末前无人称引问题

陈汪《辨伪》一文认为:"司空图身后很长一段时间里,此书根本不为世人所知。""司空图存世诗文中无著此书之迹。""五代至元时之司空图传记,不言其著此书。""宋元公私书志不著录此书。""宋元人从未称引此书。""明万历前尚无人得见《二十四诗品》。"文中列举胡应麟、胡震亨、许学夷诸人均未见称引司空图《诗品》。

此结论自然是在排除苏轼《书黄子思诗集后》一文中"二十四韵"是指《二十四诗品》的。这里犹有两条材料须加说明。

一是祝尚书发现的宋人王晞作于嘉泰四年的《林湖遗稿序》称高鹏飞诗:"予阅南仲诗……诚能全十体、备四则、该二十四品,具一十九格。"这显然有吹捧夸大的成分。束景南《王晞〈林湖遗稿序〉与〈二十四诗品〉辨伪》断定为"高氏后裔所作伪篇","余姚高、王为大族,多有联姻"。"故高氏后裔冒用王氏中有声望者作序以相鼓吹也。"文中也指出"高氏后裔对诗法诗论无知,盲目抄用"。但王晞官位不高,文名不大,若高氏后裔存心作伪,为何假托王晞之名。既然其目的是标榜自己的祖先,嘉泰年间正是朱熹、陆游、杨万里、辛弃疾、姜夔、史达祖等活跃于文坛之时,用他们之名岂不更好?

二是王步高文中揭示的范(德机)称引《诗品》之事:清人仇兆鳌《杜诗详注》其后《诸家咏杜》中引范椁《诗品五则》,其注云:"《诗品》本司空图所作,范氏引此以证李杜。"注文中于雄浑、沉着、高古、劲健下"以杜少陵当之"。而于"豪放"条下"以李太白当之"。似范德机已认为《诗品》当归属司空图,可惜至今尚未得见其第一手材料,杨成本《诗家一指》与此标注相似,却无李太白,却于典雅、洗炼、清奇下标揭曼硕(傒斯)和范德机(椁),显然仇氏所见是另一版本。

关于明末以前《诗品》很少人称引一事,张少康认为:"这确是使人怀疑其真伪的重要原因,但它又是《二十四诗品》本身的性质和历代对它的评价有关系的,不能据此来判断它的真伪。""它的内容和表现特点,使它很难被研究诗歌创作和表现技巧的诗论家所引用。因此,论司空图的诗说而不涉及《二十四诗品》也是正常的,而不能算作一个奇怪的现象。至于清以前志书未见著录的问题,则是与它是否为专书、有无单行本传世有关的,如果它并非诗法诗格类著作,只是作为一组二十四首四言诗存在于诗集中的话,那么书志中没有著录、有关司空图的传记中没有提及,也是并不奇怪的。"

王步高说:"我的解释很简单,因为在明万历以前人的眼里,它(指《诗品》)本不是一本'书',它只是几首诗,一组组诗,一组并不十分好懂,其美学价值还未充分为大多数所接受,也没有太多句子可以引用的组诗。宋元人的诗话,理论探讨的成分很少(《沧浪诗话》等除外),不太称引它也属自然。明代人开始大量编辑丛书,后人将《二十四诗品》独立成丛书中的一种,使它比司空图的诗集更为流行。""这种情况与朱熹将《大学》、《中庸》从《礼记》中抽出的情况有些仿佛。""南宋以前的正史《艺文志》,公私藏书目录谁又见过《大学》、《中庸》这两本'书'呢?"

3.《诗品》与《诗家一指》及《虞侍书诗法》

陈汪文认为,《诗品》乃是明人怀悦所作《诗家一指》的一部分,明末人将其析出,伪题为司空图之名而行于世,因而《诗品》的作者是明人怀悦。张健《〈诗家一指〉的产生时代与作者》(《北京大学学报》1995 年 5 期)一文则认为:"《诗家一指》为明景泰间人怀悦所作,这种说法是不能成立的。""《诗家一指》一书,明人赵撝谦《学范》曾引用过。"而赵是明初著名学者。他又从《诗家一指》现存的版本来证明,"怀悦实未作《诗家一指》,所谓'编集'也是名不副实,其实只是出资刻之而已"。

张健又指出:"《诗家一指》一书除了有杨成校刊《诗法》本之外,还有一个与之名称不同而且时代更早的本子,这就是明史潜校刊《新编名贤诗法》本,名《虞侍书诗法》。"该书"除书名为后人所加外,全书体例统一,结构完整,内容环环相扣,前后一致,而且又没有抄撮前人论诗之语,乃属自家结撰"。"就目前所掌握的资料看,虞集作《诗家一指》包括《诗品》的可能性是比较大的。""但我们还不能完全排除此书乃是假托虞集之名的可能性。"

王步高对虞集作《诗品》提出质疑。如为虞集所作,其中有明显犯忌之处。虞集三十七岁时,武宗海山即位。而《诗品·豪放》中有"天风浪浪,海山苍苍"之句,显然犯了武宗名讳。元代避讳虽不如宋、金繁复,但《元史·程钜夫传》却载有:"钜夫名文海,避武宗名讳,以字行。"程文海仅与武宗名重一字,便改以字行。很难设想与之同样受宋代文化熏陶的虞集会在文中直用武宗"海山"之名。况且,即便《虞侍书诗法》为虞集所著,也难以断定其同时拥有《诗品》的著作权。因为古人的诗话、词话及诗格、诗法之类的书互相抄袭太严重了。

4. 关于《诗品》真伪的内证问题

陈汪文认为："《二十四诗品》与司空图生平思想、论诗旨趣及文风取向的比较，显而易见的悖向。""从司空图平生出处来看，儒家思想在其一生中始终居于主导地位。""其晚年诗文中确乎有一些言释谈道的内容，但皆不似《二十四诗品》那样集中强烈。""《二十四诗品》虽备列各品，但述景清淡，造境逸雅，即论壮美，亦复如此，其总的审美趋向统一而恒定，与论诗杂著显然异趣。""《二十四诗品》之思想倾向与司空图的立身原则颇异其趣，其论诗倾向与司空图论诗杂著之论诗宗旨共同点也并不多，行文风格又不同于司空图的好尚和习惯，这种体式的著作在唐代也无先例可寻。这里矛盾不合之处，均显而易见，不容回避。"

汪涌豪《论〈二十四诗品〉与司空图诗论异趣》一文（《复旦学报》1996 年 2 期）亦有相似论述：《二十四诗品》"通篇充溢道家气息，与司空氏生平思想、人生理想明显异趣。司空氏晚年世界观是以儒为主，兼修佛道，且从其现存全部论诗杂著看，并无道释思想阑入。至考究其论诗由《韵味说》而及全工全美理论，并其诗论通常所取方式，与《二十四诗品》所论及所独有的理论形态区别也甚明显"。汪涌豪之《司空图论诗主旨新探·兼论其与〈二十四诗品〉的区别》（《中国诗学》第五辑）一文认为："说司空图的诗论是一种关于韵味创造的理论，并不全面确切。作者关注的是诗美的创造，它包举广泛，所期至大，允称一种求取全美全工的诗歌理论。"

陈良运《中国诗学批评史》论《诗品》与司空图其他诗文体现的美学思想的三点一致时指出：第一，《诗品》文本与司空图其他诗文文本对照，美学思想是一致的。如《诗品》中"超以象外"、"离形得似"跟《与李生论诗书》中提出的"象外之象，景外之景"、"味外之致，韵外之旨"等，都是指艺术意境所具有的意在言外、含蓄不尽的审美特征。第二，《诗品》贯穿着道家思想，而司空图《自述诗》有"取训于老氏，大辩欲言"一句。《诗品》中有"忽逢幽人，如见道心"，司空图又有诗曰："茶爽添诗句，天清莹道心。""道心"二字多次出现。而司空图诗集中《送道者二首》之一云："洞天真侣昔曾逢，西岳今居第几峰？峰顶他时教我认，相招须把碧芙蓉。"几可说与《诗品·高古》前四句"畸人乘真，手把芙蓉。泛彼浩劫，窅然空踪"相呼应。第三，《诗品》没有序言，司空图有《诗赋赞》一首，可作《诗品》之序来读。《诗赋赞》篇首曰："知道非诗，诗未为奇。"深知"道"之奥秘而以为与诗无干，道不是诗，诗也就无奇可言了。《诗品》皆为知"自然之道"而言诗。《诗赋赞》从"神而不知，知而难状"到"色丝屡空,续以麻绚",又似是对《诗品》内容的大致概括。张少康认为:"《二十四诗品》所体现的是非常突出的老庄精神品格,几乎每一品都展示着老庄虚静恬淡、超尘拔俗的思想情操和人生理想,这与司空图的生平思想以及其诗文创作确有类似的一面。""《二十四诗品》和他的诗歌创作精神境界方面存在一定差异也是不可否认的事实。""因此,从内证方面说,我以为也存在着两种可能性,而无法由此来证明司空图《二十四诗品》的真伪。"

王步高还指出,《诗品》用韵的情况与司空图本人诗作的押韵情况有着惊人的相似之处。《诗品》用到的十四个韵部都是司空图诗中用过的,除入声"屋"韵在其诗集中也仅一首外,绝大多数韵在其诗集中均出现过十首以上。"真"韵是其诗集和《诗品》中都用得最多的一个韵。其诗集中极少用上、去声韵,《诗品》中便不用上、去韵。其诗集中很少用"佳"、"鱼"、"青"、"肴"、"豪"、"青"、"覃"、"盐"、"咸"等韵,从未用"江"韵,《诗品》中也均不用这些韵。除个别韵太险、太窄以外,显然也有个人爱好、兴趣方面的原因。其诗集中有五首跨部押了邻韵,《诗品》中《缜密》一首也跨了"支"、"微"二韵。这是偶然的巧合,还是本出自一人之手? 颇耐人寻味。

围绕《二十四诗品》真伪问题开展的一场论争,是当今中国古代文学及中国文学批评史领域最大、最有意义的一场论争。这场争论将不仅推动司空图诗论的研究,也将大大推动唐代文论及古代文论的研究。

(《晋阳学刊》,1998 年第 6 期)

(朱恒夫、王基伦《中国文学史疑案录》,江苏教育出版社,1998 年)

驳"虞集作《二十四诗品》"说

　　摘　要　《虞侍书诗法》的发现，使《二十四诗品》的作者归宿问题大大向前推进。但笔者认为，虞集不太可能是《二十四诗品》的作者。因为范梈引《二十四诗品》中已说是司空图所作。且如果虞集作《二十四诗品》，其中则有明显犯忌之处。因此，即便《虞侍书诗法》中出现《二十四诗品》，也难以断言虞集拥有《二十四诗品》的著作权。

　　关键词　虞集；二十四诗品；司空图

　　北京大学张健博士的《〈诗家一指〉的产生时代与作者》（载《北京大学学报》1995年第5期）一文一方面同意陈尚君、汪涌豪先生提出的《二十四诗品》非司空图作及《二十四诗品》出自《诗家一指》的观点，但另一方面认为《一指》非明代僧怀悦所著，《新编名贤诗法》本题名《虞侍书诗法》的本子已近于《诗家一指》，故认为《诗家一指》包括《二十四诗品》的作者有可能是元代的虞集。

　　《虞侍书诗法》的发现，使《二十四诗品》的作者归宿问题大大向前推进，但笔者认为，虞集是否会写《诗家一指》且不论，他不太可能是《二十四诗品》的作者。原因如下：

一、范引《二十四诗品》，已云司空图作

　　清人仇兆鳌《杜诗详注》，其后《诸家咏杜》中引范梈《诗品五则》，其注云："《诗品》本司空图所作，范氏引此以证李杜。"正文与《二十四诗品》全同。注文分别为："此论雄浑，以杜少陵当之"；"此论沉著，亦以少陵当之"；"此论高古，亦以少陵当之"；"此论劲健，亦以少陵当之"；"此论豪放，以李太白当之"。应当指出，这里作"范梈"，而不作"范椁"，而排于元赵孟頫、张养浩、虞

集、马祖常之后,宋元之前,"范椁"当即"范椁"。范椁,即范德机。

据陈、汪文及张健文,均提及明万历"杨成本《诗家一指》中《二十四品》部分于雄浑、沉著、高古、劲健诸品下标杜少陵,中(冲)淡、自然下标孟浩然,典雅下标揭曼硕(傒斯),洗炼、清奇下标范德机(椁)"。张文又谓:"题注中谓李、杜能得其'全美',那就应全标或全不标,但标杜甫者仅四品,而竟无一品标李白,互相矛盾。"仇注杜诗所引范氏评本《豪放》品下标李白,显然仇氏所见之本与杨成本不是同一个本子,况且既标范椁著,他不可能在洗炼、清奇二品下标上自己。

仇注杜诗并非全善,《四库全书总目》也指出其错讹处,但云:其"援据繁富,而无千家诸注伪撰故实之陋习",此处注为"范椁",当有所本。张健曾指出朱绂《名家诗法汇编》标明"范德机《诗家一指》","其版本来源是杨成刊本《诗法》,其标'范德机',乃是受了杨成本《诗法》标范德机《木天禁语》为'内篇',标《诗家一指》为'外篇'的影响。认为'内篇'、'外篇'同为范德机所作。这种说法没有另外的版本依据,是不足为据的"。然而,仇氏所引显然与杨成本不是同一版本系统,张健先生的上述论证并未能排除仇注杜诗所引是另一个更可靠版本的可能。笔者遍阅南京可以觅见的范德机的著作,也经陈伯海先生指点,托人去清华大学图书馆查检了《李翰林诗范德机批选》,尚未能寻得仇注杜诗所引材料的出处。但显然,《诗家一指》包括《二十四诗品》与范德机之间有某种不解之缘。

范椁与虞集生于同一年,去世还早虞集十八年,范去世后虞集还为其诗集题诗曰:"玉堂妙笔交游尽,投老江南隔死生。最忆崖州相忆处,华星孤月海波清。"难以设想,如果虞集写了《二十四诗品》,而范却引作司空图,或故意不标作者姓名。

二、如果虞集作有《二十四诗品》,《诗品》中则有明显犯忌之处

虞集一生活了七十七岁。他生于元世祖忽必烈至元九年(1272),卒于元惠宗至正八年(1348),历经了元代全部十个皇帝。他经历的第三个皇帝乃元武宗海山。武宗即位时,虞集入仕尚不过十年左右,当时才三十七岁,因丁内艰,后再除国子助教,除国子博士。对他这段生涯,《元史·虞集传》记载:"监祭殿上,有刘生者,被酒失礼俎豆间,集言诸监,请削其籍。大臣有为刘生谢者,集持不可,曰:'国学,礼义之所出也,此而不治,何以为教!'仁宗在东宫,传旨谕集,勿竟其事,集以刘生失礼状上之,移詹事院,竟黜刘生,

仁宗更以集为贤。"虞集为一刘生在祭殿上"被酒失礼"而坚持削其籍，甚至不惜得罪大臣和太子。

然而，熟悉《二十四诗品》的人都会知道，《二十四诗品·豪放》有句云："天风浪浪，海山苍苍。""海山"者，元武宗之名讳也。作为对封建礼教十分看重的虞集，在诗中竟直用皇帝的名讳，乃是不可思议的。

古人很计较在言谈和书写时，要避免君父尊亲和孔子的名字，尤其对孔子及帝王之名，众所共讳，被称为公讳。人子避父祖之名，称为家讳。即便古时人与帝王名字重字也得改名。昭君改名明妃，王士禛改名王士正、王士禛都是如此。元代皇帝除世祖、成宗、惠宗在位较长，武宗在位也仅四年。元代避讳不如宋、金繁复，清赵翼《二十二史札记》卷二十九甚至有《元帝后皆不讳名》一条，但同样《元史·程钜夫》传有："钜夫名文海，避武宗名讳，以字行。"元武宗名海山，但当时以"海"名者仍多，其即位诏中也有"以文德洽海内"之说。程钜夫所以改名是不同程度受宋代习俗影响，他系南人，故有此举。虞集乃南宋名相虞允文四代孙，亦系南人，宋代的文化对他的影响应更深（虽他出生较程钜夫为晚，并未在宋代生活过）。

近来，借助电脑检索，《四库全书》中有"海山"二字连用之例十四则，其中多数为由宋入元时间不长者。如：戴表元《次韵答朱侯招游海山》（见《御选元诗》卷十四）、陈深《汤海山为道士归吴还山赋》（《元诗选》初集卷十一）、钱选《连雪可畏再赋律诗一首》云："四望莫分天地色，一时遮尽海山尘。"（《元诗选》二集卷二），由金入元诗人丘处机《答宣抚王巨川》诗："万里欲行沙漠外，三春遽别海山遥"（《元诗选》二集卷二十五），麻革《为秦人梁帅寿》有云："见说长年出冲静，海山求药本微茫。"这些人大多在元代生活时间较短，如丘处机，实死于1227年，元代实未真正建国，元武宗还远未降生，固然无须避讳。

另一种是出生较晚，创作已远在武宗朝之后，如杨维桢有《石妇操》："东海山头有时聚。"这里"海山"二字并不连读。再如贡性之《题美人图》云："试问海山今夜月，不知何处照人圆？"（《元诗选》二集辛集）贡性之在元代生活不久，大半生活于明代，显然其仕履距元武宗亦久，无须避讳。

须详加考订的有虞集、洪希文、袁桷三人的三首诗，这三人均经历过元武宗年代，其中之一还是虞集本人，故须加辨析。

虞集一首见于《道园遗稿》，题为《揭北海山雨亭》，"海山"二字相连却非一词，并不连读。

洪希文生于元世祖至元十九年（1282），卒于元惠宗至正二十六年（1366），出生迟虞集 10 年，去世晚虞集 18 年。其《寄潘茂》诗云：

> 别后听鸣舷，君曾有凤期。
> 如何三闰月，不寄一联诗。
> 独立海山对，相思沙鸟知。
> 端能乘兴否，一苇谅非迟。

详考元武宗海山在位时，洪希文为 27 至 31 岁，因他曾活了 85 岁，《寄潘茂》一首不会写于元武宗在位前后的几年几乎可以肯定，更重要的是他一生从未入仕，只被一些人家聘为家塾教师，最多也只被郡聘为训导，不属官场之人，自然避讳便不重要。

较令人不解的是袁桷《清容居士集》中有《次韵陈海阴》一诗（见《元诗选》初集丙集），诗云：

> 三月雪花飞作毡，春风似欲驻新年。
> 梦当好处成乌有，歌到狂时近自然。
> 村树绿齐黄鸟界，海山青尽白鸥天。
> 何人会得庞公意，布领长披不上船。

袁桷系宋同知枢密院袁韶之曾孙。大德初，闫复、程文海、王构交荐之，改翰林国史院检阅官，后官至翰林直学士、迁侍讲学士。袁桷生于 1266 年（宋度宗咸淳二年），长虞集十六岁，"大德"系元成宗的年号，为 1297—1307 年，此后即系武宗即位。大德初，前文言及的程文海尚未改名程钜夫。《次韵陈海阴》一诗若写于武宗即位之前，自无须避讳。武宗即位时袁桷已 43 岁，这种可能是存在的。

三、即便《虞侍书诗法》中出现《二十四诗品》，也难以断言虞集拥有《二十四诗品》的著作权

古今诗话、词话，尤其是传授诗法之类的书互相抄袭的情况十分严重。"假作真来真亦假"，使得后人难以辨别每段文字的真正作者是谁。也许古人并不很重视这类著作，而实际诗歌创作中又很需要这样的书，于是这类凉

菜拼盘类的著作便大量应运而生。陈、汪文曾认定《诗家一指》是明代僧人怀悦之作，张健文便认为怀悦连"编集的资格也没有，只是出资刻之而已"。笔者为学生开"诗词格律与创作"课，有意搜集一些这类书籍，开卷以后多数章节都令人有似曾相识之感，而有不少文字甚至不用翻检典籍便能一一说出其出处。清代袁枚有所谓《诗学全书》，开头论述部分全录自《苕溪渔隐丛话》、《诗人玉屑》等书。即便是袁枚自己观点的部分也是从其《师友诗传录》等书过录过来。这类著作不太可能全出自袁枚亲笔，很可能是其门生乃至书商托其名而作。而等而下之者更全书照搬，极少改动，只换个书名或作者名而已。

张健先生认为《诗家一指》可能出自虞集（或他人假托其名），这种可能是存在的。然而也未必准确。陈尚君教授曾以四川大学古籍所祝尚书所发现的宋人王晞《林湖遗稿序》相寄。其序曰：

> 予阅（高）南仲诗，词体浑厚，风调清深，脱弃凡近……其始其终，绝无蔬笋气味，无斧凿痕迹，可见其能参高妙之格，极豪逸之气，包冲淡之趣，兼峻洁之姿，得藻丽之妙。诚能全十体，备四则，该二十四品，具一十九格，非浅陋粗疏者所能窃也。

卷四 诗词研究

此处言及的"十体、四则、二十四品、十九格"已与《虞侍书诗法》、《诗家一指》内容一致。此序云作于南宋嘉泰四年（1204），可惜尚不知其可靠性如何。如其可靠，则虞集、范德机之前早已有类似《诗家一指》的著作。

虞集倒并非完全不具备写《二十四诗品》的能力。虞集与道家有着不解之缘。《元史·虞集传》云："集之将生，文仲（其外祖父）晨起，衣冠坐而假寐，梦一道士至前，牙兵启曰：'南岳真人来见。'既觉，闻甥馆得男，心颇异之。"而道教是《二十四诗品》的基调之一。虞集诗中、词中均有大量咏茅山道教四十五代祖师以及与道教祖师唱和的诗词作品，其文集中也多这类文章。虞集也长于四言，集中有一些四言铭、赞之类韵文。虞集又系元代四大诗人之首，其创作水准及对后世文坛的影响，若撇开《诗品》不论，也不在司空图之下。然而，虞集生活的时代很难产生《二十四诗品》（前贤于此已有论及）。虞集自称其诗为"汉廷老吏"，也与《二十四诗品》冲淡、自然的审美趣味大相径庭。而且以虞集的声望地位，若其真著有《二十四诗品》，却从未有任何人提及，这是极不正常的。元以来战乱相对五代及宋金之际已少得多，典籍毁于兵火也少得多。毕昇发明活字印刷后,书籍的印量比手抄大得多,散佚必少,却从未提及虞集著《二十四诗品》,这是说不通的。

唐代诗歌创作的空前繁荣为诗歌理论的发展创造了任何其他朝代无可比拟的条件,唐诗流派众多,风格各异,也为《二十四诗品》探讨诗歌的风格特点做了极好的准备。诚如前贤已言及,唐代思想解放,儒释道三者均得到充分发展,这与《二十四诗品》的思想基调也是一致的。

我国是诗国,诗词曲的创作成就斐然,诗话、词话、曲话等理论著作也不少,但大都限于作家论、作品论,品评一个诗人、词人或一个诗人群,间或也将之作些比较,以区分高下异同。如《二十四诗品》这样能撇开具体的作家、作品来从理论高度去总结诗词曲创作经验的理论著作并不多见,能向《二十四诗品》的作者提供如此之多诗歌理论研究的经验和创作原材料而又无隔世之感的唯有唐代。唐以后具备如司空图之个人天赋、创作才能和理论素养者自然不少,但他们都不可如司空图之同时具备这样的时代及其他外部条件。无论虞集还是僧怀悦都不太可能。“不识庐山真面目,只缘身在此山中。”唐代诗人自己并不能如后代的唐诗专家对唐诗的全貌、流派、演进轨迹、各诗人的特点、优劣看得如此全面、透辟,但后代的唐诗专家却无论如何不能如司空图对唐诗有那样深切的理解与感受。

(《中国韵文学刊》,2005 年第 4 期,与庄婷婷合作)

李清照研究综述

李清照是我国杰出的女词人、作家,她的诗、词、文都取得了相当的成就。她的词,不仅在宋代即蜚声文坛,而且在中国文学史上也有着崇高的地位。

从宋代开始,人们已开始重视对李清照的研究及其著作的编订。编于南宋前期的《碧鸡漫志》以及《苕溪渔隐丛话》、《云麓漫抄》等书,对李清照已有论及,对她的词作、词论、文章也有所著录。李清照死后仅十年左右出版的晁公武《郡斋读书志》即著录有《李易安集》十二卷,而《萍洲可谈》、《直斋书录解题》等著录李清照的词集即有一卷本、三卷本、五卷本、六卷本等多种版本,仅宋元人编著的词选、词话(诗话)、笔记选录李清照词的就达十八种之多,而明清两代著录李清照词的词选、词谱、总集、词话更多达五十多种。清人俞正燮著有《易安居士事辑》,陆心源著有《癸巳类稿易安事辑书后》,李慈铭著有《书陆刚甫观察仪顾堂题跋后》对李清照的生平、著作均作了精细的考订。

李清照的研究取得较为显著的进展,还是50年代以来。50年代后期至60年代初期(1957—1962)和1980年前后,我国曾出现过两次李清照研究的热潮。前一时期由于极"左"的思想禁锢,虽有许多学者欲冲破极左的樊篱,但力量不足。这一时期最杰出的成就表现于黄盛璋的《李清照事迹考辨》(《文学研究》1957年第3期),一是王仲闻先生(王国维次子)的《李清照集校注》(排版于1964年,王仲闻死于1969年)。这二者是李清照研究不朽的里程碑。

《李清照事迹考辨》一文(约4万字)涉及的问题主要有下列几点:一、生年与嫁年:认定李清照生于宋神宗元丰七年(1084),而排除她生于元丰四年、元丰五年、元丰六年诸说;认定她结婚于宋徽宗建中靖国元年(1101),清照十八岁（虚岁，下同），排除其婚于元符二年（1099）诸说。二、屏居乡里的原因及其起迄年代：宋徽宗大观元年（1107）三月丁酉赵挺之罢相，五天后即卒于京师，赵挺之死三日，蔡京即兴大狱，赵明诚亦下狱。大观二年起屏居乡里十年，所居乡里乃山东青州，而非赵氏祖籍诸城，故出于诸城的所谓遗迹遗像均为赝品假托。三、晚年踪迹：认定李清照"晚年大致皆在杭州"，否定了俞正燮"老于金华"说。四、清照卒年：据《金石录》卷十四"汉官铁量铭"自注及陆游《夫人孙氏墓志铭》考订，清照卒于宋高宗绍兴二十一年（1151）至绍兴二十五年间，纠正了她卒于绍兴十一年（1141）之误。此外还对其婚后事实、赵明诚连守两郡及其间事迹、南渡、建康任内、避难行踪、子嗣、著述及其流传等问题作出有说服力的论述。

黄盛璋文章最长的部分为"改嫁新考"，这是最有争议的部分。关于李清照是否曾改嫁张汝舟问题起自明人徐𤊹之《笔情》，其后黄溥、瞿佑、朱彝尊、王士禛、卢见曾、况周颐……均曾认为改嫁之说不可信，理由与徐𤊹之《笔情》相似："年五十二，老矣；以清献公之妇、郡守之妻，必无更嫁之理。"俞正燮、陆心源、李慈铭为李清照"辨诬"更是不遗余力。黄盛璋引证宋人胡仔《苕溪渔隐丛话》、王灼《碧鸡漫志》、晁公武《郡斋读书志》、洪适《跋赵明诚金石录》、赵彦卫《云麓漫抄》、李心传《建炎以来系年要录》、陈振孙《直斋书录解题》……证明李清照确曾改嫁过。辨诬者理由虽多，不外乎三方面理由：第一，论证宋代有关改嫁的理由均属伪造；第二，列举若干反证，说明改嫁的不可能；第三，从情理上认为改嫁不会发生。黄盛璋还认为，辨诬者一是出于爱才，一是认为改嫁是"失节"。其实南宋初年妇女改嫁并不像明清时那样不为人们所接受。黄盛璋说："记载清照改嫁既有这么多人，有的写书时还在清照生前，有的还是赵李两家亲戚或世交，书的性质又是史部、目录、金石都有，不仅都是小说笔记，连洪适这样有资格清楚她晚年事迹的人，《隶释》这样一部纯粹学术著作也都说她改嫁，那么材料的真实性就不能不令人郑重考虑了。"黄盛璋另编订有《赵明诚李清照年谱》等书。

黄盛璋之"改嫁"说，几乎遭到词学界泰斗们的一致反对。目前，学术界越来越接受黄盛璋之说。但李清照五十二岁时何以要改嫁，她生活并不困难，似乎仍难从感情上完全接受。宋代的洪迈、赵师厚、谢伋、陆游、朱熹、刘辰翁……直至清代的王鹏运等人，均对李清照以较高评价，并无微词。黄墨谷先生认为，现在要推翻"明清三百年来讨论已无异议的这件学术公案"似乎仍觉证据不足。

王仲闻《李清照集校注》(人民文学出版社)"是迄今所见最完备的李清照的注本"。此书收罗详备，不仅前人已发现的全部录入，就是长期隐埋于胡伟集句《宫词》中的七句断句也被辑入书中。前人对清照的评议也收罗得相当完整、精审。此书考辨准确，其中有对作品真伪的考辨，对有争议的问题，持慎重态度；有对难注词语的考辨，常能发人所未发，如"转调"、"分茶"等；再是对参考资料部分的考辨，本书除对原资料的正误进行分辨外，还纠正了他书的错误。"这些优点说明，《李清照集校注》一书，资料丰富，考据恰当，常有独到的见解，值得从事宋词教学和研究的同志阅读。"

"文革"以后的二十余年，李清照研究也取得了更长足的进步。这集中表现为以下几个方面：

一是李清照身世、生平考证的创获。首先是有关她的出生地问题。《宋史·李格非传》及《东都事略》认为她是山东济南人，其实这是指其郡望而言的。唐代济南是齐州的州治，北宋末才升为府，统辖今山东历城、章丘等五六个县市。李格非所撰《廉先生序》碑石的发现，使这个问题得到新的解释。《廉先生序》的落款为："元丰八年九月十三日绣江李格非文叔序。"绣江是山东章丘县明水镇的别称，这就解决了李清照的籍贯及出生地问题。二是关于李清照母亲的家世。《宋史·李格非传》谓李格非妻系："王拱辰孙女，善属文。"王仲闻先生首次据庄绰《鸡肋篇》而云："清照之母，为王准之孙女，非王拱辰孙女。"中华书局《文史》第37辑《李清照近亲考》征引李清臣撰《王圭神道碑》，"足证李清照母亲是王准之孙女、王圭之女，而决非王拱辰之孙女"。陈祖美《对易安史料的八项发明》却认为，李清照襁褓丧母，元丰八年(1085)王圭去世，九月李清臣为其撰神道碑，此时李清照母已去世，故"清照至多一岁半，便失去生母"。陈祖美又断言李格非"必再娶"，而这再娶之女可能是状元王拱辰孙女。而李格非丧妻六七年后才再娶，李清照是"由原籍的家人或他人抚养"的，生长于齐鲁，直至十五六岁，方由原籍赴汴京。

另一较新的发现是陈祖美提出的：李清照与赵明诚的关系曾出现裂痕，而并非如许多人认为的，靖康之变前她的家庭生活是十分美满的。李清照因丈夫另有新欢而如写《团扇》诗的班婕妤一样发出"婕妤之叹"。这事发生于崇宁五年(1106)诏毁元祐党人碑，此前赵明诚已授鸿胪少卿(此时清照才二十三岁)，其《小重山》"春到长门春草青"，《多丽·咏白菊》中的"似愁凝、汉皋解佩，似洒泪、纨扇题诗"，均蕴含"婕妤之叹"。此外如《满庭芳》(小阁藏春)，以及写于青州的《凤凰台上忆吹箫》，写于建康的《临江仙》、《诉衷情》

等,均与此事有关。对陈祖美女士的观点,蔡厚示先生似有不同见解。笔者细读《金石录后序》,于有关部分看不出丝毫蛛丝马迹。

新时期对李清照的研究中,对李清照作品的研究也有新的创获,对许多名作的理解也出现了百花齐放的情况。80 年代后期出现的鉴赏辞典热时期,笔者本人就在唐圭璋师指导下主持编纂过《唐宋词鉴赏辞典》(江苏古籍出版社),收李清照词二十五首;上海辞书出版社、燕山出版社也随后推出《唐宋词鉴赏辞典》、《宋词鉴赏辞典》,收李清照词均较多。齐鲁书社和巴蜀书社还先后推出《李清照词赏析》、《李清照作品赏析集》。然而,对《声声慢》、《渔家傲》等一些名作的作年、理解分歧也越来越大。尤其是陈祖美认为与"婕妤之叹"有关的一些作品,歧见尤大。

陈祖美所著《李清照评传》(南京大学出版社)是新时期研究李清照的力作。诚如蔡厚示所云,此书对历来数以百计的李清照的传记"有所汲取、有所扬弃、有所发展和有所创新地撰写出来的"。它较之各种旧传记,"不仅从篇幅说是更宏伟的,从观点说是更当代的,从研究方法说是更新颖的"。正如它的"内容简介"所说:"本书以信史为依托,以内证为根据,对传主的生平、思想和创作等作了全面而深入的论述。"它最引人注目之处是"对传主内心隐秘的破译和对其某些难度较大作品的解读"。

当今研究李清照的另一最大的成就是中国李清照辛弃疾学会的建立和济南二安纪念馆的筹备。全国专门研究一位作家、一部作品的学会只有屈指可数的几家,作为一名女作家,能跻身其列,若清照有知,当含笑九泉了。

(王步高、刘林《李清照全集》,珠海出版社,2002 年)

李清照作品概述

　　李清照生于宋神宗元丰七年(1084)，卒于宋高宗绍兴二十五年(1155)
后。她一生跨了南北宋两个时代，应属南渡词人之列。南渡词人的创作大
致均可分为两个时期，前期在太平时，他(她)们有较高的政治、经济地位，生
活较优裕，词作多写相思离别、风花雪月等一些生活题材，而后期面临国家
的沦亡、自身的颠沛流离，词风发生根本性变化，以悲壮苍凉为基调，而以家
国之恨、身世之感为新内容。如许多著名词人叶梦得、李纲、赵鼎、朱敦儒等
均如此。李清照力主词"别是一家"说，家国之恨的题材更多用诗来表现，而
词风的变化却是相同的。

　　李清照出身官宦之家，是宰相的儿媳妇，前期物质生活、精神生活应是
比较优越的。因而这一时期的作品，或是写少女的天真烂漫，或是写闺中生
活的情趣。如：

　　　常记溪亭日暮，沉醉不知归路。兴尽晚回舟，误入藕花深处。争
　渡，争渡，惊起一滩鸥鹭。(《如梦令》)
　　　淡荡春光寒食天，玉炉沉水袅残烟，梦回山枕隐花钿。　　　海燕未
　来人斗草，江梅已过柳生绵，黄昏疏雨湿秋千。(《浣溪沙》)

　　易安的后期词作，写于北宋覆亡，宋室南渡，女词人也饱受流离播迁之
苦，而其夫又英年早逝之际。李清照的晚年是在孤独、寂寞、痛苦中度过的。
因而这一时期的作品，如《武陵春》、《永遇乐》、《声声慢》等，愁已是无时不
在、无处不有，而词人的愁已不是一己的遭遇，而是与整个国家、民族的不幸
紧紧相连的。"她后期作品普遍地反映与人民相一致的爱国思想、抗金愿
望、乡关之念、身世之感"，"闪烁着爱国主义的光芒。其中的故国之思是南

宋人民所共同感受的,愁苦之感是和诗文中的爱国思想互相映照的"。①

李清照南渡后的爱国感情,在诗中表述得较为直率,如脍炙人口的《夏日绝句》诗中"至今思项羽,不肯过江东",直接讽刺那些"直把杭州作汴州"的南渡君臣,而以"生当作人杰,死亦为鬼雄"来对一些拯社稷、救苍生的爱国志士以期许。而她《上枢密韩公、工部尚书胡公诗》中更以"愿将血泪寄山河,去洒东山一抔土","想见皇华过二京,壶浆夹道万人迎。连昌宫里桃应在,华萼楼前鹊定惊。但说帝心怜赤子,须知天意念苍生。圣君大信明知日,长乱何须在屡盟"等诗句,表达了对抗金复国、收复失地的愿望。在词中也寄寓着深深的故国之思。如夜雨之日,"愁损北人,不惯起来听",她"空梦长安,认取长安道"(宋人多以"长安"代指旧都汴京),"故乡何处是,忘了除非醉","春归秣陵树,人老建康城","融和天气,次第岂无风雨"……深蕴其中的也都是国脉如缕、故土难归的家国之恨。一百三十年后刘辰翁在其《永遇乐》和词的小序云:"余自乙亥上元,诵李易安《永遇乐》,为之涕下。今三年矣,每闻此词,辄不自堪。遂依其声,又托之易安自喻,虽辞情不及,而悲苦过之。"可见易安词感人之深。

易安词仅 45 首,不足 3500 字,却能取得"不徒俯视巾帼,直欲压倒须眉"②和古今女子第一的地位,不仅因为其词作内容的充实感人,更因为其过人的艺术魅力。

说及易安词的特点,人们往往将之可挖掘的一切优点均罗列无遗,其实,"特点"只在于其是"这一个"处,是其区别于其他人,尤其是其不同于同时代以至古往今来绝大多数女性词人之处。古人有"易安体"之说。易安词艺术成就很高,就其突出的特点而言,有以下三个方面。

其一是塑造了"倜傥有丈夫气"的抒情形象。李清照是千古女子一人,不是男子,却胜似男子。《夏日绝句》一诗固然令须眉男子汗颜,即便其词中塑造的女性抒情形象,也是令男性词人望尘莫及的。如《渔家傲》一词:

> 天接云涛连晓雾,星河欲转千帆舞。仿佛梦魂归帝所,闻天语,殷勤问我归何处。　　我报路长嗟日暮,学诗谩有惊人句。九万里风鹏正举。风休住,蓬舟吹取三山去。

---

① 杨敏如《李清照词浅论》。
② 李调元《雨村词话》。

这是易安词中别是一种风格的作品，也是最有男子汉气概的一首杰作。《艺蘅馆词选》云："此绝似苏辛派，不类《漱玉集》中语。"其实，这更酷似李清照诗的风格。除《乌江》一诗外，其《八咏楼》诗中"水通南国三千里，气压江城十四州"，气魄十分宏大。李清照虽是大家闺秀，据今人考证，她幼年丧母，也非继母带大，故养成俊爽开朗的性格。据《清波杂志》载："明诚在建康日，易安每值天大雪，即顶笠披蓑，循城远览以寻诗，得句必邀其夫赓和。明诚每苦之也。"沈曾植《菌阁琐谈》云："易安倜傥有丈夫气，乃闺阁中苏辛，非秦柳也。"易安词虽属婉约一派，但境界开阔。如其《点绛唇》(蹴罢秋千)一词，把抒情女主人公的形象写得大胆天真，无拘无束。再如《如梦令》(常记溪亭日暮)一首，更是充满青春活力。

其二是"以寻常语度入音律"，因而形成"清水出芙蓉，天然去雕饰"的语言风格。这也是由人物个性决定的，易安善于"用浅俗之语，发清新之思"①。有许多词语往往脱口而出："试问卷帘人，却道海棠依旧。知否，知否？应是绿肥红瘦。"(《如梦令》)又如："日高烟敛，更看今日晴未？"(《念奴娇》)再如："旧时天气旧时衣，只有情怀，不似旧家时。"(《南歌子》)"不如向帘儿底下，听人笑语。"(《永遇乐》)"试灯无意思，踏雪没心情。"(《临江仙》)……这些都是所谓"寻常语"，却又都"度入音律"，甚至如其《词论》所云："诗文分平侧，而歌词分五音，又分五声，又分六律，又分清浊轻重……"李清照难能可贵处正在于她的看似"寻常语"，却又都能"度入音律"，而非"句读不葺之诗"。《碧鸡漫志》中说她"作长短句能曲尽人意，轻巧尖新，姿态百出，闾巷荒淫之语，肆意落笔"。这段文字一直被视作诽谤易安的文字，其实王灼未尝不是李易安的知音，比那些无关痛痒一味颂扬者高明得多。以闾巷之语入词，却能句句入律，不堆垛典故而优美典雅，这正是易安过人之处。辛弃疾《丑奴儿近·博山道中效李易安体》，一改其他词中"掉书袋"的习惯，句句脱口而出，正是得易安词语言风格之真髓。

其三，李清照词又一个特色是大量运用叠字。这是人人皆知却不认为是她词的主要特点的。李清照在《声声慢》词开头运用七组叠字："寻寻觅觅，冷冷清清，凄凄惨惨戚戚"，是最受后人推崇的艺术杰作。"寻寻觅觅"突兀而起，反映的是一种如有所失的心理，而"冷冷清清"则写出寂寞难耐的苦况，而"凄凄惨惨戚戚"则深入心灵深处，把内心的悲切惨痛写得声泪俱下。尤其如杨敏如所指出的，"凄"字可与"冷"、"清"、"惨"、"切"分别组成词，故此字是具有承上启下意义的关键词，是由外在的，目力可及的环境而深化到

---

① 彭孙遹《金粟词话》。

人物的内心。这种"创意出奇"的做法很受后人推许。

其实,李清照词中运用叠字远不限于《声声慢》一首,更不仅仅限于这七组叠字。稍加留意,易安词中用到的叠字至少还有以下一些:点点、滴滴、休休、萧萧、悄悄、依依、厌厌、事事、层层、年年、沉沉、千千、深深、心心、叶叶、种种、芳芳、春春、一一、草草、纤纤……以上这些从公认为易安作的四十多首词中统计出来,若加上有争议的十五首词,则还有绵绵、淡淡、匆匆、疏疏、袅袅、娉娉、字字等等,而"萧萧"一词竟重复出现过六七次之多。还有一些词语重叠的情况,有些是词牌本身规定的,如《如梦令》中的"知否,知否"和"争渡,争渡"等等,又如《行香子》中"浮槎来,浮槎去,不相逢"和"霎儿晴,霎儿雨,霎儿风",再如《添字丑奴儿》词中"阴满中庭"、"点滴霖霪"两句的重复。《忆秦娥》中"烟光薄"、"梧桐落"二句的重复等。

李清照词中还经常重复用一些字和词,如《清平乐》一词中竟三次明用"梅花"一词,再如《蝶恋花》中"空梦长安,认取长安道",如"千"、"一"、"沉"、"春"、"梅"、"菊"、"日"、"风"、"雨"、"酒"、"花"等单字和"梦断"、"梦魂"、"沉醉"、"罗衣"等词语,重复出现的频率也都很高。这些虽与《声声慢》开头七组叠字不同,说不上是女词人的独创,但如此之多的叠字、叠词、叠句的大量使用,使易安词雅而能俗,更贴近现实生活,这恐怕又如王灼《碧鸡漫志》所说:"自古缙绅之家,能文妇女,未见如此无顾藉也。"

以女子作词而能有丈夫气,用寻常语却可度入音律,把叠字、叠词、叠句等市井语化为典重高雅的艺术精品,这正是易安体的过人之处。自然,易安词中造语生新如"人比黄花瘦"、"才下眉头,却上心头"、"宠柳娇花"等语,或高度凝炼、或新巧别致,均极见功力。这些是使易安词深受古今读者喜爱的又一方面原因。

为词名所掩,除《夏日绝句》一诗外,李清照诗文的成就则鲜为人知。王灼《碧鸡漫志》云:易安居士"自少年便有诗名,才力华赡,逼近前辈。在士大夫中已不多得。若本朝妇人,当推词采第一"。据今人考订作于其十七岁时的《浯溪中兴颂诗和张文潜二首》,诗中对唐代诗人元结作《大唐中兴颂》碑的做法提出了批评:"著碑铭德真陋哉","安用区区纪文字",指出大唐兴废是由于朝政腐败、奸雄得志,而杨家兄妹只是导火线。这一见识,不仅远胜唐代诗人元结,也超越了她的父执诗人张耒(字文潜)。诗中已多处运用典实,可见易安十多岁时已学识过人。李清照另有一首《晓梦》,是一首一韵到底的五言古诗,以"游仙"诗的形式,写她梦遇仙人安期生和萼绿华,赏荷、食枣、斗茶,结尾又以梦醒的怅惘反衬梦境难再。其内容与风格均与其《渔家傲》相似。陈祖美认为其当作于崇宁五年(1106),虽诏毁《元祐党人碑》,是

王步高诗文集

对张耒、晁补之等父辈仍不能解脱的同情。她还有《上枢密韩肖胄诗二首》、《偶成》诗,以及王仲闻先生辑出的七首诗的零篇断句,都有较高的艺术水准。

李清照的诗文大多散佚,据宋晁公武《郡斋读书志》载有十二卷本的《李易安集》,当是她的诗文集。她的诗仅剩上述等几首,文也只剩《打马赋》、《打马图经序》、《投内翰綦公崇礼启》、《金石录后序》等几篇。其中《打马赋》及《投内翰綦公崇礼启》采用了四六文的骈体。南宋谢伋曾称李清照为"妇人四六之工者"。"打马"是游戏的一种,《打马赋》不仅说明了打马游戏的意义、原则和目的,而又将自己的政治理想寄寓其中,且寓理于戏、寓庄于谐,甚至被前人称之"神品"。《投内翰綦公崇礼启》,大量运用典故,全文五百余字,用典却达三十多处。此启中第一次言及自己改嫁之事(详见《李清照研究综述》)。

《金石录后序》是她为《金石录》一书所作的后记。《金石录》实际上是她和丈夫赵明诚一起完成的。此篇序是李清照传世的几篇散文中最精彩的篇章。清人李慈铭甚至称:"宋以后闺阁之文,此为观止。"(《越缦堂读书记》)这篇文章也可看作李清照的自传,同时,此文"内涵充沛而丰盈,情愫真挚而深厚,文笔细腻而韶秀",是一篇足以流芳千古的美文。《打马图经序》也引古论今,涉猎广博,且叙事详明,议论精警。她的《词论》,更是中国词学史上第一篇专论,其"词别是一家"说更令许多人心折。

惜乎李清照的诗文词今已亡佚大半,但留存的这少量作品,均属精金美玉,从而奠定了她在中国文学史上压倒众多须眉的崇高地位。

参考书目

周振甫等《李清照词鉴赏》,齐鲁书社 1986 年。

王仲闻《李清照集校注》,人民文学出版社 1979 年。

济南市社科研究所《李清照研究论文集》,中华书局 1984 年。

陈祖美等《李清照作品赏析集》,巴蜀书社 1992 年。

王延梯《漱玉集注》,山东文艺出版社 1984 年。

黄墨谷《重辑李清照集》,齐鲁书社 1981 年。

徐北文《李清照全集评注》,济南出版社 1990 年。

陈祖美《李清照评传》,南京大学出版社 1995 年。

王步高、刘林辑校汇评《李清照全集》,珠海出版社 2002 年。

夏承焘、吴熊和《陆游词编年笺注》,上海古籍出版社 1981 年。

(王步高《大学语文》(全编本),南京大学出版社,2008 年)

卷四　诗词研究

《李清照全集》序

李清照是我国杰出的女作家。她的词、诗、文都取得了相当的成就。

李清照生于宋神宗元丰七年(1084),卒于宋高宗绍兴二十五年(1155)前。她一生跨了南北宋两个时代,应属南渡词人之列。南渡词人的创作均可分两个时期,前期在太平时,他(她)们有较高的政治、经济地位,生活较优裕,词作多写相思离别、风花雪月等一些生活题材;而后期面临国家沦亡,自身颠沛流离,词风发生根本性变化,以悲壮苍凉为基调,而以家国之恨、身世之感为新内容。如许多著名词人叶梦得、李纲、赵鼎、朱敦儒等均如此。李清照力主词"别是一家"说,家国之恨的题材更多用诗来表现,而词风的变化却是相同的。

前期的李清照出身官宦之家,是宰相的儿媳妇,物质生活、精神生活应是比较优越的。因而这一时期的作品,或是写少女的天真烂漫,或是写闺中生活的情趣。如:

> 常记溪亭日暮,沉醉不知归路。兴尽晚回舟,误入藕花深处。争渡,争渡,惊起一滩鸥鹭。(《如梦令》)
>
> 淡荡春光寒食天,玉炉沉水袅残烟,梦回山枕隐花钿。　　海燕未来人斗草,江梅已过柳生绵,黄昏疏雨湿秋千。(《浣溪沙》)

这一阶段她也不是没有烦恼。由于元祐党禁,她的父亲李格非与苏轼等一起被贬出朝,先降为京东提刑,接着又被罢官。而其公爹赵挺之却官升至尚书左丞相。李清照上书向其求救,书中有"何况人间父子情"之句。两年后赵挺之也受蔡京排挤丢官,次年蔡京罢相,赵挺之又复官,而大观元年(1107),蔡京复相,赵挺之罢官后五日去世,李清照的丈夫赵明诚也短期下

狱,后屏居乡里。这期间李清照写的一首《行香子》作了较好的刻画:

> 草际鸣蛩,惊落梧桐,正人间天上愁浓。云阶月地,关锁千重。纵浮槎来,不相逢。　　星桥鹊驾,经年才见,想离情别恨难穷。牵牛织女,莫是离中。甚霎儿晴,霎儿雨,霎儿风。

政治风云变幻,在这首词中有了淋漓尽致的艺术再现。

据陈祖美女士考证,这以后一段时期因赵明诚做官后纳妾、冶游等行为,使他们夫妻感情产生裂痕,陈祖美女士认为《凤凰台上忆吹箫》、《蝶恋花·晚止乐昌馆寄姊妹》及《感怀》诗等(详见《李清照研究概说》)家庭和父辈的政治浮沉、夫妻的感情波折,使李清照前期词中常带上一层淡淡的哀愁,有时这种哀愁还十分深重。因为夫妻感情的裂痕,夫妻的长期离别,对不是政治家而是个多愁善感的女子而言,其精神的压抑和苦痛已是相当沉重的。

易安的后期词作,写于北宋覆亡,宋室南渡,女词人也饱受流离播迁之苦,而其夫又英年早逝之际。李清照的晚年是在孤独、寂寞、痛苦中度过的。因而这一时期的作品,如《武陵春》、《永遇乐》、《声声慢》等,愁已是无时不在,无处不有。而词人的愁已不是一己的遭遇,而是与整个国家、民族的不幸紧紧相连的。如果不是国难,甚至她丈夫的死也是可以避免的(赵明诚是赶路受风寒而又服错了药造成的,如果不是战乱,远途赶路不仅不易发生,而夫妻厮守,服错药也无可能)。因而诚如杨敏如所说:"她后期作品普遍地反映了与人民相一致的爱国思想、抗金愿望、乡关之念、身世之感,具有一定的社会意义。她在词中抒写的愁恨包含破国广家的社会内容,表露的伤感来自今与昔的对比、个人与社会的矛盾。""南渡以后的词,则闪烁着爱国主义的光芒。其中的故国之思是南宋人民所共同感受的,愁苦之感是和诗文中的爱国思想互相映照的。"

李清照南渡后的爱国感情,在诗中表达得较为直率,如脍炙人口的《乌江》诗中"至今思项羽,不肯过江东",直接讽刺那些"却将杭州作汴州"的南渡君臣,而以"生当作人杰,死亦为鬼雄"来对一些拯社稷、救苍生的爱国志士以期许。而她《上枢密韩公、工部尚书胡公诗》中更以"愿将血泪寄山河,去洒东山一抔土","想见皇华过二京,壶浆夹道万人迎。连昌宫里桃应在,华萼楼前鹊定惊。但说帝心怜赤子,须知天意念苍生。圣君大信明知日,长

卷四　诗词研究

乱何须在屡盟",表达了对抗金复国、收复失地的愿望。在词中也寄寓着深深的故国之思。如夜雨之日,"愁损北人,不惯起来听",她"空梦长安,认取长安道"(宋人多以"长安"代指宋都汴京),"故乡何处是,忘了除非醉","春归秣陵树,人老建康城","融和天气,次第岂无风雨"……而深蕴其中的也都是国脉如缕,故土难归的家国之恨在躁动。以至一百三十年后刘辰翁在其《永遇乐》和词的小序云:"余自乙亥上元,读李易安《永遇乐》,为之涕下。今三年矣,每闻此词,辄不自堪。遂依其声,又托之易安自喻,虽辞情不及,而悲苦过之。"可见易安词感人之深。

易安词仅四十五首,不足 3500 字,却能取得"不徒俯视巾帼,直欲压倒须眉"和古今女子第一的地位,不仅因为其词作内容的充实感人,更因为其过人的艺术魅力。

说及易安词的特点,人们往往将之可挖掘的一切优点均罗列无遗,其实,"特点"只在于其是"这一个"处,是其区别于其他人,尤其是其不同于同时代以至古往今来绝大多数女性词人之处。古人有"易安体"之说。易安词艺术成就很高,就其突出的特点而言,有以下三个方面。

一、塑造了一个"倜傥有丈夫气"的抒情形象。李清照是千古女子一人,不是男子,却胜似男子。《乌江》一诗固然令须眉男子汗颜,即便其词中塑造的女性抒情形象,也是令男性词人望尘莫及的。如《渔家傲》一词:

> 天接云涛连晓雾,星河欲转千帆舞。仿佛梦魂归帝所,闻天语,殷勤问我归何处。 我报路长嗟日暮,学诗谩有惊人句。九万里风鹏正举。风休住,蓬舟吹取三山去。

这是易安词中别是一种风格的作品,也是最有男子汉气概的一首杰作。《艺蘅馆词选》云:"此绝似苏辛派,不类《漱玉集》中语。"其实,这更酷似李清照的风格。除《乌江》一诗外,其《八咏楼》诗中"水通南国三千里,气压江城十四州",气魄十分宏大。据《清波杂志》载:"明诚在建康日,易安每值天大雪,即顶笠披蓑,循城远览以寻诗,得句必邀其夫赓和。明诚每苦之也。"沈曾植《菌阁琐谈》云:"易安倜傥有丈夫气,乃闺阁中苏辛,非秦柳也。"易安词虽属婉约一派,但境界开阔。如其《点绛唇·蹴罢秋千》一词,把抒情女主人公的形象写得大胆天真,却又无拘无束。再如《如梦令(常记溪亭日暮)》一首,更是充满青春活力。

王步高诗文集

其二是"以寻常语度入音律",因而形成"清水出芙蓉,天然去雕饰"的语言风格。这也是由人物个性决定的,易安善于"用浅俗之语,发清新之思"。有许多词语往往脱口而出:"试问卷帘人,却道海棠依旧。知否,知否? 应是绿肥红瘦。《如梦令》》又如:""日高烟敛,更看今日晴未?"《念奴娇》)再如:"旧时天气旧时衣,只有情怀,不似旧家时。"《南歌子》)"不如向帘儿底下,听人笑语。"《永遇乐》)"试灯无意思,踏雪没心情。"《临江仙》)……这些都是所谓"寻常语",却又都"度入音律",甚至如其《词论》所云:"诗文分平侧,而歌词分五音,又分五声,又分六律,又分清浊轻重……"李清照难能可贵处正在于她能看似"寻常语",却又都能"度入音律",而非"句读不葺之诗"。《碧鸡漫志》中说她"作长短句能曲尽人意,轻巧尖新,姿态百出,闾巷荒淫之语,肆意落笔"。这段文字一直被视作诽谤易安的文字,其实王灼未尝不是李易安的知音,比那些无关痛痒一味颂扬的高明得多。以闾巷之语入词,却能句句入律,不堆垛典故而优美典雅,这正是易安过人之处。辛弃疾《丑奴儿·博山道中效易安体》,一改其他词中"掉书袋"的习惯,句句脱口而出,正是得易安词语言风格之真髓。

其三,李清照词又一个特色是大量运用叠字。这是人人皆知却不认为是她词的主要特点的。李清照在《声声慢》词开头运用七组叠字:"寻寻觅觅,冷冷清清,凄凄惨惨戚戚",是最受后人推崇的艺术杰作。"寻寻觅觅"突兀而起,反映的是一种如有所失的心理,而"冷冷清清"则写出寂寞难耐的苦况,而"凄凄惨惨戚戚"则深入心灵深处,把内心的悲切惨痛写得声泪俱下。尤其如杨敏如所指出的,"凄"字可与"冷"、"清"、"惨"、"切"分别组成词,故此字是具有承上启下意义的关键词,是由外在的,目力可及的环境而深化到人物的内心。这种"创意出奇"的做法很受后人推许。

其实,李清照词中运用叠字远不限于《声声慢》一首,更不仅仅限于这七组叠字。稍加留意,易安词中用到的叠字至少还有以下一些:点点、滴滴、休休、萧萧、悄悄、依依、厌厌、事事、层层、年年、沈沈(沉沉)、千千、深深、心心、叶叶、种种、芳芳、春春、种种、一一、草草、纤纤……以上这些仅限于公认为易安的四十多首词中统计出来,若加上有争议的十五首词,则还有绵绵、淡淡、匆匆、疏疏、袅袅、娉娉、字字等等,而"萧萧"一词竟重复出现过六七次之多。还有一些词语重叠的情况,有些是词牌本身规定的,如《如梦令》中的"知否,知否"和"争渡,争渡"等等,又如《行香子》中"浮槎来,浮槎去,不相逢"和"霎儿晴,霎儿雨,霎儿风",再如《添字丑奴儿》词中"阴满中庭"、"点滴霖淫"两句的重复。《忆秦娥》中"烟光薄"、"梧桐落"二句的重复等。

李清照词中还经常重复用一些字和词,如《清平乐》一词中竟三次明用"梅花"一词。再如《蝶恋花》中"空梦长安,认取长安道",如"千"、"一"、"沈"、"春"、"梅"、"菊"、"日"、"风"、"雨"、"酒"、"花"等单字和"梦断"、"梦魂"、"沈醉"、"罗衣"等词语,重复出现的频率也都很高。这些虽与《声声慢》开头七组叠字不同,说不上是女词人的独创,但如此之多的叠字、叠词、叠句的大量使用,使易安词雅而能俗,更贴近现实生活,这恐怕又如王灼《碧鸡漫志》所说:"自古缙绅之家,能文妇女,未见如此无顾藉也。"

以女子作词而能有丈夫气,发寻常语却可度入音律,以叠字、叠词、叠句等市井语而化为最典重高雅的艺术精品,这正是易安体的过人之处。自然,易安词中造语生新如"人比黄花瘦"、"才下眉头,却上心头"、"宠柳娇花"等语,或高度凝炼、或新巧别致,均极见功力。这些是使易安词深受古今读者喜爱的又一方面原因。

为词名所掩,除《乌江》一诗外,李清照诗文的成就则鲜为人知。王灼《碧鸡漫志》云:易安居士"自少年便有诗名,才力华赡,逼近前辈。在士大夫中已不多得。若本朝妇人,当推文采第一"。据今人考订其十七岁时的《浯溪中兴颂诗和张文潜二首》,诗中对唐代诗人元结作《大唐中兴颂》碑的做法提出了批评:"著碑铭德真陋哉","安用区区纪文字",指出大唐兴废是由于朝政腐败、奸雄得志,而杨家兄妹只是导火线。这一见识,不仅远胜唐代诗人元结,也超越了她的父执诗人张耒(字文潜)。诗中已多处运用典实,可见易安十多岁时已学识过人。李清照另有一首《晓梦》,是一首一韵到底的五言古诗,以"游仙"诗的形式,写她梦遇仙人安期生和萼绿华,赏荷、食枣、斗茶,结尾又以梦醒的怅惘反衬梦境难再。其内容与风格均与其《渔家傲》相似。陈祖美认为其当作于崇宁五年(1106),虽诏毁《元祐党人碑》,是对张耒、晁补之等父辈仍不能解脱的同情。她还有《上枢密韩肖胄诗二首》,充满爱国激情(见前引)。她还有一首《偶成》诗,还有王仲闻先生辑出的七首诗零篇断句,都有较高的艺术水准。

李清照的诗文大多散佚,据宋晁公武《郡斋读书志》载有十二卷本的《李易安集》,当是她的诗文集。她的诗仅剩上述等几首,文也只剩下《打马赋》、《打马图经序》、《投内翰綦公崇礼启》、《金石录后序》等几篇。其中《打马赋》及《投内翰綦公崇礼启》采取了四六句的骈体。南宋谢伋曾称李清照为"妇人四六之工者"。"打马"是游戏的一种,《打马赋》不仅说明了打马游戏的意义、原则和目的,而又将自己的政治理想寄寓其中,且寓理于戏、寓庄于谐,甚至被前人称之"神品"。而《投内翰綦公崇礼启》,大量运用典故,全文五百馀字,用典却达三十多处。此启中第一次言及李清照改嫁之事(详见《李清照研究综述》)。

《金石录后序》是她为《金石录》一书所作的后记。《金石录》实际上是她和丈夫赵明诚一起完成的。此篇序是李清照传世的几篇散文中最精彩的篇章。清人李慈铭甚至称"宋以后闺阁之文,此为观止。"(《越缦堂读书记》)这篇文章也可看作李清照的自传,同时,此文"内涵充沛而丰盈,情愫真挚而深厚,文笔细腻而韶秀",是一篇足以流芳千古的美文。《打马图经序》也引古论今,涉猎广博,且叙事详明,议论精警。她的《词论》,更是中国词学史上第一篇专论,其"词别是一家说"更令许多人心折。

惜乎李清照的诗文词今已亡佚大半,但留存的这少量作品,均属精金美玉,从而奠定了她在中国文学史上压倒众多须眉男子的崇高地位。

本书汇辑通行本辑录的李清照词、诗、文的全部,又补入新近从《永乐大典》、《诗渊》辑得的三首词,广泛辑录与李清照研究有关的重要史料、序跋等,并从数十种词话中辑得对李清照代表词作的精到评论,可以供广大诗词爱好者阅读和研究者参考。

(王步高、刘林《李清照全集》,珠海出版社,2002 年)

卷四　诗词研究

445

辛弃疾《贺新郎》"青山"句假说

《贺新郎》(甚矣吾衰矣)一词,乃辛弃疾闲居铅山时所作,为其代表作之一。全词如下:

> 甚矣吾衰矣!怅平生、交游零落,只今馀几?白发空垂三千丈,一笑人间万事。问何物、能令公喜?我见青山多妩媚,料青山见我应如是。情与貌,略相似。　　一尊搔首东窗里。想渊明,《停云》诗就,此时风味。江左沉酣求名者,岂识浊醪妙理。回首叫、云飞风起。不恨古人吾不见,恨古人不见吾狂耳。知我者,二三子。

这首词,《桯史》有一段记载,说是辛弃疾每次宴会必命侍妓歌其词,又特好这首《贺新郎》,经常自诵其中"我见青山多妩媚,料青山见我应如是"和"不恨古人吾不见,恨古人不见吾狂耳"几句,且"每至此,辄拊髀自笑"。由此可见,"青山"二句是稼轩得意之作。然而,对"青山"一词,一般选本常不加解释,或认为"青山"即指"青青的山"。如夏承焘先生《唐宋词选》谓:"'我见'两句的意思是只有青山还能和自己互相赏识。"文研所注释本则认为:这里是"把青山拟人化,写它有情有貌,并且物我两融"。

这两种说法,当然有一定道理。其词序便谓:"一日,独坐'停云'(堂名),水声山色竞来相娱,意溪山欲援例者。"词人在另一首《沁园春》中也写道:"青山意气峥嵘,似为我归来妩媚生。"自然,作者是有把"青山"拟人化的意思。然而,"青山"如纯属实指,则有两点费解:首先,对"情与貌,略相似"二句不好理解。青山与稼轩之貌何能相似?若时值隆冬,山头积雪,或许与"白发空垂三千丈"的皤然老翁稼轩居士有些相肖,然而既积雪满山,称"青山"还有什么意义?且此词显然不作于冬天。故二者之"貌",不能类比。其

446

次,词的结尾"不恨古人吾不见"以下四句,又当作何解释?除陶渊明外,"二三子"还指何人?何况这里又仅限是"古人"。如"青山"乃实指,把青山与陶谢明并列作"知我者",亦未必允当。

我认为,此词中的"青山"不仅指邑中国亭附近的山,还应兼指诗人李白。其理由如次:

其一,词中"白发空垂三千丈"句显然是从李白《秋浦歌》"白发三千丈,缘愁似个长"化来。这是李白的名句,稼轩作此词时的念及李白,则毋庸置疑。其二,李白墓在安徽当涂县青山,其山在县东南三十里,亦名青林山。陆游《入蜀记》载:"姑熟(当涂)溪东南数峰如黛,盖青山也。李太白祠堂在青山之西,北距山尚十五里。墓在祠后,有小岗阜起伏,亦青山之别支也。"其三,辛弃疾词中有以"青山"代李白的先例。其《水调歌头》曰:"有客骖麟并凤,云遇青山赤壁,相约上高寒。"其中便以"赤壁"代指曾写过著名《赤壁赋》的苏东坡,而以"青山"代指李白。其四,陶渊明《停云》诗说:"春醪独抚,良朋悠邈。""醪",即酒。此词也化用陶诗之意,而"问何物、能令公喜"一句,"何物"应指酒,"公"乃作者自称。太白以豪饮著名,他是"饮中八仙"之一,后人甚至把饮酒称作"太白遗风",对此,稼轩是不会不知的。把"青山"理解为还兼指李白,与全词意境方一致。其五,词中说:"不恨古人吾不见,恨古人不见吾狂耳。"正因为"吾狂",把"天子呼来不上船"和自称"吾本楚狂人"的李白引为知己,就更其自然。所以,词的结拍"知我者,二三子"中,理当包括李白在内。

古诗词中以"青冢"代指王昭君,以"堕泪碑"代指羊祜……以与古人身世经历有关的地名来指代古人,这种用典的方法可谓常见。稼轩词中亦不乏其例。如《水龙吟·甲辰岁为韩南涧尚书寿》一词的结尾:"绿野风烟,平泉草木,东山歌酒。待他年整顿乾坤事了,为先生寿。"其中俾分别以"绿野堂"、"平泉庄"、"东山"三个贤相的退隐之处来代指裴度、李德裕和谢安。以他们立盖世之功以后退隐的经历来激励韩南涧立志整顿乾坤。把用典与借代结合起来,是稼轩词常用的修辞手法。明白了这一点,则《贺新郎》词中以"青山"这一墓葬所在地来代指李白,也就不足为怪了。

从全词来看,稼轩发思古之幽情,蕴含着对政治上遭受排斥的牢骚,抒发了他抗金复国的理想在当时得不到很多人理解和支持的寂寞心情。明白了"青山"一词有兼指李白之意则有助于加深对全词的理解。

(《古典文学知识》,1986 年第 3 期)

卷四　诗词研究

辛弃疾作品及其研究综述

辛弃疾(1140—1207)生活于宋金对峙、局势相对平稳的年代,南宋统治者庸懦无能,金人也多次内讧。这是一个十分需要英雄而又无法给英雄提供舞台的时代,是"报国欲死无战场"的时代。就在这一时期,产生了陆游、辛弃疾,他们的爱国诗词,对文恬武嬉的南宋朝廷是一种鞭笞。

辛弃疾的一生按其创作大致可分为六个阶段:

第一是创作的准备阶段(出生至1168年,辛氏二十九岁通判建康之前)。这一时期他大半是生活于沦陷区,饱尝"亡国奴"的滋味,受到祖父辛赞不忘国耻的教诲,北上幽燕考察军事地形,参加耿京起义军,带少量兵马冲入金营活捉叛徒张安国均发生于这一时期。据记载,辛弃疾早年师事蔡松年,就有词的创作。其任建康通判时所作《水龙吟》(楚天千里清秋)已十分成熟,成为辛弃疾集中代表作,不能设想这是他的处女作。惜乎这一时期他的作品并未流传下来。

第二阶段为其创作的"崭露头角时期"(1168—1175年,约当辛氏二十九岁至三十六岁)。这一阶段,他官位不高,豪气正盛,常以英雄自许和以英雄许人。这一时期,其词作"激昂之情远胜于抑郁之思",但作品不多,题材不广。词人还是积极进取、奋发向上的,其抗金复国的理想还未受过多的刺激。

第三阶段是其在官场遭遇挫折时期(1176—1181年,约当辛氏三十七岁至四十三岁)。这一时期辛弃疾一直在湖北、湖南、江西一带做官。官位较高,在湖南帅任还创建了"飞虎军",但在抗金复国方面却难以有所建树,他渐渐萌生退意,甚至已在带湖一带兴建别墅,又"怕君恩未许,此意徘徊"。

以上几个阶段,是辛弃疾南渡前及南渡后在官场升沉的时期,据邓广铭先生考订,写于这几个阶段的词作总共不过八十八首。但其中爱国之作所占比例较大,仍应引起足够的重视。

第四个阶段是隐居带湖时期(1182—1191年,约当辛氏四十三岁至五十二岁),据邓广铭先生考证,作于这一时期的词作约二百二十八首。这时稼轩"博学深思,含英咀华,熔铸古今,歌词题材多所开拓,思想内容深沉,形式上各体俱备"。故这一时期是稼轩词"大家风范的确立期"(刘扬忠语)。

介于第四阶段与第五阶段之间,有一个两三年的过渡期,即辛氏任福建提点刑狱和福建安抚使期间,这一时期全部词作仅三十六首,而且除《水龙吟·过南剑双溪楼》以外,较少名篇杰作。似乎是辛氏创作的一个低潮时期。

第五阶段是隐居瓢泉时期(1194—1202年,即辛氏五十五岁至六十三岁),邓广铭先生编入这一时期的作品达二百二十五首。这一时期,词人年已渐老,"不知精力衰多少,但觉新来懒上楼",而事业无成,抗金复国无望,渐近晚年,词人除偶尔想起年轻时的金戈铁马生活,尚不失当年豪壮之气外,更多的是沉郁苍凉、理想破灭的哀怨之作,其较著名者为:"追往事,叹今吾,春风不染白髭须。却将万字平戎策,换得东家种树书。"(《鹧鸪天》)"易水萧萧西风冷,满座衣冠似雪。正壮士,悲歌未彻。啼鸟还知如许恨,料不啼清泪长啼血。"(《贺新郎》)更多的是写农村生活及闲情逸志,甚至不乏游戏之作。然而许多作品却是无泪之泣、无声之歌,催人泪下。

第六个阶段是他一生的最后四年,即浙东、镇江及铅山时期(1203—1207年,即作者六十四岁至六十八岁),这是作者任浙东安抚使、知镇江府及最终被解职回铅山时期。列入这一期间的词作仅二十四首,其中包括《南乡子》(何处望神州)和《永遇乐》(千古江山)等千古绝唱,慷慨悲歌,与当时朝廷中主战派抬头,正在酝酿开禧北伐的大背景相一致。然而,"文章憎命达",辛弃疾还是遭弹劾被罢官了。尽管朝廷在北伐受挫时也曾重新起用辛弃疾任兵部侍郎、枢密院都承旨,但词人已疾病缠身,无法赴任。这是他一生中挽救国家危亡,实现抗金复国理想的唯一的机遇,却因健康原因失之交臂。惜哉!痛哉!当时主政者为宋宁宗和太师韩侂胄,如军事主帅由辛弃疾担任,也许开禧北伐的结局会完全不同,南宋后期的历史也许是另一个样子。这不仅是辛弃疾个人的不幸,也是南宋政权的不幸。唯其如此,辛弃疾只能作为一个词人,而不是有建树的政治家、军事家而载入史册。这也是历代有政治才华而无用武之地的文学家的共同命运,诚如陆游《读杜诗》所云:

449

"后世但作诗人看,使我抚几空嗟咨。"

辛弃疾词的内容十分广阔,除没有直接反映民生疾苦的作品外,他的词几乎"如诗如文",什么内容均能表现。首先是他的爱国之作,他在词中抒发抗金复国的理想与抱负,他以英雄许人和以英雄自许。他与陆游等其他多数爱国诗人词人不同,他有过"壮岁旌旗拥万夫"的战斗经历,加之他的家乡一直处于金人的统治之下,比之其他南宋爱国词人,他有更深的家国之恨;复国无望,他比其他人有更深的创痛。因而,前期的抒发抗金复国的理想,后期的壮志难酬的愤懑,便成为辛词的主旋律。

辛弃疾词中写农村田园生活的词数量之多是前无古人的,他晚年甚至以"稼轩"为号,并提出以"力田为先"的观念,虽然其思想不出儒家"重农"思想的范畴,却也与他在上饶、铅山的近二十年农村生活经历、与农民交往等有关,从而在他的词作中打上深深的烙印。他的"闲适"之作大都有一种不得志的牢骚。辛弃疾还写有少量爱情之作,其缠绵温柔,可与周、秦相媲美。

辛弃疾词在艺术上的最大贡献是继承发展了豪放词风。习惯上将豪放词的开宗立派之功归之苏轼,但早已有人指出,苏轼词中真正属于"豪放"的作品很少,更多作品应归入旷放一类。即便如此,苏轼的豪放词风在北宋影响甚微,甚至"苏门四学士"亦然,他们的诗文均深受苏轼影响,唯词不然,"四学士"中黄庭坚、晁补之词还多少受苏词影响,而秦观词更少受苏词影响,秦词隽秀,苏词旷达,秦词最少这种旷达情怀,其词中有所谓"春去也,飞红万点愁如海"之句,何来旷达?

然而,苏轼的词风却影响了吴激,他是北宋宰相吴栻之子,又是大书法家米芾之婿,而米芾是苏轼的亲戚。吴激于靖康末出使金国,因知名被留,任翰林待制。吴激是金初词坛领袖,与蔡松年齐名。元好问《中州乐府》谓金"百年以来,乐府推伯坚(蔡松年)与吴彦高(吴激),号吴蔡体"。相传辛弃疾曾师事蔡松年,此事未必可靠,但他受过"吴蔡体"词风的影响则是无疑的。学界早有定论,南宋时期,"程学兴于南,苏学兴于北",把苏学带入金国的便是吴激、蔡松年等由宋入金的文学家、思想家。

当然,南宋爱国词派的形成也受到时代及一些南渡词人如李纲、赵鼎、叶梦得、张元幹等的影响,甚至不以诗词名家者如岳飞、胡铨等一些感天地泣鬼神的爱国词篇对辛弃疾也有着不可估量的影响。

笔者历来力主"词行诗道"之说,词从产生、发展到兴盛,基本上走的是诗的道路。爱国词派（辛派词）的兴盛也显然与南宋爱国诗派的兴起有着密不可分的关系，而陆游既是爱国诗人，又是爱国词人。词与诗之间无不可逾越的界限，词与诗的差异并不比古体诗和近体诗之间的差异大多少。唐代诗人常常古近体兼擅，到宋代直至晚清则一变而为诗词兼擅，诗词间的疆界被进一步打破。你中有我，我中有你了。

辛词的艺术成就首先表现在对虎虎有生气的爱国形象的塑造，其词大气磅礴、气吞山河，写景状物神采飞动，又善于想象。结构上起伏跌宕、跳跃变化，词的分片程序等常被打破，且善于见微知著，从日常生活中的小事，可折射爱国的大主题。辛弃疾词中善用典故，也善用比兴等修辞手段，他创造性地以文为词，以至将古人的散文句直接用入词中，因而使辛词的语言更加精炼，无论是经语、史语、庄语、谐语、俚语、廋语……都能"一经运用，便得风流"。

辛弃疾的诗文也有较高的成就，其七言绝句成就尤高，有一些堪与其词中名作媲美。辛弃疾的政论文充溢着爱国激情，言辞恳切，论证充分，然而显然对敌人的力量和朝廷中的内耗估计不足。

关于辛弃疾词的版本，赵万里曾指出："自宋迄元，版本可考者得三本焉：一曰长沙坊刻一卷本，今已无传，见《直斋书录解题》。二曰信州刻十二卷本，《直斋书录解题》、《宋史·艺文志》并著录，传世有元大德己亥广信书院刊本。此本流传最广，明嘉靖间人梁李濂重刻之。毛本虽并为四卷，然其章次与信州本合，其沿误与李本同，盖即自李本出，非真见原本也。""天津图书馆藏吴文恪讷《四朝名贤词》（即《唐宋名贤百家词》本），以甲乙丙丁分卷，较信州本互有出入，盖即《通考》所云之四卷本。武进陶氏尝据影宋残本入丛书中，而缺其丁集，今吴本丁集独完，辛词四卷本殆以此为硕果。"邓广铭先生又指出："四卷本中，凡稼轩晚年帅浙东、守京口时作品概未收录。"

《稼轩词》有邓广铭编年笺注本，由上海古籍出版社1963年出版，1993年又出版了修订本，全书分五卷，分别为江、淮、两湖之什卷，带湖之什卷，七闽之什卷，瓢泉之什卷，两浙、铅山之什卷。每首分校勘、笺注、编年三部分。邓先生是宋史专家，故作品系年考订较精审，作品的典故出处注释较详赡，作品异文的校勘也精到。此书代表了20世纪辛弃疾研究的最高成果。

邓广铭先生还在清人法式善、辛启泰《稼轩集钞存》的基础上，去伪存真，又广搜博采，特别是从《永乐大典》残本、《诗渊》中辑得辛弃疾诗二十余首,编成《辛稼轩诗文笺注》(上海古籍出版社1995年版)。

辛弃疾文章,见于《四库全书》的有《美芹十论》一卷。《四库全书总目提要》谓:"是书皆论恢复之计。其《审势》、《察情》、《观衅》三论,所以明敌之可胜,其《自治》、《守淮》、《屯田》、《致勇》、《防微》、《久任》、《详战》七论,所以求己之能胜。卷末又载《上光宗疏》一篇,《论荆襄上流为东南重地疏》一篇,《论江淮疏》一篇,《议练兵守淮疏》一篇,则后人所附入也。"然而《四库全书总目提要》也指出:"史不言弃疾有此书。《江西通志》载临川黄兑,字悦道,绍兴进士,官至朝议大夫,尝献《美芹十策》、《进取四论》,此或兑书,后人伪题弃疾欤?"而一般论者对此为辛弃疾作已深信不疑。

辛弃疾之文见之《四库全书·史部·杂史类存目》的还有《南渡录》二卷、《窃愤录》一卷。《四库全书总目提要》说:"此二书所载,语并相似,旧本或题无名氏,或并题为辛弃疾撰,盖本出一手所伪托,故所载全非事实。"《四库提要》还指出此书在年号、历史事实上有重大出入,并提出:"此必南北宋间乱臣贼子不得志于君父者造此以泄其愤怨,断断乎非实录也。"《四库提要》所云是客观存在的,而这两本书记载靖康之乱,详尽而生动,作史传小说来读未尝不可。至于何以会误题辛弃疾或是否与辛弃疾有关则难以确考。

对辛弃疾的其他研究集中于几个方面:一是作品的编集,其中人民文学出版社版朱德才选注本《辛弃疾词选》选篇合理,注释也详赡准确,同是这位朱德才先生,主持编著了《全宋词》的注释本,其中辛弃疾词注释由朱先生自己承担。这是继邓广铭注本之外又一个辛弃疾词的全注本。王步高、刘林辑校汇评的《辛弃疾全集》(2002年珠海出版社),是吸收近年辛词研究成果的资料性全集本,既包括辛弃疾的诗、文、词,也包括题名辛弃疾的《南渡录》、《窃愤录》、《阿计替传》,还收录了宋人与辛弃疾唱和的诗词作品,辛弃疾词集的历代序跋,并将历代文学家对辛弃疾词的总评及一些代表作的分评附录于书后,还将清人辛启泰、梁启超撰写的《辛弃疾年谱》附录于集中。该书的词集部分选用元大德广信书院本为底本,诗、文、词中均补入近年人们从《永乐大典》、《诗渊》等书辑得的佚作。

二、辛弃疾研究的重要创获是辛稼轩年谱的编订。邓广铭先生在辛启泰、梁启超两种年谱的基础上编成的《辛稼轩年谱》,征引的资料翔实可靠,基本上理清了辛弃疾一生的经历。原先对辛弃疾任江阴签判至任建康通判之间三四年的经历叙述上曾有空缺,近年由《江郎祝氏家谱》的发现,填补了这一空白,认定其间辛弃疾曾任广德通判。此外,蔡义江、蔡国黄也曾著《辛弃疾年谱》

（齐鲁书社版）。

　　三是对辛词内容、艺术的研究。程千帆先生的《辛词初论》指出：“内容的扩大是辛词的主要特征之一。这是继苏词之后又一次的更彻底的扩大。在六百多篇作品当中，词人反映了政治，发抒了哲理，刻画了田园山水，描绘了幽怨闲情。总之，对于这位词人来说，凡是可以写进其他文学样式当中的生活，也都能够将其写进词里。我们说苏轼是以诗为词，我们同样可以说，辛弃疾是以文为词。词到了这位作家手里，才算是将一切樊笼都打破了。”严迪昌、邱俊鹏、刘乃昌等在《苏辛词风异同辨》一文中，更准确地区分苏辛词风的异同，见出辛弃疾对苏轼词风的继承与发展。对辛词的语言，古人早已指出他对经、史、子及唐诗语言的继承，比苏轼更进一步突破了前人的局限，当然也有人批评他有“掉书袋”的毛病。辛词的风格雄放杰出，然而也应看到他在词中有时却显得婉转缠绵，有时显得高远开朗，有时又空灵蕴藉，有时又沉郁幽深，这正说明辛弃疾的“大家风范”。因而，辛弃疾在中国词史上开辟了一个新时代。

　　张璋等先生发起成立了中国辛弃疾、李清照研究会，从而将辛弃疾的研究引向新阶段。近些年则趋向对其创作分期的研究，对其词心及创作文化层面的研究、对其分类及比较研究等，也取得了一定的创获。

参考书目

邓广铭《辛稼轩年谱》（增订本），上海古籍出版社 1997 年。

邓广铭《稼轩词编年笺注》（增订本），上海古籍出版社 1993 年。

邓广铭辑校审订、辛更儒笺注《辛稼轩诗文笺注》，上海古籍出版社 1995 年。

朱德才《辛弃疾词选》，人民文学出版社 1988 年。

《李清照辛弃疾研究论文集》，山东大学出版社 1997 年。

王步高、刘林辑校汇评《辛弃疾全集》，珠海出版社 2002 年。

夏承焘《姜白石词编年笺校》，上海古籍出版社 1981 年。

杨荫浏《宋姜白石创作歌曲研究》，人民音乐出版社 1979 年。

王步高《梅溪词校注》，天津人民出版社 1994 年。

邓广铭、吴则虞校《山中白云词》，中华书局 1983 年。

（王步高《大学语文》（全编本），南京大学出版社，2008 年）

（王步高、刘林《辛弃疾全集》，珠海出版社，2002 年）

稼轩词《青玉案》写作年代质疑

　　《青玉案》是辛弃疾的名作。王国维《人间词话》借其最末四句,称作是"古今成大事业、大学问者必经过三种境界"的"第三境界",另伸意义,更耐人寻味。然而对其写作年代却众说纷纭,影响了对词意的理解。远且不说,单近年间出版的几种词集及评传,就有五种说法,分别认为这首词作于:1.乾道七年(1171)左右;2.淳熙五年(1178);3.带湖闲居时期;4.淳熙十四年(1187);5.被谗罢官后。这些说法都值得商榷。

　　如何判定这首词的写作年代? 副题仅"元夕"二字,又未标明何年元夕,因此只能依据其内容并联系作者生平来考证。现录原词如下:

　　　　东风夜放花千树,更吹落,星如雨。宝马雕车香满路,凤箫声动,玉壶光转,一夜鱼龙舞。　　　蛾儿雪柳黄金缕,笑语盈盈暗香去。众里寻他千百度,蓦然回首,那人却在,灯火阑珊处。

词的上片及换头两句铺写了都市元夕的盛况,满城灯火,满街游人,贵官仕女,狂欢达旦。而结尾四句,却刻画了一个自甘寂寞,绝世独立的美人形象,形成强烈的对比,从而创造出感人的意境。梁启超《艺蘅馆词选》认为这是"自怜幽独,伤心人别有怀抱"。一般认为,这是作者自况,是在投降派当权时,自己仍顽强坚持抗战,不肯屈服的节操风度的真实写照。对于内容的这一理解,各家基本一致。我们且以此为基础,联系作者生平,对上述说法作一分析:

　　第一、二两种说法,有一共同点,即认为词中写的是南宋都城临安的元夕,只能作于辛弃疾在京任职期间,故不作于乾道七年左右,便作于淳熙五年。

其实,宋代以前,元夕放灯就已形成惯例,不独京都如此,其他都市也都放灯。作者曾在京都临安过元夕,词中所写,融入了作者对京都元夕的印象,这完全可能,但断言一定写的是临安元夕,则未必尽然。

乾道七、八两年间的元夕,辛弃疾都在临安。他是乾道六年从建康通判任应召来京师的,但此词不大可能作于这一时期。理由是:

其一,是词的意境与作者当时的心境不合。据《宋史·辛弃疾传》载:"六年,孝宗召对延和殿。时虞允文当国,帝锐意恢复,弃疾因论南北形势及三国、晋、汉人才,持论劲直,不为迎合。作《九议》及《应问》三篇、《美芹十论》,献于朝,言逆顺之理,消长之势,技之长短,地之要害,甚备。以讲和方定,议不行。迁司农寺主簿,出知滁州。"从这段引文可以看出,作者并非自甘寂寞,而是积极进取的;当时皇帝"锐意恢复",而且当国者虞允文是抗金名将,曾在采石矶击败过金主完颜亮,并非投降派;尽管他的意见未被采纳,但升了官,而且通判受皇帝召对,这是很高的荣誉。此外,据邓广铭先生《辛稼轩年谱》:"稼轩之婚期,至迟亦当在乾道七八年内。"此时他正当新婚燕尔,更不应当有这种自甘寂寞、绝世独立的感情。

其二,假设词中美人不是作者自况,而是实有其人,也不可能成立。如果美人是指他的夫人范氏,则既为夫妇,元夕观灯,自可相偕同行,无须相约。而如果他们还未结婚,则范氏又不可能在临安。因范氏老家在河北邢台,随父兄南下后,也未有定居之说,可能随父任上。乾道七八年间,其父范邦彦任镇江府通判,不在临安,若美人指其他女子,更无案可稽。所以这种假设,也可排除。

因此,这首词不大可能作于乾道七年左右,而乾道八年春,他就出知滁州了。

作于淳熙五年的说法,更是完全不能成立。据《宋会要》101 册和 116 册载,这年的春二月,辛弃疾还曾奏劾知兴国军黄茂财,此后还曾奏请申严边州县耕牛战马出疆之禁,而且指明,他当时还知隆兴府兼江西安抚使。他离江西赴京途中写的《念奴娇·书东流村壁》的开头"野塘花落,又匆匆过了,清明时节",更说明他这次回京任大理少卿是清明后的事。这年的元夕,辛弃疾还未到临安,当然不会写这首词。我想这里的"淳熙五年"很可能是"淳熙二年(1175)"之误,这年元夕,辛弃疾在临安任职,但考察他当时的处境,写这首词也不可能。《宋史·辛弃疾传》载:"辟江东安抚司参议官,留守叶衡雅重之,衡入相,力荐弃疾慷慨有大略,召见,迁仓部郎官。"叶衡当时任右丞相兼枢密使,辛弃疾为此受他赏识,官位也升迁了,不久,又被任为江西提点刑狱,不应当有词中那种与世决绝的感情。

认为此词作于带湖闲居或淳熙十四年,这两种说法基本上也是一致的。这个时期,作者的心境与词的意境是一致的,作于此时是可能的。但尚有两点疑问:一是信州(即上饶,辛弃疾落职后闲住其城外带湖)虽地处交通要道,风景秀丽,也有些官员在那儿卜居,但毕竟是个不大的州郡,元夕能否有词中那种繁华的盛况?二是作于淳熙十四年也觉依据不足。这一年辛弃疾仍在带湖闲居,这时他已落职五年。据杨万里《宋故少师大观左丞相鲁国王公(王淮)神道碑》载:"辛弃疾有功而人多言其难驾御,公言此等缓急有用,上即畀祠官。"这是朝廷对辛弃疾的眷顾,似与词中"蓦然回首"相符,其实不然。据张端义《贵耳集》载,在是否任命辛弃疾为帅问题上,左丞相王淮与右丞相周必大有过争议,最后才让他主管冲佑观。而周任右丞相已是淳熙十四年二月丁亥,这时元夕已过。作这首词与主管冲佑观应当无关。淳熙十五年正月元日,门人范开已编《稼轩词甲集》成,集中收入此词,故也不会作于淳熙十五年元夕。

我基本赞成此词作于被谗罢官后的说法,但辛弃疾罢官先后有三次,均因御史台官员弹劾所致,都可以说成"被谗":一是淳熙八年冬(1181),在江西安抚使任上;二是绍熙五年(1194)七月,在福建安抚使任上;三是开禧元年(1205)六月在镇江知府任上。此词既收入了《稼轩词甲集》,因此不可能作于后两次罢官之后。这首词可能就作于淳熙九年(1182)的元夕,辛弃疾已被罢官还未离隆兴府之时。理由是:

首先,隆兴府(今南昌市)是一个繁华的大都市。这里汉代就是豫章郡的治所,隋开皇九年(589)置洪州,又是洪州治所。据《辞海·洪州条》载:"州境沃野垦辟,有鱼稻之饶。唐时有东南都会之称,江南西道采访使,节度使先后治此。"王勃《滕王阁序》说:"南昌故郡,洪都新府。星分翼轸,地接衡庐。襟三江而带五湖,控蛮荆而引瓯越。物华天宝……人杰地灵。""雄州雾列,俊彩星驰。""闾阎扑地,钟鸣鼎食之家;舸舰弥津,青雀黄龙之舳。"可见唐时洪州相当繁华。据《新五代史·南唐世家》载:"中主李璟谋迁其都于洪州……乃升洪州为南昌,建南都。建隆二年,留太子从嘉(后立李煜)监国,璟迁于南都。"可见五代时期,其繁盛不在唐代之下。北宋时期,洪州的军事、政治地位进一步上升,据《宋史·地理志》载:"隆兴府,本洪州,都督府,豫章郡,镇南郡节度。旧领江南西路兵马钤辖。绍兴三年,以淮西屯兵听江西节制,兼宣抚舒、蕲、光、黄、安、复州,寻罢。四年,止称安抚、制置使。八年,复兼安抚、置制大使。隆兴三年,以孝宗潜藩,升为府。"就户口来说《新唐书》和《宋史》的《地理志》记载:唐时有"户五万五千五百三十,口三十五万三千二百三十一";宋徽宗崇宁年间,"户二十六万一千一百五,口五十三万二千四百四十六",比唐时有了大幅度增长,而其辖区并未扩大,可见其繁华程度当超过唐时。总之,隆兴府是一个有着悠久历史,而且一直颇繁华的大都市。

再说隆兴府的元夕可以有词中所写的那种繁华景象。周邦彦写过一首《解语花·上元》词,其上片为:"风销绛蜡,露浥红莲,灯市光相射。桂华流瓦,纤云散,耿耿素娥欲下。衣裳淡雅,看楚女纤腰一把。箫鼓喧,人影参差,满路飘香麝。"周词中"灯市光相射"数句,写的是与辛词《青玉案》中"东风夜放花千树,更吹落,星如雨"大体相似的景象;而"衣裳淡雅,看楚女纤腰一把",与《青玉案》中"蛾儿雪柳黄金缕,笑语盈盈暗香去"同写仕女观灯,而"箫鼓喧"以下三句,更与"宝马雕车香满路,凤箫声动,玉壶光转,一夜鱼龙舞"别无二致。周济《宋四家词选》说:"此美成在荆南作,当与《齐天乐》同时,到处歌舞太平,京师尤为绝盛。""荆南",就是江陵府,当时是荆湖北路的治所。它也与隆兴府一样,直辖八个县,其政治军事地位都与隆兴府相当。而据《宋史·地理志》载:崇宁年间其"户八万五千八百一,口二十二万三千二百八十四",都不到隆兴府的一半。由此可见,江陵府的元夕既如周词所反映的那样繁华、热闹,隆兴府的元夕像辛词《青玉案》中所描写的那样,无疑也是完全可能的。此外,范成大诗《灯市行》,陈烈诗《题灯》写苏州和福州元宵,也都可资佐证。

其次,淳熙九年的元夕,辛弃疾还应当在隆兴府。在此之前,弃弃疾的职务是知隆兴府兼江西安抚使。虽被改官并未到任。他被解职是淳熙八年(1181)十二月二日(据《宋会要》101册:《职官门·黜降官》第八),距元夕仅四十多天,等朝廷解职的文书从临安送到隆兴还得一段时间,如果再考虑到新旧官员的交接、同事的宴送,他这时仍在隆兴是完全可能的。这一点,从辛弃疾本人经历中也可得到证明:《摸鱼儿》小序说:"淳熙己亥,自湖北漕移湖南,同官王正之置酒小山亭,为赋。"据朱东润先生注:"王正之……曾任右司郎官,太府卿等官职,此时王正之接替辛的职务,故曰同官。"那么,辛弃疾从湖北转运副使调到湖南,是等新官到职后再离开的。又据邓广铭先生《辛稼轩年谱》考定,辛弃疾在镇江知府任上"夏六月改知隆兴府,旋以言者论列,与官观","秋,归铅山"。镇江、隆兴这两次罢官情况相同,而镇江距临安更近得多,他仍耽搁了一两个月才离任回家。因此,有理由认为,这次被劾落职后,辛弃疾仍在任所,直到过了元夕才回乡。

更主要的是,这首词的意境和作者的当时心境是一致的。一方面,辛弃疾对于落职有一定思想准备,在此之前,他所作《沁园春·带湖新居将成》中就写到:"意倦须还,身闲贵早,岂为莼羹鲈脍哉!秋江上,看惊弦雁避,骇浪船回。"而又"沉吟久,怕君恩未许,此意徘徊"。另一方面这次是被劾落职,其罪名是"用钱如泥沙,杀人如草芥"。又说:"以弃疾奸贪凶暴,帅湖南日虐害田里,至是言者论列,故有是命。"都与他在湖南创建飞虎军有关。他为北伐准备力量,建立这样二千多人的队伍,当时就曾遭朝廷中投降派的阻挠,甚至让皇帝下金字牌来制止。但辛弃疾加快工程进展,一个月后就"开陈本末绘图缴进,上遂释然"。但辛弃疾此举,深遭投降派的忌恨,两年后,又旧事重提,终究罢免了他的官职。他非但不能"待他年整顿乾坤事了"再功成身退,甚至也未能借故辞职以求得体面的退休,而是顶着许多罪名落职,对此他不能不感到气愤。白居易新乐府中曾以"秦吉了"这种鸟来比谏官,而辛弃疾在被劾落职退居带湖后写的《千年调》一词中却说:"少年使酒,出口人嫌拗。此个和合道理,近日方晓。学人言语,未会十分巧。看他们,得人怜,秦吉了。"可见他对专以谗言中伤爱国志士的这帮谏官是何等痛恨!这种既厌倦宦游生活,希望退隐,而对进谗者又不能不感到气愤,却决不愿向他们屈服的思想感情,与《青玉案·元夕》中的意境是完全一致的。

我们可以设想,淳熙九年的元夕,这时作者已经落职,本没有什么好心绪,但隆兴府一年一度的元夕并不因此而改变,依然笙歌缭绕,花灯如昼,这欢乐的情景与作者的家国之恨、被谗之愁自然是格格不入的。他并不为自己创建飞虎军和坚持抗战而感到后悔,也决无屈服之意,触景生情,以此花灯之夜为背景,创造出一个不与世俗合流的美人形象以自况,从而表示自己坚持高尚的理想和情操,借词委婉地表达出落职初期复杂而微妙的感情。

至于为何这首词在《稼轩词甲集》中会编在带湖一类词作之中,我看可以作两种解释:一是古人作品编年本不严格,有许多诗人词人的作品都不编年。而这首词已写于落职之后,接着便是闲居带湖时期,将这首词归入带湖词作之首,本无不可。二是作者也可能有接受教训之意。据罗大经《鹤林玉露》载,辛弃疾作于淳熙六年的《摸鱼儿》一词,由于流露了对朝廷妥协投降政策的不满,孝宗皇帝"见此词颇不悦"。将《青玉案》插入带湖一类作品中,可以使词的主题更隐蔽,更不易被擅权的投降派所察觉,何况,他这时的处境更不如淳熙六年,这样做就更不难理解了。我国从屈原起就有用"香草美人"喻君子的传统,因此尽管作者讳莫如深,用心良苦,并未使这首词湮没,它仍如《稼轩集》中其他名篇一样,放射着瑰丽的艺术光辉,而为后人所激赏。

综上所述,这首词作于淳熙五年是完全不能成立的,作于乾道七年左右或淳熙二年也与作者当时的心境不合,作于带湖闲居开始几年(淳熙十年—十四年)中某年元夕的可能不能排除,但我更倾向于这首词应作于淳熙九年元夕,辛弃疾已被劾落职但尚未离隆兴之时。鉴于本人水平及资料的限制,故题为"质疑",以期能得到专家及编辑同志的指教。

补注:

关于《青玉案》写作年代的五种说法引自:

1. 中国社会科学院文学研究所编《唐宋词选》,人民文学出版社 1981 年出版,第 312 页:"这首词从内容看,大约是乾道七年(1171)左右或淳熙五年(1175)辛弃疾在京师临安任职期间所写。"

2. 邓广铭先生《稼轩词编年笺注》将此词编入"带湖之什",并注:淳熙十五年前;又附注:仅见《清波别志》。

3. 夏承焘、游止水二先生著《辛弃疾》一书,上海古籍出版社 1979 年版,第 39 页:"大约淳熙十四年春天,他曾借元夕为题,写了一首即景抒情的《青玉案》。"

4. 季镇淮等四先生著《历代诗歌选》(第三册),中国青年出版社 1980 年版,第 870 页:"这首词当作于被谗罢官后。"

(《吉林大学社会科学学报》,1982 年第 6 期)

《容斋随笔》序

　　洪迈的《容斋随笔》七十四卷，是唐宋笔记中规模较大，影响甚巨的一部。《四库全书总目提要》便指出："南宋说部，终当以此为首焉。"此书初笔问世不久，便于淳熙年间传入宫中，孝宗称赞它"煞有好议论"(《容斋续笔·自序》)，在士大夫中及民间也产生了深广的影响，以至"人诵其书，家有其(作者)像"(《容斋随笔总序》)。明清时期，此书也一再翻刻，广为流传。

　　此书也是当代知识分子及广大读者喜爱的读物。一些政治家也从中汲取治国的方略。毛泽东主席战争年代就随身携带此书，经常置之案头，随时取读，据传他谢世前十三天，还让身边的工作人员找来此书阅读，可谓一往情深。

　　中华文明源远流长，文史古籍更是汗牛充栋，唐宋野史笔记也不下数百种。何以独此书备受青睐？为什么其魅力历久不衰？此书可以雅俗共赏的奥秘何在？

一

　　《容斋随笔》的作者洪迈，字景庐，江西鄱阳(今江西省鄱阳县)人，生于宋徽宗宣和五年(1123)，为洪皓第三子。兄洪适、洪遵。

　　他出身于一个有着极好文化教养及爱国传统的家庭。

　　父洪皓，字光弼。宋高宗建炎三年(1129)六月，洪皓以徽猷阁待制、假礼部尚书，充大金通问使出使金国，被金方拘留十五年，坚持民族气节，拒绝金人所授的官职，屡次秘密派人回到南方，报告金的虚实。太后将被金人释归，洪皓也先期密报。宋高宗闻讯对秦桧曰："皓身陷敌区，乃心王室，忠孝之节，久而不渝，诚可嘉尚。"绍兴十三年(1143)八月，洪皓结束了陷金的十五年苦难生活返回南宋，高宗在内殿接见他，说："卿忠贯日月，志不忘君，虽

460

苏武不能过。"洪皓是南宋时期名满天下的爱国志士。然而,此时岳飞刚遇害,秦桧当政,洪皓南归后并未受到重用,最终先秦桧一天去世。死后才复徽猷阁直学士,谥忠宣。

洪迈的二位哥哥洪适、洪遵同于绍兴十二年中博学宏词科,洪适还官至宰相,洪遵也官至吏部尚书、同知枢密院事、资政殿学士。二兄均有文才,三洪亦文名满天下。

在这样一个文化氛围极好的家庭中成长起来的洪迈,自幼就聪明过人。《宋史·洪迈传》说他"幼读书日数千言,一过目辄不忘,博极载籍,虽稗官虞初,释老傍行,靡不涉猎"。他比二位兄长迟了两年,即于绍兴十五年(1145)中进士,当时年仅二十二岁,此后他在宦海沉浮,先后担任过两浙转运司干办公事、敕令所删定官、福州教授、吏部郎兼礼郎、左司员外部等职。值得一提的是他于绍兴三十二年春先为接待金人使者的接伴使,后又出使金国,头衔是假翰林学士充贺登位使。他的使命是欲使金国称兄弟敌国而归还河南地,国书也用敌国礼,此事大大激怒了金人,洪迈因此几乎被拘作人质。返宋后因此而罢职。后又先后起知泉州、吉州,除起居舍人,直至乾道三年(1166),才迁起居郎,拜中书舍人兼侍读、直学士院,仍参史事,这是其父兄均曾担任过的三个职务。此后他又先后出知赣州、建宁府、婺州,再迁敷文阁待制。明年,被召对,受嘉许。以提举佑神观兼侍讲、同修国史,预修《四朝帝纪》。绍熙改元,进焕章阁学士、知绍兴府。进龙图阁学士,寻以端明殿学士致仕,宋宁宗嘉泰二年(1202)年八十,卒。赠光禄大夫,谥文敏。

据《宋史·洪迈传》载:"迈兄弟皆以文章取盛名,跻贵显,迈尤以博洽受知孝宗,谓其文备众体。迈考阅典故,渔猎经史,极鬼神事物之变。手书《资治通鉴》凡三。"便是这"博洽经史,文备众体",使他的《容斋随笔》不仅名闻于当世且影响于久远。

二

《容斋随笔》是一种笔记。笔记产生于南北朝,而盛于唐宋。

"笔记"二字最初的含义就是散文,是与诗歌、辞赋等韵文相对立的一种文体。南北朝时有文笔之分,以有韵藻、能激动人情感的称之为文,其余的则为笔。

南朝梁刘勰《文心雕龙·才略》云:"路粹、杨修,颇怀笔记之工;丁仪、邯郸,亦含论述之美。"又云:"温太真之笔记,循理而清通,亦笔端之良工也。"

南朝梁王僧孺《太常敬子任府君传》亦云："辞赋极其精深,笔记尤尽典实。"

随笔略有别于笔记小说,他不以荒诞不经的离奇鬼怪故事为主,而以记见闻、辨名物、释古语、述古事、写情景。最早以"笔记"作书名的为北宋宋祁的《笔记》,此书共三卷,卷上记录典章制度、名物器具、礼俗和方言土语等;中卷考辨古书,评论古人、古事,考语言演变等,下卷除评论古人古书,论治理天下的法术,记遗嘱等。这与《容斋随笔》的内容已比较接近。

宋代以"笔记"为名的共有七种,除宋祁《宋景文公笔记》外,尚有苏轼《仇池笔记》(以上北宋)、谢采伯《密斋笔记》、龚颐正《芥隐笔记》、陆游《老学庵笔记》、刘昌诗《芦蒲笔记》、李隐《漱石轩笔记》几种。此外尚有名笔录(如魏泰《东轩笔录》)、笔谈(如沈括《梦溪笔谈》)。而以"随笔"为名者,则以洪迈《容斋随笔》为最早。

洪迈本书自序云:"予老志习懒,读书不多,意之所之,随即记录,因其后先,无复诠次,故目之曰随笔。"宋末葛洪也有《涉史随笔》。

古代的目录学家没有把笔记作为独立的文体,而将之大多数划在子部的小说类和杂家类。如《容斋随笔》,在《郡斋读书志》中归入"史部杂说类",而《遂初堂书目》、《宋史·艺文志》均将之归为"子部小说类",而《文献通考》、《直斋书录解题》、《文渊阁书目》、《四库全书总目》均将之归入"子部杂家类"。

三

《容斋随笔》由《初笔》、《续笔》、《三笔》、《四笔》、《五笔》五个部分组成。作者为《续笔》、《三笔》、《四笔》各写了一个小序,使我们得以窥知作者写作此书的大致情况,其《容斋四笔序》云:

> 始予作《容斋随笔》,首尾十八年,《二笔》十三年,《三笔》五年,而《四笔》之成不费一岁。

《四笔序》作于庆元三年(1197)九月二十四日,而《续笔》、《三笔》之序分别作于绍熙三年(1192)三月十日和庆元二年(1196)六月,我们可以大致推断《容斋随笔》这五笔的大致写作时间。

洪迈写作《容斋随笔》大约开始于宋高宗绍兴三十一年(1161)左右,此时他中进士已十六年。他在地方和朝廷做过一些地位不高的官员。绍兴三十一年,金主完颜亮大举南侵,洪迈正任枢密院检详诸房文字,被知枢密院事叶义问奏请,与中书舍人直学士院虞允文一起作为叶义问的参议军事。抵镇江,闻知官军与金人相持于瓜洲,叶义问"遑遽失措",欲退还。洪迈极力劝止,曰:"今退师,无益京口胜败之数,而金陵闻返斾,人心动摇,不可。"此后虞允文在采石大败金兵,洪迈也以功迁左司员外郎。这是洪迈一生中唯一的一次从军经历。

此后作者是在官场的忙碌中度过的。十六卷的《容斋随笔》竟写作了整整十八年,每年平均一卷也不到。

《续笔》大约作于《初笔》完成后的淳熙六年(1179)至宋光宗绍熙三年(1192),又历时十三年,此时,《容斋随笔》的婺刻本已传入禁中。《续笔序》云:

> 淳熙十四年(1187)八月在禁林日入侍至尊,寿皇圣帝(孝宗)清闲之燕,圣语忽云:"近见《甚斋随笔》。"迈竦而对曰:"是臣所著《容斋随笔》,无足采者。"上曰:"煞有好议论。"

此事洪迈自豪地认为是"书生遭遇,可谓至荣"。尽管有这次恩遇,《续笔》还是又经五年才问世。官场的忙碌应是其进展迟缓的原因。

洪迈于绍熙二年上章告老,最终以端明殿学士致仕。退休以后,他才最终完成了《容斋随笔》的《续笔》,接着又以五年完成《容斋三笔》,以一年时间完成了《容斋四笔》,然而此后写作的速度又开始减慢,直至他的去世,也未能完成《容斋五笔》的写作,前四笔每笔均有十六卷,而《五笔》仅十卷,作者也未能为之写一个序或跋。明显的原因有二:一是洪迈同时还在写作《夷坚志》,据其《容斋四笔序》中所说,他是更注重《夷坚志》的;二是他毕竟年近八旬,体力渐不能支。

这样一个部头并不特别浩大的著作竟延续写作了近半个世纪。但费力勤,耗时多,也是《容斋随笔》获得成功的原因之一。

四

关于《容斋随笔》的内容和学术成就,《四库全书总目》说得较中肯:"其中自经史诸子百家,以及医卜星算之属,凡意有所得,即随手札记,辩证考据,颇为精确。"

明人巡按河南监察御史李瀚在给《容斋随笔》作的序中也指出：

> 文敏公洪景卢，博洽通儒，为宋学士出镇浙东，归自越府。谢绝外事，聚天下之书，而遍阅之，搜悉异闻，考核经史，捃拾典故，值言之最者必札之，遇事之奇者必摘之。虽诗词文翰，历谶卜医，钩纂不遗。从而评之，参订品藻，论议雌黄，或加以辩证，或系以赞隲，天下事为寓以正理，殆将毕载，积廿余年，率皆成书。

《容斋随笔》的内容十分丰富，涉及的门类十分广泛，举凡天文、历法、地理、动植物、佛教、金石、考古、政论、官制、经学、科举、算数、民俗、军事、诗评、文论、语言、文字、音韵、格律、史论、掌故……无不包括，是一本包罗万象的小型百科全书。概括说来，主要包括以下几个方面：

一是考核经史：宋代是理学昌盛的时代，尊孔读经之风气也严重影响着出身世代书香门第的洪迈。书中考核经史的内容占相当大的比例。

书中涉及的经书，以《易经》最多，其次是《诗经》、《礼记》、《书经》等。如：《坤动也刚》、《六卦地坎》、《易举正》、《易说卦》、《屯蒙二卦》、《利涉大川》、《刑罚四卦》、《巽为鱼》、《兑为羊》、《易卦四德》、《三易之名》、《坎离阴阳》、《健讼之误》、《宣发》等条目，均考核解说《易经》的。而言及《诗经》的也不少，如：《商颂》、《诗什》、《韩婴诗》、《毛诗语助》。书中有关《礼记》、《周礼》、《左传》、《论语》等经书的篇目很多。其间不乏真知灼见。《四库全书总目》便指出：此书"辩证考据，颇为精确。如论《易说卦》'寡发'之为'宣发'，论《豳风》'七月在野，八月在宇'之文为农民出入之时，非指蟋蟀，等等，皆于经义有裨"。

《容斋随笔》中评论历史事件、历史人物的篇什不少。如《秦隋之恶》、《五代滥刑》、《陈翠说燕后》、《伍文用事》、《彭越无罪》、《汉景帝》、《萧何先见》、《陈涉不可轻》、《汉武留意郡守》、《颜鲁公》、《太史慈》、《田横吕布》、《柳子厚党叔文》等，其中尽管有一些陈腐的观点，但确有一些有独到的高明见解。如对农民起义领袖陈涉的看法，较之一般士大夫颇有过人之处。

二是捃拾掌故。《四库全书总目提要》指出，洪迈"尤熟于宋代掌故"。其间对于官制、科举、军事及朝野一些佚事异闻，多所搜悉，如言科举的：《科举恩数》、《下第再试》、《贞元制科》、《秀才之名》、《唐制举科目》、《唐夜试进士》等，言官制者更多，如《侍从官》、《侍从转官》、《枢密称呼》、《从官事体》、

《文臣换武使》、《枢密名称更易》、《赵丞相除拜》、《枢密两长官》、《富公迁官》、《官阶服章》、《元丰官制》、《馆职名存》。

这方面尤为难能可贵的，是书中有许多可补正史之不足的重要史料及许多针砭时弊的议论。《容斋三笔卷五》有《北虏诛宗王》条曰："绍兴庚申(1140)，虏主亶(金熙宗)诛宗室七十二王，韩昉作诏。""绍熙癸丑(1193)，今虏主(金章宗)诛其叔郑王。""二事甚相类，盖其视宗族至亲与涂之人无异也。是年冬，倪正父奉使，馆于中山，正其诛戮处，相去一月，犹血腥触人，枯骸塞井，为之终夕不安寝云。"这把金朝廷内部的倾轧斗争写得很具体生动。《容斋三笔》卷八《徽宗荐严疏文》、《忠宣公谢表》、《四六名对》、《吾家四六》等几篇，全介绍其父洪皓的一些经历及其家世，此正史所不载。还有一些系作者亲身经历，更为翔实可靠。

书中尤值得加以赞许的是他一些议论时政、针砭时弊的篇章，这无异于奏章、谏草。如指责当朝官冗的篇什就有《冗滥除官》、《今日官冗》、《军中抵名为官》、《宣和官冗》及《旧官衔冗赘》等等，指陈时弊可谓一针见血。如《今日官冗》(文长不录)，以详尽的统计资料，比较其元丰、皇祐、治平、绍熙直至庆元年间垦田数与官员数，看出官员激增的严重事实。文章结尾时说："病在膏肓，正使俞跗、扁鹊持上池良药以救之，亦无及已。"这是沉痛的大声疾呼了。作为统治阶级的一员，能对官场的腐败洞若观火，且敢于直言批露，委实难得。这也说明，南宋中叶言路还比较畅通，文网不严。宋孝宗称赞他此书"煞有好议论"，当首先指这类切近当时现实的议论，可见孝宗是个较开明的皇帝。

其三是评藻诗文。友人张晖先生《宋代笔记研究》一书指出："宋笔记掺杂有较多的诗文评内容。宋以前笔记也有少量评论诗文的条目，但宋笔记大大增多了。宋代诗话词话之类著作大量出现，和宋笔记互相影响。它们之间呈现出交叉关系。""如《能改斋漫录》有两卷全部是论词学的。《四库提要》卷一九五《诗文评类》序云：'刘攽《中山诗话》，欧阳修《六一诗话》，又体兼说部。'同书卷一二一《鹤林玉露》提要：'其书体例，在诗话、语录之间。'魏泰的《临汉隐居诗话》，后人就编入了《笔记小说大观》丛书中。这些都说明了宋笔记与诗文评类著作的这种交叉关系特点。"《容斋随笔》一书同样具有这样的特点。

《容斋随笔》中诗文评的内容大致分三个方面：一是诗词评，二是文评，三是书评，此外还有些语言文字方面的评论。《容斋随笔》中对唐宋诗的评论最为精审，人们甚至将之辑为《容斋诗话》。其中多处论及杜诗，如《杜诗命意》、《杜诗误字》、《杜诗用受觉二字》、《白用杜句》、《杜诗用字》、《严武不杀杜甫》等，见解并不很高明，也多一些零星的考订尚有可取。作者的思想较保守正统，在论及杜甫与被郭沫若称为"造反诗人"、"人民诗人"苏涣交往的诗时，一方面极力贬低苏涣，而杜甫十分推崇苏涣，洪迈又不可指责杜甫，只得不痛不痒地说："杜赠涣诗，名为记异，语意不与他等，厥有旨哉！"极力将"诗圣"杜甫与被称为"白跖"（用白弩的强盗）的苏涣分别开来，而不敢直面事实。

《容斋随笔》中更有多处论及李颀、徐凝、卢纶、李益、司空图、张祜、元结、卢仝、李贺、白居易、元稹、张籍及宋代诗人苏轼、皇甫湜、张耒等许多诗家以及其父洪皓的诗词作品，大致与宋人诗话多作家评、作品评的特点相似，其中颇多精到的见解。

《容斋随笔》中也多论及韩、苏文章的文字，也多有卓越的见解。

《容斋随笔》还有一些书评的内容，如《孔氏野史》、《资治通鉴》、《汉书注冗》、《五臣注文选》、《左氏书事》等等，或评其书，或评其注，均言之凿凿，考订精审，令人信服。

此外，《容斋随笔》中涉及古代语言文字的内容甚多。如《小学不讲》、《扁字二义》、《周礼奇字》、《六经用字》、《五俗字》、《说文与经传不同》、《孟字义训》等，考订用字的真伪，辨析词义，多有可取。如《扁字二义》（《四笔》卷六）：

> 扁音薄典切，《唐韵》二义：其一曰扁署门户，其一曰姓也，此外无他说。按《鹖冠子》云："五家为伍，十伍为里。四里为扁，扁为之长，十扁为乡。其上为县为郡。其不奉上令者，以告扁长。"盖如遂、党、都、保之称。诸书皆不载。

《鹖冠子》在南宋有陆佃解本，但不熟悉道教家的人未必去读此书，读之者也未必注意"扁"字的特殊用法，洪迈还是眼力独具的。

作者生活于上流社会中，他甚至未经历其父作金人阶下囚的劫难，他对战乱中百姓的苦难知之甚少。《容斋三笔》卷六中有《蕨萁养人》一篇，写乾道辛卯（1171），绍熙癸丑（1193）因大旱，其家乡鄱阳及乐平、德兴一带饥民挖蕨萁根而食的事实，能体察民生疾苦，虽在全书占的篇幅极少，仍弥足

王少高诗文集

珍贵。

五

《容斋随笔》的不足之处,也是显而易见的。

其首要的缺点是结构的随意性。全书虽分为"五笔",每笔十六篇(五笔未写完例外),似乎很严谨,但实际结构相当零乱,笔与笔,篇与篇之间并无明显的分工和联系,不同处仅仅在于有写作时间的先后之别。正如《容斋随笔》自序所言:"意之所之,随即记录,因其后先,无复诠次。"这与南宋的另一部学术笔记《野客丛书》相似,与南北宋时一些按卷——门——条分类的一些笔记(如北宋之《画墁录》、《宣和奉使高丽图经》,南北宋之交的《春渚记闻》,南宋之《岭外代答》、《能改斋漫录》、《示儿编》、《东园丛说》、《朝野类要》、《洞霄图志》、《建炎以来朝野杂记》等)都显得芜杂得多。因其篇幅较巨,就显得很混乱,读其一笔、一卷,往往留下的印象是零星、不得要领的。

此外,文中考订也有少量错讹。《四库全书总目提要》即指出:"其晚年撰《夷坚志》,于此书不甚关意,草创促速,未免少有抵牾,如谓刘昭注《后汉书》五十八卷,《补志》当在其中,不知所注乃司马彪《续汉书志》。章怀太子以《后汉书》无志,移补其阙。又驳宣和《博古图》释云雷磬,所引臧文仲以玉磬告籴之文,谓《左传》并无其说,而不知出自《国语》中,颇为失检。又如史家本末及小学字体,皆无所发明,而缀为一条,徒取速成,不复别择,然其大致,自为精博。南宋说部,终当以此为首焉。"

六

《容斋随笔》的版本,最早当是初笔的婺刻本,孝宗皇帝所见,当是这个本子。大约是洪迈在知婺州时所刻,时间当在淳熙十一年(1184),也就在这年,他升为敷文阁待制,次年即被召对京师。淳熙十四年八月,孝宗在禁中便当面称赞其书"煞有好议论"。婺刻本仅限于初笔。续笔、三笔、四笔、五笔均成书于此后。五笔汇为一书,有嘉定壬申(嘉定五年,1212年)宝谟阁直学士太中大夫提举隆兴府玉隆万寿宫临川何异序本,此时洪迈去世才整整十年,何异曾两次为洪迈后任官员,此序又是应洪迈子洪㤚要求所写,何乃洪迈同时代人,此版恐是《容斋随笔》最早的全集本。

《容斋随笔》有明弘治十一年戊午(1498)冬十月既望,巡按河南监察御史沁水李瀚序,此乃李刊本。此外还有如马氏刊本、弘治八年(1495)会通馆活字版本,明兰雪堂仿宋活字本,康熙庚辰(1700)重修马版本,乾隆甲寅扫叶山房翻马版本,补宋椠三笔本,明刊小字本,明刊本、洪氏刊本,今传本有《四库全书》子部杂家类所用内府藏本,洪氏《晦木斋丛书本》、《四部丛刊续编》本,《笔记小说大观》本,商务印书馆刊《说郛》本,民国《旧小说》本。

　　本书以《四库全书》本作校勘依据,参考南京大学出版社王同书校本,吉林文史出版社本等新校点本,并补充了《容斋随笔续笔》作者自序等重要内容,对《四库》本亡佚的条目也多所补正,也纠正了新校点本的较多错讹。

　　由于校点者尚未见到洪刻本及明以前的几种早期刻本,加之校点较仓促,书中仍有些不尽如人意处,尚待广大读者匡正。

(《容斋随笔》,中国世界语出版社,1995 年)

王步高诗文集

史达祖和他的《梅溪词》

　　史达祖不仅是南宋后期词坛的杰出作家,而且也是一位主张抗金、积极支持北伐的爱国志士。但由于开禧北伐失败,韩侂胄被害,他和许多主战派人物一样,也受到了株连。生前被主和派枉加罪名,逮捕入狱,黥面流放,含恨而死;身后又被道学家们和一些不明真相的人巧诋苛绳,横遭种种无端的攻讦和诬蔑。直到解放后,还有人指责他"依附权相"、"品格不高",如此等等。对史达祖所加的罪名和指责是不符合事实的,是不公平的,应当予以改正。对他的《梅溪词》也应进行实事求是的分析和评价,给他在中国文学史特别是宋词发展史上以适当的地位。

　　　　　　　　　　　一

　　史达祖,字邦卿,号梅溪。《宋史》无传,因此,只能根据一些零星的记载和他的作品来考察其生平。

　　张镃《梅溪词序》说:余"一日闻剥啄声,园丁持谒入,视之,汴人史生邦卿也。迎坐竹阴下,郁然而秀整。俄起,谓余曰:'某自冠时,闻约斋之号,今亦既有年矣'。……余老矣,生须发未白,数路得人,恐不特寻美于汉,生姑待之。"这篇序作于宋宁宗嘉泰元年(1201),当时,张镃四十八岁。从序中可知:(1) 梅溪二十岁便知张镃的号(约斋),且已过去多年,由此推知他当时至少三十多岁;(2) 史比张年轻得多,而且"须发未白"。由此推想,史达祖当时以三十七八岁为宜。他约生于 1163 年前后。

　　史达祖原籍开封,其家何时南下,已不可知。他未中过进士,在任韩侂胄堂吏前,曾作为随员出使过金国。其《龙吟曲》题作"陪节欲行留别社友",当是他奉使出京时告别诗友们的作品。当时,南宋每年派遣生辰使,赴金贺九月初一天寿节;派遣正旦使,赴金贺正月初一正旦节。

卷四　诗词研究

469

史达祖是作为贺生辰使的随员出使金国的。其《齐天乐》题作"中秋宿真定驿"。真定(今河北正定)位于临安至金都途中(当时金都已迁至北京);"中秋"正是天寿节前,作者又宿于金人统治区的"驿中",显然这是在使金途中。高观国有一首《齐天乐》题为"中秋夜怀梅溪",很可能是异地同时之作。词中说:高观国有二首《齐天乐》题为"中秋夜怀梅溪",很可能是穿施同时之作。词中说"晚云知有关山念……何曾婵娟千里"、"古驿烟寒,幽垣梦冷"、"归心对此,想斗插天南,雁横辽水"。这也可印证史当时正出使金国。梅溪还有一首《惜黄花》题作"九月七日定兴道中"。定兴距金都很近。据当时惯例,天寿节后五六天使者便可别去,九月七日可以还至定兴。《鹧鸪天》题作"卫县道中,有怀其人","卫县"已入河南境内,根据词的内容,时令也比上首词稍晚。又《满江红》题作"九月二十二日出京怀古",宋人总以汴京为"京",称临安为"行在",这显然是使金的归途中路经汴京所作,且词中有"桑梓外,锄耰渐入,柳坊花陌"。古人常用"桑梓"代故乡,史达祖是汴京人,更可断定这首词是作于汴京。此外如《玲珑四犯·京口寄所知》、《鹊桥仙·七夕舟中》等也可能作于贺生辰使金途中。

谭正璧《中国文学家大辞典》说"史达祖尝陪使臣李璧至金",不知何据。李璧是开禧元年六月十三日受命作为贺生辰使使金的,与上说是吻合的。

我们再来看史达祖"依附权相",即与韩侂胄的关系问题。对于这一点,古人、今人,对史达祖的指责和非难都是很多的。如清人楼敬思说:"史达祖南渡名士……乃甘作权相堂吏,至被弹章,不亦降志辱身之至耶。"①《莲子居词话》说:史邦卿"甘作权相堂吏,身败名裂……其才虽佳,其人无足称也"。近年重版的四卷本《中国文学史》也说:姜夔"比之那些依附权门的词客,像后来史达祖、廖莹中之流,他还算是有所不为的"。詹安泰先生也说:"蒋捷在宋亡后,虽然有人推荐他,他始终不肯做元朝的官,保持民族气节,比较史达祖做权相韩侂胄的堂吏,当然'较贞'。"我们认为这些指责都是不能成立的:

1. 野史对这一点的记载有许多夸大失实之处

《浩然斋雅谈》说:"史达祖邦卿,开禧堂吏也。当平原(韩侂胄封平原郡王)用事时,尽握三省权,一时士大夫无廉耻者,皆趋其门,呼为梅溪先生。"《宋史记事本末》说"(嘉泰)三年五月,以陈自强为右丞相……每称侂胄为恩

_____

① 《宋词纪事》《龙吟曲》注。

主、恩父,苏师旦为叔,堂吏史达祖为兄"。《续通鉴》、《续通志》、《两朝纲目备要》也有类似记载,都有显然夸大失实之处。《建炎以来朝野杂记》载:"堂后官,谓三省诸房都录事也,补职及一年改宣教郎,满五年愿出职者与通判,十年以上与郡。建炎初,李伯纪为相,建请堂吏出职止通判。从之,迄今不改。""尚书省吏额二百四人,……中书门下省吏额二百三十八人,……枢密院吏额三百二十七人,……尚书六曹吏额九百二十人。"可见堂吏(或省吏),不但官卑职微,而且数额庞大,"尽握三省权"绝无可能。直至开禧元年(1205)出使金国,他也只是"权礼部侍郎"李壁的随员而已,这时距离韩被杀已两年了。同样,陈自强身为丞相,称史达祖为兄也无可能。论年龄史比陈年轻得多,论地位更比陈低得多,陈做过韩侂胄的童子师,史受韩信任的程度也比不上陈自强。他连称陈志强为兄的资格也不具备,何况相反?而且此记载系于嘉泰三年(1203)当时史达祖官卑职微,还未受到韩的倚重,因此更无可能。

2. 史达祖与韩侂胄反道学无关

韩侂胄执政后,主要做了三件事:一是反道学,二是崇岳贬秦,三是出师北伐。后世道学门徒编《宋史》,把他列入"奸臣传",主要因为他反道学。对于这一点,史学界尚有争议,这里不加讨论,但须指出,史达祖与此事无关。反道学主要发生在庆元四年(1198),韩侂胄宣布道学为"伪学",并将朱熹、叶适等五十九人列入伪学党籍,全部罢职贬逐,这又称"庆元党禁"。张镃《梅溪词序》曾明确说史"哀沉而悼未遇",可见他直至嘉泰元年(1201)尚"未遇",当然决不可能参与1198年禁道学这样重大事件的决策。因此,评论史达祖的历史功过及其为人,完全不必考虑反道学一事。此外,也没有史料证明史达祖与崇岳(飞)贬秦(桧)一事有关,即便他参与了,也是有功而无过的。

3. 史达祖对开禧北伐的失败没有责任

北伐开始以前,韩侂胄曾多次派人去金国探听虚实,又起用辛弃疾等元老大臣参与决策,并解除"庆元党禁",起用叶适等道学中人担负重任,以形成全国的抗金统一战线。抗战初期,也曾取得节节胜利。《宋史·韩侂胄传》载:"时镇江武锋军统制陈孝庆复泗州及虹县,江州统制许进复新息县,光州孙成复褒信县。捷书闻,侂胄乃议降诏趣诸将进兵。"但由于用人不当,两淮战场相继受挫,四川吴曦叛变,金人得以集中兵力对付东线。同时,反复诡谲的投机分子李壁又挑拨韩侂胄贬逐了苏师旦、李汝翼、王大节、李爽、邓友龙等主战派将领，杀了大将郭倬，并代之以丘崈等反对北伐的将领，使开禧北伐归于失败。

史达祖是支持这次北伐的，早在第一次使金时他就唱出了"楚江南，每为神州未复，阑干静，慵登眺"的悲歌。他渴望着"趁建瓴一举，并收鳌极"这一天的到来，所以当韩侂胄发动北伐时，"不预平戎策"的诗人也积极支持，并愿其成功，这是必然的。但是，他当时并未进入决策机构，也不应对这次北伐的失败负责。

《四朝闻见录》"雷孝友上言"条载："苏师旦既逐之后，堂吏史达祖、耿柽、董如璧三名随即用事，言无不行……"同书"侂胄师旦周筠本末"条又载："师旦既逐，韩为平章，事无决，专倚省吏史邦卿奉行文字，拟帖拟旨，俱出其手，权炙缙绅，侍从简札，至用申呈。"这两段记载都认为，史达祖受到韩的重用，是在苏师旦被贬逐之后。《续通鉴》卷一五七载：宁宗开禧二年六月，"韩侂胄既丧师，始觉为苏师旦所误；……秋，七月辛巳，罢师旦，籍其家。旬日，除名，韶州安置。"据此记载，史达祖开始受韩侂胄重用，已是开禧二年（1206）七月以后，这时北伐败局已定。很显然，史达祖对开禧北伐的失败是不应该负责的。

史达祖所能做的，只是收拾残局，他又可能参预哪些事呢？由于求和不成，韩侂胄准备重开战事，以武力取胜或以武力迫和，并任命辛弃疾为枢密院都承旨。开禧三年正月，又罢免了反对北伐的将领丘崈，而以知枢密院事，督视江淮兵马。战局已有转机。关于这时的形势，《齐东野语》"诛韩本末"条说得很清楚："当是时，金国实已衰弱，初非阿骨打、吴乞买之比。丙寅冬，淮襄皆受兵，凡城守者皆不能下，次年遂不复能出师，其弱可知矣。倘能稍自坚忍，不患不和，且礼秩岁币，皆可以杀。"可在这时，史弥远发动政变，杀害了韩侂胄，贬逐了一切主战派官员，并完全遵照金人的无理要求，增岁币为三十万，赔款三百万两，并割韩侂胄的头向金谢罪……开禧北伐这才彻底失败。谁是千古罪人？能怪史达祖吗？他显然是无罪的。

但是，他却被当作罪人而加以迫害。《四朝闻见录》载：开禧三年"十一月十五日，三省同奉圣旨……史达祖、耿柽、董如璧并送大理寺根究"。《居易录》还记载他受了黥刑。《浩然斋雅谈》则说："韩败，祖亦贬死。"

史是否"贬死"，尚属可疑。细读《梅溪词》，可发现一些抒发身世之感的作品，很可能作于贬所，而一些悼念友人、情人之作，多处提到"白发"、"年衰"、"竹杖"，并屡用"刘郎"、"潘鬓"一类典故，似与他被贬前的年龄及处境不合,当是遇赦重回临安时所作。对此笔者拟另作专题论述。

史达祖作为一介书生和下级官吏,在民族危亡时,抛弃诗友唱和、吟咏风月的无聊生活,投身于反对民族压迫的斗争,亲自深入敌后,了解敌情(如随李璧出使便负有了解敌情的任务),坚决支持抗金北伐,都是无可非议的,他的爱国热情是应当充分肯定的。没有证据能说明他和韩侂胄一起干过什么坏事。

史达祖虽曾一度生活在权贵中间,但《梅溪词》中无一首阿谀奉迎的作品。与他交往的姜夔、张镃、高观国以及杨冠卿、郑德璋、赵子垫等人,社会地位都不很高,有的是终生不入仕的文人,有的是被罢了官的下级官吏……可见他并不趋炎附势。事实说明,古往今来,人们对史达祖人格的指责大多出于偏见,并无道理,应当予以纠正。

二

对《梅溪词》的思想内容,人们往往评价不高。如近年重版的四卷本《中国文学史》便认为:"南宋后期继承周邦彦的道路,同时受姜夔影响的词人还不少。有的像史达祖、高观国,集社分题咏物,拿词作文字游戏来消遣无聊的岁月。比之姜夔,他们的咏物词内容更单薄,用意更尖巧,语言更雕琢。有些词不看题目,很难猜到他制的是什么谜。"这显然是片面的,事实并非如此。《梅溪词》不仅以咏物见长,还有爱情、悼亡,以及抒发家国之恨、身世之感的作品,而后者的数量和思想价值,都远远超过了前者。

先看其咏物词。《梅溪词》现存 112 首,其中咏物词 19 首,约占六分之一。就所咏的对象看,有动物、花草树木、风霜雨雪等等,其中一部分并无明显寄托,如《绮罗香·咏春雨》:

> 做冷欺花,将烟困柳,千里偷催春暮。尽日冥迷,愁里欲飞还住。惊粉重、蝶宿西园,喜泥润、燕归南浦。最妙它,佳约风流,钿车不到杜陵路。　　沉沉江上望极,还被春潮晚急,难寻官渡。隐约遥峰,和泪谢娘眉妩。临断岸、新绿生时,是落红、带愁流处。记当日、门掩梨花,剪灯深夜语。

词的开头两个对句,只用八个字便把春雨画出。这里抓住了春雨的两个特点:一是春雨常伴来春寒;二是春雨多是细雨迷濛,如烟似雾,故说它"欺花"、"困柳",同时又想象仿佛正是这细雨声声,把春天偷偷送走了。由于整天下雨,就使得爱"随人来往弄春光"的彩蝶无法飞了,唯有春燕,趁雨后泥土润湿,抓紧衔泥垒巢。这连绵的春雨,也误了仕女的佳约,使她们不能坐着精巧的车子到郊外游春。

词的下片,更把春雨与咏春雨之人融而为一。词人站在江边,天色已晚,只见江水汹涌,却找不到可以回家的渡口。接着又展开联想,暮色中隐约可见的远山,使他想起妻子的愁眉,并想见她可能流泪了。虽然如此,词人情绪并不低沉。"临断岸、新绿生时,是落红、带愁流处"两句写词人经过细致观察,就在雨催花落的地方,发现小草已经萌芽。词的结句,更化用成语,追忆以前在家的情景。虽有愁绪,却哀而不伤。这首词里,作者并不单纯摹写春雨的物态,而且融入了自己的感慨,同时还从"临断岸、新绿生时,是落红、带愁流处",看到新陈代谢的规律,颇含哲理。这是一首咏物的上乘之作。由此可见,即便没有寄托的梅溪咏物词,也不乏佳作,而并不是"拿词来作文字游戏"。

还有一些咏物词,则有明显寄托,如《于飞乐·鸳鸯怨曲》:

> 绮翼鹔鹴,问谁常借春陂。生愁近渚风微。紫山深,金殿暖,日暮同归。白头相守,情虽定、事却难期。　　带恨飞来,烟埋秦草,年年枉梦红衣。旧沙间,香颈冷,合是单栖。将终怨魂,何年化、连理芳枝?

这首词,名为咏物,实则借物起兴,以鸳鸯象征人间恩爱的夫妻,借以抒发爱情的不幸。他希望像鸳鸯那样,能与心爱的女子"白头相守"。可是"情虽定,事却难期",所以他感到"怨",感到"恨"。结句"将终怨魂,何年化、连理芳枝",表示了他对爱情执着的追求,生不能作鸳鸯鸟,死后愿化连理枝。这首词的寓意是明显的。再如《齐天乐》咏白发,托物寄情,抒发"自怜衰暮","叹朱颜也恁,容易堕去"的感情。又如《隔浦莲·荷花》的下片:

> 亭亭不语,多应嗔赋玉井。西湖游子,惯识雨愁烟恨。只恐吴娃暗折赠。耿耿。柔丝容易萦损。

开头两句刻画了荷花亭亭玉立的形象,而后几句议论却有题外之旨,大有深意。这些"惯识雨愁烟恨",而忘了"国愁家恨"的是些什么人呢? 不正是那些"却将杭州作汴州"的当权者吗？眼前的景色是美好的,但好景不长。"只恐吴娃暗折赠"一句,忧心忡忡。满湖荷花虽好,也经不起许多"吴娃"摧折。"容易"和"恐"三字,写出了词人的担心。花落自有花开日,担心本无必要,有着爱国之心的词人,想到的是强敌压境,年年进贡岁币,国事日非。他担心统治者沉醉于这醉生梦死的生活,把大好的江山断送掉。显然咏"荷花"却成了咏"河山",借咏物以寄慨,表现了作者对国事的关心。谁能说这是在"消遣无聊的岁月"呢？显然,梅溪咏物词,内容并不单薄,比之姜夔,也有过之而无不及。

《梅溪词》中最多的是闺怨、相思之作,约占半数。史达祖长于抒情,能成功地塑造男女抒情主人公的艺术形象,而他的悼亡词,更写得哀思婉转,情真意挚,催人泪下。陈廷焯就曾称赏其《玉蝴蝶》"一笛当楼,谢娘悬泪立风前""幽怨似少游,清切如美成,合而化矣"[①]。《词统》评其《换巢鸾凤》中"花外语香,时透郎怀抱,暗握黄苗,乍尝樱颗,犹恨侵阶芳草"几句是"醉心苏魄之语"。而这类令人驰魂夺魄的情词,在《梅溪词》中并不罕见。再如《临江仙·闺思》：

> 愁与西风应有约,年年同赴清秋。旧游帘幕记扬州。一灯人著梦,双燕月当楼。　罗带鸳鸯尘暗淡,更须整顿风流。天涯万一见温柔。瘦应因此瘦,羞亦为郎羞。

这是假托妓女思念情人的作品。首句就起得不凡,"愁与西风应有约",每年秋风一起,便愁上心头。众所周知,妓女是富人的玩物,很少有人与她们真心相爱,"天涯万一见温柔"是她们沉痛的控诉。惟其如此,对这位情人,她就怀着特别真挚的感情,"瘦应因此瘦,羞亦为郎羞",表现了她对爱情的珍惜。作者对妓女怀着深切的同情,所以才能写出这样情意缠绵的词章。又如《西江月·闺思》的下片：

> 幽思屡随芳草,闲愁多似杨花。杨花芳草遍天涯,绣被春寒夜夜。

这首词写月夜独宿孤房的少妇思念远行的丈夫。这里用清新明快的笔触,朴实浅显的比喻,民歌式的句子,抒发了少妇的相思之情,写得很成功。而

---

① 陈廷焯《白雨斋词话》。

《解佩令》又是另一种风格：

> 人行花坞。衣沾香雾。有新词,逢春分付。屡欲传情,奈燕子,不曾飞去。倚珠帘,咏郎秀句。　相思一度,秾愁一度。最难忘,遮灯私语。淡月梨花,借梦来,花边廊庑。指春衫,泪曾溅处。

这首词写一位女子在花间月下漫步。月光淡淡,梨花盛开,送来阵阵幽香。她思念情人,可是见面难,要表示自己思慕之情也难。她唯一能做的只是"倚珠帘,咏郎秀句"。这自然难以满足她对爱情的追求,因此她寄希望于梦,渴望梦中在花边廊庑之下,碰到所思的情人,指着春衫上的泪痕,诉说思慕之情。由于感情受到压抑,因而词风便显得沉郁、幽怨。

《梅溪词》中的《寿楼春》、《夜行船》,古人认为是写伉俪情深的,当是作者思念妻子所作。且看《寿楼春》：

> 裁春衫寻芳。记金刀素手,同在晴窗。几度因风残絮,照花斜阳。谁念我,今无裳? 自少年、消磨疏狂。但听雨挑灯,倚床病酒,多梦睡时妆。　飞花去,良宵长。有丝阑旧曲,金谱新腔。最恨湘云人散,楚兰魂伤。身是客,愁为乡。算玉箫,犹逢韦郎。近寒食人家,相思未忘苹藻香。

这首词的题目作"寻春服感念",冬天过了,需换春装,却没有衣裳。这使他想起当年妻子在窗下裁衣的情景。龙榆生先生认为这是悼亡之作,是有道理的。这从后文"玉箫韦郎"的典故可以看出。《云溪友议》载："韦皋游江夏,与青衣玉箫有情,约七年再会,留玉指环。八年,不至,玉箫绝食而殁。后得一歌妓,真如玉箫,中指肉隐如玉环。"词中以"几度因风残絮,照花斜阳",暗示时光的流逝。"听雨挑灯,倚床病酒,多梦睡时妆",写各种场合对亡妻的思念。虽说有"丝阑旧曲,金谱新腔",但作者却眷恋旧情,"相思未忘苹藻香"。这首词感情真挚,情意深长。而"身是客,愁为乡",又把思念亲人与思念故乡的感情融合到一起,加强了作品的思想深度。

《梅溪词》中《三姝媚》、《花心动》、《阮郎归》(月下感事)和《忆瑶姬》也都是悼亡之作,无不写得情致缠绵,真切感人。

史达祖的爱情词,并未越出前人所曾达到的思想高度,但他对妓女不幸命运的同情,对她们人格的尊重和真心相爱以及对正当爱情的歌颂,这一切无疑还是应当予以肯定的。

《梅溪词》中思想价值最高的是那些抒发家国之恨、黍离之悲和身世之感的作品。由于他的身世遭遇与政治有着不解之缘,也由于他支持北伐、主张收复失地,这些思想在他的作品中都闪耀着光辉。

首先,《梅溪词》中经常流露出怀念故国的感情。词中经常用"故园"、"故里"之类的字眼,寄托他对沦于敌手的故国家园的一往深情。如《阳春曲》:"如今故里信息。赖海燕,年时相识。奈芳草,正锁江南,梦春衫怨碧。"《东风第一枝·咏春雪》:"料故园,不卷重帘,误了乍来双燕。"《万年欢·春思》:"小径吹衣,曾记故里风物。"《夜行船》:"草色拖裙,烟光惹鬓,常记故园挑菜。"《齐天乐·秋兴》:"悠然魂堕故里,奈闲情未了,还被吹醒。"《瑞鹤仙》:"自箫声,吹落云东,再数故园花信。"史达祖的故乡是北宋的都城汴京,早已沦陷了,所以他的"故园"之思就有饱含家国之恨的意味。他还习惯于用"长安"、"华清"、"少陵"、"杜陵"来暗指汴京。借长安指汴京,这是宋人惯用的,而"杜陵"、"少陵"、"华清"都是长安地名,这时也都沦入敌手。这一切,很容易使当时的读者勾起故国之思。

《满江红·九月二十一日出京怀古》更集中抒发了家国之恨,表达了作者的政治主张。这首词作于开禧元年,作者做贺生辰使李璧的随员出使金国路经汴京。他骑在马上,缓缓而行,他依恋故都,走出很远还回头张望。只见旧时的官廷,大门紧闭,只有宫前双阙上龙凤的影子还遥遥在望。他怀古伤今而写道:

> 天相汉,民怀国。天厌虏,臣离德。趁建瓴一举,并收鳌极。老子岂无经世术,诗人不预平戎策。办一襟,风月看升平,吟春色。

一开头便指出:天意保佑南宋,沦陷区的人民怀念故国,起来反对金人的统治。作者这里都是有所指的。据《大金国志》记载,就在作这首词前不久,1197年沦陷区山东及山西泽潞间有万余农民起义抗金。1200年,由于饥荒,河北、河南、山东的百姓都纷纷起义。"天厌虏,臣离德"也深刻揭示了金统治集团内部的矛盾。1194年,大通节度使爱玉完颜大辨据五国城叛变;1201年,群牧使耶律德寿又聚兵数万叛变。同时,金国境外也不安宁,蒙古、西夏时时入侵,金国政局不稳,正是北伐的天赐良机。出于渴望统一祖国,诗人充满豪情壮志，要"趁建瓴一举，并收鳌极"。他充满必胜信心，认为北伐中原得天时地利人和，能以高屋建瓴之势，一举恢复失地，击败侵略者。显然这里他对北伐的困难估计不足，但这种"不失赤子之心"的爱国精神却是难能可贵的。自称"不预平戎策"的诗人，事实上却有投笔从戎之志，愿为恢复大业效力，希望能"风月看升平，吟春色"。在另一首《龙吟曲》中，他又写道："歌里眠香，酒酣喝月，壮怀无挠。楚江南，每为神州未复，阑干静，慵登眺。"显然，词人对"歌里眠香，酒酣喝月"的生活不满，他壮心不灭，时刻想着"神州未复"，不是充满爱国心的词人，怎能写出这样沉痛激越的句子？

他的爱国精神，还表现在一些抒发黍离之悲的作品中。如《杏花天》："回头但、垂杨带苑。想今夜、铜驼梦远。行人去了莺声怨。此度关心未免。"《齐天乐·白发》："渐疏了铜驼，俊游俦侣。纵有黔黔，奈何诗思苦。"这里用"荆棘铜驼"的典故，抒发了对亡国残破景象的痛惜。又如《隔浦莲》："齐宫楚榭，如今空锁烟树。"这是动乱时代在进步作家作品中打下的时代印记。王昶说："南宋词多黍离麦秀之悲。北宋词多北风雨雪之感。"说得是有道理的。史达祖的脉搏与时代相通，因而《梅溪词》具有时代气息，富于爱国主义精神。

《梅溪词》中，还有一些抒发身世之感的作品，较多的作于受刑被贬之后。如《风流子》，很可能作于贬所。词中说："藉吟笺赋笔，试融春恨。""遣人怨，乱云天一角，弱水路三千。还因秀句，意流江外，便随轻梦，身堕愁边。"又："风流休相误，寻芳纵来晚，尚有它年。只为赋情不浅，弹泪风前。"抒发了对自身遭遇的深深哀痛，又对未来抱有一线朦胧的希望。再如《秋霁》：

江水苍苍，望倦柳愁荷，共感秋色。废阁先凉，古帘空暮，雁程最嫌风力。故园信息。爱渠入眼南山碧。念上国，谁是、鲙鲈江汉未归客。

还又岁晚，瘦骨临风，夜闻秋声，吹动岑寂。露蛩悲，清灯冷屋，翻书愁上鬓毛白。年少俊游浑断得。但可怜处，无奈苒苒魂惊，采香南浦，剪梅烟驿。

这首词通过倦柳、愁荷、废阁、古帘、瘦骨、清灯、冷屋和暮色、孤雁、秋声、露蛩、白发、惊魂构成一幅凄凉、阴冷的画面，刻画出自己痛苦的处境，抒发怀念家国的感情。正由于作者的不幸是由于北伐失败而造成的，因而他的不幸是与国家民族的不幸紧密相联的,这就不是"只着眼于个人的离恨别愁,发泄无可奈何的伤感情绪"①,而是爱国精神的又一表现形式。

总之,《梅溪词》在一定程度上反映了当时的社会现实,有着较充实的思想内容。特别是其爱国题材的作品,在婉约派词人中更是难得的。因此,对《梅溪词》的思想内容,应作实事求是的分析,并予以适当肯定。当然也要看到,《梅溪词》对社会生活的反映是不全面,也不够深刻的。在《梅溪词》中,找不出反映阶级压迫、剥削和劳动人民痛苦生活的作品,没有对投降卖国的当权者的指斥,而抒发家国之恨,渴望祖国统一的爱国词作,为数不多,而且格调低沉,不能成为时代的号角。这一点,比起同时代的爱国诗人陆游、爱国词人辛弃疾,都是大为逊色的。

三

《梅溪词》更值得称道的是它的艺术成就,这具体表现在以下几方面。

(一)善于创造生动的艺术形象

《梅溪词》注重艺术形象的塑造,并取得了很大的成功。

1. 形象地摹写物态,提高了咏物词的表现能力

梅溪咏物词,艺术成就很高,后人评论咏物词,几乎言必称梅溪。张炎《词源》说:"诗难于咏物,词为尤难。体认稍真,则拘而不畅;模写差远,则晦而不明;要须收纵联密,用事合题,一段意思,全在结句,斯为绝妙。如史邦卿《东风第一枝·咏春雪》、《绮罗香·咏春雨》、《双双燕·咏燕》……此皆全章精粹,所咏了然在目,且不留滞于物。"梅溪咏物词,取东坡、清真、白石之长,又进行了新的艺术创造,并能做到"取神题外,设境意中",而成为咏物词艺术的集大成者。

首先,梅溪咏物词能不出题意而形神俱似。《远志斋词衷》说:"咏物固不可不似,尤忌刻意太似,取形不如取神,用事不若用意。宋词至白石、梅溪,始得个中妙谛。"这是说得不错的。如《双双燕》便是一例:

> 过春社了!度帘幕中间,去年尘冷。差池欲住,试入旧巢相并。还相雕梁藻井,又软语、商量不定。飘然快拂花梢,翠尾分开红影。
> 芳径。芹泥雨润。爱贴地争飞,竞夸轻俊。红楼归晚,看足柳昏花暝。

① 社科院文研所《中国文学史》(中册)。

应自栖香正稳,便忘了、天涯芳信。愁损翠黛双蛾,日日画阑独凭。

这首词,生动地画出燕子的形象。开头先铺写时间地点,并突出燕巢的"尘冷",用笔空灵,仿佛呼之欲出。"差池欲住,试入旧巢相并",把燕子在旧巢面前徘徊观望的神态写得惟妙惟肖。"还相雕梁藻井,又软语商量不定",这两句更赋予燕子以人的形态。而以下几句尤其妙绝,把燕子骄健轻捷、贪玩好动、留恋春光的神态写得栩栩如生。无怪乎王士祯《花草蒙拾》说:"仆每读史邦卿咏燕词,以为咏物至此人,巧极天工矣。"再如用"巧沁兰心,偷粘草甲","行天入镜,做弄出、轻松纤软"来刻画春雪;用"暖雪侵梳、晴丝拂领,栽满愁城深处"写白发……都能"了然在目,且不留滞于物"。

梅溪咏物词,均不说出题字。《双双燕》咏燕,全篇无一句提到"燕"字,但"飘然快拂花梢,翠尾分开红影"和"爱贴地争飞",显然抓住了燕子的特征。再如《玉楼春》咏梨花,全篇不出现"梨"字,结句"黄昏著了素衣裳,深闭重门听夜雨"却从李重元《忆王孙》"雨打梨花深闭门"句化来,从而明确点出是咏梨花。尽管通篇不出题字,却都在神情离即之间,一经提调,词题自出,并非"很难猜到他制的是什么谜"。

其次,梅溪咏物词的后段能拓开说去,使所咏之物与咏物之人融而为一,增强了抒情效果。如《双双燕》的结尾:"应自栖香正稳,便忘了、天涯芳信。愁损翠黛双蛾,日日画栏独凭。"这里假托燕子为人捎信传情,燕子贪看春景忘了此事,导致那盼信的女性天天凭栏眺望,人都消瘦了。这里不写燕而写人,就使得人和燕融为一体。燕成双成对,而人却独凭画栏,也反衬出人的孤寂。再如前引《绮罗香》,先写春雨,后拓开写阻雨不归的游子思亲之情,也使人和雨相融合,物态与人态相表里。

最后还应指出,得比兴之旨,也是梅溪咏物词的一大特色。如前举《隔浦莲》咏荷花,就明显寄托了家国之恨,《齐天乐》咏白发,明显是在咏身世之感。沈祥龙《论词随笔》说:"咏物之作,在借物以寓性情,凡身世之感,君国之忧,隐然蕴于其内。斯寄托遥深,非沾沾焉咏一物矣。"用这话来评梅溪咏物词,也是中肯的。

梅溪咏物词能如画家写意,得生动之趣,塑造出形神毕似的艺术形象,能使人与物融合为一,并有比兴寄托,从而提高了咏物词的思想境界和艺术表现力。这是史达祖对我国诗歌发展作出的贡献之一。

2. 长于融情于景,以画面来表情达意

《莲子居词话》说:"言情之词,必藉景色映托,乃具深宛流美之致。"《西圃词说》也认为,"凡写迷离之况者,止须述景。"梅溪词继承我国古代诗歌写景抒情的优良传统,善于情景交融,以若干幅画面,构成某种意境,发抒胸臆。如《齐天乐·中秋宿真定驿》:"西风来劝凉云去,天东放开金镜。照野霜凝,入河桂湿,一一冰壶相映。……有客踌躇,古庭空自吊孤影。""忧心耿耿。对风鹊残枝,露蛩荒井。"中秋佳节,而词人眼前出现的却是一幅凄凉的画面。"古庭空自吊孤影"更集中点出词的意境,抒发了词人对国家残破的痛惜感情。又如《夜行船》:"草色拖裙,烟光惹鬓,常记故园挑菜。"《喜迁莺》:"柳院灯疏,梅厅雪在,谁与细倾春碧?"《临江仙》:"旧游重到合魂销。棹横春水渡,人凭赤阑桥。""几曾湖上不经过。看花南陌醉,驻马翠楼歌。"《齐天乐》:"画里移舟,诗边就梦,叶叶碧云分雨。"不仅把景物写得美妙动人,而且把感情也抒发得自然、真挚。《词苑萃编》引郑所南语说:"姜尧章、史邦卿……诸名胜互相鼓吹春声于繁华世界,飘飘征情,节节弄拍,嘲明月以谑乐,卖落花而陪笑,能令后三十年西湖锦绣山水犹生清响。"这也是对《梅溪词》写景抒情之作较为恰当的评价。

(二) 曲折回环的艺术结构

《梅溪词》中多中调、长调。长调在布局谋篇上要比小调困难得多,既要做到不冗不复,语气贯串,又要能徘徊宛转,自然成文;既要放得开,忌步步相连,又要收得拢,忌不着边际。《梅溪词》中的长调,在结构上大都能做到这几点,因而显得既曲折多变,而又能草灰蛇线,伏脉千里,内部联系十分紧密。如《三姝媚》:

> 烟光摇缥瓦。望晴檐多风,柳花如洒。锦瑟横床,想泪痕尘影,凤弦常下。倦出犀帷,频梦见、王孙骄马。讳道相思,偷理绡裙,自惊腰衩。 惆怅南楼遥夜。记翠箔张灯,枕肩歌罢。又入铜驼,遍旧家门巷,首询身价。可惜东风,将恨与、闲花俱谢。记取崔徽模样,归来暗写。

这首词叙述一个恋爱故事。词人与临安一名妓相好,因故久别,等他回来重访故地时,她却因相思过切,早已亡故。词人走进她的房中,只见她常弹的锦瑟犹在,却已积满了灰尘。又听人们介绍她死前的情况,抚今思昔,写下这首感情真挚的悼亡词。词以写景开头,描写名妓故居外的景物,这是作者重访时所见到的,这是倒叙。"锦瑟横床"是眼前的实景;以"想"字领起的几句,全属想象,是虚景。下片开头"惆怅"二字,既写眼前心境,又勾起对往事的回忆;"南楼遥夜"三句是追叙,却是实景。"又入铜驼"以下三句,补叙词人回临安后打听她消息的情况。"可惜东风,将恨与、闲花俱谢"两句既是叙事,又夹以抒情。最后用妓女崔徽忠于爱情,自画肖像送给情人裴敬中,而终于郁郁死去的故事,表示自己对死者深切的悼念。在这首词里,若干个画面交错穿插,正叙、倒叙、追叙交替使用;有实景、有虚景,看到的和想到的融于一篇;有写景、有叙事、有抒情,层层深入;而又以他与死者的爱情作为贯穿全篇的线索,头绪虽多,却一气流贯。这首词写得有起伏,有变化,曲折回环,首尾照应,颇见艺术功力。此外如《喜迁莺》、《万年欢》也都写得疏密相间、收纵联密。

《梅溪词》起结过渡也变化多端。词和诗一样,对开头很讲究,特别是长调,就更是如此。这在《梅溪词》中表现得尤其突出。就形式看,词的开头有单起与对起之分。《梅溪词》中有单起之调,如:"红楼横落日"(《风流子》),"万水归阴"(《满江红》),"阔甚吴天"(《玲珑四犯》)……起得很有气势,并能笼罩全篇。有对起之调,如:"柳枝愁,桃叶恨"(《祝英台近》);"草脚愁苏,花心梦醒"(《东风第一枝》),"西月淡窥楼角,东风暗落檐牙"(《西江月》)……都起得从容整炼。从内容看,有的以情起:"雁足无书古塞幽,一程烟草一程愁"(《鹧鸪天》);有的以景起:"两袖梅风,谢桥边,岸痕犹带阴雪"(《万年欢》);有的以叙事起:"剪柳章台,问梅东阁,醉中携手初归"(《步月》)。《梅溪词》的前后两结句也很有特色,它的前结往往能做到如奔马收缰,有住而不住之势。如《花心动》上片的结句:"尽沉静、文园更渴,有人知否?"收结上片对美好往事的一一回忆。为下片开头"懒记温柔旧处"转入对眼前情景的描写作了准备,既界限分明,又联系紧密。《梅溪词》的后结能既收得尽,又有尽而不尽之意。《梅溪词》长于抒情,其结句也多含情无限。以情结的固然如此,如:"应难奈,故人天际,望彻淮山,相思无雁足"(《八归》);即便以景作结的,也同样脉脉含情,如:"梦回人世,寥寥夜月,空照天津"(《夜合花》)。由于《梅溪词》能疏密有致,虚实交错,极尽变化,"丽情密藻,尽态极妍",大大提高了它的艺术感染力。

(三)长于音律,声韵圆转

《梅溪词》多僻调险韵,并创造性地使叠韵与双声相对,所以韵律既多变化,而又"声韵铿訇,幽约可讽"。

在两宋词坛上,作家虽多,但真正精通音律并能自创新调的,仅有柳永、周邦彦、姜夔、史达祖、吴文英等为数不多的几个人。《梅溪词》仅百余首,所用的词调却有 67 个,其中相当一部分是作者自创的新调。如《双双燕》、《忆瑶姬》、《换巢鸾凤》、《寿楼春》、《月当厅》、《东风第一枝》、《庆清朝》、《步月》……这些自度曲,大都声韵圆转,而且多用拗调长句。拗则其音平缓,缓则近雅,这也直接影响到《梅溪词》的语言风格。对于这一点,可能会有异议,戈载曾说:"《双双燕》一首亦脍炙人口,然美则美矣,而其韵庚青杂入真文,究为玉瑕珠颣。"①郑文焯也说他:"独于律未精细。"②其实这一批评是不正确的。就拿《双双燕》来说,全词 12 个韵脚,按《词林正韵》,其中润、俊、信和稳分属六部的震元二韵;而冷、井、影为梗韵,并为敬韵,径、定为径韵,暝为青韵,凭为蒸韵,都属十一部。戈载认为"庚青杂入真文",就是指跨了两个韵部。其实这并不错。王力先生就指出:《词林正韵》的十九部划分"大约只能适合宋词的多数情况。其实在某些词人的笔下,第六部早已与第十一部,第十三部相通"③。可见,不独史达祖如此押韵,这种用法,也是符合宋词押韵的习惯的。又如《换巢鸾凤》,全首用箫韶韵,开始用箫韶的平声韵,而结尾却改为箫韶的仄声韵,这样有利于克服长调不换韵容易板滞、缺少变化的缺点。事实上,我们读史达祖的自度曲,并没有不押韵的感觉,反而觉得声音舒徐婉转,圆润悠雅而多变。

梅溪词还爱用险韵,如《醉落魄》:

> 鸳鸯意惬。空分付,有情眉睫。齐家莲子黄金叶。争比秋苔,靴凤几番蹑。　墙阴月白花重叠。匆匆软语屡惊怯。宫香锦字将盈箧。雨长新寒,今夜梦魂接。

这里全押入声"叶"韵。这一韵本身收字不多,又多冷僻字,所以韵险。贺裳评这首词说:"语甚生新,却无一字不妥也。末语尤有致。"④可见是成功的。

梅溪词中还创造性地使用叠韵与双声相对,如《寿楼春》中"因风飞絮,照花斜阳"二句,"风飞"二字为双声,"花斜"二字为叠韵,组成对仗,使词的声韵更优美动听。

------

①　戈载:《宋七家词选·梅溪词跋》。
②　郑文焯:《鹤道人论词书》。
③　王力:《诗词格律》,111 页。
④　贺裳:《皱水轩词筌》。

梅溪通晓音律,不仅为词坛增添了许多新调,而且以他的创作,就音韵如何为主题服务,作了可贵的探索。他与诗友唱和,也很少步人原韵,这就挣脱了和韵的束缚,可以较为自由地抒发自己的感情,这也是应当肯定的。

(四)近雅而不远俗的文学语言

《梅溪词》的语言,曾叫许多古人叹为观止。这是因为史达祖既善于琢句炼字,又善于化用前人的文学语言,融化口语词和散文句入词,从而创造出一种清空而不晦涩,近雅而不远俗的文学语言。

首先是善于琢句炼字,使词句具有高度的形象性和概括力。例如前举《双双燕》中"看足柳昏花暝"一句便具有极强的概括力,它把词中没有写出的人事景物都概括了进去,包含无限之事。类似的句式还有:"西湖游子,惯识雨愁烟恨。'"(《隔浦莲》)"轻嫩一天春,平白地、都护雨昏烟暝。"(《南浦》)都含有题外远致,发人深省。又如《万年欢》的结句:"如今但,柳发晞春,夜来和露梳月。"春夜,月挂树梢,细如长发的柳丝,密密排列,春风摇曳,如同一把巨大的木梳,在为月亮梳头。形象生动,想象神奇!古人也注意到这一点。杨慎说:"'做冷欺花,将烟困柳'一阕,将春雨神色拈出。'飘然快拂花梢,翠尾分开红影',又将春燕形神画出矣。"《梅溪词》中的许多警句和对句,都具有这样的特点。如:"临断岸,新绿生时,是落红,带愁流处。记当日,门掩梨花,剪灯深夜语。"(《绮罗香》)"余花未落,似供残蝶经营。"(《庆清朝》)"自怜诗酒瘦,难应接、许多春色。"(《喜迁莺》)"断浦沉云,空山挂雨。"(《齐天乐》)"画里移舟,诗边就梦。"(《齐天乐》)……这样的炼句,在《梅溪词》中是美不胜收的。李调元《雨村词话》就搞了个"梅溪摘句图",摘录这样的警句五十多条。这些大都能做到极炼如不炼,绚烂之极乃造平淡,虽新巧却又自然,可以见出梅溪词语言的功力。

其次,善用虚词和口语,使词句空灵而不晦涩。这是由词的体裁特点所要求的。词与诗不同,它最初并非文人的案头文学,而是供歌伎舞女唱的,因此如果一味堆叠实词,就显得过于质实,读且不通,又怎么能唱呢?因此要适当运用一些虚词来"呼唤",如能用得恰当,就能句语自合。《梅溪词》中运用了较多的虚词进行修饰、限制和"呼唤",避免了实词堆叠之病,又使词句多变化。如:"还因秀句,意流江外;便随轻梦,身堕愁边。""好在夜轩凉月,空自团圆。"(《风流子》)"但归来对月,高情耿耿,寄白云杪。"(《龙吟曲》)和"但起来,梅发窗前,哽咽疑是君。""已向冰奁约月,更来玉界乘风"(《西江月》)。这几句中"还"、"便"、"好在"、"但"、"已向"、"更来"都是虚词……这些虚词大都能领起一句，使得词句既整炼工巧，又能流动脱化，同时增强了音乐美。

《梅溪词》中还善于运用语助词，这是另一类的虚词。用得最多的是"了"、"也"、"矣"等。如"赋得送春诗了"（《庆清朝》）、"过了匆匆灯市"（《万年欢》）、"奈闲情未了，还被吹醒"（《齐天乐》）等句中的"了"字；再如："游人等得春晴也，处处旗亭堪系马"（《玉楼春》）、"想吾曹，便是神仙也"（《贺新郎》）、"叹朱颜也恁，容易堕去"（《齐天乐》）等句中的"也"字；又如"倦客如今老矣，旧时不奈春何"（《临江仙》）、"前度刘郎今老矣"（《贺新郎》）、"子期老矣，不堪带酒重听"（《夜合花》）等句中的"矣"字。此外如"美人兮，美人兮，未知何处"中的"兮"（《惜黄花》）、"惊醉耳，谁家夜笛"中的"耳"……陆侃如等的《中国诗史》说："史词中虽有不少很尚雕琢的，但读者每爱其婉秀而不觉其晦涩。"其所以如此，恰当地运用许多口语词和虚词，是其原因之一。

其三，巧用比兴等修辞手段，使词句典雅而不远俗。

古人认为词格卑于诗，是因为它产生于民间，转到文人手里时间还不长，所以"不远俗"；但它既是文人创作，又是诗的一个支流，因此又不能不雅正。所以对词的语言提出了"近雅而不远俗"的要求。《梅溪词》确实做到了近雅而不远俗。这是因为它运用比兴等多种修辞手法，使雅者俗之，俗者雅之，从而锤炼得来的。

《梅溪词》中运用比兴的地方很多，形式也很多样。如"人若梅娇"（《换巢鸾凤》），以梅比人。又"幽思屡随芳草，闲愁多似杨花"，以"杨花"比春愁。这是极常用的。《梅溪词》运用比兴最具特色的还是"托物起兴"和运用借代。如《于飞乐》的开头："绮翼鸂鶒，问谁常借春陂。"这与《诗经·关雎》的"关关雎鸠，在河之洲"的写法颇为相似，都是托物起兴，这里借"鸳鸯"来歌唱纯洁的爱情。运用比喻可使复杂的事物变得易懂，而运用借代的手法，也能将普通的事物用典雅的语言来表达。如《双双燕》结句："愁损翠黛双蛾，日日画栏独凭"，"翠黛双蛾"本来都指妇女的眉毛，这里借来代托信人的情人，这就比直接出现"情人"之类的字眼要高雅得多。又如《桃源忆故人》："十五年来凝伫，弹尽胭脂雨。""胭脂雨"代指纷纷飘落的桃花，显然，这要比直说"桃花"，新巧婉媚。

《梅溪词》中还运用拟人。如："雨前秋杏尚娉婷，风后残梅无顾藉。"（《玉楼春》）"娉婷"、"顾藉"本都是形容人的词语，移来形容梅杏，就把树木人格化了。又如"闻说东风亦多情，被竹外，香留住"（《留春令》）、"江路梅愁,灞陵人老,又骑驴去"(《龙吟曲》)。赋予了没有感情的东风、梅以人的感情,这也是一种拟人。

《梅溪词》也间或使用夸张的手法。如:"自锦瑟断弦,有泪如江"(《玉簟凉》)以江比泪,夸说泪水之多;"截取断虹堪作钓"(《贺新郎》),"剪取东风入金盘"(《留春令》)都是夸张的想象。

《梅溪词》中还使用了顶真。如《菩萨蛮》:"梨花不碍东城月,月明照见空阑雪。雪底夜香微。""明日南堂宴,宴罢小楼台。"又如:"闲愁多似杨花。杨花芳草遍天涯。"(《西江月》)这就使梅溪的小令带上民歌风味。

刘永济先生说:"词至南宋,作家于情思之外,兼重敷藻之功,于是修辞之技亦在所精研。"①这是说得很对的。修辞对梅溪语言特色的形成,尤其起了重要作用。

其四,梅溪还善于化用前人的文学语言入词。

史达祖与周邦彦一样,也善于化用唐人的诗句入词。如《齐天乐·白发》中"搔来更短"一句,便是从杜甫《春望》中"白头搔更短"化来。再如《东风第一枝》"行天入镜"句,便是化用韩愈《春雪》诗中"入镜鸾窥沼,行天马渡桥"二句而来。《贺新郎》中"前度刘郎虽老矣"一句显然是从刘禹锡《再游玄都观》绝句中"种桃道士归何处,前度刘郎今又来"化来。《万年欢》中"多少惊心旧事,第一是,侵阶罗袜",便是化用李白《玉阶怨》"玉阶生白露,夜久侵罗袜"二句而来;又如《于飞乐》的结句:"将终怨魄,何年化,连理芳枝"便是化用白居易《长恨歌》"在天愿作比翼鸟,在地愿为连理枝"而来。

由于作者善于从古人的诗、词、文、赋中吸取有生命力的文学语言,又从口语中学习新鲜的语汇,经过琢句炼字,讲究修辞,因而《梅溪词》在语言方面取得了很高的成就。

(五) 多样化的风格

《梅溪词》的风格是什么? 前人对此有过很多说法。姜夔说它"奇秀清逸"②;张镃说它"瑰奇警迈,清新闲婉";缪荃孙说它"轶丽"③;郭频伽说它"华缛"④;张德瀛说它"幽秀"⑤;谢章铤说它"绮思"……如果就其主导风格来说,

---

① 刘永济:《词论》,上海古籍出版社1981版,132页。
② 毛晋:《宋六十名家词选·梅溪词跋》。
③ 缪荃孙:《宋元三十一家词序》。
④ 江顺诒:《词学集成》引。
⑤ 张德瀛:《词徵》。

这些说法都有道理。近人用"婉秀新巧"来概括,则更为恰切。但是,这些都不能全面概括《梅溪词》多样化的艺术风格。在苏辛词风影响下,他的那些渴望统一祖国、收复家园的作品,那些控诉自己不幸遭遇的作品,还明显具有"沉郁顿挫、温厚缠绵"的特点。

国家残破、故园沦陷,像一块千斤巨石压在词人的心头,因而他的许多作品都写得极悲极郁。如:《湘江静》中"碧袖一声歌,石城怨,西风随去。沧波荡晚,菰蒲弄秋,还重到,断魂处。"又:"三年梦冷,孤吟意短,屡烟钟津鼓。屐齿厌登临,移橙后,几番凉雨。"词人笔下的主客观世界都一样悲凉、凄清,构成一种令人读之下泪的意境。又如:《临江仙》的结句:"枉教装得旧时多,向来箫鼓地,犹见柳婆娑。"也温厚缠绵,慷慨生哀。《梅溪词》中的这类作品,有的还写得很悲壮激烈。如《满江红·书怀》:

> 好领青衫,全不向、诗书中得。还也费、区区造物,许多心力。未暇买田清颍尾,尚须索米长安陌。有当时、黄卷满前头,多惭德。　　思往事,嗟儿剧。怜牛后,怀鸡肋。奈稜稜虎豹,九重九隔。三径就荒秋自好,一钱不直贫相逼。对黄花、常待不吟诗,诗成癖。

这首词,是一个封建社会不得志的知识分子的愤怒控诉。这里有的是冷嘲热讽,有的是满腹牢骚。又如《满江红·中秋夜潮》,也写得慷慨激烈,豪迈奔放。这两首词,显然不属于婉约派的作品,而更多豪放派的风格。此外还有一些词也都具有这样的特点,都可以看出受辛弃疾词风的影响。

具有多样化的风格,往往是一个成熟的大作家才具备的。史达祖正以他高度的艺术成就,成为雄峙于南宋词坛的一位大家。但是也应当看到,梅溪的一部分词作"多涉尖巧",琢句太过,流于晦涩。同时气骨较弱,言愁说恨之处较多,格调显得低沉。这也是不容讳言的。

四

《梅溪词》思想艺术上的突出成就,使人们曾对它作出很高的评价,并对后世产生了深远的影响。

当时著名词人姜夔就曾称赞《梅溪词》"奇秀清逸,有李长吉之韵,盖能融情景于一家,会句意于两得"①。张镃《梅溪词序》则说:"生之作,情辞俱

---

① 丁绍仪:《听秋声馆词话》。

到,织绡泉底,去尘眼中,妥帖轻圆","有瑰奇警迈,清新闲婉之长,而无诡荡污淫之失。端可以分镳清真,平睨方回,纷纷三变行辈几不足比数"。张炎也对他推崇备至,并特别称赏其语言和咏物、咏节序之作。

元代陆辅之《词旨》一书则着重肯定其句法。他说:"周清真之典丽,姜白石之骚雅,史梅溪之句法,吴梦窗之字面,取四家之所长,去四家之所短,此翁之要诀。"他还摘录《梅溪词》十处对句、警句和词眼,作为填词的楷模。

明代文学家杨慎,出版家毛晋,也都对它作了肯定的结论。杨慎《词品》摘引《梅溪词》许多精句后说:"语精字炼,岂易及耶?"他在引证姜夔上述评论后又说:"姜亦当时词手,而服之如此。"毛晋在《梅溪词跋》里说:"余幼读《双双燕》词,便心醉梅溪。今读其全集,如'醉玉生春','柳发梳月'等语,则'柳昏花暝'之句,又不足多矣。"在他编印的《宋六十名家词选》中,《梅溪词》全部入选,总数仅居吴文英之后。

清人对它的评价则更高。王士祯不仅称他为"南渡后词家冠冕",他在《花草蒙拾》中又说:"宋南渡后,梅溪、白石、竹屋、梦窗诸子,极妍尽态,反有秦李未到者。虽神韵天然处或减,要自令人有观止之叹。正如唐绝句,至晚唐刘宾客、杜京兆,妙处反进青莲、龙标一尘。"彭孙遹《金粟词话》说:"南宋词人如白石、梅溪、竹屋、梦窗、竹山诸家之中,当以史邦卿为第一。"陈廷焯《白雨斋词话》说:"词有表里俱佳,文质适中者,温飞卿、秦少游、周美成、黄公度、姜白石、史梅溪、吴梦窗……是也,词中之上乘也。"又说:"读白石、梅溪、碧山、玉田词,如饮醇醪,清而不薄,厚而不滞。"冯煦《蒿庵词话》在引了陈子龙、张纲孙、毛先舒等人论词的意见后说:"诸家所论,未尝专属一人,而求之两宋,惟《片玉》、《梅溪》足以备之。"以上评价均有失之过当之处,但可以看出《梅溪词》在清人心目中的地位。

梅溪的词风及其创作方法,对后世也曾产生过深远的影响。稍后于他的词人吴文英,爱用梅溪所创的词调填词,并步其原韵。同时他琢句炼字、追求新巧的词风也显然受了梅溪的影响。南宋末年的词人张炎,在讲究词的清空和句法,运用虚字,以词咏物、咏节序等方面,显然亦曾效法梅溪。史达祖对南宋后期清空词风的形成,是作出很大贡献的。

《梅溪词》对元代词曲的创作也曾产生一定程度的影响,元曲中也能找到一些梅溪所创的词语。他对元代著名词人张翥的影响也比较大。张翥的部分词作,风格与梅溪非常相似,如《摸鱼儿·春日西湖泛舟》、《绮罗香·雨中舟次洹上》和他的一些咏物词,其气韵风度,与《梅溪词》中同类题材的作品,颇为相似。

受梅溪词风影响最大的还是清代的词人。清代是我国诗歌创作的又一个高峰,其词的创作是继两宋词之后,数量最大、流派众多、成就最高的。对清代词坛影响最大的便是以姜夔、史达祖、张炎为代表的"清空"词风。从清初直至清代中叶,浙西词派曾长期统治词坛,其首领朱彝尊便宣称:"吾最爱姜史。"①他还曾仿梅溪《燕归梁》("独卧秋窗")词意而作《桂殿秋》云:"思往事,渡江干。青蛾低映越山看。共眠一舸听秋雨,小簟轻衾各自寒。"②神韵格调也与梅溪相似。继他之后,厉鹗成为词坛领袖,他受梅溪词风影响更深,以至吴允嘉说他:"琢句之隽,选字之新,直与梅溪、草窗争雄长矣。"③也有人说他的词是沐浴白石、梅溪而出之。在他们的倡导和影响下先后产生的浙西词派、吴中七子、小山词社……无不推崇姜史。吴中七子中的闰生,更专尚梅溪。时无锡人王宛先也深受梅溪的影响。如他的《绮罗香》:

> 对月魂销,寻花梦短,此地恰逢春暮。绝胜湖山,能几回留住? 吊苏小,红粉西陵,咏江令,绿波南浦。看纷纷油壁青骢,六桥总是断肠路。　　重来楼上临眺,指点斜阳处,扁舟归渡。过雨垂杨,换尽旧时眉妩。牵愁绪,双燕来时,萦别恨,一莺啼处。为情痴,欲去还留,对空樽自语。④

这首词不仅词风、用语与梅溪酷似,而且完全步其原韵,只字不改。这在当时成了一种风气。有些词人甚至直接从《梅溪词》中借词语、搬句法。如吴江沈方思《虞美人·莲泾阻雨》云:"天公也似太多情,拚得柳昏花暝滞人行。"其中"柳昏花暝"用梅溪句。又如陈同叔《东风第一枝》云:"困柳将烟,娇梅乍雪,韶芳催送如许",其中"困柳将烟",只是将梅溪句"将烟困柳"颠倒了一下。《词苑萃编》还转录汪蛟门梦中听卫氏姐妹唱梅溪词《双双燕》的故事,并步梅溪韵填了一首《双双燕》来记梦。所以《赌棋山庄词话》说:"且今之为此者,动曰:'吾瓣香姜史也。'"又说:"雍正乾隆间词学奉樊榭为赤帜,家白石而户梅溪矣。"当然这种说法可能有点夸大,但梅溪词在当时的

---

① 谢章铤:《赌棋山庄集·词话》。
② 江顺诒:《词学集成》引。
③ 冯金伯:《词花粹编》。
④ 吴衡照:《莲子居词话》。

影响肯定是相当大的。

这种影响,当然应当加以分析。梅溪成功的创作经验,词中健康的思想内容,可以产生积极的影响,反之,其过于追求尖巧清新、过分地琢句炼字等做法,也产生了一定恶果。上书还有这样的记载:"至今日浙派盛行,专以咏物为能事,胪列故实,铺张鄙谚,词之真种子殆将淹没。"又说:"小山词社诸君亦多揣摩南宋,然得髓者殊未见也。……若徒字句修洁,声韵圆转,而置立意于不讲,则亦姜史之皮毛,周张之枝叶已。虽不纤靡,亦且浮腻;虽不叫嚣,亦且薄弱。"《词选跋》也说:"近世为词,厥有三弊:……规模物类,依托歌舞,哀乐不衷,其性虑叹,无与乎情,连章累篇,义不出乎花鸟;感物指事,理不外乎酬应。虽既雅而不艳,斯有句而无章,是谓游词,其弊三也。"这种弊病,便属姜史之末派。当然,这不能全怪白石、梅溪,但他们词作中的缺点,也确是产生这种弊端的原因之一。

明珠有玷不灭其光辉,碧玉微瑕不没其身价。史达祖积极献身祖国的统一事业,并以其出色的词作在中国诗歌史上作出了卓越的贡献,他的人品不应当继续遭人非议,其杰出的艺术成就应当得到充分的肯定。

(《吉林大学社会科学丛刊》第 6 期《中国古典诗歌论文集》,1983 年)

王步高诗文集

试析史达祖"梅溪"之号的来历

史达祖是南宋中叶著名词人,字邦卿,号梅溪,汴(今河南开封)人。对于其身世,笔者已多有考证,但其何以号梅溪,久难索解,古人也从未言及。笔者在完成《梅溪词校注》和《梅溪词研究》时,注意到史达祖与"梅"、"竹"有着特殊的因缘,其词中咏"梅"言"梅"多达 31 首,竟占其作品的四分之一以上;声及"竹"之处也有 14 首之多。其中言"梅"时又多次言及"南溪"。这与其爱情及身世有关,由此亦可探得其"梅溪"之号的来历。

史达祖与"梅"的特殊因缘

词产生之始,便是一种最适合歌咏爱情的文学体裁。欧阳炯《花间集序》里便指出:"有唐以降,率土之滨,家家之香径春风,宁寻越艳;处处之红楼夜月,自锁嫦娥。"唯其如此,"词为艳科"成了除少数改革家以外,宋代词人自觉遵守的词林教条。史达祖作为格律派词人,自然以爱情词为其当行本色。虽然史达祖的咏物词久享盛名,但其词风的形成,更多是由其爱情词决定的。在《梅溪词》112 首之中,专门吟咏爱情的作品便占了 60 多首,而其他咏物、咏节序之作中也多含有爱情的成分。梅溪的爱情之作,与"梅"有着密切的关系。试举数例:"旧时明月旧时身,旧时梅萼新。旧时月底似梅人,梅春人不春。"(《阮郎归·月下感事》)"但起来,梅发窗前,哽咽疑是君。"(《忆瑶姬·骑省之悼也》)"吴梅初试涧谷春。夜幽幽,江雁叫云,人正在、孤窗底,被秾愁、醺破醉魂。"(《恋绣衾》)《梅溪词》中还有几首专门咏梅之作,其他词作中也多处提及"梅"字,如:"人若梅娇。"(《换巢鸾凤》)"想日暮、梅花孤瘦。还静倚、修竹相思,盈盈翠袖。"(《玉烛新》)"闭门明月关心,倚窗小梅索句。"(《东风第一枝·灯夕清坐》)他性好梅花是毋庸置疑的。

集中咏梅之作还与"溪"紧密联系在一起,最典型的是《留春令·咏梅花》："故人溪上，挂愁无奈，烟梢月树。一涓春水点黄昏，便没顿、相思处。

曾把芳心深相许。故梦劳思苦。闻说东风亦多情，被竹外，香留住。"词中有"相思"、"芳心"等，显系借梅花以吟咏所怀想的女性。从"挂愁无奈"、"便没顿、相思处"看，所思者可能已不在人世。她大概生前酷爱梅花或死于梅花盛开的季节，故梅溪的悼亡之作大都写于春季，且多与梅柳相联系。耐人寻味的是这里将"梅"与"溪"相联系，咏梅花而言"故人溪上"。《玉烛新》亦曰："越溪近远，空频向、过雁风边回首……临风话旧，想日暮、梅花孤瘦。"《换巢鸾凤·梅意》词中亦有："人若梅娇。正愁横断坞，梦绕溪桥。"这几处均是将"梅"与"溪"两个意象糅合在一起。而将"梅溪"二字连用，集中仅有一处："谁写梅溪字字香？沙边幽梦，常恁芬芳。不知花解伴昏黄。"

而史达祖爱情词常提及"南溪"之名，似乎此"南溪"即前词所言之有梅之溪。例如："裙边竹叶多应剩。怪南溪见后，无个再来芳信。"（《贺新郎》）"芳心一寸，相思后，总灰尽。奈春风多事，吹花摇柳，也把幽情暗引。对南溪桃萼翻红，又成瘦损。"（《瑞鹤仙》）"相逢南溪上，桃花嫩、娇样浅淡罗衣。"（《风流子》）这些词中的"南溪"与前文言及"梅"与"溪"的一些词作，其中涉及的似乎是同一女性，应是史达祖的妻子或情人。

史达祖与"竹"的特殊因缘

苏东坡《於潜绿筠轩》诗有云："可使食无肉，不可使居无竹。无肉令人瘦，无竹令人俗。"此诗熙宁六年（1073）作于杭州，於潜为古县名，在杭州附近。无独有偶，史达祖对"竹"也情有独钟。如："可堪竹院题诗，藓阶听雨，寸心外，安愁无地。"（《祝英台近》）"坠絮孳萍，狂鞭孕竹，偷移红紫池亭。"（《庆清朝》）"雨入愁边，翠树晚，无人风叶如翦。竹尾通凉，却怕小帘低卷。"（《玲珑四犯》）更耐人寻味的是，"竹"的出现常与"梅"、"溪"、"南溪"联系在一起。如："裙边竹叶多应剩。怪南溪见后，无个再来芳信。"（《贺新郎》）"越溪近远……想日暮，梅花孤瘦。还静倚、修竹相思，盈盈翠袖。"（《玉烛新》）"谁写梅溪字字香……如今竹外怕思量，谷里佳人，一片冰霜。"（《一剪梅》）这其中似乎不仅仅是个人好恶，而应与词人的人生经历和生活环境有关。史达祖的生活环境中应当不只是有象征性的一两株梅花或几竿竹，而是梅、竹成了他生活中不可或缺的一个部分，以致他的爱情、身世经历均打上"梅"与"竹"的印记，而且与"南溪"、"梅溪"有关。

"南溪"、"梅溪"均在浙江安吉县境内。南溪是西苕溪的一条支流，梅溪则是西苕溪两支流会合处的一座古镇。安吉会不会是史达祖旧居之所在，甚至是其出生地，至少也是其号梅溪的来历呢？我们不妨先从"梅"、"竹"几方面加以考察。

先言"梅"。据《湖州府志》载："烟霞坞，武康刘颖士别业，谷口梅花十余里。紫梅溪在归安县（今浙江湖州市）东北三十里，上多生梅，每岁或开紫花一枝，故名。"这紫梅溪即位于今梅溪镇。民国年间，梅溪镇一度改名紫梅镇。梅溪唐代就已设镇，驻兵戍守。宋代已是商业兴盛、人烟稠密的市镇。"烟霞坞"之名与今安吉一带地名十分相似。安吉县东不远（靠杭州）便有烟霞洞。安吉县内今地名中仍有大量名"坞"者，如"横溪坞"、"化家坞"、"禹山坞"、"深溪坞"、"东坞"、"西坞"、"景坞"、"东坞里"、"高坞岭"、"施家坞"、"横山坞"等。如今安吉还有一个乡名"赤坞"。安吉县境内村名中含"梅"的也不少，如"梅溪"、"梅村"、"梅园"、"梅村边"、"梅康桥"、"上梅"、"梅坞"等。安吉在宋代还以产杨梅著称。

再言"竹"。安吉也盛产竹，自古以来即为著名竹乡。白居易《食笋诗》云："此州乃竹乡，春笋满山谷。山夫折盈抱，抱来早市鬻。"此州即湖州。安吉县是湖州最主要的产竹县。明董斯张《咏竹漾注》载："梅溪路多种竹，翳荟十余里，几不可睹天日。"

安吉不但溪水多，叫"溪"的地名更多。宋代"乡镇"及"里"一级古地名中除梅溪镇外，还有梅溪乡、侯溪里、仙溪里等，今天安吉县仅乡镇一级单位就有五个名中含"溪"字，如梅溪镇、荆溪乡、溪龙乡、丰食溪乡、磻溪乡。这与《梅溪词》中多"梅"、多"溪"、多"竹"的情况完全一致。

安吉梅溪即史达祖旧居的可能性

史达祖乃汴京人，又何从来到安吉的呢？史达祖的前辈很可能是靖康之变以后随宋高宗南渡而来。据今人考证，安吉县有不少种姓便是南宋初年从北方移民而来。史达祖的先人大约也是此时南迁，史姓的郡望为安徽宣城，安吉与宣城相邻，曾同属丹阳郡，宣城还是丹阳郡治，"史"姓南迁至郡望之所亦合情合理。

关于史达祖的生平资料是很少的，正面解决这一问题殊非易事。史达祖与同时的著名词人姜夔、张镃有交往，从中似可求得帮助。姜夔曾在湖州、苕溪一带长期居住。姜夔《探春慢》词小序有"丙午（淳熙十三年，公元1186年）冬，千岩老人约予过苕雪，岁晚乘涛载雪而下，顾念依依，殆不能

卷四　诗词研究

去"。又于淳熙十四年(1187)夏、淳熙十五年、淳熙十六年、绍熙元年(1190)多次住湖州。他后来卜居"白石洞天",其号"白石"即缘于此。绍熙二年(1191)除夕,自石湖归湖州,作十绝句。绍熙三年(1192),仍居湖州。按本人考订,史达祖小姜夔8岁左右,姜夔居湖州时,史达祖约当23岁到30岁。史达祖与姜夔交往,当在这一时期。姜夔曾为《梅溪词》作序,称其词"奇秀清逸,有李长吉之韵,盖能融情景于一家,会句意于两得",也当在这一时期。

姜夔以"白石洞天"之"白石"为号,史达祖以所居之地"梅溪镇"而号"梅溪"也就十分自然了。况且,梅溪一地,还将杨万里、王十朋、韩淲等三位南宋重要文人均联系到一起。杨万里《荆溪集》中有一首《雪后寻梅》诗,诗中云:"去年看梅南溪北,月作主人梅作客。今年看梅荆溪西,玉为风骨雪为衣。"韩淲《涧泉词》中也有一首《生查子·梅溪橘阁词》:"霜叶柳塘风,烟蕊梅溪渡。茅店问村醪,未许空归去。   倚杖小徘徊,写我吟边句。醉眼复何之,落日孤鸿处。"杨万里、韩淲均是姜夔的朋友,与史达祖有无交往尚不可知,他们均到过梅溪,杨万里还在荆溪(与梅溪镇为邻乡)一带长期生活过,却是事实。梅溪镇距湖州50里,距临安(今杭州)150里,作为当时不居高位的文人暂住之地是非常合适的。

言至此,便不难联想起宋人陈造《题史骑诗卷后》的一首诗:"平生一士万金多,更恨诗人饿涧薖。羁旅忽成开笑口,软红尘底得阴何。"这首诗似乎针对史达祖早年在安吉的一段情事而言的。"饿涧薖"有隐居受穷之义。而安吉四周多山,有多座高达1500米以上,西苕溪及其支流南溪均处涧谷中,梅溪镇周围虽稍平缓,也多二三百米的小山,镇亦处溪谷山涧之旁。史达祖是异乡人寄寓于安吉,称其为"羁旅"亦所当然。在安吉县梅溪镇附近的一段生活是史达祖步入仕途之前的一段穷困卑贱也不为人所知的时期,又是其爱情词创作的兴盛期。入仕之后,他词作的题材就大为开阔了,尤其是他随李壁使金途中的作品。

综上所论,史达祖号"梅溪"当在淳熙十六年(1189)前后。张镃于嘉泰元年辛酉(1201)为《梅溪词》作序,史达祖此时已号"梅溪"。史达祖何时离开安吉而求职于临安,则尚须作进一步考证。

得知史达祖"梅溪"之号的来历,弄清史达祖在安吉县梅溪镇的这段经历,不仅对史氏早年的生活经历可以有全新的了解,而且对其词集中三分之一左右作品的写作背景及本事也可以有较确切的理解。

(《江海学刊》,2001年第2期)

494

史达祖身世考辨

史达祖是南宋后期词坛的杰出作家,也是一位主张抗金、积极支持北伐统一祖国的爱国志士。但是由于开禧北伐的失败,韩侂胄遇害,他和许多主战派人物一样受到株连。生前他被投降派枉加罪名,逮捕入狱,黥面流放,含恨而死;身后又被道学家及不明真相者巧诋苛绳,横遭种种无端的攻讦和诬蔑。直至解放以后,还有人指责他"依附权奸","品格不高"。其实,这些罪名和指责都是不符合事实的。我们应当对史达祖给予实事求是的分析和评价,给他在中国文学史,特别是宋词发展史上以适当的地位。

一

史达祖,字邦卿,号梅溪,原籍开封(汴京),寓居杭州。《宋史》无传,前人对其生平知之甚少。现根据野史、笔记的零星记载及其作品作几点考证如下。

(一) **生年**

梅溪的生年一直不能确定。胡适认为:

> 今本《梅溪集》有嘉泰辛酉(1201)张镃的序,序中有"余老矣,生须发未白"的话。集中无年月,只有《东风第一枝》题"壬戌开(当作润)腊望,雨中立癸亥春,与高宾王各赋",壬戌为嘉泰二年(1202),大概史氏生当 1155 年上下,死于 1220 年左右。(胡适《词选》)

张镃所作《梅溪词序》是研究史达祖生平的重要材料。胡适注意到序中"余老矣,生须发未白"的话,已见出梅溪比张镃年轻,但因不知张镃生年,故其结论"史氏生当 1155 年上下"是错误的。今人据方回《读张功父南湖集》中"南湖生于绍兴癸酉。"(《桐江续集》卷八)(南湖乃张镃之号)及张镃《临江仙》词题中"余年三十二,岁在甲辰",而断定张镃生于1153年,嘉泰元年(1201)为《梅溪词》作序时四十八岁。梅溪比张镃年轻,且"须发未白",故当时应在四十岁以下。若如胡适所说,史达祖仅比张镃小两岁,"余老矣,生须发未白"之说便难以解释。序中还引史达祖的话说"某自冠时,闻约斋(张镃)之号,今亦既有年矣"。古时男子二十岁行冠礼,"既有年矣"意为已有多年,史达祖当时也应不下三十岁。据此推算,史达祖以比张镃年轻十岁为宜,嘉泰元年时三十八岁左右。由此上推,史达祖约生于1163年前后。

高观国《东风第一枝·为梅溪寿》云:"玉洁生英,冰清孕秀,一枝天地春早。"可知梅溪的生日当在早春时节。

(二)行踪

首先,梅溪曾在扬州生活过。对此史书没有记载,而《梅溪词》中屡次提到扬州的特产、水名和有关典实,颇能说明这一点。

梅溪《菩萨蛮》所赋之玉蕊花便是扬州特产。从唐代以来,玉蕊花最著名者仅长安、扬州二处。长安有唐昌观,以玄宗女唐昌公主而得名,观中有公主手植之玉蕊花。然而,梅溪生活在南宋后期,长安沦陷已久,观中是否仍有玉蕊已不可知。且史达祖一生未到过长安,必不能亲睹唐昌观之玉蕊。而与唐昌观齐名者惟扬州后土祠。宋时此处玉蕊尚存,宋人对此多有记载。葛立方说:"琼花,唯扬州后土祠中有之。"宋次道解释:"琼花,一名玉蕊。"(《韵语阳秋》)宋敏求说:"扬州后土庙,有琼花一株。或云:自唐所植,即李卫公所谓玉蕊花也。"(《春明退朝录》)苏东坡《瑞香词》中也有"后土祠中玉蕊花"之句。梅溪以后的南宋词人刘克庄有一首《贺新郎·琼花》,词中说:"忆曾将、淮南草木,笔端笼络。后土祠中明月夜,忽有瑶姬跨鹤。"显然所咏为后土祠之琼花。由此可见,梅溪所咏,也是扬州后土祠之玉蕊花。这是他曾到过扬州的证据之一。

《梅溪词》中也曾多处提到扬州的水名和地名。如:

> 官河不碍遗鞭路。(《青玉案》)
> 又催唤、官河兰艇。(《贺新郎》)
> 真须吟就绿杨篇,湾头寄小怜。(《阮郎归》)

"官河"乃扬州水名。据《读史方舆纪要》载:"官河府东南二里,古邗沟也,即春秋时吴通江淮之处。"绍兴五年还疏浚过。韦庄《过扬州》诗云:"二十四桥空寂寂,绿杨摧折旧官河。"而"湾头"亦为扬州地名。"湾头寄小怜"虽化用李贺《冯小怜》诗成句,也与扬州有关。因"湾头"又名茱萸湾,是扬州府东北十五里的一个镇。《元和郡县志》载:(茱萸湾)"隋仁寿四年,开此以通漕,一名湾口,一名湾头,亦曰东塘。"词中一再提到扬州的水名和地名,也是词人曾在扬州生活过的又一证据。

尤应注意的是《梅溪词》中还有两处曾明确提到过扬州:

> 旧游帘幕记扬州。一灯人著梦,双燕月当楼。(《临江仙》)
> 年来梦里扬州,怕事随歌残,情趁云冷。(《南浦》)

"旧游帘幕记扬州"句说得很明白,扬州是旧游之地,他曾像唐代诗人杜牧一样,在那里生活过较长一段时间,所以词人也用杜牧的典故来表示对这段生活的回忆。如:"踪迹。漫记忆,老了杜郎,忍听东风笛。"(《喜迁莺》)"年来梦里扬州"句则表明离开扬州后,他还时常梦魂系之。但其在扬州生活的详情已不可考。

其次,梅溪青年时期曾游过山阴(今浙江绍兴),这在他的词作中也有明确反映。如:

> 旧游忆著山阴,后盟遂妨上苑。(《东风第一枝·咏春雪》)
> 梨花不碍东城月。(《菩萨蛮》)

这里的头两句从字面上看,似乎是用王子猷山阴雪夜访戴逵的典故,其实并不尽然。词中以"旧游"与"后盟"对举,后句显然不用典,前句亦不全系用典,而有实指的意思。"旧游忆著山阴"句,明确说出山阴乃词人旧游之地。而后一首之《菩萨蛮》,便是这一时期的作品。"梨花不碍东城月"一句中,"东城"便指浙江绍兴县之东关。梨花开在春季,可见梅溪游山阴当为他青年时期的某年春天。后来他咏春雪,联想起昔日山阴春游,想起王子猷雪夜访友的佳话,便是再自然不过的了。史达祖的好友高观国正是山阴人,青年时期生活在那里,并留下一些词作。史达祖游山阴时已结识他,并于此同游。后来他与高游西湖,也曾回忆过这段生活:

截取断虹堪作钓,待玉夵,今夜来时节。也胜钓,石城月。

(《贺新郎·湖上高宾王、赵子野同赋》)

词中的"石城",乃城名,在浙江绍兴县东北三十里的石城山下,此乃越王勾践之遗迹,又名"石头城"。这里显然是与老友回忆旧游的口吻。因此,山阴是梅溪的旧游之地,是毋庸置疑的。

再次,梅溪中年时期曾在荆楚一带生活过较长时间。对此史书同样没有记载,但我们细读《梅溪词》则不难发现,词中提到荆楚一带的地名、物产、风俗和关于这一带的典故极多。例如:单以"楚"字构成的词语就有"楚竹"、"楚云"、"楚香"、"楚领"、"楚衣"、"楚梦"、"楚殿"、"楚榭"、"楚兰"、"楚袖"等等。此外再如:"南城"、"秦城"、"江城"、"荆江"、"汉江"、"鸳鸯浦"、"桃源"、"瑶姬"……亦均与楚地有关,这应当不是偶然的。从广义上说,"楚"可以泛指江南一带,有时甚至包括吴越在内。这往往出于诗词中声律的需要。而《梅溪词》中也有"吴霜"、"吴天"、"越人"、"越溪"等字样,可见他并非总喜欢以"楚"来代吴越。除某些纯属用典或成句所及者外,某些用"楚"组成的词或词组,应与荆楚一带的情事有关,也就是说乃实指。如:

汉江侧。月弄仙人佩色。含情久,摇曳楚衣,天水空濛染娇碧。

(《兰陵王》)

荆江未远。想橘友荒凉,木奴嗟怨。(《齐天乐·赋橙》)

词中同时用到"汉江侧"和"楚衣",显然不会是泛指,古人也没有用"汉江"泛指南方江河、以"楚衣"泛指南方之衣的习惯。《兰陵王》应作于楚地,此处的"汉江"应是实指。后一首词中又明说"荆江未远"。"荆江"是长江自湖北枝江至湖南省岳阳县城陵矶段的别称,此句也说明词人在距荆江不远处生活过。这些都应与梅溪身世有关。

高观国有一首《八归·重阳前二日怀梅溪》,词中说,"楚峰翠冷,吴波烟远,吹袂万里西风。关河迥隔新愁外,遥怜倦客音尘,未见征鸿。"词中以"吴波"与"楚峰"对举,此处之"楚峰"当专指荆楚一带的山峰,而不应包括吴越之山在内。如果此说成立,可见当时梅溪正在楚地。"遥怜倦客音尘"句也说明梅溪正在客中。而"遥怜"与"关河迥隔"都说明梅溪远在他乡。若梅溪正客居楚地,与这段词意便相吻合。

梅溪的名作《秋霁》也可以向我们提供关于他在荆楚生活的线索：

> 江水苍苍，望倦柳愁荷，共感秋色。废阁先凉，古帘空暮，雁程最嫌风力。故园信息。爱渠入眼南山碧。念上国。谁是、脍鲈江汉未归客？
>
> 还又岁晚，瘦骨临风，夜闻秋声，吹动岑寂。露蛩悲，清灯冷屋，翻书愁上鬓毛白。年少俊游浑断得。但可怜处，无奈苒苒魂惊，采香南浦，剪梅烟驿。

从词中"翻书愁上鬓毛白"和"年少俊游浑断得"二句可以看出，此乃梅溪中年时期的作品。词中称"故园信息"、"念上国"，可见词人当时正远离家乡，远离京都。而"江水苍苍"句说明他当时位处江边。"谁是、脍鲈江汉未归客"句，乃反用张翰的典故，词人并非期望归隐，而是由张翰可以回吴中家乡享用莼羹、脍鲈而生思乡之念。尽管这句开头有"谁是"二字，此乃反躬自问。江汉未归之客正是词人自己。可见词人当时正客居江汉。词中还以一系列凄凉阴冷的画面来揭示出自己处境的不幸和地位的低下。陈匪石在论及这一句时也曾说："惟'汉'字似无着落，'寻留别'之《水龙吟》有'楚江南'之语，梅溪于荆楚间必有故实，惜不可考耳。"（《宋词举》）这种推测是有道理的。梅溪中年当在荆楚一带生活过一个时期。他的行踪当从汉水到湘江北部沿长江两岸一带。《兰陵王》乃与张镃唱和之作，如果他没有多次到过荆楚，那么他来这里是嘉泰元年认识张镃之后。他认识张镃时"须发未白"，而这时已"鬓毛白"也是一证。至少他在结识张镃后到过荆楚，这是毫无疑义的。

（三）使金

史达祖曾作为贺生辰使节的随员使金。当时宋朝每年派遣生辰使，贺金九月初一天寿节，除使副二人外，随员分上中下三节。据《宋会要》载："上中节许差文武官及使副所领职局人吏，候回程各转一官。"按梅溪的职别，当为上中节随员。高观国有一首《雨中花》，大概是为梅溪送行之作，也可清楚说明这一点。词中说：

> 旆拂西风，客应星汉，行参玉节征鞍。缓带轻裘，争看盛世衣冠。吟倦西湖风月，去看北塞关山。过离宫禾黍，故垒烟尘，有泪应弹。　文章俊伟，颖露囊锥，名动万里呼韩。知素有，平戎手段，小试何难。情寄

吴梅香冷,梦随陇雁霜寒。立勋未晚,归来依旧,酒社诗坛。

这首词中明点出节令是秋天;行人的身份是使节的随员,同时又是吟惯西湖风月的诗人,酒社诗坛上的好友;出使的地点是"北塞";出使途中将经过故都汴京。这些都与史达祖使金完全吻合。词中对史达祖的文学和政治才干作了极高的评价,并寄予厚望,可见史达祖应是重要随员。《四库提要》认为"必李璧使金之时,侂胄遣之随行觇国",是比较可信的。这次使金,使梅溪脱颖而出,政治才干牛刀小试。这也是他受韩侂胄器重的开始。

据《宋史·宁宗纪》载,李璧受命使金为开禧元年六月十三日,史达祖被选派作其随员当在此之后。集中有一首《齐天乐·湖上即席分韵得羽字》,当是离京之前,作于友人的送别宴上。词中说"阑干斜照未满","问因甚参差,暂成离阻。夜色空庭,待归听俊语"。"待归听俊语"和"暂成离阻"乃暗示将出使离京。他还有一首《龙吟曲·陪节欲行留别社友》,词中有"同社诗囊,小窗针线,断肠秋早"之句。古时妇女有七夕穿针乞巧的风俗。崔颢《七夕》诗:"长安城中月如练,家家此夜持针线。"故梅溪词中之"小窗针线"应指七夕穿针。可见这首词应作于七月初七。梅溪之《鹊桥仙·七夕舟中》也当作于这一天启行之后。词中谓:"却推离恨下人间,第一个、黄昏过了。舟行有恨,愁来无限。去去长安渐杳。"这里以"长安"代"临安",更进一步说明史达祖等离京上路是七月初七,故词中说"第一个黄昏"。几天后,船抵镇江,他怀念亲人,又写下《玲珑四犯·京口寄所思》,抒发告别江南的"离绪"。

离镇江后北行的路线,据楼钥、范成大、周辉等的记载,大致先乘船经扬州、高邮、宝应、楚州、盱眙,然后渡淮到泗州,改乘车马经临淮、虹县、宿州、永城、归德、雍丘、陈留、汴京、胙城,渡黄河后再经相州、邯郸、沙河、内丘、栾城,八月十五日至真定府。在真定驿站里,梅溪写下了《齐天乐·中秋宿真定驿》。高观国有词《齐天乐·中秋夜怀梅溪》云"古驿烟寒,幽垣梦冷","想斗插天南,雁横辽水",当与梅溪《齐天乐》为异地同时之作。

据《金史·交聘表》载:李璧一行抵达金都为闰八月二十七日。梅溪《惜黄花·九月七日定兴道中》云:"尚依稀、是来时,梦中行路。"楼钥《北行日记》载,贺节以后,使者一般五日入辞,六日赐宴上路,当晚宿良乡县,七日宿定兴县。所以这首词乃作于贺天寿节后,返程还至定兴时。几天后,再次途经河南卫县境内,又写下《鹧鸪天·卫县道中》。梅溪另一首北行词《满江红·九月二十一日出京怀古》,乃词人返程途经汴京作。据楼钥、范成大记述推算,李壁、史达祖一行返回临安当在开禧元年十月底至十一月初。

(四) 任职中书省

史达祖曾任中书省堂吏,这是一个很卑下的官职。

堂吏,又称省吏,即堂后官。宋代堂吏常用士人充任。王栐《燕翼诒谋录》指出:"祖宗重堂后官,更用士人。"堂吏虽居朝廷,但官位很低,而且人数众多。《宋史·职官志》载:"建炎三年指挥,中书门下省并为一。中书省录事、主事、令史、书令史、守当官共四十三人;门下省录事、主事、令史、书令史、守当官共四十六人,依祖额以八十九人为额。守阙、守当官两省各一百人,共存留一百五十人,中书省六分,门下省四分。"又据《建炎以来朝野杂记》载:"堂后官,谓三省诸房都录事也,补职及一年改宣教郎,满五年愿出职者与通判,十年以上与郡。建炎初,李伯纪(纲)为相,建请堂吏出职止通判,从之,迄今不改。"《宋史·职官志》又说:"中书门下省录事,尚书省都事为正八品,三省枢密院主事、守阙主事、令史、书令史,为从八品。"由此可知,中书省堂吏官卑职微,俸禄微薄。因此,他写于这一时期的作品常流露出不得志的牢骚。

梅溪受知于韩侂胄乃任中书省堂吏后期。对此,史书记载不尽准确。《宋史记事本末》载:"嘉泰三年五月,以陈自强为右丞相。……(陈自强)每称侂胄为恩主、恩父,苏师旦为叔,堂吏史达祖为兄。"《两朝纲目备要》、《续通志》等记载大致相同。据此记载,似乎史达祖嘉泰三年(1203)时已地位显赫,以至丞相呼之为兄。此乃误记,并不可信。前此两年的《梅溪词序》还说:"若览斯集者,不梏于玄黄牝牡,哀沉而悼未遇。"两年间,不经科举,便一跃而成为如此有权势的人物,这是令人难以置信的。况且直至陈自强为右丞相两年后史达祖使金,也只是礼部侍郎李壁、广州观察使林仲虎的随员而已。他受到韩侂胄的信任,始于使金前后,而受到重用,则要更晚一些。《四朝闻见录》"侂胄、师旦、周筠等本末"条载:"师旦既逐,韩为平章,事无决,专倚省吏史邦卿奉行文字,拟帖拟旨,俱出其手。权炙缙绅,侍从简札,至用申呈。"同书"雷孝友上言"条又载:"苏师旦既逐之后,堂吏史达祖、耿柽、董如璧三名,随即用事。"这两条记载应是可信的,而苏师旦被逐是在开禧二年,对此,《续通鉴》有如下记载:

> 韩侂胄既丧师,始觉为苏师旦所误……秋七月辛巳,罢师旦,籍其家。旬日,除名,韶州安置。

由此可知,史达祖大受韩侂胄的重用始于开禧二年七月,这距离史弥远政变仅一年零三个月。

韩侂胄遇害以后,史达祖也被株连治罪。对此,《宋会要》载:

> (开禧三年十一月三日)诛韩侂胄……陈自强谪武泰军节度副使,永州居住,苏师旦……令广州提刑躬亲处斩,王璆送临安府,史达祖等送大理寺根究。

《四朝闻见录》载:

> 十一月十五日三省同奉圣旨……史达祖、耿柽、董如璧并送大理寺根究。"时有李其姓者,尝与史游,于史几间大书云:'危哉,邦卿。侍从申呈',未几致黥云。"

《浩然斋雅谈》载:

> 韩败,祖亦贬死。

由此可知,史达祖的晚景是相当凄凉的。他不仅下大理寺受审,而且被黥面流放,终于贬死。他被贬后的生活及其死于何年已不可确知。他一部分词作的意境与他遭贬谪的境遇颇一致,有少量词作颇似晚年重返临安之作……对此尚有待继续探讨。

(五)交游

除韩侂胄、李壁、林仲虎外,梅溪的挚友还有高观国、张镃等人。

高观国,字宾王,山阴人,著有《竹屋痴语》一卷,是南宋著名词人,为"南宋十杰"之一,与史达祖齐名。他与史达祖结识较早,曾共同组织诗社,相互唱和。《梅溪词》中有《东风第一枝》和《贺新郎》各一首,当为与高观国唱和之作。高观国词中也有五六首与梅溪有关。这些词作写得情真意挚,可见他们交情颇深。

梅溪与张镃结识于嘉泰元年(1201)五月初,张镃曾为《梅溪词》作序,记载了他们初次见面的情景。张镃对梅溪及其词作有很高的评价。《梅溪词》中也有两首与张镃唱和之作,一为《醉公子》,一为《兰陵王》。张镃《南湖集》

王步高诗文集

中也有《兰陵王》一首,今已残缺,其用韵则与梅溪全同,当即张镃寄赠梅溪之作。张镃曾参与史弥远政变。他与梅溪的交往应在嘉泰元年(1201)至开禧三年(1205)间。

梅溪挚友中尚有姓赵字子野者,与梅溪同时,可考者仅赵汝淳一人。赵乃昆山人,太宗八世孙,开禧元年进士。《梅溪词》中有《西江月》、《贺新郎》二首与之唱和。可惜赵子野的词作已全部亡佚,与梅溪唱和之作自然也不复存在。

此外与梅溪相交者尚有字子振、梦锡、汉章者,《梅溪词》中也有一些与他们唱和赠答之作,因其人身世已不可考,且无作品传世,故不易考定。

姜夔与史达祖同时,且词风相近。姜也长期生活于苏杭一带,并对《梅溪词》颇为推许。姜夔与梅溪也可能有交往。

从以上考证可知,梅溪的友人,除张镃为贵族后裔,其余或落职闲居,或官卑职小,而白石、宾王则为布衣。

史达祖的身世遭遇,对他词作的内容和风格都产生了很大的影响,而他任中书省堂吏一事,更关系到人们对他人品的评价。

二

前人对史达祖的人品攻击最多,且众口一辞,使他身遭不白之冤,千古莫辨。对此,有必要加以澄清。且让我们来剖析几种代表性的说法。

首先受人非议的是他与韩侂胄的关系。前人因此攻击他"阿附权倖"(刘毓盘《词史》),"委身权奸之门,如此下心降志"(陈廷焯《白雨斋词话》)。陈廷焯说他:"乃甘作权相堂吏,至与耿柽、董如璧辈并送大理,身败名裂。其才虽佳,其人无足称矣。"(薛砺若《宋词通论》)楼敬思说:"史达祖南渡名士,乃甘作权相堂吏,至被弹章,不亦降志辱身之至耶?"(张宗橚《词林纪事》引)综合这些评论,无不认为史达祖为韩侂胄所用是一奇耻大辱。王鹏运则说任中书省堂吏的史达祖与《梅溪词》的作者是"同时同姓名者"(王鹏运《四印斋所刻词·梅溪词跋》)。攻之者,辩之者,对史达祖任堂吏一事都认为是一种污点。这种认识是根本错误的。

论述这一问题之前,有一点必须首先辨明,这就是史达祖究竟是韩侂胄堂吏还是中书省堂吏。上引各说,均认为史达祖曾任"权相堂吏"。王易更说他曾"依韩侂胄为掾吏"(《词曲史》)《杭州西溪奉祀历代两浙词人姓氏录》也说:"史达祖,汴人,为韩侂胄府掾吏。"《历代两浙词人小传》也认为:"韩侂

卷四　诗词研究

胄为平章时,史达祖为相府掾吏。"其实这全是误解。史达祖所任乃中书门下省堂吏,而非"相府掾吏"。上节所引《四朝闻见录》、《浩然斋雅谈》、《宋会要》等有关记载,或称其为"堂吏"、"省吏",或称"开禧堂吏"。如果他真是"相府掾吏",而称之为"省吏"是决计不通的;既是"省吏",也就绝不能是"相府掾吏"。而"开禧堂吏"与"相府掾吏"或"权相堂吏"也不相同。众所周知,"开禧"乃宋宁宗的年号,"开禧堂吏"仅仅说明史达祖任堂吏是在开禧年间,这与"相府掾吏"也不相干。再就史达祖所从事的工作来看,他也应是中书省堂吏,而非"相府掾吏"。据《宋史·职官志》载:

> 中书省,掌进拟庶务,宣奉命令,行台谏章疏,群臣奏请兴创改革,及中外无法式事应取旨事……
>
> 凡命令之礼有七:曰册书……曰制书……曰诰命……曰诏书……曰敕书……曰御礼……

而《四朝闻见录》谓:"韩为平章,事无决,专倚省吏史邦卿奉行文字,拟帖拟旨,俱出其手,权灸缙绅,待从简札,至用申呈。"中书省的职责就是"宣奉命令,行台谏章疏",就是为皇帝"拟帖拟旨"、"奉行文字"。显然,史达祖所行不过是中书省的职分。南宋时期,中书、门下二省已合并,史的所作所为甚至没有达到门下省原管辖的范围,因此,《浩然斋雅谈》说他"当平原用事时,尽握三省权",也是夸大其辞的。他当时仅是中书省四十五个省吏中特别受韩侂胄信任的一个。因为他是文人,常根据韩侂胄的要求做些"奉行文字"的工作,因此也握有一定的权力。他与韩侂胄之间并无人身依附关系。说他是"权相堂吏","相府掾吏"乃明清人以讹传讹所致,并不符合历史事实。宋代史书也从无这种说法。

然而有一点是可以肯定的,在史达祖受韩侂胄重用的一年多时间内,他事实上已成为韩的得力助手之一。而由于《宋史》等书将韩列入《奸臣传》,视韩为"权奸",他与韩的关系便成了人们对梅溪人品有争议的重要原因。因此,弄清韩侂胄是一个怎样的人,对判断史达祖的人品也就十分必要。

韩侂胄在执政的十多年间,主要做了三件事:反道学,崇岳(飞)贬秦(桧)和开禧北伐。韩侂胄反道学主要在庆元四年(1198)。宁宗、韩侂胄宣布道学为"伪学",并将赵汝愚、朱熹等五十九人列入伪学党籍,全部罢职贬逐,史称"庆元党禁"。对此事的评论,史学界意见不一,近年来持肯定态度者较多。然而不论其功过是非如何,都与史达祖无关。因为直至"庆元党禁"三年后张镃为《梅溪词》作序时犹说他"未遇"。史达祖不可能直接参与反道学的决策。崇岳一事始于庆元五年(1199),当时加岳飞谥号武穆。嘉泰四年又追封他为鄂王,政治上给他极高的地位,为北伐作了舆论准备。这时梅溪尚未受知于韩侂胄,更没有证据说明他参与了崇岳一事。贬秦则发生在开禧二年。秦桧死后,高宗加封他申王,谥忠献。孝宗时,揭露秦桧的奸恶。但未改变爵谥。贬秦的主意出自李壁。据《续通鉴》载:

> 权礼部侍郎李壁奏言,"自秦桧首倡和议,使父兄百世之仇不复开于臣子之口,宜亟贬桧以示天下。"庚午,削桧王爵,改谥"缪丑",制词有曰:"兵于五材,谁能去之,首驰边疆之备;臣无二心,天之道也,忍忘君父之仇!"又曰:"一日纵敌,遂贻数世之忧;百年为墟,谁任诸人之责。"当时传诵之。

崇岳贬秦顺应民心,大快人心。如果其间梅溪曾参与意见,当然无损其人品。

　　导致韩侂胄遇害和史达祖被贬的直接原因是开禧北伐的失败。韩侂胄招来了杀身之祸,史达祖也因此被黥面流放。他们的功过如何评说,古往今来,毁誉参半。我们应根据当时的历史条件来认识。列宁说:"在分析任何一个社会问题时,马克思主义理论的绝对要求,就是把问题提到一定的历史范围内。"(《论民族自决》)分析评价历史事件和历史人物也应当如此。

　　当时南宋的形势如何呢? 靖康之变后,宋朝的八十一州沦于敌手,约占国土的三分之一以上、人口的半数左右。绍兴以后,每年还要向金人交岁币银二十五万两,绢二十五万匹。南宋朝廷不断增加赋税的名目。除春秋二正税外,又增加经制钱、月桩钱、版帐钱等许多苛捐杂税。北宋初年,朝廷一年的赋税收入一千六百余万贯,北宋最高岁入仅六千万贯。南宋初,朝廷一年的收入不满一千万贯。到孝宗淳熙十四年(1187)就增加到八千万贯。南宋统治区远小于北宋,朝廷的剥削收入却超过了北宋。这样沉重的负担都直接或间接落到广大农民身上,所以各地相继发生农民起义。内忧外患,动摇着南宋政权,而诸原因中,外患是主要的,其经济负担,也是不堪忍受的。因此,发动北伐,收复失地,是南宋时期一切爱国志士梦寐以求的事。甚至连朱熹在临死前都叹息说:"某要复见中原,今老矣,不及见矣!"(《朱子语类》)故开禧北伐是顺应民心之举。

北伐的时机也是不错的。据《大金国志》载：1197 年,沦陷区山东及山西泽潞间有万余农民起义抗金。1200 年,金大通节度使爱玉完颜大辨据五国城叛变;1201 年,群牧使耶律德寿又聚兵数万叛变。同时,金国境外也不安宁,蒙古、西夏时时入侵,金国政局不稳,这对北伐是有利的。据《鹤林玉露》载:"嘉泰中,邓友龙使虏,有赂驿使夜半求见者,具言虏为鞑所困,饥馑连年,民不聊生,王师若来,势如拉朽。"当时的形势正如兴师诏书所说的:"天道好还,盖中国有必胜之理;人心助顺,虽匹夫无不报之仇。"(《四朝闻见录》戊集)

北伐之前,韩侂胄等也曾做过较充分的准备。首先曾派张师古、李壁、陈景俊等以使金之机探听敌方虚实。从嘉泰三年起,又为北伐做了组织准备。战争开始后也曾取得节节胜利,但由于四川吴曦叛变和两淮战场所用非人,北伐才受到挫折。开禧二年六月,丘崈受命为两淮宣抚使。他一上任,就以保全淮东兵力为口实放弃了已占领的泗州,退军盱眙。宋军退守,金军分九道进兵。战争形势才由宋军北伐变为金兵南侵。尽管如此,形势仍存在转机。就整个战场说,双方仍是互有胜负。金兵侵占滁濠,宋兵也曾收复泗水、涟水;金兵取得了青浦桥之捷,宋方也有凤凰山之胜。宋兵围宿州、寿州不能下,金兵也围和州、楚州不能下。对当时形势,周密曾说:"当是时,金国实已衰弱,初非阿骨打、吴乞买之比。丙寅冬,淮襄皆受兵,凡城守者皆不能下,次年遂不复能出师,其弱可知矣。倘能稍自坚忍,不患不和,且礼秩岁币,皆可以杀。"(《齐东野语》)正当韩侂胄重新组织力量,起用辛弃疾等主战派,准备新的决战时,史弥远发动政变,主战将领被杀逐一空,岁币增至银三十万两,绢三十万匹,又赔款三百万两,并割韩侂胄、苏师旦之头向金人谢罪,这才导致了北伐的最后失败。王夫之说:"侂胄诛,兵已罢,宋日以坐敝而讫于亡。"(《宋论》)

对于韩侂胄,金人曾作过较公正的评价。据张端义说:"函首才至虏界,虏中台谏交章言:'侂胄忠于为国,缪于为身',乃谥为忠缪侯,将函首祔葬于魏公(琦)墓下。"(《贵耳集》)《宋史》却将韩侂胄与秦桧一起列入《奸臣传》,明代诗人李东阳曾写过一首《两太师》诗咏此事:"和议是,塞外蒙尘走天子;和议非,军前函首送太师。议和生、议战死;生国仇,死国耻:两太师,竟谁是?"(《西涯乐府》)寓意自然是很明白的。清人钱大昕《过安阳有感》亦谓:"成败论人亦可嗤,谁将秦镜照须眉? 如何一卷《奸臣传》,却漏吞舟史太师?"千古之下,自有公论。

史达祖支持开禧北伐,并在此期间一度为韩重用,"奉行文字,拟帖拟旨"。他与韩之间联系的纽带是对北伐的共同态度。直至北伐失败以后,他的作品中也没有片言只字表示对此事的后悔和懊丧,正可见出他的人品和气节,当然不是什么"降志辱身"。就当时的情况来看,对待开禧北伐的态度,是检验爱国者与投降派的试金石。伐金诏下,八十二岁的陆游还作诗表示要走上战场:"中原蝗旱胡运衰,王师北伐方传诏。一闻战鼓意气生,犹能为国平燕赵。"辛弃疾也是支持开禧北伐的。他不仅在任镇江知府前后曾派人侦察敌情,招募士兵,准备战袄,在北伐的准备阶段也曾参预出谋划策,还曾写下一首《六州歌头》称赞韩侂胄:"君不见韩献子,晋将军,赵孤存。千载传忠献,两定策,纪元勋。孙又子,方谈笑,整乾坤。"史弥远政变后,辛弃疾虽死也不免受削职处分,这与梅溪的被黥面流放,也只是程度不同而已。比之辛陆,梅溪对北伐的态度又有什么可指摘的呢? 在北伐败局已定,国家危亡时,史达祖支持韩侂胄,力图挽狂澜于既倒,又有什么可非议的呢?

其次,古人常把史达祖和其他宋代词人相比,以贬低他的人格。郭麐说:"宋之词人向子諲、史邦卿皆成家者,然史以附韩侂胄为士论所贱。向以贵臣戚里,卓然方格忤桧。而归其人品,相去远矣。"(《灵芬馆词话》)所谓向子諲"方格忤桧",乃指他知平江府时。《宋史》本传载:"金使议和将入境,子諲不肯拜金诏,乃上章言:'自古人主屈己和戎,未闻甚于此时,宜却勿受。'忤秦桧意,乃致仕。"向子諲在此事上表现了民族气节,因而得罪秦桧。但就私人关系来说,向与秦桧并不是始终对立的。据《宋史》本传载:绍兴元年,他移知鄂州,主管荆湖东路安抚司,镇压曹成起义时被俘,直至曹成受招安才获释,诏提举江州太平观,由于胡安国向秦桧说情,秦又重新起用他知广州。这次向子諲的起用,也得到了秦桧的帮助。向子諲不屈于金人处,正与梅溪相似,何以见得其人品比梅溪高尚呢?

清人王士祯对梅溪人品贬之更甚。他说:"其人(史达祖)品流又远下康与之矣。"(《居易录》)康与之谄事秦桧,为秦门下十客之一,桧擢为台郎。官军器监丞。桧死后,曾被编管钦州。据《玉海》载,他的著作有《顺庵乐府》五卷,可见他的词颇多亡佚,仅赵万里辑录的三四十首词中,便有阿奉秦桧之作。如:《喜迁莺·丞相生日》,词中说:"宝运当千,佳辰余五,嵩岳诞生元老。帝遣阜安宗社,人仰雍容廊庙。总尽道,是文章孔孟,勋庸周召。""师表。方眷遇,鱼水君臣,信从来少。玉带金鱼,朱颜绿鬓,占断世间荣耀。篆刻鼎彝将遍,整顿乾坤都了。"完全是无耻的吹捧,这样的作品,梅溪是不屑为的。况且,韩侂胄与秦桧也有着本质的区别,说梅溪"品流又远下康与之",完全是不顾事实的偏见。

冯煦说:"词为文章末技,固不以人品分升降。然如毛滂之附蔡京,史达祖之依侂胄,王安中之反覆,曾觌之邪佞,所造虽深,识者薄之。"(《宋六十一家词选·例言》)这里冯氏以史达祖与毛滂、王安中、曾觌相提并论,也是很荒谬的。韩侂胄与蔡京除都曾任太师外,并无共同之处。蔡京等断送了北宋江山,而韩侂胄北伐正是为了收复被蔡京等葬送的河山,这二人显然不可同日而语。在毛滂的《东堂词》中,也有一些谄媚蔡京之作。毛滂的人品显然不能与梅溪相比。所谓"王安中反覆",主要指宣和三年他任庆远军节度使、河北河东燕山路宣抚使、知燕山府时杀金国叛臣张觉一事。张觉原为辽臣,后降金为同中书门下平章事,后又叛金投宋。据《宋史·奸臣传》载:

> 金人既平二州,始来索觉,王安中讳之。索愈急,乃斩一人貌类者去。金人曰:"此非觉也。觉匿于王宣抚甲仗库,若不与我,我自以兵取之。"安中不得已,引觉出,数其过,使行刑。觉语殊不逊。既死,函首送之。

王安中始匿之,终杀之,即所谓"反覆",此事究竟是非如何姑且不论,即令是罪过,亦错在屈服于金人淫威之下,缺乏民族气节,而梅溪过人之处正在于不甘心家国的沦亡,不肯屈服于金人。这二者的人品有何共同之处呢?王安中始与苏轼为友,后又依蔡京等,这也是所谓"反覆",梅溪并无类似经历,将二者类比,也不恰当。至于曾觌乃孝宗的宠臣,他任职期间,曾举荐过叶衡、徐本中等人,反对道学。曾觌之"奸",便在于此,对此罪名能否成立,尚有待讨论。冯煦不加分析地以"阿附权倖"的罪名,将梅溪与毛滂等相提并论,从而鄙薄其人品,显然也是没有道理的。

其三,如周济所说:"梅溪好用'偷'字,品格便不高。"(《宋四家词选·例言》)王国维也同意这种观点。其实这也是一种偏见。《梅溪词》中用"偷"字的地方共有十处。略举数例如次:

> 巧沁兰心,偷粘草甲,东风欲障新爱。(《东风第一枝》)

阑干斜照未满,杏墙应望断,春翠偷聚。(《齐天乐》)

讳道相思,偷理绡裙,自惊腰衩。(《三姝媚》)

轻衫未揽,犹将泪点偷藏。(《夜合花》)

更暗尘,偷锁鸾影,心事屡羞团扇。(《玲珑四犯》)

阻幽会。应念偷剪荼蘼,柔条暗萦系。(《祝英台近》)

在上引六首词中,"偷"字的用法不尽相同,却可大致分作三类,其中头两首中的"偷"字都有"暗暗地"、"悄悄地"的意思,如首句写春雪细细,沁花粘草,在广袤的大地上无声无息地下着,没有料峭的北风,没有严冬的奇寒,而"飞雪迎春到",著一"偷"字,把无生命的春雪,赋予了动人的情感,若换成"暗"、"悄"、"渐"等字便平,且诗味索然。第三、四两首为第二类,这两首中的"偷"字都有"偷偷地"的意思,把抒情女主人公深于情、专于情而又羞涩的特征逼真地表现了出来,若换成其他字,未必能如此传神。五六两首里,因句中已用了与"偷"意义相近似的"暗"字,用"偷"而不再用"暗"是为了避免重复。总之,《梅溪词》运用"偷"字,都能准确、鲜明地雕形写意,或细腻地表现感情,艺术上是可取的。而在诗词中运用"偷"等粗俗字眼,并非梅溪首创。杜诗中运用"偷"字便极多。笔者信手翻阅《稼轩词》,也录得三个用"偷"字的例句于次:

欲说又休新意思,强啼偷笑真消息。

(《满江红·席间和洪舍人兼简司马汉章》)

香暖处,酒醒时。画檐玉箸已偷垂。(《鹧鸪天·和赵文鼎提举赋雪》)

背人翠羽偷鱼去,抱蕊黄须趁蝶来。(《鹧鸪天·寄叶仲洽》)

稼轩与梅溪所用的"偷"字其性质和作用基本相同。可是却从无人因此苛求稼轩,为什么梅溪用了便"品格不高"呢?道理很简单,在周济等人心中,对梅溪早有成见,所以才会做出如此粗暴的结论。

建国以来,人们对梅溪人品的指责仍继续因袭古人,如一种通行的文学史在论及姜夔时便这样说:"比之那些依附权门的词客,像后来的史达祖、廖莹中之流,他还是有所不为的。"言下之意是史达祖品格低下,无所不为。事实恰恰相反。史达祖虽曾在中书省任职,并一度受韩侂胄重用,但遍阅《梅溪词》,却找不出他与达官贵人的应酬赠答之作,更没有一首阿谀逢迎的作

卷四　诗词研究

509

品。这也从一个侧面说明了他的人品。他的词友高观国曾在《东风第一枝》中称赞他："溪桥独步,看洒落、仙人风表。""调羹雅意,好赞助、清时廊庙。羡韵高,只有松筠,共结岁寒难老。"可谓知言。这才是对梅溪人品的公正评价。

（《中国古典文学论丛》,人民文学出版社,1989 年第 7 辑）

王步高诗文集

史达祖的人品应否受指斥？

"梅溪（史达祖之号）是南宋后期词坛上从白石到梦窗间最重要的词人"（唐圭璋语），也是南宋格律词派的代表作家，与姜夔齐名，并称姜史，对清代词坛有着较深远的影响。其词题材较广阔，多有抒发家国之恨的爱国之作，尤长于咏物，词风清空骚雅，却又沉郁铿锵，极受同时代词人及后世词评家推崇。然而，因为他生前曾任中书省堂吏，颇受太师韩侂胄赏识。因韩反道学，被列入《宋史·奸臣传》。史达祖的人品也颇遭非议，谴责鄙视者有之，惋惜维护者有之，也有极少数推崇其词而不及其人品者。

从宋末至清代，对其人品的评价大致有以下几种情况：

其一，谓其依附权相，人品无足称道。持这些观点的大都是清代人。如王士祯《跋史邦卿词》："史达祖邦卿，南宋后词家冠冕，然考其人，乃韩侂胄堂吏耳……其人品流，又远在康与之下，今人但知其词之工尔。"陈廷焯《白雨斋词话》则云：史达祖"甘作权相堂吏，致与耿柽、董如璧辈并送大理，身败名裂。其才虽佳，其人无足称矣。……视陈西麓（允平）之不肯仕元，当时有海上盗魁之目，宁不愧死！"冯煦《蒿庵论词》亦云："词为文章末技，固不以人品分升降。然如毛滂之附蔡京，史达祖之依侂胄，王安中之反覆，曾觌之邪佞，所造虽深，识者薄之。"周济甚至尖刻地说："《梅溪词》中喜用'偷'字，足以定其品格矣。"

其二，是一些怜惜史达祖才能，同情其遭遇者的观点。如《词林纪事》所引楼敬思语云："史达祖南渡名士，不得进士出身，以彼文采，岂无论荐？乃甘作权相堂吏，至被弹章，不亦屈志辱身之至耶……然集中又有留别社友《龙吟曲》：'楚江南，每为神州未复，阑干静，慵登眺。'新亭之泣，未必不胜于兰亭之集也，乃以词客终其身，史臣亦不屑道其姓氏。科目之困人如此，不禁三叹。"作为"清末四大家"之一的王鹏运为《梅溪词》作序，针对张镃为《梅溪词》作序,陈振孙《直斋书录解题》中谓史达祖"不详何人"云:"陈氏去侂胄未远,邦卿果为其省吏,何必曲为之讳,猥云不详?即以词论,如《满江红》之'好领青衫',《齐天乐》之'郎潜白发',皆非胥吏所能假话。"并说:"且约斋(张镃)为手刃侂胄之人,何至与其吏唱酬,复作序倾倒如此,殆不然矣"。序末又云:"堂吏非舆台,侂胄之奸,视秦、贾有间。邦卿即为省掾,原不必深论。特古今同时同姓名者,正自不乏,强为牵合,亦知人论世者所宜辨也。"显然,王氏欲极力排除词人史达祖与任韩侂胄堂吏者并非一人。

其三,对史达祖人品完全持肯定态度的人,在古代还较少见。清人秦道然《金缕曲·题云川蓉湖词隐图》一阕,对史达祖可谓推崇备至,词曰:"老矣城南杜。尚依然,飞扬翰墨,词填花雨。一片湖光明草阁,渔笛声声堪谱。怪笔底云涛争舞。南上天台西华岳,算文章端合江山助。姜与史,共千古。

何须更忆花砖步。似长空、鸿飞去也,那曾回顾?鸳鹭故交消息断,输与烟波伴侣。还只痛、鼎湖无路。昔日南薰供奉曲。到而今,都作伤心句。招渔父,唱金缕。"词中不仅将史达祖与姜夔并提,并称其"千古",且与杜甫、李白并提,称其词与被称为"燕许大手笔"做过宰相的张说一样"得江山之助",并极力称赏其爱国内容。此词虽不以评《梅溪词》为主,笔之所及,评价之高却前无古人。对《梅溪词》评论甚高者代不乏人,而肯定其人品者则寥若晨星。鸦片战争中的民族英雄邓廷桢曰:"史邦卿为中书省堂吏,事侂胄久。嘉泰间,侂胄持恢复之议,邦卿习闻其说,往往托之于词。……大抵写怨铜驼,寄怀麋幕,非止流连光景,浪作艳歌也。"

连一领"青衫"也"不从诗书中得"的史达祖,能登上政治舞台,能受知于当朝太师,以至可以"权炙缙绅",显然全亏了韩侂胄,而他受后人苛责,也显然受韩侂胄之株连。

在"文革"前的词学研究中,对史达祖人品的评价,仍以贬斥为主。如王国维《人间词话》曰:"周介存谓:'梅溪词中,喜用"偷"字,足以定其品格。'刘融斋谓'周(邦彦)旨荡而史意贪。'此二语令人解颐。"胡云翼初版于1928年的《宋词研究》亦云:"综观邦卿的生平,实无可述之点,如其承认文学是生活人格的表现的话,那末,周介存(济)谓'梅溪喜用"偷"字,品格便不高',更足以助证我们对于梅溪个性的了解了。"刘毓盘《词史》则云:"其人不足道。"但又说:"周选谓史氏词好用'偷'字,品便不高,其持论无乃太苛欤!"似乎略有松动。

对史达祖人品重新评价的契机始于史学界对韩侂胄的翻案。1979年蔡美彪、卞孝萱等编著《中国通史》第五册,在其第二章第七节《宁宗·韩侂胄禁道学和北伐战争》以"禁止道学"、"崇岳贬秦"、"北伐金朝"等问题全面翻了《宋史·奸臣传》的案。其书谓"岳飞因抗金得胜而被谋害,韩侂胄因出兵失败而被暗杀。他们都是因为坚持抗敌遭受迫害而被杀。但由于韩侂胄大力反朱熹,长期遭到孔、孟、程、朱门徒的咒骂。元代儒生修《宋史》,特立《道学传》崇程朱,又立《奸臣传》不列入史弥远,反而将韩侂胄与秦桧并列,辱骂他是'奸恶'。这段被歪曲了的历史,应该恢复其本来面目了"。因为此书编于"文革"中,全书受"儒法斗争"观影响较明显,故韩侂胄的历史地位并未彻底确立,但确可启发人们对这段历史该作一公正的评价。

此后不久,周念先、雷履平等在全面研究《梅溪词》的基础上,对史达祖的人品开始重新评价。如雷履平发表于《四川师院学报》1983 年第 3 期之《梅溪词四论》之《史达祖其人》一节中,在征引了历代词评家对史达祖人品的评价后,重点就史达祖与韩侂胄的关系展开了讨论。肯定韩侂胄的历史地位,并以辛弃疾、陆游与韩侂胄的关系来印证,史达祖支持韩侂胄北伐不应受到苛责。

同年,王步高发表了《史达祖和他的梅溪词》(吉林大学社会科学丛刊第 6 期《中国古典诗歌论文集》),而后相继发表了《史达祖身世考辨》(人民文学出版社《中国古典文学论丛》第七辑),这两篇长文明确指出,古今人对史达祖人品的"指责都是不能成立"的。王文首先辨明史达祖不是韩侂胄堂吏,而是中书省堂吏,他与韩侂胄之间并无人身依附关系,现存《梅溪词》中没有一首阿谀奉迎韩侂胄的作品,可见他并不趋炎附势。他与韩之间联系的纽带是对北伐的共同态度。作为一介书生和下级官吏,在民族危亡之时,抛却诗友唱和、吟咏风月的生活,亲自深入敌后,了解敌情,坚决支持抗金北伐,他的爱国热情应充分肯定。至于说到"梅溪好用'偷'字,品格便不高",杜甫、辛弃疾也好用"偷"字,杜诗中九用"偷"字,仅"偷生"一词就重复四次,这对评定一个人的品格是不足为据的。古往今来,人们对史达祖人品的指责,大多出于偏见,并无道理,应当予以纠正。

近年来对史达祖的评价比过去已公允得多。缪钺在《灵溪词说·论史达祖词》中说:"韩侂胄是粗人,需要一个能帮他起草文书之士,大概因为赏识史达祖的才能而予以重用;史达祖也不免藉以弄权,遂致'士大夫无廉耻者皆趋其门'。韩败以后史遂牵连得罪,这也是不足怪的。不过史达祖之为人,也并非全无足取,他也曾伤痛南宋的偏安,有卫国抗金的想法,并表现于

卷四 诗词研究

513

词作中。"

对史达祖人品的进一步辨明取决于以下两点：其一是对韩侂胄其人及其发动的开禧北伐重新评价的进一步深入，其二是对宋明理学影响的彻底清除。可以相信，这一千年的公案彻底了结当为期不远了。

（朱恒夫、王基伦《中国文学史疑案录》，江苏教育出版社，1998 年）

王步高诗文集

史达祖对词坛的影响

　　史达祖，号梅溪，是南宋词坛上一个很重要的词人。他的《梅溪词》思想艺术成就很高，对后世影响极为深远，甚至超过一些创作成就比他更高或相当的词人。古人，特别是清人，对他有着相当高的评价。

　　他曾赢得同时代词人的交口称誉。著名词人姜夔称赞《梅溪词》"奇秀清逸，有李长吉之韵，盖能融情景于一家，会句意于两得"，并曾为它作序，可惜今已不传。词人张镃在《梅溪词序》中说："生之作，辞情俱到，织绡泉底，去尘眼中，妥帖轻圆"，"有瑰奇警迈，清新闲惋之长，而无荡污婉淫之失"。① 宋末词人张炎对梅溪也极为推崇，也称梅溪与白石等"格调不侔，句法挺异，俱能特立清新之意，删削靡曼之词，自成一家各名于世"②。他对梅溪词的句法和咏物、咏节序之作尤为推赏。他的评价，也差不多成了后人对《梅溪词》的定评。

　　元人陆辅之则着重肯定梅溪的句法。他首先提出："周清真之典丽，姜白石之骚雅，史梅溪之句法，吴梦窗之字面，取四家之所长，去四家之所短"，是词家的"要诀"。③ 他还摘录梅溪许多警句，对句和词眼，作为写词的楷模。

　　著名的明代文学家杨慎、出版家毛晋，也都对《梅溪词》的成就作了充分的肯定。杨慎摘引梅溪许多警句后说："语精字炼，岂易及耶。"④毛晋则说："余幼读《双双燕》词，便心醉梅溪。"⑤

　　对梅溪评价最高的当属清代词人。王士祯称梅溪为"南渡后词家冠冕"⑥。

---

① 张镃《梅溪词序》（见毛晋本）。
② 张炎《词源》。
③ 陆辅之《词旨》。
④ 杨慎《词品》。
⑤ 毛晋《宋六十名家词·梅溪词跋》。
⑥ 王士祯《居易录》、《花草蒙拾》。

又说:《梅溪词》"极妍尽态,反有秦李未到者","要自令人有观止之叹"。①彭孙遹甚至说:"南宋词人如白石、梅溪、竹屋、梦窗、竹山诸家之中,当以史邦卿为第一。"②陈廷焯认为:《梅溪词》"表里俱佳,文质适中",与温飞卿,秦少游、周美成、吴梦窗同为'词中之上乘'"。又说:读《梅溪词》"如饮醇醪,清而不薄,厚而不滞"③。冯煦在引用了陈子龙、张纲孙、毛先舒等人论词的意见后说:"专家所论,未尝专属一人而求之两宋,惟片玉,梅溪足以备之。"④清人的词作中,也不乏称颂梅溪之作。如秦道然的《金缕曲》云:"老矣城南杜。……怪笔底云涛争舞。南上天台西华岳,算文章端合江山助。姜与史,共千古。"词中公然把史达祖的词与杜诗及姜白石词相提并论,并指出梅溪词能千古不朽,评价不谓不高。这些评论有的并非没有失之过当之处,但却可以使我们见出史达祖在清代词人心目中的地位。

梅溪词风及其创作方法,对后世更有着深远的影响。稍后于梅溪的著名词人吴文英不仅曾经用梅溪自度曲《三姝媚》、《双双燕》等调填词,而且依旧步梅溪的原韵。同时,他崇尚琢句炼字,追求新巧的词风也显然受了梅溪的影响。他的创作在很大程度上正是沿着梅溪的路子走,而成为周派的后劲。只是《梦窗词》追求形式美的现象较严重,词句较晦涩而已。今本草窗词中也有两首和梅溪词的作品,一为《好事近·次梅溪别韵》,一为《少年游·宫词拟梅溪》。今本《梅溪词》没有用这两调的作品,想已经亡佚,可见宋本《梅溪词》可能比今本要多一些。南宋遗民词人张炎的词作中也不难发现受梅溪词影响的痕迹。试比较梅溪《绮罗春·春雨》结句"记当日,门掩梨花,剪灯深夜语"与张炎《绮罗香·红叶》结句"记阴阴,绿遍江南,夜窗听暗雨",二者不仅同样采取了从词题拓开说去的表现手法,而且其句法、用典及表现手法也几乎完全相似。

《梅溪词》对元代词曲创作的影响也是显而易见的。元曲中不仅经常可见《双双燕》等由梅溪自度并由词入曲的曲调,甚至原封不动地搬用梅溪词的成句。如《乐府群珠》中有一首《锦梁州》其中便有"想是将烟困柳,做冷欺花,渐觉增寒势"的句子,这显然是化用梅溪《绮罗香·春雨》词的开头,"做冷欺花,将烟困柳"二句而来。元代著名词人张翥受梅溪的影响也颇为明

---

① 王士祯《居易录》,《花草蒙拾》。
② 彭孙遹《金粟词话》。
③ 陈廷焯《白雨斋词话》。
④ 冯煦《蒿庵词话》。

显。如其代表作《多丽·西湖泛舟夕归》，其气韵风发，与梅溪同类题材的作品便极为相似。

受梅溪影响最大的是清代词坛。清初浙西词派一度统治词坛，其领袖人物朱彝尊便声称："吾最爱姜史。"谢章铤也曾指出："朱竹垞（彝尊）以姜史为的，李武曾以逮厉樊榭，群然和之。当其时也无人不南宋。"①浙派词人尤以厉鹗（樊榭）受梅溪词风影响最深，故有人说他"沐浴于白石、梅溪"②。其后的吴中七子、小山词社直至晚清词人况周颐等，无不推崇姜史。吴中七子的闰生，便专尚梅溪。而顾贞观、江昱、王宛先、沈时栋受梅溪影响尤深，有的学词便从梅溪入手。如顾贞观的《弹指词》中，步梅溪原韵的唱和之作便有《万年欢》等五首。据不完全的统计，单《全清词钞》（不到《全清词》的十分之一）中选录的，写过和梅溪词的作者便有蔡耀、孙致弥、顾文渊、杜诏等二十四人，晚清著名词人况周颐还与他的好友易顺鼎以梅溪词自度曲相唱和，并步梅溪原韵，真与梅溪到了"笑謦悉合"的境地。

《词苑萃编》和《南州草堂词话》都记录了汪蛟门梦中听卫氏姐妹唱梅溪《双双燕》词的故事，汪氏还步梅溪原韵填《双双燕》一首以记梦。可见《梅溪词》深受清代知识分子的喜爱。一些艺术造诣不高的词人则发展到照搬照抄梅溪词句，或者只是稍加改造，吴江沈方思写过一首《虞美人·莲径阻雨》，其中有这样的句子："天公也似太多情，拚得柳昏花暝滞人行。"其中"柳昏花暝"显然在照搬梅溪《双双燕》中的名句。可见，学梅溪在当时词坛已蔚为风气。《赌棋山庄词话》说："今之为此者动曰：'吾瓣香姜史也'。"此书还说："雍正乾隆间词学奉樊榭为赤帜，家白石而户梅溪矣。"汪世隽也说："姜史以清超擅胜，人能习诵，家有其书。"③可见，梅溪词在当时流传之广，影响之大。

清人尤其是浙派词人为什么如此推崇梅溪？以朱彝尊为代表的浙西词派，之所以极力推崇梅溪，主要有主客观两方面的原因。

一是从浙西词派的创作主张来看。浙西词派代表朱彝尊则明确说，"词莫善于姜夔"，"姜尧章氏最为杰出"。又说："不师秦七，不师黄九，倚新声玉田差近。"他们还认为词自五代、北宋以来，各种流派"短长互见，言情者或失之俚，使事者或失之伉"。直待姜夔出来，"句琢字炼，归于醇雅"。他们标榜清空，倾心于词的格律、技巧，这与周邦彦以来（包括史达祖在内）宋代格律派的主张是一致的。因此姜夔、史达祖受浙派词人的推崇，其原因首先取决

---

① 谢章铤《赌棋山庄集·词话》。
② 徐逢吉《樊榭山房集·集外词题辞》。
③ 泄世隽《国朝词综偶评·序》。

于此。其二则在于史达祖的创作风格,与姜夔相当接近。姜夔词"字琢句炼",梅溪在这方面更胜白石一等。浙西派倾心于词的格律、技巧,梅溪词不仅精于音律,声韵圆转,而且艺术上有较高的成就,是被视为清空一派的词人中除姜夔而外成就最高、影响最大的词人之一。所以,朱彝尊及其门人对史达祖总是特别青睐的。朱氏便说:"词莫善于姜夔,宗之者张辑、卢祖皋、史达祖、吴文英、蒋捷、王沂孙、张炎、周密、陈允平、张翥、杨基,皆具夔之一体。基之后,得其门者寡矣。"汪森更明确指出,史达祖、高观国是姜夔的"羽翼"。虽然这种说法未必恰当,倒确乎因此而使梅溪身价倍增。

梅溪是宋代词坛上最长于咏物的词人之一,清人尤多咏物词,这也使一些"规模物类"的词人把梅溪奉为楷模,从而扩大了他的影响。

清代中叶以后,以张惠言、周济为代表的常州词派兴起。周济明确提出"词非寄托不入,专寄托不出"的主张,因梅溪词多有寄托(尤其是其咏物词),因此,这类作品仍然受推崇,在周济《宋四家词选》中,史达祖被归入王沂孙一派,这种划分固然荒谬,但就其都长于咏物,且于咏物中寄寓家国之恨和身世之感这一点而言,梅溪与与圣之间也未尝没有共同的显著特色。

因此,直至清末,《梅溪词》一直很受词家重视。其"衣被词人,非一代也"。

清代词坛的繁荣,固然与姜史的影响有关。白石、梅溪的创作成就为浙西词派等标榜"清空"的词人,提供了学习的楷模。然而由于这种学习缺乏"去粗取精,去伪存真,由此及彼,由表及里"的改造制作,而常常是生吞活剥的模仿,他们并不具备姜史的绮思与才具,更没有梅溪那样凄凉的身世和坎坷的经历,因而一味追求尖巧清新,过于讲究锻字炼句,仅以咏物为能事,罗列故实,铺张排比,至使词讲工尺而少性情,"词之真种子殆将没于黄苇白茅中矣"[①]。江藩说:"今日词学所误在局于姜史,斤斤句字气体之间,不敢拈大题目,出大意义。"金应珪在《词选·跋》中批评的一种游词,便是学姜史之末派。其特点是:"规模物类,依托歌舞,哀乐不衷,其性虑叹,无与乎情,连篇累章,义不出乎花鸟;感物指事,理不外乎应酬,虽既雅而不艳,却有句而无章。"这一批评是颇切中时弊的,从此末派也可折射出姜史本身的某些弊病。

总之,梅溪在南宋词坛上是一个独具风格而又继往开来的重要词人,对后世有着相当深远的影响。他在中国词史上的光辉成就是不容抹杀的。

(《衡阳师专学报》(社科版),1988 年第 2 期)

---

① 谢章铤《赌棋山庄集·词话》。

论梅溪咏物词

　　史达祖,号梅溪,是南宋后期词坛的杰出作家。他的《梅溪词》是宋代词坛的瑰宝,而其咏物之作对后世更有着深远的影响。然而建国以来,人们对它的评论却很不公正。如游国恩《中国文学史》便认为:"南宋后期继承周邦彦的道路,同时受姜夔影响的词人还不少,有的像史达祖、高观国,结社分题咏物,把词作文字游戏来消遣无聊的岁月。比之姜夔,他们的咏物词内容更单薄,用意更尖巧,语言更雕琢。有的词不看题目,很难猜到他制的什么谜。"诚然,史达祖、高观国等结社分题咏物是实有其事,但这些咏物词并非都是文字游戏,内容未必单薄;从艺术上看,也是有所创新的。梅溪的这类作品,提高了咏物词的表现能力,不应当全盘否定。

　　梅溪咏物词共二十多首,从吟咏的对象来看,包括自然现象、花木、器物、动物、人体等等,题材是比较广泛的,艺术上也颇具特色,这里试作一些分析。

　　梅溪咏物词的特点首先在于它工于比兴,长于寄托,内容充实。如《双双燕·咏燕》、《隔浦莲·荷花》、《风入松·茉莉花》、《齐天乐·白发》等咏物之作都蕴含着深刻的主题,往往借咏物"讥不知恢复、晏安酖毒之非,喻中原父老望眼欲穿之苦","微而显,志而晦,婉而成章,居然春秋之笔"(陈匪石《宋词举》)。其所以多托物言志寄意之作,与当时的社会环境有关。宁宗时期,以韩侂胄为代表的一派力主北伐统一国土,而以史弥远为代表的一派则极力反对北伐,维持偏安局面。史达祖属于主战派,但他地位卑下,北伐失败后又身陷囹圄,故词人只得藉咏物来寄托自己的怀抱。如果说在开禧北伐前及北伐期间朝廷当权者多为主战派,史达祖对投降派的批评尚须用婉曲笔法;在史弥远政变后,他对投降派的批评及为冤死的爱国者鸣不平则更须借咏物来寄托了。

例如《隔蒲莲·荷花》一词,便寄托了这样的家国之思:

> 洛神一醉未醒。俯鉴窥红影。万绿森相卫,西风静、不放冷。侵晓鸥梦稳。非尘境。棹月香千顷。锦机靓。　　亭亭不语,多应嗔赋玉井。西湖游子,惯识雨愁烟恨。只恐吴娃暗折赠。耿耿。柔丝容易萦损。

词中以"西湖游子"比喻南渡后的宋王朝统治者,他们"却将杭州作汴州",苟安享乐,西湖上一派"侵晓鸥梦稳"、"棹月香千顷"的升平气象。他们只识得"雨愁烟恨",却忘了国愁家恨。而有着忧国忧民之心的词人却能透过这升平的外表,看到孕育着的危机。荷花盛开的景色是令人陶醉的,但也怕"吴娃"去折花赠人。荷花容易摧折,江山也容易为卖国者断送。"容易萦损"四字颇含深意,而"耿耿"二字更凝聚着词人对祖国前途的深深担忧。显然,这不是为文造情,更不是为咏物而咏物的文字游戏。

梅溪咏物词有的对时局和投降派提出了尖锐的批评。梅溪的这些词作,以其爱国的赤诚,曾唤起后世爱国志士的共鸣。清末与林则徐一起抗英的爱国将领邓廷桢便是其中之一。他称梅溪这类有寄托的词作是"写怨铜驼,寄怀蟊蟊,非止流连光景,浪作艳歌也"(《双砚斋词话》)。仁者见仁,智者见智,邓廷桢与梅溪同处民族危亡的关头,同具爱国的热忱,"心有灵犀一点通",邓廷桢可谓知梅溪者。

梅溪一生坎坷,早年屡试不第,中年屈沉下僚,晚年又受黜流放,而终于贬死。因此,梅溪也常借咏物寄托人生的感慨。如《齐天乐·白发》的下片:

> 人间公道惟此,叹朱颜也恁,容易堕去。涅了重缁,搔来更短,方悔风流相误。郎潜几缕。渐疏了铜驼,俊游俦侣。纵有黟黟,奈何诗思苦。

词人饱尝人世的艰辛,对不平事有着无处发泄的牢骚,故借咏白发以寄意。"人间公道惟此"一句虽出自杜牧诗,但道出了他对世道不平的愤慨。词中"郎潜几缕"句用汉颜驷故事。颜驷因为好武、貌丑及年老等原因,在文帝、景帝、武帝时期始终不遇而久潜于郎位。梅溪借此抒发自己怀才不遇的怨愤,慨叹青春之易逝。

《风入松·茉莉花》也是这样的作品,其下片云:

> 频伽衔得堕南熏。不受纤尘。若随荔子华清去,定空埋、身外芳名。借重玉炉沉炷,起予石鼎汤声。

这首词也是借物来寄托身世之感,以茉莉花的不同遭遇,暗示人世的不平。此花若被频伽(妙音鸟)衔去落在南熏殿里,当然不会受红尘的玷污。若跟荔枝一起贡入华清宫,就自然落不到好名声。这两种结果与茉莉花自身的因素无关,而是人们对它的措置不同所造成。在后一种情况下,茉莉遭到恶名,显然是无辜的。这似乎与作者晚年生活遭遇有关,可能作于被贬流放以后。

另一首也可能作于流放时期的《夜合花·赋笛》更清楚地表明了他对史弥远政变的立场:

> 冷截龙腰,偷拿鸾爪,楚山长锁秋云。梅华未落,年年怨入江城。千嶂碧,一声清。杜人间、儿女箫笙。共凄凉处,琵琶溢浦,长啸苏门。
> 当时低度西邻。天淡阑干欲暮,曾赋高情。子期老矣,不堪殢酒重听。纤手静,七星明。有新声、应更魂惊。梦回人世,寥寥夜月,空照天津。

这是一首极为沉痛悲凉的词。尼采曾说:"一切文学,余爱以血书者"(转引自王国维《人间词话》),这正是一首以血写成的诗篇。词的上片先以琴、笙、琵琶、长啸之声作比,以显示出笛声的凄婉;又以"阴云"、"千嶂"来作吹笛的背景,并以"长锁"、"年年"给人以哀思绵绵,无休止无尽头的感觉。词的下片用了向秀(字子期)听邻人吹笛而怀念好友吕安、嵇康的故事。词中"子期老矣,不堪殢酒重听"句,显然作者是以向秀自比。这里所怀念的友人是谁?人们自然不难联想起韩侂胄,韩与嵇康都是外戚,且都遭冤杀。词人自己与当年向秀的处境也相似。向秀在友人遇害后,没有洒泪祭奠的权利,更无为之伸冤雪恨的可能,甚至连对这场政治迫害发表一点看法的自由也没有,只能提提过去交往的事实,写一首《思旧赋》,曲折、隐约地表示悼念和哀伤。向秀写《思旧赋》是被迫应试归来,而梅溪则是在流放中,处境更为险恶,因而对友人的悼念又自然与自身遭遇的感慨融而为一,内心更为悲痛,而这种痛苦也埋得更深,却又不可不言。结尾三句则用元稹《连昌宫词》中李谟捩笛傍宫墙,于天津桥上玩月闻笛的故事,以写出人世沧桑的变化,"梦回人世,寥寥夜月,空照天津"与其《满江红·九月二十一日出京怀古》的结句:"更无人,捩笛傍宫墙,苔花碧"其含义是一样的,"寥寥"、"空照"四字,包含着无限感伤的情绪,沉郁苍凉。

即此可见,梅溪咏物词内容并不单薄,而蕴含丰富,立意深刻,颇能发人深省。

其次,梅溪咏物词善于融和情景,写景入神,言情得妙。因此,即便是一些无寄托的咏物词,虽然没有深刻的内涵,也自有其动人心弦的艺术魅力。如《绮罗香·春雨》便是一例:

> 做冷欺花,将烟困柳,千里偷催春暮。尽日冥迷,愁里欲飞还住。惊粉重、蝶宿西园,喜泥润、燕归南浦。最妨它,佳约风流,钿车不到杜陵路。　　沉沉江上望极,还被春潮晚急,难寻官渡。隐约遥峰,和泪谢娘眉妩。临断岸、新绿生时,是落红、带愁流处。记当日、门掩梨花,剪灯深夜语。

王步高诗文集

词的上片写春雨神态,用侧面烘托对春雨作了较客观的描写。起句八字,便将春雨神色拈出,抓住了特点:一是春雨常伴来春寒,似乎"冷"是春雨造出专为欺侮春花的,花开需要温暖,寒冷不利花开,一"欺"字便赋予无生命的春雨以人的感情;二是春天很少大雨,细雨濛濛,如烟似雾,把刚吐嫩芽的柳枝罩住。"千里偷催春暮"句则抓住了春雨的另一特点,春雨不同于暴雨,往往雨区是大片的,不是"东边日出西边雨",而是"无边丝雨细如愁",故曰"千里"。此句用一"偷"字,仿佛春雨在不知不觉中将春天悄悄送走,显得不板滞而空灵。"惊粉重"二句,又以蝶、燕的活动从侧面来烘衬春雨。蝶因粉重而惊,又因惊而宿;燕以泥润而喜,又以喜衔泥而归,紧扣住了春雨的特有气氛。"最妨它"三句,转而从人物活动来刻画春雨。连绵的春雨,妨碍了仕女们游春的"佳约",又因为雨后道路泥泞,游春的"钿车"难以开出。词的下片,重在抒情。换头三句,写词人极目远望,江上烟雾迷茫无际,加之春潮湍急,傍晚时分连一只渡船也找不着。此乃化用韦应物《滁州西涧》"春潮带雨晚来急,野渡无人舟自横"而来。"难寻官渡"四字已隐然透露出有家难归的情怀。接着改从女性方面落笔。傍晚时分,春雨中的远山隐隐约约,因雨而湿,仿佛女子带泪的神情。"临断岸、新绿生时,是落红、带愁流处"二句,颇含哲理。春雨中新绿的生长和落红的飘逝,使作者产生时光难再,美好事物不可复回的感叹。结尾三句,化用李商隐诗句,从眼前的无边春雨,追忆过去居家时的情景。这温馨的回忆,更牵动身世飘零的孤独与惆怅。词便在这无限怅惘之中结束。这首词并无寄托,但经过细微观察,层层烘托,把物象的精神曲折传出,不但画面优美,色泽和谐,而且深深蕴含着作者思念故乡、思念亲人的感情。这便是一首融和情景的佳作。李攀龙说它:"语语淋漓,在在润泽,读此将诗声彻夜雨声寒,非笔能兴云乎!"(《草堂诗余隽》)词中如"临断岸、新绿生时,是落红、带愁流处"等句,更是既能摄取春雨之魂,写景入神;又能抒发沉郁之致,言情得妙。

这样,作者所要抒发之情,藉景色映托,便得深婉流美之致。张镃在《梅溪词序》里便说他:"夺苕艳于春景,起悲音于商素。"可见,善于融和情景,是《梅溪词》的一大特色,不独咏物之作如此,但以其咏物词表现得最集中、突出。

梅溪也丰富和发展了咏物词的表现艺术,这具体表现在以下几个方面:

其一,梅溪咏物词能做到字字刻画,字字天然,不粘不脱,能尽物性。梅溪咏物如画家写意,寥寥几笔,便能画出物之神态,能使所咏之物了然在目,而又不留滞于物。且看他的咏物代表作《双双燕》:

> 过春社了,度帘幕中间,去年尘冷。差池欲住,试入旧巢相并。还相雕梁藻井,又软语、商量不定。飘然快拂花梢,翠尾分开红影。
> 芳径。芹泥雨润。爱贴地争飞,竞夸轻俊。红楼归晚,看足柳昏花暝。应自栖香正稳,便忘了、天涯芳信。愁损翠黛双蛾,日日画阑独凭。

这首词生动地描绘了双燕的形象。词的起处三句,先铺写时间、地点,并突出燕巢的"尘冷",用笔空灵,燕已呼之欲出。"差池欲住,试入旧巢相并"二句,把燕子在旧巢前徘徊观望的神态写得惟妙惟肖。"还相雕梁藻井,又软语、商量不定"二句,更赋予燕以人的形态,把燕子爱东张西望,爱呢喃细语的特点逼真而细腻地刻画了出来。"飘然快拂花梢,翠尾分开红影"和"爱贴地争飞,竞夸轻俊"等句,更把燕子矫健轻捷、贪玩好动、留恋春光的特点写得栩栩如生。这首词因为观察细致,所以才能刻画入微,神态毕现。王士禛《花草蒙拾》说:"仆每读史邦卿咏燕词……以为咏物至此入,巧极天工矣。"

这是说得不错的。

再如他用"巧沁兰心，偷粘草甲"、"行天入镜，做弄出、轻松纤软"刻画春雪；用"秀肌丰靥，韵多香足，绿匀红注"写金林檎；用"前身清淡似梅妆，遥夜依微留月住。香迷蝴蝶飞时路。雪在秋千来住处"刻画梨花，也都能做到"所咏瞭然在目，且不留滞于物"，也即"不粘不脱"。

其二，不出题字而形神俱似。北宋词人咏物一般都不忌题字，如苏轼《水龙吟·和章质夫杨花词》中便有"不是杨花，点点是离人泪"之句，点出题字；南渡以后则常有不出题字者，但在梅溪以前的词人中，咏物出不出题字往往是随意的，如梅溪这样写了大量咏物词而刻意不出题字者却没有，这应是梅溪咏物词的特点之一。这种手法，经张炎等推崇以后，仿效者愈来愈多。游国恩《中国文学史》认为"有些词不看题目，很难猜到他制的是什么谜"，也是指此而言。其实并不尽然。不出题字仍然可以做到"所咏瞭然在目"。如前文所举《绮罗香·春雨》，全章没有一个"雨"字，更未提到"春雨"。但"春暮"、"春潮"、"新绿"等等，明点出所咏乃是春天。而结句"剪灯深夜语"，更显然是从李商隐《夜雨寄北》中"何当共剪西窗烛，却话巴山夜雨时"诗句化来，其中明含"雨"字。《玉楼春·梨花》通篇未出"梨花"二字，而其结句："黄昏著了素衣裳，深闭重门听夜雨"则是从李重元《忆王孙》中"欲黄昏，雨打梨花深闭门"而来，其中隐含"梨花"二字，并不难解。又如《菩萨蛮·赋玉蕊花》，全章不出"玉蕊"二字，但起句"唐昌观里东风软"中"唐昌观"又名"玉蕊院"，正以"玉蕊花"而闻名，实际上起句便点出了所咏之物。借用典来暗示所咏之物，这在《梅溪词》中是很普遍的。再如《双双燕》中，读者不仅可以借"爱贴地争飞"，"翠尾分开红影"等句看出燕的形象，而且起句"度帘幕中间"，乃从稼轩词句"正值春光二三月，两两燕穿帘幕"而来，明点出所咏乃是双双之燕。同时，梅溪咏物词几乎全有词题，尽管词中不出题字，但借助词题的帮助，读者是不难领会词意的。除一两首所咏乃罕见之物外，即使不看词题，也不会出现"很难猜到他制的是什么谜"的情况。

其三，梅溪咏物词后段大都能拓开说去，使词的意境更开阔，并使所咏之物与咏物之人融而为一，以增强抒情效果。谢章铤说："昔人词咏古咏物，隐然只是咏怀，盖其中有我在也。"梅溪咏物之作凡有寄托者大都咏怀，因而都寓以家国之恨或自己的身世遭遇之苦，其写法大都前段咏物后段寓意。如前文叙及之《夜合花·赋笛》，前段咏笛，后段由向秀听邻人吹笛而思旧友的典故展开联想，以寄托对自己冤死的旧友的深刻悼念。又如《隔浦莲·荷花》，前段咏荷，后段由荷花容易攀折而萦损，联想起南宋的大好河山会因投降派的卖国求荣而断送，事实上这里不是咏荷花而是咏河山；《风入松·茉莉花》前段咏茉莉之花、萼、叶，后段则以茉莉花的不同遭遇寄托自己的身世感慨；《齐天乐·白发》之前段描述白发斑斑的老态，后段则由此而生叹老嗟卑之感……。即便没有深刻寄托的咏物词，后段也常常能生发开去。如《绮罗香·春雨》便是先由咏春雨，继之以雨阻不归的游子，进而抒发思故乡、念亲人的感情。又如《祝英台近·蔷薇》的下片：

> 谩怀旧。如今姚魏俱无，风标较消瘦。露点摇香，前度翦花手。见郎和笑拖裙，匆匆欲去，蓦忽地，冒留芳袖。

显然，这里是由蔷薇带刺这一点而拓开说去，带刺的蔷薇一变而为多情的美人，能一把拖住情郎的衣袖，这样写就不限于赋形，而能摹神；不致质实，而能清空；不会板滞，而能脱化；不是为咏物而咏物，而能使主题深化。

梅溪咏物词也有内容比较空泛单薄之作。如《菩萨蛮·赋软香》、《西江月·赋木犀香数珠》，这类作品艺术上也无多少可取之处，但其为数很少。我们自然不能根据这极少数作品来评定梅溪咏物词的高下。梅溪多数咏物词能如画家写意，得生动之趣，塑造出神情毕似的艺术形象，并能反映较深刻的主题，大大提高了咏物词的艺术表现力，这是史达祖对我国诗歌发展作出的贡献之一。

（《贵州文史丛刊》，1985 年第 3 期）

卷四　诗词研究

时代的血泪　壮士的悲歌

——略论《梅溪词》的思想价值

　　史达祖,字邦卿、号梅溪,是南宋词坛上从白石到梦窗间的代表作家,在中国诗歌发展史上有着深远的影响。但建国以后,《梅溪词》的思想价值得不到应有的肯定。如四卷本《中国文学史》便认为:"南宋后期,宋金对峙的局面比较稳定,文学上爱国主义的呼声渐趋微弱,代之而起的是姜夔、史达祖等词人……他们作品思想价值和艺术成就各有不同,也有部分作品反映了现实,但更多地表现了对现实的消极态度,甚至为这没落王朝装点门面,粉饰太平。"实际情况又是怎样呢?

　　众所周知,梅溪亲自参加了以收复失地、统一祖国为目的之开禧北伐,并最终为此而献身。他有着非常悲惨的身世,这样的社会经历和身世遭遇,在他的词作中都有所反映。《梅溪词》中有不少抒发家国之恨、黍离之悲和身世之感的作品。梅溪北行词,记录了他使金途中的所见所感,也集中地反映了他的政治信念和爱国思想。如《满江红·九月二十一日出京怀古》:

> 缓辔西风,叹三宿,迟迟行客。桑梓外、锄耰渐入,柳坊花陌,双阙远腾龙凤影,九门空锁鸳鸾翼。更无人、抺笛傍宫墙,苔花碧。　　天相汉,民怀国。天厌虏,臣离德。趁建瓴一举,并收鳌极。老子岂无经世术,诗人不预平戎策。办一襟,风月看升平,吟春色。

　　这是他使金返程途经汴京故都时所作。题为"怀古",实为"伤今"。词的上片,记叙出京时的情景,抒发了黍离之悲的感慨。起句以"缓辔"、"迟迟"写出一种依恋不舍的感情。梅溪依恋故京,除了不忘故国,还因为汴京是他的故乡,所以下句开头用"桑梓"二字。接着写今昔对比,昔日繁华的汴京街市,如今"锄耰渐入"。"柳坊花陌"也都种上了庄稼。皇帝和朝廷是封建国家的象征，这时徽钦二帝早已作为金人的俘虏而丧身异域，更没有人“扳笛傍宫墙”了。此处用“更无人”三字，便包含无限感伤的情绪于其中。“更”为去声，既加强了语气，又令人沉咽苍凉，千回百折。“苔花碧”则渲染出一派衰败的气象。下片议论时事，抒发自己的报国热情。“天相汉，民怀国。天厌虏，臣离德。”这是对当时宋金对峙局面的正确估计。梅溪主张抓住这大好时机，以高屋建瓴之势，一举收复失地，统一祖国。王国维《人间词话》说：“词人者，不失其赤子之心者也。”在这里梅溪对北伐的困难显然估计不足，但这种“不失其赤子之心”的精神，却是应当肯定的。在爱国呼声渐趋沉寂的南宋后期词坛，尤为显得可贵。“老子岂无经世术，诗人不预平戎策。”词人自信有治理天下的本领，只是职位卑下，不能参预北伐的决策。但他“位卑未敢忘忧国”，要以自己的作品来歌颂祖国的统一。这首词写得既沉郁顿挫，又激昂慷慨，把黍离之悲，家国之恨抒发得淋漓酣畅。

梅溪的另一首《龙吟曲·陪节欲行留别社友》也是充满爱国激情的作品。词中说：

> 道人越布单衣，兴高爱学苏门啸。有时也伴，四佳公子，五陵年少。歌里眠香，酒酣喝月，壮怀无挠。楚江南、每为神州未复，阑干静、慵登眺。　　今日征夫在道。敢辞劳、风沙短帽。休吟稷穗，休寻乔木，独怜遗老。同社诗囊，小窗针线，断肠秋早。看归来，几许吴霜染鬓，验愁多少。

在这首词中，词人“觉今是而昨非”，抒发了对自己过去“有时也伴，四佳公子，五陵年少”和“歌里眠香”生活的不满。这是一种自我反省，也是对现实的批判。词人既有“酒酣喝月”使倒行的壮怀，又有“每为神州未复”，“慵登眺”的国耻心。“每为”二字，说明词人时时把“神州未复”一事挂在心头，因此懒得登楼眺远，怕望远会勾起“神州未复”的伤心事。此时词人受命使金，即将登上征程。旅途的艰辛凝于“风沙短帽”四字之中，而“敢辞劳”三字则表现出一种为国献身的精神。本来见黍离思旧京、见乔木而怀故国已是在抒发家国沦亡之感，“独怜”二字表示了他对沦陷区人民抗金斗争的深切同情和支持。这次使金，其目的也在于了解敌方虚实、民心向背，使他增强了北伐的信心。这也是他后来全力支持韩侂胄北伐的思想基础。

这样的家国之思，梅溪也往往寄之于咏物词中。如《隔浦莲·荷花》：

西湖游子,惯识雨愁烟恨。只恐吴娃暗折赠。耿耿。柔丝容易萦损。

南宋统治者"直把杭州作汴州",苟安享乐,西湖上一派"侵晓鸥梦稳"、"棹月香千顷"的升平气象。西湖游子,只识得"雨愁烟恨",早忘了国愁家恨。但有着忧国忧民之心的词人却能透过这升平的外表,看到孕育着的危机。荷花虽好,也怕许多"吴娃"折了送人。荷花容易摧折,江山也容易被卖国者断送。"容易萦损"四字颇含深意,而"耿耿"二字更凝聚着词人对祖国前途的深深担忧。显然这不是为文造情,也不是咏物的文字游戏。

《梅溪词》中还有一些作品对当时的时局和当权的投降派提出了尖锐的批评。梅溪的这些词作,以其爱国的赤诚,曾唤起后世爱国志士的共鸣。清末与林则徐一起抗英的爱国将领邓廷桢便是其一。他称梅溪这类有寄托的词作是"写怨铜驼,寄怀氄幕,非止流连光景,浪作艳歌也"(《双砚斋词话》)。仁者见仁,智者见智,邓廷桢与梅溪同处民族危亡的关头,同具有爱国的热忱,"心有灵犀一点通",邓廷桢可谓知梅溪者。《梅溪词》中还经常用"故里"、"故园"一类字眼,寄托对沦于敌手的故国家园的一往深情。他是汴京人,但除使金那次曾一返故里外,却总是有家不能归。因此,家国之恨常从他的作品里自然流露出来。

梅溪一生坎坷,早年屡试不第,中年屈沉下僚,晚年又受黜流放,而终于贬死,在他的词集中感叹身世的作品也很多。

如《满江红·书怀》:

好领青衫,全不向、诗书中得。还也费、区区造物,许多心力。未暇买田清颍尾,尚须索米长安陌。有当时、黄卷满前头,多惭德。　　思往事,嗟儿剧。怜牛后,怀鸡肋。奈稜稜虎豹,九重九隔。三径就荒秋自好,一钱不直贫相逼。对黄花、常待不吟诗,诗成癖。

这首词大约作于他任中书省吏的初期,郁郁不得志。词以自我解嘲开头,指出自己官卑职微。古人的官常可以从服饰上见出,青衫是下级官员的服装。中书省堂吏,官阶为从八品至正九品之间。然而即使这样卑贱的职务,也不是从科举中来。宋代科举颇滥,多数官员均可从进士出身,因而没功名的官员是很为人瞧不起的。官卑俸微,但因为无其他生活来源,又不能像欧阳修那样于功成名就之后"筑室买田清颍尾",却不得不像入仕前的东方朔那样忍受"但索长安米"的屈辱。想起自己当年读过的许多书籍,只能使人感到惭愧。词的下片以"思往事,嗟儿剧"六字承接上文,兜住上面的一连串感喟,转而面对现实展开议论。"怜牛后,怀鸡肋"二句,对自己的处境作了极好的概括,有着明知其卑贱,却又抛弃不得的意思,显得无可奈何。他把自己的才能之所以不能为君主赏识,归之为君之门九重,又有虎豹把守,这就把批判的矛头对准身居显贵、闭塞贤路的投降派了。"三径"二句更进一步道出自己进退维谷的矛盾心理。陶渊明不愿为五斗米折腰尚可弃官归隐,"三径就荒,松菊犹存"。而自己不名一文,连弃官归田的资格也不具备,只能靠这微薄的薪俸生活下去。词人说"一钱不直贫相逼",这不是"为赋新词强说愁",而是现实生活的真实反映。生活无着,本提不起作诗的兴致,无奈爱诗成癖。这就是薛砺若所说的:"其艺术化的人生,并不因环境心绪之恶劣而废然摧殂。"(《宋词通论》)

梅溪也常借咏物寄托人生的感慨。如《齐天乐·白发》的下片:

> 人间公道惟此,叹朱颜也恁,容易堕去。涅了重缁,搔来更短,方悔风流相误。郎潜几缕。渐疏了铜驼,俊游俦侣,纵有黟黟,奈何诗思苦。

作者饱尝人世的艰辛,对世间许多不平事有着无处发泄的牢骚,故借咏白发以寄意。"人间公道惟此"一句虽出自杜牧诗,但道出了词人对世道不平的愤慨。词中"郎潜几缕"句用汉颜驷故事。颜驷因为好武貌丑及年老等原因,在文帝、景帝、武帝时期始终不遇而久潜于郎位。梅溪借此抒发自己怀才不遇的怨愤,慨叹青春之易逝。

《梅溪词》中也有大量描写春景、春光的作品。薛砺若甚至称他是"古今一个最大的咏春诗人"。他描画了江南的大好河山,但他并不陶醉于自然景物,而能从一派明媚的水光山色中透露出一种危机感;他描绘了各种物态和自然节序,也能从字里行间流露出对投降卖国者的讽刺;他抒写的虽是个人的不幸遭遇,但这不幸是由时代造成的,故有一定的认识意义,能做到"为一室之悲歌,下千年之血泪",而并非"只着眼于个人的离愁别恨,发泄无可奈何的感伤情绪。"

(《江海诗词》,1993 年第 3 期)

梅溪琢句炼字琐议

　　史达祖号梅溪,是南宋后期的杰出词人,也是一位造诣很高的语言巧匠。其《梅溪词》的语言,曾叫许多古人叹为观止。这是因为史达祖既善于化用前人的文学语言,融化口语词和散文句入词,又善于琢句炼字,从而创造出一种清空而不晦涩、近雅而不远俗的文学语言。其间,尤以琢句炼字最具特色。

　　讲究炼字和句法,使《梅溪词》的语言增强了概括力和含蓄性。如《双双燕》"红楼归晚,看足柳昏花暝"句中的"柳昏花暝"四字便具有极强的概括力,把词中没有写出的人事、景物都包容了进去。承接此句而来的"应自栖香正稳,便忘了、天涯芳信",乃是讽刺当权的投降派耽于享乐,忘了沦陷区的中原父老。那么"柳昏花暝"四字,应包含住在红楼中的王孙公子、达官贵人苟安奢侈生活的全部。这些事,在当时是不能明言而又不能不形之笔墨的,此处用"昏"、"暝"二字便足以尽之,因此含蓄蕴藉。"柳昏花暝"四字,也是对史达祖所处时代的极好写照:表面繁荣掩盖着腐朽没落的实质,南宋朝廷已一步步走向穷途末路。开禧北伐失败后,国势更如江河日下,一蹶不振。类似"柳昏花暝"一类的句子在《梅溪词》中还有一些,如"雨昏烟暝"、"雨愁烟恨"等都具有很强的概括力。

　　讲究锻句炼字,也提高了《梅溪词》语言的形象性。如:

　　　　断浦沉云,空山挂雨。(《齐天乐·秋兴》)
　　　　画里移舟,诗边就梦。(《齐天乐·湖上即席分韵得羽字》)
　　　　对风鹊残枝,露蛩荒井。(《齐天乐·中秋宿真定驿》)

前二句着墨不多,却写出了秋天一派阴沉、萧瑟的景象,为词人抒发自己的

"诗愁"、"忧心"设置了很好的氛围。中间二句写的是西子湖上黄昏的景象,作者即将使金,友人们在湖上设宴为他送行。虽说将"暂成离阻",他的心情却异常好,所以出现在词人笔下的画面分外优美,词句也工丽整炼。与此相反,后两句则写出金人统治下沦陷区一片荒凉残破的景象,以外在的景物恰到好处地表现了词人悲凉的心境。

讲究锻句炼字,也使《梅溪词》的语言更空灵、清新、细腻。如"青未了,柳回白眼,红欲断,杏开素面"(《东风第一枝》)。词人以柳芽泛白称之"白眼",以杏花素净,呈白色,若女子不施脂粉,故称之"素面"。这两句新颖贴切,以至沈际飞说:"'柳杏'二句,愧死梨花、柳絮诸语"①。又如形容白发:"暖雪侵梳,晴丝拂领,栽满愁城深处。"(《齐天乐·白发》)发白如雪、如丝,这本非独创,词人却用"暖雪"、"晴丝",别出心裁,而又有一定道理。雪本是寒冷的象征,世间从无"暖雪",发白如雪,却无雪之寒,故称"暖雪";"晴丝"乃晴天早晚飘于空中之游丝,映着阳光,白而发亮,用之形容白发,便不落前人窠臼。而"栽满愁城深处",不仅极写白发之多,"愁城"二字更是对残酷的人世和作者处境的高度概括。"暖雪"之类,并非生活中实有,也不是直接可感的,它需要读者根据自己的审美经验来进行思考和再创造。这样的词句就显得空灵而不质实,但并不妨碍其形象性。其所以显得空灵,原因之一是他的用词常出人意表。

> 愁与西风应有约,年年同赴清秋。(《临江仙·闺思》)
> 坠絮孳萍,狂鞭孕竹,偷移红紫池亭。余花未落,似供残蝶经营。
> (《庆清朝》)
> 花外语香,时透郎怀抱。(《换巢鸾凤·梅意花庵作春情》)
> 柳锁莺魂,花翻蝶梦。(《夜合花》)

头二句中"愁"与"西风"均非人物,却可相约,已近于荒诞,而且懂得"同赴"清秋,更是出人意外。"坠絮"以下数句中,"孳"、"孕"、"移"、"经营"等几个动词都用得妥帖新颖。鞭上生竹,而曰"孕";残蝶戏落花,而曰"经营",都与现实生活有一定距离,不合理而可意会,使词句显得空灵,所以郭麐说它"读之令人欲唤奈何"②。后四句之"香"、"锁"、"翻"三字也都下得新奇,卓人月称赞说"醉心苏魄,非生人所安";又说"此等起句真是香生九窍,

---

① 沈际飞:《草堂诗余正集》。
② 郭麐:《灵芬馆词话》。

美动七情"①,可以看出其感人的艺术力量。讲究锻句炼字,也使《梅溪词》表情达意更为细腻。像"如今但、柳发晞春,夜来和露梳月",这对春夜景物的刻画就十分细腻而逼真:夜晚,细如长发的柳丝,被露水沾湿,披拂在如梳的弦月下,不停地摇曳。这样写,形象新奇生动,且能增强美感。

梅溪锻句炼字,能做到自然而不晦涩。彭骏孙曾说:"词以自然为宗,但自然不从追琢中来,便率易无味,如所云'绚烂之极,乃造平澹'耳。"②

《梅溪词》尽管语语凝炼,而无雕琢痕迹。如:

> 莫教无用月,来照可怜宵。(《临江仙》)
> 恐凤靴,挑菜归来,万一灞桥相见。(《东风第一枝》)
> 几曾湖上不经过,看花南陌醉,驻马翠楼歌。(《临江仙》)

这些都是《梅溪词》中的警句,但都极为自然,无雕琢之处。况周颐尤其欣赏"几曾湖上不经过"一句,他说:"七字妙绝,似乎不甚经意,所谓得来容易却艰辛也。"③梅溪炼句常能做到极炼如不炼,因而虽讲究锻句炼字而不失自然。冯沅君、陆侃如先生便认为:"以巧思运俊语,故史词中虽有不少很尚雕琢的,但读者每爱其婉秀而不觉其晦涩。"④这是说得很中肯的。

梅溪讲究句法和炼字,曾受到前人很高的评价。《四库提要》说他"清词丽句,在宋季颇属铮铮"⑤。刘熙载说:"周美成律最精审,史邦卿句最警炼。"⑥陈廷焯说:"白石、梅溪、碧山、玉田词,修饰皆极工,而无损其真气。"⑦李调元则不仅称赞《梅溪词》"炼句清新,得未曾有"⑧,还搞了个《史梅溪摘句图》,摘录警句五十多条,可见梅溪炼句是颇见功力的。历来的词学家都把学梅溪之句法作为学词的"要诀",道理也正在这里。

(《镇江师专学报》(社会科学版),1985 年第 3 期)

---

① 卓人月:《古今词统》。
② 《古今词论》引彭骏孙语。
③ 况周颐:《蕙风词话》。
④ 冯沅君、陆侃如:《中国诗史》。
⑤ 《四库全书总目》卷 199。
⑥ 刘熙载:《艺概·词曲概》。
⑦ 陈廷焯:《白雨斋词话》。
⑧ 李调元:《雨村词话》。

《梅溪词》语言艺术初探

　　史达祖是南宋后期有着重要影响的词人。他的《梅溪词》在语言艺术上有着很高的成就,这主要表现在讲究琢句炼字和长于音律这两个方面,对于前者论述较多,本文试就《梅溪词》在韵律方面的特点从以下四个方面作一简略的探讨:

　　其一,在继承的基础上对词体进行了革新,这具体表现在他自创新调和改造旧调两方面。

　　词本是倚声歌唱的文学,可歌性是它的主要特点之一。下字用语必须符合曲度的要求,才能使声韵和谐,圆转动人,不然就会走腔落调、佶屈聱牙。宋代多数词人只能倚声填词,真正精通音律,并能自度新调者并不很多。而史达祖正是这为数不多的通晓音律的作者之一。他的词集中不乏自制新调,这一点,在两宋词坛上只有柳永、周邦彦、姜夔、吴文英等屈指可数的几个大词人可以和他媲美。《梅溪词》传世者仅百余首,所用的词调就有六十七个。而其中《双双燕》、《绮罗香》、《换巢鸾凤》、《寿楼春》、《三姝媚》、《忆瑶姬》、《月当厅》、《玉簟凉》、《步月》等都是他的自度曲。这些词也是其全部作品中艺术成就最高的杰作,有的甚至是他的代表作。其所以取得成功,原因之一是他吸收了前代词曲创作的成果,又根据词的内容进行了创造性的改造。例如:《齐天乐》是南宋词人常用的词调,常被用作咏物之词,写景抒情,莫不咸宜,最易引起兴会,但作者较多,容易流于平熟。梅溪乃借鉴《齐天乐》而作《绮罗香》。试比较梅溪《绮罗香·春雨》和《齐天乐·湖上即席分韵得羽字》:

句	《绮罗香》	《齐天乐》	平仄
上片倒第三句	燕归南浦	水花平渚	仄平平仄
前　结	钿车不到杜陵路	为人吹恨上瑶树	仄平仄仄仄平仄

卷四　诗词研究

句	《绮罗香》	《齐天乐》	平仄
过　　片	沉沉江上望极	阑干斜照未满	平平平仄仄仄
下片倒第三句	带愁流去	暂成离阻	仄平平仄
后　　结	剪灯深夜语	待归听俊语	仄平平仄仄

从上表我们不难看出,《绮罗香》《齐天乐》上下片之倒数第三句,过片,前后结平仄完全相同,这当然不会全出于巧合。梅溪乃熟知《齐天乐》之韵律者,他的词集中用《齐天乐》调最多,在自度《绮罗香》时肯定参考了《齐天乐》的格律。有所法而后能,有所变而后大,梅溪在音律上乃由仿古而走上独创的道路。

为了适应内容的需要,梅溪还对前人的词调进行了改造,从而成为"别格"或"又一体",并为后人所仿效。梅溪主要是从三方面着手的:一是添字改调。如《夜合花》,此调始于晁补之。试比较晁补之《夜合花·和李浩季良牡丹》与史达祖《夜合花》(柳锁莺魂):

句	晁补之	史达祖	不同处
原上片第六句	谩肠断巫阳	念前事,怯流光	分两句增一字
原下片第二三字	倚朝晖,半如酣酒成狂	曾在歌边惹恨烛底萦香	又增一字
原下片第六句	念往事情伤	人扶醉,月倚墙	再增一字

增字改调后全词由九十七字增至一百字,成为《夜合花》的又一体。此后梦窗、草窗皆从之,遂为定格。再如《玲珑四犯》,此调始于清真,梅溪同调二首,结句均增一字,且改变了句子结构,成为变格。再如《夜行船》,此调正名《雨中花》,前后结各五字,而梅溪同调词前后结均为六字,这也属添字改调。二是梅溪还善于拆句。如《青玉案》,贺铸词"彩笔新题断肠句"为七字,而梅溪"被芳草,将愁去"则改为折腰六字句。再如《湘江静》,原有无名氏词,其过片六字不入韵,梅溪作两个三字句,并且入韵。三是并句。如《燕归梁》过片本为两个四字句,一个五字句,梅溪则并为一个七字句,一个六字句。

自度新曲和对旧词调进行增字、拆句、并句等改造,是梅溪词体革新的内容之一,它使词调能更好地适应内容的需要,也丰富了词的表现形式。

其二,《梅溪词》用韵宽严自如。这表现在用险韵、暗韵、平仄换韵、上去通押和韵脚对仗等几个方面。

梅溪精于音律,所以在词中敢用险韵,最典型者如《醉落魄》。这首词中用了"惬、睫、叶、蹑、叠、怯、箧、接"等韵脚全属入声"叶"韵。此韵收字本不多,又大半是冷僻字,上下片也不换韵,所以韵险。但这险韵并未缚住作者的手脚,词中仍不乏佳句。贺裳评这首词说"语甚生新,却无一字不妥也。末语尤有致"①。可见其用险韵是成功的,由此也见出梅溪驾驭音律的能力。

《梅溪词》中还常使用暗韵,即句中之韵。如《探芳信》之过片"说道试妆了","道"属皓韵,"了"为"筱"韵,按《词林正韵》均属第八部,"道"字非韵脚所在,本不必入韵,此即句中暗韵。再如《寿楼春》之结句"相思未忘萍藻香","忘"与"香"同属二部阳韵,"忘"也是句中暗韵。梅溪尤爱用三字豆,将六字以上的长句增加一个句中停顿,而这类三字豆的第三字也常入韵,此也不必用韵处,亦属暗韵。如《杏花天》中"便恰限、花间再见"之中"限"字,《风入松·茉莉花》中"夜深绿雾侵凉月,照晶晶、花叶分明"之"晶"字,《阳春曲》中"愁暗隔、水南山北"之"隔"字,均属暗韵。长句中增加暗韵,便于句中停顿,也增强了节奏感。

更为特别的是梅溪还创造性地使韵脚与韵脚相对仗。如《东风第一枝》中:"青未了、柳回白眼;红欲断、杏开素面。""眼"、"面"同属第七部,相押韵,又相对仗。此乃梅溪首创。

然而,《梅溪词》的用韵并非始终是很严格的,也不刻意求工,而是严中有宽,工中有变。梅溪的自度曲往往用韵相当灵活,且以《换巢鸾凤》为例。这首词上片的韵脚是:娇、桥、箫、腰、销、照;下片的韵脚是:悄、渺、抱、草、老、晓。这些韵脚均属《词林正韵》第八部,即萧韶韵。上片除结句韵脚"照"外,均押平声韵,而"照"及下片所有韵脚均押仄声韵。这种长调平仄换韵的情况在两宋词坛上也不经见。这样做可以克服长调不换韵容易板滞少变化的缺点。

《梅溪词》用韵的另一个特点是上去通押。这尤其表现在他的自度曲中。《双双燕》十二个韵脚中,"冷、井、影、稳"为上声,"并、定、径、润、俊、信"均为去声。这里运用了上声与去声通押。再如《绮罗香》中八处韵脚,其中"浦、妩、语"为上声,"暮、住、路、渡、处"为去声,这也是上去通押。这正是古人批评他"独于律未精细"处,但其音响效果并未因此而受到影响。周尔墉就曾评论《绮罗香》说:"法度井然,其声最和。"②也曾有人唱起《双双燕》词,

"宛转嘹亮,字如贯珠"①。这正是语言,特别是方言发展的结果。张德瀛论及《双双燕》用韵时也指出:"此等处,宋人自有律度,展转相通。"②

对梅溪用韵,戈载也曾提出批评。他说:"《双双燕》一首亦脍炙人口,然其韵庚青杂入真文,究为玉瑕珠颣。"③这一批评并不正确。《双双燕》全词十二个韵脚,按戈载《词林正韵》,其中"润、俊、信"和"稳"分属六部的震元二韵,而"冷、井、影"为梗韵,"并"为敬韵,"径、定"为"径"韵,"暝"为青韵,"凭"为蒸韵,都属第十一部。戈载所谓"庚青杂入真文",就是指跨了六、十一两个韵部。其实这并不奇怪。王力先生就曾指出:《词林正韵》十九部的划分,"大约只能适合宋词的多数情况。其实在某些词人的笔下,第六部早已与第十一部、第十三部相通"④。可见不独史达祖一人如此,这样做是符合宋词押韵的习惯的。

其三,敢于一声四用,平仄回环多变。

《梅溪词》常常冲破"一声不许四用"的戒律,因此常出现四平声、四仄声,五平声、五仄声连用的句子。这主要出现于梅溪自度曲中。四平声句如《寿楼春》中"消磨疏狂"、"犹逢韦郎",四字均为平声。又如《三姝媚》中"烟光摇缥"、"晴檐多风"、"崔徽模样"均为四平声连用。再如《换巢鸾凤》中"相思因甚到纤腰"句中前四字及"乍尝樱颗"句,也都连用四平声。而《寿楼春》起句:"裁春衫寻芳"则为五平声句。梅溪自度曲中连用四仄声、五仄声者也不乏其例。如:"袖止说道凌虚"(《忆瑶姬》)、"白璧旧带秦城梦"(《月当厅》)、"自锦瑟断弦"(《玉簟凉》)三句中前四字均为仄声。更有甚者,《玉簟凉》中"柔指各自未剪,问此去、莫负王昌"两句里,前句后五字,后句前五字均为仄声,两句连用了十个仄声字,可以说是对词律的大胆突破。这在婉约词人中更是极罕见的。

梅溪自度曲上下片平仄、句式均有变化,没有一首上下片完全相同。试以起结句来比较:《双双燕》起句"过春社了"乃四字句,而过片"芳径"乃二字句;其前后结虽同为六字句,前结"翠尾分开红影",仄仄平平平仄,后结"日日画阑独凭",却用仄仄仄平仄仄,显著不同。再如《玉簟凉》起句"秋是愁乡"为四字,过片"新妆"则为二字;前结"阑影敲凉"为四字句,后结"更教寻、

---

① 徐钪《南州草堂词语》。
② 张德瀛《词微》。
③ 戈载《宋七家词选·梅溪词跋》。
④ 王力《诗词格律》第111页。

红杏西厢"则为七字句,都不相同。前后片大同而小异,回环而有变,提高了词的音响效果。

梅溪自度曲乃适应内容的需要而制作的,平仄的宽严也往往不同。梅溪并非疏于音律,有时他不仅严平仄,而且讲究四声。如《绮罗香》之结句"剪灯深夜语"。《词律》注称:"后二字必用去上声。"又说:"盖上声舒徐和软,其腔低;去声激励劲远,其腔高;相配用之,方能抑扬有致。"①由于他精于音律,所以他的自度曲都能声韵圆转。

其四,多用拗调平声,音节典雅优美。

《梅溪词》中拗句极多,这是《梅溪词》的一个显著特色,也是梅溪精于音律的标志之一。这尤其表现在他的自度曲中。例如:

拗句种类	例句	平仄	说明
三 字 句	谩记忆 怕万一 应笑煞	仄仄仄	
四 字 句	正是夜分,尽日暝迷	仄仄仄平	
五 字 句	回头翠楼近 柔条暗萦系	平平仄平仄	律句拗救
六 字 句	信知暮寒较浅 倚窗小梅索句	仄平仄平仄仄	
七 字 句	天念王昌忒多情	平仄平平仄平平	比较罕见
八 字 句	定知我今无魂可销	仄平仄平平平仄平	不 常 见
九 字 句	奈春风多事吹花摇柳	仄平平平仄平平平仄	

类似拗句,在《梅溪词》中俯拾即是。这是导致《梅溪词》声韵优美的原因之一,因为在诗歌的声调上,单使用一种有规律的音律,声音往往很单调。词中运用"拗句",有利于克服这种单调,使词情和声情更和谐地联系在一起,所以往往用于声律吃紧处。运用拗句也能使词句更好地合乐歌唱,在音声上有它的合理性。多用拗句,也使《梅溪词》增强了音乐美。

《梅溪词》音节极佳,颇能以声音表意象。这尤其表现在爱情、悼亡一类词作中。如《汉宫春》、《鹧鸪天·卫县道中》、《一剪梅》等等。这一特点在梅溪自度曲中表现更为突出。如《寿楼春》便是一首拗调词,既多拗句,又多平声字,全词一百零一字,平声字便占了六十四个。拗调平声使声音舒徐平缓,也直接影响到词的语言风格。正如焦循所说:"词调愈平熟则其音急,愈生拗则其音缓。急则繁,其声易淫,缓则庶乎雅耳。如苏长公之《大江东

---

① 万树《词律》卷十八。

去》，吴梦窗、史梅溪等调，往往用长句……而其音以缓为顿挫，字字可顿挫，而实不必断。倚声者易于为平熟调，而艰于为生拗调。明乎缓急之理，而何生拗之有？"①这是说得很对的。《梅溪词》多平声拗句，便使词句更沉郁顿挫。《寿楼春》上片"因风残絮，照花斜阳"，下片"最恨湘云人散，楚兰魂伤"几句中的"风残"、"花斜"、"云人"、"兰魂"并用双声叠韵字，这更使词的节奏舒缓，声情低抑，发为凄音，适于抒发缠绵、哀怨的悼亡之情。《梅溪词》注意发扬我国古代抒情音乐的特点，崇尚慢节奏，低回婉转，回环往复，提高了词的抒情效果，能以有限的音节抒发无尽的情思，因而音响效果极佳。再如《忆瑶姬》下片：

> 十年未始轻分。念此飞花，可怜柔脆销春。空余双泪眼，到旧家时节，漫染愁巾。袖止说道凌虚，一夜相思玉样人。但起来梅发窗前，哽咽疑是君。

这里"十年未始轻分"、"可怜柔脆销春"、"一夜相思玉样人"、"哽咽疑是君"等句，音节舒徐顿挫，如泣如诉，以音节表意象，既增强了艺术感染力，而且往往可歌。梁启勋便认为："美成、梅溪，乃一代宗匠……二人于音律上所造诣，可以见矣。以知其作品必非等闲，无不可以入歌。"②这话是颇为有理的。

总之，梅溪既精于音律，又敢于冲破某些音律的束缚，对词体和音律进行革新，他也是"曲子中缚不住者"③。他对词体和音律的革新总的说来是成功的。《梅溪词》声韵圆转，且能以声情表意象，提高了词的艺术效果，这是《梅溪词》的一大艺术特色。

（《徐州师范学院学报·哲学社会科学版》，1987年第2期）

---

① 焦循《雕菰楼词话》。
② 梁启勋《词学》。
③ 晁补之语，《复斋漫录》引。

宋代堂吏、省吏小考

堂吏,又称省吏,或称堂后官,指的是中书、门下、尚书三省及枢密院都录事之类的吏员。其职能大致相当于近世中央政府机关的秘书及一般办事人员。具体名目又分为都事、主事、令史书、令史、录事、守阙贴房等。

堂吏的名额在宋代先后有过很大变化。据《宋史·职官志》载:"中书省吏四十有五:录事三人,主事四人,令史七人,书令史十有四人,守当官十有七人;而外省吏十有九人:令史一人,书令史二人,守当官六人,守阙守当官十人。""尚书省置吏六十有四:都事三人,主事六人,令史十有四人,书令史三十有五,守当官六人。"这大概反映了北宋前期的情况。南宋以后诸省吏额急剧增加,据《建炎以来朝野杂记》甲集卷十二"省部枢密使吏"条载:"尚书省吏额二百四十","中书门下省吏额二百三十八人","枢密院吏额三百二十七人","尚书六曹吏额九百二十人"。建炎初,高宗幸淮甸,三省吏至扬州者,就有二百五十八人之多。

堂吏官阶不高,据《宋史·职官志八》载:"中书门下省录事、尚书省都事,为正八品"(大致相当于京畿县令、两赤县丞和京府判官);"三省枢密院主事、守阙主事、令史、书令史,为从八品"(相当于诸州上中下县令丞、两赤县主簿);"枢密院守阙书令史,为正九品"(相当于司马、京畿县主簿尉)。这说的还是宋初的情况,后代吏额增加,品位就更低。

堂吏俸禄也很微薄,据《宋会要·职官五十七·俸禄》载:"中书堂后官共百二十千",即便按四十五人的最低定员来计算,每人平均也不到三千钱。《宋史·职官志》所载略有不同,月俸:"中书堂后官,二十千,中书枢密主事,二十千。录事、令史,十千。守当官、书令史,五千。"而当时一个节度使的月俸是四百千。相比之下,堂吏、省吏也是一个相当清苦的差事。

宋初,太祖皇帝曾鉴于"堂吏擅中书事权,多为奸赃"而下诏,堂吏"三年

卷四　诗词研究

一替,令、录除升朝官,余上县。"寇准为宰相,堂吏曾一度改用士人。据《燕翼诒谋录》载:"祖宗重堂后官……其叙迁至员外郎者,与外任。其后多不愿出,惟求子孙恩泽,遂以为例。"北宋后期,堂吏"补职及一年改宣教郎,满五年愿出职者与通判,十年以上与郡。"建炎初,由于李纲的建议,堂吏出职止通判,不得为知州。

堂吏在有些方面也受到歧视,皇祐三年(1051)四月,宋仁宗便下诏:"堂后官无得佩鱼,若士人选用而至提点五房,方许佩鱼,以示别也。"但后来这种禁令被取消了。

堂吏官位不高,俸禄微薄,但往往握有重权。且以开禧北伐前后任中书省堂吏的南宋著名词人史达祖(字邦卿)为例:据《四朝闻见录》载:"韩(侂胄)为平章,事无决,专倚省吏史邦卿奉行文字,拟帖拟旨,俱出其手,权炙缙绅,侍从简札,至用申呈。"《宋史纪事本末》及《续通鉴》还记载,当时宰相陈自强也呼史达祖为兄。《浩然斋雅谈》甚至记载:"史达祖邦卿,开禧堂吏也,当平原(韩侂胄曾封平原郡王)用事时,尽握三省权。"这些记载未必没有夸大失实处,但由于堂吏在中央朝廷任职,接近权力中心,与最高统治集团过从甚密,他们的实际权力往往比其官位高得多,这大概是毋庸置疑的。而"堂吏擅中书事权",由来已久,南宋中书、门下二省合并,这种情况可能更严重一些,不独史达祖一人如此。

《全宋词》校补刍议

　　唐圭璋师编著的《全宋词》，是学术界公认的最完备、最严谨的词总集。此书初稿完成于 1931—1937 年，建国后，唐老又对之进行增修，并得到王仲闻先生的帮助，于 1965 年修订重版，且于 1978 年再次订补。然而，词山曲海，少量作品遗漏自不可免。孔凡礼先生的《全宋词补辑》以及近年来他和施蛰存、李裕民等亦续有增补。

　　目前，学苑出版社、人民文学出版社各在编纂一部《全宋词》的注释本，而《全宋词》的校订，却无人言及。词籍的校勘目前仅限于少数名家词集，而于小词人却几乎无人问津。尽管《全宋词》较之其他诗词总集错讹要少得多，而且漏罅也少得多，《全宋词》是否已尽善尽美了呢？我认为还不能如此说。

　　进一步完善《全宋词》，一是校勘、订正版本错误，二是续补词作，使《全宋词》这部传世之作更臻完善还是可能的。我受唐圭璋师教诲多年，近年来，留心搜觅，从《广群芳谱》、《永乐大典》辑本、《历代诗话续编》、《道藏》、《说郛》以及《大宋宣和遗事》等书中陆续有所发现。这些书，全是唐圭璋师参阅过的，但仍有个别可校补之处。

一

　　校勘古籍有分清是非与区别高下两个方面，分清是非是最主要的。我这几年阅读有关古籍，作了些笔记，有些材料，可订正《全宋词》的错讹。如：

　　首先看词调。吕本中《浪淘沙》（柳塘新涨），词（《全宋词》938 页）云：

　　　　柳塘新涨。艇子操双桨。闲倚曲楼成怅望。是处春愁一样。
　　　　傍人几点飞花。夕阳又送栖鸦。试问画楼西畔，暮云恐近天涯。

唐老注明从《全芳备祖·杨花门》辑出。《广群芳谱》卷七十八亦载此词,词调却作《清平乐》。验之《词律》《词谱》,当以《清平乐》为是,《全宋词》作《浪淘沙》误。又如萧泰来《霜天晓月》词(《全宋词》2858页),《广群芳谱》卷24作《霜天晓角》,查《词律》《词谱》,此词即《霜天晓角》,且《霜天晓月》非《霜天晓角》之异名,《全宋词》误。

　　再看用韵。王十朋《二郎神》词(《全宋词》1350页)前结作"更微带、春醪宿醉,袅娜香肌娇艳"。《广群芳谱》卷三十六亦载此词,"娇艳"则作"娇懒"。"艳",于《平水韵》去声二十九部"艳"韵,于《词林正韵》属十四部。而"懒"属《平水韵》上声"十四旱",于《词林正韵》属第七部。此词各韵脚字:院、卷、半、浅、面、遍、暖、颤、漫、岸、苑、恋、剪,均属《词林正韵》第七部。王力先生曾指出宋词中第七部有与第十四部相通的,但此处有异文,当以《广群芳谱》为是。再如黄庭坚《看花回·茶词》(《全宋词》404页)云:"烂熳坠钿堕履,是醉时风景,花暗烛残。"《广群芳谱》卷二十一此词"烛残"作"残烛"。考此处乃韵脚,全词韵脚字为:玉、续、瀑、触、粟、掬、竹、绿,均押入声,"烛"正好入韵,而"残"为平声,出韵。当以《广群芳谱》为是。又如:向子諲《丑奴儿》,上阕为:"无双亭下琼花树,玉骨云腴。倾国称姝。除却扬州是无处。"《广群芳谱》此词前结之"无处"作"处无"。《丑奴儿》即《采桑子》,全押平声韵,"处"字出韵,而"无"字与词中几个韵脚字"腴、姝、驱、奴、都"均属《词林正韵》第四部"虞韵",故此处亦以《广群芳谱》为是。

　　《全宋词》中亦有个别地方失于照应,需作个别调整。如《全宋词》1611页载范成大《满江红》词,词题作:"始生之日,丘宗卿使君携具来为寿,坐中赋词,次韵谢之。"丘宗卿即丘崈,其集中亦载有与范成大唱和之作,《全宋词》1739页和1740页载有两首《满江红》,其词题分别为:"和范石湖","余以词为石湖寿,胡长文见和,复用韵谢之"。这两首词用韵与范成大(号石湖居士)完全相同,则丘崈的第一首应是原唱,此词词题当作"寿范石湖",而词中也确有祝寿意。又如《全宋词》2142页张镃存目词,谓此书未收《广群芳谱》中《南柯子》(种玉能延命)一阕,其实此词《全宋词》已收,见2131页,未收的系《南柯子》(积雪迷松径)一首。

二

　　古籍校勘中更多的是并非分清是非而是区分高下,择善而从。《全宋词》中部分辑佚之作往往不太讲究版本,有可商榷之处。

如《全宋词》3497页载张炎《壶中天·咏周静镜园池》一首,中华书局版吴则虞校本《山中白云词》也如此,去年我读《永乐大典》卷一〇五六(影印本559页),此词词题则作"题周静景园池",这两个词题仅两字之差,"咏"、"题"二字虽有差别但尚可无妨。人名"静镜",这两个字形不同,而读音四声完全一样,"景"与"静"虽也是双声叠韵字,但四声不同。人名是非当以实际情况如何来定是非,可惜周氏何人今已不易考订,从揣测角度看,似以"静景"为优。

《全宋词》录宋钦宗赵桓《眼儿媚》一首,词本《南烬纪闻》卷下:

> 宸传三百旧京华。仁孝自名家。一旦奸邪,倾天拆地,忍听琵琶。
> 如今在外多萧索,迤逦近胡沙。家邦万里,伶仃父子,向晓霜花。

《大宋宣和遗事》(《万有文库》本113页)亦载此词,异文颇多:

> 玉京曾忆旧繁华,万里帝王家。琼林玉殿,朝喧弦管,暮列笙琶。
> 花城人去今萧索,春梦绕胡沙。家山何处,忍听羌笛,吹彻梅花。

《南烬纪闻》、《大宋宣和遗事》均宋人笔记小说一类,后者更受学术界重视。《大宋宣和遗事》所载赵桓词,不仅没有封建说教,而且充满家国之恨,与宋徽宗赵佶之《燕山亭·北行见杏花作》有异曲同工之妙。如果采用后者,似乎更佳。

有时所依书虽同,传抄有误,也会有个别字句的差异,往往也高下悬殊。《全宋词》陈朴词(《全宋词》189页)用《陈先生内丹诀》本,乃用涵芬楼景明正统《道藏》本,据翁独健说,这是中国现存《道藏》中最完整的一部。我查该书《太玄部》(第743册)有《全宋词》所载陈朴词,有几处异文。如《望江南》(中黄宝)首中"浩气腾腾充宇宙"句,《全宋词》"浩气"作"浩浩";又《望江南》(日精满)"神龟时饮碧瑶泠"句,《全宋词》"泠"作"玲",均误,应遵改。

有些词作异文,从表面不易区分高下,而细味词意,不难甄别。如张抡《临江仙》词(《全宋词》1409页)"玉宇凉生清禁晓"句,《广群芳谱》"凉生"作"暖浮",意正相反。后阕"嫣然凝笑西风"句,《广群芳谱》"西风"作"东风"。此为咏牡丹之作,牡丹开于清明前后,用"暖浮"自然高于"凉生"。而"西风"乃秋风,"东风"则指春风。故此处异文,均应以《广群芳谱》为是。再如谢逸

《武陵春·茶》词（《全宋词》648页）有"两袖清风拂袖飞"句，《广群芳谱》卷二十一"两袖"作"两腋"，意同，而避免了"袖"字的重复。宋人并不很忌重字，但除叠字及修辞上的故意重复外，总以不重复为好，故亦以《广群芳谱》为上。

三

唐圭璋师治学十分严谨，他的《全宋词》很少发生疏误，尤其是他过目的书，要从中辑补《全宋词》的佚词，实在不易。这里辑录的几首佚作，多出于《广群芳谱》和《逸老堂诗话》及类书。《广群芳谱》编成于康熙四十七年（1708），较晚出，而且错讹很多。唐圭璋虽将之列入《引用书目·子部》中，并未将它作版本依据，只是在《存目词》栏常引之。这一做法应当说是基本正确的。但由此也不免产生一些小小的遗憾，除上文在校勘时言及者外，尚有几首佚词，可补《全宋词》。

辑佚常有补人与补词之说，此处亦然。我们且按先补人后补词的顺序。

采桑子
王冠卿

牡丹不好长春好，有个因依，一两三枝，但是风光总属伊。　　当初只为嫦娥种，月正明时，教恁芳菲，伴著团圆十二回。

此词载《广群芳谱》卷四十三，为《群芳谱》原有，词咏玫瑰。全词严格按谱填写。王冠卿不详何人。《广群芳谱》谓是宋人，且置于舒亶《一落索》词前，或系北宋时人。此可补《全宋词》，补词，亦补人。

卜算子
王　洪

宿雨涨春流，晓日红千树。几度寻芳载酒来，自与春风遇。　　弱水与桃源，有路从教去，不见西湖柳万丝。满地飞风絮。

此词见《广群芳谱》卷二十六，为《群芳谱》未有，后新增。宋有名王洪者，蜀人，工画山水。《广群芳谱》置王洪于秦观后，刘圻父（子寰）前，当亦宋人。此词咏桃花，清新淡雅，而又不远俗，有陶靖节风韵。此亦《全宋词》未收，可补词补人。

满庭芳

马 晋

　　雪渍冰须,霜侵蓬鬈,去年犹胜今年。一回老矣,堪叹又堪怜。思昔青春美景,除非是、月下花前。谁知道,金章紫绶,多少事忧煎?

　　侵晨。骑马出,风初暴横,雨又凄然。想山翁野叟,正尔高眠。更有红尘赤日,也不到、松下林边。如何好,吴淞江上,闲了钓鱼船。

　　此见明人俞弁《逸老堂诗话》卷上,诗话引此仅以存词。马晋,字孟昭,东吴人。此词写隐士田园生活,与陆游、朱敦儒后期山水田园词相似,应是宋词佳作之一。此词过片"清晨"句之"晨"不入韵,而与"骑马出"合成一句,此与秦观同调之作相似。"蓬鬈"之"鬈"当仄而平,或可改作"头发"之"发",或"髻",则意思不变,而平仄乃合。又"想山翁野叟"句,或"想野叟山翁"的倒文,这样平仄乃合。此词用韵很严格。此亦《全宋词》未收,可补词补人。

鹧鸪天

张孝祥

　　一种浓华别样妆。留连春色到秋光。解将天上千年艳,翻作人间九月黄。　　凝薄雾,傲繁霜。东篱恰似武陵乡。有时醉眼偷相顾,错认陶潜作阮郎。

　　此词载《广群芳谱》卷五十一,为《群芳谱》所原有。词咏菊花,为张孝祥《于湖词》未收。陈应行在《丁湖先生雅词》序里便说其词"散落人间,今不知其几",此即是其中的吉光片羽乎?陈氏又说他的词"泠然洒然,真非烟火食人辞语",又说其词有"潇散出尘之姿"。此词难完全当此评语,但较之《于湖词》中咏菊之作,似犹胜之,也可称宋人咏物词中佳作。张孝祥宋词名家,但此词为《全宋词》不收。

　　愿与宣温万年树,年年岁岁奉君王。(司马光《柳枝词》)
　　严妆欲罢啭黄鹂,飞上万年枝。(和凝《喜迁莺》)

这两条均见于《骈字类编》卷一〇八"万"字条,前者可补《全宋词》,后者可补《全唐五代词》。

纵观《全宋词》全书,不仅凝聚了唐圭璋师大半生的心血,也是千百年来词学家共同努力的结果。唐圭璋师以前的学者,大多注重名家大家,而于辑佚工作较少注意,仅赵万里《校辑宋金元人词七十三卷》,周泳先《唐宋金元词钩沉四十八卷》,朱祖谋《彊村丛书》于此费力甚多。因而对辑佚出的词作,则校勘欠精,于其格律等也重视不够。进一步完善《全宋词》的工作,其难点也在于此。这些词作,多数只有一种版本,无他本可校,甚至是只言片语,而不见全词,连考订真伪都十分不易。但重视此项工作,破除诗词总集无须校勘的陈习,广搜博取,还是可以使此书质量更提高一步。目前,重编《全唐诗》的工作已在进行,而《全宋词》质量远胜《全唐诗》,无须重编,但加以校补,使之更臻完善却是应该的,这样才能传之久远。这也符合唐圭璋师的遗愿。

1994 年 6 月

《浮生六记》散论

〔**内容提要**〕《浮生六记》是清代中叶沈复的笔记,所记多是真人真事,甚至可视为一部回忆录,由于其文笔优美、感悟真挚又塑造了一些楚楚动人的艺术形象,自光绪初年刊布以后,一直风靡全国。去年,一出版界友人有意重版此书,约我整理校点注释。我广搜清以来的多种版本,拜读郑逸梅、俞平伯诸先生为此书所作序言,对校多种版本,并对书中运用的语典、事典及冷僻词语加以注释,整理出一个较为精审的校注本,不久即将交付出版。而本文《〈浮生六记〉散论》则是本人校注此书的点滴体会。由于本人才疏学浅,加之前人对《浮生六记》研究不多,可供参考的资料不多,文中错讹肯定难免,敬请专家指正。

《浮生六记》在中国文学史上说不上有多高的地位,其作者更是名不见经传,却备受许多读书人的青睐,诚如俞平伯先生所说"这本书确也有眩人的力"。这是什么原因呢?《浮生六记》到底是一本怎样的书? 它的前四记与后二记的关系如何? 如何认识《浮生六记》历久不衰这一文化现象……这便是本文试图解决的问题。

一、《浮生六记》的作者及版本

本书的作者沈复,字三白,取《论语》中"南雍三复白圭"之意。他是苏州人。《浮生六记》卷一称:"余生乾隆癸未冬十一月二十有二日。"乾隆癸未乃乾隆二十八年。沈氏的卒年则不可确考,但可确定他活到清嘉庆十三年(1808)是无疑的。因为《浮生六记》的第四卷已写至这一年。他不是专事创作的作家,也不是个斯文举子,而是个习幕作商的人。诚如俞平伯先生所言:沈复"偶然写几句诗文,也无所存心。上不为名山之业,下不为富贵的敲门砖"。

沈复自称生"在衣冠之家,居苏州沧浪亭畔"。父亲沈稼夫(稼夫可能是其父之字而非其名)也曾是个习幕之人,有一定的经济地位,家道还比较殷实,还收了很多义子义女(这也是具有一定经济、社会地位的标志)。《浮生六记》卷三有一段文字:"青君曰:'祖父所遗房产,不下三四千金。'"也可见出其家经济情况。沈复在家中系长子,其弟名启堂,要比他精明奸诈得多。

书中的沈复其人是个忠厚也有几分迂腐的人。无论在兄弟之间、父子之间还是朋友之间,他并不是很会处理人际关系的。他真诚地对待每一个人,却总是不落好,甚至关系处得相当紧张,常常上当受骗。他相当贫寒,稍有余钱剩米,常被人借去不还。或为他人担保,反过来使自己背上一屁股债。他对妻子很珍爱,与封建时代的许多夫权思想严重的男子并不一样,他从不欺凌自己贤惠懦弱的妻子,而自己的迂腐与懦弱,也使他在妻子遭受误解和病痛折磨时爱莫能助,束手无策。他对朋友很真诚,然而由于他的无能,又常常成为朋友的累赘,即便谋得一份好工作(也经朋友帮助),也往往因同僚的关系处不好而丢了差事。

沈复是个令人同情的人,然而旧社会的积习也不少,如嫖娼即是一例。他去广州做了一趟生意,显然也颇有所得,却因嫖娼花去一百大洋(每次四圆),然而紧接着却是忍饥挨饿,妻子生病无钱医治。从这个意义上说,他又是纨绔子弟中的一员,他与别人的不同,仅在于他专注于喜儿一人。

他是封建社会末期,资本主义已经萌芽、发展,商品经济已占一定分量,而封建统治、封建家庭和伦理关系尚未发生根本变革时期的小知识分子和小市民,或称之为有点文化的小市民。他强烈不满于封建家族间尔虞我诈、亲人兄弟间反目为仇那一套,然而他也不能适应商品经济的新潮,他无创业之能而又守业不成,因而落得悲剧的命运是必然的。

关于《浮生六记》的版本,最具参考价值的是郑逸梅先生的序。根据郑先生的考订,此书最早见于《申报》馆丛书聚珍版《纪丽》类的《独悟庵丛钞》(光绪四年)中,独悟庵主乃杨引传,据说此书是杨在一冷书摊上发现的。这里郑先生并未说明这里是发现的一本"书",还只是此"书"的手稿。若是前者,在《申报》馆本之前此书已印刷过,则《独悟庵丛钞》本便只是传本,而非最早的版本,那未发现更早版本的可能便大得多。反之,便大致可以认定,此书以《独悟庵丛钞》为最早。在清亡以前,此书还出过《说库》本和赵苕狂撰的《美化文学名著丛刊》中。根据俞平伯先生 1923 年 2 月 27 日为重刊《浮

王步高诗文集

生六记》所作的序中揭示,他至少还从顾颉刚先生处借阅过一种《雁来红丛书》本的《浮生六记》。卷四《浪游记快》还被选入编成于光绪十七年(1891)的《小方壶斋舆地丛钞》之第五帙。这大概便是《浮生六记》广为流传之前早期的几种刊本了。这些刊本有一共同特点,虽名为《浮生六记》,却都只有卷一《闺房记乐》、卷二《闲情记趣》、卷三《坎坷记愁》、卷四《浪游记快》四卷。而亡佚了卷五《中山记历》、卷六《养生记道》。

然而,今本《浮生六记》却是六记。据郑逸梅先生回忆,这后二记虽说有人见到,我们见到的后二记并非原作,而是郑先生的一位友人(书商)王均卿作伪的。后二记文笔滞涩,刚读过前四记,接着读后二记感受特别明显。此书的价值显然在前四记,后二记也可供读完前四记觉得意犹未尽者了却心愿。然而其作伪的痕迹是显而易见的。郑逸梅先生说:"按之《坎坷记愁》,是年冬间,芸娘抱病,作者亦贫困不堪,甚至隆冬无裘,挺身而过,继因西人登门索债,遂被老父斥逐。刚从海外壮游回国,且系出使大臣所提挈,似不应贫困至此。又《浪游记快》中游无隐庵一段,亦在是年之八月十八日,身在海外,决无分身游历之理。有这两个疑问,这个本子究竟靠得住靠不住,真是考证方面一桩困难的事。"郑逸梅先生更以王均卿约他作伪一事说明,"这伪作是伪定了的"。

自前四记被发现,迄今又已 120 年,后二记的真本尚未发现,似乎能发现的可能已不是很大,只能寄希望于偶然了。然而也非绝无可能,有许多江南的大图书馆(如南京图书馆、浙江图书馆)都有数十万册的古籍图书至今未整理,倘能侥幸得之,也算是文坛的一件幸事。对广大读者便少了许多遗憾。

二、以真情与血泪写人世百态

《浮生六记》所以能受到广大读者的喜爱,其重要原因之一是它的真实性。明人袁宏道说:"大概情至之语,自能感人,是谓真诗,可传也。"其实,不仅诗是如此,散文、小说也无不如此。《浮生六记》作情至之语,所以真切感人。

此书以第一人称写成,给人亲切真实之感。如卷二《闲情记趣》开头一段对孩提时喜爱玩蚊虫等小动物的记叙:

余忆童稚时,能张目对日,明察秋毫,见藐小微物,必细察其纹理,故时有物外之趣。夏蚊成雷，私拟作群鹤舞空。心之所向，则或千或百，果然鹤也；昂首观之，项为之强。又留蚊于素帐中，徐喷以烟，使之冲烟而飞鸣，作青云白鹤观，果如鹤唳云端，怡然称快。

这类童稚喜好之事于大多人少时均不免有之，难得的是到中年以后，对此仍念念不忘。王国维曾说："词人者，不失其赤子之心者也。"（《人间词话》）作者虽饱经人世沧桑，仍不失其赤子之心。因而《浮生六记》全书中，没有浮滑和套语。俞平伯先生评之说："意兴所到，便濡毫伸纸，不必妆点，不知避忌。统观全书，无酸语、赘语、道学语。"而多有真性情的流露，故特别感人。如《坎坷记愁》中有一段写自己的苦况："余连年无馆，设一书画铺于家门之内，三日所进，不敷一日所出，焦劳困苦，竭蹶时形。隆冬无裘，挺身而过。青君（其女）亦衣单股栗，犹强曰'不寒'，因是芸誓不医药。"又如写去靖江途中："夜至江阴江口，春寒彻骨，沽酒御寒，囊为之罄。踌躇终夜，拟卸衬衣，质钱而渡。""十九日，北风更烈，雪势犹浓，不禁惨然泪落。暗计房资渡费，不敢再饮，正心寒股栗。"再次去靖江时，他更加贫穷了：

> 时已薪水不继，余佯为雇骡以安其心，实则囊饼徒步，且食且行。向东南，两渡叉河，约八九十里，四望无村落。至更许，但见黄沙漠漠，明星闪闪，得一土地祠，高约五尺许，环以短墙，植以双柏。因向神叩首，祝曰："苏州沈某投亲失路至此，欲假神祠一宿，幸神怜佑。"于是移小石香炉于旁，以身探之，仅容半体。以风帽反戴掩面，坐半身于中，出膝于外，闭目静听，微风萧萧而已。足疲神倦，昏然睡去。

这一段细节的刻画，非亲身经历，难以如此真切，令人信服。

妻子死后，回煞之期，他不顾迷信应当"避眚"（邗江俗例，设酒肴于死者之室，一家尽出，谓之"避眚"），他却故意不避，并云："所以不避而待之者，正信其有也。"他留在死者室内的一段细节，把对死者的真情写得真实可感："开目四视，见席上双烛青焰荧荧，缩光如豆，毛骨悚然，……此时心春股栗，欲呼守者进观；而转念柔魂弱魄，恐为盛阳所逼，悄呼芸名而祝之……出告禹门，服余胆壮，不知余实一时情痴耳。"书中"我"的形象写得很丰满，很真切可亲。书中涉及的许多人物，如其弟启堂、赴靖江途中遇到的曹翁等人物，虽着墨不多，也都写得栩栩如生。作者笔下的大家庭，母亲的狭隘，父亲的固执,也都纤毫毕现。唯其真实,所以感人。书中的所有人物都不是在演戏,没有理性说教,而是在实实在在地做人。

刘鹗在《老残游记·自序》中说:

> 《离骚》为屈大夫之哭泣,《庄子》为蒙叟之哭泣,《史记》为太史公之哭泣,《草堂诗集》为杜工部之哭泣;李后主以词哭,八大山人以画哭;王实甫寄哭泣于《西厢》,曹雪芹寄哭泣于《红楼梦》。……吾人生今之时,有身世之感情,有家国之感情,有社会之感情,有种教之感情。其感情愈深者,其哭泣愈痛。

刘鹗生活的时代比沈复晚约一百年。沈复创作《浮生六记》时,鸦片战争,太平天国等一系列的重大变故,清王朝还未发展到一蹶不振的末世,作者也非关心国家大事之人。他所为乃是"一室之悲歌",然而也不妨它可以"下千年之血泪"。这是本书可以吸引千百万读者的魅力之一。

三、论陈芸艺术形象的塑造

沈复之妻陈芸,字淑贞。她是作者舅父陈心余的女儿。她四岁时父亲去世。她幼习刺绣女红,稍长,即挑起家庭的重担,以女红供给三口之家的开支及弟弟的学费。显然,她自幼便是一个具有传统贤惠品格的女子。

同时,与封建社会鼓吹"女子无才便是德"的信条不同,她"生而颖慧,学语时,口授《琵琶行》,即能成诵",后来又能读书识字,还能写下一联或三四句的零篇断句。这使她与传统的女性又有了很大区别。知书识理以及清末社会各种新思想新潮流的影响,又使她与传统的女性更不相同。这就造就了陈芸性格的两重性。尽管作者津津乐道的是前者,事实上却是两者并存,相互影响着的。

就其传统贤惠女子一方面而言,她是贤妻、良母、孝媳。

订亲以后,尚未过门,她已开始负责照料比自己年轻的丈夫的责任。其堂姊出嫁,送亲归来,她怕未婚夫挨饿,早就藏好暖粥和小菜。自从沈复出痘之日,她就一直坚持吃素,以乞求菩萨保佑沈得平安。

成亲以后,"芸作新妇,初其缄默,终日无怒容,与之言,微笑而已。事上以敬,处下以和,井井然未尝稍失。每见朝暾上窗,即披衣急起,如有人呼促者然"。书中又写道:"余性爽直,落拓不羁;芸若腐儒,迂拘多礼。偶为之披

卷四　诗词研究

衣整袖，必连声道‘得罪’；或递巾授扇，必起身来接。”

陈芸在这个封建大家庭中，发生一些问题和矛盾则不可免，但陈芸均能识大体，顾大局。沈复之弟启堂结婚，偶缺珠花，陈芸取出自己结婚时的珠花送给婆母，别人为之惋惜，她还说："凡为妇人已属纯阴，珠乃纯阴之精，用为首饰，阳气全克矣，何贵焉？"这一议论虽近于迂腐，但却见出她豁达大度和仗义疏财。

丈夫爱小饮，不喜多菜。陈芸即"为置一梅花盒，用二寸白磁深碟六只，中置一只，外置五只，用灰漆就，其形如梅花。底盖均起凹楞，盖之上有柄如花蒂。置之案头，如一朵墨梅覆桌；启盏视之，如菜装于花瓣中。一盒六色，二三知己可随意取食，食完再添。另做矮边圆盘一只，以便放杯箸酒壶之类，随处可摆，移掇亦便"。丈夫的小帽领袜等皆陈芸亲手所做，"衣之破者移东补西，必整必洁"。……这也见出陈芸既心灵手巧，又持家节俭，使这个小家庭在贫穷和艰难竭蹶之中能够苦苦撑持过去。

陈芸不仅须任劳，亦须任怨。她虽极善良、极贤惠，但并不能讨公婆的欢心。陈芸通文墨，但婆母"疑其述事不当"，家信不愿让其代笔，而公参则怒其不屑代笔，她却不愿剖白，且云："宁受责于翁，勿失欢于姑。"竟不自白。启堂弟向邻妇借贷，请芸作保，后追索甚急，时启堂与沈复同侍父病于邗江，启堂怪芸多事，且在父询及时故推不知，因使父大怒，以至申斥作者："汝妇背夫借债，谗谤小叔，且称姑曰令堂，翁曰老人，悖谬之甚！"陈芸对尊长的误解、责罚从无怨言，也很少解释。对艰辛的生活，也甘之如饴。试看她临终前对丈夫的一番话：

> 妾病始因弟亡母丧，悲痛过甚；继为情感，后由忿激。而平素又多过虑，满望努力做一好媳妇，而不能得，以至头眩、怔忡诸症毕备；所谓病入膏肓，良医束手，请勿为无益之费。忆妾唱随二十三年，蒙君错爱，百凡体恤，不以顽劣见弃。知己如君，得婿如此，妾已此生无憾！若布衣暖，菜饭饱，一室雍雍，优游泉石，如沧浪亭、萧爽楼之处境，真成烟火神仙矣。神仙几世才能修到，我辈何人，敢望神仙耶？强而求之，致干造物之忌，即有情魔之扰。总因君太多情，妾生薄命耳！

这一段充满宿命论的临终遗言，表现了陈芸对物质、精神生活的知足心态。知足是旧时代女子贤惠的基础。她们对人世要求不高，对公婆、丈夫、儿女要求很少，而付出甚多，她们责己严、待人宽。诚如鲁迅先生所言，她们吃进去的是草，而挤出来的是牛奶。这是陈芸身上具有传统美德的一面。

陈芸生活于18世纪下半叶，这是欧洲文艺复兴和思想解放的时期，而清王朝已建国一百余年，还是所谓乾隆盛世时期，但资本主义的生产关系已在潜滋暗长，封建统治、封建思想的禁锢也受到相对削弱。陈芸与封建时代的传统女性，已并非全无二致。她有一定文化素养，读过一些诗书，还会作得几句诗。她还向丈夫请教"各种古文，宗何为是"的问题，还能对李白、杜甫、白居易、司马相如等的诗文发表一些独到的见解。她多愁善感，婆母诞辰演剧，她嫌《惨别》过于惨切，躲而"良久不出"，诚如作者所云，她是"深于情者也"。

陈芸个性中的另一面却是传统的贤妻良母所不具备的。她有较高的文化素养，她也渴望女性个性的解放。她不仅跟丈夫一起去游沧浪亭，还背着公婆，托言回娘家而与夫一起去观赏洋洋万顷的太湖，还曾女扮男妆到万年桥去赏月、游洞庭君祠（水仙庙）……这又是封建道德上的妇容、妇德所不允许的。然而，正是这些使她有别于数千年的传统女性，而有了某种时代的气息。她毕竟已是生活在清代中叶的知识女性。在她去世后不到半个世纪，帝国主义的坚舰利炮就击破了清王朝的国门，中国社会便发展到近代。她有良好的文化素养，经济上也属破落地主、官僚家庭一类，其夫又游幕经商，资本主义的民主思想不能不对她有所习染，使她自觉不自觉地受到时代风气的熏陶，因而她的品性与深宅大院中的封建少妇相比，有其贤惠的传统美德，而少其封闭与保守。她比那些旧时代的妇女更贴近今天的人。陈芸是作者成功塑造的亲切可感的人物形象，是此书受到广大读者欢迎的又一原因。

作者生活于封建社会解体的时代，他自己就是一个典型的没落地主家庭的知识分子。虽然其家庭仍较为富裕，不至于连温饱都发生困难，然而由于他们夫妇不为家庭所容，所以后期他时常衣食不周，人情冷暖、世态炎凉他都饱尝到。书中云"投亲不如靠友"，便是这方面的真实写照。

此书风行海内外，林语堂甚至将之译成英文，流播海外。由于本书的作者有较高的文学素养，书中引用的文史典故，除极个别有误外，大都很贴切。他的知识面也比较宽，书中涉及文学（尤其是古典诗词）、历史、哲学（尤其是儒学及宋代理学）、宗教（尤其是佛教）、书法、绘画等多方面，可见出其有很高的学养。

　　本书的成功,也得益于其清俊畅达的语言,文章以近于白话的文言写成,其深浅约当于古白话,很少用冷字僻典,因而稍有一定文化基础者,阅读毫不困难。有些章节也写得较优美动人。作者偶然自作的小诗,也还能差强人意,较之许多才子佳人小说中胡诌出来的打油诗,却自称"才如子建(曹植)",胜出许多。

　　本文作者的思想并不处于时代的前列,对社会现实的认识,也还停留于就事论事,并无太多高明之处,因而从思想性而言,此书说不上有多少价值。较之稍前或同时代文学著作,如《儒林外史》、《官场现形记》等,思想性之深刻,不可同日而语。与《红楼梦》比,更差之千里。因而本书只可视为闲书而不能作为生活教科书来读。然而,若不从"寓教于乐"等儒家功利目的来苛求之,本书仍不失为一种优秀的文学读物。它既能使人赏心悦目,也能以陈芸等人格的力量,使每位读者受到真善美的教益。

参考文献

　　一、校注参考文献:
《浮生六记》　《申报馆丛书续集·纪丽类·独悟庵丛钞》
　　　　　　　　光绪四年(1878)排印(原缺五六卷)
《浮生六记》　《说库》本　　民国四年(1915)上海文明书局石印本
　　　　　　　　王文濡辑(原缺五六卷)
《浮生六记》　《美化文学名著丛刊》本　　民国二十四年(1935)
　　　　　　　　世界书局排印本　　朱剑芒辑　　附赵苕狂撰
《浮生六记》　湖南文艺本　　《闲书四种》本　……
《浪游记快》　《小方壶斋舆地丛钞》第五帙
　　　　　　　　光绪十七年(1891)　　上海易著堂排印本
　　二、论文参考文献:
郑逸梅《〈浮生六记〉序》
俞平伯《重刊浮生六记序》

　　　　　　　　　　　　　　　　　　　　　　　　　(王岚据手稿整理)

试论周济的词学观及其诗学理论基础

如今研究常州词派的学者都已普遍重视周济在该派理论上的出色建树,认识到周氏的词论最集中地体现了常州词派的观点。然而这一观点是怎样形成的呢? 它与张惠言兄弟等有何异同呢? 周济词学观应包含哪些内容? 周济的前期著作《词辨》、《介存斋论词杂著》在周济词学观形成中的作用如何? 周济词论在多大程度上继承了明清的诗歌理论? ……这些问题,便是本文试图探讨的问题。

一、从《词辨》看周济、张惠言词论的异同

《词辨》是周济三十岁左右时给弟子讲词时编著的。对此周济自己指出:

> 向次《词辨》十卷:一卷起飞卿,为正;二卷起南唐后主,为变;名篇之稍有疵累者为三四卷;平妥清通,才及格调者为五六卷;大体纰谬,精彩间出,为七八卷;本事、词话为九卷;庸选恶札,迷误后生,大声疾呼,以昭炯戒为十卷。

目前此书仅存正、变二卷,也即原书的第一、二卷,且是追忆所成,但应是原书中最受编著者青睐的作品。今本《词辨》共收词 94 首,与张惠言《宛邻词选》收词 116 首分量相近,编著的宗旨也相同。然而,此书在张氏《宛邻词选》(以下简称《词选》)问世十余年后编著而成,而且是受了张氏《词选》影响后编著成书,显然也是不满意《词选》才编著的。探讨两书的异同,很能见出周济对张惠言词论的继承和发展。

就其相同方面而言,应从以下几点来认识:一是《词辨》是在《词选》的影

响下编著出来的。周济在该书自序中就明确指出："余年十六学为词,甲子始识武进董晋卿,……晋卿为词,师其舅氏张皋文、翰风兄弟。二张辑《词选》而序之:以为词者,意内而言外,变风骚人之遗。其叙文旨深词约,渊乎登古作者之堂而进退之矣。"作者编著《词辨》之前,不仅已见过《词选》,而且向张惠言的嫡系传人外甥董士锡学词。《词辨》成书于嘉庆十七年(以自序的作年计),去《词选》成书仅十五年,距张惠言去世仅十年,而张琦还健在(他直活到道光十三年,《词辨》问世后,他又活了二十年)。二是这两本书都不满于浙派的推崇姜张。《词辨自序》云:"晋卿初好玉田,余曰:玉田意尽于言,不足好。"其《介存斋论词杂著》亦指出:"近人颇知北宋之妙,然终不免有姜、张二字横亘胸中。岂知姜张在南宋,亦非巨擘乎?论词之人,叔夏晚出,既与碧山同时,又与梦窗别派,是以过尊白石,但主'清空'。后人不能细研词中曲折深浅之故,群聚而和之,并为一谈。亦固其所也。"周济是强烈不满于姜张的。他后来在《宋四家词选目录序论》中说:"白石号为宗工,然亦有俗滥处、寒酸处、补凑处、敷衍处、支处、复处,不可不知。白石小序甚可观,苦与词复。"又云:"玉田才本不高,专恃磨砻雕琢。装头作脚,处处妥当,后人翕然宗之,然如《南浦》之赋春水,《疏影》之赋梅影,逐韵凑成,毫无脉络,而户诵不已,真耳食也。"又说:"碧山恬退是真,姜张皆伪。"其三,周济《词辨》在独尊词体这方面也与张惠言相同。张惠言希望词能"与诗赋之流同类而讽诵之"(《词选·原序》)。周济则云:"诗有史,词亦有史,庶乎自树一帜矣。"(《介存斋论词杂著》),而且希望词"可为后人论世之资"(同上)。金应珪在《词选·后序》指出近人为词的"三蔽"——淫词、鄙词、游词则是推尊词体的大敌。尤其是浙西词派学姜史末派的"游词",当时这类词作"规模物类,依托歌舞,哀乐不衷其性,虑叹无与乎情,连章累篇,义不出乎花鸟;感物指事,理不外乎酬应,虽既雅而不艳,斯有句而无章",这类词作,多是无病呻吟之作,无法贴近生活(更不能干预生活),这与中国文学史的"风雅"传统,是格格不入的。"尊体"与"寄托",使词有充实的内容,这才有与诗赋文并尊的可能。其四是周济继承并发展了张惠言的"寄托"说。在这个问题上,周济是"因"少于"创",故于下文详论。其五,《词辨》与张惠言《词选》对某些词人的看法较为一致。二书相同的篇目共46首,约占《词辨》全书的48.9%,其中有6位词人入选的词作数量、篇目完全相同。他们是韦庄(4首)、苏轼(2首)、晏殊、晏几道、鹿虔扆、史达祖(均为1首)。

就其不同方面而言,《词辨》(含《介存斋论词杂著》)与《词选》相异之处甚至比相同处更多,这大致表现于以下几个方面:其一,两书所收词人词作多有不同。如前所述,《词辨》收词94首,与《词选》相同的篇目仅46首,还不到全书的一半。《词辨》共收词人31人,却有10人为《词选》未收,约占三分之一;而《词选》入选的词人共44人,竟有22人《词辨》未收,正相当于全书的一半。即便二书共同入选的词家,有15家的选篇也多有不同,约占71.4%,可见二书差异之大。其二,《词选序》中张惠言特别点出的四位词人:柳永、黄庭坚、刘过、吴文英,是张氏称为"荡而不反、傲而不理、枝而不物"的典型,《词选》中只字未选,而这四家中除黄庭坚外,三家词均收入《词辨》,而吴文英词竟达5首之多,仅比温庭筠、辛弃疾、李煜、周邦彦四家为少,而比韦庄等词人还多(对此下文详细论述)。其三,《词辨》与《词选》相比,具有不仅重词品,更注重人品的特点。《词选》中选朱敦儒词五首,其入选的数量仅居温庭筠、秦观、李后主、辛弃疾四人之后,而与冯延巳并列,特别是在柳永、吴文英等四词人及张元干、刘克庄、周密等著名词人一首也不入选的情况下,更显得非同寻常。然而,《词辨》中却一首也未入选。在《介存斋论词杂著》中也未言及。二十年后周济编《宋四家词选》时,也未选朱敦儒片言只字。周氏对此也未置一辞,其实不然。周济非常重视词人的个人品质。他在论及史达祖词时便说:"梅溪词中,喜用偷字,足以定其品格矣。"(《介存斋论词杂著》)后来他在《宋四家词选目录序论》中又说:"余选《梅溪词》,多所割爱,盖慎之又慎云。"梅溪(史达祖)的人品在《宋史》及理学家的笔下,颇遭非议,因为他曾支持宋宁宗时的权相韩侂胄发动开禧北伐,北伐受挫,投降派发动政变,韩遇害,史达祖也被黥面流放。由于韩当政时曾反对过理学,反过朱熹,被后世理学家诬为"奸臣",史也因此受苛责,这便是其"人品不高"了。周济因袭旧说,以成见论人,故用"偷"字便加以指斥。其实,辛弃疾词中也多处用及"偷"字,自不能因此断言辛弃疾也"人品不高"。周济贬低梅溪,只能说明他不仅重词品,也重视人品。到他编著《宋四家词选》时,对归入欧阳修名下的《蝶恋花》词加批云:"数词缠绵忠笃,其文甚明,非欧公不能作。延巳小人,纵欲伪为君子,以惑其主,岂能有此至性语乎!"这一点与张惠言似乎颇有不同,《词选》只论词品,而罕及人品。除冯延巳外,温庭筠、朱敦儒也属此例。朱敦儒生活于南北宋之交,南渡后较少关心国家命运,过着隐居生活,晚年又当了秦桧的家庭教师,人品不高。朱敦儒词在清以来的遭际有天壤之别,张惠言将之列为唐宋词家的第五位(仅就艺术而言,他也远不能跻身此位),王鹏运更一直以不能得见"渔樵二歌"为恨(其中含朱敦儒的《樵

卷四　诗词研究

歌》)。反之，自周济始，一些重要的唐宋词选本却均不选朱敦儒词，如俞陛云《两宋词简释》、龙榆生《唐宋名家词选》、唐圭璋《唐宋词简释》……后者显然不是从艺术角度，而是从人品角度这样做的。笔者至少可以断言唐圭璋师是这样做的。唐老师在跟我一起商订《金元明清词鉴赏辞典》（本人主编，南京大学出版社 1989 年版）的选目时，就一再叮嘱我切不可选钱谦益词，他还称赞夏承焘、张璋编选的《金元明清词选》最大的优点就在于未选钱谦益的词。究其原因，也在于钱谦益曾投降清人，做过礼部右侍郎兼秘书院事，虽仅六个月，毕竟丧失了民族气节。中国的知识分子有重名节的传统，与讲究礼义廉耻一样，知耻，有所不为，对不顾名节者则嗤之以鼻，这是有其积极意义的。《词辨》不收朱敦儒词，其意义也在于此，……周济并不隐瞒他与张惠言见解的不同。其《词辨序》云："弟子田生端学为词，因欲次第古人之作，辨其是非，与二张（张皋文、张翰风）、董氏（董晋卿）各存崖略，庶几他日有所观省，爰录唐以来词为十卷。"于此可见一斑。

二、《词辨》在"源流"、"南北"问题上的新变

《词辨》（连同《介存斋论词杂著》）是周济词论形成的一个重要里程碑，他与张惠言《词选》一个重要的不同是学词中对"源"与"流"，宗"唐五代"、"北宋"与宗"南宋"的不同上。浙西词派宗南宋，朱彝尊曾说："世人言词，必称北宋，然词至南宋始极其工，至宋季始极其变。姜尧章氏，最为突出。"（《词综发凡》）浙派的这一主张是针对明以来崇尚《花间》、《草堂》为代表的五代和北宋词而言的。又说："《草堂诗余》所收最下、最传。三百年来，学者守为兔园册，无惑乎词之不振。"浙西词派标举学习南宋，实际仅学习姜张，崇尚典雅清空，取径十分狭窄，到其末流，其创作远远脱离现实。金应珪《词选后序》指出"近世为词，厥有三蔽"中的"淫词"、"鄙词"、"游词"，词坛上学柳永、周邦彦派易流于淫词，学苏辛一派易流于鄙词，而学姜张一派易流于游词。张惠言力反浙西派的主张，指出："词者盖出自唐之诗人，采乐府之音，以制新律，因系其词，故曰'词'。"张惠言十分推崇唐五代词，其《词选·原序》指出：

　　自唐之词人，李白为首，其后韦应物……并有述造，而温庭筠最高，其言深美闳约。五代之际，孟氏、李氏，君臣为谑，竞作新调，词之杂流，由此起矣。至其工者，往往绝伦，亦如齐、梁五言，依托魏、晋，近古然也。

张惠言对宋词则区分正变。《词选》共选唐五代 11 家,词 46 首;北宋 20 家,词 47 首;南宋 13 家,词 23 首。显然,《词选》选录的主要是唐五代北宋词,这与浙西词派的主张截然不同。吴梅《词学通论》亦指出:

> 皋文《词选》一编,扫靡曼之浮音,接风骚之真脉,直具冠古之识力者也。词亡于明,至清初诸老,具复古之才,惜未能穷究源流,乾嘉以还,日就衰颓。皋文与翰风出,而溯源竟委,辨别真伪,于是常州词派成。

张惠言的词学主张,实际是受今文经学派影响的一种复古理论,这种理论,在实践中是很难有强大的生命力的。周济不满于张氏的《词选》的做法而编《词辨》,其一个最重要的倾向就是纠正了张惠言重源轻流,重唐五代北宋而轻南宋的矫枉过正之举,周济反对浙派专学姜张的主张,却不贬低南宋。试从统计学角度来审视,这一点便十分清楚了。《词选》中唐五代词人占全书的 25%,词作占 39.7%,到《词辨》中唐五代词人下降为 22.6%,词作降为 33%。《词选》中,北宋词人占 43.2%,词作占 37.1%,到《词辨》中,北宋词人仅占 32%,词作更仅占 26.6%,下降幅度是十分明显的。《词选》中南宋词人占 29.5%,词作占 31%,而到《词辨》中,南宋词人占 41.9%,词作占 39.4%,均有显著的提高。

《词辨》中唐五代北宋词的分量下降,最集中表现于《花间词》及秦观词的分量下降,在《词选》与《词辨》中,温庭筠词似乎均居首位,其实份量已有了很大改变。《词选·原序》称"温庭筠最高,其言深美闳约"。周济则云:"皋文曰:'飞卿之词,深美闳约',信然,飞卿酝酿最深,故其言不怒不慑,备刚柔之气,针缕之密,南宋人始露痕迹。《花间》极有浑厚气象。如飞卿则神理超越,不复可以迹象求矣;然细绎之,正字字有脉络。"(《介存斋论词》)周济又说:"词有高下之别,有轻重之别。飞卿下语镇纸,端己揭响入云,可谓极两者之能事。"(同上)从这些公开的宣言看,似乎周济对温庭筠的看法与张惠言并无区别,其实不然。《词选》收温词 18 首,占全书的 15.5%,《词辨》收温词 10 首,仅占全书 10.6%,比重明显下降。而《花间》其他词人下降尤显,《词选》收牛松卿(峤)词三首,牛希济词一首,《词辨》均不收。南唐中主词,《词选》收 4 首,《词辨》也不收。北宋秦观词,在《词选》中占 10 首,仅居温飞卿之后,到《词辨》中仅剩 2 首,而入选《词选》的北宋词人中韩缜、张先、赵令畤、张舜民、王雱、田为、李玉、谢克家、朱敦儒等均不再入选。

张惠言《词选》原序中指出其学词的主张是"塞其下流,导其渊源",而周济在《宋四家词选目录序论》中指出学词的途径是:"问涂碧山,历梦窗、稼轩以还清真之浑化。余所望于世之为词人者,盖如此。"这与张氏"导其渊源"的主张毫无共同之处,其实,在《宋四家词选》明确倡导学清真和南宋三家词之前,《词辨》中已见其端倪。

《词辨》中已大大提高了辛弃疾、吴文英、王沂孙南宋三家词的地位。《词辨》与《词选》相比,辛弃疾词由 6 首增至 10 首,由全书第三位升至第一位,王沂孙词由 4 首增至 6 首,由第七至十二位(并列),上升为第五位。在《介存斋论词杂著》中,周济对辛弃疾、王沂孙更是推崇:

> 稼轩不平之鸣,随处辄发,有英雄语,无学问语,故往往锋颖太露。然其才情富艳,思力果锐,南北两朝,实无其匹,无怪流传之广且久也。
>
> 世以苏、辛并称,苏之自在处,辛偶能到之;辛之当行处,苏必不能到。二公之词,不可同日语也。后人以粗豪学稼轩,非徒无其才,并无其情。稼轩固是才大,然情至处,后人万不能及。
>
> 中仙(王沂孙)最多故国之感,故着力不多,天分高绝,所谓意能尊体也。中仙最近叔夏一派,然玉田自逊其深远。

这两段评语与张惠言《词选·原序》中论及二人时"渊渊乎文有其质焉"一语,自然大是不同。到《宋四家词选目录序论》中,他对辛、王二家评价更高:"稼轩敛雄心,抗高调,变温婉,成悲凉。碧山餍心切理,言近旨远,声容调度,一一可循。"又说:"稼轩则沉着痛快,有辙可循,南宋诸公,无不传其衣钵,固未可同年而语也。"又说:"碧山胸次恬淡,故黍离麦秀之感,只以唱叹出之,无剑拔弩张习气。咏物最争托意,隶事处以意贯串,浑化无痕,碧山胜场也。词以思笔为入门阶陛。碧山思笔,可谓双绝。幽折处,大胜白石,惟圭角太分明,反复读之,有水清无鱼之恨。"很显然,对辛、王、吴等的特别景仰,使周济不得不改变张惠言重唐五代北宋而轻南宋的主张。这点表现在他对吴文英的态度方面尤其明显,而与张惠言截然不同。试比较张与周在对待吴文英问题上两段不同的评价:

> 其荡而不反,傲而不理,枝而不物,柳永、黄庭坚、刘过、吴文英之

伦,亦各引一端,以取重于当世。……后进弥以驰逐,不务原其指意,破析乖剌,坏乱而不可纪。

——张惠言《词选·原序》

自温庭筠、韦庄、欧阳修、秦观、周邦彦、周密、吴文英、王沂孙、张炎之流,莫不蕴藉深厚,而才艳思力各骋一途,以极其致。譬如匡庐、衡岳,殊体而并胜;南威、西施,别态而同妍矣。

——周济《词辨序》

良卿曰:"尹惟晓'前有清真,后有梦窗'之说,可谓知言。梦窗每于空际转身,非具大神力不能。"梦窗非无生涩处,总胜空滑。况其佳者,天光云影,摇荡绿波;抚玩无斁,追寻已远。君特意思甚感慨,而寄情闲散,使人不能测其中之所有。

——周济《介存斋论词杂著》

这几段文字,不难看出周济与张惠言在对吴文英词认识上的差异。张氏称梦窗词"傲而不理",《词选》中完全不选梦窗词。周济编《词辨》时,已将梦窗与温韦、周秦等列,作为词坛正声,而且他同意尹焕(惟晓)的"求词于吾宋者,前有清真,后有梦窗"之说,对人们指责梦窗词晦涩,他不全加否定,却认为即使"生涩处","总胜空滑"。《词辨》选梦窗词五首,就数量言,仅居温庭筠、辛弃疾、李煜、周邦彦及王沂孙之后,而与冯延巳相等,这比之《词选》是个极大的发展,是由《词选》发展到《宋四家词选》一个重要的里程碑。

总之,笔者认为,《词辨》及《介存斋论词杂著》已具备了周济词论的雏形,它一方面似乎仍与张惠言保持一致,实际上已是异大于同,为周氏在《宋四家词选》中提出"夫词,非寄托不入,专寄托不出"以及自己的学词门径做好了准备。潘祖荫《宋四家词选序》中也指出:"止庵《词辨》亦惩时俗猖狂雕琢之习,与董晋卿辈同期复古,意仍张氏,言不苟同。"说其"意仍张氏,言不苟同"是对的,说其"同期复古"则未必。《词辨》及《介存斋论词杂著》纠正了《词选》一味复古、"导其渊源"的主张,变重唐五代北宋为重清真及南宋词。这里已明显见出,周济并不主张如张惠言《词选》倡导的那样学习温庭筠及《花间》派,而应学习宋词,尤其是周邦彦、辛弃疾、吴文英、王沂孙词。

三、如何认识周济及常州词论的主旨

常州词派的根本性质如何,愚以为这是一个文学上以复古求新变的文

学流派。张惠言《词选·原序》即指出:"故自宋之亡而正声绝,元之末而规矩隳。以至于今四百余年,作者十数,谅其所是,互有繁变,皆可谓安蔽乖方,迷不知门户者也。"常州词派是不满于元以来词坛的淫词、鄙词、游词,而尤其是对浙西词派末流而形成的。金应珪《词选后序》在指出当时词坛的"三蔽"后说:"原其所昧,厥亦有由:童蒙撷其粗而失其精,达士小其文而忽其义。"这两句话常被研究常州词派的专家所忽略,然而这恰恰是常州词派欲纠偏和正本清源的主旨所在。

这两句话虽分指"童蒙"和"达士"两个方面,实指"初学者"和专门家。常州词派正是要从这两方面入手去纠正,而要纠正"小其文而忽其义"的偏向则要尊其体并重其"义",而要纠前者("撷其粗而失其精"),则需要向初学者提供一个学词的范本。金应珪在批评了《花间》、《草堂》"雅郑无别"、"朱紫同贯"后,指出:"欲塞其歧途,必且严其科律,此《词选》之所以止于一百十六首也。"张惠言虽然说出了常州词派的主要纲领,但还不很明晰,还不可能产生影响清代词坛百余年的巨大力量,在这方面贡献最大的乃是周济。

周济关于尊体的论述并不很多:

> 后世之乐,去诗远矣,词最近之。是故入人最深,感人为远,往往流连反复,有平矜释躁,惩忿窒欲,敦薄宽鄙之功。
>
> ——周济《词辨序》
>
> 中仙最多故国之感,故着力不多,天分高绝,所谓意能尊体也。
>
> ——周济《介存斋论词杂著》
>
> 感慨所寄,不过盛衰:或绸缪未雨,或太息厝薪,或已溺已饥,或独清独醒,随其人之性情、学问、境地,莫不有由衷之言。见事多,识理透,可为后人论世之资。诗有史,词亦有史,庶乎自树一帜矣。
>
> ——周济《介存斋论词杂著》

在周济心目中,是欲使"文人卑填词为小道"的状况有一根本改变,词能发感慨,写真情,抒发身世之感及家国之恨,从而能使"词亦有史"使词摆脱"诗之余"的地位而成为与诗、文、赋并列的一种文学体裁,从而"自树一帜"。而要做到这一点,周济认为词在题材上要做到三点:一要写世事盛衰之感,像诗人杜甫经历安史之乱的沧桑巨变之后以诗记载历史,故后世对杜诗有"诗史"、"图经"之称,词坛上还没有能与老杜比肩的词家,但受常州词派影响的清末四大家的王鹏运等人身历庚子之变,目睹八国联军侵略中国的战乱写下的《庚子秋词》,却足称"词史"。周济在《宋四家词选》中,为王沂孙词加的旁批也颇能说明这一点。其批《齐天乐·蝉》一曰:"此身世之感",二曰:"此国家之恨"。二是写由衷之言,按周氏的意见,"或绸缪未雨,或太息厝薪,或己溺己饥,或独清独醒,随其人之性情、学问、境地",而"莫不有由衷之言",这一点很显然是针对浙西末派的"游词"(见金应珪《词选后序》)"规模物类,依托歌舞,哀乐不衷其性,虑叹无与乎情,连章累篇,义不出乎花鸟,感物指事,理不外乎酬应",这一见解至今仍有积极意义,对清代后期词学的复兴更有推动作用。当今诗词领域,言不由衷的情况仍比比皆是,故应酬之作多,空洞的口号之作多,展转传抄之作多,"千部一腔,千人一面"之作多。三是要"入人为深,感人为远",这就不仅要求词写出真情实感,能写人人关注的一些大题目、大题材,同时也应具有深刻的艺术魅力,才能"入人深","感人远"。具备这三点,词才能尊体,才能摆脱"小道"、"诗余"的境地,才能"自树一帜"。

周济对常州词派理论另一个重要的贡献是对张惠言"寄托"说的发展。张惠言说:"《传》曰:'意内而言外谓之词'。其缘情造端,兴于微言,以相感动。极命风谣里巷男女哀乐,以道贤人君子幽约怨悱不能自言之情,低徊要眇,以喻其致。"(《词选·原序》)然而在《词选》中,张氏对温飞卿《菩萨蛮》(小山重叠金明灭)加的批语,对张炎《绿意》妄加曲解,前贤多有批评,如果按张氏以索隐派求微言大义的方法去曲解词作,常州词派是很难形成后来影响词坛百余年的局面的。周济尽管也同意张惠言"以为词者,意内而言外,变风、骚人之遗",提出"夫人感物而动,兴之所托,未必皆本庄雅,要在讽诵绅绎,归诸中正,辞不害志,人不废言"(《词辩序》)。在他的其他两部重要词学著作里,更对张氏的寄托说有了更精辟的阐发:

> 初学词求空,空则灵气往来。既成格调,求实,实则精力弥满。初学词求有寄托,有寄托则表里相宣,斐然成章。既成格调,求无寄托,无寄托则指事类情,仁者见仁,知者见知。
>
> ——周济《介存斋论词杂著》
>
> 夫词,非寄托不入,专寄托不出。
>
> ——周济《宋四家词选目录序论》

这两段文字,经常为人引用的是后者,其实,这两句只是前段话的凝缩。《宋四家词选目录序论》中对"出"、"入"二字还有一段精到的论述。在周济眼里,求有寄托和求无寄托是两个不同的境界,求有寄托是初学阶段应注意的,否则很容易犯"哀乐不衷其性,虑叹无与乎情"的过错。关于这一点,周济还引入了一个关于"意"的概念,尽管张氏亦称"意内而言外谓之词",而远不如周济用得频繁,周氏对词的"寄意"和"立意"则更为注意。如《词辨序》中指出:"玉田意尽于言,不足好。"又于《介存斋论词杂著》中说:"耆卿为世訾謷久矣,然其铺叙委宛,言近意远,森秀幽淡之趣在骨。"又云:"君特意思甚感慨,而寄情闲散,使人不能测其中之所有。"又云:"《暗香》、《疏影》二词,寄意题外,包蕴无穷,可与稼轩伯仲,余俱据事直书,不过手意近辣耳。"又云:"中仙最多故国之感……所谓意能尊体也。"其在《宋四家词选目录序论》又云:"咏物最争托意,隶事处以意贯串,浑化无痕,碧山胜场也。"又云:"梦窗立意高,取径远,皆非余子所及。"……周济的"寄托"之内容,即他说的"托意",这在咏物词中表现尤为明显,而这"意"的内容,又是前文已论及的"盛衰"和"真情"。

清代对广大汉族知识分子而言是个政治专制、思想禁锢的年代,那个年月文字狱遍布国中,有名的如戴名世《南山集》案、吕留良案、江南科场作弊案、江南奏销案……知识分子没有言论自由,这是个"万马齐喑究可哀"的年代。这大大限制了清代文学的成就,金应珪《词选后序》中批评当时词坛存在的"淫词"、"鄙词"和"游词",也是政治高压下的产物。词人的笔触很能成为批判当时社会黑暗的武器,而又不能作为无病之呻吟,故以比兴寄托法,若隐若现地在词中寓以世事盛衰与个人的身世遭遇,掌握好这个分寸,既能使词言之有物,又不致触犯统治者的忌讳。

周济还不时用及"换意"一词。《介存斋论词杂著》云:"叔夏所以不及前人处,只在字句上著功夫,不肯换意。""近人喜学玉田,亦为修饰字句易,换意难。"《宋四家词选目录序论》亦云:"笔以行意也,不行须换笔,换笔不行,便须换意。玉田惟换笔不换意。""换意"意为转换两个以上的意象。诗词多半篇幅短小,常只能抒发某一特定的情感,"换意"即转意,正说转为反说,如《破阵子·为陈同甫赋壮词以寄之》(辛弃疾),开头铺写昔日驰骋疆场的战斗生活,而最后转为"可怜白发生"。换意可使诗词蕴含丰富,也更多变化。

上引《介存斋论词杂著》的一段文字中,周济还用到"格调"一词,在这段论述中,"格调"是作为学词的较高层次的。在《介存斋论词杂著》中,周氏还

王步高诗文集

两次言及"格调":

> 白石词如明七子诗,看是高格响调,不耐人细思。
> 子高不甚有重名,然格韵绝高。

"格调"者,格律声调也。自然,说清格调说的全部内涵,仅"格律声调"四字是绝对不够的,这一点下一节还将详论。耐人寻味的是,周济本人确实十分重视词的格律声调。潘祖荫《宋四家词选序》便曾指出:"止庵复有《论调》一书,以婉、涩、高、平四品分之,其选调,视红友所载只四之一。南樵尝言之,今不可复见。"《清史列传》卷七十二载,周济著有《说文字系》四卷,《韵原》四卷。笔者怀疑《清史列传》所说的《韵原》一书即潘祖荫序所谓《论调》一书,潘氏未亲见其书,且《论调》作为书名似不伦,而潘氏言"其选调,视红友所载只四之一",《韵原》四卷,相对于万树(字红友)的《词律》也约当四分之一。显然,《韵原》是一部约当于后世龙榆生《唐宋词格律》规模的词谱之类的著作,只是周氏不以调之长短或律之平仄来划分,而以婉、涩、高、平四种风格来划分,实是区分了一些词调的艺术功能,有些词调适于写柔情密意,有些词调适于写慷慨悲歌,有的适于写哀思悼亡,有的则中平,适于写各种题材。对词调作如此区分,在古人词谱中却不见有第二家。

其实,周济在《宋四家词选目录序论》中就有大段文字论及格律声调,只是对此前贤较少重视,以为这比较琐碎而无理论价值。其实不然。

周济何以推崇周邦彦、辛弃疾、吴文英、王沂孙四家,这与他对内容和艺术的追求有关,他主张词应尊体,要有寄托,故理应推重辛弃疾、王沂孙词,辛王二家,以词写家国兴衰之感,这正是周氏所倡导的,而王沂孙的咏物词,又最符合周氏"咏物最争托意,隶事处以意贯串"的主张。而推重周吴二家,则是其倡导词中"格调"说的结果。周济词论中直接言及"格调"二字处虽不多,但他所追求的境界正在于"成格调"。成了格调甚至寄托也可不要了。

与此相联系,周济也强调"才"、"思"在词创作中的突出作用,关于这方面的论述很多。略举数例如下:

> 自温庭筠、韦庄、欧阳修、秦观、周邦彦、周密、吴文英、王沂孙、张炎之流,莫不蕴藉深厚,而才艳思力各骋一途,以极其致。
>
> ——周济《词辨序》

学词先以用心为主,遇一事,见一物,即能沉思独往,冥然终日,出手自然不平。

稼轩……锋颖太露,然其才情富艳,思力果锐,南北两朝,实无其匹。

——周济《介存斋论词杂著》

美成思力独绝千古。

梅溪才思,可匹竹山。

词以思笔为入门阶陛,碧山思笔,可谓双绝。

——周济《宋四家词选目录序论》

周济在词创作上重"才"而不重"学",甚至称赞稼轩"有英雄语,无学问语"(其实未必,稼轩"掉书袋"处甚多),他还一再比较稼轩"才大",而白石"才小",也曾说"竹山薄有才情"。他更重创作的构思,故他论词中甚重"思"字,他注重清真,也因他"思力独绝千古"。

周济是常州词派理论上的扛鼎之人,他的词学主张代表了常州词派。概括说来,其词学理论便可概括为内容方面的尊体说、寄托说和艺术与形式方面的才思说与格调说。前贤对前者论说较多,而对后者重视不够。然而,这是常州派词有别于浙西末派的另一方面。张惠言、周济要强调词具有"兴于微言,以相感动"的功能,仅尊体、寄托是不够的,而"才思格调"以及周济指出的"问涂碧山,历梦窗、稼轩,以还清真之浑化"的门径,才能使词具有"兴于微言,以相感动"的结果。

至于"格调"与"浑化"的关系,本文不拟作深入探讨,将另撰专文论述。

四、张惠言、周济论词的诗学基础

常州词派理论对晚近词坛产生了巨大影响,起了积极的作用,但对其理论创新意义则不宜高估,张惠言、周济(而尤其是周济),只是把明代茶陵派和前后七子的诗坛复古主张与清初诗坛影响颇大的沈德潜格调说移植于词坛而已。

首先比较张惠言与沈德潜诗论的"尊体观"、"寄托"说:

诗之为道,可以理性情、善伦物、感鬼神、设教邦国、应对诸侯,用如此其重也。秦汉以来,乐府代兴;六代继之,流衍靡曼。至有唐而声律日工，托兴渐失，徒视为嘲风雪、弄花草、游历燕衎之具，而"诗教"远矣。学者但知尊唐而不上穷其源，犹望海者指鱼背为海岸，而不自悟其见之小也。食虽不能竟越三唐之格，然必优柔渐渍，仰溯风雅，诗道始尊。

事难显陈，理难言罄，每托物连类以形之。郁情欲舒，天机随触，每借物引怀以抒之。比兴互陈，反覆唱叹，而中藏之欢愉惨戚，隐跃欲传，其言浅，其情深也。

咏物，小小体也。而老杜咏房兵曹胡马，则云："所向无空阔，真堪托死生。"德性之调良，俱为传出。……彼胸无寄托，笔无远情，如谢宗可、瞿佑之流，直猜谜语耳。

诗贵寄意，有言在此而意在彼者。李太白《子夜吴歌》本闺情语，而忽冀罢征；《经下邳圯桥》本怀子房，而意在自寓；《远别离》本咏英皇，而借以咎肃宗之不振，李辅国之擅权。……凡斯托旨，往往有之。但不如《三百篇》有小序可稽，在读者以意逆之耳。

诗不学古，谓之野体。

古人意中有不得不言之隐，值有韵语以传之。

诗别有旨也，而触发乃在君臣父子兄弟，唯其可以兴也。

这里笔者不厌其烦，辑录了沈德潜于《说诗晬语》中的几段诗论，明眼人不难看见，这里已涉及与常州词派理论有关的许多命题：复古、尊体、兴寄、意内言外、寄托……仔细推敲张惠言、周济的相对应的主张，对沈德潜的理论并无很大发展（周济的"寄托"出入说例外），他们的贡献在很大程度上是将沈氏的诗学理论移之于词坛。

沈德潜的诗歌理论代表了清代诗坛18世纪前期的复古主义倾向。他还是清代中叶"格调"说的倡导者。

现代诗论学认为"格调说"是对沈德潜形式主义诗论的概括。其门人王昶曾云："苏州沈德潜独持格调说，崇奉盛唐而排斥宋诗……以汉魏盛唐倡于吴下。"（《湖海诗传》卷二）今之诗论家均认为沈德潜本人并未直接特别标举"格调"一词（见陈良运《中国诗学史》），其实不然。现举沈德潜所编《唐诗别裁集》中几处批语如下：

> 此种格调，太白从心化出。
> 尔时风格乍开，故句调未能全合。

例一是沈德潜为李白《宣州谢朓楼饯别校书叔云》之开头"弃我去者,昨日之日不可留"一句所加的按语。后一例实已含"格调"二字。沈德潜为《唐诗别裁集》所加的按语中,单独用到"格"和"调"字,其中较多的也可作"格调"解。

格调说始于明代的李东阳,又经前后七子各述己见。李东阳的"格调"仅"格律声调"之义;李梦阳提出"格古"、"调逸"主张"法式古人",王世贞还提出了"才思格调"说,以"才"、"思"作为"格调"的基础,在这一点上,周济与王世贞颇相似。沈德潜则综合诸家之长,将"法式古人"上升到坚持儒家的诗教,将"才思"统纳"第一等襟抱,第一等学识";再将"复古"派最注重的"法"强调为"活法",从而合"宗旨"、"风格"、"神韵"于一体,成为乾隆盛世的一大诗说。

沈德潜(1673—1769),江苏苏州人,是清廷台阁重臣和宫廷文学家,极受皇帝恩遇,皇帝南巡,亲自去他府上看望,还亲自为他的《清诗别裁集》作序,为体现其诗论观点,他编订了唐、明、清等几代诗的别裁集。张惠言(1761—1802)的生年与沈德潜的卒年相近,周济(1781—1839)出生则更晚一些。考虑到沈德潜中进士甚晚,他受恩宠全在其晚年,他的诗论大行于世也正在其去世前后的一段时间,张、周二人受其影响是必然的。

其实,周济论词涉及的"人品"、"词品"、"趣味"说,在沈德潜为《唐诗别裁集》所加批语中随处可见,而周济尤为人称道的"浑化说"亦可于沈氏著作中找到:

> 问涂碧山,历梦窗、稼轩,以还清真之浑化。
> 清真浑厚,正于钩勒处见。他人一钩勒便刻削,清真愈钩勒愈浑厚。

> ——周济《宋四家词选目录序论》

> 《花间》极有浑厚气象。

> ——《介存斋论词杂著》

沈氏《唐诗别裁集》卷一李颀《送暨道士还玉清观》一诗中"大道本无我,青春长与君"二句的批语即云:

> "大道"二语,浑然元化。

沈氏还于《唐诗别裁集·凡例》中三处有相似的论述:"五言绝句,右丞之自然,太白之高妙,苏州之古淡,纯是化机,不关人力。""有不著圈点而气味浑成者,收之;有佳句可传而中多败阙者,汰之。""唐人诗无论大家名家,不能诸体兼善,如少陵绝句,少唱叹之音;左司七言,诎浑厚之力;刘宾客不工古诗;韩史部不专近体,其大校也。"

"浑化"是周济词论中追求的最高境界,其代表作家是周邦彦。《介存斋论词杂著》云:"美成思力独绝千古,如颜平原书,虽未臻两晋,而唐初之法,至此大备。后有作者,莫能出其范围矣。读得《清真词》多,觉他人所作,都不十分经意。"在周氏看来,《花间》词是"浑厚"的,北宋词少数也能达此境界。

张惠言、周济词论以诗论为基础,将明清两代的诗学复古理论特别是"格调说"引入词学领域。周济受诗学理论影响较显著,张惠言是经学者,不写诗,也无诗论著作。周济则不然,《清史列传》本传称他有《古今体诗》二卷。徐世昌《晚晴簃诗话》亦云:

> 乾隆以来士人好言经济,陈和叔、吴耶溪、包慎伯、龚定庵、魏默深诸子为尤著。保绪(周济)尚任侠,求通当世之务,旁及技击骑射诸术,与慎伯同游,其议论与相出入,文副近大云山房,诗乃似小倦游阁,词亦与同州皋文、申耆诸家之外另辟蹊径。

其实,周济的词论中也时时露出其受明清复古派诗论影响的痕迹。如上引一段《介存斋论词杂著》关于周邦彦的论述中就说道:"虽未臻两晋,而唐初之法,至此大备。"这里明昰是受了明代胡应麟"体以代变,格以代降"思想的影响。胡应麟《诗薮》内编卷一云:

> 四言变而《离骚》,《离骚》变而五言,五言变而七言,七言变而律诗,律诗变而绝句,诗之体以代变也。《三百篇》降而《骚》,《骚》降而汉,汉降而魏,魏降而六朝,六朝降而三唐,诗之格以代降也。

周济以颜书比清真词:"唐初之法,至此大备"却"未臻两晋",显然是唐不如两晋,与胡应麟的观点是一致的。周济《介存斋论词杂著》亦云:"白石词如明七子诗,看是高格响调,不耐人细思。"这几句话道出周济不仅熟悉明七子之诗,而且对他们的"格调"论也是十分熟悉的。虽然他对明七子诗评价并不高。周济在当时确有诗名,康发祥《伯山诗话》云:"荆溪周保绪济学博,《止庵诗》奇伟幽深,绝无叫嚣甜俗之气。"

周济等的常州派词论受沈德潜为代表的"格调说"的影响,并可追溯到明代的茶陵派和前后七子的复古和"格调说"。而常州派的寄托理论甚至可追溯到梁钟嵘《诗品》中的"兴寄"主张。周济等则是将诗学理论用之于词学。

笔者认为,词行诗道是诗词发展的一个带普遍规律性的问题,词从题材内容、艺术手法、词学理论等方面全部无法摆脱诗歌创作和诗歌理论的影响,一般说来,词比诗要"慢三拍",词的创作和理论对诗的反作用则相对小得多,对这二者的关系,很值得诗词研究者作长期深入的探讨。

(《常州词派二百年纪念诗文集》,1997 年)

王
步
高
诗
文
集

《词辨》与常州派词论的演变

　　《词辨》是常州派主将周济三十岁左右时给弟子讲词时编著的。全书十卷,但原书遗失,仅剩二卷,且是追忆所成,尚有遗落。据周济自己附记指出:

> 　　向次《词辨》十卷:一卷起飞卿,为正;二卷起南唐后主,为变;名篇之稍有疵累者为三、四卷;平妥清通,才及格调者为五、六卷;大体纰缪、精彩间出为七、八卷;本事词话为九卷。庸选恶札,述误后生,大声疾呼,以昭炯戒为十卷。

　　目前此书仅存正、变二卷,也即原书的第一、二卷,应是原书中最受作者推崇的作品。这部分共收词94首,与张惠言《词选》收词116首分量相近,编著的宗旨也相同。然而,比较这两部词选,却可见出他们论词主张的相似与不同之处。二十年后,周济又编著成《宋四家词选》,比较周济的这两部词选,也可见出其词论观的一贯性方面及晚年的变化。常州词派的后期词论家谭献对《词辨》加了评语,这是谭献词学观的集中体现。诚然,《词辨》这本小小的词选过去虽不很受研究者的重视,它实在是常州词派理论转变的关键之一,似乎应当给予更多的重视。

一

　　《词辨》是在张惠言《词选》的影响下写成的,这一点在周济的自序中也说得很清楚:

> 　　余年十六学为词,甲子始识武进董晋卿。晋卿年少于余,而其词缠

绵往复,穷高极深,异乎平时所仿效,心向慕不能已。晋卿为词,师其舅氏张皋文、翰风兄弟。二张辑《词选》而序之,以为词者,意内而言外,变风骚人之遗。其叙文旨深词约,渊乎登古作者之堂,而进退之矣。晋卿虽师二张,所作实出其上。予遂受法晋卿,已而造诣日以异,论说亦互相短长。

虽然,作者在编著《词辨》之前,不仅已见过《词选》一书,而且向董晋卿(毅)学词已八年,董是张惠言、张琦的外甥,得二张嫡传,周济去二张不远。《词辨》成书(以自序的作年嘉庆十七年计)去《宛邻词选》成书也仅十五年,此时张惠言去世才十年,张琦还健在(他一直活到道光十三年,《词辨》问世后,他又活了近二十年)。

周济《词辨》自序也着重指出:"夫人感物而动,兴之所托,未必皆本庄雅,要在讽诵绸绎,归诸中正,辞不害志,人不废言。虽乖谬庸劣,纤微委琐,苟可驰喻比类,翼声究实,吾皆乐取,无苟责焉。"由于今本《词辨》仅存正变二卷,故入选的词人有较多的相同。二书入选的词人中均以温庭筠最多。《词选》选 18 首,《词辨》收 10 首,而且有 7 首是相同的。《词选·原序》称"温庭筠最高,其言深美闳约"。周济则云:"皋文曰:'飞卿之词,深美闳约',信然,飞卿酝酿最深,故其言不怒不慑,备刚柔之气,针缕之密,南宋人始露痕迹。《花间》极有浑厚气象。如飞卿则神理超越,不复可以迹象求矣;然细绎之,正字字有脉络。"(《介存斋论词》)

对韦庄、李煜的认识,二书也大致相同。韦庄词,二书入选的首数、篇目完全相同。周济说:"端己词,清艳绝伦,'初日芙蓉春月柳',使人想见风度。"又说:"词有高下之别,有轻重之别。飞卿下语镇纸,端己极响入云,可谓极两者之能事。"(《介存斋论词杂著》)二书对李煜和五代词的重视也大致相似。张惠言说:"五代之际,孟氏、李氏,君臣为谑,竞作新调,词之杂流,由此起矣。至其工者,往往绝伦,亦如齐梁五言,依托魏晋,近古然也。"《词选》收后主词 7 首,仅次于温庭筠(18 首)、秦观(10 首),而居第三位。在《词辨》中,李后主词选 9 首,仅次于温庭筠、辛弃疾(各 10 首)之后,也居第三位,而与周邦彦相等。周济说:"李后主词,如生马驹,不受控捉。……毛嫱、西施天下美妇人也:严妆佳,淡妆亦佳,粗服乱头,不掩国色。飞卿,严妆也;端己,淡妆也;后主,则粗服乱头矣。"周济将李后主列为第二卷变体之首,其地位与温飞卿相当。

《词辨》所收词作、词人均少于《词选》，相同的篇目共 46 首，有六位词人的入选篇目二书完全相同，除上文已言及的韦庄（4 首）外，尚有晏殊（1 首）、晏几道（1 首）、史达祖（1 首）、鹿虔扆（1 首）、苏轼（2 首）。

《词辨》原书十卷，被其学生田生携之乘粮船北上，后淹没于黄河之中。是靠追忆而存正、变二卷。无独有偶，张惠言《词选》也是两卷。显然，作者"恐其久而复失"，是希望其能流传久远的。这又是其与《词选》相似之处。

《词辨》与《词选》在推尊词体方面也是完全一致的。张惠言希望词能"与诗赋之流同类而讽诵之"（《词选·原序》），周济则云："诗有史，词亦有史，庶乎自树一帜矣。"（《介存斋论词杂著》）而且希望词"可为后人论世之资"（同上）。而金应珪在《词选·后序》指出的"近世为词厥有三蔽"的"淫词"、"鄙词"、"游词"，则是推尊词体的大敌，尤其是浙西词派学姜史之末派的"游词"，当时这类词作"规模物类，依托歌舞，哀乐不衷其性，虑叹无与乎情，连章累篇，义不出乎花鸟；感物指事，理不外乎酬应，虽既雅而不艳，斯有句而无章"。这类词作，多是无病呻吟之作，无法贴近生活（更不能干预生活），这与中国文学史上的"风雅"传统，是格格不入的。"尊体"与"寄托"，使词有充实的内容，这才有与诗赋比肩的可能。

周济编《词辨》时，尚未能如其在《宋四家词选目录序论》中明确提出"夫词，非寄托不入，专寄托不出"，却已明确倡导张惠言的"寄托"说。

周济于《介存斋论词杂著》中多处言及寄托。他说："感慨所寄，不过盛衰：或绸缪未雨，或太息厝薪，或己溺己饥，或独清独醒，随其人之性情、学问、境地，莫不有由衷之言。"他又说："初学词求有寄托，有寄托则表里相宣，斐然成章。既成格调，求无寄托，无寄托则指事类情，仁者见仁，知者见知。"这后一段话已明确提出学词的初级阶段，必须要有寄托，而既成格调之后，则须无寄托。这与他后期明确表述的"非寄托不入，专寄托不出"的思想已高度一致。

上述各点，均是《词辨》（含《介存斋论词杂著》）对张惠言及其《词选》观点的继承方面，其实远不仅仅是继承，有许多方面已有一定的发展，特别是作为常州词派主要观点的"寄托"说，已比张惠言大大推进了一步。

二

《词辨》（含《介存斋论词杂著》）与《词选》相异之处，甚至比相同之处还多。这大致表现在以下几个方面：

一是两书所收词人词作多有不同。《词辨》共收词 94 首,与《词选》相同的篇目仅 46 首,约占 48.9％,还不到一半。《词辨》共收词人 31 人,却有 10 人为《词选》未收,约占三分之一;而《词选》入选的词人,却有 22 人(含无名氏 2 人)《词辨》未收入,占《词选》全部入选词人 44 家的一半。即便二书共同入选的词家,入选的作品完全相同的也仅 6 家(而其中有 4 家仅收 1 首),有 15 家选篇并不全同,约占 71.4％。可见二书差异之大。

其中颇有许多耐人寻味之处。

二书都颇重温庭筠,《词辨》却仅收 10 首,占全书的 10.6％,而《词选》入选 18 首,占其全书的 15.5％。而二书共同入选的温庭筠词作仅 7 首。而在《词选》中仅选词 6 首的辛弃疾在《词辨》中也入选 10 首,与温庭筠相等。温、辛二人可谓唐宋词坛风格差异最大的二家,《词选》收的辛词也多是其婉约之作,周济所收风格上变化不大,而到他的《宋四家词选》中,不仅将辛列为四大家之一,入选的词作也多豪放之作。毋庸讳言,在对辛弃疾的认识上,在是否重婉约轻豪放问题上,在对词作政治思想内容的认识上,周济与张惠言是有很大不同的。

其二是对宋代几位重要词人的看法分歧颇大。张惠言《词选·原序》说:“其荡而不反,傲而不理,枝而不物,柳永、黄庭坚、刘过、吴文英之伦,亦各引一端,以取重于当世……后进弥以驰逐,不务原其指意,破析乖刺,坏乱而不可纪。”张氏对这四位词人的看法与周济并不相同,尤其是对吴文英、柳永二人。张惠言《词选》中没有选吴柳二人之作,《词辨》中选入柳永词一首,却选吴文英词达五首。

对于柳永的认识,周济识见要与众不同得多。他说:“耆卿(柳永)为世訾謷久矣!然其铺叙委婉,言近意远,森秀幽淡之趣在骨。”又说:“耆卿乐府多,故恶滥可笑者多。使能珍重下笔,则北宋高手也。”至周济编《宋四家词选》时,对柳永词更是推崇,其为《雨霖铃》词旁批云:“清真词多从耆卿夺胎,思力沉挚处,往往出蓝。然耆卿秀淡幽艳,是不可及。后人撖其《乐章》,訾为俗笔,真瞽说也。”这里尤其值得注意的是,清真是周氏心目中宋词的集大成者,称“清真词多从耆卿夺胎”一语是不同寻常的。这种认识,是从《词辨》及《介存斋论词杂著》中开始的。

对于吴文英的认识,周济与张惠言更是大相径庭。周济在《词辨序》中明白将吴文英与温、韦等相提并论,他说:“自温庭筠、韦庄、欧阳修、秦观、周邦彦、周密、吴文英、王沂孙、张炎之流,莫不蕴藉深厚,而才艳思力各骋一途,以极其致。譬如匡庐、衡岳,殊体而并胜;南威、西施,别态而同妍矣。"后来周济编《宋四家词选》时,明确表示自己之所以在吴文英(梦窗)词上与张惠言见解不同的理由,他在该书序言中说:"皋文不取梦窗,是为碧山门径所限耳。梦窗立意高,取径远,皆非余子所及。惟过嗜饾饤,以此被议。"周济还说:"稼轩由北开南,梦窗由南追北,是词家转境。"这里不难看出,在对梦窗词的认识上,他与张惠言的认识差距是何等巨大。《词选》中不选梦窗词,《词辨》中已选其五首,甚至比张惠言最推崇的词人之一秦观(张选10首,周仅选2首)还选得多得多。后来周济在《宋四家词选》中将吴文英列为宋四大家之一,这一观点在《词辨》中已见端倪。

与此相反,对张惠言极推崇的词人,周济常常并不以为然,上文引及的秦观可为一例,他在《词辨序》中尽管仍将其列入正体代表词人之列,但只选其词2首,仅当张氏所选之五分之一,到《宋四家词选》中,少游则仅是清真之附庸,在该书目录序论中周济又说:"少游最和婉醇正,稍逊清真者,辣耳。"

《词选》收朱敦儒《好事近·渔父》词五首,虽然张惠言未加片言只语的按语,在序言中也未有只字论及,但朱敦儒词入选的数量仅次于温庭筠、秦观、李后主、辛弃疾四人之后,而与冯延巳并列第五位,可以说是很受重视的。特别是在柳永、吴文英、黄庭坚、张元干、刘克庄等著名词人一首都未入选的情况下,朱敦儒入选五首真是非同寻常。而周济《词辨》中却一首亦未选,在《介存斋论词杂著》中也未言及。在周氏后来编著的《宋四家词选》中也一首未选。周氏对此似乎不置一辞,其实不然。周济非常重视词人的个人品质。他在论及史达祖词时便说:"梅溪词中,喜用偷字,足以定其品格矣。"(《介存斋论词杂著》)后来他在《宋四家词选目录序论》中又说:"余选《梅溪词》,多所割爱,盖慎之又慎云。"梅溪(史达祖)因曾依附权相韩侂胄,支持韩发动开禧北伐,后因北伐受挫,韩被投降派杀害,史也被株连黥面流放。由于韩曾反过理学,反过朱熹,故被后世理学人士诬为"奸臣",史也因此受苛责。周济沿袭旧说,以成见看人,因其"品格不高",故见他用"偷"字便加以指斥,其实不然,辛弃疾词中也多处运用"偷"字,自不能因此断言辛弃疾也"品格不高"。然而周济注重词品并进而重视人品,这一点还能从其编《宋四家词选》时对归入欧阳修名下几首一作冯延巳词的《蝶恋花》批语云:"数词缠绵忠笃,其文甚明,非欧公不能作。延巳小人,纵欲,伪为君子,以惑其主,岂能有此至性语乎?"这一点与张惠言似乎不太一样,《词选》只论艺术成就,而较少考虑词人的人品。除冯延巳外,温庭筠、朱敦儒也属此列。

朱敦儒生活于南北宋之交,南渡后较少关心国家命运,而隐居江南,晚年又当了秦桧的家庭教师。朱敦儒词在清以来遭际有天壤之别,张惠言将之列为唐宋词家的第五位(仅就艺术而言,他也远不能跻身此位),王鹏运一直以不能得见"渔樵二歌"为恨(其中含朱敦儒的《樵歌》)。反之,自周济始,一些重要的唐宋词选相却均不选朱敦儒词,如俞陛云《两宋词简释》、龙榆生《唐宋名家词选》、唐圭璋《唐宋词简释》……后者显然不是从艺术角度,而是从人品、词品角度这样做了。至少唐圭璋师是这样做的。唐老师有一次在跟我谈《金元明清词鉴赏辞典》的选目时,就一再叮嘱我不可选钱谦益词,他还称赞夏承焘、张璋编选的《金元明清词选》最大的优点就是在于它未选钱谦益的词。究其原因,也只在于钱谦益曾投降清人,做过清朝的官,有损民族气节。中国的知识分子重气节的观点,与讲究礼义廉耻一样,知耻,有所不为,对不顾名节者则嗤之以鼻,这是有其积极意义的。

其三,《词辨》与《词选》的重要不同还在于它纠正了《词选》重唐五代、重北宋而轻南宋的倾向。就今存词的情况而言,唐五代与北宋词的总和仍少于南宋词。为了力纠浙西词派轻南宋的倾向,《词选》没有故意贬低南宋词。

首先,从统计学的角度来看,《词选》共选词人 44 家 116 首。其中唐词 3 家 20 首,五代词 8 家 26 首,唐五代词共 11 家 46 首。北宋词 19 家 43 首,南宋词 13 家 36 首。另金词 1 家 1 首。周济《词辨》收词共 31 家 94 首,其中唐词 1 家 10 首,五代词 6 家 21 首,唐五代共收 7 家 31 首,北宋词 10 家 25 首,南宋词 13 家 37 首。《词选》中唐五代词人占全书的 25%,词作占 39.7%,而《词辨》中唐五代词人仅占 22.6%,词作占 33%。《词选》中,北宋词人占 43.2%,词作占 37.1%。而《词辨》中,北宋词人仅占 32%,词作占 26.6%,下降幅度是十分明显的。《词选》中南宋词人占 29.5%,词作占 31%,均有显著的提高。

从以上统计看来,周济《词辨》中尽管不同于浙西派提倡姜张,其至他一再申明他厌恶张炎,并说"姜张在南宋,亦非巨擘",却并不厌南宋,他非常推崇辛弃疾、吴文英、王沂孙等南宋词人。《词辨》中唐五代词的分量比《词选》显著下降,这与张惠言"塞其下流,导其渊源"的主张已有很大不同,他更重宋词,尤重清真及南宋词。周济说:"两宋各有盛衰:北宋盛于文士而衰于乐工;南宋盛于乐工,而衰于文士。"《词辨》中五代词所占分量仍较大,但花间词人分量下降很多,周济似乎并不完全赞成以唐五代词、北宋词为圭臬。这是周氏对词创作规范的一个重要发展,不是一味溯源,而是探寻一条实际可行的途径。到《宋四家词选》的目录序论中，他就明确指出："问涂碧山，历梦窗、稼轩，以返清真之浑化。余所望于世之为词人者，盖如此。"这里周氏只字不提唐五代词，显然从《词辨》中已可开始见出这种倾向。从这里已可看出，周济发展到编著《宋四家词选》，实际上是《词辨》重两宋（尤其是清真及南宋词）而轻唐五代词，重流而轻源的认识过程的正常延伸。同时，也可见出周济是有意识地贬低唐五代词（虽然他无意贬低南唐特别是李煜词），他认为清真词是集大成者，即并不再认为温、韦是词坛正宗（在《词辨》中尚只是初见端倪）。南宋是多事之秋，金人、蒙古人一直大军压境，而最终灭亡了宋朝。辛弃疾等南宋词人（包括《宋四家词选》）中列入辛派的陆游、陈亮、陈经国等，以及王沂孙等南宋遗民词人（尽管笔者并不赞成将王氏归入南宋），词中有较充实的内容，至少比温韦等花间词人的内容丰富，艺术上也多变，与现实贴近得多。清真、梦窗是词的艺术大师，学此四家，比张惠言的以复古为革新的传统方法切实可行，这些主张是使常州派能风行词坛近百年的原因，晚清与南宋实有许多相似之处。

（王岚据手稿整理）

卷四　诗词研究

怎样读《唐诗三百首》

　　我国以诗国著称于世,而唐诗更是我国古代诗歌的顶峰,是我们中华民族的骄傲。梁启超《饮冰室诗话》曾说过:"中国事事落他人后,唯文学似差可颉颃西域。"如今,站起来的中国人民已非事事落他人后,但中国古代文学仍是中华传统文化中最值得珍视的部分,较之西方古代文化毫无愧色。在中国古代文学中,最具世界水平的又莫过于《诗经》《楚辞》、唐诗、宋词和《红楼梦》。经历自《诗经》以来一千多年的文学优良传统的熏陶,中外文化的交流融合,唐代大一统的政局及高度发展的经济、文化和科举制的推行,也由于宽松的政治环境及统治者的大力提倡,同时又由于齐梁以来诗歌格律化进程的完成,特别是七言歌行及格律诗的产生,将唐代诗歌推到繁荣的极致,异彩纷呈,流派众多,名家辈出。其中一些名篇佳制,千载之下的今天仍脍炙人口、家喻户晓,这又不得不归功于以《唐诗三百首》为代表的一些唐诗选本。

　　《唐诗三百首》是有史以来,发行量最大、影响面最广、最为人们所熟知的文学读物。后人编选的诸多《新编唐诗三百首》、《唐诗选注》等等,其影响的总和也远不能与《唐诗三百首》相比。然而就是这样一本尽人皆知的《唐诗三百首》,人们对它还有许多误解。本文试就有关的十多个方面的问题,一一作答,以纠谬清源,便于后世的唐诗爱好者更好地利用此书,去继承这份珍贵的文学遗产。

《唐诗三百首》是否是一本启蒙读物?

　　这看似简单的问题,并不能以"是"或"不是"来回答。

　　《唐诗三百首》是不满于《千家诗》的粗劣而编纂的。诚如蘅塘退士自序中所说:"世俗儿童就学,即授《千家诗》,取其易于成诵,故流传不废。但其诗随手掇拾，工拙莫辨，且止五七律绝二体，而唐宋人又杂出其间，殊乖体制。"因而他才选唐诗"共三百余首，录成一编，为家塾课本，俾童而习之"。

如上所述，《唐诗三百首》明显带有启蒙读物的性质。这一点还可从它与《千家诗》共同的选篇见出。两书重复的篇目共 33 首。其中七绝 8 首，七律 5 首，五绝 8 首，五律 12 首。如李白的《静夜思》、杜牧的《泊秦淮》、刘禹锡的《乌衣巷》、王维的《送元二使安西》、韦应物的《滁州西涧》、王之涣的《登鹳雀楼》、崔颢的《长干行》、孟浩然的《春晓》、王勃的《送杜少府之任蜀州》等等，这些是唐诗中的杰构，二书均入选。这些篇目通俗易懂，连同后补入的少量通俗作品，使儿童及文化水准不高的人也能读懂，因而也使《唐诗三百首》常被后人用作学习唐诗的启蒙读物。然而，《唐诗三百首》也选录了些并不通俗的作品，同时编选者希望此书供成年人阅读，以至"白首亦莫能废"，且各体皆选，故它又不止是一本启蒙读物，它还是一种唐诗的精选本和初学写诗者的范本。

何以称《唐诗三百首》是一种诗的精选本？

《唐诗三百首》与《千家诗》显著的不同点之一是它不限于选那些通俗之作。

《唐诗三百首》不仅选了许多含义较深的《宫词》之类的作品，而且选录了张九龄《感遇》，李商隐《无题》、《韩碑》，杜甫的《丹青引》、《寄韩谏议注》，李白的《庐山谣寄卢侍御虚舟》等有较深内涵、并不通俗的诗作。这类作品，显然不是为蒙童而是为成年人编选的，也是其欲使读之者"白首亦莫能废"之努力的一部分。

此书已不同于《千家诗》只选"五七言律、绝二体"，而是"就唐诗中脍炙人口之作，择其尤要者，每体得数十首"（《自序》），其中也包括五七言古诗和乐府诗，这就能概括唐代各体诗的全貌。再就选篇数量而言，《千家诗》选唐宋诗共 226 首，其中唐诗仅 139 首，这与唐诗的总量相去太远，且过于强调通俗，唐代许多诗人的长篇及较深的代表作均不能入选，故《千家诗》在众多的唐诗选本中并无什么地位。反之，《唐诗三百首》只选唐诗，且多达 300 多首，又兼顾各位诗人在诗坛上的地位，故《唐诗三百首》成了唐诗的一种精选本。编者自序中说："谚云：'熟读唐诗三百首，不会吟诗亦会吟'，请以是编验之。"编选者显然欲使这本《唐诗三百首》选择唐诗中最有阅读欣赏价值的代表性篇章，能使读者产生"不会吟诗亦会吟"的功效，这也是使这本书成为唐诗精选本的原因之一。此书流传之广，影响甚巨，也得益于此书的这一特点。

为何说《唐诗三百首》是一部写诗的范本？

《唐诗三百首》沿袭了《唐诗品汇》、《唐诗别裁集》等前代一些唐诗选分体编排、可以兼顾吟诵欣赏和创作两方面的优良传统。诗的分体编排与词的分调（而不是分人）编排的直接作用在于强调其便于学诗（词）者仿效，而非该诗对该作家的代表性。古人学习研究唐诗，除一般欣赏外，首要的是学习唐诗的创作方法去进行写作，是为写诗而研究，而非如今人为写论文（专著）而研究。显然，《唐诗三百首》向读者提供了一个习作古近体诗的范本。首先，从编选者为这些诗篇加的为数不多的按语可以看出，编选者不仅从内容上串解，从艺术上分析，而且对习作者谆谆指导。如：杜牧《秋夕》批语云："层层布景，是一幅著色人物画，只'坐看'二字，逗出情思，便通身灵动。"又如白居易《自河南经乱关内阻饥》诗按语云："一气贯注，八句如一句，与少陵《闻官军》作同一格律。"再如元稹《遣悲怀》诗批语："古今悼亡诗充栋，终无能出此三首范围者，勿以浅近忽之。"孟浩然诗《与诸子登岘山》批语则云："凭空落笔，若不著题，而自有神会"……显然，这些批语都是从创作论的角度说的，这是在教人如何写诗，如何从这首唐诗的创作中汲取营养，如何仿效。可惜孙洙在创作上算不得大家和名家，这方面的批语有独到见地的并不很多。

若从音韵格律的角度来审视、揣摩编选者的良苦用心，便不难看出这本书另一层面的价值。这些入选的诗作，其音韵格律上也往往形式多样，并非一种模式。如杜甫《丽人行》诗，实是一种近于柏梁体的诗，它是七言古诗，又句句押韵，而且有多处独立句（今人多将该诗标点为两句用一句号，作为一个意义节奏，是不正确的）。而《长恨歌》、《琵琶行》则可以作为元和体诗的代表作。如王力先生所指出的：《长恨歌》"全诗 120 句入律者 70 句，似律者 30 句，仿古者 20 句，拗粘者 37 句，拗对者 8 句。一韵四句者 23 处，二句者 6 处，八句者 2 处，平仄相间者 25 处，以平前承平韵者 2 处，以仄韵承仄韵者 3 处"。其中相当多的是一首平韵律绝或仄韵绝句。同样，《琵琶行》诗"全诗 88 句，入律 30 句，似律者 23 句，仿古者 35 句，较《长恨歌》为近古。拗粘 20 处，拗对 16 处。一韵四句者 8 处，两句者 8 处，六句者 1 处，十六句者 1 处，十八句者 1 处。全篇平仄相间，较《长恨歌》为格律化"。从这两首诗大致可以窥见元和体诗的一般特点。对"诗到元和体变新",可以有更明确的了解。唐代杜甫首倡"即事名篇,无复依傍"的新乐府诗。《唐诗三百首》中除上述《丽人行》外还选录了《兵车行》、《哀江头》、《哀王孙》诸作,作为这方面的代表。而对张王、元白的新乐府诗则弃之不选,显然也是从创作学角度才这样做的。杜甫的新乐府,较之张王、元白,应更有权威性、艺术性,更值得仿效。散句不偶的律诗,并不多见,诗话常举李白《夜泊牛渚怀古》、孟浩然《泊浔阳》、皎然《寻陆鸿渐不遇》三首为例,本书即入选了其中二首。《唐诗三百首》中还选有王维《终南别业》一首:

> 中岁颇好道,晚家南山陲。兴来每独往,胜事空自知。行到水穷处,坐看云起时。偶然值林叟,谈笑还无期。

这是一首古风式的律诗,诗中许多句子乃非严格的律句,有的是准律句(如"偶然值林叟"句),有的是孤平拗救句(如"坐看云起时"句),还有的是典型的古风式三平调句(如"晚家南山陲"句)。显然,此诗入选并不仅仅因为此诗乃王维佳作,而是以诗存体,聊备一格。而祖咏的《终南望余雪》、李白的《静夜思》均是一种半古半律的绝句。后者还运用拗粘、拗对。而杜甫的《登高》首联不仅对仗,而且运用句中对,这也是唐诗中不经见的,有一定典型意义。

  《唐诗三百首》未选"三吏"、"三别"等名篇,对此不少人加以指责。其实,若从创作论的角度看,则不选是有道理的。仅从押韵来说,王力先生就指出《石壕吏》诗换韵的情况:"村"(平十三)元韵,"人"(平十一)真韵,"看"(平十四)寒韵,真、元、寒通韵。"怒"、"成"(去七)遇韵,"苦"(上七)麌韵,赛、遇上去通韵。"至"(去四)寘韵,"死"、"矣"(上四)纸韵,纸、实上去通韵。"人"(平十一)真韵,"孙"(平十三)元韵,"裙"(平十二)文韵,真、文、元通韵。"衰"、"炊"(平四)支韵,"归"(平五)微韵,支、微通韵。'绝'、"咽"、"别"(入九)屑韵。很显然,这样不太长的一首诗,不仅五次换韵,而且平上去入四种韵均用到,又很少同部相押,多押通韵和邻韵。这首诗,出于大手笔的诗圣杜甫固仍不失为名篇佳作,而一般作者,不仅难于仿效,而且也绝难成功。不选此诗,显然有不宜向学诗者提倡这一层面的意义。
  今人讲古近体诗的平仄、韵律等各方面的各种典型情况,似乎均不难从

《唐诗三百首》中找到例证。写诗中可能遇到的各种问题,可以在《唐诗三百首》中不同程度地找到答案,当然,除少除神童外,蒙童们还不太可能仿效这些诗作。作为写诗的范本,也更多是针对青年人或成年人的。编选者本人就是个诗人,他选唐诗自与一般学者有别,而具有诗人的眼光和识见。

《唐诗三百首》的编选者为谁,其身世如何?

古往今来书和编著者知名度反差最大的莫过于《唐诗三百首》及其编选者孙洙了。书风行海内外,无人不知,而编选者却名不见经传。查遍清以来二百多年的各种人名辞典,均见不到他的名字。这与今天出上几文便可上"名人"辞典的情况更是大不相同。

关于孙洙的传记资料,上海古籍版《唐诗三百首》选录了两条。无锡窦镇编《国朝(清朝)书画家笔录》,也载有其续娶夫人、《唐诗三百首》的另一编选者徐兰英的小传。综合这三方面的材料,其身世情况大致如下:

> 蘅塘退士本名孙洙,字苓西(一作临西),号蘅塘,晚号退士,江苏无锡人,生于康熙五十年(1711),卒于乾隆四十三年(1778),享年67岁。他做过上元(今南京市)县学教谕,乾隆十六年中进士,后做过直隶卢龙、大城知县,乾隆二十五年曾两任省考试官,后改任江宁府(今南京市)教授。他幼年贫寒,隆冬只能握木取暖,取木能生火之意。为官时能体察民情,宽厚好学。为官清廉,离任时百姓攀辕相送,归老后常衣食不周。他诗学杜甫,著有《蘅塘漫稿》,其诗录入《梁溪诗钞》。《唐诗三百首》是他与续娶夫人徐兰英共同完成,成书于乾隆二十九年(1764),时任江宁府教授。

《唐诗三百首》为何选310首?

《唐诗三百首》选诗并非300首,有302首者,310首者,313首者,318首者,321首者诸说。较为可信的为310首本,通行本为313首(其中杜甫《咏怀古迹》五首中有三首为四藤吟社本所增)。为何选310首?笔者认为主要是出于两种认识:其一是如编者自序中所说:"谚云:'熟读唐诗三百首,不会作诗也会吟。'请以是编验之。"编选者企图以自己编选的这本书,与这一民谚相应。由于此书选篇甚精,是唐诗有代表性的精选本,大致实现了编选者的愿望,"熟读唐诗三百首",就变成熟读《唐诗三百首》这本书了。310首而

王步高诗文集

仍称"三百首"是古人取其成数的习惯使然。其二,编选者显然是模仿"诗三百"的体制,表示要继承《诗经》的传统。这是前辈学者早已指出的。笔者所要强调的,是本书选诗 310 首,另有一番苦心。"诗三百"是《诗经》的异名,"三百",也是取《诗经》篇数的成数。今本《诗经》305 篇,另有"笙诗"6 篇,但仅存题目而无内容,合起来共 311 篇(首)。《唐诗三百首》选诗 310 首,少《诗经》1 首,显然,编者认为此书可以与《诗经》并驾齐驱,又有"让人一头地"的意思。后来的编选者不知其用心所在,任意增删,这就与孙洙本意相去甚远。《诗经》是中国文学史上影响最大、最深远的一部著作,编者企望《唐诗三百首》能与《诗经》并肩,也见出该书是他精心结撰之作,非后世所谓"新选唐诗三百首"之类可比。就这 310 篇而言,已有一定的代表性。《全唐诗》收诗作 48900 余首,今人王重民、童养年,我的老师孙望先生及陈尚君教授等又辑得 4300 余首。故这 310 篇约相当于今存唐诗总量的 1/170。从 170 首中选一首,自然是精品,因而尽可以"择其尤要者"选那些"脍炙人口"之作。而有 300 多篇唐诗杰作,对一个学唐诗者作为精读篇目也大体够了,对于一般爱好者,读上三百首,也可尝鼎一脔。选量适中,也是此书广为流布的重要原因之一。

　　也许正是由于本书的极大成功,朱祖谋以"上彊村民"的化名便编成了《宋词三百首》,今人以"三百首"为名的诗选、词选、曲选等等不下百种,毋庸讳言,这均滥觞于"诗三百"和《唐诗三百首》,这大概也是原编选者始料未及的。

《唐诗三百首》与明人高棅所编《唐诗品汇》是否有继承关系?

　　答复应是肯定的。《唐诗品汇》共 100 卷(含补遗 10 卷),共选作者 681 人,诗 6723 首。这部书选诗也是分体编排,这一点为《唐诗三百首》所沿袭。《唐诗三百首》所选的作家也基本未超出《唐诗品汇》所收的范围。《唐诗品汇》选诗分为初、盛、中、晚四期,又分为九品:正始、正宗、大家、名家、羽翼、接武、正变、余响、旁流等,由于《唐诗三百首》收诗量小得多,不可能全面反映唐诗的流变,故没有细分初盛中晚和九品,这样做也是恰当的。

　　《唐诗品汇》标举盛唐,开明代前后七子"诗必盛唐"主张之先导,这一点在《唐诗三百首》中则表现不甚明显。《唐诗品汇》入选的前十名诗人是:杜甫 513 首,李白 400 首,刘长卿 197 首,钱起 181 首,王维 165 首,韦应物 163 首,岑参 145 首,高适 131 首,孟浩然 106 首,王昌龄 104 首。居前十名的除钱起(仅小杜甫十岁)可入中唐外,均为盛唐诗人。而白居易诗仅入选35首,李商隐仅50首,杜牧仅39首,柳宗元仅48首,均要排在20名以外。其中"诗必盛唐"的倾向十分明显。

《唐诗三百首》选诗仅75家(另无名氏2家),约当《全唐诗》诗人总数之1/30,仅占《唐诗品汇》入选诗人之1/9。其居前十名的诗人(以孙洙310首本统计)是:杜甫31首,李白29首,王维29首,李商隐22首,孟浩然15首,韦应物12首,刘长卿11首,杜牧9首,王昌龄8首,李颀7首。这前十名中,尽管盛唐诗人仍占绝对优势,但李商隐以22首名列第四,杜牧也名列第八。此外,白居易、岑参、卢纶均选6首,居第十一至第十三位,柳宗元选5首居第十四位,刘禹锡、韩愈、钱起均各选4首,司空曙等选3首。显然,在《唐诗三百首》中,"诗必盛唐"的主观倾向已不明显,而比较接近于唐代诗坛的实际情况。

《唐诗品汇》在明代曾作为馆阁、家塾课本,流传甚广,影响很大。《明史·文苑传》谓:"终明之世,馆阁以此书为宗。"《四库全书总目》认为:"唐音之流于肤廓者,此书实启其弊;唐音之不绝于后世者,亦此书实衍其传。功过并存,不能互掩。后来过毁过誉,皆门户之见。"《唐诗三百首》在使"唐音不绝于后世"方面的贡献,要大于《唐诗品汇》,而无其偏见,故也不致"流于肤廓"。

《唐诗三百首》的编选受王士禛神韵说及其《唐贤三昧集》的影响如何?

王士禛是清初诗坛领袖之一,早年编选《神韵集》,专言唐音,后选《唐贤三昧集》,倡导神韵说。《四库全书总目》说:"当我朝开国之初,人皆厌明代王(世贞)、李(攀龙)之肤廓,钟(惺)、谭(元春)之纤仄,于是谈诗者竟尚宋元。既而宋诗质直,流为有韵之语录;元诗缛艳,流为对句之小词。于是士禛等以清新俊逸之才,范水模山,批风抹月,倡天下以'不著一字,尽得风流'之说,天下遂翕然应之。"王士禛晚年特别推崇王孟、韦柳诗,他对司空图《二十四诗品》不取"雄浑"、"沉著"、"劲健"、"豪放"、"悲慨"诸品,而独标举"清奇"、"冲淡"、"自然",认为"是三者品最上"。受其影响,《唐诗三百首》也特别推崇王孟、韦柳四家。这四家在入选的75家中分别居第三、第六和第十四位。还选入了如李白《赠孟浩然》等一些与王孟、韦柳唱和之作。

在评论入选的诗作时,孙洙也自觉不自觉地运用王士禛的观点,强调

"神韵"。如柳宗元《与诸子登岘山》诗批语云,"凭空落笔,若不著题,而……自然神会"。宋之问《题大庾岭北驿》诗批语云:"四句一气旋折,神味无穷。"李白《夜泊牛渚怀古》诗批语云:"以谪仙之笔作律,如蛟龙于池沼中,虽勺水无波,而屈伸盘拿,出没变化,自不可遏,须从空灵一气处求之。"又白居易《问刘十九》诗批语曰:"信手拈来,都成妙谛,诗家三昧,如是如是。"读这些批语似不难与王士禛神韵说及流行于当时词坛的浙西派"清空"说联系起来。这大概也与当时文坛的风气有关。

王士禛的神韵说统治诗坛近百年,影响到本书的编纂势所难免(孙洙出生与王士禛去世为同一年)。其实不仅如此,王士禛对某些问题的具体见解,也都可以于本书中见出其影响的痕迹:王士禛《分甘余话》曾云:"东坡谓柳柳州诗,在陶彭泽下、韦苏州上,此言误矣。余更其语曰:韦诗在陶彭泽下、柳柳州上。余昔在扬州作《论诗绝句》有'风怀澄淡推韦柳,佳句多从五字求。解识无声弦指妙,柳州那得并苏州'?"孙洙编《唐诗三百首》,韦应物诗选 15 首,名列第五,而柳宗元诗只选 5 首,仅名列第十四,显然与王士禛的见解是一致的。

王士禛《香祖笔记》云"唐人五言绝句,往往入禅。有得意忘言之妙,与净名默然,达磨得髓,同一关捩。观王裴《辋川集》及祖咏《终南残雪》诗,虽钝根初机,亦能顿悟"。其《蚕尾续文》亦云:"严沧浪以禅喻诗,余深契其说,而五言尤为近之。如王维《辋川绝句》,字字入禅。他如'雨中山果落,灯下草虫鸣','明月松间照,清泉石上流。'以及太白'却下水晶帘,玲珑望秋月。'常建'松际露微月,清光犹为君。'浩然'樵子暗相失,草虫寒不闻。'刘眘虚'时有落花至,远随流水香。'妙谛微言,与世尊拈花、迦叶微笑,等无差别。通其解者,可语上乘。"这里涉及王维、裴迪、祖咏、常建、刘眘虚、孟浩然等人多首诗作,除孟浩然等二首外,全都入选《唐诗三百首》中。如果通览全书,受佛教禅宗影响的又远非这几首。很显然,孙洙在这方面的美学观与王士禛也是一脉相承的。

王士禛选《唐贤三昧集》,共选盛唐王维、储光羲、孟浩然、刘眘虚、常建等 42 人,诗 448 首,未选李白、杜甫诗。此书反映了神韵论者的观点。《唐诗三百首》并未按《唐贤三昧集》的路子去编选,不仅选了李白、杜甫,而且远不止盛唐各家,而弃盛唐的储光羲等多人不选(这种做法未必一定正确)。在当时王士禛神韵说笼罩下,敢如此标新立异,还是应当肯定其胆识的。

沈德潜《说诗晬语》及《唐诗别裁集》对《唐诗三百首》影响如何?

沈德潜(1673—1769),是清代中期著名文学家,他的出生只早孙洙三十多年,其中进士仅早孙洙十二年,其去世,更仅早孙洙九年。尤其值得注意的是,《唐诗三百首》编成于乾隆二十九年(1764),当时沈德潜还在世。沈德潜编选的《古诗源》、《唐诗别裁集》、《明诗别裁集》、《国朝(清)诗别裁集》在当时及有清诗坛均产生过较大影响。他中进士后极受乾隆帝宠遇,《清史列传》本传记载乾隆帝还曾为他的《清诗别裁集》作序(今本不载)。他的诗论名著《说诗晬语》强调为封建政治服务,并倡导复古,提倡儒家诗教,并说:"温柔敦厚,斯为极则。"(《说诗晬语》卷上)沈德潜《唐诗别裁集》更是贯彻其诗论和儒家诗教的精心结撰之作。该书序云:"至于诗教之尊,可以和性情,厚人伦,匡政治,感神明,以及作诗之先审宗旨,继论体裁,继论音节,继论神韵,而一归于中正和平。"其《唐诗别裁集·凡例》亦说:"朱子云:'《楚词》不皆是怨君,被后人多说成怨君。此言最中病痛。如唐人中,少陵故多忠爱之词,义山间作风刺之语,然必动辄牵入,即小小赋物,对境咏怀,亦必云某诗指某事,某诗刺某人,水月镜花,多成粘皮带骨,亦何取耶?"

儒家诗教倡导温柔敦厚。《礼记·经解》云:"温柔敦厚,诗教也。……其为人也,温柔敦厚而不愚,则深于诗教者也。"唐孔颖达《礼记正义》曰:"温柔敦厚诗教者也:温,谓颜色温润;柔,谓性情和柔。诗依违讽谏,不指切事情,故曰温柔敦厚诗教也。"孙洙编选《唐诗三百首》正是遵循着这样一种诗教。这一点在其为《马嵬坡》一诗加的批语中表露得最为明白:"唐人马嵬诗极多,惟此首得温柔敦厚之意,故录之。"诗为曾做过唐僖宗朝宰相的郑畋所作,诗云:"玄宗回马杨妃死,云雨难忘日月新。终是圣明天子事,景阳宫井又何人?"唐人咏马嵬诗甚多,据笔者所知,至少有杜甫的《北征》、白居易之《长恨歌》,此外还有李益、黄滔诗各三首,李商隐诗二首,刘禹锡、崔道融、贾岛、徐寅、唐求诗各一首,罗虬、韦庄也有零篇断句。在这些诗中,郑畋的这一首并非最好的。宋人魏泰《临汉隐居诗话》便指出:"唐人咏马嵬之事者多矣……《唐阙史》载郑畋《马嵬》诗,命意似矣,而词句凡下,比说无状,不足道也。"宋吴开则谓:"予以谓畋盖取杜诗'不闻夏殷衰,中自诛褒妲'之意。"王士禛则对此诗大加赞赏:"论既得体,调亦琅然。"(《唐贤小三昧集续集》)其实,温柔敦厚的诗教是贯穿于《唐诗三百首》编纂的始终的,全书中几乎没有一篇让最高统治者看了不高兴的作品,连一些"只反贪官,不反皇帝",并不

王步高诗文集

违反诗教的"唯歌生民病，愿得天子知"(白居易《与元九书》)的作品也无一入选，似乎又过于保守了。但清代文网甚严，文字狱遍布国中，如戴名世《南山集》案、徐述夔《一柱楼集》案、曾静、吕留良案，以及株连许多汉族文人的江南奏销案、江南科场作弊案……使每个汉族知识分子不得不如临深渊、如履薄冰。然而，《唐诗三百首》问世后得以广为传布，而未受统治者的干预和查禁，又不能不说得益于坚持了儒家温柔敦厚的诗教。

沈德潜编选的《唐诗别裁集》对《唐诗三百首》也有着直接的影响。《唐诗别裁集》初刻于康熙五十六年(1717)，当时孙洙年仅七岁，增补重刻于乾隆二十八年(1763)，距离《唐诗三百首》成书仅早一年。对孙洙影响较大的应是该书的康熙刻本。增补本《唐诗别裁集》共 20 卷，选诗 1928 首，约相当《唐诗三百首》的六倍。其入选的前十名诗人依次是：杜甫 255 首，李白 140 首，王维 104 首，韦应物 63 首，白居易 61 首，岑参 58 首，刘长卿 54 首，李商隐 50 首，韩愈 43 首，柳宗元 40 首。《唐诗别裁集》与《唐诗品汇》显著不同的是，大大增加了中晚唐诗人的分量，在入选的前十名诗人中，中晚唐诗人占了四人，而孟浩然、高适、王昌龄等盛唐诗人及中唐诗人钱起均被排出十名之外。白居易的地位大大提升。与王士祯《唐贤三昧集》不同的是《唐诗别裁集》不仅选了李白、杜甫，而且选篇达到全书的五分之一强。这显然更符合唐代诗坛的实际情况。

与《唐诗品汇》及《唐贤三昧集》相比，《唐诗三百首》受《唐诗别裁集》的影响更为直接。只是孙洙似乎对建国后被炒到"唐代三大诗人"之一的白居易并不十分青睐。《唐诗三百首》中白居易与中唐诗人韩愈、柳宗元均排在十一至十五位之间，而孟浩然、王昌龄、李颀等盛唐诗人，杜牧等晚唐诗人却挤进前十名。李商隐的诗更名列第四，入选达 22 首，这似乎与《唐诗品汇》和《唐诗别裁集》均大不相同。显然，孙洙在这些问题上有自己独到的见解。

就选篇而言，《唐诗三百首》有许多篇目为两书所不收。仅按该书卷八的七言绝句而言，杜牧的《将赴吴兴登乐游园》、《遣怀》、《赠别》二首均为《唐诗品汇》及《唐诗别裁集》所不收。而柳中庸《征人怨》、杜甫《江南逢李龟年》又为《唐诗品汇》所不收。王昌龄《闺怨》，朱庆余的《宫中词》、《近试上张水部》，杜牧的《赤壁》、《秋夕》、《金谷园》均为《唐诗别裁集》所未收。

笔者强烈感到，与诸本比较，今人对晚唐诗人李商隐、杜牧和盛唐诗人王昌龄等能如今天这样熟悉，很大程度上得益于《唐诗三百首》。若无此书，他们的一些作品很难如今日这样妇孺皆知。

你对《唐诗三百首》选很多《宫词》如何看？

封建社会中皇宫及一些王侯宅邸中的宫女是被爱情遗忘的一群人，是生活和感情上都十分贫乏的一群。她们与亲人离散，青春虚耗。有的在宫中一生连皇帝的面也难得见到，更无望宠幸。王昭君便是其中的一员（笔者始终认为，以这些宫女为比较对象，她不是悲剧人物，而是其中较幸运者之一）。唐诗中有很多以宫女为题材，如王建《宫词》一百首等。《唐诗三百首》中名《宫词》的虽仅三首，但题为《春宫怨》、《宫中词》、《长信怨》，甚至《集灵台》二首，也都是宫词。

以往评论《唐诗三百首》者，往往都以此书收如此之多的《宫词》是一大过错。这种批评是缺乏具体分析，也不明其深层内涵的。《宫词》中有的暴露了封建统治者的骄奢淫逸。如《集灵台》二首，对杨贵妃姊妹恃宠而骄、惑乱宫帏的秽行就有所揭露。这在整个《唐诗三百首》中是较为难得的。

另一些《宫词》，只是一些文人借宫女不能遭逢君王喻指自己或众多文人的怀才不遇，只是把孟浩然《岁暮归南山》诗中"不才明主弃"一言换成较委婉的说法。如白居易《宫词》："泪尽罗巾梦不成，夜深前殿按歌声。红颜未老恩先断，斜倚薰笼坐到明。"又如王昌龄《长信怨》中"玉颜不及寒鸦色，犹带昭阳日影来"。杜荀鹤《春宫怨》"承恩不在貌，教妾若为容"，均属此类。这是古诗词中比兴的表现手法之一，似未可苛责编选者。

纵然纯写宫中事，无深意的宫词，入选的也不乏佳作，如朱庆余《宫中词》："寂寂花时闭院门，美人相并立琼轩。含情欲说宫中事，鹦鹉前头不敢言。"清人黄叔灿《唐诗笺注》便云："此诗可作白圭三复，而宫中忧谗畏讥，寂寞心事，言外味之可见。"况且，忧谗畏讥的又何尝只是宫中，会泄漏真情的又何止鹦鹉。如此等作品，入选《唐诗三百首》，似亦无可厚非。当然，其中亦并非首首可读、耐读，少选两首也未尝不可。

你对《唐诗三百首》不选李贺诗作及《春江花月夜》等佳作如何看？

李贺是中唐时期一个早慧的天才诗人，杜牧《李贺集序》云：李贺诗"盖《骚》之苗裔，理虽不及，辞或过之。……世皆曰：使贺且未死，少加以理，奴仆命《骚》可也"。不选李贺诗是《唐诗三百首》的最大缺憾，这是毋庸置疑的。笔者编著《唐诗三百首汇评》，录李贺诗十首于附录中，其入选的数量约与杜牧等相当，与其在唐代诗坛上的地位大致相埒。

杜甫和一些诗人的长篇,如杜甫之《自京赴奉先县咏怀五百字》、《北征》,李商隐《行次郊西作一百韵》等,均未入选,这大概缘于这些诗太长,而未入选。而《春江花月夜》等名篇未入选,则受当时时代的局限。直至孙洙生活的清代雍正、乾隆时期,诗论家对《春江花月夜》仍较少注意,只有王夫之给它以较高评价。《春江花月夜》一诗是直到晚清时期,经王闿运的推赞才广受读者重视,到闻一多先生称它"孤篇压全唐",称其为"诗中之诗","顶峰上的顶峰",才使此诗为所有唐诗选本所必选。相形之下,《唐诗三百首》未选此诗便显得不足,但这是时代的局限,不应苛责编选者。笔者编选《唐诗三百首汇评》,于此已予补正。

《唐诗三百首》有哪几种较好的版本,其特点如何?

由于《唐诗三百首》的广为流传及为广大读者所喜爱,使其版本越出越多,但独具面目、精心结撰者并不多。较好的版本有以下四种:一是中华书局根据四藤吟社本断句排印的陈婉俊补注本。陈婉俊是金陵才女,注释虽较简略,但比较准确、可靠。每首均保留孙洙(蘅塘退士)的批语。这是一个最接近原书的版本。读此种版本虽对读者古汉语的要求较高,却可窥见编选者的原旨,认识其美学观及其与前辈及同时代诗学家的继承关系,是众多《唐诗三百首》版本中最重要的一个版本。

清人章燮注疏本,是清人注本中最详尽、最严谨的版本之一。首次刻印于清道光十四年(1834),较陈婉俊补注本还早十年,由于它较少保留孙洙批语,又增张九龄《感遇》2 首(原已选 2 首),补李白《子夜吴歌》3 首(原已选 1 首),补李白《长干行》1 首(原已选 1 首),共计 321 首。经章燮增补,《唐诗三百首》的总篇数已大大超过《诗经》,显然,章燮也未明白孙洙选 310 首的苦心所在。此种版本注释详尽,其中李白、杜甫诗,已吸收王琦注本《李太白全集》和仇兆鳌《杜诗详注》的研究成果,作者对些长篇古诗,分为几解进行解析,一般较精当,且有少量辑评。今有安徽、浙江等多家出版社校点本,但有的校勘不精。

中华书局版喻守真详注本,是新版《唐诗三百首》中较好的一个版本。该本除注释外,尚有"作意"、"作法"的分析,分析时有能精到处,显然注者不仅是一个学者,也精于传统诗的创作,故对学写传统诗者帮助尤大。但本书初版于解放前,未能吸收近半个世纪来唐诗研究的成果,对有些诗作的看法较陈旧。上海古籍出版社版金性尧注本,初版于 1980 年。此本以白话作注,注释也较准确严谨,吸取了一些唐诗研究的新成果,通俗好懂,是近年来流传最广的版本之一。

除这四种版本外,尚有一些全译本、注释本、白文本。最糟的是某种白文本,错误百出,难以卒读。

《唐诗三百首汇评》与以往各本有何异同?

《唐诗三百首汇评》是笔者历时十余年,并得到鲁同群、邓子勉等先生的支持而完成的。本书选篇以章燮本为基础,又补选李贺诗 10 首,张若虚《春江花月夜》1 首,共选诗 332 首。基本保留了孙洙原本的面貌,甚至对孙洙所加批语也少量选录,对章燮本也保留了部分评语。由于补选了李贺、张若虚诗,虽有违于编选者的初衷,但少一些遗憾,而补选 11 首诗,较之原本仅占 3％左右,且不改变其分体编排的体例,既说不上是一个新选本,又更可以进而窥见唐诗的全貌。

《唐诗三百首汇评》是受唐圭璋师(我是他的博士研究生)《宋词三百首笺注》启示而编著的,鉴于《唐诗三百首》注释本已多,本书的多数读者手头已有注释本,故本书不加作者小传和注释,这是不同于《宋词三百首笺注》处。由于历代诗话、诗集序跋及唐诗研究的论著远远多于宋词,《唐诗三百首》的影响也远非《宋词三百首》可比,故《唐诗三百首汇评》的篇幅远远超过《宋词三百首笺注》。

注释本与以上汇评本的根本不同点有二:一是后者服务的对象是对唐诗已有一定了解,甚至有一定基础的读者;前者则是面向一般读者。故读后者要以前者为基础。二是前者多是一家之言,至多也只是数家之言,而汇评本引用书目近千种,可以说是百家之言,千家之言,可以使读者博采众长,择善而从。汇评本资料更丰富翔实,而且每条资料均详细标举出于何时代、何人、何书的第几卷,便于读者引用,因而学术价值更高,专供已读过注释本《唐诗三百首》的唐诗爱好者继续学习使用,特别适合大学文科师生和中学语文教师作教学参考。

一个唐诗爱好者应当如何读《唐诗三百首》?

由于唐诗爱好者原有的文学素养及古汉语基础不同,读《唐诗三百首》的方法自然不尽相同。这里介绍的仅是一般的学习方法。

首先得弄清《唐诗三百首》是一部怎样的书。由于时过境迁,古汉语(尤其是诗词语言)与现代汉语的较大差异,事实上《唐诗三百首》已不很适合作小学中低年级学生的启蒙性读物,但仍不妨先囫囵吞枣地读些。初中以上文化程度的读者,可以将金性尧注本作为读此书的入门读本,以便扫除文字障碍,了解诗义及一般典故,并培养学唐诗的兴趣。

想深入学唐诗者(对唐诗有较浓厚兴趣者),还得结合学点诗词格律知识,以便能准确区别平仄,了解古今音的不同并能识别入声,懂得一般押韵、对仗的规则。对拗救、孤平、谐韵、邻韵、通韵、上去通押、仄韵绝句、歌行体及古风的典型特征等均应有较粗浅的了解,然后,再回头读《唐诗三百首》。充分发挥此书作为唐诗精读本的作用,以自己的音韵格律知识去验证这些诗作,去体味揣摩入选作品的音韵特点以及这些特点对诗美感等方面的关系。这样的读者势必可从人云亦云阶段(一般感性认识阶段)上升到一定理性认识阶段,也必然会提出许多一般往释本无法解答的问题。

读者还应当学一点唐代历史,对唐代的经济、政治、军事以及一些较重要的历史事件、历史人物有一定了解。

以读《唐诗三百首》注释本为出发点,有一定唐诗及古汉语基础以后,再来读《唐诗三百首汇评》,看看古今名家对该诗人、该诗作的评论,并参考有关背景资料,由一家到数百家,由知之甚少到知之甚多。再结合读《唐诗品汇》、《唐诗别裁集》,进而读一些唐代诗人的选集及全集,由约返博。再回头精读《唐诗三百首汇评》,经过多次往复,提升到一个个新的高度。一个对唐诗茫无所知的青少年,到成长为唐诗爱好者,进而成为一个有一定功底的学者,最终成为对唐诗有深入造诣的专家。

如前所说,《唐诗三百首》又是创作诗的范本。一个有一定生活基础的文学爱好者,通过几种《唐诗三百首》版本的比较学习,由浅入深,由模仿习作到创作,进而成为有一定功力的诗作者,进而成为一名诗人。在这方面,喻守真注本及汇评本能提供较大帮助。

学习唐诗,还应在唐诗之外学习,读点《诗经》、《楚辞》及唐以前的古诗,读点宋词宋诗及元明清的诗词,从而看清唐诗的成就、长处与不足。

无论是作为唐诗的启蒙读物、唐诗的精读本,还是写诗的范本,《唐诗三百首》的诸种版本将为有志于此者提供升堂入室的阶梯。对更多的读者,也可为提高文学素养、陶冶性情和情操,提供一份高雅优美、多姿多彩的精神享受。

(1995 年 12 月于东南大学文学院)

对《唐诗三百首》的再认识

《唐诗三百首》是有史以来发行量最大、影响面最广、最为人们所熟知的文学读物。如同一个自幼朝夕相处的老朋友,我们对它似乎已了如指掌。其实不然。近年我为完成《唐诗三百首汇评》,认真研究了这本书,才认识到我们对这本书尚有许多误解。

一

《唐诗三百首》究竟是怎样一部书?人们习惯一直把它只看成一本唐诗启蒙读物,自它问世以后,也一直被当作蒙童的读本。这便是误解之一。

蘅塘退士孙洙于该书《题辞》云:

> 世俗儿童就学,即授《千家诗》,取其易于成诵,故流传不废。但其诗随手掇拾,工拙莫辨,且止五七律绝二体,而唐宋人又杂出其间,殊乖体制。因专就唐诗中脍炙人口之作,择其尤要者,每体得数十首,共三百余首,录成一编。为家塾课本,俾童而习之,白首亦莫能废,较《千家诗》不远胜耶。谚云:"熟读唐诗三百首,不会吟诗也会吟。"请以是编验之。

这段文字说明此书的编纂宗旨,他是不满于《千家诗》的粗陋、体制不健全而编纂的,且明确使它"为家塾课本,俾童而习之",这是此书被视为启蒙读物的主要原因。

《唐诗三百首》与《千家诗》也确有共同之处。两书重复的篇目共 33 首,其中七绝 8 首,七律 5 首,五绝 8 首,五律 12 首。如李白《静夜思》、杜牧《泊秦淮》、刘禹锡《乌衣巷》、王维《送元二使安西》、韦应物《滁州西涧》、王之涣

《登鹳雀楼》、崔颢《长干行》、孟浩然《春晓》、王勃《送杜少府之任蜀州》等等，这些篇目通俗易懂，又都是唐诗中的杰构，很适合儿童作为学唐诗的入门读物。

然而人们往往忽略，《唐诗三百首》与《千家诗》相似之处少，相异之处多。相同的仅 33 首，约相当于《唐诗三百首》总量的十分之一，而不同的篇目达十分之九。后者显然更能决定全书的性质。

《唐诗三百首》与《千家诗》显著的不同点之一是它不限于选那些通俗之作。《唐诗三百首》不仅选了许多注重比兴寄托含义较深的《宫词》之类的作品，而且选录了张九龄《感遇》、李商隐《无题》、《韩碑》，杜甫《丹青引》、《寄韩谏议注》、李白《庐山谣寄卢侍御虚舟》、韩愈《石鼓歌》等有较深内涵、并不通俗的诗作。显然这些作品不是为蒙童而是为成年人编选的，也是其编著者欲使读之者"白首亦莫能废"之努力的一部分。

此书不同于《千家诗》只选"五七言律绝二体"，而是"就唐诗中脍炙人口之作，择其尤要者，每体得数十首"，其中也包含了五七言古诗和乐府诗，除排律而外，《唐诗三百首》已大致能概括唐代各体诗的全貌（唐代也有少量四言、六言及杂言诗，但为数不多，且总体成就不高）。再就选篇数量而言，《千家诗》选唐宋诗共 226 首，其中唐诗仅 139 首，这与唐诗的总量相去甚远，由于过于强调通俗，唐代许多诗人的长篇及较深的佳作均不能入选，且《千家诗》选诗标准不严，"随手掇拾"，"工拙莫辨"，故《千家诗》在众多的唐诗选本中并无什么地位。反之，《唐诗三百首》只选唐诗，且多达 300 余首，兼顾各位诗人在诗坛上的地位，又选录的是唐诗中"脍炙人口"名作中的"尤要者"，故《唐诗三百首》成为唐诗的一种精选本。

编者自序中说："谚云：'熟读唐诗三百首，不会吟诗也会吟'，请以是编验之。"显然，要使这本《唐诗三百首》的书取代这句谚语中"唐诗三百首"的地位，这三百首诗必须有高度的代表性，否则熟读了这本书，未必能产生"不会吟诗也会吟"的社会功效。这也是使本书成为一种唐诗精选本（而不仅是一种启蒙读物）的另一原因。

此书就体例而言，它因袭了《唐诗品汇》、《唐诗别裁集》等一些大型唐诗选本分体编排，可以兼顾吟诵欣赏和创作两个方面的优良传统。诗分体、词分调比一般以时代顺序按人编排的优越性就在于便于学写诗词者直接仿效。词的选本中如分调本《草堂诗余》及《历代诗余》等亦是如此。《唐诗三百首》采用分体编排法，使它也具有写诗范本的意义。

古人学习唐诗,除一般欣赏、提高自身文学素养的意义外,其直接的目的是学习唐诗的创作方法去写诗,是为创作而研究,而非如今人为写论文、专著而研究。清代科举仍考诗歌,故此书也为应考的举子、秀才学写诗作参考。对此,孙葆纯为章燮注疏本《唐诗三百首》所作的序中便指出:

> 唐以诗取士,我朝诗学昌明,乡会试亦尚八韵,朝考非工此不与馆选,而翰林大考且重在诗,是以教弟子者,未可以为词章末事也。

这说明此书的价值之一,是其作为写诗范本而存在的。

蘅塘退士(孙洙)为本书加的为数不多的按语也可以看出,它不仅从内容上串解、艺术上分析,而且对习作者进行指导。如:

杜牧《秋夕》批语云:"层层布景,是一幅著色人物画,只'坐看'二字,逗出情思,便通身灵动。"又如白居易《自河南经乱关内阻饥……》诗按语云:"一气贯注,八句如一句,与少陵'闻官军作'同一格律。"再如元稹《遣悲怀》诗批语:"古今悼亡诗充栋,终无能出此三首范围者,勿以浅近忽之。"又如温庭筠《瑶瑟怨》批语云:"通首布景,只'梦不成'三字露怨意。"孟浩然《与诸子登岘山》批语则云:"凭空落笔,若不著题,而自有神会。"显然,这些批语都是从创作论的角度说的,是在教人如何写诗,如何从这首唐诗中汲取营养,以提高自己的创作水平。可惜孙洙在诗歌创作上算不得名家和大手笔,这方面的批语说不上特别精辟独到。

若从音韵格律的角度来审视、揣摩编选者的良苦用心,便不难看出本书另一层面的价值。如杜甫的《丽人行》虽为七言古诗,却句句押韵,而且有多处独立句,实是一首近于柏梁体的诗;而《长恨歌》、《琵琶行》则可作为元和体诗的代表,诗中律句、准律句占有较大比例,平仄韵相间,甚至有许多句子也讲究拗对和拗粘。读这两首诗,对"诗到元和体变新"可以有更明确的了解。

就新乐府诗而言,书中选录了杜甫《丽人行》、《兵车行》、《哀江头》、《哀王孙》诸作,而对于张王、元白的新乐府诗则弃之不选,显然也是从创作论的角度才这样做的。杜甫虽未公开提出"即事名篇,无复依傍"的创作主张,然而杜甫的新乐府显然比中唐诗人更有权威性、艺术性,更值得仿效。

书中也选录一些散句不偶的律诗,如李白《夜泊牛渚怀古》、皎然《寻陆鸿渐不遇》等,也选录了如王维《终南别业》这样古风式的律诗,诗中不仅有准律句、孤平拗救句,甚至有三平调句。而祖咏《望终南余雪》、李白《静夜思》则均是半古半律的绝句,后者甚至还运用拗粘、拗对;杜甫《登高》七律,首联不仅运用对仗,而且运用句中对。这也是唐诗中不经见的,均有一定典型意义。它既反映了唐代诗坛的现实,也真实体现了唐诗形式上的多样性。后人要学习模仿并不困难。

而《唐诗三百首》并未选录杜甫"三吏"、"三别"之类的作品,也同样是从创作论的角度来考虑的,就《石壕吏》的用韵情况而言,这样不太长的一首诗,不仅五次换韵,而且平上去入四声韵均用到,又很少同部押韵,多押通韵和邻韵。此诗出于诗圣之手固仍不失为名篇佳作,而一般作者则难于仿效,而且也绝难成功。不选此诗,显然有不宜向学诗者提倡这一层面的意义。

今人讲古近体诗的平仄、韵律等方面的各种典型情况,均不难从《唐诗三百首》中找到例证。写诗中遇到的各种问题,也可以在此书中不同程度地找到答案。除少数神童外,它显然是针对青年人或其他成年人的。

《唐诗三百首》是作为启蒙读物而编纂的,但由于编著者欲使其读者"白首亦莫能废",这本书在更大程度上是一部唐诗的精选本和学习写诗的范本。

二

唐人就有编订唐诗选本的习惯,今人傅璇琮先生《唐人选唐诗新编》就收有十三种,早已失传的当更多。最早的《翰林学士集》收录唐太宗时君臣唱和诗,可见是很早的了。《唐诗三百首》的编订不可能不受前人唐诗选本的影响。但对其影响较大的仅明人《唐诗品汇》、王士禛《唐贤三昧集》、《唐人万首绝句选》以及沈德潜《唐诗别裁集》等几种。

《唐诗品汇》,在明代曾为馆阁、家塾课本,因而流传甚广。《明史·文苑传》谓:"终明之世,馆阁以此书为宗。"《四库全书总目》认为:"唐音之流为肤廓者,此书实启其弊;唐音之不绝于后世者,亦此书实衍其传。"《唐诗品汇》共选作者 681 人,诗 6723 首,是历史上最大的唐诗选本之一。采用分体编排,这一点也为《唐诗三百首》所采纳。《唐诗三百首》所选的作家也基本未超出《唐诗品汇》的范围。《唐诗品汇》标举盛唐,开明代前后七子"诗必盛唐"主张之先导。其入选的前十名诗人依次是:杜甫、李白、刘长卿、钱起、王维、韦应物、岑参、高适、孟浩然、王昌龄。居前十名者除钱起(仅小杜甫 10 岁)可入中唐外,均为盛唐诗人。而白居易、李商隐、杜牧、柳宗元诗入选不多,均应排于 20 名之外。显然,"诗必盛唐"的倾向十分明确。

王士祯也标举盛唐,他不仅专选了李杜诗集,又专选盛唐人诗为《唐贤三昧集》。后者共选诗 448 首,标举神韵。《唐诗三百首》与《唐贤三昧集》相重的篇目达 70 首之多,若考虑到《唐贤三昧集》不选李杜,实际除李杜外,《唐诗三百首》入选的盛唐诗作,为《唐贤三昧集》不收的就不很多了。

《唐诗三百首》选诗仅 75 家(另无名氏 2 家),约当《全唐诗》诗人总数的 1/30,仅占《唐诗品汇》入选诗人数之 1/9。其居前十名的诗人依次是:杜甫、李白、王维、李商隐、孟浩然、韦应物、刘长卿、杜牧、王昌龄、李颀。盛唐诗人仍占绝对优势。稍有不同的是,李商隐以 22 首名列第四,杜牧名列第八。此外,白居易、岑参、卢纶均选 6 首,居第十一至第十三位,柳宗元选 5 首,居第十四位,刘禹锡、韩愈、钱起均各选 4 首。这大致符合这些诗人在诗坛上的地位。只是白居易、刘禹锡、韩愈稍后,而韦应物、刘长卿、李颀等稍前。

王士祯是清初诗坛领袖之一,早年编选《神韵集》,专言唐音,后选《唐贤三昧集》,倡导神韵说。《四库全书总目》说:"当我朝开国之初,人皆厌明代王(世祯)、李(攀龙)之肤廓,钟(惺)、谭(元春)之纤仄,于是谈诗者竞尚宋元。既而宋诗质直,流为有韵之语录;元诗缛艳,流为对句之小词。于是士祯等以清新俊逸之才,范水模山,批风抹月,倡天下以'不著一字,尽得风流'之说,天下遂翕然应之。"王士祯晚年特别推崇王孟、韦柳诗,他对司空图《二十四诗品》不取"雄浑"、"沉著"、"劲健"、"豪放"、"悲慨"诸品,而独标举"清奇"、"冲淡"、"自然",认为"是三者品最上"。受其影响,《唐诗三百首》也特别推崇王孟、韦柳四家。这四家在入选的 75 家中分别居第三、第六、第五和第十四位。还选入如李白《赠孟浩然》等一些与王孟、韦柳唱和之作。

在评论入选的诗作时,孙洙也自觉不自觉地运用王士祯的观点,强调"神韵"。如柳宗元《与诸子登岘山》诗批语云:"凭空落笔,若不著题,而……自然神会。"宋之问《题大庾岭北驿》诗批语云:"四句一气旋折,神味无穷。"李白《夜泊牛渚怀古》诗批语云:"以谪仙之笔作律,如蝤龙于池沼中,虽勺水无波,而屈伸盘拿,出没变化,自不可遏,须从空灵一气处求之。"又白居易《问刘十九》诗批语曰:"信手拈来,都成妙谛,诗家三昧,如是如是。"读这些批语似不难与王士祯神韵说及流行于当时词坛的浙西派"清空"说联系起来。这大概也与当时文坛的风气有关。

王士祯的神韵说统治诗坛近百年,影响到本书的编纂势所难免(孙洙出生与王士祯去世为同一年)。其实不仅如此,王士祯对某些问题的具体见解,也都可以于本书中见出其影响的痕迹。

王士祯《分甘余话》曾云:"东坡谓柳柳州诗,在陶彭泽下、韦苏州上,此言误矣。余更其语曰:韦诗在陶彭泽下、柳柳州上。余昔在扬州作《论诗绝句》有'风怀澄淡推韦柳,佳句多从五字求。解识无声弦指妙,柳州那得并苏州?'"孙洙编《唐诗三百首》,韦应物诗选15首,名列第五,而柳宗元诗只选5首,仅名列第十四,显然与王士祯的见解是一致的。

王士祯《香祖笔记》云:"唐人五言绝句,往往入禅,有得意忘言之妙,与净名默然,达磨得髓,同一关捩。观王维《辋川集》及祖咏《终南残雪》诗,虽钝根初机,亦能顿悟。"其《蚕尾续文》亦云:"严沧浪以禅喻诗,余深契其说,而五言尤为近之。如王维《辋川绝句》,字字入禅。他如'雨中山果落,灯下草虫鸣','明月松间照,清泉石上流'以及太白'却下水晶帘,玲珑望秋月',常建'松际露微月,清光犹为君',浩然'樵子暗相失,草虫寒不闻',刘脊虚'时有落花至,远随流水香',妙谛微言,与世尊拈花、迦叶微笑,等无差别。通其解者,可语上乘。"这里涉及王维、裴迪、祖咏、常建、刘脊虚、孟浩然等人多首诗作,除孟浩然等二首外,全都入选《唐诗三百首》中。如果通览全书,受佛教禅宗影响的又远非这几首。很显然,孙洙在这方面的美学观与王士祯也是一脉相承的。

王士祯编的《唐人万首绝句选》是对《唐诗三百首》编选影响更大的一个唐诗选本。该书以宋人洪迈的《万首唐人绝句》为基础,删存为859首,作者264人。与《唐诗三百首》相重的共80首,占《唐诗三百首》所收97首绝句总数的82.5%。共收诗人38家(含无名氏二家),占《唐诗三百首》绝句部分共收诗人44家的86.4%,比例均是极高的。而且有一些《唐诗品汇》、《唐诗别裁集》不收的绝句,如杜牧《金谷园》、《遣怀》、《将赴吴兴登乐游园》等,似均从《唐人万首绝句选》录入的。

《唐诗三百首》的编选者对王士祯也未亦步亦趋。仅就绝句而言,有少量篇目,如孟浩然《宿建德江》、《春晓》,王维《秋夜曲》是《唐贤三昧集》、《唐人万首绝句选》均不收的,《唐诗三百首》还是收了。否则"春眠不觉晓,处处闻啼鸟"的诗句,就不会如今天这样脍炙人口了。

历来的唐诗专家认为,《唐诗三百首》是在清人沈德潜所编《唐诗别裁集》的基础上编纂而成的,似乎不无道理,但也不尽然。沈德潜对蘅塘退士的影响更大程度是在其诗教理论,而不全在于其《唐诗别裁集》的选篇(这一点下文再论)。

沈德潜(1673—1769),是清代中期著名文学家,他的出生只早孙洙三十多年,其中进士仅早孙洙十二年,其去世,更仅早孙洙九年。尤其值得注意的是,《唐诗三百首》编成于乾隆二十九年(1764),当时沈德潜还在世,沈德潜编选的《古诗源》、《唐诗别裁集》、《明诗别裁集》、《国朝(清)诗别裁集》在当时及有清诗坛曾产生过较大影响。他中进士后极受乾隆帝宠遇,《清史列传》本传记载乾隆帝还曾为他的《清诗别裁集》作序(今本不载)。沈德潜编选的《唐诗别裁集》对《唐诗三百首》也有着直接的影响。《唐诗别裁集》初刻于康熙五十六年(1717),当时孙洙年仅七岁,增补重刻于乾隆二十八年(1763),距离《唐诗三百首》成书仅早一年。对孙洙影响较大的应是该书的康熙刻本。增补本《唐诗别裁集》共 20 卷,选诗 1928 首,约是《唐诗三百首》的六倍。其入选的前十名诗人依次是:杜甫 255 首,李白 140 首,王维 104 首,韦应物 63 首,白居易 61 首,岑参 58 首,刘长卿 54 首,李商隐 50 首,韩愈 43 首,柳宗元 40 首。《唐诗别裁集》与《唐诗品汇》显著不同的是,大大增加了中晚唐诗人的分量,在入选的前十名诗人中,中晚唐诗人占了四人,而孟浩然、高适、王昌龄等盛唐诗人及中唐诗人钱起均被排出十名之外。白居易的地位大大提升。与王士祯《唐贤三昧集》不同的是,《唐诗别裁集》不仅选了李白、杜甫,而且选篇达到全书的五分之一强。这显然更符合唐代诗坛的实际情况。

与《唐诗品汇》及《唐贤三昧集》相比,《唐诗三百首》受《唐诗别裁集》的影响更为直接。只是孙洙似乎对建国后被炒到"唐代三大诗人"之一的白居易并不十分青睐。《唐诗三百首》中,白居易与中唐诗人韩愈、柳宗元均排在十一至十五位之间,而孟浩然、王昌龄、李颀等盛唐诗人,杜牧等晚唐诗人却挤进前十名。李商隐的诗更名列第四,这似乎与《唐诗品汇》和《唐诗别裁集》均大不相同。显然,孙洙在这些问题上有自己独到的见解。

就选篇而言,《唐诗三百首》所选 310 首中,219 首与《唐诗别裁集》相重,占 70.6%,不同的仅 91 首,占 29.4%。然而各种体裁重复篇目比例并不相似。就不相重的 91 篇而言,五古仅 4 首,七古有 17 首,五律达 21 首,七律只 11 首,五绝仅 9 首,而七绝高达 29 首。

两书编排体例也颇有不同,《唐诗三百首》还从五古、七古及绝句中将乐府单独列出。诗的题目乃至某些作品著作权的归属二书也有许多不同。

两书在某些局部上差异很大。如七言绝句,《唐诗三百首》共选 60 首,二书不相重的就达 29 首,几乎一半。李商隐的无题诗(含《锦瑟》等以首句前二字为题者)共 7 首,均为《唐诗别裁集》不收。因而过分夸大《唐诗别裁集》对孙洙的影响也是不恰当的。

三

《唐诗三百首》的编选者受沈德潜的诗论影响颇大。沈的诗论名著《说诗晬语》强调为封建政治服务,并倡导复古,提倡儒家诗教,并说:"温柔敦厚,斯为极则。"(《说诗晬语》卷上)

沈德潜《唐诗别裁集》更是贯彻其诗论和儒家诗教的精心结撰之作。该书序云:"至于诗教之尊,可以和性情,厚人伦,匡政治,感神明,以及作诗之先审宗旨,继论体裁,继论音节,继论神韵,而一归于中正和平。"其《唐诗别裁集·凡例》亦说:"朱子云:'《楚词》不皆是怨君,被后人多说成怨君。'此言最中病痛。如唐人中少陵固多忠爱之词,义山间作风刺之语,然必动辄牵入,即小小赋物,对境咏怀,亦必云某诗指某事,某诗刺某人,水月镜花,多成粘皮带骨,亦何取耶?"

儒家诗教倡导温柔敦厚。《礼记·经解》云:"温柔敦厚,诗教也。……其为人也,温柔敦厚而不愚,则深于诗教者也。"唐孔颖达《礼记正义》曰:"温柔敦厚诗教者也:温,谓颜色温润;柔,谓性情和柔。诗依违讽谏,不指切事情,故曰温柔敦厚诗教也。"孙洙编选《唐诗三百首》正是遵循着这样一种诗教。

这一点在其为《马嵬坡》一诗加的批语中表露得最为明白:"唐人马嵬诗极多,惟此首得温柔敦厚之意,故录之。"诗为曾做过唐僖宗朝宰相的郑畋所作,诗云:"玄宗回马杨妃死,云雨难忘日月新。终是圣明天子事,景阳宫井又何人?"唐人咏马嵬诗其多,据笔者所知,至少有杜甫的《北征》、白居易之《长恨歌》,此外还有李益、黄滔诗各三首,李商隐诗二首,刘禹锡、崔道融、贾岛、徐寅、唐求诗各一首,罗虬、韦庄也有零篇断句。在这些诗中,郑畋的这一首并非最好的。宋人魏泰《临汉隐居诗话》便指出:"唐人咏马嵬之事者多矣……,《唐阙史》载郑畋《马嵬》诗,命意似矣,而词句凡下,比说无状,不足道也。"宋吴幵则谓:"予以谓畋盖取杜诗'不闻夏殷衰,中自诛褒妲'之意。"王士禛则对此诗大加赞赏:"论既得体,调亦琅然。"(《唐贤小三昧集续集》)

其实,温柔敦厚的诗教是贯穿于《唐诗三百首》编纂的始终的,全书中几乎没有一篇让最高统治者看了不高兴的作品,连一些"只反贪官,不反皇帝",并不违反诗教的"唯歌生民病,愿得天子知"(白居易《与元九书》)的作品也无一入选，似乎又过于保守了。但清代文网甚严，文字狱遍布国中，如戴名世《南山集》案、徐述夔《一柱楼集》案、曾静、吕留良案，以及株连许多汉族文人的江南奏销案、江南科场作弊案……使每个汉族知识分子不得不如临深渊，如履薄冰。然而《唐诗三百首》问世后得以广为传布，而未受统治者的干预和查禁，又不能不说得益于坚持了儒家温柔敦厚的诗教。

　　《唐诗三百首》问世至今整整280年了，它在中国文学界的影响仍有增无减。然而它的弱点和不足也是显而易见的。前人早已指出过，如书中一首也不选李贺诗，也未选所谓"孤篇压全唐"的《春江花月夜》等诗作。有鉴于此，后人重编了一种又一种《唐诗三百首》的"新选""新编"本，然而却终究不能取而代之。我觉得其主要原因有两个：一是没有完全明白《唐诗三百首》到底好在哪里，它对古今读者的魅力在何处？如何保持这些优点？二是今天的读者与古代和过去的读者审美趣味有了哪些变化？原书有哪些痼疾和不足，"新编"到底应在哪些方面推陈出新？没有对《唐诗三百首》的透彻了解，没有对孙洙其人、其学术功力、其审美价值取向有深入的了解，而奢谈超过古人是不可能的。《唐诗三百首》是中国文学普及史上难以企及的高峰，但它也只能代表过去。研究它、学习它，最终超过它，才是我们这代唐诗研究者应持的态度。

（《中国典籍与文化》，1998年第1期）

王步高诗文集

《唐宋诗词鉴赏》序

五千年的中国文学，犹如绵延之群山，在唐宋时期奇峰突起，形成唐诗、宋词两座高峰。因为它们的成就，中国才当之无愧地被誉为"诗国"，诗词才成为中国文学最辉煌的部分，《诗经》、唐诗、宋词加《红楼梦》是中国文学可以"颉颃西域"①的主要资本。

一

唐诗是由六朝及隋诗发展而来，唐代的政治制度、文学受隋代的影响较深。因此不得不略加说明。

北周、隋、唐的统治者不仅政权先后相袭，而且大致均采取了近乎政变的方式，隋唐之际有些战争，但大多并不发生于隋唐政权之间。北周、隋、唐三代政权的统治者均系关陇贵族，三个皇室还有着十分密切的姻亲关系。宇文泰、杨忠、李虎分别是这三个皇室的创始人，他们与独孤信曾一起在西魏做过高级将领，前三人之子宇文毓（北周明帝）、杨坚（隋文帝）、李昞（李渊之父）分别娶了独孤信之长女、七女和四女，而杨坚之女又嫁与宇文衍（北周静帝），李渊与隋炀帝杨广也属姨表兄弟。隋文帝在中央设三省（中书、门下、尚书）、六部（礼、吏、兵、刑、户、工），改地方行政机构为州县两级，废除九品中正制实行以明经、进士考试为主的科举制度等均为唐代继承并加以发展。隋诗对唐诗的影响亦然。

隋代虽结束了西晋末年以来近三百年的分裂局面，却二世而斩，历时仅三十七年。因此，隋代有影响的诗人不多，作品总量也少。文学史家往往将之视为南北朝之延伸而一语带过。其实，这恰恰忽略了大一统政局对诗坛的影响，忽略了南北诗风的融合。

---

① 　见梁启超《饮冰室诗话》，原话为："中国事事落他人后，惟文学差可颉颃西域。"

隋代是扭转齐梁诗风、拓宽诗歌的题材、进一步推进诗歌格律化进程并使六朝诗向唐诗过渡中的一个重要转折点。"起衰中立"一语本为清人沈德潜用以评论杨广（隋炀帝）、杨素边塞诗历史作用的（见《说诗晬语》），以之来说明隋诗的历史地位倒颇为恰当。

从隋朝统一中国以后，南北诗风便开始融合。隋代是以北朝诗风为主体吸收齐梁以来南朝诗歌格律化成就而形成的融合，而初唐则是以南朝诗风为主体吸收北朝贞刚之气的另一种融合，至陈子昂、李白以后，这一融合才基本完成。魏徵曾云："江左宫商发越，贵于清绮，河朔词义贞刚，重乎气质。气质则理胜其词，清绮则文过其意。理深者便于时用，文华者宜于咏歌，此其南北词人得失之大较也。若能掇彼清音，简兹累句，各去所短，合其两长，则文质彬彬，尽善尽美矣。"（《隋书·文学传序》）魏徵期望的这种南北诗风的融合，直至盛唐才得以完成，也确实导致了唐诗的空前繁荣。而隋诗斫雕为朴，摧柔为刚，重乎气质，则对矫正齐梁以来的淫靡诗风起了巨大的作用。

隋诗数量虽不算很多，但题材相当广泛，特别是隋代的乐府诗，上接《诗经》、汉乐府和建安诗歌的现实主义精神，成为隋代社会的一面镜子。这与梁陈宫体诗有很大的不同。宫体诗写宫廷中饮食男女之事，不乏卑下色情的描写。如梁简文帝萧纲诗中，多写内人卧具、内人昼眠、伤美人、娈童、倡妇怨情、美人晨妆……此外如《行雨诗》则更是赤裸裸地描写性行为。这样的作品，在隋诗中已基本绝迹。以荒淫闻名的隋炀帝，其诗却很典雅庄重，没有这类作品。魏徵说得好："炀帝初习艺文，有非轻侧之论，暨乎即位，一变其风。其《与越公书》、《建东都诏》、《冬至受朝诗》及《拟饮马长城窟》，并存雅体，归于典制，虽意在骄淫，而词无浮荡，故当时缀文之士，遂得依而取正焉。"为什么这样一个淫荡昏庸的皇帝也能写出一些令人回肠荡气的健康作品，这不能不归于隋代诗坛风气的影响。[①]

经过隋末的几年动荡，唐代才真正建成长治久安的大一统王朝，经济也高度发展。"唐太宗李世民在位时（626—649）励精图治，史称'贞观之治'，他知人善任，虚怀纳谏，重视吏治，轻徭薄赋，节俭自持。高宗李治在位时，皇后武则天掌握政权，一度废唐称周，自号皇帝。其时政局虽然纷纭，但社会仍较安定。唐玄宗李隆基（712—756年在位）开元年间国势强盛，史称开元之治。""安史之乱后各地节度使拥兵自重，河朔三镇尤著，形成了朝廷与

---

① 以上引自王步高《斫雕为朴及隋代南北诗风的融合》，载《江海学刊》1994年1期。

藩镇之间长期的冲突。朝廷中则出现宦官专权和朝臣反宦官的斗争。唐顺宗用王叔文、王伾以及柳宗元、刘禹锡等人进行政治改革,由于宦官集团反扑而失败。唐文宗时甘露之变,宦官诱杀大批朝臣。朝臣之间也有以李德裕为首的一方和以牛僧孺、李宗闵为首的一方的所谓牛李党争,纷纭至半世纪之久。"①(笔者本人并不赞成此观点,有"牛党",并无"李党"。)唐代政治中的一个重要变化是东部平原的官吏,取代了西北贵族,其文化底蕴深厚,且多南朝文化的特点。

唐代经济也高度发达。同时唐朝广开言路,政治开明,从不以言治罪(唐朝没有知识分子因写诗而被治罪的)。唐王朝实行较为开放的政策,中外文化得以交流,各种宗教得以传播,思想空前解放,统治者(除唐武宗曾有灭佛之举)基本只倡导什么(如太宗对佛教、玄宗对道教),而不钳制什么。加之唐代科举制度广泛推行,考前考生得向名人投献自己的诗文(当时称"行卷"),甚至考排律,这客观上也推动了唐诗的兴盛。

从文学角度而言,唐诗继承了《诗经》以来近二千年的诗歌创作的经验和优良传统。五七言近体(格律)诗的成熟使唐诗较之前代有了崭新的表现形式,一般认为五律到沈(佺期)、宋(之问)时已定型,七律到杜甫才最终定型(杜诗七律则仍有少量失粘、失对或拗句)。七言古诗中的歌行体盛行,也使唐诗的表现力有所增强。所谓歌行,本由乐府而来,"由乐府诗发展为古体诗中独立的一体",其特点是不入乐,也不沿袭乐府古题,采用五七言或杂言,音节格律要求自由,篇幅可长可短。《唐诗三百首》共八卷,五古、五律、七律、五绝、七绝均为一卷,独七言古诗竟多达三卷(有一卷专收七言乐府),这不能不说与歌行兴盛有关,其中名篇如李白《梦游天姥吟留别》、杜甫《兵车行》等皆然。到中唐时,更出现一种"元和体",在歌行中杂入许多律句、对仗句,几句一换韵,其中每四句常是一首律绝,如白居易《长恨歌》与《琵琶行》、元稹《连昌宫词》等为其代表作。唐代的诗歌理论对唐诗的兴盛也有一定的推动作用,如陈子昂反对齐梁诗风的理论、白居易的新乐府理论,推动当时诗歌创作的作用都是毋庸置疑的(只是过去几十年对这种作用认识有点夸大)。

唐代历时 290 年,流传至今的诗远远超过唐以前 1700 年之总和,据《全唐诗》及《全唐诗外编》两书统计,有诗 53035 首,诗人 3276 个。陈尚君教授《全唐诗续拾》又补诗 4300 余首,涉及作者 1000 余人,剔除重复人名和诗作,

卷四 诗词研究

---

① 引自《中国大百科全书·历史分册》,第 10 页。

唐诗总量为 55000 余首,作者 3500 余人。其中能开宗立派的重点诗人达 20 余人,著名诗人 100 余人。同时涌现出李白、杜甫等超一流的大诗人,成为中国古代诗歌的杰出代表。

唐诗就形式而言,也集其大成,古体诗有四言、五言、七言、杂言等多种形式,七言还发展为歌行体,中唐又发展为元和体,乐府又发展为新题乐府。尤其是五七言律绝,到唐代定型,成为官定考试及竞赛的诗体,人人能作,争奇斗艳,异彩纷呈。六言诗、词在唐代也时有创作,至五代时词已蔚为大国。

唐代诗人敢于直面世界,直面人生,思想内容充实,其中如杜甫、白居易、张籍、王建、李绅及晚唐一些诗人,继承《诗经》、汉乐府的现实主义传统写出许多如"朱门酒肉臭,路有冻死骨"之类的诗句,对社会的矛盾、统治者的腐败堕落、人民的深重灾难都有真实而深刻的反映。杜诗被称为"诗史"便是明证。也有如高适、岑参、李颀,王昌龄、李益、卢纶等一大批边塞诗人,既歌颂边塞将士艰苦卓绝的战争生活,对穷兵黩武的最高统治者也不乏鞭笞与讽刺。还有更多亲历"安史之乱"、"藩镇割据"的诗人,以亲身所历,亲耳所闻,记录下许多家国和身世的辛酸。而以李白为代表的诗人,以豪迈的诗歌歌唱理想、歌唱豪情逸兴,成为"盛唐"之音的主旋律。以王维、孟浩然、韦应物、储光羲为代表的诗人,淡于功名,流连山水田园生活,也写下许多美学价值极高的诗篇……

对唐诗的成就,胡应麟有一段精辟的论述:"甚矣,诗之盛于唐也!其体,则三、四、五言,六、七、杂言,乐府、歌行、近体、绝句,靡弗备矣。其格,则高卑、远近、浓淡、浅深、巨细、精粗、巧拙、强弱,靡弗具矣。其调,则飘逸、浑雄、沉深、博大、绮丽、幽闲、新奇、猥琐,靡弗诣矣。其人,则帝王、将相、朝士、布衣、童子、妇人、缁流、羽客,靡弗预矣。"(《诗薮》外编卷三)诗歌的各种艺术手法,至唐也已臻于完备,司空图归结为《二十四诗品》,虽主要就艺术风格而言,实际上也是对唐诗艺术的全面总结。

二

中国文学分为韵文(诗、赋、词、曲)、散文(散文、小说等)两大类。而韵文又分齐言与杂言两条发展线索:

齐言:四言(诗经)—五言—七言(另有少量六言)

杂言:古歌谣—楚辞—乐府—词—曲—有韵新诗
　　　　　└─赋

词是杂言诗(乐府)格律化后的产物(详见:《论词的起源》)。它是格律化的杂言诗,它与格律诗几乎是同时孕育发展起来的(均可追溯到六朝的齐梁时期),但它的兴盛却晚得多。也许这一点还值得深入探讨,但有一点是无疑的,词在封建统治者和士大夫心目中地位要低得多,不仅科举考试与词无缘,唐代多数知识分子也很少涉足这一领域。温庭筠之前,不仅没有专业词人,写词较多的作家也没有,大家充其量只是以诗之余作词。诗余之名虽遭到许多专家的反对,却是反映了词在其成熟前后一段时期的真实处境的。到晚唐五代时,由于温韦及南唐二主的介入,这种情况才有所改变。

词产生的早期,其反映生活的面还是较为广阔的,敦煌词便是如此。虽然它距离俞平伯先生说的"广深"(题材内容广泛,反映社会生活、思想也深刻)还有较大距离,但与后来词走的"狭深"(题材较狭窄,但反映得较深入,有一定深度,在这狭窄领域甚至超过诗)道路比,它并未把自己圈得太死。

词虽与格律诗几乎同时起步,其成熟之作却至少到李白的《菩萨蛮》、《忆秦娥》时才出现(关于这二词的真伪至今还未完全定论),此后刘长卿、韦应物、张志和都有一二名作传世,但直到中唐后期白居易、刘禹锡、王建等加入进来,才开始成点气候,而且有了刘、白同题唱和之作。

"花间词"尽管在后世遭遇多少批评,它却为五代、宋的文人词发展大致规范了其题材、风格、发展的道路,温韦成了历代文人词的鼻祖,婉约成了词之正宗,反之苏辛词则成了"别调",下至明清,这一情况也未有根本改变。花间、南唐两个词的创作高峰,展示了词的艺术魅力,吸引了有才能的诗人纷纷涉及词的领域,到了宋代完全不写词的诗人便不多了。既是大诗人,又是大词人的便不在少数。

宋代历时 310 年,是自汉末以迄明清最长的一个朝代。它的建立,结束了安史之乱以来主弱臣强,藩镇割据,"残民如草,易君如棋"(俞陛云语)的局面。

宋代采取削弱节度使权力的方法,把节度使驻地以外的州郡直属中央,用文臣知州事,用通判来掌管军政民政,在各路设转运使来掌管财权,选各道精兵送京城充禁旅,使将领不专领军队(将不知兵,兵不知将)。削弱宰相之权,军政大权归枢密院掌握,财政大权则由三司使掌握,宰相只管民政;又设参知政事、枢密副使、三司副使作为宰相、枢密使、三司使的副贰,与各部门长官发生制约作用;又增大御史台、谏院部门长官的权力,作为皇帝的耳目。又废除殿前都点检和侍卫亲军马步军都指挥司,禁军分别由殿前都指挥司、侍卫马军都指挥司、侍卫步军都指挥司分领。这一系列措施,加强了皇权,既无藩镇,亦无强臣,朝廷的统治大大巩固,除南宋时发生过一次苗傅、刘正彦之乱,没有其他政变。由于兵将分离、内外相维、守内虚外等一系列政策,也导致国防空虚,先后受制于辽、西夏、金和元。

宋代优待知识分子,广开科举。唐代进士每次不过二三十人,太宗太平兴国二年(977),放进士几500人,比旧20倍,使中下层地主阶级士子有更多可能进入仕途。优待文臣,除俸钱禄米外,又有职钱和职田。宋的疆域小于唐(南宋更小),"官五倍于旧"。

宋朝加强对知识分子的思想控制,不让地方对抗中央。司马光论正统曰:"立法度,班号令,而天下莫敢违者乃谓之王。"(《通鉴》魏纪一)宋代道学家又提出"道统"说,散文家又倡"文统"说。道统、文统虽首倡于韩愈,而行于宋。

重文人促进宋代科学文化的高度发达。古代四大发明,除造纸术外均出于宋代。思想的钳制,使宋代不少文学家都有过坐牢的经历,导致与官场关系密切的文体,如散文、诗歌较多受这些思想的束缚,而"词为小道"、"词为艳科",在宋代统治者及士大夫心中,词不登大雅之堂,也就不在上述思想禁锢之列,加之宋词题材"狭深"的特点,因而士大夫厌倦了诗文中的官样文章之后,均到词的领域来放松一番,来一试身手,驰骋情感,施展文才。唐诗在诗的领域树起一座难以逾越的丰碑,宋诗虽流传至今的作品总量远超过唐诗,且以筋骨思理见胜,苏轼等人的才气并不在李、杜、韩、白之下,但以文为诗,以议论为诗,以才学为诗,其成就则远逊于唐诗。相反词却较少受统治思想的影响。明清时(特别是明代),文字狱极盛行,得以特别兴盛的只剩下不为统治者看重的小说和戏剧(《四库全书》完全不收)。

宋代国势削弱,外族欺凌,词人怀抱抗敌立功之心抒发报国之情,南宋时更痛心家国之沦亡。这些方面词并不逊色于诗,岳飞的《满江红》使人振聋发聩,诗中还难以找出与之匹敌的篇章。

宋代士大夫对音乐的爱好及其能自度曲也大大丰富了词的表现能力。柳永集中慢词几达三分之二,多为自创;其用词调一百二十多个,运用前人的仅几调,其他全属自创(也可能有一些柳永之前有人用过,但今其作品已失传)。张先也自创过许多慢词。周邦彦也是精通词乐的高手,也自创不少词调。南宋时姜夔至今还有十七首留下工尺谱,是流传至今的宋词仅有的词乐。姜夔、史达祖、吴文英也都能自度曲。据说杨缵、冯艾子也能自度曲,惜乎很少作品流传至今。

王步高诗文集

以上种种,使词在宋代这块并不算特别肥沃的土壤里得以生长、发育,并长成参天大树。

词行诗道,诗词艺术是难以完全分清彼此的。

北宋词虽有柳永、张先之慢词,苏轼对词之大胆革新,但北宋仍以晏殊、欧阳修、秦观、晏几道、周邦彦为代表的婉约词人为主流。南宋虽有南渡词人、辛派爱国词,周邦彦格律派仍有较大影响。"杭州"与"汴州"之间仍有一脉相承的关系。

两宋词题材不及唐诗开阔,虽经柳永、苏轼的拓展,但反映民生疾苦、叙事(如《长恨歌》),写战争动乱等方面,较之唐诗少得多,甚至可以说少得可怜。然而写爱情、相思离别、风花雪月,或咏物等方面,不仅较之唐诗毫不逊色,甚至更为成功。从本书附录的一些作品便不难看出,将之与本人主编的《唐诗鉴赏》比较一下便更不难看出。词为长短句,可以重章复沓;而且词调众多(《词谱》收 800 多调,2700 多体),有的高亢,有的愤激,更多的婉转悠扬,适合抒发各种感情;字数也长短悬殊,从 14 字到 240 字,因而有很强的表现力。宋人将词的长处发挥到极点,因而取得了极大的成功。

宋词虽成就很高,但总量不多。据我的导师唐圭璋教授《全宋词》,宋词总量还不足 20000 首,近年人们零星辑补到数百首,勉强凑足两万之数。而陆游一人竟存诗近万首,杨万里据说写诗更多(目前存 4000 多首)。

宋词以婉约为主流。"婉约"是词的当行本色。"豪放"是别调。婉约词题材较狭窄,大多是爱情、离别、思乡、咏物等传统内容,语言流丽而典雅,音韵谐婉而妩媚,有一唱三叹之致,却易陷于贫弱或为文造情。豪放之作在饱经政治沧桑或身经家国之变的作者笔下,"大声镗鎝,小声铿鍧",或作金戈铁马之声,或指画山河,作激浊扬清之论,但易流于叫嚣,而有粗俗之病。两宋词坛,名家辈出,堪称大家者,亦指不胜屈。北宋柳永、晏殊、欧阳修、晏几道、贺铸、周邦彦及南宋姜夔、史达祖、吴文英、张炎,堪称婉约正宗,而苏轼、陆游、张孝祥、辛弃疾、刘克庄、刘过、蒋捷,则属豪放别派,将两宋词坛打扮得花团锦簇,目不暇接。

三

同学们对唐诗、宋词并不陌生,绝大多数同学也都能背上几十首,但知识不够系统。本书则建构起系统性、网络式、立体化、大信息的结构模式。

所谓系统性,《唐诗鉴赏》部分是以唐诗史为纲,按初、盛、中、晚的顺序,分为十单元,根据各时期的诗歌成就不同,风格流派不同,适当划分。《唐宋词鉴赏》部分则是以唐宋词史为纲,按唐、五代、北宋、南宋的顺序,分为十单元,根据各时期的代表作家、风格流派不同,适当划分。本书除李白、杜甫、白居易、苏轼、辛弃疾、李清照外,均按作家群划分单元,以时间相近或风格相近划在一个单元中。也有些在词史上地位颇高的作家,故意未收。王沂孙历来视为宋人。他由宋入元,在宋代未做过官,却做了元人的官。与之相类似的词人绝大多数均未做元人的官。虽他做的只是学官(庆元路学正),却是宋遗民词人中的唯一例外,因此,还是将之归入元代为是。况且他的词作差不多也都是入元后的作品。

所谓网络式,是指每个小单元的精读课文按时间顺序编排的同时,附编的内容又按题材的专题跨时间编排,使学生纵向了解唐诗、唐宋词演进轨迹的同时,又有横向开拓,伸展出一个个专题(如爱情、怀古、咏物、登临、赠别等),对唐诗、唐宋词的了解可以更全面。

所谓立体化,是以精读课文为主,辅之以备选课文、泛读课文、专题诗作。同时又有音像教材、电子教案、网络课件以及支撑网站:"大学语文·中国"网(http://www. dxyw. cn 或 www. daxueyu-wen. cn)"唐宋诗词鉴赏·中国"网(www. tscjs. cn)。又附有《中小学已学篇目》,可以温故而知新。这便打破了时空界限,使新老知识在此立体的架构中融而为一。

所谓大信息,一是内容信息量大:全书选精读课文唐诗 56 首、唐宋词 62 首(平均每单元 6 首),备选课文唐诗 68 首、唐宋词 78 首;泛读课文唐诗 154 首,唐宋词 149 首,合计达 567 首,远远超过学生在中小学及《大学语文》里学到的唐诗、唐宋词总和;二是学术信息量大:书中附有各作家、流派的作品综述、研究综述、作品争鸣,全书的学术视野十分开阔;三是理论信息量大:各单元附有[总评]、作家[集评],作品[汇评],辑录历代名家的精辟评语,变一家之言为百家之言,让学生得到高峰体验;四是文献信息量大:每单元均附有参考书目,全书且附有总参考书目。

全书将人文精神的灌输及道德情感的熏陶放在特别显著的位置。中国诗歌有"言志"的传统,中国历代的大文学家、思想家、政治家、军事家都写过不少闪耀思想光辉的诗篇,唐宋更是其高峰,结合诗词教学,培养学生爱国爱乡的感情,使之关心民生疾苦,具有仁者爱人的思想和刚直不阿的品格,同时学习诗中潇洒旷达的人生态度,也提高学生的审美趣味和艺术品位。不是靠空洞的说教,而是在诗词精品的感染下,使学生讲气节、讲节操、讲廉

王步高诗文集

耻、讲正气、讲有所不为、讲不唯上不唯官、讲民本思想、讲平民意识等等,从而促成其思想境界的升华与健全人格的塑造,培养高尚的道德情操。

近二十年来,诗词鉴赏成就巨大,各种鉴赏辞典数不胜数。我本人就曾在导师唐圭璋教授指导下主持过唐宋词、金元明清词、爱国诗词三部鉴赏辞典的编纂,其累计印数达百余万册。

鉴赏一般分三个层次:一是字面理解:读准冷僻的字,了解每个语句的意义,其用典故的本义及引申义;二是吃透这首作品的思想内涵(这往往须结合其写作背景进行):欣赏其艺术美、意境美;三是跃出这首作品本身:让它与该作家的其他作品或同时代、不同时代的相关作品进行比较分析,站在时代或历史的高度居高临下地审视,这样才能万取一收而不流于瞎子摸象。

本教材便是出于这样的认识编纂的。第一层面的任务由《注释》去完成,第二层面的任务由《赏析》完成,第三层面的任务由《集评》、《汇评》、附录的作品去共同完成。

因为是教材故涉及与中小学《语文》及《大学语文》的衔接问题。精读课文对小学出现的唐诗、唐宋词,一律不选,总不能让大学生还去学"鹅,鹅,鹅,曲项向天歌";对初中出现的唐诗和唐宋词,基本不收,只保留有限的几首重要代表作;对高中人教版必读课文尽量回避(如王维的《山居秋暝》等),但仍有一定数量的保留(如李白《蜀道难》),对高中阅读教材则不有意回避,对《大学语文》教材则完全不回避,因为全国有二三百种《大学语文》,即便是徐中玉及我主编的两种版本(国家"十一五"规划教材、国家优秀教材),在全国也只各覆盖数百所高校,大多数高校仍采用自编本或联合自编本,很不统一。附录中则对中小学已学唐诗和唐宋词酌情收入。

本次编写是在2003年北大版《唐宋诗词鉴赏》的基础上修订而成。选目有较大调整。以本教材为依托,东南大学已建成"唐宋诗词鉴赏"国家级精品课程。欢迎使用本书的老师、同学多提宝贵意见。

E-mail:wbg74205 @ sina. com(发电子邮件请留电话号码)

(于东南大学中文系)

关于词的起源

一

在论及唐宋词之前有必要探讨一下什么是词以及词的起源。

词乃韵文之一种，按成熟定型的词而言，北京大学王力教授认为，它应具有以下几个特征：

（1）固定的字数；

（2）律化的平仄；

（3）长短句。

这一定义是大致可靠的。早期的词还应加以"合乐可歌"一条。

所谓"固定的字数"，指词牌确定之后，词的字数便基本确定。如《念奴娇》通常为一百字，故其又称《百字令》。当然，有许多词调有一些变格，如《临江仙》，万树《词律》便列有十三"体"，有的五十四字，有的五十六字、五十八字、六十字、六十二字、七十四字、九十三字诸体，但一旦选定一体，字数便严格固定，甚至每首的句数，每句的字数均加以固定。

所谓"律化的平仄"。南朝齐武帝在位时期受转读佛经的影响，周颙、沈约发现汉字有"四声"的变化，即有"平、上、去、入"四声。以"平"声为平，以"上、去、入"为"仄"（不平）。因为四声中有声调高低、长短的不同，这与音乐颇相似，将之以平仄交替、相反的形式组成句子，便成为律句。常见的五七言律句为：

（平平）仄仄平平仄

（仄仄）平平仄仄平

（仄仄）平平平仄仄

（平平）仄仄仄平平

用王力先生的话来说,在同句中,平仄是交替的,在一联中,平仄是相反(相对)的。平仄规律性的变化,能达到和谐优美的音乐效果。词的句式不限于五七字,有一至十一各种句型,用得较多的是三至七字句。唐五代至北宋时,用奇字句较多,后来则用偶字句较多,更多的是四、六字句。词的平仄较之律诗有宽松的一面,但由于词谱是按前代名家的创作制定的,它又有比律诗更严格得多的一面,一些不常见的词调,由于前人使用较少,只有一两首样词,故每句的平仄几乎一点机动的余地也没有 ,这便比律诗严出许多。周邦彦、吴文英、方千里等,还在仄声中再分上去入(尤其是词的结句分去上声很常见),四声中每声调还分阴阳,这就更为严格(多数常用词调远没这么严格)。正是词讲究律化的平仄,往往词能声情并茂,不借助乐曲,也能抑扬顿挫,有音乐美。

词为"长短句",是指绝大多数情况而言的,早期的词有一些并非长短句,如《三字令》全系三字句,《生查子》全系五字句,《谪仙怨》全系六字句,《浣溪沙》、《瑞鹧鸪》全系七字句。此外尚有一些词与齐言相去不远,如《柳梢青》上片均为四言,《鹧鸪天》除第五六句为两个三字句外均为七字句(若五六句间加一字成为七字句,全词则为两首首句入韵的七绝)。这些近于齐言的词调有的至今仍继续使用,但绝大多数的词调则由长短句组成。"长短句"本为唐人称呼长短不一的诗体的,唐人将七言诗称为"长句",短句则自然指短于七言之句。施蛰存先生说:"中晚唐时,由于乐曲的愈趋于淫靡曲折,配合乐曲的歌诗产生了五七言句法混合的诗体,这种新兴的诗体,当时就称为长短句。韩偓的诗集《香奁集》,是他自己分类编定的,其中有一类就是'长短句'。这一卷中所收的都是三五七言歌诗,既不同于近体歌行,也不同于《花间集》里的曲子词。"宋人胡仔《苕溪渔隐丛话》则云:"唐初歌辞,多为五言诗,或七言诗,初无长短句。自中叶后,至五代,渐变成长短句。及本朝,则尽为此体。"以至北宋时"长短句"成了词的正名,而"词"的称谓反而是后起的。

早期的词大多是"应歌"之作,是供歌伎舞女在酒宴及娱乐活动中唱的。"合乐可歌"成了词的显著特点。它逐步取代了乐府诗的地位,加之由于燕乐等的兴盛,使之成为风靡一时的文学样式,甚至成了宋代文学的代表。

二

词是怎样产生的? 是何时产生的? 这看似词学常识的问题,却是词坛争执不休的话题。《诗经》中就有一些长短句的诗,有人认为词与诗同源,也起源于上古时期;也有人说词起源于六朝乐府,故宋代欧阳修、周必大均名其词集曰《近体乐府》,元人宋褧词集也名《燕石近体乐府》。"近体乐府"者,格律化的乐府诗也。更有较多的人认为词是燕乐产生以后才兴起的,燕乐传入中国是隋代,故词之产生不会早于隋唐时期。第四种是认为词产生于中晚唐,因而否定《菩萨蛮》、《忆秦娥》二词乃李白所作。

这四种观点,第一种观点混淆了词之名"长短句"与一般长短句诗的界限,诗有非齐言的长短句,但并非如词那样有固定长短不齐的形式,其长短、字数、句数是随意的,有的是古歌谣,有的是古歌行,统称杂言的古诗,还不能称之为词,笔者并不同意诗词同源说,并不认为词有三千年以上的历史。第四种认为词起源于中晚唐之说早已为崔令钦的《教坊记》及敦煌曲子词所否定。崔令钦《教坊记》成书于盛唐,其中已录有数十种词调名。于是乎有人认为该书已经后人增删过。谁人增删?为何要增删?似乎并未有何依据,只是一种不承认主义。敦煌曲子词更有较多的写于盛唐时期,这是对词起源于中晚唐说的致命一击。故近些年来,谓词起源中晚唐之说渐趋式微,淡出学术界是必然的。

20世纪最盛行的说法是词是配合燕乐而产生的。故词的起源的研究转变成考订燕乐何时传入中国。吴熊和先生说:"雅乐、清乐、燕乐,分别代表了历史上三个不同的音乐时代。""先秦的古乐称雅乐。""汉魏六朝的音乐称清乐。""唐宋词配合的音乐主要是燕乐。""乐曲是词调的来源。隋唐雅乐是先作词、后制谱的,唐宋词则相反。除少数例外,大都先有其曲,后有其词;曲行于前,词起于后;有曲则有词,无曲则无词。词的产生须以乐曲的繁盛和流行为之先行的。"(注释:见吴熊和《唐宋词通论》第一章《词源》,浙江古籍出版社1985年版。)这几乎是20世纪词学大家们的共识。探讨词的起源变成探讨燕乐的起源。词学家解决这一问题完全依赖音乐研究的进展。对大多数词人而言,当然是先有曲谱后有词,按谱填词。有人统计,辛弃疾填了620多首词,只用了60多个词调。没有一个是他自创的。但这只是"流"而非源,乐府诗的创作又何尝不是如此。除少数"即事名篇"的"新乐府"题以外,《蜀道难》、《将进酒》、《关山月》、《行路难》……同样不是李白自创,更何况入宋以后,词大多不能唱了,词已依谱而存,绝非依曲而存。

笔者认为词与乐府就其源头而言,并不一定与乐府有根本的不同,也未必"先曲后词",试从词配合的乐曲的起源来分析。宛敏灏《词学概论》论及"音谱的几种来源"时曰:

唐宋词调大约有六个主要来源：

（1）截取隋唐的大曲、法曲或引用琴曲。例如：《伊州令》、《婆罗门引》、《剑器近》、《石州慢》、《霓裳中序第一》、《六州歌头》、《水调歌头》、《法曲献仙音》、《醉翁操》、《风入松》、《昭君怨》等。

（2）由民歌、祀神曲、军乐等改变的。例如：《竹枝》、《赤枣子》、《渔歌子》、《二郎神》、《河渎神》、《江神子》、《征部乐》、《破阵子》等。

（3）从国外或边地传入的。例如：《菩萨蛮》、《苏幕遮》、《菩赞子》、《蕃将子》、《八声甘州》、《梁州令》、《氐州第一》等。

（4）宫廷创制：有的出于帝王，如《水调》、《河传》、《破阵乐》、《雨霖铃》、《燕山亭》；有的出于乐工，如《夜半乐》、《还京乐》、《千秋岁》等。

（5）宋大晟乐府所制。例如《徵招》、《角招》、《黄河清》、《并蒂芙蓉》、《五福降中天》等。

（6）词人自度（制）曲。如姜夔的《扬州慢》、《淡黄柳》、《惜红衣》、《凄凉犯》和《长亭怨慢》等。柳永《乐章集》里用调达一百二十个，但仅有七个同于敦煌旧曲。其《昼夜乐》、《佳人醉》、《殢人娇》等，可能都是为歌伎制作。

以上六种来路，前三种属于因袭，后三种则出自创新。

这近 500 字的引文，是宛先生对词调起源的很好概括。笔者引用时也曾欲删去举例，只留下几十字的结论，但对下文展开议论不利，故不惮其劳恭录于上。

先探讨后三种创新的情况。姜夔《长亭怨慢》开头有段很好的小序。姜夔是宋代为数不多的几个能自己创作词调的词人之一（此外尚有柳永、张先、周邦彦、史达祖、吴文英、冯艾子等）。姜夔自度曲中尚有十七首至今留有工尺谱。杨荫浏、阴法鲁还将之译为五线谱，河北大学刘崇德还将之译配上唱腔（见与本教材配合的网络课程的相关音频单元）。这是至今我们能见到唯一的宋词音乐了。姜夔在此小序中曰：

予颇喜自制曲，初率意为长短句，然后协以律，故前后阕多不同。

这里姜夔再明白不过地说明词人自制曲的过程，显然是先有词的文字，后有曲调。后人再填《长亭怨慢》（如王沂孙、周密、张炎等），自然是先有曲调后有词文了。史达祖自创的词调《双双燕》是咏双双之燕的，后人张琨、吴文英用之填词，则并非咏燕。

再如《水调》，相传创制者乃隋炀帝，是供开凿大运河的民工唱的，显然词曲至少是同时产生的，后人截取其头作《水调歌头》，便成了按谱填词。《雨霖铃》相传创制者是唐玄宗，他经安史之乱，逃窜入蜀经剑门栈道，雨声伴着马颈下的铃声，此乃《雨霖铃》之本意，玄宗精通诗词，也能诗能词，谁能断言他创词调而无词文，须待柳永等再按谱填制呢？

至于宛敏灏说及的前三种沿袭而来的情况，也很难说它们只有曲而无词，须待后人按谱填制。有一种情况是尽人皆知的。宛敏灏说："词调最初创制的时候，应该都有意义，而且和内容有密切关联，大多数调名也就是词的题目。"①宛先生还列举了《摸鱼子》、《卜算子》、《诉衷情》、《祝英台近》、《鹊桥仙》、《南乡子》、《河渎神》、《女冠子》、《天仙子》、《渔歌子》、《暗香》、《疏影》等为例。其实许多词调产生之初几乎都是如此，如《忆江南》、《江南好》、《月上海棠》、《月照梨花》、《合欢带》……显然这与西方现代音乐中无标题音乐等不一样，它们应当同时有词有曲，甚至是先有词（内容）再有曲的。"先有其曲，后有其词"只是某一词调形成以后的情况，而非开头的情况，是唐末两宋的多数情况（不含宛先生讲的后三种情况）。而我们讨论的是词的起源。

词是一种与音乐关系较为密切的诗歌样式，它的形成及开始广为传播之初作为应歌之作阶段，音乐（特别是燕乐）发挥了积极作用，但燕乐只是词广为传播或兴盛的原因，而不是产生的前提。燕乐应当只是在词史上对词产生过影响的音乐之一。

三

词与乐府的关系如何？词被称为"近体乐府"，有何道理？有何异同？

词与乐府均是诗歌中与音乐关系最为密切的两种文体（稍后的散曲亦然），早期均合乐可歌。又多为长短句，且都有若干固定的诗调或词调。所不同者，乐府诗不讲韵律，没有固定的字数、平仄，押何种韵也不确定，而词则不然，字数、平仄固定，押韵也有押平声、仄声、入声、平仄错押与平仄通押等不同类型。且夫乐府诗题确定后，其主题与内容则大致确定，如《出塞》、《入塞》、《塞上》、《塞下》与边塞从军生活有关，《春江花月夜》均扣住"春"与"月夜"来写，《燕歌行》则写燕地边塞战争及征人思妇的相互思念，《蜀道难》则总不离蜀道的艰险……词调则不然，除《寿楼春》等词牌常用来写悼亡之

---

① 宛敏灏《词学概论》，上海古籍出版社版，2009 年，第 48 页。

情或某些特定的内涵外,多数词调可用来写各种题材,只是有的悲壮激烈,有的婉转缠绵……风情有所不同而已,对词的题材、主题则没有太多限制。

乐府与词的根本区别在于是否有律化的平仄与固定的字数,这是"乐府"与词作为"近体乐府"的区别。这种区别,仿佛齐言诗领域中五七言古体与近体五七言律诗、律绝的关系。律诗的形成经历了二百多年,从齐武帝期间的"永明体",历经"沈宋"五律基本定型,到杜甫"七律"才基本定型。杜诗中甚至还有少量失粘、拗句的七律。此时上距"永明体"已近三百年。词从无到有,也应在格律化中经历相似的历程,词不大可能先于诗完成格律化的过程。所以词的产生应是经历:旧题乐府——乐府新声——近体乐府(词)的过程。

梁武帝的《江南弄》七曲以及沈约、萧纲与之唱和之《江南弄》已具词之雏形。试看:

> 众花杂色满上林,舒芳耀绿垂轻阴。连手蹀躞舞春心。舞春心,临岁腴,中人望,独踟蹰。
>
> 美人绵眇在云堂,雕金镂竹眠玉床。婉爱寥亮绕红梁。绕红梁,流月台,驻狂风,郁徘徊。

这十多首《江南弄》从字面看形式完全一样:七句,三个七字句,四个三字句,第四句重复第三句的末三字。前四句每句押韵(三四重韵),五七句换韵,都押平声韵。如果不考虑平仄,这与中唐时期的小令词已差不多,而且同题作者多人,流传至今的作品尚有十多首,当时恐怕更多。《江南弄》是一首乐府诗,郭茂倩《乐府诗集》中以梁武帝这一首最早,有首创之意义。他本人曾是"竟陵八友"之一,是个有成就的文人。沈约更是当时文坛泰斗。是沈约首倡"四声八病"说,将"四声八病"用之于诗,形成"永明体",将此说用之于乐府,则成《江南弄》的组曲。前者为齐言(多为五言),后者为杂言。前者发展为律诗,后者发展为词。诗词同源,诗仅指格律诗而言,应是正确的。

清人刘熙载《艺概》卷四有曰:"梁武帝《江南弄》、陶弘景《寒夜怨》、陆琼《饮酒乐》、徐孝穆《长相思》,皆具词体,而堂庑未大。至太白《菩萨蛮》之繁情促节,《忆秦娥》之长吟远慕,遂使前此诸家悉归环内。"这一论断很值得注意。试看言及的这几首乐府词:

[梁]陶弘景《寒夜怨》:

夜云生,夜鸿惊,凄切嘹唳伤夜情。空山霜满高烟平。铅华沈照帐孤明。寒月微,寒风紧,愁心绝,愁泪尽。情人不胜怨,思来谁能忍?

　　[陈]徐陵《长相思》二首:

　　长相思,望归难。传闻奉诏戍皋兰。龙城远,雁门寒。愁来瘦转剧,衣带自然宽。念君今不见,谁为抱腰看?

　　长相思,好春节。梦里恒啼悲不泄。帐中起,窗前咽。柳丝飞还聚,游丝断复结。欲见洛阳花,如君陇头雪。

　　[陈]陆机《饮酒乐》:

　　蒲萄四时芳醇,瑠璃千钟旧宾。夜饮舞迟销烛。朝醒弦促催人。春风秋月恒好,欢醉日月言新。

　　[陈]陆琼《长相思》:

　　长相思,久离别。一罢鸳文绮荐绝。鸿已去,柳堪结。室冷镜疑冰,庭幽花似雪。容貌朝朝改,书字看看灭。

显然上引各首《寒夜怨》、《长相思》与《江南弄》一样,除平仄不合,押韵平仄不限,甚至平仄(上去入)通押,其他与成熟的词已非常相似。徐陵与陆琼的《长相思》三首中,三字、七字、五字句交替,位置十分固定,三首的格式决无二致。同时期作家还有萧淳、王瑳各一首,张率、陈叔宝、江总各二首,形式与徐陵、陆琼完全一致。如此众多的作家,写作同题之作,字数、句数,押韵点,乃至重复处完全一致,这与乐府惯常的做法很不相同。

2001年笔者在澳门大学参加国际词学讨论会,在第一天的报告中,力主词起源于六朝乐府说。但遭到六位专家的当场责难,其理由无非是平仄不合,韵律不严。按照诸公的标准,只怕唐代的敦煌曲子词也难称为词,因为平仄韵律不合处多矣。他们不责难敦煌词,而苛求乐府词,似有失公允。我当时答辩曰:"请问中国猿人算不算人? 不成熟的词不算词,不成熟的格律诗也不算格律诗。崔颢之《黄鹤楼》、杜甫之《咏怀古迹》等作品中,失粘失对之处尚多。前人均谓之七律,是前人失之太宽,还是我们失之太严? 中国猿人若出现于今天之闹市,谁承认其为人? 而猿人算人是毋庸置疑的,敦煌词是词也不容怀疑。"

20世纪的词学大家们留给我们厚重的遗产,但笔者对词的起源系于燕乐说则予以质疑,燕乐是词兴盛的原因应无疑问,但不是词产生的前提。中国文学史上也找不出完全因音乐而产生一种文学体裁的其他例证(乐府诗亦然)。词起源于六朝乐府应是可信的。

(王岚据手稿整理)

历代田园诗略论

一

所谓田园诗,应是指歌咏农村田园生活的诗歌。人们通常把被誉为"古今隐逸诗人之宗"(钟嵘《诗品》)的东晋诗人陶渊明的一些诗称为"田园诗",因而后世的文学家便把田园诗的范畴限于隐居乡野诗人的作品,将其题材局限于写农村的田园风光和隐士的乡居生活。这样理解,大致符合早期文人田园诗的创作情况,但它既不能包括《诗经》及汉乐府中很多写农村田园生活的作品,也无法概括唐和两宋以后田园诗内容的全部,因而是片面的。

田园诗创作公认的典范作品是范成大的田园诗,而其代表作首推《四时田园杂兴六十首》,其中有许多内容是狭义的田园诗定义所无法包括的。如:"采菱辛苦废犁锄,血指流丹鬼质枯。无力买田聊种水,近来湖面亦收租。"再如:"黄纸蠲租白纸催,皂衣旁午下乡来。长官头脑冬烘甚,乞汝青钱买酒回。"这两首诗中既未写农村田园风光,也没有隐士的形象,却反映了农民的劳动生活和所受的削剥。诚然,这类题材的诗并不始于范成大,只是在此之前它习惯上不被文学家视为田园诗。范成大对田园诗的最大贡献也许正在这里。他把反映农村现实的诗作归入田园诗苑,使田园诗上承《诗经》、汉乐府的传统,也把传统田园诗从仅写地主阶级知识分子闲情逸致的狭窄樊篱中解放出来。

以农村为题材的田园诗,如果不包括那些写农民的生活、劳动和喜怒哀乐的作品,其内容必然是苍白的,在文学史上也是不可能有重要地位的。我国历史上漫长的封建社会,其基本成分是农民阶级和地主阶级。如果把田园诗仅限于写隐士的生活,就等于说,封建知识分子除了写自己和自然风物外,可以完全置占农村人口绝大多数的农民于不顾,甚至也可以说只能写地主,不能写农民。这显然不符合文学史的事实。从《诗经》中的无名氏作家,到近代的新体诗作者,都不能无视阶级对立的现实,他们生活在农村,不能不以自己的笔写民生疾苦和农民的劳动生活。

因此,如果以范成大的田园诗为标准来确定田园诗的疆界,则应指以农村为题材,反映农村田园生活的诗歌。它既有写农村自然风光和隐士生活的一面,也包括乡村的民情风俗、农民的劳动、农村的阶级削剥和压迫等内容。这样的认识,不仅更符合我国古代田园诗创作的现实,同时也大大提高了田园诗的思想价值,使它较之山水诗、咏物诗、爱情诗,更能深刻地反映社会现实。

二

《诗经》中一部分以农村生活为题材的作品是我国最早的田园诗。其代表作如《豳风·七月》,《周南·芣苢》,《魏风》中的《伐檀》、《硕鼠》等,这些作品反映了奴隶制社会奴隶从事农业劳动和艰苦生活的情况,并辛辣讽刺了统治者对劳动人民的残酷剥削,也反映了他们对美好生活的向往。这些诗作大都出于社会下层人民之口。汉乐府中以农村为题材的田园诗不很多,但"皆感于哀乐,缘事而发"。其中如《江南》诗展示出江南农村美丽的自然风光和乡村男女青年劳动生活的快乐。而《平陵东》则写官吏公开劫掠农民的财物。这些早期田园诗作开创了田园诗现实主义的优良传统,对后世的田园诗创作及整个诗歌创作都产生了良好的影响。

陶渊明是我国文学史上最早出现的一位田园诗人。他接近农民,亲身耕作,对农村生活有深切体验。他的许多诗歌,赞美了劳动和农村田园风光,道出了自己恬淡闲适的生活和心情。由于他的诗风格质朴自然,形象鲜明,语言上也很有成就,因此对后世田园诗的创作影响极其深远。

唐代是田园诗创作异彩纷呈、云蒸霞蔚的时代。初盛唐时期,经济繁荣,优裕的物质生活,使诗人忘情田园山水。他们或把隐居乡野山林作为求官出仕的"终南捷径",或因官场失意,把乡居生活作为超脱宦海风波的方式或麻痹政敌的韬晦之计。这一时期还产生了王维、孟浩然的山水田园诗派。孟浩然以布衣终老,隐居故乡的鹿门山。王维在仕途受挫后,买下宋之问的蓝田辋川庄,亦官亦隐。他们的田园诗具备下列两个特点:一是与山水诗融合,许多写山村自然景观及隐士生活的田园诗,与山水诗已无明显的区别,充其量也只是侧重点有所不同。如《积雨辋川庄作》、《山居秋暝》、《新晴野望》、《过故人庄》等。二是他们(尤其是王维)的诗较之陶渊明、谢灵运,更重视意境的刻画,从大自然恬静的美景中显示出诗人高蹈出世的情操和志趣。如王维的《渭川田家》、《桃源行》、《辋川闲居赠裴秀才迪》等。王维的田园诗,意境既浑融完整,又多精工刻画,语言也清新洗炼,可谓从内容和艺术上都融合了陶、谢二家之长。由于王维崇尚佛老,故他的田园诗更静穆,诗境更有层次,有更深的底蕴,有较高的审美价值。但他们很少写农民,从不接触阶级剥削和阶级压迫的题材,因而思想价值不高。

李杜二位大诗人在安史之乱前后的流离漂泊中与农民有了广泛接触,并曾定居乡间。他们的诗或写农民的辛苦劳动,或写农村的自然景物,或写战乱年代农村经济凋敝,民不聊生。李杜虽不以田园诗名家,但这类作品同样闪烁着现实主义的光辉。同时代的诗人如储光羲、韦应物、戴叔伦,也都不乏田园佳作。

中晚唐时期藩镇割据、宦官专权的痼疾一直未能根治,"国家不幸诗家幸",中晚唐却成为现实主义田园诗作的黄金时代。这一时期的田园诗很少有"雉飞鹿过芳草远,牛巷鸡埘春日斜"(杜牧《商山麻涧》)、"桑柘影斜春社散,家家扶得醉人归"(王驾《社日》)那样恬适、宁静的乡居生活,诗人笔下更多的是"四海无闲田,农夫犹饿死"(李绅《悯农》)、"愁听门外催里胥,官家二月收新丝"(唐彦谦《采桑女》)的血泪篇章。中晚唐的田园诗较少受陶、谢的影响而上接《诗经》和汉乐府。许多作品讽刺辛辣,见解深刻,具有较高的思想价值。这一时期的田园诗还有两个特点值得注意:其一是善于向民歌学习。这些民歌原先是用于歌唱农民的劳动和爱情,故刘禹锡、白居易等仿效民歌的作品,较多以农村田园生活为题材。其二是与新乐府运动的密切结合,张籍、王建、白居易便是善于写田园乐府诗的大家。如张籍《野老歌》、王建《田家行》、柳宗元《田家》、白居易《杜陵叟》都是这类田园诗的杰构。

宋初的田园诗创作在受中晚唐诗风影响这一点上与整个宋初诗坛有相似之处,但在这一领域中,西昆派诗人并未涉足。这是因为西昆诗人大都是达官贵人,他们不仅没有亲身体验躬耕乡居的隐士生活,对民生疾苦则知之更少,因而宋初田园诗中看不出贾岛、姚合、李商隐的明显影响。这一时期写作田园诗较多的是受白居易和晚唐皮日休、陆龟蒙、杜荀鹤影响的一些关心民瘼、政治地位不高的诗人。如王禹偁《畲田调》、《村行》,梅尧臣《田家语》、《陶者》,张俞《蚕妇》等。这些诗还未打上宋诗议论化、散文化的烙印,也还未具有自身的显明特点。

开创宋代诗风的苏轼、黄庭坚及大政治家、大改革家王安石的田园诗作，则已不仅具有一般关心人民疾苦的内容，而且带有鲜明的政治倾向。如苏轼《山村五绝》，便尖锐讽刺了王安石变法中的弊端。由于盐法太苛，百姓没有盐吃，有的铤而走险，带剑贩卖私盐。其《吴中田妇叹》更以"官今要钱不要米，西北万里招羌儿。龚黄满朝人更苦，不如却作河伯妇"尖锐讽刺了"青苗法"。黄庭坚《上大蒙笼》、《劳坑入前城》诗中也说："今日有田无米食"，"正苦无钱刀"，也写实行"青苗法"后的弊端。这里显然不难看出诗人自己的政治立场。与之相反，王安石的《后元丰行》则热情讴歌新法实行十年后，农业大发展，社会出现暂时的安定景象。毫无疑义，这是对新法理想化的歌颂。王安石变法使农村经济发生了深刻的变革，对农民生活也产生了巨大的影响。在诗坛出现如此政见鲜明的田园诗作，这在整个田园诗词发展史上也是前无古人，后无来者的。

以农村田园生活为题材的词作，最早为中唐张志和《渔歌子》，其后五代孙光宪《风流子》也以描写田园风光为内容，都具有浓厚的生活气息。但唐五代词中毕竟较少以农村田园生活为题材的作品，我国词史上第一个较多写作田园词的是北宋大词人苏轼，如他去徐州城东石潭谢雨途中所作的《浣溪沙》五首。它拓宽了词的领域，使词空前深入地走向人民，走向生活。南宋词人辛弃疾也是写田园词最多的大家，他自号"稼轩"，据他自己解释，就因为"人生在勤，当以力田为先"。他的田园词作大都写于退居带湖、瓢泉时期。其中《清平乐·村居》、《鹧鸪天·代人赋》等均为脍炙人口的田园词章。这类田园题材的词作，较多使用白描手法，以质朴清新的格调，反映出农家生活的片断和农民的音容笑貌。

陆游一些写渔父闲适自在生活的词作，实际寄托着作者的理想。陆游还和杨万里、范成大以写作田园诗著称。他们都是年老告别官场，退居农村的。他们对农民所受的剥削压迫寄予了满腔同情，其中尤以范成大的田园诗作成就更高。它描述了江南农村生活的各个方面，展示了宋代农村的风土人情，有着浓郁的地方特色。尤为可贵的是他将对农村自然景物的描写与对封建剥削的揭露结合起来，并以浓墨重彩写到农民的劳动与生活，赋予田园诗以更深刻的内容，使两千年千汇万状的田园诗汇入一流。他的《四时田园杂兴》历来被推为田园诗的典范，不仅其题材开阔，而且诗句清丽明快，形象生动鲜明，成为田园诗发展史上的丰碑。

值得一提的是宋亡以后月泉吟社遗民诗人的田园诗。月泉吟社是吴渭、谢皋羽、吴思齐发起成立的。他们于丙戌(1286)小春望日(十月十五)，以《春日田园杂兴》为题发起，至丁亥(1287)正月望日收卷。后收得2735卷，评选出280人，于三月三日发奖。其中颇多值得一读的好诗。如此众多的人参加同一题目的田园诗创作，这是我国田园文学史上的空前盛事。

金元时期的田园诗词为数不多，但却独具特色：其一是诗与绘画艺术的紧密结合，其二是多反映牧民生活的作品。金元时期是我国书法绘画艺术迅猛发展的时期，大书法家、画家赵孟頫奉太后懿旨作的《题耕织图》二十四首，大画家倪瓒的《荒村》、《东林隐所寄陆征士》等作品均为诗画结合的田园诗代表作。赵孟頫虽官至翰林学士承旨，但他被荐于朝之前显然有过农村生活的经历，对农事很熟悉，故这些田园诗历历如绘，颇有诗情画意。倪瓒为元四大画家之一，尤擅水墨山水画，他的诗多取材于太湖一带，田园与山水融合，意境幽淡萧瑟，且诗中有画。金元两朝还都是游牧民族建立的封建王朝，故游牧生活在田园诗中也有所反映，在少数民族诗人作品中尤为常见。

明代是我国诗歌史上成就平庸的时代。田园诗在继承前人的基础上并未能使人有一新耳目的创新。但继承《诗经》、汉乐府以来现实主义传统的作品还是随处可见的。从明初的高启、于谦到明末的张纲孙、陈子龙，都以饱含激情的笔触写下了反映人民苦难生活、能下千年之血泪的佳作。钦叔阳的《税官谣》还以诗记叙了明万历二十九年(1601)昆山农民葛成领导的抗税斗争。这在明以前的田园诗中是不多见的。

清诗是继唐诗、宋诗之后又一个高峰，其数量之大，使唐诗也瞠乎其后；其成就之高，也是可与唐诗媲美的。清代的田园诗，同样具备这样两个特点。清词是与宋词并峙的又一个高峰，其数量之多、题材之广，也远出宋词之上，田园词亦然。

清初战争频繁，农民除经济上受沉重剥削外，还得为军队服劳役。施闰章《牵船夫行》、陈维崧《贺新郎·纤夫词》对此都作了形象生动的描写。这段时期，农民、盐民受苛捐杂税的残酷盘剥，以至岭南一带竟发展到人吃人的地步。宋琬《同欧阳令饮凤凰山下》、吴嘉纪《绝句》、屈大均《雷女织葛歌》、《菜人哀》都反映了这样的事实，令人读之下泪。清初一些诗人(如顾炎武)也写过一些反映隐士生活的诗，但他们并未忘怀国仇家恨，隐居往往是抗清活动的准备。

随着清政权逐步巩固，经济繁荣，物质生活也逐步富足起来，田园诗词从题材到审美趣味都随着发生了变化，知足饱和、恬淡自适的田园诗词又应运而生。如朱彝尊《鸳鸯湖棹歌》一百首,王士禛《真州绝句》都是这一类的作品。其写景优美,笔致清新,恬淡自然,与陶谢、王孟的田园山水诗格调相近。但清代是我国最末一个封建王朝,封建的生产关系已严重阻碍生产力的发展。清王朝后期更为腐败,统治者穷奢极侈,对农民的剥削压迫加剧,加之自然灾害,使农民的生活每况愈下。这样的社会现实反映到诗词中,使清代中后期的田园诗创作中又涌现出大批现实主义杰作。周弘《道旁叹》揭露赈荒之弊,查慎行《村家四月词》写农民以人拉犁的苦况。蒋楛《河堤曲》以民谣形式,写黄河泛滥给人民造成的灾难。令人欣喜的是从田园诗中传出的不仅是农民的痛苦呻吟,还传出愤激反抗的呼声。如赵执信《氓入城行》写县令以赈荒名义到农村催租逼税,激起农民的反抗,这是古代田园诗中不多见的光辉篇章。

鸦片战争敲开古老中国的大门,西方文明与血和火一起闯入中华大地。但这一切并未给中国农民带来福音,它只导致中国封建农村经济的进一步解体,中国成了半殖民地半封建社会。近代田园诗人笔下的农村,已完全见不到恬静与幽美,到处是饥荒、弃儿、流民,……魏源的《江南吟十章》写苏州农民将粮田改种花木,道出封建经济的破产。陆嵩《鬻儿行》、姚燮《谁家七岁儿》、贝青乔《杂谣》等均写出荒时暴月,农民被迫逃荒讨饭,小儿被遗弃或被卖掉换粮。郑珍的《经死哀》、黄遵宪《邻妇叹》、周实《睹江北流民有感》都生动地写出了农民生活的苦难。这啼饥号寒的呐喊,仿佛产妇分娩时阵痛的呼叫。几千年的封建制度应该被埋葬了,一种新的社会制度将要在这痛苦的呼唤声中诞生。

三

我国田园诗词源远流长,历来以现实主义为主要创作手法,真实地反映了两千多年来我国古代农村生活。其中许多作品,甚至比正史更具体深刻地反映了统治者穷兵黩武、横征暴敛给人民造成的深重灾难。如宋仁宗康定元年(1040),西夏出兵攻宋,朝廷因正规军不足,下令征集乡兵。地方官为邀功而滥行征点,又适逢夏雨成灾,梅尧臣在襄城县知县任上作的《田家语》、《汝坟贫女》两诗就形象生动地反映了"点弓手"给人民造成的苦难。有些田园诗还能印证正史:《明史》记载于谦任山西巡抚时因平反冤狱、救灾赈荒、兴修水利,使人民安居乐业。于谦本人在《平阳道中》以"相逢尽道今年好,四月平阳米价低"真实地反映了这一实况。古代田园诗词中的许多优秀

王步高诗文集

作品是我国现实主义诗苑中的瑰宝,至今仍有一定的认识意义和美学价值。

　　田园诗词与民歌有着血肉的联系,早期见之《诗经》、汉乐府中的田园诗自不待言,唐宋以来的田园诗词与民歌也是密不可分的。它们的联系突出表现在以下两个方面:其一是田园诗大量见之于新乐府诗人如张籍、王建、白居易的乐府诗中。这些"即事名篇,无复依傍"的田园乐府诗显然胎息于民歌。其二是运用民歌曲调创作的田园诗词。最典型的是中唐刘禹锡、白居易的《竹枝词》(又称《巴渝词》),便是由四川东部一带的民歌改词而成。此外如《杨柳枝》等也都是向民歌学习的产物。民歌本系社会下层的劳动人民(主要是农民)的口头创作,因而这类受民歌影响而创作出来的田园诗词,大都能反映现实,针砭时弊,关心劳动人民的疾苦,同时也大都有着浓厚的乡土气息,显得新颖别致。

　　田园诗与山水诗在文学史上是一直被相提并论的,但山水诗的出现要比田园诗晚得多。《诗经》及两汉的诗歌中没有以山水为题材的诗,两晋玄言诗中虽有写山水的成分,但山水诗的兴盛是在宋齐时期。山水诗与田园诗的作者也大都是同一类人。他们或是在政治上失意而退隐者,或是隐居山林以等待一朝交泰、飞黄腾达,或从官场退休林下颐养天年的人。山水诗与田园诗的交叉发展如同珠江的支流北江和西江一样,它们来自不同的源头,在三水附近合流了,随即又分开了,但分流而下的江水中已分不清哪些水来自北江,哪些水来自西江。盛唐以后写农村自然风光的田园诗与山水诗已没有严格的界限,在一部分作品中甚至兼及这两方面的题材。在明清时期,这样的作品已颇为可观了。而另一部分反映现实的田园诗,则与山水诗一直并行发展,没有相互融合。融合和分流是文学题材、形式发展的两种方式,山水诗与田园诗的关系也正如此。但从艺术上来说,田园诗比山水诗的表现手法更为丰富,这是与其题材的多样性相一致的。

　　总之,我国历代的田园诗词,是古代社会的一面镜子,其中某些真实反映社会现实的作品可以成为文学体裁的历史教科书。阅读这些田园诗词,使我们可以更多地了解古代社会,可以从中研究古代社会的农村经济制度和阶级关系,甚至在某些方面可补正史之不足。田园诗中大量写农村田园风光的诗词具有很高的审美价值,能给人美的享受。对我国历代的田园诗,我们应给予更多的重视。

庚辰读词札记（八则）

庚辰冬恩师唐圭璋教授仙逝。老师平生治学勤谨，尤长于考订。我承老师耳提面命多年，揣摩切磋，虽天资愚钝，亦颇有所得。今录庚辰年学词札记数则，多属考订文字。公开发表，以求教于方家，也作为对导师的祭奠。

一、秦观何以号淮海

北宋著名词人秦观，字少游，一字太虚，号淮海居士。其文集名《淮海集》，词集亦名《淮海长短句》或《淮海词》。关于秦观取名的由来，其后裔秦瀛《重编淮海先生年谱节要》称："至和元年甲午六岁，先生始入小学。父元化公游太学，归觐，言太学人物之盛，数称海陵王君观高才力学，遂以其名名先生。"此说还有一证据，即王君观之从弟名觌，秦观季弟亦名觌。相传秦瀛乃秦观二十八世孙。此说依据则不得而知。

关于秦观字太虚、少游的来历，陈师道元祐元年二月一日所作《淮海居士字序》引秦观自己的话说："往吾少时，如杜牧之强志盛气，好大而见奇；读兵家书，乃与意合，谓功誉可立致，而天下无难事。顾今二房有可胜之势，愿效至计，以行天诛，回幽夏之故墟，吊唐、晋之遗人，流声无穷，为计不朽，岂不伟哉？于是字以太虚，以导吾志。今吾年至而虑易，不待蹈险而悔及之。愿还四方之事，归老邑里如马少游，于是字以少游，以识吾过。"此言出自少游之口，况陈师道与秦观同属苏门六君子。当是可信的。

古人却无人道及秦观何以号淮海。余读齐梁之诗，于沈约诗中见得一段文字，似与此有关。敬录于次，以饷读者。其《游钟山诗应西阳王教》诗五章之一有："地险资岳灵，终南表秦观。少室迩王城，翠凤翔淮海"之句，将秦观之姓、名、号均囊括其中。此诗载于《文选》，是唐宋时文人必读之书。秦观父子均是读书之人，秦观之名号（尤其他的号），或得之此诗乎？少游秦姓,家高邮(今属江苏),正淮海之地,若由此而得名号,不亦宜乎!陈善《扪虱新话》曰:"吕居仁尝言,少游从东坡游,而其文乃自学西汉。"秦观诗文有所取法,自然无颇。唐宋间《文选》已成"选学",正文人取法之准的。再则,同为"苏门四学士"之黄庭坚号"豫章先生",亦由其家乡江西而得号。沈约为齐梁间诗坛宗师,首倡"四声八病"说,在诗史上地位不谓不高。由沈约诗而得名,是合乎情理的。此属孤证,或可聊备一说。

二、温飞卿"小山重叠"句新解

温庭筠(字飞卿)《菩萨蛮》为词坛名篇,而"小山重叠金明灭"句,解者纷纭,莫衷一是。周汝昌先生谓:"小山,眉妆之名目,晚唐五代,此样盛行,见于《海录碎事》,为'十眉'之一式。大约'眉山'一词亦因此起。眉曰小山,也时时见于当时词中。"胡国瑞先生则谓"小山为床榻围屏上的画景,金为涂在屏上的颜色(唐代早已有金碧山水画)。明灭为日光透过窗纱照射屏山阴阳显晦之状。或以为画上金碧山色有所脱落,故或明或灭,以见久别后闺中萧索之象。此二说均可通"。

唐圭璋师曾教我当词句难以索解时,可用以词解词之法,即读该人其他词,或用遣词用语相似者,可助此处之理解。今读温飞卿词集、诗集,于此句理解略有所得,分录于次:

飞卿诗词中,山除实指自然界之山外,大约还有三种情况:一是如周汝昌先生所云指眉,如:"眉黛远山绿"(《菩萨蛮》),"粉心黄蕊花靥,黛眉山两点"(《归国遥》),"定得郎相许,连娟眉绕山"(《江南曲》),"临邛美人连山眉,低抱琵琶含怨思"(《醉歌》),"晓峰眉上色,春水脸前波"(《巫山神女庙》)。这一点似乎与周汝昌说相近,其实不然,以山喻眉与这里的"小山重叠",差距颇大。飞卿诗中有一处言及"小山":"麦陇桑阴小山晚,六虬归去凝笳远"(《雉场歌》),这里"小山"显然是实指自然界之山。同时,飞卿诗词中更无有"眉山"重叠之说。

胡国瑞先生之说是最通行的一种说法。早在胡老之前,《栩庄漫记》即持此说,谓"小山,当即屏山,犹言屏山之金碧晃灵也"。飞卿诗词中,虽无"小山重叠"指屏山的直接例证,而"屏山"之用法却俯拾即是。如:"谢娘无限心曲,晓屏山断续"(《归国遥》),"日映纱窗,金鸭小屏山碧"(《酒泉子》),"晴碧烟滋重叠山,罗屏半掩桃花月"(《郭处士击瓯歌》),"屏上吴山远,楼中朔管悲"(《春日》),等等。其中《郭处士击瓯歌》二句与"小山重叠"句已十分近似,显然,"重叠山"当指"半掩桃花月"之"罗屏"。以诗证词的结果,"小山重叠金明灭"句中重叠之"小山"指屏山是可通的。

问题若到此为止,并不可谓"新解"。笔者读飞卿诗词,发现这一理解还当深入一步,即此"屏山"是置于何处之"屏山"。它并不像一般人理解的是房间之屏风,而是枕头之屏。在温飞卿词中则被称为"山枕"。如"山枕腻,锦衾寒,觉来更漏残"(《更漏子》),"山枕隐浓妆,绿檀金凤皇"(《菩萨蛮》)。具体说,这是一种"卧屏",或枕上之屏。温飞卿诗词中对此说也说得十分清楚明白。如:"无言匀睡脸,枕上屏山掩"(《菩萨蛮》),"远翠愁山入卧屏,两重云母空烘影"(《春愁曲》)。联系原词"小山重叠金明灭"句下又有"鬓云欲度香腮雪,懒起画蛾眉,弄妆梳洗迟"之句,"懒起"二字透出个中消息,"小山重叠金明灭,鬓云欲度香腮雪"二句,均为闺妇晨睡未起之态。既是未起之景,"小山重叠"是枕屏之景,就更容易理解了。

三、李易安《声声慢》质疑

李清照(号易安居士)《声声慢》词,是宋代婉约词的杰作,但笔者怀疑今本此词个别句子可能有误,当属流传中辗转传抄所致。

这首词写的是秋天景象,这是显而易见的。词中云:"雁过也,正伤心,却是旧时相识","满地黄花堆积,憔悴损,如今有谁堪摘","过雁"、"黄花"以及"梧桐更兼细雨,到黄昏、点点滴滴",显然这些都是诗词中常见的秋天景物。这首词写的是秋天的情景当是无疑的。

然而这首词的开头继"寻寻觅觅"等七组叠词后即云:"乍暖还寒时候,最难将息"。"乍暖还寒时候"是典型的形容初春时令的语言。天气本来是"寒"的,刚刚转暖,而寒意犹在,这是初春独有的。而秋季则与之相反,当是"乍寒还暖"。但如此一改,不仅与仄韵《声声慢》词本句的平仄不合,且诗意顿无。"乍暖还寒"强调的是"还寒",故言"最难将息","乍寒还暖时候,最难将息"成何意味?故此句当别有所本。这里不排除李清照本人疏误的可能性。就字面看,这首词意境、格调是谐和的。

四、东坡《浣溪沙》词校正

东坡首先将农村题材引入词中,而其作于徐州的五首《浣溪沙》则是其代表作。其四上阕云:"簌簌衣巾落枣花,村南村北响缫车,牛衣古柳卖黄瓜。"读者对"牛衣"一词颇感费解。其实,宋人曾季《艇斋诗话》早已指出"牛衣"之说有误。其说谓："东坡在徐州作长短句云：'半依古柳卖黄瓜。'今印本作'牛衣古柳卖黄瓜'，非是。予尝见坡墨迹作'半依'，乃知'牛'字误也。"这一说法并未引起后人的重视，可见今之宋词版本中。毛晋《宋六十名家词》、王鹏运《四印斋所刻词》、朱祖谋《彊村丛书》中之《东坡乐府》均作"牛衣"。解放后新版宋词选本也莫不如此，仅北京出版社版唐圭璋师编《唐宋词选注》注意到有这一异文。

"牛衣"，《汉书·王章传》："章为诸生学长安，独与妻居。章疾病。无被，卧牛衣中，与妻诀，涕泣。……后为京兆尹，欲上封事。妻又止之曰：'人当知足，独不念牛衣中涕泣时耶？'"注曰："牛衣，编乱麻为之，即今俗呼为龙具者。"牛衣乃为牛御寒之物。

这首《浣溪沙》同题共五首，作于元丰元年（1708），苏轼前一年四月调任徐州知州。这年春旱，灾情严重，地方官照例向天求雨，下了雨，又要谢雨，这组诗即作于石潭谢雨道中。判断这里是"牛衣"还是"半依"，可根据牛衣的用途及当时节令来判断。

"牛衣"是牛御寒之物。牛身有毛，只有天寒地冻的严冬季节才用得着牛衣。牛衣是极粗陋之物，只有极贫穷之人在天很冷时不得已而盖卧之。此乃牛衣，实不能穿。上引《汉书·王章传》即一例，再如刘禹锡《谪居悼往》诗云："牛衣独自眠，谁哀仲卿泣？"又如梁昭明太子《锦带书十二启·十月》："牛衣当被畏见王章，犊鼻亲操恐逢犬子。"显然，牛衣仅借作穷人卧具，可当被盖，而不能作衣穿。

况且，苏轼这次去石潭谢雨，已是初夏时节，穷人也无须穿牛衣去卖瓜。这五首诗中，"老幼扶携收麦社"，"谁家煮茧一村香"，"捋青捣䴵软饥肠"，"村南村北响缲车"，"日暖桑麻光似泼，风来蒿艾气如薰"等，全是初夏特有的景象，即便本句"半倚古柳卖黄瓜"，所卖乃黄瓜。古时没有温室的条件下，位于徐州的乡村，直到初夏才有可能卖黄瓜。既已初夏，天气已很热，要牛衣何用？再说，"牛衣"与"古柳"连用，也不伦不类，远不如"半倚古柳"更切合实际。因此，这里当以"半依古柳卖黄瓜"为是。

五、戴复古《贺新郎》所寄丰真州为何人

南宋江湖诗派和爱国词派的重要作家之一的戴复古有一首《贺新郎·寄丰真州》，是南宋爱国词中的名篇佳作之一。但历来的宋词选本及近年新版多种鉴赏辞典，于丰真州为何人均语焉不详。或曰："丰真州，作者的朋

友,曾任真州(治所在今江苏仪征)知州,生平不详。"明眼人不难看出,这段注释全系猜测之词,其实编者自己也不知其为何人。

笔者有幸得见清道光三十年纂修,光绪十六年重刻之《重修仪征县志》,其卷二十四录有南宋嘉定年间的真州知州名如下:闫一德、潘友文、徐景、李道传、王大昌、龚维藩、丰有俊、方信儒……共十六人。前后任真州知州者,姓丰者仅丰有俊一人。联系戴复古的生平,其过真州并进而游江南正当嘉定年间,他所结识的丰真州,当是其人无疑。

《重修仪征县志》卷二十六且有传云:"丰有俊,字宅之,四明人。进士,慷慨有大志。嘉定中知真州时,旱甚,计户口以赈恤,置赡军庄,创防城库,增置陶冶,为城守计。又立小学于学宫,建节爱堂以自勖,民为立生祠。"该志还注明丰有俊任知州时,通判乃汪敏中,学正为薛洪。丰有俊,《宋史》无传,其曾祖丰稷乃北宋哲宗,徽宗朝名臣,官至御史中丞。丰有俊乃绍熙进士,累官知扬州,所至有政声,后改知镇江,卒于任上。有俊好义,相传其少时登楼见小娟,疑为故人女,诘之果然,遂白京尹王佐,佐嘉其义,为择良士嫁之。

明乎此,对戴复古《贺新郎·寄丰真州》这首爱国名作的背景不仅可以有清楚的了解,此词的作年也大致可考订清楚。对考证戴复古的生平及交游也颇有帮助。

六、王鹏运所欲得之《樵歌》非独朱希真词

况周颐《蕙风词话》续编卷二云:"曩阅某词话云:本朝铁岭人词,男中成容若(纳兰性德),女中太清春(顾太清),直窥北宋堂奥。太清春天游阁诗写本,岁己丑,余得于厂肆地摊。词名《东海渔歌》,求之十年不可得。仅从沈善宝(钱塘人,武凌云室,有《鸿雪楼词》)。闺秀词话中,得见五阕,录其四于左。忆与半塘(王鹏运)同官京师时,以不得渔樵二歌为恨事。朱希真《樵歌》及《东海渔歌》也。余出都后,半塘竟得《樵歌》付梓,而《渔歌》至今杳然。就令它日得之,安能起半塘与共赏会耶。此余所为有椎琴之痛也。"

冒广生《小三吾亭词话》卷一亦云:"幼遐(王鹏运字)论词,尝以不得见渔樵二歌为恨,谓朱希真《樵歌》及顾春《东海渔歌》也。顾春字太清,为贝勒奕绘侧室。论满洲人词者,有'男中成容若,女中太清春'之语。去夏,余从后斋将军假得《贝勒明善堂诗》,曾刺取太清遗事,赋六绝句。今年乃得见《东海渔歌》(凡四卷,缺第二卷)。惜幼遐客死扬州,不获共欣赏也(《樵歌》有吴枚庵钞校本,幼遐已得之付梓)。"

这两篇词话均见于唐圭璋师所辑《词话丛编》，以前也曾多次读过，未曾引起注意。去岁读严迪昌教授所著《清词史》，于顾春一节引郭则沄《知寒轩谈荟》评顾春《烛影摇红·听梨园太监陈进朝弹琴》云：太清春"所著集曰《东海渔歌》，以配贝勒之《西山樵歌》，集中有听梨园太监陈进朝弹琴《烛影摇红》词云云"。由上文可知，不独宋人朱敦儒(字希真)词集名《樵歌》，顾春丈夫贝勒奕绘的词集亦名《西山樵歌》。既谓"渔樵二歌"，似乎不独指朱希真《樵歌》与顾太清《东海渔歌》，也应包括《西山樵歌》在内。

《晚晴簃诗汇》云："贝勒奕绘字子章，号幻园，又号太素道人，荣纯亲王永琪孙。"《晚晴簃诗话》亦云："幻园斐然著述才，尝撰《子章子》未刊行。侧室顾春太清，雅善诗词，尝相酬唱，极闺门之乐。"

《东海渔歌》冒广生言仅见四卷本，尚缺第二卷。1933 年龙榆生主编《词学季刊》，将绍兴诸宗元藏此第二卷刻于该刊一卷二期。日本铃木虎雄博士藏有《东海渔歌》六卷本。前两年，南大程千帆教授领衔主编《全清词》，此六卷本方才复印回到我国。

七、醉翁词多用唐人诗句

运用典故，甚至到"掉书袋"地步，这在唐诗及赋里屡见不鲜。这种情况，在苏轼以后的宋词中也不胜枚举。以至今人得给《全宋词》编上一巨册的典故辞典。典故，习惯分语典和事典两种。吴衡照《莲子居词话》曾说："辛稼轩别开天地，横绝古今，论、孟、诗小序、左氏春秋、南华、离骚、史、汉、世说、选学、李杜诗，拉杂运用，弥见其笔力之峭。"这是运用语典的极好例证。但这种情况，在苏轼以前的唐五代乃至北宋初期词坛却是少见的。衍至后世在词中大用典故，其重要的分水岭是苏轼的《东坡乐府》。然而，追根溯源，又不能不言及欧阳修。这位文坛宗师，虽不以词名家，在词中较多运用语典，特别是运用唐诗的成句或句式，却是苏轼之前较早也较重要的一位。

欧阳修化用前人诗文句，大致有三种情况。一是化用前人词组或短语。如《采桑子》："行云却在行舟下，空水澄鲜。"后一句乃从谢灵运《登江中孤屿》："云日相辉映，空水共澄鲜"中脱化而来。又如另一首《采桑子》："来拥朱轮，富贵浮云"，后一句则语本《论语·述而》："不义而富且贵，于我如浮云。"

另一种是化用唐诗成句，或略加改动。其《采桑子》词中谓："花坞苹

卷四 诗词研究

汀，十顷波平。野岸无人舟自横。"其末句显然来自韦应物的《滁州西涧》。又如另一首《减字木兰花》词曰："伤怀离抱，天若有情天亦老。"又云："扁舟岸侧，枫叶荻花秋索索。"这里也明显是从李贺《金铜仙人辞汉歌》及白居易《琵琶行》化来。"天若有情天亦老"句一字未改，"枫叶荻花"句，也只将"瑟瑟"换成"索索"。有一些化用时变化大一些，但仍不难看出其痕迹。其《减字木兰花》曰："雁柱十三弦，一一春莺语"，这里的第一句则从李商隐《昨日》诗的"十三弦柱雁行斜"句化来。

第三种情况则是连续化用前人的几句诗，这已是苏轼周邦彦把整首诗隐括入词的前驱了。如其《御街行》词"天非华艳轻非雾。来夜半，天明去。来如春梦不多时，去似朝云何去"数句，显然将白居易《花非花》整首诗都化用了。又如其《浪淘沙》词"把酒祝东风，且共从容"二句，则均从司空图《酒泉子》词中"白发多情人便惜。黄昏把酒祝东风，且共从容"化来。

欧阳修出生早苏轼三十年，是北宋诗文革新运动的领袖。而他的词作成就，却为文名、诗名所掩。苏轼被视为词体革新的大师，其实，在某些方面，欧阳修早在他的前面。

八、用典一法——意在言外

用典有明用与暗用之分。典故又有语典与事典之别。笔者读词中却发现另一种情形，即在运用语典时，明用前句而实暗用另一句，以典故本身包含的其他内容，虽不言明，读者却不难领悟其弦外之音。这里略举二例以说明之：

辛弃疾《南乡子·登京口北固亭有怀》下阕曰："年少万兜鍪，坐断东南战未休。天下英雄谁敌手？曹刘。生子当如孙仲谋。"孙仲谋，孙权，字仲谋。《三国志·吴书·吴主传》松之注引《吴历》："曹公出濡须"，"权乃自来，乘轻船，从濡须口入公军"。"公见舟船器仗军伍整肃，喟然叹曰：'生子当如孙仲谋，刘景升儿子若豚犬耳！'"曹操的这两句话是名句，辛弃疾只引用前一句，却让读者去回味体现这一句以外的另一句意思。"生子当如孙仲谋"称赞孙权少年英雄形象，用在这里乃渴望后辈儿孙能完成抗金复国大业。而曹操的另一句话"刘景升儿子若豚犬耳"一句，自在不言之中。这则是讽刺卖国投降派的。这首词作于镇江知府任上，辛弃疾已是垂暮之年，既寄希望于后辈儿孙，更对投降卖国者可能当权表示忧心忡忡。当时主政的是太师韩侂胄，他力主抗金复国，并正在积极准备开禧北伐。但投降派势力仍极大,而且是南宋朝廷百余年的主导力量,主战派得势都是相当短暂的。就在稼轩作此词两年后,史弥远就发动了反动政变,不仅失地不能收复,又答应了金人一系列屈辱的条件。国事遂不可收拾,豚犬辈果然葬送了宋室江山。

清代著名词人陈维崧《贺新郎·秋夜呈芝麓先生》上阕云:“掷帽悲歌发。正倚幌、孤秋独眺,凤城双阙。一片玉河桥下水,宛转玲珑如雪,其上有、秦时明月。我在京华沦落久,恨吴盐、只点离人发。家何在? 在天末。”芝麓,乃龚鼎孳的字。这首词乃陈维崧中年旅居京师时所作。在此之前,南明最后一个皇帝桂王朱由榔已死于汉奸吴三桂之手。郑成功也卒于台湾。康熙三年(1664),抗清名将张煌言也被俘遇害。康熙六年,康熙皇帝亲政。抗清复明力量已被剿灭干净。明亡时,陈维崧已二十一岁,其父陈贞慧乃明末四公子之一,明亡后坚持民族气节,埋身土室十年。陈维崧饱尝亡国之恨,入清后,他长期不入仕途,而客游四方。曾对抗清复明抱有很大希望,如今陈维崧面对异族统治下的祖国河山,一腔忧愤。国恨家仇,使他夜不能寐,写下这首悲怆激越而又含蓄蕴藉的爱国词章。词中“一片玉河桥下水”以下三句为倚幌独眺所见之景:一是桥下之水,正泛着粼粼水波;二是天上一轮明月,正照着当头。这不是平常之水。玉河,即明清故宫外之御河,又名玉泉,源出北京西北之玉泉山。这水从皇宫太液池流出,它就成了人世间沧桑的见证。“玲珑如雪”,语出宋许棐《茉莉》诗:“荔枝香裹玲珑雪。”这月也非普通之月,它是“秦时明月”,此语出王昌龄《出塞》诗。“秦时明月汉时关”是此诗的第一句。它是一首极著名的爱国诗作,脍炙人口。读者不难悟出,这首诗后面还有这样两句:“但使龙城飞将在,不教胡马度阴山。”“胡”是古人对北方少数民族带蔑视性的称呼。入主中原的满清人正所谓“胡”人。这时“胡马”不仅度了阴山,还坐上了龙庭,这只是因为没有“龙城飞将”吗? 词中没有言明,而怀旧之情却尽在不言之中。词之下阕中,又言:“凭高对景心俱折。关情处、燕昭乐毅,一时人物。白雁横天如箭叫,叫尽古今豪杰。都只被、江山磨灭。”大概“燕昭乐毅”、郑成功、张煌言等“一时人物”,正是词人心目中的“龙城飞将”。尽管他们“都只被、江山磨灭”了,他仍期望这样的“古今豪杰”出现,甚至渴望“拓弓弦、渴饮黄獐血”,而认为“黄杨赋,竟何益”。可见,此处“秦时明月”一典,其未言明的部分,却是全词有机组成部分之一。

上述三例,有这样几点是一致的:这都是爱国词,他们对现实均有强烈的不满,而在当时形势下不可不言而又不可明言。此外,他们所用语典,均不生僻,使读者不难由此及彼,生发引申,而领会其言外之意。弦外之音倒是词人最想抒发和表露的情愫所在。因有其难言之隐,故以典故曲折传出。欲言又止,意在言外。

(《吉林大学社会科学学报》,1993 年第 5 期)

论爱国主义与爱国诗词

我们中华民族是有着高度凝聚力和爱国主义光辉传统的民族,中国素以诗国著称于世,而爱国诗词是爱国主义传统在文学上的反映。这是一份珍贵的文学遗产,也是一份宝贵的思想财富。

从理论上认识爱国诗词的历史地位,对于我们继承爱国主义传统,提高我们的民族自信心和自豪感,实现振兴中华的宏伟目标,都是十分必要的。

本文试就与爱国诗词有关的若干理论问题,作一宏观的粗略论述,以求能启发本书的读者在对爱国诗词有充分的感性认识后,再作更深层次的理性思考。

一、爱国是个历史的范畴

十年前,中国大陆曾就爱国主义展开过一场论争。有些专家认为,随着历史的发展,全国各民族相互融合,如今重提历史上的某些爱国人物、爱国事件,重提"不破楼兰终不还"、"壮志饥餐胡虏肉,笑谈渴饮匈奴血"会伤害少数民族弟兄的感情,它对目前各族人民的大团结也不利……争论的焦点是,如何认识"爱国"一词中"国"字的历史内涵。它是仅仅指屈原所爱的"楚国",田单所爱的"齐国",岳飞所捍卫的"南宋",……还是指我们整个中华民族。质言之,这一"国",是指当代的中国还是历史上的中国? 当时众说纷纭,后来争论的双方似乎都偃旗息鼓了。

分析这样一个理论问题,应当将它放到一定的历史范围之内。爱国主义是个历史范畴,根源于国家本身就是个历史的范畴。

"国"这个概念,在我国形成较早。《周礼·夏官·量人》:"掌建国之法,以分国为九州。"又《周礼·天官·太宰》:"以佐王治邦国。"注曰:"大曰邦,小曰国。"古时诸侯称"国",大夫称"家",显然,我国古代"国家"的概念,与我们今天运用这个概念，其内涵和外延都是很不相同的。

马克思主义认为，国家是社会在一定发展阶段上的产物，是经济发展到一定阶段必然使社会分裂为阶级时而产生的，而阶级不可避免地要消失，随着阶级的消失，国家也不可避免地要消失。从产生到消失整个历史过程中，作为历史范畴的国家，其不同发展阶段上的形态特征是各不相同的。而爱国主义就是对祖国的爱，用列宁的话说就是"千百年来巩固起来的对自己祖国的一种最深厚的感情"。由于时代的局限，我们不可能要求屈原去爱今天的中华人民共和国，也不能设想，让岳飞不去抗击金人，而去反对八国联军。我们当然不会如此去苛责古人。同样，我们也不必担心会伤害秦姓子孙的感情而不敢谴责卖国贼秦桧；无须担心伤害日本友人的感情而不敢揭露侵华日军南京大屠杀的罪行。从另一方面来说，几千年的中华民族的历史（除近百年的近代史"爱国"的内涵有着"反帝"的内容外），基本都是中华民族内部各民族间以及华夏民族内各政府实体及政治力量间的战争与政治斗争。我国的爱国主义始于"大一统"观。《公羊传·春王正月》曰："何言乎王正月？大一统也。"这是正统观念，是君国合一的思想雏型。《三国演义》卷首云："话说天下大势，分久必合，合久必分。"这样分与合的过程，便形成了历史或长或短，疆域或大或小的政治实体——国家。当然，其中有相当多的是短命王朝，而中华民族的历史证明，统一是主流。然而正如黄宗羲所言："夫以时而论，天下之治日少而乱日多。"（《陈苇庵年伯诗序》）在国家兴衰变迁之际，作为这些国家臣民的诗人或词人，写下许多热爱自己祖国的诗篇词章，其中便有许多名篇佳制，"文质半取，风骚两挟"，令人感愤，催人泪下。

屈原热爱的祖国只是战国七雄之一的楚国，他"长太息以掩涕""虽九死犹未悔"，究其目的，仅在于"恐皇舆之败绩"。（均见《离骚》）但这爱国之心是这样执着、热烈，而至死不渝，死也要如鸟"飞返故乡"，如狐"死必首丘"。

屈原的爱国精神"衣被词人，非一代也"。我们又怎能以他所爱的只是中华民族很小的一部分而加以否定呢？

爱国主义是个历史的范畴，我们对它的认识也应因时间、地点、历史条件的变化而改变。

二、爱国主义与爱国诗词的历史特质

爱国主义是一种民族的凝聚力。我们说我们中华民族有着爱国的传统，也即指作为我们民族的文化心理，其凝聚力特别强（作为其另一面则排它性也特别强）。仅就与诗词有关的若干事实来说便可见一斑。

屈原投汨罗江自沉以后，人们为了纪念他，形成端午吃粽子、划龙舟的习俗，这习俗跨越时空的限制，时无分古今，地无分南北，一切有条件的地方无不如此。再如为纪念安史之乱中坚守睢阳而牺牲的张巡、许远，后人建有"双忠庙"来纪念他，甚至像广东潮阳那些张巡、许远从未到过的地方，也有这样的庙宇。而西子湖畔的岳坟则留下千百首可以"下千年之血泪"的诗词佳作。这一点尤其反映在宋、明灭亡以后的遗民作品里。那种对故国的深切怀念之情，是不了解中华民族爱国传统的人难以理解的。

爱国主义在诗词中的集中表现是忧患意识。而具体说来则表现为升平时代的居安思危、国难当头时的扶危纾难以及亡国后对故国的缠绵依恋。后二者便是传统意义上的爱国作品，素无争议。而居安思危的作品，是否属爱国之作则有许多人不以为然。这里试举李白《远别离》一诗略作分析。原诗为：

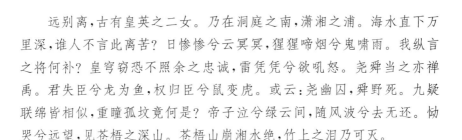

> 远别离，古有皇英之二女。乃在洞庭之南，潇湘之浦。海水直下万里深，谁人不言此离苦？日惨惨兮云冥冥，猩猩啼烟兮鬼啸雨。我纵言之将何补？皇穹窃恐不照余之忠诚，雷凭凭兮欲吼怒。尧舜当之亦禅禹。君失臣兮龙为鱼，权归臣兮鼠变虎。或云：尧幽囚，舜野死。九疑联绵皆相似，重瞳孤坟竟何是？帝子泣兮绿云间，随风波兮去无还。恸哭兮远望，见苍梧之深山。苍梧山崩湘水绝，竹上之泪乃可灭。

此诗写作的背景是：唐玄宗天宝五载（746）李林甫为动摇太子李亨的地位而兴大狱，以太子妃兄韦坚为首的一批朝臣被诛杀，坐贬数十人。李白之挚友李邕、崔成甫亦在其中。李邕被杀，崔成甫被放逐后，死于沅湘泽畔。朝中大权旁落，皇位岌岌可危。他深感唐王朝危机深重，对社稷苍生命运无限忧虑，而以香草美人来寄寓丰富的个人政治情怀。诗中"君失臣兮龙为鱼，权归臣兮鼠变虎""恸哭兮远望，见苍梧之深山。苍梧山崩湘水绝，竹上之泪乃可灭"，集中表现诗人对国家前途的忧患意识。当时是盛唐时期，但安史之乱的危机已为期不远。李白为祖国前途担忧而写下这首诗。"先天下之忧而忧，后天下之乐而乐"，是这一忧患意识的极好注脚。

我国古代爱国主义另一特质是爱国与忠君的统一。《公羊庄四年传》云："国，君一也。"古代君主，如果不像商纣、隋炀那样残暴荒淫，即使他昏庸无能，在诗人眼中也还是国家的象征。这样的诗作在爱国诗词中还是屡见不鲜的。如张巡《守睢阳作》："忠信应难敌，坚贞谅不移。无人报天子，心计欲何施！"李白《司马将军歌》之："功成献凯见明主，丹青画像麒麟台。"令狐楚《少年行》："未收天子河湟地，不拟回头望故乡。"岳飞《送紫岩张先生北伐：" 归来报明主，恢复旧神州。"陆游《金错刀行》："千年史策耻无名，一片丹心报天子。"辛弃疾《破阵子》："了却君王天下事，赢得生前身后名。"直至明末郑成功之《出师讨满夷自瓜州至金陵》："试看天堑投鞭渡，不信中原不姓朱。"这种情况入清以后有了根本的改变，除了少数明遗民诗人外，清代，特别是近代的爱国诗词中忠君与爱国则渐渐分家了。但身居高位的诗人作品中仍不乏这样的例证。如林则徐被贬往新疆伊犁的途中所作之《赴戍登程口占示家人》仍云："谪居正是君恩厚，养拙刚于戍卒宜。"毛泽东同志说："爱国主义的具体内容，要看在什么样的历史条件下来决定。"忠君思想在君国合一的封建正统思想指导下成了占统治地位的思想，这是不足为怪的。但对君愚忠还是应当批判的，岳飞在朱仙大捷，汴京指日可下时，放弃统一大业而屈死于投降派的屠刀下，便不足取。与之相比，文天祥于宋亡后，囚于大都狱中，已经投降元朝的宋恭宗赵㬎也来劝降，他却宁死不降。这时文天祥已无君可忠，仍坚持民族气节，忠于自己的祖国，这就把爱国与忠君分离开来，这一分离是历史的飞跃。所以文天祥的爱国精神，是更足称道的。

三、诗词中爱国观念的历史演变

上文实际已言及在忠君问题上爱国观念的历史演变，其实作为封建社会统治阶级思想的儒家思想，最初并不提倡愚忠愚孝。《孟子·梁惠王下》云："闻诛一夫纣矣，未闻弑君也。"作为臣子的周武，杀了商纣，可以不作弑君论，显然，这与唐代韩愈的"臣罪当诛兮，天王圣明"，就有根本的区别了。忠君意识在封建社会的历史长河中，经历了从淡到强再淡化的过程。孙中山先生为代表的民主革命者公然提出"驱逐鞑虏，恢复中华"，心目中自然是没有所谓的忠君意识。"忠君意识"的历史演变过程，同时也是封建宗法制度建立——强化——覆灭的过程。

"忠君"是与"爱国"相联系，而又并不等同的概念。我们说的一般意义上的"爱国观念"又是如何产生历史演变的呢？我觉得似乎可以分为四个阶段来阐述：

1. 先秦时期

先秦时期,大一统的中华帝国的观念并未完全形成。夏商时期,除少数甲骨与钟鼎文以外,有文字记载的历史资料不多。西周时期的诗歌作品,仅有见之于《诗经》中的不多几首。而较多爱国诗歌则始见于《诗经》东周时期以及春秋战国时期的作品中,其早期的创作高峰则是屈原的作品。纵观这些诗作,诗人所爱的国则是各诸侯国,其中许多小国的疆域比我们今天一个市县大不了多少。诗人心目中的"国"仍是各诸侯国,这是先秦以前诗歌中共有的历史观念。

2. 汉以后的爱国观念

秦灭了六国,统一天下,其实那时的疆域还是主要限于黄河流域及长江中下游地区。秦朝的历史很短,几乎没有诗作传世。西汉是我国一个大一统的封建王朝,其国势强盛,地域广大。秦汉时期,人们对"国"的概念开始发生变化。汉时也分封同姓为王,但封地较小,特别是平定吴楚七国之乱以后,各王的封地都很小,与春秋、战国时的"国"相比,不可同日而语。"国"成了大汉帝国或帝都的称谓。苏武牧羊,他怀念的不再是某一诸侯国,而是整个西汉王朝。这是历史观念的一大变革,这是中华民族思想文化史上的一个极大飞跃。当时处于"中国"四方的少数民族,仍被排除在中华民族之外。北方称"胡",东方称"夷",南方称"蛮",西方称"戎"。如王粲《七哀诗》:"复弃中国去,委身适荆蛮。"又如蔡琰《悲愤诗》:"边荒与华异,人俗少义理。处所多霜雪,胡风春夏起。""汉"与"华"这些概念的形成,使得即便在后世发生国家分裂、战乱不止时,也仍是占主导地位的观念,所不同的是分裂的各方都极力标榜自己是华夏正统而已。

3. 遗民诗歌的爱国观念

正由于这样的华夏正统观念,当华夏政权倾覆,少数民族入主中原时,汉民族思想文化的反抗,常比其武力的反抗更强烈得多。这就是为什么南宋时期,金兵南侵,诗坛上爱国诗词最多的原因。也就是在那时,竟出现了爱国诗派、爱国词派。涌现出像辛弃疾、陆游、陈亮、刘克庄、刘辰翁等一大批爱国诗人、词人。而宋、明两个华夏政权倾覆之后,会出现那么多的遗民诗人、遗民词人。他们的作品,或怀古,或伤今,或咏物,或抒怀,所抒发的都是家国兴亡之感。

显然,遗民诗词与前者华夏大一统的爱国观念是植根于同一土壤,所不同的仅仅在于诗人所生活的时代不同,诗人自己所处的境遇不同而已。

这里有一点应当言及,中华五千年的文明史,是中华民族逐渐融合形成的历史。即使从诗坛、词坛而言,许多一度叱咤诗坛的大诗人便出身于少数民族。元好问一类的少数民族诗人自不待言。据近人考证:元稹祖籍鲜卑,白居易出于龟兹,刘禹锡则出于匈奴。《元和姓纂》等书考证,如今我们许多赫然以汉族自居者,相当一部分也都系少数民族后裔。中华各民族的融合,最重要的一点便是文化的融合,爱国观念的融合也是其中之一。

4. 近代爱国观念的转变

由于帝国主义列强的入侵,满清政府的腐败,我国鸦片战争后百余年的近代史是屈辱挨打的历史。反映在诗词领域,则是公然树起了反帝反封建的大旗。这个主题是前所未有的。爱国与忠君彻底分了家,许多爱国诗词更是要公然把统治中国近三百年的清王朝撵下台。以前历代的民族矛盾,说到底还是汉民族内部及与各少数民族间的矛盾,而近代史上的民族矛盾则变为中华民族与帝国主义列强之间的矛盾。这一时期爱国诗词的作者,有的本身就是反侵略战争中的民族英雄(如林则徐、邓廷桢),有的是救亡图存的改革家(如康有为、梁启超、谭嗣同)。特别是资产阶级民主革命的先驱(如孙中山、黄兴、秋瑾、廖仲恺),他们的诗词已有了革命的新内容,他们诗词的战斗精神,是几千年封建历史时期的诗词创作难望其项背的,中华民族重新在反帝反封建的旗帜下凝聚。诗人的忧患意识为救亡意识所取代,忠君(特别是愚忠)思想已不再有市场,愚忠者已被指斥为保皇党。到这一时期,人们的爱国观念有了根本性的改变。如秋瑾《黄海舟中,日人索句,并见日俄战争地图》有:"忍看图画移颜色,肯使江山付劫灰?""拼将十万头颅血,须把乾坤力挽回!"罗福星《绝命词》云:"牺牲血肉寻常事,莫怕轻生爱自由。"像这样的诗作,在古代爱国诗词中是不经见的。尼采谓:"一切文学,余爱以血书者。"近代诗词中的爱国作品,大都是这样的作品,其中有相当多的是写于狱中或上断头台之前。跃然于这些诗词中的艺术形象,也有许多为社稷苍生抛头洒血的英雄。

四、爱国诗人的情感心态

言为心声。"诗者,志之所之也。在心为志,发言为诗。情动于中而形于言。"(《毛诗序》)明人宋濂则曰:"诗乃吟咏性情之具,而所谓风、雅、颂者,皆出于吾之一心,特因事感触而成,非智力之所能增损也。"(《答章秀才论诗书》)爱国诗词是诗(词)人爱国情感与心态的反映。

王步高诗文集

清人焦循《与欧阳制美论诗书》曰:"诗本于情,止于礼义,被于管弦,能动荡人之血气。"又曰:"作诗之先,意中必有所不可已处;始而性情所鼓,盈天地间皆吾意之所充,若千万言写之而不足者。"爱国诗词较之其他题材的作品,往往更具"动荡人血气"的力量,于诗(词)人自身,也必须有充盈天地之意,"意中也必有不可已之处。"虽同为爱国诗词,由于作家的社会地位及时代背景不同,其创作心态也是各不相同的。纵观古往今来约三千年的爱国诗词佳作,其文人情感心态大致有以下几种类型:

其一:黍离麦秀型。这是吊古伤今题材之一种,始于《诗经·王风·黍离》。《诗序》说:"《黍离》,闵宗周也。周大夫行役,至于宗周,过故宗庙宫室,尽为禾黍。闵宗周之倾覆,彷徨不忍去,而作是诗也。"这种宫室倾圮,繁华消歇的兴衰之感,而为后世历经沧桑巨变的诗人词客所共有的,它表现的是诗人的一种怀旧心态,因为战乱,昔日繁华盛况已一去不复返,眼前则是一片萧条颓败的景象。这种怀旧,可以是对昔日和平安定生活的怀恋,对目下战乱生活的厌恶。这是忧国忧民感情的表现。如曹植《送应氏》、李清照《永遇乐》、姜夔《扬州慢》均属此类。这类作品中对比强烈,感慨深沉,兴亡之感也较强烈。另一些是痛定思痛之作,时间的间隔较大,易于被人视为纯粹的吊古词。其实,吊古与伤今常常是不可分的,特别是国家已蕴含着种种危机时尤其如此,例如中晚唐时期刘禹锡、杜牧、李商隐等人写的许多怀古之作,横亘于诗人心中的是家国兴亡之感,其主旨是希望统治者汲取历史的经验教训,不要重蹈前朝亡国的覆辙。如杜牧在《阿房宫赋》的结尾处大声疾呼,而在其《泊秦淮》诗中则云:"商女不知亡国恨,隔江犹唱后庭花。"尽管含蓄深沉得多,而立意却是一样的。

其二是亡国血泪型。这主要是指一些坚持民族气节,不愿臣服于外族政权的遗民诗(词)人。何谓遗民?钱基博先生为《明遗民录》作序时有一段精辟的论述,他说是:"二三冠带之伦,睹邦国之珍瘁,或乘桴浮海,存弓剑于扶桑,或伏匿老死山林间,阅世久远,往往湮没勿彰者。"这段文字道出了遗民的主要特点。钱先生又云:"以夷狄入主中原,亡国之感,人心逾久不衰,故不随世运为转移也哉?"遗民爱国诗词抒发的便是这种亡国之感,反映在这类作品中的诗人情感心态是怀旧和失落之感。对故国的怀念,王粲《登楼赋》中"虽信美而非吾土兮"一语,颇能道出其心理状态,也为遗民诗词所习用。如虞集《至正改元辛巳寒食日示弟及诸子侄》诗:"江山信美非吾土,飘泊栖迟近百年。山舍墓田同水曲,不堪梦觉听啼鹃。"又如周密《一萼红》曰:

"故国山川，故园心眼，还似王粲登楼。"张炎《高阳台》亦曰："莫开帘，怕见飞花，怕听啼鹃。"反映在明代遗民的诗词中更有一种抗清复明的情绪，不仅由明入清的遗老如此，即便像屈大均等一些入清时还未成年的遗少们亦"不降其志，不辱其身"，以抗清复明自任，与此同时写下许多爱国的豪壮诗篇。遗民作家的失落感，实际是一种民族责任感，其出发点是把入主中华的少数民族看成异族和外邦，而不是将其视为中华民族的一部分，这是历史局限所致。在他们看来，国亡于外族，当然比华夏民族内部的政权更叠严重得多，因而遗民问题在宋、明两代覆亡后特多，也就不足为怪了。

其三是忧心如酲型。此语出于《诗经·小雅·节南山》："忧心如酲，谁秉国成。"酲，病酒。忧患意识是爱国诗人共有的，明人顾宪成题东林书院联曰："风声、雨声、读书声，声声入耳；家事、国事、天下事，事事关心。"这一联形象生动地写出我国历代爱国知识分子的忧患意识。这便是自风骚而下，爱国主义的优良传统。唐代诗人白居易曾说："四海安危居掌内，百王治乱悬心中。"（《百炼镜》）这两句高度凝炼地概括了爱国诗词中忧患意识的内容。如同前文所举李白《远别离》一类作品，诗人虽不居高位，但"位卑未敢忘忧国"（陆游《病起书怀》），为国家隐含着的各种危机而忧心忡忡，以至寝食不安。李白诗中又云："中夜四五叹，常为大国忧。"（《经乱离后，天恩流夜郎，忆旧游书怀赠江夏韦太守良宰》）杜甫则云："在家常早起，忧国愿年丰。"（《吾宗》）"向来忧国泪，寂寞洒衣巾。"（《谒先主庙》）韩愈是个忠君的大儒，亦云："赤心事上，忧国如家。"（《上李尚书书》）苏洵云："贤者不悲其身之死，而忧其国之衰。"（《管仲论》）明代顾炎武云："保天下者，匹夫之贱，与有责焉耳矣。"（《日知录·正始》）后世人即将其简化为"天下兴亡，匹夫有责"（清·吴趼人《痛史》十回）。"忧患"语出《易·系辞》："作《易》者，其有忧患乎？"故林则徐《次韵答姚春木》云："感君教学《易》，忧患固其常。"孟子则曰："入则无法家拂士，出则无敌国外患者，国恒亡。然后知生于忧患，而死于安乐也。"（《孟子·告子下》）在占我国思想界统治地位的儒家观点来看，"忧劳可以兴国，逸豫可以亡身。"（欧阳修《新五代史·伶官传序》）故居安思危的忧患意识，成了爱国诗词的主要文人情感心态之一。

其四，报国无门型。"时危见臣节，世乱识忠良。"（鲍照《代出自蓟北门行》）诗人的忧患意识表露最为激烈，诗词中爱国呼声最高的时候，往往正是"时危"、"世乱"之际。这时最见"臣节"，最需"忠良"，但每当此时，往往是奸佞当道、政治黑暗的时期。国势艰危，救亡图存，是每一个爱国者义不容辞的责任,儒家传统的思想,中华民族优良的爱国传统都使众多的爱国志士不计个人安危,或投笔从戎,效命疆场,或运筹于帷幄,求决胜于千里之外,挽狂澜于既倒。然而,他们的报国之志,往往因统治者的阻挠而难以实现,"可怜报国无路,空白一分头。"(杨炎正《水调歌头·登多景楼》)"夜视太白收光芒,报国欲死无战场。"(陆游《陇头水》)"心在天山,身老沧州。"(陆游《诉衷情》)"却将万字平戎策,换得东家种树书。"(辛弃疾《鹧鸪天》)"凭谁问,廉颇老矣,尚能饭否?"(辛弃疾《永遇乐》)……在这类诗词中表现的诗人情感心态,是理想与现实的矛盾,是理智与感情的冲突。因而苦闷、牢骚、郁闷充斥作品之中。这躁动着的爱国激情,令千载以后的读者也感愤不已。"报国欲死无疆场"一语尤为沉痛,也最集中地表现了报国无门的诗人的共同心态,而只能"念腰间箭,匣中剑,空埃蠹,竟何成! 时易失,心徒壮,岁将零"(张孝祥《六州歌头》)。这类诗词作品在南宋及鸦片战争后的近代诗坛上尤多。国势的危殆及朝政的腐败是这类诗词产生的社会原因,而热爱祖国,决心以死报国是诗人创作的主观原因,这二者的胶着而成的情结便成为这类报国无门的爱国诗词。

其五,击楫中流型。这是指报国有门的文臣武将一类。语出《晋书·祖逖传》:"逖以社稷倾覆,常怀振复之志。……帝乃以逖为奋威将军、豫州刺史,给千人廪,布三千匹,不给铠仗,使自招募。仍将本流徙部曲百余家渡江,中流击楫而誓曰:'祖逖不能清中原而复济者,有如大江!'辞色壮烈,众皆慨叹。"在诗词中,这一典故常用在爱国之作中。如李好古《江城子》曰:"少年有意伏中行。馘名王,扫沙场。击楫中流,曾记泪沾裳。"国势倾危之时,一二贤臣名将欲扶危济困,也有成功者,如安史乱中之郭子仪、李光弼,明代土木之变中之于谦等,但由于敌我力量悬殊,或由于昏君奸臣牵制,泣血效死者居多。如安史乱中之颜真卿、张巡、许远,南宋之岳飞、文天祥,明末之史可法、郑成功、孙承宗,鸦片战争时之林则徐、邓廷桢、关天培,他们或位居方面,为一方统帅,或是受皇帝信赖的朝臣,较之身居草野或投闲置散者,似乎是英雄有用武之地。但他们的结局也大多是悲剧性的。反映在诗词作品中,则是"金戈铁马,气吞万里如虎。"(辛弃疾《永遇乐》)"马蹀阏氏血,旗枭可汗头。"(岳飞《送紫岩张先生北伐》)"驾长车踏破、贺兰山缺。"(岳飞《满江红》)"一年三百六十日,多是横戈马上行。"(戚继光《马上作》)"仗剑对尊酒,歌未阕。叹风尘起,新亭泪,中流楫。把眼前飞絮,学作鹅池雪。待四方勘定,直北迎归节。"(孙承宗《阳关引》)这类诗词是爱国诗词中最受后人重视的部分,它较少牢骚,没有愤懑,而忠勇可嘉,故争议较少。其实,这些诗人身上流的是与报国无门志士同样的血,其心灵的创伤也与其他爱国者同样深重。屈死风波亭上的岳飞、埋葬梅花岭下的史可法、死于政变者之手的于谦……与死于敌国或叛军之手者同样可歌可泣。

其六,变法维新型。这是一种忠君与爱国统一的类型。这类人物都是统治集团的成员,是这个集团中政治头脑特别清醒者。他们在忠君的前提下,为维护皇权、巩固封建统治而力图改革弊政,实行新法。关于这些改革的内容及其功过是非,是历史学讨论的内容,仅就反映这些改革的诗歌而言,其中有一些是应属于爱国诗歌范畴的。特别是近代史上的戊戌变法,它具有反帝的性质。其主要代表人物康有为、梁启超、谭嗣同、林旭、刘光第以及黄遵宪、陈三立等等,都留下许多爱国诗词作品,他们反帝的倾向是明显的,对"生民坐涂炭,国势日凌夷"(康有为《生民二章》)有着深深的担忧。故"抗章伏阙公车多,连名三千毂相摩,联轸五里塞巷过"(康有为《东事战败,联十八省举人三千人上书……》)"新义凿沌窍,大声振聋俗。"(梁启超《寄汪穰公》)戊戌政变之后,谭嗣同拒绝逃亡,说:"各国变法无不从流血而成,今中国未闻有因变法而流血者,此国之所以不昌也。有之,请自嗣同始。"(《谭嗣同传》)戊戌变法虽是一种改良主义运动,但其中的激进派,已成为旧民主主义革命的先驱。在忠君与爱国发生矛盾的时候,其心理的天平是倾向于国家和人民一边的。

其七,反帝御侮型。这是鸦片战争以后帝国主义列强侵略我国,并进而企图瓜分我国时出现的。这场战争是我国历史一个划时代的里程碑,中华民族内部各民族间以及汉民族内部的矛盾和斗争为中华民族与帝国主义列强的矛盾所取代。反帝成了爱国诗词的第一位主题。无论是忠于满清王室但不甘亡国的达官贵人,主张改革的激进派,还是反清的革命党人,在反帝这一点上都找到了共同的语言。"谁怜爱国千行泪,说到胡尘意不平。"(梁启超《读陆放翁集》)只是这里的"胡尘",已不是放翁诗中的北方女真贵族,而是妄想豆剖瓜分中国的列强。到孙中山领导的国民革命起来,更明确打出反帝反封建的旗帜,把反帝斗争推向新阶段。

其八,民主革命型。戊戌变法者一方面欲拯救国家的危亡,另一方面又欲维持封建皇位,因而,他们的爱国是有严重的局限的。戊戌变法和义和团运动失败以后,以慈禧为代表的清政府已成了帝国主义的傀儡,亡国的惨祸已迫在眉睫,革命的高潮到来。孙中山、黄兴、章太炎、邹容等民主革命家以及南社诗人也把爱国诗词的创作推向了高潮。他们既反帝反封建,也反对改良派。如邹容《逐满歌》:"莫听康梁诳尔言,第一仇人在眼前,光绪皇帝名载湉。"其《猛回头尾声》则曰:"瓜分豆剖逼人来,同种沉沦剧可哀。太息神州今去矣,劝君猛省莫徘徊。"他们是革命的鼓吹者,更是革命的身体力行者,有的甚至为革命英勇献身。如女革命家秋瑾的一些诗作:"浊酒不销忧国泪,救时应仗出群才。拼将十万头颅血,须把乾坤力挽回。"(《黄海舟中日人索句,并见日俄战争地图》)"危局如斯敢惜身?愿将生命作牺牲。可怜大好神明胄,忍把江山付别人!"(《赠蒋鹿珊先生言志》)"金瓯已缺总须补,为国牺牲敢惜身?"(《鹧鸪天》)烈士徐锡麟《出塞》也曰:"只解沙场为国死,何须马革裹尸还。"较之历代的爱国者,他们的爱国不是对摇摇欲坠王朝的扶持,也非对已颓圮的旧王朝的怀念,他们不是回头看,而是向前看。他们的理想是靠打碎旧制度来实现的。与旧时爱国诗词不同,它不是诗人一时感情的发泄,也不止是家国之恨的抒发,而是战斗的鼓点、革命的号角。

五、感天地而泣鬼神的艺术魅力

刘鹗《老残游记·自序》说:"吾人生今之时,有身世之感情,有家国之感情,有社会之感情,有种教之感情。其感情愈深者,其哭泣愈痛。"质言之,爱国诗词都是历代爱国英雄及孤臣孽子的长歌和痛哭。这便是刘鹗序中所云"家国之感情","社会之感情",有的还融进"身世之感情"、"种教之感情",故具有感人的艺术魅力。

纵观两千余年来,数以千计爱国诗人的作品,尽管其身世遭际各不相同,文学修养也千差万别。但其中的名篇佳作之主要艺术特点还是可以从下列几个方面来概括:

1. 继承《诗经》及杜诗现实主义传统,以时事入诗。

《诗经》最大的文学特色,是建立了现实主义的优良传统。古代的文学批评,把风雅作为品评诗歌的标准,这也是原因之一。李纲《杜子美》诗云:"爱君忧国心,愤发几悲咤。孤忠无与施,但以佳句写。""笔端笼万物,天地入陶冶。岂徒号诗史,诚足继风雅。"钟嵘《诗品》在论及曹植诗时云:"其源出于国风。骨气奇高,词采华茂。"这二者均是就其继承《诗经》现实主义传统而言。

杜甫诗善陈时事,忧国伤时,一向享有"诗史"的称誉。这主要是指其爱国诗而言。这一类诗中反映了杜甫亲身经历的社会动乱,记录了国家和杜甫本人不幸的生活遭遇。前贤认为，所谓"诗史"，就人而言，是说杜甫像是用诗歌形式来修史的太史公；就诗而言，是说杜甫的作品像是用诗歌形式写成的历史书。杜甫用诗歌详尽、确凿地记录了当时发生的政治、军事事件，社会的凋敝情况，其内容"皆有据依"，可靠性是很强的，它可看作是历史的佐证，并可以订正、补充一些历史记载的谬误与不足。诗人"不眠忧战伐"，始终关心着现实政治和社会状况，"笔端笼万物，天地入陶冶。"

其实，继承《诗经》的现实主义传统的又岂止杜甫的爱国诗，在古代爱国诗词佳作中，这是普遍的艺术特点之一。

汉魏六朝时期，国家治少乱多。许多忧国伤时之作便历史真实地反映了当时战乱的情况。如曹操《蒿里行》："初期会盟津，乃心在咸阳。军合力不齐，踌躇而雁行。势利使人争，嗣还自相戕。淮南弟称号，刻玺于北方。铠甲生虮虱，万姓以死亡。白骨露于野，千里无鸡鸣。生民百遗一，念之断人肠。"与《三国志》等史书的记载是契合的。又如蔡琰之《悲愤诗》，王粲《七哀诗》，刘琨《扶风歌》、《重赠卢谌》，庾肩吾《乱后行经吴御亭》等，也无不如此。这些诗作反映了社会的真实，也道出了人民渴望太平，渴望过安定生活的愿望。

这一点在近代爱国诗词中就表现得尤为突出。鸦片战争、甲午战争、中法战争、戊戌政变、武昌起义、广州起义等重要历史事变，林则徐、邓廷桢、康有为、梁启超、谭嗣同、孙中山、秋瑾等重要历史人物，不仅在爱国诗词中都有所反映，这些叱咤风云的人物也都是爱国诗歌的作者。如张维屏之《三元里》，便生动记录了广东三元里人民的抗英斗争。朱琦题为《感事》的五言古体长诗，则概括而生动地描述了鸦片战争的起因、经过、结局，反映了当时的历史真实图景。丘逢甲的许多爱国诗章则生动记述了台湾人民英勇抗击日本侵略军的斗争。

爱国诗词植根于现实生活，无论是长歌或是痛哭，无论是盛唐边塞诗人的英雄凯歌，还是宋末、明末遗民的亡国之泪，都是诗人的忧患意识及爱国真情的流露。清朝赵翼《题元遗山》曾云："国家不幸诗家幸，赋到沧桑句便工。"《新唐书·张说传》则曰："为文属思精壮，长于碑志，世所不逮。既谪岳州，而诗益凄惋，人谓得江山助云。"爱国诗词深受广大读者喜爱，也缘于其"赋到沧桑"和"得江山之助"。

2. 发挥以文为诗的特点，爱国诗词多说理议论。

我国的爱国诗词虽源远流长，就时间的跨度而言，宋以前要比宋以后的时间还长得多,但就爱国诗词作品的数量而言,则宋以前远不及宋以后的数量多。

关于宋代"以文为诗",严羽《沧浪诗话·诗辩》云:"近代诸公乃作奇特解会,遂以文字为诗,以议论为诗,以才学为诗。以是为诗,夫岂不工,终非古人之诗也。"宋代以文为诗,究竟是成功还是失败,这是"千百年公案",至今仍有争议。散文化、议论化和以才学为诗是宋诗的主要特点,这是大致没有争议的。而议论化这一点在宋代及以后的爱国诗词中表现尤为突出。因而也是爱国诗词的重要特点之一。

以文为诗,以议论为诗,论者均谓始于杜甫,其实在杜诗中又集中于其爱国之作。如《自京赴奉先县咏怀五百字》、《北征》、《新安吏》、《诸将五首》等均是如此。《自京赴奉先县咏怀五百字》中,记叙和描写只占一百多字,而抒情和议论倒有三百多字。正因为如此,诗中才能穷极酣畅,尽情地抒发诗人的抱负和忧国忧民的思想感情,议论和抒情紧密结合,增强了抒情气氛,也使形象更加丰富厚重。《北征》一首,前人认为这是以诗写成的谏草,诗中的议论,明确表示了诗人的政治态度,既议论朝政,也议论军事,尤其对借兵回纥表明了鲜明的反对态度:"此辈少为贵,四方服勇决。所用皆鹰腾,破敌过箭疾。圣心颇虚伫,时议气欲夺。伊洛指掌收,西京不足拔。官军请深入,蓄锐可俱发。此举开青徐,旋瞻略恒碣。"在回忆马嵬事变时,又借用典发表议论,也说得很中肯。融叙事、议论、抒情于一炉,水乳交融,既增强了诗的思想性,又不至变成纯理性的说教。

杜诗已开以文为诗之先河,入宋以后,以文为诗,以议论为诗,以才学为诗已蔚为风气,作为爱国诗词,不仅得风气之先,而且受其影响也最深。北宋前期,爱国诗作中已有议论的成分。如王安石、苏轼的爱国诗作已有较多议论的成分。陆游为我国历史上最著名的爱国诗人之一,他的爱国诗作,议论多,立论精辟,使其爱国思想的表述更畅达,具有撼人心魄的力量。如《送范舍人还朝》:"公归上前勉书策,先取关中次河北。尧舜尚不有百蛮,此贼何能穴中国。"这就不仅是抒发报国之情,而是上朝廷的策论了。"先取关中"是陆游的一贯主张。又如《感兴》诗曰:"登高望夕烽,咫尺咸阳都。群胡本无政,剽夺常自如;民穷诉苍天,日夜思来苏。连年况枯旱,关辅尤空虚。安得节制帅,弓刀肃驰驱?父老上牛酒,善意不可孤。诸将能办此,机会无时无!"这里又是"先取关中"主张更详尽的表述。这种议论,加强了爱国思想的份量,它已不只是一般地抒发忧国之心与报国之志,而是呕心沥血,把

卷四　诗词研究

报国之意付诸实践了。他在一些抒发爱国之情的诗作中,也穿插零星的议论。如《金错刀行》结句:"楚虽三户能亡秦,岂有堂堂中国空无人!"又如他《送辛幼安殿撰造朝》诗云:"深仇积愤在逆胡,不用追思灞亭夜。"无论是自己的慨叹,还是对朋友的规劝,都把对祖国的深层热爱寄予议论之中。南宋某些爱国短诗,甚至通篇议论。如无名《感开禧事》:

> 自古和戎有大权,未闻函首可安边。
> 生灵肝脑空涂地,祖父冤仇共戴天。
> 晁错已诛终叛汉,于期未遣尚存燕。
> 庙堂自谓万全策,却恐防边未必然。

这首诗,辛辣地批判了卖国贼史弥远一伙,发动玉津园政变,杀害爱国志士韩侂胄,并以韩侂胄、苏斯旦等主战派的首级向金求和一事。这首诗,不啻是声讨投降派的檄文。

辛弃疾多以议论入词,这是人所共知的,南宋爱国词人中以议论入词者,实非稼轩一人。夏承焘先生便指出过:"把政治议论写进词里去……在宋代词家里,能够自觉地这样做,而且做得这样出色——内容是政治,写出的却不是政治语汇的堆砌这就只有陈亮一人,只有他的《龙川词》里有这一部分作品。"其《念奴娇》:"凭却江山,管不到,河洛腥膻无际。正好长驱,不须反顾,寻取中流誓。"《贺新郎》:"父老长安今余几,后死无仇可雪,犹未燥当时生发。"以及《水调歌头》:"尧之都,舜之壤,禹之封,于中应有一个半个耻臣戎戒!"这种以议论语抒发爱国的热忱,较之一般抒情之作显得更高亢激昂,激动人心。

明代文徵明题宋高宗赐岳武穆手诏石刻之《满江红》则是以议论入词之极致:

> 拂拭残碑,敕飞字,依稀堪读。慨当初,倚飞何重,后来何酷。岂是功高身合死,可怜事去言难赎。最无端、堪恨更堪悲,风波狱。　　岂不念,疆圻蹙;岂不念,徽钦辱?念徽钦既返,此身何属?千载休谈南渡错,当时自怕中原复。笑区区、一桧亦何能,逢其欲。

这段入木三分的议论,一反传统的观念,把岳飞遭害的责任主要归之宋高宗,不仅见解独到,而且十分精辟深刻。

近代爱国诗词更以长于议论为其特点。当时帝国主义入侵,朝政腐败,国家处于生死存亡之秋。故议论也更沉痛、悲凉、激愤。龚自珍《己亥杂诗》中的名篇"九州生气恃风雷",通篇议论,渴望社会变革,国家振兴。魏源《江南吟》论及鸦片久禁不绝时说:"语君勿咎阿芙蓉,有形无形瘾则同。边臣之瘾曰养痈,枢臣之瘾曰中庸。儒臣鹦鹉巧学舌,库臣阳虎能窃弓。中朝但断大官瘾,阿芙蓉烟可立尽。""阿芙蓉",即鸦片。甲午战争以后,丘逢甲写过一首《海军衙门歌同温慕柳同年作》,诗中说:"刘公岛上降幡起,中人痛哭东人喜。旁有西人竞嗷訾,中国海军竟如此!衙门主者伊何人?万死何辞对天子!坐縻廿三行省万万之金钱,经营惨淡三十年。衙门循例保将领,翠翎鹤顶何翩翩。"这两段痛快淋漓的议论,对清政府的谴责也颇为有力。

清代末叶兴起的自由体白话诗,因不受韵律限制,展开议论便更舒展自如。如梁启超《爱国歌》:"泱泱哉吾中华!最大洲中最大国,廿二行省为一家。物产腴沃甲大地,天府雄国言非夸。君不见英日区区三岛尚崛起,况乃堂乔吾中华!"诗不仅通俗易懂,且热情奔放,表达了对祖国的强烈热爱和对中华振兴的充分信心。

如果说,宋诗的议论化在后世还颇遭非议,而在爱国诗词里却是较成功的,磅礴的爱国热情,对卖国者的强烈愤慨,以直抒胸臆的议论出之,自有其扣人心弦的力量。作为爱国诗词的艺术特点之一,直至今天的爱国诗词创作,亦是可资借鉴的。

3. 继承风骚美刺比兴的传统,家国兴亡之感多以比兴寄托出之。

王逸《离骚经序》曰:"离骚之文,依诗取兴,引类譬谕,故善鸟香草,以配忠贞;恶禽臭物,以比谗佞;灵修美人,以媲于君;宓妃佚女,以譬贤臣,虬龙鸾凤,以托君子;飘风云霓,以为小人。"自风骚以来,诗歌建立起美刺比兴的传统,在爱国诗词中,家国兴亡之感多以比兴寄托出之。在宋遗民、明遗民及近代爱国诗(词)人作品中则表现尤为突出。

清人陈廷焯《白雨斋词话》在论及比兴寄托时说:"夫人心不能无所感,有感不能无所寄,寄托不厚,感人不深;厚而不郁,感其所感,不能感其所不感。伊古词章,不外比兴……为一室之悲歌,下千年之血泪,所感者深且远也。"古代诗词中运用寄托手法的大致有三种,一是借爱情以喻君臣,二是借咏物咏人以寄托身世之感及兴亡之恨。三是借吊古以伤今。爱国诗词中有寄托之作,主要是后两种,尤其是第三种。

曹操的《白马篇》,以白马起兴,塑造了一个武艺高强、机智勇敢的边塞少年的英雄形象,以寄托自己"捐躯赴国难,视死忽如归"的爱国之志。唐诗中常以咏兵器或少年、老将以寄托自己报国立功之志。如郭震的《古剑篇》、王维的《老将行》等。宋人继承唐人咏物言志的传统,特别是南宋时期,祖国山河破碎,恢复无望,终南宋之朝,咏物诗多有寄托。清人王昶说:"南宋词多黍离麦秀之悲,北宋词多北风雨雪之感。"(《赌棋山庄词话》引)蒋敦复《芬陀利室词话》亦云:"唐、五代、北宋人词不甚咏物,南渡诸公有之皆有寄托。白石、石湖咏梅暗指南北议和事。及碧山、草窗、玉潜、仁近诸遗民,乐府补遗中,龙涎香、白莲、莼、蟹、蝉诸咏,皆寓其家国无穷之感,非区区赋物而已。"其实把爱国感情寄予咏物之作中的不仅是词,也包括诗。如陆游之《金错刀行》,诗写一把嵌有黄金纹饰,柄上镶有白玉的宝刀,而抒发诗人报国无路的苦闷情怀。宋末遗民诗人林景熙之《枯树》诗云:

> 凋悴缘何事?青青忆旧丛。
> 有枝撑夜月,无叶起秋风。
> 暑路行人惜,寒巢宿鸟空。
> 倘留心不死,嘘拂待春工。

诗作于南宋亡国之后,诗人将已覆亡的祖国比作枯树,仍期望其当春复荣。

明朝爱国名臣于谦写过两首咏物名作《石灰吟》和《咏煤炭》,分别以石灰和煤炭自比,表达"粉身碎骨全不怕,要留清白在人间"及"但愿苍生俱饱暖,不辞辛苦出山林"的高尚情操和爱国忘身的感情,成为他一生光辉业绩的艺术写照。

明清爱国词人也惯以咏物来寄托他们对祖国悠长深挚的热爱。如屈大均《梦江南》云:

> 悲落叶,叶落绝归期。纵使归来花满树,新枝不是旧时枝。且逐水流迟。

词以新枝、旧枝分喻清、明二朝。况周颐云:"'且逐水流迟'五字,含有无限凄惋,令人不忍寻味,却又不容已于寻味。"这就是亡国遗民绵绵不断无绝期的故国之思。又如夏完淳咏柳之《一剪梅》:

无限伤心夕照中。故国凄凉,剩粉余红。金沟御水自西东。昨岁陈宫,今岁隋宫。　　往事思量一晌空。飞絮无情,依旧烟笼。长条短叶翠濛濛。才过西风,又过东风。

词人慨叹江山的沧桑陵谷之变,词情凄惋、悲凉。

近代诗坛上洪秀全《吟剑诗》及秋瑾《宝刀歌》借咏兵器寄托革命之情,鼓吹以革命手段,通过武装斗争,推翻封建统治,建立理想社会。无论是洪秀全的"手持三尺定山河,四海为家共饮和"或是秋瑾之"莫嫌尺铁非英物,救国奇功赖尔收",莫不蕴含着深刻的忧国、爱国和救国的情怀。

应当指出,写作爱国题材的诗词失之粗豪者也不少。陈廷焯说:"辛稼轩,词中之龙也,气魄极雄大,意境却极沉郁。不善学之,流入叫嚣一派。"(《白雨斋词话》)金应珪《词选后序》亦云:"近世为词,厥有三蔽:……猛起奋末,分言析字,诙嘲则俳优之末流,叫啸则市侩之盛气;此犹巴人振喉以和阳春,亀域怒嗌以调疏越,是谓鄙词。其蔽二也。"写爱国诗词而艺术低下者,易于坠于这一派,不独词也。

爱国诗词是应当继承的古代文化中的精华。然而,我们也应看到,反映在爱国诗词中的思想,也有不少封建性的糟粕,由于封建文化专制主义的禁锢,也由于在封建社会里,占统治地位的思想便是封建地主阶级的思想,爱国诗词作者中除以孙中山为代表的民主主义者以外概莫能外。他们流露在某些作品中的狭隘民族主义、大汉族主义、闭关锁国思想及封建忠君思想更是应当加以批判。即便近代革命者的作品中,一味排满思想,也是不足取的。然而瑕不掩瑜,就爱国诗词中的佳作而言,它仍是我国文学遗产中的瑰宝。三千多年来,文学领域中的爱国传统,一脉相承,世代不衰,它对于我们今天的读者仍有教育和认识作用。它能使我们更全面、更深刻地了解我们的国家和民族,了解我们的文明史,了解我们的国情,继承我们的爱国传统。

有人说:"文学是时代的晴雨表。"爱国诗词尤其如此,它不但测出时代的晴雨,更测出人心的向背。令千百年后读之,仍使人感奋以至泣下。一代有一代之文学,一代有一代之爱国诗词。当代爱国者的诗词将不仅写在纸上,也在祖国大厦的砖石中。历史将证明,我们是中华民族无愧于先贤的爱国儿孙。

（王步高《爱国诗词鉴赏辞典》,南京大学出版社,1992年5月）

一新耳目　泂然绝妙

——读《分类新编两宋绝妙好词》

一

时尚将学术著作分成"论著"与"编著"两类,并且习惯认为就学术价值而言,"论著"总在"编著"之上,在学术成果评奖及职称评定中,"编著"总是受到歧视。这似乎已不是哪一家的"土政策"。一些"编著"的作者,对此始而愤然,久而安然。啧有微言或也有之,而公然抗争、仗义执言者便不多见。

其实,学术价值的高低,并非按"论著"、"编著"来划定的,稍稍回顾一下历史,对此并不难理解。我国数千年的文学遗产中,现代意义上的"论著"为数甚少,而"编著"则多得多。其学术价值、历史地位究竟如何呢? 事实胜于雄辩,文学史的大量事实对此作了很好的回答。

文学史上最早的著作是《诗经》,它的历史地位之高、影响之大是无与伦比的。相传它是各诸侯国的乐工、太师共同编纂,孔夫子删订而成,而"诗经"的作者并非他们自己。故"诗经"是一部编著也是毋庸置疑的。被后世统治者推为"大成至圣先师"的孔夫子,除"删诗"以外竟无一部"论著"传世。一部《论语》,还是他的门徒们掇拾他的语录编成,其中只有论点而无详尽的论据和推论。这些文章留待后世热衷科举的儒生们去"代圣人立言"了。按今天的标准来看,《论语》同样也只是编著,况且,其著作权并不全归孔夫子。刘向所编《楚辞》中属于他本人的仅《九叹》一篇。后世为《楚辞》作注的王逸,为《诗经》作笺的郑玄,作疏的孔颖达,作传的朱熹,其著作也当属编著之列。《昭明文选》、《文苑英华》、《永乐大典》、《四库全书》、《全唐诗》、《全上古秦汉三国魏晋南北朝文》、《先秦汉魏晋南北朝诗》等等,也全为编著。这些震古烁今之巨著其历史地位、学术地位是举世公认的。

就词学而言,古代词苑中也是"编著"占绝对优势。仅就词选而言,便有:《花间集》、《尊前集》、《花庵词选》、《草堂诗余》、《唐宋名贤百家词》、《古今词统》、《词综》、《历代诗余》、张惠言《词选》、《宋词三百首》、《彊村丛书》等等,这些自然全系编著,而张璋等先生的《全唐五代词》,唐圭璋师的《全宋词》、《全金元词》,以及夏承焘先生之《姜白石词编年笺注》、邓广铭《稼轩词编年笺注》等,也均算不得论著之列。即便词话中许多著作,如《谭评词辨》、《海绡说词》等,也大都是词选评语的汇辑,也难说是严格意义上的"论著"。这些"编著"能说它没有学术价值吗?

即便一些通俗读物的编著也很难说就一定没有学术价值。名不见经传的蘅塘退士孙洙编著的《唐诗三百首》,从五万多首唐诗中,精选出 313 首有代表性的作品,使唐诗受到广大读者青睐,有几个读书人没有受过这本书的影响呢? 其社会效益及影响,是 10 本、20 本唐诗研究论著的总和也无法比拟的。编著为什么同样会有学术价值呢? 只要它不是粗制滥造的伪劣品,同样是编著者学术成就的凝结。即以词选而言,它是编选者的胆识及审美能力、价值取向,鉴赏能力、理论修养以及音韵学、目录学、校勘学等方面知识的综合体现。如果再加以说明和注释,就更体现出编著者的古汉语水平及分析能力。古代甚至有用作品选来宣传某种创作主张的,它的学术地位就如同一份学术宣言了。清代浙西词派主帅朱彝尊的学术观点不仅体现在其著的《黑蝶斋诗余序》中,而更多表现于其编选的《词综》中。《词综》,是浙派词人创作的范本。同样,常州词派鼻祖张惠言的创作主张也不见于其论著,而见于其收词仅 116 首的《词选》及其为这些词加的字字珠玑之评语中。研究浙西、常州两大词派,不可不读这两部词选,能说它们没有学术价值吗?

学术价值应是社会效益的一个部分,它与社会效益的其余部分也不是全然对立的。我曾提出古代文学研究的终极目的是什么的命题。其实,它无非表现在认识过去和为今天服务,而具体说来可分为三个方面:准确认识古代文学的真实面目,解释一些文学现象产生的历史原因;去粗取精,去伪存真地向广大读者介绍祖国的文学遗产、丰富人民的文化生活;总结古人文学创作的经验,加以检验和鉴别,为繁荣今天的文学创作服务。而编选一些古代文学作品选,正是为完成上述历史任务。建国后这方面成就斐然,但忽视其学术价值的习惯势力,仍制约其水准的进一步提高。

人们为什么会产生轻"编著"而重"论著"呢? 除偏见外,也与一些"编著"的质量不高有关。现代出版的编著,如钱锺书《宋诗选》、俞平伯《唐宋词选释》、唐圭璋《全宋词》以及夏承焘、龙榆生等一些著名学者的著作,为"编

卷四　诗词研究

651

著"赢得了声誉。可惜"编著"能达到这种水准的委实不多,东拼西凑、无自己的特点,捉襟见肘的编著不时可见。而这种"编著"所占的比例又很大,这有点类似《儒林外史》中的马二先生、匡超人那样的编书者了,这不可能不影响编著的学术地位。然而粗和滥也并非"编著"的专利,这些年,我们见到的论著(包括论文),其中有的在学术上站不住脚、错误百出、言之无物、陈词滥调者又何尝少见!时下更有一些堆砌西方名词术语、新瓶装旧酒之作,一些水分十足,不知所云的"编著",我们见到的还少吗?因而有无学术价值不在于其是"论著"或是"编著",而在于它实际上向读者提供了多少超越前人学术水准的新成果,其社会历史作用如何。

《分类新编两宋绝妙好词》(以下简称《两宋绝妙好词》或"本书")的出版,是古为今用的一次成功实践。这是一本有较高学术价值的宋词选本,又是一本令词学界同仁刮目相看的新著,是一本值得一读的好书。

<h1 style="text-align:center">二</h1>

分类编选词总集,可以追溯到宋代。黄大舆的《梅苑》可算是最早的分类词总集,可惜它只收录咏梅之作。稍后于此的宋人何士信编选的《草堂诗余》是又一本分类词选,它分为时令、节序、怀古、隐居、人物、杂咏、附录等若干类,而每一类中又分若干小类,如时令又分春夏秋冬,节序又立春、上元、寒食、清明、上巳、端午、七夕、中秋、重阳、除夕等。虽然收词总共一百八十五阕,却类别众多。宋遗民词人的《乐府补题》均咏物之作,却按赋龙涎香、赋白莲、赋蟹等题材分类。后世编选词总集便很少按题材分类,或按人(如《词综》)或按词调(如《历代诗余》)。建国以后,唐宋词选本也不少,分类的却几乎没有,纵有也是与诗合在一起按某一题材选编。1985年以后,有了一些这方面的尝试,笔者自己便主持编纂过一套《分类唐宋词选小丛书》,将唐宋词分为:爱情、爱国、咏物、咏怀、风情、友情、咏史怀古、山水田园八大类。但如此书这样对两宋词详加分类、共分42类,并详加注析,还是前无古人的。

本书的分类既未蹈袭《草堂诗余》,也与古代一些词选的分类有别。分42类较为适中。它既体现了两宋词的题材多样,异彩纷呈,又考虑到宋词总量不及两万首,远少于唐诗,分类过多过细,必失之琐碎,而且有许多门类下仅一两首作品,则既无代表性,又常常不是佳作。这42类的划分,也是思想解放的结果,有许多类别,在思想禁锢的年代是不可思议的。如承平岁月、鸟兽虫鱼、雨雪风月、疏狂闲适、俳谐戏谑、魂断青楼等等。然而,这42类,选

王步高诗文集

词数量的多少并不相同,选词最多的是"群芳竞艳"一类,选词 70 首,而收最少的"寿词选萃"一类仅选词 10 首。这与宋词总量中各类词作的实际数量并不成比例。宋词中寿词极多,而大多应景阿谀之作,佳作不多,本书也反映出这一客观情况。显然,编选者者是在对各种题材风格兼收并蓄的同时,还是作了认真的甄别取舍,而且成为本书成功的关键。

作品选的重点在选,这是不言而喻的。然而,选本的质量,既决定于编选者的学识水平,也取决于其深入细致的程度。

本书的编选者没有满足于用古今人现成的宋词选本作简单的拼接加减,而是披沙拣金,做了大量艰苦认真的工作。因此,本书的选篇中既包括一些脍炙人口的名家名篇,也收了一些鲜为人知的小词人的吉光片羽,所以它以一种全新的面貌呈现在读者面前。

笔者曾将之与同样选词数量相近的上海辞书版《唐宋词鉴赏辞典》作了一粗略的比较。就所选词人而言,本书共收词人近四百家,其中即有近一半词人,为《唐宋词鉴赏辞典》所未收。

这些词人,同时也为建国以后出版的宋词选本所未收。其中许多词人甚至连研究宋词的专家学者也颇感陌生。本书选录的这些词人的作品,其中也不乏佳作。如李芸子《木兰花慢·秋意》一阕(见该书 851 页)由秋意而及羁愁,结尾表示对归隐江湖的向往。这虽是并不罕见的题材,这种思想,甚至不能高出见秋风起而思故乡吴中莼羹鲈脍的张翰,然而词句却如行云流水不可多得。词云:

> 占西风早处,一番雨,一番秋。记故国斜阳,去年今日,落叶林幽。悲歌几回激烈,寄疏狂、酒令与诗筹。遗恨清商易改,多情紫燕难留。
> 嗟休。触绪茧丝抽。旧事续何由?奈了怀渺渺,羁愁郁郁,归梦悠悠。生平不如老杜,便如他、飘泊也风流。寄语庭柯径竹,甚时得棹孤舟?

在同类写羁旅行役和乡思乡愁的作品中,此亦为上乘之作。再如宋自逊的《西江月》(见该书 729 页):

> 何敢笑人干禄,自知无分弹冠。只将贫贱博清闲,留取书遮老眼。
> 世上风波任险,门前路径须宽。心无妄想梦魂安,万事鹤长凫短。

此词看似自嘲,实际上满腹牢骚,愤世嫉俗。宋词中此类作品本不多,此词堪为其中杰构。

即便我们熟悉的某些著名词人,其入选作品中,同样有一些不为我们熟知,甚至该词人的选集也常常不收。如辛弃疾《水调歌头·和马叔度游月波楼》一词(见该书 70 页)颇具疏隽、豪迈之气,是具有稼轩词典型风格的作品。再如贺铸的《浪淘沙·雨过碧云秋》一阕(见该书 845 页)同样可称《东山词》中上乘之作。又如汪元量《一剪梅·十年愁眼泪巴巴》(见该书 238 页),均系不经见的佳作。又如陈与义《虞美人》词:

> 十年花底承朝露,看到江南树。洛阳城里又东风,未必桃花得似旧年红? 胭脂睡起春才好,应恨人空老。心情虽在只吟诗,白发刘郎孤负、可怜枝。

此词题下自注云:"亭下桃花盛开,作长短句咏之",显然这是一首咏桃花之作。编著者认为:"此阕咏桃花,兼寓身世之感,当为南渡后作。诗人见亭下桃花盛开不由得想到故乡洛阳如今也是春回大地之时,然而时移世变,那里的桃花未必还能像当年一样,光彩照人、艳丽鲜红。词意含蓄委婉,托物见意,寄慨遥深。"这段文字,分析是中肯贴切的。细读此词,使人不难想起陈与义的另一首《牡丹》诗:"一自胡尘入汉关,十年伊洛路漫漫。青墩溪畔龙钟客,独立东风看牡丹。"这两首诗词同出陈与义之手,写作年代亦相近,同系咏物,题材立意相似,甚至措词用语也颇多相似。《牡丹》一诗,为一切宋诗选本所必收的名篇,而这首《虞美人》咏桃花词,实际上较之并不逊色,却一直受到宋词选家的冷落。

本书的出版,体现了改革开放、思想解放的时代精神,冲破了"左"的思想羁绊,对过去不敢问津的闲适、疏狂之作也适当选入。这类作品往往有较高的美学价值,同样反映了宋代升平时期文人生活的悠闲自得的一个侧面。宋代文网不严,优待知识分子,由此也可见一斑。如李曾伯《西江月·宜兴山间即事》词:

> 不暖不寒天气,无思无虑山人。竹窗时听野禽鸣,更有松风成韵。竟日蒲团打坐,有时藜杖闲行。呼童开酒荐杯羹,欲睡携书就枕。

654

这是一个完全摆脱了官宦羁绊的文人形象,"无思无虑"四字,委实是饱尝仕途风波之后极好的归宿。词中虽自称"山人",实是从官场抽身退隐者的代名词。荣樵仲《水调歌头》一词亦是类似的作品(见该书673页)。词云:

> 既难求富贵,何处没溪山?不成天也,不容我去乐清闲。短褐宽裁疏葛,挂杖横拖瘦玉,著个竹皮冠。弄影碧霞里,长啸翠微间。　　醉时歌,狂时舞,困时眠。倏然自得,了无一点俗相干。拟把清风明月,剪作长篇短阕,留与后人看。待倩月边女,归去借青鸾。

归隐在宋代已不能成为求官的终南捷径,但一部分读书人既求官不得,也唯有隐居江湖一途,自得其乐,虽未尝没有点阿Q精神,但这类作品往往把田园生活写得令人神往,写景抒情均有特色。

尤其应当提出的是,本书的选篇还吸收了近年来词学研究的最新成果。书中选录的少量词作是《全宋词》和《全宋词补辑》二书不收的。如根据浙江江山县《须江郎峰祝氏族谱》而辑出的祝允哲《满江红·和岳元帅述还》一词(见该书94页),便是如此。相传此作即是和岳飞《满江红·述怀》(怒发冲冠)一词的。祝允哲是岳飞的友人,也是军国重臣。岳飞受秦桧陷害,他曾上书高宗,以全家七十余口生命乞保岳飞。此词中虽然有些败笔,其水准去岳飞词甚远,但毕竟是一首不可多得的爱国佳作。

此书中还专列出《艺人剪影》一类,胪列市井人物,如歌者、琵琶女、筝妓、摘阮者、傀儡人、吹长笛者、京市舞女、玩飞竿者、戏剧演员等等,这些写出了都市繁荣文化生活的盛况。编者还列出"梦幻世界"一类,录入记梦题材的作品,而把不易分类归入"杂花朵朵"一类。这种别开生面的安排,较能准确地反应出宋词的全貌,将两宋绝妙好词的精华汇于一编,使读者尝鼎一脔。由于全部入选的词人有半数左右均是已见各种今人的宋词选本所不收,因而能给人一新耳目之感。

由于这本书选材面较宽,它也有利于读者克服一种偏见,即认为宋词的题材狭窄。宋词较之《花间》、《樽前》题材已有了很大的拓宽,迄至南宋,已彻底改变了词为艳科、剪红刻翠的花间传统,越来越深刻的直面现实和人生。当然,与宋诗相比,词中还缺乏反映阶级压迫、阶级剥削及民生疾苦之作。写过宋诗中唯一反映盐民疾苦之《煮海歌》的柳永,写过前后《催租行》的范成大,在他们的词作中却没有类似的作品。这类题材的词作,到清初陈维崧写作《贺新郎·纤夫词》时才出现。而除了这方面的作品外,宋词的体裁与宋诗已无太大的区别。苏轼以诗为词,北宋后期及南宋词人,无形中受到苏轼的影响,诗词在题材与艺术上趋同的情况越来越突出。诚如编著者在本书前言中所说,宋词"题材不可谓不广,内容不可谓不丰富,只是由于过去'婉约'、'豪放'两大派观念的束缚,许多绝妙好词均被排除在我们的审美视野之外,遗珠弃璧,识者兴叹"。《两宋绝妙好词》一书,可以使读者纠正宋词题材狭窄的偏见,而目睹一幅幅丰富多彩的社会生活的画卷。

三

本书的学术价值还较为集中地体现在其"说明"方面。说明是最能驰骋编著者才华之所在,本书的说明便充分发挥了这一长处。它不仅介绍与作品有关的作者身世、词的写作背景,还介绍词题中有关的人物和名胜古迹,说明中不仅有词作内容及艺术的分析,往往还深入探讨词作的美学价值,同时还引证少量较精辟的前贤评论,并分析介绍学术界对此词的不同见解。因而,它既能帮助初学者阅读和理解词作的基本内涵,也有利于有一定基础的读者深入理解作品,并从较高层次上对作品进行审美的观照。它从某种意义上说也是一种艺术鉴赏,所不同之处则在于它较之近年的鉴赏文章短小精悍得多,唯其如此,它措辞用语要更加精练,也更具学术价值。

纵览全书,写得精彩的说明文字几乎随处可见。编著者为吴文英《高阳台·丰乐楼分韵得如字》一词(见该书 45 页)所写的说明便颇有代表性。这段说明文字首先介绍丰乐楼的历史沿革、兴衰变迁,接着写到楼的周围环境,使读者对词题及词作的背景的认识既全面且深刻,接着又介绍丰乐楼乃吴文英旧游之地,他曾有《莺啼序》书于楼壁,成为广为传诵之作。编著者经过考订,认为此词当是吴文英晚年的作品。接着概括分析全词上下片的内容,并强调指出,词之下片抒发伤春感怀之情。身在楼上,却偏说,伤春不在高楼上,巧妙地将词境推开,转到灯前、雨外,使画面虚实相应,更富于艺术魅力。飞红两句,寓情于景,想象湖底游鱼也在为花落春归而生愁,进一步渲染出哀伤气氛。更点出这种哀伤,是词人生当南宋末造,对时事深深的忧虑所致。说明的结尾又引麦孺博的评语。更拓宽读者的视野,使之对这首词作的分析与对梦窗词整体风格的理解结合起来。这样的说明既深入浅出,又细致完整。

作为一种宋词的普及读物,不容许编著者用过多的篇幅去引经据典,作繁琐的考证。但若有明显的歧见而不加说明,对读者准确理解词作也不利。因此,本书的说明中也有些简明扼要的考证。如张孝祥《西江月·问讯湖边春色》一词（见该书 642 页），词体有"丹阳湖"和"溧阳三塔寺"两说，编著者引岳珂《玉楮集》中一首诗题认定"张于湖书词寺柱"的便是这首词，因而在两个词题中肯定了后一种，这也为进一步解释词题提供前提条件，理解词作的内容也就准确妥帖得多。再如晁冲之《汉宫春·梅》的词作者又作李汉老，编著者则以《耆旧续文》卷九所引陆游的一段话来作说明，指出这首词为晁冲之作更加符合原作内容。这段引文，也道出了此辞的写作背景，一举而两得，故这样的简略考证，费笔墨甚少，却使读者受益良多。

本书的说明中还以宋代的一些诗词、笔记作背景材料，这些材料可靠准确，因而对读者的帮助也很大。如朱敦儒《临江仙·直至凤凰城破后》一词（见该书 218 页）的说明中，引用了宋人话本《冯玉梅团圆》中的一段话：

> 只为宣和失政，奸佞专权、延至靖康，金虏凌城，掳了徽钦二帝北去。康王泥马渡河，弃了卞京，偏安一隅，改元建炎。其时东京一路百姓，惧怕鞑虏，都跟随车驾南渡，又被虏骑追赶，兵火之际，东逃西躲，不知拆散了几多骨肉！往往父子夫妻，终身不复相见。

并指出"这段叙述可以作为本篇的背景材料来读"，这是说得很不错的。朱敦儒的词与话本《冯玉梅团圆》反映的题材和时代是完全相似的。不同处是话本以人物形象、故事情节，而词因篇幅韵律所限，不可能有过多情节的叙述及细节的刻画，但它同样以一个家庭的悲剧，从一个侧面反映了那个苦难深重的时代生活，同样是一曲催人泪下的乱世悲歌。借用话本小说中较详尽又有颇具概括力的文字，便补出了词中含而未露的内容，代词人立言，对读者理解词作有很大的帮助。除了力求在选篇上给人以新鲜的感受外，在尽人皆知的名篇的说明上也力求说出新意，给读者新的感受。如贺铸的《青玉案》一词，以"一川烟草，满城风絮，梅子黄时雨"的名句使贺铸赢得"贺梅子"的美称。编著者在说明中指出："语言工妙，词藻华瞻，比兴新奇，固然是他的特点，但最引人之处还是意境幽隐，形象朦胧，含蓄蕴藉，无迹可寻，与李商隐的《无题》诗相似。"关于本词的内容，前人众说纷纭，编著者则另辟畦径，认为："本篇可理解为《鹧鸪天》（半死桐）的续篇，情调虽不如前者那样沉痛，但对亡妻的思念之情却是十分深沉绵长的。那风姿绰约的凌波仙子绝非偶然路遇之佳人，看她飘然而去，过家门而不入，生死之恨实在令人可哀。"这显然是发前人所未发的。姜夔的《暗香》咏梅词是白石词的代表作。编著者在说明中指出："本篇将咏梅与怀旧糅合在一起写，虽句句不离梅花，然其意不专在摹写物态；有寄托而无痕迹。作者所忆念之'玉人'，是情人？

是友人？抑或别有所指，众说纷纭，难以认定。它的艺术魅力正在于意象朦胧，感慨全在虚处，给读者留下思考和联想的广阔余地。词的意境优美，笔调空灵，从石湖之梅写到西湖之梅，从梅之盛开写到梅之衰落，超越时空，寄意题外，读之令人回味无穷，余韵不尽，不愧为咏梅之绝唱。"这段文字以凝炼的语言高度概括了《暗香》一词的思想内容和艺术特色。涉及面很广，每一句都耐人寻味。

张商英《南乡子》词的说明则是另一种情况。编著者以较多的篇幅介绍了张商英这样一个比较特殊之政坛人物的身世经历。然后指出："这首词是他被贬为崇信军节度副使，衡州安置，离开汴京时所作。"张商英的经历就成了这首词写作的背景材料，这是理解这首词必须首先知道的，否则对词中不以个人升沉得失为意的坦荡旷达就不太好理解。

既就词论词，也言词之前后左右，更从理论的高度作深层次的分析，却又简明扼要，语言精炼流畅，这就是本书"说明"的特点。它因此而成为本书极有特色的部分。本书的注释虽然比较简略，但却包含着丰富的知识。编者为了注释准确可靠，曾翻阅了古今图书五百余种。如为了注释"群芳竞艳"一类词作，编者阅读了《群芳谱》、《广群芳谱》、《全芳备祖》、《本草纲目》以及古今中外有关花卉方面的多种著作。又如"名胜古迹"类中的"月海星天观""浮远堂""玩鞭亭""雄观亭""淮安倚天楼""斗南楼""临桂水月洞""龙脊石"等等，编者也都一一从地方志和有关资料中查出其所处地理位置和沿革情况，并加以注释。为了注明"琴棋书画"类中的题画词，编者还翻阅了《宣和画谱》、《图画见闻录》、《绘图绘宝鉴》、《云烟过眼录》、《书画记》等等有关资料，查出了一部分经过题咏的名画的作者以及该画流传的情况。这对于丰富读者的知识，更好地理解作品都是十分必要而有益的。

《两宋绝妙好词》的编著者是著名词学家喻朝刚教授和周航编审。此书是其毕生研究宋词的光辉结晶之一。尽管书中并非完全无懈可击，校对不精是个较明显的缺点，书中缺字较多，字体也不尽统一。这大概是照排疏讹所致。注释中也有些可斟酌之处，但它仍不失为近年来新版宋词选本中独具特色、质量较高的一种。它的出版，也许会使本文开头言及的那些鄙薄编著不足道，以为无学术价值者变一变自己的成见。本书初版第一次印刷了7000多册，发行不到三个月，即已销售一空，现在第二次印刷又已问世，可见它受到了广大宋词爱好者的欢迎。

（《中华词学》，1995 年第 2 期）

《元明清词三百首注》前言

80年代中，我应南京大学出版社之约，主编《金元明清词鉴赏辞典》，全书收词800余首，180万字。由于200余名撰稿人的共同努力，全书从约稿至出书只花了9个多月。如此高速度，在中国出版史上是不多见的。但也留下许多遗憾。尔后又陆续发现该书一些不尽如人意处，如收了少数平庸之作，而漏了一些杰作。这自然是由于我的学识浅陋、缺乏经验造成的。也曾试图在该书重版时补正，但近200万字的皇皇巨著，重搞一遍谈何容易。近年来稿债不断，加之教学及行政事务缠身，自难作此奢想。前年，成其圣君约我撰写《元明清词三百首注》一书，反复考虑之后，欣然应命。这就是目前呈现于诸君面前的这本小册子。

卷四　诗词研究

一

元代是我国历史上颇具特色的一个大一统王朝，它幅员辽阔，尽管历史短暂（历史上大一统的王朝，仅秦、隋两代比它更短），却留下了丰富的文学遗产。元曲是可与唐诗、宋词比肩的文学样式，元代诗坛也出现了虞集、杨载、范梈、揭傒斯等著名诗人。而词坛上则出现了元好问、张翥等一代的大家。尤其是由金入元的大文学家元好问，他在金亡以后，又在元人统治下生活了23年，这段时间，正处于其创作的高峰时期，他有不少于一半的词写于这一时期（元好问词作多达378首）。词人饱经离乱，对战争和亡国有深切的体验，在词中形成了一种沉郁悲壮的风格，可以认为，是元好问开了宋遗民词的先河。南宋比金迟亡四十多年，但二者都亡于元。元好问的身世，与许多南宋遗民词人也有相似之处。所不同的，南宋遗民的亡国泪多借咏物之作（如《乐府补题》）抒写出来，而元好问则较少忌讳。一些所谓"南宋遗民"却做了元人的官（如王沂孙），元好问却不肯戴着新朝的乌纱去哭旧朝。与之同时的段克己、段成己兄弟亦然。

以元好问、段氏兄弟为代表的一批词人,构成了元初词坛的一大词人群。其中如张炎、周密、刘辰翁等,习惯上人们仍将之归入宋词中,其实某些词人绝大多数词均作于入元以后。另有一些词人,如王奕、彭元逊、赵文、刘壎、詹玉、姚云文、仇远、黎廷瑞、刘将孙等,均为元初词坛的生力军。其中如仇远,还是一个置之宋代词坛也熠熠生辉的名家。宋亡后他落魄江湖间,至元中担任溧阳州学教授,以杭州知事致仕。他的词继承了姜夔、史达祖一派而加以发展,与周密、张炎、王沂孙相近,词多咏物之作,激扬凄楚,流露出故国之思和对弃官归隐的企盼。由于他是元代大词人张雨、张翥的老师,因而他被后人称之元代词的开山大师。

元初词坛上值得称道的词人还有刘秉忠、白朴、王恽、张弘范、刘敏中、刘因、张埜、赵孟頫。其中尤以刘秉忠成就最高。他官至光禄大夫,位太保,参预中书省事,凡建国号,及规模制作,皆所草定,有《藏春乐府》。王鹏运跋其词云:"往与碧滢翁论词,谓雄廓而不失之伧楚,酝藉而不流于侧媚,周旋于法度之中,而声情识力常若有余于法度之外,庶为填词当行,目论者庶不薄填词为小道。藏春词境,雅与之合。"刘秉忠是北方词人的代表,他的词风更多继承了金代吴蔡体以来的传统。习惯认为,宋室南渡以后,程学行于南,苏学行于北,学术上如此,文学上亦如此。刘秉忠继承了苏东坡的豪气,这是其"雄廓"之风的来历。作为元代这大一统帝国的开国元勋,又无须为南宋朝廷去嘤嘤嗫嗫,故他的词作与同时代的宋金遗民情调自别。读其《木兰花慢·混一后赋》自令人容易联想起汉高祖的《大风歌》一类作品。与之相近的是元军的大元帅张弘范。其《木兰花慢·征南》等作同样豪气逼人。

元代中叶的重要词人有虞集、许有壬、张雨、张翥、宋褧等等。虞集乃文坛领袖,其词也是元代一大作手,李调元称他"一洗铅华"(《雨村词话》),陈廷焯说他"词笔颇健"(《白雨斋词话》卷三)。其佳作如《苏武慢》十二首、《风入松》、《南乡一剪梅》等,均颇受后人称道。许有壬词,无论是高旷豪逸,或是闲适雅淡之作,都有明显受苏东坡诗词影响的痕迹。张雨词师承仇远,都以姜白石为宗。其词超然自得,而清丽瘦劲。他甚至有些拟白石之作,更清空劲拔。张翥亦师承仇远,是元代最有成就的词人之一。后代人认为他是姜夔一派的嫡传。陈廷焯曾说:"元词日就衰靡,愈趋愈下,张仲举规模南宋,为一代正声。"又说:"仲举词树骨甚高,寓意亦远,元词之不亡者,赖有仲举耳。"(《白雨斋词话》)张德瀛也说《蜕岩词》"直接宋人步武,于元之一代,诚足以度越诸子,可谓海之明珠,鸟之凤凰矣"(《词徵》)。张翥词工致细密,也不专学一家,而是吸取南宋各家之长,但无南宋诸大家的才气,故"欲求一篇如梅溪、碧山之沉厚则不可得"(陈廷焯《白雨斋词话》)。

元代末叶的词坛,比之前几个时期稍显逊色,但也出现了倪瓒、邵亨贞这样一些著名词人。倪瓒是著名画家。他人品绝高,又博学多能。他生于末世,国家之兴亡交替,在他的某些词作也不得不有所反映。如《折桂令·拟张鸣善》云:"到如今,世事难说。天地间,不见一个英雄,不见一个豪杰。"而其著名的《人月圆》(伤心莫问前朝事)等,同样沉郁悲壮,哀婉悲凉,颇类南宋词人之作。邵亨贞是元末词坛的重要词人,其成就足以继仇远、张翥之后。其集名《蚁术词选》。况周颐说:"《词选》实通宋词三昧。"(《蚁术词选跋》)王鹏运亦说:"复孺(邵亨贞)、兰谷二词,不在山村(仇远)、蜕庵(张翥)、伯雨(张雨)诸贤下,而论元词者罕及之。"(《蚁术词选跋》)邵亨贞以咏物拟古词著名,然而邵氏生活于元末,但他一直活到明建文帝三年(1401),年九十三,亲身经历了元末的大动乱,故感伤时事,抚今追昔,触景抒怀、家国兴亡之情也都成为其后期词作的主要内容。

元代还有一些少数民族作家也是需要提及的,一是萨都剌,回族人。他仅存词十五首,但首首可读,艺术水准极高。如其《念奴娇》(石头城上)一词,感慨极深,甚至受到毛泽东同志的赞赏。他的怀古之作也大多如此。高丽人李齐贤《巫山一段云·潇湘八景》以及同调的《松都八景》等等,都写得极清新雅丽,令明清词人仰慕不已。王夫之等甚至模仿其作。

元代是一个较短命的王朝,但词得宋人流风余韵,仍取得了较显著的成就。与之相比,大一统的大明王朝词坛则显得黯然失色。

二

明王朝高度集权,文网森严,以八股取士,思想受严重禁锢,因此除反映市民生活的小说取得一定成就外,词坛不仅与两宋无法比肩,与金元相比也颇感不足。除明清之际的少数词人外,明词确是一个中衰时期。

明代初叶,宋元词风尚可为继。由元入明的大词人倪瓒、邵亨贞、凌云翰等还活跃于词坛,而刘基、高启、杨基、瞿佑等新人又以一新的面目步入词坛。他们对新朝的期望值很高,对自己才华也很自负,满指望能发挥雄才大略,为江山社稷干出一番轰轰烈烈的大事业。如高启的《念奴娇·自述》便是其突出的代表:"酒发雄谈,剑增奇气,诗吐惊人语。""壮志平生还自负,羞比纷纷儿女""风云无便,未容黄鹄轻举。""吾今未老,不须清泪如雨。"然而,随即不久发生的一系列事件,便使明初的词人个个"清泪如雨"了。高启以文章获罪,竟被腰斩;刘基以开国元勋,竟遭鸩毒;杨基以被谗夺职,死于贬所;凌云翰也贬死蛮荒之地;瞿祐也以诗祸下狱,被谪戍保安⋯⋯朱元璋虽不以焚书坑儒著称,却不能不说他是千古文坛的大灾星。终明之世,词人噤若寒蝉,作寒蝉哀鸣的明代词坛,自然不可能出现苏辛似的一流大家,也不可能如两宋、盛唐的繁花似锦。

明代中叶,也曾有如聂大年、吴宽、马洪、施绍莘等词人,但平庸之作多,可传世之佳作少。未能取得可与前代媲美的成就。值得一提的倒是陈铎的《草堂余意》,模拟《草堂诗余》,均署宋词人之名,词作到了可以乱真的地步,以一人之力,拟五十余名家之词,学养功力非同一般。显然,明代不是没有才子,而是没有使才子成就事业的宽松环境。

明朝末年,政治腐败,社会动乱。农民起义及清兵入关,以摧枯拉朽之势使有着近三百年历史的明王朝一时土崩瓦解。"国家不幸诗家幸,赋到沧桑句便工",晚明词坛却如夏日雨后晚霞,虽近黄昏,却也绚丽无比。以陈子龙、夏完淳为代表的一批词人,积极投身抗清复国斗争,写下一些感天地泣鬼神的词章。明代这些遗民词人与宋遗民大不相同,宋遗民仅是无声的啜泣,写一些悼念之作也要借咏物等方法遮遮掩掩(在诗中情况要稍好一些),而明末的一些词人大都参加了抗清斗争,陈子龙、张煌言、夏完淳、吴易等都是直接投身抗清武装的民族英雄。此外如王夫之、归庄、金堡、彭孙贻、沈谦、屈大均等,也都写下许多可歌可泣的爱国词篇。陈子龙是明末最重要的词人。谭献甚至称他为"明代第一"(《复堂日记》)。其词以婉约为正,或写国事,或抒私情,皆"以浓艳之笔,传凄惋之神"(《白雨斋词话》)。夏完淳只活到十六周岁,他的词作或慷慨悲壮,或凄怆哀婉,"如猿唳,如鹃啼"(谢枚如语),充满了强烈的民族意识。

三

清代是词的中兴时期,词人有专集者就达三千余家,词作总量约在二十万至四十万首左右,也即《全宋词》的十至二十倍。清词一代就超过清以前各代词总和的许多倍,而且名家辈出,流派众多。

清词的发展也呈马鞍状,清初政治开明,文网不严,出现了浙西词派、柳州词派、阳羡词派等众多词派及吴伟业、陈维崧、朱彝尊等大家。清代中叶是封建统治最严,对汉族知识分子迫害最烈的时期,这一时期的词作相对说也较平庸,没有大家出现,清代许多文人的创作热情全用去搞学术了(这在政治上较为保险),故杜甫、李白、李贺、杜牧、李商隐、温庭筠诗的笺注本大量涌现,而可以与这些名家比肩的诗人、词家却不多。清中叶的后期,则出现了常州词派,紧接着发生的鸦片战争和太平天国运动,对清王朝给予了致命的打击。慈禧为代表的卖国集团的当政,将中华民族引入最黑暗的岁月。这一时期的统治者是最腐败的,但文网却不是最严的。这一时期发生的最重要的变化是历代的政治斗争和民族矛盾都是在华夏民族内部各政治集团或汉民族与少数民族之间进行的,而鸦片战争开始,却转为中华民族与帝国主义列强的矛盾。列强对中国的侵略和掠夺,中华民族一切爱国者的奋起反抗,反映到文学中,爱国的呼声空前强烈,爱国诗词的创作达到空前兴旺的阶段。词的创作也再次出现了一个高潮,被龙榆生称为"清末四大家"的朱祖谋、王鹏运、郑文焯、况周颐以及与之同时或稍后的文廷式及王国维,其创作及理论上的建树均足以并称为"清末六大词人"。清末资产阶级民主革命的兴起,也造就了一大批政治家词人,其中如康有为、梁启超、秋瑾等词人,以其卓越的政治见地,写下许多独具风格的词作。

清代词坛上有成就的词人尚有厉鹗、蒋春霖、顾春、张景祁等人。这些词人也不乏众多的名篇佳作,使清代词坛呈现异彩纷呈的局面。谭献《箧中词》、叶恭绰《全清词钞》、陈乃乾《清名家词》等均荟萃了清词的精华,令人有目不暇给,美不胜收之感。

清代词人艺术上因多于创,心理上压抑多于解放。虽清初、清末文网不算太严,但在异族统治下,汉族知识分子的心理往往处于一种不甚健康的状态,很难放松地写大题目、大主题。屈辱多于自尊,也束缚了清词的成就。与宋比,清词没有晏欧的富贵气,也难得晏几道的天真。前期的词人,亡国的伤痕太重,独纳兰性德不在此列,却又只活了三十岁;后期在帝国主义坚船利炮的打击下发出民族危亡的呼号,也有重创之感。而中期则文网深重。自清人入主中原、坐稳龙庭后,就制造过许多冤狱,如吕留良案、江南科场作弊案、戴名世《南山集》案、江南奏销案……受到株连的知识分子词人就很不少,受到心灵创伤的更多。写诗作词的忌讳太多,想说的话就不敢直说。"避席畏闻文字狱,著书都为稻粱谋"(龚自珍语),成了清代(尤其是中叶)词人的普遍心态。这是清代未能出现苏、辛等超一流大词人的原因,也是较少超一流优秀词作的原因(优秀佳作并不少)。

四

　　元明清三代词是唐宋词的继承和发展，从时间上距离今天更近，其对现当代诗词创作的影响往往更为巨大和直接。继承这份珍贵的文学遗产，对学习和借鉴古人的诗词艺术、陶冶情操、增强文学艺术素养都是极有价值的。

　　与《金元明清词鉴赏辞典》相比，本书的选篇又少了一多半，却又补充了一些原书未收的佳篇，自然更精粹，也更具代表性。与浩如烟海的三代词籍相比而言，只是酌蠡大海，只能起到管中窥豹的作用。目前，《全金元词》已出版多年；《全明词》也已付梓，但由于某种原因，近一两年大概还不能问世；《全清词》由南京大学负责编纂，目前仅出两卷；距离此书出齐至少还得一二十年。笔者虽与这几部书的编著者有着较密切的个人关系，但也不可得见全书（尤其是《全清词》尚未编成），编著此书时依据的是下列总集：《全金元词》、《景刊宋金元明本词》、《四印斋所刻词》、《词综》、《明词综》、《清词综》系列、《全清词钞》、《箧中词》、《清名家词》、《瑶华集》、《历代诗余》及各种词选集。

　　本书的编选是由我完成的，而注释部分则基本由邓子勉完成，最后由我统稿。由于我们学识所限，加之今人对这三代词的研究还远不及唐宋，故此书错讹势所难免，敬请各位专家学者及广大读者指正！

　　最后仍借本人主编《金元明清词鉴赏辞典》时所作《金缕曲·代序》作为本序的结尾：

　　　　四代千年曲。怅几多、孤臣孽子，九州歌哭。雪月风花兴物感，吐尽骚愁千斛。笔底见、国殇民瘼：兵燹流离黔首怨，更瓜分豆剖群夷辱。满纸泪，付醽醁。

　　　　纷呈异彩凝词幅。逞英才、绍唐追宋，雄奇芳郁。丽句清辞醇雅竞，比兴深微敦笃。作变徵、声堪裂竹。剖璞披沙咀宫角，探骊珠涵泳沧波渌。兰畹粹，饷君读。

　　　　（王步高、邓子勉《元明清词三百首注》，天津人民出版社，2000 年）

论毛泽东《七律·答友人》诗的艺术美

七律《答友人》是毛泽东诗词的代表作之一,写得很美,意境美、结构美、风格美、语言美、韵调亦美。诗中驰骋想象,把神话传说、地理风物、乡思友情俱凝聚到一首诗中,壮阔浪漫而又不乏细腻缠绵之情,读来声韵酣畅而余香满口。

此诗在艺术上的成功之处大致表现于以下几个方面:

一、以"湘妃"踪迹为纲,层层铺展

这首诗标明是写于 1961 年,但据乐天宇等的回忆应写于 1962 年。这年,林业专家乐天宇带科研小组到湖南九嶷山区考察,与在这一带作社会调查的武汉大学校长、党的"一大"代表李达,湖南省副省长周世钊相遇。他们三人都是毛泽东早年在长沙求学和开展革命活动时的老同学、老朋友。三人商定给毛泽东寄上一些故乡的纪念品:一枝九嶷山的爱竹,蔡邕《九嶷山铭》(应作"碑")的条幅(疑是拓片),一枝斑竹毛笔和乐天宇写的《九嶷山颂》诗。不久他们就收到毛泽东寄来的这首诗,原作《七律·答周世钊、李达、乐天宇》。《答友人》之诗题据说是郭沫若改的。诗云:

> 九嶷山上白云飞,帝子乘风下翠微。
> 斑竹一枝千滴泪,红霞万朵百重衣。
> 洞庭波涌连天雪,长岛人歌动地诗。
> 我欲因之梦寥廓,芙蓉国里尽朝晖

从字面看,诗是以九嶷山——帝子——斑竹——洞庭——长岛——芙蓉国的线索来安排。实际还应看得更深一些,诗人的思路应是这样的:看到乐天

卷四 诗词研究

宇等人寄来的纪念品中的《九嶷山铭》、《九嶷山颂》，从而对九嶷山心驰神往。九嶷山是湖南名胜之地，诗人久欲登临却给终未能如愿。《九嶷山铭》乃蔡邕所作。蔡邕（132—192），字伯喈，东汉著名文学家、书法家蔡文姬之父。他博通经史、音律、天文、散文长于碑记，工整典雅多用偶句，颇受时人推重。其书法被张怀瓘《书断》归入"神品"。其八分书精微绝世，"体法百变，穷灵尽妙，独步今古。又创造飞白，妙有绝伦，动合神功，真异能之士也"（《书断》）。有文集《蔡中郎集》，其《九嶷山铭》云：

> 岩岩九疑，峻极于天。触石肤合，兴播建云。时风嘉雨，浸润下民。芒芒南土，实赖厥勋。逮于虞舜，圣德光明。克谐顽傲，以孝蒸蒸。师锡帝世，尧而授徵。受终文祖，璇玑是承。泰阶以平，人以有终。遂葬九疑，解体而升。登此崔嵬，托灵神仙。

此铭（当作"碑"）既写出九嶷山高峻及天，更言石及虞舜圣德及其归葬九嶷之事，蔡邕文章书法均能领一代风骚，毛泽东今见其所书《九嶷山铭》真迹（拓片），况又见乐天宇之《九嶷山颂》诗，诗中称该山"南接三千罗浮秀，北压七二衡山雄"，"我来瞻仰钦虞德，五风十雨惠无穷"。毛泽东本人也是大学问家、大书法家，见此怎不技痒难耐。而要写诗酬答，就难免不从九嶷山落笔。古人留下许多关于九嶷山、虞舜、湘妃的神话及传说，有的还载入正史，这是湖南人耳熟能详，也乐于称道的。《史记·五帝本纪》载舜"践帝位三十九年，南巡狩，崩于苍梧之野。葬于江南九疑，是为零陵"。由舜很易于联想到湘妃，而由湘妃又易于想到关于斑竹传说。三位老朋友送给毛泽东的纪念品中便有斑竹毛笔，斑竹亦名湘妃竹，由此不难联想到一些关于香妃的传说。《楚辞·湘夫人》王逸注曰："帝子，谓尧女也。""言尧二女娥皇、女英，随舜不反，没于湘水之渚，因为湘夫人。"《群芳谱·竹谱》亦云：斑竹，即吴地称湘妃竹者，其斑如泪痕。《续竹谱》云：世传二妃将沉湘水，望苍梧而位，洒泪染成斑。又《郡国志》载"九嶷山有峰：……四曰娥皇峰，峰下有舜池……六曰女英峰，舜墓峰下"。显然，生前未赶上舜的二妃，死后却被人置于舜池、舜墓之侧，成为两座高峰。诗之前四句便从九嶷山落笔，从九嶷山跳过舜葬九嶷而直接写到湘妃。与传说不同的是湘妃（帝子）不仅成了神，而且如今还思念人间从九嶷峰上翩然而下，青缥色的翠微笼罩着她们，她们也似乎已不记得洒泪于竹而成斑的往事，喜盈盈地飞身而下，红霞万朵与之相伴,仿佛是其霓裳。以上四句写湘妃,似乎毋庸置疑。历来解此诗者于此从无争议。只是在"文革"前后,偏欲将"斑竹一枝千滴泪"解释为写的是旧社会人民苦难。太坐实,与本诗空灵飘逸的风格迥乎不同。

对于诗的后四句的理解,前贤似乎均有欠缺。看不到湘妃的传说还应关合到后四句,尤其是五六两句,在解读"洞庭波涌连天雪,长岛人歌动地诗"二句时,郭沫若先生引到《史记·秦始皇本纪》的一段话:"浮江,至湘山祠,逢大风,几不得渡。上问博士曰:湘君何神?博士对曰:闻之,尧女,舜之妻,而葬此。"郭老探究到此,实际上还有另一传说,亦见之于典籍。《水经注·湘水注》曰:(洞庭)湖水方圆五百余里,日月若出没于其中。《山海经》云:洞庭之山,帝之二女居焉。沅澧之风,交潇、湘之浦,出入多飘风暴雨。湖中有君山、编山。君山……湘君之所游处,故曰"君山矣"。昔秦始皇遭风于此。昔秦始皇遭风处乃庭湖之君山,而君山实质是湘君山,乃湘妃的住所,上文言"帝子乘风下翠微。斑竹一枝千滴泪,红霞万朵百重衣"是写湘妃,其实,下文之"洞庭波涌连天雪"亦与湘妃有关,湘妃的祠庙即在洞庭之君山。

"长岛"二字,解者纷纭,仅郭沫若就有多说,最终他断定是长沙的橘子洲。该洲长七里而狭故称长岛。此说不知是否得之毛泽东本人,不便妄加评说。谭佛雏先生认为这是指洞庭湖之君山,他认为诗的前后均以洞庭为中心,"似不可能第六句突然插上个橘子洲"。君山有七十二座小山峰,高40米左右,最高峰才70多米。原是洞庭湖中一小岛,唐人程贺《君山》诗云:"曾游方外见麻姑,说道君山自古无,云是昆仑山顶石,海风飘落洞庭湖。"李白游相庭写下绝句五首,其一云:"洞庭西望楚江分,水尽南天不见云。日落长沙秋色远,不知何处吊湘君?"其五云:"帝子潇湘去不还,空余秋草洞庭间。淡扫明潮开玉镜,丹青画出是君山。"谭先生君山之说是有道理的。这样诗的意脉要连些。也许这未必完全符合作者的原意,但也无妨。清人谭献曾云:"触类以感,充类以尽,甚且作者之用心未必然,而读者之用心何必不然。"(《复堂词录叙》)

诗的结尾两句大多认为是写湖南乃至全中国、全世界的,其实也没有离开洞庭湖太多。"寥廓"乃辽远阔大之意,洞庭八百里烟波,"玉鉴琼田三万顷"(张孝祥《念奴娇·过洞庭》),可谓至阔至大矣。且诗人远在数千里外,可谓辽远矣。且又是"梦"中,任何感受又多了一层虚空不确定之感。而"朝

卷四 诗词研究

晖"一词,自不难使人想到范仲淹《岳阳楼记》中写洞庭湖的那段文字:"予观夫巴陵胜状,在洞庭一湖:衔远山,吞长江,浩浩汤汤,横无际涯;朝晖夕阴,气象万千。"全诗前四句以九嶷山为中心展开,而后四句以洞庭湖为中心展开,联系这二者的是湘妃(或云帝子、湘君、湘夫人)的行踪,而且均由三位友人寄去的纪念品及乐天宇的诗连带而出,自然、飘逸、充满诗情画意。读此诗者未必全能理清此思路,对楚文化的透彻了解,使诗人谈及这些关于湖南的传说和故事如数家珍。

九嶷山在湖南省最南部,为湖广分界,而洞庭湖在该省的最北,以至成为两湖的分界(但洞庭湖却全在湖南境内),又"木芙蓉"是湖南的名产,湖南称"芙蓉国"便理所自然。"芙蓉国里尽朝晖"句有歌颂、有期待,亦有思念,便让读者去见仁见智了。

二、对"闲笔"颇费苦心,浅而能深

上文言《答友人》诗的总体安排,此处言诗之细笔点染之处。这些在一般人看来均属"闲笔",也即非诗之吃紧处。试举诗的开头两句为例:"九嶷山上白云飞,帝子乘风下翠微",如果再将二句浓缩则为:"九嶷山云飞,帝子下翠微",这是按内容说的,缩过的句子虽然诗味锐减,且不合格律,然而主要内容却包括进去了。"上"、"白"和"乘风"四字则似乎成了"闲笔",虽非可有可无,却相对次要得多。

山上有云,几乎上千米的高山山山皆然。黄山云海是尽人皆知的,其他如三清山、张家界的天子山、秦山也都有白云缭绕,九嶷山之云也许颇有特色,元人虞集《雪岩楼观》诗便有"窗当太白雪,门俯九疑云"之句。云也因地而异,南京的云便不如上海的云有观赏价值。李白有一首《白云歌送刘十六归山》诗云:"楚山秦山皆白云,白云处处长随君,君入楚山里,云亦随君渡湘水。湘水上,女萝衣,白云堪卧君早归。"陶弘景《诏问山中何所有赋诗以答》云:"山中何所有?岭上多白云。只可自怡悦,不堪持寄君。"《旧唐书·狄仁杰传》:"其亲在河阳别业,仁杰赴并州,登太行山,南望见白云孤飞,谓左右曰:'吾亲所居在此云下。'瞻望伫立久之,云移乃行。"毛泽东写此诗时年近七旬,父母早逝,兄弟子侄也多为国捐躯,故乡已无直系亲人。而父母、杨开慧的墓在故乡,故乡的乡亲故旧犹多,见《九嶷山铭》、斑竹毛笔等故乡之物,不能不产生思乡怀旧之情。他便跟乐天宇说过想去九嶷山看看。"白云飞"三字自然可作"闲笔"看,细究之却又有言外之意在。这样,诗的开头便充满故乡情、朋友情,抒情更重,而非泛泛写景了。

次句"乘风"二字亦似"闲笔",仙人自山顶飘然而下,"乘风"势在必然。然而湘妃(帝子)乘风却另有原因。前文言湘妃与洞庭湖关系时曾引《史记·秦始皇本纪》和《水经注》,引文中曾引及:"洞庭之山,帝之二女居焉","出入多飘风暴雨"。《水经注·湘水注》且曰:"昔秦始皇遭风于此,而问其故,博士曰:湘君出入则多风。"显然,"帝子乘风下翠微"之诗句中,看似"闲笔"的"乘风"二字竟是精心结撰之作。"乘风"二字竟如此贴合传说中湘妃的特点,而非空穴来风的凭空想象,令人对诗作者的学识与才力深深叹服。

类似情况笔者以前也曾遇过。苏轼《临江仙·夜归临皋》是笔者颇熟的词章,其上阕为:"夜饮东坡醒复醉,归来仿佛三更。家童鼻息已雷鸣。敲门都不应,倚杖听江声。"一次读南宋吕祖谦之《诗律武库》云:韩退之言:"衡山道士轩辕弥明与进士刘师服、侯喜共联石鼎句,联毕,弥明曰:'此皆不足与语,吾闭口矣。'即倚墙而睡,鼻息与雷鸣,二子皆失色。"邓鉴省题云:"家僮浑未觉,鼻息尚雷鸣。"借此用也。

苏轼学识极富,雄词丽句,事典语典,信手拈来,几乎不露痕迹。令人叹服。毛泽东是大政治家,日理万机,非以诗词为专业者可比,却能用典故于不经意中,又能天衣无缝。

三、用典是有来处,似无来处

毛泽东写诗填词是较多用典的,甚至完全看不出用典处亦然。其《送瘟神二首》之二首句:"春风杨柳万千条"从未有人认为这是用典。一日读苏轼《西江月·平山堂》词中有"欲吊文章太守,仍歌杨柳春风"之句,以为毛泽东只是与之暗合,后读王安石《壬辰寒食》诗,其中有"客思似杨柳,春风千万条"联竟是"春风杨柳万千条"之出处。吾辈读书偶尔翻检出毛泽东诗词的几个出典并不难,而将古人千万首诗烂熟于胸,运用时信手拈出,如我们运用常见的词语和成语一样,恐非一般大学者所能的了。《答友人》这首诗几乎句句有出典,甚至一句有多处出典,有事典,前文多已言及,更多语典,故以"是有来处,似无来处"概之。试举若干例说明之:

"九嶷山上白云飞"句,九嶷多云前文已言及,不赘。"白云飞"犹见之汉武帝之《秋风辞》:"秋风起兮白云飞,草木黄落兮雁南归。"苏轼亦有诗曰:"山鸟不鸣天欲雪,卷帘惟见白云飞。"《答友人》一诗亦写于秋天,也是"秋风起兮白云飞"的季节,又当"草木黄落雁南飞"之时,大雁南飞,相传止于衡阳,正是九嶷山附近。汉武帝此诗乃名篇,诗人受之触发是很自然的。

"帝子乘风下翠微"句中,"帝子",即湘妃,也即娥皇、女英。"帝子"语出《楚辞·湘夫人》:"帝子降兮北渚,目渺渺兮愁予。"南朝齐谢朓《新亭渚别范零陵云》诗曰:"洞庭张乐地,潇湘帝子游。云去苍梧野,水还江汉流。"

"乘风"语亦本曹操《气出倡》乐府:"驾六龙乘风而行,行四海外路,下之八邦。"翠微,《尔雅》:"山未及上曰翠微。"疏曰:"未及顶上旁陂陀之处名翠微,一说山气青缥色,故曰翠微也。"韩愈《送区弘南归》诗曰:"汹汹洞庭莽翠微,九嶷镵天荒是非。"在诗人的笔下,娥皇、女英是未曾死去的女神,如今乘秋风起、白云飞之际又从九嶷山上飘落人间。一"下"字,使诗句增强了动感,也使二妃的形象不再是庙中供人瞻仰的泥胎,而是活灵活现的仙姑。

"斑竹一枝千滴泪"句显然化用舜死九嶷,二妃追赶不及而洒泪湘竹成斑的传说。古人咏斑竹者多矣,刘长卿《斑竹》诗云:"苍梧千载后,斑竹对湘沅。欲识湘妃怨,枝枝满泪痕。"又有《斑竹岩》诗:"苍梧在何处?斑竹自成林。点点留残泪,枝枝寄此心。"刘禹锡《泰娘歌》更云:"如何将此千行泪,更洒湘江斑竹枝。"据云清人洪昇《黄式序出其祖母顾太君诗集见示》诗中有"斑竹一枝千点泪,湘江烟雨不知春"之句,这里只改动一字。

"红霞万朵百重衣"句,前四句较常见,韦庄《中渡晚眺》诗曰:"千重碧树笼春苑,万缕红霞衬碧天。"此句诗新颖处在以霞为衣。明人《杜阳杂编》(卷二)载:

> 元和五年内给事张惟则自新罗使回,云于海上泊洲岛间,忽闻鸡犬鸣吠,似有烟火,遂乘月闲步,约及一二里,则花木台殿,金户银阙,其中有数公子戴章甫冠,著紫霞衣,吟啸自若。惟则知其异,遂请谒见。

乐天宇《九嶷山颂》也有"瑶汉同胞殷古谊,长林共护紫霞红"之句。

"洞庭波涌连天雪"句,谓湘妃庙所在之洞庭湖之烟波浩渺。唐贾至《洞庭送李十二赴零陵》诗云:"今日相逢落叶前,洞庭秋水远连天。"稍后刘长卿《自夏口至鹦鹉洲夕望岳阳寄源中丞》诗中亦云:"汉口夕阳斜渡鸟,洞庭秋水远连天。"两诗后一句竟完全相同。晚唐诗人赵嘏《代人听琴》诗亦云:"湘娥不葬九嶷云,楚水连天坐忆君。"宋代词人曹冠《蓦山溪》亦云:"连天雪浪,直上银河去。""洞庭波涌连天雪"句却在众诗句之上,全在"波涌"二字,一

"涌"境界全出，使人想见《岳阳楼记》中写及的那种"阴风怒号，浊浪排空，日星隐耀，山岳潜形"的情状，只是色彩不那么灰暗，给人的不是那种阴霾和忧谗畏讥的感觉，而是如东坡《念奴娇·赤壁怀古》词中那种"乱石穿空，惊涛拍岸，卷起千堆雪"的壮美和阔大。

"长岛人歌动地诗"句，对长岛所指有洞庭君山和长沙橘子洲二说，"动地诗"一语则无疑从白居易《李白墓》诗之"可怜荒垄穷泉骨，曾有惊天动地文"中"动地文"变化而来，是为适应韵脚而改。况且白居易谓李白之"动地文"实即是"动地诗"，李白虽亦有几篇文和赋，以诗名家却是无疑的。

"我欲因之梦寥廓"句，显然从李白《梦游天姥吟留别》诗中"我欲因之梦吴越"句变化而来，以"寥廓"代"吴越"自然一是地域不同，二是用"寥廓"便不坐实，更空灵、更优美，可指洞庭，指湖南，亦可指更广大的地区。毛泽东诗词中还有两处用过"寥廓"一词：一是《沁园春·长沙》中用到过："怅寥廓，问苍茫大地，谁主沉浮？"一是《采桑子·重阳》中"不是春光，胜似春光，寥廓江天万里霜。"大致均用于结句（一为前结，一为后结），此诗亦用于尾联，均可拓宽视野，开阔意境。

"芙蓉国里尽朝晖"句，"朝晖"一词系从《岳阳楼记》之"朝晖夕阴"句变来，"芙蓉国"一词则其来历较多。诗人自己在给周世钊的信中提及"秋风万里芙蓉国，暮雨千家薜荔村"，此乃五代末诗人谭用之《秋宿湘江遇雨》诗中的句子。李白《古风》四十九首有"美人出南国，灼灼芙蓉姿。"韦应物《拟古》诗亦有："美人夺南国，一笑开芙蓉。"明代大诗人高启《秋日江居写怀》亦云："芙蓉泽国弥漫雨，禾黍田畴奄冉风。"

综上所述，这首《答友人》诗，几乎句句有典，几乎"无一字无来处"。自《楚辞》、汉魏乐府、六朝诗、唐五代诗、宋诗、宋词明清诗、唐宋散文无不用之。除"我欲因之梦寥廓"、"斑竹一枝千滴泪"二句近于用前贤成句，改动较小外，大多只是用其词语或语义，改造得看不出痕迹。甚至也不能确定诗人在写作时真的想到过这些作品。诗人自己读书很多，这些作品早已被消化吸收，成为自身肌体的有机组成部分，不去刻意追求"无一字无来处"，却自然做到了这一点，故此诗的语言典雅、优美、十分凝炼而生动。一般读者不了解其语源，却也能感受到这首诗的语言美。

四、于"音韵"尤重平声，摧刚为柔

毛泽东在诗坛词坛上应属豪放派或革命浪漫主义派的，这首诗亦然。

读其诗自易于联想起李白《梦游天姥吟留别》之类的作品,读之会觉得有"天风海雨逼人"(晁以道评东坡词),而又清逸韵秀。

　　此诗意境阔大,想象神奇,设色壮丽,而又不失之粗豪,反有某些阴柔、缠绵之美。这是每位细心的读者均能感悟到的。其中之原因是用了许多适于开发细腻感情的意象,如白云、斑竹、芙蓉、泪、翠微,这样形成的意境就不只是壮美,且能秀美。此外,诗中较多运用平声字,且阴平字尤多,使诗有了阴柔之美,甚至摧刚为柔。

　　一首律诗按正格论,其平仄字是相等的,就七律而言均应是二十八字,但实际上并非每个位置的平仄均固定不变(如每句的末字及二、四、六字),有许多位置(如七律的每句首字及多数句子的一、二、三、五字)的平仄是可变的,实际上多数诗的平仄声字并不相等。加之元以来中原及北方地区入声已消失,派入平上去三声,大多归入上去,但也有少量归入平声,尤其是阳平声。这就使许多诗作按普通话读来,平声多于仄声。此诗正是如此。试按平上去入将全诗声调排出,且平声分阴阳二声:

　　　　上阳阴去入阳阴,去上阳阴去去阳。
　　　　阴入入阴阴入去,阳阳去上上阳阴。
　　　　去阳阴上阳阴入,阳上阳阴去去阴。
　　　　上入阴阴去阳入,阳阳入上去阴阴。

除第七句被王力先生称为"准律句"(王先生甚至认为它比此句的律句正格用得还多)外,其余各句中凡加"△"的字均为当平而仄或当仄而平,第五句一、三两字可视为本句自救型拗救,也可视为"一、三、五不论"。统计后可发现,此诗中用平声字 29 个,其中阴平 15 个,阳平 14 个;用仄声 27 字,其中上声 8 个,去声 11 个,入声 8 个。而这 8 个入声字(白、竹、一、滴、雪、欲、廓、国)中除雪、欲、廓三字外,其余五字在普通话中均读平声,故此若按普通话来读平声字 34 个,仄声字仅 22 个,平声远远多于仄声。就音韵效果而言,诗嘹亮豪爽而谐和,虽有豪迈之气,却无"怒发冲冠"、"大江东去"之感,相反却委婉柔和,颇似与老朋友叙旧,但飘逸空灵。毛泽东是历代大政治家中少有的大学问家、大诗人,细读《七律·答友人》,这种感受尤为强烈。叶燮论苏轼诗时曾说:"其境界皆开辟古今之所未有,天地万物,嬉笑怒骂,无不鼓舞于笔端,而适如其意之所欲出。此韩愈后之一大变也,而盛极矣。"(《原诗》)

毛泽东诗词亦然,其诗之艺术成就是值得大书特书的,出于古人而又高于古人,此又一大变也。

参考文献

［1］书断［A］.张怀瓘书论［M］.长沙:湖南美术出版社,1997.

［2］［明］张溥.九嶷山铭［A］.汉魏六朝百三名家集。蔡中郎集(卷二)［Z］.南京:江苏古籍出版社,2002.

［3］复堂词录叙［A］.复堂词话［Z］.北京:人民文学出版社,1984.

［4］吕祖谦诗话.诗律武库(卷十五).贤豪门［A］.宋诗话全编(第六册)［Z］.

［5］原诗.一瓢诗话.说诗晬语［Z］.北京:人民文学出版社,1979.

(《东南大学学报》(哲学社会科学版),2004 年第 6 期)

卷四　诗词研究

博观约取　点铁成金

——毛泽东诗词运用语典刍议

　　自南北朝以来,诗词中越来越多地运用典故。有些典故甚至被人用滥了,刘克庄《贺新郎·九日》中便嘲笑说:"常恨世人新意少,爱说南朝狂客,把破帽年年拈出。"这是说时人只要写重阳登高,便少不得要用孟嘉随桓温游龙山,风吹落帽的故事。生搬硬套典故,乃至用僻典,晦涩难懂,不加注释就读不通,历来为批评家所不取。而用典恰当,"可以利用典故本身所包含的较多的内容,增加诗歌形象或意境的内涵和深度,给读者以联想、思索的余地,达到以少许胜多许的艺术目的。"(王水照)。而用典又有语典与事典之别。毛泽东的诗词,其思想性自不待言,其语言艺术也是前无古人的。适当用典,尤其是化用前人有生命力的文学语言,也是其取得成功的原因之一。我于毛泽东诗词虽颇喜爱,却素无研究,于其中语源出处,也未作深入探讨。只大致说得出"一唱雄鸡天下白"、"天若有情天亦老"出自李贺诗;"我欲因之梦寥廓""挥手从兹去"则来自李白;"子在川上曰"出自《论语》。这些均属古诗文名篇。前岁为李子建前辈审校《毛泽东诗词探索》一书,眼界大开,方知其更多的诗句均有出处。此后,便也留心起来,读古书时便注意作笔记,日积月累,便也收得几条。由于我并未纵览研究毛泽东诗词的全部著述,不免孤陋寡闻,也难免与他人重复,公诸于此,以就正于方家。

　　毛泽东"读书破万卷,下笔如有神",其诗词博大精深,其学识亦不易管窥蠡测。下面列举的几则,却使我对毛泽东诗词中博观约取之功力,深为钦敬。

　　毛泽东为余江县消灭血吸虫而作的《送瘟神二首》中"春风杨柳万千条"一句,常为注释者所忽略,未曾想到它亦有出处。近读王荆公(安石)诗,其《壬辰寒食》诗云:"客思似杨柳,春风千万条。"这不明明白白道出"春风杨柳万千条"么? 王安石是毛泽东崇敬的政治家,也是北宋著名文学家,化用其

674

诗也在情理之中。世人熟悉唐诗,而冷落宋诗。毛泽东自己也指斥过"宋人不知诗是要用形象思维的,所以味同嚼蜡"之类的话。其实他本人对宋诗并未少读,依然是取其精华去其糟粕的。王安石《壬辰寒食》,虽可见于《宋诗钞》,却难说是名篇,且其诗结句"未知轩冕乐,但欲老渔樵",不欲积极入世,内容上无多可取,却为毛泽东的诗歌所用,构成"春风杨柳万千条,六亿神州尽舜尧"的千古绝唱,其运用语言的能力令人折服。

毛泽东的《卜算子·咏梅》词题云:"读陆游咏梅词,反其意而用之",并将陆游原词附后,这使读其词者,易于领悟词意。其实,研究其词者,却不应为此提示所局限。如这首词中最著名的两句为"俏也不争春,只把春来报"二句显系从陆游词"无意苦争春,一任群芳妒"句化来,所谓"反其意而用之"亦缘于此。然而毛泽东词中"俏也不争春"句还另有所本。苏轼《杜沂游武昌以荼蘼花菩萨泉见饷》诗云:"荼蘼不争春,寂寞开最晚。"东坡咏荼蘼不争春,因其开之最晚,花落春归,它才姗姗开迟。与先春而开,群芳吐艳时已零落成泥的梅花有其共同之处,它们都不随大流,故同是不争春者。毛泽东诗词中化用东坡诗文处尚不止此,只是这一首鲜为人知而已,但亦见于《宋诗钞》,并不难得。毛泽东《清平乐·六盘山》是其长篇诗词中的名篇。"天高云淡,望断南飞雁"二句,以景语徐引,却触景生情,缘情布景。"天高云淡"句,一般均不注出处,其实此句亦有所本。柳永《佳人醉》云:"暮景萧萧雨霁,云淡天高风细。"毛泽东只是将后句中"云淡""天高"四字的位置交换而已。这样一换,既协调了平仄,以"天高"二字开头,气象恢宏,笼罩全篇,与柳永原作气概大不相同。柳永《佳人醉》只是一首"因念翠娥,杳隔音尘何处,相望同千里"的相思之作,到毛泽东词中,便注入英雄气质,从而可以和"不到长城非好汉"及"今日长缨在手,何时缚住苍龙"相配,抒发革命家的豪情壮志。

"望断南飞雁"句,研究者谓出于王维《寄荆州张丞相》诗中"目尽南飞雁"句。"望断"意同"目尽",此说可通,未必尽善。而诗中用及"南飞雁"字样的却是魏武帝曹操,其《步出夏门行》中云:"孟冬十月……鹍鸡晨鸣,鸿雁南飞。"却未言及"望断"。"望断"语出《南齐书·苏侃传》:"青关望断,白日西斜。"宋词中运用"望断"一词处亦多。如秦观《踏莎行·郴州旅舍》云:"雾失楼台,月迷津渡,桃源望断无寻处。"稍后的李清照《点绛唇》亦云:"连天衰草,望断归来路。"却又均与"南飞雁"无缘。将"望断"与"南飞雁"这两个意象联系到一起最早的也许是元代诗人陈深,其《济南赵君成南使羁留三纪得还其独子录其遗事求诗为赋一绝》云："三十六回秋月明，年年望断雁南征。""雁南征"意同且仅一字之差。陈深诗见于顾嗣立所编《元诗选》初集，亦非僻书，却非名篇。可见毛泽东诗词中运用语典涉猎颇广。

吴衡照在论辛弃疾词时曾云："辛稼轩别开天地，横绝古今，论、孟、诗小序、左氏春秋、南华、离骚、史、汉、世说、选学、李杜诗，拉杂运用，弥见其笔力之峭。"（《莲子居词话》）毛泽东词与稼轩词风有相近之处，在运用语典，笔力峭劲方面也颇相近。

判定诗词中某句话的出处常常是仁者见仁，智者见智。谭献曾有一段极精辟的话："触类以感，充类以尽，甚且作者之用心未必然，而读者之用心何必不然。"（《复堂词录叙》）有过诗词创作经历的人对此体验尤深。诗人学殖丰富，厚积薄发，酌蠡大海，我只取一瓢饮。甚至作者本人也未必能准确说出某语的出处，却随手拈来，如同己出。毛泽东身系国家安危数十载，无论是戎马倥偬的战争岁月，还是日理万机的建设时期，他的诗词创作纯粹是业余性的，却使同时代一切诗人词家难望其项背，除了其革命家的远见卓识为众人难以企及外，其才识过人也是其成功原因。他在诗词中运用语典，均有点石成金的效果，均能超越原作者。这也是毛泽东诗词的艺术特点之一。

（《江海诗词》，1993年第4期）

浅论诗人丁芒和他的创作

  我十分熟悉丁芒，却并未认真研究他。1984 年我到江苏古籍出版社工作，当时丁老在江苏文艺出版社工作。此后我受他推荐，参加江苏省春华诗社，这是全国成立最早的中青年诗社。丁老是它的顾问，我任该诗社社长已十八年。此后我们又共同担任江苏省诗词协会、江南诗词学会的领导工作，结下浓厚的友谊。丁芒长我的父亲二岁，应是我的前辈。在丁老面前，我是应虚心学习，而无权妄加评议的。这里只谈几点粗浅的体会，算不得深入的研究。

  他的创作，我觉得有以下几点是值得肯定的，甚至代表着中国诗歌发展的方向：

  一是新旧体相结合。丁芒是著名的新诗人，他与臧克家等继承"五四"以来新文化运动，接受西方文化的影响，以语体文写作新体诗。他的新诗，富有哲理，立意高远。如他《泰山畅想曲》中《石级》便写道：

> 作一步努力，就给一个高度，
> 流汗最多，就奖给更美的山景；
> 谁要想躲懒或逞威、撒娇，
> 石级就森然面对，毫不容情。

明白如话，却诗味隽永，耐人寻味，虽写的是登泰山，其实又何尝不是隐喻人生，隐喻创作本身。人生的旅途也有艰难的跋涉、攀登，要"一览众山小"，也须有登山的努力。

  "五四"以来，新旧体诗"共存"而不"共和"，往往互相瞧不起。丁芒将二者融合起来。与纯写传统诗词者相比，他的诗词具有更浓的时代气息，更多新意,他的新诗较之其他纯写新诗的诗人,更富深刻的文化内涵,语言更凝炼工整,更深刻。如他的诗词:"两脚量天游万里,一肩载月度千关。"(《军中吟草·随感》)"一肩风雪一肩晴,涉水穿山足踵平。"(《军中吟草·担架队员》)"岂敢为诗甘守拙,欲从云雾乞空灵。"(《黄山意》)"路滑耸身作鹤舞,沟宽联臂学鹰旋。"(《军中吟草·水田行》)这些诗作不仅写得十分优美动人,而且显然有着十分厚实的生活基础。没有亲身经历过水田行军生活的人是不能写出"路滑耸身作鹤舞,沟宽联臂学鹰旋"这样绘声绘色的诗句的。丁芒先生真正做到新旧诗兼擅而且互为补充。

二是创新体裁。两宋词坛,词人如云,能自创词调且卓有成就者仅柳永、张先、周邦彦、姜夔、史达祖、吴文英六人,其他大多只是按谱填词而已。丁芒先生以深厚的旧学功底和文字功夫,特别是对散曲的专长,创作了大量"自由曲",它有古散曲之韵味,而并不严守散曲之格律,仿佛新诗却有曲之声情,又用长短句,几乎无拘无束,而韵律自隐含于作品中。这是对古代散曲的进一步突破,不仅仅只是衬音衬字的增减。这是对中国诗歌作出的巨大贡献,其历史功绩是伟大的,具有划时代的意义。它甚至为中国诗歌发展作出了成功的尝试。这是新旧诗的结合方面创作出的典范的作品,有新诗的自由舒展,又不失传统诗词曲之韵味,实是难得,历史将因此而记住丁芒。

其三是诗词创作与理论创新相结合。当今的文艺理论界,多为学者而较少作家,而且以传布西方文论家的观点为主导,以西方文论的新见解去评论我国古代、现当代的文学作品和文学现象。这与古代文论家不同,古代几乎没有不是作家的文论家。丁芒先生从自己和同辈作家的创作经验出发,完成的《丁芒诗论》(共三集)、《当代诗词学》等著作,既有别于当代某些作家零星的创作体会,较为系统全面,而又不只是知识的传播而更多理论的创新与探索。理论来自创作,中国古代历史上诗论家都是诗人,文论家也都是作家。丁芒正是继承了这一传统。较之其他作家和诗人,他较少自为而却更多自觉,他的形象思维更带理性色彩,他的思想更深邃,艺术创新更多。

其四是他虽一生坎坷却敢于面对现实。如鲁迅所说"敢于面对惨淡的人生,敢于正视淋漓的鲜血"。他年年被蛇咬,却从来不缩头?也许他是捕蛇专家季德胜的南通同乡,蛇咬了别人会致命,咬了他只是肿起个小包,如毒蚊子叮过一般。他还是锐气不减,敢爱敢恨,敢讽刺社会的阴暗面。"一年被蛇咬,三年怕草绳"的是可怜虫,遍体鳞伤冲锋不止的才是英雄。丁芒是让一切恶势力痛恨而让党和人民爱戴的人民诗人。

说到丁芒的为人，我有两点体会较深刻。一是他从不生活在别人的光环里，不会取悦于人，永远保持独立的人格。这一点，无论做大人物或做小人物都很不易。尤其是在有了一定的名声和地位，有可能受到权贵青睐和照顾时，仍能自甘贫贱，不依附权贵，十分难得。古代有严子陵、陶渊明等为我们树立了榜样。丁芒同志很少与权贵应酬，还常常面刺一些盛气凌人的权贵（尤其是一只脚踏进诗坛的权贵恶徒），更不以诗去讨好权贵，不为权贵写一些足以颠倒黑白的奉承之辞（尤其是肉麻吹捧的序跋）。在如今肉欲横流、金钱万能的社会风气甚嚣尘上时尤其难能可贵。让他当刊物的主编、学会的副会长，他对以刊物为阵地对欺压人民的权贵们嗤之以鼻。让他削职为民，他又以笔为武器，对恶势力投以舌箭唇枪。在讨伐阴暗的社会风气的篇篇诗作中，我们不难感受到他的精神品质和可贵的独立人格。诗如其人，高尚的诗作出自高尚者之手，阿谀奉迎的小人笔下永远写不出好东西。

丁芒十分重视培养和提携青年人。在我们春华诗社里，舒贵生、袁裕陵、赵怀民、李金凤等几位副社长均曾师从丁芒学诗。在南京、在江苏、在中国，中青年诗人中受过丁芒教益的更数以百计，而且分布于全国各省市。丁芒通过点评作品、通信、讲座、电话、面谈等多种形式，传授创作经验，为中青年创作指点迷津。丁芒身边永远聚集着众多年轻人。他有一颗年轻的心，一颗平常的心。没有名人的架子，没有大学者的霸气，更没有一切向钱看的铜臭气。他的《丁芒诗词教学点评》等著作凝聚了他对年轻一代的爱抚之心，表现了他弘扬祖国传统文化的拳拳之心。今年我们评出"江苏首届十大杰出中青年诗人"，其中半数均出自丁芒门下。丁老几十年的浇灌已结出丰硕的果实。

十多年来，丁芒同志的遭遇并不如人意，他始终是诗坛极"左"的人围攻打击的对象。他疏于防备，缺乏警惕，也常常为对手提供可乘之机。但江苏乃至全国诗坛多数人是公正的。丁芒处境最恶劣时，我们春华诗社曾公开给予支持，我们以江苏诗坛有丁芒这样的诗人感到骄傲，丁芒是诗歌领域耸入云霄的高山，而那些极"左"的人只是一撮粪土。在乌云翻滚、狂涛袭来时，能与丁芒先生风雨同舟，在顺风顺水时能与他一起扬帆远航，是我们的幸运。

让我们学习丁芒，弘扬传统文化，为繁荣中华诗词共同奋斗！

（《东坡赤壁诗词》，2008 年第 6 期）

卷四 诗词研究

诗词美与自然美的和谐融合

——评《我见青山多妩媚——人与自然主题历代诗词选》

　　由江苏省政协文史委员会编纂，莫砺锋教授主编的《我见青山多妩媚——人与自然主题历代诗词选》问世了，我有幸在清样阶段便读到这本书，深深为之叫好！这本书立意新、选篇合理、注释解析精到，又由名家领衔，令人称赞不已。

　　强调"天人合一"是中国传统文化的思想主体。《老子》曰："故道大，天大，地大，人亦大。域中有四大，而人居其一焉。人法地，地法天，天法道，道法自然。"（第二十五章）庄子曰："天地者，万物之父母也。"（《庄子·达生》）古人以"天、地、人"为"三才"。三才合一，顺应天地，跟古代生产力较为低下有关。在天地及自然灾害面前，人往往有几分无奈；他们渴求风调雨顺，渴求灶王爷"上天言好事，下界保平安"。连人间的帝王也怕"犯天条"，古代有所谓"获罪于天，无所祷也"。可以造暴君的反，而天命不可违。《西游记》中有所谓魏徵梦斩泾河老龙的故事，他的罪名只是未完全按玉皇大帝的旨意规定的时间与数量下雨。玉皇大帝是传说中天上的最高统治者，是天地代表。古代文化是一种敬天地畏鬼神的文化，鬼神也是一种超越人力令人望而生畏的力量。

　　《西游记》是神话，其中不乏许多迷信的成分。随着科学技术的发展，生产力的大大提高，人们破除迷信，不再把天地作为神圣不可侵犯的神灵。人们对自然、对天地有了新的认识。人们不再满足于丰衣足食解决温饱，而是有更多的需求。而人欲的无止境，迫使人们去开发更多的农田和矿山，建更多的住房和游乐场所，经济的富裕使许多人对物质精神财富的挥霍毫不在乎。环境一天天恶化，资源一天天枯竭，土地大量沙漠化。人与自然和谐相处的观念便是在这一前提下提出来的。

　　马克思认为那些"现实的、有形体的、站在稳固的地球上呼吸着一切自然力的人"，"本来就是自然界"。(《马克思恩格斯全集》第 1 版第 42 卷第 167 页)恩格斯在《反杜林论》中也指出："人本身是自然界的产物，是在自己所处的环境中并和这个环境一起发展起来的。"(《马克思恩格斯选集》第 2 版第 3 卷第 374—375 页)在《自然辩证法》中，恩格斯告诫："我们每走一步都要记住：我们统治自然界，决不像征服者统治异族人那样，决不是像站在自然界之外的人似的，——相反的，我们连同我们的肉、血和头脑都是属于自然界和存在于自然之中的。"(同上书，第 4 卷第 383—384 页)恩格斯说："人类征服自然的每一次胜利，都遭受到大自然的报复。"提出人与自然和谐相处的主题，便是对征服自然、战天斗地之类违反自然规律的愚蠢见解的彻底否定。

"天人合一"与人"本来就是自然界"是高度一致的，它要求我们认识自然，认识自然的规律，按自然规律办事。而所谓一亩地打 13 万斤粮以及"人有多大胆，地有多大产"云云，只是痴人说梦。敬重天地，敬重自然，敬重规律，才是科学态度。

《我见青山多妩媚——人与自然主题历代诗词选》从历史的眼光，以诗词作品为对象，在主张"天人合一"的大前提下选择人与自然山水、人与农村田园、人与自然界的鸟兽虫鱼和谐相处的诗词作品 180 多首，包括了从汉乐府到清代的众多大家、名家的诗词。其中尤以唐宋两代居多。书中既选了陶渊明、王维、孟浩然、范成大等山水田园诗派作家的作品，也选了辛弃疾等虽并不以写山水田园诗著称，却作品众多，且精品较多的作家之作品。有许多作品令人耳目一新。不仅收录许多写山水田园诗词的美文，令人目不暇接，作品中还注意选择人把自然山水、田园、动物朋友化的作品，如辛弃疾《水调歌头·盟鸥》、史达祖《双双燕》等将人与物的和谐写得十分鲜明生动。

作品的解析也很有分量，熔学术性、知识性和趣味性于一炉。撰稿人高屋建瓴，站在中国文学史、诗歌史的高度，解析一篇篇诗词作品。某些篇目的解析几乎可作一篇论文，却又比论文浅显易懂。

该书图文并茂，以古人许多山水画、诗意画、词意画为插图，且有数十幅之多，大多非常精美，书的装帧、版式也精美别致。

此书由江苏省政协组织编写，不仅编者阵容强大，还请许多诗词专家参与讨论，使该书精益求精。此书也是省政协直接主导和参与本省的文化建设,故从另一层面而言,它还有某种典型与示范作用。因为从本书所选录的古典诗词中,读者可以汲取中华传统文化中固有的热爱自然、重视环境的思想营养,从而增进我们保护环境、建设生态文明的自觉性,这正是政协应尽的义务。我对这本富有时代特色的精品图书的出版表示衷心的祝贺!

(《江苏政协》,2010 年第 1 期)

王步高诗文集

王步高诗文集

王步高 著

下

南京大学出版社

目 录

卷五　教育教学研究

卷六　序跋

卷七　讲座采访

附 录

一 新闻报道

二 辑评

三 挽联悼诗

王步高诗文集

卷五 教育教学研究

变机械识记为意义识记

——一谈学生记忆能力的培养与提高

记忆力对于人的工作、学习和日常生活的重要意义,是尽人皆知的。人的一切经验、思想、技能等就是依据记忆在头脑中保留的结果,人的思维、理解,科学和艺术的创造以至人的全部心理特征,也只有在记忆的基础上才能形成,因此,博闻强记应是青少年成才的重要条件。诚然,人的记忆力有着天赋的因素,然而就没有什么后天的办法可以培养和提高它吗? 应当认为,这是完全可以办到的。

记忆与感知、思维、想象等概念一样,属于心理学的范畴,也是大脑对客观事物的反映。只是,它不是对当前事物的反映,而是对过去曾经经历过的事物的反映。人们感知过的事物、学过的知识、体验过的情感、学过的动作,都保持在大脑中,并在相应的刺激下,重新呈现出来,这就是记忆。记忆过程是人的全部心理活动的综合过程,它大致包括识记、保持、再认和回忆这样几个阶段。应该承认,记忆力是一种重要的能力,又是构成智力的重要因素。

那么,中小学生的记忆有些什么特点? 在教学实践中,我们应采用哪些措施才能有利于学生记忆力的培养与提高?

对于这些课题,必须加以研究,否则,"加强双基,培养能力,发展智力"也就难以做到。

对于这些课题,我没有作过深入探讨。中外心理学专家曾有过许多关于这方面的著述,我也读得很少。这里只能根据几年来教学工作中的一些感受,并结合对记忆过程的分析,谈几点体会。

根据巴甫洛夫学说,记忆的过程主要是在大脑皮层形成暂时神经联系的过程。当外界刺激物(如一幅画),作用于人的相应的分析器(如眼睛),在人的大脑皮层相应地就会产生各自的兴奋点,多次重复,这些兴奋点之间就

卷五 教育教学研究

685

会形成暂时神经联系。这些暂时神经联系在刺激物作用中止以后，以痕迹的方式保留在头脑中。识记是经验过的事物的映像在脑中印留和巩固的过程。

按照所记忆材料的特点和人对这些材料理解程度的不同，识记可分为机械识记和意义识记两种。

如果材料本身没有什么内在联系，如史地课中记历史年代、降雨量、面积、人口、首都、省会等，生活中记邮政编码、地址和数字等。人们要识记这些材料，只能按材料所表现的外在联系，机械地多次重复；或者材料本身有一定的内在联系，但学习者对其意义一时理解不够，也只好靠多次重复，进行识记，这叫做机械识记。

如果材料本身是有意义的，是阐明客观事物内在联系的，如科学定义、定理、定律、古典诗词等，学习者掌握事物内在联系，运用过去的有关经验知识，在理解的基础上进行识记，这叫意义识记。

意义识记是伴随着高度的思维活动进行的，它不但可以记得全面、迅速、精确而牢固，更重要的是，只有经过思维活动理解记忆的材料，才是最有用的。因此，以理解为基本条件的意义识记，比起以简单重复为条件的机械识记优越得多。列夫·托尔斯泰也认为："知识只有当它靠积极的思维得来，而不是单凭记忆得来的时候，才是真正的知识。"因此，从记忆的第一阶段——识记开始，就必须注重对知识本身的理解。

实践证明，在意义识记中，理解是记忆的基础，理解能帮助学生记忆，我在教李白诗《梦游天姥吟留别》时，曾作过对比试验，一个班在未分析这首诗前布置背诵，第二天能背出的仅占三分之二，最快的需要一分零五秒；另一个班（学生智力与前一个班大体相同）在分析以后布置背诵，第二天全部能够背出，最快的仅四十七秒。这个不同的试验结果，说明能否记得快，不在于学生记忆能力的不同，而在于对记忆材料的理解程度不同。再如教古汉语中的"通假字"，以往我总是教一个，让学生记一个，开始还好，学多了，可就记不住了，问题就在于学生没有找出通假字的内部联系，即规律性。后来，我让学生作下列归类：一是声旁字与形声字通假，如"女"通"汝"，"干"通"岸"，"直"通"值"等；二是同声旁的形声字相通假，如"措"通"厝"，"被"通"披"，"逝"通"誓"等；三是其他音同或音近的字，如"惠"通"慧"，"倍"通"背"等。中学阶段所学的七八十个通假字，一作这样的归类，不须费太多气力，学生就全部记住了。

这说明,找出材料内部的联系即规律性是提高识记效率的重要环节,是变机械识记为意义识记的重要条件之一。

其实,不仅有意义的材料可以找出内部联系(规律)来加强记忆,就是某些无意义的材料,也可以从事物的外部特征寻找某种帮助记忆的方法。如一个1963年出生的学生去访友,朋友家的门牌是1863号。他只要记住这个数字比自己出生年份早100年,就毫无困难了。我就碰到过许多这样的情况。1965年我下连当兵,枪号是9981,$9 \times 9 = 81$,这是个乘法口诀,多年也忘不了。又如我的医疗证号是339,$3 \times 3 = 9$,记起来毫不费难。这类例子是不胜枚举的。我们要像爱因斯坦那样,把需要识记的材料与我们熟悉的某些材料联系起来,建立一种"亲戚关系",记忆就容易得多了。比如:中国共产党成立于1921年,这个年份是我们熟悉的。在这以前十年(1911年)是辛亥革命爆发的年代,在这以后十年(1931年)是"九一八事变"发生的年代。找出某些识记材料与我们熟知材料间的某种关系,许多无意义的材料也往往被赋予了某种特定的意义,机械识记转变为意义识记,记忆效率也就显著提高了。

学生随着年龄、学历的增长,意义识记日益取代机械识记而起主导作用。实验研究表明,小学二年级的学生,机械识记约占72%,意义识记仅占28%;而高中学生,机械识记仅占17%,意义识记则上升到83%,如果我们懂得了记忆的规律,可以促使这种变化更迅速、更显著一些。

(《江苏教育》,1986年第4期)

变无意识记为有意识记

——二谈学生记忆能力的培养与提高

根据人在识记过程中,有无预定的目的和是否需要一定的努力来区分,心理学又把识记分为无意识记和有意识记。

无意识记是漫不经心的,不需要经过努力,也没有运用有助于识记的方法。

无意识记的作用不容忽视,因为人们许多的经验都是靠无意识记积累起来的。哲学上所谓"感性认识",许多都是靠无意识记得来的。学生们看连环画、看电视、看小说、参观展览会,一般都是靠无意识记留下印象。在一般情况下,无意识记的效果不如有意识记,但无意识记费力小,教学中如果能让学生适当借助无意识记来掌握一些教学内容,可以减轻学生的识记负担,也能提高识记效率。

无意识记具有很大的选择性。如对某些稀罕的事物、趣味浓的故事、突出的人,印象就深,容易记住。只依靠无意识记,则识记的效率就低。比如一个学生,课堂上很不专心,不注意捕捉老师讲课中的重点、难点,而是像听故事、看戏那样,愿听则听,常处于"失神状态",尽管视网膜上也可能映着文字的映象,脑子里却没有明确地收到信息。这样得来的东西,有的是零碎的,有的是不重要的,有的甚至是完全理解错了的。往往有的学生记不住老师讲过的定理、定律,却记住了老师插科打诨的故事和笑话。有一年,我教杜甫的《戏为六绝句》,有个女生思想开小差,但看到其他同学都把"尔曹身与名俱灭,不废江河万古流"两句抄下来,她一听说是名句,就也似懂非懂地抄下来,并会背诵了。后来她写一篇悼念文章,引用了这两句,结果不是悼念,反而成了诅咒了。

无意识记的效果也很差,走惯的楼梯,说不出有多少级,天天上课的教室,讲不出墙上贴着几张什么画,这种熟视无睹的情况,屡见不鲜。

由此可见,要想完整地准确地记住所需要的内容,必须变无意识记为有意识记。而要做到这一点,又必须集中注意力,这是心理活动离开其他的对象而对某些对象的集中。集中注意的对象是注意的中心,其他的对象或处于"注意的边缘",或处于注意范围之外。集中注意力,要靠人的意志和毅力,强制大脑的其他区域处于抑制状态,而让其中一个区域(管记忆区域)兴奋。在人高度集中注意力时,无关的运动停止了,呼吸变得轻微而缓慢,心脏跳动加快,牙关紧闭,拳头握紧,即所谓"用志不分,乃凝于神"。

　　对于同一个人来说,集中注意力的程度与识记的效果是成正比的。对于不同的人来说,集中注意力的能力是衡量其记忆的重要尺度。集中注意力能使记忆力显著提高的例子,古今中外都能举出不少。世界著名的大科学家爱因斯坦,出门经常忘记带钥匙,甚至结婚那天领着新娘进洞房,也把钥匙忘了,只好把新娘撂下回去找钥匙。他的注意力全用在科学研究上了。曾获得全省数学竞赛第三名的一位同学,有超人的记忆力,就是因为他能够控制自己的注意力。有一次他正在专心思考一道数学题,就在公路上蹲下来,用树枝在地上划着,连身后汽车按喇叭的声音也听不见,直到司机下车愤愤地把他拉开,他还没搞清怎么回事。他为了钻研某些难题,把饭烧煳、走路撞在树上是常事。与此相反,不集中注意力,记忆力就会明显下降。我们常会遇到这样的情形,课堂提问答不出来的学生,常常对题目本身也复述不出。我有时到一些班临时代课,对学生的学习情况并不了解,仅仅根据几节课上学生集中注意力的程度,去判别他们学习成绩的好坏(尤其是对最好最差的学生),大体上都能符合实际。可见要求学生课堂专心听讲,力求全部听懂,并尽量强记,课后又能独立作业,是提高他们学习效率的最基本的环节。

　　怎样帮助学生变无意识记为有意识记,提高他们的记忆力呢? 一个有效措施,就是针对青少年学生的特点,提高知识的趣味性。心理学认为,兴趣就是一个倾向于认识、研究和获得某种事物的心理特征。人们对自己感兴趣的事物,总是力求认识它、研究它、记住它,也就必然会从中获得丰富的知识和技能。一个爱看小说的同学,一个爱看连环画的同学,一个嘴馋爱吃零食却不爱读书的同学,三人一起在新华书店呆上半小时。爱看小说的记住了新版和重版了那些中外小说,甚至记住了其中几本书的定价,以便积些钱把它买到手;爱看连环画的记住了连环画的新品种;嘴馋的他不想买书,也不想读书,半个小时后他什么也没有记住。因此,我们在教学过程中要求学生记住所学的知识,首先要培养学生的学习兴趣,要让抽象的知识带上某种趣味性,力求使学生对记忆的对象发生兴趣。有了兴趣就能相应提高脑细胞的活动能力,集中自己的精神。这既是记忆的要求,也是理解的需要。如讲哲学上的原理,讲形式逻辑中的判断、推理,都应当尽可能联系一些例子、逻辑故事来讲,使知识带上趣味性,学生就容易理解,容易记住。

为了提高学生的记忆力,还需要对教学内容加以强调,使之突出,以便引起学生的有意识记。例如参观之前,可以预先布置学生写作记叙文的任务,学生就会有意识地去记忆参观的内容。预习课文时,提出具体要求,比不提要求,只是一般号召,学生记忆力效果要好。一条重要定律,一位老师讲解时强调要一辈子记住它,说明对今后的学习和工作用处很大;一位老师只是说:"大家要记住这个定律,明天课上我要提问。"经过一个月后,前一种情况的学生还记得,而后一种情况的学生,却早忘掉了。同样教一首古诗,一是指出这首诗中哪两句曾为哪个名人所欣赏,还有哪篇文章曾经引用过;一是根本不提这一些,两者的记忆效果就会大不一样。此外,课堂上教师说话语调抑扬顿挫,富于变化;板书用红笔加浪线,对重点内容多次重复,详细阐述,运用画图、列表、打手势等办法,都有助于学生变无意识记为有意识记,都能不同程度地增强学生的课堂记忆能力。许多老师都是这样做的,问题在于是不是把它与记忆规律联系起来。

(《江苏教育》,1986 年第 6 期)

要会记，也要能忘

——三谈学生记忆能力的培养与提高

记忆力强，能够博闻强记，这总是好的。难道遗忘也好吗？是的。心理学认为：遗忘像一面心灵的筛子，把对人的生活和实践活动有用的知识、经验筛选出来，积累起来；把那些没有用的或没有长久保留价值的，逐步漏下去、丢弃掉。这种遗忘，并不可惜，反而可以减轻大脑的负担，可以使大脑里所记的东西避免杂乱，更有条理。

那么什么东西应当记住，什么东西应当遗忘掉呢？这就要求我们教会学生善于分清主次，学会分析取舍。就拿预习来说。预习是分清主次、把握重点难点的主要环节。上课以前花上一点时间把教材看一看，基础好的同学可以看懂一大半。回想一下，这部分教材主要讲了些什么，这就是重点；还有哪些预习了还不懂，要争取通过课堂听讲来解决，这就是难点。这些重点和难点，也是记忆中需要着重解决的问题。这样，上课前对理解与记忆的目标明确了（甚至已记忆了一部分），主次固然不难分清，记忆的效果也就会明显提高。无奈我们多数的中学生并不能做到很好地预习。教师应该加强指导。

教师在教学中突出重点，对帮助学生提高记忆效率有着重要的作用。一些缺乏教学经验的同志，讲课常常不得要领，讲到哪里算哪里，板书没有计划，杂乱无章，这对帮助学生掌握教材主要内容没有好处。因此，在教学过程中，教师必须做到根据教学大纲的要求，认真钻研教材，认真备课，又透彻地了解学生基础和现状，对学生提出明确的要求，使学生明确记忆的目标。帮助学生分清主次，提高记忆效力，还要教会他们排除外界干扰。据说人的大脑平常只有百分之几在使用，尽管记忆容量绰绰有余，记忆的材料进入大脑，必须通过接受信息的"入口"——意识。这个充当记忆"入口"的意识如果"把关"不严，一些无关紧要的信息输入进了大脑，往往会干扰必须记住的、有价值的信息的长期保持。而一个人的精力又总是有限的,不应当把宝贵的精力消耗在许多无谓的事情上面。那样做,无异于浪费青春、浪费生命。

还有一种干扰是记忆材料本身相互之间的干扰,这在心理学上称之为前摄抑制与倒摄抑制。先识记的材料对后识记的材料的干扰叫做倒摄抑制。例如学习政治经济学,学生先学了劳动力有价值,有价格,是商品;后来又学了劳动没有价值,也没有价格,因而不是商品。于是就常常产生混淆不清的现象。先学习的材料刚刚留下暂时神经联系的痕迹,后学习的相类似的材料对它起了干扰作用,于是两个痕迹互相重叠,互相交错,失去了自己的特殊性和完整性。这也就是前摄抑制和倒摄抑制作用的结果。为了排除材料本身之间的干扰,避免前摄抑制和倒摄抑制现象的产生,应当尽量不把类似的、容易混淆的材料放在一起学习。一般来说,清晨,记忆较少受前摄抑制影响,临睡前则较少受倒摄抑制影响,所以这两个时间的记忆效果更好些。

要使学生牢固地掌握知识,尽可能把新知识纳入已有的知识经验中去,使得新旧知识相互之间建立联系,并尽可能牢固记忆,使之条理化、系统化,这样才不会互相干扰。还要注意控制学生的学习负担,不要贪多求全,那样学生就会顾此失彼,所学内容不易记住,甚至已记住的也会相互干扰,影响记忆的正确性。那些动辄加班加点,过多布置作业,频频考试的办法,极易造成学生学习材料的相互干扰,不仅有损于学生身心健康,也会把学生越教越笨。

记忆的材料具有准备性和条理性。

记忆的材料到了需要应用的时候,能够及时而又准确地回想起来,并用它去解决实际问题,这就是心理学上所谓的记忆的准备性,意思是说记忆的材料随时准备被提取应用。而如果材料记上一大堆,在实践中一点也用不上,这样的记忆再好也没有价值,只是充斥于大脑的一堆教条。

记忆的条理性,在心理学上也是有根据的。因为从心理学角度看,回忆和再认都必须凭借线索,所以识记时应尽可能多建立联系。联系越丰富、越系统化,检索也就越容易,反之越困难。拿破仑经常说,他的全部事务和知识都装在他的脑海中,就像装在一个衣柜内一样,只要打开恰当的抽屉,他就能抽出恰当的资料。

记忆材料的这些特性是在记忆过程中逐步形成的,它是记忆高级阶段的产物。例如中学语文中的文言词"坐"：《晏子使楚》中"坐盗"，课文《狼》中的"一狼犬坐于前"，杜牧《山行》诗中"停车坐爱枫林晚，霜叶红于二月花"，《鸿门宴》一课中"寿毕，请以剑舞，因击沛公于坐，杀之"，这几处"坐"的用法各不相同。如果学生把"坐"归纳起来，这就有了条理性。如果又都能记住，那么"坐"这一个常用文言词的用法就基本掌握了。

分清主次，排除干扰，注意记忆的条理性，那么对于记忆的材料就能更好地识记和再现，学生的记忆力也就会提高一步。

（《江苏教育》，1986 年第 7 期）

卷五　教育教学研究

介绍几种提高记忆效率的方法

——四谈学生记忆能力的培养与提高

　　对于一些没有价值的材料,我们应当让它遗忘掉,以减轻大脑的负担。但是,对于许多很有价值的记忆材料,我们却一定要记住它。如学化学时对某种元素的原子量、化合价、一些重要的分子式,物理学上一些常用的参数、物体的比重,历史课本里重要历史事件发生的时间,等等。为了增强记忆,就需要跟遗忘作斗争。

　　分散记忆是跟遗忘作斗争的办法之一。一般说来,要达到同样的识记效果,材料越多,平均用的时间或诵读的次数也越多。如果深度大体相同,背诵一首七律要比背诵两首七绝更难些。要背诵李白的《梦游天姥吟留别》、白居易的《琵琶行》,甚至比背诵二十首绝句还困难。而屈原的《离骚》,烂熟于胸者则微乎其微。背诵、记忆特别长的材料,往往得求助于部分识记法和联合学习记忆法。前者是先分段熟记,然后再整体记忆。一首长诗,分成几次来记;一首词,先背上阕,再背下阕,然后再背全词。现代心理学实验证明,这种识记的效果远远比不上联合学习记忆法。联合学习记忆法无论在记忆的准确性方面和记忆的持久性方面都是最优的。它将部分识记与整体识记并用,先从头到尾学习一两遍,初步掌握全篇的中心意思,并了解各部分之间的联系,然后再学第一部分,接着把一二部分合起来学习,再把前三部分合起来学习,用蚕食的办法,逐步扩大,直至对全文都能熟记。这种记忆也叫综合识记。

　　分散识记的另一层意思是记忆的时间相对分散。据说有个人学许慎的《说文解字》,每天记两个字,一年就学会了。他要求学生每天记一个字,争取两年学会。学生认为太容易,就集中起来,每个星期天一下子记七个字,结果却没有学会。心理学家也做过这方面的试验:一种学习材料,一是一天读五次,第二种是分五天,每天读一次。两星期后回忆。第一种方法保存

13.13％,第二种方法保存 37.26％。一个月后回忆,第一种方法保存 11.49％,第二种方法保存 30.59％。分散识记,使各种记忆穿插进行,不仅提高了记忆效率,而且大脑不易疲劳。

分散学习记忆法效果较好,并不是说越分散越好,每次间隔的时间最好是 30 分钟至 24 小时。

反复感知和尝试背诵相结合,也是提高记忆效率、跟遗忘作斗争的好办法。一篇材料,反复诵读四遍,不如读一遍,默背一遍;再读一遍,再背一遍。实验证明,后一种方法,记得快,也记得牢。我在政治教学中还试过让学生听三遍、复诵一遍的办法。只要材料在一百字以内,完全可以做到,而且记得比较持久。

复习是我们保持识记效果,跟遗忘作斗争最常用的办法。孔子主张"学而时习之",苏东坡说"旧书不厌百回读,熟读深思子自知",都是说的这个道理。从生理学的角度看,经过识记,形成了暂时神经联系,然后就以痕迹的方式保留在头脑中。这些痕迹在一定条件下会重新活跃起来,并可以随着重复次数的增加,得到进一步的巩固和加强;反之,如果神经联系的痕迹得不到强化,而逐渐消退,以至最终消失,这就产生了真正的遗忘。

复习要及时,要赶在遗忘尚未开始之前就进行。遗忘的进程是不均衡的。德国心理学家艾宾浩斯根据实验结果绘制了著名的艾宾浩斯遗忘曲线,曲线表明,识记的材料,在一个小时内遗忘最快,只剩下 44％,两天后只记得 28％,在这以后遗忘的速度就慢得多。因此,复习间隔要先密后疏,随记忆材料巩固程度的提高,复习次数逐步减少。有经验的教师,往往在下课前留五六分钟,让学生记住当堂课的内容,第二天又注意抓好课前复习。这样做,有利于巩固学生记忆的成果。

复习不应是机械的重复,每次复习都应当给以新的信息。以高考复习为例,要取得好效果,切忌复习方法单调,避免学生产生消极情绪和疲劳感觉。有经验的教师,每次复习时,尽管内容大致相同,但适当变换方式,提出新的理解要求,激起智力活动的积极性,就可以使学得的知识由暂时记忆变为长久记忆,就能更深入、更巩固地掌握知识。

"过度学习"也是与遗忘作斗争的方法之一。要想记忆牢固,必须"过度学习",达到比较熟练的程度,而不能满足于对一个记忆材料刚刚能够背诵。实验证明,如果把达到刚刚能复述所花的时间定为 100％,那么,最经济、最好的过度学习时间则为 150％。如背杜甫的《石壕吏》需 20 分钟,以此作为

100％，再加 50％，即 10 分钟，那么 30 分钟（即 150％）则为过度学习的时间。若仅用 20 分钟，便容易遗忘。我要求学生背诵李白的《蜀道难》，就规定在 45 秒钟内背完全诗，这个标准就是大致按过度学习应达到的标准来要求的。超过 150％，记忆效果并不再随之有显著的增长，读的遍数过多，就划不来了。

　　记忆与时间的关系是人所共知的，记忆与空间也同样有关系。人们常说"触景生情"；心理学家也早已指出，接触实物引起的现实感，能够加强理解和记忆。我们曾向一位老红军了解井冈山时期的一次战斗，这位老同志年事已高，对半个世纪前发生的这次小战斗已经记不起来了。他离休之后，组织上让他重回井冈山去看看。他绕过黄洋界，来到一个小山坡下，"呵——，在这里我们不是和白匪打过一仗的吗?"思绪潮涌，早已忘怀的这次小战斗，这时竟历历如在目前。事后，他不但向我们介绍了战斗的全过程，甚至对一些细枝末节，如老炊事班长用木桶送水，木桶被子弹打穿，他用手捂着洞眼把水送到坑道里，也都说得清清楚楚。可见，记忆的运动，对其运动空间常有着特殊的要求。我们在教学过程中，也应当重视对学生记忆环境的研究。也许，正是在这一点上，学生提高记忆力可以获得新的突破。

（《江苏教育》，1986 年第 8 期）

王步高诗文集

增进记忆品质和大脑机能

——五谈学生记忆能力的培养与提高

　　每个人都可以识记各种各样的材料,但识记的方法和效果是不一样的。有人根据对不同记忆材料所产生的不同记忆效果,将记忆分为以下三种类型:第一种对识记物体、图画、颜色、声音等具体形象的材料有较好的效果,称为直观形象的记忆类型;第二种类型的人能较好地识记词的材料、概念、数字等,从事理论工作的人最需要的就是这种记忆,这称之为词的抽象记忆类型;第三种类型的人对直观形象材料和抽象材料的记忆没有明显差别,多数人都属于这种类型,这叫中间记忆类型。

　　有人根据各种感觉器官参加识记和重视的程度,又将人的记忆分为以下四种类型:一种人对看的材料容易记住,这是视觉型;一种人通过听觉容易记住,他们听广播比看报容易记得,朗读比默读容易记得,这是听觉型;一种人通过手脚的活动容易记得,如将要记的材料抄一遍,或读书走着读容易记得,这是运动型;此外,多数人属于混合型。

　　以上从两个不同的角度对记忆类型所作的分类,也并不是绝对的。下面再谈记忆的品质。

　　记忆的品质是包括四个方面的内容:一是记忆的敏捷性,二是记忆的持久性,三是记忆的正确性,再就是前面已提到过的记忆的准备性。《三国演义》一书曾描述过一个叫张松的人,他见了曹操写的《孟德新书》,从头到尾翻阅一遍,能背诵,以此断言曹操的这书是抄袭的,并说蜀地连儿童也会背,哄得曹操把书烧了。这就是记忆敏捷性的典型,也就是所谓"过目成诵"。三任美国总统的罗斯福日理万机,每天要接待许多人,但时隔多年后,对受过他接见的人他都能叫其名字,说出第一次接见的情况,令人惊叹不已。这是记忆持久性的例子。

　　研究记忆的类型和记忆的品质,对于增进大脑的机能,开发学生的智

卷五　教育教学研究

力,有重要的意义。中、小学生记忆力的发展是不平衡的,即使在一个班级、一个小组里,学生的记忆品质也呈现出多种特点,有的同学记得快忘得慢,有的同学记得快忘得也快,有的记得慢忘得也慢,有的则记得慢而忘得快,有的记得不准确,有的记倒记得,就是用时想不到这上面去。我们从记忆品质的几个类型去分析,会发现学生之间在记忆方面的千差万别,适当集中归类以后,可以分别采取措施。例如对识记敏捷性好的一组、识记持久性差的一组、识记正确性差的一组、识记准备性差的一组,等等,要记什么内容,分别提出要求。这样做,有利于增进学生的记忆品质,可以使人脑的记忆潜力得到更好的发挥。

一个人的记忆潜力有多大?古人说要"学富五车"(古书都是竹简韦编,"五车"书并不很多),杜甫说要"读书破万卷",恐怕这些经过努力是可以做到的。有些学者研究指出,人脑未加使用的潜力竟达百分之九十。有的学者甚至提出这样的见解:把脑子这部机器都充分开动起来的人是没有的,一般人在日常生活中所使用的脑力,只占全部脑力的几十分之一或几百分之一。所谓提高记忆能力,也只是把这几十分之一、几百分之一的"一"变作"二"而已。还有人认为,如果始终好学不倦,那么一个人的脑子一生中储藏的各种知识,将相当于美国国会图书馆藏书(一千万册)的五十倍。可惜,由于种种原因,至今还没有人能达到这个数量的百分之一。

然而,记忆力惊人者却是不少的。据说美国篮球冠军队的名选手杰利·卢卡斯能记住纽约曼哈顿区两百页电话簿上约三万家的电话号码。苏联塔什干大学有个教授懂全世界一切民族的语言,共达百种之多,假设他的记忆力是人类记忆力可以达到的极限,那么,我们记忆力平常的人,除懂祖国语而外,再学懂一两门外语,应该是可能的,那个教授学一门外语只要一星期,我们花上它十年、二十年学一门,总还是办得到的吧?何况,我们中国青少年非低能儿,许多才智超群的孩子正如锥处囊中,正在一一脱颖而出。

当前,教育战线正发生着两个喜人的变化:一是由重视学生知识的增长发展为更注重学生学习能力的提高;二是由单学科的教学研究发展为对于整个教育规律的研究和探讨。如何培养和提高学生的记忆能力这个课题,正是在这一形势下提出来的。我这里所说的,仅是管窥蠡测,极为肤浅。我希望教育界的同行们对培养学生的记忆力,能引起足够的重视;我更希望有那么一天,能把培养学生记忆能力作为一门课程来研究、来设置,使祖国的下一代变得更加聪明。

(《江苏教育》,1986年第10期)

附：南京师范大学王淳教授的述评

我与王步高教授虽不相识，但却久仰其大名，知他是东南大学的国学教授，蜚声学界。对他的了解主要得益于与其二女儿王岚女士的交往。王岚女士是我女儿的语文老师，其很强的教学能力与远见卓识，对女儿初中阶段的学习以及人生价值观的影响积极而深远，亦是吾女成年后始终尊敬和感怀的恩师。时至今日，二人关系亦师亦友。由此，我有幸与王岚女士结缘。

通过与王岚女士的交往，得知其父王步高教授出道于中国古代文学的专业背景，精通德文，早年师从国内多位国学大师，多年来精耕于中国古典文学与诗词，造诣深厚。后以传承中国优秀传统文化为己任，常在一流大学中举办国学讲座，拥趸众多，并且致力于大学语文的教学与研究，学术成就颇丰，具有很高的学术影响力。

近日偶读王步高教授发表于 1986 年《江苏教育》杂志"心理学漫话"栏目的五篇文章，颇有震撼之感。一是惊叹其学识之渊博，涉猎之广泛。王老虽专注于中国古典文学和现代大学语文的教学与研究，但却也涉足于学习心理学领域，丝毫没有局限于所谓学科门类的划分，其广阔的学术研究视野，在今天学界也实属鲜见。

二是吃惊于有着深厚中国古典文学底蕴的王老对于学习心理学的研究并未止步于皮毛，而是深入其理论精髓。细读四篇文章可见王老对学习心理理论的关注与了解非一日之成，他对记忆规律理论的阐释也未陷于乏味的抽象论证，而是深入浅出，将学习心理理论体系中十分抽象的、枯燥的概念和定律融会贯通于具体的学习记忆事例之中。在合理运用事例论证方式的同时，还运用了数理统计的方法，其数据之精准彰显着王老严谨求实的学术态度和高尚的道德品质，这在学术造假屡见不鲜的今天尤其难能可贵。

三是敬佩其创新的学术勇气。四篇文章虽发表于 30 余年前，但观点独到，今日读来，仍有耳目一新之感。在传统学习理念中，乃至于今天，人们在学习过程中，往往注重知识记忆数量的多少，而忽视应该如何选择知识来记忆，导致知识记忆效率低下。而在 30 多年前，王老就已提出"要会记，也要能忘"的观点，这既有打破传统之意，也呈现出王老本人在学习过程中的大智慧,同时也与"学会取舍"的中国传统哲学精神一脉相承。这一观点告诉人们在记忆知识过程中应该懂得取舍,确立学习中的效率意识;既要勤学,也要善学。

　　综观四篇文章,更有价值的还在于王老站在学习策略的高度探讨学习心理问题,与其说是研究记忆方法,不如说是研究记忆的方法论或策略论,这在倡导学会学习、终身学习的今天无疑具有很强的现实指导意义。

2018 年 8 月 17 日

王步高诗文集

师范院校的研究生教育要面向中学

　　师范院校主要是为中学培养合格的师资,这一总任务是谁也不怀疑的。由这总任务所制约,师范院校各学科教材和教学方法与综合大学有很大不同,它必须面向中学教育的实际,并从师范教育的特点出发,增设教育学、心理学、学科教学法等内容。师范生在校期间,须常在中学听课、实习,毕业前更须参加几个月的教学实践……对本科生而言,师范院校的培养目标是很明确的,就是要培养合格的中学教师。

　　但师范院校的研究生教育,情况就不一样了。从招生、教学到分配都看不出与其他综合大学、理工院校的相关学科有何本质的区别。师范院校的研究生不论其入学前从事何种工作(或应届毕业生),大概是没有人愿意学成后回中学当教师的(其研究方向也大都与中学教育不一致),师范院校的研究生教育完全与中等教育脱钩了,这也是毋庸置疑的事实。

　　笔者认为,师范院校的研究生教育仍应主要面向中学,应为中学、中等师范和职业学校培养高水平的师资。

　　目前师范院校的研究生教育背离师范院校的培养目标,种了别人的地,荒了自己的田。学校内副教授以上的教学骨干,都不再(或很少)给本科生上课,一些师范生在大学上了四年,连本系一些名教授的面也未见过。这些专家、教授都去带研究生了,而这些研究生是不可能当中学教师的。这样,这些教授对中学教育的现状如何,茫无所知。我们完全有理由认为,师范院校中一些学业水平很高、教学经验最丰富的那一部分人才,以及相当一部分教学经费以及大部分的科研经费,都不是用于为中等学校培养师资的总目标服务的,这大概也有点不务正业。

　　是不是中等教育的师资数量上已过剩,质量上也有足够保证了呢? 其实不然。不仅是我国的老、少、边、穷地区,即便是在沿海地区,甚至是在大

卷五　教育教学研究

城市,中等教育的师资质量还是很低的。尤其是那些高质量的,可以担任一个地区学科带头人的教师,还是远远不足。甚至连一些重点中学,能胜任工作,并有余力从事教学研究的教师也是极少数。近年来,各地也比较重视师资培训工作,通过在职进修和短期培训,使高中教师达本科毕业、初中教师达大专毕业的目标已为期不远了。而对已有大学毕业文凭教师的再学习、再提高,对老教师的知识更新,则没有做多少工作。一些五六十年代的大学毕业生,如果不重视在职学习,其中相当一部分人,实际上也已不很适应工作,其知识大都老化,而对新理论、新科学则所知甚少。如理科的遗传工程、电子计算机、空间技术等更新科技成果,他们只知道点皮毛。文科教师也是如此,教政治课的,不了解新的哲学思潮,不懂欧洲共产主义的理论。教语文的,不知道李泽厚、北岛和舒婷,不懂什么是人性组合论,不知道什么是朦胧诗……这就很难满足求知欲很旺盛的 80 年代新一辈的要求。在中学里,学生瞧不起先生,青年教师看不起老教师,这实际上是不奇怪的。邓小平同志要我们的教育"面向现代化,面向未来,面向世界",距离这一要求,我们的中学师资状况是远远不能胜任的。

中学在职师资培训的重点,应当由解决大批量师资的合格问题,部分地逐步转到培养小批量学科带头人方面来。一个县,一个地区,各个学科能有三四个业务水平上真正达到高级教师水平的学科带头人,再让这些同志对中青年教师实行传、帮、带,并广泛开展对中等基础教育的研究,我国的中等教育则可以迈出很大的一步。而要承担这部分人的培养任务,各地的教师进修学校、教育学院大都难以胜任。这一任务只有落在教学力量雄厚、设备比较先进的少数师范院校身上。

笔者以为师范院校研究生教育应面向中等教育,其着眼点正在这里。师范院校有条件的学科应开办中学教师硕士研究生班,培养高水平的师资和中等教育的研究人员。

关于开办这种硕士研究生班,似可以采取下列一些具体做法:

这类硕士研究生班的招生,可以和全国硕士研究生招生一起进行,凡希望获得硕士学位的,应参加全国研究生外语、政治入学统考(入学后还得通过学位考试),录取分数可适当放宽,其余考试科目,应是中学本学科有关内容,大致应包括师范院校本系科的全部必修课程,可以增考一门中学教学的实践课程。考题知识面要广,但不宜太深,不要考太钻牛角尖的题目。试题可以全国统一命题。复试时应检查考生的教课与作业批改情况。其招生对象,年龄一般在35岁左右,要从本科毕业后工作八年左右的中年骨干教师中选拔(少数大专毕业生应先取得本科学历,并有十年以上教学经验)。

这种硕士研究生班开设的课程可以分必修课和选修课两种。必修课立足于学以致用,直接面向中学教材;选修课则重在拓宽视野,增加相关学科的知识。课程设置应从增长知识与培养能力两方面考虑,就前者而言,应注重对原学师范本科课程的加深和知识的更新;就后者而言,是注重培养学员具备一定的科研能力,既能对本学科教学进行研究,也能探讨教学和教育的一般规律。理科各系应开设计算机课程,学员应掌握一种计算机语言,会编不太复杂的程序,会上机熟练地操作。

这种硕士研究生班的学制可定为两年半至三年,学位论文在校答辩完再毕业,第五学期回所在县市,开展调查研究,撰写学位论文,再回校修改并通过论文答辩。也可以实行两年制,学完即回原部门,先在教育研究室之类机构工作一年,这一年内抓紧完成论文,结合工作开展调查研究,然后进行论文答辩,取得学位后再由所在市县教育部门重新分配工作。

这种研究生的分配坚持哪里来哪里去,既解决了师范院校研究生毕业分配难,以至大量改行的问题,也解决了中等教育研究与实践脱节,少数研究者缺乏中学教学的实践经验,也不很了解当前中等教育的现实情况,而大批教师却缺乏研究能力的问题。几年以后,中等教育的第一线就有了一批有着扎实理论基础和丰富实践经验,并具备一定科研能力的高级专门人才。

这样的研究生班,采取集体上课与分散指导相结合、集体导师制与个别导师制相结合。导师应成为精通中等教育的专家,应关心中学的教学,研究中等教育的规律,而不应只熟悉某一门学科的某一分支。师范院校应把中等教育研究作为学校科研第一位的任务,它们应关心的不仅是毕业生的质量,还应关心整个中等教育的质量。这样办研究生班,坚持了师范院校的办学方向,对本科教育也是个很大的促进,对学生坚定教育思想、献身教育事业也颇为有益。

这种研究生班的毕业生,应主要从事教学和教学研究,一般不应担任教育行政职务,更不应改行。可以将他们充实到重点中学和教育研究机构。

当然,这种研究生班不应办得太多,否则会使中学师资不足。太多太滥也会给授学位造成困难。每个省可以选择一两个条件较好的师范院校先行试行,每年每系科全省只招一个班(30人)左右,成熟以后再适当扩大。

以上所说的师范院校研究生教育应主要面向中等教育,并不排斥其少数处全国领先地位的学科和专业仍可培养一些普通的博士和硕士研究生。

(《江苏高教》,1989年第2期)

王步高诗文集

《大学语文》序

中国的高等教育历经了人文教育、科学教育，目前已发展到素质教育阶段。人文教育的历史最长，它采取书院方式，与现代科学技术联系不密切。科学教育培养了千千万万的专门家，但人文精神缺失，既难以培养出王国维那样的国学大师，也难以培养出梁思成那样有深厚民族文化底蕴的大建筑家、大师级的科学家。

这种情况在1952年院系调整、教育全盘苏化以后尤其明显。其后果是显而易见的，这样培养出来的历史学家只懂历史，而且只懂隋唐史、宋史、太平天国史等，其中绝找不出司马迁那样（既精通历史、文学，又精通地理、天文等）的历史学家。文学家亦然，离了自己专攻的那一段，他们对其他文学领域的了解甚至未必超过一名本科生。更有的只研究个二三流的作家，然后"吃"上一辈子。学校越来越专门化，专业口径越来越窄，专家越来越"专"，硕士不"硕"，博士不"博"……这均为不争的事实。

知识面窄、创新能力差，严重束缚了我国科学、文化和教育事业的发展。1952年以来，我们高等教育过于强调"学以致用"，"文革"年月发展到嘲笑生物课上讲"马尾巴的功能"，嘲笑中文系教授不会背毛泽东的"老三篇"，主张"不学ABC，照样开机器"……"文革"过去二十多年了，人们越来越认识到：理论严重脱离实际，培养的人固然会没用；只强调实用，轻视打扎实的理论基础，把大学当高等技工学校来办，培养的人同样成不了大材。如今人们提倡素质教育，而谴责应试教育；然而就高等学校而言，推行素质教育，其主要纠正的偏向却不是应试教育，而是过于强调实用教育、技术教育。正确的途径就是要将人文教育与科学教育结合起来。

与素质教育相适应，高等学校的课程设置应含三部分：基础理论部分，专业知识与技能部分，人文素质部分。三部分相结合，才能培养出较高素质的人才。诚如爱因斯坦所说："学校的目标始终应当是青年人在离开学校时，只作为一个和谐人，而不是作为一个专家。"(《爱因斯坦集》卷三)一个世纪前，我国现代高等教育刚刚诞生，京师大学堂(后更名北京大学)等校即在预科开设"经学"、"诸子"、"词章"与"作文"等课程，又历经 1913 年、1938 年、1943 年等几次变革与确认，大学语文成为在大学一年级开设的必修课"大一国文"，并有了黎锦熙、朱自清、伍俶、魏建功、卢冀野主编的《大学国文选》教材。建国初仍设此课，采用郭绍虞、卢冀野编的教材。后来便长期中断。1978 年，南京大学校长匡亚明倡导重开大学语文，一时蔚为风气。大学语文在四百多所高校及自学考试中成为必修课或选修课，编写教材二十多种。但若与大学英语、高等数学"两课"相比，还远未普及，课时也少得多。外语等课程在研究生入学考试中均属考试科目，而研究生的落榜者中，又大多栽在外语上，不由人不重视。相比之下，大学语文便不那么重要了。除领导重视不够、师资队伍不稳、素质不高、教学方法陈旧等原因之外，对大学语文定位不准、教材质量不高是两个突出的问题。

大学语文的任务和目的是什么？二十多年来这个问题并未得到很好的回答。即使支持开设大学语文的领导，首先看到的也是当今大学生中文水平不高，错别字连篇，一些申请之类的应用文也不会写，那么大学语文教师担任"拾遗"、"补阙"的职责势所必然。这种重视，只是头痛医头、脚痛医脚，学生的文化素质难以有很大的提高。大学语文的学科地位也不会受到应有的重视。此外是赋予大学语文太多政治、道德教育的使命，反而影响了对语言、文学的系统学习。

那么，大学语文到底应当如何定位呢？我们认为，如同高等数学、大学物理是高等理工科的基础学科一样，大学语文应是整个高等教育的基础学科之一。由于多年的应试教育，大学生的文学素质较低，部分学生中小学语文未学好便进了大学(随着高等教育由精英教育向大众教育转变，这种情况近期内根本好转的可能很小)，但大学语文的任务既非纠正错别字，也非教授申请书、领条的写法，而是如教育部高教司《大学语文教学大纲(征求意见稿)》所指出的："在全日制高校设置大学语文课程，其根本目的在于：充分发挥语文学科的人文性和基础性特点，适应当代人文科学与自然科学日益交叉渗透的发展趋势，为我国的社会主义现代化建设培养具有全面素质的高质量人才。"怎样才能实现上述目标？中小学十二年欠下的账，靠区区一两个学期几十个课时又能解决多少问题呢？大学语文应当完成哪些使命呢？

大学语文应当具有梳理功能。中小学语文是由浅入深、循序渐进的。然而，在中小学所有课程中，语文又是最无系统性的。除语法以外，小学、初中、高中的教材无必然的有机联系，学生读了许多文章（文学性的、非文学性的），其中也确实有不少是古今杰作，但作为语文教育的接受者，脑子里只是装了许多零零碎碎的知识、材料。在接受初等、中等教育后，需要对所学的知识进行一番梳理，对中学语文的一些名家或名篇不再仅作为学习语言的材料，而是从文学史的角度重新加以认识，使学生对中国文学发展的全貌有个系统的粗略了解。构建文学史的知识体系，使新老知识从中找到相应的位置，使大量感性认识上升为理性认识，这也是解决课时少而要提高大这一矛盾的重要途径。所谓按文学史的要求，不是简单将入选的作品按时间顺序编排，而是要充分考虑该作家在文学史上的地位、该作品的代表性，等等。

大学语文还应具有传统人文精神的传布作用，使学生在古今文化精品的感化教育下，促成学生思想境界的升华和健全人格的塑造。"文革"前后，《语文》课本一度被社论之类的文章充斥，其目的是向学生宣传和灌输一些政治观点，其实这一般难于达到预期目的，最终的结果是学生厌弃语文课。语文并不否定思想品格的教育，相反，这也是语文教育重要的使命。问题在于不应照搬政治课的内容。语文要让学生受到感悟和教育，只能靠古今的文学经典；爱国感情的培养和高尚情操、气节等品格的滋养，也只有靠这些文学精品潜移默化的熏陶。大学语文较之中小学语文还应有拓宽学生视野，开拓学生思维能力的作用。

中小学课程以正面教育为主，但现实世界并非都是"到处莺歌燕舞，更有潺潺流水"。大学语文要帮助学生提高明辨是非的能力。与其他学科相比，语文是学生以往学习时间最长、感性知识最多的一门课程。以大学语文课为基础，让学生继承宋以来的"疑古"传统，即使对文学精品，也从正反多角度去认识它，将学术界的争鸣意见告诉学生，启发学生作求同、存异多种思维。对名家名篇学习鉴赏的同时，也看到其缺憾与不足，让学生初步知道什么是作学问。这对学生日后在自己的专业领域培养创新意识是很有帮助的。

应当提高学生语文自学能力。叶圣陶谈语文教育目的时曾指出，语文学习最终要做到：学生自能读书不待老师讲，学生自能作文不待老师改。对绝大多数学生而言，大学语文是学生一生语文课的终结，是从"老师讲"到"不待老师讲"的最后过渡，故培养学生的自学能力是十分重要的。学生的语文水平（诸如阅读、写作、口头表达能力）要能在走出校门后仍有较大的提高，完全取决于学生是否学会了自学。如果说，中小学语文课的积欠，不可能在一两个学期中全弥补起来，至少我们已教会学生如何去补，他们也有足够的兴趣去自觉补。要大大提高学生对语文课的兴趣。由于中小学多年的应试教育，一篇篇文学典范作品被肢解，优美的、引人入胜的文学佳作化为似是而非的一条条选择题。

语文教学中的空洞说教太多，加之教师、教材等方面的问题，大学新生中厌倦语文的人占相当大的比例，这是语文水平难以提高的最大障碍。大学语文只有在教材、师资水平、教学方法等方面与中小学均有很大区别或改进，才能使学生大大提高对语文学习的兴趣。

......

为了实现上述几个期望的指标，我们编纂了这本具有系统性、网络式、立体化、大信息特点，并且方便自学和启发学生学习兴趣的教材。

所谓系统性，是指以文学史为纲，按照简明中国文学史的要求，对在中国文学史上占有重要地位的诗人、词人、散文家、戏曲大师尽量不遗漏。对他们的优秀代表作品，凡适合作大学非中文专业语文教材的（考虑到不宜过深、过长、过通俗以及不与中小学重复），尽量选入。使学生学完本教材，能大致勾画出从古到今中国文学发展的主要轨迹。

所谓网络式，是指在每个小单元的主要课文按时间顺序编排的同时，附编的内容按题材的专题跨时间编排，使学生读完本书后对一些重要题材（如爱国、咏史怀古、山水田园等）文学作品的历史概貌有较全面的了解。

所谓立体化，每个小单元以一两个作家为重点，选择他们的几篇代表作为详讲内容，在附录中又精选他们的其他代表作，从而做到以一两篇带数篇并进而知全人；又由重点作家推广而至一个个或题材相同、或创作时间相近，或风格近似的作家群。如讲陆游的爱国诗，就兼及南宋其他著名的爱国诗人；如讲辛弃疾的爱国词，则兼及南宋的其他著名爱国词人。同时，让学生将过去对这些作家的零星了解，纳入新体系中去加以认识，打破大、中、小学的时空界限，使新老知识在这新的立体架构中融而为一。从而以较少的时间，得到较大的收获。

所谓大信息，一是指入选的每位重要作家《简介》后附有《集评》，选录历代文学家对其作品的总评；二是指每篇精讲的课文后除了一篇《赏析》外，还另附《汇评》，集百家之言，对该作品加以评析；三是每个小单元后常附有该

708

作家(流派)的创作综述和研究综述。这些做法与过去任何一种《大学语文》不同,介绍多种观点,甚至是截然相反的观点。即使是典范之作,也往往辑录少许批评的观点,但有主有从,并不会把学生思想搞混。而研究综述则把对某作家、某热点问题、尚未解决的问题及其症结所在均概略地介绍给学生,让他们去辨别、选择。附录的重要参考书目、参考论文更能引导那些文学爱好者从小课堂走入大课堂,去读与本单元有关的资料,深化课堂的内容。这些做法,使学生能继承宋以来的疑古传统,不再轻易迷信老师和权威,不迷信书本。而不迷信正是走向创新的起点。

由于本书附有大量深入浅出的学术综述及信息,也大大提高了本书的学术品位,而又寓学术于通俗之中,既方便学生自学,也大大拓宽了本教材的适应面,可以适应各种语文水平的大学生使用。他们可以各取所需,既可走马观花,也可下马看花,甚至进而作深入探讨。这也有利于增强学生的学习兴趣。

……

21 世纪的航船即将出现在海面上,伟大祖国在眼泪、鲜血及鲜花、歌声中度过了 20 世纪。新世纪的到来,开放世界的种种挑战,自然科学与人文学科的交叉渗透,召唤着我们的大学需要造就知识面宽,不仅精通自己的专业而且有厚实人文知识、人文精神及文化素养的一代新人。希望本书能跟上时代的步伐,为实现这一目标作出应有的贡献。

(《大学语文》,南京大学出版社,1999 年)

诛茅旧囿创新篇

——记东南大学文学院中国语言文学系

东大所在地的文学历史，比校史更悠久。六朝时，这里是皇宫与台城，"四声八病说"诞生于此，作为格律诗源头的"永明体"诗歌诞生于此，作为最早文人词的梁武帝及与群臣唱和的《江南弄》亦诞生于此。著名的文学总集《昭明文选》成书于此。明代这里是国子监，著名的类书《永乐大典》亦于此编成。民国前后，在旧东南大学及中央大学时期，这里工作和造就过一批震古烁今的文学大师。中文系便建于如此"旧囿"。试问：九州之下，有何大学有如此深厚的文学积淀？

然而，十多年前，这块文学的苑囿却荒芜一片。全校没有一名搞文学的教师，图书馆里的文学藏书均在院系调整时去了南大，新添的只有为数不多的通俗小说等休闲书。

顺应匡亚明等有识之士的倡导，学校为开设"大学语文"而引进了一批中文系本科毕业生，他们来自复旦、华师大、南大……郑云波副教授也于80年代中期来到东大。于是有了"大学语文"教研室——文史教研室。进入90年代，王步高、徐子方、张天来、邵文实等一批有博士学历者先后进入东大。1993年10月，中国文化系从社会科学系中独立出来。1996年，又以中国文化系的文学教研室、中华词学研究所、戏曲小说研究所、东方文化研究所的部分共同组建成立中国语言文学系。在这块曾建起过举世瞩目的文学广厦的"旧囿"才重新搭建起几间属于文学的草堂。它没有昔日的气派和辉煌，没有梁武帝、昭明太子、沈约、谢朓来掌门。它诛茅而立，只是一个可以遮风避雨的茅屋，只是一个淹没于工科大海中的珊瑚礁。然而，四年过去，这间草堂，这草堂里成长起来的教授、副教授、博士、硕士，似乎沾了这块宝地的灵气，得了祖宗的衣钵真传。中文系已成为东大校园中一颗闪烁的明珠，千年的文学香火又有了新一代传人。

中文系是靠教"大学语文"起家的。这些年,他们也靠此打了个翻身仗。他们建成一支由有博士学历的教授、副教授为骨干的大学语文教师队伍,其师资实力之强,为全国罕见。他们修订教学大纲,重编了《大学语文》教材。由东大牵头,南大、山大、浙大、北师大等二十二所著名大学的三十三名教授、博士参加编纂。此书由于具有系统性、网络式、立体化、大信息的鲜明特点,而深受广大师生的喜爱,出书不到一年便三次重印,在海外也产生了一定的影响。我校的大学语文已获优秀课程一等奖,已成为江苏省首批重点支持的网上课程,"大学语文"的多媒体教材也已获教育部立项。中文系建立以后,先后办起了汉语言文学的三年专科、成人大专班和留学生班,又于去年获教育部批准办起中文本科专业。

中文系师资队伍建设也取得了长足进展,人数由建系时的七人发展到二十一人,教授由一人发展到二人,副教授由二人发展为八人,有博士学历者由四人增加到六人。

中文系的学术水准也有了较大的提高,我系的诗词曲研究在国内外已有一定影响,由徐子方教授主编的《东大文科学报》、王步高教授主编的《中华词学》及《中大校友诗鸿》在省内外已有一定影响。本系教师承担着三项国家项目、四项省级科研项目、十多项校级及横向联系项目。省"九五"社科规划重点项目《词学研究电脑专家系统》已经完成,即将通过专家鉴定。江泽民同志亲自为该系主编的《爱国诗词鉴赏辞典》题字,该书获文化部和团中央等五部委金质奖。

中文系教师的教学水平也是师生公认的。张天来副教授获全校中青年教师讲课竞争一等奖第一名,成为全校青年教师的楷模。其他教师也先后获全校教学特等奖、一等奖、二等奖,有的还被评为全校优秀教师。学生评选全校十佳选修课,中文系占其中的三分之一左右。

六朝松可以作证,中文系的师生正努力重现这块土地上曾有过的历史辉煌,他们将以自己的不懈努力,证明他们是当之无愧的东大儿女!

（《东南大学报》,2000 年 9 月第 791 期）

卷五 教育教学研究

711

论新时期《大学语文》教材编写中的
开放性与多元化思维

　　我国的高等教育正由过于强调应用的科学教育向素质教育转变，也逐步由精英教育向大众教育转变。信息科学的发展更使人瞠目结舌，我国也迅速进入信息与科技创新的社会。处于世纪之交，作为文化素质教育主干课程的"大学语文"，应当如何适应时代的变化与要求？如何编出一本对各层次学生均有用，能大大提高其学习兴趣、提高语文教学质量的教材？这涉及教材编写者思维模式的改变与革新。实行开放性与多元化思维是解决这一问题的最佳选择。

　　"开放"是相对于"封闭"而言的，它要求《大学语文》编写时应解放思想，面向现实，面向未来，以适应时代的需要。"多元化"则是相对于"一元化"而言的，不再仅仅是正面说教、灌输一种观点、一种思想，也不是把一切其他观点都视为左道旁门而加以排斥和批判或"非好即坏"的"二元对立"。学术观念、学术视野、知识层面以及与此教材相适应的教学方法，均不是单一的、一成不变的，而是多元的。教材本身的服务对象也不是单一的而是多层面的。提出编著《大学语文》教材的开放性与多元化思维，是新时期大学文科教材改革中理念的重要变化，是观念的革新，是试图要彻底打破旧模式，编出一套面向 21 世纪的全新教材。而编写的全过程应是受这一新思维模式调控的。

　　当前，我国高等教育出现了多层次多形式的局面。就生源情况而言，有统招的全日制重点大学本科、一般本科、一般专科等高校，也有自费、定向生，还有电大、函大、职大等业余成人教育；就办学性质而言，有全国及地方政府办的高校，也有民办学院及社区大学。近几年来高校办学规模的扩大，每年大学新生数成大幅度增长的态势，如今我们江苏一个省在校大学生数已接近于二十年前全国的大学生数。招生数的激增、生源及办学形式的多样化使学生的语文水平天差地别。一些重点中学毕业生,其语文水平比二十年前从"文革"过来的学生要高出许多,也有许多以各种形式扩招进来的,甚至免试入学的,其语文修养又较当年的大学生低得多。以不变应万变,以一本《大学语文》教材去供各式各样的大学生学习,这也就决定了这种教材编写中必须实行开放性和多元化思维。

师资水平的多元化较之二十年前也是十分显著的。就学历层次而言,当年担任"大学语文"课的教师以本科毕业生和"工农兵学员"为主,职别也以讲师、助教为主,个别副教授担任领导。如今,部分重点高校中担任本课程教学的教师中博士、硕士已占绝大多数,部分学校已近于博士化。教师中教授、副教授也已占半数左右。师资的学历、职称提高,其学术地位也相应提高,有一些已占据学术前沿。这样的师资水平也对教材的学术水平提出了新的要求,否则任课教师只能处处补充与引申,课本就无法起到"一课之本"的作用。而多数普通高校、成人、社区大学"大学语文"教师仍以本科学历及较低职称者为主。师资队伍的学历、知识结构不同,也决定了《大学语文》教材应当有广泛的适应面。

中小学多年的应试教育,把优秀的文学作品抽象成干巴巴的主题思想、段落大意、写作特点和词语解释,近年来更化为许多似是而非的选择题。中小学语文激发起许多学生产生厌学情绪,《大学语文》教材越是与原中小学《语文》书的内容、形式相近似,这种厌弃的情绪越大。这迫使《大学语文》教材必须以全新的面目出现,这也许定得从开放性和多元化思维中找出路。

信息时代与技术创新,对21世纪新人的知识结构与创新能力提出了全新的要求,四年后他们将厮杀在激烈竞争的人才市场上,而大学低年级还未接触专业,在本学科领域里还谈不上创新。在语文这门学了十几年的基础学科中有可能也必须先期培养他们的创新意识、改善他们的思维品格,实行开放性与多元化思维。《大学语文》教材应有个"大信息量"和启发学生既作求同思维,也作求异思维的问题。只向学生灌输一种观点,老师备上一次课教上十几年的做法显然过时了。中文系教师最瞧不起教"大学语文"的局面也应当根本改变了。

近年来,教育部号召要提高学生的文化素质,提高教师的文化素养,提高学校的文化品位。各学校对"大学语文"的学科地位有了新的认识,开设该课的学校、系科增加,课时也逐渐增多。有些学生甚至希望每学期都开"大学语文",把它提到与"大学英语"同等地位。要适应不同课时、不同对象,注定了《大学语文》教材的多元化价值取向。它应既可以走马观花,也要能下马看花,甚至可成为部分文学爱好者步入文学殿堂的阶梯。

……

这些都决定了《大学语文》教材编写中应当实行开放性与多元化思维,而如何将开放性与多元化思维贯彻到教材编写中去,我觉得则应从以下四个层面上反映出来。

一是知识层面的多元与开放。"大学语文"是一门基础课程,文学史知识的传授是很重要的。"大学语文"应当在学生最终结束语文学习之前对十多年来中小学语文学到的文学知识加以一次梳理,实行"一纲多点"的形式,以文学史为纲,以简明中国文学史的要求(舍弃小家及过小的流派),安排各时期各文体的大学、大的流派以构成文学史的"纲"(主线),而这些大家、流派本身便成了各个"点",然后再"以点带面"(如以陆游涵盖南宋爱国诗人,以辛弃疾兼及南宋爱国词人)。以文学史一线贯串,再跨越大中小学的时段,将学生学过的所有名家名篇均联成一气,重要遗漏给予适当补充,学生就能了解中国文学史的粗略概况了。而且这是具体实在的,不是纯理性的勾勒线条。这仿佛是有枝、有干、有叶,也有根的一棵树,虽然细枝叶未必分得清,大致枝干都清楚了。中小学所得的零散知识也得以梳理一遍了。文学史本身是一条线,但因兼及文体、作家和流派,所以这里的"点"、"线(纲)"、"面"还是多元的。它还把中小学学过的作品,甚至课外阅读过的作品都可以纳入该知识架构。

二是学术观点的多元与开放。中小学语文教材基本上是一家之言,然而只有真正的"百花开放"、"百家争鸣"才能导致科学文化的繁荣。有比较才能有鉴别,只有让学生接触各种不同的观点,才能使学生养成独立思考的习惯。对一个作家、对一部作品,不同的人均可有不同的看法。应当让学生接触到著名作家、作品的不同见解。采取引证前人的评论,以形成作家的《集评》及作品的《汇评》,便很易于达到这一目的。《集评》、《汇评》中应当注意评论角度的多样化,同时兼顾褒扬与批评两个方面,也避免选一些过于偏激而无说服力的观点。同时,即便是文学精品,也可指出其白璧微瑕。如白居易《长恨歌》中"峨嵋山下少人行"句,前人早已指出,唐玄宗从长安逃入四川成都,并未经过峨嵋山,因为峨嵋山在成都市南二百里外。白居易这里是犯了个地理知识的错误。《集评》、《汇评》中适当选录一些争鸣的观点,也能启发学生的思考,有利于克服思维的片面性和绝对化。变"一家之言"为"百

王步高诗文集

家之言"，而又能主次分明，使学生有所适从，再通过赏析与注释阐明编者自己的观点，使学生可以多次性、多侧面地思考问题，却又不会造成思想混乱。《汇评》《集评》常常较为深刻，从而使本书不仅"可读"，可以常读常新，甚至像《唐诗三百首》那样"白首也莫能废"。

三是学术视野的多元化与开放性。前文言及的变"一家之言"为"百家之言"的评论汇辑已是一种学术视野的开拓，但往往数量仍是有限的。经编写人把大量信息资料适当加工综合，可使学生的学术视野更加拓宽。在每一部分设计一定的作家(流派)综述(综论)和该作家(流派)的研究综述，对一些学术热点问题再单列一篇研究综述，使学生的学术眼界大开，领略"尺幅千里"的学术境界。再辅之以一定量的《参考书目》，即便是有一定文学造诣的学生，也决不会有"吃不饱"之感了。而对一些语文基础较低的学生，一次自然"吃不下"，但可以分几次"吃"。如同风景名胜区，未必一次就能尽兴，可以反复游览。而这些作品综论、研究综述均对各学派的观点兼容并包，体现了开放性与多元化的原则，这就将学生提上一个较高的学术平台，让他们初步了解什么是作学问。自然，上"大学语文"课者绝大多数并不会从事文学研究，但他们学了十多年语文，他们又才是大学低年级学生，对自己所学的专业课程大多知之甚浅，还谈不上作学问，而从自己熟悉的语文课上尝试一下作学问是怎样一回事。这对学生学术品格的提高，独立思考能力的培养均是大有裨益的。这使"大学语文"具有"大学"的特点，也是它截然不同于中小学之处。

四是学习方法的多元与开放。教材要通过一定的教学方法才能发挥作用，反之，教材对采取何种教学方法也有一定的制约作用。学生是学习的主体，如何使学生养成独立自学的能力？这是个耐人深思的问题。过去老师也布置学生预习，真正做到的并不多，因为教学内容就那么多，课前预习了，课上重听一遍趣味性更没有了。如果教材容量较大，也蕴含较多知识点及难点、重点，有一些问题学生可以通过读书、查词典解决，还有一些要与老师讨论，也有的学生可以不同意书本的意见，阐发自己的独到见解，学生的主体作用更可以得到发挥。叶圣陶先生曾对语文教学的目的概括为：学生自能读书不待老师讲，学生自能作文不待老师改。"大学语文"是学生一生语文课堂学习的终结，是完成从"老师讲"到"不待老师讲"的最后过渡，培养学生的自学能力很重要。能方便自学便成了教材编写的一个重要标准。

《大学语文》教材还应当考虑到能开展网上教学与多媒体教学，甚至直接开发多媒体课件。这就要求教材本身有一定的前瞻性和先进性，即便是《诗经》《楚辞》等最古老的内容，也应放置到信息时代的大背景下来认识。21世纪的"大学语文"，从教材到教法都应是开放与多元的。借用声音、图像及网络技术，我们的教学可以更有声有色，能更有利学习兴趣及教学质量的提高。

　　从人文教育、科学教育到素质教育，中国的教育经历了坎坷的历程，照搬前苏联的一套，使我们留下太多的教训，照搬西方同样也不会有好的结果。"大学语文"教材改革是个长期的过程，"开放性"和"多元化"思维的内涵随时代的进步也会有不同的新内容。教学方式的现代化及中小学《语文》教材与教学手段的改革与创新也必将对"大学语文"的教材改革产生巨大的推动作用。在《大学语文》教材改革中编著者的"开放性与多元化思维"还不够，还应善于将这一思维方式，通过教材、参考资料、多媒体课件，变为该课程的广大教师和学生的共识，反复切磋，反复修订，才能编写出一本能无愧于我们的时代，面向21世纪的新教材。

（《江苏高教》，2001年第3期）

试论新时期"大学语文"课程的学科定位

"语文"一词,从词汇学的角度说有三层含义:一是书面语言与文章;二是语言和文字;三是语言和文学。作为一门课程而言,它的含义也就是语言、文字、文章和文学。语文课讲的也无外乎这一些了。语文课程应当具备哪些教育功能,换言之,语文这门学科应当如何确定其地位? 大学语文课程应当如何确定其学科地位? 然后再探讨新时期的"大学语文"课程的学科地位便不难了。

在现代教育中,倡导德育、智育、体育与美育,语文课程是兼顾德育、智育、美育这三者的。首先就语文课作为一门智育课而言,它要兼顾知识与技能两方面的教育。作为前者,它要教给学生识字、词汇、语法和修辞,也要教给学生许多文学和文章学的知识、文学史的知识,同时学生要逐步将这些知识变为种种技能,变成阅读能力,变为口头表达能力和写作能力以及创造性思维的能力。语文课是运用祖国语言、文字,以达到上述的各个目标。

小孩从学说话、学识字开始,实际上已开始语言、文字乃至语法、修辞的学习,也会背一些唐宋诗词,也接触到一些文学作品。他们要叙述一些事,表述自己对一件事的见解,两个小孩吵架以后各自叙述自己的理由乃至指责对方,都是一种写作了,只是他们还不会用笔写。随着年龄的增长、受教育的增多、识字的增加,他们的语言、文字、文章乃至文学的修养均会有不同程度的提高,以至于到了可用口和笔完整清晰地表达自己的思想、意见,或记录、叙述一个事件、一个故事,更能阅读自己感兴趣的文学、科学、社科书籍。这一切又促进了学生科学、人文乃至思想道德素质的提高。语文在中小学里是居于首位的基础性学科(到高中阶段有所削弱),这是尽人皆知的。

当然,中小学语文的欠账现象也是无法回避的,部分大学新生语文水平还不高:语句不通、错别字连篇、文章写不好、文学修养很低。而大多数学生

卷五　教育教学研究

717

在语言、文学、文章几方面均有欠缺，而文学知识则更为肤浅而零碎。……这些问题，二十年前匡亚明校长等有识之士早已看到，且大声疾呼过。如今各校的领导多数虽说不上很重视却是都乐于承认的。产生的原因既与应试教育有关，也与教育制度、教育理念有关。对此这里不深谈，我这里只就大学语文的学科地位的几个问题展开讨论。

我认为，大学语文与高等数学、大学物理一样既是高等教育的基础学科，又与中小学语文既有联系，而更多质的不同。这大致表现在以下几个方面：

从传播知识的角度而言，语文课要学生学会识字、语法、词汇、修辞的知识，文章与文学的知识，前者按中小学教学大纲均应大致掌握（熟练运用是另一回事），词汇、语法、修辞等也具有一定的系统性。而文章学的知识更多是运用于写作，学生最严重欠缺的是系统的文学史知识。屈原、陶渊明、李白、杜甫、白居易、苏轼、欧阳修、李清照、陆游、辛弃疾、关汉卿、罗贯中、曹雪芹、蒲松龄、鲁迅，乃至于王勃、王昌龄、王之涣、李绅、范仲淹……同学们有的是耳熟能详，也有的是略有所知。然而，对于文学史，他们的知识是零碎的，是片面的，需要为他们勾画出一个简明中国文学史的知识体系，大致指出各朝、各代诗、词、文、赋、戏剧、小说的主要成就、代表作家、主要流派、代表作品及其成就与得失。这无疑是给学生一根针和线，将他们已有的和新学的文学知识、文学家、文学作品用线穿起来，使文学知识表现出显著的系统性，使学生将学过的作家（流派）从宏观上加以审视。对作品也可以区别其是大家的代表作或是小家的吉光片羽；是璀璨的园地里的一颗明星，还是孤立的奇花。学生们的知识就显然可全面多了，让学生投入的时间少，而收获却十分丰富。这便是一种梳辫子的方法，知识的梳理、补充显然无论是理解还是记忆都比只是零碎地学上一些新的名家名篇有用得多。

从提高学生的阅读水平而言，语文课是遵循识字→阅读（含讲解）→赏析的途径。小学低年级学的多是单词、单句、情景对话之类，以识字为主要目的；小学高年级、初中学生已能读懂一些现代短文，也已接触一些文言文，经老师讲解，可以理解其大意，也能阅读一些更浅显的课外文章，囫囵吞枣地学一些较通俗的文学名著或其节要。高中阶段学生的语文水平之差距开始拉大（这不仅从考试成绩上看，更多从实际水平上看，考试成绩的差距往往较小）。少数学生已能欣赏某些优秀的文学作品，对课本上介绍的作家、作品已深感不足，而在优秀语文老师或家长、亲友的指导下找一些文学名著来读,也有的抱着饥不择食的态度,买到什么读什么,借到什么读什么,武侠小说、地摊文学成为首选。入大学以后,学生的语文水平已是天差地别,用同种快餐饭打发所有的学生显然不行。即便高考语文分数相近,实际水平也可能相差很远。因而,"大学语文"课必须姓"大"("大学"之"大"),不能是"炒冷饭",更不是高中语文的学时延长;就提高学生的阅读能力而言,必须注重鉴别赏析能力的提高,不再是扣一个个字词句,也不是依赖老师的串讲与翻译。要努力培养学生自学能力,这不仅是个教学方法问题;教学理念,教材也均必须作相应的根本改变。

再从提高学生的写作能力而言,语文课遵循的是从识字→写字→看图写话→习作→创作的发展途径,我所说的"创作",未必全是写小说之类的文学创作,而是指实际工作、生活需要的各种写作实践,如写报告、总结、评论、读后感……当然也包括文学性写作。过去的"习作"中,学生可能也曾学着写过这些文体,但"习作"只是一种练习,其直接目的不是为了向上级报告某项工作、写一个实验的报告、写作总结……而是一种写作练习,是打靶而非打仗。"大学语文"课要学生自己学会写社会需要的各种文体,如果说,这时还有老师指导、修改,以后除专业课教师的指导外,从写作角度指导的便不多了。因此,还应根据学生的需要开一些学生感兴趣的相关选修课,其中包括写作课,不仅可以是现代文写作,甚至是文言文写作课(如诗词格律与写作),让学生(主要指本科生)在离校之前学会独立开始实际创作性写作,而不再是一般的练习性写作。近几年来,我们为中文系及其他系学生开诗词写作课,吸引了学生,有相当一部分学生的诗词均达到发表的水平。《江南诗词》等报刊曾连续辟专栏介绍这些作品。每年均有大量文章见于报端,学生写的报告还获得"挑战杯全国大学生社会实践"特等奖……这些不写在作文本上的文章,已是一种"创作"而非"习作"。

再从口头表达能力的提高而言,一个人也大致遵循从呀呀学语→情景对话→小组发言以至发展为大会演讲和辩论,而除口吃等生理原因外,口头表达能力的高低是与语文水平直接成正比的。大学生阅历较之中学生广得多(尤其来自农村的学生反差更大),生活的积淀也比中学生丰富,大学生的社团活动、文化活动较之中学时代也有显著的增加,很多人都有了出头露面的机会,有机会参加乃至主持大型会议,与教授和中外名人交谈、接受新闻媒体的采访、当电台电视台的嘉宾主持,作为小报的小记者去采访别人、参加全国或地区的大学生演讲比赛……这些已渐渐打破学生与成年人的鸿沟、打破学校与社会的界限。当然知识的广博是成功的前提之一,锻炼也是必要的,但没有很高的文学修养,即便口若悬河,也常常文理不通,说不出令人信服的道理,作不出很有文采、可以振聋发聩的精彩演说。语文课培养学生如果只能读不能讲,或只能写好稿子去台上念,均是很不够的,生活中的交谈、学位论文的答辩、商战中的谈判、答记者问,等等,绝大多数场合均不可事前准备好文字稿的。学生有深厚的文化积淀、有较高的文学素养,又有敏捷的思维,就能在重要场合应对自如。"大学语文"应当注意培养这种能力,更要让学生知道这种能力的提高与文学修养的直接联系。为此语文老师先做出表率,上课要基本不看书,大部分课文(现代文除外)要背出来,夜晚上课要有"停电不停课"的功夫。一流的语文教师应当有书法家般的一手好字、作家诗人般的一枝铁笔,还要有政治家、外交家般的一张铁嘴。

对学生思维判断能力的提高,"大学语文"的教育也负有不可推卸的责任。"大学语文"与中小学语文课的一种根本区别即在于不再灌输给学生"一是一,二是二"之类的结论,现实世界上并非只有黑白两种颜色,甚至也不止是赤橙黄绿青蓝紫七种色彩,人也不只有好人和坏人,结论、评论也不只是非好即坏二者必居其一。一篇文学作品除了是非之分外,更多的是高下之分,即便是一流精品,也可能白璧微瑕;即便是该否定的作品,艺术上却可能有过人之处。一些众所周知的名篇,也会盛名之下其实难副;一些名不见经传的小人物,也会有令人叹为观止的杰构。要让学生拓宽视野,不囿于一孔之见。"大学语文"应当给学生以较广阔的视野、较高的学术平台,较多元化,甚至是互相对立的学术观点。即便是文学精品,也可指出其不足,让学生不仅会啧啧赞赏,也会"吹毛求疵",其见识才会高远,观念才会创新,才会不迷信书本,不迷信老师,也不迷信权威,才会青出于蓝而青于蓝。

"大学语文"要承担人文精神的传播和道德情操熏陶的使命。所谓人文精神,古今说法不一。《易·贲》曰:"观乎天文以察时变,观乎人文以化成天下。"孔颖达疏曰:"言圣人观察人文,则诗书礼乐之谓,当法此教而化成天下也。"《北齐书·文苑传序》亦曰:"圣达立言,化成天下,人文也。"人文亦指人事,如《后汉书·公孙瓒传论》:"舍诸天运,徵乎人文,则古之休烈,何远之有!"西方的人文主义则是欧洲文艺复兴时提出的一种进步思潮,主张思想自由、个性解放,提倡学术研究,以复兴古代文明为口号,反对宗教束缚。在市场经济时代的今天,某些人金钱至上,物欲横流,提倡人文精神自可解释为传承中华文明的优良传统,这里有文化的传统,也有道德的传统。

我们过去也曾反对赋予语文课太多的道德教育的使命，这肯定错了。时至今日，大学生道德、情操、心理都存在许多误区，大学语文是知识课、文学课，更是一门人文精神的传播课。

　　半个世纪来，我们以大量政治课取代德育课，而道德上又提出"毫不利己，专门利人"的崇高标准，用心良苦却收效甚微，至今高校学生的道德问题较多，心理素质也十分脆弱。去年一年，南京在校大学生自杀而死 29 人，其中有的还是共产党员。许多走出校门不几年的大学生握有重权后，很快成为贪污受贿上千万的巨贪。大学生在校偷自行车、考试作弊，乃至杀人、嫖娼、卖淫等过去想都不敢想的事现在时有发生。加强大学生的人文精神和道德情操的教育已经刻不容缓。而学生厌弃了空洞的说教，让历代文学精品去感化、陶冶学生的道德情操，并回答当前及走向社会后的若干社会人生、道德心理的问题，却是十分有益的。对此古今之大文学家常有一些极精辟的见解，而且以文学形式出现，老师讲课时再善于引导，学生对这种教育没有一种心理障碍，容易听得进，记得住。

　　大学生已二十岁左右，他们都已长大成人了，已不像小孩子一样容易听话，他们有了一些生活的经验，甚至自以为很成熟了，当然他们仍很单纯。这代青年人，与其祖辈、父辈比起来，他们受到家庭的呵护很多，几乎到了溺爱的程度，这是前所未有的；而如今学习、升学、就业及在工作中遭遇的竞争，也是前所未有的。这样大的反差，使心理不够健康的青年人，容易精神崩溃乃至走上自杀之路，这些要防患于未然，而"大学语文"课则也有其不可替代的作用。

　　大学生（尤其是名牌大学的高材生）走上社会后做官的机率较大，这些人对社会、家庭、同志的责任感如何，他们能否如中华传统中注重名节，便显得十分重要。"文革"前后，有几位位高名显的知识分子因不注重名节遭到人们的唾弃，而如今名利的诱惑、保全名誉地位的压力等也会使许多人丧失名节。面对这一现实，德育课的任务事实上也由非政治课来一起承担，而其中"大学语文"的作用尤其突出。"名节"之类的问题，是古代文学中时常涉及的问题，正反典型都有，生动而形象。由"大学语文"来承担这一类的教育，其效果却比政治课好得多。只是要求教材的编写者，要留意编选一些这方面的篇章。

　　"大学语文"实施道德情操的教育应结合语文教学的特点，不要变为政治课的增加。因而从教材到教法都不可背离文学的基本规律，要让形象说话,这不是选几条语录,加几篇并不感人的政治论文所能奏效的。而要让优秀的文学作品去感染人,让他自觉地接受做人处事的教育。如读秦观《鹊桥仙》词中"金风玉露一相逢,便胜却人间无数","两情若是久长时,又岂在朝朝暮暮"等词句,对学生爱情观的教育作用,远比听一场婚姻讲座有效得多。再如读苏轼诗词要适当注重对旷达精神的阐发。如对其《定风波》中"一蓑烟雨任平生"句适当引申,便能使人们学会心理平衡,对人生的坎坷曲折不公平之事视若等闲,就少许多烦恼,也少许多自杀等事件,更少许多人际是是非非,使人们学会少计一己之得失,少争一日之短长。

古代的文学作品(包括大量精品)中也有许多失败者叹老嗟卑、怀才不遇之作,说到底是失败者的哀鸣。对这些作品也要引导学生去正确对待,既看到时代(封建制度)扼杀人才的一面,也要看到这些人中有些人自身的个性弱点,不可仅仅归结为"怅望千秋一洒泪,萧条异代不同时"(杜甫《咏怀古迹》)。一部分人得意,一部分人失意;有人大材小用,也有人小材大用;有人一帆风顺,也有人颠沛坎坷;有人享不尽富贵荣华,也有人饥寒交迫,生活无着……这在任何社会中都可能局部或广泛存在,其区别仅仅各是哪些人。同样的出身条件,同样的机遇,也有人会把握,也有人不会把握,也有人不屑把握。这里有个性品质的差异,也有心理的差异。我们要教会学生以古为鉴,既不可不加分析地同情一切"怀才不遇"的失败者,又要从道德人生的角度去淡泊名利;既要奋进努力,又不能不择手段投机钻营;不要一方面对腐败深恶痛绝,另一方面遇事又请客送礼,小有权力后甚至索贿受贿。讲文学作品中的隐士,也不要一味强调"不为五斗米折腰"的清高,要不随世浮沉,严谨自律,又要学会随遇而安,入乡随俗,要掌握好"度",因为我们并不希望学生均有魏晋的"名士风度",而与世格格不入。文学是人学,读书可以明理,读文学书要明做人之理,要学会做有高尚道德,有所作为之人(这与官位、职称、荣誉并不等同),更希望有些人能做品德端庄、大有作为、名垂青史之人。

"大学语文"的学科定位也不是一成不变的,最近江泽民同志在人民大学讲话,大大提高了人文学科的社会地位,当然落到实处还有待时日。信息时代又对"大学语文"提出挑战,一本教材教几代人,一本教案混一辈子的时代结束了。电子教材、多媒体 CAI 课件、网上教学……促使"大学语文"也要发生新变乃至翻天覆地的变化。教材、教学观念也都应当随之改变。这种改变是一种科学的扬弃,以全新的理念来取代相形见绌的成规陋习,以全新的教材、全新的教学手段来取代显然落伍了的旧教材、旧方法。当然,这不是"追风",也不是以现时的价值观来否定传统的全部价值观。它有"变数",也有"恒数",有的不仅不变,反而要加强。如教材的人文精神、人文传统,传统的名篇(与全国统编中小学教材重复者除外),仍应保留,并补充一些更适应当今学生接受水平,使之更有利于创新能力的培养,更利于其知识的系统化及其思维品德改善的内容。

"文革"中学校极端强调一切要学以致用,其荒谬是人所皆知的。如今中学课程的实际设置常随高考的指挥棒转,大学的课程设置则常按市场对人才的需求来确定,其长远的危害并不见得比"文革"中的做法轻很多。要培养出高素质的人才,大学课程应由三部分组成:基础理论部分,专业知识和技能部分,人文素质部分。一味强调学以致用,充其量只能把大学办成高等技工学校,培养的只是会按图施工的技术工人或技术员,要有创造性思维、要有完善的人格,没有人文类课程是不行的。庄子《逍遥游》说:"且夫水之积也不厚,则其负大舟也无力……风之积也不厚,则其负大翼也无力。"厚积薄发才能有所创新。"大学语文"显然属于这一部分,以前半个世纪我们高等教育最缺乏的也在于此。这些课程对于名牌重点大学学生尤其重要,他们中的许多人将是未来的政坛、文坛、经济领域大大小小的领袖人物,其人文素质和科学素质同样决定着他们事业的成败,其实也同样决定着我们中华民族的未来。

"大学语文"的学科定位关系到此课程的性质、作用、发展的途径,更关系到大纲的制定、教材的编写、师资的配备、教学的方法,等等,这是大学语文教学改革首先应当解决的问题,这一定位既应有相对的稳定性,又当与时俱进,适时修正。"大学语文"的学科定位也应提到提高中华民族的文学与人文素质的高度去认识,随着江泽民同志在人大讲话精神的落实,"大学语文"教学必将发生革命性的变化,对"大学语文"学科的重新定位,转变理念应是这场革命性变革的开始。

(《全国大学语文研究会第九届学术年会论文集》,2002 年 5 月)

关于中文系以科研为先导，以项目带队伍，兼顾教学与社会服务，促学科发展的几点思考

中文学科的发展经历了异常艰辛的过程，尽管申办硕士点始于1992年（当时文学院范围仅有"科技哲学"、"马克思主义基础理论"两个硕士点），但至今还有一个本科专业，一个规模很小的留学生教学点，全系教师更多靠上"大学语文"和文学类分组必修与公选课来生存。由于学科上不去，近几年万书元、王薇、杜彩、朱国华等相继到外系外校攻读博士和博士后，回来的可能性较小。留下来的同志也时时受到外校的诱惑，随时有被挖走的可能，徐子方就是一例。

东南大学要建成综合性大学，而综合大学不可能没有中文系，希望校、院领导对中文学科予以一定的重视和支持，这固然很重要；但"有为才能有位"，有所作为，为东大作出贡献，在全国乃至海外造成较大影响，才能得到领导的重视，也才能促使自身学科的发展。学校具有教学、科研和社会服务三大功能，某一学科的发展也是如此。

中文系近几年以诗词教学改革为切入点，以改革"大学语文"教学为中心，校内校外相结合，对理工科大学生全面推行文学素质教育。我们的《大学语文》教材已重版六次，正争取成为全国通用的"十五"规划教材，目前清华、浙大、西安交大、南大、同济大学、东南大学及全国的许多著名大学均采用此教材，该教材已获全国代秀畅销书奖，我们的"大学语文"课程已获省优秀课程一等奖；我们的文学素质教育已获省优秀教学成果一等奖。"大学语文音像教材建设"已获教育部"新世纪高等教育教学改革工程"立项（项目代号：126202314），"大学语文"网上课程已被省教育厅批准立项（项目代号：11）。这两个项目即将完成。

东大的"大学语文"课程与教材建设是全国同行公认的最优秀的课程和教材之一，华东师大一直是垄断《大学语文》教材的同行，也将我们视为他们

最有力的竞争对手。我们并不打算就此止步，"大学语文"的文章还没有完全做足，从现在起两三年内，我们将陆续推出全新的《大学语文》教材及与之配套的参考资料、音像教材、简编本教材及网上课程。如果能得到校方的支持，我们还将实施"古典诗词系统教改工程"，建设唐宋词鉴赏、唐诗鉴赏、诗词格律与创作等系列课程与系列教材。我们还将进一步完善文学系列讲座等，全面推动文学素质教育；同时开展深入的教学研究。我们已申请了"新时期大学语文与文学素质教育研究"的国家课题，使我们的改革上升到理论高度，对全国产生更大的影响，力争被评上 2005 年全国教学改革一等奖或特等奖（我校已有 3 届、12 年未获一等奖）。对我们自己的本科课程、研究生课程也作大规模的改革，建设些有影响的课程和教材，力争后来居上。

东大的中文系是个小系，但希望由于我们的存在能使东大其他系科、其他师生的文化氛围更浓郁，使他们的学习更有趣、生活更温馨。在校内我们组织支持各种诗社、文学社、新闻社，我们当他们的顾问、辅导教师。让大家从自修室、计算机房走出时，也能吟诗作词，领悟古今文学的意韵。对学校要我们支持的事，我们决不轻易拒绝。仅今年而言，我们为学校离退休同志开诗词选修课，为东南大学写校歌，为省政府送给东大百年校庆的大鼎写铭文，为百年校庆纪念碑写碑文，为老中大及 13 所衍生院校的校友编著《中大校友百年诗词选》，为顾毓琇校长的百年诞辰撰写寿联、寿诗等；中文系的同学年年为文学院主办"金秋语言艺术大赛"，当校报的小记者……中文系的老师还承担东大的普通话测试站等工作。

我们还把自己的工作做到东大的围墙之外，服务社会。一是开各种诗词讲座。仅近一两年中，我们就去本省和山西等省的多所大学、中学、教师进修学校开诗词讲座。二是与各部门、单位合作开展楹联、诗词大奖赛，仅近两个月，我们就主持过马鞍山诗词楹联大奖赛、天年公司与省电台合作的楹联大奖赛。三是开展电台广播教学。今年我们开了"唐宋词鉴赏"，明年还将开"大学语文"课程，由金陵之声广播电台用中波 846、1206 频道及对台广播播出。我们网大的"大学语文"网上课程也已解密，社会各界学子均可收看。我们还为江苏的文化大省建设、南京的文化兴市策略献计献策。还将大大增加留学生的办学规模……希望在全国以至海外能越来越多地听到我们的声音，为中文系扩大影响，为东大争光。

要使中文系的学科实现跨越式发展，更重要的是依靠科研。大学老师搞科研不仅是为社会贡献一些研究成果，也是使自己居于学科发展的前沿，推动和改善自己的教学。尤其是研究生教学更是如此,老师自己科研不抓紧,为研究生选择学位论文题都困难。然而,要在国内外产生较大的影响,必须有些标志性的大工程。

我们计划由我牵头,在近几年内开始和初步完成两个有较大影响的工程性项目。

一是一个古籍整理项目,题目是《全先唐诗》。

所谓《全先唐诗》是指有史料记载以来,夏、商、周、秦、、汉、魏(吴蜀)、晋、宋、齐、梁、陈(及北魏东西魏、北齐、北周)、隋共十二代(有六代的都城在南京,皇宫及中央机关即在东南大学,有大量作品也写作于此)的诗歌总集,其性质与《全唐诗》、《全宋词》相似。中华书局出版的逯钦立的《先秦汉魏晋南北朝诗》虽是迄今为止最为完备的这一阶段的诗歌总集,但逯先生后期被打成右派,他又早逝,这本书并未定稿。他不仅未能参考《四库全书》、《永乐大典》,而且大量的宋以后类书、方志、诗话、词话以及《道藏》、《佛藏》等也较少参考,甚至连《汉魏六朝百三名家集》、《石仓历代诗选》等也未参考。

不仅许多诗人的作品大量遗漏,而且许多诗人为书中所不载,有许多诗人佚失达数十首,更有大量的零篇断句不载。有些书虽然逯先生已参考,但因为疏忽,或者参考的版本不是善本,仍有较多佚失。因此,该书甚至在书名上也比清人丁福保的《全汉三国晋南北朝诗》后退而不敢"全"。根据我前几年的调查研究,已辑得佚诗近千首,估计总数可辑得佚诗 4000 首,零篇断句五六百条。再对原诗及辑得的作品进行认真校勘、考订、辨伪、辑评、简注,完全可以搞出一本与《全宋词》质量相媲美的精品。

这是一件有意义的基础性工程,《先唐诗》是上古、中古时期的诗歌,时间跨度达 1800 年,它本身的成就也很大,又是中国诗歌的源头,对后代有着巨大影响,并可与《全唐诗》、《全宋诗》、《全辽金诗》、《全元诗》、《全明诗》形成系列,为文学研究提供第一手最完备的总集,同时对研究上古的语言、语法、修辞及政治、经济、文化都有极高的参考价值。其历史地位将不在《全唐诗》、《全宋词》之下。

其二是进行古典诗词艺术的比较研究。

这个题目与前者有一定的联系。我国素以诗国著称于世,诗词数量大,成就极高。然而近半个世纪来,诗词研究分家,分工愈来愈细,很多研究者仅研究一两个二三流的作家,所谓综合研究者充其量只研究一两个流派。即使写唐诗史、宋诗史的,也用串珍珠的方法,将别人与自己的研究串联或并联起来。我们这里的研究与之不同处在于：一是在宏观上将诗词研究打通，把各个作家的作品只是作为宏观的一角来审视；二是较多从诗词创作论、鉴赏论及诗词理论几个方面对诗词艺术进行比较研究；三是诗词的艺术比较涉及语言艺术、修辞艺术、结构艺术、用典艺术、咏物写景艺术、抒情艺术等很多方面，又涉及与戏剧艺术、绘画艺术、书法艺术、音乐艺术、演唱艺术等多种艺术门类的交叉；四是诗词创作艺术的若干理论与实践问题。这些均是本课题的研究对象。它是对过去诗词作家作品的宏观研究和重新认识，也对今天创作实践水平的提升有极大指导作用，其意义是毋庸置疑的。既是理论的，也是实践的；是钻故纸堆的，更多是融会贯通、理性思考的。

既要有大量一手材料，又要有自身的创作实验。这就要求我们把千千万万个诗人、词人对诗词艺术的贡献抽象出来，揭示诗词发展的一般艺术规律，揭示当今诗词创作的艺术方向。

这两个课题，前者已被教育部古籍规划委员会批准立项，我计划以 5 年的时间做出来，大约要花费 15 万～25 万元。5 年后，我们还可以在此基础上开拓创新，做若干个副产品的工程，如先唐文学史研究、先唐文学批评史研究、先唐诗语言艺术研究……至于后者，其一部分已获校内基金的支持，全部完成则更须分几个阶段来做，先唐是一块，唐宋是一块，金元明清是一块，现当代又是一块，够我个人再忙上半辈子了。

以项目带队伍，张天来、邵文实、乔光辉、何平等青年同志有很好的学术功力，以大项目带动，才能冲上学科前沿，才能领先、冒尖。

这些中青年同志，如果刻苦努力，可以向大学者乃至大师的目标去努力，我愿为他们当"人桥"、"人梯"，让他们涉水、登高。

从自身的条件来说：我的研究面较宽，既有作家作品研究如史达祖与《梅溪词》，司空图与《二十四诗品》，吴敬梓诗赋；也有小宏观的研究，如隋代诗歌研究；也有古籍整理研究，如近期推出的李商隐、李贺、辛弃疾、李清照的全集，也有专题作品研究，如爱国诗词田园诗词研究；也有古代文学作品的鉴赏、普及，如由我主持的三部鉴赏辞典，多种诗词注本，等等。我熟悉诗词韵律，能写诗填词，又有较好的目录学、版本学、校勘学知识及实践经验。中文系有一批有扎实专业知识、学风端正、能团结共事、敬业爱岗的博士，又有一批社会研究力量的大力支持，完成这两个课题具备了基本的条件。

中文系还办有《中华词学》、《中大校友诗鸿》两个刊物，已在一定范围内产生了影响，坚持办下去。适当时将其中的一种办成公开刊物，对扩大东大在古典诗词研究方面的影响，以及在适当的时候，冲击古代文学及相关学科的博士点是有帮助的。

中文系目前的困难也不小，无非是由于学术腐败等原因，致使我们两次申报硕士点受挫，最好明年我们的点也能在校内审批，或按校领导曾考虑过的，下一个点上一个点，总之，中文系的硕士点是到了非解决不可的地步了。

中文系也有许多有利的条件，有一批名牌大学毕业的博士，今年仅来本系求职的博士就达近30名，还有几名博士后。中文系教师高度团结，凝聚力较强，在外界形象较好，许多大学的博士生均愿到我系工作。学校已决定大大扩大留学生的规模，这也将为中文系的发展提供一个新的生长点。故困难是暂时的，中文系的同仁应看到光明，提高自己的勇气。若干上几年，把上述两大课题完成，出它一二十本有分量的研究专著和古籍整理著作，在教学、科研、社会服务三方面均做得更好，争取近五年在搞成古代文学硕士点的基础上，戏剧研究、文艺理论等方面积蓄力量，拿下第二、第三个硕士点，并在五年左右的时间内，创造条件冲击博士点，也是完全可能的。

这是我们的良好愿望，希望得到校院党政领导的支持与帮助；嘤其鸣矣，求其友声！我相信东大的前途是光明的，文学院的前途是光明的，中文系的前途是光明的！

（《东南大学文科百年纪行》，东南大学出版社，2003年）

728

以提高质量为中心　改革"大学语文"教学

　　近年来关于大学生素质教育的呼声平静了许多,以开设一些课程、搞一些讲座、建一些社团、组织一些活动为标志的文化素质教育热热闹闹搞了几年,应当静下心来反思,这些做法,对提高大学生的文化素质、教师的文化素养、学校的文化品位到底有多大作用? 下一步应当怎样深入? 作为文化素质教育的先驱和主干课程,"大学语文"教育的现状如何? 下一步亟待解决的问题有哪些? 本文试就后两点说说自己的看法。

　　"大学语文"教育的现状如何? 总体而言:不容乐观。自匡亚明校长振臂一呼倡导开设大学语文课以来,已过去二十多年。"大学语文"开始是以补"文革"中中学语文的欠缺而广受欢迎的。"文革"过去已久,大部分人都淡忘了它。如今学生的语文水平不论多低,再记在"文革"账上也不妥了。走过"补课"阶段后的"大学语文"何去何从,匡老已作古,当年首开"大学语文"的老师们仍在第一线的已不多。"大学语文"学科地位不高,"大学语文"教师遭受冷落,教材陈旧,教学研究滞后等问题依然十分突出,唯一令人欣慰的是多媒体教学的广泛推开,教学手段单一的局面已被打破。"大学语文"在多数学校还徘徊于"开"和"不开","开多"与"开少"之间。其教学质量如何? 对学生成才、成长作用如何? 这些问题还不太受人关注。

　　"大学语文"应当定位在"高等学校人文教育基础课程"的位置上。4 年前,我为我主编的《大学语文》作序,就提出大学应开三类课程:基础理论课、专业技能课、人文素质课。"大学语文"属第三类。试以炒菜作比。多数学校将基础理论当成"土豆课程",专业课是"牛肉课程",人文课是"调料课程"。即便部分对人文教育比较重视的高校也不过如此。它既不及专业课,也不及政治、外语、理工科的大学物理、高等数学,它只是"味精""鲜辣粉"之类,故有许多学校的多数系科就不开了,或者将课时压到最低限度。

"大学语文"是旨在陶冶人的道德情操,培养和提高大学生文学鉴赏能力、口头表达能力、写作能力的基础课程。由于应试教育,中小学语文教学质量难尽如人意,这是人所皆知的事实。而新世纪对大学生的文学素养将提出高得多的要求。这是由于:一、研究生教育规模的急剧扩大;二、一些有识之士(如杨叔子、张岂之等)对学科交叉、渗透作用的新认识。

　　对于前者,大家有目共睹。1980 年我报考硕士生时,全国仅招 3000 人,近两年仅东南大学每年招收的硕士生已达 2000 多人,博士生 700 人左右,二者相加已近 3000 人。况且还有招生规模更大者。不久,每年研究生的招生规模将超过上个世纪 70 年代末本科生的规模,研究生占本科高校学生数的比例将达 1/5 至 1/4,在重点高校将达 1/2 甚至 2/3。以后攻硕、攻博、读博士后的将大有人在。仅仅从支持他们的学习出发,也希望他们有较坚实的中文基础,否则做得出实验写不出博士论文的将越来越多。几年前我与上海交大副校长白同朔先生谈及"大学语文"教育时,他曾深刻指出:越是重点名牌大学,越是优秀的大学生,"大学语文"学习就越重要。因为这些学校培养的是大大小小的"领袖"人物,没有较高的人文素养是不可思议的。其实道理很简单,语文是基础,盖的楼越高,对基础的要求也越高。然而如今的情况正好相反,就对"大学语文"的重视程度而言,重点名牌大学(尤其是文理综合大学和师范大学)往往不及以工为主的院校及农、林、医、财经、政法院校,地方院校不如军队院校。

　　这些年我们是很重视外语了,但效果并不好,许多优秀人才考研究生还是被外语挡在门外,原因很多,其中之一是中文基础不行,自己的中文基础不行,外语老师的中文基础也不行。我是德语本科毕业的,本科高年级学生往往学到文学课程时,不是怕自己的德语不行,而是怕中文不行,一句德语读了能理解,却无法用准确的中文语句来表达。我国德语界的元老是冯至教授,直至我从事古代文学研究后才知道,他对中国古诗词研究也很有成就,他的《杜甫传》至今还备受推崇。德语界中留过学,甚至生于德国,在德国生活过大半辈子的也不乏其人,他们与冯至的差别不在德语水平的高低,而在中文的根底。以高中的中文基础,学上几年外语,就想当翻译家,那是痴人说梦。真正当大翻译家,先得当好中国作家,因为翻译是二次创作。我本人是学外语出身,故以外语为例。其实,其他学科莫不如此,如中国建筑史、中国经济史、中国哲学史、中国民俗学、中国法律史等对中文的要求更高,研究这些专业的博士,其文学修养应不低于中文本科毕业。

王步高诗文集

此外，从陶冶情操、提高学生道德水准的角度来说，"大学语文"也有其无可替代的作用。自新中国建国之初我国教育全盘苏化以来，政治课取代了道德课。"文革"中"政治压倒一切"，其德育功能丧失殆尽。而"大学语文"以传统的中华美德给学生以熏陶，易于为学生接受。如修订本《大学语文》中顾炎武之《廉耻》、班固之《苏武传》两文，就客观上教育学生要注重名节、有所不为。读柳宗元《驳复仇议》，再结合读陈子昂《复仇议》，会让我们少点个人崇拜，多点独立思考；再如读王国维之《国学丛刊序》，就可懂得知识并无新老、中外、有用无用之别，过于强调"学以致用"是错误的；读苏轼的《定风波》之类诗词，能领悟"一蓑烟雨任平生"的境界，对人生的坎坷、得失、荣辱便会襟怀旷达。一个好的"大学语文"老师更易于成为学生的人生导师。

由于"大学语文"的学科地位不高，除在有匡亚明、杨叔子之类领导当政的单位，"大学语文"教师的学术和社会地位也不高，甚至到了自轻自贱的地步。这种情况极不正常。我这里有一则资料：

（历史上）清华大学讲授"国文"的专任教师、大家云集。1929—1930年为杨树达、张煦、刘文典、朱自清；1932年为闻一多；1934—1935年为俞平伯、浦江清、许维；1936—1937年为余冠英、李嘉言；1940年为沈从文、吴晓铃、何善周；1944年为王瑶；1946年为范宁、叶金根、朱德熙、王宾阳；1947年为郭良夫；1949年为吴祖缃。

这一个个耳熟能详的名字，均是我们敬仰的学界泰斗，如能有幸立雪其门，已使我辈欢喜雀跃，谁还能看不起这些"大一国文"教师呢？问题在于我们虽仰望这些大师，却正在鄙视大师们做过的工作。被人瞧不起是从自己瞧不起自己开始的。如今博导、硕导已多得是，正不必一看这些头衔，就肃然起敬，也不必一见"大学语文"教师就鄙夷不屑。以衣帽论人不可取，以课程论人便可取么？我有意在教材里附上张耒的一首诗"业无高卑志当坚，男儿有求安得闲"借以表达我的观点。

《大学语文》教材问题也较突出。问题表现在两个方面：一是前20年停滞不前，二是近五六年杂乱无章。因为是讲问题，成绩就不多说。头20年，基本上是一家垄断，修订不修订没有任何压力，中小学语文变化也不大，衔接的问题不突出。其间也出现过少数几种不同的教材，有的还相当优秀（如齐鲁书社1985年版当"大学语文"用的《中国古代文学》），但影响不大。近几年是百花齐放了，我见到的新书达30种左右，实际可能有50种以上（含军队院校的,成教、自考的)。也有几种较原统编本有很大进步,如中山大学裴汉康主编本、湖北大学杨建波主编本、上海财经大学本。但总的来说是良莠不齐,也有一些编辑思想、选篇、体例均无太多新意,学术视野也不够开阔。估计这类教材会很快销声匿迹,但可能还会有些一味模仿、了无新意的教材出现。在几个会上,我把过去那近20年戏称为《大学语文》教材的"西周时期"(一家独占,无人可争),把近几年戏称为"春秋时期"("百花齐放,百家争鸣"),我也戏称再过几年将是"战国时期"(诸雄竞逐,各有千秋)。淘汰掉大多数以后,形成几种优秀者胜出、相互竞争的局面,三足鼎立也好,四足鼎立也可。我希望《大学语文》这样需求量大、使用学校多的教材,永远保持强者竞争的态势,既不要秦皇、汉武,更不要刘禅、孙皓。让每一位编者始终有"危机感",永远不敢"高枕无忧",更不能"君临天下",而是战战兢兢、如履薄冰。让每一位编者时时捕捉新信息,关心中小学语文教材的变化、探讨新思路、增加新服务,不断更新自己。主编既要尽可能深入第一线,在教学中总结教材的成败得失,又要不懈地从事科研,参加学术会议,关注学术前沿,关注高教改革,研究"大学语文"教学。这些主编们如果都像国家领导人那样高度重视,都像大企业的老总那样"忧心忡忡",那么具有世界先进水平又具有中国特色的《大学语文》教材肯定会在今后不太长的时间出现。要实现此目标,仅靠如今《大学语文》的编著者和该课程的任教者还很不够,应当有一批年富力强的学界"大腕"们参加进来(不能是挂空名),以他们的学术功底、学术眼光、前瞻意识与时俱进,才能编出领一代风骚的高水平教材。

要着力提高教师的学术水平,打造一支高水平的教师队伍。目前"大学语文"教师的学历结构和年龄结构,较之前几年有了很大的进步。"大学语文"教师的专业构成以古代文学、现当代文学两专业居多。这几年古代文学专业的博士就业选择空间缩小,会有较多人选择教"大学语文",这对提高本课程师资的学历水平有好处。三五年后,"文革"前的老大学生(这部分人有博士学历者少)将基本退休,"大学语文"教师的学历层次将进一步提高。

学历的提高并不等同于教学水平的提高,对中年以上的"大学语文"教师而言,更新知识和提高自己科研能力显得较为迫切。教过多年"大学语文",并不意味着今后仍能轻轻松松地教下去。因为学生变了,教材变了,教学方式也变了,不学习不行。先说学生之"变"。从2000年开始,全国高中生使用语文"试验教材",这一教材比建国五十多年来的中学语文教材"深"得多(其"深度"超过我见过的许多《大学语文》教材),量也"大"得多,仅高中第六册便选《史记》13篇,《红楼梦》14篇(含阅读教材),其数量之多,超过了过去中文系本科教材。唯其如此,必然导致《大学语文》教材之"变"。中学教材与2003年前出版的所有《大学语文》篇目大量重复,重复量从二十多篇到六十多篇不等,古代部分重复1/3至接近全部。这样一来,绝大多数《大学语文》教材必须大幅度修订,而且内容也须加深。今后老师若再用几个月或几年前的旧教材会处处碰壁,受到学生的抵制。要采用新教材,备课量必急剧增加。再就是运用多媒体音像教材及网上课件,迫使老教师学习信息技术,向年轻人请教。

我在主编《大学语文》教材时,采取"双向思维"模式,即"浅化"与"深化"相结合,我编《大学语文教学参考资料》亦然。一方面用传统的方法对古诗文加注释、赏析乃至翻译(用于《参考资料》),使课文"浅化"易懂;另一方面却通过[单元总论]、[集评]、[汇评]、[真伪考]、[作品争鸣]、[作品综述]、[研究综述]、[参考书目]等,拓宽学生的视野,加"深"对课文的理解,这是大大的"深化"。让学生深入一层去看问题,看到作品深层内涵,看到作品的艺术魅力,也看到某些名篇的瑕疵。[集评]、[汇评]中甚至辑录了互相矛盾的观点,让学生听到不同的声音。这种"深化",既满足了高水平学生的胃口,也给老师制造点麻烦,"逼"老师在备课上花更多的功夫,"逼"着老师在职进修。杨建波老师评论我们的《大学语文》教材时说,它"既提高了'大学语文'的学科地位,也提高了'大学语文'教师的学术地位"。她说的这"两提高"作为对我们教材的评价,我们愧不敢当;作为努力方向,倒是再精当不过。

教学手段的现代化是近年来广泛使用且行之有效的方法,主要表现为电子音像课件及网上CAI课件的制作和使用。青年教师计算机水准较高,运用多媒体技术,将大量的音像资料压缩到一两张光盘里,利用多维空间,使学生将看、听、读三者结合,对理解和记忆都大有帮助。但切不可喧宾夺主,文学自有文学自身的特点。《红楼梦》的小说读上几十遍,可以成为半个"红学"家,《红楼梦》的电视剧看上几十遍,收获却微乎其微,因为前者是学习,后者只是娱乐和消遣。除课文显示外,课堂播放声音、图像的时间切不可太多。我们在这一点上不可太迎合学生的要求,热热闹闹,欢欢喜喜却无须动脑的课,不会有太大的收获。课堂上应当有笑声,但笑得太多就庸俗了。多媒体只是教学的辅助手段,它不能代替教师个性化的讲授,不能代替师生感情的交流,也不能代替老师人格力量的熏染。

语文教育改革应从注重知识的传授变为注重方法的传授和注重能力的

培养。为了说明懂点诗词格律知识的必要性，我想讲讲这样一件事：一位朋友向我询问"杜宇一声春晓，树头无数青山"二句的出处。它是两个六言句，显然不是律诗句，经查也不是六言诗句，显然它应是词句，但不是《全宋词》里的句子，多半是金、元、明、清词中的句子。我运用韵律知识，断定这两句是《朝中措》或《清平乐》词中前后结句，从内容看它应是后结句（即词的结尾）。但收录金、元、明词较多的按词调排列的大型总集不多，而《御选历代诗余》规模最大。拿来一查，没费多大力气就找到了，它是元好问《清平乐》词的结句。这位朋友说他前后问过很多人，历时近一年，没想到解决起来却如此容易。其实这里运用了音韵学、版本目录学的许多知识。这件事对我和学生都很有启发，如何把自己的知识变成解决实际问题的能力，这是一个很好的例子。其实，教学、科研多年，这类例子谁都可以举出来，这都是开门的钥匙，是能力的运用。

调查先行，开展"大学语文"教学的专题研究。就我接触的范围看，"大学语文"的教学研究还是高度分散的个体研究，缺乏整体规划，缺乏组织协调，缺乏专门阵地，缺乏现代手段。如果要问影响当今"大学语文"质量提高的因素有哪些，领导态度、教学研究是最弱的两项。全国有多少学校、多少班级（或学生）上"大学语文"课？课时各是多少？学生对它欢迎程度如何？每年全国公开发表的"大学语文"教学研究论文有多少？全国一年开几次（省市区和区域性）"大学语文"研讨会？全国每年出版多少种《大学语文》教材？有多少种《教学参考资料》和"音像教材"？应当有机构去做这个工作，应当建立"大学语文教研网站"或专门网页，甚至应当建立"大学语文答疑专家组"，应当建立全国"大学语文"教研奖励基金……应当有一个"磁场"，将全国大学语文老师的力量凝聚到一起，应当每一两年办为期半个月的短期培训班，请一批学术界的"大人物"开上二三十场讲座，让大家知道语文界的"大学问家"们在研究些什么，我们文学领域又有什么新知识、新巨著问世……

要把这门课建成为各学校最受学生欢迎的课程，要有精品教材、参考资料、光盘，要建立起遍布全国的教学研究网络……要通过我们的长期不懈努力，使全民族的文学素质都有长足的进步。任重而道远。我们面前的路还很长，很长。

（《中国大学教育》，2004 年第 4 期）

谈高校语文教学与道德情感教育的统一

——新时期大学生道德情感教育散论之一

市场经济的外部环境、新时期价值观的转型及高校本身的大幅扩招,使大学生的德育问题变得越来越突出。近年来大学生犯罪率上升、恶性案件上升、自杀率上升、考试作弊等严重违纪率也显著上升,社会公德缺失的情况比较严重。在校大学生及刚毕业不久的大学生、研究生的道德、情感问题较多,也是我们每个在高校工作的党员、教师都深感关切的问题。高等教育在道德情感教育方面的缺失应当引起我们的高度重视。

近年来,我们结合"大学语文"教学改革,提出以"高尚"与"和谐"为目标的育人思路。所谓"高尚",我下文还将专门谈到;所谓"和谐",便是如爱因斯坦所说:"学校的目标始终应当是青年人在离开学校时,是作为一个和谐的人,而不是作为一个专家。"(《爱因斯坦集》卷三)爱因斯坦的"和谐"是指高素质(不仅是自己的专业知识)而言。如果引而申之,一个人与集体的和谐,一个人与家庭的和谐……便赋予某种"团队精神"于其中了。一个人再能干,如果缺少这种"和谐",他既无美满的家庭及工作环境,也难以有辉煌的事业。

我很主张高校的道德情感教育应当与传统文化教育、传统人文精神教育结合起来,这样往往可以收到事半功倍的效果。十多年来,结合"大学语文"教学的改革,我们从教学大纲的修订、教材的编写、教学计划的制定、教学方法的改革到教学手段的革新,均把道德情感教育放在最重要的位置,充分发挥大学语文的道德教育功能。

"大学语文"具有无可替代的人文精神的传布、道德熏陶与思想教育的功能,这种功能不能靠空洞的说教,而要使学生在古今文学精品的感染教育下,讲气节、讲节操、讲知耻与有所不为、讲正气、讲不唯上不唯官、讲民本思想、讲平民意识……从而促成思想境界的升华和健全人格的塑造,培养其爱

卷五 教育教学研究

735

国感情与高尚的道德情操。

根据大纲我们的教材中便选录了许多既具有很高的文学性，又具有很强道德熏陶作用的文章。如课文中《国语·叔向贺贫》及附录的多首《倡廉刺贪诗》，反腐倡廉之意甚明；又如《战国策·唐雎说信陵君》，戒骄之意也在不言之中；再如文天祥《金陵驿》诗，爱国教育目的十分明显；又如《汉书·苏武传》，倡导民族气节的涵义也朗若白昼……更有大量的诗词精品。

我们注意在以下六个方面发挥"大学语文"课程的道德熏陶与情感教育的功能：

一、培养爱国爱乡爱校的感情

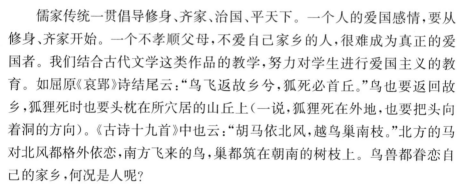

儒家传统一贯倡导修身、齐家、治国、平天下。一个人的爱国感情，要从修身、齐家开始。一个不孝顺父母，不爱自己家乡的人，很难成为真正的爱国者。我们结合古代文学这类作品的教学，努力对学生进行爱国主义的教育。如屈原《哀郢》诗结尾云："鸟飞返故乡兮，狐死必首丘。"鸟也要返回故乡，狐狸死时也要头枕在所穴居的山丘上（一说，狐狸死在外地，也要把头向着洞的方向）。《古诗十九首》中也云："胡马依北风，越鸟巢南枝。"北方的马对北风都格外依恋，南方飞来的鸟，巢都筑在朝南的树枝上。鸟兽都眷恋自己的家乡，何况是人呢？

中国的文学有着悠久的爱国传统。其中"有对壮丽山川的热情讴歌，有对艰危时事的忡忡忧心，有对破碎河山的伤怀喟叹，有对效命疆场、杀敌报国的热忱向往，有亡国巨痛的哀哀哭泣，有吊古伤今的深沉感怀，也有的'为一室之悲歌，下千年之血泪'"。在太平盛世，要居安思危，具有忧患意识。陆游《病起书怀》诗曰："位卑未敢忘忧国。"王夫之也说："天下兴亡，匹夫有责。"未来我们党和政府的各级领导将从我们今天高校的学生（尤其是重点名牌大学的学生）中培养出来，让他们具有高度的民族责任感，像林则徐那样"苟利国家生死以，岂因祸福避趋之"（《赴戍登程口占示家人》），就显得十分重要。

近年来，由于西方文化的影响，一些青年民族感情淡漠，崇洋思想严重。读了这些文学作品，老师再加以适当引导，其爱国主义的教育效果比之政治课往往更胜一筹。

"儿不嫌母丑，狗不嫌家贫"，爱国亦应从爱校开始。在2003年文学院的毕业典礼上，我富有感情地对学生说："同学们要离开东大了，也许有些同学对不起你,也许某个老师对不起你,或许学校对你关心得不够,请你忘记这一切不愉快!六朝松没有对不起你,大礼堂没有对不起你!希望你们常回来看看,看看大礼堂,看看六朝松,把你们的成绩和烦恼都回来对母校说说。儿行千里母担心,母校时刻记挂着你们!"我的这些话,让许多同学流下热泪。他们上台领奖时,握着我的手,久久不忍放开,他们说:"王老师,我们会一辈子记住你的话!"这几句话便能驱走许多人心头的阴霾,唤起他对母校的爱,这是文学的魅力。

虽然我们的国家、我们的学校还有许多不尽如人意之处,它毕竟是我们的祖国、我们的学校。我们自己为国家的富强、东大的兴盛是不是殚精竭虑、不遗余力了呢?决不可一味怨天尤人,似乎党对不起自己、国家对不起自己、学校对不起自己、别人对不起自己,唯独不去想自己于党、于国、于校应尽的义务和责任。

二、关心民生疾苦

今天的大学生,将是未来的国家栋梁,要让他们关心民生疾苦,要关心工人、农民,尤其是下岗工人、贫苦农民的安危冷暖。这些从小受父母、家人呵护的一代青年,要让他们像乌鸦返哺一样学会关心他人、关心社会。要达此目的,我们同样不是靠空洞的说教,而是靠文学作品的感召力。

曹操《蒿里行》一诗有云:"铠甲生虮虱,万姓以死亡。白骨露于野,千里无鸡鸣。生民百遗一,念之断人肠。"东汉末年由黄巾起义引发的大动乱,使人民受尽深重的灾难,人口锐减。当时魏国443万人,东吴230万人,蜀国仅90多万人,三国总人数仅仅700多万人,与今天一个南京市人口差不多。与东汉桓帝永寿三年(157)的5648万人口相比,减少了86.5%,曹操的诗艺术地再现了历史的真实,反映了人民的苦况。曹操作为一个封建统治者,将人民的疾苦记于心中,这是十分难得可贵的。

再如《大学语文》中选入的韦应物《寄李儋元锡》诗也说:"身多疾病思田里,邑有流亡愧俸钱。"俞陛云评这两句时说:"凡居官者,廉洁已称难能。韦则因邑有流亡,并应得之俸钱,亦觉受之有愧,非特廉吏,且蔼然仁人之言矣。"封建官吏尚能对自己苛责如此,我们共产党的干部不是更应当以人民为重吗?《汉书·鲍宣传》亦曰:"治天下者当用天下之心为心,不得自专快意而已也。"郑板桥也有诗云:"衙斋卧听萧萧竹,疑是民间疾苦声。些小吾曹州县吏,一枝一叶总关情。"这是古代的民本思想,是一种平民意识。要让这些意识成为学生道德素质的一部分。有朝一日,他们握有重权或者当了老板,腰缠万贯,就不会不顾人民的死活,心里才会有人民(尤其是对那些下岗工人、贫苦农民及其子女),才不会忘本。

三、仁者爱人的思想

"仁"是儒家思想的核心。孔子说:"己欲立而立人,己欲达而达人。"(《论语·雍也》)如今是市场经济,强调竞争,似乎人与人的感情淡漠了不少。师生之间,同学之间,亲友之间,父子之间,母女之间,夫妻之间,似乎"爱"的成分都淡化了。强调"仁者爱人",在今天显得尤其有现实意义。

讲清这个道理,我们仍联系课文及过去学过的文学作品来进行。杜甫《茅屋为秋风所破歌》诗中说:"安得广厦千万间,大庇天下寒士俱欢颜,风雨不动安如山。呜呼,何时眼前突兀见此屋,吾庐独破受冻死亦足。"杜甫自己屋破,还想到天下更多的寒士(贫穷的读书人)屋破,而期望有广厦千万间,让天下"寒士"均住上不漏雨的房子。白居易有一首《新制布裘》诗,诗云:"桂布白似雪,吴绵软于云。布重绵且厚,为裘有余温。朝拥坐至暮,夜覆眠达晨。谁知严冬月,支体暖如春。中夕忽有念,抚裘起逡巡。丈夫贵兼济,岂独善一身。安得万里裘,盖裹周四垠。稳暖皆如我,天下无寒人。"白居易也是一人暖而欲暖天下,一人饱而欲饱天下。在讲这些文学作品时,我又引申出一套"吃饭哲学":

> 宁可自己喝稀饭甚至没饭吃,也愿他人有干饭吃的人,是伟大的人;自己吃干饭,也希望别人有干饭吃的人,是高尚的人;自己吃干饭,只想让别人喝稀饭的人,是平庸(平常)的人;自己吃干饭,却连稀饭都不让别人喝的人,是卑劣的人。

我每次在课上讲起这段吃饭理论时,均会赢得热烈的掌声。运用浅近的比喻,让学生懂得深刻的人生哲理。这一吃饭哲学,是做人的哲学,也是识人的哲学。不论地位高低贵贱,不论贫富,在这一"哲学"镜子面前,贫穷者也许并不卑贱,富贵者也许未必高尚。这对学生的教育是深刻的。联系上面杜甫、白居易的诗,杜甫是伟大的,白居易则是高尚的。我们要求学生做高尚的人,学习伟大的人,唾弃卑劣的人。这样上文学课,让学生联系实际,学得进,记得住,一辈子也不会忘。

四、刚直不阿，有所不为

马克思说他最不能容忍的品格是阿谀奉承。我国历来的文学作品中，力倡刚正不阿，有所不为，要有一身正气。晋·陆机《猛虎行》曾曰："渴不饮盗泉水，热不息恶木阴。"原因是其名不佳。陶渊明"不为五斗米折腰"，更传为千古佳话，李白诗中"安能摧眉折腰事权贵，使我不得开心颜"，更是中国知识分子摒弃一切奴颜与媚骨的典范。唐代诗人杜牧说："谁人得似张公子，千首诗轻万户侯。"（《登池州九峰楼寄张祜》）陶渊明因为有"方宅十余亩，草屋八九间"，李商隐则不得不寄人篱下，常常得为五升米折腰，却也志向高洁，并不见半点的奴颜婢膝。他的《任弘农尉献州刺史乞假归京》诗中曾云："却羡卞和双刖足，一生无复没阶趋。"楚人卞和因献和氏璧，被不识玉璧的楚王把膝盖骨也刖（挖）去，这是惨酷的经历。李商隐诗中却羡慕他，因为刖去了膝盖骨，从此就用不着在官府的台阶上下跪了。这字字血泪的诗句，让我们震撼，让我们永远警惕。近世鲁迅先生更有"横眉冷对千夫指，俯首甘为孺子牛"的名对。鲁迅是中国现当代最有骨气的知识分子。古人说，人不可有傲气，却不可无傲骨。应当知耻，有所不为。如果不是连活下去的最低保障也失去，则千万不要向权贵低头。十多年前我自己夜间做梦，梦见与一当大官的吵架大怒，拍案而起，谁知竟拍在床栏上，伤了手，醒来口占小诗一首："下心抑志几春秋，坎壈半生今白头。尚得梦中存浩气，横眉拍案向公侯。""文革"岁月，多少很有身份的大文豪，向"四人帮"一伙讨好献媚，卑躬屈膝，乃至同流合污，留下千秋骂名。今天也有许多知识精英向贪官污吏摇尾乞怜，应为我辈所不齿。

做人要有一个底线，要有个原则。我们也会说错话、做错事，但总应该有一些事决不去做。些有损人格、国格的事，决不能去做。做不了大官、发不了大财并不可耻，不择手段去投机钻营，去巧取豪夺，才真正可耻。生活中也需要让步、妥协，但在这些大是大非问题上，不让步，不妥协。生活中也需要有些周旋、应酬，也不是跟领导关系越僵越好，决非如此。我讲的是应当为自己设置道德底线、做人的原则。"遵纪守法，敬业爱岗，不危害他人"，便是道德的底线之一。

五、提高审美趣味和人格品位

中国文学的审美体系，形成儒道二家分流的局面：一是儒家积极入世的现实美，一是道家遁世超脱的自然美。前者如"居庙堂之高则忧其民，处江湖之远则忧其君"(范仲淹《岳阳楼记》),后者如"久在樊笼里,复得返自然"(陶渊明《归田园居》)。

改革开放使中国的经济迅猛发展,也使中国的传统文化道德受到前所未有的冲击。这里被冲掉的有封建的糟粕,也有民族的精华。毛主席早就批评过的"言必称希腊"的情况,今天又较为普遍。当今的流行文化,格调不高,影响了青年人的审美趣味的提高。纯文学退位,俗文学大行其道;高雅没有市场,而庸俗颇受欢迎。以丑为美,以俗为美,以恶为美,真善美与假丑恶不分,乃至颠倒,这是很可怕的。单是禁止、指责不行,要让他们去欣赏品位高雅的文学精品,古人的、今人的。思想深邃,品位高雅,有何不好。"春水碧于天,画船听雨眠"(韦庄《菩萨蛮》)、"明月松间照,清泉石上流"(王维《山居秋暝》),大概比许多洋快餐更有滋味。

六、潇洒旷达的人生态度

结合"大学语文"教学,我们注意教育学生增强应对人生磨难和人生挫折的心理素质,无论遇到多少困难,无论处境有多恶劣,均能笑傲人生,不屈不挠。当代大学生是父母抱大的,尤其是出身富庶家庭的,没吃过苦,没遭过罪。即便寒门小户,因为是独生子女,也不让他们挨饿受冻。高考70%以上的入学率,算不上激烈的竞争。孩子们太嫩了,太脆弱了,太单纯了。峣峣者易折,皎皎者易污。如果不受点"挫折教育",在人生的道路上很难经受得住各种打击。

我们以苏东坡为潇洒旷达典范,以他这方面的文学作品为"大学语文"教学的内容。遭遇"乌台诗案",他被贬到黄州,就写下"长江绕郭知鱼美,好竹连山觉笋香。"(《初到黄州》)同作于黄州的《定风波》词云:"莫听穿林打叶声,何妨吟啸且徐行。竹杖芒鞋轻胜马。谁怕? 一蓑烟雨任平生。……回首向来萧瑟处。归去,也无风雨也无晴。"被贬岭南,他又自我解嘲:"日啖荔枝三百颗,不辞长作岭南人。"被贬到更远的海南岛,身体也不好,他依旧乐观:"白头萧散满霜风,小阁藤床寄病容。报道先生春睡美,道人轻打五更钟。"总是从黄连中嚼出甜味来。几次被贬,他没有绝望,也没有过多的牢骚,甚至连怀才不遇的不平也没有,却写下了《念奴娇·赤壁怀古》、前后《赤壁赋》等千古绝唱。

去年,南京某重点中学一高中女生跳楼自杀了,我在课上便分析自杀者的心理缺陷。其重要一点是追求完美,一旦实现不了,便感到一切都完了。失恋,使不少大学生(尤其是女生)走上不归之路。我们便以林黛玉为例,讨论宝黛的爱情是"悲剧",还是"喜剧"。我觉得关键看你以何为参照物。他们最终未能成婚,而且一个殉情而死,一个做和尚,是常人眼里典型的"悲剧"。宝、黛让不少多情的男女为他们洒下同情之泪,然而,这些洒泪者中,又有几人曾得到过他们那样真挚的爱情呢?如果自己与相爱的人不能成为眷属,有谁会为我们出家做和尚呢?如同"金无足赤,人无完人"一样,绝对美满的事情是不多的(甚至是没有的)。1986年我首次参观上海青浦大观园内的潇湘馆,就题过一首《鹊桥仙》词,其下阕曰:"姑苏未远,乡情萦系。何恋青浦一隅?无猜豆蔻伴知音,已不亏、人生一度。"姑苏(苏州)是林黛玉的家乡,如果爱情不成,不如回故乡去。她从两小无猜的豆蔻年华已与知音相伴,"已不亏、人生一度"。与世间绝大多数人比起来,她已是非常幸福的了。世上的夫妻美满者有之,较美满者亦有之,和睦者有之,较和睦者亦有之,此外尚有许多不太和睦的夫妻、濒于破裂的夫妻、同床异梦的夫妻、异床异梦的夫妻。大多数人都不可能有完美的夫妻感情。人们同情宝玉、黛玉,殊不知更应该同情的常常是洒泪者自己。天下人,大多是得到的残缺的美,失恋只是人生中的一次小失败,是绝不值得得为之自杀的。秦观《鹊桥仙》中说:"金风玉露一相逢,便胜却、人间无数。"又说:"两情若是久长时,又岂在朝朝暮暮。"这些道理,是人生的金科玉律。……心理素质提高以后,我们便能做到"不以物喜,不以己悲"(《岳阳楼记》)。

文学便是人学,优秀的文学作品是人生的教科书。我们编选教材,也应有意多选此类对青年人道德陶冶、心理素质提高有帮助的作品。教师再结合自身的经历和感受去引导,这对学生道德、情感的提高会有极大的帮助作用。流着泪听完的课,定能成效显著。

许多诺贝尔奖获得者曾公认:21世纪我们要从孔夫子那里学习智慧。我们的教育工作者,为什么就不能想想从传统文化中找到一些解决当代大学生道德、情感类问题的方法呢?"大学语文"是否可围绕这一中心开拓一新的天地,在提高学生文学素养的同时,让这代人的道德素养、心理素质也有个较大的提高。

我这里论及的只是爱心(爱国家、集体、他人)和骨气的问题,是追求"高尚"与"和谐"的部分命题。等手头的"稿债"清偿后,我还想就更广泛的道德情感教育问题发表一些自以为是的见解,欢迎老师同学们更多的批评。

读此文,有关问题可参看东大"大学语文·中国"网(www.daxueyuwen. cn),也可发电子邮件:wbg74205@sina. com

(《东南大学报》,2004年9月30日)

认真学好母语　增强民族文化认同感

——《大学语文阅读文选》代序

　　当一个个长寿的文学大师们"羽化登仙"之后,中国的文苑十分寂寥,除巴金等极个别大师还住在医院里,已几乎见不到大师的身影了。我们已毋庸置疑地进入了没有民族文化大师的时代。随着高等教育的发展,我们造就了数以万计的学士、硕士和博士,"文盲"充斥的时代已结束了。以地理学的名词来形容,如今文苑中既很少接近海平面的低湿地,也无千米以上峻峭的高山,较多的是如南京的紫金山、五台山、幕府山、清凉山、鸡笼山……名为众山、实为丘陵;既无珠穆朗玛,也无五岳、黄山。文坛上,既无李白、杜甫、李清照、曹雪芹,也无鲁迅。全民族的文化底线大大提高了,而民族文化的峰值则大大降低了。当今的许多"文化人"其实并无文化。

　　前年 11 月,应邀去北京的老舍茶馆。这是外国元首经常进出的地方,四副对联,没有一副是"对"得起来的。全成了标语口号。扬州平山堂,是欧阳修所建,是苏轼到过的地方。一副斗大字的对联也完全不对仗。一位著名大学校长在欢迎宋楚瑜时读错字、读错词,让人为之汗颜。……

　　如今许多成"名"成"家"的"文人"中很多人并无"文化"。书法家写错别字司空见惯,"斗"大的错别字在大街上随处可见。"太平天国"四个字简直就没有人写对,甚至研究"太平天国"史的著作中也写错。有年夏天,时任中国书法家协会副主席的吴丈蜀先生来看我,我试探着对吴老说:"有些书法家只能算半文盲。"谁知吴老更偏激:"不! 很多人只能算是文盲。""文化人"没文化成了普遍现象,成了中华文明古国的不幸。如今如果对"××家协会""××学会"进行打假,其伪劣会员或许比小商品市场上的伪劣酱油、伪劣奶粉、伪劣香烟更多。

　　以名片上的头衔来判别人真才实学的朋友该警惕了! 这些标签即便都是真的也有太多的水分!

如今的领导干部大多有了"硕士"、"博士"头衔,讲几分钟话也要秘书打印好讲话稿,照本宣读也常常读不通、读错字的已不是个别人,只不过大多数情况下,听众中能发现其错误的也不多罢了。

　　如今,我们全民族的文学水平都亟待提高,大学生更是如此。

　　翻开各学校、各专业的教学计划,无论是自然科学、工程技术,还是社会科学、人文科学,我们讲的全是西方的文化、西方的科技、西方的价值观,西方的理论、西方的语言……西方文化占大学非中文、非中国史专业课时的85%以上,课外学习的90%以上。即便学习中国文化的专业,其课时的一半以上,课外学习的三分之二以上也花在外语和外国文化上。大学校园里听到的读书声没有读中文的。解放前,金陵大学这样的教会大学,其非中文专业也是外语与母语并重(各6个学分)。重外语、轻中文是一种民族自卑感在作怪,它将导致中国文化的萎缩与衰败,这比亡党、亡国更不幸。国亡犹可以重建,文化消亡则不能重建。非洲的一些法国殖民地,拉美的一些西班牙殖民地,印度、澳大利亚等英联邦国家,大多没有了自己的语言和民族文化。这些国家虽早已完全独立,但殖民文化仍随处可见。有民族的血统而无民族的文化是这些国家的最大不幸。中国万不可蹈此覆辙! 中国几千年的文明决不能在我们这几代人手里毁灭! 如果这样,我们将成为历史的罪人!

　　百年前,梁启超在《饮冰室诗话》中指出:"中国事事落他人后,唯文学似差可颉颃西域。"梁氏的第一句话尚可商酌,第二句话倒是深中肯綮的。五千年的文学积淀,中国文学(尤其是诗词)较之世界任何国家毫不逊色,学习中国文学(尤其是古代文学),能增强学生的民族自豪感、民族文化的认同感,一首首高度凝炼的诗词,其深刻的内涵是任何外国文学作品难以企及的。在文学王国中,更无必要认为外国的月亮比中国的圆。

　　中国语言文学的表现力,是西方语言难以比拟的。汉语言的丰富也无可比拟。汉字中仅表示"看"的字(词)便有六七十个之多。表示亲情关系的词也较西方语言细腻得多。日尔曼语系的英、德等语言中,与父亲平辈的男性及与母亲平辈的女性,均仅用一个名词表现,而汉字中则有叔叔、伯伯、舅舅、表舅、表叔、堂叔、姑父、姨父等,及相应的女性称谓,这是尽人皆知的。毛泽东在40年代就批评过"言必称希腊"的错误倾向,今天似乎很有必要重开这种批评。

　　我们当今有一个很时髦的名词,叫"与国际接轨",在外贸、WTO、海外旅游等领域,这是一个进步的口号,将之无限制地推及其余各领域,它便极易成为一个错误的口号。语言决不可与"国际接轨",决不可"一体化",而要多样化。如果全世界只有一种语言、一种文化、一种民族……无论其如何优秀,它都是历史的倒退,而非进步。试想,如果只留下一种最优秀的动物,一种最优秀的植物,而消灭其他生物,这个世界会是什么样子?

帝国主义、东西方列强用武力未能征服我们,八国联军、日本军国主义都未能征服我们,但西方的文化却可以征服我们。如今,"情人节"、"愚人节"、"圣诞节"等,较之许多传统的民族节日更受年轻人欢迎。除教辅书外,最热销的常是翻译作品,一些最畅销的文摘,摘录的大多是外国(尤其是西方)的作品,最赢利的出版社是外语类的出版社。肯德基、麦当劳已占了中国城市快餐业的大半江山。中文系教的文艺理论全是西方文论,甚至研究中国古代文论的论著,用的词汇也大多是舶来品。中国的诗坛更是被欧化的自由诗一统天下,美其名曰"新诗",写传统诗词的诗人无法凭自己的创作加入作家协会。党报党刊上不时有许多欧化自由诗刊载,除了高层官员的作品,传统诗词被称之"旧诗",无立足之地。中国的研究生入学考试,不考中文却必考外文,而且以此作为主要关卡将大多数的报考者挡在门槛之外。……中国的高等教育及现代生活已部分地被重重打上西方文化的印记,这是历史的进步,还是民族的不幸,很耐人寻味。民族的自尊心、民族文化的认同感在部分大学生中已荡然无存。这是祸还是福?

近现代由于政治腐败,我们在科学技术等领域大大落后于西方,这是不争的事实,改革开放以来引进国外的高科技及管理经验,成绩是巨大的。但我们也应清楚地看到除了港台同胞、海外华裔及少量国际友人外,来华投资者主要出于其自身利益,而非为了让中国强大起来。而伴随着高科技、外资涌入中国的还有西方的生活习惯、西方的价值观、西方的痼疾,对此不应兼容并包。对卖淫、艾滋病、吸毒等看得见的毒副作用我们易予警觉,而西方文化对中国文化的鲸吞蚕食比前者更凶恶、更可怕。近二十年来,大学生汉语水平的下降触目惊心,西方文化冲击下高等教育的整体水平不佳也是有目共睹。

有识之士提出要"打一场汉语保卫战",其实早在百年前我们东南大学的前身三江师范的创办人张之洞便提出"中学为体,西学为用"的口号,继承中华文明的优秀传统,又学习西方文化中于我有益的科技及管理。为了这种学习,大中学生应具有基本的外语水平,少数高科技及与外经、外贸、外交等有关的专业对外语水平还应提出较高的要求。但决不应当把外语放到高于一切的地位,民族文化才是我们的血脉,是我们的根。

认真读一些中国文学的精品,提高大学生的文学素养,不仅可以提高其阅读、写作及口头表达能力,为专业课学习打下基础,也可陶冶情操,提高自己的审美趣味与艺术品位,更重要的是能提高民族自豪感与对民族文化的认同感。吃过"满汉全席"以后,在肯德基、麦当劳快餐店里就昂得起头。读了历代文学的精品后会知道,在文学领域中国人并不需要向洋人顶礼膜拜。

当世界各地纷纷办起孔子学院,诺贝尔奖获得者们也要向孔子学习智慧的时候,当代的中国大学生更要挺直自己的脊梁。读完本书,我们也可自豪地说:"安能摧眉折腰事洋人,使我不得开心颜。"希望当代大学生对自己的母语"热"心些,对外来文化的接受头脑"冷"静些,对民族文化的认同感增强,再增强些!

走笔至此,尚需说明的是此书除选录我与丁帆主编的《大学语文》全编本、简编本所附录的所有作品外,还增选了现当代散文七篇、小说六篇,诗歌八首。对选录的作品均详加笺注:古代文学部分由沈广达、史敏合作完成;现当代文学部分由沈广达完成。全书由周明教授审校,涉及外文的笺注由虞铀铀审校。他们与编辑均为此书的出版付出了辛勤的劳动,在此并致以诚挚的谢意!

（《大学语文阅读文选》,南京大学出版社,2005 年）

让大学校园成为复兴中华传统诗词的主阵地

　　《江南诗词》今年第一期发表了我们东南大学中文系及理工科学生的部分诗词习作,据编辑先生说,他们将继续刊登东南大学学生的作品,作为指导教师,我心潮难平,感激之余,总觉得有些话要说说。

　　东南大学这块土地历史上曾是六朝的皇宫、台城所在地,明朝又做过国子监,沈约、谢朓、周颙等一些人就是从这里提出了"四声八病"说,创作了"永明体"的诗,成为中国格律诗的源头,现在越来越多的学者接受词起源于乐府说,而梁武帝、沈约、谢朓等人的《江南弄》十多首,陶弘景《寒夜怨》、陆琼《饮酒乐》、徐陵《长相思》已是最早的,未格律化的文人词。从这个意义上说,东南大学校园曾是中国格律诗词的发源地。编《昭明文选》的萧统也是在这里当太子并编书的。《永乐大典》也于此编成。民国年间,这里是中央大学,更荟萃了全国诗词大师的大多数,在这样一块有着深厚文学底蕴的土地上,我们有责任让中华诗词不仅重新走进东大校园,而且在取得一定成果后,再走出校园,服务社会。

　　近十年来,我们实施"古典诗词系统教改工程",先是分五个层次:一是在"大学语文"教学中适当突出"古典诗词",东大的"大学语文"是全校必修课,所用教材是我和南大丁帆教授主编的,其中诗词占了全书的一半;二是开设汉语言文学辅修专业,开设多门专题课,以较多课时系统讲授古典诗词;三是开设唐诗选读、唐宋词鉴赏、金元明清词鉴赏等公共任选课,其中唐宋词鉴赏一直是全校学生欢迎的"十佳课程",选修人数本学期达490多人;四是开设唐诗系列、宋词系列专题讲座,请校内外专家系统讲授;五是开设诗词格律与创作专题课,教会学生写诗填词,规定中文系学生不会写诗填词不能毕业。同时做到四个落实:一是师生分别组成若干诗社、文学社,做到

"组织落实";二是学生诗社有专人辅导,做到"师资落实";三是办起《东南风》、《今日》等学生文学刊物和《中华词学》、《中大校友诗鸿》,并在《东南大学报》、《东大青年》报设立专栏,发表师生的诗词作品,做到诗词发表的阵地落实;四是建立了"李飞诗词奖励基金"和"中大校友诗词奖励基金",力争在近期内达到 100 万元,每年以数万元支持上述刊物及学生的诗词活动,做到"经费落实"。

这样,东大师生的诗词创作、研究就能扎扎实实地开展起来,并能长期坚持下去。中华诗词不仅走进了东大校园,而且安营扎寨,正式有了长期户口,东大的"大学语文"成了省一级优秀课程,全国有大批高校用我们的教材,我们的"对理工科大学生全面推行文学素质教育"获得省优秀教学成果一等奖,我本人也获得学校教学特等奖,还被学校和宝钢教育基金会评为本校及全国优秀教师并获银质奖章。东南大学成了全国大学生文化素质教育基地。

如何发挥大学在振兴中华诗词方面的主阵地作用,具体说是如何发挥其辐射作用,我们的做法是:一是走出校门,开办诗词的第二课堂、第三课堂,近年来我们本校的一批有博士学历的研究诗词的教授、副教授先后走出校门,到省内外各地方和军队院校及中小学开诗词讲座;二是开展古典诗词的网上教学,利用多媒体及高科技手段,使全国乃至世界各地均可以在网上看到我校教师的诗词教学;三是与金陵之声广播电台合作,对全省听众每周一次播讲唐宋词;四是与南京文化艺术中心合作,利用其全国一流的音乐厅举办唐诗宋词赏析会;五是接受南京一些中小学的聘请,担任其文学社团的顾问,辅导青少年文学爱好者学习中华诗词;六是按省教育厅及教育部的安排,接受全国各地副教授以上的访问学者,到东大来学习古典诗词;七是组织校内外的学者在一个较长的时期内共同攻关,完成一些标志性的诗词研究工程;八是努力办好《中华词学》及《中大校友诗鸿》,《中华词学》的编委会增补后海外委员增至十多人,覆盖了七个国家和地区,也扩大了海外的发行,《中华词学》每期在日本的发行已超过 100 册,使东大的诗词创作及研究对推动中华诗词进一步走向世界作出贡献。

这几年,我们把中华诗词这篇大文章从东大校园内做到校园外,做到江苏以外,做到国外,使诗词这朵奇葩不仅在东大校外有肥田沃土,可以竞相开放,而且能校内开花校外香,发挥其作为全国大学生文化素质教育基地的辐射作用。去年,教育部在我校召开全国文化素质教育工作会议,充分肯定

卷五　教育教学研究

了我们的成绩。我们相信,只要坚持不懈地努力下去,中华诗词后继有人的问题不仅可以很好解决,《江南诗词》上也会有更多"乳臭未干"的大学生来一试身手。江苏不仅会成为文化大省,用不了几年,还会成为与我省历史地位相称的诗词大省。

(《江南诗词》,2011 年第 1 期)

王步高诗文集

不断进取，建设大学语文系列开放性课程

　　自上世纪90年代初我调进东南大学开始，便主讲大学语文系列课程，我们与时俱进，不断进取，分期分批建设起大学语文系列开放性课程。我们先后将《大学语文》教材，建设成国家"十五"、"十一五"、"十二五"规划教材并获国家优秀教材二等奖；建设了"大学语文"（2004年）、"唐宋诗词鉴赏"（2008年）两门国家精品课程，最近又先后将其升级为国家资源共享课程；2012、2013两年将"唐宋诗词鉴赏"国家精品课的子课程"唐诗鉴赏"、"诗词格律与写作"均建设成国家精品视频公开课，今年又申报其另一门子课程"唐宋词鉴赏"为国家精品视频公开课（目前我主讲的视频公开课门数、节数均居全国前列）；2014年与超星公司合作将完成"大学国文"（上下64节）MOOCS课程的拍摄与制作。今年高等教育学会文化素质教育分会评审出的全国文化素质精品通选课共136门，我一人牵头的就达4门，亦居全国前列。

　　总结我们成功的经验和体会，主要有以下几点：

一、理论创新　教材先行

　　我们非常重视教学理论的建设，教材、课件、网站、课程建设，必须有先进的理论指导，这理论主要指下列三方面：

　　1. 课程学科定位理论

　　我们认为"大学语文"应当姓"大"，应当是高等教育的基础课程，如同大学英语及理工科的高等数学，大学物理一样。"大学语文"应是较高层次的语文课，不是对中学语文"欠账"的"补课"或"补差"。由此决定了"大学语文"的学科性质，也决定了它的教材、教法，教育理念均与中小学有本质的区别。我们赋予《大学语文》以下功能：

一是帮助学生"梳理"和"激活"中小学所学的文学知识,了解中国文学史的简单架构,将新老知识系统化;

二是传布中华人文精神,使读者在古今文化精品的熏陶下,促成思想境界的升华和健全人格的塑造,培养"高尚"与"和谐"的一代新人;

三是拓宽学生的视野,继承宋以来的"疑古"传统,不迷信书本和老师,敢于独立思考;

四是提高学生的"自学"能力,叶圣陶先生曾指出,语文教学最终要做到"学生自能读书不待老师讲,学生自能作文不待老师改","教"是为了"不教","大学语文"课是学生语文课堂学习的终结,其教材应定位于课堂用书与自学用书之间;

五是要有利于提高学生的学习兴趣,克服多年应试教育形成的对语文的"厌学"情绪。

2. 教材建设的理论

我们的教材除了力求实现"大学语文"教育的"梳理"、"激活"等五大功能,还具有系统性、网络式、立体化、大信息的结构特点:

该系列教材具有课本与教参、课外阅读相结合,纸质教材与电子音像教材相结合,主教材与多种文学素质拓展教材相结合,课上教材与网络教材相结合的特点。

教材定位于课堂用书及自学用书之间,这套教材显著的特点是它姓"大",内容多,也比较深。它明显超出了一般学校课堂教学的容量(并不要求全教完),也超出了一般大学生的接受的能力(并不要求让每个学生全懂)。这与传统的教材有天壤之别。别人给学生一杯水或一桶水,我们给学生的是一条河,汩汩滔滔,任何语文水平高的本科生都能大有所得,不存在不够吃的问题。这是块够吃一辈子的大蛋糕,它试图具备让读者"白首也莫能废"的功能。据说这与哈佛大学商学院的做法相似。我们自己的实践证明这是非常有利的。

教材和教法中"浅化"与"深化"相结合,"求甚解"与"不求甚解"相结合,以适应学生千差万别的特点。

3. 教学"四境界"说的理论

受王国维"三境界"说和冯友兰人生"四境界"说的启发,我提出汉语言文学教学"四境界"说:其一,科学性认知的境界;其二,人文与传道的境界;其三,研究性教学的境界;其四,艺术而醉心的境界。

人们称"文学是语言的艺术",其实,语言文学的教学也是一门艺术。学生听课如果达到如观赏精彩的演出,如醉如痴,如坐春风,它既能给学生传授知识,也能愉悦身心,陶冶情操,这与戏剧、电影、电视、音乐等听觉和视觉艺术有相通之处,便是教学之艺术与醉心的境界。这已不仅仅是一门课程,而更像一门艺术,一门带学生走出世俗纷扰,游走在古典文化沃野里的艺术。

二、抓住政策,乘势而上

大学语文教师在绝大多数高校,都是爹不亲娘不爱的弱势群体,却可以成为学生最喜爱的教师,大学语文也可以成为学生最喜爱的课程。我领导的大学语文团队,在东南大学这样一个理工科强势的高校里,人数既少(仅11人,其中仅我一个教授,到清华大学后更是仅我孤身一人),办学资源更少,发展举步维艰。我们的发展主要利用四次政策机遇:

一是 1995 年开始的全国大学生文化素质教育基地建设,东南大学是首批建设的试点学校,大学语文成为全校重点建设的两门文化素质课程之一(另一门为"艺术鉴赏"),可以在全校全部学生中开设,当时每年本科生招3000 人,大部分学生开 32 课时,少量为 64 课时。靠这点可怜的生存空间,我们建设了《大学语文》系列教材,并且成为国家规划教材和优秀教材,并将"大学语文"建设成省一级优秀课程、省网络课程。并拿下教育部一个"大学语文音像教材建设"的项目。

第二次机遇是 2003 年开始的高等教育质量工程,国家打算建设 1000 门国家精品课程,第一年申报条件就是必须是省一级优秀课程或省级以上网络课程,我们二者皆备,有申报条件。当时还没有课程网站,匆匆上马,第一年没有成功,第二年大获全胜,成为全国首门"大学语文"国家精品课程。我们不满足现状,一方面使大学语文全面精品化,使之成为精品中的精品,教材修订,网站更新扩容,课件全部重做,召开全国和六次江苏安徽两省大学语文研讨会,出版两本大学语文研究论文集……2005 年我们的"大学语文教学改革的理论与实践获国家教学成果二等奖。2007 年起,国家扩大精品课程建设的规模,2008 年"唐宋诗词鉴赏"亦被评为国家精品课程。

第三次是自 2011 年开始的高等教育质量工程的二期工程,教育部要求利用现代信息技术,发挥高校人才优势和知识文化传承创新作用,组织高校建设一批精品视频公开课,广泛传播国内外文化科技发展趋势和最新成果,展示我国高校教师先进的教学理念、独特的教学方法、丰硕的教学成果。按照资源共享的技术标准,对已经建设的国家精品课程进行升级改造,更新完善课程内容,建设一批资源共享课。完善和优化课程共享系统,大幅度提高资源共享服务能力;继续建设职能完善、覆盖全国、服务高效的高校教师网络培训系统,积极开展教师网络培训。这次规模更大,机遇更多。不仅建设资源共享课,而且建设视频公开课(后来又加上 MOOCS 课程)。但是我此时已从东南大学退休,来清华大学任教,虽仍处于教学一线,团队力量小了,教学水平却比过去高了,国家的支持力度也比过去大得多。我的教学不仅受到东南大学认可,更受到清华学生的高度认可。从 2012 年初开始,我同时接受清华大学和东南大学双聘,我权衡以后,认为可以全方位出击,既把两门国家精品课升级为资源共享课,又将"唐宋诗词鉴赏"的三门子课程全部建设成国家精品视频公开课;将"大学语文"改名"大学国文",建设成两门MOOCS 课程。利用国家和学校政策支持,发展壮大自己,更上层楼,并扩大对全国的辐射与示范作用。还为教育部、北京市教委及各部门高校办教师培训班 18 次。

利用现代信息技术,对我这个年近七旬的老人有些难度,但并非完全不可能。这些年,我也深深感受到运用现代信息技术的优越性。我们是最早使用课程网站、教学幻灯、音像教材的,收到较好的效果。

就我个人而言,作用尤其明显:我普通话不准,借助 PPT 和录像字幕可以补充其不足;我喜爱引经据典,PPT 为此提供方便;可以大量运用音像材料,活跃课堂,用激光笔,翻页方便,这些都是早有定论的。信息技术弥补我普通话不标准的缺憾,提高了教学水平。在清华大学,要选上我的课,不仅要用第一志愿,而且命中率很低。借助视频录像、MOOCS 等形式,就可以有成千上万的人,涌进我们清华的课堂,听上我的课,也可以不同形式与我交流。全国同行们也可以借鉴我的经验和教训。一二十年后,我精力不济、上不动课了,我仍然活跃在课堂上,高清录像可以使我永葆教学青春,永远六十几岁,年富力强、激情飞扬。

最近,教育部接受习近平、刘延东指示,发布《完善中国传统文化教育》的文件,又能为我们的发展带来一次机遇。原先,高等教育出版社就约我编写《中国传统文化》(高职高专)教材,已初步入围教育部"十二五规划教材",由于我思路有一定前瞻性,该社领导又要求我再编该教材的本科教材和《诗词鉴赏与写作》教材。我有可能在清华大学和东南大学亲自教这两本教材。

新的生长点又出现了。

三、丢掉奢望　扎实努力

每次参加全国大学语文研究会,总要听许多牢骚和怨言,埋怨教育部、学校不重视大学语文,希望教育部发个文件,规定大学语文的必修地位,甚至希望取代大学英语,搞起四六级考试。却很少从自己身上去找原因。所以,永远在"牢骚——失望——牢骚——失望"的怪圈中迂回。

其实,如上述那样的文件是等不来的,机遇却是随时存在的,办高等教育,不能不重视教学质量,抓教学质量就不能不抓课程改革,从广义来说大学语文虽不如大学英语受重视,但一样有它的生存空间、发展空间。每五年总有一轮教学改革的机遇,有时还会同时有一个系列的机遇,如果这些机遇中有一半、一小半能抓住,生存发展空间就不成问题,科研经费等也不成问题。据我所知,国家对课程教学的支持,甚至是超出我们的期望的,如一门MOOCS 国家投入 50—100 万元,就远远超出我们的期望。

相反,如果不打算奋发努力,有政策支持,有机遇也未必能干出一番轰轰烈烈的事业来。机遇甚至成为陷阱。几年前我就说:"自编低水平教材,是大学语文教师的集体自杀行为。"当时,很少人听得进,甚至还有人对我讲话的动机表示怀疑。几年过后,那些自编的教材,还有几本在继续使用呢? 教材连同课程不是一起消亡了吗? 西南有一所巨型高校,每年 12000 名本科生均开设大学语文,为全国之最,你能说领导不重视吗? 他们匆忙自编了一种教材,质量差,教学辅导材料没有,课件没有,网站没有,教学队伍不强,教学质量不高,学生不满意,两三年后就全部停开,能怪领导不重视吗? 这是自杀成功的范例,也是将机遇变陷阱的典型。

我们东南大学大学语文系列课程团队之所以能取得成功,还因为对自身的特点有较清醒的认识。在我退休之前,中文系总共 11 个人,包括中文学科几乎所有专业,有一个本科专业,两个硕士点,如果走综合大学中文系发展的道路,一个博士点申报起点为三正(教授)五副,实际六正十副也未必拿得下。如今只允许申报一级学科博士点,要求更高,我们除了牢骚——埋怨——失望之外,还能干什么呢? 课程建设,对教授数的门槛要低,我一个教授照样可以牵头申报两门国家精品课,这是在墙缝里栽树,栽大树不行,栽小树照样郁郁葱葱。

栽什么树? 既跟带头人专业背景有关,也跟团队的专业背景有关,还与学校的历史背景有关。东大特色是：以理工科见长；是中国格律诗的发源地，历史悠久，文化底蕴深厚。我们的队伍特色：以古代文学居多，以诗词见长；领头人有诗人、学者、教学名师、编辑的四重身份。这是我们选择壮大发展"大学语文""唐诗鉴赏""唐宋词鉴赏""诗词格律与写作"四门课的理由，与全国大多数同行相比，我们在这几门课有一定优势。我们下一步要建设的《中国传统文化》亦如此。

我们自己的力量不足，还适当借助兄弟院校的力量。主编教材时，我曾约在现代文学研究领域有很高造诣的丁帆教授和我一起主编，前后合作十年，直至他另主编一种《大学语文》教材为止。我们做课件、网站的力量不足，借助南京审计学院、南京炮兵工程学院、南京科技学院同行的力量，特别是白育芳夫妇，我们申报的网站课件几乎全部经他们夫妇而完成。即使在清华大学，我们的课件也是最精美的。

2009 年起，我从东南大学退休，本来对我们团队是个很大的打击，但我们却把这几门课都开到清华大学，在影响更大的平台上展示我们的风采。

"三百六十行，行行出状元"，我们应当相信大学语文及其系列课程的教学也是可以大有作为的，我们希望通过自己的不断进取、不断完善，建设一批有深远影响的系列开放性课程，服务全国。

东南大学国家精品课程"大学语文"建设简介

一、课程校内发展的主要历史沿革

一个世纪前，我国现代高等教育刚刚诞生，京师大学堂（今北京大学）等校在预科开设"经学"、"诸子"、"词章"与"作文"等课程，又历经 1913 年、1938 年、1943 年几次变革与确认，"大学语文"成为在大学一年级开设的必修课"大一国文"，并有了以我校前身中央大学教授伍淑傥、卢冀野与清华大学、北京大学黎锦熙、朱自清、魏建功主编的《大学国文选》教材。建国初仍设此课，采用韩绍虞、章靳以编的教材。此后便长期中断。直至 1978 年，南京大学校长匡亚明等倡导重开大学语文，一时蔚为风气。

东南大学校址乃六朝皇宫所在地，是格律诗词的发祥地之一，《昭明文选》成书于此；明代为国子监，《永乐大典》也成书于此，文学积淀十分深厚。在民国时期，这里为中央大学，一大批文学大师曾学习、任教于此。但 1952 年院系调整后，文科全部迁出，这里仅成为南京工学院，直至 20 世纪 80 年代初，响应匡亚明校长的号召，才从复旦、华师大、南大引进一批本科生，重开大学语文。然而这批教师几年后或调走，或考研，或改做机关工作，至 80 年代末，"大学语文"仅限文科两个系及个别工科系开设。

20 世纪 90 年代初，我校提出"巩固工科，加强理科，发展文科"的办学方针，一大批文学硕士、博士来东大工作，"大学语文"渐渐成为学生最喜爱的课程。90 年代中期，东大成为全国首批大学生文化素质教育试点单位，"大学语文"作为人文素质教育的主干课而成为东大重点建设的课程。后来又成为"211 工程"重点支持的课程。东大"大学语文"的教改进入了快车道。

1998 年，在朱国华等中青年教师的极力鼓动下，由王步高（东南大学）、丁帆（南京大学）任主编，《大学语文》教材的编写开始了实质性运行，从此，东大"大学语文"教学改革全方位推开,教学大纲一次次修订,教学观念一次次更新,教学骨干一年年壮大,教材一本本编出,并一次次修订,出席和主持各种全国和省级"大学语文"研讨会,并通过与兄弟院校的交流、每学期向数千名学生作问卷调查……全系同志都把"大学语文"的教学改革当做自己的头等大事来对待。"要把大学语文的文章做足"成了大家的共识。我们主编的教材已重印 40 版次,全国 400 多所高校用过或正使用我们的教材。2006年我们与南京大学等兄弟院校一起主办了"全国大学语文研究会第十一届年会",编印了《母语教育的现状及其对策研究》的大型论文集,2008 年受教育部委托举办了"全国大学语文青年骨干教师进修班"。我们的"大学语文"课程也通过外出讲学、金陵之声广播电台的电波、互联网络而走出东大、走出江苏。东大的大学语文改革的影响已遍及全国。

迄今为止,我们开展"大学语文"的教学改革已 18 年,列为学校重点建设的课程已 13 年,出版自编教材并开设网上课程已 9 年,成为省一级优秀课程已 9 年,成为国家级精品课程已 4 年,获国家教学成果二等奖已 3 年。运用"大学语文"的教改理论创建的"唐宋诗词鉴赏"系列课程已建成国家级精品课程。目前,该课程的改革已有适度超前的系列理论,编著出版了 15 种文字教材、教参和辅导读物,20 余种音像教材和网络课件。其中《大学语文》教材系国家"十五"规划教材。《大学语文立体化系列教材》又成为国家"十一五"规划教材,并被评为江苏省精品教材和获全国高校优秀教材奖的唯一《大学语文》教材。有较先进的教学手段,"大学语文·中国"网站(http://www.daxueyuwen.cn 或 www.dxyw.cn)和"唐宋诗词鉴赏·中国"网(http://www.tsscjs.cn)已先后开通 4 年,上网人数已达 17 万。并有十多人组成有博士学位的教授、副教授为骨干的教学创新团队。东南大学也成为新世纪全国"大学语文"教学改革的排头兵之一。

二、教学内容

(一)本课程在专业培养目标中的定位与课程目标

1. 课程学科定位

"大学语文"应当姓"大",应当是高等教育的基础课程,如同大学英语及理工科的高等数学、大学物理一样。"大学语文"应是较高层次的语文课,不是对中学语文"欠账"的"补课"或"补差"。由此决定了"大学语文"的学科性质,也决定了它的教材、教法,教育理念均与中小学有本质的区别。

2.课程目标

我们赋予大学语文以下功能：

一是帮助学生"梳理"和"激活"中小学所学的文学知识，了解中国文学史的简单架构，将新老知识系统化。

二是传布中华人文精神，使读者在古今文化精品的熏陶下，促成思想境界的升华和健全人格的塑造，培养"高尚"与"和谐"的一代新人。

三是拓宽学生的视野，继承宋以来的"疑古"传统，不迷信书本和老师，敢于独立思考。

四是提高学生的"自学"能力。叶圣陶先生曾指出，语文教学最终要做到"学生自能读书不待老师讲，学生自能作文不待老师改"，"教"是为了"不教"，"大学语文"课是学生语文课堂学习的终结，其教材应定位于课堂用书与自学用书之间。

五是要有利于提高学生的学习兴趣，克服多年应试教育形成的对语文的"厌学"情绪。

（二）知识模块顺序及对应的学时

以64课时安排（若总课时增减则相应增减，用全编本）

（1）先秦两汉文学（含序言、诗经、先秦散文、屈原、秦汉文、汉魏诗等单元），安排8课时；

（2）魏晋南北朝文学（含汉魏六朝赋、六朝文、六朝诗等单元）安排6课时；

（3）隋唐文学（含初盛唐诗、李白、杜甫、唐代散文、中唐诗上下、晚唐诗、唐五代词等单元），安排8课时；

（4）宋金元文学（含北宋词上下、北宋诗、宋代散文、李清照及南宋初期词、陆游及南宋诗、辛弃疾及南宋词、元曲），安排8课时；

（5）明清文学（含明清散文、明清戏曲、金元明清诗、金元明清词、古代文言小说、古代白话小说等单元），安排8课时；

（6）现代文学（含现代散文上下、现代小说上中下、现代新诗上下、现代戏剧、报告文学等单元），安排16课时；

（7）拓展写作（写作祭文、读后感，读《驳复仇议》等相关驳论、诗词赏析、信札、游记、小说人物分析等），安排10课时；

（8）考试（考查在课上进行；考试时间另行安排，可安排复习），安排2课时。

（三）实践教学的设计思想与效果

本课程重在对学生进行文学素质教育，既提高阅读鉴赏能力，也提高口头表达及写作能力。同时还注重教书育人，使学生在古今文学精品的感化教育下，促成学生思想境界的升华和健全人格的塑造。着重培养学生具有爱国爱乡的感情，能关心民生疾苦，具有仁者爱人的思想，具有刚正不阿的品格，具有潇洒旷达的人生态度，并注重提高学生的审美趣味与艺术品位，把文学教育与人生教育有机结合到一起。

学好大学语文仅靠小课堂不行，仅靠几十节课也不行，还应与"大课堂"相结合，与实践相结合。我们的做法有以下几点：

1. 与文化素质讲座相结合。我们文化素质教育中心组织了数百场名家报告会，文学讲座有百余场，除本校教授的讲座外，还几乎请遍了全国所有的著名作家，如王蒙、陆文夫、余光中、叶嘉莹、刘震云、苏童、叶兆言……各高校年富力强的著名教授几乎都到东大讲演，还与学生座谈，对学生颇有裨益。有时还有意识安排唐诗系列讲座、戏曲系列讲座等。

2. 与校园文化月活动结合起来。我们每年秋天都组织学生开展辩论赛、金秋语言艺术赛、大学语文知识竞赛。

3. 与学生的社团活动结合起来。组织学生参加文学社、六朝松诗社，创办文学刊物《六朝松》《东南风》等，并教会数以百计的学生写诗填词。他们的诗词作品在《江南诗词》《江海诗词》《江苏校园诗词选》《中大校友百年诗词选》《中大校友诗鸿》等刊物发表后，深受好评，东大文学院也被评为省"诗教先进集体"，东大学生的诗词创作在江苏高校名列前茅，2008年出版了《东南大学校园诗词选》。

4. 与各文学期刊合作，开展小记者万里采风活动、大学生暑期实践活动。东南大学学生近年两次获全国"挑战杯"竞赛特等奖，东大代表队参加大陆与港澳台15院校大学生文史等知识精英大奖赛获第一。

5. 结合百年校庆，开展写校歌、唱校歌、讲校歌活动。校歌的词作者王步高教授在写作校歌过程中曾多次向任课的班级征询学生的意见，在网上征求意见，也在校报上刊载文字稿及有关说明征询师生及校友的意见……社会实践丰富了阅历，提高了阅读和写作水平，增加了对文学的兴趣，大小课堂相结合，东大的"大学语文"课也就上得更有声有色。

6. 扩大"大学语文"的教改成果，建设了"唐诗鉴赏"、"唐宋词鉴赏"、"诗词格律与创作"等系列课程，2006年成为校级精品课程，2007年参加国家级

王步高诗文集

精品课程评审,进入最后一轮,2008年获江苏省一级精品课程,最近已被评为国家级精品课程。

7. 以"大学语文·中国"、"唐宋诗词鉴赏·中国"网站和近年来建设的"大学语文"系列网络课程为第二课堂,将阅读文选、参考资料、译文、音像资料等近12000兆的相关内容传到网上,每年更新,方便学生课外自学。

三、教学条件

(一) 教材建设

我们大学语文教学改革的显著特色之一是自1999年以来建设了开放性多元化的系列教材,其中含全编本4种(79.2万字—90万字):1999年版、2001年版、2003年版、2008年版;简编本3种(58—60万字):2001年版、2003年版、2008年版;《大学语文》普及本(56万字):2006年版;《大学语文》高职高专版(53万字):2008年版。该教材已成为"十五国家级规划教材"和2002年全国优秀教材二等奖的获奖教材,又以"大学语文立体化系列教材"列为国家"十一五"规划教材。该教材即按实现教学的五大目标和系统性、网络式、立体化、大信息的要求编写。该教材由王步高(东南大学)任主编。本校采用该书的全编本,5年来,该教材深受学生的喜爱。

我们的教材除了力求实现"大学语文"教育的"梳理"、"激活"等五大功能,且具有系统性、网络式、立体化、大信息的结构特点。

该系列教材具有课本与教参、课外阅读相结合,纸质教材与电子音像教材相结合,主教材与多种文学素质拓展教材相结合,课上教材与网络教材相结合,同时具有系统性、网络式、立体化、大信息的四大结构特点:

1. 系统性

以文学史为纲,按简明文学史的要求,大致勾画文学史的轨迹;《大学语文》(全编本)从《诗经》至现当代文学分41个单元;《唐诗鉴赏》按初盛中晚及名家分18个单元;《唐宋词鉴赏》按名家及流派分18个单元。

2. 网络式

以时代为序,以文学史为经;以专题(如咏史、怀古、山水、田园、爱情、爱国)为纬,经纬交错,条理清晰,知识全面。

3. 立体化

以名作家为重点,以其代表作及中等作家群为辅,点面结合,附有"中小学已学篇目",打破时空界限,建构文学史的"知识树"。同时又有教学参考资料、课文阅读文选、音像教材、电子教案、网络课件以及支持网站:"大学语文·中国"网(http://www.daxueyuwen.cn),"唐宋诗词鉴赏·中国"网(http://www.tsscjs.cn)。网站内容每年更新,目前总容量已达 13000 兆左右。

4. 大信息

课文信息量大:《大学语文》(全编本)教材 90 万字,精读课文 118 篇,泛读 900 篇;学术信息量大:书中附有名作,视野十分开阔;资料信息量大:各单元均附有[总评][集评][汇评],辑录历代名家的精辟评语,变一家之言为百家之言,让学生得到高峰体验;《大学语文教学参考资料》达 900 页,92 万字;书目信息量大:每单元均附有参考书目,全书且附总参考书目,教学参考资料中还附有补充参考文章。

5. 人文性

教材编选还十分注重其人文精神和道德情感教育。如《唐宋词鉴赏》,苏轼分两单元,将黄州词单列一个单元。这是苏轼人生最落魄时期,却创作成就最高,这能让学生学会"敢于直面惨淡的人生,敢于正视淋漓的鲜血",培养其潇洒旷达的处世态度,学会"从黄连里也能咀嚼出甜味来";辛弃疾也分上下两单元,其中之一即为"爱国词",在服从文学史系统性的前提下,兼顾人文性、专题性。新编《大学语文》(全编本)还列有 22 个"情感道德专题",附于各单元之后。

此外,还具备以下几个特点:

(1)形成系列,增强服务功能。从上列教材目录不难看出,我们的教材已是多层次、全方位,文字与音像、网络相结合,教师用书与学生用书相结合。我们的课本在《教学参考资料》上还公布了主编的通讯地址、电子信箱乃至住宅电话,方便全国有关教师与主编本人交流,主编还每年应邀去外省市讲学,与同行们保持密切接触。

(2)将教材定位于课堂用书及自学用书之间。这套教材显著的特点是它姓"大",内容多,也比较深。它明显超出了一般学校课堂教学的容量(并不要求全教完),也超出了一般大学生的接受能力(并不要求让每个学生全懂)。这与传统的教材有天壤之别。别人给学生一杯水或一桶水,我们给学生的是一条河,汩汩滔滔,任何语文水平高的本科生都能大有所得,不存在不够吃的问题。这是块够吃一辈子的大蛋糕,它试图具备让读者"白首也莫能废"的功能。据说这与哈佛大学商学院的做法相似。我们自己的实践证明这是非常有利的。

（3）教材中"浅化"与"深化"相结合，"求甚解"与"不求甚解"相结合，以适应学生千差万别的特点。每篇课文有作家小传、注释、赏析等，往往这是传统语文教材的做法，我们也有，其目的无非是使课文"浅化"，好懂，便于学生掌握。而书中更多"深化"的内容，如[单元总论]（如[中唐诗总论]）、[集评]、[汇评]、[学术争鸣]、[本事典实]、[作品综述]、[研究综述]等，这都是"深化"教材，让学生跃上更高的学识平台。

（4）教材中"精读"与"泛读"相结合。全编本精读 118 篇，泛读近 900 篇；简编本精读 97 篇，泛读 575 篇。除对精读作补充的内容（如《备选课文》等），更多专题文选，这类诗文大多与精读课文有关，由陶渊明的田园诗而兼及历代的田园诗佳作，由王维的山水诗兼及历代的山水诗，由陆游、辛弃疾的爱国诗词而及南宋乃至历代的爱国诗词。

（5）为学生自学与研究性学习指定了大量参考书目（教材单元均附参考书目，全书又附 3 种总参考书目），共达到 1600 种左右，又出有 92 万字的《教学参考资料》，有关参考资料均已上网，为学生课外学习提供了大量参考文献及信息资料。

（6）2008 年修订本新设置"研究性学习专题"、"网络链接"、"情感道德"等栏目。我们自编的《大学语文》系列教材自 4 年前陆续问世以来，影响与日俱增。前年该教材获得"十五国家级规划教材"和"全国高校优秀教材二等奖"，获奖教材双重身份，这是《大学语文》教材中唯一的一种。该套书已 40 次重印。这次修订，清华、浙大、西安交大、同济、武大、山大、北师大、吉大等著名高校均参加。"211 工程"学校中，有 20 所学校参加，采用我们教材的学校达 300 多所。

（二）扩充性资料及实验教材建设

为了帮助教师备课和学生拓展学习，我们还编著了与上述二种教材配套的《大学语文教学参考资料》（82 万字）、《大学语文阅读文选》（50 万字）、《唐宋诗词鉴赏》（35 万字、42 万字）、《唐诗鉴赏》（45 万字）、《唐宋词鉴赏》（45 万字）、《西方文学鉴赏》（23 万字）、《大学语文音像教材》（688 兆）等；我们还出版了《大学语文》（高职高专版），能充分满足各层次的师生教和学的需要。

（三）实践教学条件

我校结合"211 工程建设"和"985 振兴工程"建设，加大了对文科实验室的建设。目前，文学院已建起有 120 平方米、80 台电脑可同时上网的"文科实验室"，另有两间配备有专业设备的课件制作室，并配备专职人员和兼职人员各两名加以管理。东大江宁新校区(3700 多亩，总建筑面积 118 万平方米)建成后，"大学语文"的教学、实验及电子课件制作条件更将大大改善。

（四）网络教学环境

本课程有较好的网络教学条件。

其一，东南大学是教育部最早批准招收"网上大学"本科生的四所高校之一，而"大学语文"是首批在网上开设的基础课之一，自 1999 年以来已达 5 年，先后由王步高、朱国华、张天来等同志任课。东大的远程教育网已达 10 多个省市，有数十个站点，每年有数以千计的学生从网上学习我们的"大学语文"。

其二，利用校园网和因特网开设"大学语文"网络课程。2001 年，省教育厅便确定"大学语文"为江苏省网络课程(2 批共 11 门)；2002 年，我们的网络课件获校网络课件一等奖和省优秀奖。2003 年 8 月，与 2003 年版《大学语文》配套的网络课程又公开上网。2005、2006、2008 年我们又组织力量，对每个单元又全部 3 次重做，并于 2008 年 11 月底前后再次全部上网。其中文字内容达 400 多万字，教学实况录像也大为增加。

其三，与南大出版社合作共建有自备服务器的"大学语文·中国"网站(http://www.daxueyuwen.cn 或 www.dxyw.cn)和"唐宋诗词鉴赏·中国"网(http://www.tsscjs.cn)，提供全部网络课程、教学实况、教学参考资料、教学论文、教改信息、师生的文学创作……方便师生参考。也进一步增强了东大"大学语文"改革的辐射功能，为全国每年 10 多万使用我们教材的学生提供了第二课堂，为全国同行教师提供了备课参考园地。

四、教学方法与教学手段

1. "题内话"与"题外话"结合，"教书"与"育人"相结合，培养"高尚"与"和谐"的一代新人

"大学语文"是大学生道德品质教育的重要阵地，应当结合古今文化精品篇目的教学，传布中华人文精神，促成学生思想境界的升华与健全人格的塑造。在教学中以课本为主又不拘泥于课本，着力培养学生具有爱国爱乡的感情，关心民生疾苦，具有仁者爱人的思想，具有刚直不阿的品格，具有潇洒旷达的人生态度，同时能提高其审美趣味与艺术品位。这一点成了东大"大学语文"课教学最显著的特点之一，许多教师对此做了不懈的努力，力争

在传授知识的同时，以教师的道德情操及人格魅力感悟和熏陶学生。

2. 贴近学术前沿

古代文学、现当代文学研究发展很快，而当代文坛更是波谲云诡，而教材须几年才修订一次，且主编及编著者为自己常识及阅历所限，即便已发表的论文、著作也未必全能寓目，课本局部偏离学术前沿是必然的。这要求教师应当不停地关心文学研究动态，及时把自己和文学研究的新成果补充到教学中去。课本及《教学参考资料》中作品综述及研究综述比较简略，要求教师备课时作适当补充。

书中有许多文学疑案，如孔子是否曾"删诗"，《国语》的作者为谁，《蜀道难》为谁而作，高适的《燕歌行》是否讽刺张守珪，李白《菩萨蛮》（平林漠漠烟如织）是否真是李白所作……教材和教参中列举了争鸣双方的重要观点，教师可以组织学生展开讨论，也可以写学习笔记，各抒己见。这也使课堂教学更生动活泼，调动了学生学习的积极性。

3. 与写作教学"链接"，选择若干创作点

课本编写时是留有许多"链接"点的，与散文结合写议论文或驳论文，与诗词结合写赏析文章，与戏剧小说结合写人物分析或读后感，让学生有许多练笔的机会。如教材中有一篇柳宗元《驳复仇议》，书中又附有陈子昂《复仇议》，教参中又附有韩愈相似的文章，三者所议之事相同或相近，立论不同，各言之有据，学生完全可以写一篇有关的驳论文，可以写这件事，也可以针对报刊上的一则有争议的报道，甚至组织一次辩论会。

4. 安排好"大学语文"的延伸教学

有不少爱好文学的同学，往往嫌"大学语文"课时太少，我们将"大学语文"与文学素质类课程结合起来，开设了"唐宋词鉴赏"、"唐诗鉴赏"."明清小说鉴赏"、"西方文学赏析"、"诗词格律与创作"等10多门文学选修课，还开设"汉语言文学"辅修专业，满足学生继续学习的需要。

5. 建设"大学语文"音像教材（教育部"新世纪高等教育教学改革工程"项目，项目代号:126202314)

融声音、图像、电子课本、课堂教案于一体，共688兆，供教师课堂开展多媒体教学使用。已刻盘3300张，受益面达10多万人。每2年重做1次。目前已刻盘17000多张，免费供相关教师使用。

6. 开展网络教学，开辟第二课堂

从1999年起东大已开始"大学语文"的网络教学，且是省首批网络课程

之一（共 11 门）,2002 年以来每年完成一个 CAI 网络课件,容量从 300 兆、800 兆,增大到 12000 兆,方便学生课外学习。我们又开通了"大学语文"网站,更方便学生自学。不久将在网上开设答疑、自学指导等栏目,使第二课堂起到极好的辅助与拓宽作用。

五、课程建设规划

按照"把大学语文的文章做足"、"每年迈一小步,五年迈一大步"、"出教材、出理论、出方法、出经验、出人才"的基本方针,把"大学语文"教学改革扎扎实实地深入开展下去,对"大学语文"的教材、课程、网络全面精品化,在未来 5 年内逐步做到:

（一）教材

广泛听取全国同行的意见,每 5 年对本系列教材进行大规模修订,使之进一步经典化。

（二）网络课程

1. 整合现有网络课程,根据课本不同,将之改编为 3 种版本,分别与我们所编教材的全编本、简编本、高职高专本配套。

2. 强化师生互动、答疑区及网络考试、网上批改作业等功能。

3. 每年对教学幻灯部分重做 1/5;改做 2/5,保持不变 2/5;使音频部分内容更充实,与教材配套更紧密。

（三）网站建设

1. 网络介绍

课程介绍:课程总结、课程负责人、教师队伍、课程评价、获奖情况、教改立项。

网络课程:教学幻灯、电子教案、课文内容、相关图片、音频资料。

教学实况:大学语文:20 多节教学录像;唐诗鉴赏:12 节课教学录像;唐宋词鉴赏:10 节教学录像,新增 33 节"唐宋诗词鉴赏"全程录像（正在后期制作,6月底左右挂网）,13 节课教学录音。

教材信息:系列教材（书影、光盘照片）、教材目录、教材版权。

大纲题库:教学大纲、考试大纲、试题集锦。

参考书目:唐诗鉴赏参考书目,唐宋词鉴赏参考书目。

理论探索:本课题组教改论文 15 篇。

创作实践:本课题组老师及学生诗词创作。

网上交流:网上互动,网上答疑。

软件下载:词学研究专家系统及本网络播放软件下载。

开放论坛:校内外同行关于母语教育的来稿110多篇。并不断出新,使之成为教师备课学习的场所和学生语文学习的第二课堂。

2. 分步实施

根据经费情况,将全编本41单元及简编本、高职高专本不同的课文均约请著名教授讲课,以其实况发到网上。每年递增20课时,5年左右全部完成,约需投资20万元以上;如果能得到"985"经费的支持,则可以适当提前。

六、课程负责人介绍

王步高,男,1946年生,江苏扬中人。1964年入南京大学德文专业(本科),毕业回乡任中学及高师函授教师13年。1981年入吉林大学唐宋文学专业(硕士),后任出版社编辑,所编《唐宋词鉴赏辞典》为1987年全国十大优秀畅销书,发行100余万册。曾入南京师大词学研究专业攻博,师从唐圭璋教授。1991年调东南大学文学院,任副教授、教授、副院长、院学术委员会主任,现为中文系二级教授。著有《梅溪词校注》《司空图评传》等40多种,发表论文近百篇。主攻诗学、词学、文艺美学。对李白、李贺、李商隐、司空图、李清照、辛弃疾、史达祖及爱国诗词、田园诗词、隋代诗歌有研究。完成过江苏省社科重点项目"词学研究电脑专家系统"及教育部和省教改项目。还合作完成了国务院古籍规划重点项目"唐宋词汇评",现正完成教育部古委会资助项目"全先唐诗编纂与研究"。担任4个全国学会学术委员和理事,3个省级学会副会长,自1992年主持东大"大学语文"改革,与丁帆合作主编《大学语文》系列教材,该教材系全国"十五"、"十一五"规划教材,获国家优秀教材二等奖,该课程及教改理论获省一等奖三次,获国家精品课程(2004年),获国家教学成果二等奖(2005年),现任全国大学语文研究会副会长。其主持的"唐宋诗词鉴赏"课程又被评为2008年国家级精品课程。2005年获"东南大学十佳共产党员"称号,2005、2008年曾2次当选为全校"最受学生欢迎的十佳教师",享受国务院特殊津贴。2008年被评为江苏省教学名师。省作家协会会员,《东南大学校歌》词作者。

我国大学母语教育现状及对策研究

——三年来对全国近300所高校"大学语文"教学现状的调查

摘　要：通过对2004年至2006年三次针对我国大学语文教学现状调查结果的分析，总结了各方面所取得的一系列成绩，同时也分析了我国当前高等教育中存在着的母语教育日益受到轻视，大学语文学科地位亟须"法"的规定性，课程改革尚需全面展开，教育科研活动开展不足，理论研究滞后，以及需要优选教材，开发课件，打造精品，共享资源等问题。

关键词：母语教育；大学语文；取得成绩；存在问题；对策

一、研究背景和目的

在全球化过程不断深化的今天，在西方强势文化的冲击和当前社会上实用至上的功利主义等因素的影响下，汉语作为我国母语在大学教育中面临着一系列的问题，甚至一定程度上出现人们所说的"母语危机"。中国高校母语教育日益处于十分边缘化的位置，处境十分尴尬。

教育是一种传递社会生活经验并培养人的社会活动，教育的目标就是培养人，提高人的素质。母语教育在整个教育活动过程中有着举足轻重的作用。俄国著名学者乌申斯基说过："本民族语言是一切智力发展的基础和一切知识的宝库。"从这句话中我们可以看出，母语教育是其他一切基础教育的基础，它为学生接受其他教育提供了一种其他学科所无法取代的工具和媒介，为学生提高认识，激发思维，修身养性，培养人生观和世界观提供了坚实的基础。母语是一个民族最重要的交际工具，同时也是一个民族的文化与精神载体。母语教育是一个世界性的话题，在国际上，母语教育已经受到了很高的重视。母语教育是任何一个国家的基础教育，除殖民地半殖民地外，没有一个国家不重视本国的母语教育。正因为此，1999年，联合国科教文组织宣布，从2000年起，每年的2月12日为"国际母语日"。

我国的大学母语教育是指以大学语文教育发展为龙头，多门汉语言课

766

程共同发展的教育。高等教育中,大学母语教育在狭义上可指大学语文课程教学,广义上是指一切能够提高学生汉语言能力的教育活动。"大学语文"这个概念亦有狭义和广义之分,狭义上是指大学语文这门课程;广义上来说,大学语文不仅仅传授语言和文学知识,而且它还承载着对中华文化传播和推广的重任。大学母语教育相当于包括大学语文在内的文学素质教育的系列课程。

语文教育历来是一个国家或民族母语文化教育的主要组成部分和最重要的途径。作为母语教学主要载体的大学语文,承担着大学母语教育的艰巨任务。大学语文教育担负着传承民族文化、张扬人文精神、陶冶审美情操等多项重任,它既可为学生今后走向社会,参与竞争打下安身立命的精神基础,也可作为传承中华民族优秀文化的载体和延续民族精神文化的桥梁,对于全面提高学生综合素质,提高学生的想象能力、思辨能力以及感悟能力等都有直接的推动作用。对我国大学母语教育的坚守是继承和弘扬中华民族传统文化精神,增强民族自信心和自豪感,抵御西方文化入侵的重要途径。可以说,能否有效进行大学语文教育一定程度上决定了能否缓解目前大学母语教学的危机问题。我国大学母语教育应该积极迎接现实的挑战,做出自我调整。

然而,大学里需要怎样的母语教育?我国大学母语教育现状如何?如何应对当前大学母语教育中出现的问题?这些以前没有被人们深思过的问题,现在越来越成为语言教育工作者们研究和关注的焦点。

因此,2004 年 8 月底,教育部高等学校中文学科教育指导委员会为了解我国高等学校大学语文的教学现状,特对全国高校的大学语文教学现状进行了问卷调查,发放了 300 份《高等学校大学语文教学现状调查表》(见附表1),共回收有效问卷 111 份。2005 年 5 月,我们借召开苏皖两省大学语文研讨会的机会,当场发放调查问卷,回收有效答卷 28 份。2006 年 8 月,在南京东南大学召开第十一届全国大学语文研究会,事先给 300 名个人寄发了正式通知和《大学语文开课情况调查表》(见附表 2),又给 27052 个单位及个人寄出"开会情况通告",请他们上"大学语文·中国"网(http://www.dxyw.cn)下载《与会申请表》及《大学语文开课情况调查表》。因地址不明退回信件近200 封,实际回收答卷 145 份。

这三次调查时间跨度三年,调查的范围广泛,调查对象均为直接从事大学语文教学或管理工作的高校教师,因此调查结果具有极高的参考价值。下面,我们本着实事求是的态度,充分利用三次调研的成果,根据对问卷数据的统计学处理及对调研结果的认真分析,尝试对我国(不含港澳台地区)大学母语教育的现状进行较为细致的描述。

二、问卷调查结果分析

1. 课程定位。2004 年调查从针对大学语文课程设置侧重点选项的有效问卷中,我们可以看出这些侧重点的具体分布情况和各校的不同教学特色。大多数高校侧重于学生综合文化素质的培养(71.88%),也有将近一半的院校认为应该侧重于文学鉴赏能力的培养(44.79%)。另有 29.17% 的院校认为也应该侧重中国古典文学阅读能力的培养,还有 17.71% 的院校认为应该侧重写作能力的培养。

课程定位方面,将近 2/3(62.22%)的高校将大学语文定位为公共基础必修课,只有少数定位为专业基础课(6.67%)。定位为素质教育类公共选修课和公共基础选修课的比例分别为 23.33% 和 22.22%。有些学校由于专业设置的原因,会出现两种(或以上)的课程定位。比如某些专业定位为公共基础必修课,而其他专业可能就是公共基础选修课等。

2. 开课现状。2004 年调查发现,大学语文课程开设于 80 年代以前的占 7.34%,开设于 80 年代的占 40.37%,开设于 90 年代的占 30.28%,开设于 2000 年后的占 21.10%。可见绝大多数开设于 20 世纪 80 年代以后。就开设大学语文课程的学科门类而言,工学(49.54%)和理学(53.21%)学科开设接近或者超过一半,在经济学(59.65%)、管理学(56.88%)和法学(66.97%)专业中开设接近或者超过 2/3,说明这些学科比较重视该课程的设置。各学科开设大学语文的比例由高到低依次为:法学、经济学、管理学、理学、工学、文学、教育学、哲学、历史学、农学、医学、军事学。不过开设大学语文课程比例很小的学科并不完全代表不重视大学语文教学,因为每个学校的专业设置会有所不同。比如军事学,虽然它的比率只有 3.67%,这并不说明军事院校不重视大学语文,相反这类院校开设比例还比较高。

关于课时的前后变化情况,2006 年的调查显示,5% 的学校课时和以前差不多,37% 的学校增加,58% 的学校减少。开课时间基本集中在第一学年,一般开设一个学期,学分基本是 2 分。

3. 师资队伍。2004 年关于师资调查的项目是大学语文教师职称结构、学位结构、年龄结构以及是否专职的情况。有 34.26% 的学校聘请兼职老师。各校专职教师比例为 61.75%,兼职教师的比例为 38.25%,将近 2/5 的课程是由兼职老师担任的。教授、副教授、讲师和助教之间的比例分别为 10.78%、39.92%、39.08% 和 10.22%;博士、硕士、学士所占比例分别为 15.41%、43.20%、41.39%。年龄结构中 50 岁以上占 10.63%,41~50 岁的占 30.39%,31~40 岁的占 45.51%,30 岁以下的教师占 13.47%。2004 年和

2006 年的调查对象中,有 20 所学校是相同的。这些院校三年之间,由于教育形势的发展需要,从事大学语文一线教学的教师数量有较大的提高,职称和学位都有较大的提升。但全国整体情况未必如此,2004 年全国大学语文师资中教授和副教授所占比例为 10.78% 和 39.92%,而 2006 年仅为 9.10% 和 36.99%;2004 年博士比例为 15.41%,2006 年仅为 13.01%。可见高职称和高学位教师数量比例有所下降。

4. 教学情况。教学内容方面,2004 年统计显示大学语文教学"以古代文学、文化知识为主"的占 80.73%,"以现当代文学和外国文学为主"的占 14.68%,"以专题讲座为主"的占 8.26%,"以体裁为主"的占 15.6%,"以史带篇为主"的占 33.03%。教学内容还有以汉语言知识、名篇赏析、应用文写作、阅读、演讲等多样化的设计和安排。教学方式主要以教师按计划讲授为主,很少有学校邀请名家讲名篇的。学生的反响基本是很欢迎,或者多数欢迎少数不欢迎。几乎所有学校都有多媒体教学。2006 年的调查,对于大学语文被列为全校必修、全校公选、部分系必修和全校限选等情况做了详细区分。该项有效的问卷显示,将大学语文列为全校必修课的学校约占50.54%,定为全校公选的学校约占 29.03%,定为部分系必修的学校约占31.18%,定为全校限选的学校约占 3.23%。还有将大学语文定为全校公选和部分系必修等两种以上的情况。

5. 教材建设和科研投入。现用教材版本杂乱,统编和自编并存。很大一部分学校选择了徐中玉主编的《大学语文》和王步高、丁帆主编《大学语文》版本。至于课程建设经费,2006 年调查显示,近五年来,有 46 所学校提供了经费,所占比例约为 43.81%。这些提供了经费的学校,近五年经费的平均数为 4.07 万元,近一年来经费的平均数为 1.02 万元。资助形式多样化,精品课程、教改立项、会议出差和课程建设等各项分割科研费用,可见经费很紧张。

整体而言,2004 年人们普遍关注的是课程定位、学科建设、师资队伍、科研与教材等着眼于全局的宏观问题。到了 2006 年,除了继续关注上述没有得到有效解决的问题之外,开始探究教学实践的具体操作层面的问题,并且摸索出了行之有效的经验,提出了具体可行的建议。这对于大学语文教学改革和学科建设具有非常重要的借鉴意义。

三、取得的成绩总结

重开"大学语文"以来的 28 年,在匡亚明、徐中玉、杨叔子等前辈学者的正确引导下,全国大学语文同行们齐心协力、艰苦跋涉。在西方文化大举入侵、市俗文化甚嚣尘上的大背景下苦苦撑持，几多艰辛，几多悲壮，几多神圣！大家以千万颗赤诚的心共同护持中华文脉的传承，也做下了一番可歌可泣的事业。

1. 研究会大旗不倒，领头人凝聚人心

作为全国大学语文教师唯一的组织"全国大学语文研究会"，自1982年在南京召开第一届年会到今年再次在南京召开第十一届年会，基本上每两年召开一届。"全国大学语文研究会"虽是国家一级学会，但既不背靠经济政治实体，也无"皇粮"支持，却依然能一届届坚持下来，而且规模逐年增大。今年便有三百余所学校申请与会，最后到会代表达230余人。有的高校临近开会仓促之间未经申请竟然一下子派来6个人，与会心情之迫切由此可见一斑。每届会议期间，都有几个学校或地区争着申办下届年会。东南大学与南京大学等兄弟院校，也是争取了三届才争得举办权。

作为旗手，徐中玉、齐森华等先生做出了杰出的贡献。在"大学语文"处于顺境时，是他们为大家引路使我们的事业发扬壮大；在处于低潮时，又是他们艰难扶持，使大旗不倒。他们凝聚了人心，他们维系了此课程的命脉，功不可没。

2. 建成了一批精品课程

古人云："十年磨一剑。"经过二十八年的磨砺，虽历经翻覆，人世变迁，大学语文终于在课程建设上结出了一批硕果。虽然总的来说"大学语文"地位不高，学校投入也不是很多，但仍有一些学校领导独具慧眼，对"大学语文"予以政策扶持。自2003年教育部启动国家精品课程工程以来，有一些学校加大了对"大学语文"的投入，使"大学语文"在理论建设、师资队伍建设、教材建设，以及教学内容、教学手段、教学质量等方面均有了显著的进步。不仅如此，他们还按精品课程的要求，争创一流。各省市都出现了一些大学语文课程建设达到省级、校级精品课水平的学校。湖北大学、浙江大学、武汉大学、中山大学、南京审计学院都开得很不错，武汉大学还有意创建省级精品课程，上海财经大学也有相似的意向。

东南大学的"大学语文"是全国同类课程中唯一的国家精品课程。该课程经过十多年的打造，有了一套在全国有影响的理论与教材，有了一支特别能教学且有博士学历的师资队伍，有了在全国领先的网络课程及多种现代化教学课件。2004年获国家精品课程后，又提出"全面精品化"的要求，第二年便重做了全部网络课件，仅容量就增加5倍，教学实况也达到30多课时。教材也不断完善，教材发行对全国的辐射作用也与日俱增。

目前，还有一些地方院校也在努力创建精品课程。如广东东莞理工学院，已建起校级"大学语文"精品课程，正在争创省级精品课程。国家提出精品课程"五个一流"（教师队伍、教学内容、教材、教学方法、教学效果）的标准，为"大学语文"课程建设指明了方向，虽不能达全国的"五个一流"，但我们可以争取达本省、本市、本校的"五个一流"，也可以达三个"一流"、两个"一流"。

3. 编出了一批优秀教材

近年来，教材编著成了大学语文最受关注的领域。一批长期在"大学语文"领域辛苦工作的老教授如裘汉康、杨建波等都编出了很有特色也较有影响的教材，而且被多所学校采用。徐中玉、王步高主编的教材，在全国影响最大，也几经修订，逐步走向系列化、立体化、经典化。尤其可喜的是，一批学术界的大腕人物，也跻身《大学语文》编写，如陈洪、温儒敏、丁帆等，都编出了在全国有相当影响，能独树一帜的教材。"十五"全国规划《大学语文》教材仅三种（后增补一种），到"十一五"规划增加到十一种，而且东南大学的还是以"立体化系列教材"列入，一种之中便含有多种。教材是课程的五大支柱之一，当今的几种代表性的教材，编写思想和体例各不相同，可以方便各校选用。目前，获国家优秀教材奖的教材还仅王步高、丁帆主编本一种，我们真诚地希望，能有更多的《大学语文》教材能入选下一次国家优秀教材。教材建设也可以打造精品，形成系列。

4. 教师队伍总体水平有所提高

随着近几年高等教育的迅猛发展，高校教师队伍也有了较大增长。随着一批批老教师（相对学历要低些）退休，一部分低学历的教师改做教育行政工作，教师学历层次的提高是必然的也是十分显著的。如东南大学"大学语文"国家精品课程梯队的主要成员均已博士化，且具有副教授以上职称。当然，可能也有一些名牌高校，从事大学语文教学的教师学历、职称，会更高于东南大学。

教师的年轻化也是显而易见的。年轻教师善于接受新事物，计算机基础扎实，因而也为教学手段的现代化打下了良好的基础。

5. 教学手段的现代化进程大大加快

由于国家、省、校级精品课程均与网络课程建设联系在一起，迫使大学语文教师要积极关心和热情投入网络课程的建设，湖南城市学院率先建成了"大学语文网"（http://www.dxyw.com），汉江大学也建成了与之有关的"写作"网。东南大学后来居上，结合国家精品课程建设先后建起"大学语

卷五　教育教学研究

文·中国"网(http://www.dxyw.cn 或 www.daxueyuwen.cn)和"唐宋诗词鉴赏·中国"网(http://www.tsscjs.cn)。此后全国大学语文研究会和湖北省大学语文研究会也都办起了面向全国或地区的网站。南京审计学院还在网上授课、网上答疑、网上阅卷,真正实行了"大学语文"的部分网络教学。"大学语文"课程因其面广、量大、兼容性强,便于资源共享。网络课程的开设较之其他专业课程而言,可能性和实用性要大得多。

运用多媒体教学手段开展"大学语文"教学已成了新老教师均具备的能力,现在几乎每位大学语文教师都带着光盘或 U 盘进课堂。有些计算机功底扎实又敬业爱岗的年轻同志还对网上下载的课件再加工制作,更有个性,更符合自己对课文的理解。

运用现代化教学手段和网络课程资源教学,具有共享性的显著特点。东南大学投资十多万用于"大学语文"建设,制作了较为精美的"大学语文"网络课程、音像教材、电子教案,而且不断革新。如今在网上运行的内容已达 7 GB,加上"唐宋诗词鉴赏"超过 13 GB。享受这一成果的则远不只是东南大学的教师与学生,也不仅是 300 多所使用我们教材的高校。近年来我们刻录网络课件、音像教材、电子教案光盘达 14000 张,由于没有加密,可以转刻,估计已使全国半数以上的教师都能用到我们的光盘。我们在"大学语文·中国"网上又设立了"软件下载区",专门将我们制作的部分电子教案挂网供大家下载,使一切知道我们网址又准备运用多媒体教学的老师都可以轻易地得到我们的课件。一校出钱出力,全国同行受益,也真正体现了国家级精品课程的辐射作用。

6. 大学语文的校际协作成效显著

就师资队伍而言,全国大学语文教师的人数可达万人以上,较之一般专业课要多得多,但十分分散,一个学校有十人以上的并不多见,常常有的仅一两个人。因此如果要完成国家规划教材编写,和国家精品课程、网站及网络课程建设均需校际力量的整合与分工协作。我们编写《大学语文》系列教材便有三十七所院校参加(其中 211 院校二十一所),创建国家级教学成果奖也有东南大学和南京大学两校合作。我们建立"大学语文·中国"网,也由多所学校合作共建,东南大学只是个牵头单位。

目前,各地有了一些大学语文的组织,有一个市、一个省的,也有跨省的合作。我们就曾召开过三次苏皖两省"大学语文研讨会",一般三年一次。学校间的互访、听课交流、互开讲座则可以较频繁进行。安徽省就有十多所高校的"大学语文"教师经常聚合,互通信息,形成了一个协作网。这就部分地克服了"大学语文"教师由于高度分散而"势单力薄"的缺陷。如果有可能将"大学语文"列为"中国语言文学"的二级学科,并建立相应的硕士点、博士点,更需要兄弟院校力量的适度整合。

7. 大学语文教学理论的初步建立

"大学语文"教师的分散性也带来教学研究的分散性,但教材的通用性又部分地弥补了这一缺憾。《大学语文》教材的序言,以及教材本身所传达的对语文教育的理念和编写指导思想,较之一般学术刊物发表的研究论文有更大的影响,因为教材发行量大,要超过学术期刊的几十倍乃至几百倍。更重要的,学术期刊虽读者层次较高,但不能保证真正奋战在"大学语文"第一线的教师都读过某种学术期刊,而不干这一行的,读了感触也不会很深。

因此,近年来大学语文的若干重要教材,以及全国大学语文研讨会上的重要发言,已在全国大致构建出以徐中玉、齐森华主编本、王步高主编本、温儒敏主编本、陈洪主编本、丁帆主编本等相应的教材和理论模式。有较多的相关研究比如论文、言论等,从学科定位、教材编写、师资建设到教学手段改革、精品课程建设切入,已能形成相应的体系,比较前沿。再过三五十年乃至百余年,后继从事高校语文教学的人们会十分看重这段时期教材的百家争鸣(我们戏称其是"春秋时期")。如果说,中国传统的思想均是春秋时期建构起来的(外来文化及思想如佛教除外),但愿这几年的教材之乱也能从语文教学理论上产生几大派系,几种可以影响几十年乃至百余年的教学理论。2005 年,东南大学的"大学语文教学改革的理论与实践"获国家教学成果二等奖。此后,我们发表的一系列文章又针对"进一步正视中华雅文化的衰落"、"文化大师的销声匿迹"、"要努力加强母语教育"等问题提出了有一定震撼力的呼吁与呐喊。历史将证明,这些呼吁并不是多余的。

8. "大学语文"课程的系列化开始形成

要提高当代大学生的母语水平,提高其文学素养,提高其对中华文化的认同感,提高其民族自信心,同时又能提高其人文精神,使其道德情感能从文学精品的熏陶中得到进一步的升华,单靠"大学语文"一门课程是远远不够的。单靠课堂教学一种形式也是不够的。

全国许多高校还开设了文学素质教育的其他系列课程(与文学无关的其他通识课这里不讨论),以各种形式,达到上述其"五提高"、"一升华"的目的。东南大学开设了近十门文学素质选修课程,尤其是重点建设"唐宋诗词鉴赏"为总标题的三门课程:唐诗鉴赏、唐宋词鉴赏、诗词格律与创作。我们先后在北京大学出版社、南京大学出版社出版了四种教材,建起了"唐宋诗词鉴赏·中国"网（http://www.tsscjs.cn），并与"大学语文·中国"网（http://www.dxyw.cn）链接。我们还制作了网络课程、音像教材、课程电子教案等。我们的教材已重印5次，光盘已走向全国。该课程已列入东南大学2007年申报国家级精品课程。我们每学期在各校区交替开设这三门课，再辅之以若干系列讲座。我们写的《东南大学校歌》，内涵深邃，诗味盎然而又激昂慷慨。学生每次集会必唱，每学年新生入学学唱校歌成了必修课目。听讲校史校歌成了人文系列讲座的第一课，这一讲座每年都得讲五六场，成了历久不衰最受师生欢迎的讲座。文学课程对东南大学的校园文化建设也作出了很大贡献。

杨叔子先生引杜甫"润物细无声"来形容文化素质教育的功能，确实如此。东南大学在大学语文方面所做的工作不仅得到国内同行的认同，也得到广大师生的欢迎。去年全体党员投票评选"东南大学十佳共产党员"，王步高教授名列第一，排名在院士之前。学生投票选举最受欢迎的"全校十佳教师"，他也名列前茅。在东南大学，"大学语文"系列课程不仅不受轻视，相反已是可使全校师生引以为荣的名牌课程。

四、存在的问题分析

自匡亚明先生倡导重开"大学语文"以来，曾有过几年迅猛发展的时期，但多数学校领导对该课的认识停留在"补课"（补"文革"中长大的大学生的"文理不通"、"错别字连篇"的缺憾）上，看不到母语水平对一个人能否成材、能否成大材有着重要作用，母语教育对人文精神的传承及道德情感教育也有相当的作用。当然，近三十年前，前辈们也料不到应试教育及西方文化的入侵势头会如此猛烈，更料不到雅文化在俗文化的大举进攻面前会如此生存艰难，而社会人士心态又如此浮躁。现今"大学语文"的改革面临以下几个方面的问题：

1. 学科地位不明确

与大学里的各种公共基础课（如：政治课、外语课、高等数学、大学物理等）相比，大学语文虽开设人数众多，教师队伍庞大，却没有学科支撑，它连二级、三级学科也不是，没有相应的硕士点、博士点。老师靠它挣点工作量可以，靠它评副教授以下职称尚可，靠它当博导、硕导便不可能，当教授也极少可能。它便只能是丛生的灌木，长不成大树。不受重视是必然的，因此，教师队伍不稳定也势所必然。

2004年至2006年的三次调研问卷中，在开放性问题比如"意见与建议"

的回答中，从事教学和管理的老师们呼声最高的就是要求早日明确大学语文课程的学科定位、教学目的等问题。他们建议高校中文学科指导委员会制定一定的教学规范，统一教学大纲和考试要求，确定统一的学分，改变现在的"校自为政"的局面，并且对高校该课程建设进行专项评估，加快学科建设。建议最好把大学语文设置为公共必修课程，最好能作为一个学科来建设。

其实早在1978年重新开设大学语文时，就确立了开设的目的和意义有四个方面："交流工具训练作用"，"对优秀传统文化的渗透、传承"，"对现代人类共通精神文明的建设"，"应对和解答当下开放社会各种文化困惑"等。今天看来，这四点仍然有着很强的现实意义。大学语文课的重要性，就在于它对培养人才具有其他学科所无法取代的作用。然而如此重要的课程，它既缺乏思想政治课的权威性，也没有英语四、六级考试那样的"尚方宝剑"，因而教学实践中经常出现"掣肘"的现象，使得该课程的强大功能不能得到良好的发挥。有时候大学语文表现得好像具有"万金油"的作用。当需要向大学生补基础知识时，它是一门公共基础课；当教育部提倡素质教育时，它又是素质教育课；当国家提出人文科学和自然科学犹如车之两轮、鸟之两翼，要并驾齐驱时，它又成了"大学人文"通识课。

当历史的车轮跨入新世纪，大学语文课程遭遇了前所未有的压力和尴尬局面。有的高校正以"大学人文"取代"大学语文"；不少高校重视各种实用的专业课程，大学语文不得不为各种专业课"让路"，课时被不断压缩、削减或干脆取消；"大学语文"如果不是必修课，可上可不上，学生多半就不上了。因为大学语文不是独立的学科，在很多人眼里，讲授大学语文的老师自然也就失去了"研究方向"，在科研上不受重视，无形中"矮别人一头"，由此形成了恶性循环。新时期大学语文课程遭遇到的种种压力和困境，不能不引发我们对大学语文课程的思考。

2. 开课比例太低，课时太少

根据我们的调查，全国多数综合大学、师范院校较少开大学语文课。高职高专院校开设得也不多。高职院校学制有的缩为二年，扣除实习，所剩学时无多，连大学物理、高等数学都停开了，大学语文更难保。开得较好的是军队、财经、政法、外语类院校。理工科院校介于这中间。这些院校（外语除外）总招生量近年大幅下挫。军队院校停办了一些，改从地方院校招国防生；政法院校招生已大大降温，而且有人提出不招法律本科生。财经类的热招也成过去。如果没有党中央、国务院的"十一五文化发展纲要"，全国高校大学语文开课总比例继续下降是可能的。

如前所说,我们2006年调查的61所高校中,36所学校课时萎缩,开课人数也在减少。如安徽的一所理工科院校,以前全校一年4900多人全开"大学语文",从去年起全部停开,"大学语文"教师去改教"中国文化史"等课程。

重点名校"大学语文"课也很少开。我们在全国大学语文会上很少能见到这些学校的老师。全国"大学语文"会在上海召开时,一些重点院校却无人来参加。我们主办过一次全国大学语文会、三次苏皖两省的"大学语文"会,安徽一些重点高校从未有人参加。只有武汉大学、中山大学、浙江大学等少数几所名校开得较正常。大学扩招,"大学语文"并未相应扩大规模,在许多学校里还日渐萎缩也是不争的事实。

课时安排不当的弊端负面影响很大。大学语文课时不足,学分少,许多名篇无法深入透彻讲解,只能点到为止;有限的学分限制了学生选修的积极性,也满足不了一些学生的求知欲;课时的不足不利于教师完整地完成教学计划,有的学校因为缺乏对母语教育的重视,不能在正常的教学时间内开课,上课时间一般安排在晚上或周末,严重影响教学效果。

3. 教材多而混乱

教育部高教司在《大学语文教学大纲》中指出:"在全日制高校设置大学语文课程,其根本目的在于:充分发挥语文学科的人文性和基础性特点,适应当代人文科学与自然科学日益交叉渗透的发展趋势,为我国的社会主义现代化建设培养具有全面素质的高质量人才。"在贯彻实施教学大纲的环节中,教材的选定尤为重要。

全国《大学语文》教材有多少种?谁也很难说清。前几年我们还注意搜集,搜到有四五十种,后来见越来越多,也就不搜集了。况且,多数特点不明显,有的甚至大量"克隆"别人的,无参考价值。《大学语文》教材已从十年前的"西周时期"(一家独大,垄断市场),发展到"春秋时期"(诸侯混战,乱成一团)。希望能及时采取措施,过渡到"战国时期"(诸强争雄,各有千秋)。但仍不要让一两家垄断,适度竞争才能发展。

教材的百花齐放必然带来的就是各高校在教材选择上的无所适从,所以许多高校呼吁优选教材,组织力量打造精品教材。人们普遍认为,目前有影响、有特色的大学语文教材编写模式共有四种:一是"主题＋文选"模式,如徐中玉教授主编的《大学语文》;二是"文史＋文选"模式,如王步高、丁帆教授主编的《大学语文》;三是"专题＋文选"模式,如温儒敏教授主编的《高等语文》;四是"作家＋文选"模式,如钱理群教授主编的《大学文学》教材等。

4. 师资水平低下，教学质量不高

由于"大学语文"没有相应的学科地位，多数学校的师资没有中文系科做后盾，有中文系的学校有"大学语文"教研室的也不多，而是采用"新教师顶顶，老教师搭搭"的方法在应付。教师培训机会少，眼界不开阔。全国示范性基地缺乏。师资方面的问题主要有两点表现：

第一，兼职老师比例很大。2004 年调研结果显示，就开设大学语文课程的高校而言，聘请兼职老师的学校比例为 33.94％。就这些高校的大学语文任课教师而言，专职教师比例为 61.75％，兼职教师的比例为 38.25％，可见将近五分之二的课程是由兼职老师担任的。民办高校大学语文大多数都是兼职教师担任。

第二，该课程任课教师整体人数偏少，年轻教师数量较多，较低职称和学历的教师数量仍然较多，这都很难保证课程教学质量以及教学活动持续稳定地开展。2004 年到 2006 年的调研显示，大学语文教师的年龄集中在三十到四十之间，三十多岁的教师比四十多岁的教师数量多，二十多岁的比五十多岁的教师数量多。任课老师年龄的相对年轻化，势必存在着新老师教学经验不足的问题。青年教师文化素质和教学技能却需要全面提高，教师的道德素质与情感表现能力也必须得到相应的提高。另外由于年轻教师在专业发展方面有着不确定性，这就难以保证师资队伍的稳定。

5. 课程改革开展不足

当中学语文教学改革进行得如火如荼的时候，大学语文课程依然保持当前的局面已不可能。这次调研中，直接从事一线教学任务的广大教师对此呼声颇高，他们也提出了许多行之有效的建议。首先，课程改革亟待全面展开。要准确定位大学语文与大学母语教育的其他科目之间的关系，以及大学语文与其他学科之间的关系；课程需要加强与现实生活的联系，大学语义课程要具有强大的生命力就必须与现实生活相联系。注重辅助教学和隐性课程的开发，构建开放式、全息化的大学语文课程考核评价体系。应组织专家对各校的大学语文开课及教学情况进行专项评估。考核的形式和内容应该多元化，应该体现教师的教学特色和学生个性发展的特点。其次，课堂教学亟须改革。当前课堂教学存在着教学质量低下等问题。比如部分教师缺乏敬业精神，知识结构单一，教学方法陈旧手段单调，创新意识不强；有些兼职教师缺乏责任感，难保教学质量；课堂教学缺少有效的测评方法，教师所强调的个性化教学与学校的规范化考试要求有一定的矛盾等。

6. 科研活动开展少，理论研究滞后

通过调研，我们可以看到对于大学母语教育教学改革的呼声很高，也看到有识之士对于大学母语教育理论研究极为重视。教学与科研历来是相辅相成的，没有一流的教育科研就不会有一流的教学。调研中老师们呼吁高校要成立专门的大学语文教研室，教研结合，进一步提高教师教学和理论研究水平；要加强高校之间的沟通和联系，定期举办高水平的研讨会，在全国范围内开展大学语文公开课活动，以促进教改的深化。当前的确存在着大学母语教学理论研究的缺失。各学校、各部门对大学母语教育教学的基础研究非常缺乏，在教学法等基础研究方面，几乎没有重大的突破。教育部门包括各高校缺乏相应机制保障大学母语教育教研活动的顺利进展。

五、对教育部高教司领导的建议

党中央、国务院要求高等学校"创造条件，面向全体大学生开设中国语文课"，这是全国大学语文界同行多年来梦寐以求的事。但使之尽快落到实处还应采取一些得力的保障措施。为此，作为大学语文教师，我们希望教育部能在以下方面出台一些得力措施：

1. 加强对教育行政部门和学校领导进行弘扬中华文化、自觉抵制西方资本主义文化入侵的教育。中华文化的衰亡甚至比亡党亡国更可怕。各级领导要认识到母语教育应当是高等教育重要的基础课程，就其重要性而言，除了"外"字头的学科（如外交、外贸、外国史、国际法、外国文学等）外，其他学科中大学语文的重要性应不低于外文课。

2. 对党中央、国务院文件中"创造条件"要列出时间表，限三年内所有没有中文系的高校应面对全部大学生开出不少于 32 学时"大学语文"课程，对有中文系或师资力量较强的高校应达到 64 学时以上（全国大学生文化素质教育基地学校应均达到 64 学时以上）。

3. 建立教育部中文学科指导委员会领导下的"大学语文教学分会"及"全国大学语文示范讲师团"，聘请二三十人左右名教授或副教授至全国各地为大学语文教师开设示范课。各高教大省也应有自己的讲师团。

4. 建立"教育部'大学语文'教师培训基地"。

5. 抓好《大学语文》规划教材与优秀教材建设，全国可对已出版的《大学语文》教材全面清理一次，对剽窃他人的教材下令立即停止发行并对有关责任人作出处理，对质量低劣的教材责令停止使用。指示各校使用国家规划教材和优秀教材不得低于 50%。这样可以部分扼制质量低劣的自编教材继续问世。

6. 支持"大学语文"教学研究，在有条件的时候批准创办和发行《母语教育》（或名《高等语文教学》）杂志。

王步高诗文集

7. 在教育部学科目录中增设"语文教育"（或名"高等语文"、"语文学"）二级学科，允许设立以打通古代、现当代文学及语言与中国文史学科的二级学科硕士点、博士点，培养部分宽口径的教学、研究及应用人才。从根本上提高"大学语文"的学科地位。

8. 在教学评估、评优、教学名师评选等方面像对待其他高校公共基础课教师一样予以大学语文教师同样的重视与投入。

9. 试验开展"大学生汉语水平测试"，以后除"外"字头学科，研究生入学考试的考生可以在"汉语"、"外语"中任选一种，而凡是"中"字头的学科以及"新闻"等学科必须选择后者。

10. 加强对"大学语文"网站、精品课程建设，各省应有自己的"大学语文"示范学校和精品课程。全国应有若干信息量大、内容经常更新、动态的大学语文网站。

党中央、国务院的"十一五文化纲要"为"大学语文"创造了前所未有的机遇，抓住这个机遇，从教育部到我们每个"大学语文"教师共同努力，就能部分扼制中华文化的衰落，就能为提高全国大学生的文学素养，提高其道德情操干出一番有声有色的事业来。我们希望通过对调查研究的具体分析，比较准确地描绘当前大学母语教学的现状，初步揭示存在的问题，从而为进一步做好大学母语教育教学工作打下基础，进而使得我国的大学母语教育工作取得新的进步。

（《中国大学教学》，2007 年第 3 期，与张申平、杨小晶合著）

卷五　教育教学研究

大学语文教学改革的理论与实践

我校是最早响应匡亚明先生的号召重开"大学语文"的高校之一,是全国大学生文化素质教育基地之一。我们的"大学语文"教学改革已开始十二年,列为学校重点建设的课程已九年,出版自编教材并开设网上课程已五年,成为省一级优秀课程已四年。目前该课程的改革已建立起较先进的系列理论,编著和出版了 12 种文字教材、教参、辅导读物、音像教材和网络课件,有较先进的教学手段,并有一支近十人以有博士学历的教授、副教授为骨干的教师队伍。我们的自编教材已成为"十五"国家级规划教材和 2002 年获全国高校优秀教材奖的唯一《大学语文》教材。我们还于今年 7 月率先开通了全国首家"大学语文"课程网站(http://www.daxueyuwen.cn)。东南大学也成了进入新世纪全国"大学语文"教学改革的排头兵之一。

一、以学科定位入手,提出"大学语文"要姓"大"的教改理论

匡亚明先生针对"文革"年间毕业的中学生语文水平不高而倡导重设"大学语文"课。许多相关领导也看到较多大学生写文章错别字连篇,博士生做得出实验写不出论文,某些学生甚至连申请书、借条也不会写而重视"大学语文"教学,但其将"大学语文"定位于还小学初高中语文的欠账上。更有些学校将新生先考一下,语文不合格的才学"大学语文",有幸上这门课的均有一种"羞辱感",故前些年"大学语文"逐年萎缩,教师队伍也不稳定,教材也严重老化。

我们认为:"大学语文"应当姓"大",应是高等教育的基础课程,如同不论初等数学学多好的理工科新生均须学"高等数学"一样。"大学语文"应是一个较高层次的语文课,不是对中学语文"欠账"的"补课"或"补差"。这是认识的出发点,它决定了"大学语文"的学科性质,也决定了它的教材、教法、教育理念均与中小学有本质的区别。

诚然,我们承认有学生不会写请假条、申请书,但如果"大学语文"停留于浅层次的应用文写作,一定会受到多数学生的抵制。"大学语文"应面向全体大学生,应当为绝大多数学生着想,给大家以全新的知识、全新的信息、全新的教学模式、全新的学术平台、全新的教师形象。这样才能摆脱应试教育给学生带来的厌学情绪,也才能改变"语文"课在学生心目中的形象,对语文课产生兴趣。

"大学语文"是绝大多数大学生语文课堂学习的终结。"大学语文"课的性质便具备对以前十二年所学文学知识的总归纳和对未来人生数十年语文自学的总启动这样两个重要的方面。归纳不同于炒冷饭式的总复习,而要系统化并查漏补缺;启动也不是一个动员报告,而是要有可指导自学的教材、有便于自学的方法。"大学语文"是语文学习的中转站。

由此为出发点,我们觉得"大学语文"非常有必要具有"梳理"与"激活"的功能。以文学史为纲,建构起简明中国文学史的架构,既将以往学过的文学作品纳入文学史的知识体系,也补充一些在文学史上有相当成就而被中小学语文忽略的领域或作家,如六朝诗、金元诗词、明清诗词、明小品文,等等,此外补充许多重要的作家如:宋玉、庾信、李颀、冯延巳、晏几道、贺铸、周邦彦、张孝祥、戴复古、周作人、郁达夫、梁实秋、张爱玲、董桥等。又如中小学语文中较少接触的爱情、闺怨、悼亡、孝悌等题材的文学作品,也予以补充,对一些小作家的吉光片羽也精选若干。这使学生对中国文学不仅留下司马迁、李白、杜甫、苏轼、曹雪芹等"红花",也有风格众多、流派各异的"绿叶",在学生文学知识的园苑中便能多姿多彩。再将《中小学已学篇目》编入教材各单元之末,既使学生可以温故而知新,可以"激活"旧知识,也使老师可以了解学生的知识结构。

"大学语文"姓"大",还因为如今大学生生活在信息时代。所谓"少而精",以"一杯水"打发所有人的时代过去了。随着年纪和学龄的增加,同学间语文水平的差距也在加大。十二年下来,学生的语文水平已是千差万别。高考是按总分录取的,总分相近,单科成绩却相去甚远。况且如今的高考语文的"标准化试题"、多项选择题能否真正考出学生的语文水平也颇有争议。我们觉得,适当加大《大学语文》教材的容量,既有利于建构较完整的知识体系,也有利于适应不同层面学生的需要,也使老师增大了选择的空间。也就是说,我们不再仅给学生"一杯水"或"一桶水",而是给学生"一条河"。虽然它往往超出了课堂教学的需要,其深度往往也超出较多学生的接受能力,学完以后对书中还有许多地方不全懂。这不要紧,这本书应当跟学生一辈子,"白首也莫能废"。

卷五　教育教学研究

"大学语文"姓"大"，还体现在我们教育思想的"开放"与"多元化"思维方面。"开放"是相对"封闭"而言，即解放思想，面向现实，面向未来，以适应时代的需要。"多元化"则是相对于"一元化"而言的。它不再只是正面说教，不仅是灌输一种学术观点、学术思想，提出在知识层面、学术观点、学术视野、学习方法等方面的多元与开放。

二、以"高尚"与"和谐"为目标的育人思路

50年代以来，政治课取代了德育课，实践证明，这并不很成功。近年来大学生犯罪率上升、自杀率上升、考试作弊等严重违纪率也有所上升。一些大学生相当自私，集体利益、国家民族的利益、党和人民的利益均可置之脑后，损人利己、损公肥私，不以为耻，反以为荣的大学生并不少见。马加爵事件的出现，使我们意识到高校的德育工作到了该认真反思的时候了。

"大学语文"是进行人文素质教育的主干课程，应当具有传播人文精神、开展道德熏陶与思想教育的功能，不是靠空洞的说教，而是要使学生在古今文学精品的感染教育下，讲气节、讲节操、讲廉耻、讲有所不为、讲正气、讲不唯上不唯官、讲民本思想、讲平民意识……从而促成其思想境界的升华与健全人格的塑造，培养其高尚的道德情操。

我们十多年来，结合"大学语文"教学及教材编写，注重学生以下道德情操的培养：

其一，培养爱国爱乡的感情。

儒家传统倡导修身、齐家、治国、平天下。一个不爱自己的家、不爱自己的家乡的人，很难成为爱国者。屈原《哀郢》诗结尾云："鸟飞返故乡兮，狐死必首丘。"鸟尚迷恋故乡，狐临死也将头朝着洞穴的方向。《古诗十九首》中更有"胡马依北风，越鸟巢南枝"的句子；陆游《病起书怀》更云："位卑未敢忘忧国。"林则徐《赴戍登程口占示家人》诗中亦云："苟利国家生死以，岂因祸福避趋之。"……都表现了对国家、民族的高度责任感。近年来，由于西方文化影响，一些青年民族感情淡漠，洋奴思想严重。读这些诗句，教师加以适当引导，其爱国主义教育的效果较之政治课往往更胜一筹。"儿不嫌母丑，狗不嫌家贫"，虽然我们的国家、我们的学校还有许多不尽如人意之处，但它毕竟是我们的祖国、我们的母校。我们自己为国家的富强、学校的兴盛是否已尽了最大的努力呢？决不可怨天尤人，似乎党对不起自己、国家对不起自己、学校对不起自己、别人对不起自己，而不去想自己于党、于国、于校应尽的责任和义务。

王步高诗文集

其二、关心民生疾苦。

曾有一位领导人说:"未来党和国家的各级重要领导,多半会从我们这些重点大学培养出来。"今天的在校大学生,便是明天、后天的省长、市长、总经理。应当培养他们会体察民情,关心人民的民生疾苦。《大学语文》中有许多这样的的篇章。曹操《蒿里行》写战乱时代人民的苦难:"铠甲生虮虱,万姓以死亡。白骨露于野,千里无鸡鸣。生民百遗一,念之断人肠。"韦应物《寄李儋元锡》诗也说:"身多疾病思田里,邑有流亡愧俸钱。"郑燮《潍县署中画竹呈年伯包大中丞括》诗亦云:"衙斋卧听萧萧竹,疑是民间疾苦声。些小吾曹州县吏,一枝一叶总关情。"封建社会的进步文人尚且能心系百姓,以邑有流亡而自己享有俸禄为愧,这种民本思想,至今仍有积极意义。

其三、仁者爱人的思想。

"仁"是儒家思想的核心。孔子说:"己欲立而立人,己欲达而达人。"(《论语·雍也》)受儒家仁爱思想影响,历代文学家写下许多宣传仁爱的诗篇。杜甫《茅屋为秋风所破歌》谓:"安得广厦千万间,大庇天下寒士俱欢颜,风雨不动安如山。呜呼,何时眼前突兀见此屋,吾庐独破受冻死亦足。"白居易《新制布裘》诗则曰:"丈夫贵兼济,岂独善一身。安得万里裘,覆盖周四垠。稳暖皆如我,天下无寒人。"我们更融合古代仁爱思想而简化为一种"吃饭哲学":

> 宁可自己喝稀饭甚至没饭吃,也愿他人有干饭吃的人,是伟大的人;自己吃干饭,也希望别人有干饭吃的人,是高尚的人;自己吃干饭,只想让别人喝稀饭的人,是平庸(平常)的人;自己吃干饭,却连稀饭都不让别人喝的人,是卑劣的人。

每次我们讲课中讲到这段"吃饭哲学"时,学生们均会报以热烈的掌声。杜甫诗中反映的是一种伟大的情操,而白居易诗中的境界则是高尚的。我们要求学生做高尚的人,学习伟大的人。这样的思想教育,既与文学相联系,又会给学生留下终生难忘的印象。他们走上社会便易于成为有益于社会、有益于他人的人。

其四、具有刚直不阿的品格。

马克思说他最不能容忍的品格是阿谀奉承,我国历来的文学作品中,力倡刚正不阿,要有一身正气。陆机《猛虎行》曾曰:"渴不饮盗泉水,热不息恶木阴。"陶渊明"不为五斗米折腰",更传为千古佳话。李白"安能摧眉折腰事权贵,使我不得开心颜",更是文人摒弃一切奴颜与媚骨的典范。杜牧亦曰:

卷五　教育教学研究

"谁人得似张公子,千首诗轻万户侯。"(《登九峰楼寄张祜》)即便为生活所迫,不得不为五斗米折腰时,诗人也倍感心痛。李商隐《任弘农尉献州刺史乞假归京》诗中曾云:"却羡卞和双刖足,一生无复没阶趋。"他屈身下僚,不得不摧眉折腰事权贵,因此他甚至羡慕献和氏璧被刖去膝盖骨的和氏,从此无法下跪了。近世鲁迅"横眉冷对千夫指,俯首甘为孺子牛"的精神更应当是学生立身处世的榜样。"文革"中,多少有身份的文豪、名家在"四人帮"面前卑躬屈膝,当今也有许多知识分子在贪官污吏面前摇尾乞怜,应为我辈所不齿。

其五、潇洒旷达的人生态度。

结合"大学语文"教学,应当教育学生增强应对人生磨难与挫折的素质。无论如何受打击迫害,也能笑傲人生,不屈不挠。这一点,苏轼是我们的榜样。"乌台诗案"以后,出狱贬官黄州,他并未觉得凄苦怨艾。他《初到黄州》诗中说:"自笑平生为口忙,老来事业转荒唐。长江绕郭知鱼美,好竹连山觉笋香。"同作于黄州的《定风波》词云:"莫听穿林打叶声,何妨吟啸且徐行。竹杖芒鞋轻胜马,谁怕?一蓑烟雨任平生……回首向来萧瑟处,归去,也无风雨也无晴。"被贬岭南,他又自我解嘲:"日啖荔枝三百颗,不辞长作岭南人。"被贬到更远的海南岛,身体也不好,他依旧乐观:"白头萧散满霜风,小阁藤床寄病容。报道先生春睡美,道人轻打五更钟。"几次被贬,他不仅没有绝望,反而使创作达到高潮。苏轼的《念奴娇·赤壁怀古》、前后《赤壁赋》,均作于黄州。当代大学生大多是在父母娇惯下长大的,往往任性、经不起挫折,我们年长的教师用自己在"文革"中多次被打成"反革命"甚至坐牢却顽强抗争的经历,让学生增强毅力,潇洒旷达,"敢于面对惨淡的人生,敢于正视淋漓的鲜血"(鲁迅语)。永不沮丧,永不颓废。……

好的语文教师也是人生的导师,教会学生树立正确的人生观,比多教一首诗、一首词更重要,而这人生观的诱导又从诗词文中来。

其六、提高审美趣味和艺术品位。

中国文学的美学体系,一般形成二水分流的局面:一是儒家因入世而关心现实美;一是道家因遁世或自我超脱而醉心于自然美。前者如"居庙堂之高则忧其民,处江湖之远则忧其君"(《岳阳楼记》),后者如"久在樊笼里,复得返自然"之类。课本选篇注意既选有忧患意识,与"世积乱离,风衰俗怨"有关的篇什,也多选山水田园、爱情悼亡的美文。让学生从"大学语文"的学习中,多一点"高雅",少几分"庸俗",从而提高人的艺术品位与审美情操。

三、系统性、网络式、立体化、大信息的教材结构

自 1999 年以来,本校自编的《大学语文》文字教材(五种版本)、教学参考资料、课外阅读文选、音像教材、网络 CAI 课件(三种),以及拓展教材已达 12种之多。列表如下:

东南大学自编的《大学语文》系列教材(1999—2004)

教材名	字数容量	教材性质	主编	出版社	初版时间	备注
大学语文(初版全编)	79.2 万		王步高、丁帆	南京大学出版社	1999.8	重印 5 次
大学语文(局部修订,全编)	79 万	全国高校优秀教材二等奖获奖教材	王步高、丁帆	南京大学出版社	2001.5	重印 2 次
大学语文(简编)	56 万	全国高校优秀教材二等奖获奖教材	王步高、丁帆	南京大学出版社	2001.6	重印 5 次
大学语文网络课件(2002年版)	280 兆	获省优秀电子课件奖	王步高、张天来		2002.3	刻印 400 张
大学语文(修订全编)	85.6 万	普通高校十五国家级规划教材	王步高、丁帆	南京大学出版社	2003.5	重印 3 次
大学语文(修订简编)	58 万	普通高校十五国家级规划教材	王步高、丁帆	南京大学出版社	2003.6	重印 5 次
大学语文教学参考资料	82 万	上两种教材配套教师用书	张天来、徐同林	南京大学出版社	2003.8	已发行 2000多册
大学语文音像教材	约 688 兆	教育部"新世纪高等教育教学改革工程项目";项目代号:126202314	王步高		2003.8	刻印 3300 张
大学语文网络课件(2003年版)	约 800 兆	江苏省第二批网络课程	王步高		2003.10	已上东大精品课程网
大学语文阅读文选	50 多万字	对教材附录作品加注	史敏、沈广达	南京大学出版社	2004.10	

教材名	字数容量	教材性质	主编	出版社	初版时间	备注
唐宋诗词鉴赏	32万	《全国大学生人文素质教材丛书》（季羡林等总主编）	王步高	北京大学出版社	2003.8	
大学语文网络课件（2004年版）	约1000兆	上两次网络课程的升级版与上两种《大学语文》教材配套	王步高		2004.6	已上东大精品课程网也已上"中国大学语文网"

本教材有系统性、网络式、立体化、大信息量的结构特点。

所谓系统性，是指以文学史为纲，按简明中国文学史的要求，对中国文学史上占有重要地位的诗人、词人、散文家、戏曲大师尽量不遗漏，结合中小学已学篇目，能大致勾画出中国文学发展的基本轨迹。

所谓网络式，是指每个单元的精讲课文按时代顺序编排的同时，附编的作品却按专题（如爱国、山水、田园、咏史、怀古、悼亡等）跨时代编排，纵横交错，以增强学生各方面的阅历与知识面，也有利于学生接触一些小作家的吉光片羽。

所谓立体化，是指每个小单元以一两个或三四个代表作家为重点，选择其三五篇代表作为精讲内容，在备选课文及附录中又选择若干其他代表作，从而以少总多，兼及全人；由重点作家推广而至一两个或题材相同（如边塞、田园诗派），或创作风格相似的作家群。修订本书后又附有"中小学已学篇目"，可使学生温故而知新，打破时空的界限，共同构建文学史的"知识树"。所谓大信息量，一是指内容信息量大。教材全编修订本85.6万字（2001年版79.2万字），修订本正编课文128篇（2001版102篇），泛读617篇（2001年版379篇），其古文部分已超过中小学已学篇目之和；二是指学术信息量大，书中附有各作家、流派的作品综述、研究综述、作品争鸣等，使全书学术视野十分开阔；三是理论信息量大：各单元均附有［总评］（仅修订本）、［集评］、［汇评］，辑录历代名家的精辟评语，且变一家之言为百家之言，让学生得到高峰体验；四是文献信息量大：每单元均附有参考书目，全书且附有总参考书目，《教学参考资料》中还附有补充参考文献，包括一些重要的论文目录。

四、"浅化"与"深化"结合,"求甚解"与"不求甚解"相结合的教学理念

历来的语文教学和《语文》教材均是运用逐步"浅化"的模式编写的。一篇文章之外,介绍作者的生平,对作品加以注释、赏析,甚至加以翻译,使文章"浅化"、好懂,便于学生掌握。对大学生而言,仅仅如此,便不够了。应当运用双向思维,"浅化"的同时也"深化"它;通过单元[总论]、[集评]、[汇评]、[真伪考]、[作品争鸣]、[作品综述]、[研究综述]、[参考书目]等去"深化"教学内容。去拓宽学生的视野,加"深"对课文的理解,对少数特别优秀的学生,甚至提倡研究性学习,这又是大大"深化",这是与过去中小学语文截然不同的。让学生能透过表层看问题,看到作品更深层的内涵,看到作品的艺术魅力,也看到某些作品的瑕疵。[集评]、[汇评]中甚至辑录了互相矛盾的观点,让学生听到不同的声音。这种"深化"既满足了高水平学生的需要,也给老师制造点麻烦,"逼"着老师去在职进修,在备课上花更大的气力。湖北大学杨建波老师称赞我的教材和教学改革"既提高了'大学语文'的学科地位,也提高了'大学语文'教师的学术地位"。我们的《大学语文教学参考资料》甚至摘录许多最新的重要学术论文,"逼"老师去贴近学术前沿。[研究综述]也有意"逼"老师去作学术研究,"逼"学生去了解一定的学术信息。

至于"求甚解"与"不求甚解"相结合的学习方法,是针对过去不加分析地反对"不求甚解"而提出来的。《大学语文》教材有一定深度,很难要求每个学生都能去"求甚解",如[集评]、[汇评]、[总论]等。留下些许模糊不透彻了解之处并不太影响对整体内容的把握,相反可以使教材和学习内容更适合大学生在校及毕业后反复学习、反复吟味,从"不求甚解"而"每有所会",渐入佳境。其实任何学习常常是从"不求甚解"开始的,儿童幼年背古诗,对自然科学的许多结论,我们大多只知其然而不知其所以然,也属"不求甚解"之列。中小学学习爱"打破砂锅问到底",在如今的信息时代,这样其信息采集量极小,不能从更多的信息去把握重点、开阔视野。

善于让学生把已学的知识变为能力,是"大学语文"深入改革的重要途径,要将文学知识转变为鉴赏能力、口头表达能力和写作能力,要将语言知识、音韵知识转变为解决问题的能力。有人要找"杜宇一声春去,树头无数青山"两句的出处,又没有可以直接可以检索到这两个句子的电脑软件,花

卷五 教育教学研究

死功夫查上三年也不可能找到。却能借助诗词格律的知识,判断它是词的句子,而且是《朝中措》或《清平乐》词的结尾二句,运用大型分调本词集,总共只花一个多小时便可完全解决,知道它是元好问《清平乐》词中的句子。这一例子也使学生颇受教育。

五、与时俱进,不断创新,服务全国

东南大学十多年的"大学语文"教学改革取得了较显著的成果。通过《大学语文》1999年版、2003年版《序言》,《大学语文教学参考资料·序言》和全国"大学语文"研讨会第八、九届年会,海峡两岸"大学语文"研讨会、全国精品课程工作会议,江苏安徽两省第一、二届大学语文研讨会上王步高教授的论文及发言,传播了我们"大学语文"的系列改革理论,"大学语文要姓'大'"等论点,已被全国同行所广泛接受,我们主编的《大学语文》系列教材,已成了全国最有影响的《大学语文》教材之一,印数自1999年以来,以每年递增约60%的速度增加,先后重印20次,仅去年以来印数已达近20万册。江苏、浙江、安徽、山西、湖北的数十所高校邀请本课题组的教授前去讲学,也有许多高校组织老师来东大听课、取经,还有些学校派"大学语文"教师来我校当访问学者,或报考我系古代文学专业研究生。

目前我校"大学语文"教师中有近十人具有博士学历,而且大多具有教授、副教授职称。从年龄结构而言,老、中、青三者各占一定比例,中青年居多,年龄结构较合理。这些教师大多比较能"教",获学校中青年教师授课竞赛一、二等奖的有五人,获学校教学一、二等奖的也有五人,还有一人获校教学特等奖和宝钢基金全国优秀教师奖并被推荐为首届省教学名师候选人。

但是我们深知,教师要不断提高教学水平,必须尽可能贴近学术前沿,必须以科研为先导,提高教师的学识修养和学术水平。近几年来,我们先后完成了以下一些纵向课题:与浙江大学吴熊和教授合作完成国务院古籍规划重点项目"唐宋词汇评"(我们承担约100万字),其中《唐五代卷》已出版;完成江苏省"九五"社科基金重点项目"词学研究电脑专家系统"(一期工程),已通过专家鉴定,已刻光盘百余张,为海内外词学专家所采用,受到广泛好评,我们还完成了江苏省社科基金项目"明杂剧研究",出书后受到学术界较高评价。此外,还完成了多项横向课题。

目前我们正在完成一个规模较大的项目"全先唐诗编纂与研究",教育部古籍整理规划委员会已批准立项,全书将达400多万字。结合编《全先唐

诗》，我们可以掌握许多一手资料，并拓展为《隋代诗歌史研究》、《中国格律诗词的起源》等专题研究，从而在唐以前诗歌研究方面形成自己的显著特色；我们还承担中宣部、教育部重点项目《中国思想家评传丛书》的子项目《司空图评传》。我们还建有中华词学研究所、戏曲小说研究所，还办有《中华词学》、《诗鸿》等刊物。近年来课题组成员发表学术论文 187 篇，教学研究论文 12 篇，出版学术著作 20 多部，编写教材 10 多种。

我们还承担教育部和省级教学研究项目，如教育部"新世纪高等教育教学改革工程"项目："大学语文音像教材建设"（项目代号：126202214）；目前已完成并通过专家鉴定，刻盘 3300 张，赠送全国大学语文教师，受益学生已达 10 万人，今年还将继续增加。我们的"大学语文"还被定为省第二批网络课程。2002 年、2003 年各完成一次网络课件，前者获 2002 年省优秀网络课件奖，刻盘 600 张，受益学生达 6 万人，后者成为 2003 年申报国家精品课程的一部分，已加进东大精品课程网，目前我们再将学校资助的 4.8 万元精品课程建设经费全部注入，对网络课程再作大幅度修改，使之成为与系列文字教材相比毫不逊色的精品教材。我们还将倾注全力，努力办好"大学语文·中国"网站，使之成为全国"大学语文"研究和信息交流的中心之一。

"大学语文"教学改革是个较大的系统工程，它涉及学科的重新定位，新的教学理念、教学理论的确立并经受实践检验，系列教材的编写并定期优化，教学手段的革新，全国范围该课程教学信息的搜集与分析，教学研究网站的建立，新的课程题库及考试系统的制作，并进而建立与信息时代相适应且行之有效的"大学语文"新的理论、教材与实践体系。全国已有 20 所"211"工程学校和 20 所地方重点高校及军队院校参加了我们文字及电子音像教材、网络课程的建设。南京重新如 80 年代初年一样再度成为全国的"大学语义"教学研究中心之一。我们的教材已为近 200 所高校所采用，是全国去年发行量最大的《大学语文》教材之一。

我们决心遵循"每年迈一小步，五年迈一大步"，和"出理论、出教材、出方法、出经验、出人才"的方针，在"大学语文"教学改革中，与时俱进，不断创新，服务全国，当好排头兵！

卷五　教育教学研究

母语文化与母语教育的危机琐议

我们的母语文化、母语教育出现了危机，中华民族文化正在走向衰亡。

当今俗文化成了民族文化的主流，而俗文化水平很低。试看当今的许多流行歌曲，或标语口号式，或庸俗不堪，"文化"含量极低。如："我爱你，就像老鼠爱大米。""老公老公我爱你，阿弥陀佛保佑你，愿你有一个好身体，健康有力气。""老婆老婆我爱你，阿弥陀佛保佑你，愿你有一个好身体，健康又美丽。"即便一些较著名的歌曲，歌词写得好的也不多。影视领域更是一些找不到历史依据瞎编，或故意歪曲历史的"戏说"之类的消闲之作唱主角，如果这些青年观众以后读历史系，他从荧屏上学来的"历史"得花多少年才能正本清源？

文化精英们母语水平不高也是普遍的现象。北京两所著名高校校长在会见台湾政要时出现的多处语病如今是尽人皆知，并非他们水平特低，相反他们还是教育精英中的佼佼者，他们也犯这样的错误，只能说明全民族精英母语文化的水准降低。他们讲话中的几处错误，绝大多数的校长也发现不了。如果换个校长，错得会更严重一些。去年上海一所著名大学庆祝百年校庆的网站首页刊登一首《蝶恋花》词，全文如下：

> 屏前一曲真情赋，旦复旦兮心如故。相遇相知处，你我随缘，网上悠然无拘束。今宵把酒盈杯祝，携手朝朝又暮暮。久得春风沐，六载光华，为谁盛放花满路。

调寄《蝶恋花》，可是字数、句、韵、平仄一概不符。当押韵处不押韵（上下片的第四句），不当押韵处又押了韵（上下片之第二句），而且入声与上去混押（束、祝、沐乃入声字）。说是《蝶恋花》，其实风马牛不相及，文意也极不连贯。如果作为小青年或离退休老同志的习作也就算了，发表在一文科名校百年校庆网站首页，就显得文化底蕴不足了。前年应邀去北京老舍茶馆进餐，看演出。这也算是中国的高档文化场所了，四副对联，没一副对得起来。扬州平山堂一副大字对联，也完全不对仗。任何城市大街上都是错别字的海洋。书法家们以写繁体为时髦，时至今日，名人的题字，较长的繁体字广告……很少有全写对的。我曾对中国书法家协会副主席吴丈蜀说："吴老，你们那些书法家不少人是半文盲。"吴老更愤激："哪里，全都是文盲。"一些影片（如《鸦片战争》）、电视片的字幕，仿佛是故意让观众做改错练习，错字病句比比皆是。"太平天国"四个字，几乎各大报纸从未写对过……

文化大师缺失，民族文化的峰值大大降低。一年多前我在一篇序言里曾说："当一个个长寿的文学大师们'羽化登仙'之后，中国的文苑十分寂寥，除巴金等极个别大师还住在医院里，已几乎见不到大师的身影了。我们已毋庸置疑地进入了没有民族文化大师的时代。"时过一年，巴金先生也不在了，剩下的文化大师更是屈指可数。"大学"是靠"大师"支撑的。"文革"中解释"大学，是大家都来学"。没有大师的大学，是不是也变成"大家都来学"。如今，教授也不乐意为本科生上课，学生连教授也见不着，教育质量如何上得去呢？"大师"是代表时代的极值（最高水平）的，大师的能量远远超过上几节课、出几本书、带几个研究生。30年代前后，我国曾出现一批大师，五六十年代应是他们最鼎盛的时期，可惜他们或改行（如沈从文）、或挨整（如大批的右派分子）、或基本搁笔（如茅盾等）、或战战兢兢地忙于写检查，并未能发挥应有的光和热，错失了其创造力的最高峰。文学上没有一部长篇传世之作，思想理论上更乏善可陈、艺术上可与古人比肩者甚少。极"左"路线的影响，束缚了中国知识分子的创造性，不敢想，不敢说，不敢写，不敢说真话，动辄得咎，很难创造出得时代风气之先的精品。

"五四"以来的中国文化受外来文化影响巨大，中国文化民族性大大削弱，有许多文学作品带有明显模仿西方的痕迹。如30年代戴望舒、冯至先生等写作的"十四行诗"（"商籁"），50年代郭小川模仿苏联玛雅可夫斯基的阶梯踏步诗（即将一句话分成几行）《向困难进军》等，这种完全近乎生吞活剥的照搬在当时也未能产生太大的影响，只能看成是一些不成功的尝试。中国小说亦是如此，除鲁迅以外，小说受西方和前苏联的影响很明显。文言小说固然有不太重细节描写、语焉不详的缺点，但稍详如《三国》、《水浒》、《东周》亦便已符合中国人的口味了，有些苏俄、东欧的小说，便显拖沓。我记得买过一部《真正的人》的苏联小说,写飞行员失去双腿重新上天的故事,开头20多页写景(雪景),第21页上才从树林里爬出一个人来。这样的写法,是考验中国读者的耐力,不少人读不完这20页写景就把书扔了。当代长篇中有的也较拖沓。有许多作家属高玉宝类的,文字功底很差。林斤澜先生说:"中国当下的文学仅仅是在西方文化(文学)的影响之下而繁荣的。这种吃'偏食'的文学,自然也还是中国的——在中国的情景之下、又是利用中国的素材,它就很难不是中国的。但它毕竟不怎么太像是中国的。它个性不足,容易与世界文学混合,这是显而易见的事实。"这里所说的"世界文学"实是西方文学或英美俄罗斯文学。

母语教育在高校的地位自20世纪初以来差不多是渐次下降的。一个世纪前,京师大学堂(今北京大学)等校即在预科开设"经学"、"诸子"、"词章"与"作文"等课程,又历经1913年、1938年、1943年几次变革,确立为大学一年级开设的国文课。而建国以后则长期不开,其间虽经南京大学匡亚明校长的倡导,重开"大学语文"。二十多年来,"大学语文"在大多数高校并不受重视。我们在会前分三次调查了全国近300所高校"大学语文"的开课情况,尚未作详细统计,总的印象是,全校都作必修课开的不到1/10,多数学校开课人数占招生数不到1/3。况且我们发出的调查问卷近3000份(含集体与个人),多数单位并未回答。应该说凡是填了"开课登记表"的,不论开课人数多少,总有人在上这门课,其他学校则更不乐观。甚至教育部大学生文化素质基地学校也有较多的不开或很少开此课程。较多的学校"大学语文"课程在萎缩中。越是综合大学、师范大学情况越糟。

相比之下,外语在各学校均有十五六个学分,甚至还开第二外语。实际学生花在学外语上的精力要占其学习总量的1/3至1/2,也即40~60个以上学分的实际负担,而"大学语文"连2学分也不能保证。对比之下,这一情况已远远超过了昔日的教会大学。教会大学是外国人出钱,培养亲西方的青年。金陵大学正是这样一所教会大学,中文与英文各6个学分。我们中文的地位比在教会大学里还低,这一比例很能说明"大学语文"及母语教育不受重视的程度,也很能说明今天高校教学"西洋"化的程度。

一方面是全国大学生及文化精英们文学素质的下降,文化大师的灭绝,中华文化的衰退,"大学语文"与母语教育越来不受重视;另一方面是教育内容全盘西化越来越严重,这是什么原因造成的呢?

"五四"以来对传统文化的过度否定、对雅文化的扼杀,是中华文化衰落的重要原因之一。陈寅恪曾说："华夏民族之文化，历数千载之演进，造极于赵宋之世。后渐衰微，终必复振。"换句话说，中华文化之衰微，自宋以后即开始，如果将文化分为：思想文化、艺术文化（含文学）、通俗文化、学术文化、翻译文化等类别，属于创新性的文化，宋以后较多衰落了，属于学术性、翻译性（外来）文化，宋以后未必都衰落。不难理解，宋以后至清末，没有一个朝代优待知识分子能比上宋朝，且金、元、清是少数民族入主中原，对汉文化有个同化继承的过程。明代虽是一个汉人政权，政治特别黑暗，特务横行，小说尚有生存之地，而文化之创新须有标新立异之思想，思想禁锢的情况下是不会有大的发展的。清代文化虽较繁荣，甚至许多学术方面均臻于封建社会的顶点，思想家之多也超越各代，经济也较此前各代更发达，人口在清统治期增加了多倍。但民族压迫、文字狱也压抑了知识分子思想创新、艺术创新，文学上除《红楼梦》外，更多是数量的增多，能跨越前代之作不多。诗词就数量而言，也远迈唐宋，清词甚至多达宋词的四五十倍。然而却难有超一流的大家，也没有超一流的作品。后代人披沙拣金，只问金有多少，沙有多少是无太多意义的。

"五四"以来废弃文言，倡导白话，有历史的进步意义，也割断了中国的文脉，降低了中国文化的起点。文言历史悠久，经过几千年的发展，成为中国传统文化的主要载体，官方文书、书信、笔记、文学作品主要用文言来写作。文言多单音词，虚词较少，高度凝炼，言简意赅。李清照词四十多首，仅3052字，王安石《答司马谏议书》仅百余字，均成为千古名篇。用白话文很难做到这一点。白话古亦有之，与文言各守一域，《红楼梦》等四大名著、三言二拍，亦均为古白话的典范之作，若施耐庵、罗贯中主文柄，下令废文言，便没有《聊斋志异》，更无大量的明清诗文。近百年来文言文渐渐成为一种供人欣赏的古董，而不再是文人写作的语言工具，能娴熟运用文言文作文写诗填词且达到一定水准的人也越来越少，长此以往，若干年后看得懂文言文的人如同今天能看得懂甲骨文的一样稀罕，文言文仅剩下供极少数专家研究的价值，中国的传统文化就彻底衰亡了。传统文化如水流，文言文是载体，是河床，水不在河床里流，想不干涸是很困难的。

正由于这一点，建国以来非常走红的"厚今薄古"论是十分荒谬的，是一种危害极大的理论。江青、康生一伙搞的评历史剧《海瑞罢官》，"评法批儒"，批林批孔，搞的"评《水浒》批宋江"，加之"文革"之前的评《红楼梦》，批《武训传》，批《李慧娘》……都涉及对历史文化的否定，除了对《红楼梦》不完全否定外，其他的运动均是"厚今薄古"的"薄"的体现。"薄古"是真，"厚今"是假，除许多主动搁笔者、卖身投靠者，三四十年代有成就的一些著名作家胡风、老舍、冯雪峰、丁玲很少能逃厄运，何"厚"之有？"文革"是继承"五四"以来文化领域"左"倾错误的巅峰之作，是彻底斩断中国文脉的"革命"，彻底"革"中国传统文化的命。我想，江青、康生在千百年后历史学家笔下，不应再是作为一个"反党集团"，也不仅仅是整千百万革命干部的打手，也不只是把国民经济推向崩溃边缘的罪魁祸首，从历史角度看，他们更重要的身份是割断中国文化命脉的"刽子手"。王夫之《桑维翰论》曾云：

> 谋国而贻天下之大患，斯为天下之罪人，而有差等焉。祸在一时之天下，则一时之罪人，卢杞是也；祸及一代，则一代之罪人，李林甫是也；祸及万世，则万世之罪人，自生民以来，惟桑维翰当之。

桑维翰只是引进外敌，导致亡国而已。千百年后的今天，已见不到桑维翰的祸患之痕迹，当今也不会有多少人（除历史学家）去骂桑维翰。王夫之生于明清易代之际，有感于吴三桂等降清亡明的罪臣而发此论。灭亡祖国的文化传统，斩断中国的文脉，才是比亡党亡国更可怕的。中国历史上曾几度"亡国"，华夏政权（主要是汉政权）沦于异族（尽管有些民族后来也成了今天中华民族一部分），中国文化未亡，中华尚能复振，文脉一断，中华民族维系精神的支柱一倒，中国便真正亡国了。如今许多昔日的殖民地国家，虽政权独立了，母语没了，祖国的文字不用了。从政治上讲它是独立的，文化上是并不独立的，殖民者哪怕不留一兵一卒，宗主国的大旗都永远在蓝天上飘扬。江青、康生一伙要灭亡的是中国的文化，灭亡中国的根基，他们是比秦桧、桑维翰更有资格遗臭万年的。可惜在审判"四人帮"时，很重视其"反党"的罪行，并未重视其"反文化"、"反民族"的罪行，而后一种罪行是远比前者严重得多的。江青、康生破坏党、破坏经济的罪行受到了清算，至今影响便不大，而他们"反民族"、"反文化"的罪行，很少受到清算，至今还流毒很深，中华文化的衰落并未因江青、康生一伙的倒台而有太多的好转。

中华民族文化的衰落，还缘于建国以来实行的教育理念与教育制度。主要有两点：一是强调"学以致用"的教育观，二是教学内容的全盘西化。

"学以致用"是半个多世纪来危害中国教育最大的一种教育思想。苏联的教育模式照搬到中国,应工业发展急需,肢解了全国所有综合大学,建起了大批单学科的学院(如水利学院、林学院、航空学院、药学院)。发展到"文革"年月,不学物理学,只学"三机一泵"(拖拉机、电动机、柴油机和水泵)。"大学语文"之类课程全被砍光,甚至工科图书院内也很少见到文科书(用于消闲的某些图书除外)。我们在"学以致用"的理论指导下,使学科间联系渗透被割断,中国的文脉也命系一缕。

"学以致用"一词的出现似乎历史不长,它或许是从"学非所用"和"用非所学"变化而来。其作为普通词语固然无可无不可,但作为办学方针,便显得非常狭隘,非常有害。它貌似有理。其实,这是一个十分荒谬的办学观。一是人们无法充分预见以后哪些知识有用;二是有所谓无用之用,看似无用,其实极有用。

生活早告诉我们这样的道理:买一本大辞典,十年下来,辞典翻烂了,其实真正检索过的词条不到 5%,那为什么不买一本只有其二十分之一厚度的小辞典呢? 每一条都应该有用了,事实上那本小辞典里,你要查的辞条 95% 到 100% 都没有。学习知识,似乎便是在运用"辞典法则",似乎只有对经、史、子、集都有渊博的学识,才能成为学有所成且有创造性的专家,成为文史大师。语文是改变人基本素质的课程,说其有用,它能提高人的阅读能力、写作能力、口头表达能力。其实又何止于此,它能改变人的气质,使人高雅脱俗,使人出口成章,使人办事的逻辑性、条理性都有所提高,它会改善人的思维品格。我跟理工科强化班的学生说:"形象思维能增强人的创造性。我只懂文学,还不全懂文学,我给你们出道题,解出来一定能得诺贝尔奖。"(学生洗耳恭听)"我经常要带小外孙、小外孙女睡觉,他们常常夜里要吃牛奶、尿尿,把我弄醒。平常我是一夜只睡一觉的,一旦醒了便不易睡着。但带着小外孙们睡,一夜醒七八次也会很快睡着。似乎小孩身上有某种气味使我极易安睡。如果能人工合成这种气味,它岂不是最无毒副作用的安眠药?能解决几亿人的睡眠问题。可不可得诺贝尔奖? 我只会出题目,不会做题目。如果您是化学家,又有文学家形象思维的能力。你不胜过其他化学家吗?"我给法律系的学生说:"你如果只想做个小法官、小律师,大可不必去学语文,但如果想成为大律师、大法官,则应当语文第一,法律第二。"我相信,我的道理是能服人的。几年前我与前上海交大副校长白同朔交谈,他曾说:"重点大学是培训各类领袖人物的,这些人一旦居于高位,其人文素养较之其专业知识更重要。"他坚持认为,越是重点大学越应该重视文化素质教育。这是有远见卓识的,惜乎更多的校领导却主张"学以致用"。

教学内容的全盘西化也是导致母语教育衰落的主要原因。近百年来,西学东渐,势如破竹。五四运动提出"打倒孔家店"等,客观上把传统文化生存的主要空间让给了西方文化。建国以后先是苏联,后是美欧,其科学知识、社会科学理论、价值观念,几乎冲击了一切学科。即便中文系、历史系学生主要精力也用于英语四六级考试,用于学政治(主要是西方的),用于学西方语言学、文艺学的理论,古代文学课时一减再减,古代文学批评史也被文艺理论(西方文论)并吞,中文系还得学较多的外国文学。更不用说其他学科。国外称第二代华裔移民为"香蕉"(黄皮白心),我们今天的高等教育是否也是一种"香蕉教育",名为中国某省某市的大学,向学生灌输的完全是西方的一套,中国大学考研究生却全国统考英语,以这一条把绝大多数考生挡在复试线之外。我们系在近三年中有两年出现专业分第一名的考生被外语一票否决的情况。我带的是古代文学研究生,我自己本人便是外文系本科毕业,从事古代文学教学研究二三十年了,从未见外语对我的研究有丝毫帮助。我带过几届艺术学研究生,便没有一个是艺术本科毕业的。为什么我们的领导这时就不出来强调一下"学以致用"了呢?学外语对搞中国古代文学如何"致用"呢?崇洋媚外是断送中国高等教育的大敌,也是葬送母语教育的大敌。

如何振兴母语文化?如何振兴母语教育?这里涉及理论层面、政策层面以及教育者本身层面这三个方面。

从理论层面而言,五十多年来对我国文化事业影响最大的是毛主席《在延安文艺座谈会上的讲话》,其最重要的论断是文艺应当为工农兵服务,这一论断后来被人与"文艺为无产阶级政治服务"一起概括为"二为方向",而与"百花齐放,百家争鸣"(简称"双百方针")一起成为党的文化基本理论与基本方针。"为工农兵服务"带有鲜明的阶级特色,这是过去任何封建时代或资本主义国家不可能有的,是无产阶级文艺的全新理论。他还指出普及与提高的关系,提高是在普及基础上的提高,普及是在提高指导下的普及。这一论断也是正确的。但在实际执行中,这两个理论却走向了极端,产生了很坏的结果。毛主席《讲话》中强调为工农兵服务,并未排斥为知识分子服务,但后来只强调前者,提出这是"方向","文革"年月"方向、路线"是至高无上的。为知识分子服务的文艺作品均作为"封资修"、"名洋古"而打倒。

　　文化应有"雅"、"俗"之分，为工农兵服务的是"俗"文化是所谓"下里巴人"，是扎根于基层的文化。文化也应为知识分子服务，这是"雅"文化，是所谓"阳春白雪"，是代表时代最高水准的文化，这是大师得以诞生的文化。唐代诗作流传至今者达55000余首，诗人3500余人，能开宗立派者20余人，著名诗人100余人。唐诗的总水平既受55000余首的总量制约，也受这20余人、100余人制约。唐诗中若剔除李白、杜甫等20来位诗人之作，甚至只要将这20来人每人剔除10多首，白居易诗2500多首，只要剔除《琵琶行》、《长恨歌》等三五首，唐诗的水平便会急剧下降。就不再是喜玛拉雅山、昆仑山，而成了秦岭、大巴山之类的众山。"雅"文化，虽曲高和寡，但易于产生巅峰之作，也才能涌现大师级的作家和文化巨匠。

　　在极"左"路线指导下，倡导文艺为工农兵服务变成只许为工农兵服务，一场场的政治运动，一份份写不完的检查，一次次的审查关押，一回回的羞辱折磨，大师们或搁笔、或改行、或身陷囹圄，他们不能说真话，更不能写如《长恨歌》之类的语带讥刺之作。又弄出个区别香花毒草的六条标准，并提出"政治标准第一，艺术标准第二"，中华文化便堕入死亡之海了。

　　"百花齐放、百家争鸣"据说是陆定一同志首先提出来的，受到毛主席的认可。但当时并未真正实行过。毛主席后来就说，世界上只有两家，社会主义一家，资本主义一家。百家只剩两家，又只许一家放、一家鸣，另一家不许鸣、不许放。放也可以，给你个"右派"帽子，送到北大荒去劳改。

　　要振兴中华文化，要研究百年来文化衰落的原因，要振兴文言文，探索新的文体，摸索自己带民族特点的理论体系，恢复中国文学批评史学科，提出系统的理论体系。要像王国维那样以精深的国学为基础，又吸收西方的新思想、新理论，捕捉新的研究方向（当时如敦煌学），然后方可超越前贤，也不拾洋人之牙慧，才能开宗立派。

　　在政策层面上而言，比起"文革"年月，如今有了较宽松的文化环境。但政策导向上还有重大失误。参加WTO以后，处处提"与国际接轨"，文化上更先行一步，搞四六级英语考试，多数学生把它当敲门砖，考了就丢了，导致上大学的一半精力付诸东流，导致高等教育质量大幅下降，这是一个祸国殃民、崇洋媚外的制度，不仅应当废止，还应追究始作俑者的责任。要让学校有更多的办学自主权。研究生考试，考外语不考外语，应如同考高等数学一样,根据其专业性质,考难易不同的几种试卷,对其他与"外"字无关的学科则不作要求。研究生入学考试可仿效江苏等省的高考,专业课以外,加考什么,学校、考生可以自行选择。除外语、外贸等外字头的专业,废止双语教学。不要把中国所有高校都办成不戴十字架的教会大学。不要把中国大学生都培养成黄皮白心的"香蕉"。要让文化素质教育的规定真正落到实处,杨叔子先生是很了不起的,但他年纪也大了,靠他一人去撑持,依然难以遏制应试教育向高校扩展,难以遏制高校规模扩大、质量下降的势头。

要光大传统文化,全国几千种报刊杂志,应当有几种文言的,其中每一首诗词、文章都可用文言。作家协会应当允许以文言写作的加入,中文系学生也要会用文言文作文、写诗填词。

从教师层面来说,也决不应该停留在发牢骚、自认为无可作为的境地。一个系、一个教研室、一个教师都可以有自己的作为。我特别赞赏江阴华西村的老支书吴仁宝,一个村支书,九品芝麻官也算不上,但干出了伟大的成绩,全村靠走正道富了起来,一个村年产值数百亿元,超过全国2/3以上的县的年产值,而且共同富裕,这是真社会主义。大学语文只是众多基础课之一,往往还不受重视,但照样可以大有作为,小舞台也可唱大戏。我们东大便是这样做的,小课程也可做出大文章。决定大学语文能否成功的是四个因素(实际社会文化环境应为首位前提条件):领导重视与否、师资质量及敬业精神、教材是否好、教学手段是否先进。师资质量是缓慢变化的,敬业爱岗,全身心地投入,可以干出不一样的业绩。教材是教学成败的根本,我不赞成在教材上搞垄断,也反对每校一种,如果没有把握超过已有的教材,就不要急着编,积蓄力量,有条件超过人家,至少自己打算超过人家时再编。否则既是一种浪费,也是误人子弟。我曾说,全国编上二三百种"大学语文"是一种集体自杀行为,当教材用不下去时,学生也有怨言,领导就要着手砍这门课了。自编教材如果只一所学校用,也注定教学手段落后,你不可能编一本参考资料供十个八个教师用,要搞网络课件、建网站、搞音像教材、电子教案都较困难。师资不强,教材不好,教学手段再落后,教学效果就不好,学生反映不佳,领导也就重视不起来。我们的生存空间便越来越小。母语教育的振兴,便会更加无望。

从事母语教育,有几分艰辛、几分悲壮、几分神圣。我们是普通人,也希望能够做胜任而愉快的工作,希望工作能带来成就感、带来荣誉、带来乐趣。

但是在西方文化大举入侵,中华文化日渐衰落的情况下,我们能坐视不管吗？与绝大多数同志比,我算是较年长者了,但92岁的徐中玉老师还在为复兴中华文化而奔走时,我们还应当当中锋,冲在最前面。我们共同努力,同仇敌忾,在文化领域坚持八年抗战,我们也会胜利的。号角已吹响,钢枪已擦亮,为了挽救母语教育的危亡,我们也是战士,我们也要挺起胸膛。

（《全国大学语文研究会第11届年会论文集》,2007年8月）

卷五　教育教学研究

东大精神与办学特色

东南大学是办在六朝皇宫与明国子监旧址上的一所著名学府。六朝皇宫始建于东吴孙权黄龙元年(229),迄今1770余年。明国子监建于洪武十四年(1381),鼎盛时在校生曾多达万人,为当时全球最大的大学,迄今已626年。虽经易代鼎革,这块土地上却办学不辍。《昭明文选》、《永乐大典》等亦成书于此,历史文化积淀十分深厚。

自1902年兴建三江师范学堂以来又历经105年,民国年间这里曾是中央大学,是当时学科最齐全、学生人数最多的高等学府。近一二十年间,我们又新建浦口、九龙湖校区。校园面积增长近八倍,古老的名校焕发新姿。传统文化与现代科技、现代办学理念的结合,又经一代代的东大人的勤奋努力,镕铸出具有自己显著特色的东大精神与办学传统。东大之精神,可用"诚朴求实,止于至善"八字来概括。

一

"诚朴求实,止于至善",这是一代代东大人的精神与道德追求。

"诚"是南高师校长江谦制定的校训,他认为道德、学术、才识之完善,均应本于至诚,诚则自成。江谦作词的《南高师校歌》即云:"大哉一诚天下动,如鼎三足兮,曰知、曰仁、曰勇。千圣会归兮,集成于孔。下开万代旁万方兮,一趋兮同。"江谦认为"诚"涵知、仁、勇,"诚"育德、智、体,全体师生均须以"诚"植身,以"诚"修业,以"诚"健体,以"诚"处世,以"诚"待人。在南高教授中,曾流行过这样的说法:"想为官者上北京,想发财者去上海,惟我心甘情愿在南高。"

到中央大学时期,校长罗家伦还提出"诚朴雄伟"四个字的校训。"诚"即对学问要有诚意,不以其为升官发财阶梯,亦不以其为取得文凭资格的工具。治学须备尝艰辛,锲而不舍,对学问要有诚意,要有一种负责的态度,人与人之间更是推"诚"相见。"朴"即质朴、朴实的意思,力戒浮华,做学问切不可只为装点门面,应崇实而用苦功,才能树立起朴厚的学术气象。"雄伟"则是"大雄无畏"、"伟大崇高",要纠正中华民族自五代以来柔弱萎靡之风,发扬中华民族的优良传统,坚定民族的自尊心和自信心,要振兴中华文化,不可有褊狭纤巧,存门户之见,固步自封,而应有海涵地负之精神,以海纳百川、地载万物之气概,把民族危亡置胸中。青年人既要有远大的理想和抱负,有精湛的学识,又要有高尚的情操和气节,且要有一种雍容的风度。郭秉文校长曾形象地用"钟山之崇高,玄武之恬静,大江之雄毅"比喻东大的校风。要有坦荡的胸襟,豁达大度、通达天下。1941 年 7 月,罗家伦即将离任,在毕业典礼上谈到青年修养时说:"胸襟狭,格局小,藩篱隘,成见深的人,就无从谈风度,我常勉励中大同学,做人处世,要持一种'泱泱大风'的气度。"

　　"止于至善"是中央大学以来的校训,其出于《礼记·大学》。"止于至善"既是一种道德的追求,亦是一种办学的追求。宋吕大临曰:"善者所谓诚也,善之至者无以加于此也。为人君止于仁,为人臣止于敬,为人子止于孝,为人父止于慈,与国人交止于信。所止者皆善之至者也。所居之位不同,则所止之善不一。其所以止于至善则一也。""欲止于至善,则以至善为之质。琢磨者,即其质以修治其文;小善之质,止可以修小善之文;至善之质,然后可以修至善之文。""学止于至善,积而为盛德,至于文章,著见则入于民心者深矣。"以"止于至善"为德育标准,则追求至善尽美,有博学大爱,无私奉献,造福人类;作为一种学业的追求,则敢为人先,勇敢进取,追求更高的境界。

二

　　"诚"有忠诚之意,首先是对国家的忠诚。东大校园内,延续着一种爱国的传统。

　　东大师生中,陈去病是南社的发起人,曾任东大教授。周实是南社的骨干,在辛亥革命中成为革命烈士。杨杏佛是早期的同盟会员,做过孙中山的秘书,辛亥革命后赴美攻读,成为南高的著名教授,是早期敢于在大学讲坛上宣传马克思主义的学者。罗家伦是五四运动中的著名学生代表,是"五四"《北京学界全体宣言》的起草人。被称为南高师"高标硕望,领袖群伦"的刘伯明,当英国侵占我云南片马时曾用英文草拟讨英檄文。1923年南京第一个党小组5名党员中,南高东大学生占4名。中国青年团"二大"1923年8月还曾在东大梅庵举行。"五卅"惨案发生后,东大师生不仅游行示威以示声援,东大教授会还决定将全国12所大学共享的150万金法郎中东大应得的14.8万全部捐献给英日工厂的受害工人。仅东大学生中早期共产党员便有宛希贤、谢远定等14人为国捐躯。1947年震惊全国的"五二〇""反饥饿、反内战、要民主、要自由"运动亦是由中大师生发动的。

建国以后,在历次政治运动中师生也曾遭遇迫害与打击,这是当时的社会大环境所致,但吾校及原中央大学的各衍生院校没有出过类似张春桥、姚文元那样的打手文人,也未出现过"梁效"、"罗思鼎"那样的阴谋写作班子。"文革"后期,1976年3月,我校与南大师生借清明节纪念周总理的名义,共同在南京地区点燃反"四人帮"的烈火。建筑系、无线电系学生与南京的大学生直接将大字报贴到新街口,将大字报大标语贴在列车上传到全国各地。这是有名的"南京事件",成为北京天安门"四五"运动的先驱。

三

"朴"含质朴、朴茂、俭朴之意,力戒浮华,崇实苦修,朴厚坚实。亦即"嚼得菜根,做得大事"。

我校的前身三江师范学堂诞生于中日甲午战争(1894)之后的民族危亡时期,连庸懦的光绪帝亦云:"当今创巨痛深之日,正我君卧薪尝胆之时。"学校开办之初,条件艰苦,两江优级师范学监李瑞清一直以"嚼得菜根,做得大事"为校训。待改名南高师时,校长江谦重建梅庵,把"嚼得菜根,做得大事"数字做成牌匾,悬于门首。百余年来,从校长到教师、学生,人人继承"嚼得菜根"的精神,自觉奉献,蔚然成风,同样成为东大的优秀办学传统。

东大人以俭朴为荣,"布衣布履,自成习惯,洒扫劳作,演为自然,皆为共同遵循之生活准则。休沐之日,漫步台城,拾级鸡鸣,俯瞰玄武,'仰钟山而怀先哲,过城垣而思故国'。'江山重复争供眼,风雨纵横乱入楼',已觉得精神上之一大享受。偶尔上北门桥买包花生米,几块茶干,或每人凑一角钱在梅庵开一次同乐会,说是'又奢侈了一回'。不少同学,几度寒暑,未进过饭馆。不知南京有几家戏院。不独贫寒子弟如此,即富家子弟,入此环境,也是近朱者赤,渐被同化。南高人谓之曰:淡泊明志,自得其乐,乐在其中"。[①]

---

①　引自《东南大学校史》第一卷第77页,东南大学出版社1994年版。

八年抗战,吾校西迁,留下一些进口家畜、家禽,畜牧场技师王西亭竟赶着这些猪、马、牛、羊,驮着鸡鸭,日行十多里,经23个月,步行到宜昌,再坐船到重庆,其艰苦卓绝,耿耿忠贞,感天动地。

中央大学师生的战时生活是非常困苦的,可谓不得温饱,艰苦备尝。在这样清苦的情况下,师生仍专心于教学、科研。

吴有训任中大校长时,将分给自己的洋房给几位教授住,自己一家七口挤在中央研究院两间宿舍里,两家人合用8平方米小客厅,儿子只好到附中寄宿。

吾校师生虽自甘清贫,但在学校、国家遇到危难时却从不畏缩,乐于奉献。1923年11月11日凌晨,原东大主楼口字房大火,虽全力扑救,仍损失惨重。事发后学生自治会倡议每位学生捐款20银元,柳诒徵、邹秉文两教授提倡教职员捐薪一月,各地校友会闻讯召开专门会议,每人捐款20至40银元。学生自治会还组织去上海、无锡义演,将收入全部捐为学校恢复基金。抗日战争期间,教授虽生活清苦,几位画家却屡办画展,以所得捐给国家。张应旐教授办港美画展,傅抱石办了重庆画展,徐悲鸿办了南洋画展,以卖画所得40万元(法币)支持抗战。建国初,为配合进军大西南,我校1000多师生报名参加西南服务团,最后被批准349人。抗美援朝战争,我校学生被批准参军参干的157名,参加医疗队55名。

"嚼得菜根"是吾校一以贯之的优良传统,如今办学条件、生活条件与战争年月不可同日而语,但这种艰苦奋斗、自觉奉献的精神仍须代代相传,发扬光大。

四

"求实",是我东大精神又一显著的特色。"求实"者,求真务实也。追求真理,不趋时尚,崇尚科学,按照客观规律办事。

东大人在政治风云变幻中不趋附权贵,也不随波逐流。值得称道的是学衡派及其所代表的大无畏的民族精神。《学衡》是针对"五四"以来"新文化运动"中胡适等人主张"打倒孔家店""全盘西化"的主张而创办的刊物,反对我国当时流行的西方浪漫主义、实验主义、白话文学,是一种批判性、代表性的综合刊物。其《简章》即指出其主旨:"论究学术、阐求真理、昌明国粹、融化新知,以中正之眼光,行批评之职事,无偏无党,不激不随。"该刊自1922年1月创刊至1933年7月停刊,《学衡》共出刊79期。《学衡》的主要人物均是有留学经历的学者，主编吴宓是著名诗人，在哈佛学习英国文学多年，与陈寅恪、汤用彤(当时亦在东大)一起被称为"哈佛三杰"。当时东大教师中有留学经历者及外籍教师占64.4％。1930年中央大学153位讲师以上的专任教师中有130人(占85％)曾留学国外。学衡派反对的只是对于西方文化作空泛介绍的"灌输观"和不作任何批判的"全盘西化论'，所强调的是弘扬民族精神，沟通并融合中西文化。在新文化运动的大潮中，学衡派几乎陷入四面楚歌的境地，后来也一直被冠以"保守派"之名。但"学衡旗帜鲜明，阵容坚强，俨然负起中流砥柱的重任，影响所及，至为深远"(张其昀语)。

在北洋军阀和国民党统治时期，"东大人不受武人政客利用，不作武人政客之傀儡"，"东大学者，慕真务实，追求真理，崇尚科学，究义利之别，明诚伪之分，浸身于学问之中，不恋权势，不苟流俗，洁身自好，外人曾惜以东大不出显要为憾。惟东大师生，以此为荣，以此为乐，观诸南高、东大历届毕业学生，或终身从事教育事业，或毕生从事专门研究，鲜有依傍权贵、弃学为宦之人。此种精神，日涵夜濡，日积月累，潜移默化，互相浸染，渐渐成为东大可贵之校风"。反动政府任命的东大、中央大学校长被我校师生抵制不能到任的，不下十人，政府欲改校名为"江苏大学"，也遭师生抵制，最终改名"国立中央大学"。蒋介石兼任中大校长期间，一次由随员陪同行经松林坡教务处窗下时，一位职员仍端坐在室内继续工作拒绝起立。1946年9月3日，九三学社在重庆发表《为国际民主胜利周年纪念宣言》，中大梁希教授带头签名，敌人派遣特务荷枪实弹相威胁。梁希说："如果我梁希的名字能够写在闻一多的后面，可谓死得其所，何惧之有!"他一直被誉为国统区"一面不倒的红旗"。

汪海粟主政南工期间，为了保证教师六分之五的时间用于业务，他严格控制社会活动、社团活动。1955年，高教部与第二机械工业部会商，决定将我校的无线电系与交通大学、华南工学院的相关系科合并，迁四川成立成都电讯工程学院。汪海粟争取省委和周总理支持，终于使南工无线电系停迁，仅抽调15名教师去成都，运走的仪器，除有线电部分，全部运回。对1957年反右运动，汪海粟虽处境困难，仍坚持认为："高校的学者专家和广大教师是办学的依靠力量，反右中涉及具体人的定性、处理，务必十分慎重，不能无限上纲，否则会挫伤群众积极性和影响党群关系。"为保化工系时钧教授等，他力持异议："对高级知识分子这样搞，中央将来会发现其严重后果的。"南工以汪海粟为代表的党委部分领导，坚持不扛顺风旗，结果3人被定为右派，两人开除党籍,党委改选后11个委员被去掉(共19名)。汪本人先后被免去党委书记、院长职务,留党察看2年,定为右倾机会主义分子,调任南京机床厂副厂长(据说原拟定为右派)。他的助手、校长助理管致中被开除党籍。

五

强调"求真务实"、"知行合一"是郭秉文教育思想的一个部分,它有德育之"言行一致"的意思,又含"通才"与"专才"平衡,"学"与"术"平衡之意。本科注重通才教育,又不忽视应用。吾校办学以"知行合一"为其特色,必含服务社会、服务经济之内容。当今国际名牌高校均肩负"教学、科研、服务社会"三重功能,而吾校早在南高、前东大时期即已如此。

1926年,淮河流域及苏北铜山、萧县、丰县、锡山地区蝗虫灾害严重,农科派出教职员技工数十人,协同地方驱灭蝗害,历时70余日;同年苏南昆山、吴江一带螟虫为患,农科又派出教职工协助地方驱除螟害;农科在培育优良棉种、麦种、稻种等方面也获得出色成果。上海商大的图书馆直接对社会开放,开高校图书馆为社会服务之先例,商科还办了商业夜校。

建国以后,我校在服务社会、服务经济方面有了更大的发展。解放初,国内尚未建立发电设备的制造工业,而帝国主义又对我国实行经济、技术封锁。我校机械工厂生产出数以万计的汽轮机叶片,解决了全国的急需。20世纪70年代初,我国电子对抗事业的发展,急需一种微波放大器——波长10 cm储频行波管,这是军用禁运物资,电子工程系师生与电子管厂花一年多研制成功,打破了外国的封锁,填补了国内的空白。80年代中叶,南工动力系与下关发电厂联合兴办东南动力工程开发公司,为地方电厂提供热能综合利用、节能改造及人员培训服务。我校从逆向剖析整机与芯片入手,在消化、吸收的基础上,自行创新,设计出超大规模集成电路,由国外加工芯片,在国内配套装配样机和中试生产,研制出中英文双向电子词典、俄英双向电子词典、电子笔记本、测速计程器、数字型无线寻呼机、中文传真无线电寻呼机等10多种产品。我校研制的LED电子显示屏,集计算机、微电子、现代光电技术于一体,已用于禄口国际机场。我校的"CIMS"是"863"技术研究项目,与北京第一机床厂合作,取得很大的成功。近年来东大面向经济建设主战场,不断加快推进科技创新与科技成果转化,大力推行产学研合作,不断提高服务区域经济与社会发展的贡献率和显示度。2006年东南大学的科研经费达5.56亿元,其中60%是为地方政府和企业服务所得。

六

"止于至善"作为一种对学业的追求,则敢为人先,勇敢进取。吾校近百年的现代办学史差不多正相当于我国的现代高等教育史。民国年间,中央大学是全国的最高学府之一,对全国高等教育的发展之影响可谓举足轻重。无论是办学理念、办学方法或科技创新,我们东大人均有许多成果堪与任何兄弟院校一争高下。

南高 1920 年夏招收李今英等正式生 8 名,接收旁听生 50 余名,是第一个实行男女同校的,前东南大学时期更有了中国第一位女教授陈衡哲,稍后美籍华人诺贝尔文学奖获得者赛珍珠、留法女画家潘玉良(一作张玉良)也都成了我校教授。由陶行知首倡改"教授法"为"教学法",后渐渐通行全国。实行"选课制",相当于今天之"学分制",我校又居全国之先。南高教务长陶行知还率先办起教育专科。有感于我国高等教育资源的严重匮乏,1920 年南高在全国首开暑期学校。熊庆来教授创建了东大数学系,把近代数学引进国内,培养了我国最早的数理人才,成为"中国近代数学的开拓者和奠基人"。秉志教授创建了我国第一个生物学系和生物研究所。茅以升教授扩充工科,创建土木、电机学科。胡刚复被誉为"真正把物理学引进中国的第一人"。我校还是中国核物理学科的发祥地,1947 年 3 月,中央大学物理系主任赵忠尧和教授毕德显,受中央大学和中央研究院的委托,在美国购得供原子能研究的机器设备,设实验室于中央大学东北太平门附近的小九华山下,这是我国原子核科学研究之始。

建国以后,南工、东大人又创造出不凡的业绩,在我国高等教育发展史上作出了卓越的贡献。电气技术专业由南工首创以后,得到社会好评,现在全国已有数十所高校办了这个专业。新时期的教学改革我校起步早,成绩显著,1989 年国家首次评选国家优秀教学成果奖,我校无线电系"无线电技术专业教学改革的示范性成果"项目获全国高校当年唯一的特等奖。1991 年 3 月,国家教委选择东大、南大作为试点高校,探讨打破"大锅饭",拉开分配差距,提出了以浮动的"校内岗位实绩津贴"为主要内容的分配改革方案。1993 年东大又率先进行了"招生及奖学金制度改革",1994 年又推行"转系转专业"改革,为学生学习提供较大自主选择空间。重视教学研究,东大教务处连续五届获国家教学成果奖。我校是国内最早设置短学期的高校之一。自 20 世纪 90 年代以来,我校作为牵头单位组织 20 多所高校进行多项教育部重大实验与实践改革课题,在全国产生较大影响。"敢为人先,创新进取"使东大这所古老的名校保持着生机活力和旺盛的发展潜力。

百余年来,一代代的东大人以其诚朴严谨、求实低调、敢为人先的形象,无论是战乱年代、政治动乱岁月,还是经济文化高度发展的今天,为国家、社会输送数以万计的高质量人才,传统文化、深厚的文化底蕴与现代高科技、现代教育理念的结合,也使东南大学精神焕发出新的光彩。

(《回望百年话精神》,东南大学出版社,2008 年)

卷五　教育教学研究

试论"大学语文"教材与教学中的"双超理念"

我主持编写的《大学语文》教材,从篇幅上讲是同类教材字数最多的,从难度而言又是同类中最深的,从编教材和"大学语文"教学实践中我逐渐悟出"高校教材内容要适当超过课堂教学所需,其难度也应超过大多数同学的接受能力",我称之为"双超理念"。

这是我对"大学语文"教学改革系列理论探讨中最难以为同行接受的观念,它甚至是影响我的教材进一步扩大发行的首要原因,我却坚信不疑,撞了南墙也不回头。

我的理由何在呢?是不是我的观念过于超前了呢?

一

"双超理念"是与传统的"学以致用"、"少而精"教育思想背道而驰的,而后者恰是新中国成立以来对我国教育危害最烈、最能惑众、长期占统治地位的思想。

高等教育提倡"学以致用",这是一种忽视基础、忽视理论、偏重应用而"急功近利"的观念,据此便认为"大学语文"无用。大学语文是高等教育的基础课程,它也有应用性的特点。对此有人只看到大学生写错别字、病句之类,对它的作用有所肯定,而忽视它的基础性。其实,据劳动部《国家技能振兴战略》(2003 年)认定,我国的职业技能分三个层次:一是职业特定技能1838 种,二是行业通用技能 300 多种,三是作为各行业的核心技能仅 8 种,但它具有普遍的实用性和广泛的可迁移性,其影响辐射到整个行业通用技能和职业特定技能领域,对人的终身发展和成就亦影响极其深远。而居核心技能之首的竟是"交流表达能力",显然它是受语文能力制约的,谁能说"语文无用"?而这种"有用",不是"立竿见影"的"有用",它不同于驾驶员培训班或技工速成班。有人说这是"无用之用"。在许多教育主管人看来，它便是"无用"的了。在当今浮躁的社会大环境下，追求"快餐文化"成为时尚，歌坛、文坛上便充斥各种"童谣文学"（如"老鼠爱大米"之类）。文言、雅文化、所谓"纯文学"便没多少市场了。大学语文不受重视便也不奇怪。

"少而精"仅相对于"多而杂"而言有一定合理性，问题在于，"少"容易，"精"则未必。即便"精"了，也未必能具有以偏概全的功能，更多时候还只能是管中窥豹，略见一斑。首先，"少而精"教材不可能受到全体学生的欢迎。大学新生是按总分录取的，总分相近，语文分数未必相近。近几年各省自编中小学教材，教材的多样性和重点大学学生来源的广泛性，加之十多年的语文学习，使学生语文水平实际上千差万别。像钱锺书（数学近乎零分）那样的学生，如今最多录取到高职高专院校，让他去学"少而精"的《大学语文》不是味同嚼蜡吗？当然有人会说，如今还会有钱锺书这样的学生么？钱锺书式的学生大概不存在，差别却存在，而且差别还很大。如今是信息时代，也有超乎前人的学习条件，部分学生语文水平大大高于其他同学是完全可能的。如今"作家"低龄化，中学生出书已屡见不鲜，那些学生上大学后他们会欢迎那种所谓"少而精"的教材吗？而且，所谓"少而精"，是以学生全掌握这些知识为目标的，事实上实现不了，总量很"少"了，再不能全掌握，学到的东西便很可怜了。因此，中学语文教材的不统一性，已学篇目的不相同，学生水平的高度不平衡性，更使《大学语文》"教材内容要适当超过课堂教学所需"成为必要。

我曾在中学任语文教师十多年，过去的中学语文系统性很差。这就赋予我们"大学语文"教学要使学生的语言文学知识系统化的职能。这便需要建构文学史的知识体系，从《诗经》《楚辞》到现代文学，建立简明文学史的架构（这需要一定的空间和篇幅容量，以及足够的代表性，它远不是任意选几篇文章，再按时代先后排序那么简单），这样对旧知识才有"梳理"与"激活"的功能，也才可能以很少的课时让学生得到较大的提高。这样做势必大大增加教材的容量，使其内容远远超过课堂教学所需。

这几年，"大学语文"领域争议不休的一个话题是"人文性"与"知识性"的关系，各执一词，其实都是对的，问题在于如何兼顾二者，"高校教材内容要适当超过课堂教学所需"自然解决了这一难题。我今年出版的《大学语文》（全编本）设立22个"情感道德"专题，如旷达、孝慈、仁爱、节制、诚信等，分设于相关各单元之后，并与精读或泛读课文结合，形成自然联系。读课本中苏轼的《初到黄州》诗,由"乌台诗案"前后苏轼的处境,给学生讲人生中"不如意事十常八九",要"敢于直面惨淡的人生,敢于正视淋漓的鲜血",联系我自己的人生感悟"要学会从黄连里嚼出甜味来",再附上"情感道德"的"旷达",顺理成章,毫不牵强。我们以纲举目张、干枝交错、枝上开花的办法,以文学史为主线,兼及传统文化、人文精神的许多领域。这样也必然造成课本容量的增加。

由"教材的内容大大超过课堂教学所需"观念出发,我们将《大学语文》定位于课堂教学用书和课外自学用书之间,既方便学生自学,也可弘扬教师的教学个性,给他较大的选择空间。课本教不完看似浪费,实是最大的节约。买上一本《唐诗三百首》,便"白首亦莫能废"。《大学语文》教材若能既是对中小学语文学习的总归纳,又是对终身语文自学的总启动,便如《唐诗三百首》一样,"白首亦莫能废",是永远吃不完的甘蔗。

《大学语文》"教材的内容大大超过课堂教学所需"的特点,也是由该教材的终结性决定的。它完全不同于中小学某年级某学期的教材,对绝大多数同学而言,这本教材是其终身语文学习的终结(这与其他大学基础课教材也不同)。它是对过去十几年语文学习的"总归纳",又是对日后语文终身自学的"总启动",《大学语文》教材还要能有这样的双重功能。任意选上若干名篇,加点注释和赏析,而无通盘的考虑,便起不到这样的作用,那样的教材就算不上"姓大"了。

"大学语文"姓"大","容量大"、"信息量大"亦是其不同于中小学《语文》教材的显著特点。

二

如果说对"教材内容要适当超过课堂教学所需"的观点还能为不少同行接受,而对《大学语文》教材"其难度超过大多数同学的接受能力"观点,能接受的人就更少了。所谓"难度",其重点体现在对某些内容理解较困难和学术含量较高两点上,而具体又表现为学生不太好懂和教师不易教。

我极力主张"大学语文"要"姓大",要让学生找到上大学的感觉。大学教材必须与中学拉开较大的差距,《大学语文》教材首先要"姓大",应当与中学有很大不同。近几年来,中学《语文》教材改革,课本难度加大,而某些《大学语文》教材比高中教材还浅,我戏称这是"读完了高中读初中"。怎么能让学生找到上大学的感觉呢?而要学生"找到上大学的感觉",从教材开始给他们一种"高峰体验"是必要的。这就决定《大学语文》教材的难度必定要大大高于高中语文。要让大多数学生都有"难"的感觉,这便是我所认为的"其难度超过多数学生的接受能力",要让每个学生(钱锺书那样的学生除外)都觉得"有学头"。

《大学语文》"姓大",也由于高等教育与中等教育相比,它已是某种意义上的成人教育。大学生大都是成年人,又有大学文化,有自己的判断能力,对事物就不能只灌输一种观点,也不能仅仅告诉他们非白即黑的结论,而要有意识地引导他们打破对书本、老师、权威的迷信,也不迷信古人,对名家、名篇也敢发表批评意见,要启发他们独立思考,有意识地创造条件让他们开展研究性学习(这些正是我国高等教育的薄弱点)。从这门已学过12年的课程开始,培育他们在学术领域的创新精神。因此,必须打破"一言堂"。以集评、汇评广纳古今百家之言(以古为主),又以"研究综述"、"学术研究专题"将若干学术热点问题介绍给学生,让这些今后并不会搞文学的毛头青年也开始懂一点学术争鸣。日后,他们去研究自己的学术领域,就会全方位、多角度去看问题。而要如此,便自然会"难"得多。

自从"五四"以来,语言文学领域有一种简单化的倾向:废除文言,提倡白话;废除繁体,简化汉字;蔑视方言,倡导普通话(有些南方方言区的学生不会讲本地区的方言)……其眼前作用是再明显不过的,它使汉语由丰富变得简单,其副作用现今也已开始显现。语言、文字当然不是愈繁琐愈好,但也绝非愈简单愈好。人类从动物进化而来,语言、文字是从简单到复杂、丰富,如今却长期经历由繁到简的过程,令人担忧。动物的语言是最简单的,一味强调简单,是人类语言、文字再"动物化",不是进步,而是倒退。与西方语言、文字相比,汉字是表意文字,又是象形文字,与西方大不相同。五四新文化运动中曾有许多大文豪大声疾呼废除方块字,改用拉丁字母,借用一句台湾话这叫文化上的"去中国化",幸亏这些主张未被采纳,否则中国早成为西方的文化殖民地,五千年的中华文明便毁于一旦。只要求大学生少写点错别字,会写写请假条之类,是对"大学语文"作用的贬低。

中华文化的复兴寄希望于年轻一代,实行大学语文教材"其难度超过大多数同学的接受能力",也是欲使中国文学能部分地全身显现,让大学生们看比较系统的中国文学精品,除了"老鼠爱大米"之类庸俗文化之外,中国也还有可以傲视西方的文化精品。要把这个文学上的"曾侯乙编钟、金缕玉衣、毛公鼎"(均为我国历史上最珍贵的国宝),让学生们见见。梁启超云:

卷五　教育教学研究

"中国事事落他人后，唯文学差可颉颃西域。"百年前的清末尚且如此，"神舟七号"上天后的今天，我们何必自轻自贱。

对于《大学语文》教材"其难度超过大多数同学的接受能力"势必造成大多数学生不能全部接受，不能全部学会，甚至老师也有不甚明了之处，似乎是一笔糊涂账，其实不然。"不求甚解"并不可怕。"不求甚解"经常被视为贬义词，学文学与学自然科学不太一样，学文言与学白话又不太一样，学诗歌与学小说也不太一样，前者往往更多令人费解的成分，"求甚解"往往是相对的，"不求甚解"往往反倒是绝对的。一些看似好懂的诗文，其实我们常常只懂其字面意思，或只能从其接受角度去认识它，而不能如王国维、周汝昌、吴小如般去理解它。诗词（尤其是格律诗词）对完全不懂格律的学生而言，永远都难以做到"求甚解"。词更是如此。在许多格律派词人作品中，平分阴阳，仄分上去入。词之尾句常常用去上声。这些对专家也有一定难度，是不可能要求学生全部掌握的。即便让王国维、吴小如、周汝昌来上课，如果对他们也有教学进度的要求，他们也无法让每个学生都"求甚解"。

对有一定思想和艺术深度的作品，只能"求甚解"与"不求甚解"相结合，从"不求甚解"开始，通过反复学习、反复吟味，而每有所会，便渐入佳境。读《红楼梦》便是如此，初读时入世未深，与读过几遍以后的感受是大不一样的。即便到老，也未必算得上就能"求甚解"了。

基于对《大学语文》教材定位于让大多数学生经过教师讲解可达到"求甚解"和"不求甚解"之间，我们说教材"其难度超过大多数同学的接受能力"观点便很好理解了。除语文水平特别优秀者外，读这本教材都只会嫌深——不能全部掌握，没有人会喊"吃不饱"，只有人喊"吃不下"。我们给学生的不是一杯水，也不是一桶水，而是一条河，任何大肚皮学生都管够的一条河。它是极丰盛的自助餐馆，管吃，还管带，可按需分配。

这样做的好处是显而易见的：猫眼、祖母绿……各种一流奇珍异宝（名篇）都可一饱眼福；通过"总评"、"集评"、"汇评"、"本事典实"、"作品综述"、"研究综述"、"学术争鸣专题"……各种精辟的相关见解也都于课本里集中展示。学生得到"高峰体验"，再也不会言必称希腊，能提高民族自豪感，教师也被"逼"去贴近学术前沿，时时充电，这样有利于教学相长。让学生站在高山之巅，四野八荒、星月银河尽收眼底，只使人有天人合一、目不暇接之感。

从更长远的观点看，按"其难度超过大多数同学的接受能力"观念编写

王步高诗文集

的教材,绝非"一杯清水看到底",它不仅"可读",还很"耐读",可以百读不厌,每读一次都会有新的体验,才能具备终身学习的功能,才能"白首亦莫能废"。

三

"教材内容要适当超过课堂教学所需,其难度超过大多数同学的接受能力",体现在教材教学中应当如何把握?"教材内容要适当超过课堂教学所需",这"适当"究竟该多少?"其难度超过大多数同学的接受能力",应"超过"多少? 究竟应"难"到何种程度?

"炒冷饭"式(《大学语文》教材与中学语文篇目大量重复)、"难度倒置式"(《大学语文》教材比高中语文还浅)不会受到学生和教师的欢迎,也违反教育规律,这是无须讨论的。面目一新,有大量新信息,是《大学语文》教材编写的起码要求。如前所说,要让大多数学生有"难"的感觉,但经过师生的教学实践过程,对精讲篇目,大多数学生要能基本掌握,否则,会挫伤教师的教学积极性,也会影响学生的学习兴趣,师生都不会有成就感。因此,我们不能不认真考虑该层次大多数学生的语文基础和接受能力。

针对不同层次的高校,编出难易有别的系列教材。就刚出版的由我任主编的国家"十一五"规划教材"大学语文立体化系列教材"而言,便是由五种纸质教材、10G 以上的电子光盘、课程网站组成的立体化教材。纸质教材有:《大学语文》(全编本 90 万字),面向重点本科院校;《大学语文》(简编本 60 万字),面向普通本科院校;《大学语文》(高职高专本 50 万字),面向高职高专院校;《大学语文教学参考资料》(92 万字),面向教师;《大学语文阅读文选》(75 万字),面向对本课程有较大兴趣的优秀学生。电子教材有:网络课件、教学实况、课程教案、音像教材。课程网站:"大学语文·中国"网(http://www.dxyw.cn)。就容量、难度而言,前三种之间拉开了一定的梯度,却又保留了基本的思路与结构。

900 页、92 万字的《教学参考资料》和 10G 的教学光盘,让老师的畏难心理基本消除,教上几年,自己的教学水平、学术修养也会有较大的提高;生动的教学课件和网站,也让真心想学好本课程的同学以浓厚的兴趣投入到"大学语文"的学习中去,没有高考的鞭策,却有兴趣的驱使。网站的内容足以使学生上网一学期而无枯燥乏味之感。"难度超过大多数同学的接受能力"的教学内容使学生如立高山之巅,而这些教参、网络、先进的教学手段,如同站在山巅者手里的望远镜,祖国大好河山一览无余,这种"高峰体验",这种师生的成就感是登山运动员才有的。

在服从能初步构建简明中国文学史基本架构的前提下,我们的教材实行立体化、系列化的结构,还实行了系统性、网络式、立体化、大信息的模式。

就文字教材而言,除其他教材也有的作家小传、作品注释、赏析之外,还有对某朝代文学、文体的"总评",关于作家的"集评"、关于作品的"汇评";对精读课文进行补充的"备选课文"、"泛读课文"、"专题作品"(如思乡怀归、山水、田园、怀古、咏物,等等);还有紧扣精读课文的专题,如:与"乌台诗案"有关的作品、陆游的"沈园诗词"、历代和苏轼"赤壁怀古"的词作、历代咏屈原诗词等;有"情感道德"专题,有"作家作品综述"、"作家研究综述",有"研究性学习专题",还有网络链接、参考文献……这种编法都有创新意义,它以极其丰富的内容和巨大的信息量,适应了当今的信息时代。

全国大学语文研究会副会长杨建波称:"你们东大的《大学语文》教材和教学经验,大大提高了大学语文的学科地位,也大大提高了大学语文教师的学术地位。"是大学语文教材编写中的"双超"理念促成了我们的成功。《大学语文》教材终于和"学术"联系到一起。近来一位朋友告诉我哈佛大学商学院就是这样做的,我们的做法能与这样的名校"暗合",也算是幸事。其实,我们仅仅只是在摸索如何改革大学语文的教材和教学而已,欲求"大学语文"教学质量的提高,而这"双超"理念后面的"空格"还很多,要我们填充的还不少,还有许多教改的理论与实践召唤我们去探索。

(《中国大学教育》,2009年第3期)

论母语对学生成才的意义与作用

我长期在东南大学任教,已渐渐对该层次重点大学学生的语文水平习以为常,偶尔也有几个出类拔萃者,令我赞叹不已,也有少数特别不认真者,令我气愤。2008年上半年我在南京一民办高校兼职,院领导让我上一大专班"大学语文",且不许用我主编的国家规划教材,而要用这位领导审定的普通教材,没有教学参考书,没有多媒体课件,学生语文基础差,学习不认真,它让我体会到许多教"大学语文"的同行为什么总是叫苦不迭。

去年秋,我来清华大学执教,也开"大学语文",它使我的教学更有成就感,才真正体会到"得天下英才而教之"是人生最大的乐趣。况且,通过对三类学校学生的比较,其差别虽是全方位的,而我感受其中最重要的差别便是在母语水平上。

相比之下,清华大学的本科学生母语水平之高,甚至超过许多普通高校中文系的本科生甚至研究生。他们中有人在名牌中学当过六年语文课代表,其母语知识令许多中文系毕业生汗颜。有一次,我教"诗词格律与创作"课,有位学生写了一首《访蒋鹿潭故居》的诗,我不相信是他自己写的,就问:"你知道蒋鹿潭是谁?"他说:"蒋鹿潭是清代词人蒋春霖。"我又问:"他是清代什么年间的人?"他回答:"他生活于太平天国前后。"我又问:"他的词集你读过吗?"他回答:"读过。"我又问:"冯其庸教授整理的《蒋鹿潭词集》你读过没有?"他说:"我知道有这本书,但我没买到。"我又问:"你读过什么版本?"他历数几种,还说:"我还有两种电子版,回头我发到您信箱里。我还有蒋鹿潭的年谱。"闻之我感到震撼。我专治词学,且编著过《金元明清词鉴赏辞典》和《元明清词三百首注》等书,中文系的古代文学研究生也经不起这几问的,而对方只是清华精密仪器专业的本科生。

又有一次,我教"唐宋词鉴赏",课前,一位同学来问我:"王老师,您上节

卷五　教育教学研究

815

课讲到岳飞《满江红》的真伪，岳飞是河南人吧？"我说："是河南人。"他说："我也是河南人。我们河南话里是没有入声韵的，为什么岳飞偏偏用入声韵，又写得那么好呢？"我让他以河南话数 1—10，确认河南方言里是没有入声。我说："对岳飞《满江红》持怀疑态度的人还未有人像你这样提问题的，应当表扬。"我问了他的名字。因要连上三节课我去洗手间，从洗手间回来我又把那姓郭的同学叫来，对他说："我想到一个问题，你的观点站不住。岳飞有两首《满江红》，一首以'怒发冲冠'开头，另一首以'遥望中原'开头，另一首还有岳飞手迹在，据说被收入民国年间编的《中华民族五千年爱国魂》一书。对这首词学术界从无争议。岳飞既然可以写另一首《满江红》，用入声韵，为什么不能写这首以'怒发冲冠'开头的《满江红》呢？"郭同学当时未与我争论。上课以后我对全体 300 名听课同学介绍了课前我与郭同学的一番讨论，对郭同学进行表扬，并且说，期末考试时欢迎同学对唐宋词的学术问题提出自己的见解，这道题作为加分附加题。凡做这道题的同学请把自己的电子邮箱和手机号码写上，便于我与你联系和讨论。谁知下一周的课上一位来自安徽的女生就交给我一张统计表，列举 20 多位家住北方，且如今方言中没有入声韵，但写有入声韵词的统计。这位同学学法律专业，这件事更使我深深震撼。在如今人们对应试教育深感不满时，似乎清华之类高校受害不大，我接触到的清华学子是极其优秀的。

清华学生的学习态度也令人耳目一新。我开"大学语文"两周后，一位学生代表就来找我，说他们发现我上课要讲的内容很多，每节课都觉得时间不够，就写了份给学校教务处的请愿信，一致要求将我的"大学语文"由两课时改为三课时，问我愿不愿多上。因是中途改，他们只要两个学分。这也让我感到震撼。选修课，又不点名，不逃课已算不错，学生还要求在不增学分的前提下增加课时。我当然满足了他们的要求。上学期我还遇上建国 60 周年和元旦。我 9 月 30 日晚的"诗词格律与创作"、12 月 31 日的"唐宋词鉴赏"，都面临着第二天的放假，教室依然座无虚席，"诗词格律与创作"课依旧有学生需搬椅子来旁听。令我的心灵一次次受到撞击，到底是清华大学。我原定在清华工作半年，由于我被清华学子的精神一次次折服，工作期限一再延长。本学期我的课选课人数有的竟达到规定人数的 5 倍，这也是我做教师以来未曾有过的。做教师者遇上如此的学生，还有何求呢？

清华工作的半年，就使我这位母语教师感到从未有过的自尊，感到人生新的价值。这是在我深爱的东南大学工作 19 年也不曾有过的。

清华学子对母语的深爱是他们全面发展成才的原因之一。我们早就注意到,许多大师级的专家,往往是全面发展的。王国维在多学科领域的杰出建树,爱因斯坦在小提琴方面的成就,苏步青、华罗庚、周培源、顾毓琇等在诗词创作领域的贡献也是有目共睹的。

母语是学习的根基,是学习的第一工具。母语仿佛计算机的操作系统,在硬件保障下,计算机的各项功能,常常是受操作系统控制的。其他的知识、能力,如同计算机的其他软硬件,如 office system 之类。一个人有坚强的体魄、坚韧的毅力、较高的智商,能否成才,在相当程度上受其母语水平的制约。

母语是人们思维的载体,仿佛行船、游泳、钓鱼……离不开水。人们是运用母语加上知识、经验、理智、感情,进行思维、分析、归纳、总结、比较、辨别……别人问我们问题,我们也很自觉运用母语去思维、判别,然后选择、回答。别人以外语问我们问题,除较简单者外(因各人学养和语言经历不同,对"简单"的标准各不相同),我们往往用母语先去理解,再寻找母语的答案,再转为外文回答。承载这一思维过程的介质是母语,对只会一种语言的人而言更是如此。一个人的母语水平直接影响他的思维品格和思维速度。创新思维更要有高水平的母语载体。思维敏捷、出口成章、口若悬河、伶牙利齿是以母语水准为后盾的。一个人的口才,其组成因素中母语水平占很大的比重,口头表达能力往往是母语水平最好的证明。我对法律系学生说:"如果你只是要成为一般法律工作者,语文学好学坏关系不大。如果你要成为大律师、大法官,则必须语文第一,法律第二。同样的法律条文,你知我也知。但当场的反应敏捷、雄辩滔滔,靠语文不靠法律。对适用法律的透彻解读也是靠语文,对材料的组织,条分缕析,也主要靠语文。"至于新闻、外贸、外交,均如此。以致苏步青认为语文是上大学最重要的基础课程(见本人《对大师绝迹的思考》一文所引)。母语教材诗词占相当大的比重,诗词是多用形象思维的,对惯以逻辑思维的理工科学生也是极好的补充。

母语对记忆、理解的影响也是显而易见的。理解能帮助记忆这是为无数事实证明了的,对理解了的事物、知识我们更易于记忆它。而母语又是理解知识、事物的载体。心理学认为,意义识记是记忆方法中最有效的,它比机械识记不仅易记住,且记得牢。古文中的典故,文章中的成语,不理解便很难记忆。汉语是我们的母语,它均为单音节,一字一音,一字多意,有四声(在吴方言为五声、在粤方言中为九声)和平仄变化等特点,稍加组织,便会形成平仄交替的音乐美,这对记忆极有帮助。西方许多大诗人的作品被翻译成中文,歌德、席勒、普希金……这些大诗人的作品人们记不住,会背诵的少之又少。而匈牙利诗人裴多菲"生命诚可贵,爱情价更高。若为自由故,二者皆可抛"的诗却尽人皆知。据说它是"左联五烈士"之一的殷夫(一说是他的哥哥)翻译的,都是五言、押韵,近于一首律绝(平仄不尽符合),简洁易记,故流传久远,令许多外国的大诗人都望尘莫及。一个刚刚牙牙学语的幼童便会背上二三十首古诗,"床前明月光""处处闻啼鸟"成了大多数孩子母语的启蒙课。可惜当他们真正走进课堂以后被应试教育牵着鼻子走,绝大部分人学了无用的外语虚耗了青春,母语水平上不去,大多在成才之道上夭折了。

母语是学生窥知绝大多数知识的窗口。即便通过了英语四六级考试的大学生,他们对中国文化的了解是通过母语,对外国文化、外国文学作品的了解也大多通过翻译作品而非英语原文。母语水平低下,而英语又只停留在应付考试水平,他学习自然就困难了。如同电脑中操作系统低下,其他软件再高明也不可能充分运行,用电脑的行话叫"不支持"。我曾是外文系的毕业生,据我所知,如不长期生活在欧美国家,就很少有人能使他的英语水平超过母语。满口洋文只能吓唬不懂外文的中国人,在地道的外国人眼里,那还是"半调子"。一个通过了四六级英语考试的大学生其英语水平未必及英美的中学生。许多大学的英语教授一辈子也未翻译出两部在书架上立得住的著作,倒是我们中文系一位有古代文学博士学位的副教授,每年都有一两部英文译作出版,如今已出版 10 多种。

语文的重要性是因学校对学生培养目标的定位不同而不同的,定位愈高要求也愈高。有些学校进校时再出卷考一下语文,达到一定分数的就可以不学了,显然这是对人才培养目标定位太低的缘故,其结果既挫伤了分数低同学的学习积极性(有耻辱感),也使成绩过关了的同学盲目乐观,并失去语文水平继续提高的机会。上海交大前副校长白同朔先生便认为,愈是重点大学,愈是名牌大学,愈应重视语文课。他们是肩负培养未来党和国家各级领导人、大企业、大财团的老总,大科学家、大思想家、大文学家的,中学那点语文够用吗?我欣喜地看到,作为全国最高学府的清华大学,学生文学素养高,他们学母语的积极性又很高,几十年后,他们肩负国家的重担时,母语不会成为制约他们前进的障碍。

母语又是中华传统文化的载体,它是中华学子从祖国母亲沃土中汲取营养和水分的主根系。人们靠口耳鼻舌感受到中华文化的滋养（这里已包含母语的成分），更多通过汉语和文字（特别是文言文）接受中华五千年文明的哺育。母语基础的高低决定其吸收营养的多少，其独立思考能力与自由思想又使之能辨析真伪，滤去封建毒素，不至于如"文革"时把为封建帝王歌功颂德、溜须拍马和整人的一套原封不动地搬出来，以封建主义去批所谓"资本主义"，搞历史的大倒退。

　　未来中华建设的主要人才要靠我们自己的学校培养出来，是我们的高等教育质量决定着中国的未来。当然，中小学质量也直接影响高等教育的质量。这里既有知识层面，也有道德层面，还有文化层面。未来中华精英中主张挖我们祖坟（主要指文化）的人一定会有，但不应是主流。20世纪二三十年代，五四新文化运动中不是出现过许多过火的口号吗？但即使那时候，我们东南大学（后改名中央大学）以吴宓为代表的许多海归人士还不是办起《学衡》杂志，倡导"论究学术，阐求真理，昌明国粹，融化新知，以中正之眼光，行批评之职事，无偏无党，不激不随"，敢于当中流砥柱吗？如今我们历经"文革"和改革开放，应当比新文化运动中的人们更成熟。母语教育的质量应当是影响未来中国高等教育的一个很重要的因素。

　　我们这代人对传统文化的感情较之"80后""90后"要深厚得多，我们亲历过"文化大革命"，知道极"左"对中华民族意味着什么，我们当年的文言文基础也比清华等高校的学生要扎实些。我们肩负传承中国传统文化的使命，肩负对新一代大学生进行文化素质教育的责任，不能把振兴中华的希望都寄托在海归学者，要振兴全国高校的母语教育，这是提高中华民族文化素养的大业。我们意识到母语教育与学生成才的关系，意识到其与中华复兴的关系，不仅要大声疾呼，更要身体力行。哪怕困难重重也要不懈努力。

　　值此南京大学出版社《大学语文教育与研究》论文集出版之际，我北漂于北国，谨写下这几行文字，以求教于全国同仁。

（《大学语文教育与研究（2009）》，南京大学出版社，2009年）

追求高尚和谐　坚持以诗育人

　　东南大学四牌楼校区乃六朝皇宫及台城所在地,齐梁时期活跃于文坛的"竟陵八友"萧子良等即住于鸡笼山,紧挨于此。沈约、周顒等倡导"四声八病"说,写作"永明体"诗,也在台城。有一种说法认为词起源于六朝乐府,《江南弄》组曲、《长相思》组曲已具词之雏形,这些早期"词"之作者萧衍(梁武帝)、萧纲(梁简文帝)、陆琼等人,也都生活任职于台城一带。从一定意义上说,东大四牌楼校区是中国格律诗词的发祥地。《昭明文选》成书于此,明代这里是国子监,《永乐大典》也成书于此。民国年间这里是中央大学,许多诗词大师均任教、就读于此,如陈匪石、刘毓盘、吴梅、李冰若、汪东、乔大壮、王易、任仲敏、卢冀野、唐圭璋、龙榆生、王季思、吴世昌、沈祖棻、陈家庆……。这些都是叱咤诗坛、词坛的大家,他们的诗词事业,或以中央大学为起点,或以此为最辉煌。这里成了中国诗学大师、词学大师的摇篮。特别悠久的诗词传统,为中华诗词重返东大创造了良好的先期条件。

　　上世纪九十年代,一批专攻唐宋诗词且有博士学历的中青年教师进入东大,"唐宋词鉴赏"连续多年被全校学生推举为"十佳选修课"。1995 年,"古典诗词教改工程"获校优秀教学成果二等奖,中大校友诗社、学生的文学社团相继成立,建立了中华词学研究所,办起了《中华词学》、《中大校友诗鸿》等刊物。"唐诗鉴赏"、"唐宋词鉴赏"、"诗词格律与创作"成了常设课程,最受学生欢迎。工科背景下的东南大学,却年年弦歌不辍,洋溢着唐风宋韵。2008 年我们的"唐宋诗词鉴赏"(含唐诗鉴赏等三门)又在我的主持下继"大学语文"之后也被评为国家精品课程。2009 年起清华大学还邀请我去该校开设这四门课程,同样受到学生的高度赞许。

　　我们的做法表现于以下几个方面:

一、明确功能　理论创新

　　课程的改革依赖于有创新精神的教学理论指导。十多年来,我们发表了近三十篇教改论文,对"大学语文"及"唐宋诗词鉴赏"的教学改革提出了一系列创新思维。其涵盖以下几个方面:

　　我们认为唐宋诗词鉴赏课程应具备以下五大功能:

　　其一、具有"梳理"与"激活"已学文学知识的功能。从心理学的角度来说,有条理的知识才方便记忆,运用时也便于及时重现。从幼儿时背"床前明月光"和"处处闻啼鸟"开始,学生们学了不少唐诗、唐宋词,但缺乏有机必然联系,只有一些零零碎碎的知识。建构起唐诗史、唐宋词史整体性的知识架构,使新老知识找到相应位置,使大量感性认识上升为理性认识。每单元末再附上"中小学已学篇目",便于学生"激活"旧知识,可以温故知新。

　　其二、让学生建立对唐宋诗词内容题材丰富性及艺术多样性的认识。中小学涉及的唐宋诗词,只涉猎少量名家名篇,对唐诗宋词内容题材较多未能涉猎,如悼亡、闺怨等,对较多中小作家也很少涉及。仿佛天宇中只有月亮及几颗一等星、负一等星,就感受不到繁星满天的景象,对作家艺术风格的多样性也缺少认识。开设"唐诗鉴赏"、"唐宋词鉴赏"应让学生能尽可能较全面地认识唐宋诗词的全貌,对其内容与艺术的异彩纷呈留下较清晰完整的印象。

　　其三、培育学生独立思考能力,实行研究性教学。中小学以正面教育为主,以谆谆教导或灌输的方法,学生得到的往往是书本的、教师的观点,缺乏自己的创新思维。"唐宋诗词鉴赏"讲授的多是唐宋诗词的杰作,但这些作品仍常有少量瑕疵。如《长恨歌》中写玄宗逃难入蜀时有"峨嵋山下少人行"之句 ,峨嵋山在成都南200多里,由长安入蜀走不到峨嵋山;写唐明皇返宫廷后有"孤灯挑尽未成眠"之句,皇宫里用大蜡烛,并不点灯。古人都有过批评,可让学生展开讨论。又如苏轼《念奴娇·赤壁怀古》。这些不足的提示无损名家名篇的形象。我们还每学期让学生对老师提意见,挑书本的错误,既有利于改进教学,也让学生不迷信老师,不迷信书本。这对学生日后在自己的专业领域养成创新意识是很有帮助的。

　　其四、应当提高学生的诗词自学能力。叶圣陶曾把"学生自能读书不待老师讲,学生自能作文不待老师改"作为语文教学的终极目标。大学文学课程教学是从"教"到"不用教"的过渡,教学效果最重要的不仅在于学到了些什么,还在于其有没有掌握方法,学会自学,对不用典或只用常典,文字也不艰深的诗词要能阅读与欣赏。诗中常用的一些代词、修辞要能掌握。如以"东风"代"春风","西风"、"金风"代"秋风",以"玉"作某事物、人物的美称……这样便于举一反三,提高读者赏诗的能力。

其五、培养学生掌握多中取精,深而能浅、浅中见深的功能。即课本内容远远超过教学所需,其难度则超过较多学生的接受能力,即所谓"双超理论"。如今已是信息时代,所谓"少而精",以"一杯水"打发所有人的时代已经过去。适当加大教材的容量,既有利于建构较完整的知识体系,也有利于适应不同层面学生的需要,也使老师增大了选择的空间,通俗地说,不再是给学生"一杯水"、"一桶水",而是给学生"一条河"。教材可以跟学生一辈子,使之"白首亦莫能废"。

我们在课程改革中也倡导"多元"与"开放",不再仅仅正面说教,不仅是灌输一种学术观点、学术思想,而是提出在知识层面、学术观点、学术视野、学习方法等方面的多元与开放。

二、形成系列　教材先行

要实现上述五大功能,应当首先解决教材问题。唐宋诗词选本虽多,但适合作课本的却很少。我们曾选用朱东润《中国历代文学作品选》中编两个分册分别作"唐诗鉴赏"、"唐宋词鉴赏"这两门课的教材,因为全系繁体字,且时代久远,观点陈旧,又非仅限唐诗、宋词,学生用来不便。也曾于1993年前后手写复印过一本《唐宋词鉴赏》讲义,仅有作品,没有注释,不便自学。教材成了本课程发展的瓶颈。

2003年按照《大学语文》教材编写的理念,应北京大学出版社之约,由我主编,约请20多所高校的专家教授,编著了《唐宋诗词鉴赏》教材(32万字)。该教材因理念新、体例合理、注释简明,[集评]、[汇评]很有参考价值,而深受欢迎,四年间多次重印,是该套大学生文化素质教材中最受好评的一种。但这一教材也有致命的不足:容量小,它涵盖了唐诗、宋诗、唐宋词三部分,每部分作一门课开内容不足,更无选择余地;对中小学及大学语文已学篇目实行全回避,这样众多名篇均不能入选,许多大家名家入选的往往不是代表作。

针对上述缺点,2006年应北京大学、南京大学两出版社之约,修订重编该教材,作重大的改变。北大版扩充为42万字,且去掉宋诗部分,南大版则一分为二,编为《唐诗鉴赏》、《唐宋词鉴赏》两种教材,每本45万字。基本选篇相近,南大版多《分类作品选》(每册近400首),《作家综论》、《作品综论》、《作品争鸣》等内容。并配以网络课件、音像教材、电子教案。

这套系列教材与《大学语文》教材一样,具有系统性、网络式、立体化、大信息的特点。

所谓**系统性**,是指以唐诗史、唐宋词史为纲,按简明唐宋诗词史的线索,每种教材设置18个单元,按时代顺序及流派划分,对在这一时期重要的诗人、词人尽量不遗漏,结合中小学已学篇目,能大致钩画出唐诗、唐宋词发展的简单轨迹。

所谓**网络式**,是指每个单元精讲作品、备选课文、泛读课文均按时代、流派编写的同时,分类选编的作品却按专题(如:山水、田园、爱国、咏史、怀古、悼亡等)选择一定契合点附编,跨时间编排,纵横交错,以增强学生各方面的阅历及知识面。

所谓**立体化**,是指某个单元是以某个或某几个代表作家为重点,选择其五六篇代表作为精讲内容,在备选课文、泛读课文中又选择其他若干首相关作品,从而做到以少总多;由一两个作家推广而及一个诗词流派或诗人群。课本后附有的《中小学已学篇目》,可帮助师生打破时空的界限,共同构建唐宋诗词的"知识树"。

所谓**大信息**,一是指内容信息量大。南大版《唐诗鉴赏》分18个单元,精读课文89首,备选课文69首,泛读课文161首,分类作品386首,共计705首;《唐宋词鉴赏》亦分18个单元,精读课文99首,备选课文82首,泛读课文170首,分类作品378首,共计729首。二书合计达1434首,远远超过中小学及大学语文所学唐诗、唐宋词的总和,也比普通的唐宋诗词选本的篇幅大得多,对一个非中文专业的大学生而言,其容量已够大了。二是指学术信息量大,书中附有各作家、流派的作品综述、研究综述、作品争鸣等,使全书的学术视野十分开阔。三是评论信息量大,各单元附有[总评]、作家[集评]、作品[汇评],辑录历代名家的精辟评语,变一家之言为百家之言,让学生得到高峰体验。四是文献信息量大,每单元均附有参考书目,全书且附有总参考书目。

三、追求和谐　以诗育人

宋代苏舜钦《石曼卿诗集序》曾曰:"诗之作与人生谐者也。人函愉乐悲郁之气,必舒于言。"中国有"诗言志"的传统,而唐宋诗词乃诗歌的最高峰,"唐宋诗词鉴赏"课程,作为文化素质教育的重要课程,应具有传播人文精神、开展道德情感教育的功能,不靠空洞的说教,而是要在唐宋诗词精品的感染下,使学生讲气节、讲节操、讲正气、讲廉耻、讲有所不为、讲不唯上不唯官、讲民本思想、讲平民意识……,从而促成其思想境界的升华与健全人格的塑造,培养高尚的道德情操。

培养爱国爱乡的感情。在"唐宋词鉴赏"一课中,破例将"陆游"安排为一个单元,安排精讲作品 5 首,备选课文 4 首,泛读课文 6 首,其中又多是其爱国之作。前人只重陆游之诗,对陆游词不甚在意。《宋词三百首》中仅收陆游词一首,占 1/300,而本书仅设 18 单元,宋代仅 15 单元,陆游便占其一,占了宋词的 1/15,是《宋词三百首》所占比例的 20 倍。辛弃疾是南宋著名爱国词人,他一人便占两个单元,其中一单元专收其爱国词。此外书中还收了岳飞、陈与义、张元干、李纲、陈亮、刘过、刘克庄、黄机、文天祥、刘辰翁等人的爱国词作。思想情感教育之意甚明。

教育学生具备潇洒旷达的人生态度。其中突出苏轼的形象。"唐宋词鉴赏",安排苏轼词为两个单元,其中有一个单元专收其"黄州词"。这是过去任何一个宋词选本不曾做过的。苏轼贬黄州四年三个月,写下许多诗词赋佳作,《念奴娇·赤壁怀古》,前后《赤壁赋》均作于这一时期。这是他人生最落魄的时期之一,收入难以糊口,却十分旷达。在政治上难以有所作为,在创作上却成就斐然。鲁迅说:要"敢于直面惨淡的人生,敢于正视淋漓的鲜血。"就这方面教育功能而言,苏轼黄州词是文学中的瑰宝。我讲这段词作时,指出希望学生在遇到坎坷,身处逆境时,要学会"从黄连中嚼出甜味来"。我自己在文革年月也当过两次"反革命",坐过牢,都顽强地挺过来了。苏轼的黄州词和我的经历让学生印象极深、变得坚强起来,永不颓废。我还以"苏轼和他的黄州词"为题在南京、北京十多所高校开讲座,并以此专题两次给全国 400 名大学教师上示范课。

让学生关心民生疾苦。今天的大学生,特别是清华和东大这些重点大学学生,将是未来的国家栋梁,要让他们关心民生疾苦,要关心工人、农民,尤其是下岗工人、贫苦农民的安危冷暖。这些从小受父母、家人呵护的一代青年,要让他们像乌鸦返哺一样学会关心他人、关心社会。要达此目的,我们同样不是靠空洞的说教,而是靠文学作品的感召力。

曹操《蒿里行》一诗有云:"铠甲生虮虱,万姓以死亡。白骨露于野,千里无鸡鸣。生民百遗一，念之断人肠。"东汉末年由黄巾起义引发的大动乱，使人民受尽深重的灾难。人口锐减。当时魏国 443 万人，东吴 230 万人，蜀国仅 90 多万人，三国总人数仅仅 700 多万人。与东汉桓帝永寿三年（157）的 5648 万人口相比，减少了 86.5％，约减少八分之七。此诗艺术地再现了历史的真实，反映了人民的苦况。曹操作为一个封建统治者，将人民的疾苦记于心中，这是十分难得可贵的。

再如《唐诗鉴赏》中选入的韦应物《寄李儋元锡》诗也说："身多疾病思田里，邑有流亡愧俸钱。"封建官吏尚能对自己苛责如此，我们共产党的干部不是更应当以人民为重吗？郑板桥也有诗云："衙斋卧听萧萧竹，疑是民间疾苦声。些小吾曹州县吏，一枝一叶总关情。"这是古代的民本思想，是一种平民意识。要让这些意识成为学生道德素质的一部分。有朝一日，他们握有重权或者当了老板腰缠万贯，就不会不顾人民的死活，心里才会有人民，才不会忘本。

仁者爱人的思想。"仁"是儒家思想的核心。孔子说："已欲立而立人，已欲达而达人。"（《论语·雍也》）如今是市场经济，强调竞争，似乎人与人的感情淡漠了不少。师生之间，同学之间，亲友之间，父子之间，夫妻之间，似乎"爱"的成分都淡化了。强调"仁者爱人"，在今天显得尤其有现实意义。讲清这个道理，我们仍联系诗词作品来进行。杜甫《茅屋为秋风所破歌》说："安得广厦千万间，大庇天下寒士俱欢颜，风雨不动安如山。呜呼，何时眼前突兀见此屋，吾庐独破受冻死亦足。"白居易《新制布裘》诗云："安得万里裘，盖裹周四垠。稳暖皆如我，天下无寒人。"一人暖而欲暖天下，一人饱而欲饱天下。运用浅近的比喻，让学生懂得深刻的人生哲理。

爱因斯坦说："学校的目标始终应当是青年人在离开学校时，只作为一个和谐人，而不只是作为一个专家。"（《爱因斯坦集》卷三）爱因斯坦的"和谐"是指高素质（不仅是自己的专业知识）而言。如果引而申之，一个人与集体的和谐，一个人与家庭的和谐……，便赋予某种"团队精神"于其中了。一个人再能干，如果缺少这种"和谐"，他可能既无美满的家庭及工作环境，也难以有辉煌的事业。以诗育人，以高尚和谐为旨归，在道德情感教育方面往往能起到比政治课更好的作用。

四、转变观念　方法更新

"诗无达诂"，这与二十世纪以来教学"少而精"，中小学"打破砂缸问到底"的做法有一定的矛盾。针对诗词教学,我们在大学语文教改时已确立的"求甚解"与"不求甚解"相结合,"浅化"与"深化"相结合的方法便十分有益亦有效。

过去的教学方法,一味不加分析地反对"不求甚解",学习古诗词,最远的已差不多3000年,唐宋诗词,最近的也700多年,时空的距离、文言与白话的距离、诗词形式本身语言的高度凝炼,均使诗词"求甚解"的难度很大,对诗词鉴赏应当倡导"求甚解"与"不求甚解"相结合,留下些许模糊不透彻了解之处,并不太影响对整体内容、艺术的把握,相反可以使学生反复学习、反复吟味,从"不求甚解"到每有所会,然后渐入佳境。

历来的诗词教材编写、课堂教学均走的是"浅化"的道路,介绍作者的生平、对作品加以注释、赏析,甚至加以翻译,使诗词"浅化"、好懂,便于学生掌握。但大学生仍如此"喂养",是不易长大,不易迅速提高其文学素养的。我们还通过单元"总论"、"集评"、"汇评"、"真伪考"、"作品争鸣"、"作品综述"、"研究综述"等去"深化"教学内容,拓宽学生的视野,加"深"对课文的理解,加强教材及课堂教学的学术性,从比较学术的角度解读作品,对少数特别优秀的学生,甚至提倡研究性的学习,让学生看到更深层次的内涵及艺术魅力。"集评"、"汇评"中还罗列互相矛盾的观点,让学生听到学术争鸣的声音。这种"深化"更符合大学的学习要求,可以提高教学质量,也"逼"老师不断提高自己,尽可能贴近学术前沿。

出于上述理念,我们的教学手段既非是简单的老师唱独角戏,也非提问几个学生的所谓"启发式",而是采用预习——讲授、讨论——上网、深化——重读、撰写小论文的程序。有不少学生课前就围住老师提问题,甚至课前给老师打电话,让老师帮他查找几个问题的答案,甚至找出课本中的个别问题,与老师切磋讨论。这样也就使老师上课绝不可老调重弹。如我讲陆游《卜算子》咏梅词,词开头说"驿外断桥边,寂寞开无主",下片又云"零落成泥碾作尘,只有香如故",我启发大家从中挑毛病,一位同学指出"碾"字不妥,断桥边不可能有车轮碾过。大家便七嘴八舌争执不休。这是一首名篇杰作,过去从未有人如此批评过。这样批评对不对?"燕山雪花大如席"从未有人批评它不真实,这里该不该也这样来理解。课堂活跃了,学生思想解放了,他们进到作品中去了。

还有一次我教诗词格律与创作,其中讲到词的前后结句连用"仄仄"不可随便使用两个仄声字,而常应用"去上声"时,举周邦彦《花犯》为例:"更可惜雪中高士,香篝熏素被。""但梦想、一枝潇洒,黄昏斜照水。""素被"、"照水"都是"去上声"。下课后就有一位未选上我的课,却坚持全学期旁听的曾悦同学对我说:"《花犯》是'犯调',您以它为例不妥,还是举正调为是。""犯调"一词对学工科的本科生,应当是相当陌生的名词,但却从我教的学生口中说出,且无懈可击,也使我又一次受到震动。

我们做了容量很大的教学幻灯、音像教材,课堂用多媒体教学,绝大多数精读课文均有朗诵、吟唱的配音。我们又建有"大学语文·中国"网站(http://www.dxyw.cn 或 www.daxueyuwen.cn)和"唐宋诗词鉴赏"网站(http://www.tsscjs.cn)有专用服务器,我们的网络课件已非常完善,包含54节课的教学实况(其中"唐宋词鉴赏"有33节全程教学录像,每句话都有字幕出现,"唐诗鉴赏"王步高的80节教学实况也已完成,即将挂网),大量的音频、视频、图像及教学幻灯、大量的文字资料,还有学生自己写的诗词,还有网上交流、网上答疑的区域。这是课堂以外的课堂。东大学生可由校园网进入,校外师生则更多上"大学语文·中国"网。清华学生也可以从清华的"网上课堂"进入,轻松下载。由于"大学语文"国家精品课程建设的成功以及嗣后网络的大幅革新充实,网络资源超过28GB。如今上网累计人数已20多万人次。

五、创作诗词　提高兴趣

东大虽与格律诗词有着不解之缘,甚至是格律诗词的发祥地,然而1952年院系调整以后,留在中央大学四牌楼本部的只是工学院,清华大学也大致如此,新时期以来虽文科有所发展,工科为主的格局并未根本改变。

上世纪90年代初,我大胆开设了"诗词格律与创作"课,但是不成功。几十个人报名,能坚持到底的只有十几人。他们不知道这门课的开头竟是如此枯燥:辨别入声字,区分律句与非律句,平平仄仄平、仄仄平平仄。此后我每次开这门课总是用"威胁利诱"的手法。明白道出这门课的难点,开始的枯燥、作业的任务重、拿这门学分不容易,让一些没有太大兴趣的同学一次就吓退,免得半途而废。又说明这门课对提高欣赏能力的积极作用,又能学会一门写作技能,是本科生最有"成就感"的课程。"威胁"加"利诱",稳定了听课队伍。有一年我为中文系本科生开这门课,本系仅20多人,跨系选修的竟多达130人。为了让每节课学生均有上黑板练习的机会,只好强行划定每学期开课人数为40人。后来此课又扩大到在研究生中开设,访问学者也可以选修此课程,学生上黑板写上自己对的对子、习作的诗词,再让同学分组一一评头论足。老师再提出修改意见。学生不仅能欣赏诗词,又能写诗作对。这门课尽管在清华每学期都开,但第一志愿选课率达到 7：1,成了全校选课难度最大的课程。

2004 年,中华诗词学会在南京开校园诗教工作经验交流会,大会编印的《江苏校园诗词选》中,东大学生作品入选最多,在开头的佳作栏数十首中,东大入选作品近半数,从而也推动了学生对学习唐宋诗词的兴趣。学生们常常是从大学语文——唐诗——唐宋词——诗词格律与创作,先后学习这系列课程,如此形成了一个诗词课程链。清华大学的一位本科生选学了这门课,一学期后他的作品还入选《清华大学百年诗词选》。

为了发展师生的诗词研究和创作,东大中华词学研究所还创办了《中华词学》刊物,中大校友诗社则创办了《中大校友诗鸿》(已出十四期),成为师生发表作品论文的阵地。2002 年百年校庆又编纂了长达 800 页的《中大校友百年诗词选》。《江南诗词》、《江海诗词》、《东南大学报》也经常刊登东大师生(尤其是学生)的诗词创作。为了支持诗词创作,老校友李飞先生还捐资 30 万元成立了"诗词创作基金会",资助师生的诗词活动。东南大学这座昔日的工学院成了诗词苑中的一员,每年总能绽放出许多诗词奇葩。

由我作词的《东南大学校歌》,用《临江仙》词调写成,仅 58 个字,将东大的地理位置、近 1600 年的校前史、百年来的辉煌、办学理念和对未来的展望均写入其中,气势雄伟,文字优美,问世以来,东大已举办过多次校歌竞赛,上万师生员工登台演唱。听过此歌、熟悉歌词者无不赞叹,称之为"建国以来写得最好的校歌"。东大校歌的问世大大提高了传统诗词在校内的地位,为唐宋诗词鉴赏课程大大改善了生存环境,选修这系列课程的学生也激增。

六、加强科研　打造队伍

本团队成员均为研究古典诗词的博士学历的教授、副教授,他们毕业大都还不满十年,要让他们挑起教学科研的重担,成为未来的领头人物,我们采取以科研项目、教改项目带队伍的办法。这些项目都尽可能吸收这些博士参加。还有许多出版社约稿,也尽可能让他们共同完成。如今他们已能独自承担国家和省社科规划项目。

我们还注意努力提高这些博士群体(含在读博士)的教学水平,一方面我们在完成一些重大教改项目时让他们多挑担子。如完成教育部"新世纪高等教育改革工程"项目"大学语文音像教材建设"、"江苏省第二批网络课程建设"项目"大学语文网络课程"、"大学语文"和"唐宋诗词鉴赏"两门国家级精品课程建设、与华中师范大学合作的"高校《大学语文》教材语言教育问题之研究"(教育部文科基地招标项目)、省教改重点项目"弘扬传统文化,深入推行素质教育",东大支持立项的"当代大学生母语教育的现状及其对策研究"以及与"唐宋诗词鉴赏"直接有关的教材、网络课件等研究项目。不仅让青年教师参与,甚至以这些青年博士唱主角。他们学术功底扎实,电脑技术熟练,较之中老年教师有许多优势。

经过科研、教学研究众多大项目的磨炼,本课题组同志的科研能力有较大的提高,教学水平达到全校公认的水平。

七、服务社会　增强辐射

东大"唐宋诗词鉴赏"及"大学语文"课程建设还有个非常显著的特点,即既依靠全国兄弟院校,也服务全国的兄弟院校。全国有近 40 所院校的近百名教师参加了我主编的两套系列教材的编写,也参与了"唐宋诗词鉴赏"及"大学语文"精品课程及获国家教学成果奖的教改项目的建设。其中网络课件、音像教材、电子教案的制作,主要由校外同志承担。如撰写杜甫诗赏析、注释的便是全国杜甫研究会会长山东大学张忠纲教授,承担课程网络建设的主要是南京炮兵工程学院的白育芳老师。

同时,东南大学也为全国的"唐宋诗词鉴赏"、"大学语文"的教改起了积极的作用,我们的 16 种教材已先后重印 50 多次,为数百所高校采用。"大学语文·中国"网(http://www.dxyw.cn)"唐宋诗词鉴赏"网(http://www.tsscjs.cn)可以无限制免费上网,上网人数已达 20 多万。我们刻录的"唐宋诗词鉴赏·中国"及"大学语文"网络课件、教学幻灯、音像教材已达 30000 多张,全部免费赠送给全国各地的兄弟院校。每年均有很多外地、本地院校请我们去开学术讲座,目前我们已先后去江苏、浙江、山西、云南、贵州、安徽、湖北、陕西、北京等省市的数十所高校(清华大学、华中科技大学等)、中学开讲座,讲唐诗、讲唐宋词。

从上世纪九十年代以来,我们还与金陵之声广播电台(中波 846、1206 千赫)、江苏电视台国际频道开设唐宋诗词讲座,前后达百余场次,受到海内外听众、观众的欢迎。近年我们又与超星国家电子图书馆合作,将我的大量教

卷五　教育教学研究

学实况逐步录像并挂网。

我讲唐宋诗词的讲稿,也已由福建教育出版社出版,一本题为《探寻词苑的艺术与人生》,一本题为《披沙拣金说唐诗》,各 30 多万字。

许多兄弟院校的同志还经常远道来访,听我们的课。广西、青海、重庆、江苏等省的青年教师还到东大来当访问学者,报考本校古典诗词方向的研究生。许多中青年老师还将自己的学术论文、教改论文发给我们,让我们修改提意见。我们的精品课成了名符其实与全国同行共建、与全国同行共享的课程。教育部已五次委托我们在南京、西安、北京、大连举办全国精品课程培训班,培训教师约 700 人次。

为了实现这两个系列课程的全面精品化,我们要做的工作还很多,我们一定不断进取,不断创新,推陈出新,为提高全民族的母语水平,为将东南大学和清华大学建成全国大学生诗词教育的优秀基地而继续努力奋斗!

(《高等学校诗教工作暨当代中华诗教理论研讨会文集》,华中科技大学出版社,2011 年)

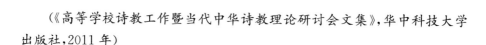

大师远去后的思考

　　任继愈、季羡林两位大师相继去世了。他们是 20 世纪二三十年代大师辈出时代仅存的硕果。大师的远去使我们不得不承认以下的事实：我国的所有大师都是外国和旧中国培养的，这是让人们尴尬的事实。

　　从王国维、胡适、鲁迅到任继愈、季羡林，我们不难数出百个以上的大师姓名，他们的学科遍布社会科学、人文科学、自然科学等各领域。他们的共同点有如下几点：

　　有很深的母语与国学根基：他们都是读文言文长大的，他们中的许多人在五四新文化运动影响下甚至大骂过文言文，大骂过孔孟之道。文言是中华五千年文明积淀的成果，也是中国传统文化的主要载体，是继承中华传统的工具。这些大师都得益于以文言为主的母语教育，甚至连自然科学家也是如此。苏步青、华罗庚、周培源都能写一手好诗词。苏步青在担任复旦大学校长发表"就职宣言"时曾说："如果允许复旦大学单独招生，我的意见是第一堂先考语文，考后就判卷子。不合格的，以下的功课就不要考了。语文你都不行，别的是学不通的。"他提出了"语文是成材的第一要素"的观点。

　　他们接受了西方文明、西方思想：这些大师中大部分有出国留学的经历，他们曾睁开眼睛看世界，甚至一辈子都关注世界的学术思潮、思想动态，而不是夜郎自大、坐井观天。但是，他们并未数典忘祖，而是能洋为中用，真正能中西结合、学贯中西。

　　他们都有点"傲骨"：不迎合时尚，不做政治家的密友，不追逐政治舞台上的风光。名誉和地位对他们不能没有诱惑，他们所要的一切都在政治家手里攥着。他们可以一辈子默默无闻地活着，也可以风风光光地活着。大师须有独立的思想、独立的人格，这使他们很难成为政治家的长期密友。司马迁、杜甫、陶渊明等生前都没有"诗圣"之类的光环，相反，司马迁死后五十

卷五　教育教学研究

年《史记》才问世;流传至今的十四种唐人选唐诗的选本,竟没有选杜甫的一首诗;陶渊明到宋代才有了如今的地位。新中国的学术界、文艺界也曾出过一些风流倜傥的大师,其中不乏人品上受人诟病者。学问与做官通常是绝缘的("文章憎命达"),任继愈先生似乎是个例外,他的许多成就倒是与他担任的学术职务有关。更多的学者倒是应该自甘寂寞,满足于清廉冷落。有"方宅十余亩,草屋八九间",便能"不为五斗米折腰"了。

大师应当较少受名利的驱使:我读博士生师从著名词学家唐圭璋教授,他是被公认为中国 20 世纪三个词学大家之一(另两位是夏承焘、龙榆生)。唐老对名利相当淡泊。他没有做过"官",哪怕连教研室主任也没当过,晚年当过几年中国韵文学会会长,仅仅是挂名,连会也未去开过一回。当时他已年近九旬,足不出户了。他很"穷",虽说是二级教授,但工资不高,负担很重,他没有儿子,三个女儿中两个女儿都先他而去,外孙要他抚养,到去世,家里没有电话,一个空调还是去世前不久香港朋友捐赠的,冬天他靠在火炉旁取暖;他住很小的房子,一家仅六七十平方,他的卧室仅六七平方。他与官员无来往,20 世纪 50 年代,毛泽东要找 30 年代版线装本《全宋词》(当时该书的排印本还未出版),该书只印过二三百套,中央办公厅便来找该书的编著者唐老,唐老捐赠一套给毛泽东,毛泽东给他一封信表示感谢。这是他与官场人物的唯一接触。我与唐老交往八年,他从未提起毛泽东给他写信的事。他生活严谨,30 多岁丧妻,却终身不再重娶,心里有郁闷就去妻子坟上吹笛子,到 90 多岁去世再夫妻合葬。当今的许多学术名流换妻、嫖娼、包二奶时有所闻,与唐老相比其道德人品差距何止天壤。

大师们都很勤奋:任继愈先生被称为"最称职的主编",鲁迅把别人喝茶的时间都用来读书。近来我深深感到,母语、国学,更多靠读书,靠"苦读",靠倒背如流,未必一定要有博士学历,梁漱溟等许多大师甚至连大学也未上过便是明证。

大师们也都没有许多自封"大师"的"霸气":季羡林先生身为副校长为北大新生看行李的例子,他在名满天下时在自己的老师面前还恭恭敬敬执弟子礼;程千帆先生多次对我说他自己年纪愈大胆子愈小。学问最大的人往往最无"霸气"。

......

要挖掘大师成才的自身原因及其共性还可说出许多。但营造能造就大批大师的环境显得更为重要。全国几十年不能产生一个大师,已宣告我们教育制度的问题重重。除了极"左"路线、数不清的政治运动外,近三十年的教育制度同样不能造就大师。

大师的产生需要宽松的政治、宽松的学术环境和浓厚的学术氛围(其中包括传统的人文氛围),如同大树的生长需要能使根系四通八达的宽松肥沃的土壤、有遮蔽狂风暴雨的山脉和不受污染的空气。虽然如今的学术环境与学术氛围并不好,如今全国的政治环境已大为改善,思想上受束缚较少,但学术环境并不理想,行政干预很多。

1. 学术评估体系的不公正

当今评估成风,再好的政策执行起来效果都会常常适得其反。评估中劣胜优汰已不是个别现象。达不到基本公正的评估,其作用是相反的。当今学术界最大的问题是一个"假"字,剽窃的论文,掺水的"博士""硕士","假作真来真也假",抓在手里的有的也不敢相信。而现在一切又都按标签论定,就迫使正派人也得学会"应酬",学会随波逐流,否则应该属于你的也得不到。如今"跑项目""跑博士点"……已是司空见惯,你能设想王国维在今日也会去"跑"吗?《人间词话》如果今天发表,会获人文社科奖吗? 大概未必。靠这些很不公正的评审结果去衡量人才,要造就大师太难了。

2. 对数量、形式的过度追求

追求论文的数量,追求"博士点"的多少,追求大奖的多少,似乎这是高标准。其实不是。15 篇论文一定超过 10 篇论文吗? 一定超过 5 篇论文吗?不见得。国外以代表作为标准。唐代张若虚流传至今的就两首诗,有一首是《春江花月夜》,而乾隆皇帝有 5 万首,按今天的标准,一个可兼作家协会主席,另一位则连会员都当不成。德国学者称中国当代文学都是垃圾,虽稍嫌过分,但说 80% 是垃圾则差不多。当今的学术论文也可作如是观。比赛谁制造的垃圾多有何意义呢? 当年我们中央大学的黄侃教授坚持 50 岁之前不写论文和著作,他又只活了虚 50 岁,按今天的标准,他连评讲师也困难,可是他却是中央大学的名教授,一个培养了许多大师的人。相反如今许多有几十篇论文、几本"专著"的"教授",中央大学不仅不会聘他当教授,考黄侃的研究生也未必会被录取。

3. 没有能为大师产生发展提供支持的领导

好教师(教学深受学生欢迎、有扎实的专业知识,学有所成、品德高尚)中一部分有组织领导才能、在教育理论研究上有所成就的人去当校长,好的校长去当教育局局长、教育厅厅长、教育部部长,这是顺理成章的。我认为,一流的校长（局长、厅长、部长）是思想家兼教育家，二流的校长仅仅是教育家，三流的校长是没有自己独到的教育理念的好教师（教授科学家），四流的是书也教不好的教师。而蔡元培、胡适、郭秉文、陶行知、罗家伦、梅贻琦、马寅初等著名校长均是思想家兼教育家。如今没有学术大师，其原因之一是没有能为大师产生、发展提供支持的领导，没有思想家兼教育家的大学校长，没有"千里马"也因为没有"伯乐"。大师是由教育家与大师、准大师共同培养出来的，加之本人的天赋与努力，往往后来居上成了超过自己校长、老师的大师。校长不能只是会唯唯诺诺按章办事的官吏，不能只做上级命令的传声筒，要有自己的办学思想、办学理念、办学风格，要对上级违背教育规律的指示有敢于抵制的勇气和魄力，要学问、人品都堪为师生的表率。

4. 大学没有了个性

教育行政部门对高校干预太多，对学校从招生、教学、经费、职称、学生分配到学科建设，事无巨细，一概过问，全国的大学校长的许多重要职权都让教育部长兼了，全国的大学都办成一种模式或很少的三四种模式。大学没有了个性，教师也无个性，还谈什么大师？大师者，成就出类拔萃，风格与众不同者也。大师可以成批涌现，但绝不能工厂化生产，尤其是人文学科的大师。要不拘一格办大学，不拘一格育人才，不拘一格用人才。大学的学科设置应有自主权，课程设置应无统一规定，对外语的要求应因学科而异，有的要很严格，有的一般要求，有的可不作要求；大学教师不必都有博士学历，却必须都有真才实学；大学教师不必都著作等身成果卓著，却必须学有所长、教有所长；不必个个都是道德标兵，却不能没有道德底线（不能有严重品行不端行为）；不必个个受校长、专家的好评，却必须为学生所欢迎。要简化考核标准，增长考核时段（可以两年、三年乃至五年一考核），在完成教学、科研基本工作量的前提下，给教师更多自主权。鼓励教师个性化教学，科研的个性化选题，要允许科研上"钻牛角尖"，不要不分青红皂白地提倡"学以致用"。"大师"都是有点特殊的人物，都有点"怪"，在成名以前按常规他们常常在一些方面不及许多平庸之才，他们的书呆子气更使人际关系较差，跟领导的关系更差（如陈景润），他们极易被埋没，极易被伤害，其年轻者则极易夭折（不是指生命）。

梅贻琦校长说："所谓大学者，非谓有大楼之谓也，有大师之谓也。"如今我们的大楼不仅好于当年的清华大学，更远远好于抗日战争中的中央大学、西南联大，所不同的是讲台上不见了大师的身影，却有了一些靠剽窃当了教授,靠官员发了财,靠二奶、小蜜甚至嫖娼而过着花天酒地生活的"新锐",多了不少以教学为副业不负责任的教师。不该走的大师走光了,不该来的却来了不少,怎能不影响教学质量呢?"文革"时有部电影《春苗》说:"大学,就是大家都来学。"没有大师、准大师的大学,便成了"大家都来学"。

任继愈、季羡林走了,留给我们的是深刻的反省。即便我们急起直追,方向对头,措施得力,中国下一代的大师也得三四十年后才会较多出现,当然外行领导任命和自封的"大师"是不能算的。

(《教师》,2010 年第 19 期)

卷五　教育教学研究

从名校校史看中国大学校长的素质

——读清华大学、东南大学、北京大学等名校校史有感

我长期在东南大学（其前身为民国时期的中央大学）任教，退休后又任教于清华大学，由于要撰写《东南大学校歌》、《东南大学百年碑记》和《清华大学赋》，我研读了大量与这两所名校及北京大学的有关的史料。我对东南大学史料非常熟悉，我给该校的教师、学生以《六朝松下话东大》为题近8年已讲座39场次。这三所大学加上浙江大学、中山大学、交通大学、北洋大学等是中国历史上最著名的大学。这些学校之所以有名，有一个共同点，都曾经有一个到几个了不起的大教育家在该校长期任校长，校长的素质部分决定了学校的命运。这些校长任职时期，都是这些大学腾飞的时期（在极端不利的大气候下也是相对损失最小的），晚清、民国时期如此，新中国时期也如此。那么，大学校长（尤其是著名大学的校长）应当具备怎样的素质呢？这些著名校长与其他校长的不同之处何在呢？

首先，我认为一流的大学校长应当是思想家兼教育家，二流的校长是教育家，三流的校长是学有所长或教有所长的好科学家或好教授，如今的大学校长有相当一部分并不在此三者之列，有的只是水平不高的党务工作者或活动家，他们在高校工作多年，却基本不懂教育的理论与规律，他们的作用是"误事"大于"成事"，"误人"多于"成人"。

思想家并不神秘，匡亚明先生把政治、军事、文学、科技、教育等领域卓越的人物也都称为思想家，我是赞成的，没有自己的系统思想，做什么都只会是二流以下的。恩格斯说："一个民族想站在科学最高峰，就一刻也不能没有理论思维。"（《自然辩证法》）在教育领域要卓有成效地做好高校的领导，没有思想家的素质是算不得一流的，他们的思想主要是教育思想，使得他们往往又是教育家，他们的教育思想有历史的意义，如历史上孔子、孟子、董仲舒、朱熹、王守仁等，其影响甚至远超出教育领域，其甚者如孔子不仅成

王步高诗文集

为"万世师表",而且成为人们思想的渊源。朱熹的哲学思想对毛泽东写作《矛盾论》影响极大。现代教育思想家有影响的如北京大学蔡元培、清华大学梅贻琦、东南大学(中央大学的前身)郭秉文等,其影响空间上大大超出一校范畴,时间上也大大超出其担任校长的任期。究其思想的内容,大都具有时代的超前性,他们说出了同时代人说不出,历史却证明是真理的真知灼见。蔡元培"思想自由,兼容并包""大学者,研究高深学问者也","教育指导社会,而非随逐社会者也"的办学理念;梅贻琦关于"所谓大学者,非谓有大楼之谓也,有大师之谓也"和"通识为本,专识为末"的观点;郭秉文强调"知识"与"技能"的平衡,"计划"与"执行"的平衡,"通才"与"专才"的平衡……都是极有见地,经得起时间和实践检验的真理。在蔡元培领导时期的北京大学是该校发展最快的时期。中国共产党的三个创始人陈独秀、李大钊、张申府全都曾在北京大学任教,《新青年》杂志也移至北大。鲁迅等也都到北大任教,北大成了"五四"和新文化运动的策源地,蔡元培本人实际是"五四"学生游行的幕后策划人。蔡元培时期的北大,"出现了一批又一批的体现了北大精神的'常为新的,改进的运动的先锋',真正走出了'官的、商的、大众的帮忙、帮闲'的历史怪圈的、独立、自由、批判与创造的'真的知识阶级'"(鲁迅语)(钱理群《论北大》)然而,当时也有辜鸿铭等前清的遗老在北大任教。"思想自由,兼容并包"的办学理念才使北京大学成为全国学子仰慕的地方。这些思想家兼教育家当政的时期都是这些高校飞速发展的时期。美国教育家杜威云:"把全世界各国大学校长比较一下,牛津、剑桥、巴黎、哈佛、哥伦比亚等大学的校长之中,他们有的在某一学科确有成就;但是以一个校长的身份而能领导那个大学,并对那个民族,一个时代起到转折作用的,除了蔡元培,恐怕还找不出第二个。"(转引自钱理群《论北大》)梅贻琦主政清华大学从 1931 年 10 月 14 日受命开始,从此清华大学的发展几乎是一日千里。该校 1928 年才正式改名为清华大学,到 1937 年抗日战争爆发,短短九年,清华大学已成为全国著名的高等学府。抗日战争中的西南联大,也是梅贻琦主政,在那么困难的条件下,创造了中国高等教育的奇迹。梅贻琦主政清华 17 年,他使清华大学具备了成为全国最高学府的基本条件。郭秉文从南京高等师范学校时期主持校政,是他创建起东南大学,为后来改名中央大学奠定了基础。如果他不是在校内的矛盾中被迫离校,东南大学的发展将会快得多。尽管如此,当时人们已将之称为"东方的剑桥",且有所谓"北大以文史著称,东大以科学名世"之说。

优秀的大学校长应有民族责任感与历史责任感。最近看到一所著名大学18名学生黄山遇险,被警察解救,一位警察牺牲,而这些大学学子竟冷漠到拒绝参加这位警察的追悼会。这样的"精英"培养了何用?"中国人有个传统,就是希望家里最有出息的孩子将来光宗耀祖。"进这类重点高校的学生是我们国家最有出息的孩子,你们肩负着复兴我们民族的重任,这些学生的道德水准如此,令人寒心。近日写《清华大学赋》,读老一辈清华人的传记,恍有隔世之感。清华陈鹤琴学长在一篇回忆文章中这样描述:"在童年时代,我的人生观无非是显亲扬名,在中学时代,我的人生观在济世爱众,在大学时代,我的人生观除济世爱众之外,还能注意到救国呢。这种救国的观念是在清华园形成的,清华创办的历史我很明白的,清华的经费是美国退还的庚款。庚款是什么呢?无非是民脂民膏而已。所以我觉得我所吃的是民脂民膏,我所用的是民脂民膏,将来留学美国所用的也都是民脂民膏。现在政府既然以人民的脂膏来栽培我,我怎么能不感激涕零呢?我如何不感恩图报呢?所以爱国、爱民的观念油然而生。"清华物理系1935届校友彭桓武也是"两弹一星"元勋。彭桓武曾在英国爱丁堡大学师从诺贝尔物理学奖获得者玻恩教授,当选为爱尔兰皇家科学院院士。1947年他毅然回到了战火纷飞的祖国。他中断的研究工作中有两项由继任的研究者攻克,获得了诺贝尔奖。当有人问他当年为什么要回国时,他不假思索地回答:"回国不需要理由,不回国倒需要说说理由。"建国以来我们对大学生进行意识形态灌输,而很少进行道德情感和中国传统美德教育,在阶级斗争时代还鼓吹"亲不亲,阶级分",鼓吹出身不好或父母政治上受迫害的子女要与自己家庭父母划清界限,新时期同样只讲意识形态,不讲传统美德。所以才会培养出像那18个被救学生那样的"精英",而马家爵、药加鑫是其中最典型的代表。校长们要时时想着自己肩负的民族兴亡之任。

优秀的大学校长应当有过人的"气量"。俗话说:"宰相肚里能撑船",当然并非每个宰相肚里都能撑船。"气量"应是好宰相的重要素质,因为他要与皇帝和众多大臣打交道(正常情况下宰相大多是高级知识分子),他虽居高位,受气却不可免,要听最刺耳的话。大家不敢骂皇帝,把脏水都泼到宰相身上。宋代御史台有弹劾宰相的权利,御史台一弹劾,宰相须立即停止职务,听候皇帝处置。看来好宰相也很不好当。大学校长没有宰相之权,却要受宰相之气,他们要与中国最不好打交道的一大群教授们打交道。教授大都会坐而论道,有一番见解,其实他们的观点大多并不可行,却个个自以为

王步高诗文集

高明。如今的校长权力受上级的制约很多，他们并无充分的办学自主权。好校长常常每天受气，为经费、评估、检查等忙得焦头烂额，一年忙到头，回头看看，谁都不满意，自己也不满意。教授、中层干部中有一些有真知灼见的人，他们的意见常常淹没在每天接受的大量信息中，要从一片奉承话和不可取的书生之见中把这些意见过滤出来，听进去，实行之，一个学校才搞得好。校长要听得进逆耳忠言，容得下经常跟自己唱反调的正派人。小鸡肚肠，动辄搞打击报复，甚至拉帮结派的人不可能当好校长，尤其是重点大学的校长。

优秀的大学校长都具有高瞻远瞩的世界眼光，对高等教育的发展有一定预见性。最有说服力的是中央大学校长罗家伦。抗日战争爆发前中央大学曾计划在南京城南石子岗一带征地建设新校区，后因抗战爆发，新校区未能如期建设。接着发生"8·13"淞沪抗战。罗家伦意识到战争在即，就用建新校区的钱在四川重庆的重庆大学旁营建新校舍。又买下许多木板，打了大批木箱，把中央大学的图书、仪器全都装入木箱。正好四川爱国资本家卢作孚为政府运兵到南京，空船返回四川。罗家伦就联系让卢作孚免费为中央大学运图书、仪器。到日军即将攻入南京，中央大学的礼堂都遭日军飞机轰炸，中大的重要物资早已搬到重庆。仅剩下农学院一些良种猪、马、牛、羊和家禽未运走。本想放弃，而农场技师王酉亭，带着几位工人，在日本鬼子打进南京的前三天，分乘四条木船，渡江到浦口，然后赶着这些动物，步行 23 个月走到重庆。中央大学完整内迁，完全是罗家伦校长具有远见卓识所致。除了完全无法带走的房子树木，"鸡犬不留"，中央大学完完整整迁到重庆。第二年暑假后中央大学在重庆的招生数就超过了原先在南京的数目。抗日战争八年，中央大学的发展并未受到太大影响，到抗战结束，该校达到建国前历史的最辉煌时期。校长的超前眼光也缘于其对国际教育的深刻了解。民国时期的大学校长都有长期留学的经历。梅贻琦在出任清华大学校长前还是我国留美学生的主管（由清华派出）。熟悉西方教育，容易看到我们教育制度的不足，又不是一味崇洋媚外，就能有世界的眼光，就易于有超前的认识。

优秀的大学校长也都有爱惜人才的特点。梅贻琦关于"大楼"与"大师"的名言是对此最好的表述。梅贻琦平易近人，谦虚平和，作风民主，到职之后一直竭力表示尊重教授。他认为教授是学校的主体，校长"不过是率领职工给教授搬搬椅子凳子的"。抗战期间的 1940 年，清华在昆明的校友为他举行了一个"服务母校二十五年公祝会",梅琦贻致答词时,他则侃侃地说了如下一段话:"清华这几十年的进展不是也不能是某个人的缘故。……给诸位说一个比喻,京戏里有一种角色叫'王帽',他每出场总是王冠整齐,仪仗森严,文武将官,前呼后拥,煞有介事。其实会看戏的绝不注意这正中端坐的'王帽',因为好戏通常并不由他唱的,他只是因为运气好,搭在一个好班子里,那么人家对这台戏叫好时,他亦觉得于己有荣而已。"(《在清华学做事》)他这种态度深得教授们的赞许。在清华大学校园里有名师的纪念碑(王国维),有名师、著名校友的塑像(孔子、闻一多、朱自清、吴晗、张子高、梁思成、曹本熹、陶葆楷等 13 人),却没有一位担任高官的校友的塑像。清华大学建校初期就规定教授分四级,职员的最高级与教授的第二级相等。东南大学在民国时期也是如此。

优秀校长不是一味给当红教授捧场的,而是要给有困难受压抑体制外教授教师撑腰,给受打击教授教师遮风避雨的,让那些有真才实学的边缘人物感到温暖。1957 年南京工学院(东南大学前身)反右中,为了保护一些著名教授不受打击,院长兼党委书记汪海粟自己挺身而出。他说:"高校的学者专家和广大教师是办学的依靠力量,反右中涉及具体人的定性、处理,务必十分慎重,不能无限上纲,否则会挫伤群众积极性和影响党群关系。"为保化工系时钧教授等,他力持异议:"对高级知识分子这样搞,中央将来会发现其严重后果的。"南京工学院以汪海粟校长为代表的部分校领导,坚持不扛顺风旗,结果 3 人被定为右派,两人开除党籍,党委改选后 11 个委员被去掉(原共 19 名)。汪海粟是周总理任命的院长兼党委书记,不仅在反右中期就被撤销党委书记职务,运动后因为反右不力被定为右倾机会主义分子,被降职为南京机床厂副厂长;他的助手、校长助理管致中被开除党籍("文革"后任南京工学院院长)。在大气候恶劣时期,好的校长要像汪海粟一样做教师学生的挡风墙,做师生可以信赖的靠山。表面上,没有一个校长会说自己不爱惜人才,任彦申在《从清华园到未名湖》一书中说:"人才难得,其实一般的人才并不难得。"普通的校长也爱惜"人才",其实他们爱的只是听话又肯干的人,与出类拔萃又极具个性的真正人才风马牛不相及。在风平浪静时爱惜人才与汪海粟挺身而出保护人才还是有很大区别。我们东南大学历史上李瑞清、吴有训等校领导都有过在危难时候保护自己师生的经历。大学是用人才,育人才(甚至是用大师,育大师)的地方,但常常也是埋没人才(大师)乃至摧残人才(大师)的地方,熟悉中国高等教育史者对此不难理解。作为大学校长,应当力求防止后者的发生,即便出现反右、"文革"那样的情况,也应如汪海粟那样。我相信如果蔡元培、梅贻琦反右时还当校长,他们也会像汪海粟一样。

优秀的大学校长都具有极高的道德修养,具有很大的个人魅力。著名高校的历史上总有一些堪称道德楷模的校领导,由于他们的言传身教,使学校形成好的校风和传统。我们东南大学在中央大学时期就有多个这样的校长,其中如吴有训,他曾是清华大学物理系教授、理学院院长,到中央大学当校长前在中央研究院任职。当时学校分给他一栋别墅,他把它分给几位教授,自己还住在原中央研究院的两间房子里,两家共用8平米的厅,家里人多,儿子只好在中央大学附中寄宿。他平时衣着朴素,去教育部开会仅坐黄包车,有时甚至被教育部守门者挡在门外。他母亲去世,蒋介石让人送来几百大洋,他婉言谢绝,宁可到校财务科预支两个月工资。据《在清华学做事》一书云:梅贻琦在西南联大期间,身为名大学校长,他经常"吃的是白饭拌辣椒,有时吃上一顿菠菜豆腐汤,全家就很满意了"。又据龙应台《纵论清华人文精神传承》一文云:"1955年他(梅贻琦)到了台北,开始筹划新竹清华大学的成立。""梅先生初到新竹,家眷仍留在美国。他微薄的薪水无法应付两地的开销。梅太太以62岁的高龄,不得不出外做工贴补家用。曾在衣帽工厂、首饰店里做过工,在盲童学校做过看护。而梅先生在新竹亦很艰苦。开始的时候租房做办公室,买了地之后,一直不肯买一套沙发,只肯用矮藤椅。他当时掌握着所有的庚款基金。但是,他说,清华是有点钱,但要用在图书、仪器和聘请教授上。""他一生两袖清风,个人没有什么积蓄,去世前病危住院的医疗费用、去世后的殡葬费等,都是由他的学生和校友捐助的。"(《在清华学做事》)郭秉文校长曾形象地把"钟山之崇高,玄武之恬静,大江之雄毅"比喻东大的校风。其实他们自己就是最好的实践者。两江师范学堂学监李瑞清便倡导"嚼得菜根,做得大事"为校训,在南京高等师范学校教授中,曾流行过:"想为官者上北京,想发财者去上海,唯我心甘情愿在南高(东南大学的前身)。"之所以如此,"士为知己者死"的传统犹在,东南大学有郭秉文这样的校长,便有一批和他一样乐于奉献的教授,心情舒畅地安贫乐道。在基本生活有充分保障的前提下,知识分子大多对受尊重比金钱待遇看得更重的。

优秀的大学校长都应具有不唯上、不唯官,敢于与上级唱反调的勇气、实事求是的批判精神和"骨气"。大学校长有行政级别,而且为厅级、副部级,是官,也不是官,大学与军队、警察不同,与一般行政机关也不同,大学是学术机构,不能完全用"下级服从上级"那一套。建国61年来,从中央到地方,有许多对学校的规定是不符合教育规律的,是不利于人才培养的,不仅"文革"年月,也不仅是"文革"前的17年,管教育的上级领导都做出过许多错误的决定,如果不折不扣执行上级指示,一定办不出一个好大学。没有"骨气"一味"跟风"的校长绝不是一个好校长,从不敢与上级领导唱反调的大学校长也绝不是好校长。北京大学校长马寅初在"人口论"问题上与国家最高领导唱反调是尽人皆知的。20世纪50年代我国从上到下学苏联,清华大学校长蒋南翔对苏联专家提出把清华办成水土专门学院的主张如果不抵制,你想清华如今是个什么样子?"文革"前上级推行毛主席语录"进课堂",蒋南翔在给学校有关部门的信中说:"施加压力的办法,强调就是'人人用,堂堂用,全面开花',恐怕难以收到预期的效果……要注意防止简单化的做法。采取强迫命令的方法来学习毛主席著作,将会事与愿违,把好事办坏。"蒋南翔反对把毛主席语录当作"白莲教"的符咒来念,反对到处乱贴标签。有人提出毛泽东思想是"顶峰",蒋南翔敢于抵制,说:"不能说毛泽东思想是顶峰,只能说是高峰,如果是顶峰就不能再发展了。""文革"即将开始之时,他说要把清华的"围墙"筑得更高些,要"开万人顶风船"。(见胡显章等《世纪清华 人文日新》)这在那个年代敢于这样讲几乎是不可思议的,要有何等的勇气!"文革"中他身陷囹圄,仍坚持实事求是。曾任清华大学校长的刘达说:"在与蒋南翔同志共事的几年里,给我印象最深的就是他的务实精神。他坚持实事求是思想作风,工作非常扎实,敢讲真话,敢负责任,从不随风倒。"陈云同志为蒋南翔题字:"蒋南翔同志一生唯实事求是献身党的事业。"宋任穷同志为蒋南翔题字云:"从少年到白头求是唯实。"清华大学的发展与曾14年担任校长的蒋南翔不肯随波逐流是有很大关系的。院系调整后,清华大学大伤元气,1956年教授分级,清华大学仅有一级教授9名,2级教授13名。1—2级教授1名。而同期北京大学一级教授27名,二级教授54名,1—2级教授1名。北京医学院(如今也并入北京大学)一级教授12名,二级教授5名。清华大学与北京大学的差距是很大的,然而,如今清华大学的院士数、国家一级重点学科数等主要指标都居全国首位。这与蒋南翔等领导逆势而上的努力是分不开的。

我们东南大学也有相似的例子。1976年初周总理去世,南京大学、东南大学(当时名"南京工学院")等校的学生在新街口等处贴出大字报,在南京开往全国的列车上贴出大标语:"谁反对周总理就打倒谁!"矛头直指"四人帮"。当时江苏省委领导召开常委会,责令南京工学院革委会主任林克立即回去清查,从严惩办。林克敢于顶着不查不办,毕业生照样分配。如今全国的著名高校其历史上大都能找出几个在关键时候"胆大妄为",敢于与上级唱点反调具有批判精神的领导,否则这些学校也早不是现在这样子。大学有"围墙",不应隔断与人民、与社会的联系,不应隔断与国外高科技及先进办学理念的联系,却必须力求尽量隔断高校与官员腐败风气的联系,隔断与社会浮躁利欲的联系(至少校长自己别带头这样做),在过去,就会少受"反右"、"文革"之类政治运动的影响,如今就会少一些"汉芯事件",少一些肖传国之类的人物。

大学的优秀领导还应当具有较好的人文修养,"文革"前的著名大学校长文科出身者居多,清华大学校长蒋南翔就是中文系出身,北京大学马寅初、周培源,南京大学匡亚明,中国人民大学吴玉章,复旦大学陈望道、苏步青……都有极厚重的人文修养。国外据说也是文科出身的校长居多。新时期大学校长以理工科居绝对优势了,少数师范学院和个别综合大学还能找到文科出身的校长,其他院校校长的人文修养大多不敢恭维,像杨叔子那样的可谓凤毛麟角了。没有厚重的人文修养要办好一所大学是不可思议的,一个做几分钟报告也要秘书写好发言稿去照念(甚至还念不通)的人是不配当校长的。他满脑子只有数字,只有领导的指示,没有自己符合教育规律又有创新性的教育理念与教育思想,他本人就不是个人才,到哪里去培养人才呢?

……

我本人从未当过大学校长,在高校任中层干部的时间也不长。我先后在东南大学和清华大学工作,在体制边缘从旁观者的角度也许看得更清楚。整天忙于应酬和公务的校长们也许反而没有时间来思考。对照上述几点,目前高校领导不如人意的情况是否能看得清楚些。国家搞"985"、"211"工程,是否同时应当考虑为这些"985"、"211"高校选拔配备高素质而非很听话的教育家校长,放手让他们工作。让他们不拘一格去物色一流的教授,不仅会盖大楼也会吸引和造就大师,让他们有足够的办学自主权。要有国际一流的大学,先要有一流的大学校长,没有蔡元培、梅贻琦式的校长,没有好的教育制度,没有既具深厚的民族文化传统又先进的教育理念,要建成真正国际一流的大学几乎是不可能的。

(2010 年 9 月 27 日于清华大学西南楼寓所)

跃起闯关，铸造辉煌

　　跨进大学校门，对很多人而言，是人生黄金时代的开始。我先后就读于南京大学、吉林大学和南京师范大学，又长期任教于东南大学，退休后又任教于清华大学，比较这些学校，虽都叫"大学"，实际办学风格、办学特色各不相同，或者说"大"和强大程度并不相同，这是人所共知的。华中科技大学有位教授说："泡菜的味道，是由泡菜坛中水的味道决定的。"来清华大学以后，我更体会到上大学能进入清华这样的著名高校，对一生成才能提供更好的文化环境和文化氛围，才能更找到上大学的感觉。大学之间的差别，不仅在办学规模的大小，校园面积的不同，硬件设施和办学条件及师生的水平差异等多数人能想象得出的不同，而且名校拥有一种"雍容大度"的胸襟，"追求卓越，耻不如人"的气概，一些说不清、道不明，却又明明白白存在类似"气场"这样的东西。当您长期生活在它的氛围中，特别是您将它与不同层次高校比较时，更会有这样的感受。据说，清华大学每年在河北这样很大的省一年就录取30来人，即使在一个县、市名列第一，也未必一定能录取。您能上清华、北大、南大、东大、复旦、交大、浙大、吉林大学这类高校会使您的青春放射出更奇丽的光彩。

　　清华大学历史上有过许多不拘一格录取人才的佳话。1929年夏，钱锺书报考清华大学，而他的数学成绩仅15分，但是他的国文成绩和英文成绩都是特优，主管录取的老师便将他的成绩报告了校长罗家伦。罗家伦没有只注重总分，不看重考生的单科成绩，而是打破惯例，予以破格录取。这在清华被传为美谈。若没有当初的"破"，清华便少了这位立誓"横扫清华图书馆"的才华横溢的青年才子。

　　钱伟长回忆考清华大学时，"我还记得当时的语文题目是《梦游清华园记》，我写了一篇赋，45分钟450字，出题目的老师想改，一个字也改不了。

844

后来他给了 100 分。历史题目是写二十四史的名称、作者、卷数，我一点错误都没有，又是满分。"钱伟长选入历史系，不久爆发了"九·一八"事变，他立志要科学救国，向学校提出想转学理工。物理系主任吴有训看到他的物理成绩仅 5 分，数学、化学两科成绩加起来也不过 20 分，而英文则是 0 分，而清华大学的理工科课堂基本上是用英语讲授。不允许他转系。后经钱再三申请，理学院准许他试读，并且规定第一年的大学普通物理、微积分、普通化学等三门课都要过 70 分才能正式入物理系。经过刻苦学习和改进学习方法，钱伟长终于如愿进入物理系，后又到加拿大求学，成为著名物理学家，1955年当选中科院首批学部委员。

华罗庚少年时期命运十分坎坷，他的腿因幼时患伤寒症而跛，初中毕业后辍学在金坛中学当会计。1930 年华罗庚在《科学》上发表论文《苏家驹之代数的五次方程式解法不能成立的理由》，被清华算学系主任熊庆来、杨武之教授等看到，认为他很有数学天资，值得培养，请示理学院院长叶企孙，得到支持，便安排他到算学系图书馆做助理员，一边工作一边旁听大学课程。1933 年，在熊庆来、杨武之、郑之蕃等教授的极力推荐下，华罗庚被清华破格提为助教，教授微积分课程。1936 年，华罗庚经学校推荐，以访问学者身份派往英国剑桥大学留学。1938 年华罗庚回国后，又被破格聘为西南联大教授，成为著名数学家。

我认为，如今搞各著名高校的自主招生，就是要达到两个目的，其一，要不拘一格，把今天的钱锺书、钱伟长、华罗庚录取进来，尤其要注意录取偏科、确实在某一方面具有特长的学生，不至于因总分不够而不能进入名校。其二，让一些一贯成绩优秀，因一时临场发挥不正常，未考出应有水平的高材生，不至因"一张考卷定终身"而与名校失之交臂。说到底，是要让目前争议很大的高考，得到某种补救，真正起到选拔优秀可造之才的作用。

这使优秀的人才多了一次接受名校选拔的机会，录取的机率也大大增加。因此，自主考试的成败便显得非常重要。

然而，自主考试虽推出不止一年，以往均各校自己命题，因教师喜好不同，本身专业背景不同，命题五花八门，没有太多规律可循。从 2010 年起，清华、北大联合若干所高校联合命题，形成所谓"华约"、"北约"，前一年的试题也不难得到，这便给新一年的应试者探索其出题规律，在尽量不影响高考复习正常进程的情况下准备好这些名校的自主招生考试提供了可能。要选拔符合新时代竞争需求的具备创新意识和综合实践能力的优秀考生，命题的应用性、能力型题目比重会加大,考察考生的综合素质与能力。自主考试的试题正逐步走向正轨。

吴先生是我们东南大学的校友,长期办学,有适度超前的教育理念,有一套指导学生复习应考的好方法,团结了一批学有所长、教有所长的教师。最近又编著了一套面向著名高校自主招生的教材,这套丛书包括《语文》、《数学》、《英语》、《文科综合及面试》、《理科综合及面试》五本,体例在共性上至少包括三大模块,即"核心知识探究"、"精选真题剖析"、"模拟实战冲刺"。它的资料采集新颖、丰富,知识构架整合、提升,解题方法视角独特,集备考的资料性、实用性、针对性于一体,为考生准备自主招生考试提供帮助,开全国风气之先,我愿其成功!

希望同学们借助这套书完成优秀中学与重点大学之间衔接:1. 明确复习重点,优化中学学科知识结构,衔接(输入、学习、了解)大学学科基础知识与基本研究技能。2. 拓展学科思维,理解掌握学科规律,经典范题,提升创新能力。3. 把握命题趋势,透视社会热点与焦点,范式点评综合研练各类题型的解题思路。

此外,也希望你们对要报考的高校的基本办学理念、办学精神、校训等有所了解。

祝同学们在自主招生考试中取得成功,更希望您能以此为起点,"跃起闯关,铸造辉煌",既铸造高考的辉煌,更开始理想的黄金时代,铸造一生的辉煌,我特别希望稍后在我们清华园里,与您相逢,也祝愿您们会成为我们清华、南大、东大、吉林大学校友,希望您能成为钱锺书、钱伟长、华罗庚一样的成功者,让祖国人民为您骄傲!

(2011 年 5 月 22 日于清华园)

大学语文应先行迈入高校研究性教学殿堂

——试论重点高校大学语文等基础课程的研究性教学

摘 要:创新型人才的培养应从本科生开始,而"大学语文"等与中小学有延伸教学关系的基础课程更应先行一步,养成学生研究性学习的习惯,培养学生不迷信书本、不迷信古人、不迷信老师的科学态度。为此,大学语文教师应贴近学术前沿,从学术的角度解读作品,采用系统性、网络式、立体化、大信息等现代教学手段,扎实推进大学语文研究性教学。

关键词:重点高校大学语文研究性教学

几年前专家就提出重点高校研究性教学或研究性学习的问题,但迄今为止,并未受到应有的重视。高校创新型人才的培养应从本科生开始,应从大学语文等与中小学有延伸教学关系的基础课程开始先行一步,并养成学生研究性学习的习惯,善于独立思考,不迷信教师,不迷信书本,并进而在本科高年级及研究生阶段开始自己专业课程的研究性学习。

一、研究性学习应从基础性课程开始

中国高校本科生教学质量最大的不足是培养的学生创新能力不够,学生还不善于将知识转化为创新思维和创新能力,这里既有教育制度的问题,也有师资水平、教材、教学手段与教学方法的问题。创新性研究性教学对教材、教师、教学手段、教学方法都会提出全新的要求。

高校低年级学生刚从中学进入大学,虽然分属文理工农医管艺术等学科,但对大多数学科而言,此时他们自己专业的知识大多还停留在常识水平。就开设的课程而言大都是政治外语和公共课,大学语文也是其中之一。相反,其专业课、专业基础课大都没有开始,即使刚起步也无法进行研究性学习。对这部分学生的研究性教学只能从公共课开始(政治课应当是最具

有创新性的,但事实上并非如此),而"大学语文"作为一门中学的延伸教学课程(我只主张是名义的延伸,教学理念、教材、教法都应有本质的不同,大学语文应当姓"大",应当如"高等数学"一样,是高等教育的基础课程),学生已学习了十二年,对重点高校同学而言他们已有了相对较深厚的基础。当然,由于中学教材、教师、学术视野局限,学生也接受了许多错误、过时陈旧、经过歪曲的知识与信息。但十二年的基础、较高的智商还是为我们在大学语文等课程教学中开展研究性学习提供了较大可能。

我本人长期任教于东南大学,该校是国家直管的"985"重点高校,我又一直教全校的两个"强化班"的大学语文,学生语文素质较好。2009 年我从东南大学退休后又应邀到清华大学任教,开设我主持的"大学语文"、"唐宋诗词鉴赏"两门国家精品课程所含的四门课程(大学语文、唐诗鉴赏、唐宋词鉴赏、诗词格律与创作)。清华大学作为全国的最高学府之一,其本科生的素质是举世公认的,是文化素质类课程开展研究性教学的最好场所。我在教学中注意充分发挥教材具有的系统性、网络式、立体化、大信息的特点,开展研究性教学,取得了成功,很受学生的欢迎。

二、培养学生的科学态度

中国有深厚的历史文化积淀,但其中也是精华与糟粕并存,而且封建文化因素中倡导"奴性",如"臣罪当诛,天王圣明"之类;建国以来特别是"文革"年月的个人崇拜,对高层次人才的成长是极端有害的。

我们在教学中一方面教给学生名家、名篇,然而,即使对这样的大家、名篇也指出其不足。如教白居易《长恨歌》,就指出其因人生经历、社会地位所囿而犯多处错误:如"峨眉山下少人行,旌旗无光日色薄",白居易便犯了地理知识错误,唐明皇从长安逃到成都,途中并不经过峨眉山,峨眉山在成都之南 100 多公里;诗中有"行宫见月伤心色,夜雨闻铃肠断声",安排在唐明皇抵成都之后,时间错误,据《明皇杂录》记载:"明皇既幸蜀,西南行,初入斜谷,属霖雨涉旬,于栈道雨中闻铃音,隔山相应。上既悼念贵妃,采其声为《雨淋铃曲》以寄恨焉。"这是入蜀道中的情景,白居易把时间颠倒了;再如诗中写唐明皇在宫中思念杨贵妃,有"孤灯挑尽未成眠"之句,古人以灯草点小油灯,须不时把灯草撬上一点,称"挑灯",而皇宫中点大蜡烛,无所谓"孤灯挑尽"的情景……当然,虽有这许多不足,《长恨歌》还是一首千古绝唱。我常跟学生说:"有缺点的凤凰终究是凤凰,没有缺点的苍蝇还是苍蝇。"

要学生不迷信书本，首先让学生从不迷信我的书开始。每学期开学我都公开一道期末考试的附加题，让学生挑我主编的教材中的三个错误。这样做既培养学生不迷信书本，也迫使他们课外要多去看课本，熟悉教材，否则是绝对挑不出几处错误来的。

要学生不迷信老师，首先也从不迷信我自己开始。每学期从开始就公布期末考试有一道附加题是对我本人这学期的教学提意见与建议，学生从教材、教学安排、教学课件等均可评头评足。我知道自己当了几十年教师，我比学生的父母都年长许多，还让他们来提意见。除有些不正确、不符合教育规律的不予采纳（学生间时常有完全相反的意见）；也有的无法采纳（如提我的普通话不好，意见很对，改却难），能改的，尽量改，至少认真加以考虑。这样做既能使学生不迷信老师，拉近了师生的距离，也使我们的工作不断改善。千万名听过我们课，给我提过意见和建议的学生也都对本课程的全面精品化作出过贡献。学生的意见也常常为我们国家精品课程的进一步全面精品化指出努力的方向。

三、贴近学术前沿，从学术的角度解读作品

大学语文等课程并非很专业的课程，通常人们认为它并不具有很强的学术性。但问题是这门课由谁来上？给谁上？我是二级教授，是全国该课程改革的领头人之一，学生是全国最优秀的学生，这就使它必须具备相当的学术品位，就不能是照本宣科。

我们的教材就具有"浅化"与"深化"相结合的特点。所谓"浅化"是指：课文以外：介绍作者生平、对作品注释、赏析，甚至翻译，使课文明白易懂；所谓"深化"是指：通过单元［总论］、［集评］、［汇评］、［真伪考］、［作品争鸣］、［作品综述］、［研究综述］等去"深化"教学内容，拓宽学生的视野，加深对课文的理解，便于尖子生开展研究性学习，"逼"老师贴近学术前沿。对于清华大学的学生而言这后者的发展空间似乎更大些。学生来自全国各地，目前中学语文教材很不统一，我们编教材时只注意与人民教育出版社版教材的必读篇目不重复，跟各省教材仍难免会有所重复，这就需要大学老师比中学老师以更高的学术品位，更广阔的学术视野去对待教学、去解读作品，在课堂上向学生传递许多新的学术信息。

有一次，我在清华大学教"唐宋词鉴赏"，课上以一定时间较深入地讲了岳飞《满江红》真伪问题的学术争鸣。下一周课前，一位姓郭的同学来问我：

"王老师,您上节课讲到岳飞《满江红》的真伪,岳飞是河南人吧?"我说:"是河南人。"他说:"我也是河南人。我们河南话里是没有入声韵的,为什么岳飞偏偏用入声韵,又写得那么好呢?"我让他以河南话数1—10,确认河南方言里确实没有入声。我说:"对岳飞《满江红》持怀疑态度的人还未有人像你这样提问题的,应当表扬。"我问了他的名字。因要连上三节课,我去洗手间,从洗手间回来我又把那位姓郭的同学叫来,对他说:"我想到一个问题,你的观点站不住。岳飞有两首《满江红》,一首以'怒发冲冠'开头,另一首以'遥望中原'开头,后一首还有岳飞手迹在,据说被收入民国年间编的《中华民族五千年爱国魂》一书。对这后一首词学术界从无争议。岳飞既然可以写后一首《满江红》,用入声韵,为什么不能写这首以'怒发冲冠'开头的《满江红》呢?"郭同学当时未与我争论。上课以后,我对全体300名听课同学介绍了课前我与郭同学的一番讨论,对郭同学进行表扬,并且说,期末考试时欢迎同学对唐宋词的学术问题提出自己的独到见解,这道题作为加分附加题。凡做这道题的同学请把自己的电子邮箱和手机号码写上,便于我与你联系和讨论。谁知下一周的课上一位家住安徽名叫王鑫的女生就交给我一张统计表,列举20多位家住北方,如今其家乡方言中没有入声韵,但写有入声韵词的统计表。这位同学学法律专业。这件事更使我深深震撼,据我了解,这样的事即使出自中文系古代文学硕士生之手也是令人佩服的。对清华大学的本科生确实应刮目相看。

对重点高校优秀学生的母语水平不可低估,这是我到清华大学任教后发生的重要改变。有一次,我教"诗词格律与创作"课,有位叫申昊的学生写了一首《访蒋鹿潭故居》的诗,写得不错,我不相信是他自己写的,就问:"你知道蒋鹿潭是谁?"他说:"蒋鹿潭是清代词人蒋春霖。"我又问:"他是清代什么年间的人?"他回答:"他生活于太平天国前后。"我又问:"他的词集叫什么,你读过吗?"他回答:"叫《水云楼词》,我读过。"我又问:"冯其庸教授整理的蒋鹿潭词集你读过没有?"他说:"我知道有这本书,但我没买到。"我又问:"你读过什么版本?"他历数几种,还说:"我还有两种蒋鹿潭词集的电子版,回头我发到您信箱里。我还有蒋鹿潭的年谱的电子版。"闻之我又一次感到震撼。我专治词学,且编著过《金元明清词鉴赏辞典》和《元明清词三百首注》等书。中文系的古代文学研究生也经不起我这几问的,而对方只是清华工科精密仪器专业的本科生。但就是这位申昊同学,通过本课程的学习,他创作的诗词就被选入《清华大学百年诗词选》。

还有一次我教"诗词格律与创作",其中讲到词的前后结句连用"仄仄"不可随便用两个仄声字,而常应用"去上声"时,举周邦彦《花犯》为例:"更可惜雪中高士,香篝熏素被。""但梦想、一枝潇洒,黄昏斜照水。""素被"、"照水"都是"去上声"。下课后就有一位未选上我的课,却坚持全学期旁听的曾悦同学对我说:"《花犯》是'犯调',您以它为例不妥,还是举正调为是。""犯调"一词对于一个学工科的本科生,应当是相当陌生的名词,但却从我教的学生口中说出,且无懈可击,也使我又一次受到震动。

　　今年暑假前"大学语文"期末考试,我出了一道作文题:"读明代方孝孺《深虑论》,联系当前实际,居安思危,以《忧思篇》为题写一篇800字以上的议论文,可另加副标题。"许多学生都写出有深刻见解的文章。甚至有几位学生作文全用文言文写作,而且写得相当好,有一位人文学院胡天依同学和化学系的田天同学,在考场上当即用文言文写出千字以上,胡天依一文长达两千多字,而且相当纯净优美,并不文白夹杂,太不容易了。本学期刚开学有一次去教学楼的水房打开水,一位女生喊我,而且说她上学期选了我的《大学语文》,我给她打了唯一的100分。我说:"你就是胡天依,还是个女的?"我让她把联系方式写给我,对这样的学生,我是并不完全具备当老师的资格的,我应是他们的亦师亦友。我甚至自愧不如,一个多小时写两千多字的文言文章,我也未必能做到。

　　如果说应当因材施教,对清华大学这样的学生如果不实行研究性教学,学生是不会感兴趣的。但对本科生的大学语文教学又不宜用太多繁琐考证,要适可而止。

四、研究性教学要有趣味

　　东南大学、清华大学毕竟是以理工科见长的高校,不可能每位学生的语文都如此优秀,进行研究性教学,贴近学术前沿,引进一些学术问题时要力求学术性与趣味性兼顾。

　　如对高适《燕歌行》是否讽刺张守珪,前人对之众说纷纭:具有代表性的《燕歌行》本事看法:

　　1. 并无本事:清人何焯评曰:"(高)常侍有《燕歌行》一首,亦是梁陈格调。"2. 认为事关幽州节度使张守珪,是歌颂还是讽刺难定,但定有所指。此说始于清人陈沆,认为可能是指其为瓜州刺史事。3. 即讽刺张守珪说:今人岑仲勉说:"此刺张守珪也……二十六年,击奚,讳败为胜,诗所由云'孤城落日斗兵稀,身当恩遇常轻敌,力尽关山未解围'也。"(《读全唐诗札记》)赵熙亦云:"其于守珪有微词,盖与国史相表里也。"

我在接受今人傅璇琮、蔡义江诸说的基础上,根据自己的研究,对开元二十六年前后幽州的战事及节度使张守珪功过及其与高适的关系,并以高适自己的诗作(他在两首诗中高度称赞张守珪,并认为他被贬是"末路遭谗毁")来说明此诗绝非讽刺张守珪。岑仲勉先生这一长期占统治地位的观点是错误的,也说明我们观点尚有欠缺之处。严谨而不强词夺理,让学生对之心服,而又能探索治学之道。清华同学专业五花八门,这些专业(如核物理、水利等)大多对大一新生而言还知之甚少,在专业领域他们一时还没有创新研究的可能,而语文已学十二年,在其某一局部小问题提出创新的观点是完全可能的。这样培养出的创新精神对他们日后在自己本专业内的发明创造是相当有益的。

讲诗词格律与创作课要讲《词谱》,我就用自己亲身经历的两件事来说明其特殊用处。一是我1991年刚调入东南大学,院党总支书记拿来一位老干部的《满江红》词要我修改,我一拿到手就说:"改不了。"书记很生气,说:"你看看耶!"我说:"我看了。"他说:"你没有看,一拿到手就说不能改。"我解释说:"您以为我要把这100来字的词全看完,我只看最后一个字,发现他用的不是入声字,就知道这位根本不懂《满江红》一般要押入声(姜夔也用过平声韵),这就没法改。他起码的都不懂,写的就不是《满江红》而是《满江黑》甚至《满河黑》了,自然改不了。我只看一个字,您以为我要看全文,当然不一样。看一个字要多少时间呢?"(也能找出古人《满江红》用上声或去声韵的例子,但极少)

再是多年前南京大学某教授问我"杜宇一声春去,树头无数青山"两句的出处。他已找了很多人,拖了一年,不得其解。而且说明不出于唐诗、宋词。这两句我似曾相识,却也一时说不出来。当时网络与电脑检索还很不发达,我从句式分析,其为六言诗的可能不大,就只会是词。这两句各六字,平仄相反。我就找《词谱》,再判断其意为结句。很快找到《朝中措》、《清平乐》二调符合这一规律。从句意看应是后结句。根据这几点判断我认为在清人编的分调本所谓"康熙钦定"《历代诗余》里可找到。我有这部书,可是当时我住临时居所,书在我旧居。我给这位教授打电话,问他要得急不急,如果不急,我近期去旧居,帮他查到再告诉他。要是急,请他派一名博士生去南京大学图书馆,查《历代诗余》一书,只要查这两个词牌下收的词,而且只要查最后一个字是"山"字的,查到"山"后再往前看,估计用不到十分钟便可查到。果真当晚该教授打电话来,告诉我查到了,是金代元好问的一首《清平乐》中的最后两句。这样的教学,便是化知识为能力,便是一种研究性的学习。

我鼓励学生在学术上提出创新的观点,每学期都设一道附加题,让学生发表与该课程有关而又与课本及老师不同的观点。每学期开学我都把自己的电子邮箱乃至家庭固定电话和手机号码告诉同学们,与广大同学建立学术联系。鼓励学生与我探讨学术问题。这就把课堂延伸扩大,弥补课堂上师生交流不足。

学生也普遍欢迎这种教法:新闻92班李乐说:"上这门课的另一个很大的收获就是我开始用更多元化的眼光去看那些我曾经盲目崇拜的诗人、词人了。对于一些作家、作品的评价,老师给出了自己的看法,也给出了很多前人不同的见解,比如对于白居易的《长恨歌》的主旨的探讨、对于陆游的诗歌的褒贬,都丰富、开拓了我的视野,也让我意识到,对一个作品的见解并没有什么统一的标准,我们应该有自己独立的思考和判断,这是高中时的语文课上所学不到的。"

对重点大学本科生如此,对其他本科生也如此,甚至对成年人教学也如此。暑假中我应南京市政府之邀在"市民讲堂"以《南京诗词》为题开两个半小时的讲座,除讲南京在中国诗词史上的地位和概况外,还讲了15首诗词,其中重点讲7首,由于信息量大,有许多独到的见解,不仅当场很受欢迎,事后各家报纸都纷纷报道,有一家竟用一整版。《扬子晚报》又跟踪采访,作了多期系列报道,《山西晚报》、《人民日报》(海外版)等报纸及众多网站纷纷转载,一段时间我讲课中提到关于"南京的山名都克隆自山西"的观点成了"谷歌"搜索的前十大热点新闻。其实,这些观点,我在课堂上给我的学生早就讲过。我那天讲的诗词有多首都是人们非常熟悉的,如李白《登金陵凤凰台》、刘禹锡《西塞山怀古》、辛弃疾《水龙吟》、王安石《桂枝香》等,如果没有大量新观点、新信息,要大家坚持听完两个半小时都很难,更不可能有如此热烈的反应。

五、研究性教学要有与之相应的教材与教学手段

要实施研究性教学,还需要有相应的研究性教材。我力倡《大学语文》教材内容容量要大大超过课堂教学所需,其难度超过大多数学生的接受能

力,同时具有较高的学术品位,使教材方便研究性教学。

我主编的《大学语文》教材自 1999 年版开始就注意使其有系统性、网络式、立体化、大信息的特点之外,就是具有较高的学术性。书中附有作家综述、作品综述、研究综述,有较高学术品位,这都是"深化"教材,让学生跃上更高的学识平台,学术视野较为开阔;各单元均附有单元总论(如[中唐诗总论])、总评、集评、汇评,辑录历代名家的精辟评语,变一家之言为百家之言,让学生得到高峰体验。没有人嫌它太少,没有人嫌它太浅;不是给学生"一杯水"、"一桶水",而是给之"一条河";从终身教育出发,课本能跟学生一辈子,"白首亦莫能废"。每单元均附有参考书目,全书附总参考书目,教学参考资料中还附有补充参考文章。2008 年版新教材还附有较多研究性学习专题:书中有许多文学疑案,如孔子是否曾"删诗",《国语》的作者为谁,《蜀道难》为谁而作,高适的《燕歌行》是否讽刺张守珪,李白《菩萨蛮》是否真是李白所作,陆游《钗头凤》是否为唐琬而作……教材和教参中列举了争鸣双方的重要观点,柳宗元《驳复仇议》附录中还附有陈子昂、韩愈与之观点完全不同的文章。教师可以组织学生展开讨论,也可以写学习笔记,各抒己见。也使课堂教学更生动活泼,调动了学生学习的积极性。

我们的"大学语文"1999 年就被评为省一级优秀课程,2004 年成为全国首门大学语文国家精品课程,当时就有精美的课件与课程网站,次年,我们又对网站扩容五倍,对教学课件全部重做。后来随着另一门"唐宋诗词鉴赏"国家精品课程的建设和教材的全面修订,又推动大学语文课件与网站的五次更新。网络内容总量已达近 30GB,尽管如此,还有较大的上升空间。

到清华大学工作以后根据该校学生的实际情况,因材施教,对教学课件大大加深,提高其学术品位。如教萨都剌《念奴娇·石头城》,一般仅指出该词是步苏轼《念奴娇·赤壁怀古》韵即可,对清华大学学生便可以说说"步韵"是怎样一回事。文学史上步韵的词大多不如原作,因为束缚太多。我1992 年编《爱国诗词鉴赏辞典》,以《永遇乐》词牌填词一首以代序,我选择步辛弃疾《永遇乐·京口北固亭怀古》韵,深感其苦。我以切身感受告诉学生,知萨都剌之不易。又列举历代名家和苏轼《念奴娇·赤壁怀古》词的作品,如叶梦得、辛弃疾、文天祥、邓剡、蔡松年、赵秉文、张炎、李孝光、周用等的和作。这些作品都很不错,这是中国文学史上很罕见的情况,一首作品,名家和作如此之多,又如此之好,让学生大开眼界。同时也指出,能跟原作媲美者仅萨都剌的一首。我们把课件挂在"清华网络课堂"上,学生都可以随便下载。这些资料，方便学生课后去揣摩研究。

　　对普通高校的学生采取"炒冷饭"教学也不会受欢迎。我们在东南大学、清华大学大学语文系列国家级精品课程建设和教学改革取得成功的原因之一，就是实施了研究性教学。这也是一项系统工程，我们做得还很不够。重点大学是要培养未来大大小小的领袖人物的，培养他们的创新思维和创新意识，培养他们不迷信书本，不迷信老师，开展研究性教学，对国家的科学文化事业及民族的未来都是有重要意义的。

　　　　　　　　　　　　　（《语文教学通讯》（学术刊），2011 年第 1 期）

对当前大学师生关系的几点思考

　　大学教师(政治辅导员除外)与学生除课堂外,接触不多,这是个不争的事实。无论从教书或是育人而言都是十分不利的。教师住在学校的就不多,又不坐班,不当班主任,不教政治与专业课的老师与学生接触更少。学生的活动老师参加很少,学生要想找教师都很难,师生关系面临很大的危机。学生在想什么,有什么苦恼,有什么纠结,老师不知道,甚至也心安理得地认为无须知道。当今大学生存在的许多问题,部分与此有关。

　　对此我有以下一些想法:

　　校领导中分管学生工作的党委副书记、学生工作部长每两周应有半天为学生接待日,听取学生的意见和反映。学校可聘请五至十位,在学生中德高望重的老教授经常实行"教授谈心日",教授年龄以 50—70 岁为限,要有一定女教授。可以以刚退休的教授为主。学生反映给教授的意见,教授转给有关部门,有关部门应限期处理或答复,不许踢皮球。

　　教师虽不坐班,但应保持与学生联系的渠道畅通,开学之初,教师应将自己的电子邮箱中的一个告诉学生,甚至可以公布自己的办公电话或手机,方便学生有事询问。

　　有条件的教师根据自己的专业特长,每学期参加一次学生的班级或社团活动,开展与学生的交流。教授每两年为学生社团开一次讲座。

　　中秋、端午、元旦等节日,家在学校附近的教师邀请两三位家在外地、家境贫寒的学生到自己家来过节;春节邀请两三位未回去过年的学生到自己家吃年夜饭。

　　上小班课(含公共课)的老师,最好有学生的通讯录,有条件的主动与学生联系。

　　改进课堂教学,尤其是人文的课程,要把育人提到与教书同等重要的高度,言传身教,以自己的人格魅力进行传统道德和精神文明的教育。每节课备课时要如安排教学进度和知识点一样,安排适当的育人教育,又不要引起学生的反感。课前提前到教室,下课前留几分钟让学生提问题,下课后不要立即离开教室,有意识地与学生增加接触。对恶性事件的苗头要及时疏导并报告。

当代大学生代表着国家的未来,清华大学的学生更是如此,学校的思想政治工作不能单单依靠政治辅导员,要每个教师都来关心学生的成长,关心学生的疾苦。师生要互相帮助,互相促进。我每学期都让学生给我的课提意见,给我编的教材挑毛病,这也是师生互动。学生思想活,观点新,对老师提高业务水平、改进教学、精化教材帮助很大。

清华的学生十分优秀,我从学生身上学到很多东西,也从学生身上增添了青春活力,我愿加强与学生的联系,增进与学生的互动,改进工作,做一个深受学生欢迎的好教师。

(2014 年 3 月 12 日修改)

试论当代国文教育的历史责任

——国文教育散论之一

内容提要：这里所说的国文教育，是以语文为主干的系列课程。当代国语教育的历史责任最终要实现三个"继承"、三个"提高"：继承中华文脉、继承汉语的语脉、继承中华民族道德精神的德脉；提高学生的阅读理解与鉴赏能力，提高学生运用白话和文言写作的能力，提高学生根源于国语的逻辑判断思维及研究性学习的能力，从而为造就能继往开来的一代新人奠定较坚实的国文基础。国文水平对一个人来说仿佛一台计算机的操作系统，它是基础。我们呼唤大师，要回答钱学森之问，作为国文教师的我，回答是：我们的国文教育出了问题，拖了后腿！这虽不是唯一的答案，却一定是几个最重要的答案之一。

关键词：国文教育；历史责任；三继承；三提高；钱学森之问

国文教育不受重视，教育质量不高，拖了中国高等教育的后腿。国文教育未能完成历史赋予的使命。我这里所说的国文教育，是以语文为主干的系列课程，既包含我在东南大学和清华大学开设的非中文专业的大学语文、唐诗鉴赏、唐宋词鉴赏、诗词格律与写作等系列课程，甚至也包含我们给非中文学科本科生开设的其他汉文学语言类课程，甚至也不限于大学，也包括中小学。

我毕生在中学和高校从事国文教育，近年我才开始清晰懂得：我们的工作是干什么的，其历史责任是什么。当代国语教育的历史责任最终要实现三个"继承"、三个"提高"：继承中华文脉、继承汉语的语脉、继承中华民族道德精神的德脉；提高学生的阅读理解与鉴赏能力，提高学生运用白话和文言写作的能力，提高学生根源于国语的逻辑判断思维及研究性学习的能力，从而为造就能继往开来的一代新人奠定较坚实的国文基础。

"文脉"我这里主要指文字与文学,而主要又是指文言文字与文学。中华文脉主要是靠文言延续的。王力先生《古代汉语》说:"文言是指以先秦口语为基础而形成的上古汉语书面语言以及后来历代作家仿古的作品中的语言。""文言"在当初与口语基本上是一致的。后来口语不断变化,而文言文却越来越定型了。于是经过省略和美化的文言,跟口语就有距离了。口语因时代而变化,变化比较快。书面语也因时代而变化,但变化慢得多。在中华数千年历史中,语言的口语变化非常大(特别是近期的网络语言),而书面语的变化则相对地比较微小。书面语跟口语的距离越拉越大,文言成为完全不同于口语的另一种语言。文言能让不同语言使用者"笔谈",是一种具有固定格式、却不是非常困难的沟通方法。后人的散文、赋、诗词、戏曲、文言小说,基本运用文言。文言有典雅精美简洁的特点,各朝各代的文人,只是赋予其新思想、新语汇、新表现形式(如骈文、格律诗词、散曲、对联等),基本语法词汇无太多变化,因此,有一定母语基础的读者,适当借助工具书,可以顺利阅读三四千年前的古籍,这在英美国家是难以做到的,据说比莎士比亚更古老的典籍就比较难以看懂,而莎士比亚去世距今才刚刚四百年。何能如此? 因为文言语法词汇已相对稳定,而口语就变化大得多,寿命也短得多。年轻人用的许多网络语言我们不懂,我们用到四五十年前的"文革"语言,他们也恍若天书。继承文言之脉,注定我们的母语教育应以文言为主。我们江苏省教育厅退休周副厅长在无锡搞了个中小学语文教改班,希望初中毕业语文基本过关,他问我行不行,我说:"行! 但必须基本学文言,如果以白话为主,高中毕业也不行。"这是早被实践证明了的。古人十几岁有中进士的,王拱宸(《宋史》称他是李清照的曾外祖父)十九岁(虚岁)中状元,最年轻的举人是明代杨廷和(杨慎之父),十三岁中举人。语文基本过关要求肯定远远低于此。学书法要练毛笔字,学语文主要应学文言文。而且,语文水平主要靠"读"出来,而不是靠"教"出来,教能引导学生读经典,读名篇,读美文,少读消遣之作。老师要指导学生如何读,如何鉴赏。

　　"文脉"的另一方面是字脉,本文不想去讨论推广简化字的历史功过,我主张大学生,特别是像清华大学、东南大学这样的重点大学的学生,应当掌握常用的繁体字。清华学生如果去台湾做交换生,连"臺灣"二字都不认识不会写,总算不得什么荣耀。我在清华大学开的四门课,全用繁体字课件,在清华数百门公选课中少之又少,清华也容得下它们。期末考试,有一条十分左右的题目,就是把一首百字以内的诗词中的简化字改成相应的繁体字。

我是想,作为精英的清华学子,在继承中华文脉方面要求应更高一些。

继承中华"语脉",其主要的一条是知道入声字,能从音韵的角度欣赏分平上去入四声的格律诗词。甚至其中一部分学生会写格律严谨的格律诗词,甚至熟练运用入声韵。推广普通话的历史功过本文不加讨论,我认为推广普通话的重大损失是废除了入声。古汉语的四声剩下三声(阴平阳平均属平声),其后果是非常严重的。我讲"唐宋词鉴赏",列举历代十大词名作(实为十一首):

《虞美人》(李煜)

《雨霖铃》(柳永)★

《水调歌头》(苏轼)、《定风波》(苏轼)

《念奴娇》(赤壁怀古)(苏轼)★

《满江红》(岳飞)★

《声声慢》(李清照)★

《念奴娇》(过洞庭)(张孝祥)★

《青玉案》(辛弃疾)

《念奴娇》(登石头城)(萨都剌)★

《临江仙》(杨慎)

以上加"★"号者均押入声韵,这些名满天下的词作,慷慨悲壮,用入声韵是其成功的关键之一。这十一首中押入声韵的达六首之多,超过一半。此外李白的《忆秦娥》、王安石《桂枝香》、周邦彦《兰陵王·柳》、陆游《钗头凤》、辛弃疾《贺新郎·别茂嘉十二弟》、姜夔《暗香》、《疏影》等名作也都是押入声韵。杜甫古体诗的许多名作,也都是押入声韵的,如《自京赴奉先县咏怀五百字》、《哀江头》、《北征》均通篇押入声韵。如今用普通话读,基本不押韵,这些最优美的诗词立即变成不押韵的诗体散文。我认为押韵是韵文的起码条件,它们连韵也并不押,严格讲已不是诗词。神韵不再,凤凰就成了鸡了。

我在东南大学、清华大学开设"诗词格律与写作",开始就要求学生学会辨别四声,主要是辨别入声。入声的意义不仅在于押入声韵的诗词,许多入声字在普通话里已读成平声,如"一"、"七"、"八"、"十"、"博"、"白"、"甲"等,入声属仄声,把入声当平声,平仄也颠倒了。我们要求家在无入声的方言区的同学学会区别入声韵,经过努力也是不难做到的,当他们听到含入声的汉语读格律诗词和一部分古诗时,会顿时有仿佛听到天籁之音的感觉,对古诗

860

词赋的音韵美有全新的感受。不会辨别入声的同学鉴赏格律诗词，是欣赏不了它的音韵美的。

语言在发展，现在要完全读出上古音已非常困难，方言里保留了许多古音，尤其闽南话、粤语等方言保留古音最多。我们家乡的江淮官话，虽属官话，跟北方方言较接近，又较多保留了入声（甚至超过吴语区）。方言有其难懂、不方便交流的缺点，而南方方言保留入声，又是普通话远远不及的，语文老师千万不要在废除方言方面过于卖力。方言全没有了，古汉语的语脉也就部分断了，全国的地方戏就大多唱不起来了。继承中国传统文化，应当包括继承传统语言文化，应当让中国后代子孙仍能发得出入声音，辨别得出四声，能欣赏格律诗词的音韵美。

母语教育对继承中华美德之"德脉"也关系很大。母语教育以儒家经典和古代诗词散文为学习载体，弘扬传统道德如"公平、包容、旷达、孝悌、仁爱、节操、自强、廉洁、知耻、诚信、中和、改过、节物、勤学、立志、感恩、民本、君子、爱国、爱情"等道德伦理，学习儒家、道家及中国古代著名思想家的精辟论述，也记下许多相关美德故事，让学生背诵一些，懂得一些，见识一些，并以当代和西方的观点相比照。对当代大学生乃至其他国民、干部的道德情感世界能产生较大的积极影响，把被"五四"以来历次政治运动，特别是"文革"破坏了的中国道德的优良传统有所恢复乃至提高。当然，我们要的是中华传统美德，决不能成为对"五四"革命精神的反动，把封建的糟粕统统找回来，女子裹脚之类习俗找回来的可能不大，韩愈那种"臣罪当诛，天王圣明"的愚忠和颂圣传统，"官大一级压死人"等封建奴才教育等却极有可能借机再起，这是需要十分警惕的，否则我们就把中西方二三百年的民主思想都否定了，那不是我们的初衷，更不是我们希望出现的结果。

卷五 教育教学研究

其实，继承中华"德脉"，与国文教育的各门课程均可联系，我在讲大学语文与唐宋词鉴赏，都要突出讲"乌台诗案与苏轼的黄州词"，从苏轼在人生低谷的表现对学生进行旷达及挫折教育，教育学生学会"从黄连里嚼出甜味来"。读苏轼《留侯论》以张良遇黄石公，桥下拾履，遭故意刁难而不怒为例，懂得"忍一时之小忿，争一生之高下"。文以载道，教诗文以延续道德传统，提高全民族未来的道德水准，使德脉得以延续，是国文教育的又一莫大功德。

国文教育旨在提高学生的阅读理解及鉴赏能力，这是绝大多数从业者的共识。光读懂读通还不够，要能鉴赏，用历史、美学、理论的眼光，多角度高屋建瓴地审视。透过表象，以内行的眼光，既看到其优点，也看到其不足。

提高学生的习作能力，似乎也没有争议。我所强调的不仅是白话文或称语体文写作水平，对清华、东南大学之类的重点高校优秀学生还应当具备文言写作能力，能用文言写作书信、诗词对联、赋、杂论等的能力。我在清华提倡了几年，实践证明是可行的。诗词写作等有专门课程，教会学生写诗、填词、对对子；其他文言写作目前是与大学语文的平时作业和期末考核相联系。凡是可以同时用文言文写作的文章都允许用文言写作，对写得好的加以特别褒奖，考试给以高分。对清华、东南大学这些大学生，鼓励其中部分同学写一些文言的书信、杂论完全行得通。这对提高学生文言学习兴趣，提高国文水平非常有利。

"提高学生根源于国文的逻辑判断思维能力"，我提出这一命题，是基于对国文教育的基础定位，国文是一切课程的基础，它的水平制约其他一切课程最终的水平。我本科是学德国语言文学，任何人的外语水平总是受其母语水平制约的，外语超不过母语，是不容争议的。清华大学招生有几段美谈：1929 年夏，钱锺书报考清华大学，而他的数学成绩仅 15 分，但是他的国文成绩和英文成绩都是特优，主管录取的老师便将他的成绩报告了校长罗家伦。罗家伦没有只注重总分，不看重考生的单科成绩，而是打破惯例，予以破格录取。钱伟长考清华大学时，语文、历史满分，物理成绩仅 5 分，数学、化学两科成绩加起来也不过 20 分，而英文则是 0 分，最后他先录取历史系，一年后转入物理系。他们都成为大学者。请问如果他们的母语只考 0 分或 5 分，即使其他课程有一个两个满分，他们能成大才吗？他们能成为自己学科领域的钱锺书、钱伟长吗？肯定不能。

大家再考虑一个问题：晚清民国初年，清华曾是留美预备学校，从宣统元年(1909)派出 47 人，次年 70 人，以下各年分别为：63、16、43、44、42、51、51、74、71、79、97、61、91、67、79、97、91、50、37(见《清华大学史料选编》第一卷)。截至民国十九年(1930)，没有一年出国人数超过 100 人，其中还有些所谓"专科生"，未必出国。当然除清华外还有些去英法日等国留学，不在此统计之数，许多人甚至学非所用(如鲁迅)，其中出了大批大师级的学者，改革开放三十多年，出国留学人数超当年百倍千倍，其中也出现许多出色的专家，但成为大师级的，却很少很少。他们同样啃了洋面包、喝洋墨水，睁开眼去看世界，受世界最先进的教育，其学历也毫不逊色于民国的大师，结果却大不相同。他们有一点大不如民国时期的留美学子，国文水平大大不及，尤其文言水平大大不及。看来,国文会制约一个人最终成就的高度。

国文水平对一个人来说仿佛一台计算机的操作系统,它是基础,是基本的。你可能花百倍千倍的价格去买其他专业软件,但必须与该操作系统兼容,否则叫"不支持"。电脑的"不支持"是一目了然的,国文的"不支持"则是看不见的,却是客观存在的。国文水准太低,使你对许多新的、怪异事物,视而不见、听而不闻,无动于衷,无所发现,无所创造。国文水平的提高,可以改善我们的逻辑思维判断能力,诗词等还有助于提高学生的形象思维能力,一个平庸诗人能提出的问题,比十个高明科学家能解决的还多。如果一个高明诗人与高明科学家绑定在一起合二为一呢?他不就是苏步青、周培源、华罗庚吗?他们都写得一手好诗。

我们呼唤大师,要回答钱学森之问,作为国文教师的我,回答是:我们的国文教育出了问题,拖了后腿。这虽不是唯一的答案,却一定是几个最重要的答案之一。国文水平上不去,大师是出不来的。呼唤大师的同时,我们应呼唤国文教育的大提高;呼唤提高高等教育质量时,不忘呼唤提高国文教育水平;它们也是可以绑定在一起,应该绑定在一起的。没有后者,前者实现是很难的。作为国文教师,认定国文教育的历史责任,就不会为自己的细微成就沾沾自喜,也更能认清我们自己格局狭隘、根基不深、知识欠缺、眼光短浅。看到我们与前辈清华人如王国维、陈寅恪的差距,就不再怨天尤人,以为怀才不遇;相反也不可望洋兴叹,萎靡不前。我们要认清自己的历史责任,为这"三继承"和"三提高"的使命夙兴夜寐不懈努力,鞠躬尽瘁,死而后已。

(《中国大学教育》,2017 年第 6 期)

(《大学语文论坛》,华东师范大学出版社,2017 年)

卷五　教育教学研究

回望—去水—过滤—升华

——在清华平台上的大学语文课程建设

2009年我从东南大学退休后应清华大学之邀来京任教,面向清华全校本科生开设我在东南大学主持的两门国家精品课所包含的"大学语文""诗词格律与创作"(每学期开设)、"唐诗鉴赏""唐宋词鉴赏"(春秋季交替开设)等课程,原定均为周二学时,从第一学期第四周起因学生集体签名请愿,均改为周三学时。来清华六年,这些课受到学生的充分肯定,其质量的提高甚至超过在东大的十九年,其影响也超出两校范围,对全国同类课程起到一定的引导和示范作用。

在清华,我单枪匹马,较少能得到原团队的支持,随手可用的图书、资料大大减少(在南京我有私人藏书3万多册,被正式评为南京十大藏书家),经常独自在京,生活条件也不如南京,但减少了应酬和无谓的干扰,减少了许多申报评奖等诱惑,减轻了填表、会议等负担,也没有了考核评审等顾虑,我只剩下一个阵地——课堂,只剩下一个上帝——学生,可以心无旁骛,备好课、上好课。

寒来暑往、花开花落,我也渐渐把自己定位于既是东大人,也是清华人了,深深爱上了这个园子和这里的学生,渐渐用"我们学校"来指代清华。回首走过的这段教改轨迹,我的经验和做法可以概括为:回望—去水—过滤—升华。

一、回望

我在东南大学的十九年,牵头建设了"大学语文"(2004年)和"唐宋诗词鉴赏"(2008年)两门国家精品课程(后者实际为含三门课的课程群),其排名在当年同类国家精品课程中均居前列,而清华大学的多位领导,担任过精品课程的评委和文化素质教指委委员,他们对我在文化素质教育领域的成绩有清楚的了解，因此当他们知道东大让我退休时，立即决定邀请我来清华大学任教。

我来清华时，有在东南大学积累的《大学语文》系列国家规划教材，北京大学出版社、南京大学出版社《唐诗鉴赏》、《唐宋词鉴赏》系列省级精品教材，有精美的教学课件、网站。此外，东大还组织整理了我上唐宋诗词两门课的讲课录音稿，由福建教育出版社出版。

在东大时期，我有 50 多节教学实况录像。来清华大学以后，因为要录播多门课的教学实况，又因为要将两门国家精品课升级为资源共享课，要拍摄三门视频公开课和大学国文慕课等，我的课又增加了数百节实况录像，其中有不少还是多机位的高清摄像，有的还有字幕并经过精心制作。

这些客观上为我创造了一个条件：每节课备课时都不仅有往年的课件，还能先看看自己前几次的录像或录音整理稿。所谓"回望"，就是充分利用这些条件，我称之为"回头看备课法"。我们未必能够超过别人，但在 75 岁以前，应当有信心不断超过自己，至少不低于过去。回望，是为了争取自我超越。

二、去水

清华学生称有些质量不高的课程为"水课"，或者说这门课很"水"，而称极少数特别优秀的课程为"神课"。

我的课自然不属"水课"。整体不是，并不意味着每一节都不"水"，每一段都不"水"，每个例子、每段讲解都不"水"，这就要"去水"。有不少学生称我的课为"神课"，这就更难名实相副，一门课，有一些精彩的章节、有一些课文讲得特别出彩，并不很困难，要全部均为"神课"，则很难很难。

课程"去水"，重点解决教师知识的"三不足"：知识老化、知识模糊、知识错误。不贴近学术前沿，知识不及时更新，容易老化，老教师最容易犯此错误；知识不严谨，停留在"大差不差"，"差不多"，称之"模糊"；知识错误，有些来源不正，从源头而言就是错误的，如果不能及时纠正，我们传授给学生的知识同样是错误的。尽量减少"三不足"知识的传授，是保证课程不"水"的关键，学生从你这里学到的东西本不多，又有许多是过时的或不可靠的，这课程怎能不"水"呢？

课程"去水"，教师要有充分的"干货"准备，每节课内容的多少，决定时间的安排，而"干货"的分量与多少决定一节课的价值。如果上课都是陈词滥调,了无新意,令学生昏昏欲睡,就必然会"水"。我来清华后,在自己已有400多节教学录像和两门课的录音整理稿(已出版)的基础上,每次上课前,可以先看自己过去如何教的录像与录音整理稿,然后做修改补充,增加更多的"干货",才能保证上课成功。

课程"增神",每节课要有些鲜活光彩的内容,要出乎学生的期望之外,也即"亮点",小亮点接大亮点,令学生发自内心佩服,让他们回味无穷。还要注意纠正学生中小学学到的错误知识,让他们听课后如醍醐灌顶,恍然大悟。而要做到这一点靠教师的知识再度积累和及时更新,其中特别是教师自己的新发现与有分量的研究成果。

课程"增神",也与教师的人格魅力、语言魅力有关,要幽默风趣,妙语连珠。最近我讲大学语文的李白一章,我气定神凝,口中滔滔不绝,语言精美,不枝不蔓,无半句废话,能出口成章。课堂上学生也特别神清气爽,神采飞扬,庄重而不肃穆。我当时似乎进入另一个境界,这是我几十年当教师没有过的。

清华学生都是识货的主,靠一点小噱头,靠道听途说的小花边新闻,讲点小故事,他们是无动于衷的,至多付之一笑。内容、知识、推理、教法,在这些真神面前,是半点糊弄不得的。给真"神"就应该上"神课"。我的课程,十多年前就是国家级精品课程,但要清华学子公认为"神课",还须坚持不懈地努力,"去水"、"增神"。

三、过滤

来清华六年,我差不多将自己开设的四门课所讲的知识、例子均"过滤"一遍,把其中含"三不足"内容的课程均加以清理,力求更贴近学术前沿,知识更准确,更少错误。不仅课文分析严密精到,引申及题外话,也都言而有据。例如宋代名家词的数量,过去我的印象就很不可靠。如欧阳修,我一直认为他的作品以诗文为主,词仅80首左右,实际是242首,差距很大;秦观有90首,姜夔87首,都超出我过去的印象。刘辰翁、朱敦儒、贺铸、晏几道词的数量均多于柳永,有200多首至300多首,也均超出我过去的印象。依据我牵头开发的《词学研究专家系统》,精确到李清照的词收入《全宋词》的52首,3052个字,我编《李清照全集》时又根据王仲闻校注本及《永乐大典》、《诗渊》、《天机余锦》等书辑补7首。对一些大作家,如李白,他的乐府诗多少首,五律多少首,七律多少首,绝句多少首,均精确道来。比如讲李白七律不多,我就把他八首七律的题目——列出。知识"过滤"以后,我上课的底气更足了,课程的科学性也大大提高了。

　　来清华后,每学期都能遇上一两个令我感到"震撼"和"自愧不如"的学生,他们客观上也帮我过滤上课的内容与课件,增强课程的科学性、学术性。我教的虽是面上公共选修课,不是中文系的专业课,不能搞太繁琐的学术考证,我有较深研究的领域也常常用不上,但适当的学术争鸣,如大作家身世的学术考证,让学生知道一点,不但让他们知道是什么,也知道为什么,乃至怎么样。讲李白《远别离》和《蜀道难》,关于其写作年代有多种说法,它收入了殷璠《河岳英灵集》,学者一致认定该书成书于天宝十二载,故很多古人的猜测均可排除。由此我讲起吴伟业《贺新郎·病中有感》,历来称它为其临死前之绝笔,却收入其友人谈迁之《北行录》,谈迁去世早吴伟业十六年,故此词定非绝笔。新旧《唐书》高适传,均言他五十岁始学为诗,而如今集中大部分作品作于五十岁之前,其代表作《燕歌行》亦作于五十岁以前,传中此说自然有误。我要求学生挑我教材错误、挑我上课错误,让他们不迷信老师,不迷信书本,不迷信名家,学会用学术眼光思维,用较学术的眼光解读作品。陈本礼《协律钩玄》云:"考贺生于德宗贞元七年,殁于宪宗元和之十二年,距李凭弹箜篌供奉内庭时,几五十余年,长吉何得尚闻李凭之箜篌耶?"杨巨源《听李凭弹箜篌》二首(刘裔提供),杨巨源(755—824后),李贺(790—816),顾况(725—815)《李供奉弹箜篌歌》(朱健民提供),均为李贺同时代人,故古人错误可得以纠正。

　　期末考试也出这样的题目:

　　　1.指出下列句子出处及语病:
　　　①素月分辉,明河共影,表里俱澄澈。悠然心会,妙处难与君说。
　　　②秋风庭院藓侵阶。一任珠帘闲不卷,终日谁来。
　　　2.挑挑白居易《长恨歌》的几处受后人批评的"毛病",你是否同意?

　　"唐诗鉴赏"课程甚至出这样一些题目:

　　　1.过去一直认为杜甫去成都是为投奔严武而去,课上老师纠正了这种说法,理由是什么?
　　　2.唐人五言律诗常有仅颈联对仗,颔联不对仗的情况,请举三例说明。

3.古人常指出唐诗中有结尾较疲软的情况,但也绝非都如此,请就本学期学过的和你知道的举出正反各三个例子。

4.老师在本学期的课程中一再挑古人诗句的毛病,请举出五处例子;可以多举(不得与前几小题重复)。

期末考试前还须完成这样一道附加题:

学术争鸣:对课本与课堂教学范围内的学术问题有独到见解。打印并发至老师邮箱:××××××@163.com。附件命名:学术争鸣×××(您的名字)。如果抄袭则不仅不加分,反而扣分。

批阅学生这道题时最令我兴奋,精彩四现,振聋发聩,许多地方能使我修改教案,修改教材。这次修订出版的《大学语文》"十二五规划教材",就有许多地方是根据清华大学学生的意见修改的。这也是一种"过滤"。师生一起"过滤",也大大提高了课程的研究性与学术品位。

四、升华

要与时俱进,抓住政策,乘势而上,使我们的大学语文系列课程得到升华。

我们在东南大学的课程建设利用了1995年开始的全国大学生文化素质教育基地建设的时机,东大是首批试点高校,大学语文成为全校重点建设的两门文化素质课程之一。2003年开始的国家精品课程建设,使我有机会主持建设了两门国家精品课程。

自2011年开始的高等教育质量工程的二期工程,教育部要求利用现代信息技术,发挥高校人才优势和知识文化传承创新作用,组织高校建设一批精品视频公开课程,按照资源共享的技术标准,对已经建设的国家精品课程进行升级改造。这次规模更大,机遇更多。后来又加上MOOCS课程("大规模网络开放课程"的英文缩写,中文多译为"慕课"),但是我此时已从东南大学退休,来清华大学任教,虽仍处于教学一线,团队力量小了,教学水平却比过去高了,国家的支持力度也比过去大得多。我的教学不仅受到东南大学认可,更受到清华学生的高度认可。从2012年初开始,我同时接受清华大学和东南大学双聘,我权衡以后,认为可以全方位努力,既把两门国家精品课升级为资源共享课,又将"唐宋诗词鉴赏"的两门子课程建设成国家精品视频公开课;将"大学语文"改名"大学国文",建设成两门 MOOCS 课程。

大学语文 MOOCS 课,与我主编的《大学语文》国家规划教材配套,开设64 节课,为 4 学分,3 学分(48 课时)或 2 学分(32 课时)。其中 3/4 由我亲自讲授,其他课程由东南大学教有所长,具有博士学位的教授、副教授讲授。由超星公司拍摄制作,高清画面,高保真录音,配以字幕,播放流畅。目前,这两门课已在清华大学"学堂在线"和超星慕课平台运行。我们打算组织全国同行为各校提供适当面授、答疑与专家讲座,让一切希望开设本课程,又苦于师资缺乏的学校都能开设本课程。大学语文在清华大学是最受欢迎的课程,也是最难选上的课程,通过大学国文 MOOCS 课程,可以让全国更多的大学生走进我们清华大学大学语文课堂。相信本课程对推动全国高校普遍开设本课程,提高全国大学生的母语水平,起到积极作用。

从今年秋季起清华大学投资拍摄我的其他三门 MOOCS 课程,下学期先拍摄"唐宋词鉴赏"课程,2016 年 3 月挂清华"学堂在线"网。待这五门MOOCS 课程拍摄全部完成,我本人也能出现在更多高校,给学生讲大学语文、讲唐诗、唐宋词,教学生懂诗词格律,学会写诗填词对对子。我们利用国家和学校政策支持,发展壮大我们的系列母语开放性课程,并扩大对全国的辐射与示范作用。同时借助网络,延续自己的学术生命和教学生命。也希望通过拍摄 MOOCS,将该课程的教学水平大大升华。

清华大学为我发挥余热提供了一个舞台,让我与全国最优秀的大学生一起以"教学相长"的方式共同开展大学语文系列开放性课程建设,这系列课程成了清华园内最受学生欢迎的课程,这也倒逼我们这些生活在互联网＋时代的人应该乘势而上,借助政策的支持,把这系列课程进一步做强做大,做出王国维、梁启超、朱自清以至我们的导师们想都不敢想的事情,我们可以把大学语文从东南大学带到清华园,再带向全国千百所高校,让每位学子在电脑上、手机上随时听我们上课。我们的教室就不是 200 平方米,也不是清华园的 6000 多亩,而是无限大。我留恋清华学子,如果身体条件许可,我还会在清华讲台上继续讲上几年乃至更长的时间,让我以带有古音较多的"江淮官话"为载体把中国传统文化代代相传,为扭转中华文化一度衰落的颓势尽力,谱写中华传统文化和母语教育的新篇章。

（《首届全国大学语文论坛(武汉)论文集》,2016 年 3 月）

卷五　教育教学研究

怎样当好大学语文教师

大学语文课程的特殊性决定了教好这门课的难度,它不是专业必修课,普遍不受重视;他涉及的知识面广,跨多门二级学科,而博士、硕士专业面较窄,要胜任这门课有困难;与教师人格魅力和生活经历关系更大,年轻教师这方面较欠缺;与教专业课程比,对科研的反馈作用较小,除写几篇教学论文外,如果不种"自留地",出科研成果较困难,职称级别都很难上去;开不开大学语文与分管校长、教务处长关系很大,大学语文教师的饭碗捧不牢……大学语文是实施母语教育的基础课,是整个高等教育的基础课程,不上不行,需要有一批学识较渊博、有使命感勇于担当的教师来从事这一工作。那么,怎样才能成为一名好大学语文教师呢? 我建议从以下几方面入手:

1."打井"与"开河"相结合开展学术研究,让自己变得渊博起来

大学语文教师以从文学类专业出身的较多,试以文学为例:"打井",指某些作家,某些小专题的研究;"开河",指对一个较大的题目进行较宏观的研究。选择一个别人不大涉及的二三流作家,研究上一辈子,出几本专著,发几十篇论文,不太吃力,评什么职称都够了,这是一部分教师选择的道路,除给研究生开专题选修课,他教任何其他课程都是不称职的,教大学语文更不行。要成为一名优秀的大学语文教师,只研究一个二三流作家绝对不行,知识储备根本不够,要碰碰大作家,要"开河"。以我自己为例,我硕士论文是做南宋词人史达祖和他的《梅溪词》的,除完成论文外,我又先后完成《梅溪词校注》和《梅溪词研究》;我还以半年时间专攻杜甫,写成《中国诗歌史》杜甫章初稿;我还发表过几篇李白研究的论文。此外我编著过李贺、李商隐、李清照、辛弃疾的全集,完成过《司空图评传》,编著过李白、李清照、高适等很多作家的教材。还对朱熹、陈亮、洪迈等若干作家进行过未发论文的研究。写过 18 万字吴敬梓诗词文赋研究……这些都属于"打井"的范畴。我打

过很多"井",也积累了不少经验。教学中讲到这些作家,也特别得心应手。学生咨询我这方面的问题,也一般难不倒我。

当一个大学语文教师,还要进行宏观研究,进行群体性的作家、时代的宏观研究,也就是"开河",河自然比"井"宽广得多。我完成对隋代诗歌的研究,发表系列论文;完成《唐诗三百首汇评》(120万字),涉及作家77人;我在唐圭璋先生指导下主持编写过《唐宋词鉴赏辞典》和《金元明清词鉴赏辞典》,还主编过《爱国诗词鉴赏辞典》,参与编写《唐宋词汇评》(我承担120万字)、《历代田园诗词选》,编写过《唐诗鉴赏》《唐宋词鉴赏》《唐宋诗词鉴赏》等教材及《披沙拣金读唐诗》《探寻词苑的艺术与人生》等著作,这样我涉猎的作家就很多了,更不要说我主持编写《大学语文》教材,其中近一半的内容是我一人所写,大部分的附录,全部的集评、汇评均由我完成。

我与课程要教到的绝大多数作家都是"老朋友",对他们均有一定深度的了解,甚至有较深度的研究。他们就不再是在云中雾里,与我们相隔千年的古人、死人,而变成了我同一诗社的诗友,我熟悉他的家世生平,他的成就和缺点,甚至他的趣闻轶事我都能如数家珍。渊博和深刻是教师必须同时具备的两种品格,而要做到这一点,教师的学术研究必须"打井"与"开河"相结合。

2. 克服短板与"三不足"

手指伸出来不一般长,教师的知识储备也不一样深厚,有差别很正常,有短板要尽量弥补。我本科并不是学中文专业,古代汉语、古代文学经过自学可以达到甚至超过本科及研究生水平,而古代文论、音韵学、外国文论等成了我明显的短板。其中有一些对当前的教学也会产生制约作用。

我读硕士牛前古代文论基础较差,搞考证、校勘、训诂等方面影响不大,作品赏析就大打折扣,我针对自己的短板,先后主持完成《唐宋词鉴赏辞典》,江苏古籍出版社,150万字;《爱国诗词鉴赏辞典》,南京大学出版社,150万字;《金元明清词鉴赏辞典》,南京大学出版社,180万字;完成《唐诗三百首汇评》,一本书就参考诗话、序跋近2000种。此后又参与编写《唐宋词汇评》(我承担120万字)。

匡亚明先生主持编写《中国思想家评传》丛书200种,副总主编吴调公先生突然病倒,推荐我接替他撰写《司空图评传》,司空图是唐代最著名的文艺理论家。此前我对司空图没有任何研究,出于对吴调公先生的尊重和欲借此机会弥补我在古代文论方面的缺失,我接受了此任务。为了出色完成这本书,我认真读了多种文学批评史著作,去图书馆查了大量资料,当时围绕《二十四诗品》是否司空图作,我与复旦大学陈尚君教授展开争鸣。为了搜集有关材料,我还到司空图的故乡山西永济王官谷实地考察,去该县方志办公室和对当地掌故了解最多的老人家访问……别人几个月可以完成的评传,我花了好几年,终于作为该套丛书的最后五十种,如期出版,得到蒋光学等副主编的好评。

通过几年的努力,我在古代文论方面有了显著提高,教学中我引经据典、信手拈来,得益于完成这几本著作。短板也会变成强项。

所谓"三不足":知识老化、知识模糊、知识错误。不贴近学术前沿,知识不及时更新,容易"老化",老教师最容易犯此错误;知识不严谨,停留在"大差不差"、"差不多",称之"模糊";知识错误,有些来源不正,从源头而言就是错误的,如果不能及时纠正,我们传授给学生的知识同样是错误的。

知识"老化",自然科学会老化,如今牛顿如果活过来,不更新知识,他也不能当好一个中学物理教师;其实,改革开放三十多年,学术环境相对宽松,还是有一些有价值的学术成果,应当尽可能吸收到教学中来,我自己在清华七年,知识就更新了不少;目前用百度检索,也能发现许多新知识新材料。当然对网络得来的知识,要严加辨别,切不可以讹传讹。例如,本周五讲李清照词,过去李清照的生年是有争议的,但大多倾向于1084年,月日更说不清。她的卒年更不能确定,根据陆游《孙氏夫人墓志铭》推测大约在1155年左右;百度网上竟然标明:"李清照(1084年3月13日—1155年5月12日)",说得如此具体,我自己编著过《李清照全集》,《大学语文》《唐宋词鉴赏》"李清照"的章节都是我撰写的,这节课也上过数十遍,对此新说法我持怀疑态度。我不敢断言网上的信息一定不可靠,我打电话询问写过《李清照评传》的专家陈祖美先生,她也断言这种说法不可靠。我上课时就把这一说法做上PPT,也向同学说明其不可靠。如今变化最大的古今地名的对照,由于行政区划的变更,对照往往有错。比如李白的出生地中亚碎叶城,苏联解体前后说法就大不一样。原注释为:"今吉尔吉斯首府伏龙芝市北楚河南岸伊斯阔家附近","吉尔吉斯斯坦首都比什凯克市附近托克马克,唐时属安西都护府"。

知识"模糊",过去我讲宋代词人作品的数量,常常用模糊语言,有的也基本对,本学期我认真查阅我开发的电脑软件"词学研究电脑专家系统",做出一个较准确的"《全宋词》所收著名词人作品数量":

范仲淹	5	柳　永	213	张　先	165	晏　殊	140
欧阳修	242	王安石	29	晏几道	260	苏　轼	362
秦　观	90	黄庭坚	192	晁补之	187	万俟咏	29
贺　铸	283	赵　佶	14	周邦彦	186	李　纲	54
赵　鼎	45	张元干	185	岳　飞	3	朱敦儒	246
毛　滂	204	陈与义	18	李清照	52	陆　游	145
张孝祥	224	范成大	113	杨万里	8	辛弃疾	629
陈　亮	74	姜　夔	87	史达祖	112	戴复古	46
吴　潜	256	朱　熹	19	黄　机	96	吴文英	341
文天祥	8	汪元量	58	陈允平	209	蒋　捷	99
刘辰翁	354	王沂孙	68	周　密	153	张　炎	302

　　而且我把每一个词人介绍后词作的数量一一标明,既准确鲜明,又方便比较。其中还可以纠正以往凭印象而造成的错误。我以前一直以为欧阳修只有 80 多首词,对照这个表格后发现欧阳修有 242 首词,其数量甚至比柳永等大词人都多。这小小的一张表格,使我上"唐宋词鉴赏"这门课的科学性、清晰度大大提高。而我做这个表格有得天独厚的条件。我讲课时说到:《全宋词》收李清照词 52 首,共 3052 个字,学生听课至此均有震撼之感。其实对于我做到这一点并不难,过去是"非不能也,是不为也"。教无止境,从此也可见一斑。

　　知识"错误",我们过去的知识储备中,有许多错误的信息,包括目前网上的信息,是正确与错误混杂的。要去伪存真,尽可能给学生准确可靠的信息。比如,苏轼是反对王安石变法而遭受打击,贬到黄州的,人们很容易认为是王安石打击他,他与王安石是死对头,其实都是错误的。"乌台诗案"中,王安石已罢相,他平时不再过问朝政,却破例上书朝廷,极力为苏轼说情。结束黄州的几年贬谪生活,苏轼特地在金陵与王安石共度一个月左右,还上书朝廷,希望让自己留在金陵。教师的学识修养不同,不懂与错误的知识多少也不同。往往无知者最无畏。

　　南京大学程千帆教授曾对我说:"我年纪越大,胆子越小。"我当时并不理解,如今我也年近七旬,胆子却越来越小,年轻时气壮如牛,大胆说过的许多话,如今常常并无底气重复它:果真是这样吗? 它确实如此吗? 我便变得不完全自信了。每重教一门课,对课件上的内容,对其中说过的许多话,传授的许多知识,我都力求使它更贴近学术前沿,更准确清晰,更可靠,更经得起推敲。在这里，"胆小"是"谨慎"的同义词。我希望从我课堂上或视频公开课、MOOCS课程里说出来的每句话、每个知识点，均极少有知识老化、知识模糊、知识错误的"三不足"内容。我才有足够的勇气，在当年王国维、陈寅恪站的讲台上长期站下去。面对清华学子，我才不致感到脸红，也才敢说："同学们，我对得起你们的信任！"

3. 接受学生的批评意见，向学生学习

在东南大学任教时期，我就有让学生挑我主编的教材三个错误和不足，写课程总结（200字以上）给我的教学提意见的规定。前者迫使学生课堂之外继续认真阅读教材，语文水平的提高更多靠阅读；同时，挑课本的错误，有利于培养学生不迷信，不迷信老师，不迷信书本，不迷信权威；三是有利于教材的修订，使之精益求精。后者有益于发扬成绩，克服缺点，改进教学。这样做并不会影响教师威信，大胆让学生挑错、提意见，是高度自信的表现。在东南大学我两度被学生选为全校"最受欢迎的十佳教师"，被全校党员投票选为"十佳党员"就是明证。

来清华工作八年来，我继续坚持上述做法，更虚心听取学生意见。还公布我的邮箱，联系电话，课前提前半个多小时到课堂，下课不立即离开，耐心解答学生的问题，包括一些责询的问题。我既虚心听取，认真改正，又坚持真理，与学生平等对话，甚至论争。期末更鼓励学生以学术争鸣的形式提出与课本课堂上涉及学术问题不同的见解。七年来，学生每学期都会提出大量有一定学术水准的意见。这学期有一位李栋同学，每次课后给我发个邮件，对课上的内容提意见，展开学术争鸣。我在课堂上经常提醒善于思考、善于争鸣的同学："这个问题学术界还有争议，各方观点如何，欢迎参与争鸣。"

对作品解读，不同于中学讲字词句，而是从较学术的角度解读作品，也经常挑古人音韵格律、逻辑等方面的缺点，为学生做示范。我把大学语文上成很有学术氛围、很有论争性的课程。

对学生正确的意见充分肯定，我说："我最好的学生，不是我的铁杆粉丝，而是经常敢于批评我，并且批评得对，有学术品位的学生。"我也规定：平时作业好，考试全对，最多97分，不做出高水平的学术争鸣题，不能得98分以上。

清华学子是有这个能力的，上学期期末学生随试卷上交的学术争鸣题，令人赞不绝口。清华学子是优秀的，他们中应当出杨振宁，出乔布斯，也应该出钱锺书,出不了,除制度问题外,根子在老师,我们没有营造大师和大家产生的氛围,没有做培育大师、大家老师的气质,也没有尽试图把学生培育成大师和大家的努力。

关于这一问题,具体例子太多太多,对清华学子,我说得最多的两句话是"震撼"和"自愧不如"。是清华学子使我在清华待了一年又一年,舍不得离开,他们使我的工作有成就感,有知音,有很大的提高。"教学相长"的滋味就是这样的吧!

4. 运用现代教学手段　拓展教学空间

90 年代初,我家较早购买了家庭计算机,并多次更新换代,将之用于大学语文系列课程的教学改革。特别是最近十多年来,我们的教学手段现代化步伐大大加快。从 2000 年获教育部立项的"大学语文音像教材建设",2001 年的江苏省教育厅立项的"大学语文网络课程建设",2003—2004 年开始的"大学语文国家精品课程"建设,2006—2008 年开始的"唐宋诗词鉴赏国家精品课程"建设,2012—2014 年这两门课升级为"国家资源共享课"。2012—2014 年的"唐诗鉴赏""诗词格律与写作""唐宋词鉴赏"国家精品视频公开课建设;2014 年开始的"大学国文"(上下)和清华大学"唐宋词鉴赏"MOOCS 课程建设。依靠东南大学、江苏省教育厅、教育部、清华大学的支持,我们的课程教学现代化步伐越迈越大,在全国造成较大的积极影响。

其主要效果如下:

1. 用教学幻灯及多媒体教学使教学条理性增强,每学期的修改便于保存和积累,把朗诵吟唱图片引进教学,活跃课堂气氛;对我本人而言,既有利于克服普通话不标准的缺憾,更方便我大量引经据典,也方便学生复习预习。我一个单元时间课件多达 180—230 张,请高手加工美化,效果极佳。

2. 方便全国同行资源共享,2003 年开始我们先后免费向全国同行提供光盘课件 30000 多张,建立教学网站,让学生和兄弟院校同行下载课件,推动全国大学语文系列课程的教学现代化。

3. 精品课程的建设,对全国同行起着引领与示范作用。

4. 我们的精品视频公开课门数(2 门)、节数(42 节)均居全国前列,把课堂无限扩大,使大量成年人也走进我们课堂。两门课点击已超过 10 万人次。在全国文学类同类课程中位居前列。

5. "大学国文"MOOCS 课程和清华大学"唐宋词鉴赏"的拍摄制作,有利于把我们在东南大学、清华大学开设的课程推广到全国和海外,让许多条件不具备的院校也能开设这几门课程。党中央、国务院在"十一五"文化发展大纲中号召:"高等学校要面向所有学生开设中国语文课",这使"大学语文"教学第一次有了落到实处的可能。有一定师资力量的高校也可以用我们的课程开展翻转课堂教学。我们可以利用MOOCS重新组织相关课程的教学力量,开展答疑、面授、讲座、代批试卷等工作。

6. 就我个人而言,它能使我教学能力最大化。在清华园,我的课被学生称为"神课",要选上我的课难度很大,我们一位领导说:"比北京市汽车摇号还难。"有了MOOCS课程,我的课堂就有了弹性,可以很大,也可以很小,可以为你一个人上课,时间也随意。

教无止境,大学语文系列课程是大学生素质教育的基础课程,而且是最重要的基础课程,其教育质量的高低直接决定我国高等教育的教学质量。目前大学语文课质量远远落后于高等教育发展的要求,拖了中国高等教育的后腿,我们大学语文课教师有一定的责任,不能总是怨天尤人,不肯立足当下。只有人人增强历史责任感,从我做起,从现在做起,提高自己的知识水平和教学水平,提高教师的人格魅力,从而大大提高大学语文系列课程的受欢迎度,我们才能对当下的中国高等教育发展做出应有的贡献。

(《大学语文论坛》(第 1 辑),华东师范大学出版社,2017 年)

卷六　序跋

鸡笼山、六朝松与中华词学

——《中华词学》主编寄语

烟波浩渺的玄武湖南,覆舟山西,有一座高不足百米的鸡笼山。与五岳三山相比,此山委实微不足道。山以"鸡笼"而名,据说乃因山势浑圆,形若鸡笼,其实又何尝不是因为其小而然。由此我突发奇想,若将众多的学术报刊比作丛山峻岭,我们的《中华词学》不就是一座小小鸡笼山么? 作为主编之一,创办伊始,不欲其为岱岳、昆仑,岂非其志不宏而令人齿冷? 其实不然。刘禹锡曾云:"山不在高,有仙则名。"鸡笼山六朝时曾为皇家内苑和佛教圣地,是大儒雷次宗开馆之处,又为竟陵王萧子良集四方学士之所。山上的鸡鸣寺、观象台、胭脂井,均属名闻遐迩的古迹,也是怀古词中不时道及的题材。诚如此,以鸡笼山喻本刊,似乎并无辱没之意。

与鸡笼山隔街相对的一株六朝古松,据说已有千余年树龄。它历经雷殛和风霜,却依然枝繁叶茂,郁郁苍苍。植物学家谓它可能植于六朝,也有谓它植于隋代或唐代。无独有偶,词的产生也同样有此三说。松与词竟是同龄者,其历史经历相同,岂不也是一种缘份? 鸡笼山、六朝松历览古今,冷静而客观,这对词学研究也可有某种借鉴。

六朝松位于东南大学校园内,六朝时这里是皇宫及台城,明代为国子监,《永乐大典》便于此编成。东南大学是一所有近百年历史的著名高等学府,它始建于光绪壬寅(1902),三四十年代,名中央大学,是全国最高学府,也是词学研究中心。已故著名词学大师陈匪石、刘毓盘、吴梅、李冰若、汪东、王易、任中敏、卢冀野、唐圭璋、龙榆生、吴世昌、沈祖棻……均在此工作学习过。薪尽火传,如今,这里成立了全国第一个词学研究所——东南大学中华词学研究所,并在校领导、文学院及出版社领导支持下创办了《中华词学》,使东南大学重新置身词学研究之林。

清人对中华词学研究厥功甚伟。建国以来,词学研究也硕果累累,然而词学研究远远落后于诗学的局面并未根本改变。金元明清词几乎无人问津。金元明清名家词集校注,年谱的编订,《全清词》的编纂,历代词学批评史和词史的编纂,《词律》《词谱》的修订,词籍总目提要及适合现代汉语发音情况的新《词韵》的编订,词学研究古为今用及推陈出新问题……这些任务大都不是某一学者单枪匹马或以手工劳动方式所能完成的。词学研究手段亟待改革,系统论、控制论、结构主义等西方文艺新思想的输入,使词学理论研究发生了一场革命性的转变,毋庸讳言,计算机走进词学领域,又将是一场新革命的开始。当今是信息时代,现代通讯手段使得可以不设扬州书局而编成《全唐诗》。词学研究的现代化、群体化问题不再是纸上谈兵。《中华词学》创办,应当作为词学研究新阶段的标志,并且应当成为新时期全国词学研究的联络信息中心,并对全国词学研究有一定启示和调控作用。

　　然而,作为主编之一,我深知"创业难,坚持更难"。在商品经济大潮冲击下,保持平静的心态去钻故纸堆是很难的。他人下海,我们登山,纵然登的只是一座鸡笼山。面对铺天盖地的狂涛巨浪,要保住这片为无意或无力弄潮的莘莘学子提供的耕耘之地或栖身之岛也绝非易事。既要力排万难,还要抵挡住金钱的诱惑,大约比之前辈办《词学季刊》及《词学》更为艰辛。

　　众人拾柴火焰高。愿海内外有志于词学的专家学者及广大读者共同努力,使这座鸡笼山不变成覆舟山,使中华词学这一古松永葆青春,使我国未来的词学研究及创作活动更加兴旺发达,超越前贤。

（《中华词学》,东南大学出版社,1994 年 7 月第 1 期）

《寸草吟》序

　　词乃南方文学。两宋明清以降，江浙为词人渊薮。金陵尤为词坛重镇。三十年代，如社帜举，名家辈出。抗日烽起，词人星散。虽先师唐圭璋公等极力支持，奈大势所趋，式微不免。十余年来，诗词振兴，金陵诗坛尤得九州风气之先，而词乃滞后。今览安公《寸草吟》，喜不自胜，不揣浅陋，欣然为序。

　　余识安公尚不足二载，然心仪久矣。安公非文化人，乃吾省经济领域一干将也。公辛劳一生，江左之地，遍印其履痕。工作之暇，赋诗填词，林林总总，不下千首。公并不以词名家，而《寸草》一编，佳作百余，较之专门词家，犹有过之。

　　安公作词，始于五十年代，迄今已历三十余载。呕心沥血，老而弥坚。余观乎此编，有特点者三：其词贴近现实，关乎时局，却无官气；其词老成见到，字润珠圆，却无暮气；其词气势宏大，撼人心魄，却无霸气。读之者忘其曾为官一生，忘其为执一省诗坛牛耳者，更忘其已过花甲之年矣。其词多真情流露，不趋时，不媚俗，不作忸怩之态，不为无病之吟。读其词，知其情真、人真、词真矣！

　　其早岁之作，诚有韵律不严，措语不新之弊，然其欲报春晖之恳挚，感人亦深。

　　集名《寸草》，谦之甚矣！然于金陵词坛，实有如赤帜一幅，功莫大焉。安公先驱，吾辈当起而效尤，则词学复兴有日矣！

甲戌春正月丁丑扬中王步高拜识

彭书雄先生《大学语文改革的
理论与实践》序

方编完《全国大学语文研究会第十一届年会论文集》，为一次会议能有110篇较高质量的论文而欣喜不已。又得彭书雄先生《大学语文改革的理论与实践》一书（该书名竟与我们前年获全国教学成果二等奖的项目名一字不差，亦是一种缘分），洋洋二十万言。这二者，加之会议本身，这三者标志着我国"大学语文"的教学改革已从初级实践阶段发展到理性思考阶段。以后的教改更多是在系统理论指导下的实践而非零星个别的小改小革。我为之欢呼！

一

数千年的中华帝国发展到清末，因长期闭关锁国，除经济总量还居世界领先地位外，其思想陈旧，科技、教育等均与东西方列强有很大差距。戊戌变法又以失败告终，中国的封建制度便只有靠枪杆子来改造了。清末至"五四"前后先是"维新"，后是"革命"的思想在文化领域的反应则是新文化运动。其革命口号则是"打倒孔家店"，它结束了维系中华文脉几千年并以儒家为代表的思想文化统治。胡适、陈独秀、章太炎、李大钊、鲁迅等，否定旧传统，倡导白话文，以摧枯拉朽之势，将封建的文化大厦一下子拉倒了，不仅打倒在地，还踏上一只脚。当时只有康有为、王国维、后期的章太炎和吾校的吴宓等"学衡"派人物犹有惋惜之情，这些人或被斥为保皇党，或被视为保守派。当时的"革新派"（或"革命派"）均有东洋、西洋的文化背景，而"保守派"则土生土长者居多，这是百年来西方文化第一次战胜中华文化；此后因政权之更叠，更是以苏俄为代表的外来文化一次次战胜中华文化，到"文革"岁月则达其极致；新时期以来之三十年则是欧美文化取代苏俄的地位，使中华传统文化几无藏身之地。于是乎言必称欧美，中文文章中夹英文，接不通的电话里传来的首先是一段英语,公共汽车上也开始用英语报站名。高考、研究生考试英文已凌架于一切课程之上(高考常常连政治都可不考,语文、数学研究生考试很少考)。半殖民地的旧中国教育部尚且规定中文、外文各6学分,如今是外文10多个学分,中文常常是零学分,这是除殖民地以外全世界大概绝无仅有的现象。中华文化到了最危险的时候,每个从事母语教育者和一些有识之士"被迫着发出最后的吼声"。当今,言必提"与国际接轨",中华几千年的文化大有沦为英美文化附庸之趋势。其结果是传统道德沦丧,声称"我是流氓我怕谁"的明星成了当今的文豪,文化大师绝迹,洋泾浜快餐文化取得统治地位。"大学语文"的教学改革实是中华文化救亡图存之举,它发出的是与《松花江上》一样悲壮的声音。用"搜狗"去搜索"大学语文",竟能搜得1990多万个网页(2007年6月26日),可见这一问题受到关注的程度。这也让我们感到几许欣慰。

二

彭书雄先生是我认识的同行中对"大学语文"教学有理性思考的少数专家中最年轻、最系统的一位。这既与他硕士论文便选择本课题作系统专门研究有关,也与他工作于武汉有关。武汉不仅高校云集,而且有一批对"大学语文"有深入研究的专家,该省的"大学语文"课程与教材建设也处于全国的先进行列。故此书的问世有其必然性。

纵观本书,其值的称道处颇多,愚以为尤其是以下各点:

1. 能历史地认识问题

对当今大学语文的现状能放在历史的发展中去认识,不是笼统地讲一些尽人皆知的事实,说明他是作了认真的探寻。这方面的研究似乎在大陆还不多见,十年前见过香港的一篇有分量的论文,至今记忆犹深。没有历史的纵深,认识事物便易于肤浅,其结论往往站不住。参加多次全国性大学语文研讨会,很少有人论及民国时期的语文教育,彭先生是仅见的一位。

2. 能宏观地审视问题

写作本书时,作者搜罗了较多的资料,读了数百篇相关论文,因而能展开相关的定量定性分析,也能运用逻辑方法分类比较,如其对全国《大学语文》教材的比较分析,其观点在全国同行中有一定代表性,亦常被同行引用。一位年轻的大学语文教师,对全国高校本课程的情况有如此全面深入的了解,非常难能可贵。

3. 能发挥自身的学科优势

彭先生于文艺理论有较深的造诣,这种知识结构,在各高校同行教师中人数不很多,从事大学语文教学者中古代文学、现当代文学专业居绝对优势,他却在研究中引入"语境"等范畴,见解独特,匠心独具。这种化学科劣势为优势的做法,使他的研究别开生面。

4. 理性思维与经验归纳相结合

当今在"大学语文"论坛上有影响的人物大都是学术地位较高而并不教大学语文的权威人士,其名牌大学教授和系主任的身份,使其言论更易受人重视,其实,对"大学语文"最有发言权的还应是长期从事"大学语文"教学实践而又作理性思考和课程改革实践的专家。彭系其一。此书第七章没有长期的教改实践是无法撰写的。他没有笼统地用任何课程均能用的"启发式"、"多媒体教学"(尽管这也很重要)等词汇,而是以古诗词教学为典型例证,写自己教学的独特经验。

经验带有极强的个性特征,与老师本人的身世经历、学术造诣、口才、个人魅力、讲课是否有激情、普通话是否标准等多方面因素有关。彭书雄这里探讨的,则更多是一些共性的方法,这对"大学语文"同行均有借鉴作用。

三

我与彭先生仅见过两次面,但他的文章却读过多篇,我主编的《全国大学语文研讨会第十一届年会论文集》中,便收有其论文三篇,为全书之最多者。本书涉及学科定位、教材、教法等众多领域,随着全民族对母语教育的开始重视,对本课程的研究领域也必将进一步拓展:如何在较少的课时内使学生的母语水平有较大的提高?如何让厌倦了语文应试教育的学生对大学语文产生兴趣?如何使大学语文课程建设有学科支撑?如何提高本课程教师的教学积极性?

我本人并不赞成在"语文"二字的内涵上作不同的解释,并以此去规范我们的教学改革。叶圣陶先生提出"语文"的命题并不是很科学,这是当今众多专家公认的,只是还没有一个其他大家能接受的名词取而代之。大学语文与中小学语文有联系,又有本质的不同,这如同高等数学不同于初等数学一样,怎样界定,也是值得深入研究的课题。我在中学、大学教语文三十年,多次试图去作这种界定,也取得一些成绩,但未能完全解决。稍后能有一点完整的时间,我也欲仿效彭先生写本这方面的论著,再试图作深入

王步高诗文集

阐发。

　　我也不很赞成在语文的工具性（文学性）、人文性上纠缠不清。因为这个问题并不存在，没有人反对："大学语文"要弘扬人文精神的同时，又必须借助文学精品来讲授。问题仅仅在于，教材编写时，是以人文精神的各个逻辑命题：爱国、爱情……来分类还是以文学发展的脉络、文体的特征、作家的流派来划分。怎样更有利于学生接受，怎样更有利于学生人文素质的迅速提升？在这方面应探讨的应是如何不以类似政治说教的方法，能在"润物细无声"中接受传统道德情感的熏陶？能通过我们的课程与教师人格魅力的感召，使学生成为高尚的和谐的人，把校园内的自杀率与恶性案件的发案率降下来，让大学能重新培养出大师来。当然一门课的力量太微薄了，但这门课的重要性又迫使我们这样定位它。它还应当在抵御西方文化入侵、增强学生对民族文化的认同感上发挥作用。

　　彭书雄的这本书是近年来"大学语文"研究领域最重要的成果之一，我本人并不完全赞同他的所有结论，况且，随着"大学语文"课程的越来越受关注，对许多问题我们会有更新的认识，但是，作为一部代表本世纪初全国"大学语文"研究最新成果的研究专著是十分值得人们关注的。理论在发展，实践水平在提高，我们衷心期待彭书雄先生在此领域做出更大的成绩，我们更期待祖国的母语教育能真正转危为安，迎来一个百花盛开的春天。

（2007 年 6 月 28 日于南京龙江寓所）

卷六　序跋

《新编高职高专大学语文》前言

进了大学还要学语文,同学们也许会感到意外。我们说,不但要学,而且要重视它,努力学好它。

同学们知道,"五四"开始的"新文化运动"虽然加快了中国"科学"、"民主"的进程,也给了中国传统文化以近于毁灭性的打击;以"个人主义"为特征的西方文化渐渐取代了中国的伦理文化;新白话取代了文言,欧化诗取代了传统诗词;推广"普通话"、"汉语拼音",使中国的语言文字也大大简单化;1952年的院系调整肢解了中国所有的多学科性综合大学,导致学科间的渗透、联系大大削弱;过分强调"学以致用",又削弱了理论基础、失落了人文精神。

如今大学生的语文水平不高,很多高校的领导对语文教学很不重视,认为语文学了没有用,"大学语文"课也不开了。党中央、国务院2006年在"十一五文化发展大纲"里指出:"高等学校要创造条件,面向所有大学生开设中国语文课。"尽管这一指示迄今并未得到完全落实。在"与世界接轨"的呼声中,西方文化大举入侵,中华民族的文化水平在衰落之中。提高全民族的文化水准,捍卫中国传统文化,加强母语教育,成了当今亟待解决的问题。

当今社会上,粗俗的文化大行其道:舞台上唱的是"我爱你,就像老鼠爱大米","老公老公我爱你,阿弥陀佛保佑你,愿你有一个好身体,健康有力气"。影视领域更是一些找不到历史依据的瞎编或故意歪曲历史的"戏说"之类的休闲之作唱主角。大街上则是错别字的海洋。"文化精英"也常有大失文化水准之事。新文学作品中,垃圾作品占相当大的比例。两三年前,我在另一本书的序言里说:"当一个个长寿的文学大师们'羽化登仙'之后,中国的文苑十分寂寥,除巴金等极个别大师还住在医院里,已几乎见不到大师的身影了。我们已毋庸置疑地进入了没有民族文化大师的时代。随着高等教育的发展，我们造就了数以万计的学士、硕士和博士，'文盲'充斥的时代已结束了。以地理学的名词来形容，如今文苑中既很少接近海平面的低湿地，也无千米以上峻峭的高山，较多的是如南京的紫金山、五台山、幕府山、清凉山、鸡笼山……名为众山、实为丘陵；既无珠穆朗玛，也无五岳、黄山。文坛上，既无李白、杜甫、李清照、曹雪芹，也无鲁迅。全民族的文化底线大大提高了，而民族文化的峰值则大大降低了。"

这几年连巴金也不在了，鲁迅、巴金的接班人在哪里呢？

大学毕业生的语文功底不足，导致今日文坛、书坛一些风云人物也"先天不足"，"文化人没文化"便屡见不鲜。老舍茶馆的对联常常对不起来，电影的字幕似乎是让观众做改错练习……

中小学《语文》教材这几年有了很大的起色，但让学生望而生厌、空洞的政治说教还存在。愈演愈烈的"应试教育"、"标准化"试题，把优秀的文学作品化成一道道多项选择题，让学生厌弃了语文课。上学成了"西天取经"路上不得不过的火焰山，成了人生长征途中不得不走的雪山、草地，成了锻炼学生忍耐力、毅志力之苦难的历程，除了升级、升学成功，考出好分数的一时兴奋，学习没有给受教育者太多的欢乐。中央希望的素质教育还停留在文件和专家的文章里。

偏偏许多人还是大讲"语文学了没有用"。中国就业促进会陈宇先生在国家汉语测试中心的一个会议上说："世界上的化合物数以十万计，基本的化学元素不过百余种。世界上的物质纷繁复杂，在最深层次上，仅由少数几种基本粒子组成。"我们的职业亦然，其技能分 3 个层次：1. 职业特定技能：根据 2003 年《国家职业分类大典》划分的范围，我国划分为 1838 个职业。2. 行业通用技能：其范围宽一些，可以理解为是在一组特征和属性相同或者相近的职业群中体现出来的共性的技能和知识要求，行业通用技能约 300 种；3. 职业核心技能：通用性最强的技能，是人们在职业生涯甚至日常生活中必需的并能体现在具体职业活动中的最基本的技能。它们具有普遍的适用性和广泛的可迁移性，其影响辐射到整个行业通用技能和职业特定技能领域，对人的终身发展和终身成就影响极其深远。《国家技能振兴战略》提出的 8 项核心技能是：1. 交流表达，2. 数字运算，3. 革新创新，4. 自我提高，5. 与人合作，6. 问题解决，7. 信息处理，8. 外语应用能力。显然这八种核心技能有几种均与语文有关，而"交流表达"能力则主要由语文水平决定。谁能说语文无用呢？况且语文水平的高低决定人的文化素质，更是"无用之用"。

要反对"厚今薄古"。《大学语文》教材中古文往往占大部分,有人便以"厚今薄古"对此加以非议。"厚今薄古"观是受"新文化运动"中"全盘西化"论影响而产生的,是与"打倒孔家店"等极"左"口号一致的。中国文学的发展是由古到今的,学习文学则常常是由今及古。越是上古语言障碍越大,小学、初中几乎很少涉及《诗经》《楚辞》,高中涉猎也不多,进入大学之后才有可能由古及今地梳理一遍。古代文学的历史远比现代文学长得多,优秀作品也多得多。中小学对现当代较重要的作家短篇代表作品可以基本涉猎,而南北朝的文学、宋以后的诗词却基本不涉及,许多一流大家也只字不提,这不利于学生建构起对中国文学的总体认识,也不利于其文学素养的提高。

高职高专院校在职大学生目前占全国大学生的一半以上,如何开好高职高专的大学语文,有与本科院校相同之处,也有不同之处。我近年来对全国近300所高校"大学语文"开课情况作了问卷调查,其中含近百所高职高专院校,我与全国很多高职高专的同行有经常的联系。近年来我还曾到另一所高校兼上其大专生"大学语文"课(32课时),对高职高专大学语文教学增加了许多感性认识。我觉得,其与本科院校相同处在于:

就学生方面而言,《大学语文》教材、"大学语文"课程都要姓"大",要让学生从中找到上大学的感觉。《大学语文》教材容量适当超过课堂教学所需,其难度适当超过学生的接受能力是必要的。这对拓宽学生的视野,增大阅读量,加强学生文学知识的系统性,都是必要的。如今中学语文的难度已比较大,虽然高职高专学生中有一部分学生中学语文并未学好,但如同初等数学学得不太好,进了大学还是得学高等数学一样,教材不可太浅,教法应与中学适当拉开差距,绝不能让学生有读完高中读初中的感觉。

"大学语文"的教学应把简明文学史知识的建构放在重要的位置,这都是与中小学有很大不同的。

"大学语文"对多数大学生是一生语文课堂学习的终结,要让学生学会自学,培养其对语文的学习兴趣和养成好的学习方法比语文知识的灌输更重要。

就教师而言,教师要做敬业爱岗的表率,每节课都不可"对付"过去,几十双眼睛面前,"敬业"与否是朗若白昼的。用不着领导检查,学生天天检查我们。教师的形象、威信是靠一节节课树立起来的。

教师是用自己的学识去教学,也是用自己的道德修养去教学。一个优秀的教师,必定有过人的人格魅力。教师的个人魅力在高职高专院校同样重要。

优秀的教师必须有自己独立的思想,事事有主见,常常有创见。他培养的学生才会有更多的创新思维,才会创造性地工作。

老师一定要有自我批评精神,课上引证过时的材料、记错某些数字、背诗词时出现个别错字、读错某字……这样的事偶然出现并不奇怪,但一经发现应及时认错,免得误人子弟。我每学期初都公布一道考试附加题,让学生挑我编的教材与讲课中的错误。让学生不迷信老师,不迷信书本和权威,便会多一点创造力。也许日后当他们占据要职后,我们国家便会少一些刚愎自用的专制独裁者。

老师的听课能力远远高于自己的讲课能力,有条件时应多用教学实况录音、录像方法,录后自己反复看,自我督促,扬长避短,可使教学水平迅速提高。

印在名片上的,都是我们得到的;印在学生心里的美好记忆,才是我们贡献的。

我以"吃饭哲学"为名,形成一个判别人之高下的经验公式:宁愿自己喝稀饭甚至没饭吃,却愿人能吃上干饭的人是伟大的人;自己吃干饭也希望别人有干饭吃的人是高尚的人;自己吃干饭却只让别人喝稀饭的人是道德平庸的人;自己吃干饭却连稀饭也不让别人吃的人是卑劣的人。我常向学生灌输这一做人的哲学。大学生不太可能都成为马克思主义者,但一定要成为不危害社会、不危害他人的人。"大学语文"的教学应把培养学生具有较高尚的道德情操和人文精神放在最重要的位置。这都与中小学有很大不同。

"大学语文"对多数大学生是一生语文课堂学习的终结(对高职高专学生尤其如此),要让学生学会自学,培养其对语文的学习兴趣和养成好的学习方法比语文知识的灌输更重要。

高职高专生与本科生智商方面的差别并不大,但在学习的认真程度、学习的刻苦性方面差别则比较大,老师的备课不仅要熟悉教材、课件,不仅要查资料,更要针对学生的特点去考虑提高知识的趣味性,让学生集中注意力。还要有意去补中学的欠缺,去纠正不好的学风。对高职高专学生人格的尊重尤其重要。

高职高专学生学习自觉性与本科生(特别是重点大学学生)之间有一定

差距,因而适当多布置作业、多让其背诵课文是必要的,对布置预习的课文一定要检查督促,不可粗放性教学。

对高职高专学生知识水平也不可一概低估,有一些懂事较晚,初中、小学欠账较多,但学习潜力很大;也有一些只是不善于应试或高考未考出应有水平,对这部分学生完全可按本科生要求,上课、布置作业都应考虑到他们的存在,讲课不可只求其浅,也得因材施教。

2008年在完成国家"十一五规划教材""大学语文立体化系列教材"时,我也尝试编了一本《高职高专本大学语文》,以上是我编这本教材时的想法。

我虽去上了一学期高职高专的"大学语文课",接触的学生不足百人,比起这本书的编者,我在高职语文方面实践经验少得多。这本教材大致以文学史为纲,具有系统性的特点,又注释详明,相信能受到师生的欢迎。

上述意见零零碎碎,很可能是荒谬的,敬请读到本文的老师、同学批评指正。

（2008年9月1日于东南大学）

王步高诗文集

《译注焦氏易林》序

《焦氏易林》一书,向谓焦赣所著。焦赣正史无传,关于其姓氏,前人犹有两说。宋人黄伯思《东观余论》卷下《跋小黄门谯君碑后》曰:

> 此碑称敏之先谯赣能精微天意,传道与京君明,即《汉书》称京房治《易》,事梁人焦延寿字赣者也。而碑乃云谯,其氏姓不同如此,岂声文相近承传之讹欤!抑作碑者妄引以为谯君之先欤!然二汉相距非甚远,为金石刻不应舛迕,是知册牍所传,其失多矣。
>
> 《左氏》僖公二十三年秋楚成得臣帅师伐陈,讨其贰于宋也。遂取焦夷城,顿而还。杜预谓:焦,今谯县也,据此说则焦谯亦通音也。近世有信安何以籀者,以隶书知名。名目是碑为蔡中郎书,未知何据?

视此,则"焦赣"或当作"谯赣"矣。《四库全书总目》谓:"史传无不作",汉碑多假借通用,如欧阳之作欧羊者,不一而足,亦未可执为确证。诚然纪昀公似不以焦赣为疑,吾辈亦可依从。崔新公此书即采是说。

焦氏生卒,今人知之甚少。《汉书·京房传》曰:

> 京房字君明,东郡顿丘人也。治《易》,事梁人焦延寿。延寿字赣。赣贫贱,以好学得幸梁王,王供其资用,令极意学。既成,为郡吏,察举补小黄令。以候司先知奸邪,盗贼不得发。爱养吏民,化行县中。举最当迁,三老官属上书愿留赣,有诏许增秩留,卒于小黄。赣常曰:"得我道以亡身者,必京生也。"其说长于灾变,分六十四卦,更直日用事,以风雨寒温为候,各有占验。

于焦氏学之传承，《汉书·儒林传》亦云：

> 京房受《易》梁人焦延寿，延寿云尝从孟喜问《易》。会喜死，房以为
> 延寿《易》即孟氏学，翟牧、白生不肯，皆曰非也。至成帝时，刘向校书，
> 考《易》说，以为诸《易》家说皆祖田何、杨叔元，丁将军，大谊略同，唯京
> 氏为异，党焦延寿独得隐士之说，托之孟氏，不相与同。房以明灾异得
> 幸，为石显所谮诛，自有传。房授东海殷嘉、河东姚平、河南乘弘，皆为
> 郎、博士，由是《易》有京氏之学。

《四库总目》也谓焦氏之学不出于孟喜，且曰"盖《易》于象数之中别为占候一
派者，实自赣始"。所撰有《易林》十六卷，又《易林变占》十六卷，并见《隋
志》，《变占》久佚，唯《易林》尚存。

然而焦氏是否《易林》之作者，疑之者有之，辩之者亦有之。举其名家则
有顾炎武之《日知录》其卷十八曰：

> 《易林》疑是东汉以后人撰，而托之焦延寿者。延寿在昭、宣之世，
> 其时《左氏》未立学官，今《易林》引《左氏》语甚多，又往往用《汉书》中
> 事，如曰"彭离济东，迁之上庸"，事在武帝元鼎元年；曰"长城既立，四夷
> 宾服，交和结好，昭君是福。"事在元帝竟宁元年；曰"火入井口，阳芒生
> 角，犯历天门，窥见太微，登上玉床"。似用《李寻传》语，曰"新作初陵，
> 逾陷难登"，似用成帝起昌陵事；又曰"刘季发怒，命灭子婴"，又曰"大蛇
> 当路，使季畏惧"，则又非汉人所宜言也"。

更有引《东观汉记》曰："永平五年秋，京师少雨，上御云台，召尚席取卦具自
卦，以《周易卦林》占之，其繇曰：'蚁封穴户，大雨将集。'"今二语载《易林》
中，是今所传《易林》乃《周易卦林》。因献王在永平时（东汉初年）已用之为
占，应非东汉所作。清黄汝成《日知录集释》引左喧语亦云"《易林》中如'刘
季发怒'等语，论者谓非汉人所宜言，'刘季'者非一，则固汉人所常言也"。

翟云升《易林校略序》云：

> 今世所传《易林》本有汉时旧序，云六十四卦变占者，王莽时建信天
> 水焦延寿之所撰也。余每观此而甚惑焉。据《汉书·儒林京房传》，焦

延寿是昭宣时人,何为乃言王莽时?焦延寿,梁人也,何为而言建信天水?王莽改千乘郡曰建信,改天水郡曰填戎,则莽时有建信而无天水,且二郡不相属,建信、天水,非可兼称也。又其序假名费直,直生在宣元间,岂知天下有王莽时人哉?传称焦延寿长于灾变,分卦直言用事,以风雨寒温为候,而京房奏考功法,论消息卦气,皆传焦氏学,殊不似《易林》。《易林》乃观象玩辞,非言灾变者也,何以为焦延寿之书?余窃疑此久矣。一日检《后汉书·儒林传》,孔禧拜临晋令,崔駰以《家林》筮之。又检《崔駰传》云祖篆王莽时为建新大尹,称疾去,在建武初著《周易林》六十四篇。余于是执卷而笑曰:《易林》者,王莽时建新大尹崔延寿之所撰也。

"新"、"信"声同,大尹形误为天水,崔形误为焦。崔篆盖字延寿,与焦赣名偶同,此所以致误也。既改崔为焦,复改篆为赣,下文称赣者再,本皆当作篆,写者妄改,又妄意取《儒林传》语"焦延寿独得隐士之说"九字,附益其后,而词理不属,非其本文,甚易见。

于以上见解,余嘉锡《四库提要辨证》卷十三又曰:"近敦煌石室所出古书,内有唐写卷子本古类书残卷,仅存鹤鸿鹄雉四类,所引书大抵与《太平御览》相同,罗振玉定为《修文殿御览》,其鹤部内引《易林》《谦之泰》'白鹤衔珠'一条作'崔赣《易林》',此必作《崔氏易林》以姓氏点划相近,往往互混为一。"(王按:《隋书·经籍志》已有《焦氏易林》,唐末宋初人编《修文殿御览》为何不可将"焦赣易林"错作"崔赣易林",而一定是将"崔氏易林"错作"崔赣易林",焦错作崔,可形近而误,而"赣"错作"氏"于理不通。)张之洞《书目答问》观点与上相似。

纪昀《四库全书总目》,胡玉缙《四库全书总目提要补正》均力持焦赣(焦延寿)说。纪昀曰:"炎武所指'彭离济东,迁之上庸'者,语虽出《汉书》,而事在武帝元鼎元年,不必《汉书》始载。又《左传》虽西汉未立学官,而张苍等已久相述说,延寿引用传语,亦不足致疑。"刘毓崧《易林释文跋》对顾炎武所言各点均致批驳,其文曰:

顾亭林谓《易林》用《汉书·李寻传》语,然考《李寻传》,其在成帝时,系言"月太白入井",……而不言"火入井口",登上玉床,与《易林》所言亦殊。况哀帝讳欣,而《易林》不避欣字(屯之蹇云:"不见欣欢";否之屡,复之损,并云"欣然嘉喜"。)则非作于哀帝时可知。

亭林又谓《易林》用成帝起昌陵事,然考《成帝纪》云"昌陵······客土疏恶,终不可成",《刘向传》云"始营初陵,其制约小,天下莫不称贤明",明是昌陵曾陷,而昌陵未尝陷,《易林》所言初陵,必非成帝之初陵,更非成帝之昌陵。况成帝讳骜,其嫌名为驁,而《易林》不避驁字,《鼎之震》云:"困于噬"。则非作于成帝时可知。

顾亭林又谓《易林》有元帝昭君事,先生辨之曰:"昭君"或取昭明之义,如《毛诗》"平王"之类,不必定指汉宫人,萃之临曰"昭君守国,诸夏蒙德",此"昭君"又何以解焉?鼎之噬嗑云:"乾侯野井,昭君丧居"谓鲁昭公,又是一义。其剖析最为明显。毓崧窃谓《易林》屡言昭君,亦屡言"文君",所谓文君者,或专言周之文王。(廉之困曰:"文君降陟",蛊之益云:"文君出猎,姜氏受福",复之女后云:"命绝衰周,文君乏祀。")或泛言文德之君(咸之既济云:"文君德义,仁圣致福";归妹之咸云:"文君之德,养仁致福。"),说《易林》未闻以文君为卓女,何独以昭君为明妃乎?况元帝讳,而《易林》不避字,则非作于元帝时可知。

《易林》是否焦赣所作,以上所述备矣,显然崔新取纪昀、刘毓崧之说,余亦取此说。最终定论,或许尚有待于后来者之深入考证,更期待有出土文物之佐证。

《焦氏易林》之版本,据邵懿臣《四库简明目录标注》载,直至明末,是书犹有宋刊本十六卷,宋本有注,恐为钱谦益收藏,绛云楼一炬后,遂失传。清校勘学家黄丕烈据陆敕先校宋本录入《士礼居黄氏丛书》中。此外据《中国古籍善本书目录》有明成化九年(1473)彭华刻本、明嘉靖四年(1525)姜恩刻本,有明嘉靖四十年(1561)沈藩勉学书院刻本,明万历二十一年(1593)周曰校刻本,明万历何允中《广汉魏丛书》刻本(有清卢文弨校、丁丙跋),明天启六年(1626)唐瑜、唐琳刻本,又有明崇祯汲古阁刻《津逮秘书》本(有清王念孙校本、黄丕烈校本,陆贻典校本、陈倬校本),明钟惺评本,清初刻本、清嘉庆照旷阁刻本(有王引之校本),此外犹有几种明抄本、《四库全书》本、《百子全书》本、《四部丛刊》本,等等。

《焦氏易林》于中华古籍中别具一格,故《四库全书》、《四部丛刊》、《丛书集成初编》等均加收录,《广汉魏丛书》等亦将之列入。其作者及真伪之争,乃汉以前之著述共有之烦恼。《国语》《左传》是否一书,《史记》是否司马迁一人所著,《古诗十九首》是否枚乘等所著,苏武、李陵诗是否膺品……所在都有,非《焦氏易林》一家也。钱锺书于《管锥编》、《谈艺录》引《焦氏易林》甚夥,并未有疑义,似是书真伪及作者之争,亦可视之为"事出有因查无实据"而姑且存疑,若上述诸古籍然。

焦赣西汉人,迄今近二千年矣。汉人注"六经",唐人已难懂其注,孔颖达等遂加疏证,而于千百年后之今人读《易林》,语言之索解自难乎其难,而况典故经谶哉!崔新公以耄耋之年,不辞辛劳,历时近十年,于《易林》考订校注,并详加翻译,使之易读易解,实焦氏之功臣也。《易林》以四言诗句写成,而诗无达诂,译诗亦然,有所可斟酌者势所难免,以崔公一人之力,以江洲一地之书能如是则尤难乎其难。

崔新公乃黄埔军校十五期毕业,早年从戎,后就职于县中图书馆。余识崔公为二十年前,但交往不多。公乃吾岳父生前好友,又与吾之挚友金家礼君过从甚密,还与余诸弟子有所交往。得崔公以是序相嘱,余乐以为之。余学殖不富,于《焦氏易林》知之尤少,诚恐有负公托,且今岁事尤烦冗,读是稿未尽而序之,诚惶诚恐,愿读此书诸君有以教我。

癸未冬扬中王步高叙。

（崔新《译注焦氏易林》,九州出版社,2010 年）

卷六　序跋

《春华秋实——春华诗社二十年诗词选》序

诗社之兴,由来久矣。诗友之唱酬,历时尤久。慧远、陶潜之庐山莲社,许饮许诗,已有诗社雏形;江淹之拟渊明,几于纤毫毕似;元白诗简往还,刘白等洛阳诗会,皮陆之次韵长篇,均去诗社不远;乃至南宋之诗词俊彦,于飞来峰下、西子湖畔,赓歌应答,令杭邑之佳山水至今犹清音绕郭。宋末吴兴吴渭、谢翱之月泉吟社,以"春日田园杂兴"为题,收卷达 2735 首,极一时之盛。

吾金陵乃格律诗词滥觞之地。四声八病之说,永明体之诗、《江南弄》之词,竟陵八友之会,均诗词史里程之碑志也。李白、杜甫、刘禹锡、杜牧、李商隐、王安石、苏轼、李清照、辛弃疾……以迄明清,凡我华夏诗词名家,未一至白下者鲜矣。有清一代词家,今籍贯可考者 4237 人,仅我省便达 2009 人,几近其半。上世纪二三十年代传统诗词尚盛极一时,中央大学成了中国词学大师之摇篮,如社、潜社相继建立,鸡笼山头、六朝松下,窈窕倩丽执江南丝竹,伴秦淮灯影,轻歌曼舞,助人诗兴。抗日军兴,故都顿成瓦砾。嗣后历半世纪,"左"风大炽,诗词尤在扫荡之列。直至四竖入狱、康贼化灰,诗词方有出头之日。江南诗词帜举,省诗协继之。有匡亚明、汪海粟公倡导,吾江左诗坛,始获生机。春华诗社亦此际应运而生,弹指二十年矣。其间,吾任社长一十九年,今值《春华二十年诗词选》问世,能不抚今思昔,感慨系之!

二十年间,多有可歌者。诗社方正向明,左棍肆虐,决不畏惧,宁玉碎而不瓦全。诗社高度团结,虽年有中青之分,学有浅深之别,创作有高下不同,志趣亦有雅俗之异,然亲如手足,虽黑云压城,亦坚不可摧。诗社终以"诗"歌创作研究为主旨,出作品,出人才,出理论,唯以活动为聚会之由,非以热热闹闹之花架子为能事。诗社以民主群言为准绳,无家长制,无一言堂,以诗会友,以文会友。诗社重感情维系,一人有难,众人相助,经济上慷慨解囊,生活中同舟共济,诚爱诗之同道,处世之挚友矣。

亦有可泣者,汪公海粟、勒兄中煜相继辞世。汪公,"反右"中东大师生之保护神也,吾辈仰之若泰斗,敬之如神圣者也,亦春华诗社之缔造者,公之逝,能不悲乎!勒兄中煜,春华诗作之巨子,反左棍之中锋也,是非分明,大义凛然,惜乎天不假其年,知命之年而早逝,令人心碎!

春华二十岁矣,正当青年,当步入大有作为之岁月。当有传世之作,传世之人,传世之理论。诚如是,方可名垂青史。今放眼神州,每年诗作逾万,可读者寥寥,可传世者更稀。吾曾云:后世人披沙拣金,唯问金之多少,沙之多少何与。当有精品之作,当有可震古烁金之篇,要有能摧肝裂胆之集。

方今之世,传统文化日渐式微,西方文化大举入侵,大学教育,言必英美,母语之地位竟不若半殖民地之旧中国,"七七"事变七十年矣,当此民族文化危亡之秋,吾辈当效父辈之抗击日寇以捍我中华文化。民族文化之消亡有甚于亡党亡国,今之日写中华诗词,亦爱国之举也,能作传世名篇,亦吾之平型关大捷也。今之传世名家,亦诗词领域之岳飞、文天祥也。凡我春华诗友,勉之,勉之!

(丁亥白露于金陵之秦淮寓所)

《春华秋实》序

经风沐雨，春去秋来，吾诗社已历二十五度寒暑矣。春华风采依然，团结依旧，而人才斐然，硕果累累。曰风采依然者，春华人不跟风、不畏官、不惧左、不怕压、不媚俗、不虚夸、不浮躁、不逐利，此春华精神所在也，亦青春永葆之源也。曰团结依旧者，纵受长期打压，其核心层依旧，如兄如弟，如师如友，淡泊名利，相濡以沫。曰人才斐然者，吾社重德爱才，虚己待人，故江左才俊如水之归下，纷至而沓来，一度度吐故纳新，吾不求浩浩荡荡，只求兵精将强。试看今日之春华，享誉教坛者多多，蜚声诗坛者多多，诗词歌赋、楹联书画，何处无我春华英姿？江左诗坛，何人不知我春华之令名？曰硕果累累者，作品著作丰硕之谓也，我区区数十人，其著作何止百数，获奖亦以百数，名篇佳作，又可百数。谓我二十五度春秋，不虚度矣。然则未可陶陶然飘飘然，天外有天也。昔日吾辈曾以"每年迈一小步，五年迈一大步，出作品，出人才，出理论"为训，虽历经坎坷，大致犹能如是，只"出理论"犹未有建树，且佳作虽多，能震古烁今者犹未有也。数年前欲以作一大型组诗，犹未见进展。欲继往而开来，接武三元，吾辈犹当加餐努力，自强不息。吾辈同仁勉之。

（庚寅秋八月扬中王步高于清华园）

王步高诗文集

898

《扬中风情》序

　　吾之故乡扬中市乃扬子江中一沙洲,北与扬州、泰州,南与镇江、常州均仅一衣带水之隔。洲方圆仅百余里,为江苏最小之县市,然土地肥沃,物产丰富,风景秀丽,林木蓊郁。或云其为江上明珠,吾谓其乃江心花园也。

　　吾市有建制之史仅百年,文化积淀亦浅。然其地处苏南,为"长三角"之腹地,受宁沪及苏锡常文化之辐射,渐次形成有自身特色之文化。举其要者凡六:

　　其一为移民文化。扬中又曰太平洲,乃明清年间长江中新涨之沙洲,洲民来自相邻各县,历史上亦长期由五县共管,导致语言文化之源头具多元性。建县以来,逐步融为一体。其文化之外向与包容为其显著之特色。移民之迁徙性,使之比其他农村人较少抱残守缺之弊病。民国间,吾县几乎家家有人在沪宁线各市打工;建国来,因求学创业,扬中人之足迹更是遍布五洲四海;新时期以来,本地经济之发展,又吸引大批外地民工,其人数之多,几近本土人口之半。走出与引进使扬中文化克服小农之狭隘,能立足江洲,放眼世界。

　　其二为工业文化。民国年间扬中虽为农村,但多数家庭收入以在外务工及做工匠为主,纯农户不多;扬中乡镇企业起步较早,柳器、砂轮、玉雕、农机、五金、手套、服装、桥架……直至太阳能光伏电池,原料及市场均有赖于外,扬中工业走过艰辛而漫长之过程。亦农亦工,与先进生产力相联系,近年更与高科技相联系,得时代风气之先,使扬中始终成为苏南文化较先进之一支。

　　其三为尊师重教之文化。无论建国前后,本地人尊重有文化之读书人,蔚然成风;历史上还发生过县长搞"强迫识字"之事,传为美谈。乡亲对老师分外尊重。50年代,农村小学有"供饭"制,学生以供教师几顿伙食代替学费。即便贫寒之家,对老师决不怠慢。曾在扬中任教之异乡人,或终老于此而乐不思蜀;或因故离开而眷念毕生。我在故乡与异地任教近四十年,与学生感情最深者,亦莫过于扬中也。

其四为远山亲水之文化。此乃由扬中地理位置所定,江中沙洲,海拔不足四米。境内无十丈之丘。高不过300余米之圌山犹在上洲人视野之内,下洲便连山影亦难见矣。"智者乐水",扬中人均绝顶聪颖;水性柔,扬中人亦温柔有余而刚烈不足。地势低平,便难有孔子"登泰山而小天下"之襟抱矣。

其五为注重饮食之文化。民以食为天,四海皆然,而注重饮食如扬中者鲜矣。长江三鲜,以江洲为最;即如家常菜若猪羊肉,其烹调之精细味美,亦为他乡罕有。然过重饮食,吃喝之风必盛,于官风民风亦非尽为幸事也。

其六争强好胜之文化。其始也,贫贱而好胜,不甘居人下,上进之动力也,本书所言及之扬中先辈,多如是矣;如今也,富而好胜,欲居众人之上,争面子,比房子,比车子,比出风头,则利弊参半矣。

…………

扬中文化之根基不深,既无悠久之历史底蕴,也无过多历史积弊。它既难以大量造就震古烁今之人物,也易于弃旧图新跟时代之节拍形成新文化。

经济发展及外来文化之涌入,极易丧失扬中文化的地域特色,梳理扬中的历史文化,知我之所长所短,明我之目标方向,建构有民族文化底蕴和新时代精神且有地域特点之新文化,本书编著之目的在此。

本书之编者,多为我在故乡任教时之领导与同事,学养深厚,又在文化教育部门工作数十年,对家乡之历史人物、历史文化了如指掌,兼之走村串户,采风访谈,多次聚首切磋,汇就此书,名为《扬中风情》,实为文学版之《扬中市志》。历史人物、风俗民情、历史掌故、语言文化,皆以优美流畅之文笔书之,可读耐读,于扬中之文化建设有益当代,功在不朽。

吾离故乡三十年矣,南北播迁,然故乡情结,老而弥笃。近年每每夜静更深,于清华园里,独对孤灯,回忆学生时代及任教于家乡之幕幕往事,昔日之苦辣酸甜均化为不绝如缕之思念,化为叶落归根之决心。读此书,如闻乡音,如见乡亲,如对师友,倍感亲切。

此书问世之前,我得先睹为快,相信它同样会得其他乡亲之青睐,吾愿祝其成功。

(庚寅癸未于金陵秦淮河畔)

《钟山诗文精选》序

《钟山诗文精选》即将面世。

钟山古称金陵山，战国时楚国于此建金陵邑，城因山而得名。汉始称钟山，东吴孙权因避祖父之讳，并为纪念蒋子文而改曰蒋山，东晋因"侨置"之故而名紫金山，亦名北山，亦名圣游山，明嘉靖中诏改为神烈山。钟山为江南茅山之余脉，系"江南四大名山（衡、庐、茅、蒋）"之一。

钟山主峰位于南京城之东北，并向东西延伸，涵盖覆舟山、鸡笼山、栖霞山、阳山、汤山等众山及玄武湖、青溪、潮沟、运渎、珍珠河、前湖、紫霞湖、燕雀湖、琵琶湖、月牙湖等众水。六朝皇宫、明故宫、中山陵、明孝陵均位于大钟山风景区内。因此，钟山之历史文化积淀十分丰富，是历代诗人、作家关注之热点。

钟山亦中国格律诗词之诞生地。六朝时期东吴、东晋及宋齐梁陈皇宫（台城）均位于今东南大学四牌楼校区。南齐竟陵王萧子良之"竟陵八友"，如沈约、谢朓等，其文学创作活动就在鸡笼山下。沈约、周颙从转读佛经发现汉字之读音有四声变化，即"平、上、去、入"，又将此四声分为平仄二类，平声为"平"，上去入为"仄"，所谓"仄"者乃不平也，再将此平仄之变化用于诗歌创作，诗就抑扬顿挫，便有了音乐美，此为齐武帝永明年间之"永明体"诗。中国之格律诗产生于此，对此学术界并无任何争议。

其实，词亦如此。试看梁武帝之《江南弄》七首：

> 众花杂色满上林，舒芳耀绿垂轻阴。连手蹙蹀舞春心。舞春心，临岁腴，中人望，独踟蹰。（《江南曲》）
> 美人绵眇在云堂，雕金缕竹眠玉床。婉爱寥亮绕红梁。绕红梁，流月台，驻狂风，郁徘徊。（《龙笛曲》）

游戏五湖采莲归,发花田叶芳袭衣,为君艳歌世所希。世所希,有如玉,江南弄,采莲曲。(《采莲曲》)

此组七首作品均有一共同之特点,即每一首词均为七句,前三句为七字句,后四句为三字句,第四句重复第三句之末尾三字。其臣子沈约及其子梁简文帝萧纲之《江南弄》五首亦如此。再如张率、陆琼、陈叔宝、江总、徐陵等人之《长相思》,亦如此:

长相思
〔梁〕张 率

长相思,久离别。美人之远如雨绝。独延伫,心中结。望云云去远,望鸟鸟飞灭。空望终若斯,珠泪不能雪。

长相思
〔陈〕陆 琼

长相思,久离别。一罢鸳文绮荐绝。鸿已去,柳堪结。室冷镜疑冰,庭幽花似雪。容貌朝朝改,书字看看灭。

每首共九句,两个三字句,再一七字句,再两个三字句,再四个五字句。此等初期之文人词与定型之唐宋词其区别在于其平仄不符,此与敦煌曲子词相似。若云词为六朝乐府格律化之产物,词亦应诞生于台城(今东南大学),亦在大钟山风景区之范围内。

钟山古朴雄浑,承载着南京古城数千年之文化积淀。其深山密林之中,处处莺啼燕语,古迹星罗棋布,历代帝王及文人雅士诗文墨迹亦时有可见。千古以来,钟山乃令人心醉神迷之游览胜地;近世以来,中山陵更为联系两岸同胞之心灵纽带。

自明太祖于独龙阜建陵伊始,迄今已六百余年,历经明孝陵、中山陵两次大规模建设和整治,建国初与"文革"间农民、居民、企业大批迁入,年深日久,钟山景区生态日益恶化。景区内有自然村十三个、工企单位近百家。外缘景区土地被蚕食,违章搭建如繁星满天,生活工业垃圾狼藉,历史遗迹和生态环境保护岌岌可危。

伴随南京东郊城市化进程之加速,钟山景区已成为"城中之山"、"城中之林"、"城中之园",其潜在之生态价值和品牌效益日显突出。2004年2月,南京市委、市政府决定对景区环境综合整治,邀美国易道公司编制《外缘景区规划》。此乃历史上第三次对钟山风景区的大规模整治工程。意欲将山川形胜、河湖水系、明城墙、宫城遗址、历史轴线和传统街巷等均列为景观资源,平衡旅游发展与生态保护,改善旅游环境,促进旅游业发展。

整治历时五载,投资过50亿元,搬迁自然村13个、居民片区9个、5223户、3万余人,搬迁工企单位近百家,拆除建筑90万平方米,新增绿地7000亩。整治后景区布局为:山岳生态保护区、钟山名胜旅游区、山南风景游憩区、沪宁高速南景观改善区、山北风景游憩区、玄武湖滨水区、明城墙景区等。初步恢复环钟山水系,"九水绕山"之景得以重现。新建起梅花谷公园、琵琶湖景区、紫金山木栈道、南北登山道、下马坊公园、博爱园、钟山体育运动公园、前湖公园、中山门入口公园、营盘山市民广场等景观区,且对明孝陵翁仲路、龙脖子道路等出新改造,以巨大手笔刷新山之外缘,使景区面貌为之大变。将霹雳沟之水西调入燕雀湖,沟一侧原有植物得以保留,又成功建起一片生态湿地。"还景于民、还绿于民"和"显山透绿"之整治初衷得以实现。

景区整治乃"绿色南京"、"文化南京"之民心工程,其本意乃以生态保护为先,着力构建人与自然和谐共生之优良环境。且以整治之机,梳理景区历史文脉,挖掘其传统文化内涵,整合景观资源,融六朝文化、佛教文化、明代文化、民国文化、山水城林文化、生态休闲文化为一体,全面提升景区文化品位及其旅游市场吸引力。

经五度寒暑,整治工程"惠民、惠山、惠城"之效果已初见端倪:吾市民顿添众多免费游憩之所,外地游客来此更有今非昔比不虚此行之感;钟山文物亦受到更好保护。山增灵秀之气,南来北往之候鸟,会更钟情于此,五彩斑斓之异域蝴蝶亦翩翩来此。绿地、山林、水体大为增加,景区绿化率节节上升,扩大了城市之"绿肺"效应,南京为"长江四大火炉"之一已成历史,"人文绿都"之生态品质初现。

2008年南京中山陵风景区建设集团公司又委托吾等搜集与钟山风景区有关之诗词资料。此项工作由我牵头,第一阶段搜集资料工作则由宋昱、方锐、张艳等几位年轻同志完成。吾等工作从两方面入手:其一以柳诒徵《首都志》附录之近千种文献作为主要参考书目,加之新近整理出版的地方文献(如"南京稀见文献丛书")和各种大型诗文总集;二是借助各种新型电子出版物如《四库全书》、《四部丛刊》、《国学宝典》及《全唐诗》、《全宋词》、《全宋诗》等检索系统。

吾等去伪存真，剔除重复，共整理出与钟山直接有关之诗词1300多首，间接有关之诗词1100首左右，计2400余首（电子本），又从中选出430余首作为精选本（打印本）。在钟山集团领导主持下于2010年8月邀南京大学、南京师范大学、南京市作家协会、江苏省诗词协会等单位专家组成之评审委员会对本结果进行评审，大家一致肯定成果之意义，并提出修改意见。根据专家意见，并结合资料可能，吾等又进一步整理出《钟山诗文精选》360首本与138首本，供公开出版之用。

此乃一项前无古人之工作，于钟山诗词，前人还未做过如此全面系统之整理工作。于一般读者而言入选之作品除一二十首外都是相当生疏的；即使诗词专家，其大部分亦未曾谋面，将此很有价值、优秀之诗词曲赋及散文作品发掘出来，为今日之南京新文化建设及旅游开发服务，颇有意义。此类诗文不仅与钟山有关，其本身亦有较高之艺术性和人文与审美价值。其对南京历史文化之研究更有参考与资料价值。

于可以搜集之范围内吾等尽可能力求其全。然或为时间与资料所限，或因水平与工作不够细致，《首都志》所列近千种文献未能全部寓目；同时，课题组成员均非南京土生土长之人，对钟山相关地名均参考《南京地名源》及若干方志，会有些疏漏，也会有错误，欢迎领导与专家学者予以批评指正！

在本书完成过程中，得到钟山集团公司领导蔡龙等同志及钟陵、冯亦同、沈道初、宙浩、袁裕陵、舒贵生诸先生之帮助与指正，对此一并表示诚挚之谢意！

（2010年11月22日于清华大学西南楼寓所）

《岁月流年》序

　　读完寿年兄《岁月流年》的电子稿，眼中一直含着泪花。我被书中一个个人物和故事感动着，更被文章的作者赤诚之心感动着。它带着我又回到家乡，闻到家乡的泥土味；又回到昔日在扬中工作的情景，一个个故人，一幕幕往事，倍感亲切。

　　我与寿年兄共事是 1974 年至 1977 年，当时他是丰裕永丰"五·七"学校的校长，我是他的副手。学校建在一个四水环抱的小沙洲上，全校最多时十四个班，约八百多名学生，从小学到高中，有二十多个教师。有鞠介寿、巫之句那样的老教师，也有与寿年兄和我年龄相当的教师，还有比我们小上十来岁的青年人，清苦而温馨地生活，兢兢业业地工作。我全家都住在学校里，两个女儿在本校上学，尽管我爱人每天要到一二十里外去上班，冬天我还要到丰裕桥去接她，那三年，仍是我迄今为止最安定的，没有太多的干扰，也无太多的追求，也无太多的烦恼。后来就南北播迁，到东北，到南京，到北京，如今全家九人竟分住在两国五地，不能不深深怀念那段相对安定的生活。

　　寿年兄是个非常正直且有个性的人，对工作极端地负责任。我争强好胜，跟他配合得并不好，主要是我并未把自己放在副手的位置上，经常喧宾夺主。他总是忍让，很顾大局。学校的工作、教学在这三年里倒是开展得很不错，在全乡、全县都有一定影响。那三年，也是学校历史上最光辉的时期之一。师资队伍较齐整，有多名大学生。老师们很敬业，从一年级到高中，都有一批教学很出色的教师。寿年兄在我被关押审查近一年中并未像我的另一些外校同事和好友那样落井下石，恰恰相反，他要求教师学生反映情况一定要实事求是。他和工友郭顺成同志经常告诫学生在专案组调查时不要瞎说。受他和老郭的影响，永丰"五·七"学校部分教师和王仲贤等同学在我人生最落魄的时候，给了我人生的温暖，让我感受到人间还有真情在。世

卷六　序跋

界上还有许多不昧着良心说话的人。在故乡，他们是除了我的亲人以外最亲的人。永丰"五·七"学校虽早已不复存在，它永远是联系我们友谊的纽带，也永远是维系我乡情的纽带。

《岁月流年》辑录他在镇江、扬中报刊上发表的短篇文章，按内容分为四部分，有对儿时生活的回忆，有对故人的追忆，有对先进人物的采访，有随想感悟，也有自己的诗词，涉及面很广，生活气息十分浓郁，是一部很值得一读的好书。

书中提到的许多人也与我熟识，如张舜先生，是我被关押审查时期的专案组长之一。他原先与我并不熟悉，他和专案组同志几次去永丰学校调查，并审查我分管的学校工厂的账目后，认真找我谈过话。他说："你在许多校办厂的加班费表上都签上'不领'两字，你在经济上是过得硬的，你在生活作风上也是过得硬的，就是说过几句错话，赶紧说清楚。你是个好教师，学习班结束后，欢迎你到我们同德中学工作。"在我关押中还称我是"好教师"的，他是第一人。当时还有吴俊禄校长要我去三茅中学任教，蓝勤校长要我去联合中学，李名方校长要我去教师进修学校，杨斐然校长后来也要我去县中工作。他们都是扬中教育界德高望重的领导。他们的邀请，使我在人生最艰难的时候看到光明。时过三十多年，仍使我感到欣慰。

书中写到去江南姚桥买萝卜的经历，也勾起我儿时的回忆，我也去那里买过山芋。1962年暑假，我跟父亲去安徽芜湖买米，我当时身材矮小，前后背着两小旅行袋米，进站时被人流推倒，差点被踩踏而死。去年清华大学学生采访我，问我年轻时印象最深的是什么，我说："吃不饱。"在那啼饥号寒的岁月里，我们都活得很艰难。寿年兄经济比我更困难，他工资比我低得多，嫂夫人工作也不如我爱人固定，他还比我多一个孩子，他还是艰难地走过来，几个孩子都成才。个中艰辛可想而知。

他待人真诚，书中提到他和张大恒同志一起去江南高资接巫之句老师回扬中，令我心生敬意。每年元旦、春节，都是他先打电话给我拜年。他的存在，使别人生活得更美好，这是天使的角色。许多居高位的人却因为他们的存在，使别人活得很艰难。我比寿年兄活得更累，等我完全退休了，我也能如他那样关心别人，关心故友吗？答案应当是肯定的，他为我做出了榜样。

寿年兄退休以后还承担许多社会公益事业，做志愿者服务的工作，几乎没有什么报酬，他还是十分执着，十分认真，令人钦敬。

王步高诗文集

我发自内心感激寿年兄和他的全部亲人,他的内兄嘉祯、嘉祥和内弟嘉瑜都是我的好友;我感谢原永丰"五·七"学校的同事和学生。我永远忘不了他们。借《岁月流年》出版之际,表示我的谢忱!离开故乡以后,认识的人多得多了,能如永丰"五·七"学校同仁及学生如此真诚待我者并不多,我十分怀旧,几乎与日俱增。去年我母亲去世,我决心回乡盖房,把自己的晚年再与故乡联系到一起,促使我下此决心的是永丰学校师生的深情厚谊,我是追逐此真情而来。经过患难考验的友情是最可贵的。

寿年兄年将届七旬,如今百岁老人也比比皆是,希望他健康长寿,全家幸福!希望能有机会出席他的百岁寿诞!寿年,寿年,望兄寿过期颐!

(2010 年 12 月 1 日于清华大学西南楼寓所)

卷六　序跋

《石室诗社诗词选》序

　　我生长农家,饮着扬子江的水长大,呼啸的涛声曾为我催眠。直到二十多岁,我未见过大海,也未登过超过紫金山的高山。在我被打成"反革命",送农场监督劳动时,只要晴天,每天中午吃完缺盐少油的午饭后,我总要到一里外的大江边坐上十多分钟,一二十里宽的江面顿时使我心胸开阔,心头的郁闷也一扫而光。这是我心灵的慰藉。我向往高山,向往大海。登山能小天下,观海能拓胸襟。后来也有幸到过普陀、大连、青岛、厦门、香港、澳门、台湾,以及韩国、越南……在许多地方看海,在海上航行,在空中看海。却从未到过本省的盐城、连云港,未能从那里看看被称为"黄海"的大海,我们江苏人的海。

　　这次有幸读到连云港市中青年诗友的诗集《石室诗社诗词选》,几位在古城海州长大的朋友的诗,那里有我们江苏最大的海,也有江苏最高的山。确实,得高山与大海滋养的诗人与众不同,读他们的诗,令人神往。我立即将其保存到我给清华大学学生开诗词格律与创作课的文件夹中,其中有些作品可供学生学习参考。

　　石室诗社的部分诗友与我有过交往。我与胡可先教授认识已有二十多年了,当时我的弟弟王庆生还在徐州师范大学跟吴汝煜教授读研究生,吴先生患重病要到南京来治疗,我托朋友让他住进省肿瘤医院。我当时工作的出版社距医院不过百米,每天我都去医院看两次。胡可先先生是吴先生的助手,常来照顾吴老师,我们见过多次。后来似乎未再见过,对他的学术成果倒时有所闻,也读过他的论文与著作,也知他已调往浙江大学。这次拜读他的诗词,才知他的创作成就也颇令人注目,很有才气。如《歌风台》:"九里山前赤剑雄,亡秦灭楚毕神功。已经得鹿安天下,犹自还乡唱大风。今日也知求猛士,当时何必杀韩彭。汉家帝业今何在,唯有高台立沛中。"句句紧扣史实,而立意深刻。《秋兴八首》更见功力。如今在高校任教古典诗词者,大多自己并不写诗词,写作能达胡可先教授者,更少见。他的诗题材广,体裁亦多,令人称羡。

诗友中另一位我比较熟悉的是侍述清同志,早就听我们春华诗社的舒贵生等同志多次介绍过他,称他是苏北中青年诗人之翘楚,也听连云港的其他诗友谈起过他,2006 年我主持江苏省中青年诗词大奖赛的决赛口试,才见到他。那一次,他被评为"江苏十大青年诗人"。后来江苏省诗词协会重建中青年诗词工作委员会,还让我主持,侍述清同志也是委员之一。今天再读他的诗集,有很多是 2006 年参赛时未读过的,水平很高。如置于卷首的《学诗》诗云:"吟咏贵言志,矫情不足师。但能源肺腑,俯仰尽成诗。"又如其作于 1999 年之《感事》:"直道行来屡碰头,早闻曲径可通幽。诗书纵解眉间锁,家国频添心上秋。斯也才疏劳说项,粲还骨瘦敢依刘? 风流莫作高低论,海在江河最下游。"又作于去岁的《病中》二首:"从来未敢问穷通,讵料今番软似熊。瘦骨撑家需力挺,新诗欠债要亲躬。偶非病里兼贫里,便是风中并雨中。小恙如斯关运数,明朝仍展一生雄。""遥忆当初错用功,十年多遇打头风。愁肠酒遣真知己,病体官差假办公。身置江湖途坎坷,情如云雾雪消融。玉壶留得冰心在,雨过应逢七彩虹。"从诗中不难看出作者在人生路上奔走得很艰难,与石棚旧主人石曼卿相似,曼卿与梅尧臣均欧公好友,欧公就是有感于梅尧臣之不遇而发出"诗穷而后工"之叹。诗词总是穷者的专利,富者无好诗。"为赋新词强说愁"很难写出好作品。读大历诗人李益之作,佳作均五十一岁未达时所作,此后他官运亨通,我云:"诗人李益只活了五十一岁,后来还活着并做了高官的李益只是与其同名者,并非诗人。"诗人白居易亦然,他的名篇佳作均任江州司马及其以前之作,此后他官位渐高,一帆风顺,作品虽多,而多应酬唱和之作,虽尚可读,耐读之精品极罕见。侍述清集中无今岁之作,诗人康复否? 人间要好诗,愿君健康长寿。

陶新亚诗友的作品数量既多,质量也高,学理科而能诗如此,尤为可贵。他的一些小诗,更清新可喜。如《抒怀》:"遗憾春来了凤缘,撩人清梦已如烟。东君莫把韶华数,知是痴情第几年。"《接学友来信》曰:"最羡徐君学有功,淋漓翰墨吐长虹。愧余几度难提笔,且把离情灌满封。"《新晴》曰:"重磨飞镜照新晴,窗下芙蕖晚更清。千里稻花欢不寐,蛙声闹枕到三更。"诗中许多以农村为题材的作品使我这个农家子弟倍感亲切。

马士勇诗友是另一位佼佼者,其诗词诸体俱佳,由于曾有军旅生活之经

909

历,较之我辈,有其独到之处。他对生活体味颇深,笔触也敢面对社会的阴暗面,对贪官污吏嘲讽批判,如《军营采风》曰:"书生去采风,投笔再从戎。敬礼军姿直,挥枪靶的中。匍匐身似箭,跳跃腿如弓。更喜豪情涨,干杯气若虹。"《某官公判》曰:"职去遗威在,又登主席台。囚栏非杂木,手铐是良材。昔日身量法,今朝泪润腮。沧桑君莫叹,因果问由来。"《自费出书》曰:"曾把沽名钓誉瞋,今成自费出书人。应征暗愧才华浅,买号尤哀血汗珍。序跋悄然驱大话,装帧不敢裹金身。文章本是千秋事,但恐明朝化粉尘。"其他传统题材的作品也能自出新意,如《游园偶见》:"日丽春浓助兴游,嫣红姹紫目难收。不知蜂蝶传何话?羞得花苞暗点头。"《乡间垂钓》曰:"学浅身无济世方,红尘苟且度时光。闲陪渔父苍烟钓,一杆临池影两行。"论内容前几首为优,论艺术,后几首居上。

朱成安写组诗和韵较多,生活气息很浓,也有许多直面人生之作,令人振奋。如《无题》曰:"滥调陈词岂可循,直将豪气漫鸿钧。银河去览逍遥境,日月跨蹬前后轮。更唤仙班曲九奏,欲和玉帝酒千巡。谇科不忘求凡愿,应洒人间雨露均!"《自感兼和湖南浏阳周树兴先生〈贱辰抒怀〉》曰:"小酒三杯入醉乡,炎凉世态尽相忘。人生百味糊涂账,天地偏私六月霜。放眼鱼龙尤混杂,惊心鸡犬太猖狂。如能参透其间事,不值劳神话短长。"这里敢于批判诗坛一些不正之风,令人快意。诗忌俗、熟二字,前者媚俗、低俗、庸俗,如新歌词"老鼠爱大米"之类,惨不忍睹;后者正所谓陈词滥调,日历诗之类,内容陈旧,语言干瘪,说其"打油",犹嫌恭维,实仅"打水"而已。附庸风雅者不愿苦学,写出作品,了无新意,难不落入打水之俦。朱先生之作能力矫世俗之见,思想较有见地,艺术水准较高,可读耐读。

石室诗社,建社不过两年,人员才十几人,却已初具规模,佳作连连,可喜可贺。对其他诗友之作,不一一置评。

江苏乃诗词大省,毋庸置疑,在中国诗词历史上,也可居鳌头。但近三十年来,算不上诗词强省,一是受极"左"路线干扰,"诗棍、诗混"横行,批张三、告李四,帽子满天飞,一时搅得江苏诗坛乌烟瘴气,成为全国诗词界的重灾区。二是重政治轻艺术,不重视对中国传统的继承,诗词的精品意识不强,一味追求数量。三是后继乏人,二十几年前诗词界就有两个七十之说,诗人七十岁以上的占 70%,当时我刚满四十岁,是省诗词协会唯一年轻的副会长,其他人基本都在七十岁以上。如今情况基本依旧,所不同者是我们自己也年过六旬,开始了奔七之旅。当年风华正茂的春华诗社,如今其骨干成员也都五六十岁。这几年,在凌启鸿等省诗协领导的支持下,我们开展"省十佳青年诗人"、十佳女诗人评选,发现了一些优秀的青年诗人。这次读《石室诗社诗词选》,深感欣慰。如果咱们江苏十三市,每市均有一批这样的中青年诗词创作群体,江苏诗词界后继乏人的局面就会根本改观。就我所知,有些市,青年诗人中就没有侍述清这样水准的,有的数量尚可,甚至很多,很"胖",但不"高"。我们要群体的强大阵容,更要出类拔萃的名家名篇。希望连云港的诗友,探索一条群体成长的路子,希望"出作品,出人才,出理论",希望石室诗社走在江苏中青年诗词创作的前列。

(2011 年 5 月 24 日于清华大学西南楼寓所)

卷六　序跋

911

《清风流韵》序

北京的秋天最风景宜人。香山枫红，银杏叶凋，清华园里也一派秋意。楼下柿树叶落殆尽，十几个红柿却悬挂枝头，鲜艳、亮丽，傲霜斗雪，在一片黄叶丛中分外突出。我欣有闲暇，当窗打开电脑，细读春华诗友秦定茂的《清风流韵》，一片清香扑面而来。

是集清新雅致，很少尘俗气，很少政治应景之作，绝无傍大官、大款之言。我辈清寒学子中，犹时有为钱权所左右者，秦君为官场中人，犹能守身如玉，自洁如此，令人钦敬！

秦君与我均生长农家，继承农民之淳朴、敦厚，对贫寒乡亲一往情深，不忘根本，是我们本分。此亦秦君所谓"茅屋情结"。集中有多首关心农事，同情贫寒之作。此乃中国诗歌之命脉。当今诗坛，一味歌舞升平、歌功颂德之作甚多，很少关心弱者、为民请命之作。在此集中却时有所见。对官场弊端也偶有触及。

是集题材广泛，江山塞漠皆有涉及，作者见识颇广，足迹所至，几遍中国。我身处北国，读是集又随之徜徉九州，多有我所未历者。古之人"读万卷书，行万里路"，君得之矣。

是集有赋、诗、词、联，文体皆备，大多可读，时有佳句。

春华多才俊。近年间舒贵生、赵怀民、李金凤、李中华、吴维泉、周骋（此处请补若干已出诗词集之春华诗友之名，顺序可调整），均有诗集问世。春华人也陆续走出南京、走出江苏，在全国有一定影响。春华诗友也走出诗词，在赋、楹联等领域有较大建树，有的还担任省市诗词、楹联学会的重要领导。我为春华诗友的成绩欢欣鼓舞。也应该看到，我们的不足也是很明显的。我们还很少有可以传世久远的精品力作，还没有可以媲美古之大家的诗人词家。吾辈犹当加倍努力。

先睹为快，不胜欣慰。预祝本书取得成功！

（2011 年 10 月 31 日于清华大学西南楼寓所）

《名著零距离》序言

　　课外阅读是学好语文最重要的环节,语文水平主要是读出来的,而不是教出来的,更不是靠补课补出来的。语文课只解决精读问题,更多的泛读要靠课外。如果一个学生只学了课本上的文章,即使学得不错,考得很好,语文水平也高不到哪里去。语文课本只起识字与阅读引导的作用,为课外阅读作示范。语文课本只是一杯水或一桶水,课外阅读面对的才是大江与大河。

　　中学语文是承担这样三重任务的,其一,为学生就业和社会交往打下语言与文学基础,也即母语的基础,这是十分重要的。劳动部 2003 年提出人的技能有三千种,而核心技能仅八种,而语言交际能力居首位。其二,为学生继续学习打下母语基础。由于高等教育的发展,上大学已非难事,读硕士、博士,也非高不可及,楼盖高了,对基础的要求也相应提高,博士生做得出实验写不出论文的情形,已屡见不鲜。其三,要为少数学生未来成为文学家、作家打下坚实的基础,如今文化人没文化,已很普遍,歌坛上文学水准十分低劣的作品大行其道,这就是昨日我们培养的语文水平低下的学生创作的,我们今日也还会继续培养大量新文盲"作家"。而要完成上述三项任务,光靠语文课和课本上的那点文章是远远不够的,必须大量阅读课外书籍。

　　建国六十多年来,我们教育界有四大教育观影响巨大,必须予以纠正:

　　一是一味强调"少而精"。语文学习"秘诀"很多,真正有用的只有"多读""多写"两条。学好语文,靠一杯水不行,要尝试给学生"一条河",一条可以追根溯源的河,可以中流泛舟,也可浅涉辄止。课外阅读应承担起这样的任务。

　　二是一味强调"学以致用"。我以为这是危害中国教育最甚的一种教育思想,貌似正确,其实不然。学当然是为了用,但有直接有用和间接有用之别,也有马上见效与长期见效之别。"文革"中把"学以致用"发展为"急用先学,立竿见影",可谓实用主义之典型。"立竿见影"的知识实际上是一种浅显的小技能,大家去追求"立竿见影",便浮躁,便浅薄,便没有人文精神,只能是"快餐文化"。文学是人学,它追求的是一种美,一种艺术境界,一种精神,这对造就和谐的人及科学大师、艺术大师是必要的素养,也是知识分子的基本素养之一。

三是不加分析地反对"不求甚解"。中小学教育常常强调"求甚解",字字落实,句句落实,每一种语法现象都落实。这样做似乎很扎实,但信息量很小,视野很狭窄。课外阅读可以深些,学生从"不求甚解"到每有所会,然后渐入佳境。其实,任何学习都是从"不求甚解"开始的,幼儿园的孩子看图识字认识了"太阳""月亮""星星"等字,在现实中也会用,但与天文学家比起来,对这些天体的了解不仅是"不求甚解",甚至连皮毛也算不上。孩子们初背古诗也是如此,中学生读《红楼梦》也如此。如果只读一遍便能"求甚解",就不会去反复读,也就算不得真正领会了。

四要"厚今薄古"。"厚今薄古"观是受"新文化运动"中"全盘西化"论影响而产生的。中国文学的发展是由古到今的,学习文学则常常是由今及古。越是上古语言障碍越大,小学、初中几乎很少涉及《诗经》《楚辞》,高中涉猎也不多。古代文学的历史远比现代文学长得多,优秀作品也多得多。

为提高未来一代全民族的母语素质,一定要提倡学生多读、苦读、多背。教育部规定《名著阅读书目》,应当说是一大进步,是对语文课本的补充,也是对课堂教学的补充,对学生拓展阅读、开阔视野有一定作用。也应当看到,教育部规定的课外阅读书目数量很少,应当说它只是一个最低限度的必读书目。尤其中国古代文学除四大名著外一本也没有。不练毛笔字,钢笔字也写不好;不读古文,白话文也学不好。五四新文化运动对中国革命起了巨大的推动作用,也产生了鲁迅、胡适等大批文豪与巨匠,但其否定文言、否定汉字、否定民族文化的过激言论也产生了极大的破坏作用,影响至今。

我在东南大学任教时,我希望中文系本科生能背诵《老子》、《大学》、《中庸》、《诗经》、《楚辞》、《唐诗三百首》、《古文观止》,对于一个文学家与作家,这是补练"童子功"。我国当代文史学者(包括我本人)普遍"经学"功底不够,便难成大才,难成大师级的人才,其重要原因是"童子功"不够,与我们的老师一辈相比,差距很明显。

真正练"童子功"应从中小学开始。即使不想成为文学家、作家的也如此,有母语"童子功",也是科学上成才的基础。当今我们不仅没有一流的文学家、作家,也没有堪称大师的科学家,其原因是相似的。

本套《初(高)中名著零距离》便是为初高中学生课外阅读教育部指定书目作参考。可在读原著之前阅读,对原著的作者、写作背景、主要内容、特点有粗浅的认识,然后再去读原著,读完以后再来看看本书,做做有关习题,对照本书对作品的分析理解,想想对你还有哪些启示,必要时再去翻阅原书某些章节。也许你会认同本书的观点,也许还能得出比本书更深刻的见解,本书只是"一家之言",学生读书如能有自己的见解,也可"独树一帜",我们很希望看到后一种情况。

祝愿同学们通过课外阅读,语文水平有较大的提高!我曾先后就读于南京大学、吉林大学、南京师范大学,又工作于东南大学和清华大学,希望同学们成为我的校友,更欢迎你们成为清华学子!

(文澜《名著零距离》,南京大学出版社,2011 年)

王步高诗文集

《大江清韵·第二集》序言

　　吾乡乃江中一沙洲,处此名震中外之大江中,而其历史并无太多可骄人之处,文化积淀亦非厚重,近岁却以诗词驰名九州,为全国最早之"诗词之乡"。

　　吾异乡游子,亦诗坛中人,兴奋之余反思其因有四:其一吾乡素有"尊师重教"之传统,而其诗坛主力多为教师或曾为教师者,又自学校做起,故易于其成。其二有多位饱学而命运多舛者执其牛耳,古人云"诗穷而后工",如何君幸若,向使生于今日,其成就何止如斯? 诗尤垂青于命运坎坷者,官位无缘,发财无缘,事业受阻,时遭白眼,其不变之友者,惟诗而已矣。其三,有众多热心之士,安贫乐道,于诗情有独钟,如兄如弟,如师如友,切磋琢磨,终有所成。其四者,领导之支持也,其先有李公名方,其后有卢万福、戴正春诸君,提供保障,率先垂范,功莫大焉。

　　读《大江清韵》,犹有感焉:是书顺序,均以姓氏编排,不附官衔身份,不以地位区分,所入选者,唯作品是举,臧否褒贬,唯诗唯词,不以官帽占先,亦不以权势压人。古往今来,布衣草根诗胜过权贵之例,何代无有? 乾隆诗作巨万,选清诗者收其几何? 此可喜一也。吾乡僻居一隅,而书中内容广博,四海五洲,国计民生,无不言及,置扬中于宇内,放眼光于天外,与开放之大局同步,非拘于一己之得失忧乐,一乡之草木山川矣,此可喜之二也。新人辈出,后来居上,近岁吾主持江苏十佳女诗人评审,吾乡两女杰夺魁,吾未有半点特别垂顾,风起云涌,后生可畏,此可喜者三也。书中讽刺之作颇夥,鞭挞贪官污吏,讽刺世风日下,非复一味歌功颂德,应酬赠答,发无病之吟矣,此可喜者四也。

　　诗教,兴国之大业也。诗教可固文化之根基,增文化之底蕴,提人民之素养,亦不朽之盛事也。

吾欲言于诗友者,曰诗欲其更精,人欲其超越。诗欲其精者,非精不足以传世也。唐诗五万首,倘无《三百首》入选之杰作,人中无李杜,无王孟、高岑、韦柳、元白、韩刘、义山、小杜诸公,唐诗尚有何颜面? 当代无李杜,所可望者,青年也,当多读、多背、多写、多改。诗话、词话尤不可不读。再与三五诗友品茗论诗,结交全国诗友,愿汝辈首超绿洲当年之创始诸君,再超江左及五洲之翘楚,则可望三元(开元、元和、元祐)诸公之项背矣。欲迈唐越宋,则非吾所敢言矣。

（壬辰八月王步高于清华大学寓所）

王步高诗文集

《孙子兵法》序

《孙子兵法》，亦曰《孙武兵法》、《吴孙子兵法》、《孙子兵书》、《孙武兵书》，亦称"兵经"、"武经"，谓其于兵家也如儒家之有诗、书、礼、易、春秋也。或曰，《孙子兵法》为世界三大兵书之首，舍此而外，德国克劳塞维茨之《战争论》，日本宫本武藏之《五轮书》也。是乃世界最早之兵书。其著者孙武亦有"兵圣"之名。

《四库全书总目》卷九九子部兵家类云：周孙武撰，考《史记·孙子列传》：载武之书十三篇，而《孙子兵法》八十二篇，图九卷，故张守节《正义》以十三篇为上卷，又有中下二卷，杜牧亦谓武书本数十万言，皆曹操削其繁剩，笔其精粹，以成此书。然《史记》称十三篇在《汉志》之前，不得以后来附益者为本书，牧之言固未可以为据也。此书注本极夥，《隋书·经籍志》所载，自曹操外，有王凌、张子尚、贾诩、孟氏、沈友诸家。《唐志》益以李筌、杜牧、陈皞、贾林、孙镐诸家。马端临《经籍考》又有纪燮、梅尧臣、王皙、何氏诸家。欧阳修谓，兵以不穷为奇，宜其说者之多，其言最为有理。然至今传者寥寥，应武举者所诵习，惟坊刻讲章，鄙俚浅陋，无一可取，故今但存其本文著之于录。武书为百代谈兵之祖，叶适以其人不见于《左传》，疑其书乃春秋末战国初山林处士之所为，然《史记》载，阖闾谓武曰："子之十三篇，吾尽观之矣。"则确为武所自著，非后人嫁名于武也。

《汉书·艺文志》所载，见于其卷十云："《吴孙子兵法》八十二篇，图九卷。"《汉志》乃据刘向、刘歆父子之《七略》之《兵书略》，删节而成，当有所本。张守节《正义》云："（阮孝绪）《七录》云：《孙子兵法》三卷。"案："十三篇为上卷，又有中下二卷。"今本十三篇，大约就是原书之上卷。《正义》又云："魏武帝云：孙子者，齐人。事于吴王阖闾，为吴将，作《兵法》十三篇。"魏武帝曹操曾为《孙子兵法》作注，他所见之《孙子》已仅十三篇。则《汉书·艺文志》所

卷
六

序
跋

919

言之八十二篇,至汉魏之际已不为人重视。

《孙子兵法》今人可见之版本,一曰简本,为1972年临沂银雀山汉墓出土之汉初竹简抄本,乃现今为止最早之版本,有十三篇以外之文辞,如《吴问》、《四变》、《黄帝伐赤帝》、《地形二》、《见吴王》等篇。又《宋本十一家注孙子》本、丁氏八千卷楼藏刘寅《武经七书直解》、西夏文《孙子兵法》、《太平御览》本、《杜氏通典》本诸本。《增订四库全书简明目录标注》及《中国丛书综录》所列版本犹多。《中国古籍善本书目》所列则多以《武经》名之,以影宋本《武经七书》为最早。古人注《孙子》者代不乏人。曹操之《孙子略解》为《孙子兵法》最早之注释本,欧阳修曰:"世所传孙子十三篇多用曹公、杜牧、陈皞注,号三家。"宋吉天保《十家孙子会注》,十家谓曹操、李筌、杜牧、陈皞、贾林、孟氏、梅尧臣、王皙、何延锡、张预。近世大陆之蒋百里、刘伯承、陶汉章、郭化若;台湾之许诗玉、钮先钟、朔雪寒,日本之服部千春,于是书研究,多有创获。

据今人考订,孙武基本上与孔子同时,当时人尚无个人著书立说之例,虽孔子亦无自己著作,《论语》也出于门人后学之手,故是书是否孙武手定尚可探究。

《孙子兵法》十三篇为古往今来最杰出之军事著作,于战争之诸方面多有阐释,于敌我条件之比较,预测战争之胜负。内容博大精深,思想精邃富赡,逻辑缜密严谨。《孙子兵法》有丰富之辩证法思想,书中探讨了与战争有关之系列矛盾之对立及转化,如敌我、主客、众寡、强弱、攻守、胜败、利害等,提出其战争之战略战术。如曰:兵者,国之大事,死生之地,存亡之道,不可不察也。故经之以五事,校之以计,而索其情:一曰道,二曰天,三曰地,四曰将,五曰法。道者,令民于上同意,可与之死,可与之生,而不危也;天者,阴阳、寒暑、时制也;地者,远近、险易、广狭、死生也;将者,智、信、仁、勇、严也;法者,曲制、官道、主用也。凡此五者,将莫不闻,知之者胜,不知之者不胜。故校之以计,而索其情,曰:主孰有道?将孰有能?天地孰得?法令孰行?兵众孰强?士卒孰练?赏罚孰明?吾以此知胜负矣。将听吾计,用之必胜,留之;将不听吾计,用之必败,去之。又曰:故善用兵者,屈人之兵而非战也,拔人之城而非攻也,毁人之国而非久也。是故百战百胜,非善之善者也,不战而屈人之兵,善之善者也。

刘勰《文心雕龙·程器》云:"孙武兵经,辞如珠玉,岂以习武而不晓文也。"是书亦文采斐然,吾编《大学语文》亦选其一篇入编,匪独军校然也。

《孙子兵法》实乃中华千古奇书，自问世以来被奉为兵家圭臬，亦贴近老庄，以科学为基，有"成就人、成就事"之功。时至今日，更为商界必备，开发创新，启迪思维。

《孙子兵法》曾被誉为"前孙子者，孙子不遗；后孙子者，不能遗孙子"。其实，岂止我国，《孙子兵法》亦为世界影响最大之中国古籍之一也。其在国外之流传，许多著述以为日本最早，韩国次之。将《孙子兵法》引向欧洲之第一人乃法国天主教耶稣会传教士约瑟夫·J.阿米欧，其中文名钱德明（别名钱遵道）。其所译介《中国军事艺术》之兵学丛书，其二为《孙子兵法》。清廷驻法公使廖世功所著《中国为世界文化之源》谓法国名将拿破仑亦读过《孙子兵法》，《孙子兵法》时下乃美国西点军校及哈佛商学院之教材，据云为影响松下幸之助、本田宗一郎、盛田昭夫、井深大一生之书，为通用汽车 CEO 罗杰·史密斯、软银总裁孙正义成功之法宝。其影响世界，可见一斑。

张君益善，吾之同校学长，专治水利，供职于江苏省水利厅，并著有《中华实用水利大辞典》，又长于书道，观其《张益善书法集》，刚健清新，笔力雄浑。本书选吴九龙主编本《孙子校释》之兵法原文为底本，亦校以他本，该本初版于 20 年前，已是临沂银雀山汉墓汉初竹简抄本出土之后多年，校本已取竹简本之长，乃一较可靠之版本，以挺拔秀美之小楷书之，二美相并，相得益彰，令人心折。是书亦得著名书法家李铎先生之垂青，当受众读者所珍爱。

余于《孙子兵法》本无所解，前半生五度与军旅失之交臂，仅以学生之身去连队当兵二月，亦如放翁之散关半载，毕生不忘；余于书法亦徘徊户外，不得其门而入，见张兄是书，称赏不置而言之难得要领，恐贻笑大方，愿张兄及诸公有以教我。

（癸巳春正月扬中王步高识于清华园）

《〈随园诗话〉诗词选编》序

孙君茂元者,余五十年前之学长也,初长县粮食局,后为吾市最大企业之副总,数岁前余应君之邀造访其厂,盛盛然,煌煌然,兄事业有成,令吾辈汗然。然兄激流勇退,退而不追求安逸,不迷恋于世俗消遣,专治《随园诗话》,且由之而治清诗,成《〈随园诗话〉诗词选编》。读其书,深服其用志之深;细品其《前言》,余不禁拍案而赞曰:"有志者事竟成也。"

余早岁就学于唐圭璋师门下,学唐宋诗词,尤致力于词,于清诗未曾著力。与清诗泰斗钱仲联倒较多书信往还,其《清诗纪事》付梓前后,我正效力于该出版社,与该书责编同处一室,出书后曾与责编同造钱府;与曾编著《清诗史》之严迪昌、编著《袁枚全集》之王英志二教授亦相识几三十年。清诗当为唐宋诗之后劲,作者作品之夥,数倍于唐宋,精品时出,有出唐宋而上者。所不足者,无李杜苏轼耳。余编著《唐诗三百首汇评》参历代诗话千余种,于《随园诗话》多所取法。对袁氏"求诗于书中","得诗于书外","诗用意要精深,下语要平淡","凡诗之传者,都在灵性","能入人心脾者,便是佳诗","作诗不贵用力,而贵有神韵"云云,亦深是其言。古今诗话充栋,如《随园诗话》者,指不胜屈。袁氏不满于明人宗唐宗宋之举,光大公安三袁,于王渔洋之后,独树大纛,屏肌理格调诸说,以兴观群怨代温柔敦厚,荟当朝千余诗友精品于一编,标举性灵。其当雍乾大兴文字狱之岁,其胆堪敬,其识可佩。《随园诗话诗词》其下限亦与沈德潜氏《国朝诗别裁集》(今名《清诗别裁集》)相当或稍后,因其更具民间特色,袁枚诗才亦非沈氏可比,此书较沈书自有特色,为清前半期诗之妙选(可谓其《袁枚选清诗》),当无愧色。

孙兄是编对作品精心取舍,对作者一一补传,对缺标题者亦加补正,方便读《随园诗话》者多矣。后之读清诗者,亦会受益匪浅。孙兄为袁氏功臣矣!谨序。

(甲午秋闰九月王步高书于清华大学)

922

《清华学生诗词选》跋

　　怀着对王国维等前辈清华人的钦敬和对清华学堂的敬畏,我从东南大学退休来这里任教已第八年,最近因健康原因,我不得不中断在清华的教学返回南京治疗。我深爱这个园子,更爱这些使我感到"震撼"甚至"自愧不如"的莘莘学子。

　　我在清华开设"诗词格律与写作"等四门诗词和素质教育课,既提高学生的阅读鉴赏及写作水平,也让少数精英学点文言文,特别是诗词写作。中国几千年的文脉主要靠文言文传承,而文之精者为诗。格律诗词写作遵循古四声,保留入声,而古代格律诗词是严守四声的,掌握诗词格律,也有利于继承中华语脉。诗词也是中华传统道德的主要载体之一,学习写作传统诗词,也有利传统美德的继承,

　　清华历史上出现过一些领一代风骚的诗人词家,如王国维、俞平伯、徐志摩、林徽因及"新月派"诗人,而今之清华,毕竟理工科更为强势,人文氛围相对不足,开设此类课程,以短短一个学期,教会学生写诗、填词、对对子,甚至写出中规中矩的格律诗词,还写得颇像回事,虽只是对清华的校园文化建设洒点胡椒面或味精,却有利于改变清华学子"工科男""工科女"形象,对拓宽其知识面、提高其人文素养均大有裨益。

　　八年来,我和助教与同学们教学相长,理论知识与创作实践结合,我的大课堂与助教的小课堂结合,课堂与网络教学相结合,课上作业点评与网络点评相结合,主课件与附录参考资料相结合,课程教学与清莲诗社创作活动相承接……使我们的教学愈来愈多姿多彩。每年的端午、元旦我都邀请一些小诗友到我家过节,二十多人,济济一堂,粽子、水饺、馄饨加上水果、瓜子……现场谈诗论词,吟诗作对,甚至吸引北大、中科院等校硕士生、博士生参加。更多高校的学生,乃至教授、博导及社会人士,来课堂旁听……这一

切,是那么平常;如今让我暂离课堂,离开他们,又是多么的难分难舍。

　　这本诗词选汇聚了在清华这几年开设"诗词格律与写作"课程学生的诗词作品,由助教刘人杰、王莹、夏虞南、张洵恺精心编选,我加以补充和定稿。这几位助教本来也是这门课的学生,是同学中的佼佼者。这些入选的作品有的初露头角,有的甚至还较稚嫩,个别作品还不难挑出其措语不当之处,但这些初入门之作已露出其过人的才气与眼力,展现了清华学子的胸襟与抱负。假以时日,持之以恒,他们中一些人可以成为未来中国诗词界的新秀和中坚,大大超越我们这辈人。吾年届七旬,殷切期望后生们站在我辈肩膀上,更上一层,乃至绍唐越宋,开创中华诗词的新天地。

(《清华学生诗词选》,清华大学出版社,2016 年)

王步高诗文集

《莲生诗文选》序

　　与莲生兄相识于"文革"后期我被隔离审查的"学习班"中,我是被审查对象,他是专案组成员。在我这次落难时,昔日的朋友中捏造罪名诬告以图升官者有之,落井下石者有之,避之唯恐不及者有之,而敢于主持公道甚至赴汤蹈火者亦有之,而莲生兄是这后者中唯一与我原来并不相识的。患难见真情。我情绪低落时,他经常安慰我;我被一次次批斗时,是他鼓励我;我与专案组领导冲突时,又是他及时提醒我,让我不因情绪失控而酿成大错。学习班内有吴俊禄、张舜、莲生兄和金家礼等专案组成员;学习班外有我的妻子、亲人、杨九林校长、一些不离不弃的朋友、学生,让我感到还有公道,还有温情,还有希望。309天的"牢狱"之灾,便不都是凄苦与眼泪,反而带有某些戏剧和传奇色彩。也是在吴俊禄校长、我的爱人及朋友的鼓励下,我卧薪尝胆,三年后,成为扬中土地上考取研究生的第一人。无论是东北、南京、北京、扬中,我与莲生兄的联系一直密切。

　　故乡在我心上划上的深深伤痕,是他们帮我愈合的。我甚至比其他许多离开家乡的学子更深爱故乡的土地,因为这不仅是牛我养我的地方,更有许多高尚、纯朴、关爱着我的亲人、朋友、学生。近四十年来,我南北播迁,尤其是就读吉林大学、任教东南大学和清华大学,都要强调,我是扬中人,我教过的成千上万学生都知道,扬子江中有个岛县叫扬中。这是一个非常可爱的地方。

　　《莲生诗文选》出版,我深表祝贺!书里面有对扬中地名的考证,有革命故事、民间故事的整理,有自己的人生感悟,有旅游记趣及写作的诗文。我有幸提前读到此书的电子稿,非常亲切,颇有受益。

　　扬中历史文化积淀并不特别厚重,一方面,没有出过可以震古烁今的文化巨人,没有稀世罕见的文化珍藏,没有遍布江浙的大藏书家和硕学大儒;

另一方面对拥有本来不多的历史文化整理不够。莲生兄做了很有益的工作。他追踪扬中的文脉,虽然是筚路蓝缕,从历史文献等方面做更多爬梳剔抉,已是开了一个好头。如对太平洲名由来的传说,我们幼年也曾听说,用晒簟卷起来涂上黑漆吓退洪秀全太平军的事,虽距离事发仅仅一百年,如今又过去七十年,如果没有莲生兄的记录整理,再过七十年,恐怕就无人知晓了。再如王渊鉴的故事,我在关押审查期间,曾听张舜先生讲过,他是王渊鉴的战友,我当时非常感动,可过去近四十年,连烈士名字也记不真切。前年我为我市政府撰写《祭江洲革命先烈文》的碑文,再次重读许多关于这段故事的记载,但均不如莲生兄采访王渊鉴长女的文章翔实、生动……

莲生诗作虽然不多,却体现我市作为全国首个诗词之乡的特点,老中青人人能诗,每个出文集者,必有诗卷。言之精者为文,文之精者为诗,诗之精者为绝。以诗词入门,继承我们的中华文脉。扬中人学诗词,得天独厚。我们的江淮官话,是官话中唯一保留入声的,既不难懂,又保留大量古音。我们的方言里保留入声甚至大大超过吴语和上海话。格律诗词是文学与音乐最完美的结合。莲生兄的诗并不严守格律,但乡土气息、生活气息特浓,更贴近生活,非常清新悦目,又多用七绝,仿佛南朝乐府民歌和唐代《竹枝词》或陕北民歌,如:

新民歌(三首)其二

树梢树根茎连茎,歌头歌尾音连音。
葵花结实籽连籽,党心民心心连心。

门前荷塘好景象,荷花盛开满院香。
鱼儿跃出水面来,看咱富成啥模样。

再如:

教师节感怀

三尺讲台化绸缪,几度寒霜洗鸿沟。
黑发积霜织日月,呕心沥血育花朵。
蚕丝吐尽催人老,烛泪成灰无所求。

春播桃李三千圃，秋来硕果满神州。
精英学子皆成才，光荣退休暖心窝。
喜看华夏盛世景，豪情满怀唱赞歌。

　　这后一首催人泪下，"黑发积霜织日月，呕心沥血育花朵。蚕丝吐尽催人老，烛泪成灰无所求"，道出教师的心声。

　　作为一位职业教育老师，莲生兄堪为江洲翘楚，看了本书附录的两篇关于他的报道，更对他增添敬意。莲生兄道德高尚，为人淳朴，而且爱岗敬业，成绩卓著。我一直认为，一个人不在于他做过什么，而在于他做好过什么。由于机遇环境不同，并非每人均能尽其所能，但这绝非无所事事的理由，注重当下，尽我所能为，逆境中多学习，顺境中多工作，仍可以不虚度人生。莲生兄便是表率。

　　祝该书早日问世，并受到读者欢迎，弟翘首以盼！

（2017 年 1 月 9 日于南京）

卷七 讲座采访

乌台诗案与苏轼诗词

苏轼的年代,正是政治改革家王安石进行变法革新的时代。围绕变法,引起了十分激烈长久的新旧党争。苏轼卷入其中,并在新旧党争的夹缝中挤得焦头烂额。其中最有影响力的案件就是"乌台诗案"。苏轼因为此案而入狱,出狱后被贬官黄州。

汉代御史台院门朝北,院中多柏树,较阴森,又多乌鸦,因此被称为"乌台"。柏树众多,因而又成为"柏台"。制造此冤案的官员均为御史,因诗而引起,故称"乌台诗案"。宋朝规定,宰相亲戚和由宰相推荐任用的官吏不得为台长,以避免宰相与台长勾结为祸。实际上宰执仍能控制御史台,并利用为工具以打击政敌。

宋神宗在熙宁年间(1068—1077)重用王安石变法,变法失利后,又在元丰年间(1078—1085)从事改制。就在变法到改制的转折关头,即元丰二年(1079)发生了文字狱。苏轼反对新法,并在自己的诗文中表露了对新政的不满。由于他当时是文坛的领袖,任由苏轼的诗词在社会上传播对新政的推行很不利,所以在神宗的默许下,苏轼被抓进乌台。元丰二年七月,御史中丞李定言苏轼"罪有四可废"。舒亶言苏轼近谢上表颇有讥切时事之言。何正臣亦言苏轼愚弄朝廷,妄自尊大。诏知谏院张璪、御史中丞李定推治以闻。苏轼在《湖州谢上表》中说:"臣轼言。蒙恩就移前件差遣,已于今月二十日到任上讫者。风俗阜安,在东南号为无事;山水清远,本朝廷所以优贤。顾惟何人,亦与兹选。臣轼(中谢)。伏念臣性资顽鄙,名迹埋微,议论阔疏,文学浅陋。凡人必有一得,而臣独无寸长。荷先帝之误恩,擢置三馆;蒙陛下之过听,付以两州。"这些其实只是例行公事,略叙为臣过去无政绩可言,再叙皇恩浩荡,但他随后又夹上几句牢骚话:"知其愚不适时,难以追陪新进;察其老不生事,或能牧养小民。"句中"其"为自称,他以自己同"新进"相对,说自己不"生事",就是暗示"新进"人物"生事"。古代文人因为客观环境使然,总是习惯于在遣词造句上表现得十分微妙,而读者也养成一种习惯,本能地寻求字里行间的含义。比如御史台里的"新进"们。六月,监察御史里行何大正摘引"新进"、"生事"等语上奏,给苏轼扣上"愚弄朝廷,妄自尊大"的帽子。但单凭《湖州谢上表》里一两句话是不行的。偏偏凑巧,当时出版了《元丰续添苏子瞻学士钱塘集》,给御史台的新人提供了搜集材料之机。和谢上表一同作为罪证的还有《山村五绝》《八月十五日看潮》《吴中田妇叹》等。苏轼的一个好友王诜,是他印了苏轼的诗集,听到这个消息,赶紧派人去给南部的苏辙送信,苏辙立刻派人去告诉苏轼,朝廷派出的皇差皇甫遵也同时出发,但苏辙的人先到,苏轼知道消息,立即请假,由祖通判代行太守之职。皇甫遵到时,太守官衙的人慌作一团,不知会有什么事发生。苏轼不敢出来,与通判商量,通判说躲避朝廷使者也无济于事,最好还是依礼迎接他,应当以正式官阶出现。于是苏轼穿上官衣官靴,面见官差皇甫遵。苏轼首先说话:"臣知多方开罪朝廷,必属死罪无疑。死不足惜,但请容臣归与家人一别。"皇甫遵淡然道:"并不如此严重。"命士兵打开公文一看,原来只是份普通公文,免去苏轼的太守官位传唤进京而已,要苏轼立即启程。苏轼归看家人时,全家大哭。苏轼七月二十八日被逮捕,八月十八日送进御史台的监狱。二十日,被正式提讯。关押期间,苏轼写了两首诗给苏辙。在诗的前言里,他说:"予以事系御史台狱,狱吏稍见侵,自度不能堪,死狱中,不得一别子由,故和二诗授狱卒梁成,以遗子由。"牢狱外,众人纷纷上书宋神宗,请求释放苏轼。张方平、范镇、吴充、章惇、王安石上书营救。苏辙乞纳在身官职赎兄之罪。慈圣光献太后大病初愈,神宗欲大赦天下。太后曰:"不须赦天下凶恶,但放了苏轼足矣。"宋朝开国皇帝曾立下不杀读书人的条例,因而元丰二年十二月二十九日,苏轼获释出狱,贬为黄州团练副使,本州安置,不得签书公事。

仕途不顺的同时,苏轼迎来了文学创作的高峰。

【链接】

王步高教授选取苏轼的部分诗词,为同学们做了详细的赏析和评点。《卜算子(缺月挂疏桐)》、《定风波》、《浣溪沙》(山下兰芽短浸溪)、《念奴娇·赤壁怀古》等这一时期的代表作。

讲座最后,王步高教授结合苏轼的遭遇和自身在"文革"中的经历总结了几点人生感悟,赠与在座的同学们:

1. 要能从黄连（最苦的中药）中嚼出甜味来。

2. 不要以自己的创伤去博得别人的怜悯,怜悯的眼光后面难保没有几分鄙夷。

3. 落魄者的尊严只能靠重新崛起。

4. "欣然同忧患如处富贵"。

5. 鲁迅:"敢于直面惨淡的人生,敢于正视淋漓的鲜血。"

讲座结束后,王步高教授就古典诗词的创作、对"文革"的看法以及个人经历等和同学们做了交流。同学们为王步高教授的乐观精神深深感染,教室里不时响起阵阵掌声。据悉,王步高教授本学年度在清华开设了文化素质核心课程,专门教授唐诗宋词的赏析和创作。他对清华同学们的配合和热情很满意,也欢迎更多的同学能关注古典诗词,传承这一宝贵文化遗产。

（清华学生记录）

南京的文学与文学的南京

南京是个文化古城,这是尽人皆知的。如果要问,南京何以称得上"文化古城"? 问题并不太好回答。人们或许会说,南京是六朝古都(或云十朝故都)。可是古都文化还留存多少呢? 作为明代的都城,最显著的遗存是明城墙、明孝陵;作为民国的都城,历史遗存倒是比较多,但除中山陵外,有影响的并不很多。六朝时期的遗存已经很少,有很多还可能搞错了地方,如谢公墩、桃叶渡。明清文化较集中之处唯有秦淮河一带的夫子庙了,然而据说"媚香楼"等也搞错了地方。有形的建筑、文物古迹已不很多。那么,有没有无形的呢? 有没有精神文化的呢?

与西安等文化古城相比,南京的历史遗迹少得多了。一处秦始皇兵马俑、华清池及半坡博物馆(在一条旅游线上),几乎就可与南京全部历史古迹相匹敌;而明清的古典建筑、园林,即便有仿古建筑的夫子庙,与苏州比起来,尚自愧不如;谈自然山水,南京的紫金山虽名闻遐迩,却吸引不了多少游客,即使老南京,十几年不登一次钟山(紫金山)的随处可见。……其实,悠久的文学传统才是南京最可以傲视任何中国都市的地方,这一点往往被南京人所忽视。

南京在中国文学史上的突出地位往往连文学史家也不给予足够的重视,然而这却是客观的存在。

南京作为全国的政治、文化中心的历史并不长,只有明初、民国两个朝代前后各三十多年。其他如东吴、东晋、宋、齐、梁、陈,充其量只守着半壁河山,而南唐更只是个割据的小朝廷。有人把太平天国也算上,那更是滥竽充数。南京更多的是作为华东地区政治、军事、文化和经济中心。自东吴以来,除隋唐时期(因隋文帝灭陈以后下令平毁了南京城),这个地位是一直不变的。由于上海的崛起,近五十年来,南京作为华东乃至江南文化中心的地位虽有所削弱,但由于南京是江苏省省会,而江苏省在中国文学史上的地位就极高,因此千年以来南京一直是全国的文学中心之一。

据《辞海》文学分册统计,我国古代、近代著名作家中,江苏籍的作家占27.5％,而明清两代约占37.5％。其中诗人、词人、小说家尤多。我还作过一些统计:《中国词学大辞典》入选的明代重要词人263人,其中标明是江苏籍的便有98人,占37.3％。据叶恭绰先生《全清词钞》统计,已知籍贯的清代词人4327人,其中江苏籍的高达2009人,竟高达47.4％,而浙江词人占29.5％,两者相加,竟占全国的76.9％。清代的几大词派均集中于江浙,除广西二人及一名纳兰性德外,清代几乎所有著名词人也都集中于江浙二省,而当年均是两江总督的辖地,统属南京管辖。

全国的著名小说家,除著《三国演义》的罗贯中、著《聊斋志异》的蒲松龄、作《拍案惊奇》的凌濛初等以外,绝大多数的著名小说家均是江苏人。《红楼梦》的作者曹雪芹祖籍虽非江苏,祖上却在南京生活了四代。而我们普通人,很少能说出四代以上的祖宗是何方人氏,按此常理说,曹雪芹是江苏人并无疑义。作《儒林外史》的吴敬梓虽非江苏人,该书却写于南京,这也是公认的事实。此外如施耐庵、吴承恩、李宝嘉、冯梦龙、蔡元放、金圣叹、刘鹗、曾朴、毛宗岗、李百川、程伟元等均是江苏人。

江苏的著名诗人、词人、散文家及文艺理论家也不少。如汉代的刘向、枚乘,建安七子中的陈琳,作《文赋》的陆机,作《文心雕龙》的刘勰,乐府诗人鲍照兄妹和刘孝绰兄妹,萧衍、萧统、萧纲、萧绎父子,注《文选》的李善,写《春江花月夜》的张若虚,田园诗人戴叔伦、李绅,晚唐诗人李浑、陆龟蒙,南唐词人李璟、李煜、冯延巳,宋代词人范仲淹、秦观、叶梦得、蒋捷,宋代诗人张耒、陈师道、王令、尤袤,明代诗人高启、唐寅、文徵明、王世贞、毛晋、陈于龙、夏完淳和吴江叶绍袁全家;清代的吴伟业、钱谦益、顾炎武、吴嘉纪、沈德潜、郑板桥、赵翼、洪亮吉、刘熙载等诗人,柳亚子、高旭、陈去病等南社的栋梁;清代的陈维崧、顾贞观、万树、张惠言、周济、蒋春霖等词人;此外还有如沈璟、眭景臣、杨潮观、焦循、王文治、李玉等著名戏剧家,沈宜修、叶小鸾、柳如是、顾横波、邱心如、贺双卿、程蕙英等女作家……

南京还是中国格律诗词的诞生地。早在南朝的齐梁年间,诗人谢朓、沈约将汉语有"平上去入"四声变化的重大发现用到诗歌领域,提出"四声八病"说,创作了"永明体"的诗歌,这是我国诗歌格律化的开始。同样,梁武帝、沈约等也对乐府诗进行格律化的尝试,他们将长短句的乐府诗的字数、句数、用韵都加以固定,写出了《江南弄》等大量组诗,这被后人看成是最早的文人词。此后陶弘景作《寒夜怨》、陆琼作《饮酒乐》、徐陵作《长相思》,都具有词的格局,成为尚未完全定型的早期文人词。从这个意义上说,南京是我国格律诗词的源头。

中国是个诗国,诗词的传统源远流长,南京在中国诗词史上有着卓越的地位。如果仿景德镇是中国"瓷都"的说法,称南京为"诗都"和"词都"并不过分。这是南京作为中国古老的文化名城一个十分重要的内涵,是南京与其他"文化城"不同的重要特点。

以上是我要说的第一点:"南京的文学",还只说了古代和近代。民国年间,以东南大学(中央大学)为中心,凝聚了全国最优秀的大批文化人,如陈三立、陈去病、周实、陶行知、张謇、柳诒徵、钱基博、闻一多、吴梅、王易、吴宓、汪东、马寅初、徐悲鸿、宗白华、胡小石、汪辟疆、黄侃、范存忠、龙榆生、唐圭璋、任二北、卢冀野、陈中凡、李叔同、陈匪石、陈家庆、沈祖棻、钱仲联、吴世昌、霍松林、沙孟海、王伯沆、蔡元培、黄炎培、吴祖湘、王季思、程千帆、仇采、顾毓琇……他们当中几乎人人都是大师级的学者,有的人虽不专攻文学,却文学造诣极高,诗词歌赋,无不精通。这一文学鼎盛时期,不仅可追上六朝,也是后人难乎为继的。当时的诗词创作也十分兴盛,从这里毕业的学生(当时极少研究生,多数只是本科毕业)中,也出现了许多大师级的人才。上列人才中,有半数以上就是中央大学或金陵大学的毕业生,老一代的文学大师们造就了新一代更多的文学大师。

近半个世纪以来,南京虽也有一些可总结的成绩,但与前五十年相比,在全国文坛上的地位下降是十分明显的。前三十年受极"左"思潮的影响,说不上有什么了不起的作家和作品。近二十年新人不少,也确可在全国有一定影响,但要找新的大师级的学者、大师级的作家位数却很少了。这当然与我们的高等教育制度存在的弊病有关,至少我们的文学教育是一种"残废"教育,多数老师知识面很窄,培养的学生知识面更窄,离开自己专攻的那一小块领域,对文学的其他方面知之甚少,而且研究与创作严重脱节。像陈白尘、程千帆、唐圭璋、钱仲联这些老一代既是学术巨匠,又是创作高手的人才非常难得。我查过几年某作协公布的新会员名单,这些作家有"大专"学历的都很少,而如今要得到个"大专"学历易如反掌,"大专"毕业证的含金量已少得可怜,而我们的作家却连这种豆腐渣"大专"学历也不具备,"作家"几乎可与"半文盲"划等号。而一些"书法家"往往同时是错别字"专家",而店名、广告中凡用繁体字的，难得有全写对的。几年前，中国书法家协会副主席吴丈蜀先生到我家来，我说："吴老，你们书法家协会里有许多人恐怕是半文盲。"吴老说："不，有的完全是文盲！"文化人也没文化了。满街的博士、硕士、大学生，也满街的错字、别字、病句。

改革开放二十年，国民经济的发展是有目共睹的，二十年前金陵饭店是古城南京鹤立鸡群的建筑，在全国占第一也有十多年，可如今它即便在新街口地区也是小弟弟了，如今龙江一带三十层以上的居民楼便有十几栋。南京的文化设施也有了很大的发展，如"文化艺术中心"造价就超过三个亿，南京图书馆的投资将超过五个亿，省作家协会的年度经费几年前便已七八百万……然而，重金投入并未使这个文化古城更有"文化"，市民的文化素质未见得有显著提高，外地人到南京，看不出南京的文化特色。南京的特产几十年来还是云锦与盐水鸭（或板鸭），南京的风景名胜还是中山陵和夫子庙（至少在外地人眼里如此）。南京显著的文化特色是什么？二十年前说不上，今天还是说不上。

未来世界的竞争，是军事的竞争、经济的竞争，更是人才的竞争。中央提出科教兴国的方针，也提出素质教育的命题。学校要讲素质教育，要提高毕业生的素质，谁来提高公民的素质呢？谁来提高已从学校毕业了的青年的素质呢？有谁来提高在前些年应试教育时期走出校门，甚至是"文革"年月走出校门的那部分社会公民的素质，尤其是文化素质呢？南京这个文化古城如何打造自己新的文化品位，建立自己在全国叫得响的文化品牌呢？我建议：根据南京的历史传统，应当将南京建成一个文学城。（这仅仅从文化的角度来说，并非让南京人全把文学当饭吃。）

市场经济推动了经济的发展，但忽视精神文明、忽视伦理道德、忽视环境保护等倾向也会不同程度地抬头。资源的相对减少，自然环境和人文环境的相对恶化，犯罪（尤其是恶性案件）的升高及道德的沦丧，是未来人类必须面对的三大顽症。南京的高楼越建越多，马路越来越宽，夜晚越来越亮，南京现代都市的气息越来越浓，而古朴、典雅的文化古城的气息越来越少。若干年前，市政府每年组织文史专家祭孔、游秦淮河，这几年也游不起来了，在桨声灯影中秦淮河的气味实在难闻。外地人来得多了，坑蒙拐骗的现象多了，南京人憨厚的"大萝卜"形象减弱了。如何在建设物质文明的同时，建设有显著特色的社会主义精神文明，南京人应当选择文学作为突破口。以优秀的古今文学作品熏陶人、感化人，在自觉学习文学的同时，既提高各级领导干部的文化素养,也促使其思想境界的升华和健全人格的塑造。经济建设没有固定的模式,可以是深圳式的、苏南式的、温州式的,精神文明建设也应当不固定为一种模式,可以是张家港式的,也可以是南京式的,但必须有显著的个性特色。

　　选择什么样的个性特色,应与南京的历史文化积淀、地理位置、山水人文、现有条件等方面结合起来考虑,打造自己的精神文明品牌,经过一二十年的努力,形成全体市民的共识,并进而成为一种传统。南京在中国历史上文学的地位最显著,而文学对人潜移默化的陶冶作用最大,听一节好的文学讲座,有时其作用远远超过一节枯燥说教的政治课。

　　从文化的角度说在南京精神文明建设中显著地突出文学形象的建设,形成南京显著的文学特色,这既是对历史传统的继承和发展,也是对当今社会上人欲横流、急功近利、浮躁浅薄的社会心态的一种扼制,使我们在发展经济的同时精神文明能同步发展,至少能少付出些精神文明的代价。

　　为此,我建议:

　　一、开展南京的精神文明建设以什么为特色,或者说以什么为切入口的讨论,组织更多的专家、领导参与讨论,广泛听取各方面代表的意见,使建设南京文明城(这只是一种形象的说法,绝非不要经济和其他建设)的设想变为市委、市政府领导及广大市民的共识。

　　二、制定一个二十年的发展规划及五年实施方案,可称为《南京文学普及提高二十年规划》。制定这个规划,城建、旅游、园林等部门均应参与,南京城市建设应当既有现代大都市的特色,又有儒雅、高尚的文学氛围。这些规划有硬件建设,更多软件建设,这样可以花较少的投入而能产生较大的社会效益。

　　三、努力营造全市的文学氛围。

　　城建、旅游、园林、文化、教育等部门应通力合作,营造全市的文学氛围。在各文化古迹、寺庙、街道、学校、公园、政府机关……建造万块以上的诗碑、词碑、楹联刻石、文碑,选择古代名家咏南京该处该景的诗词刻碑,重要新景观、新建筑采取征诗、征联形式,请名家高手创作书写,然后再刻石。选择作者时应考虑到该人的品格,人人唾弃、品格卑下的即便居高位也不取。诗词、书法者除古人,一般在碑的正面不署名,以防因人有非议而有损南京的形象。各办公室、宾馆、机场、码头、车站……挂上诗词条幅、匾额。走进南京,处处皆文学,南京市变成中国最大的文学院。

四、提高全民的文学素养。

对没文化者结合扫盲识字，对大中学生结合课堂及课外教学，对党政干部及成年人结合干部培训及业余教育，对老年人结合老年大学的学习，并运用各种新闻媒体，开办网上教育及网上课程，对全民实施中国文学的普及教育。可以编若干种教材、若干种读物，从已出版的文学书籍中选择若干种作为全市人民的必读书，开展读书竞赛。

五、要努力提高全市中小学语文课的教学水平。要开办各种暑期培训班，培训提高中小学语文老师。采用这种非学历教育形式，教给中小学教师诗词格律等方面的知识，让南京的小孩儿从小便学习写诗填词，等他们长大以后，无论是学理、学工、学医还是学文，由于文学功底扎实，文学素养高，对他自己在本学科领域开拓创新，也会有帮助。文学教育的目的是为了更完善地塑造人，而不是一味追求一定数目的经济利益，因而它的影响是深远的。也可以组织一些教授、作家下到中小学校，开文学讲座，以提高学生的学习兴趣。而且这种"高位效应"也有利于学生人格的塑造和学业的全面进步。

可以考虑在全市抓几所文学重点中学，这仿佛外语学校一样。其实有些青年人外语说得神乎其神，译成中文也就是一个初高中生的语文水平，因为绝大多数人的外语水平是无法超过自己的母语水平的。大学生的汉语水平不高，是制约其成才的主要原因之一，办文学重点中学、重点小学，目的主要不是培养文学家，而是让这些学校的学生有特别厚实的文学基础，其外语、数理化成绩也会好于一般重点中学。

六、建立文学博物馆和六朝文化博物馆，将六朝石刻等移至馆内保护起来，而在原址安放复制品。这样便于观众集中参观，大大提高其利用价值。否则，让大家千里迢迢地去看一个碑刻，除少数专家，多数人并不会太愿意。

除北京建有现代文学博物馆外，全国只有鲁迅等专人的博物馆，南京虽为文化名城，但名人故居之类的博物馆几乎没有，与文学沾点边的博物馆也不存在。差不多十年前，我曾向当时的市委书记提过这方面的建议，他也派专人找我谈过话，可惜并无下文。

文学博物馆可收藏江苏籍以及在江苏从事写作的作家的著作版本。可设一些大家或名著的展室，如《红楼梦》展室、《水浒》展室、《西游记》展室、冯梦龙展室、《文心雕龙》展室、《昭明文选》展室、《永乐大典》展室、秦少游展室、陈维崧展室……

七、支持地方文学研究。

地方文学往往与乡土文学和民间文学划等号,其实就一定地域的文学开展研究,还是大有可为的。江苏是文学第一大省,在某些领域其成就在全国是有代表性的。看是地方文学,其实内容十分丰富,如果可能,设立"江苏地方文学研究基金"或"江苏古籍整理与出版基金"等,可以确定一批有影响有价值的研究课题,可以出一批标志性的成果,如明清江苏词人研究、吴江派戏剧理论与创作研究、六朝诗论研究、《全六朝诗》编撰及研究、江苏南社作家研究、历代咏金陵诗词研究……

这些研究,可以提高江苏(或南京)在全国文学领域的地位,可以提高我们的自豪感,家门口的高尚文学往往比洋泾浜的外来文学对绝大多数市民更有吸引力。这也是最好的爱国主义教育。

八、组织和支持南京地区的文学社团。

希望经过一二十年的努力,能出一大批有历史影响的作品,出一批能领时代风骚的作家,出如《文心雕龙》一样的不朽的文学理论。南京乃至江苏目前小说创作还有一些在全国有影响的作家,但能传世之作还很少。江苏诗词创作是新时期全国起步最早的。"江南诗词学会"是全国成立最早的诗词组织,在全国影响甚大。但近十多年来,许多省市后来居上,江苏诗坛上却忙于批人、整人,甚至发展到与著名诗人李汝纶对簿公堂,使江苏诗词界在全国的形象很差。振兴江苏的诗词事业要从南京开始,要从青少年抓起,要从改变江苏诗词界的形象着手。希望有一天南京能重现昔日诗都、词都的光彩,使南京重新成为中国的文学之都。

九、建立中国文学公墓,成为千秋万代文学爱好者朝拜的圣地。

南京风光如画,有山有水,是千百年来文人向往的地方。三国以来,我国著名的大文学家很少有人没有关于南京山水的吟咏之作,孙中山、朱元璋等大量古今名人均长眠于此,当代也有些文学巨匠埋葬于此,倘能建立中华文学公墓,专门安葬大师级的文学家,让他们与孙中山、朱元璋、方孝儒、阮籍、郭璞以及不远处的李太白为邻……千百年以后,这里势必成为文学爱好者心仪梦想的文学圣地。

十、开发文学旅游资源,推动地方经济的发展。

南京是风景名胜之区,但论自然风光比不上张家界、九寨沟、桂林等处;论文物古迹,自然远不如西安和北京;要论园林建筑,又不如苏州,也找不出皖南的徽派民居及牌坊群。发展文学旅游,历史上的名篇咏及的都市很难

王步高诗文集

有可与南京匹敌的。如昔日的健康赏心亭,因辛弃疾的登临而留下《水龙吟》的名篇;如石头城,因萨都剌《念奴娇》而更广为人知……可是南京城建、园林、旅游部门为什么不去打打这张文学牌呢? 河南人为曹操的两句诗"何以解忧,唯有杜康",去争谁是正宗杜康酒而斗得天翻地覆;山西人为杜牧的"借问酒家何处有,牧童遥指杏花村"两句诗,在"杏花村"上做足了文章;马鞍山人也在李白身上大做文章;南京人呢? 有没有考虑发发李白和其他大诗人的财呢? 李白《金陵酒肆留别》中有"风吹柳花满店香,吴姬压酒唤客尝。金陵子弟来相送,欲行不行各尽觞。请君试问东流水,别意与之谁短长?"这首诗见于《唐诗三百首》,李白的诗名又在曹操、杜牧之上,南京这么多商家,为什么就没想购买李白这个不花钱的知识产权呢? 在唐代的南京城旧址外,靠近秦淮河边,栽上几株杨柳,建一座古色古香的酒楼,挂上"太白遗风"的幌子,请大书法家用楷书或隶书(让多数人好认)写上李白的诗,不是很可以让有点墨水的海内外游客乐于光顾吗? 如果哪家南京的酒厂,再生产一种"金陵太白酒",在商标上把李白这首诗和李白的飘逸风采印上,不是颇有太白遗风? 如果酒很有特色,度数不太高,不是可以借李太白的名很发点财么?

外地人称我们是"南京大萝卜",南京人淳朴厚道,不欺诈,这是很好的,但如果同样指脑筋不活、不会想办法就不是好事情了。

把"南京的文学"与"南京的经济"联系起来考虑,让文学对经济有推动和激励作用,尤其是对南京的旅游等产业有大幅推动作用,还是完全可能的。

在精神文明建设和经济建设中打好文学牌,形成南京人儒雅高尚、文质彬彬的形象,使历史文化和现代文明相结合,对南京全市人民文化素质的提高,全市科学文化的繁荣,全市经济的腾飞,都会有很大的促进作用。如果再注意引进文学人才,使南京人在文学方面普及与提高兼顾、研究与创作并重、殿堂与民间结合,在 21 世纪的中国,南京这一历史文化名城定会焕发出新的夺目的光彩,尤其是在与某些"经济动物"的比较中更显得妩媚多姿。

(2001 年 8 月 22 日)

(王岚据手稿整理)

"六朝松下话东大"讲座

——东南大学的校史与校歌

东大人有爱校的传统,从 2002 年到现在,我讲"六朝松下话东大"这个讲座今天是第 34 次(热烈掌声),就站在这个讲台上讲这个题目也远不是第一次,当我们从浦口校区、四牌楼校区第一次迁到九龙湖校区的时候,学校安排的第一场讲座就是"六朝松下话东大"。每一次讲,我都努力把课件作认真修改,对讲的内容做认真的补充,这一次讲,我们从原来 67 张 PPT 今天增加到 102 张(热烈掌声),我们努力把这个题目认真地做好。"六朝松下话东大"是能够激起同学们、我们的老师们对这个学校的热爱,希望我们东大人通过这个讲座能了解我们学校悠久辉煌的历史,更爱这块土地,更爱这所学校,更愿意为东大的腾飞贡献我们自己的力量。下面我就开始讲座。(热烈掌声)

这个讲座就以我写的东大校歌的歌词的顺序作为线索,讲我们学校1700 年的历史。

"东揽钟山紫气,北拥扬子银涛。"这两句在校歌的十句歌词中是交代东大的地理位置的。我们的东面是紫金山,北面是扬子江,"紫气"不只是老子过潼关时候"紫气东来"的"紫气",这里面暗指一种吉祥之气。紫金山因为它的石头是一种暗红色,所以这个"紫气"也暗指紫金山给我们东大带来的吉祥之气。庾信《哀江南赋》中便有"昔之虎踞龙蟠,加以黄旗紫气"之句。这个"揽"字,本来是一个动作,正表示我们紧靠紫金山,站在东大校园的高楼上几乎对紫金山伸手可及,可以揽紫金山入怀。"北拥扬子银涛","拥"这个字也带有拥抱的意思,当年我写校歌的时候,东大的校园主要分两块,江南的一块就是我们四牌楼校区,江北的一块是浦口校区,我们学校客观上跨了长江两岸,扬子江似乎变成了我们东大的校内之河了(热烈掌声)。本来这里呢我用"北跨扬子银涛",这样用"拥"呢,就把它抱在我们怀里,这样表示我们学校有一个广阔的胸怀。所以开头两句我故意用《临江仙》这个词调，它有十三种格式，我用第六种，第六种是以两个六字句开头，而且平仄正好相反，易于构成对仗。在这里"东"对"北"，"揽"对"拥"，"钟山"对"扬子"，"紫气"对"银涛"，"紫"和"银"都是色彩词表示颜色的，所以应该说对于词来讲对得是很工整，也有人说你还不是对得最工，因为"钟山"对"扬子"并不十分工，这句话是很内行的话，但是词里面的工整和诗里面是有区别的，在词里对仗到这种程度已经算是对仗很工整了。这两句呢，我们交代了东大的地理位置，同志们现在看一下南京的粗略的地图，这是我们四牌楼校区，你们可以看到"东南大学"几个字，你看离钟山有多远？很近很近。站在我们校园的高楼上，你可以清楚地看到紫金山就在我们学校的旁边，所以说"东揽钟山紫气"是看得很清楚的。"北拥扬子银涛"我们的浦口校区就在那个京新村旁边一点点，那个地方就和我们浦口校区隔着一个长江大桥，扬子江离我们非常之近，所以"北拥扬子银涛"。用这样两句话就带一个很强的地域特点，正因为扬子江是对长江下游的这一段的称呼，九江以下的这一段叫扬子江，而且在外文的英译，长江都译成"扬子"对不对？实际上就我国来说，扬子江是长江下游这一段江面的称呼。在这样一条世界著名的大江旁边，又在钟山这座著名的山峰脚下，又在南京这样一个十朝古都的古城，建设这样一座著名的高等学府就有了一个地理位置的优越性。尽管四牌楼校区的面积不大，所以我们被迫又迁到江宁这个校区来，我很赞同学校领导的这个举措。我们九龙湖校区有四千亩左右的土地，前两天于丹到我们学校来，学校领导安排吃晚饭的时候正好我也到这边来上课，学校安排我跟她一起吃晚饭。她刚刚来的时候就讲："你们学校的校园真大啊！"因为来吃饭之前我们郑校长陪她在九龙湖校区转了一圈，她说你们这个校园真大，她说你那块图书馆门口的草坪有多大啊，校长说有两百多亩。一块草坪就两百多亩，人家一个学校才多少亩？所以我们校歌的开头两句就以一个磅礴的气势、一个阔大的胸怀来开始讴歌我们这样一所学校。

下一句是"六朝松下听箫韶"。"六朝"大家都懂，东吴、东晋、宋、齐、梁、陈称六朝，南京是六朝的故都。"箫韶"是舜时候的舞曲。"六朝松下听箫韶"，"六朝松"是我们学校的一棵老松树，现在同学们到四牌楼校区千万要到我们学校的西北角，也就是梅庵附近，这棵松树现在还活着。在南京所有的六朝文物当中，它是唯一活着的文物（笑声，热烈掌声）。有人说它的无形资产值多少？我说再值多少我们东大都不会卖的，你再估价一个亿我们也不会卖，我们全校的师生把它看成宝贝，因为它是六朝的文物，相传是梁武帝手栽的，从那个时候算到现在有 1500 多年。其实咱们四牌楼校区的历史，比六朝松的历史还要久远。我说到"六朝松下听箫韶"，有些精通诗词的同学马上就会觉得，我这里这个"听"字用得很好。有人说，"听"是一个再普通不得了的字，"箫韶"是一个比较冷僻的词，并不是每个人都懂，但是读过《论语》大家都知道，孔子"闻韶三月不知肉味"，"韶"是韶乐，听了韶乐，这里用了一个"听"字，这里我没有用"闻"，因为这里要读去声，唱校歌的时候唱到"六朝松下听箫韶"这个"听"字要着重一点，这样一个通俗的字眼用在这样一个冷僻的词的前面，就一下子把这个冷的词化雅为俗。大家不懂"箫韶"什么意思，你至少知道它是可听的东西，可听的乐曲、音乐，是不是舞曲就不重要了。这样一来，"六朝松下听箫韶"一下子从这个古老的 1500 多年的老树，一下子再回到比它更古老的古曲，就把我们大镜头，这个广角的镜头从"钟山"、"扬子"拉近，拉到对准着这样一棵古老的松树，对准东南大学的校园，对准我们历史的文化积淀，让我们一起来回顾这样一个从 1700 年前开始的我们学校悠久的历史。

公元 220 年，魏文帝曹丕称帝，改元为黄初元年，废掉了汉献帝。第二年蜀汉昭烈帝刘备就称皇帝，当时孙权没有立即称帝。到公元 229 年吴大帝孙权才称帝，而且改年号为黄龙元年。4 月份称帝，9 月份迁都建邺，也就是迁到南京来，10 月份开始营造宫城。当时的皇宫所在地就在我们四牌楼校区这一块，所以同学们如果我们在四牌楼校区上这一门课，我们就是在皇宫里上课。刚才陆老师说南大也谈正统我们也谈正统，就从土地来说，我们这是皇宫的正统，而且六个朝代的皇宫都在这里，东吴、东晋、宋、齐、梁、陈六朝的皇宫都在这里，在全中国没有任何一个大学是办在皇宫里的。同志们看这样一个六朝古城的图，北边是玄武湖、鸡笼山，我们学校就在这个鸡笼山的脚底下，后面写着"乐游苑"，就是六朝时候的"乐游苑"，从地图的最上面向下看"乐游苑"，就是皇宫的后花园，后花园就靠近玄武湖了，我们学校不就在"乐游苑"以及"乐游苑"的前面？"乐游苑"本身就是皇宫后花园，整个学校都在那里。我现在还有个怀疑，现在六朝松旁边我们发现了一口古井，这口古井很可能就是历史上赫赫有名的胭脂井。根据文献记载，胭脂井就在这个附近，是在鸡笼山的南面，在台城的里面，现在南京人把台城搞错了，以为是玄武湖的那个解放门旁边的一段废城墙叫台城，错了。所谓"台"是中央机关，是皇宫和这些中央机关，台城是中央机关所在地，应该是东南大学校区这块地方。胭脂井在台城里面,在皇宫的景阳宫的旁边,大概应该在现在那口古井的位置附近。我请过南京市博物院的同志来考察,但是,当时有人给它弄块铁板锁了,当时没有看得清,后来我也就拖拉了,终究希望有机会请文物部门,请博物馆的同志首先来淘一淘,这口井首先是不是六朝的井,然后我再去看大量的文献能不能断言这口井就是当年胭脂井。胭脂井比六朝松更出名,如果说这口井能定下来,东大又栽了一棵六朝松。(热烈掌声)

你看这个古城,当时的这个古城在这边,北边是玄武湖,在古文中"元"和"玄"是通的,玄武湖南面是覆舟山,那么我们学校就在这个玄武湖的旁边,正是这个皇宫的宫城所在地,大家看得出来,这都是古地图,我们把它扫描进来。六朝时大帝孙权建都,接着后来传给会稽王孙亮,接着传给景帝孙休,接着传末帝孙皓,经过这样东吴、东晋再底下孙皓最后灭亡之后,三国归晋就转入西晋,西晋的历史只维持了 51 年,西晋就灭亡了。然后东晋王朝南下,最后又迁都到南京来。这样 317 年晋元帝司马睿就在南京建立了东晋,接着 420 年宋武帝刘裕建立宋,479 年齐高帝萧道成建立齐,502 年梁武帝萧衍建立梁,557 年陈武帝陈霸先建立陈,一直到隋朝灭掉陈之后六朝才结束。历史上的东吴、东晋、宋、齐、梁、陈这样六个朝代,当时的皇宫所在地都包括我们四牌楼校区整个的在内,甚至还包括我们东面的那个文昌桥宿舍区,师生们的宿舍区都在里头,也就是说我们现在还有一部分老师和学生也是住在皇宫里。

下面我说"齐梁遗韵在"。这一段用"齐梁"来代指六朝,前面出现了"六朝松",后面不能再出现"六朝"。所以用"齐梁"是因为"齐梁"在六朝当中历史比较长,而且是文化积淀特别深厚的两个朝代。在六朝的时候在我们四牌楼校区这块土地上,留下了深厚的文化积淀。东吴景帝孙休永安元年,当时就诏立五经博士,这个跟教育有关了。宋文帝刘义隆元嘉十五年雷次宗讲学在鸡笼山下。鸡笼山是什么山? 我们到过鸡鸣寺的同学都知道,鸡鸣寺所在的那个山就叫鸡笼山。同学们,我说一两句题外话。南京的山的名字都是东晋的时候那些从山西过来的达官贵人施行"侨置"的现象,因为他们从北方逃到南京,虽然做了大官但是有家归不得,回不去,很想家,他们也有这个权力,就把南京的这些山的名字统统都改一改,用山西的山的名字命名。原来南京的这座山最初叫钟山,到东吴的时候改名叫蒋山,因为有个叫蒋子文的安葬在这里,后来又显灵(当然这个带有点迷信色彩),后来孙权把它命名为蒋山，东晋这个时候呢又改名为紫金山，紫金山这个名字是山西的名字。南京有很多山，什么"五台山"等等。同志们都知道山西的五台山是很出名的，南京的五台山几乎就是个土丘了，对不对？五台山旁边是清凉山，山西的五台山旁边就是清凉山，南京有清凉寺，山西有清凉寺，鸡笼山也是山西的名字。基本上叫得出每一座南京山的名字——能在山西找到。这是我的发现，前两年因为我研究一个山西作家——唐代的诗人司空图，我要写由匡亚明校长主编的《中国思想家评传》当中的《司空图评传》，我还到山西考察过，到司空图的家乡住了一段时间。对山西的历史，对山西的方志我很熟悉。突然我发现在山西的方志里到处能找到我们南京的山，不是南京人把山搬到山西去了，而是他们山西人把他们的山的名字搬到我们南京来了，这是一个很奇怪的现象。鸡笼山下有雷次宗办学，这件事情同志们不可小看，前面我们提到诏立五经博士，在汉朝就设立五经博士，只学儒家的经典"五经"，《诗》《书》《礼》《易》《春秋》，这一点说到底学的仅是儒学。雷次宗在鸡笼山下办学，在中国高等教育史上第一次有了一个多科性的大学，不仅学儒学也就是经学，还学史学、文学和玄学。如果研究中国教育史，中国第一所多科性大学，在哪里？在鸡笼山下，就在四牌楼校区。也就是说，中国高等教育，至少是多科性的高等教育在哪儿发源的？东南大学（热烈掌声）。当时啊，非常辉煌。我们说祖冲之也在这块地方做官，大家知道祖冲之是个大数学家，他把圆周率算到了 3.1415926～3.1415927 之间，比西方的科学家早了几百年。他能把太阳周率预算到误差不超过 50 秒，把月亮周率算到误差不到 1 秒，太了不起了。六朝时候的文学也非常辉煌，比如钟嵘的《诗品》、刘勰的《文心雕龙》、干宝的《搜神记》、刘义庆的《世说新语》、萧统的《昭明文选》。现在镇江有些地方还有些昭明太子的读书台，有人说《文选》就是在那里编的，不可能。《文选》是一部总集性的著作，把古代的诗、词、文、赋等，还有其他的体裁（这些体裁现在都没有了），都编成一部大型的文学总集。同志们知道，他要看很多很多的书，萧统那个时候的书啊，是竹简纬编，一本书是很大很大的，用竹简写，不是放在 U 盘里，要带上很多书，放在那个读书台上，放得下几本书呢？所以只好放在太子宫里。太子宫根据我现在的考证，在我们东大校东的文昌桥宿舍那一块（热烈掌声）。当时太子宫里有三万卷书，三万卷都是竹简纬编的，要放很大一块地方。昭明太子自己在太子宫附近还挖了一个小小的湖，当然，年深日久这个湖早就淤塞起来变成陆地了。当时他有的时候还在里面划划船。当时像写《诗品》的钟嵘、写《文心雕龙》的刘勰等人都是他的一些门客,说不定这些像《昭明文选》更多的是这些人帮着编的。当时还有一些大书法家,像王羲之,画家顾恺之、梁元帝、顾野王,还有一些道家,像陶弘景、葛洪等人都曾经在东大这块土地上生活过,或者做过官。王羲之就在这里做过官,梁元帝就在这里做过皇帝。还有顾恺之这些都是当时的大画家,有些其他的书法家我就不说了,其实像王羲之的儿子也同样在这里,这些就不提它了。更有一点,因为我是搞文学的又是搞诗词的,我知道中国的格律诗词,中国的格律诗词是在东南大学发源的(热烈掌声),同志们注意我说的是格律诗词,《诗经》不在东大。当时"竟陵八友",竟陵王萧子良他下面有八个文人,包括像沈约、谢朓等一些人。这些人就在鸡笼山下和他一起从事文学创作活动。鸡笼山就在学校旁边,他所说的鸡笼山下就指东大校园这块地方。沈约、谢朓这些人当时发现中国汉字有四声的变化,从转读佛经发现汉字的读音有四声,也就是"平、上、去、入"。我们各举一个例子来说,东大的"东",声音是平的可以拉得很长,声音不升不降。"懂"就有升降了,"动"就是降调,还有一个字叫"笃","东、懂、动、笃",它们的基本的声母韵母都是一样的,所不同的一个是平声,一个是上声,一个是去声,一个是入声,"东、懂、动、笃"。后代人把这四声进行区别,平声说它是"平",上去入叫"仄",所谓"仄"者就是不平,这样汉字四声就有了平仄的变化。后来把这些平仄的变化用到诗歌创作里去,慢慢就形成了格律诗。我们最简单的格律诗是五言四句,简单地说就是"仄仄平平仄,平平仄仄平。平平平仄仄,仄仄仄平平"。比如我们最熟悉的《登鹳雀楼》:"白日依山尽",仄仄平平仄,"黄河入海流",平平仄仄平,"欲穷千里目"应该是平平平仄仄,第一个字用了入声字,因为这个位置是可平可仄,"更上一层楼"是仄仄仄平平。把平仄用到格律诗词里来,旧体诗词就有了一种音乐的美。我们唱歌"do、re、mi、fa、sol、la、si"就是因为它的声音高低不同,有的是一拍,有的是半拍乃至四分之一拍、八分之一拍,是长短的不同。把这七个音阶根据声音的高低长短的不同就可以组成很多很多的乐曲。我们的汉字也有声音的高低和长短的不同,按照平仄把它组合起来我们的古诗词就自然有了一种音乐美。我们想一想李后主写的那个《虞美人》:"春花秋月何时了,往事知多少? 小楼昨夜又东风,故国不堪回首月明中。　　雕栏玉砌应犹在,只是朱颜改。问君能有几多愁? 恰似一江春水向东流。"不加任何音乐你看它就抑扬顿挫,就有一种音乐的美。这种音乐的美最早发祥地就在东南大学四牌楼校区。当时人们把这"四声八病"用到诗歌创作里去,在齐武帝永明年间写下了最早的"永明体"诗歌,这一点没有任何争议,只不过人们晓得"永明体"是格律诗词的源头,但是人们没有把"永明体"和东南大学联系在一起。

其实不仅格律诗如此,词也是如此。我们看梁武帝写的《江南弄》七首。我不一首一首地读,同志们看一下,这七首词有一个共同的特点,每一首词都是七句,前面三句是七字句,后面四句是三字句,第四句重复第三句的末尾三个字,大家看是不是这样?我显示在屏幕上的两首是这样,我们再看另外的五首,是不是都这样?我们看了四首了,再看后面的最后三首,是不是都这样?有人说这是偶然巧合,没有这样巧的事情。再看他的臣子沈约和他的儿子梁简文帝萧纲写的《江南弄》是不是也是这样,沈约写的三首,是不是每首都是七个字,前面三句是七字句,后面三句是三字句,第四句重复第三句的末尾三个字。这是沈约写的,再看萧纲写的也都是如此,所以学术界的人就认为齐梁时期的乐府,或者具体地说《江南弄》这样的组词就是最早的文人词。再比如《长相思》大家看,这也是梁代的,总共这几句,两个三字句接着一个七字句,再两个三字句,接着四个五字句,第一首是这样,大家看后面几首是不是也这样。大家看,不是那么偶然的,要是那么偶然的话,三首两首相同可能,一个人的七首全相同,而且其他人也都跟他一种格式,同志们想想,这跟后来我们看到的词,长短句式的词是不是很相似。2001年在澳门大学开"国际词学讨论会",第一天上午叫我做学术报告,我在会上就讲,词产生于齐梁乐府,最后台下很多学者举手反驳我,结果六个人站起来反驳。当年是叶嘉莹教授主持会议,最后她说:"王步高教授,再给你十分钟,你回答一下。"我说刚才这几位朋友都提到这些《江南弄》也好,《长相思》也好,这些不能说是词,原因是什么呢?平仄不合。如果把它平仄都推敲一下,这些词确实跟我们已经成熟的词还是有区别的。我说你们六个人,可能台底下代表的还不止六个人,说到底就是这一条理由。请问不成熟的词就不是词啦?第一条,敦煌曲子词是不是词?我提的一个是不是问题的问题,敦煌曲子词自然是词,敦煌曲子词符合格律吗?不符合,如果按照今天的词牌一一去推敲几乎没有一首是符合的,敦煌曲子词可以算词,为什么《江南弄》、《长相思》就不是词呢?再一个,中国猿人是人吗?如果现在冒出一个中国猿人站在王老师旁边,你说他是人吗?他浑身是长毛,衣服也不穿,话也不会说,他除了能直立行走之外,基本上不具有人的多少特点,但是他却是我们的老祖宗啊,这一点似乎没有争议了,长毛的没有成熟的中国猿人也是人。再说"大江东去,浪淘尽,千古风流人物",那个"乱石穿空,惊涛拍岸,卷起千堆雪"的那个是长江,那个沱沱河的上游,那个在石头上往下一点点滴水,底下弯弯一点点小溪,那个水简直一步都跨得过去的,那倒是长江的源头啊,你能说那里也"惊涛拍岸,卷起千堆雪"吗?当然现在我们可以列举的证据就更多了,我主编《唐宋词鉴赏》的时候专门写了一篇《词的起源》,同学们知道王老师声嘶力竭地讲词产生于齐梁乐府,其实有一个不可告人的目的(笑声,热烈掌声),大家知道如果产生于齐梁乐府,词就产生于东南大学(笑声,热烈掌声)。这样我们东大这块土地上就跟中国的文学结下了相当深的友谊,而且中国整个的格律诗、词都是从这一小块土地上发源的,中国除了这里,还有哪一块你找出来和我比比看呢?(热烈掌声)

再讲《昭明文选》,不仅《昭明文选》很多这样的书都是在我们四牌楼这一块地方编成的,所以东大历史非常悠久,多次我跟校领导说,不要去跟南大去比这一百年哪个正统,我从 1700 年前算起,就不要比了。我是南大毕业的,并不想贬低母校,而且我家四五个人是南大校友,但是这个问题不要争,我就谈我们这块土地,就谈这块地方,这是没有争议的。这块土地只要东大未来不出不孝子孙,没有人把这块土地转让卖掉,仍然都是世世代代东大人值得自豪的。(热烈掌声)

明朝洪武十四年开始,在这里建立了国子监,国子监建起之后它的范围比起我们四牌楼校区还更大一些,包括南京现在的空军司令部这一块,一直包括南京外国语学校那一块地皮,不仅仅包括我们校东的文昌桥校区,这一大块都是当年的国子监所在地,当然重点部分是我们的四牌楼,当时那里的确有四个牌楼,所以那条街叫四牌楼。在明成祖年间它的学生达到了 9000人,世界第一啊,当时还有比我们这个学校更大的学校吗?不论你英国美国,你美国的国家还有没有呢。有人说从洪武十四年开始,我们学校现在的历史,同志们算一下从 2009 年减去 1381 年,我们学校的历史是 628 年是不是?因为从这个时候开始,东大这块土地上办学的历史基本没有中断过,中断停办个三五年是有的,没有长时间地停办过,这个读书的种子一直延伸到今天。有人说这算大学吗?怎么不算?你剑桥八百年,你一开始就是现在这种学校吗?不是。哈佛大学是从一个学生算起的,算学校的历史,最初就是一个学生。你从一个人算起,我从 9000 人算起,哪个大?(笑声,热烈掌声)另外从另一个意义上来说,我们学校的历史,鸡笼山下雷次宗他们办学那个都不算了,我们很大度,那个历史都不算,要算的话我们一千几百年呢。

那个都不算,就从国子监算起到现在是 628 年,全国还有比我们更早的大学吗?北大有个学生在网上看到我们东大校歌,就讽刺我们说"太学令名标"你怎么能算是"太学"呢?我们学校京师大学堂才可以算。你京师大学堂毕竟不是太学,尽管是国家办的一个著名大学,但跟国子监直接称太学不是一个概念,我这里是国子监啊,国子监就是太学,标准的太学,任何其他学校如果称太学,都是冒牌货。(笑声,热烈掌声)而且当时还有多国的留学生到我们学校来读书。这就是当年古地图,明朝时候的地图,这一块就是国子监的位置,我故意把这几个字打成黑体字,注意一点,就在这个位置,不就是现在我们四牌楼校区所在地嘛!

更重要的,就在东大四牌楼校区这个地方,编成了《永乐大典》。同学们都知道《永乐大典》,你知道在哪儿编的?在东大编的。据《南雍志》记载:永乐二年(1404)十月丁巳翰林院所纂录韵书,赐命《文献大成》。当时没有被皇帝认可,然后又组织力量,叫(国子)祭酒胡俨兼翰林院侍讲及学士王景为总裁,开馆于文渊阁。前几年在南京市政府东面、南京市政协前面有一块碑,上面刻着"古文渊阁遗址"。当年是没有北京东路的,市政府就从玄武湖过来一直到东大这块地方是连在一起的。所谓文渊阁,即是机关,相当于国务院这样的机构,又是一个藏书机构,它和国子监是连在一起的。国子监的祭酒又兼《永乐大典》的总裁,当然总裁不止一个人,为什么要让他也兼呢,有一个作用,你那儿有 9000 学生啊!《永乐大典》是整部整部书抄进去的,你的学生是一个最优秀的又是很易得的劳动力啊!你们那里的老师可以作为编辑,你的学生可以帮他抄写啊! 9000 人哪,到哪去找这么多人啊。当时当然是考核一下的,要毛笔字写得相当好的人。这样《永乐大典》也是在我们这里编成的。

下面我们看现在出的《永乐大典》的书影。这是《永乐大典》内部的情况,它是用红格子,要解释的条目是用黑体字大字,其他的说明文字是小字。也有的是整部书,像这里它就是把《十家诗话总龟》,实际上是宋代的整个《诗话总龟》,这个书今天的排印本还是厚厚的两本啊,整个书都抄进去,这个工作倒不是很难,但抄的工作量很大,要把《诗话总龟》抄进去,就要有个学生抄上两三个月了。对不对?可惜《永乐大典》散失得很厉害。永乐十九年,明成祖迁都北京之后呢,《永乐大典》也运到北京,全书有 22877 卷,另外有目录 60 卷。现在 60 卷的目录都保留下来了。全书现在只剩下的就是最初中华书局汇录编成的 730 卷,后来又发现 67 卷,最近又发现 17 卷,加起来只保留了全书 3.558%，96% 都不在了。但是现在存在一个幻想，就是明朝后期的一个皇帝曾经组织人把《永乐大典》全部重抄了一遍，抄过之后原书就没有了，不翼而飞，现在我们看到的每一本都是后来重抄的，那原书到哪里去了呢？皇帝带到棺材里去了？很可能带到棺材里去了。当然这么多年，年深月久，这一套书想一本都不少比较困难，但是如果有这种可能的话，学术界就寄于这个希望，哪天这个皇帝的墓开掘的时候能发现《永乐大典》。《永乐大典》如果被发现，我们这些人就忙起来了，为什么呢？明朝初年的大量的书今天都不全了，编《四库全书》的时候，当时《永乐大典》已经不全，就这样还在里面辑出 385 种书，包括著名的《旧五代史》和《旧唐书》。本来这两本书都失传了，后来从《永乐大典》把它辑出来，当然那个本子不是顶好，因为辑录的就不是百分之百的完整，还有一些散失。如果现在《永乐大典》整个书都发现，那不得了，就李清照，我们现在只见到她四五十首词的情况下，我们在《永乐大典》里能辑出七首李清照的词，你想想看在百分之三点几里面能辑出七首，百分之百呢？光李清照的作品就能发现很多，那么其他的作家说不定还有很多著名的作家，今天我们一个字都看不到了，说不定在它里面还能保存，当然这只是希望。我们要讲的就是，这样一部了不起的历史巨著是在东南大学编成的。

后来啊，我们这里又改为江宁府学。顺治七年（1650），入清之后，顺治是清朝最早的一个皇帝，顺治七年改南京国子监为江宁府学。因为这里不是首都了，还叫国子监不行，就改成江宁府学。地方官马国柱、周亮工、于成龙、曹玺，先后多次对这个南京的江宁府学进行修缮、扩建。嘉庆中它毁于大火。咸丰中又遭太平天国兵祸。但是这里还在办学，办着文昌书院。从清顺治十七年（1660），朱谟、白梦鼎就建立了文昌书院。即使后来江宁府学失火，文昌书院还在办着，这样一直到后来，到 1902 年开始筹建三江师范学堂，也就是我们学校的前身。

下面我们转入讲"百载文枢江左"这一句。"百载"，百年来，有人说：王老师你想过没有，你现在讲"百载文枢江左"，我们百年来是江东文枢。何谓"江左"者，就是江东。学校再过一百年你这个校歌还能唱吗？当时写的时候我们的老校长管致中就跟我讲过，说王老师你为什么不把它改成"千载文枢江左"呢？"千载"也不错啊，这千年来它的确是天下文枢啊，何况我只是说的"江左"。大家注意为什么讲所谓"江左"，就是江东。大家注意长江是由西向东的，这一点大家毫无怀疑，但是奇怪，它到了安徽的芜湖之后长江突然拐向北,而且呈东北偏北的方向,几乎要接近于正北的方向前进。从芜湖到南京的这一段,包括马鞍山,这一段是呈东北偏北。如果我们用直角坐标系,它不靠近 X 轴而靠近 Y 轴了(笑声,热烈掌声),是不是? 正因为这样呢,我们这个长江一个江南一个江北,你站在南京长江大桥上看看却不是一边江南一边江北,而是一边江东一边江西,所谓“江左”,就是江东。大家读《三国演义》“孙权据有江东,已历三世”,这两句话是哪儿的? 是刘备三顾茅庐的时候《隆中对》中诸葛亮的话,“孙权据有江东”就是以南京为中心的东面这一片土地,当然实际上连江西面那一片也算在里头了。“百载文枢江左”,为什么用“江左”不用“天下”呢? 当然一来是韵律上的要求,还有一个我们东大人历来比较低调(笑声,热烈掌声),只讲我们是江东这一片的文化枢纽,就是文化的中枢,还不敢说“天下文枢”,其实在国子监时期,在民国中央大学时期,我们都是“天下文枢”,是不是?

下面,我们说说东大的历史沿革。这个百年“天下文枢”或者“江左文枢”是怎么算的。最早 1902 年建立三江师范学堂,1905 年改名为“两江师范学堂”,1915 年改名为“南京高等师范学校”,1921 年改名为“国立东南大学”,1927 年改名为“国立第四中山大学”,1928 改名为“江苏大学”。这个中间江苏大学的寿命就是一个多月,为什么呢? 当时学生非常反感,我们是全国的大学怎么能叫江苏大学,都把江苏大学的牌子扛到教育部去了,最后教育部只好承认,决定把学校停办,最后把学校改名为“国立中央大学”,这样就有这么一个过程。到 1949 年南京解放了,当然还叫中央大学不妥,因为首都不在南京,因为这个学校办在南京,所以改名为“国立南京大学”,后来又把“国立”两个字去掉,改名“南京大学”,这样一直维持到 1952 年。1952 年院系调整,这个下面我会讲到,院系调整之后,我们这里把工学院留下,其他的分出去,我下面一一讲怎么个分法,让同学们对东大的历史有一个具体生动的了解,不要道听途说。王老师讲的是正统的。(笑声,热烈掌声)

1952 年 10 月之后,改名为南京工学院,1988 年恢复东南大学的校名,我们曾经叫过东南大学,后来因为韦钰校长主张发展文科,主张发展多学科的学校,就不仅仅是工科,当时韦钰同志提出要“巩固工科,加强理科,发展文科”,这样东大就朝综合性大学发展,那么就不能继续叫南京工学院了,所以改名为东南大学,这样从 1988 年到现在,又有将近 20 年了。我是改名为东南大学之后才来到东大的,我没有来到南京工学院,我来的就是东南大学。2000 年有几所学校并入东大,其实在我校的历史上有多次,最多的有 9 所学校同时并入,后来改名为中央大学之前有多所学校并入。前面我们学校历史上有这几个校门,后面几个校门都是一种格式,前面的这是两江师范学堂的校门,那是国立东南大学的老校门,下面就是最早的中央大学校门,在下面这个图下面,实际上就是现在这样了,就是现在的校门,只不过是后来又一修再修。过去东大的校门是学生设计的,是建筑系的学生设计的,不是教授们设计的。这是南京工学院的校门,这是我们现在改名为东南大学之后的校门,实际上后来这三个校门都是一个门,没有改变过,当然我们现在又要加上九龙湖校区的门了,又有所不同了。

下面我用较多的时间讲这百年来东大的精神与办学特色。东南大学靠什么精神发展到现在,而且能够越办越出色,能够培养出许多著名的人物。

第一,由于东大"诚朴雄伟,止于至善"的办学精神。

这一点是一代代东大人的精神,也是一种道德的追求。这一点最早是南高师校长江谦提出来的,他认为道德、学术、才识之完善,均应本于"至诚",诚则自诚。江谦作词的"南高师校歌"即云:"大哉一诚天下动,如鼎三足兮,曰知、曰仁、曰勇。千圣会归兮,集成于孔。下开万代旁万方兮,一趋兮同。"这个校歌在 2002 年被南京大学选作校歌,这是我们校史上最早的一个校歌,南大当年定校歌的时候也经过了两年的征集校歌,最后决定在几个校歌当中选一个,也有新写的,新写的大概不怎么样,后来又请印青同志把历史上的几个校歌重新谱曲,对历史上的两个老校歌重新谱曲,加上这个校歌,请了二三百个专家学者来一起投票,投票下来得票最高的是汪东和罗家伦作词的两个中央大学校歌,但是后来不知道什么原因,说要定老校歌干脆定一个最早的,就选了这个校歌。这个校歌大概是 1916 年写成的,你算算到现在多少年,90 多年了吧?90 多年了。我在这里引这个校歌只说明一点,当年江谦也就是南高师的校长他就是主张把"诚"作为我们学校的立校之本。同志们到东大来都不止一年了,就是我们大一的同学,你也来快满一年了,你觉得东大人有什么特点?东大人厚道。(热烈掌声)我们生活的南京这块土地,南京人就比较厚道,你到饭店里去吃饭,我们三四个人去点了三四个菜之后,管点菜的那个服务员就说差不多够吃了,不够你再点。你到其他地方会遇到这种说法吗?怕你不给钱啊?没有。这就是南京人他的厚道之处,你够吃了再点就浪费了,你不够再点,这就是南京人的厚道之处。生活在南京这块土地上的我们东大人更是诚实厚道的典范,所以东大以"诚"立校,江谦认为"诚"含着知、仁、勇;"诚"孕育着德、智、体,这是一切道德的基本的部分。你没有诚信还谈什么道德，你都弄虚作假，现在社会上剽窃、抄袭，另外一个弄虚作假搞伪装的，你如果都搞这一套，你还有什么道德可言？你就是好的，《红楼梦》上叫"假作真来真也假"，如果你搞许多假的东西，你就是真的我也不相信了。所以江谦提出，全体师生均须以"诚"植身，以"诚"修业，以"诚"健体，以"诚"处世，以"诚"待人，讲一个"诚"字。在南高师教授中，曾流行过这么一段话："想为官者上北京，想发财者去上海，唯我心甘情愿在南高。"东大人确实有一种奉献的精神，想为官你到北京去，想发财你去上海，你留在学校留在我们南高师，就要有一种自甘清贫的道德精神，有一种奉献的精神。到中央大学时期，校长罗家伦还提出"诚朴雄伟"，现在是南大的校训，南大都是用的老祖宗的。这四个字做校训，"诚"即对学问要有诚意，不以其为升官发财阶梯，亦不以其为取得文凭资格的工具。治学须备尝艰辛，锲而不舍，对学问要有诚意，要有一种负责的态度，人与人之间更是推"诚"相见。这是一种精神。说实话我工作过不少单位，到东大之后我这一点感受很深，东大绝大多数同志，上至校领导和一些中层领导，下至我们许许多多的老师乃至我们广大的同学，都有一种"诚实、诚信、厚道"，这一点给我印象极深，大家不做伪。我们许多人都是透明的，透明的人优点大家看得见，缺点别人也看得见，只有一条，我们没有见不得人的东西。（热烈掌声）不像别人，给人一副道貌岸然，满口的仁义道德，一肚子的男盗女娼，不会出现那种。有缺点是有缺点，脾气不好，有的时候还会性子太急会发火，这些看得见，大家都看得见，没有多少特别的隐私见不得人，没有这些，东大人这一点应该引以自豪。另外，"诚朴雄伟"的"朴"即质朴、朴实的意思，力戒浮华，做学问切不为装点门面。崇实而用苦功，才能树立起朴厚的学术气象。"雄伟"则是"大雄无畏"、"伟大崇高"的意思。我们中华民族自五代以来一直很柔弱萎靡，特别到晚清时期，成了列强们弱肉强食的对象，我们要振兴中华文化，不可有偏狭纤巧，也不能存门户之见而固步自封，所以同学们注意我们用"海涵地负"这四个字写到校歌里面去，留神注意的同学可以找到"海涵地负"这个词在《词源》《辞海》里都查不到，有人说王老师你为什么用这样冷的一个词？不冷。为什么？"海涵"好懂，"地负"也好懂，合在一起意思也没有变，就是要海纳百川、地载万物。这一点跟罗家伦校长讲的"诚朴雄伟"一致，要有这种气度，东大人不要那种斤斤计较，一天到晚算小账，对人家用马克思的话来说"对踩了你的鸡眼这点仇都要报"，这种人就没有多大出息。东大人就要大度，我们生活在这个名校，就要有这种名校的气概。同志们记住"海涵地负",把它永远、永生牢记,走到哪里你脸上都刻着东大人几个字,要有这种"海涵地负"的气度,要能海纳百川、地载万物。"诚朴雄伟、止于至善"这两个校训的最好实践者首先是曾经在东大这块土地上辛勤耕耘的许多校领导,比如李瑞清、陶行知、刘伯明、郭秉文、罗家伦、吴有训、汪海粟、管致中等人。这里除了刘伯明没有当过学校的一把手之外,其他的都是学校的一把手。刘伯明是当时老东南大学的灵魂,他尽管是相当于学校的二把手,当时不叫副校长,但实际上是学校的灵魂。他们的道德人品,堪称我们的表率,从而铸就东大人朴实、勤勉、踏实、低调、真诚可信赖的形象。我会多次提到东大人的低调,不要虚夸。我讲的每一句话都是有历史事实根据的,不浮夸不虚夸。青年人既要有远大的理想和抱负,有精湛的学识,又要有高尚的情操和气节,且要有一种雍容的风度,要大度。过去说"宰相肚里能撑船",我们今天在座的同志也许没有谁今后能有相当于宰相这样的地位,但是都要有这种"宰相肚里能撑船"的气度,记住要诚朴要雄伟。1941 年 7 月,罗家伦即将离任,在毕业典礼上谈到青年修养时说:"胸襟狭,格局小,藩离隘,成见深的人,就无从谈风度,我常勉励中大同学,做人处世,要持一种'泱泱大风'的气度。"你是从东南大学出来的,是从名校出来的,要有这种大度的做人气概,你要跟其他人在一个单位共事的时候,一看你跟别人就不一样,就像过去两个女子,一个是大家闺秀,一个是小家碧玉,一比就不一样。我们每一个人走上社会都是东南大学的宣传员,人家看东大就从你身上看,你要有这种泱泱气度,泱泱大风的气度。郭秉文校长曾形象地把"钟山之崇高,玄武之恬静,大江之雄毅"比喻东大的校风。这一点我们生活在南京,在东大这块土地上求学好多年,今后要把"钟山之崇高,玄武之恬静,大江之雄毅"这种精神带到全国各地。

第二点是求真务实,不趋时尚。

从南高师的时候开始,我们学校的教授有两个显著特征:第一是很重节操,第二是重学育人,把育人放在前面。前者讲操守,讲气节,讲有所不为。有的事情东大人绝对不去做,要有所不为,这便注定东大人在百年的政治风云变幻当中不趋附权贵,也不随波逐流,这种精神风貌是非常可贵的。举几个例子,20 年代的时候,当时在五四新文化运动的影响下面,全国到处提倡全盘西化,废除文言,提倡白话。这一点以北大的陈独秀、胡适为代表。当时在南高师和中央大学,就以吴宓他们为代表的一些人办了一个《学衡》刊物,跟北方的《新青年》等刊物唱反调。有人说,我们学历史的时候,都是肯定《新青年》，肯定新文化运动，那么你们这些是保守派。难能可贵的就是在大家头脑都发热的时候，你头脑冷静。它认真地针对"五四"以来新文化运动当中主张"打倒孔家店"、"全盘西化"的主张而创办，它反对我国当时流行的西方浪漫主义、实验主义、白话文学，是一种批判性、代表性的综合刊物。他们从1922年元月创刊到1933年7月停刊，出了79期，其中王国维、吴宓、柳诒徵这些人都大量地为它撰稿。它在其第一篇《简章》，相当于发刊词里就这么说：我们办"《学衡》的主旨就是：'论究学术，阐求真理，昌明国粹，融化新知，以中正之眼光，行批评之职事，无偏无党，不激不随'。除了昌明国粹与灌输新知外，还能不趋众好、追求真理，以期开启民智，转移风气"。这是多么了不起的一种风格，了不得！东大人敢于在这个时代潮流铺天盖地而来的时候，发出一个与主潮流不同的声音，这太了不起了！有人说大概像胡适、陈独秀那些人都有留洋的经历，大概我们的学衡派都是穿着长袍马褂，拖着一条清朝人的长辫子，然后来写一些复古、复旧的文章。正好相反，当时东大的教师中有留学经历者或外籍教师占64.4%，其中理科占86.2%，农科占83.3%，工科占80.0%。1930年中央大学153位讲师以上的专任教师中有130人（占86%）曾留学国外，绝大多数都曾经获得博士、硕士学位。当时学衡派的主编吴宓就是一个在国外取得博士学位的，有很长的国外生活经历的人。这些人学贯中西，看到了中国的文化传统，又啃了一些洋面包，回到中国来，他并不认为西方的月亮永远比中国圆，既要在科学、文化，包括管理、民主等一些制度上面主张学习西方，但并不主张打倒孔家店，废除文言文。同志们回过头来看，我们为打倒孔家店、废除文言文，付出了多少惨重的代价！这么多年来，出过许多过左的东西。同志们想想20年代、30年代出了那么多的大师，解放后六十多年了，马上今年是解放六十年，我们的新的教育制度就培养不出一个大师来，这一点跟新文化运动当时提出的某些过左的口号、过左的做法以及他们对中国传统文化过分的否定有很大的关系。当然传统的东西不是什么都好，古代把那些女人裹小脚，走路都那么一蹬一蹬的，这就不好，要否定，但不是什么都否定，王老师在这里讲了一学期的唐诗，今后还有可能在这里讲一学期的唐宋词，还会讲中国的诗词格律，那么这些我觉得就不要否定，古代有不好的东西，也不要认为老祖宗什么都好，那还要我们干嘛？老祖宗也有不好的，但也不是洋面包什么都好，外国的艾滋病至少不好。改革开放这么多年，好的先进的技术传过来了，但也有一些坏的社会风气，中国绝迹了多年的性病现在是非常普遍了，吸毒现在也是个很大的问题,早先几年也没有这些东西。

　　"学衡"派反对的只是对于西方文化作空泛介绍的"灌输观"和不作任何批判的"全盘西化论",所强调的是弘扬民族精神,沟通并融合中西文化。在新文化运动的大潮中,"学衡"派几乎陷入四面楚歌的境地,后来也一直被冠以"保守派"的桂冠。但学衡的旗帜却是我们东大人最应该引以为自豪的东西。可惜今天,东大包括我王某人在内,没有本事来高举起旗帜,这样的旗帜应该在全国有很大的影响,应该跟当前的学术界的许多时髦的东西要敢于唱些反调。当今学术界的一些主流派、许多风气并不真,对中国文化的发展有许多做法是有害的。比如说,追求论文的数量,好像越多越好,级别越高越好,不是。前两天我给研究生上课的时候,我说你们在座的女生要找男朋友,要定很多个标准,比如说身高,每个人心目当中实际上是有个标准的,你愿意找一个一米四几、一米五几的男孩子吗? 你肯定不愿意,但是这个标准你不能定得太高,如果定得太高,你找男朋友一定要找两米三零的,这个标准定高了,其他的什么标准你都不要提了,为什么呢? 在中国有没有两米三零的人就是个问题了,你能不能找到两米三零的人,这个标准定的有必要那么高吗? 我看,假如说你希望高个子,定了一米七零还嫌低一点,你就定一米八零,再高就是毫无必要的,除非你就是女运动员,你是女排的主攻手,你本身就一米八零,你找个男友应该是一米九零的,对不对? 为什么要把这个标准定得那么高呢? 现在追求论文的篇数,追求那么多,十五篇论文的人一定比十篇论文的人好吗? 甚至一定比五篇的好吗? 不见得,五篇很有分量的论文,甚至超过二十篇,超过五十篇都不止。王国维的《人间词话》就是一万多字,现在研究王国维的《人间词话》的文章少说有五百万字,加起来能顶得过这一万多字吗? 我研究司空图的《二十四诗品》,《二十四诗品》是二十四首诗,每一首四字句,十二句,一首是四十八个字,它总共加起来一千多个字。当年研究《二十四诗品》的人的著作的文章恐怕一千几百万字都有了,能顶得上《二十四诗品》吗? 不是越多越好,我们的校歌就是五十八个字! 我们这五十八个字,我花了将近七千个字去解释它,还没有解释透,我前面写的过程当中还不止想那么多,但不能说的更多了。我写那个赏析是写给印青同志看的,有的人嘲笑我,说哪有人自己写首诗,又自己写篇赏析。他们不知道,我写给作曲家看,印青同志要充分看懂了我这首诗,他作出来的曲子才能充分体现我的创作思想,才能体现我们东大的精神,体现我们东大人的特色!(热烈掌声)东大人敢于跟历史唱一些反调,在北洋军阀和国民党统治时期，"东大人不受武人政客利用，不做武人政客之傀儡"，"东大学者，慕真务实，追求真理，崇尚科学，究义利之别，明诚伪之分，浸身于学问之中，不恋权势，不苟流俗，洁身自好，外人曾可惜以东大不出显要为憾。唯东大师生，以此为荣，以此为乐"。有人说东大没有出过政界的显贵，东大人过去以我们的毕业生不当官是作为荣耀的，这一点当然今天我们还是应当适当地改变一点，如果我们在座的很正派，为人非常正派，又具有我们东大人的精神，又有那种雍容大度的气概，如果你去当国家领导人，既是我们东大的荣耀，也是我们全国人民的幸运，但是你必须把东大的好的东西带过去，否则你变成一个贪官，祸国殃民，也是东大的耻辱，这样的官不是东大的荣耀！（热烈掌声）

我们学校历史上，我说的这四个人都是校长：李瑞清是两江师范学堂的校长，他当时为了救东大的学生，东大的那些学生当时被清政府抓起来了，为了救学生，他接受了江苏布政使的头衔，然后把许多学生放出来，我们的校领导爱护学生，为了保护自己的学生，自己去冒很大的风险。

吴有训是解放之前中央大学的校长，他也保了许多地下共产党员。我有个朋友是原来南京工业大学党委书记，叫李飞，当时就被国民党抓在监牢里，就是吴有训把他保出来的。

汪海粟是1957年前后南京工学院的院长，在1957年反右派的时候，他为了保一些老教授，为了保我们老师同学不被打成右派，他自己挨整。当时学校党委委员十九人，三个人被打成右派分子，这三个人自然被开除党籍，另外还有两个人被开除党籍。汪海粟同志是国务院周总理任命的南京工学院院长，后来被贬到南京机床厂当副厂长，定为右倾机会主义分子，一直到"文革"之后，才落实了政策，担任了江苏省委宣传部部长，后来担任江苏省副省长。很有幸，他是江苏省诗词协会会长，又兼我们春华诗社的名誉社长，我是江苏省诗词协会副会长兼春华诗社的社长。汪海粟同志是我们南工人的骄傲，有这样的领导，当政治压力来临的时候，为了保护老师学生，宁可自己顶着，这跟汶川大地震的时候，老师让同学们先走，自己顶着的那些人是一回事，不过那种政治压力比地震的压力更可怕，你们没有经过那么多的政治灾难，王老师是在"文革"当中两次当反革命的，所以，我知道被打成反革命、被整是怎么一回事。

林克是"文革"后期南京工学院的革命委员会主任，党的核心小组组长。当时南工、南大的一些学生在新街口闹事，贴"四人帮"的大字报，"四人帮"

攻击周总理,他们公开地在新街口贴上大字报,在南京开往全国的火车上写上:"谁反对周总理,就打倒谁!"矛头是指向"四人帮"的。当时的省委领导召开常委会,把林克同志叫到会场上说:"回去都给我好好查,把这些人重办!"林克回来说:"不查,照样分配!"所以保存了当时敢于顶着"四人帮"在江苏代理人的政治压力,保护南京工学院的当时的学生,所以"文革"一结束,"四人帮"一被打倒,他就调任清华大学党委书记。所以东大人在历史上几次具有这种反潮流的精神,这一点很了不起!(热烈掌声)

我们东大的办学精神和办学特色的第三点是"嚼得菜根,自觉奉献"。

"嚼得菜根"就是吃得了别人吃不了的苦,能自觉奉献,东大人以俭朴为荣。

这里,我特别介绍王酉亭的精神。

王酉亭是抗日战争之前我们中央大学农学院畜牧场的一个技师。抗日战争爆发的时候,罗家伦校长远见卓识,日本鬼子打到上海,他就买了许多木板,做了许多木箱,把学校那些重要的图书、仪器都装满箱子,运到四川去,在重庆大学附近沙坪坝一带找一块地方,盖了许多简陋的房子,然后正好有个叫卢作孚的人帮着国民党把四川的军队调到南京来,当时运兵运到南京来,他空着船回四川,罗校长跟他协商看看能不能把这些箱子运到重庆来,卢作孚不要一分钱帮我们运。所以,等到日本鬼子快打到南京的时候,中央大学许多重要的仪器设备以及图书都已经运到重庆,但是还有些东西运不走。我们进口的许多也很珍贵的猪、牛、羊、鸡、鸭、鹅等运不走,所以1937年12月4日,日本鬼子快打到南京了,罗家伦校长被迫要撤离中央大学的时候,到我们现在的丁家桥校区,当时的农学院所在地,接见一些职工就说:"你们愿意到四川去的同志希望几月几号之前到重庆我们的中央大学报到,还有一些同志实在不走的,给你派遣费,解散费,你就回家。"他还对畜牧场的人讲:"现在这些进口的猪、马、牛、羊实在没有能力运走了,你们就地处理,你们已经为中央大学尽了最大的力了。"当时有个技师叫王酉亭,把学校发给他的派遣费,还有几个人,约到一起来,他不忍心让国家花了大价钱进口来的猪、马、牛、羊最后落到日本鬼子手里,或者就进了屠宰场杀了当肉吃,他把这些鸡关在笼子里挂在牛背上,租了四条小木船,在日本鬼子打进南京城之前三天,从下关渡过长江,又到了浦口,然后由这个队伍牵着这个牛、马、羊,每一天走十几公里,等到他们到合肥的时候,日本鬼子就打到南京了。然后一路走,从全椒、合肥前进,在合肥失守之后,他们又来到了大别山区,在六安的叶家集度过严冬,天黑又冷,大雪封山,那个时候也不宜赶路,他们就在叶家集过冬。后来学校知道了这件事情,东大拆迁的还有猪、马、牛、羊的这样一支队伍,所以罗家伦校长给他们汇去一笔钱,第二年的春天又再度西征。到了8月中旬,这支大军本来想坐火车到武汉,现在叫京汉铁路了,就是北京到武汉的铁路,然后再坐船到重庆,但是他们没想到,不久国民党军队大溃退,用火车装这些退兵都来不及,再加上不久武汉失守,武汉也落到日本鬼子手里,回到武汉是不可能了。要想从信阳乘火车去汉口不行,然后他们就想向襄樊老河口进发,武汉沦陷之后,等到桐柏山区,又在那里过第二个冬天。1939年春继续西行到重庆,到10月才到达宜昌,最后坐了一小段船到重庆,历经23个月,从南京走到重庆。同志们,这是什么精神?(热烈掌声)有一天黄昏的时候,罗家伦校长到重庆城里去开会,从沙坪坝出发,走在路上,看到公路上迎面一大队的猪、马、牛、羊啊,浩浩荡荡的来了,这就是王酉亭从南京带来的队伍。罗加伦校长从车子上下来,抱住那个牛的头,都哭了。战乱年代,不但人遭受灾难,连这些猪、马、牛、羊也步行23个月从南京走到重庆。同志们想想,当时战争的时候,很多学校都溃不成军,中央大学除了房屋没有运走,地皮、草、树木没有运走,连猪、马、牛、羊都去了重庆!同志们再想一想,每天走十几公里地,十几公里,天上是日本鬼子的飞机轰炸,路上常常是洪水泛滥,很多地方的道路都是泥泞的山地,靠着两条腿走,走23个月啊,比我们红军的二万五千里长征只走了12个月还要长啊,太了不起了! 这是我们中央大学,我们的老祖宗是这样做的! 这么多年来,我们学校能够兴旺发达,靠的是这种王酉亭的精神!(热烈掌声)我们今天的东大人,没有为学校做多少贡献,要这要那,嫌房子小、嫌工资低、嫌奖金少……在王酉亭面前我们不感到脸红吗? 同样是东大的人,王酉亭只是一个普通的技师,我们这些人是教授,你还觉得学校对你亏待了吗? 所以每次讲到王酉亭,讲到我们东大人这一段历史的时候,我格外激动。最近周武忠同志他们对九龙湖校区一些文化建设做一些规划,我力主找一块地方列一个王酉亭的纪念碑。有些校长不一定要立碑,也许他当校长当得并不是很好,对东大长期的发展没有起了不起的作用,但这样一个畜牧场的普通技师给我们树立了一个高尚的道德标杆,一个非常高大的东大人的形象。希望同志们记住这个名字,这是个不很令人注意的,在其他外校的书上是查不到的这样一个小人物的名字,但他是东大最光辉的名字!(热烈掌声)

小人物了不起，大人物也有了不起的。我们的吴有训校长，全国的最高学府的校长，其他学校的校长到教育部去开会，西装笔挺，坐着高级小轿车来，他自己穿着一个长衫，坐着个小黄包车走到教育部门口，教育部的人好几次把他挡在门外，开大学校长会，你来干什么？按照国家规定，中央大学校长是住小别墅的，而且国家会派很多个人来给他做服务员的，他把自己家的小别墅分给几个教授来共同住，自己仍然住在当时中央研究院的集体宿舍里，两家共用一个八平方米的小客厅，儿子在家里都没有床位，儿子当时在上中学，就是当时的中央大学的附中，就是在今天的南师大附中读书，叫儿子在学校寄宿，家里没有床，睡不下。身为一个大学校长，这种艰苦朴素的精神令我们叹息。他母亲死了，蒋介石亲自派人给他送去一笔钱，他拒绝，他并没有钱，跟学校临时预支两个月的工资回去办理老母亲的丧事。这样两袖清风的校领导，才能把中央大学带得好！（热烈掌声）

我们学校的师生虽自甘清贫，但在学校、国家遇到危难时却从不畏缩，乐于奉献。早期我们南高师的口子房是学校的主教学楼，突然失火，烧掉之后，学校立即陷入了巨大的灾难当中。结果，全校学生每人捐二十个大洋，老师一般的捐一个月的工资，我们的校友也纷纷给母校捐款，当时我们学生的演出队到苏州、上海去义演募捐，大家重新把学校的楼盖起来。抗日战争的时候，国家遇到危难，同学们没有好的吃，当时吃那个充满着稗子和石子的那样的粗米饭，吃的菜就是那个苞菜的边子，当时被重庆的沦陷区称为"飞机苞菜"的那个东西。学生们那么苦，教师们的生活也很苦，最初，抗战初期的时候，正教授一般是三百五十个大洋，而米是十块钱一石，三百五十大洋养活全家是很富足的，但后来米价腾飞，教授的生活也过不下去，有许多教授得同时到几个学校去兼课。但就是在这种情况下，傅抱石、徐悲鸿等这些中央大学的美术家，这些著名的教授到国外去办美术展览，徐悲鸿得到的四十万大洋全部捐献给国家！（热烈掌声）我们东大人世世代代把国家的命运，把国家的前途安危看得远比个人重要，所以在战争年代我们中央大学没有畏缩，没有一筹不展，在重庆的时候，我们住在茅草棚子里，当时日本鬼子经常来轰炸，我们在茅草棚里却出现了我校历史上最辉煌的时期，全国一些精英人物都陆陆续续来到中央大学。下面我讲到一些重要人物的时候，很多都是在重庆中央大学时期。

东大办学精神与办学特点之四：敢为人先，创新进取。

我校是第一个实行男女同校的。1919年12月17日南高师校务会议根据陶行知的提议,决定 1920 年夏招收女生。本与北大相约一起行动,但北京的保守势力更甚,南高 1920 年夏招收李今英等正式生 8 名,接受旁听生 50 余名,北大只招收了几名旁听生。到前东南大学时期更有了中国第一位女教授陈衡哲,她曾是美国芝加哥大学硕士。稍后美籍华人、诺贝尔文学奖获得者赛珍珠,留法女画家潘玉良(一作张玉良)也都成了我校的女教授。

由陶行知首倡改"教授法"为"教学法"。清末以来,我国一直沿用"教授法"一词,陶认为它反映了人们对教育的理解是"先生只管教,学生只管学"。陶认为"教学法"代替"教授法"其理由有三:一是先生的责任不仅在教而在教学,教学生学;二是教的法子,必须根据学的法子;三是先生不仅要教,也还要不断地继续学。这一提议曾在南高遭否定,但在郭秉文校长支持下终获通过,且渐渐通行全国。

我们学校最早采用"选课制",推行课程改革。当时国内高校均实行学年制,每年开若干门课,既可不学,亦不可多学,毕业年限亦固定。1919 年南高师校务会议即决定,实行"选课制",相当于今天之"学分制",这一点,我校又居全国之先。

对教育学科进行改造。教务长陶行知倡导"教育要科学化,实行科学教育",反对"沿用旧法,仪型外国",提倡"教师要做创造的科学家,敢于探索未发现的新理,开拓未开发的边疆",还提出"教育的理论应植根于自然科学,并把教育学的研究成果,广泛运用到实践中去"。在郭秉文校长支持下,办起教育专科,由陶行知兼科主任。该科由著名心理学家、美国芝加哥大学哲学博士陆志韦讲心理学,请著名生物学家、美国康乃尔大学博士、韦斯特大学神经学研究员秉志教授讲生物学、生理学,陶行知讲遗传学……使学生有良好的科学基础和本门学科的基础。自南高、东大、中大直至今天南师大,教育学科一直居全国领先地位。

面向社会开设暑期学校。有感于我国高等教育资源的严重匮乏,1920 年南高在全国首开暑期学校,第一期学生即达 1041 人,以后每年亦近千人。来自全国 20 多省区及朝鲜的大学、大专、中学、中专毕业或肄业的学生、私塾先生均来就学,后成为著名词学家的夏承焘便是吾校暑期学校学生。南高、东大的著名教授加上聘请的专家如梁启超、蔡元培、黄炎培、蒋梦麟、江亢虎、晏阳初以及美国的杜威博士等均曾前来任教。这是一种服务社会的推广教育。

竺可桢创建了新型的地学学科,我们的气象学走在了全国的前头;秉志教授创建了我国第一个生物学系和生物研究所;茅以升教授扩充工科,创建土木、电机学科。换句话说,我们今天的工学院的很多的基础都是当年茅以升等人打下的。这些,我们东大人都走在全国同行的前列。熊庆来教授创建了东大数学系,把近代数学引进国内,培养了我国最早的数理人才,成为"中国近代数学的开拓者和奠基人"。

胡刚复为哈佛大学博士,专攻物理,1918 年回国,在我校任教 11 年。南高时期,他创建了中国第一个物理实验室,1920 年创建物理学系,先后培养了吴有训、严济慈、赵忠尧、施汝为、余瑞璜等著名物理学家,他还是"电位"、"熵"等物理名词的最早定名者,他被誉为"真正把物理学引进中国的第一人"。

我校还是中国核物理学科的发祥地。1947 年 3 月中央大学物理系主任赵忠尧和教授毕德显,受中央大学和中央研究院的委托,在美国购得供原子能研究的机器设备,设实验室于中央大学东北太平门附近的小九华山下,这是我国原子核科学研究之始。后来赵忠尧成了中科院高能物理研究所所长、中国核学会名誉理事长,他与多名我校校友成了我国"两弹一星"的功臣。

东大办学精神与办学特点之五:知行合一,服务社会。

吾校办学以"知行合一"为其特色,必含服务社会、服务经济之内容。当今国际名牌高校均肩负"教学、科研、服务社会"三重功能,而吾校早在南高、前东大时期即已如此。我们国家目前办学多强调科研,对教学还是重视不够,对服务社会这一点更是强调不够。1998 年,我们东大组成一个代表团,去韩国访问,我对跟我们一路当翻译的那些韩国老师说:"暑假你给我们做翻译,学校给你们什么报酬?"他们说:"给什么报酬呢? 我们老师总要服务社会啊,这是我们服务社会的一部分!"如果是在我们中国,恐怕假期要动用这么多老师,天天要陪着我们代表团,十来天工夫,一个钱不给恐怕不行!在国外,他们就认为这个是天经地义的。在我们中央大学历史上强调"知行合一",这是郭秉文教育思想的一个部分,它就强调德育之"言行一致"的思想;它强调"通才"与"专才"平衡;强调"学"与"术"之平衡。所谓学与术的平衡就是知识和技能的平衡,知识是指如基础知识、专门知识,要使之明确;所谓技能是应用工艺、造型,要使之精熟;另外要强调学术和才识,要会计划,要能执行,要有动手能力。现在我们东大人经常提出我们东大的毕业生动手能力强,这一点也是当年中央大学留下的好传统。郭秉文强调"知识"和

"技能"的平衡、"计划"与"执行"的平衡、"通才"与"专才"的平衡。当时我们学校是全国学科最齐全、规模最大的大学。我认真研究校史的时候注意到，抗日战争胜利的时候我们学校的图书经费、办学经费比清华和北大的总和还多。一代代的东大人以其诚朴严谨、求实低调而又敢为人先，具有创新理念的形象立足于全国高校之先。

　　下面我说说："东南辈出英豪。"东南大学历史上出过许多改写历史的大人物，也有些是政治家。这里有一个不得回避的人物，就是江泽民同志。江泽民在我们学校读书当时是在抗日战争的后期。当时，整个中央大学大部分迁到了重庆。后来，有一部分留在南京的教师组建了南京的中央大学，当时的校址不在四牌楼校区，而在金陵大学校址。金陵大学在哪里？在现在南大的那个地方。那时的金陵大学的规模是比较小的。1964年，我进南大的时候，南大还有许多草房子，50年代的时候南大还有很多桑树田呢，校园里还有地方种菜呢。当时江泽民同志上的是留在南京的那个中央大学。那个大学办的时间不长，他们毕业生叫40～45届，到1945年抗战胜利。抗战胜利的时候，江泽民读完大学三年级，他是抗战时期南京中央大学的工学院电机系的学生，抗战胜利的时候他还没有读完。等到抗战一胜利，重庆的中央大学迁回南京，当时重庆的中央大学的规模已经远远超过了抗战之前的中央大学的规模，所以迁回来时校舍远远不够住，临时盖了许多小房子，老师宿舍都很简陋，重庆来的学生都安排不了，南京的中央大学当时是在日本鬼子统治下办的，所以对那些学生说这样：第一年你们先到其他学校借读，第二年你们再回来，还要考一下再进中央大学。当时江泽民同志就到了上海交通大学，本来应该是借读，但是他因为是四年级了，还有一年就毕业了，所以他拿的毕业证书是上海交通大学的毕业证书。大家注意，有一年，江泽民来视察南京大学，实际上当年他读书的地方就是现在的南京大学的那个北大楼、东大楼、西大楼的那块地方。后来，省委就关照南大，你们把江泽民不要当校友接待，要当国家领导人接待，你们轻易不要提他是你们的校友。后来南大做了两手准备：一方面就是把江泽民当时的借书证、学生证等一些材料都准备好，他要是提出是校友了，可以随时拿出来；你不提校友，我们也不提。后来江泽民一路视察到北大楼的时候，说："我当年的教室就在这里。"他提了，后来学校就把这些东西拿出来。（笑声）这是江泽民同志第一次承认是中央大学校友。后来几年，江泽民参加当时日本鬼子统治下的南

王步高诗文集

京"清毒"运动,是地下党搞的。地下党的一个领导叫厉恩虞,这个人一直是江泽民参加地下党活动的一个领导人。解放后厉恩虞受到许多不公正的待遇,一直默默无闻,最后死掉了。厉恩虞的家属就找到了江泽民,江泽民就写了一篇文章《怀念厉恩虞同志》,写到一段在当年南京中央大学时期,怎么跟厉恩虞一起参加地下党活动。当时江泽民同志还不是共产党员,也还没有正式参加地下党,但是已经参加地下党的一些外围活动了。这篇文章先登载在《新华日报》,然后在全国各大报纸上一登之后呢,这一点实际上江泽民就完全承认在中央大学读书前前后后的经历。早先几年,我们写一些诗词的时候,江泽民同志也对我们进行了支持。就这么一个前后的情况,大致他跟东南大学的关系就是这个,所以后来我们百年校庆的时候,请江泽民同志题字。他对东南大学几个字不太熟悉,后来他就说这就是解放初的南京工学院,当年就是中央大学,所以他很乐意为我们百年校庆题字,我知道的大致情况就这样。我们甚至有些同志认识江泽民的入党介绍人等等,但我不认识,我和江泽民同志有过一些间接的接触,他为我的一本书题过字。

我们在学校历史上出过一些大教育家,像李瑞清、陶行知、江谦、郭秉文、刘伯明、罗家伦、马寅初、汪海粟、刘雪初、韦钰。有些大家稍微熟悉,有些大家不太熟悉,由于时间关系,我们就不展开讲了。原东南大学的创始人就是郭秉文,他实际上是南高师的校长,后来担任了创建第一个东南大学的校长。许多重要的自然科学家:熊庆来、胡刚复、吴有训、严济慈、赵忠尧、吴健雄、杨立铭、柳大纲、张钰哲、竺可桢、李四光、秉志、童第周、梁希、金善宝、蔡翘,还有茅以升、虞兆中、严恺、陈章、顾毓琇、刘盛纲、倪光南、刘敦桢、杨廷宝、童寯、吴良镛、戴念慈、罗荣安、冯元桢、任新民、黄纬禄、钱仲韩、周仁、彭加木、丁衡高。像著名的称为"中国居里夫人"的吴健雄是我们学校物理系的校友;东南大学工科的奠基人茅以升;著名的地理气象学家竺可桢;中国地质学的创始人李四光,李四光代理过中央大学校长;吴有训,后来当中国科学院副院长,他长期担任中央大学校长;中国近代生物学宗师秉志,等等。

民国时期,中央研究院首届院士81个,据说48个是我们校友,但是我仔细一个个地查,还有几个身份还没有搞清楚,我能查出三十几个,马上底下一一开列名单。另外当时有部聘教授43人,我们学校以及我们的校友占22人;50年代中科院共5名副院长,我们学校占5人!(热烈掌声)

国民党当时设立中国首届中央研究院院士共81人,分三个组。第一,数理组，共 28 人：姜立夫、许宝騄、陈省身、华罗庚、苏步青、吴大猷、吴有训、李书华、叶企孙、赵忠尧、严济慈、饶毓泰、吴宪、吴学周、庄长恭、曾昭抡、朱家骅、李四光、翁文灏、杨钟建、谢家荣、竺可桢、周仁、侯德榜、茅以升、凌鸿勋、萨本栋、余瑞璜。其中华罗庚、吴有训、叶企孙、赵忠尧、严济慈、吴学周、庄长恭、曾昭抡、朱家骅、李四光、谢家荣、竺可桢、周仁、茅以升、余瑞璜是我们的校友。其中饶毓泰、叶企孙、吴有训、严济慈并称为中国物理学界"四大名旦"，其中三大名旦是我们学校的。中国首届中央研究院院士中，生物组 25 人：王家楫、伍献文、贝时璋、秉志、陈桢、童第周、胡先骕、段宏章、张景钺、钱崇澍、戴芳澜、罗宗洛、李宗恩、袁贻瑾、张孝骞、陈克恢、吴定良、汪敬熙、林可胜、汤佩松、冯德培、蔡翘、李先闻、俞大绂、邓叔群。其中王家楫、秉志、陈桢、童第周、胡先骕、张景钺、钱崇澍、戴芳澜、罗宗洛、吴定良、蔡翘、邓叔群是我们学校校友。再看人文组，总共 28 人：吴敬恒、金岳霖、汤用彤、冯友兰、余嘉锡、胡适、张元济、杨树达、柳诒徵、陈垣、陈寅恪、傅斯年、顾颉刚、李方桂、赵元任、李济、梁思永、郭沫若、董作宾、梁思成、王世杰、王宠惠、周鲠生、钱端升、萧公权、马寅初、陈达、陶孟和。其中汤用彤、柳诒徵、顾颉刚、赵元任、周鲠生、钱端升、马寅初是我们学校的校友。有人说马寅初不是北大校长吗？他先在中央大学当社会科学系主任，后来到北大去当校长的。

国民党民国部聘教授名单：胡小石（国学，国立中央大学）、楼光来（外文，国立中央大学）、柳诒徵（历史，国立中央大学）、曾经在中央大学的徐悲鸿（艺术，国立中央大学）、艾伟（心理，国立中央大学）、孙本文（社会，国立中央大学）、戴修瓒（法律，国立中央大学）、高济宇（化学，国立中央大学）、李四光（地质，中央研究院）、胡焕庸（地理，国立中央大学）、蔡翘（生理，国立中央大学）、梁希（林学，国立中央大学）、吴宓（外文，国立西南联合大学）、汤用彤（哲学，国立西南联合大学）、周鲠生（法律，国立武汉大学）、胡敦复（数学，大同大学）、茅以升（土木，国立交通大学），曾经在中央大学，后被聘走了。胡小石一直到解放后都还在。

还有许多人文、社会科学家：黄侃、刘师培、吕叔湘、吴梅、赛珍珠、徐志摩、汪东、唐圭璋、刘伯明、宗白华、闻一多、吴宓、楼光来、陶行知、陈鹤琴、李叔同、吕凤子、徐悲鸿、张大千、傅抱石、高剑父、李剑晨、马思聪、孙本文、李国鼎。像上面列入的黄侃、刘师培、吕叔湘等都是我们的校友，赛珍珠是当时中国唯一一个得诺贝尔文学奖的人，曾经在我们学校当教授；徐志摩一直是我们学校的教授，一直到死，到飞机失事都是我们学校的教授。

20 世纪中国十大画家:吴昌硕、齐白石、徐悲鸿、张大千、潘天寿、黄宾虹、傅抱石、李可染、高剑父、林风鸣。全中国十个,我们学校就占了四个:徐悲鸿、张大千、傅抱石、高剑父。20 世纪十大书法家:吴昌硕、林散之、康有为、于右任、毛泽东、沈尹默、沙孟海、谢无量、齐白石、李叔同,其中沙孟海、谢无量、李叔同是我们学校校友。

在 1952 年院系调整之前,我们这个学校是全国最高学府,当时是综合实力最强的学校。但是 1952 年以后,从我们学校分出十三所学校,这样,我们的综合实力就不再具有全国领先的地位。我们的文理学院迁到当年的金陵大学,成为今天的南京大学。也就是说 1952 年初,我们学校曾经改名为国立南京大学,今天又有个南京大学,那个南京大学并不是今天的南京大学,并不能完全划等号。因为今天的南京大学只是当时中央大学的文理学院,就是文学院、理学院,减少了心理学系与哲学系。当然了,文学院和理学院实力还是比较强的;当年的法学院撤销了,它主要包括经济和法律这些部分,后来分到各个学校去;当年的教育学院,迁到当时的金陵女子学院去,后来改名为南京师范学院,就是今天的南京师范大学;当时的中央大学的医学院,我们曾经有两个医学院,20 年代我们东南大学的医学院后来独立出去就成为上海第一医学院,现在并入复旦大学,因为我们的上海的医学院被并掉了,后来又在南京建了一个医学院,解放后改名为第五军医大学,后来跟第四军医大学合并,现在在西安;我们的农学院,当时在丁家桥,后来迁到卫岗,就是南京农学院,也就是今天的南京农业大学;农学院的林学系独立出来成立南京林学院,也就是今天的南京林业大学;我们的商学院提前独立,成为今天的上海财经大学;我们的工学院水利系独立出来成立华东水利学院,也就是今天的河海大学;航空系成立了西北工业大学,我们的工学院留在本部改名为南京工学院,也就是东南大学!(热烈掌声)

1952 年院系调整的时候曾经有两套方案,两套方案共同的意见就是把工学院留在中央大学本部。第一方案就是南京大学放到南京金陵女子大学,也就是今天的南京师范大学身底下。当时,准备把农学院放在金陵大学的身底下,因为金陵大学的农学院也是蛮强的。第二种方案,就是现在的这种格局,把工学院留在中央大学本部,因为工学院当时是中央大学七大学院中最强的一个学院,它的规模大概超过全校的 1/3,再加上后来又从浙江大学、山东大学并入了一些系科。尽管我们分出来水利系等一些系,但是总的实力还是加强的。50 年代的时候有一句话叫:"北有清华、南有南工。"有人说为什么后来我们跟清华的距离拉大了呢？有一个重要原因就是从我们工学院分出去三所大学：我们的农机系分出去，成立镇江农机学院，今天的江苏大学；我们的化工系分出去成立南京化工学院，也就是今天的南京工业大学；我们的轻工系分出去，成立无锡轻工业学院，也就是今天的江南大学；我们的无线电系有线电专业迁到四川，成立成都电讯工程学院，也就是今天的电子科技大学！同学们想一想，如果这些学校都不分出，不要说一开始所有的文理学院都不分出去，就是工学院中这几所学校都不分出去，会是什么样子？当时的无线电系国家都决定整个迁到四川，所有的仪器都运到重庆了，感谢我们的汪海粟院长，他亲自到省委找省委书记，说南京有无线电厂，南京无线电工业很发达，它很重要的就是靠我们南工的无线电系。现在无线电系全部撤走，南京的无线电马上就会大幅度地下落。所以后来省委书记也不错，亲自赶到上海，正好周总理也在上海，找到周总理。周总理后来想在四川那里也需要发展高等教育，就跟江苏省协商："能不能这样，你们一个是无线电，一个是有线电（什么叫有线电？就像我们现在的电话就是有线电），你把有线电分给它们，把无线电留给你们南工。"所以后来把在重庆的仪器又重新运回我们南工，这样，今天的无线电系才保存下来。今天我们的四系，我跟我们信息工程学院的院长张锡昌同志很熟悉，他就说现在他们的特聘教授大概占学校的1/3，他们的二级教授占全校的1/4，现在他们有院士，有全国"863"的首席科学家，无线电系如果没有当年汪海粟先生跑到省委去找人，没有周总理的网开一面，就没有你们信息工程学院！（热烈掌声）

2000年，当时布局调整，要把当时铁道医学院、交通专科学校和南京地质学校并入东大，四校合并，当然有很多人对这个说长道短，但是我要从另一个角度上讲，我不完全是站在学校校领导的立场去说话，我是一个普通教师，至少它完成了这样一个使命，完成了原中央大学的领土完整，原来我们四牌楼校区是我们中央大学的本部，分部就在丁家桥校区，当时的农学院、医学院都在那里，现在这样一次四校合并实现了当年农学院、医学院的领土回归，现在中央大学几乎每一寸土地，当然了不包括旁边被人家蚕食的那一点，整体呢，今天都是在我们东南大学的版图上，这一点我们倒要谢谢我们东大的领导！（热烈掌声）

最后我再讲几句，"海涵地负展宏韬"。海涵地负是大地负载万物、海洋容纳百川，它有包罗万象、含蕴丰富和学问博大精深的含义。前面我们讲过东大人要有广博的气度,同时作为一个综合性的大学,要容得下各种学科,要容得下各种风格流派。大学校不仅仅是规格大,而且是容量大,气度大,要有这这种海纳百川的气度,当今规模比北大、清华大的学校多着呢,对不对? 我的母校,就是我读硕士生的吉林大学,有句俏皮话叫做"美丽的长春市坐落在吉林大学校园里",你到长春去到处都会看到吉林大学的牌子,你弄不清是吉林大学的哪个部分,因为它七八所学校并进来,有的学校规模还是很大的,再加上各个学校有些分校,走到哪里都是吉林大学的牌子,所以长春市坐落在吉林大学校园里。倒过来,我们不在于其大,而是在于这种胸襟,无论我们学校领导还是我们东大的每个老师和学生,都要有这种雍容的气概,要像罗家伦说的那样纯朴而雄伟,不要小肚鸡肠,要有名校的这种胸襟和气势,要有雍容阔大的气度,要能吸纳各种人才,作为研究开放性的综合性大学,各学科要充分融合,而且兼容并包,办学思想要容得下各种办学风格,要容得下各种办学流派。当然,作为一所名校,要有一批的博学大师,清华大学的老校长有句名言叫做:"所谓大学者,非谓有大楼之谓也,是有大师之谓也!"一所没有大师的学校,不是真正的大学! 我们东大,今天可谓真正的大师,已经极少了,当然还希望未来在年轻人中间,能够造就出一些能够跟老一辈的、跟我的老师和太老师他们相提并论的这些大师级的人物。所以,我跟我的研究生上课经常数家谱,我是谁的学生,我的老师又是谁的学生,你们是第几代的学生,大家也要算,一代代地算下来,希望能够把这个学术的传统延伸下去,而且能够后来再居上,不但能够超过我,而且有可能的话能够超过我的老师,而且能够超过我老师的老师。我们今天学习条件很多地方都超过我们的老一辈。《四库全书》过去我们根本都看不到,现在要查一个东西,四库有检索系统,查一个词输进去,如果查不出,没有这个字电脑几秒钟就回答查不到,要能查到,除非内容特别多,几十秒钟或者一两分钟就能解决了。过去《四库全书》根本就看不到,更不要说你去好好查一查了,现在有许多条件是超过前辈的。

"海涵地负展宏韬",它表示要实践发挥。"宏韬"从六韬而来,"六韬"包括文韬、武韬、龙韬、虎韬、豹韬、犬韬,也就是各种经天纬地的、运筹帷幄的策略。我们学校曾经有宏大的理想,希望在本世纪中叶能建成世界一流大学,这一点我是抱有很大的信心的。同志们想想,我们有这么大的校园,我们有这么好的基础,我们有这么深厚的文化积淀,我们的文化积淀在中国是任何学校都无与伦比的,哪个学校跟我们比都要逊色几分。同志们有机会到四牌楼校区去,看四牌楼校区礼堂门口的喷水池边上有个很大的碑,碑文是我为百年校庆写的,其中说:"煌煌千载,其文化积淀之深厚,教育历史之悠久,鲜有能与之比肩者!"我就把任何学校在我们悠久的文化积淀面前都是很逊色的这个意思写到碑文里面去了。

我用"日新臻化境,四海领风骚"来结束校歌。"日新"是《易经·系辞上》曰:"富有之谓大业,日新之谓盛德。"孔颖达疏:"其德日日增新。"东大人不但要学问天天长进,道德要更进一步地提高。东大人在各地,你在业务上要成为骨干,在道德上你要成楷模。老师是学生的楷模,你们走上社会之后,你们成为各个单位的大大小小的领袖人物,也希望你们不仅仅能够事业上成为成功之士,学问上成为一个学富五车的学者,更要成为一个道德的典范,做人的表率,走到全国各地都说东大人真不错!哪怕你不居高位,不做高官,到哪儿去人家都喊一个"好"字,这就是为东大、为母校争光了!(热烈掌声)

我们说:"日新臻化境"的这个"化境"是从《庄子》的物化思想而来的。《庄子》有"庖丁解牛"这样的一个故事,由"无厚"入"有间"。庖丁是一个杀牛的屠宰手,别人家用这个刀,一年都得用几把,但是他的一把刀用了几十年还是新的,他说我就是"无厚"入"有间",看起来这个牛有一堆堆的骨头,实际上它是有间隙的,我这个刀不是去砍,那当然我这个刀就用得久。作为一个屠宰的工匠,他就达到了一个化境,行行出状元,他就是这一科的状元。我们把"金之至精,炼之至熟,刃之至神,而厚之至变,至化者也"引申为诗的"化境",诗的最高美学境界,也就是艺术造诣达于精妙的境界。我们学校也希望能够达到教育的"化境",要培养优秀的人才,希望能像当年的中央大学那样出现大批的能够改写中国历史的大人物。同时,也要许多为后代人树立道德表率的一些人物。这种"化境"是指一所学校科研、教学、文化、精神都达到一种最高的境界。我听到华中科技大学的一个教授说过这样一句话:"泡菜的味道是由泡菜坛里的水的味道决定的。"这句话很深刻,同样两个同学,高中毕业的时候水平差不多,各方面人品也差不多,一个同学发挥得很好,进清华、北大,或者进了东大这样的学校;还有一个同学发挥失常,进了一个很一般的学校。跨进校门的时候,这两个人并没有太大的区别,但是几年下来之后就有极大的区别,确实不一样了。为什么?他在不同的"泡菜坛子"里"泡"了几年,一个"泡菜坛子"里味道非常好,出来就"香喷喷"的,但是另一个"泡菜坛子"里出来的就"酸唧唧"的,而且不仅仅是学问有所差别,而且在为人差别更大。希望在我们这个学校要形成一种雍容大度的文化,即使在某些学科建设方面我们跟北大、清华这些学校还是有一定的差距,但是在另一方面,在做人方面,在我们校园文化方面,我们跟它们没有差别,希望同学们能够做到这一点!(热烈掌声)我们应该有这种志向,下半年我去清华,大家都晓得我脸上写着"东南大学"这四个字,在清华人眼里,我是东大人或者说是东大人的代表,我就要让他们看看我这个东大的教授比起他们清华的教授毫不逊色!(热烈掌声)

最后讲到"四海领风骚"。"四海",《书经》里面:"文命敷于四海。"我们的老祖宗当年对地理了解不多,他们误以为中国的四面都是海,只有这一块是陆地。你看《西游记》说四大部洲,我们就在"南赡部洲"这块土地上,周围都是海,认为我们的大陆这一块叫"海内",所以其他还发现一些地方,这些地方就是"海外"了。"四海领风骚","四海"就意味着世界。"风骚"原指《诗经》的《国风》和《离骚》,也就是《楚辞》。"风骚"是文学界的最高境界的代表。"领风骚"就是居于世界的前列。清人赵翼《论诗绝句》里面有这样的句子:"江山代有才人出,各领风骚数百年。"中央大学,在老东南大学时期,人家就称我们是"东方的剑桥",在后来的中央大学时期,也应该说我们在全国也是一枝独秀的。抗战时期,国外承认中国五所大学的学历,第一是中央大学,第二是西南联大。同志们知道,西南联大包括三所学校:清华、北大、南开,加起来可以排第二。(笑声,热烈掌声)其他的是武汉大学、浙江大学、中山大学。这五所学校,中央大学是排第一的。我们曾经非常辉煌。

当然也有人说:"好汉不言当年勇。"我们为什么还要言当年勇呢?因为不是我们完全衰落了,而是我们被肢解了,我们一个学校被分成十三所学校,是不是这样?如果我们不被分成十三所学校,我相信如果按照我们中央大学或者改名为哪怕是国立南京大学,如果这样发展到今天,我们仍然还是第一。不是我们无能,当然有没有无能的地方?有,我们也不要虚夸自己,也应该看到我们的许多不足,"知耻近乎勇",我们知道自己的不足。经过一代一代人的努力,希望在本世纪的中叶,能实现我们校领导规划的把东大办成世界一流大学的这个宏大目标。我也许活不到那一天,王老师今年六十二岁,如果活到本世纪中叶,还得 41 年,那就 103 岁了,如果跟南大的郑集先生相比,我还能活到那一天,当然未必还有力气站在这个讲台上这样滔滔不绝地讲上两个多钟头,但愿也还能做到这一点,但愿我还能活着亲眼看见我

们东南大学实现"四海领风骚",建成第一流大学的那一天!(热烈掌声)

今天是我去清华之前最后一次给东大的同学上课,感谢这么多的同志来听我的课。我希望同志们跟我一起努力,尽管我即将离开东大。昨天学校党委书记胡凌云同志专门找我谈了很长时间,我感谢校领导对我的关心,我向他们保证在清华待上半年之后,一定好好地回到东大来,跟老师同学们共同把东大建成国际第一流的学校!谢谢!(热烈掌声)

(宋昱、周南希根据演讲录音整理)

王步高诗文集

"南京诗词"讲座

　　南京是六朝古都,或者也有人称是"十朝古都"。在这十个朝代中,南京留下了深厚的文化积淀,尤其值得骄傲的是在诗词方面。

　　今天我们在几千首与南京有关的诗词中选出十五首,重点讲其中的七首。在这十五首中,凡是黑色字的就简略讲过去,红色字的就着重讲。

　　谢朓《晚登三山还望京邑》

　　南朝乐府民歌《西洲曲》

　　李白《长干行》《登金陵凤凰台》《金陵酒肆留别》

　　刘禹锡《西塞山怀古》

　　李煜《清平乐》(别来春半)

　　王安石《桂枝香》(登临送目)

　　周邦彦《满庭芳》(凤老莺雏)

　　朱敦儒《相见欢》(金陵城上西楼)

　　辛弃疾《水龙吟》(楚天千里清秋)

　　姜夔《踏莎行》(燕燕轻盈)

　　文天祥《金陵驿》

　　萨都剌《念奴娇》(石头城上)

　　高启《登金陵雨花台望大江》

　　我今天的讲座大约需要延续两个半小时,如果有什么特殊情况需要提前走的,请你们自行安排好。

　　南京是中国格律诗词的诞生地,这一点可以追溯到南朝时期。齐梁时期在鸡笼山下,当时的竟陵王萧子良,他下面有八个文友,也就是沈约、谢朓、萧衍、王融等一些人。这"竟陵八友"从转读佛经当中发现了汉字有四声的变化,也就是我们今天熟悉的"平上去入"。这一点与现在普通话当中的阴平、阳平、上声和去声有所不同,现在的四声把平声分为阴阳,其实上声、去声、入声同样也分阴阳。严格讲普通话的音节比起古人少多了。有一位语言学家告诉我,汉字在宋朝考虑四声的情况下有三千七百个音节,但现在普通话只有一千三百多个音节了。普通话是一种简单的汉语,它是受通古斯语系或者说蒙古语言影响的结果,所以一方面我们应该讲普通话,这样便于各民族之间的语言交流,但另一方面绝对不要废除方言。废除方言,特别是南方方言,我们的语言就变成一种简单的语言了。现在广东话里有九声,普通话只有四声,那么普通话相对于广东话,包括相对于我们江南的吴方言,都是一种简单的语言。汉字有四声,后来又加以归并,把平声归于"平",把上、去、入归为仄声。简单举四个字来说明。平声像"东",可以不升不降拉得很长,这是平声;"懂"是上声,"动"是去声,"毒"是入声。"东""懂""动""毒"就是"平上去入"。后人把平声规定为"平",上、去、入规定为"仄"。所谓"仄"者就是不平,仄声有升降高低的变化,而平声没有。

大家知道,所谓音乐就是声音高低长短的不同,"哆来咪发梭拉西"是高低的不同。一拍、半拍、四分之一拍、八分之一拍,是长短的不同。按照汉字本身有四声的变化,很好地把它组织起来,讲究平仄,我们的诗词自然就有了一种音乐美。比如,我们念李后主的《虞美人》这首词:"春花秋月何时了,往事知多少? 小楼昨夜又东风,故国不堪回首月明中。 雕栏玉砌应犹在,只是朱颜改。问君能有几多愁? 恰似一江春水向东流。"虽然我的普通话不好,但大家依然能感觉到它是有抑扬顿挫的。因为李煜是严格按照平仄来写的。汉字讲究平仄,讲究四声,它本身在不谱曲的情况下,就有一种音乐美。而我们现在有的新诗就没有这个优点。

"四声八病"说是在我们南京这块土地上诞生的,从某种意义上、更狭隘地说,它是在鸡笼山下,在我们东大这块土地上诞生的。所以,作为东大的教授,这一点每年我都要给新生、新教师做这样的校史讲座。其中都要说到,我们这块土地有深厚的文化积淀,其中重要的一点:中国的格律诗词就是在我们南京,严格讲就是在我们东南大学诞生的。

后来人们把汉字四声的变化,用到诗歌创作中来。这样就在齐武帝永明年间,创造了一种新体诗,就叫"永明体"。"永明"是"宋齐梁陈"齐武帝萧赜的年号。这个时期以沈约、谢朓、王融为代表的一些文人,把语言学的新发现用到诗歌创作中来,写成"永明体"的诗,这一点学术界是公认的,没有一点争议。"永明体"的诗,是中国格律诗的源头。下面这个问题就有些争议:词是不是也是诞生在南京这块土地上的呢?下面请看梁武帝写的《江南弄》七首,这七首诗是乐府诗,对此学术界是没有争议的。宋朝郭茂倩的《乐府诗集》里把它也归在了乐府诗里。这七首诗内容不必看,每首诗都是七句话构成。前面三句是七字句,后面四句是三字句,第四句重复第三句的末尾三个字。有人说这七首相同是巧合,其实不是。除梁武帝萧衍本人写了七首以外,他著名的臣子沈约也写了《江南弄》,也是这样。他的儿子梁简文帝萧纲也写了《江南弄》,也都是七个句子组成,句式结构完全一样。

2001年我在澳门参加国际词学讲座会,在第一天的学术报告发言中,我说词是产生于齐梁乐府,举了许多例子。会场上先后六个人站出来发言,反驳我,这在全国的学术会议上很不正常。当时主持会议的是加拿大的叶嘉莹教授,叶先生说:王步高教授给你十分钟,回应大家一下。别人很为我捏把汗,今天老王下不了台了。我讲:刚才六位先生反驳我的观点,说到底,观点是一样的。梁武帝的《江南弄》也好,徐陵的《长相思》也好,都与现代意义的词平仄不合,句式是一样的。平仄不合的词就不算词吗? 请问梁武帝写《江南弄》时诗格律化了没有? 这时候正是齐武帝"永明体"产生的时候,诗刚刚开始了格律化的进程,远远不是我们今天的"平平仄仄,仄仄平平"。在诗还未格律化时,凭什么要求词一下子就格律化呢? 再请问,《敦煌曲子词》是词吗? 我这句话是明知故问,《敦煌曲子词》怎么不是词呢? 请问《敦煌曲子词》符合今天的平仄格律吗? 都不合,基本上没有一首严格符合的。《敦煌曲子词》不符合格律,你却认为它是词,为什么《江南弄》这些由乐府发展而来的词就不是词呢? 再问中国猿人是人吗? 这似乎也不是问题,中国猿人当然是人,但今天如果我的讲台旁边站一个中国猿人,你们会把它当成人看吗? 浑身长毛,不穿衣服,也不会说一句现代语言。但这就是我们的老祖宗,就是我们最早的人,当然不是今天成熟了的人。大家知道"乱石穿空,惊涛拍岸,卷起千堆雪"这是写什么,写的是长江。但是你知道长江的源头沱沱河在那悬崖峭壁上一点点,滴儿滴水,淌到地上,形成很小的溪流。这个溪流我们一步就能跨过去。你在那里能看到"乱石穿空,惊涛拍岸,卷起千堆雪"吗? 你能说那不是长江的源头吗? 如果我们今天写完全不讲格律的诗词,我们今天的人都不认可它,你写的不是诗,也不是词。但对最早的源头可不能这样要求。

我这样说过之后,底下没有人再说什么。午餐时我的一个小师弟,现在在某大学当副校长的,他后来就跟我说:老王真是生姜老的辣,你几分钟就可以把他们反驳的全部顶回去。我说,其实我是有私心的,词产生于齐梁乐府,那么词就产生于我们南京,词就产生在我们东南大学。如果这一点学术界定下来,你们无力反驳我。更何况有一个学术观点大家注意一下,词是中晚唐时期才形成的。大家回头去看一下,中晚唐凡是写过词的作家,没有一个没有在江南一带生活过。一个人如果只在北方生活,这个人就不大会写词。这是指唐代,不是指今天。即使到清朝,叶恭绰先生,民国时期的交通部长,上海交通大学的创始人之一,编了《全清词钞》,在编作家籍贯时,他作了一个统计,清代籍贯可考的词人,收入《全清词钞》的 4327 人,其中我们江苏占 2009 个,占全国的 47.4%。为什么江苏一个省占了全国的将近一半,再加上浙江省,就占了全国的四分之三还多。其中有一个重要原因,江南尤其是南京,是词的诞生之地,所以词在南京这块土地上特别兴盛也就很自然了。

其实不仅是梁武帝《江南弄》,比如梁代张率写的《长相思》,两个三字句,一个七字句,又两个三字句,后面四个五字句。陆琼的《长相思》与他的格式完全一样。陈叔宝,也就是陈后主,他的《长相思》也是这样。江总的《长相思》也完全是这样,徐陵的两首《长相思》也都是这样,这一点与唐代诗人写的《长相思》就非常相近。白居易写的《长相思》是分上下两片,他的上片与此非常相近,比如"汴水流,泗水流,流到瓜州古渡头。吴山点点愁。思悠悠,恨悠悠,恨到归时方始休。月明人倚楼"。跟南朝乐府的《长相思》非常相近。而乐府诗的句数字数一般是不固定的,偏偏这里的几首《长相思》与后代的词非常相近,如果挑它有什么不同,那就是平仄不固定。因为这个时候诗还没有严格地格律化,也没有完全讲平仄。所以早期的词,平仄是不严格的。甚至盛唐时期《敦煌曲子词》都不严格地讲平仄,在座的专家们可以为我作证。

下面我们来讲与南京有关的诗词。这些诗词从齐梁时期兴盛起来。齐代最重要的作家是谢朓。谢朓只活了三十几年,后来在政治斗争中被杀了。谢朓写的诗非常有名,大家都知道有一首《入朝曲》:"江南佳丽地,金陵帝王州。"是对我们南京极好的概括。谢朓,字玄晖,陈郡阳夏人。出生于世族大家,曾任宣城太守,世称"谢宣城"。他的诗集就叫《谢宣城集》。他是南朝齐时期最重要的诗人,也是"永明体"的代表作家,与谢灵运齐名。他是谢灵运的侄儿,称"小谢"。他将声律运用于创作之中,音调和谐流畅,悦耳上口,富于声韵之美。细致悠长的情思,秀丽清新的山水,晓畅悦耳的音韵,是他诗歌的主要特征。

我们来看他的一首《晚登三山还望京邑》：

> 灞涘望长安，河阳视京县。白日丽飞甍，参差皆可见。
> 余霞散成绮，澄江静如练。喧鸟覆春洲，杂英满芳甸。
> 去矣方滞淫，怀哉罢欢宴。佳期怅何许，泪下如流霰。
> 有情知望乡，谁能鬒不变？

　　此诗作于齐明帝建武二年（495），作者出任宣城太守离京途经三山时作。"三山"在南京西南江宁长江南岸，此处有三山，与采石矶、燕子矶并称长江下游"三矶"。他的好友王融因拥立竟陵王萧子良，被赐死。不久他长期追随的竟陵王萧子良也以忧卒，隋郡王子隆也因齐明帝的忌惮而被杀。谢朓自己也在政治斗争的恐怖中战战兢兢地度日，在腥风血雨的严酷事实面前，他内心震动强烈，精神深受创痛，充满了畏祸免灾、进仕退隐的矛盾心情，所以他晚年与谢灵运一样，将眼光更多地转向山水自然，在自然美景中求获一份宁静。他写的"余霞散成绮，澄江静如练"成为写长江的千古名句。这首诗是谢朓的代表作。意境非常优美，章法严谨，开始讲究声律。从某种意义上说它是五言永明体的代表作，跟后来唐代的律诗在很多方面已经比较接近。所以人们说他"诗变有唐风"，开始有唐代的风韵。这首诗的意境非常优美动人，语言自然清丽。"白日"以下六句，将三幅色彩绚丽的图画有机地组织起来，远近、大小、动静、高低相对统一，层次分明，显得和谐完美。"余霞"两句，比喻生动新奇，又无雕琢痕迹，曾为大诗人李白所激赏。李白在《金陵城西楼月下吟》诗中就有"解道澄江净如练，令人长忆谢玄晖"。苏东坡这个人一生目中无人，一般的人不放在眼里，但是人们称他"一生低首谢宣城"，一辈子对谢朓非常恭敬，非常尊重。在座的朋友们，你们去过李白的墓吗？李白的墓在安徽当涂，我和我诗社的朋友们曾经两度到李白的墓上去朝拜。李白为什么要葬在那里呢？就是因为他崇拜谢朓，谢朓所在的当涂旁边的那座山，古代人称为"谢家青山"，谢朓的墓就在那里。李白虽然死在采石矶，他一直有个遗愿，就是能葬在谢朓墓旁边，所以后来当涂县令遵照他的遗愿，将他的墓从采石矶移到现在这个地方，葬在"谢家青山"的南面，跟谢朓葬在一起。这首诗我们就这样粗粗解说。就是我前面讲的凡是黑字的就简单讲讲，不逐字逐句地串讲。

下面我们看一首南朝的乐府民歌《西洲曲》："忆梅下西洲，折梅寄江北。单衫杏子红，双鬓鸦雏色。西洲在何处？两桨桥头渡。日暮伯劳飞，风吹乌臼树。树下即门前，门中露翠钿。开门郎不至，出门采红莲。采莲南塘秋，莲花过人头。低头弄莲子，莲子清如水。置莲怀袖中，莲心彻底红。忆郎郎不至，仰首望飞鸿。鸿飞满西洲，望郎上青楼。楼高望不见，尽日栏杆头。栏杆十二曲，垂手明如玉。卷帘天自高，海水摇空绿。海水梦悠悠，君愁我亦愁。南风知我意，吹梦到西洲。"这首《西洲曲》我在这里把它作为南朝乐府民歌，但如果你去读张玉毂的《古诗赏析》，读沈德潜的《古诗源》，这首诗的作者是梁武帝，它是归到个人名下的。那个时候的文人很多模仿乐府民歌，这一首诗是梁武帝写的可能性很大，但这里的"西洲"不能准确地说就是在南京，但如果是梁武帝所写，那这首诗肯定写在南京。这是南朝乐府民歌中写得最美的一首。就情节来说，就是写一个女子对爱情的热烈追求，但这首诗的音韵非常美。这一点即使是民间的创作，也一定是经过高手加工过。所以从齐梁时期就可以看出，我们南京诗坛已经写出了许多一流水平的作品。比起当时的北朝乐府民歌，文学性艺术性要高出很多。所以后来南朝的乐府诗变成了词的源头，南朝的"永明体"诗歌变成了格律诗的源头。没有齐梁时期的诗歌，唐诗宋词的繁华都是不可能的。从这一点上，我们南京不仅是十朝古都，也是中国的"诗都"、"词都"。中国任何一个城市在中国诗歌史上的地位都不能与南京相比。唐代西安还可以，很多诗人在西安留下了著名的作品，但别的朝代不行。我在备课时特地把西安诗词也拿出来比照了一下，要凑一本书很困难，把当初的骊山、华清宫以及周围的马嵬坡等也算在里面，分量也比南京要轻得多。

下面我们讲唐代，重点讲李白。大家知道，李白曾经长期在南京生活，早年他在以安乐为中心的南北漫游时期就到过南京，后来他经过长安三年，被赐金放还之后，又一次来到南京，在安史之乱时期，也就是李白人生的最后几年，一直在江苏南京和安徽宣城、当涂一带漫游，在南京留下很多的诗词作品，其中有很多都是千古绝唱式的作品。

下面我们来看一首《长干行》：

> 妾发初覆额，折花门前剧。郎骑竹马来，绕床弄青梅。
> 同居长干里，两小无嫌猜。十四为君妇，羞颜未尝开。
> 低头向暗壁，千唤不一回。十五始展眉，愿同尘与灰。

常存抱柱信，岂上望夫台。十六君远行，瞿塘滟滪堆。

五月不可触，猿声天上哀。门前迟行迹，一一生绿苔。

苔深不能扫，落叶秋风早。八月蝴蝶来，双飞西园草。

感此伤妾心，坐愁红颜老。早晚下三巴，预将书报家。

相迎不道远，直至长风沙。

这首诗是大家熟悉的，收在《唐诗三百首》里。《长干行》是六朝乐府《杂曲歌辞》中的乐府旧题，内容多写男女的恋情，唐代诗人崔颢、崔国辅都曾写过《长干曲》。崔颢的两首《长干曲》还被收到了《唐诗三百首》里。"长干"，就是长干里，古代金陵里巷的名字。根据《舆地记胜》的记载，"长干"是秣陵县东的里巷名，江东谓山陇之间曰干。五里有三冈，其间平地民宿杂居，有大长干，小长干，东长干，并是地名。"行"是歌行的意思，是古诗的一种体裁。

这是一首以商妇的离别和爱情为题材的诗，它以女子自述的口吻，叙写对远出经商的丈夫的怀念，是用年龄叙事法和四季相思的格调，巧妙地把一些生活片断连缀成完整的艺术整体。全诗风格缠绵，婉转深沉，人物形象鲜明可感，真情摇曳，柔和流丽，是艺术上非常成功的。

这首诗用南方女子温柔细腻的感情，缠绵婉转，步步深入，配合着舒徐和谐的音节，形象化的语言，在生活图景和刻画、环境气氛的渲染、人物性格的描写上显出了完整性、创造性，而语言又非常通俗易懂。

《金陵酒肆留别》：

风吹柳花满店香，吴姬压酒唤客尝。

金陵子弟来相送，欲行不行各尽觞。

请君试问东流水，别意与之谁短长？

这首诗也收在《唐诗三百首》里，是写饮酒方面最著名的一首。李白在南京饮酒留下很多诗作，包括我们马上即将复建的水西门附近的"孙楚酒楼"，也是当年李白经常饮酒的地方。其实，我们南京人没有很好地挖掘与李白有关的资源，杜牧写了"借问酒家何处有，牧童遥指杏花村"，北方人为一个"杏花村"争得不亦乐乎。曹操写了"何以解忧，惟有杜康"，河南两个地方，为杜康酒的正宗也打得不亦乐乎。实际上李白在南京留下的很多名作比杜牧的诗更出名，李白的名气也不是杜牧和曹操在诗坛上可比的。特别是下面说到的金陵凤凰台更是如此。

《登金陵凤凰台》：

> 凤凰台上凤凰游，凤去台空江自流。
> 吴宫花草埋幽径，晋代衣冠成古丘。
> 三山半落青天外，二水中分白鹭洲。
> 总为浮云能蔽日，长安不见使人愁。

李白的诗具有飘逸风格，由于他的性格不受拘束，艺术上又崇尚"清水出芙蓉，天然去雕饰"，所以他很少写格律严谨的七言律诗，李白集子里有几十首五律，七律在整个集子里只有八首。但这首《登金陵凤凰台》也被收入《唐诗三百首》，成为李白七言律诗的代表之作。这首诗写于唐玄宗天宝年间，为李白奉命"赐金还山"、南游金陵时所作。一说是作者流放夜郎遇赦返回后所作。我认为后者站不住脚，因为李白流放回来，已经没有这么一个心情了。

全诗以登临金陵凤凰台时的所见所感而起兴唱叹，把天荒地老的历史变迁与悠远飘忽的传说故事结合起来撼志言情，用以表达深沉的历史感喟与清醒的现实思索。

下面我们对这首诗逐句进行串讲：

"凤凰台上凤凰游，凤去台空江自流"，凤凰台在现在南京城南的花露冈，旧名凤凰山。诗友们如果有兴趣，你坐车到集庆门，沿旁边一个小巷子，拐进去不多远，有一条上坡的路上去，再走一百米左右，现在是南京第四十一中学，在学校的校园里，进去之后，那里凤凰台的遗址几乎一点不存，现在留下的倒是晋代诗人阮籍的墓。我也不知道这学校怎么搞的，凤凰台不保留，倒保留了一个墓。早先几年江苏电视台国际频道专门让我站在那个校园里讲这首诗。"凤凰台上凤凰游，凤去台空江自流"这是诗的首联，从写凤凰台的传说开始，打破了一般格律诗的写法，在这十四个字中连用了三个"凤"字，而且"凤凰"也重复了，但是让我们并不感到它重复，反而觉得音节流转明快，显得很美。"凤凰台"在金陵凤凰山上，相传南朝刘宋永嘉年间有凤凰集于此山，乃筑台，山和台也由此得名。在封建时代，凤凰是一种祥端。当年凤凰来游象征着王朝兴盛；如今凤去台空，六朝的繁华也一去不复返了，只有长江水仍然不停地流着，大自然才是永恒的存在！我们回溯一点，南京曾经是六朝的故都,六朝时北方战乱不休,北方是少数民族政权。北方人善于骑马,善于打仗。南方虽然也有一些政权的变革,但相比于北方,江南一来物产比较多,经济繁荣,二来并没有经过太多的战乱,南方因此富庶得多。六朝时南京作为一个都市,是非常繁华的,远不是北方的一些城市所能比的。但到隋朝灭掉陈的时候,隋文帝干了一件极坏的事情,下命令把整个南京城彻底平毁,把砖瓦都运走,老百姓也都迁走,除了水西门附近一块地方留下做一个小县城,把整个南京城全部种上庄稼。大家注意到没有,在唐诗宋词里只要写到南京,它的主题都是四个字"今不如昔"。当年那么繁华的大都市,现在是荒草一堆,如"旧时王谢堂前燕,飞入寻常百姓家"、"山围故国周遭在,潮打空城寂寞回"、"商女不知亡国恨,隔江犹唱后庭花",都是写衰败的景象。下面我们讲到的几点也难以避开这一点。

"吴宫花草埋幽径,晋代衣冠成古丘。""吴宫",三国时吴国的宫殿,东吴是最早在南京建都的,公元222年继曹丕称帝,刘备也称帝后,孙权最后一个称帝。把都城从镇江,当时叫京口,移到建邺,也就是现在的南京。就在我们东大四牌楼校区这块地方,简陋地造起皇宫,后来历经东吴、东晋、宋、齐、梁、陈六个朝代,当中只有短暂的三十七年不是都城,就是东吴被灭亡了,东晋还没有建立,西晋的三十七年不是都城,后来一直是都城。一直到隋文帝灭城,结束了六朝的风流。"吴宫花草埋幽径",现在都变成了小径。"晋代衣冠成古丘",这一点历代人对它的理解都是错的。我原来也不懂,是我们春华诗社的前任社长施元伟同志他在《文学遗产》发了一篇文章,指出"晋代衣冠成古丘",这里的"晋代衣冠"指的是西晋诗人,"竹林七贤"之一阮籍的墓,果真那个在四十一中校园里那个保留的古墓就是晋代诗人阮籍之墓。这一点很让我费解,西晋主要是北方政权,阮籍一生中没有多少证据他到过南京,为什么他偏偏把墓放在这里?根据李白这首诗,这个墓不是他的尸身葬在这里,而是他的衣冠冢。为什么阮籍的衣冠冢在南京,而且在凤凰台边上?这一点我们至今还不能解释。我们在座的名家高手也多,希望大家一起来解答这个问题。"晋代衣冠成古丘",现在就剩下这一个古墓了。这个墓至今保存完好,用水泥重新粉刷,而且建了一个很大的石碑,用隶体字刻着"晋代诗人阮籍之墓",近几年我去过三四回。这两句既是怀古,也是一种伤今,现在那么繁华的六朝文明都已不复存在,当年的宫殿现在是荒草一堆,当时的风流人物,现在也只留下古墓了。这里就"凤去台空"进一步发挥,三国时期的吴和后来的六朝都建都于金陵,诗人感慨万分地说,如果昔

日的繁华宫殿都已荒芜,晋代的一代风流人物也都进入了坟墓,那时候的煊
赫在历史上又留下了什么呢? 这一点跟唐代的很多诗词写到南京的都有相
似之处。

"三山半落青天外,二水中分白鹭洲。"这里有个版本的争议,有的地方
叫做"一水中分白鹭洲"。从平仄上来讲,七言律诗的首句平仄是可平可仄
的,所以从这里"二"和"一"分不出来,更何况"二"也是仄声,"一"是入声字,
更看不出来。我倒倾向于用"一水中分"更好一些,本来长江是一条河,现在
中间有一个白鹭洲,就一分为二了。用"二水中分"反而很牵强。"三山半落
青天外"中"三山"是地名,前面我们提到谢朓的《晚登三山还望京邑》也提到
了"三山",在江宁县西南的一座山上有三座小山峰,称为"三山"。"白鹭洲"
南京人搞错了,我们南京的很多地方现在都搞错了。"白鹭洲"现在成了夫
子庙旁边的白鹭洲公园了,实际上白鹭洲指的是江心洲。"二水中分白鹭
洲"或"一水中分白鹭洲",都是指长江中的一个洲,应该是在长江西南江上
的一个洲——江心洲。"三山半落青天外,二水中分白鹭洲。"诗人由对历史
的凭吊,转向大自然的描写,把目光投向了流之不尽的长江之水。陆游写过
一首《入蜀记》,陆游那年担任夔州通判时,从家乡绍兴出发,经过了八个多
月才走到四川的夔州,也经过了南京,写下了不少游记。他在《入蜀记》中就
写道:"'三山',自石头及凤凰山望之,杳杳有无中耳,及过其下,距金陵才五
十余里。"确实,五十余里,在一个不太高的地方看,就不大能看见。"杳杳有
无中耳",我到了凤凰山的时候,我特别注意站在陆游的角度望三山方向看,
几乎什么也看不见。我看"有无中耳"陆游也是自欺欺人,三山根本看不见,
连隐隐约约都做不到。更何况现在高楼林立,你就是相隔五十里,不站在特
别高的高处,用望远镜也不行。陆游的"杳杳有无中耳"正好注释这里的"半
落青天外",李白把三山的半隐半现、若隐若现的景象写得恰到好处。"一水
中分白鹭洲"写得气象壮丽,而且对仗很工整,是难得的佳句。

《世说新语》中有这么一段文字:

> 晋明帝数岁,坐元帝膝上。有人从长安来,元帝问洛下消息,潸然
> 流涕。明帝问何以致泣,具以东渡意告之。因问明帝:"汝意长安何如
> 日远?"答曰:"日远,不闻人从日边来,居然可知。"元帝异之。明日,集
> 群臣宴会,告以此意,更重问之,乃答曰:"日近。"元帝失色,曰:"尔何故
> 异昨日之言邪?"答曰:"举目见日不见长安。"

明帝的父亲元帝问：是长安远还是太阳远？晋明帝当时还是一个小孩，他回答"日远。只看到有人从长安来，看不到有人从太阳来"。他的回答让他父亲很赏识。哪知道第二天，他父亲把群臣召集到一起，故意显示一下儿子的聪明，又问这个问题，他儿子反过来说"日近"。元帝大惊失色，怎么回答与昨天正好相反。他儿子回答：抬起头可以看到太阳，但是看不到长安。这当然也是有道理的，古人对于太阳到底距离我们有多远，是搞不清的。实际上还有一个想法：后一个回答是一个拍马屁的回答。为什么呢？古人把皇帝比作太阳，在宫殿里，在皇帝面前，我抬起头就可以看到皇上，这么小的一个孩子就已经学会了拍马屁。后来也就做了太子，又做了皇帝。这一段出自《世说新语》，表面上看李白用了这个典是用了它的原意，但实际上我去年在清华大学讲课的时候提到这首诗，我突然发现这个典故用错了。李白用错了，《世说新语》也记错了。为什么呢？晋元帝是指司马睿，司马睿是东晋的开国皇帝，晋明帝是他的儿子，是他的太子。实际上晋元帝做皇帝的那一年，这个太子就已经虚岁十九岁了，十九岁的儿子还抱着坐在膝盖上，有这样的做法吗？如果是十九岁的人回答这样的问题就不稀罕了。所以，《世说新语》记错了。这一段是这样写的：晋明帝数岁，坐元帝膝上。三四岁、七八岁的孩子能够回答这样的问题，表明他是早慧。中国古代有很多诗人是很聪明的，年轻时就聪明过人。但是如果是十九岁，就不值得写了。昨天我备课的时候，由于我南京书多，北京的书比较少，我还吃不准。我在清华讲课时也说，我手里的书不多，同学们可以到图书馆去查一查，防止我讲错。昨天我又进一步核实这个问题，确实这个典故从《世说新语》里就已经用错了。但是从诗人的角度，可以撇开这两句用典。

这两句诗寄寓着深意，长安是朝廷所在，日是帝王的象征。陆贾《新语·慎微篇》曰："邪臣之蔽贤，犹浮云之蔽日月也。""总为浮云能蔽日，长安不见使人愁。"经过了长安三年，李白生活在皇帝身边，对唐王朝的腐败有了切身的感受。以开元改名为天宝为界，唐明皇由一个积极进取、非常有作为的帝王，而变为一个昏君。先是重用李林甫，后是重用杨国忠，又是宠幸杨贵妃，甚至自己都不好好上朝了。《长恨歌》当中有"春宵苦短日高起，从此君王不早朝"。皇帝都不上朝了，朝中的事情全部委托给李林甫、杨国忠。历史早就证明这两个是奸邪小人。所以这里称"总为浮云能蔽日，长安不见使人愁"。一方面他看清了朝廷的腐败，另一方面又为国家命运深深担忧。能写出这样的诗句，我就觉得李白不仅仅是个会写写诗的文人，政治上他也很老练、很成熟。李白这两句诗暗示皇帝被奸邪包围,而自己报国无门,他的心情是十分沉痛的。"不见长安"暗点诗题的"登"字,触景生愁,意富言外,饶有余味,抒发了忧国伤时的怀抱,意旨尤为深远。

这首诗相传李白非常欣赏崔颢的《黄鹤楼》,欲拟之较胜负,乃作《登金陵凤凰台》。《苕溪渔隐丛话》、《唐诗纪事》都有类似的记载。此诗与崔诗工力悉敌,正如方回《瀛奎律髓》所说:"格律气势,未易甲乙。"在用韵上,二诗都是意到其间,天然成韵。语言也流畅自然,不事雕饰,潇洒清丽。作为登临吊古之作,李诗更有自己的特点,它写出了自己独特的感受,把历史的典故、眼前的景物和诗人自己的感受,交织在一起,抒发了忧国伤时的怀抱,意旨尤为深远。

一首诗不仅要写得美,像刚才我们念到的《西洲曲》就是一首很美的诗,但是就思想内容来说,那首《西洲曲》就没有太多值得肯定的地方。它内容很平平,就写一般的爱情,没有太多的独到之处。李白的这首诗就有深刻的政治见解,对国家前途的深深担忧。忧国忧民是历代中国知识分子的优良传统。古人是这样,我们今天也是这样。当今我们的诗中常常为党内出现的一些腐败现象,为环境的污染,为资源的浪费,为社会中的不良现象,大家也深深担忧,如果一味写歌功颂德的作品,就不可取了。

下面我们说说刘禹锡。大家一提到南京,古代的诗词当中,刘禹锡的诗是最有名的。刘禹锡的《金陵五题》、《金陵三首》、《金陵怀古》都很有名。我们这里选一首著名的《西塞山怀古》。这首诗我有独到的见解,古人都没有的。

《西塞山怀古》:

王濬楼船下益州,金陵王气黯然收。
千寻铁锁沉江底,一片降幡出石头。
人世几回伤往事,山形依旧枕寒流。
今逢四海为家日,故垒萧萧芦荻秋。

特别注意一下前人对这首诗的解读:"西塞山,在今湖北黄石市东,是长江中流要塞之一,三国时,是东吴西部的江防要地。刘禹锡此诗作于唐穆宗长庆四年(824)任夔州刺史调任和州刺史时。"这个说法很牵强。《西塞山怀古》内容全是写的南京,这一点我们研究唐诗的人深深百思而不得其解。这为

984

什么明明写西塞山,但每一句都是在写南京? 最近一个非常偶然的机会我见到了这样一首诗,与大家分享:

《登清凉寺后西塞山亭》(明·顾璘):

晚上高亭对落晖,万山寒翠湿秋衣。
江流一道杯中泻,云树千门鸟外微。
古寺频来僧尽老,重阳欲近蟹争肥。
霜枫恶作萧条色,故弄残红绕客飞。

大家从题目是不是看出一个问题来? 这个西塞山不在湖北省的大冶附近,在哪里? 在我们南京清凉山旁边。在唐朝诗人站在清凉山上,长江相比于唐代已经大大北移了。唐朝时的长江就在石头城边稍稍过去一点,站在清凉山上就可以清清楚楚地看到长江。西塞山亭就在清凉山上。如果从这一点来解释刘禹锡这首诗就非常好懂了。

最近我为南京市的某个部门完成一个课题,收集与南京特别是钟山有关的诗词,我的几个研究生无心搞到了这一首诗,那天我在审核时看到这首诗,我拍案叫绝! 我在南京生活了近三十年,在座的可能生活时间更长,有时间我们去清凉山访一访,问问当地的老人,原来的西塞山亭现在还在不在? 当年是不是有座小山就叫西塞山? 基于这一点,刘禹锡这首诗就是完全全新的解释了。学术界还从来没有人这么提,我第一次这么提,我还没有把它写到论文里面去。

《西塞山怀古》这首诗歌咏晋、吴兴亡事迹,表达了"兴废由人事,山川空地形"(《金陵怀古》)的感慨,对中唐以来拥兵自重的藩镇势力发出警告。题作《金陵怀古》。《唐诗纪事》上就有这样的记载:"长庆中,元微之(元稹)、梦得(刘禹锡)、韦楚客同会于乐天(白居易)舍,论南朝兴废,各赋金陵怀古诗。刘满引一杯,饮已即成。白公览诗曰:'四人探骊龙,子先获珠,所余鳞爪何用耶?'于是罢唱。"刘禹锡写了这一首以后其他人都不写了。这首诗也不是在登上西塞山时写的,刘禹锡的集子里还有一首《金陵怀古》,不排斥《唐诗纪事》里记的是另一首《金陵怀古》。如果是那样这一段记述就与《西塞山怀古》没有紧密联系了,但《西塞山怀古》显然要比那一首五言律诗《金陵怀古》要写得好。

下面我们来串讲这首诗:

"王濬楼船下益州,金陵王气黯然收。"首句直接写导致吴国灭亡的事件,这一句一出,来势汹汹,有摧毁一切,摧枯拉朽之势。王濬的楼船见《晋书·王濬传》:"武帝谋伐吴,诏濬修舟舰,濬乃作大船连舫。方百二十步,受二千余人,又木为城,起楼橹,开四出门,其上皆得驰马来往。"大家知道,西晋本来是个北方政权,北方人善于骑马,不善于行船,所以要灭掉东吴,不坐船不行,所以王濬就造成大船,这个大船把很多船连在一起,甚至可以骑马在船上走。古代用木头造船,造这么大的船是很了不得的。"王濬楼船下益州,金陵王气黯然收。"王濬一顺江而下,金陵的帝王之气就不复存在了。"金陵王气黯然收。"紧承上句而来,谓金陵虽有王气,但战斗尚未打响,胜败已分。气势先已衰竭,吴国亡国势所难免。传说南京有王气,秦始皇南巡的时候来到南京,看到南京有帝王之气,他认为"天无二日,人无二主",不希望别人有帝王之气,据说在南京埋下了很多金子,镇压王气,又挖断了秦淮河来割断王气。但是南京后来还是做了十个朝代的都城。也许正是因为秦始皇破坏了南京的王气,后来每一个在南京定都的政权,一般都是短命的。东晋稍许长一点,一百多年。其他的朝代都只有几十年。相传在 1949 年中国共产党取得政权以后,讨论定都在南京还是北京的时候,南京的交通比北方更发达,南京周围的地区比较富庶,从清朝开始江苏、安徽两个省当时合起来叫江南省,每年交给国家的赋税,就占全国一半以上。正因为如此,雍正皇帝说:这样下去不得了,全国经济命脉一半被这一个省掌握。所以要把安徽和江苏分开。分开有两种分法,一种是横过来分,以长江为界,江北是一个省,江南是一个省,苏南和皖南为一个省,苏北和皖北是一个省。后来觉得不行,北边太大,南边太小,北边太穷,南边太富。所以就竖过来切一刀,成为现在这样。安徽省和江苏省分开很久,安徽巡抚还住在南京。江苏巡抚住在苏州,南京这里又是两江总督的衙门。

《太平御览》记载:"昔楚威王见此有王气,因埋金以镇之,故曰'金陵'。秦并天下,望气者言江东有天子气,乃凿地断连冈,因改金陵为秣陵。"南京现在也有叫秣陵的,"秣陵"这个名字也是从这里来的。

"千寻铁锁沉江底"写王濬的水军突破江防,直抵金陵。当时人们在要害之处用铁索来挡住这个船,又做铁锥埋在江中。王濬用木筏将这些铁链放火烧掉,铁锥都拔出来。于是他的船全无障碍。"一片降幡出石头。"写孙皓被迫投降。"皓"字在《三国志》里是没有一撇的。

"人世几回伤往事,山形依旧枕寒流。"人世屡经兴亡衰盛,而山形水势依然如故。正如刘禹锡《金陵怀古》中说的："兴废由人事，山川空地形。后庭花一曲，幽怨不堪听。"

"今逢四海为家日，故垒萧萧芦荻秋。"唐朝天下统一，往事俱为陈迹，旧时遗迹淹没在芦荻丛中，一片秋日的萧瑟景象。因为毕竟到刘禹锡生活的那个年代，唐朝之后的南京这个城市还是很萧条的。所以"故垒萧萧芦荻秋"与"今不如昔"的总主题还是一致的。

这首诗言有尽而意无穷：对拥兵自重的藩镇发出警告，为走向衰亡的唐王朝感到担忧。这首诗写得波澜壮阔，气势不凡。前四句写西晋灭吴，后四句吊古伤今。首尾相呼应，一昔一今，意味深长。这首诗在叙事写景中包含精辟的议论，表现出浓重的历史兴亡感和不凡的见解。

刘禹锡这个诗人是唐朝最有政治头脑的诗人之一，他很有政治见解，骨头也特别硬，是中唐诗人中非常突出的一位。

下面我们说说词家魁首李后主。李后主是南唐第三个皇帝，他的祖父李昪，他的父亲李璟，到他是第三个也是最后一个皇帝。后人评价李后主："作个词人真绝代，可怜薄命作君王。"他在兄弟中排行老六，按照古代立长立嫡，怎么也立不到他，不知怎么回事，命运该他当皇帝，他的几个哥哥，有的已被立为太子了，先后死掉。他的父亲也短命，我算了一下，他的父亲只要能活到六十来岁，李后主就不会当皇帝了。因为李后主当了十五年皇帝，他父亲只活了四十多岁，他父亲如果能活到六十一岁，南朝灭亡的时间不变，李后主就当不上皇帝了。李后主写得最好的词是他当俘虏之后，但是他在南京，做皇帝也在南京，我还是选他前面的作品。

《清平乐》：

> 别来春半，触目柔肠断。砌下落梅如雪乱，拂了一身还满。　　雁来音信无凭，路遥归梦难成。离恨恰如春草，更行更远还生。

李后主的词与李清照的词有相似之处，都是写得极通俗的，用字非常朴实，没有多少典故。这首词大约作于公元 971 年，这是李后主当皇帝的十整年。正是北宋势力日益威胁南唐的时候，面对日益严峻的形势，后主心中的烦乱也多了起来。这首《清平乐》大抵就是做于此种心态之下，并是为怀念他入宋为质的七弟李从善而作的。

李后主是老六，李从善是老七，实际上是他的大弟弟。李从善出使北宋，被北宋人扣下来做人质。李后主多次求北宋放回他弟弟，北宋就是不放，从这一点也可以见出李后主作为国王非常突出。古代帝王很多人都是心狠手辣的，对自己的兄弟相当残酷，比如雍正皇帝他篡位上台后，几乎把自己的兄弟杀得一个不剩。明成祖篡位之后，也大开杀戒，杀臣子，杀自己的兄弟。李后主大概也不是个当皇帝的料，所以心也不狠，手也不辣。对自己的兄弟好得不得了，这首词里就见出这一点。此词中巧妙地用形象的景物来描写抽象的心绪，正是后主以后的词风走向，到此词李煜词宗的功力已经初露锋芒了。

开头"别来春半，触目柔肠断"。跟兄弟告别，很快春天就已过去一半了，触目生愁，没有一件让人高兴的事，举目所见，都是让人伤心的事。

"砌下落梅如雪乱，拂了一身还满。""砌"是台阶，台阶下梅花落得满地都是。大家知道，梅花是开得最早的，梅花又分腊梅和春梅，腊梅是冬天临近立春的时候开放，最冷的天腊梅开了。腊梅与春梅的不同，就是腊梅开了花不结果，春梅不但漂亮，像我们梅花山的许多梅开了之后还结果，结出梅子，许多女同志喜欢吃的话梅。到了春天近一半的时候，正是百花盛开的时候，偏偏梅花已经落得满地都是。它开得早，也落得早。"砌下落梅如雪乱，拂了一身还满。"大家到梅花山，其他花开的季节，梅花已经谢了。我记得三十多年前，我在南大读本科的时候，每到春天买上两个馒头，两分钱咸菜，背个水壶，去爬紫金山。从紫金山下来，到梅花山，带副象棋，在梅花山下下棋。一阵风来，梅花落得我们满头满脸都是。感觉到"桃花乱落如红雨"的美景，虽然落的不是桃花是梅花。这就是"砌下落梅如雪乱，拂了一身还满"的景象。

上片是写景为主，下片是抒情。"雁来音信无凭，路遥归梦难成。"这两句承接开头，"雁来音信无凭"，弟弟走了这几个月，连捎封信都不可能。《汉书·苏武传》里有"大雁传书"的说法。苏武陷在匈奴十九年，一直不能回来，匈奴让他去牧羊，放的全是公羊，说是哪一天公羊产奶了，我们就放你回去。请问公羊什么时候会产奶呢？也就是说永远不能回去。后来汉朝与匈奴关系变好了，汉朝派了使者到匈奴来找苏武，匈奴说苏武死了，汉朝使者也找不出证据来，苏武手下一个叫常惠的，偷偷买通看门的人，见到汉朝使者，告诉他苏武还活着，在北海牧羊呢。汉朝使者第二天见到匈奴的单于，编了一个谎言，就说汉武帝在上林苑打猎，射下一只雁来，雁的脚上用丝绸写了一封信，是苏武写的，说他在北海牧羊呢。北海就是现在俄罗斯的贝加尔湖。这样匈奴没办法,只好把苏武放了回去。这个故事本身就是编造的,但后代诗歌中"大雁传书"成了经常用的典故。"雁来音信无凭,路遥归梦难成。"不仅收不到大雁捎来的兄弟的消息,梦也很难梦到。这里是第二层悲哀,两层悲哀相纠结,抒情主人翁只能翘首远望的形象已经隐约于字里行间。俞平伯在《唐宋词简释》中分析这句诗意:"梦的成否原不在乎路的远近,却说路远以致归梦难成,语婉而意悲。"

"离恨恰如春草,更行更远还生。"离愁就像春天的草,天气转暖,一场春雨过后,草立刻长得非常茂盛,接天际地,到处都是草。自己思念兄弟的忧愁,又深远,又长。后来欧阳修在他的《踏莎行》里化用这两句诗:"离愁渐远渐无穷,迢迢不断如春水。""平芜尽处是春山,行人更在春山外。"把送别之愁、离别之愁写得更深切。秦观也有:"倚危亭,恨如芳草,萋萋刬尽还生。"

词作脱尽书卷气与脂粉气,感情纯任真率。采用白描与比兴相结合的手法,将最普遍、最抽象的离愁别恨,写得具体而形象。语言形象鲜明、生动流畅。

李后主的词写得是极好的,可惜他的作品留下的太少。宋太宗赵匡义这个人手段太毒辣,先杀了自己的哥哥宋太祖赵匡胤,后来又杀了李后主。当然,对于赵匡胤是不是赵匡义毒死的,学术界还有些争议。

下面我们讲王安石的《桂枝香》。这是非常有名的写南京的诗。

《桂枝香·金陵怀古》:

> 登临送目,正故国晚秋,天气初肃。千里澄江似练,翠峰如簇。归帆去棹残阳里,背西风,酒旗斜矗。彩舟云淡,星河鹭起,画图难足。
>
> 念往昔,繁华竞逐,叹门外楼头,悲恨相续。千古凭高对此,谩嗟荣辱。六朝旧事随流水,但寒烟衰草凝绿。至今商女,时时犹唱,后庭遗曲。

这首诗是王安石所写。王安石在南京生活过十七年,早年他父亲在南京做官,他小时候就跟着父亲在南京生活过,后来他自己做官时也曾"知南京府",晚年他不做宰相之后,也曾以节度使的身份居住在南京,直到死于南京。王安石的集子里有不下一百首写南京的诗词,他对南京的感情,在古代诗人词人中也是无人能比的。

"登临送目,正故国晚秋,天气初肃。"作者大概是站在紫金山的高处,放眼远望。"故国"在这里是指故都。晚秋时节,天气初肃,有种肃杀的感觉。

"千里澄江似练,翠峰如簇。""澄江似练"显然化用了前面谢朓的《晚登三山还望京邑》中"余霞散成绮,澄江静如练"的诗句。"翠峰如簇"中"簇"是箭头,古人的箭袋中,把箭头放在外面,一座座的山像箭头一样。

"归帆去棹残阳里,背西风,酒旗斜矗。""归帆",回来的船,顺着风,也不用摇桨了。"背西风"中,古诗词讲到"西风"就代指秋风,这首词写于晚秋时节。

"彩舟云淡,星河鹭起,画图难足。"写江面上一艘艘船的白帆,再加上江面上白鹭飞起,到黄昏时天上的星星倒映在水面上,形成了极美的深秋江上图。

上片写登高临远,眼界开阔,心怀豁朗。下片回顾南京,因为他这首诗是"金陵怀古"。

"念往昔,繁华竞逐,叹门外楼头,悲恨相续。"下片的怀古,以一个"念"字振起。这一个"念"字在词中称为领字,往往用动词充当。"繁华竞逐"就是"竞逐繁华"的意思,在六朝时期南京非常繁华。"叹"字既是领字,又带转折。"门外楼头"是用了杜牧诗中的句子,杜牧《台城曲》中有:"门外韩擒虎,楼头张丽华。"这是讽刺陈后主的。韩擒虎是隋朝灭掉陈的将领,韩擒虎已经打到门外了,陈后主还在楼头上与张丽华寻欢作乐。这里的"念"是忆往昔如同今朝,如此繁华竞逐,转眼之间就被门外楼头的家国灭亡的悲剧所代替。"念"和"叹"这两个领字由对历史的思索转为对现实的隐忧。王安石不是一般的文人,他也不同于一般的知识分子,他是很有政治见解的。王安石更多是政治家,大政治家,他对国家前途深深担忧。

"千古凭高对此,漫嗟荣辱。六朝旧事随流水,但寒烟衰草凝绿。"从南京的盛衰变化,叹息到王安石这个时候,南京还是没有能够恢复到六朝的繁盛景象。

"至今商女,时时犹唱,后庭遗曲。"最后一句显然是从杜牧的《泊秦淮》"商女不知亡国恨,隔江犹唱后庭花"一句化用而来。大家都把陈后主写和《玉树后庭花》作为亡国之音。王安石前后在南京生活十七年,有三个阶段,一个是他的幼年时期,没有出仕做官之前,一个是他担任江宁知府的时候,一个是他的晚年。如果这首词写于他的晚年,这个结尾就有更深的含义。王安石变法,在王安石在世时就亲眼见到失败了。他用人不当,用了吕惠卿,最后是吕惠卿把王安石赶下了台,导致了改革变法的失败。这时候宋神宗也开始对王安石厌倦起来，王安石变法最终没有取得成果。这是王安石个人的不幸，也是国家的不幸。既而许多人因此埋怨王安石，认为北宋的灭亡都应该归罪于王安石，王安石变法确实没有能挽救北宋的没落，以至于南宋只守着半壁河山。

这首诗以写景来怀古，王安石的词很少，就几首，但都写得不错。他的其他两首富有哲理意味，是大家手笔。

这一首是周邦彦的《满庭芳》：

> 风老莺雏，雨肥梅子，午阴嘉树清圆。地卑山近，衣润费炉烟。人静乌鸢自乐，小桥外、新绿溅溅。凭栏久，黄芦苦竹，拟泛九江船。
>
> 年年，如社燕，飘流瀚海，来寄修椽。且莫思身外，长近尊前。憔悴江南倦客，不堪听、急管繁弦。歌筵畔，先安簟枕，容我醉时眠。

周邦彦是北宋最后一个大词人。他生于北宋，也死于北宋。王国维对周邦彦评价很高，以至于在《清真先生遗事》中讲：词中老杜非先生不可。把周邦彦比作词中的杜甫。周邦彦的词音韵非常优美，他不但讲究平仄，仄声里还分上、去、入，有的上、去、入声里，还分阴阳。这一点是一般人做不到的。他对南宋词人影响很大，南京格律派词人史达祖、姜夔等人，都受他的影响。

下面看朱敦儒的《相见欢》：

> 金陵城上西楼，倚清秋。万里夕阳垂地，大江流。　　中原乱，簪缨散，几时收？试倩悲风吹泪，过扬州。

朱敦儒是南渡词人，他和李清照一样，一生中分为两个阶段，前一半生活在北宋时期，靖康之乱后后半生生活在南宋时期。南渡时期因为家国的灭亡，使得当年流连于山水、酒色中的许多诗人词人，都把目光转向祖国的沧桑变化，写下许多爱国诗篇。

下面说说辛弃疾。辛弃疾一生曾两次在南京生活，第一次他是在北面参加耿京起义军南下，在建康这里见到了宋高宗，后来耿京起义失败，辛弃疾继续南下，先担任江阴签判，后担任广德通判，接着被任命为建康通判，任职于南京，这是辛弃疾第一次在南京做官。后来他又做过江东安抚使参议官,也曾经在南京生活过两年。他一生在南京也就是四五年的功夫,但留下了许多很有名的作品,特别是这一首《水龙吟·登建康赏心亭》,历来用在辛弃疾选篇中的开篇第一首。这一首不是他最早写的,但是他早期作品中最有代表性的一首。

《水龙吟·登建康赏心亭》:

> 楚天千里清秋,水随天去秋无际。遥岑远目,献愁供恨,玉簪螺髻。落日楼头,断鸿声里,江南游子。把吴钩看了,栏杆拍遍,无人会,登临意。
>
> 休说鲈鱼堪脍,尽西风,季鹰归未？求田问舍,怕应羞见,刘郎才气。可惜流年,忧愁风雨,树犹如此！倩何人唤取,红巾翠袖,揾英雄泪？

前几年北京大学邓广铭教授在新发现的江南的一个家谱当中考证出来,辛弃疾本来从江阴签判到建康通判,这当中有一段时间是跳跃的,现在查证出他曾经担任过广德通判。在担任建康通判后,辛弃疾写下这首著名的作品。建康赏心亭大概在现在的南京水西门的城楼上。据说南京市政府有这个计划重建赏心亭,我们很赞成。但一定要请专家考证清楚,因为南京市的很多地名都搞错了,错的是多数,不错的是少数。

"楚天千里清秋,水随天去秋无际。"南京这里战国时曾经属于楚国,所以也称"楚天"。"千里清秋"一上来气魄就很宏大,作者的视野很开阔,思及千里。"水随天去秋无际",眼前的长江一直到很远的地方,到处是一片秋意。起句突兀,立意辽远。境界的阔大、胸襟的磊落与东坡名句"大江东去,浪淘尽,千古风流人物"不相伯仲。

"遥岑远目,献愁供恨,玉簪螺髻。"放眼远看,都是"玉簪螺髻",有的山像女人的发髻,有的像玉做的簪子。有的是圆的,有的是尖的。南京周围都是山,南京所有山的名字全是山西人在东晋时改的,南京的每一座山都能在山西找到相应的,只有钟山除外,但钟山没有,紫金山却有。山西人把钟山改名为紫金山之后,钟山这个老名字还是保留了,其他山的老名字都没能保留下来。像清凉山、五台山,大家都知道山西都是有的,小到鸡笼山、九华山……——在山西都能找到。这是前几年我在研究山西作家司空图的时候,我看了大量的山西文献,又到山西去考察过后发现的。

"把吴钩看了,栏杆拍遍,无人会,登临意。"这里要解释的一个词是"吴钩","钩"是宝剑,吴地产的宝剑非常锋利。辛弃疾不是一般的文人,他是个武将,他曾经带了五十个人冲到几十万的金兵的大营里,把叛徒张安国活捉回来,这是一般的武将也做不到的。所以他希望有杀敌报国的机会,把宝剑拿出来看了又看,却没有人了解自己。他后来做的都是一般的文官,当了一阵子安抚使,可以带兵,其他时候都是文官。包括他在南京担任的建康通判和江东安抚使参议官都是文官。他还做过农司少卿,等等。作者不是直接用语言来渲染而是选用具有典型意义的动作,淋漓尽致地抒发自己报国无路、壮志难酬的悲愤。这悲愤映衬在落日余晖的夕照里,应合着离群孤雁的哀鸣,使得飘无定所的辛弃疾,此刻感到了从未有的凄清和冷寂。

上片,辛弃疾登高望远,触景生情,情随景迁,由远及近,层层推进,将自己的远大抱负和壮志难酬的苦恨委曲地抒发出来。到了下片,作者进一步阐明自己的人生信念是坚定不可动摇的,尽管一时不算得志,但是决不消沉退缩。

"休说鲈鱼堪脍,尽西风,季鹰归未?"这里涉及一个典故,辛弃疾善用典故。西晋的时候,有个文学家叫张翰,在洛阳做官,看到秋风起了,想起家乡的鲈鱼,就辞官不做了。张翰当时担任齐王司马冏的东曹掾,就辞官了,他的理由是想起了家乡的鲈鱼,想起了家里的莼羹。莼羹,就是莼菜烧的汤。我们南京也偶尔能吃到,到苏州、杭州一带是很多的。"季鹰"是张翰的字,不要说什么鲈鱼了,现在秋风起了张翰回来了没有呢? 这里运用这个典故,借秋风起,写自己思念家乡。张翰思念家乡就辞官不做了,辛弃疾的家乡在哪里? 在山东,当时是在沦陷区,处于金的统治之下,有家也归不得。

"求田问舍,怕应羞见,刘郎才气。"这里又用了一个典故,用了《三国志》当中的故事。当时有一个叫许汜的人,他去见著名的陈登,但许汜这个人不关心国家大事,只关心自己买地砌房子的事,在这个战乱的年代里,不关心国计民生。陈登就不怎么理睬他,自己睡在大床上,让许汜睡小床。许汜很不高兴,跑到刘备面前说,陈登虽说是个名人,但对人很没有礼貌。刘备说,你只会求田问舍,要是我就会让你睡在地上。这里就用了这个典故。"求田问舍"指许汜,"刘郎"指刘备,"怕应"是对许汜的回答,像你这样的小人物,有什么面目去见刘备这样的英雄人物呢?

"可惜流年,忧愁风雨,树犹如此!""流年",指时光如流水一样。"忧愁风雨,树犹如此"再次用典故,用了《世说新语》中的一个典故。《世说新语》

中记载：桓温北征，经金城，见年轻时所种之柳皆已十围，慨然曰："木犹如此，人何以堪！"攀枝执条，泫然流泪。树都这样（长这么大了），人就更不用说了。后来庾信在《枯树赋》里将这个典故改了：昔年种柳，依依汉南；今看摇落，凄怆江潭。树犹如此，人何以堪！《世说新语》里是说"木犹如此，人何以堪"！到了庾信的《枯树赋》里就变成了"树犹如此，人何以堪！"所以这里辛弃疾不是化用了《世说新语》的句子，而是化用了庾信的《枯树赋》里的句子。这三句反映的是词人忧虑的是国事飘摇，又担心自己年华虚度，却报国无门。这是全词的核心。

结尾"倩何人唤取，红巾翠袖，揾英雄泪？""红巾翠袖"这里指女子，扎着红衣巾，穿着翠袖衣衫的女郎。这样的女子来为我擦眼泪，显然作者是在一个宴会上。这三句是写辛弃疾自伤抱负不能实现，世无知己，得不到同情与慰藉。这与上片"无人会、登临意"义近而相呼应。这是辛弃疾早期最负盛名的一首词，艺术上也渐趋成熟，豪而不放，壮中见悲，力主沉郁顿挫，别具深婉之致。

下面讲一首姜夔的词《踏莎行》。这一首词作于南京，词前有小序："自沔东来，丁未元日至金陵，江上感梦而作。"是春节那天在南京的江面上写的这首词。

《踏莎行》：

> 燕燕轻盈，莺莺娇软，分明又向华胥见。夜长争得薄情知？春初早被相思染。　　别后书辞，别时针线，离魂暗逐郎行远。淮南皓月冷千山，冥冥归去无人管。

这是一首爱情诗。姜夔是南宋后期一个没有做过官的大词人。姜夔写的词至今还有十七首谱了曲，还能唱。包括这一首《踏莎行》在内。这首词虽然写于南京，与南京本地却没有太多的关系。他眷恋合肥的一个妓女，姜夔流传至今的六十多首词，其中有三分之一是为这个妓女写的，夏承焘教授考证出有二十首之多。王国维很欣赏这首词的后两句，王国维说："白石之词，余所最爱者，亦仅二语'淮南皓月冷千山，冥冥归去无人管'。"写夜里做梦梦见她了，梦醒了就担心这个女子从合肥那里来到南京，跟自己见面，这一路要经过千山万水，她的魂魄归去无人相伴。可见姜夔在对待爱情方面，细腻至极！

下面说说文天祥。文天祥被捕后曾经写过一首《金陵驿》的诗。他被临时关在南京的驿站里,还要继续押解北上。

《金陵驿》:

> 草合离宫转夕晖,孤云飘泊复何依。
> 山河风景元无异,城郭人民半已非。
> 满地芦花和我老,旧家燕子傍谁飞。
> 从今别却江南日,化作啼鹃带血归。

从这首诗大家不难看出,文天祥此去是抱着必死的信念,不想活着回来:"化作啼鹃带血归"。他被押解到大都,元朝的人请了很多人来做他的工作,希望他投降,说你投降就让你做元朝的宰相。文天祥坚决不投降。后来又派南宋已经投降了的皇帝来劝降:你不是忠于皇帝吗?我就是皇帝,我都投降了,你为什么还不投降?文天祥是我国历史上唯一一个把忠君和爱国分开的爱国者。岳飞是忠君等于爱国,所以皇帝的许多错误做法,岳飞也不能抵制。文天祥不同,你皇帝投降,我也不投降。后来,元朝人杀了文天祥。这一种残酷的行为,相反成全了文天祥的名节,让文天祥成为历史完人。

最后讲一讲萨都剌的这首词。萨都剌,字天锡,号直斋,是回族人。定居雁门,因此他的文集定名为《雁门集》。他曾经在我们江苏南京一带做过官,也曾经在镇江做过官。他的词总共只有八个词牌,十五首词。但写得极好,高水平。有的人写得很多,但都不好。大家知道,乾隆皇帝写了五万首诗,仅《四库全书》就记载了四万两千七百首。但你们有谁能背出一首的。我也背不出,但我读过很多首,写得也还说得过去,但绝唱是一首也没有。

萨都剌的词数量不多,但写得极好。特别是这首《百字令·登石头城》。大家注意,王安石的《桂枝香》是押入声韵,这一首也是押入声韵。

《百字令·登石头城》:

> 石头城上,望天低吴楚,眼空无物。指点六朝形胜地,惟有青山如壁。蔽日旌旗,连云樯橹,白骨纷如雪。一江南北,消磨多少豪杰。
> 寂寞避暑离宫,东风辇路,芳草年年发。落日无人松径里,鬼火高低明灭。歌舞樽前,繁华镜里,暗换青青发。伤心千古,秦淮一片明月!

哪位注意到,这首词押的什么韵? 第一押的入声韵,第二押的是苏东坡的《念奴娇·赤壁怀古》的韵。

大家回过来看一下《赤壁怀古》:

> 大江东去,浪淘尽,千古风流人物。故垒西边,人道是,三国周郎赤壁。乱石穿空,惊涛拍岸,卷起千堆雪。江山如画,一时多少豪杰。
>
> 遥想公瑾当年,小乔初嫁了,雄姿英发,羽扇纶巾,谈笑间,樯橹灰飞烟灭。故国神游,多情应笑我,早生华发。人生如梦,一尊还酹江月。

《百字令·登石头城》每一个韵脚,都是跟这首《念奴娇·赤壁怀古》一样的。

上篇登高怀古,杰出英雄辈出,形容南北战争的惨烈和民族内部灾难的深重,追忆叹惋,嗟伤感慨。

"石头城上,望天低吴楚,眼空无物",毛主席在《毛选》第四卷《敦促杜聿明投降书》的时候,就引用了这首词的上半。我第一次接触这首词,是"文革"年间,我被打成反革命,关在监牢里,当时我唯一能看的书,是《毛选》四卷,毛主席举实例引用这首词的全文,当时第一次读到这首词,很惊叹:哎呀,元朝还有人写得这么好! 平常我们晓得唐诗宋词,元人有写这么好的词。"石头城上,望天低吴楚,眼空无物",站在石头城上,因为站得高,就显得吴楚这一带的天都变低了,"眼空无物"。这"无物"叹息六朝以来,那种繁华景象都没有了。不是什么都没有,石头是有的,荒草是有的,野树丛丛是有的,但是那种繁华的景象一去不复返了。

"指点六朝形胜地,惟有青山如壁。"当年六朝繁华的地方,现在只有这些一座座的山,像石壁一样的矗立着。

"蔽日旌旗,连云樯橹,白骨纷如雪",想起南京经历历代的战乱,曾经"蔽日旌旗",都是战旗;"连云樯橹"是那些战船,最后的结局是"白骨纷如雪",到处是白骨,像雪片一样,多得不得了。

"一江南北,消磨多少豪杰。"大家知道,五代时代有个作家写过一首诗,有一句叫"一将功成万骨枯",战乱年代,消磨多少豪杰。

这首词,从开头规划登高望远的扩大自己,后面京城一幕又思接千载,随着思绪,随着历史的长河飞腾,最后,无限感慨,字字千钧,词情推向高潮。

词的下片，用孤寂嶙峋、人事无常而山河依旧，来衬托表达宇宙的永恒。

"寂寞避暑离宫，东风辇路，芳草年年发。"石头城旁边就是清凉山，过去可能没有清凉山旁边的那条叫虎踞路吧——城西干道，那条路古代是没有的。石头城跟清凉山是连在一起的。过去，这里的清凉山，就是南唐时候的避暑离宫。现在到清凉山去玩，那个地方还有一个古井，相传就是南唐的那个古井。前几年江苏电视台让我去讲课，有一次就在那个古井旁边讲过。"芳草年年发"，当年曾经是避暑离宫，如今用"寂寞"两个字一限制，就显出今天的冷落。当年的"东风辇路"，"辇"是皇帝坐的车子，皇帝避暑的地方，现在是芳草年年发，就长了一些荒草了。

"落日无人松径里，鬼火高低明灭"，这一点写得更凄凉！现在不单荒凉，而且变成乱葬岗，葬坟的地方。"鬼火"，在自然科学中的理解，它是磷火。人死了以后，人的骨头里面的磷，有些燃点比较低的，在阴天下雨的季节，会飞窜开来，变成磷火，也就是"鬼火"，高低明灭。

后面，"歌舞樽前，繁华镜里，暗换青青发"，这里，暗合前文，对前面"歌舞樽前，繁华镜里"，可是"暗换青青发"，自己年纪渐渐老大。

"伤心千古，秦淮一片明月"，什么都变了，只有秦淮河没有变，秦淮河上的月亮没有变，昔日的繁华，一概都不在了。所以，这首诗的结尾，非常令人感慨、伤心。

这是一篇怀古词，但不是专咏一朝一代之兴衰，而以六朝遗址——石头城为着眼点，发抒千古沦丧和人生无常的深沉感慨。

这首词，步苏东坡的韵，刚才我一字一句地对着讲，每一句用韵一样这叫"步韵"。步韵是非常难的，我自己也是经常写诗填词的。同志们都知道东大校歌就是我写的，我曾经编讨一本《爱国诗词鉴赏辞典》，前面就用辛弃疾的一首词的韵，来填一首词，作为整个书的代序。第一次步人家的韵，我才真正理解到这个步韵的艰难。本来，古人写古诗词就是戴着镣铐跳舞，戴着镣铐跳舞是有许许多多的束缚的，你再步人家的韵，就是戴着双倍的镣铐跳舞。这首词却能写得这么好，真不简单。

抚今追昔，韵调苍凉，以一组富有悲剧意味的形象，咏出风云易消、青山常在的感慨。全篇登高览景，即目遣怀，以作者眼所见、心所感为线索，将读者引入了一个俯仰古今的高远艺术境界。

很奇怪，文学上非常特殊的一个现象，我研究了，古代后人家的韵成功的希望很小，独独有一个奇怪的事情，后苏东坡《念奴娇·赤壁怀古》的，古代留下来许多名篇,我这里不能一一讲了,在屏幕上浏览一下:有〔宋〕叶梦得写的《念奴娇·次东坡韵》,辛弃疾写的《念奴娇》,文天祥写的《念奴娇·次东坡韵》,奇伟文天祥(实际上是邓剡,文天祥的另外一个好朋友)写的(就写在南京的)"水天空阔,恨东风不借、世间英物",这首词写得很不错。还有金代文学家蔡松年写的《念奴娇·次东坡韵》,金代文学家赵秉文写的《念奴娇·次东坡韵》,有南宋的最后一个词人张炎写的《念奴娇·和东坡韵赋梅》,元代词人李孝光写的《念奴娇·次东坡韵》,元代(疑为明代)词人周用写的《百字令·送简少司马,次钟石韵》……非常多的,再加上元代萨都剌的《念奴娇·登石头城》,步苏东坡的词韵。我认为,萨都剌的那首《念奴娇·登石头城》,几乎不在苏东坡的原唱之下。萨都剌的才气,看来和苏东坡的距离也不是太远,否则和人家的韵几乎要反超过苏东坡,这是太了不起了。对萨都剌的那首词,我把它选到我主编的《大学语文》教材里去的。

最后,我们点一点高启的《登金陵雨花台望大江》。高启他只活了39岁(1336—1374),实际上周岁38岁,古人按虚岁算是39岁,他是被朱元璋杀掉的。人们都说,高启是明代第一诗人,才气最大,可惜朱元璋没有这个容人之量,如果让他也活到陆游的那个86岁的话,十个陆游都不及高启。为什么我非常佩服?高启写了个《咏梅花》词,一个人连写九首,首首都好,太难了。我也是写诗的,梅花是人家写滥了的,你写出一首都不容易,还要写出新意,多么不容易,高启一口气写九首,还写得那么好。

洪武二年应诏赴金陵篆修《元史》,旋委以重任,不久辞官返乡。洪武六年,借故遭腰斩,年39岁。元末明初最杰出的诗人,"吴中四杰"之一,尤擅长七言歌行,有"明诗之冠"的称号。曾隐于吴淞青丘,自号青丘子。有《高太史大全集》。

高启的集子留下了许多了不起的作品。元朝的作品,开国初期不错,到末年也还不错,中间一段很不怎么样。元朝和清朝的文坛都是马鞍形的,头尾都不错,中间很不行。

《登金陵雨花台望大江》:

大江来从万山中,山势尽与江流东。

钟山如龙独西上,欲破巨浪乘长风。

江山相雄不相让,形胜争夸天下壮。

秦皇空此瘞黄金，佳气葱葱至今王。
我怀郁塞何由开，酒酣走上城南台；
坐觉苍茫万古意，远自荒烟落日之中来！
石头城下涛声怒，武骑千群谁敢渡？
黄旗入洛竟何祥，铁锁横江未为固。
前三国，后六朝，草生宫阙何萧萧。
英雄乘时务割据，几度战血流寒潮。
我生幸逢圣人起南国，祸乱初平事休息。
从今四海永为家，不用长江限南北。

　　这首词，是高启的代表作，作于洪武二年，对其感情基调的分析，很多人争议不休，有的学者说是歌颂的，有的说是讥讽的。说他是讥讽的，大概是因为高启后来是被朱元璋腰斩的这一点。其实，洪武二年的时候，高启对新政权还是满怀信心的，你看他"从今四海永为家，不用长江限南北"，觉得南北统一了；而且，在这之前是元朝人，是蒙古人统治中国，中国对少数民族政权历来汉人有一种抵御心理，所以不管怎么样朱元璋他是汉人，因此高启对新政权是采取欢迎态度的。

　　第一段写景，是刚劲的笔调、拟人的手法，描绘金陵山川兴盛、雄奇景观、境界阔大。第二段怀古，怀古是写出历史上在南京这块土地上争雄争霸的金陵的历史。第三段即兴，表达对国家统一、四海升平的期盼。

　　古代人写南京的诗词很多很多，我们这里列举一些：像庾信的《哀江南赋(并序)》，李白的《金陵歌送别范宣》、《金陵城西楼月下吟》、《金陵三首》，卢纶的《金陵怀古》，刘禹锡的《金陵怀古》、《金陵五题》、《石头城》，李贺的《还自会稽歌》，李商隐的《南朝二首》、《陈后宫二首》、《景阳宫二首》、《景阳井》，温庭筠的《鸡鸣埭曲》、《蒋侯神歌》、《谢公墅歌》、《台城晓朝曲》，杜牧的《泊秦淮》、《台城曲》(二首其一)，许浑的《金陵怀古》，韦庄的《台城》，王安石的《南乡子》，范成大的《望金陵行阙》，周邦彦的《西河·金陵怀古》，汪元量的《莺啼序》，萨都剌的《满江红·金陵怀古》，龚贤的《登清凉山》，吴伟业的《遇南厢园叟感赋》，侯方域的《金陵题画扇》，朱彝尊的《卖花声》、《雨花台》，诸可宝的《莺啼序》，等等，这是一些名篇。据我粗略的估计，古人写南京的诗词在六千首到七千首之间。去年我的几个研究生帮我整理钟山诗词，就整理了一千几百首，加上他们附带收集到的(不是专门去收集的)，也收集了一千几百首其他的诗词,现在这个就达到二三千首,我估计我们收集得很不全,大概实际的数量不下六七千首,就古人而言,南京既是中国格律诗词的发源地,又是古诗词写到最多的地方,所以南京当之无愧是中国的诗都和词都。

（王岚、龚大兴据讲座视频资料整理）

王步高诗文集

"中秋诗词"讲座

中秋原来是秋季的第二个月,又名"仲秋","孟仲叔季","仲"是第二个。中秋节是我国传统节日之一,与春节、清明节、端午节并称为中国汉族的四大传统节日。这四个节日不仅影响中国,东亚文化圈的一些国家,韩国、日本、越南以及周边的一些其他国家都过这个节日。自 2008 年起,中秋节被列为国家法定节假日。国家非常重视非物质文化遗产的保护,2006 年 5 月 20 日,中秋节经国务院批准列入第一批国家级非物质文化遗产名录。

"中秋"这个词,最早见于《周礼》。据史籍记载,古代帝王祭月的节日为农历八月十五,时日恰逢三秋之半,故名"中秋"。又因为这个节日在秋季八月,故又称"秋节"、"八月节"、"八月会"。中秋节往往是团圆的节日,故也称"团圆节"、"女儿节"。因中秋节的主要活动都是围绕"月"进行的,所以又俗称"月节"、"月夕"、"追月节"等等。在唐朝中秋节又被称为"端正月",中秋的兴盛始于宋朝,今天我们讲诗词的时候也会注意到这一点。

中秋节起源于中华民族对月的崇拜,月下歌舞觅偶的习俗、古代秋报拜土地神的遗俗,这些都和中秋节联系在一起。到唐朝初年,中秋节才固定为节日,《新唐书》中有这一类的记载。中秋节的兴盛在宋朝,至明清的时候,已与元旦(这里的元旦是指春节,后来一月一日叫元旦,是借用春节的这个名字)成为我国的主要节日,除了春节之外,它是最大的一个节日。中秋节最具代表性的食品是月饼,这个月饼也是有来历的。据说唐高祖年间,大将军李靖征讨突厥,靠月饼隐蔽地传递消息而得胜,八月十五这一天凯旋,从此吃月饼成为一种习俗。另一种传说是:吐鲁番人向唐朝皇帝献饼祝捷,高祖李渊将饼分给群臣一起吃,这个饼就成了后来的月饼。南宋的时候,吴自牧的《梦粱录》直接用到月饼这个词,对中秋赏月吃月饼的描述是明代的《西湖游览志》,这里取月饼的团圆之意。到了明代、清代对月饼的记载就很多了。还有一种民间传说:农民起义领袖张士诚(或说是朱元璋的谋士刘伯温)利用中秋民众互赠圆饼之际,在饼中夹带"八月十五夜杀鞑子"的字条,大家见了饼中字条,一传十,十传百,如约于这天夜里一起手刃无恶不作的"鞑子"(蒙古人),从此月饼跟这段历史联系在一起。同学们知道我们江南一带的月饼比较多见的一种是广式月饼,外表比较完整的。还有一种月饼,我们江苏这一带吃的苏式月饼,这种月饼外面比较酥松,过去的苏式月饼下面有一张小纸片垫在下面,传说就是当年元代人传小字条联合起来杀"鞑子"的习俗流传下来的。当然现在蒙古也是中华民族的一个重要的组成部分,人口也比较多,民族团结也很好,这么多年来蒙古和内地汉族的关系也特别融洽。

中秋节和祭月有关,月和中国文学关系非常密切,早几年我做过一个项目,将《全宋词》录入电脑中,然后建立一个电脑检索系统。"月"这个字做单字检索,它在词里出现的频率极高,大概排第五位。我上课和同学们开玩笑说:如果地球没有这个卫星月亮的话,地球上就没有文学了,文学实在离不开月亮,哪首诗里都要写到月亮,特别是和爱情有关的诗词,"月上柳梢头,人约黄昏后"这一类的诗句在诗词里屡见不鲜。

中秋是一个欢娱的节日,各个商家都要喜庆一下,各户人家都要借此相聚,中秋夜常常是一个不眠之夜,后面我们读到苏东坡的《水调歌头·中秋》就有"欢饮达旦"这样的句子。月亮还给人们留下了很多美好的传说,其中最重要的是嫦娥奔月。嫦娥传说是后羿的夫人,后羿得到一味长生不老药,如果吃得少一点可以长生不老,因为后羿手下的逢蒙要来抢这个药,嫦娥情急之下将药全部吞吃下去了。嫦娥不仅长生不老,而且立即飞升起来,她就飞到月亮上去了,这就留下了"嫦娥奔月"的故事。这样美好的传说,又和这样一个靠近地球的天体联系在一起,就留下了很多在诗词中传诵不衰的作品。我国很多少数民族也有很多和中秋联系在一起的风俗习惯,像蒙古族的"追月"、赫哲族的"祭月"、德昂族的"串月"等等。各个民族,各个地方,都有不同的风俗,同是汉族居住地区风俗习惯也不尽相同,中秋节成了人们一个非常重要的节日,正因为如此它在文学作品中有着高度的反映。

我们中华民族是一个诗国,元代以前的中国文学史,甚至完全可以认为就是中国诗歌史,除掉少数散文,特别是先秦散文、唐宋散文,取得了较高的成就之外,元代之前我们的文学主要是韵文,又主要是诗歌。所以反映在诗词中跟中秋节有关的内容,也有个过程,它分为这样几个方面的内容:

王步高诗文集

追求幸福圆满与亲人团圆；

借月亮寄托思乡怀归的情结；

探问月亮与天体的奥秘；

抒发悲秋伤怀的人生感悟。

中秋节年年都有，也会赶上战乱的年代，遇上政治动荡或战乱的年代，人们过中秋节就是另外一种感悟。

咏中秋的诗词也有一定的历史沿革，以前咏月亮，然后咏圆月，就是十五的月亮，最后才是集中咏中秋之月，大概它的分界线在中晚唐时期，下面就按历史的时间顺序选择一些代表性的作品来讲一讲。

先秦两汉魏晋南北朝时期的中秋诗词

在《诗经·陈风》中有一首《月出》，这首诗是我们现在能见到的最早的咏月的诗歌：

诗经·国风·陈风·月出

> 月出皎兮，佼人僚兮，
> 舒窈纠兮，劳心悄兮。
> 月出皓兮，佼人懰兮，
> 舒忧受兮，劳心慅兮。
> 月出照兮，佼人燎兮，
> 舒夭绍兮，劳心惨兮。

这首诗是月下怀念爱人的诗，高悬的明月可以千里同照，而清澈幽冷的月色却又给人一种寂寞孤寂的感情，因此在月下更能勾起人思乡怀人之情。这首诗的作者就是如此，他在皎洁的月照之下想起自己那位漂亮的爱人，于是心中骚动，惶惶然不能自已，以至于陷入深深的痛苦之中。《诗经》中爱情诗占相当多的篇章，这一首既是一首咏月的诗，也是一首爱情的诗。在《古诗十九首》里有两首咏月亮的诗，我们这里引《明月何皎皎》这一首：

明月何皎皎

> 明月何皎皎，照我罗床帏。
> 忧愁不能寐，揽衣起徘徊。

客行虽云乐,不如早旋归。

　　出户独彷徨,愁思当告谁?

　　引领还入房,泪下沾裳衣。

也是独处异乡,思念家乡,怀念亲人,特别是离开家乡很久的人,往往特别思念家乡。谢庄还写过一篇《月赋》,里面有这样的句子:

　　美人迈兮音尘阙,隔千里兮共明月。

　　临风叹兮将焉歇? 川路长兮不可越。

这里像“美人迈兮音尘阙,隔千里兮共明月”这样的句子在诗词当中也是屡屡被引用,在文章当中也经常涉及到。

唐代的中秋诗词

　　大家可以看出在唐代之前,没有中秋节,咏月亮的诗,相对的也比较少。当然唐以前留下来的诗篇就比较少,唐朝一个朝代,三百年不到的时间,流传至今的诗词,超过从《诗经》到唐代(618 年建国)之前一千七百年间诗歌的总和还多得多,唐代是诗歌兴盛的朝代,也是咏月和咏中秋诗歌兴盛的朝代,早期以咏月亮为主,后来以咏中秋为主。下面我们看看张若虚的《春江花月夜》:

春江花月夜
唐·张若虚

　　春江潮水连海平, 海上明月共潮生。

　　滟滟随波千万里, 何处春江无月明!

　　江流宛转绕芳甸, 月照花林皆似霰。

　　空里流霜不觉飞, 汀上白沙看不见。

　　江天一色无纤尘, 皎皎空中孤月轮。

　　江畔何人初见月? 江月何年初照人?

　　人生代代无穷已, 江月年年只相似。

　　不知江月待何人, 但见长江送流水。

　　白云一片去悠悠, 青枫浦上不胜愁。

谁家今夜扁舟子？何处相思明月楼？

可怜楼上月徘徊，应照离人妆镜台。

玉户帘中卷不去，捣衣砧上拂还来。

此时相望不相闻，愿逐月华流照君。

鸿雁长飞光不度，鱼龙潜跃水成文。

昨夜闲潭梦落花，可怜春半不还家。

江水流春去欲尽，江潭落月复西斜。

斜月沉沉藏海雾，碣石潇湘无限路。

不知乘月几人归，落月摇情满江树。

这里我们看了张若虚的这首《春江花月夜》。

张若虚（约 660—约 720），江苏扬州人，曾任兖州兵曹。唐中宗时，与贺知章、张旭、包融并称"吴中四士"。《全唐诗》仅存诗二首，另一首叫《代答闺梦还》写得很平庸。这首《春江花月夜》是乐府旧题，属于清商曲吴声歌，相传创建于南朝陈后主陈叔宝，陈叔宝的《春江花月夜》没有流传下来，但是后人也有用《春江花月夜》为题去写月色的，但没有一首能赶上张若虚的这首。

张若虚的《春江花月夜》分为两大部分，第一部分从"春江潮水连海平"至"但见长江送流水"，重在写景及由此引起的思索。第二部分从"白云一片去悠悠"至结尾，描写男女的月下相思，以抒情为主。这首诗将画意、诗情和哲理交相融汇，令人思索不尽。钟惺《唐诗归》中的评价："浅浅说出，节节相生，诗人感伤，未免有情，自不能读，读不能厌。将'春''江''花''月''夜'五字，炼成一片奇光，分合不得，真化工手。"

这首诗结构上的安排也是独具匠心。以明月初升到坠落的过程为全诗起止的外在线索。又以月亮为景物描写的主体和抒写离情别绪的依托，使全诗显得神气凝聚，浑然一体。开始用出生法，将"春""江""花""月""夜"一一吐出，"春江潮水连海平，海上明月共潮生"就将这些，又是在夜的背景下，逐步写出。下面写到"月照花林皆似霰"再写到花，将"春""江""花""月""夜"全部就用出生法一一写出。到结尾部分又用消归法，将这几个字一一收回。最后又以景及情。这样的结构既严谨又显得很自然。这首诗语言优美自然，声韵和谐流荡，化典无痕，全诗四句一换韵，平仄互押，构成婉转流利之势。张若虚的时代是格律诗开始定型的时代，他和沈佺期、宋之问是大致相似的人，处于初唐的后期、盛唐的早期，这一段时间，在他的诗当中也有部分格律化了的句子，也有对仗很工整的句子。它既有别于中晚唐时期的元和体诗歌，又因它的整散，有的地方还运用顶真对仗句式，使得这个语言读起来特别优美。闻一多在《宫体诗的自赎》中评价说："这里一番神秘而又亲切的，如梦境的晤谈，有的是强烈的宇宙意识，被宇宙意识升华过的纯洁的爱情，又由爱情辐射出来的同情心。"所以他称这首诗是"诗中的诗，顶峰上的顶峰"。以至于他归纳说："这首诗可谓是孤篇压全唐。"对这首诗我就不串讲了，就这样点一点。

望月怀远
唐·张九龄

海上生明月，天涯共此时。
情人怨遥夜，竟夕起相思。
灭烛怜光满，披衣觉露滋。
不堪盈手赠，还寝梦佳期。

这是一首月夜怀念远人的诗，往往以男性的口吻写，怀念的是一位远在他乡的女子。"海上生明月，天涯共此时"，大家知道明月高悬在空中，明月虽然是地球的卫星，它比地面要高出许多许多，明月在地球的任何地方，你只要遇到晴朗的时候，基本上在很远的地方，千里万里之外都能看到它。起句用"海上生明月"点明望月，用平淡朴实的语句构建高华浑雄的气象，意境阔大，是千古佳句，至今我们想到月亮，很容易想到张九龄这首诗。

张九龄（678—740），广东韶州曲江人，张九龄是一位有胆识、有远见的著名政治家、文学家、诗人、名相。诗风清淡，有《曲江集》，被誉为"岭南第一人"。在唐玄宗年间，长期做过宰相，他的诗写得好，他的宰相更当得好，后来唐朝能进入盛唐时期，跟唐玄宗在开元年间用的若干非常贤明的宰相有关。可惜张九龄在晚年的时候赶上了李林甫，受到李林甫的排挤，从此他的政治命运遭遇不幸。张九龄的一生也是整个唐王朝的一个重要的转折，开元一结束，唐王朝就开始走下坡路，为安史之乱埋下了祸根，所以它不但是唐王朝的转折，也是整个中国封建社会的转折，安史之乱是重要的转折点，但可以推溯到张九龄被贬，实际上这个转折就已经开始了。张九龄因为政治上很有见识，眼光境界很高。有些猥琐的人，比如沈佺期、宋之问这样的人，尽管诗也写得不错，毕竟是无耻小人，是跟随武则天的一个男宠张易之的走狗文人,这样的人品就决定了他的诗品高不到哪里去,也就写不出那种一流的诗来。张九龄人品高,又有政治家的眼界,站得很高,所以写出来的诗气魄雄伟,特别是开头这两句。

第二句"天涯共此时"由第一句明月之景,转而抒情,转入怀远的主题,"海上生明月,天涯共此时",勾勒出诗题,显示出张九龄浑然天成的诗歌特点。同志们注意,你翻出《唐诗三百首》,一上来就是张九龄的《感遇》四首,"兰叶春葳蕤"那一首打头,《唐诗三百首》就用张九龄的诗作为开篇,既是对他在诗坛上的成就的一种肯定,更是对他人品的推崇。我在清华教他们写诗的时候,我说:诗人的这个"人"字是应该大写的,人品不高,诗品也好不到哪里去,所以不要仅仅从艺术上追求,更多的要从人格上去追求。

"情人怨遥夜,竟夕起相思",到中秋的时候,夜已经渐渐长了。我们家乡这一带,我不知道南京是不是也有,我们家乡有一句话:"年怕中秋,月怕半。"一个月,过了月半,这个月就快过去了,一年过了中秋,这一年也就一大半过去了。到了中秋的时候秋天已经比较深了,夜也就渐渐长了,所以称"遥夜"。"竟夕起相思","竟夕"是整夜,往往月亮很好,人们从月升看到月落,就整夜没有好好睡觉,写出了因思绪万千,而久久不能入寐,怨恨这漫漫长夜,突出了相思之苦。这里以"怨"字为中心,围绕"月"这个独特的意象,刻画了相思之情,直接启承两句,对仗很工整,大家知道诗要有"启、承、转、合",这两句"承"得很好。

"灭烛怜光满,披衣觉露滋",这首诗的后一半,比较前一半要弱一些,但是这两句还是写得意象很独特,"灭烛"因为月亮太亮了,所以将房间里的蜡烛都熄灭了,然后走到外面,披着衣服觉得露水下来了。到了中秋的时候,天气已经比较凉了,水汽就凝集为露水。由于相思久久不能入睡,这天下共对的一轮明月,竟是这样地撩人心绪,使人见到它那皎好圆满的光华,更加难以入睡。"披衣觉露滋"写出诗人灭烛之后的烦乱的思绪,此时夜深人静,更有无限的凉意。"灭烛""披衣"这两个动作用细腻的笔法刻画了深夜情人对月不眠的情景。

最后两句"不堪盈手赠,还寝梦佳期","不堪盈手赠"是相思之中,无以为赠,只有这满手的盛满真实情谊的月光,可是如何去赠给对方呢?"还寝梦佳期"无可奈何回去睡觉,盼望能在梦境中与亲人相会。

比较起来这首诗的结尾不如开头。我们在座的同志都是喜欢诗词的,这学期我在清华上课才注意到:唐代的诗有一个通病,结尾比较弱,包括杜甫的诗都有这个毛病,收到《唐诗三百首》上的杜甫的许多名篇都有这个毛病,结尾不如开头,但是李白是个例外,李白有些诗的结尾相当好,像《渡荆门送别》:

渡荆门送别
唐·李白

渡远荆门外,来从楚国游。
山随平野尽,江入大荒流。
月下飞天镜,云生结海楼。
仍怜故乡水,万里送行舟。

前面写依依离开家乡,深深怀念,到结束的时候来一个"仍怜故乡水,万里送行舟"这个结尾就好得不得了。我在指导清华学生写诗填词的时候,我特别觉得在结尾上要更多地学习李白。杜甫在这一点上就显得弱一些,包括杜甫的许多名篇,同志们可以稍微回想一下,包括我马上要举例的,都有这样的情况。下面看《唐诗三百首》上选到的李白的一首《月下独酌》:

月下独酌
唐·李白

花间一壶酒,独酌无相亲。
举杯邀明月,对影成三人。
月既不解饮,影徒随我身。
暂伴月将影,行乐须及春。
我歌月徘徊,我舞影零乱。
醒时同交欢,醉后各分散。
永结无情游,相期邈云汉。

这首诗在于它构思非常独特,酒杯中有天上的月亮,地上有自己的影子,"对影成三人"像这样的想法是一般人想象不到的。我就觉得诗人观察生活比起我们普通人要细腻得多,往往会产生许多普通人想象不到的感受。"举杯邀明月,对影成三人",我,再加上我的影子和天上的月亮,就成了三人了,这样的想法普通人想象不到。

关山月

唐·李白

明月出天山，苍茫云海间。

长风几万里，吹度玉门关。

汉下白登道，胡窥青海湾。

由来征战地，不见有人还。

戍客望边色，思归多苦颜。

高楼当此夜，叹息未应闲。

《关山月》是乐府诗的题目，这首诗李白从"明月出天山"写出一个边塞地带，一个非常苍凉的月色，将士兵们远到边疆从军，有家不能归这种感情，写得非常真切，所以这首诗成了千古绝唱。不仅被选入《唐诗三百首》，也是李白短篇的代表作之一。李白还写过其他一些跟月亮有关的诗。从古代到现代，我觉得两个人写月亮是最大的名家：唐代是李白，宋代是苏轼。下面来看李白的这首《古朗月行》：

古朗月行

唐·李白

小时不识月，呼作白玉盘。

又疑瑶台镜，飞在青云端。

仙人垂两足，桂树何团团。

白兔捣药成，问言与谁餐？

蟾蜍蚀圆影，大明夜已残。

羿昔落九乌，天人清且安。

阴精此沦惑，去去不足观。

忧来其如何？凄怆摧心肝。

"小时不识月，呼作白玉盘。又疑瑶台镜，飞在青云端"，然后就有许多神奇的想象。同志们还记得前面我讲到，关于月亮有四种方面的内容，第三种是探讨月亮和天体的奥秘，这首诗就开始有这样的探索。李白的《把酒问月》也是：

卷七 讲座采访

把酒问月

唐·李白

青天有月来几时？我今停杯一问之。
人攀明月不可得，月行却与人相随。
皎如飞镜临丹阙，绿烟灭尽清辉发。
但见宵从海上来，宁知晓向云间没？
白兔捣药秋复春，嫦娥孤栖与谁邻？
今人不见古时月，今月曾经照古人。
古人今人若流水，共看明月皆如此。
唯愿当歌对酒时，月光长照金樽里。

《把酒问月》这个写法很像《楚辞》里屈原的《天问》。古人对天体了解不多，只是通过肉眼观察。我小时候奶奶就跟我说："宝宝你不要看天上这些小小的星星，要掉下来至少有碗口大。"她也知道远的东西看起来会比较小，其实天上的星星除了太阳系的几颗星，我们看到的星星差不多都比太阳大，太阳是地球的一百二十万倍，而很多恒星是太阳的多少万倍。整个宇宙是浩渺无穷的，天上的星星我们看到的不很多，普通人的眼睛能看到六千多颗，从负一等星，像织女星，到六等星，这是我们一般人的肉眼能看到的，当然随着各人的视力情况不同，有的是近视眼，有的是老花，就看得少得多了。也许因为我老花的缘故，最近看天上的星星就少得多了，恐怕更多的是因为环境的污染，没有我们小时候看到的那种繁星满天的景象。大概十年前有一次我在黄山顶上过夜，早晨起来看日出，倒看到黄山顶上是繁星满天，大概因为周围环境污染不厉害，在城里还有光污染，光太亮，使得天上的星星更看不清了。李白在这里对天体对月亮提出了许多问题，又将嫦娥的故事联系进去，这首诗写得非常成功。

李白还写过一首《峨眉山月歌》

峨眉山月歌
唐·李白

峨眉山月半轮秋，影入平羌江水流。
夜发清溪向三峡，思君不见下渝州。

四川是李白的家乡，峨眉山虽然不是他的家乡，是苏东坡的家乡，却也将它联系在一起，这首诗经常选在中学的课本上。

杜甫写八月十五的诗是这一首，点明写八月十五，但没有点明是中秋节，这首诗在杜甫诗当中倒是较为平庸的一首：

八月十五夜月
唐·杜甫

满月飞明镜，归心折大刀。

转蓬行地远，攀桂仰天高。

水路疑霜雪，林栖见羽毛。

此时瞻白兔，直欲数秋毫。

我们看下面一首：

月夜
唐·杜甫

今夜鄜州月，闺中只独看。

遥怜小儿女，未解忆长安。

香雾云鬟湿，清辉玉臂寒。

何时倚虚幌，双照泪痕干！

这首诗作于至德元载。这个"载"我顺带说一下，"载"和"年"是同义的，但是历史上皇帝的年号称"载"的只有两个，一个是唐玄宗的天宝，是称天宝元载、天宝二载、天宝十四载等，再一个是他儿子，唐肃宗，太子李亨，后来做了皇帝，他的年号一开始叫至德元载、至德二载，从此之后，"载"和"年"就可以划等号了，"载"在历史上只用过这两回。至德元载八月，杜甫携家逃难鄜州。七月肃宗在灵武即位，灵武在现在的宁夏，杜甫想投奔肃宗，结果却被安禄山的叛军俘虏到了长安，这首诗是写在长安。在离乱中，两地相思，构思奇特，情真意切，明白如话，所以有人称这首诗是天下第一等情诗。这一点杜甫和李白不一样，李白好像对夫妻感情不很看重，他也写了许多情诗，像《长干行》等等，实际上和自身的经历没有太多关系，相反他在诗中很少提到自己的妻子儿女，不是说绝对没有，但很少。杜甫一生就结婚一次，而且他的诗中很重亲情，这一点是高出李白的地方。

"今夜鄜州月，闺中只独看。"大家要注意这里的"看"读 kān，读平声，它是要押韵的，格律诗只能押平声韵，所以这里的"看"不能读成去声，只能读成平声。当时妻子带着几个儿女住在鄜州，"今夜鄜州月"我在长安举头看月，设想妻子在鄜州也看着月亮。"闺中只独看"，"闺中"是指自己的妻子，"独"妻子孤独一个人。他妻子并不是一个人生活，有儿女，所以下面写到"遥怜小儿女，未解忆长安"，设想自己的儿女岁数还小，还不懂父母的相思之情。"未解忆长安"，这里的"未解"也有两层意思，一个是小孩还小，不懂事，另一个他们不知道我已到长安了，因为他是投奔唐肃宗去的，中途被俘虏到长安来的，也就想不到长安还有自己的亲人在，这里有两种不同的解释。

"香雾云鬟湿，清辉玉臂寒"，就因为这一句我们称它是天下第一等情诗，他很会为女性着想，妻子在这样一个很冷的晚上，独自站在月光下面，"香雾云鬟湿"，她的鬓角都被雾水打湿了，露在外面的手臂，在月光下也会感到寒冷。一个男子能体谅自己的妻子，这是妻子的幸福，也是一种爱情的表示。杜甫一生，生了好多个子女，而且有些子女在战乱年代饿冻而死，他在《北征》和《自京赴奉先县咏怀五百字》等一些作品中都写过这些情景。这两句着力描写想象中妻子独自看月的情景，语丽而情悲，写出了杜甫深于情而专于情。

"何时倚虚幌，双照泪痕干。"这首诗的结句还是不错的，盼望何时能再和妻子生活在一起，倚着家里的帷帐两个人相依相伴，一起述说分离的痛苦。这一点同志们很容易想到李商隐的《夜雨寄北》："何当共剪西窗烛，却话巴山夜雨时。"

月夜忆舍弟

唐·杜甫

戍鼓断人行，秋边一雁声。

露从今夜白，月是故乡明。

有弟皆分散，无家问死生。

寄书长不达，况乃未休兵。

同志们注意到没有，我们今天用的很多语言常常是古人诗句当中的句子,像这句"月是故乡明",还有"人生七十古来稀"都来自杜甫的诗句。

"露从今夜白"今天正好是白露这个农历的节气,从此之后,天气就渐渐冷了,露水也开始凝结了。"月是故乡明",故乡的月亮最亮,表示了自己对故乡的深深的眷念。有两句写扬州的诗句,叫"天下三分明月夜,二分无赖是扬州"。诗人徐凝对扬州情有独钟,谁不爱自己的家乡呢?

八月十五日夜赠张功曹
唐·韩愈

纤云四卷天无河,清风吹空月舒波。
沙平水息声影绝,一杯相属君当歌。
君歌声酸辞且苦,不能听终泪如雨:
洞庭连天九疑高,蛟龙出没猩鼯号。
十生九死到官所,幽居默默如藏逃。
下床畏蛇食畏药,海气湿蛰熏腥臊。
昨者州前捶大鼓,嗣皇继圣登夔皋。
赦书一日行万里,罪从大辟皆除死。
迁者追回流者还,涤瑕荡垢清朝班。
州家申名使家抑,坎轲只得移荆蛮。
判司卑官不堪说,未免捶楚尘埃间。
同时辈流多上道,天路幽险难追攀。
君歌且休听我歌,我歌今与君殊科:
一年明月今宵多,人生由命非由他,
有酒不饮奈明何!

韩愈(768—824),唐河内河阳人,唐代古文运动的倡导者,有"文章巨公"和"百代文宗"之名,著有《韩昌黎集》、《外集》、《师说》等。韩愈是散文大家,但是他的诗实际上成就很高。

这首诗写韩愈和张署被贬到南方,虽然先后换两个皇帝,两次大赦天下,最后他的境况仍然没有太大的改变,遇到八月十五日这样的中秋佳节,抒发自己的牢骚和郁闷。前面我们讲,写中秋节的诗词,有四个方面的内容,这是属于第四种。韩愈和张署被贬之后,因为受到杨凭的压抑,就是湖南观察使的压制,所以一直不能转官,最后被贬为江陵功曹参军,还是很低贱的职务。这是一首政治抒情诗,借着中秋节,前面写景,后面抒发人生不得志,而这个不得志多半借朋友张署的口发牢骚发出来,最后自己还显得很旷达。韩愈先生经常会这么干的,他的《进学解》也是的,"国子先生入太学"谆谆教导学生一番,最后学生就反驳他,说你这样有才能、有本事的人,竟然还处在这样低的地位,说明你说的那些话也未必可靠,然后韩愈自己再来这么几句,故作很高的姿态,实际上是借学生的嘴,抒发自己政治上不得志的牢骚。韩愈的诗和文都有极高的成就,但韩愈的人品比起杜甫他们要逊色一层的,他写的很多"谀墓"的文字,给很多人写的墓志铭,都是一味地歌功颂德,后面的人给他起了一个名字叫"谀墓"。韩愈在人格上是有所缺憾的。

这首诗在艺术上笔调近似散文,语言古朴,直陈其事。诗中写"君歌","我歌",和衷共诉,淋漓尽致。诗歌通过叙事来抒发思想感情。有层次,有变化,前后照应,上下衔接,却又自然流转,且在叙事中有情有景,有比有兴,更有抒情人物形象,全诗布局顿挫曲折,抑扬开阖,波澜有致。

十五夜望月寄杜郎中
唐·王建

中庭地白树栖鸦,冷露无声湿桂花。
今夜月明人尽望,不知秋思落谁家?

唐代的七言绝句成就很高,王建也是一个大家,王建写宫词,以及他写的一些乐府诗,包括他的新乐府诗都是有很高成就的。

八月十五日夜湓亭望月
唐·白居易

昔年八月十五夜,曲江池畔杏园边。
今年八月十五夜,湓浦沙头水馆前。
西北望乡何处是,东南见月几回圆。
昨风一吹无人会,今夜清光似往年。

白居易的这首《八月十五日夜湓亭望月》写得很平常,和他诗坛的地位并不相称,所以我们就不读了。

刘禹锡是中唐时期诗坛的一个奇才,他写有《玩月》和《八月十五夜桃源玩月》。我们学下面这首：

八月十五夜桃源玩月
唐·刘禹锡

尘中见月心亦闲，况是清秋仙府间。

凝光悠悠寒露坠，此时立在最高山。

碧虚无云风不起，山上长松山下水。

群动悠然一顾中，天高地平千万里。

少君引我升玉坛，礼空遥请真仙官。

云拼欲下星斗动，天乐一声肌骨寒。

金霞昕昕渐东上，轮敧影促犹频望。

绝景良时难再并，他年此日应惆怅。

刘禹锡的诗写得普遍不错，但是缺少一流的精品，所以他只能成为二流的大家。这个人政治上很有骨气，很令人赞颂，他有一些小诗写得不错，像"杨柳青青江水平"那样的仿民歌之作非常成功，但是一旦是长篇，很成功的就不多。

这首诗共十六句，四句一韵，每一韵又是一个自然段落，这一点古代诗人经常这么做，借着换韵的时候转换意思，也转换段落。第一段写桃园玩月，有月之景，有玩之情；第二段写八月十五的夜色，有月光朗照下的天地山水，反衬中秋之月；第三段浪漫畅想，写乐仙之感，生发自然；最后一段从畅想中忆回，写日出月落，起伏跌宕。这首诗是不错的一首佳作。

李商隐的咏古、怀古诗都写得很成功，这是他的一首《嫦娥》：

嫦娥
唐·李商隐

云母屏风烛影深，长河渐落晓星沉。

嫦娥应悔偷灵药，碧海青天夜夜心。

这首诗翻出了新意，嫦娥饮了不死之药飞奔天空，却过着孤单寂寞的生活，应该为此举而后悔，"碧海青天夜夜心"写这种孤寂凄苦的感情。

天竺寺八月十五日夜桂子
唐·皮日休

玉颗珊珊下月轮，殿前拾得露华新。

至今不会天中事，应是嫦娥掷与人。

　　大家读柳永的"三秋桂子，十里荷花"，好像月中有桂树，桂子是从月中的树上落下来的，想出天外。全诗咏物，以虚显实，空灵含蕴，以中秋一件事写出中秋佳节玩月之传情，以小见大。

　　上面讲的是唐代，唐代真正写中秋节的还很少，宋代就完全不一样了。宋代我们就不选一般咏月的诗，而只选咏中秋的诗了。

宋代的中秋诗词

　　晏殊（991—1055），抚州临川人，十四岁时就因才华洋溢而被朝廷赐为进士，之后到秘书省做正字，北宋仁宗即位之后，升官做了集贤殿学士。婉约派词人，著有《浣溪沙》《珠玉词》等。晏殊是神童，十四岁中进士，两次做宰相，官居高位，虽然诗词写得很好，但因为他生活太平坦，位置居得太高，所以他也只能是二流作家。欧阳修讲"诗穷而后工"，晏殊一辈子没穷过，所以诗也"工"不到哪里去，偶尔有两首小诗写得很不错，像《浣溪沙》（一曲新词酒一杯）写得很好。这些诗人是有佳作，但超一流不大可能，因为没有跌宕起伏的人生经历。

中秋月
宋·晏殊

十轮霜影转庭梧，此夕羁人独向隅。

未必素娥无怅恨，玉蟾清冷桂花孤。

这是可读的一首晏殊的作品。

　　下面读一篇地位比他低得多的王琪的作品。王琪有几首《望江南》都写得很好，这里读一首"江南月"：

望江南
宋·王琪

江南月,清夜满西楼。云落开时冰吐鉴,浪花深处玉沉钩。圆缺几时休。　　星汉迥,风露入新秋。丹桂不知摇落恨,素娥应信别离愁。天上共悠悠。

王琪本来是默默无闻的,因为晏殊的原因他出了名。晏殊写过一副对联,他写道:"无可奈何花落去",要想对下联,却对不起来。遇到江都县尉王琪,王琪说:"何不咏'似曾相识燕归来'?"正因为他接了晏殊的下联,晏殊非常喜欢这副对联,不但在词里用了,还写在一首七律诗里。"无可奈何花落去,似曾相识燕归来",也因此在词坛上传出一段佳话,王琪也因此而成名。

浣溪沙
宋·晏殊

一曲新词酒一杯,去年天气旧亭台。夕阳西下几时回?
无可奈何花落去,似曾相识燕归来。小园香径独徘徊。

实际上王琪地位不高,但看他的诗句感觉很不错。二十几年前,我主持编《唐宋词鉴赏辞典》特意选了王琪的好几首,我觉得他写得都非常清新可喜,比如这首《望江南》是一首咏月词,借景抒怀,托物言情:夜月的圆缺不休,象征人事的聚散无常;嫦娥的形象寄寓深沉而痛切的离愁,写尽了人间的悲欢离合。这首咏月词,留给读者的回味是深长悠远的,那清丽潇洒、简约含蓄的风姿令人难以忘怀。

所以写诗跟地位的高低没有太多的关系,跟读书的多少关系也不很大,我们许多教授、许多博士并不见得会写诗,包括中文系的,未见得会写诗,也未见得写得好。倒有许多人,读书不是很多,也不去用典,却写出第一流的作品来。

下面看范仲淹。范仲淹总共留下五首词,我的导师唐圭璋先生《全宋词》里就选他五首词。我过去印象如此,这次备课时,我还特地将《全宋词》翻过来看,确定只有五首词。但有三首是我们经常入选宋词选本的,这也是一首:

卷七　讲座采访

御街行
宋·范仲淹

纷纷坠叶飘香砌。夜寂静，寒声碎。真珠帘卷玉楼空，天淡银河垂地。年年今夜，月华如练，长是人千里。　　愁肠已断无由醉，酒未到，先成泪。残灯明灭枕头欹，谙尽孤眠滋味。都来此事，眉间心上，无计相回避。

读到此句，大家自然会想到这些句子后来被谁化用了？——李清照，"此情无计可消除，才下眉头，却上心头"，实际上是出于这里。这首词概括了中秋月色的美，也写了怀人，也是一首爱情诗词。

苏舜钦写的这首比较长，我们只读部分：

中秋夜吴江亭上对月，怀前宰张子野及寄君
宋·苏舜钦

独坐对月心悠悠，故人不见使我愁。
古今共传惜今夕，况在松江亭上头。
可怜节物会人意，十日阴雨此夜收。
不惟人间惜此月，天亦有意于中秋。
长空无瑕露表里，拂拂渐上寒光流。
江平万顷正碧色，上下清澈双璧浮。
自视直欲见筋脉，无所逃避鱼龙忧。
不疑身世在地上，只恐槎去触斗牛。
景清境胜反不足，叹息此际无交游。
心魂冷烈晓不寝，勉为此笔传中州。

"可怜节物会人意，十日阴雨此夜收。不惟人间惜此月，天亦有意于中秋。……景清境胜反不足，叹息此际无交游。"连续阴雨，偏偏中秋节的时候月色很好，作者就写了这首怀念友人的作品。苏舜钦是在欧阳修之前，在诗坛上成就很高而地位较为卑下的诗人。苏舜钦、梅尧臣在宋初诗坛上是很有成就的两个大家。中秋夜面对月亮，勾起对亲人的怀念和对朋友张先、蔡襄的特殊的怀念。蔡襄是谁？是宋代四大书法家之一，"苏黄米蔡"，就有这个叫蔡

襄的。

下面讲苏轼。苏轼写过诗写过词咏中秋,这首《中秋月》:

中秋月
宋·苏轼

暮云收尽溢清寒,银汉无声转玉盘。
此生此夜不长好,明月明年何处看。

苏轼非常重自己的亲情,既跟自己的妻子感情很深,特别是他的第一任妻子王弗,因为王弗跟他结婚十年就去世了,后来他写的《江城子·乙卯正月二十日夜记梦》纪念她。他和他兄弟的感情,恐怕古往今来,无以复加,没有人超越他。兄弟之间,即使一母所生,有血肉联系,感情很亲,但是也常常在一个家庭中有利害冲突的。兄弟之间,反目为仇的也很多,关系好的兄弟当然也不少。但是能像苏东坡兄弟这样,既成为大知音又同为中国历史上的大文豪的,大概只有苏家一家。陆机和陆云兄弟也不错,也是文坛上的翘楚人物,但是比起苏轼、苏辙来讲,要逊色很多。

下面来看苏轼的这首诗。这首诗写于熙宁十年的中秋,当时苏轼任徐州刺史,跟他的弟弟苏辙共度这一良宵,不久,苏辙就离去,所以诗中含着深深的惜别之情。这首《中秋见月和子由》,写得非常好。这首诗大家不很熟悉,我念一下:

中秋见月和子由
宋·苏轼

明月未出群山高,瑞光千丈生白毫。
一杯未尽银阙涌,乱云脱坏如崩涛。
谁为天公洗眸子,应费明河千斛水。
遂令冷看世间人,照我湛然心不起。
西南火星如弹丸,角尾奕奕苍龙蟠。
今宵注眼看不见,更许萤火争清寒。
何人舣舟昨古汴,千灯夜作鱼龙变。
曲折无心逐浪花,低昂赴节随歌板。
青荧灭没转前山,浪飐风回岂复坚。

明月易低人易散,归来呼酒更重看。

堂前月色愈清好,咽咽寒螀鸣露草。

卷帘推户寂无人,窗下咿哑惟楚老。

南都从事莫羞贫,对月题诗有几人。

明朝人事随日出,恍然一梦瑶台客。

苏轼写诗经常想出天外。这首长诗共有十联二十八句,是中秋诗中的长篇。从月升写到月落,既形象描绘了中秋之月,又生动记叙了中秋的人事,诗中"一杯未尽银阙涌,乱云脱坏如崩涛"气势很雄壮,"谁为天公洗眸子,应费明河千斛水"想象独特,"千灯夜作鱼龙变","低昂赴节随歌板"说出了当地民风,"归来呼酒更重看","对月题诗有几人",这些诗句写得情景交错,人我杂出,气格抑扬,诗情顿挫,是写中秋诗中的上乘之作。

水调歌头·中秋
宋·苏轼

明月几时有?把酒问青天。不知天上宫阙,今夕是何年。我欲乘风归去,又恐琼楼玉宇,高处不胜寒。起舞弄清影,何似在人间。转朱阁,低绮户,照无眠。不应有恨,何事长向别时圆?人有悲欢离合,月有阴晴圆缺,此事古难全。但愿人长久,千里共婵娟。

苏轼不但文章写得极好,而且人品也极好。相传他是从三十六岁担任杭州通判的时候开始学习写词,不久就调任密州知州,就出现了他人生词创作的第一个高峰。我说几首大家就知道。《江城子·乙卯正月二十日夜记梦》、《江城子·密州出猎》(老夫聊发少年狂),再有就是这首的《水调歌头·中秋》都是写于密州的。刚刚试笔不久,一两年功夫就达到如此功底,佩服佩服。我们这些人写上一辈子也是望尘莫及的,因为才气不同。苏轼的才气,不是我们这些人能望其项背的。尽管他三十六岁写词,到密州的时候才三十八九岁,我说的都是虚岁,他很快就能写出这样水平的作品,佩服至极。这首词是中秋词当中最著名的一首,向来脍炙人口。胡仔在《苕溪渔隐丛话》中评价:"中秋词自东坡的《水调歌头》一出,余词尽废。"什么人都不要再写中秋了,写了也很难跟他比试。"《水调歌头》也是古代最有深度的中秋词,抒发了苏轼带有哲理性的人生感悟。这首词的上下片都带有人生哲学的蕴味。"这是夏承焘先生说的。这首脍炙人口的中秋词写于宋神宗熙宁九年,丙辰年的中秋节。他是醉后抒情,怀念自己的弟弟苏辙。全词运用形象的描绘和浪漫主义的想象,紧紧围绕中秋之月展开描写。抒情议论,从天上人间、月与人、空间与时间相联系的范畴进行思考,把对自己兄弟的感情升华到探索人生乐观与不幸的哲理高度,表达了作者乐观旷达的人生态度和对生活的美好祝愿、无限热爱。

　　咏月又关乎人事。上片描写词人有超尘出世的热爱人生的思想活动。开头就来"明月几时有,把酒问青天",这里化用了李白的《把酒问月》"青天明月来几时,我今停杯一问之"。"不知天上宫阙,今夕是何年"化用了《诗经·唐风·绸缪》"今夕何夕,见此良人"。这个句子是后人常用的,"不知天上宫阙,今夕是何年",因为望着月亮,设想月宫当中应该是什么时间。人们习惯认为,天上一日,地上一年,不知天上是何年,这里也关乎朝廷。他是离开朝廷,因为王安石变法,他与王安石的观点不同,他们都看到国家遇到许多问题,王安石认为法令制度不好,所以要变法。苏轼认为是用人不当,法令本身没有多大问题,用了一些小人,用了一批贪官,政治就很难清明。因为在这个问题上观点不同,当时苏东坡在汴京地位还不高,所以就主动要求外放。皇帝是想让他去当知州的,结果那些所谓改革派们就压制他,让他只能当杭州通判,这是苏轼第一次到杭州做官。在任期届满之后,因为他的弟弟在徐州,他想离弟弟近一点,所以就主动选择当密州知州。密州就是现在山东的高密县。

　　"我欲乘风归去,又恐琼楼玉宇,高处不胜寒",从字面上来看,好像月宫当中,他看到的是天上宫阙,我想乘风飞到天上去,又担心天上的琼楼玉宇太高,"高处不胜寒"。同志们都知道,这个"高处不胜寒"也是语义双关,古代做官的人,要想施展自己的政治抱负,需要一个较高的平台,才有一定的政治权力,自己要搞改革,要做什么事情才能做得成,他希望有个高位。古人希望坐上高位,施展一番政治抱负,然后到老了,再归隐田园。"永忆江湖归白发,欲回天地入扁舟",王安石就非常欣赏这两句话。苏轼也希望有一个高的地位施展政治抱负,但是对朝廷中的派系斗争又深感畏惧,所以觉得"高处不胜寒",后人也经常把它用来作为形容一些高官们的复杂人际关系的代名词。一般人认为,苏轼写这两句的时候,是处于"出世""入仕"两难境地,苏轼还谈不上"出世",完全出家当和尚之类的,苏轼只想留在地方上,远离朝廷,这样便于保全自己。南北朝时期,朝廷里斗争厉害,诗人谢朓就主动要求外放,担任宣城太守,他就是这样还是没能保全住自己,在政治斗争中,他还是被杀了,他三十几岁就去世了。苏轼要想洁身自好,远离朝廷,远离政治风暴中心。台风中心点的风力总要大一些。当然了,从科学角度讲,台风中心里面风力是零,风反而是静止的。但是实际上,政治台风中心的风力是最大的。他想"高处不胜寒",在民间在底层,远离朝廷,就是这种心态。

"起舞弄清影,何似在人间",从字面上看,不想到天宫里去,就想留在人间,实际上是想留在地方,不愿意去朝廷,卷入政治漩涡当中去。

上片借月自喻,起舞弄影,愤世独立,自形孤高,既怀逸兴壮思,高接混茫,又脚踏实地,自具雅量高致。下片用月衬别情,意在怀人,融写实为写意,化景物为情思,表示词人对人世间悲欢离合的解释,侧重写人间。

"转朱阁,低绮户,照无眠",月亮从天上东升到西落,转过、照过了多少人家。"朱阁""绮户"都是一些富贵的人家。"照无眠",照着那些日思夜想、彻夜难眠,思念亲人、思念情人的那些人。"转""绮""照"这三个动词在这里描摹月光的流转、光阴的物移、时间的推进,"无眠"而情深。月光绕过朱阁,射入户中,照在夜不能寐的人身上,明写明月暗写人,颇含怨恼之意。"不应有恨,何事长向别时圆?"这是讲了很没有道理的一句话,但无理却很有情。他埋怨月亮:你和我没有什么冤仇吧,你为什么总是选在我们兄弟不在一起的时候圆呢?!中秋节月亮那么好,我们兄弟却要分散!表达了对兄弟的深深的感情。笔势淋漓,顿挫有致,看似赏月问月,实为怀人。"人有悲欢离合,月有阴晴圆缺,此事古难全。"苏轼这个人非常旷达,他就是后来被贬到黄州当团练副使的时候,他也很旷达,一到黄州就写下"长江绕郭知鱼美,好竹连山觉笋香"的诗句。他被贬到黄州来,是坐了一百三十天的牢以后。皇帝在写给他的诏书当中,就明确写着:"为黄州团练副使,不得签署公事。"他只是以"团练副使"名义拿工资,实际没有一点点权力,什么事都不让管。但是他一到黄州,看到长江围绕着黄州城,"长江绕郭知鱼美",想到长江有鱼,想鱼美,他是二月初一到黄州,看到处处长满竹子,尽管还没有出竹笋,却仿佛闻到竹笋香味。苏轼是特别喜欢竹子的,他有句名言"宁可食无肉,不可居无竹",对竹子特别有情。所以他写得很旷达,尽管和兄弟分开了,人总是有悲欢离合,就像月亮有阴晴圆缺一样,"此事古难全",就显得心胸很旷达洒脱,这跟那种一天到晚一点小事也哭哭啼啼、悲悲切切的不是一回事,那是小人,至少是小家子气。这里作者就有一种忘荣辱,忘得失,超然物外,把得意和失意等同起来,得和失看得无所谓,超然物外的人生态度。把作为社

1022

会现象的人间悲怨、不平,同月之阴晴圆缺这些自然现象相提并论,视为一体,求得人生的一种安慰。这首词的结尾相当好,"但愿人长久,千里共婵娟"。这就转出更高的思想境界,向世界所有离别的亲人发出深深的慰问和祝愿,给全词增加了一种积极奋发的意蕴。"婵娟"在这里指月亮,"共"是共赏美景,心胸阔达的人才能长寿健康。

其实宋代写下吟中秋佳作的,还有书法家米芾。米芾(1051—1107),中国北宋书法家、画家、书画理论家,北宋四大书法家之一,代表作品有《草书九帖》、《多景楼诗帖》、《珊瑚帖》等。"苏黄米蔡",米就是指米芾。米芾的书法造诣是很高的。米芾和苏轼家是亲戚,他的这首《水调歌头·中秋》也是佳作:

水调歌头·中秋
宋·米芾

砧声送风急,蟠蟀思高秋。我来对景,不学宋玉解悲愁。收拾凄凉兴况,分付尊中醽醁,倍觉不胜幽。自有多情处,明月挂南楼。　　怅襟怀,横玉笛,韵悠悠。清时良夜,借我此地倒金瓯。可爱一天风物,遍倚阑干十二,宇宙若萍浮。醉困不知醒,欹枕卧江流。

朱敦儒(1081—1159)宋代著名词人,有"词俊"之名,代表作品有《岩壑老人诗文》、《太平樵歌》、《念奴娇》等。南北宋之交时期,他写的这首《念奴娇》也非常成功。

念奴娇
宋·朱敦儒

插天翠柳,被何人推上,一轮明月?照我藤床凉似水,飞入瑶台琼阙。雾冷笙箫,风轻环佩,玉锁无人挈。闲云收尽,海光天影相接。
谁信有药长生?素娥新炼就,飞霜凝雪。打碎珊瑚,争似看、仙桂扶疏横绝。洗尽凡心,满身清露,冷浸萧萧发。明朝尘世,记取休向人说。

下面我们来看看张孝祥的一首。

张孝祥(1132—1170),历阳乌江人,南宋著名词人,书法家,有《于湖词》、《于湖居士文集》传世。他生活在南宋初年,略早于辛弃疾,他是咱们南京人,历阳,就是古代的和县,就是乌江镇上的人,乌江镇就是跨安徽和江苏的。我记得有位江浦的同志写过一篇考证张孝祥籍贯的文章,他认为张孝祥家的祖坟就在江浦这边。当然,我们也愿意他是南京人。因为我在南京生活了三十几年,张孝祥就活了三十几岁,何况他还不都住在南京,我在南京的时间不比他短。他曾经中过状元。宋朝的状元都是很有学问的,但有一个人例外,人品太差,就是秦桧。

念奴娇·过洞庭
南宋·张孝祥

　　洞庭青草,近中秋、更无一点风色。玉鉴琼田三万顷,著我扁舟一叶。素月分辉,明河共影,表里俱澄澈。悠然心会,妙处难与君说。

　　应念岭表经年,孤光自照,肝胆皆冰雪。短发萧骚襟袖冷,稳泛沧溟空阔。尽挹西江,细斟北斗,万象为宾客。扣舷独啸,不知今夕何夕。

　　这一首《过洞庭》写得也是相当不错。他中过状元,但是他坚持抗金,所以跟当时的统治者关系不好,他任广南西路安抚司,就是广西安抚司,干了一年不到就被调任。在被罢官回京的途中,经过洞庭湖,他写下了这首词。这首词写得非常旷达高远,应该说这首词几乎不在苏轼的《念奴娇·中秋》之下。

　　"洞庭青草,近中秋、更无一点风色。"洞庭湖与青草湖,是五湖的组成部分,一个叫洞庭湖,一个叫青草湖。"玉鉴琼田三万顷,著我扁舟一叶",我坐着这样的小船,在这样广大的洞庭湖上,一个大一个小,比照非常明显。他这一句化用夏竦"玉界琼田万顷平"的诗意。"素月分辉,明河共影,表里俱澄澈。"月亮的清辉照在地上,水天一色,在静静的洞庭湖水的映照下,天、水完全一个颜色。"悠然心会,妙处难与君说。"这个结句也结得很好,给人一种久久回味的余地,他写出了举世皆浊而我独清、众人皆醉而我独醒的这种情味。

　　下面联系自身,"应念岭表经年,孤光自照,肝胆皆冰雪"。他在广西任职,跨了一个年度,实际上一周年还不足。"孤光自照,肝胆皆冰雪",写出了自己这种高洁的志向。但是,"短发萧骚襟袖冷,稳泛沧溟空阔"。"短发萧骚",头发都稀疏了,在这个中秋的晚上,感到有一种冷的感觉。但是"稳泛沧溟空阔",写他的心态。最后几句写得极好:"尽挹西江,细斟北斗,万象为宾客"，它出自佛教里的典故，"待汝一口吸尽西江水，即向汝道"。《诗经》当中也有"维北有斗，不可以挹酒浆"；屈原的《九歌》当中也有"援北斗兮酌桂浆"。"尽吸西江，细斟北斗"以天地万物作为我的客人，来招待大家。魏了翁曾说过："张于湖有英姿奇气，着之湖湘间，未为不遇。洞庭所赋，在集中最为杰特。方其吸江酌斗、宾客万象时，讵知世间有紫微青琐哉？"这句话说得很好，当他将天地万物作为自己的客人，要用洞庭湖的水为酒和天上的北斗做酒斗来招待大家的时候，哪里还考虑什么官位？"紫微"是皇宫，指皇帝朝廷，"青琐"官阶关系，对这些地位朝廷都不放在心上。"扣舷独啸，不知今夕何夕"，这是化用《诗经·唐风》的句子。这首诗也写得潇洒旷达。大家都知道，苏轼和辛弃疾是豪放派的代表，其实开南宋南方豪放派先锋的是张孝祥，张孝祥和辛弃疾同年，生于 1140 年，但是他得道比辛弃疾早，因为他早早中了状元，很遗憾，他只活了三十七岁，死得太早。如果他能活到像陆游的86 岁，或像辛弃疾的六十几岁，恐怕独领南宋词坛风骚的就不是辛弃疾，而是张孝祥。

辛弃疾(1140—1207)，历城人，中国历史上伟大的豪放派词人，爱国者，军事家和政治家。辛弃疾也写过几首中秋词，像这首《太常引》也很出名。

太常引
南宋·辛弃疾

一轮秋影转金波，飞镜又重磨。把酒问姮娥：被白发欺人奈何！
乘风好去，长空万里，直下看山河，斫去桂婆娑。人道是清光更多。

他还有一首《木兰花慢》，写得更是想出天外。

木兰花慢
南宋·辛弃疾

可怜今夕月，向何处，去悠悠？是别有人间，那边才见，光影东头？是天外。空汗漫，但长风浩浩送中秋？飞镜无根谁系？姮娥不嫁谁留？
谓经海底问无由，恍惚使人愁。怕万里长鲸，纵横触破，玉殿琼楼。虾蟆故堪浴水，问云何玉兔解沉浮？若道都齐无恙，云何渐渐如钩？

这一首和李白的《把酒问月》、屈原的《问天》一样，是探讨月亮的天体运动的缘故的,也是一种问天之作。史达祖也写过一首《满江红·中秋夜潮》,戴石屏写过一首《中秋》诗,南宋末年的词人仇远,他是活到元代的,写过《八犯玉交枝》(招宝山观月上)等,这些都是宋代的。下面我们说几首金元明清的中秋诗。

金元明清的中秋诗词

中秋觅酒
金·宇文虚中

今夜家家月,临筵照绮栖。
那知孤馆客,独抱故乡愁。
感激时难遇,讴吟意未休。
应分千斛酒,来洗百年忧。

"那知孤馆客,独抱故乡愁。"借中秋人们的团圆来怀念家乡。

边元鼎是一个不知名的小作家,我把他这首诗念一念:

八月十四日对酒
金·边元鼎

梧桐叶凋辘轳井,万籁不动秋宵水。
金杯泻酒艳十分,酒里华星寒炯炯。
须臾蟾蜍弄清影,恍然不是人间景。
金波谈荡桂树横,孤在玻璃千万顷。
玻璃无限月光冷,澒洞一色无纤颖。
清风飒飒四坐来,坎入羲皇醉中境。
醉中起歌歌月光,月光不语空自凉。
月光无情本无恨,何事对我空茫茫。
我醉只知今夜月,不是人间世人月。
一杯美酒蘸清光,常与边生旧交结。
 亦不知天地宽与窄、人事乐与哀,
仰看孤月一片白,玉露泥泥从空来。
直须卧此待鸡唱,身外万事徒悠哉。

这首诗也写得相当旷达,是我这一次准备讲《中秋诗词》在搜集整理时偶尔读到的他的作品。对边元鼎这个名字我过去都没有碰到过,不知道在座的朋友有没有接触过他的作品,我今后倒要非常留心这个人,这个人不是等闲之辈,也不是我们这些人的才能可以跟他去比试的。

还有段克己(1196—1254),金代文学家,段克己和段成己是兄弟两个,被称为"二妙",是金代非常了不起的词人,他的民族气节很高。《癸卯中秋之夕与诸君会饮山中·感时怀旧》是他的一首中秋诗词,也写得很不错,比较长,因为时间关系,不细细念了。

癸卯中秋之夕与诸君会饮山中,感时怀旧情见乎辞
元·段克己

少年着意仿中秋,手卷珠帘上玉钩。
明月欲上海波阔,瑞光万丈东南浮。
楼高一望八千里,翠色一点认瀛洲。
桂华徘徊初泛滟,冷溢杯盘河汉流。
一时宾客尽豪逸,拥鼻不作商声讴。
无何陵谷忽迁变,杀气黯惨缠九州。
生民冤血流未尽,白骨堆积如山丘。
比来几见中秋月,悲风鬼哭声啾啾。
遗黎纵复脱刀几,忧思离散谁与鸠。
回思少年事,刺促生百忧。
良辰不可再,尊酒空相对。
明月恨更多,故使浮云碍。
照见古人多少愁,懒与今人照兴废。
今人古人俱可怜,百年忽忽如流川。
三军鞍马闲未得,镜中不觉摧朱颜。
我欲排云叫阊阖,再拜玉皇香案前。
不求羽化为飞仙,不愿双持将相权,
愿天早赐太平福,年年人月长团圆。

还有一首朱希晦的,是我在《元诗别裁集》里选来的,这一首也写得非常不错。

客邸中秋对月
元·朱希晦

去年中秋秋月圆,浩歌对酒清无眠。
烟霏灭尽人境寂,仰看明月悬中天。
今年客里中秋月,静挹金波更清绝。
可怜有月客无酒,不照欢娱照离别。
夜阑淅淅西风凉,月中老桂吹天香。
悠然长啸动归兴,坐久零露沾衣裳。
浮世悲欢何足数?庾楼赤壁俱尘土。
风流已往明月来,山色江声自今古。

明朝文徵明写的《念奴娇·中秋对月》也是一首不错的佳作。

念奴娇·中秋对月
明·文徵明

桂花浮玉,正月满天街,夜凉如洗。风泛须眉并骨寒,人在水晶宫里。蛟龙偃蹇,观阙嵯峨,缥缈笙歌沸。霜华满地,欲跨彩云飞起。

记得去年今夕,酾酒溪亭,淡月云来去。千里江山昨梦非,转眼秋光如许。青雀西来,嫦娥报我,道佳期近矣。寄言俦侣,莫负广寒沈醉。

张养浩的这首《折桂令·中秋》散曲也写得很好。

折桂令·中秋
元·张养浩

一轮飞镜谁磨?照彻乾坤,印透山河。玉露泠泠,洗秋空银汉无波,比常夜清光更多,尽无碍桂影婆娑。老子高歌,为问嫦娥,良夜恹恹,不醉如何?

唐寅,唐伯虎,他的这首诗,我们念一下:

把酒对月歌
明·唐寅

李白前时原有月,惟有李白诗能说。
李白如今已仙去,月在青天几圆缺?
今人犹歌李白诗,明月还如李白时。
我学李白对明月,白与明月安能知!
李白能诗复能酒,我今百杯复千首。
我愧虽无李白才,料应月不嫌我丑。
我也不登天子船,我也不上长安眠。
姑苏城外一茅屋,万树桃花月满天。

　　写得幽默诙谐,以李白来自比。他虽没有李白的诗才,但是却有李白没有的画才。

　　清代查慎行的这首《中秋夜洞庭湖对月歌》也写得非常成功。这首比较长,由于时间关系,我就不念了。这是写于1682年康熙二十一年,诗人由贵州返回海宁老家,途经洞庭湖时写的。他好像也和张孝祥一样,受到洞庭湖广博气势的触发,写成了这首诗。

中秋夜洞庭湖对月歌
清·查慎行

长风霾云莽千里,云气蓬蓬天冒水。
风收云散波乍平,倒转青天作湖底。
初看落日沉波红,素月欲升天敛容。
舟人回首尽东望,吞吐故在冯夷宫。
须臾忽自波心上,镜面横开十余丈。
月光浸水水浸天,一派空明互回荡。
此时骊龙潜最深,目眩不得衔珠吟。
巨鱼无知作腾踔,鳞甲一动千黄金。
人间此境知难必,快意翻从偶然得。
遥闻渔父唱歌来,始觉中秋是今夕。

下面说一说我们另一个南京人——邓廷桢,跟林则徐一起虎门硝烟的,他当时是广东总督,林则徐是钦差,他们一起在第一次鸦片战争之前,代表了中华民族的气节。他的这首《月华清》写得很好,我来念一下:

月华清
清·邓廷桢

岛列千螺,舟横万鹢,碧天朗照无际。不到珠瀛,那识玉盘如此。划秋涛,长剑催寒;倚峭壁,短箫吹醉。前事,似元规啸咏,那时情思。

却料通明殿里,怕下界云迷,蜃楼成市。诉与瑶闾,今夕月华烟细。泛深杯,待喝蟾停。鸣画角,恐惊蛟睡。秋霁,记三人对影,不曾千里。

这里他写到林则徐跟他一起唱和的一首《月华清》,是他写作,林则徐和的。林则徐当天晚上还写过一首长诗。"嶰筠"是邓廷桢的字。"中秋嶰筠尚书招余及关滋圃","关滋圃"就是关天培,他们三个人一起,他们三个都是民族英雄,一起写的这首长诗。这首诗太长了,同志们感兴趣可以去网上看。

现当代的中秋诗词

下面说说现当代的中秋诗词。第一首是于右任的,这首七言律诗是于右任 1921 年写的,当时国家正是山河破碎的时候。

中秋夜登城楼
于右任

夜静云开月未斜,城楼倚杖听残笳;
关河历乱无归路,儿女团圆有几家?
浊酒因风酬故鬼,战场如雪放荞花;
可怜垂老逢佳节,泪满戎衣惜鬓华!

这是陈寅恪 1950 年写的。陈寅恪是我们清华的国学院的四大导师之一。

庚寅广州中秋作
陈寅恪

秦时明月满神州,独对婵娟发古愁。

影底河山初换世，天涯节物又惊秋。

吴刚斤斧徒闻说，庚信钱刀苦未求。

欲上高寒问今夕，人间惆怅雪盈头。

下面说说我的导师唐圭璋先生写的《鹧鸪天·铜梁中秋》，这首词写于抗日战争爆发的时候：

鹧鸪天·铜梁中秋
唐圭璋

烽火侵寻或一年。窜身西蜀几时还？花飞叶落增萧瑟，白发孤儿总萦牵。　　香易爇，梦难圆。安排肠断历尘缘。今宵独卧中庭冷，万里澄晖照泪悬。

唐老的人品非常高洁。

吴祖光先生写于"文革"年间的一首《团泊洼中秋》：

团泊洼中秋
吴祖光

秋月三圆照减河，客心夜夜唱离歌。

至今身在盘丝洞，处处蜘蛛结网罗。

这首大家一看就懂了，用不着我讲。

还有一首胡遐之先生写的《魂断中秋》。胡遐之好像是湖南人，他被打成右派，妻子和他离婚了，他自己孤身一人，一直到死。他的原配夫人，晚年写过一首悼念胡遐之的七律诗，我也非常称赞。这个女子很有自我批评的精神，因为在高压下被迫和胡遐之离婚，自己重新建立了美满的家庭，而胡遐之却独身一人，一直到死，她感到自己很对不起胡遐之，写了那首自我批评的诗。

魂断中秋
胡遐之

人不团圆月自亲，清辉着意照牢门。

几声凄厉窗前过,一夜囚徒尽断魂。

　　再说一首写于"文革"年间的中秋诗词,是我的一个朋友,陈邦炎先生写的。他是上海古籍出版社的编审。这首《念奴娇·中秋夜月全食》写得非常好。

念奴娇·中秋夜月全食
陈邦炎

　　人间天上,几曾见、如此凄凉今夕。玉宇琼楼何处是? 万里长空如墨。宝镜堆尘,嫦娥掩面,惨淡无颜色。情天亦老,几人逃得头白。

　　遥想桂影婆娑,横施斤斧,仍否禁攀折? 应念尘寰花事尽,莫教广寒香歇。杯酒谁邀,青天难问,此际真愁绝。但期来夜,金瓯还我无缺。

　　他后面写得很清楚,写于 1968 年 10 月 6 日,这一天正好月全食,本来有月亮的,被其他行星一挡,月亮全被地球挡起来了,这是一种特殊的景象。月全食一定是正午天,又赶上这年的中秋,他写下这首诗,是有非常深刻的政治内涵的,写当时"十年浩劫"时期,当时暗无天日的景象,许多正派的人遭受打击,凄凉的一个中秋。

　　最后请大家指教我自己写的一首中秋诗,这首诗是 1982 年写的。当时我被打成反革命之后,在当地的处境很不好,但我下定苦心。我是学德文的,我是南京大学外文系德国语言文学专业毕业的,中国前几年驻德国大使是我同班同学。我后来到家乡就改教中学语文,当过几年中学校长,最后被打成反革命,校长也给撤了,处境非常艰难,下决心考研究生,离开家乡,独自南播北迁,来到吉林大学,在吉林大学赶上第一个中秋节,写下这首思乡怀亲的作品。

临江仙·壬戌仲秋
王步高

　　故国溶溶江水,他乡瑟瑟秋风。清光著意透帘栊。敲窗青叶雨,夺魄五更蛩。　　亲友今宵何处? 高天难问飞鸿。伤离惜别古今同。莫抛儿女泪,四海一望中。

这里简单解释一下，这里说"敲窗青叶雨"，在东北生活过的人都知道，昨日还是气温十度以上，仅一夜之间一个寒流一来，夜里就降到零下十度以下，把树上的树叶全部冻落在地，风一吹，飘飘洒洒的，那个青树叶子打在窗户上，是青叶雨，都是冻过的。明天就剩几片叶子在树干上飘呀飘的，一夜就入冬了。所以"敲窗青叶雨，夺魄五更蛩"，五更天听到蟋蟀的叫声，《诗经》中有"七月在野，八月在宇，九月在户，十月蟋蟀入我床下"那是指的南方，到了北方，中秋其实早就"入我床下"了。结尾的两句，故作旷达，"伤离惜别古今同。莫抛儿女泪，四海一望中"。在故作旷达中谈到无尽的心酸，这三百多天的牢狱，使我当时在心灵上的创伤还没有愈合，不同于现在，后来我读了苏东坡的很多作品以后，应该向苏东坡同志学习，创伤也早就该愈合了。

（王海寰据讲座视频资料整理）

汉语言文学教学的四重境界

　　我在东南大学和清华大学从事汉语言文学本科和研究生教学二十余年，由于全身心地投入，特别是牵头创建东南大学"大学语文"和"唐宋诗词鉴赏"两门国家级精品课程（含大学语文、唐诗鉴赏、唐宋词鉴赏、诗词格律与创作）和退休后来清华大学任教两年的经历，从教学内容（含教材）、教学方法、教学手段、教学理论及相关研究，我的教学愈来愈受学生的欢迎，教学效果愈来愈好。我们的改革对全国文学素质教育也有探索引导和率先垂范的作用。总结我们二十余年的教学实践，目的是上升为理性认识。这些年我也十分努力研究东南大学、南京大学及二者的前身中央大学，以及清华大学、北京大学等著名高校的校史，研究民国时期一些大师的教学实践。仿照王国维教授的"三境界"说和冯友兰教授"人生四境界"说，我觉得汉语言文学教学水平的提高可分为四重境界。

　　境界是在感知力上感知的主观上的广义的名词。多数时把境界划分几种，以质来区分，度来衡量。如主体在某件事物上所处于的水平。

　　我们清华大学教授王国维在其著作《人间词话》里谈到："词以境界为最上，有境界，则自成高格。"《人间词话》说："古今之成大事业、大学问者，必经过三种之境界：'昨夜西风凋碧树。独上高楼，望尽天涯路。'此第一境也。'衣带渐宽终不悔，为伊消得人憔悴。'此第二境也。'众里寻他千百度，蓦然回首，那人却在，灯火阑珊处。'此第三境也。"治学第一境界的诗句出自晏殊的《蝶恋花》；治学第二境界的诗句出自北宋柳永《蝶恋花》的最后两句词；治学第三境界的诗句引用南宋辛弃疾《青玉案》词中的最后四句。

　　我们清华大学的冯友兰教授于西南联大时期提出"人生的四境界"，他说："每个人各有自己的人生境界，与其他任何个人都不完全相同。若是不管这些个人的差异，我们可以把各种不同的人生境界划分为四个等级。从最低的说起,它们是:自然境界,功利境界,道德境界,天地境界。"境界的高低完全取决于觉解程度的深浅,标志着人格完善的程度。

我提出的汉语言文学教学四境界说是指:

其一、科学性认知的境界

其二、人文与传道的境界

其三、研究性教学的境界

其四、艺术与醉心的境界

这是高于普通一般教学的四个境界,效果较差,很不受学生欢迎的教学不在此"四境界"中。这"四境界"可涵盖小学、中学、大学汉语言文学教学的全部。中小学也有传道、研究性教学境界、艺术境界;大学也有认知、传道境界。自然,随学生学历与年龄提高,后者理应占据更大成分。

一、科学性认知的境界

本境界的基本要求是:能遵循汉语言文学的教学特点,在适度超前的教学理论指导下,组织较科学的内容(含教材),采取较科学的方法,运用现代教学手段,加强教师队伍建设,努力提高教学质量。

20多年来,我们针对大学语文和文学素质类课程的改革,提出了系列适度超前的教学改革的理论,如:在大学语文课程学科定位方面,提出大学语文要姓"大",应当是高等教育的基础课程,如同大学英语及理工科的高等数学、大学物理一样。"大学语文"应是较高层次的语文课,不是对中学语文"欠账"的"补课"或"补差"。由此决定了"大学语文"的学科性质,也决定了它的教材、教法,教育理念均与中小学本质的区别。在课程目标方面,我们赋予《大学语文》以下功能:一是帮助学生"梳理"和"激活"中小学所学的文学知识,了解中国文学史的简单架构,将新老知识系统化;二是提高学生的"自学"能力,叶圣陶先生曾指出,语文教学最终要做到"学生自能读书不待老师讲,学生自能作文不待老师改","教"是为了"不教","大学语文"课是学生语文课堂学习的终结,其教材应定位于课堂用书与自学用书之间;三是要有利于提高学生的学习兴趣,克服多年应试教育形成的对语文的"厌学"情绪。

我们大学语文教学改革的显著特色之一是自1999年以来建设了开放性多元化的系列教材。我们的教材除了力求实现"大学语文"教育的"梳理"、"激活"等五大功能,具有课本与教参、课外阅读相结合,纸质教材与电子音像教材相结合,主教材与多种文学素质拓展教材相结合,课上教材与网络教材相结合,同时具有系统性、网络式、立体化、大信息的四大结构特点。

在教学方法方面,也形成系列行之有效的教学方法:转换教学主体,教学的过程中要充分发挥教材方便自学与提高学生自学能力的特点;与写作教学"链接",选择若干创作点,便于学生去发挥写相关的文章;"求甚解"与"不求甚解"相结合,适合学生以自学方式学习,反复吟味,从"不求甚解"→"每有所会"→"渐入佳境";(4)诗词鉴赏还与诗词创作相联系,每年开设"诗词格律与创作"课程;(5)与"人文素质讲座"相结合,聘请大批诗词专家到我校讲课,既是对课程教学的很好补充,也让学生得到一种"高峰体验",大大提高本课程的教学效果。

教学手段改革,采取课前自学预习与课上讲解相结合,教师讲与学生专题讨论相结合,口头传授与音频视频教学相结合,课堂教学与网络教学相结合,最大限度调动学生的学习积极性,感受到诗词的境界。

二、人文与传道的境界

我所言之"传道境界",显然是从韩愈所谓"传道"而来,传播中华人文精神,使读者在古今文化精品的熏陶下,促成思想境界的升华和健全人格的塑造,培养"高尚"与"和谐"的一代新人。我们汉语言文学类课程须承担育人的使命,开展人文精神的教育,这是较之认知教育同样重要的教育。如今政治类课程仅仅承担意识形态灌输的任务,并不能进行道德情感教育,后者的任务反而要由人文类课程来兼任,甚至它比提高学生的人文知识水平的任务更重要。由于政治类课程的严重失位,学生的道德情感教育严重缺失。我力主把传统文化教育与传统道德教育结合起来,对学生进行人文精神的传布、道德熏陶与思想教育,不是靠空洞的说教,而要使学生在古今文学精品的感染教育下,讲气节、讲节操、讲知耻与有所不为、讲正气、讲不唯上不唯官、讲民本思想、讲平民意识……从而促成思想境界的升华和健全人格的塑造,培养其爱国感情与高尚的道德情操。

我本人这些年一直注意培养学生爱国爱乡爱校的感情,使他们具有关心民生疾苦,仁者爱人的思想,教育学生要刚直不阿,有所不为,提高学生的审美趣味和人格品位,有潇洒旷达的人生态度。

东南大学、清华大学均为国家重点大学,如今的大学生若干年以后,有的将成为党和国家各级机关和企业事业单位领导者与学术带头人,他们的道德与人文精神水准如何,关系极为重大。

我本人在汉语言文学类课程中结合认知教育进行人文与道德情感教育,受到学生的欢迎。通过师生交流,我们达成下列共识:

语文就是生活。在这样一门课上,师生就像朋友,教师向我们讲述着您对于不同作品的感受,从历史层面看,从文字层面看,从思想主题方面看,那些或者优美或者拗口的文字语句在教师的讲述下也让我有了不一样的感触。这让学生看到了语文的魅力在于她的包容,她的多样,她和读者的心灵的那种踏实而温柔的触碰。语文就是生活,教师也将自己的生活经历,那些美好的记忆和奋斗的经历与学生们分享,让这门课变得富有人情味,让这门课被一种理解与尊重的氛围所包围。而且教师对于学生的人生观,价值观甚至是爱情观的渗透都让学生有不同的收获。有时候有些道理是需要一个人用一生去理解感悟的。教师说的那些语重心长的话一定会在一定程度上改变着学生未来的生活状态。

汉语言文学教学中开展人文精神和道德情感教育,就是要以学生喜闻乐见的形式,"润物细无声"地陶冶学生的心灵,对学生进行人生忠告,多少缓解学生成长的阵痛,启发他们的人生思考,提高他们的道德品位和心理素质。

三、研究性教学的境界

几年前专家就提出重点高校研究性教学或研究性学习的问题,但迄今为止,并未受到应有的重视。高校创新型人才的培养应从本科生开始,应从大学语文等与中小学有延伸教学关系的基础课程开始,先行一步,并养成学生研究性学习的习惯,善于独立思考,不迷信教师,不迷信书本,并进而在本科高年级及研究生阶段开始自己专业课程的研究性学习。

研究性学习应从基础性课程开始。

中国高校本科生教学质量最大的不足是培养的学生创新能力不够,学生还不善于将知识转化为创新思维和创新能力,这里既有教育制度的问题,也有师资水平、教材、教学手段与教学方法的问题。创新性研究性教学对教材、教师、教学手段、教学方法都会提出全新的要求。

高校低年级学生刚从中学进入大学,虽然分属文理工农医管艺术等学科,但对大多数学科而言,此时他们对自己专业的知识大多还停留在常识水平。就开设的课程而言大都是政治外语和公共课,大学语文也是其中之一。相反,其专业课、专业基础课大都没有开始,即使刚起步也无法进行研究性学习。对这部分学生的研究性教学只能从公共课开始(政治课应当是最具有创新性的,但事实上并非如此),而"大学语文"作为一门中学的延伸教学课程(我只主张是名义的延伸,教学理念、教材、教法都应有本质的不同,大学语文应当姓"大",应当如"高等数学"一样,是高等教育的基础课程),学生已学习了十二年,对重点高校同学而言他们已有了相对较深厚的基础。当然,由于中学教材、教师、学术视野局限,学生也接受了许多错误的、过时陈旧的、经过歪曲的知识与信息。但十二年的基础、较高的智商还是为我们在大学语文等课程教学中开展研究性学习提供了较大可能。

我本人长期任教于东南大学,该校是国家直管的"985"重点高校,我又一直教全校的两个"强化班"的大学语文,学生语文素质较好。2009 年我从东南大学退休后又应邀到清华大学任教,开设我主持的"大学语文"、"唐宋诗词鉴赏"两门国家精品课程所含的四门课程(大学语文、唐诗鉴赏、唐宋词鉴赏、诗词格律与创作)。清华大学作为全国的最高学府之一,其本科生的素质是举世公认的,是文化素质类课程开展研究性教学的最好场所。我在教学中注意充分发挥教材具有的系统性、网络式、立体化、大信息的特点,开展研究性教学,取得了成功,很受学生的欢迎。

信古也疑古,培养学生不迷信书本、不迷信古人、不迷信老师的科学态度。

中国有深厚的历史文化积淀,但其中精华与糟粕也并存,而且封建文化因素中倡导"奴性",如"臣罪当诛,天王圣明"之类;建国以来特别是"文革"年月的个人崇拜,对高层次人才的成长是极端有害的。

我们在教学中一方面教给学生名家、名篇,然而,即使对这样的大家、名篇也指出其不足。如教白居易《长恨歌》,一篇中就指出其为人生经历、社会地位所囿而犯多处错误:如:"峨眉山下少人行,旌旗无光日色薄。"白居易便犯了地理知识错误,唐明皇从长安逃到成都,途中并不经过峨眉山,峨眉山在成都之南 100 多公里;诗中有"行宫见月伤心色,夜雨闻铃肠断声",安排在唐明皇抵成都之后,时间错误,据《明皇杂录》记载:"明皇既幸蜀,西南行,初入斜谷,属霖雨涉旬,于栈道雨中闻铃音,隔山相应。上既悼念贵妃,采其声为《雨淋铃曲》以寄恨焉。",这是入蜀道中的情景,白居易把时间颠倒了;再如诗中写唐明皇在宫中思念杨贵妃,有"孤灯挑尽未成眠"之句,古人以灯草点小油灯,须不时把灯草撬上一点,称"挑灯",而皇宫中点大蜡烛,无所谓"孤灯挑尽"的情景……。当然,虽有这许多不足,《长恨歌》还是一首千古绝唱。我常跟学生说:"有缺点的凤凰终究是凤凰,没有缺点的苍蝇还是苍蝇。"

要学生不迷信书本,首先让学生从不迷信我的书开始。每学期开学我都公开一道期末考试的附加题,让学生挑我主编的教材中的三个错误。这样做既培养学生不迷信书本,也迫使他们课外要多去看课本,熟悉教材,否则是绝对挑不出几处错误来的。

要学生不迷信老师,首先也从不迷信我自己开始。每学期从一开始就公布期末考试有一道附加题是对我本人这学期的教学提意见与建议,学生从教材、教学安排、教学课件等均可评头评足。我知道自己当了几十年教师,我比学生的父母都年长许多,还让他们来提意见。除有些不正确,不符合教育规律的不予采纳(学生间时常有完全相反的意见);也有的无法采纳(如提我的普通话不好,意见很对,改却难),能改的,尽量改,至少认真加以考虑。这样做既能使学生不迷信老师,拉近了师生的距离,也使我们的工作不断改善。听过我们的课,给我提过意见和建议的学生也都对本课程的全面精品化作出过贡献。学生的意见也常常为我们国家精品课程的进一步全面精品化指出努力的方向。

贴近学术前沿,从比较学术的角度解读作品

大学语文等课程并非很专业的课程,通常人们认为它不具有很强的学术性。但问题是这门课由谁来上?给谁上?我是二级教授,是全国该课程改革的领头人之一,学生是全国最优秀的学生,这就使它必须具备相当的学术品位,就不能是照本宣科。

我们的教材就具有"浅化"与"深化"相结合的特点。所谓"浅化"是指课文以外,介绍作者生平、对作品注释、赏析,甚至翻译,使课文明白易懂;所谓"深化"是指通过单元[总论]、[集评]、[汇评]、[真伪考]、[作品争鸣]、[作品综述]、[研究综述]等去"深化"教学内容,拓宽学生的视野,加深对课文的理解,便于尖子生开展研究性学习,"逼"老师贴近学术前沿。对于清华大学的学生而言这后者的发展空间似乎更大些。学生来自全国各地,目前中学语文教材很不统一,我们编教材时只注意与人民教育出版社版教材的必读篇目不重复,跟各省教材仍难免会有所重复,这就需要大学老师比中学老师以更高的学术品位,更广阔的学术视野去对待教学、去解读作品,在课堂上向

学生传递许多新的学术信息。

今年暑假前"大学语文"期末考试,我出了一道作文题:"读明代方孝孺《深虑论》,联系当前实际,居安思危,以《忧思篇》为题写一篇800字以上的议论文,可另加副标题。"许多学生都写出有深刻见解的文章。甚至有几位学生作文全用文言文写作,而且写得相当好。有一位人文学院胡欣育同学和化学系的田天同学,在考场上当即用文言文写出千字以上,胡欣育一文长达两千多字,而且相当纯净优美,并不文白夹杂,太不容易了。本学期刚开学有一次去教学楼的水房打开水,一位女生喊我,而且说她上学期选了我的《大学语文》,我给她打了唯一的100分。我说:"你就是胡欣育,还是个女生?"我让她把联系方式写给我,对这样的学生,我是并不完全具备当老师的资格的,我应是他们的亦师亦友。我甚至自愧不如,一个多小时写两千多字的文言文章,我也未必能做到。

如果说应当因材施教,对清华大学这样的学生如果不实行研究性教学,学生是不会感兴趣的。但对本科生的大学语文教学又不宜用太多繁琐考证,要适可而止。

要使这种学术有一定趣味性,甚至要化腐朽为神奇。东南大学、清华大学毕竟是以理工科见长的高校,不可能每位学生的语文都如此优秀,进行研究性教学,贴近学术前沿,引进一些学术问题时要力求学术性与趣味性兼顾。

我鼓励学生在学术上提出创新的观点,每学期都设一道附加题,让学生发表与该课程有关而又与课本及老师不同的观点。每学期开学我都把自己的电子邮箱乃至家庭固定电话和手机号码告诉同学们,与广大同学建立学术联系,鼓励学生与我探讨学术问题。这就把课堂延伸扩大,弥补课堂上师生交流不足。

对重点大学本科生如此,对其他本科生也如此,甚至对成年人教学也如此。暑假中我应南京市政府之邀在"市民讲堂"以《南京诗词》为题开两个半小时的讲座,除讲南京在中国诗词史上的地位和概况外,还讲了15首诗词,其中重点讲7首,由于信息量大,有许多独到的见解,不仅当场很受欢迎,事后各家报纸都纷纷报道,有一家竟用一整版。《扬子晚报》又跟踪采访,作了多期系列报道,《山西晚报》、《人民日报》(海外版)等报纸及众多网站纷纷转载,一段时间我讲课中提到关于"南京的山名都克隆自山西"的观点成了"谷歌"搜索的前十大热点新闻。其实,这些观点,我在课堂上给我的学生早就

王步高诗文集

讲过。我那天讲的诗词有多首都是人们非常熟悉的,如李白《登金陵凤凰台》、刘禹锡《西塞山怀古》、辛弃疾《水龙吟》、王安石《桂枝香》等,如果没有大量新观点、新信息,要大家坚持听完两个半小时都很难,更不可能有如此热烈的反应。

要有与之适应的教材与教学手段

要实施研究性教学,还需要有相应的研究性教材。我力倡《大学语文》教材内容容量要大大超过课堂教学所需,其难度超过大多数学生的接受能力,同时具有较高的学术品位,使教材方便研究性教学。

我主编的《大学语文》教材自 1999 年版开始就注意使其有系统性、网络式、立体化、大信息的特点之外,具有较高的学术性。书中附有作家综述、作品综述、研究综述,有较高学术品位。这都是"深化"教材,让学生跃上更高的学识平台,学术视野较为开阔。各单元均附有单元总论(如[中唐诗总论])、总评、集评、汇评,辑录历代名家的精辟评语,变一家之言为百家之言,让学生得到高峰体验。没有人嫌它太少,没有人嫌它太浅;不是给学生"一杯水"、"一桶水",而是给之"一条河";从终身教育出发,课本能跟学生一辈子,"白首亦莫能废"。每单元均附有参考书目,全书且附总参考书目,教学参考资料中还附有补充参考文章。2008 年版新教材还附有较多研究性学习专题:书中有许多文学疑案,如孔子是否曾删诗,《国语》的作者为谁,《蜀道难》为谁而作,高适的《燕歌行》是否讽刺张守珪,李白《菩萨蛮》是否真是李白所作,陆游《钗头凤》是否为唐琬而作。教材和教参中列举了争鸣双方的重要观点,柳宗元《驳复仇议》附录中还附有陈子昂、韩愈与之观点完全不同的文章。教师可以组织学生展开讨论,也可以写学习笔记,各抒己见,使课堂教学更生动活泼,调动了学生学习的积极性。

到清华大学工作以后根据该校学生的实际情况,因材施教,对教学课件大大加深,提高其学术品位。如教萨都剌《念奴娇·石头城》,一般仅指出该词是步苏轼《念奴娇·赤壁怀古》韵即可,对清华大学学生便可以说说"步韵"是怎么一回事。文学史上步韵的词大多不如原作,因为束缚太多。我1992 年编《爱国诗词鉴赏辞典》,以《永遇乐》词牌填词一首以代序,我选择步辛弃疾《永遇乐·京口北固亭怀古》韵,深感其苦。我以切身感受告诉学生,知萨都剌之不易。又列举历代名家和苏轼《念奴娇·赤壁怀古》词的作品,如叶梦得、辛弃疾、文天祥、邓剡、蔡松年、赵秉文、张炎、李孝光、周用等的和作。这些作品都很不错,这是中国文学史上很罕见的情况,一首作品,名家

卷七　讲座采访

和作如此之多,又如此之好,让学生大开眼界。同时也指出,能跟原作媲美者仅萨都剌的一首。我们把课件挂在"清华网络课堂"上,学生都可以随便下载。这些资料,方便学生课后去揣摩研究。

对普通高校的学生采取"炒冷饭"教学也不会受欢迎。我们在东南大学、清华大学大学语文系列国家级精品课程建设和教学改革取得成功的原因之一,就因为实施了研究性教学。这也是一项系统工程,我们还做得很不够。重点大学是要培养未来大大小小的领袖人物的,培养他们的创新思维和创新意识,培养他们不迷信书本,不迷信老师,开展研究性教学,对国家的科学文化事业及民族的未来都是有重要意义的。

四、艺术与醉心的境界

人们称"文学是语言的艺术",殊不知,语言文学的教学也是一门艺术。学生听课如果达到仿佛观赏精彩的演出,达到如醉如痴,它既能给学生传授知识,也能愉悦身心,陶冶情操,这与戏剧、电影、电视、音乐等听觉和视觉艺术有相通之处,便是教学之艺术与醉心的境界。

我是到清华大学任教之后才自觉追求这一境界的。有一位清华大学的学生这样评价我的课:

每次上课,听着老师抑扬顿挫的朗读和深入浅出的讲解,都像是在看一场精彩的表演,一头稀疏的白发的老师似乎已经与唐诗融为一体,那些诗从他嘴里自然地走出来,似乎该它们出场了,不知不觉中3个小时就过去了,转头看着窗外已是满月光华,背起书包又看到清洁工和楼管们仍然悄悄地站在门口,这已不仅仅是一门课程,而更像一门艺术,一门带我们走出世俗纷扰,游走在古典文化沃野里的艺术。

这门课给我了非常多的感动,包括诗词给我的感动,还包括王老师每每述说自己家乡情时给我的感动等等。我认为,清华能够安排这样的课程,能够请到这样的老师,是非常难得而有力的。

我把自己的事业定位于四个领域:教师、学者、编辑、作家,首先应当是一名好教师,取得国家教学成果奖,成为两门国家精品课程主持人以后,我觉得自己的教学虽已取得一定的成功,在同行中也受到好评,但上升到空间还很大,特别是应聘到清华大学任教以后,学生的素质是没得说的,教学设备也是相当好的,教材是我自己编的,教学课件是我主持制作的,最大的发挥空间是课堂教学的环节,要达到教学的艺术境界,自己还要作很大的努力。

其一,提高教师的人格魅力

胡锦涛同志在纪念清华大学建校一百周年大会上说:教师要"以高尚师德、人格魅力、学识风范教育感染学生,做学生健康成长的指导者和引路人"。

应该说我工作过的东南大学(其前身为民国时期的中央大学)和现在工作的清华大学都曾是大师辈出的地方。仅以清华大学任教"大一国文"课的教师队伍而言,便令人肃然起敬。清华大学讲授"国文"专任教师大家云集。1929 至 1930 年为杨树达、张煦、刘文典、朱自清;1932 年为闻一多;1934 至 1935 年为俞平伯、浦江清、许维;1936 至 1937 年为余冠英、李嘉言;1940 年为沈从文、吴晓铃、何善周;1944 年为王瑶;1946 年为范宁、叶金根、朱德熙、王宾阳;1947 年为郭良夫;1949 年为吴祖缃。

这些使人振聋发聩的名字,其学识水平我们是难望其项背的,但我们的敬业精神、正直的品格、教学的风度、教学的效果等 ,我们还是可以达到或接近的。

清华新闻与传播学院冯志云评我的课时说:

> 舆论经常说,我们迈入了所谓的'后大师时代',社会上已不再有年高德劭、学术成就卓然的大师了。但我以为,所谓大师,除了著作等身、学养深厚之外,最重要的就是个人的品德和魅力。说如今没有大师,很大程度上也等于说,当代鲜有人能有在道德上使所有人钦佩。王老师在学术上或许比不上曾经那些学贯中西的大师,但他狷介率真、爱憎分明的个性,却是相当具有魅力的。

学生这些意见与其说是对我教学的评价,不如说是对我的鼓励与期盼。我在努力攀登教学的艺术境界时,这是很大的动力。总结清华学生的意见,教师的个人魅力应当包含以下几方面的内容:

1. 有较渊博的学识

如今社会浮躁,高校普遍重科研轻教学。如今在高校科研高于一切,科研是硬标准,教学成了教师的副业,科研可以通吃,领导可以通吃,领导和科研尖子如果象征性上点课,就被评成教学名师,连为数不多的教改项目、教改经费也成了领导与科研尖子的囊中之物,让最后一些重视教学,坚守本科教学岗位的老师也感到寒心。一些能有项目,能得科研大奖的教师更鄙视教学,尤其鄙视本科教学,以为只有发论文,拿项目,得大奖的人才是有学问,学识才渊博。其实不然,大学语文的涵盖面远比当今绝大多数学者的专业方向宽泛得多,对学识的要求也宽得多,对清华大学这类优秀学生,万金油式的老师连基本适应教学都很困难,更毋论开展研究性教学,并力求让学生对你的知识水平倾心佩服。没有较渊博而精深的学术造诣,对教学内容的深度熟悉,是难以得到充分的认可的。

对此,也引清华学生的评语:

> 王老师学识渊博、见解独到,讲课旁征博引、充满激情,让我颇受感染。跟随王老师的脚步,从《诗经》《楚辞》到先秦散文,从汉赋到唐诗宋词元曲,我领略到了中国古典文学的美。王老师的敬业精神十分值得我学习。看着精美的PPT,听着王老师犹如天籁的方言,真是一种享受。

2. 有高昂的教学激情

要激起学生的学习兴趣,要让学生进入一种艺术境界,乃至于如醉如痴,教师必须要有高度的激情,教师不能感动自己,何谈去感动学生?要学生醉心,教师首先要醉心,进入角色,以极大的教学激情,令学生不能不为我所动;我慷慨激昂,学生也热血沸腾;我激动得泪流满面,学生也为之动容。

清华学生评价我的课说:

> 王老师是我见过讲课最有激情的老师,上过人文学院很多老师的课,王老师讲课的风格是我以前没有体验过的。如果说很多老师的课是娓娓道来式的,那种悠长,慢节奏的风格,需要自己主动去用心体会,去慢慢感悟,那么王老师讲课就像潮水,不容分说先把你拉进一种氛围之中,让你不得不入乎其内,去投入,去感受。

3. 有自己的个人魅力

学生欢迎有个性的教师,欢迎教师有潇洒旷达的人生态度。教师的个

王步高诗文集

人魅力,与其在课堂上适度张扬个性又关。教学是艺术,又与按剧本演出的演员有很大的不同。上课有课本,清华和全国很多高校用的《大学语文》、《唐诗鉴赏》、《唐宋词鉴赏》的教材都是我主编的,我本人最能吃透课本的编辑思想,最能把课本的优点发挥到极致。课本中就充分保留了教师发挥个性的空间。

由于受传统文化的影响,又长期从事诗词教学研究与创作,自己身上有些诗人气质,敢爱、敢恨,蔑视权贵,百折不挠。我在讲"诗词格律与创作"时经常介绍自己一些张扬个性的诗词的创作过程。如我的《梦与官争,盛怒,夜捶床而伤手》,诗曰:

> 下心抑志几春秋,
> 坎壈半生今白头。
> 尚得梦中存浩气,
> 横眉拍案向公侯。

是一次梦醒后而作。梦中与一大官争吵,这是在现实生活中绝少可能发生的,而梦中自己较少顾忌,不必下心抑志,故敢于对大官拍案相向。虽然从格律方面看,这首诗有几处不合,自己也故意不改,保持即兴之作的原貌。

我在教授学生读古人诗词文章时也会联系自己的现实感受,抒发自己思乡怀归,怀念东大,怀念南京的感情。

学生在评述我的这方面表现时说:

> 在清华待的时间越长,我愈发喜欢那些性情率真直爽的人。王老师经常在课堂上坦言他的一些经历和情感,包括对家乡家人的思念,对往事的怀念和以前的种种遭遇,毫无矫揉造作。时而让我们大笑,时而让我们感慨,最多的是钦佩。我似乎感觉到站在讲台上的不仅仅是一位老师,更是一位已经有很多白发的老人,天冷的时候也会腰腿痛吧,他总是红红的眼睛尤其让人不很放心。

4. 有幽默诙谐的语言风格

教师的语言风格也是教师魅力的组成部分。我从小在家乡农村长大,中小学未受很好普通话训练,上大学以后又回家乡任教十余年,虽然读硕士研究生曾在东北吉林大学两三年,普通话一直不标准。"百家讲坛"也曾听说我上课较受学生欢迎而去找我录像,终究因普通话不好而未采用。来清华任教前我也担心我的语言会不受学生欢迎,因此最初只签了半年合同。来清华后,我带江苏口音的普通话,竟成了我的一大优势。因为江南保留了古入声,更贴近古音,特别读词时表现很不一样。如周邦彦《兰陵王·柳》便是押入声韵的,我先让课件上的"小喇叭"读一遍,再自己读一遍,让学生比较。

普通话受通古斯语系影响,是一种较为简单的语言系统。宋代汉语有3700个音节(含四声),普通话里只保留 1300 个,用南方方言读古诗词往往更优美。我讲话是保留古入声江南普通话,并不难懂,很受学生欢迎。也许是爱屋及乌,他们喜爱我的课,也一并爱上我的语言风格。

我不必故意去逼自己讲普通话之后,我的讲课反而更显特色了,如讲白居易《长恨歌》,开头就是押入声韵:"汉皇重色思倾国,御宇多年求不得。杨家有女初长成,养在深闺人未识。天生丽质难自弃,一朝选在君王侧。回眸一笑百媚生,六宫粉黛无颜色。"高适《燕歌行》开头也是用入声韵:"汉家烟尘在东北,汉将辞家破残贼。男儿本自重横行,天子非常赐颜色。"

清华大学的学生在论及这一点时说:

> 多年以后,我想我会记起一个白发苍苍的老者在六教的某间教室里,时而眉头紧锁,时而开怀大笑,时而追忆往昔,时而抨击时事的场景。那将是一个清华大学普通的大学生的幸福,也是一个时代的幸福。
>
> 还记得王老师曾经和我们说过自己的口音给大家听课造成了不便,但相反,我十分喜欢老师的方言。因为我一直觉得古人的作品,尤其是诗词,就应该用古人诵读歌咏的方式来呈现,而王老师的方言里还保留着入声,这令老师在读词的时候,十分有味道,也能让我们体会到最原汁原味的感觉。于是,每次王老师因为小喇叭不起作用而亲自朗诵课件上的词的时候,就十分享受地听着,老师读罢,教室的每一个角落便爆发出阵阵掌声,这,是由衷的掌声。

5. 发挥自己人生阅历丰富的长处

我上完大学二年级,便赶上文化大革命,并成为江苏省"文革"中的第一批"反革命"之一。"文革"后期,又再次被打成"反革命",关押 309 天。我参加民兵土地雷试验,地雷不炸,我在排雷时被炸伤,呼吸心跳都停止,县人武部党委已打算追认我为革命烈士,我在医院又死而复生。后来在几个单位也历经坎坷。比起同龄人,我的人生经历要丰富得多。从自己人生经历,总结出许多经验教训,这对青年学生是十分宝贵的财富。学生听课读书,也读老师这本人生的大书,老师这本书内容愈丰富,愈吸引人,教学的效果愈好。

清华的学生在评价这一点时说:

> 更为重要的是,在这堂课上,我还在读着王老师这本大书,温文尔雅的大儒,崎岖跌宕的人生,给了我更深刻的启迪和震撼,带着一颗真诚的心去学习祖国的经典,去度过漫漫人生,这是一堂课带来的更为深远的影响。

其二、以文学创作推动教学

民国年间,大学中文系教授大多既是学者,也是作家、诗人,仅就我们东南大学(其前身为中央大学)和清华大学,中外文教授中陈三立、闻一多、朱自清、徐自摩、俞平伯、吴梅、胡小石、黄侃、钱钟书、吴祖缃、沈从文、浦江清、刘文典、唐圭璋、陈匪石、卢冀野、卞之琳、曹禺……在戏剧、小说、诗词创作方面,都是卓有成就的作家,而如今教授大多不以创作见长,讲诗词的并不写诗词,只是写诗词研究论文去拿项目、评职称,也不写小说、散文、戏剧、歌赋。

我本人二十多年来在诗词研究的同时,一直坚持写作诗词,近年也写作散文、赋,我二十多年来还一直是江苏省诗词创作界的负责人之一。从四言诗、古风、格律诗、词,我都写过不少。我是《东南大学校歌》的词作者,这一校歌被很多网友称为"建国以来最好的校歌"。今年清华大学建校一百周年,我完成了《清华大学百年赋》,洋洋 1800 余言,也颇受辞赋界朋友的好评。

写作是我教学的坚强后盾,上课时我评论李清照、辛弃疾、李白、杜甫,仿佛不是在评论千年之前的古代作家,而是评论我们诗社的其他诗友,既熟悉又亲切,似乎连他们的生活习性、创作习惯都了解;评析他们的作品,也仿佛谈我某位诗友的旧篇新作,不是一味歌颂称赞,充分肯定的同时,也常常指出其不足。不是见所谓优美词语就大加褒奖,而是从创作的角度指出其成败得失。这样更能从诗人的眼光论诗词的艺术。自从我开始写作文言与白话散文，对分析古今人的散文作品，眼光也有所不同。到清华大学任教以后，根据学生的水平，我在布置学生完成作业与考试的作文题时鼓励部分同学用文言文写作，取得很大的成功。我完成《清华大学百年赋》之后，再去教古人的赋，仿佛有了更多的亲近感和发言权。

教学中我也常常把自己的诗词文赋做成课件，穿插在教学古人和当代诗人的诗词之间。如我教秦观《鹊桥仙》，说及婚姻家庭观念，我提出"应当追求美满，却不要追求完满"，就举我自己参观上海青浦大观园，题潇湘馆的一首《鹊桥仙》："姑苏未远，乡情萦系，何恋青浦一隅？无猜豆蔻伴知音，已不亏，人生一度。"每次都受到学生的欢迎，把千年前，远在天边的宋代词人，一下子拉到自己面前。分析李白《菩萨蛮》思乡怀归主题时，联系自己几首这方面的诗词，如写于1982年中秋的《临江仙·壬戌仲秋》："故国溶溶江水，他乡瑟瑟秋风。清光著意透帘栊。敲窗黄叶雨，夺魄五更蛩。亲友今宵何处？高天难问飞鸿。伤离惜别古今同。莫抛儿女泪，四海一望中。"

教"诗词格律与创作"课，则每节课都离不开自己的创作实践经验。我除教给学生诗词格律的知识，赏析古人的作品，这时不是把这些诗词当作名篇赏析，而是当作学习写作的楷模去取其成功的经验。

我选择大量古人的诗话词话中的创作谈提供给学生参考，分析这些论述，都联系自己的创作体验，从自己的写诗改诗经历，让学生写作时参考。我还告诉学生写作诗词，要忌"俗"（庸俗）和"熟"（陈词滥调）。还向学生陈述自己的创作主张。清华学生文学修养很好，正确引导，他们是有希望写出优秀的诗词作品来的。

清华学生对我这方面也予以肯定：

> 诗人或许是最了解诗人的，老师从诗人的角度探寻，总有驾轻就熟、深入浅出之感，独到的点评、犀利的评价，更让我对一位刚正耿直、率真直言的老人有了由衷的敬佩和喜爱。

其三、要能给学生以心灵的冲击

教学要达到艺术与醉心的境界，要能给学生思想以启迪，给其心灵以冲击，对学生和谐健全的成长以心灵的洗涤。

清华大学培养了许多治国安邦和工程技术人才，这是有目共睹的，清华近60年来却没有培养出一个大思想家,对中华民族思想贡献并不大,这也是每个清华人不得不面对的。营造大思想家成长的环境氛围,是我们人文学科教师尤其应当注意的。清华北大本科学生的素质是全国最好的,全国人民对他们应当有更高的期望,我们对中华民族未来的期望,也相当部分寄托在他们身上。这时我的心态仿佛因家境贫寒中途辍学,把上大学的希望寄托在子女和儿孙身上的父母一般。我们这代人在思想上走了太多的弯路,几乎到了没有自己思想的地步。对我们的人生提出一些忠告,多少缓解我们成长的阵痛。

清华学生评论我的课时说:

> 给我印象最深的一堂课是您跟我们讲元稹的悼亡词,个人一直都对这样的文学作品充满了更多的感情,觉得这样的文字很真实很能触摸到人心底最柔软的地方。特别是您告诉我们以前您讲'唯将终夜长开眼,报答平生未展眉'时总会落泪,我被您打动了。现在的很多人都已经冷漠麻木到忘记了眼泪的滋味,而能被文字中的深情能被这样的美好所滋润是一件幸福的事。而且这一学期我也听了您的新人文讲座,您跟我们分享了您最爱的苏轼,也让我了解到一个更加丰满的大文豪,这让我依旧期待着下一学期的宋词鉴赏。

其四、形成自己独特的教学风格,力争教学效果最优化

我把自己的幽默诙谐浪漫的诗人气质与科学严谨勤奋的学者气质二者融而为一体,形成有较强自己特点的教学风格,在每节课前都充分准备,精益求精的前提下,扬长避短,取得尽可能好的教学效果。

当我们能驾轻就熟,十分自如而又不断补充新内容、新观念,大家都会有一种自我陶醉之感,能让学生醉心的课程,必须不懈地全方位追求课程的完美。戏剧的表演大师们,对自己的一举手,一投足,一句唱腔,一个眼色都有精心设计,演久了也会冷漠、不动情。如我看越剧《红楼梦·宝玉哭灵》,不少明星演员并不很投入,他自己就没有潸然泪下之感,让人想到他只是在做戏,自然不能感动观众。我们教学虽有历史的沿袭,也有课前的准备,还有临场的发挥。在全身心投入时,教学效果会远好于自己的预期。特别是遇上清华大学这样好,这样与我配合的学生,我深感自己遇到知音。他们也是我的"戏迷",他们对我有深深的爱戴,其中一原因出于我对清华大学讲堂的敬畏,这是过去梁启超、王国维、陈寅恪、朱自清、闻一多们长期站过的地方,与他们这些教授多学识相比,我不仅没有资格当二级教授,甚至如李济任国学院讲师的资格都未必具备。我能上这个讲堂是因为他们都不在了,我只有十二分的敬业,比他们更努力,才配站这个讲台!

王步高诗文集

海涵地负　爱在东南

——人文学院王步高教授畅谈东大

2007 年 9 月 19 日,我们在纪忠楼等候王步高老师进行采访期间,看到他手里正拿着一本书,在教室里神采飞扬地给学生们讲解着,一点都不像已经 60 岁的人,这或许就是王老师曾经对我们说过的,做自己热爱的事只会觉得快乐吧。课后,王老师热情而耐心地接受了采访,让我们不仅了解了东大的一些历史,一些现状,更从他身上看到了东大精神切切实实的体现。

记者:王老师,首先我想请您从整体上谈谈您对东大精神的理解,它有哪些内涵与特色呢?

王老师:我到东大工作已经 17 年,对这所学校的感情很深,我很爱这所学校。讲到我对东大的理解,首先我觉得是淳朴。东大人,不管是老师还是学生,做人都很厚道,不会勾心斗角。我这辈子工作过很多地方,但东大给我的感觉最好,让我终于可以在这里扎下根。我是一个很有个性的人,所以也经历过不少挫折,但到了东大以后,我可以安心做学问、教学、从事研究,因为在这里,我可以心情愉快地工作。东大给了我一个较宽松的环境,让我可以发挥自己的专长,做好一些自己想做的事。

其次是奉献精神。东大人有悠久的爱校传统与奉献精神。东大的历史上出了一个非常出名的王酉亭。抗战时期,学校被迫西迁至重庆,搬走了许多重要仪器,但是仍有一些生物实验用的牛、羊、兔、狗等动物无法运走。于是学校就将这批实验动物交给一位普通的后勤人员王酉亭管理,并交代其可任意处理。王酉亭不但没有借职务之便牟取私利,仍固守自己的本职工作,带领几名教职工,用学校发的遣散费,硬是将这批动物进行了远程迁移。他们花费了 23 个月的时间,途经十多个省份,最终步行至重庆,完成了东大历史上最令人惊叹的壮举。王酉亭的故事,集中地体现了东大人的奉献精神和东大人爱校的深厚传统。但是,现在有些东大人缺乏这种奉献精神。

因此,要建设世界一流大学,东大必须重新树立爱校、护校的传统,发扬奉献精神。东大的发展就需要王酉亭这样的人,每位东大人都应该拿出王酉亭这样的奉献精神,在现在的不同岗位上作出自己的贡献。

第三就是团结。校领导对老师、学生的爱护精神也是历史悠久的。早在东南大学的前身三江师范学堂时期,李瑞清校长就"视学生若子弟",维护学生,保全学校;接着有吴有训校长坚决保护进步师生;在1957年的反右派斗争中,汪海粟、管致中等校领导,为保学生而被撤职、开除党籍。在东大,这种爱护精神,还体现在老师对学生们的爱护、老师之间的互相关爱。东大人精神中有一种"海涵地负"的胸襟抱负。东大是个很有包容力的学校,东大人同样有广阔的胸襟。他们懂得有了凝聚力,才能创造出非凡的成绩。

第四是吃苦。东大人能吃苦,善于吃苦,在过去条件不好的时候,一直在吃苦。而到了现在,在面对一些问题时仍然保持吃苦耐劳的优良传统,很多东大人都有种顶下来的精神。比如在当今有些系科教师大量缺编的情况下,许多老师顾全大局,教学量甚至已经超过了中学老师,我想东大正是有了这样的吃苦精神,才能有今天的成就。

记者:新校区是东大发展的里程碑,给学校发展带来了哪些机遇呢?对我们同学又带来了哪些好处?

王老师:我是非常支持建这个新校区的,哪怕我们老师要多跑这么远来上课。从长远的发展来看,这一代的东大人,无论是老师还是学生,作出的贡献是巨大的。过去东大的校区太小,在当年36所教育部直属重点高校中,东大的校区面积倒数第一,这在一定程度上限制了东大的发展。现在的九龙湖校区由于地理位置的原因,远离主城区,受南京这座古城的文化辐射少了,与兄弟院校的交流少了。当然与江宁大学城的学校还是可以做一些交流,天下难有尽如人意之事,我们应该看到它的主要方面,从全局上从长远上来看,它的意义重大。与兄弟院校的交流少了,我们院系的交流可以加强,而且远离市区可以让同学们潜心学习,所谓"三更灯火五更鸡",只有苦读,才能出成绩。另外,新校区虽然荒凉偏远,但我们的设施没有比本部差,而且在很多方面还好了许多,我们的教室环境,我们的图书馆,都可以让同学们好好学习的嘛。你们新区这边的住宿条件那也是很好的,不像我们上学的时候,上自习都要找位子,其实你们的学习条件生活条件都在提高,关键看你们如何利用。总之,我想对于我们的九龙湖校区,我们要做的是发挥它的长处,弥补交通不便、远离市区文化辐射等不利因素,通过网络加强联系。

我们的理工科和文科都要多开展学术交流,不要局限于中国,要朝世界看齐。

记者:众所周知,我们的东南大学以工科闻名,当年就有"北大以文史哲著称,东大以科学名世"之誉,如何让刚劲的东大多些丰富的人文底蕴,这可是我们学科的一个挑战,我们该如何挑好这担子呢?

王老师:现在的东南大学在全国的排名与当年的老中央大学相比的话就要显得落后,我总觉得其中有个重要的原因就是现在的多学科的渗透不够。当时的全国十多名词学大师仅有三四人不是我们东大的,我们东南大学的人文历史还是很悠久的。我也很赞同校党委左惟副书记的一个观点,如果没有丰富的人文底蕴,我们的理工科学生至多成为工匠,而有了丰富的人文底蕴,才有可能成为大师。如果我们每个院系的领导都能有这样的认识,加强人文精神的教育,我们东大就会朝着建设世界一流水平的综合性大学迈进。工科、理科都是逻辑思维,文科是形象思维,形象思维对逻辑思维会有帮助作用,容易产生创新思维。未来东大的希望不仅仅需要优秀专家,也要转变办学观念。今天,东大不但要培养优秀的学术大师,也要培养优秀的政治家、思想家,全面发展。

我们人文学科首先要做的就是壮大自己的力量,为工科的起飞当好翅膀,服务于其他学科。我们要做到三个提高:提高学生的文化素质,提高教师的文化素养,提高学校的文化品位。第二就是对外扩展空间,拓宽在全国的影响。我在外做讲座时,总要抽出一定的时间先来介绍一下我们的学校——东南大学。

记者:校歌是东大的一个重要标志,我们的校歌在各方的评价都很高,您作为它的词作者,您是如何把东大精神蕴藏在校歌里的呢?

王老师:校歌的写作也不是一帆风顺的,九十年校庆时由于没有选对路子,并没有成功,后来在校领导给我充分信任的前提下,我选择了自己擅长的古典诗词作为形式,东大是格律诗词的发祥地,这样也使我们的校歌更有文化底蕴。最后我决定用一个自己擅长的词牌,即"临江仙"。这个词牌很有气势,你不用唱出来,只需读一遍都很有气势。北大百年校庆时,三大遗憾之首就是"没有一首与北大地位相当的校歌",我们的校歌在百年校庆时获得了成功,受到了广大师生、校友,甚至外校师生的广泛欢迎,避免了这一遗憾。整首歌词由三部分组成:第一是描述东大的地理位置;第二讲述东大的历史;第三是对未来的展望。整首词字字斟酌,几经修改,才有了现在的这首。校歌的修改我用了九个月,用尽一切方法让它更完善,我给自己的目标是"十年后不可更改一字"。为了这个目标,我常常冥思苦想几个小时,请教诗词高手,有时在课上突然有灵感,会把两种方案写在黑板上,让同学们投票说哪种方案更好。那段时间,在别人眼里,我如醉如痴,甚至有点神经质,但我的内心只有一个目标,就是一定要把这个任务完成好。除了上课,我以校歌为中心。校歌几经修改,定稿与初稿比,除"百载文枢江左"一句未改,已面目全非。"六朝松下听箫韶"突出东大的历史文化传统,"海涵地负展宏韬"一句更是展示了东大的办学理念,有海纳百川的气势,既含博大精深之意,又有兼容并包的理念。如今六年过去,校歌成了东大人引以自豪的名片之一,成了全校师生和校友的共同精神财富,成了我校校园文化的一个组成部分。当东大人一致同意将之刻到九龙湖校区大门上的时候,我才敢说:我和大家一起努力,没有辜负领导对我的期望。我为自己可以为东大写出与它相匹配的校歌而自豪。

记者: 您在东大工作了这么多年,能给我们新人谈谈作为东大人的自豪吗?对我们这些新人有哪些要求与期望呢?

王老师: 作为东大人我是感到很自豪的,同样我也为自己能被东大所接受,被东大的广大同学所喜欢而感到自豪。"海涵地负"这一点东大做得很好,即吸收各种各样的人才,允许各种流派思想的人出现,像我这么有个性的人现在在东大依然可以好好教书,心情愉快,这点我很感谢东大,它给了我一个发挥自己专长的平台,这是一个值得爱的学校。同样,我也会尽自己的努力为学校多做一些事情。呵呵,虽然我现在这个岁数,但是对每次要上的课我还是认真准备,虽然已经讲了很多遍,可以什么都不准备就可以讲下来,但我想这还是不一样的。我想就要从这样的小事做起,为我们的学校多作贡献。还有《大学语文》这本书,每次重版我都要进行一些修改和完善,虽然它绝对领先的地位不能一直保持,但我要尽力把它做好,全面精品化。我还申报了一个关于唐宋诗词的国家精品课程。对东大,我是感谢并深深热爱,希望它更好,我也想在自己的有生之年为东大多做一些事。

今天我以东大为荣,明天东大以我为荣,我想每个老师和同学,都应该做到这样。你们在 10 年后,20 年后,30 年后,那时的你们也应该事业有成,那时的你们也许是东大的老师,或许是校友,那时的你们就应该成为东大的骄傲。你们新的一代东大人要继承并发扬东大的优良传统,发扬东大好的作风,让未来的校园文化有更丰富的内涵,有更多的亮点出现。我们不仅为历史上的东大感到自豪，更要为未来的东大感到自豪。老的传统要发扬下去，并且要有所创新，有所进取，让每个人的光和热都发挥出来，我们可以做得更好。其实东大的上升空间还很大。"止于至善"，就不会自满自足。如果每个学科甚至每本书、每节课我们都尽量把它做到最好，在工作中精益求精，我想我们建设世界一流大学的目标应该不是遥不可及的。"止于至善"，不仅刻在石头上，不只停在口头上，要落实在实处，这是我们的校训，我们要继续发扬东大精神，做到最好。

校歌蕴涵着东大精神，王老师创作校歌的过程又何尝不是东大精神落实在行动中的最好体现？在对王老师的采访过程中，他讲得最多的就是他很感谢东大这个宽容的环境。因为真正热爱，我们可以看到谈到东大时王老师仿佛有说不完的话，提到东大，王老师一再强调为它会尽自己的全部心力。东大和东大人的关系就是这样，互相推动，如果一个学校给了你动力，给了你信心，给了你舞台，你肯定想把在舞台上的每分每秒都发挥到极致。我们每个东大人都要这样，我们的演出精妙绝伦，舞台才会更加光彩夺目，舞台的熠熠生辉会带给我们更多的动力与信心，让表演更加精彩。让我们每个人都可以像王老师那样，为东大的腾飞贡献自己的力量。

（吴琼瑶 王梦 采访撰稿）

在北京大学语文沙龙上的讲话

何老师早就给我出了这么一个题目,我也没做更充分的准备。简单说一点,我是 2009 年暑假之后到清华来的,在东大办完退休手续之后,清华知道我退休就动员我到清华来。在清华开四门课:"大学语文""唐诗鉴赏""唐宋词鉴赏""诗词格律与创作"。这四门课都包含在我牵头的"大学语文""唐宋诗词鉴赏"两门国家级精品课当中。到清华来本来准备短期,一学期就回去,但后来两三个礼拜之后,学生很欢迎,所以学校就跟我协商,能不能下学期继续开这门课。我既然来了,也折腾了这么多,好多东西也都折腾来了,一年就一年吧,尽管我答应东大的校领导讲好只来半年,结果就改成一年。后来三个月之后,元旦之前,学校就动员我是不是能长期留在清华,这一留就留了至少三年,底下还有几年还是未知数。跟东大也做了一些工作,东大那边我定下一个原则,在不影响清华上课的情况下,东大叫我什么时候回去我就什么时候回去,但是清华的课要保证上好。

根据在清华上课的两三年看,我有这样两个方面的体会。一个是学生方面,一个是我自己教学方面。笼统地说在清华的这两年多,就教学水平的提高来说,顶我在东大的二十年。一个是我这段时间的精力比较集中,在东大还有许多社会工作,经常要填表,要去申报项目什么的,要花去很多精力。我在东大的时候一年有三四个月是在填表中度过的,这两年稍好一些,由于自己电脑打字什么的会一些了,在网上填或者在电脑上填填就行了,以往是在电脑上下载一个空白表,然后在纸上填,填好后送到电脑公司去打,打出来之后拿校样来校,校了之后再叫他改,改上几遍再打,这样折腾,那就非常费劲了。

到清华这两年我主要谈两点,一个是学生,学生这边主要这样四个方面:

第一,学生的水平使我感到震撼。

就是来了之后深深地感觉到清华学生的水平跟东大比不一样,尽管我们东大也是985高校,也是排名很前的学校,学生的录取分数跟清华大学的距离也就在一二十分的范围内。就我们江苏录取的分数线,我们江苏只考3门课,450分是满分,我们清华在南京取的是415分到420分,东大是397分,也就是二十来分,具体到每门学科中,那就应该更少了。但是我还是感觉到不同,所以东大的同志问我,你到清华感觉到它的学生怎么样,我说多数学生差距不是很大,但有少数使我感到震撼的学生,在清华每学期都能遇到,而在东大我二十年没遇到过。我还讲了这一句,清华经常有一些使我感到自愧不如的学生,东大没有。比如说有些学生他向你问一些问题,使你确实感到震撼,有一次我在课上讲到岳飞与《满江红》的争议问题,第二次课上就有学生在上课之前来问我:"王老师,岳飞是河南人吧",我说是河南人,他说:"我们河南话里是没有入声韵的,岳飞是河南的,《满江红》是押入声韵的,他为什么用入声韵填得这么好呢?"当时我说对岳飞《满江红》表示怀疑的人还从来没有一个人这样提问的,我认为你这个观点倒很新鲜。但是我去上了洗手间回来,我把这个同学叫来,岳飞有两首《满江红》啊,不仅是有"怒发冲冠"这一首,还有一首以"遥望中原"开头的也是《满江红》,那一首《满江红》,岳飞的手迹还在,岳飞的真迹还在,民国年间出过一本《中华民族五千年爱国魂》就收了岳飞的手迹,至少到目前为止,学术界对岳飞的《满江红》的手迹是不怀疑的,那么他能写那一首《满江红》,那一首也押入声韵,为什么不能写"怒发冲冠"这一首呢?所以你的观点不对。

结果一上课我就把这个事情在课堂上讲了,尽管不同意这位姓郭的同学的意见,但他这种敢于提出问题的精神值得我们肯定。我鼓励同学们在学术上提出跟习惯的观点不同的意见,并欢迎同学们期末考试时对唐宋词的学术问题提出自己的见解,这道题作为加分附加题。凡做这道题的同学请把自己的电子邮箱和手机号码写上,便于我与你联系和讨论。结果还没等到考试,第二周,一个安徽考来的女生叫王鑫,就跑来跟我说:王老师,我不同意那个姓郭的同学的观点,我认真地研讨了一下,仅仅是家在北方用入声韵的词牌写词的词人我列了一个统计表,像辛弃疾,山东历城人,总共有多少词,其中用入声韵的词牌的词多少首,例如哪些哪些,三四页纸,打得好好的。姓郭的同学,哪个学校都可能找得出,像王鑫这样的学生我认为中文系古代文学研究生也做不到这一点,这是学生的水平高。

还有一次我们讲"诗词格律与创作",有个学生写了《访蒋鹿潭故居》,我马上就怀疑他是抄的,因为蒋鹿潭的名字也没几个人知道。我说蒋鹿潭名字叫什么？他说叫蒋春霖，鹿潭是他的号；我说什么朝代的？他说清朝的；清朝什么年间？他说太平天国时期；我又说他的词集叫什么？他说叫《水云楼词》；我说你读过冯其庸教授著的《水云楼词集校注》吗？他说我知道这本书但没买着；我说你读的是什么版本？他说王老师你不要怀疑我，我读的是电子版，我今天晚上就把这两本书的电子版发你邮箱，我不但有他的两个电子版的版本，我还有蒋鹿潭的年谱。说实话，中文系的古代文学研究生也经不起我这八九问的，蒋鹿潭不是一个知名度很高的人，李白、杜甫谁都能说上几句，蒋鹿潭一般人是不知道他的名字的，但他能这样经得起你问。类似这样的事情确实很多，所以我深深感觉到，清华学生的语文水平改变了我过去的看法，因为在东大我感觉到我们当代大学生的语文水平似乎一年不如一年，整体是缓慢下降的。但是到清华来我这个观点有所改变，确实觉得清华学生的水平很高。

清华学生使我感到自愧不如的还有这样一件事情。一年下来之后，我考了一次大学语文，其中我出的一道作文题，是这么出的：读明朝方孝孺的《深虑论》，联系当前实际用"忧思篇"为题写一篇议论文，可另加副标题，不少于800字。因为我整个考试两个多小时，有很多的问答题、赏析题，作文只能占一部分，我只给36分，三分之一的时间量。结果有一个叫胡欣育的女生，写了一篇2000多字的文言文文章，通篇没有一个字涂涂改改的，没有一句文白夹杂的，又紧扣题目，文章写得极好。我很感慨，自愧不如，不但我20来岁读本科的时候写不出2000多字的文言文文章来，我今天，作为在全国文科最高级别的二级教授，在一个多小时内要写2000多字的文言文，我也写不出来。后来我把这件事在班上讲了一下——当然是在另一个班讲，因为这个班教完了，这个学期就结束了，是另外一个班——哈，那就产生原子核反应，结果学生的作业，大部分都是文言文。说明清华就不只是有一个胡欣育。那一年我不知道胡欣育是女的，我给她打了一百分。第二学期上课的时候我在走廊上打开水，结果一个女生给我打招呼："王老师，我上学期选你的大学语文的。"我"哦"了一声，我想选我课的人多了，跟我打个招呼说明她还认识我这位老师。她说："你给了我一百分"。"啊？"我说："你是胡欣育?!"（因为我就打过一个一百分）"是啊。""你是个女生啊?"这就使我震撼了，想不到是个女生。后来使我感到震撼的事就更多了。这是第一点，学生的水平之高，使我感到震撼。

第二，学生的认真程度也使我感到震撼。

王步高诗文集

这学期我发现一个选我"诗词格律与创作"的同学,他把我上学期上这门课的所有的网络课件全部下载了,打印了订了整整一本书,厚厚的一本,上课的时候带来当笔记本。他说出了我所有的改动,哪个地方补了什么,哪个地方补了什么。我说你为什么不等我这个新的课件挂上去了再下载,他说那时下载,课堂上就不能做记录了。结果发现不止一个学生这样做,好几个同学都把上学期的全部课件都下载下来,这学期来听你的课。后来每年每学期寒暑假的时候,都遇上学生发给我的电子邮件,说王老师我有幸选上你的某某课程,能不能把上课用的教材以及讲课的篇目先发给我,我好假期当中预习。这样的事情在我工作的二三十年中没遇到过。

再举一个例子,我这个学期讲课,就随便讲到这样一个问题,我说:同学们,我们中文的语言表现能力是非常细腻的,在英文,在其他的语种(因为我没有学过英语,我是德国语言文学专业毕业的,我又学过俄语,我懂这两门外语,但是英语我不懂。当中有的表意是比较粗糙的,而中文表意很细腻。比如一个表示"看"的词,在英文只有一两个单词来表示,中文就我所了解的不下 60 个字。同学们如果细心地去查一查,可能还不止。第二天晚上一个学生给我发电子邮件,说王老师我做了一个统计,中文表示"看"这个意思的,一个字的有哪些,两个字的是哪些,三个字的是哪些,四个字的是哪些,四个字以上的词组有哪些,结果统计了一百几十个。前面类似这样的话,在东大我说过至少一二十次,就没有在学生当中产生什么反应。这样的学生,一天之后马上就详详细细都统计出来,这使我感到震撼。再比如我讲课当中讲到入声,我说北方现在没有入声字了,我们淮河以南的南方地区还有入声,现代汉语只分四声,就是阴平、阳平、上声和去声,我们吴方言区有五声,加上入声。但到清华之后使我意识到我们吴方言的入声也是不周全的,吴方言的入声能读得出入声来,但读不出入声的韵部来,不像我们一东二冬三江四阳,这些都是我们能明确地读出韵部来,我自己一看这个字就晓得你是用的哪一个部的韵。入声你能辨出是入声字,但辨不出是入声字的哪一个韵部,像"一屋""二沃"在我们江南是没有区别的,它们是入声的两个不同的韵部,我们是分不出来的,而广东话却能分出。我在讲课的时候说到:"广东话有九声,我一直不得其解,为什么广东话有九声呢?我们在座的同学有没有广东的?广东话为什么有九声呢?我们古人是平上去入四声,现在把平声分阴阳,即使把平上去入都分阴阳也只有八声啊,哪来第九声呢?"结果广东的学日语的一个外语系学生就来跟我说,王老师,我们的九声是这样,入声不是分阴阳,而是分 p、t、k,这三个现在只做声母用,古代是做韵母的,做韵尾的,p、t、k 入声就分三个部了。这个学生说,p、t、k 的分韵现在在日本还保留着,也就是当年从汉语传到日本去之后保留了这个古韵,现在粤方言也保留古韵。

昨天,北京的文史知识大奖赛,有很多大学里也是搞我们这一行的许多老师,我就跟他们说,你们生在北方的人,从出娘胎的那一天起,你就注定了不可能成为大的语言学家。语言学家是江南人,也就是吴方言地区向南的人的专利,而且语言大师现在都是岭南人,就是两广人,他们保留古音最多,北方人呢,你教教现代汉语可以,但是成为语言大师不可能,你的方言先天不足。现在的普通话里只保留 1300 个音节,而宋代的时候我们的汉语是 3700 个音节,现在的普通话是一种简单汉语,严格地讲是受蒙古语影响的简单的汉语,而且儿化音很重,尤其是北京方言儿化音很重,我们古汉语是没有儿化音的。

为什么清华的学生我就感觉到"两年能顶二十年",就是师生的教学相长。我经常站在讲台上,我是他们的老师,我经常有一种敬畏的感情,当年这里是王国维、陈寅恪、朱自清、闻一多们站的地方,我站在这里,论学术水平,我跟他们是有很大的距离的,但是,论敬业精神,我跟他们不但没有距离,我应该比他们更认真、更努力、更投入。而且现在的这些学生,尤其是像我们江苏的这种招生制度,保证清华北大绝对的前几名。我才到东大的时候,东大还经常有些学生超过清华北大的分数线好多分的学生,现在我们用扁平的招生办法,他同时填五个平行志愿,他一点风险都没有,而且是考过之后再填,我取不上清华,不影响你取东大、南大。过去是不行的,东大绝对是不录取第二志愿的,你清华北大打下来的我也绝对不要,所以那时我们经常有好学生。现在这种扁平的招生制度,我经常说我们江苏教育厅干了几件大坏事,都是在全国领头干的坏事。这种掐尖的办法,这种填平行志愿的办法看起来合理,其实违反了教育规律,每个学校的生源都是很扁平的,没有比学赶帮超的可能。这是很外行不懂教育的人干的蠢事,因为我们江苏教育厅有几任厅长是其他的官员跑来的,你们官员跑到教育厅来指手画脚,净干蠢事,当然像这样我不展开说。

第三,清华的师生关系特别融洽。

每次下了课我都被学生包围着,所以每次十点半之前我很少能回到家,还有好多次教室里铃打了之后要熄灯了才把我们赶出来,有时候赶出来还要站在楼下谈很长时间,还有的学生骑着自行车跟着我回家,送我到楼下,他再骑回去。我住在清华的西南角,学生的宿舍在东北角,正好拉一条对角线。清华的校园是6000多亩啊,很大很大,他骑车回去要二十分钟,他都送你回家。像这种师生关系很少见。我来的第一个元旦,就有几个学生问:"王老师,明天是大年夜了,你怎么过? 你是一个人过吗?"我说:"是的。""跟我们一起过好吗? 我们一起吃年夜饭,我们在食堂订了一个包间,请你跟我们一起过。"还有的学生买了一些菜到我家来烧,他们知道我一个人在这儿过,我烧饭设备都是现成的,他们到这儿来,师生关系特别融洽。到冬天天气很冷,我的习惯是不戴帽子,有个学生看我天天也不围围巾,也不戴帽子,他就买一条围巾,买一顶帽子送给我,说:"王老师,我看你天天光着头,怕你太冷。"像这种事情,尽管过去也遇到,但像体贴到这种程度的,清华学生是很突出的。

第四,学生的创新性思维。

经常指出老师的教学的不足,比如有一次我讲"诗词格律与创作",讲到词的上下片的结尾要用去声,你用两个仄声的时候,不能任意地用两个仄声字,一定要用去上声。我举个例子,举个周邦彦《花犯》的例子。结果下了课,有个旁听我课的学生,叫曾悦,他就来跟我说:"王老师,我给你提个意见,你今天讲去上声的时候,你举周邦彦《花犯》的例子,《花犯》是犯调,不是正格的,你应该举正格的例子。"我眼睛睁得老大的,我说你什么专业? 他说是学工科的。你工科的还知道什么叫犯调? 这个名词是一般中文系老师也不懂的。犯调是什么意思呢? 是这个宫调跟另一个宫调,两个不同的宫调合成一个宫调,这个调犯了那个调,像周邦彦自己创的《花犯》,《玲珑四犯》这是犯调的词。当然,我举这个例子也图省事,正好举周邦彦的《花犯》做例子。所以在清华这也是使我感到震撼的,他敢于给老师提出不同意见。

我讲"诗词格律与创作",为了帮助学生,尤其是北方的学生,家在北方,方言里没有入声韵的学生,帮助他们能掌握一些常见的入声字,尤其是现在归入平声的古入声字,因为你可以不押入声韵,像《满江红》啊,《贺新郎》啊,少量词牌是规定要押入声韵的,有的可以不押入声韵,你可以回避这个问题,但平仄你没法回避啊。古入声归入了平声,它还是入声字,它是典型的仄声,像现在"一二三四"的"一"你就不能当平声用,当平声用你就闹笑话了。我给学生讲"诗词格律与创作",我说我们现在写诗词比古人更难,我们写的诗词有两条标准:第一,要古人挑不出毛病,你入声就要当入声用,仄声就要当仄声用;第二,要今天人读起来很流畅,你也不能完全按古音去填,毕竟你是写给今天人读的,如果今天人读起来很不流畅,也不行。所以像这些学生都能做到。有时候我把常见的入声字都拉成蓝字,这样我课件当中凡是蓝字都是古入声字。但是备课的时候这样一拉一拉,也有拉错的,不是入声的我也拉成了蓝字。比如"一只鸟"的"只",和"我只买了一双鞋"的这个"只",现在的写法是一模一样的,古代一只鞋子的"只"是入声字,但我只买了一双鞋的"只"不是入声字,所以我见到这个"只",我就把它拉成入声字,结果有两个广东的同学对我说:"王老师,你今天这张 PPT 上有两个不是仄声的字你拉成了仄声字。"这种敢于批评老师的学生在清华也是蛮普遍的。

关于学生我就讲这四点。关于老师,我也讲两三点,我不能耽误大家太多的时间。

第一点,我提出"回头看"的备课法。

我到清华来之后,我就感觉到一种敬畏的心,所以第一,我备课非常认真。我不但课要认真地备,像大学语文我每学期都上,每学期都重新备课,当然利用原有的 PPT,重新补充,重新备课;而且我还创造了一个"回头看"的备课法。我前面谈到我有很多课有录像,也有录音,而且我有几门课由录音稿整理出书,我的《唐诗鉴赏》、《唐宋词鉴赏》都由福建教育出版社出了我的录音整理本,都是 30 来万字,部头还蛮大。我现在每次备课的时候,都把以前自己的讲稿重看一遍,这样达到一个目的,保证我今天重新讲的不低于我原有的水平,站在自己过去的肩膀上。回头看,看看自己过去上课的录像,自己上课的录音整理稿,保证自己不停地在超过自己。我不敢说我能超过别人,天下之大,胜似我们的人太多了,尤其是我们老一辈的学者,超过我们的人太多了,但是我想我不停地超过自己。这个上课的回头备课法,我觉得是很有利的。前不久我跟一个兄弟院校的老师们在谈,如果你每节课都自己录音,录过了之后,下课之后你自己好好听,就会发现你的上课当中是有许多语病,许多缺憾的。自己就能发现,用不着什么名家来指点你。比如我上课,过去不讲"同学们",都是"同志们","同学们"就亲切一些,"同志们"就显得生硬一点,我过去自己没有感觉,后来看自己上课的录像都说"同志们",一开始,学生整理我的讲课录音,我还有点怀疑,后来自己把自己的看一看,都说"同志们",像政治家做报告似的。但是呢我现在也保留,说陆游同志的这首诗写得怎么样,有的时候这也带点幽默的说法,故意这样说的,但是我另外称"同学们"就不再称"同志们"了。类似这样的小缺点,不停地在改正,不停地完善自己。如果我们参加工作不久的这些年轻的博士硕士们,你们每节课都自己录音,都认真地看,不停地挑自己的错的话,你干五年,能顶老教师三十年。当然这并不意味着你就成为一流的大家,因为决定你的教学水平的还有你的学术水准,包括你的其他方面的素质,但是就从教学备课这个方面,你都能这样做,五年能顶三十年。我为什么说我到清华两年多就能顶东大二十年,就教学水平的提高方面,后来我经常回东大讲课,也经常都是这样讲。有人听过我同样的讲座,我再讲一次,人家就觉得大不一样,而且眼界也不同了。比如我在东大开一个讲座叫"六朝松下话东大",以我为东大写的校歌为脉络,讲我们东大的校史,这个讲座我在东大讲了四十场。最近我又在东大讲一次,我们中文系有个北大毕业的博士,他就听我不止第二遍第三遍,他说:"王老师你这次讲的跟以前讲的大部分都不同。"我的PPT也不一样,原来是110张PPT,这一次在东大讲是做了250多张PPT。由于以前我不会做,我要写上Word文档,请别人给我做在课件上,现在我自己会做了,变更声音、换字体、重复、前后颠倒,什么都会做了,就从PPT水平来说,我这两年远超前面二十年。前面二十年我连打字都不会的,电脑公司经常一年能赚我六七千块钱。现在六七块也赚不到了,因为我根本不用你插手。这是第一点。

第二点,我提出一个教学"四境界"说。

"四个境界"我是模仿王国维的"三境界说",这是大家所熟悉的。另外,我们清华大学一个老教授叫冯友兰,后来到北大去了,他在西南联大的时候,提出的人生的"三境界"说,人有动物的境界,人有道德的境界,人也有天地的境界。当然他对这个有详细的阐述。动物的境界,人跟动物一样,有这些正常的动物似的要求。还有一种道德的境界,还有 种天地的境界。受冯友兰跟王国维思想的影响,我提出了语文教学的"四境界"说,就是今年五月份,就在这里师资培训中心,全国汉语与文学教师培训,我讲课的题目是"汉语言文学教学的四重境界"。第一,我这个境界不同于冯友兰的境界,冯友兰的第一境界定得太低了,人这个动物境界就定得很低了,任何一个人都具有这种境界,对不对?我第一境界是科学认知的境界。科学认知的境界就是用科学方法教育学生,能收获较好教学效果的这个境界。

第二境界,我原来定的是"人文与传道的境界",就是韩愈说的那个"传道授业解惑也",人文与传道的境界。我最近把它改动了一下,改为"有我与传道的境界"。王国维不是讲有些词里面有"有我之境"与"无我之境"吗?

卷七　讲座采访

我觉得要把老师放进去，教书育人，重点讲育人嘛，育人的部分不是你给学生进行谆谆教导，而是你把自己与学生放在一起，把自己投入进去，要有一种"有我"的境界。当然我有我特殊的地方，我的人生经历很丰富，我在"文革"当中两次被打成反革命，坐了309天的牢，还当过一回革命烈士，死过一回，呼吸心跳都停止了，人武部党委正式追认我为"革命烈士"，因为医院的抢救我又活过来了，都正式宣布并通知我家属了，我又活过来了。再加上我的人生由于自己的脾气性格有许多重要的缺陷，所以跟领导总是搞不好关系，总之老是被人家整，到处逃跑，经过许许多多的坎坷曲折。应该讲这不是我人生的经验而是教训，我为它付出的代价太大了，但是不是可以用这些东西充当学生的反面教员，让我们的学生少受我的这些挫折，少经历这些坎坷呢？用这些东西去教育学生是最有说服力的。比如我讲苏轼的黄州诗，苏轼被贬到黄州任团练副使，前面讲到乌台诗案，一贬贬到黄州去。他就有一种旷达的精神，才贬到黄州，他写的《初到黄州》那首诗当中就有"长江绕郭知鱼美，好竹连山觉笋香"。看到黄州靠近长江，就想到有鱼吃，看到那里有竹子，其实还没到出竹笋的季节，就仿佛闻到竹笋的香味，这就是一种非常豁达的人生境界。所以讲到这个我用我当年的经历做例子，我说遭受挫折也不可怕，我这个人惰性很足，我每跳一跳都是别人造成的结果。我从一个中学教师考取研究生，是被迫的，因为爱管挨整，所以考研究生就考取了。然后到出版社工作，也是被人家整得一塌糊涂，扣发工资，扣发奖金，弄得你活不下去了，我一跳就跳到东南大学来了。后来到东大也是有人要整我，我就跳到清华大学来了。我说我是逃窜，狼狈逃窜，每一次逃窜都是被迫，人被整得不像样，最后下决心逃，这一逃呢，又不肯一般的逃跑，要体面一点逃跑，这就跳一级。假如这个变成自觉呢，那人生就不一样。反过来看自己的不足，这是我讲的第二境界，"有我和传道的境界"。这个传道要到"有我"的这种境界的前提下把二者合一来对学生进行为人处世的教育。我说我们清华经常是出高干的，清华现在出的高干，中央政治局常委出了9个，政治局委员14个，正式中央委员50个，中央候补委员29个，大学校长和党委书记正职420个。清华毕业生中有0.26%的是院士。就是清华毕业生中每年平均要出二十几个院士。基本上400个毕业生中有一个院士。那么坐在我底下的这些小朋友，你别看他们现在都是小毛头，但是若干年之后未必不是党中央的总书记或者省委书记什么的，那么我们做人的这种人生的反面教员如果当得很合格的话，不是学生就用不着像我王某人这样跌得头破血流吗？

他们头也不破血也不流,而且过得还比我好。昨天我跟中国政法大学的一个党委副书记中午在一起吃饭,后来走的时候,他说王老师你这样不比那些……好像意思不比我们这些当干部的好吗?我说我曾经被作为省出版局局长的候选人,现在我走的是另外一条路,当时因为没有处理好跟领导的关系,就没当上局长,只好狼狈逃窜到东大来,如果我当上局长,我现在一个人只能出几十本书,如果我是出版局局长,我能调动几百个上千个编辑,和几万个作者,来搞一些大工程,能做一些更大的事情。我现在就不行,我只能指挥我,原来没有退休之前还能指挥我课题组团队的几个人,即使那样也很可怜,我们中文系就十一个人,能做出两门国家级精品课程已经是我们的力量最大化了。如果我是出版局局长,如果我局长当得好,我去当当省长,当当中宣部长,那我能调动多少人,那能做多少事情?如果我还能保证自己做个正直的人,把自己的能力最大化,情况就不是这样了。所以我说,我还是后悔。我并不羡慕这些当官的有权有势,但是我羡慕他们有个较大的人生舞台,我的舞台太小了。我是在墙缝里生活,就领导十一个人,还算好的,尽管我这几年不当头了,这十一个人仍然恭恭敬敬听我领导,当时还能做一点事情,但毕竟这点事情太少太小了。

第三个境界是研究性教学的境界。这个不是我的创造发明,研究性学习、研究性教学是经常有人提起的。但对于清华这样的学校、这样的学生,从教材教学方法到这个,我已经形成一篇论文了,如果哪位老师感兴趣,可以上网搜索。我这个问题就不想展开。就是宁波那次会议上,我提交给全国大学语文教学研究会的那个,论文集还没出版,但是在《语文教学通讯·创刊号》的第一期上登出来了。如果大家没有,我可以发给你电子版,也可以在网上搜索,就是《论重点高校的大学语文等基础课程的研究性教学》,就是这么一篇文章,我那里面讲了很多。(http://www.eyjx.com/eyjx/1/ReadNews.asp? NewsID=5132)

我讲最后一点。"四个境界"当中的最后一个境界,是教学艺术的境界。艺术境界简单地说是叫学生如坐春风,如醉如痴。要想争取做到这一点,并不是每节课都是成功的。我在清华上课之后,一下了课离开课堂,我就给我今天自己这个课打个分,有许多课已经达到这节课过去的最好水平了,但距离我设置的艺术境界还有很大的距离。我反思一下,这堂课有哪些地方是失败的,还是不成功的,要让学生他跟上你动。比如我在东大讲课,讲到"六朝松下话东大",我有一场讲座,学生鼓掌 43 次,那种讲座就到了艺术的境界。课堂上不但没有人打瞌睡，也没有一个人走进走出的，他们整个的心都被你拽住了，达到一种如坐春风，也有的如醉如痴。要想做到这一点，除掉老师有扎实的专业学术基础之外，还要有一种人格的魅力，另外老师还要有自己的一技之长。对中文系的学生我提出两个要求，我说你们要有两个一：一张铁嘴，能讲，什么人都讲不倒你；一支铁笔，写出较好的文章。老清华的这些教授，中文系、外文系的这些教授，哪个不是作家？曹禺、钱锺书、朱自清、闻一多、沈从文、徐志摩、梁实秋……老师们想过这样一个问题没有？三流的作家比一流的教授的知名度都高，你不信上网去搜索。余秋雨比我们这些人，我当然不是一流教授，余秋雨比我们这些人的知名度不知高多少。你别说余秋雨知名度高，就是一个较小的作家，他的知名度常常比你高。所以呢，我在东大有极高的知名度，就是因为校歌是我写的，学校把校歌刻在校门上，所以东大的人可以不知道副校长是谁，一定知道王步高是谁，哪怕我离开东大几年，甚至一百年之后，东大人一定知道王步高，其中就是由于有写的东西。所以我自己尝到一点甜头。我经常写诗填词，在江苏我是诗词界的领导人，一直是，几十年一直是头。最近这两年我试着写赋，特别是这次清华校庆一百周年，我写了《清华百年赋》。到清华要想做学问，我带来的书不够，但要想写些文学创作的东西，倒有条件，随便用一个电脑，能打字就行。我这两年写了不少篇散文，特别是我写了篇回忆我跟爱人的爱情的，叫《回眸》，在网上大家沸沸扬扬，很多网站转载。《青春》杂志，我们江苏的一个文学刊物，也把我的这篇文章发表了，就去年第三期。(http://www.eyjx.com/eyjx/1/ReadNews.asp? NewsID＝5147)我觉得创作不浪费你的时间，反而对你非常有帮助，我写了《清华赋》，再教王粲的《登楼赋》，就完全是另一码事。

最近一些年轻人，他们出了一些诗词的东西，叫我给他们写序，他们也写了许多赋，回头我看了之后，他们说："王老师，我这个赋你没给我改嘛。"我怎么帮你改啊？你一点也不对仗，一点儿也不押韵，叫什么赋？你懂得音韵格律对你很有帮助，我教到王粲《登楼赋》的时候就说，过去我们一直认为四声的发现是齐梁时期永明年间，是周颙、沈约他们提出四声八病说，我说这个肯定错了，入声的发现肯定早，老师们去看王粲的《登楼赋》，前后三次换韵，其中有一韵就全是押入声韵，这一点是我的发现。如果我再往前找呢，更早的赋，更早的诗，如果有一首全押入声的，或者是同一个韵部，证明四声的发现还得往前推。只不过把四声用在诗歌创作里来写出永明体的诗歌是在齐武帝永明年间,是在齐梁时期。那么有很多问题,你们大不一样,希望老师们教学生写作你自己必须会写作,而且比学生写得好得多。过去我在中学里,我是经常动笔的,那时也是被迫动笔,因为我们学校大小总结,包括公社党委书记很多报告都是我写的。甚至县里动不动一些重要总结都要我去写,帮他们写了以后还要改。我当中学语文老师的时候,我教两个班的语文,学生每个星期都有一篇作文,办公室里从看不见我坐在那儿改作文,我作文轻轻巧巧地早就改完了,我们另外有两个年纪比我大的老教师,他才教一个班,他两个礼拜做一篇作文,一天到晚看到他在批作文。为什么?你不能写,我能写。我看它哪里有毛病,是高屋建瓴的,小朋友写的作文,轻轻巧巧地挑出他的毛病。你只能改出他的病句和错别字,你不会写,你指导他完全外行。你一天到晚批作文,你学生的语文水平还不会上去。所以我被打成反革命的时候,老师说:"你培养的学生是流氓加文盲!"我说刚刚高中生作文竞赛揭晓,我的学生,还不是我教过的最好的学生,只能排在第三名的学生去参加竞赛,第一名第二名没去,第三名的学生取得全县第一名。我说全县第一名是文盲,那些拿不到名次的是什么盲啊?说实话,那个年头我还没全身心地投入。你老师站得高,你会写,教出来的学生他才内行,否则你的作文指导、写作指导全是外行。即使我们今天不教写作课,仅仅是教语文课,你会写诗填词你讲李清照、讲苏轼、讲李白、杜甫,你就不是站着仰望一千年之前高高的云端里的李白杜甫,身影忽隐忽现,看着死材料,然后对着注释去解释它,我认为李白杜甫仿佛是我诗社里的一个诗友,比我大几岁,我跟你们介绍他,是介绍我诗社里的某一个朋友。第一,我对他非常了解,他是我的一个好朋友,我能如数家珍地介绍他;第二我经常讲李白杜甫还有哪些不足,我经常讲杜甫的这一首诗,哪个句子是败笔,哪个的结尾不如李白的哪一首诗,经常这样横向比较,学生觉得比较亲切,并不觉得老师狂妄。我说这首诗写得比较不怎么样,也就是我王某人这种水平,我确实也遇到一些特别好的句子,像《长恨歌》中的"梨花一枝春带雨",像这样的句子,说实话我写不出。不但今生写不出,来生估计也写不出。有些诗让人赞叹不已,我说这话到底好在什么地方,你是从内行的眼光,是从诗心诗谱诗魄上去解释它,这种教学容易达到艺术的境界。我讲"诗词格律与创作",我每个课件都从创作的眼光去介绍这首诗,今天我去讲"处处闻啼鸟",你在幼儿园就会背了,但我今天讲下来,你会觉得,哦,原来是这样写的,他是怎么起、怎么承、怎么转、怎么合,他合的是时候是不是合完了,还有没有含蓄,留有余地,等等。你这是从内行的眼光去评析它,这就不一样了。

所以我觉得教学如果能从科学认知的境界发展到"有我和传道的境界",经过教书育人,因为我们现在的政治课是很失败的,语文课对学生的教育,在育人这一点上,甚至常常比政治课起的作用还大。第三是"研究性教学的境界"和到最后"艺术的境界",后面两个境界是我到清华才提出来的,第二个境界讲到"有我的境界"也是我到清华才提出来的。而"科学认知的境界"许多经验和成绩,包括育人的一部分都是我在东大时期创立国家精品课程前前后后慢慢形成的。我觉得自己有较大的提高。到清华这几年,每次我反复想:自己到了这个年龄,现在我们清华养了不少老头子,杨振宁先生今年九十岁,何兆武先生今年也九十岁,张岂之先生大概八十五,他们都是到六十多岁(还有李学勤是七十岁)到清华来的,当然我不可能在清华呆到九十岁,不大可能。本来我想明年暑假就回去的,现在看样子可能再多一年,而且说实话舍不得离开清华的学生。我想在这儿有这么好的环境氛围,你要给自己不停地提出新的奋斗目标。我有句话,过去大家都说学无止境,我提出:教也无止境啊。本来我在东大教学也是很好的了,我年年被学生评为全校最受欢迎的教师,但是东大的学生再来听我今年上的课,他会觉得王老师完全换了一个人,跟当年在东大教学完全不同,有很大进步。教学是没有止境的,所以我也以这样一句话来送给老师:教无止境。要想完全超过别人,一下子超过一些老教师,超过一些学术的专家,比如说最近在清华讲座的叶嘉莹先生,你现在就去超过她,那为时太早。但我们每天都能超过自己啊。能用我的"回头"备课法,不停地超过自己,你五年就抵得上一些老教师马马虎虎地混三十年,这样不就五年等于人家一辈子了,你这一辈子有多少个五年啊! 你也三十年或者四十年工作,我们上大学的时候也受清华的影响,实际是蒋南翔提出来的,要健康地为党工作五十年,如果我们能健康地为党工作五十年,那么我们不有十个五年,每五年都顶人家一辈子,不就人家的十辈子嘛,十辈子我教学水平还不高吗? 今天我讲的如果用一句话来总结,就是:教无止境,不停地超越自己。我经常说的今天的课没发挥到极致,没发挥到最好,我完全可以上得更好一些。或者今天受到事情干扰,我每天晚上的课我是有个底线的,我今天白天一整天全部用在为今天晚上备课,如果再受到一些干扰,我今天的课跟原来的相比跨越就不会很大。

现在我有许多内容,比如"诗词格律与创作"课,我这学期比前面二十几年跨越都大。原来我这门课既没有自编教材也没有 PPT,到清华开始就陆续做成PPT了,但这学期我增加的PPT和改动的PPT比以往几年都多。最近我上一次课,讲七言绝句,我就做了170个PPT,我的学生不是把上学期的PPT全打成一本了吗?你看看去年是多少?107个。你再看看今年是多少?170个。有的课上不完全来得及讲完,我是供同学们下载,留给他们慢慢揣摩的。有些诗词你要慢慢揣摩,古人为什么这样用,我再配上一些专家的论述,从创作学的角度去论述这首诗,不仅仅说这里情景交融,文笔流畅,或者这首第一,那首第二,这种学术没多大意思,要说到它点子上。我写的东大校歌,有个最不经意的一个字我是最欣赏的,我有这么一句"六朝松下听箫韶","箫韶"这个词是比较冷的,是舜时候的舞曲,不太好懂的。我前面加一个"听"字,而且读去声,这种情况,第一,加重,第二,"箫韶"一定是可听的东西,距离它的本意就不远了,可听的东西在歌词中唱出来,他不会听你骂人的话,不会听你开玩笑,他只是听一些乐曲、歌曲一类的东西,这样距离它的"舞曲"的意思就不远了。何况我自己本来就没有用舜的舞曲这样的本意,而是用这样的古曲的意思。那你加一个"听"字,"听"是一个很俗的字眼,而"箫韶"是一个既雅而又较难懂的字眼,前面加一"听",就化雅为俗,使得"箫韶"好懂了。前面一个"听"跟"箫韶"相结合就化俗为雅,使得它很典雅,"六朝松下听箫韶"就变成很雅的一个句子,所以它有相得益彰之效。外行绝不会说:王老师,这个"听"字用得好。"听"太普遍的一个字啰,对不对?所以觉得有时候这样去讲一些古诗词,学生产生的感受完全不同,有的时候,别人不认为它好的字,我倒讲出它的微言大义,讲出它非常用的好处来,相反有些人很欣赏的字,我倒反不欣赏。表面上很美,我老王这老头脸上贴一朵小的牡丹花,好看吗?牡丹花很好看,贴在我这老头的脸上就很难看。因为它贴的不是恰到好处。一个幼儿园的小姑娘,脸上搽了红粉,再弄朵小花贴在这地方,我看就蛮雅的。我这儿贴朵牡丹花好看吗?不好看。因为首先要准确才谈得上美。不耽误大家太多时间。我还是送大家一句话:教无止境。

祝大家在教学上有很大进步!

(淮阴工学院大学语文教师周晓芬根据录音整理)

附录

王步高：时光慢，一生只够爱一个人

刘弼城

他端坐在椅子上，讲起昨日的故事。

言语刚溢出嘴，便逆着窗外飘洒进来的午后阳光，轻轻飘向窗外，凝聚成一股时光之流，缓缓地向着那遥远的天空流淌而去。

一幕幕昨日的情景荡漾在心尖，激起波纹层层。

因书结缘

1958 年，王步高先生刚上初中。因为天性调皮捣蛋，他被班主任安插在一堆女生中间。

那时正赶上国家困难时期，王步高是走读生，早晨用一个铁皮饭桶带上二三两米，加上点被霜打过的小青菜，搁点盐，没有油，放在学校食堂蒸笼里蒸一蒸，就是午饭了。他坐在座位上，一边双手捧着饭碗，一边还目不转睛地盯着桌上摊开的书。

一次吃完饭后，他要找另外一本书来看，竟发现那本书在抽屉里不翼而飞。寻了许久不见其影，这着实让王步高恼火不已。焦急中回头一看，他发现坐在他后桌的女生正津津有味地读着书，仔细一瞧，她桌上的书正是自己要找的书籍。他朝女生吼了一句："你怎么能拿我的书！"一把便把书夺了过来，并警告女生下次不能再随意拿他的书看。

可是，王步高还是经常找不到书。

渐渐地他也知道了，凡是书不见了便是坐在他后桌的女生拿走了。起初两三次还是会生气。但时间久了，他也无所谓了。倒是有时自己还会莫名欣喜，因为"班里有个女生和他一样也喜欢读课外书"。

初中班里的 13 个女同学中，考上高中的只有一个。而这个唯一的女生，竟正是坐在王步高后桌的，那个爱"偷"他课外书的女生。碰巧的是，他们不仅初中是前后桌，高中也是同班同学。

奇妙的际遇并没有改善两人之间的关系。相反两人之间"冲突"常不少。女生家务繁多，学校的劳动很少参加。一次期末同学互评，王步高给她打分时说："你劳动表现只能打负三分，因为你从没参加过学校的劳动！"这令女生既愤怒而又尴尬不已。

如此到高二，女生突然中途退学。两人也因此断了联系。

"应是再也见不到彼此了。"

可谁知一年以后的暑假，两人竟偶然相逢。

那日，王步高和堂弟二人坐在一座小桥边的大树下乘凉。两人正好从学校报亭取报纸而归。乘凉时候，王步高取了一张报纸摊开在地上看得起劲。突然耳边传来一阵"骨碌骨碌"的声响。他抬起头一看，原来有个女孩和母亲两人推着一车小麦草要过桥。那女孩恰是那个坐他后桌，"偷"他书的女生。小桥早已破烂不堪。于是两人便帮衬着她们将车推过断桥。

正推车过桥时，王步高恰好碰到女孩。他便轻问女孩一句："你最近在家做些什么？"

女孩答道："也没做些什么。但是有时想看书却没书看。我知道你有不少书，能不能借我几本看看？"

"好！"王步高一口就答应了。

于是，王步高就常私下给她带书，每次五六本。他们家只隔两三里路。隔一段时间后，女孩再托之前的同学给他捎过去。如此一来，仅高三一年就来往了三四次。

后来他发现，原来父亲早年在上海工作时，就已与女孩的父亲熟识，私交甚笃。女孩叫刘淑贞，这个名字从此便超越一般同学，逐步走进王步高的心。

时光慢，等待漫长

等到王步高到南京上大学以后，两人无法见面，但一直保持着通信。从信头一开始写的"某某同学"到后来的"亲爱的"，两人的关系随着频繁的通信变得亲密起来。

虽然扬中距离南京并不远，但是当时交通不便利，王步高回去并不方便。因此只有寒暑假两人才能见上面。在"文革"之前，两人正式的见面的

1074

次数屈指一算仅有三次。

王步高还清晰记得第一次约会时恰值春节的下雪天。

约会前一天,王步高去淑贞家附近,约她第二天见面。一大早,他就到了街上等淑贞。结果淑贞迟迟不来。当时没有钟表,两人都没时间观念。等着等着,王步高已闻到街上飘来的米饭香,模糊地感觉到已经到了中饭的时间,自己已经等了两个多钟头了。他估计淑贞也不会来了,便决定往回走。走了100米左右,正好碰上相向而来的淑贞。淑贞正要去她姨父家拜年。她姨父在王步高家邻村,便顺路一直陪着她走到路边的港口,两人才分开。

一路上两人边走边聊,彼此之间并没有初次约会的紧张感,倒有一种已相处四五年后,彼此熟识的依存感。

这年"五一",王步高约淑贞来南京,那时礼拜六不是公休假。淑贞礼拜六下班以后就乘坐开往南京的火车。而王步高下午两点左右就乘公交车早早地赶到南京站等她。当时火车站不提醒到站的时间,每次王步高眼见一班火车到了,又要担忧着下班何时才能到。一列一列火车从他的身前停靠,又驶离。每次从火车车厢门口涌出的人群中,他极力寻找,却看不到淑贞的面孔。夜幕渐渐降临,约莫等了六个小时以后,一列火车缓缓驶入南京站,他终于看到人群中有人向他招手。兴奋的光芒不住地在双眼里跳跃。

"那时都是慢车,没有快车,因此时光很慢,大家基本上都没有什么时间观念。"

接到淑贞后,王步高将她安置到一个朋友的亲戚家。自己深夜赶回学校。第二天天还没亮就起来又坐公交车去见淑贞。

"五一"假两天,南京的玄武湖、中山陵第一次出现他们携手并行的身影。

相依为命的坚守

南京会面一个月后,王步高就赶上了"文革"的时代列车。

王步高因1966年6月初参与了一张给校党委提意见大字报的起草被打成"反革命"。其时,他还仅是南京大学德语系二年级的学生,年纪不满20岁。面对每日铺天盖地的批斗,王步高深信,自己将要面对深重的苦难。就在被打成"反革命"的第三天,他写信给淑贞如实告诉他现在所处的境地。

"我已从令人羡慕的'天之骄子'跌入深渊",他为淑贞着想,在信末语词强硬地要求断绝联系。可是,五六天后,他连续收到淑贞的几封回信。淑贞没有像王步高那样绝情地对待他们之间的感情,而是在信中安慰他:"你要坚强些,再大的苦难我们都能一起挺过去,你要明白,我永远和你站在一起。"

不离不弃。

王步高捧着这些信,一行一行读着信中的文字。他能体会到,这一个个看似平静的黑字里饱含着多少眼泪。不善于表达浪漫的他们,每次约会都只是见面聊天,因为家境贫寒,王步高从没有给淑贞买过礼物。可是,他们的心却从没有因为这些形式而有片刻分离。

"文革"的岁月是艰难的。几年后,王步高又一次被打成"反革命",被关近一年之久,被释放后又被发配到农场监督劳动。作为家庭中的男人,他不但一刻也顾不了家庭,而且自己都危如累卵,还要靠妻子的照顾。那时,他们已育有两个女儿,淑贞一个70多斤的瘦弱女子,在丈夫受难之际替丈夫扛起了一家四口的重担,没有丝毫怨言。她男儿般的意志给受难的丈夫带去了活着的力量,也牵引着这个破碎的家度过了风雨飘摇。正如王步高在《回眸》一文中所写到的,每次当他站在被批斗的主席台上,"我都仿佛看到妻子的眼睛,似乎那双疲惫辛酸的眼光中才投射出温情和信任。它让我挺直腰杆"。

好不容易走过"文革",迎来改革开放。他们的家境稍有好转,但是一家四口还是过得很艰难。在王步高准备考研究生的时候,夫妻俩在家附近围了一个圈养鸡。每天妻子会给鸡喂米糠,母鸡生出来的蛋就全给王步高吃了,以保证他读书的精力。

考上吉林大学古代文学专业的研究生后,他将要坐轮船前往镇江转乘火车北上。王步高的岳父很担心他们会发生婚变,他跟淑贞说:"你高中都没毕业,还是农村户口,只是个厂里的临时工,他要是读了研究生,再加上年轻帅气,你就不担心他变心?"当时淑贞坚决地回答道:"我相信他有良心。"

在读研究生期间,王步高带薪上学,工资打九折,领63块钱,加上5块钱副食品补贴,每个月有68块钱。他固定地每个月寄30块钱回家给爱人,自己买25块钱饭票,2块钱买给妻子寄信的邮票。只留11块钱作自己的零用钱。

其实,当时王步高岳父的忧虑并不无道理。

确如岳父所言,那时王步高已是南京大学外语系的高材生,又考上了吉

王步高诗文集

林大学的研究生,在教育不普及的年代,他的前途未可限量。可与此同时,他的妻子刘淑贞却高中肄业,没有固定的工作。两人在周围人的眼中,远不及"门当户对"的婚姻观念。

但是旁人怎会懂,两人早已在关系确立时便彼此将"执子之手与子偕老"的承诺深植于心。在浮沉的人生里,妻子给了他岁月一心的相信,王步高也主动回避"诱惑",践行自己的真心。

早在"文革"期间,一次南京大学的学生聚集在一起看大字报。王步高正看得入神,突然发现一双手从后面紧紧抱住了他。他以为是哪个男同学跟他开玩笑,回头一看,竟是一个女生。这个女生王步高不曾见过,但长得眉清目秀。王步高霎时吓坏了,赶紧从人堆里挤出来到另一个地方去看大字报。安静一会儿后,王步高发现自己再次被抱住。他猛一回头,竟然又是那个女生。

这次王步高吓得急急忙忙往宿舍跑。结果他跑她就在后面追。令王步高诧异的是,这个女生竟然知道他宿舍在哪边。王步高一狠心加快步伐,跑进宿舍后就躲在里面不再出来,直到女孩灰心离开。

后来研究生毕业后,他到江苏古籍出版社工作,随着知名度越来越高,逐渐地不少女子向他表达自己的爱意。但是面临"诱惑",王步高一直很坚决。

"每次我只要意识到有女生对我有一点点想法,我就离她远远地。"王步高先生说道,"这样以坚守自己一开始的承诺:希望我们执手偕老,相依为命地走过人生的道路"。

"好像她一直在我身边"

王步高仔细算算两人相处的几十年时间里,这前半生竟离多聚少。

"文革"期间,王步高被关近一年;读研究生时两人又南北相隔,分离三年;后来王步高独自在江苏古籍出版社工作,爱人五年之后才调来南京;如今退休之后,王步高先生又只身一人来清华,又已六年,六年之中淑贞来北京的时光不到四个月。

虽然相距遥远,相聚稀少,但是电话每日却连接着彼此。

王步高每天都会给妻子打电话,有时最多的时候一天八次,他的手机与南京家里的固定电话绑定,每月有400分钟免费。此外还打插卡电话。每天晚上他必与爱人通一次电话。如果超过10点半还没有回去给妻子通话,那么远在南京的妻子便会辗转难眠，着急"他去哪里了"。

六年下来，王步高已经积累了一大叠电话卡，叠加起来约有二寸厚度，一个手掌的宽度。每张面值 100 元。如今抽屉里还有四张没用。"在这一个人生阶段呢，我跟其他同志不一样。我很念旧，不光对我爱人，对一些老朋友都非常念旧。我和我爱人一路携手走过，没有她绝对没有我的今天。我发表《回眸》这篇文章实际上也是向世人宣告：我对我爱人永远不会变心。"王步高先生语气很坚定。

"认准了她之后，就要坚守，好像我的爱人一直在我身边似的。两人携手忠于彼此、忠于爱情、忠于责任，不急不慌地面对未来，度过浮沉的人生。"

午后，阳光从斑驳的小窗中透进来，淋漓地洒在桌边厚厚的一摞书和待机的笔记本电脑上。他的头发早已苍白如雪，阳光将发梢熏得金黄。四周的空气里弥漫着浓郁的时光香味。

他摘下眼镜，眼帘低垂，苍老难以掩饰。

我知道，在这里，先生从不是一个人。他客居北京却始终带着两个人的幸福。窗外的行人匆匆，他们的时光却一直很慢。他们以岁月的力量相爱，一生只够爱一个人。

用坎坷经历谱写教材精品

记者 周若愚

生活从来都不是一帆风顺的。或许我们每个人都知道不经历风雨怎能见彩虹的道理,却不一定真正有勇气在逆境中艰难求生。一个人究竟要经历什么样的挫折和磨难,才能走向人格的自我完善? 或许答案就藏在生活中,藏在感悟里。记者近日有幸采访了东南大学中文系教授、清华大学客座教授王步高,听他讲述自己的人生经历,讲述那一本《大学语文》背后的故事。

天降大任　必先苦其心志

也许在不少熟悉王步高的学生眼里,他是一位会写校歌的老教授;也许在参加大学生人文知识竞赛的选手眼中,他是一位言辞犀利的评委;也许在他的读者心中,他是一位文笔优美的中文系教授。殊不知这位出生于1947年的江苏扬中县人,在成为一名国家级教材编写者和精品课程的主持人之前,是经历了多少磨难和艰辛。

王步高“文革”初期就成为江苏省第一批“反革命”。1969年毕业于南京大学外文系德国语言文学专业后,因条件所限,分配回到家乡扬中县。先安排去农村劳动,农村劳动期间,王步高在参加一次民兵排雷任务时被炸伤,呼吸心跳暂停,住院抢救20余天。王步高笑谈:“自己险些被县党委追认为革命烈士。”后来,做了一名中学教师。“文革”后期,王步高再度被打成“反革命”,受到了极为不公正的待遇,撤销了中学校长的职务,关押309天后被安排到农村劳动。这一系列的遭遇让他产生了考研的想法,希望借此改变自己的生活方式和命运。

然而考研的路程也并非一帆风顺。研究生招生制度恢复后,王步高决定报考中文系。为了准备研究生的考试,王步高十分刻苦,经常是晚上10点睡觉凌晨 2 点起床复习功课。但是他很快发现,受制于当时的教育条件,中文系的应试语种仅仅为英语和俄语,自己大学期间主修的德语无法派上用场。直到 1981 年,王步高向国内 50 余所师范类和综合类高校写信,最终获得了武汉大学和吉林大学的支持,同意他用德语参加面试。王步高最终成功地考取了吉林大学唐宋文学专业,获得了硕士学位。

毕业后,为了照顾家庭,王步高来到了离家较近的某古籍出版社工作。1987 年,时任责编的王步高推出了《唐宋词鉴赏辞典》,印数达到了 100 万册以上,被评为当年全国十大优秀畅销书之一。工作上的成绩为王步高带来了口碑,也让他遭受了妒忌。无奈之下的王步高再一次产生了求学的想法。通过努力,王步高考取了南京师范大学博士生,成为当代词学大师唐圭璋的学生。无奈的是,王步高再一次受到了命运的捉弄,工作单位的刁难和家庭经济的困难让王步高不得不选择了中途退学,并被单位挂起来不安排工作三年。再一次心灰意冷的王步高最终选择了离开出版社,前往东南大学做一名教师。东南大学对他的重视和帮助让他再一次燃起了工作的热情,从1991 年入校至 2009 年离开,王步高怀着一颗感恩的心,为东南大学开设了多门精品课程,也为中国的汉语教学工作做出了杰出的贡献。

全心全意做不一样的教材

在东南大学工作的 19 个年头里,王步高为东南大学做出了不少贡献。他为东南大学谱写的校歌被誉为我国建国后最美的校歌之一;他为东南大学创立了中文系,争取了两个硕士点;由他所主持的"唐宋诗词鉴赏"和"大学语文"都是国家级精品课程,其中"大学语文"获 2005 年国家教学成果二等奖;他为学校的百年校庆撰写碑文……王步高两次被学生评为"最受欢迎的教师",他的选修课时常爆满。

王步高说道:"我在东南大学的工作成果可以概括为一句话,通过我的努力,使得东南大学这样一所理工类的院校变得更加有文化气息。"而在他的所有努力中,编写教材是耗费精力较多的,也是意义最为深远的。王步高坦言,年轻时读过的书籍对于培养他的文学兴趣有着很深的影响。外国文学名著《简·爱》《钢铁是怎样炼成的》《牛虻》,国内的《唐宋名家词选》、《唐诗三百首》、《中华活叶文选》、《古文观止》,让他对语文这一学科产生了浓厚的兴趣,并苦心钻研诗词。

进入东南大学后,王步高发现学校的文史教研室师资力量薄弱,使用的教材较为陈旧,且被打上了鲜明的"文革"烙印,不利于学生系统地学习。在成为学科带头人之后,王步高响应时任东南大学教务处主任陈怡的号召,在全校开设"大学语文"课程,并重新编写教材。在王步高的计划中,"大学语文"应是较高层次的语文课,不是对中学语文"欠账"的"补课"或"补差"。由此决定了"大学语文"的学科性质,也决定了它的教材、教法、教育理念均与中小学有本质的区别。为此他为教材设定了系统性、网络式、立体化、大信息的四大结构特点。其中,王步高颇为自豪地向记者强调了大信息量的重要性。在《大学语文》中,大信息量被体现在了内容、学术、理论信息以及文献信息四个方面。内容上,古文部分丰富的篇目已经超过了中小学已学篇目之和;在学术上,文章后所附的各派观点给予了学生广泛的视野;通过辑录历代名家的精辟评语,让学生从理论上丰富了自己;而丰富的参考文献和参考书目为有能力的学生进一步学习指明了方向。王步高的这一理论与美国哈佛商学院的教材编写思路极为相似。王步高向记者介绍了自己在教材编写中坚持的"双超"理论:一"超"——内容上远远超过课堂教学所需,既做教材也做课外读物,"一本《大学语文》相当于一部中国文学史,让学生形获得系统性的知识"。二"超"——在难度上超过大多数学生的接受能力。王步高坚持认为,在经过了小学到高中长达12年的语文学习之后,每一位学生的语文水平参差不齐。通过在教材中收录具有相当难度的文章和研究课题,王步高希望借此来培养学生的阅读兴趣,也培养学生形成"思考"和"质疑"的思维方式。不仅如此,这样的教材设置也给予了不同类型的教师以较大的发挥空间,让擅长不同领域的语文教师可以自由地选择教学的范围。"过去我们常说,老师要给学生一杯水,自己需要一桶水。而我愿意给大家一条河,让学生们在知识的海洋里畅游。"王步高如是说。最终这本名为《大学语文》的教材于1991年由南京大学出版社出版,获得了轰动效应。

如履薄冰　追求完美永不停止

　　一名教材的编写者应当如何写出受教师和学生欢迎的教材?而一名教师又应当如何挑选合适的教科书?对此,王步高认为坚持在一线教学就是最好的解决方案。通过与学生和其他教师保持接触,"既当教练,又当队长",才能最大限度地了解他们的本质需求。

　　对于自己的工作,王步高从来都是一丝不苟地严格要求。他为自己定下规矩,每一次授课前,都要花费一整天的时间来查阅资料,修改PPT,保证教学质量。而面对同行的请教，他也都认真回答。王步高告诉记者，在他南京的家中有3万多本藏书，每次遇到同行提出的问题，他都要认真查阅资料，严谨作答。他曾笑着向记者讲述自己的一次梦境。他说2010年10月4日晚梦到自己在清华大学上白居易《长恨歌》，200多人的教室只剩下六七个人，惊醒后出了一身冷汗。他认为这是上天在提醒他不能懈怠，于是立即起身修改教案。王步高说，自己以前是一名普通的教授，只希望能在学科内的科研工作上有所建树，但参与到教材的编写中之后，他逐渐感受到了教材所负担的提升全民族文化素质的责任。

近年来，王步高常常受邀为国内的同行培训。在他看来，教学有"四重境界"：其一、科学性认知的境界；其二、人文与传道的境界；其三、研究性教学的境界；其四、艺术而醉心的境界。从最基础的普及科学知识到教书育人，教师承担的是"传道、授业、解惑"的责任，而研究性的教学则是更高的境界，最后达到一种"艺术化"的境界，要让学生如坐春风，如醉如痴，一次课上完就企盼下次课的到来。同时，教师与学生共同探索，借此培养学生的批判思维模式和创新精神。王步高认为，这样的教学境界不仅仅是大学语文这一门学科需要，而更应该推广给所有的学科。在他眼中，近年来中国始终难以培养出创新式的人才，与我国的教育体制、教材质量和教师素质都有关系。王步高谦虚地说："我在清华大学讲课，见到台下的学生如此优秀，我感到震撼和自愧不如，这样的学生如果教不好，一定是我的责任。"

"每一节课，每一次讲座，都是人生的一个新机遇"，多年来王步高就是以这样的精神和态度对待自己的工作和生活，他化磨难为动力，变热情为严谨，对诗词执着钻研，对教材精益求精。他希望自己"健康地为祖国工作50年"。

八载清华讲坛，一世水木情缘

——杨斌副校长亲赴南京探望王步高教授

9月28日，国庆和中秋佳节来临之际，清华大学副校长、教务长杨斌教授在清华大学国家大学生文化素质教育基地常务副主任王巍教授、吴艳菊老师的陪同下，专程到南京看望了王步高教授。

王步高教授是东南大学中文系教师、全国大学语文研究会副会长。从2009年秋季学期起，应邀来清华大学讲授"大学语文"、"唐诗宋词鉴赏"、"诗词格律与创作"等课程，每年教学约288课时，课程评估长年排在前5％。

强烈的使命感，严谨的学风，基于深厚学养的激情，辅之以自身曲折而丰富的生命体验，使得王步高老师的课程风靡清华。选他的课，"比在北京买车摇号还难"。同学们说起王步高老师，都交织着发自内心的亲切、感念与敬意。其中被说到最多的，是每逢佳节，他都会邀请学生到家中，一二十人，一起包饺子、玩诗词游戏，其乐融融。

2016年王步高老师因病回南京休养，很多清华学生表达了不舍之情，有些助教与学生还专程赴南京探望。

杨斌副校长向王步高老师赠送了邱勇校长与陈旭书记亲笔题写的贺卡。邱勇校长与陈旭书记祝福王步高老师："八载清华讲坛，一世水木情缘。向学生们最敬爱的王步高老师致以由衷的谢忱，祝福早日康复！"

鉴于王步高老师对清华大学文化素质教育的杰出贡献，文化素质基地正式聘请他为基地顾问。杨斌副校长作为基地主任，向王步高老师颁发了聘书。王巍教授与吴艳菊老师代表文化素质基地，赠送了王步高老师在清华大学期间教学与指导的影集。

王步高老师展示了自己作为南京十大藏书家的书架，还朗读了自己的诗作。他也在自己主编的《清华学生诗词选》上亲笔签名，回赠给邱勇校长、陈旭书记与杨斌副校长。

《清华学生诗词选》所收的诗词，都是清华学生在王步高老师的亲手辅导之下，精心写作而成。

王步高老师回忆了在清华大学的教学经历。他永远把学生放在第一位，不仅亲自辅导写诗作词，逢年过节还经常邀请学生来自己宿舍聚餐。夫人来北京多次，他从未陪同出游。面对夫人与女儿，他深感愧疚："对得起学生，对不起家人！"

王步高老师对教学也永远兢兢业业，全力以赴。每次上课之前仍然坚持备课，争取把最新的资料融入教学。他的科研既专精，对李白、李贺、李商隐等有专门研究；又博学，通读唐诗宋词，以几十年功力撰写了《唐诗三百首汇评（修订本）》。正因为他在科研上的"深入"，所以在课堂上能够做到"浅出"。

杨斌副校长高度评价了王步高老师在清华大学的教书育人，强调清华教师就应该像他一样热爱教学、寓"研"于"教"。杨斌副校长也叮嘱王步高老师要注重营养，静心调理。

让我们一起祝福王步高老师早日康复，健康长寿！大家盼望着您重回清华园，听您品诗词、讲格律、谈人生！

（搜狐网，2017 年 9 月 30 日）

王步高诗文集

那首临江仙，永远萦绕在我们心间

晓　东

　　每每触摸镌刻在涌泉池上的《东南大学百年校庆碑文》，读到浇筑在各校区铜鼎上的《东南大学铜鼎铭文》，唱起"中国最美校歌"《东南大学校歌》，总有一种自豪的情愫在每一个东大人心中升腾。而这一切都与"王步高"这个名字紧紧相连。东大新生入学学唱的第一首歌一定是《东南大学校歌》；大学四年一定要听王步高教授操着一口抑扬顿挫的扬中普通话，讲一次"六朝松下话东大"才算完整。新生文艺汇演，没有王步高教授现场吟一吟"百载文枢江左"总觉得缺点什么……

　　王步高教授长期从事古典诗词研究与教学，著有《梅溪词校注》、《司空图评传》等学术著作及高校教材四十多种，主攻诗学、词学、文艺美学；主编的《大学语文》系列教材为全国"十五""十一五"规划教材之一，获 2002 年国家优秀教材二等奖；主持的东南大学"大学语文"课程是 2004 年国家精品课程，获 2005 年国家教学成果二等奖。曾长期担任全国大学语文研究会副会长，两次被全校学生评为"最受欢迎的教师"……

　　就是这样一位深爱着学生，更被学生爱戴的教授，竟然匆匆地离开了我们……2017 年 11 月 1 日，70 岁的王步高教授在南京逝世。消息传来，东大师生深感悲痛。当晚，校园广播循环播放校歌，学生自发聚集在体育馆前齐唱校歌……

殚精竭虑，希望他所深爱的唐诗宋词在东大生根发芽

　　1991 年，王步高刚来到东南大学工作时，学校的中文专业可以说是百废待兴。中文系当时是社会科学系文史教研室的一部分，只有三四个教师。

　　1996 年，在以王步高为首的专业教师的筹备下，东南大学中国语言文学系复建，次年便开始招生。这之间的创业艰辛，可谓筚路蓝缕。那时候为了

尽快申请到硕士点，王步高经常跑东跑西，冒着酷暑挤公交；系里没有打印机，王步高和同事起早跑到打印店准备材料，直到打印店关门。在王步高与中文系老师们的共同努力下，先后建起"大学语文"、"唐宋诗词鉴赏"（含"唐诗鉴赏"、"唐宋词鉴赏"、"诗词格律与创作"）两门国家精品课程，"大学语文"、"唐宋诗词鉴赏"两个立体化系列化的精品教材（共17种）以及两个精品课程网站，并组建了以东大牵头的江苏省大学语文研究会，获得过多次省和国家教学成果奖。

很长一段时间以来，全国的大学语文教育改革是与东南大学的名字联系在一起的。在全国大学语文教学中，东南大学一直发挥着引导与示范作用。而王步高教授作为两门国家精品课程的主持人，既当队长，又当第一主力队员。他在教学团队中承担的课程最多，他的"大学语文"同时开设两个班，"唐诗鉴赏"、"唐宋词鉴赏"、"诗词格律与创作"有时同学期在不同校区一起开设。"诗词格律与创作"，甚至在同一学期既对本科生开，也对研究生和进修教师开设

精雕细琢，创作"最美校歌"，让东大师生倍感自豪

2001年，正值筹备东南大学百年校庆，应学校之邀，王步高教授开始着手校歌和百年校庆碑文的创作，前后历时九个多月。王教授像陀螺一样高速旋转，向他所认识的每一个有才华的人请教，常常凌晨两三点起床修改初稿，一直到天亮上课。王步高曾说，自己当年创作校歌时的状态已近"神魂颠倒"，仅手稿就有五六十稿。他给自己定下目标：在校歌写成十年之后，自己无力改动其中任何一个字。全词一共58个字，王步高一字一句推敲，听取意见，反复修改，最终完成了校歌的创作。

2016年1月，王步高教授将《东南大学校歌》等手稿捐赠给学校档案馆，并饱含激情地细述了当年创作《东南大学校歌》、《百年校庆碑文》、《东南大学铜鼎铭文》的情景和过程。

"东揽钟山紫气，北拥扬子银涛，六朝松下听箫韶。齐梁遗韵在，太学令名标。百载文枢江左，东南辈出英豪。海涵地负展宏韬。日新臻化境，四海领风骚。"每次校庆、开学典礼、毕业典礼等重大活动和人文讲座、大型文化活动正式开始之前，同学们都要起立齐唱校歌，这已经成为东南大学的传统与惯例。东大精神也由此伴随着优美激昂的校歌旋律在广大师生、校友间代代传承。

珍视讲台，全身心引领他所深爱的东大学子品味诗心词魄

他在文章中回忆道："我每年要给研究生上三门课，给本科生上五门课左右。最多时有五百人选我的同一门课，没有这么大教室，只好一周上两个晚上。"

这么多的课时与讲座，丝毫没有打磨掉王步高教授对于教学、对于学生的热爱。王步高曾在文章里写道："我上课有激情，源于我对学生的爱，源于我对东南大学的爱，源于我对东南大学这样一所著名高校讲台的珍视。"

他常常对学生讲："同学们，我们现在是在皇宫里给大家上课。"在致知堂上课的时候，他说："这是当年闻一多、徐志摩站过的讲台，也是我的导师唐圭璋先生站过的讲台，甚至是王国维、梁启超站过的地方。"他抱定一个信念："我的学养不如他们，我的敬业精神一定要不亚于他们。我是用整个身心在上课，我的课十分投入。讲古诗词时，我不仅是一名教师，更是一名作家和诗人，我要以与李白、杜甫、苏轼、李清照的知己、知音者的角度去分析这些传世名篇，深入阐发其内涵，道出其诗心词魄，甚至也道出其缺憾与不足。"

附录

他早已对教材、教学内容烂熟于心，但是仍旧认真备课。对于所讲课文，王步高大多都能背诵。每年讲白居易《长恨歌》的时候，从头背到尾，不错一句。每当他熟背课文的时候，同学们发自内心地为他报以长时间、热烈的掌声。王步高教授上课经常一次课要做 200 张 PPT，有时候多达 300 张！2016 年，王步高教授回校给东南大学第 18 届研究生支教团做校史培训，这样的培训对王老师来说早已驾轻就熟，可是他一口气掏出十几个 U 盘，看到同学们诧异的眼神，王老师笑着说："我上课总要做好这样的备份才能放心！"

王步高对讲台和学生的爱，到了痴迷的程度。有一次，他在四牌楼校区上课，不巧停电了，正当学生们一筹莫展，以为享受不了王老师带来的精神大餐的时候，王步高对学生说："我们今天上'黑课'。我把要讲的诗词都背出来，要求大家下课时也会背。"两节课完全在黑暗中进行，到了下课，学生们竟然真的全都能把当天学的诗词背出来。多年以后的今天，曾经上"黑课"的学生，仍然对当时的情景记忆犹新。

2009 年，从东南大学退休的王步高接受清华大学邀请，在该校开设"诗词格律与写作"、"大学语文"等课程。曾有清华学子形容选王步高老师的课

"比在北京买车摇号还难"、"王爷爷的课是值得关机两个半小时,用心听的一门课"。

继学创新,期盼他所深爱的东大人文益新

读书人都说要"为往圣继绝学",而对于王步高教授来说,教书育人,却绝不仅仅是"继",他更是要创新,在古老的文本里投入自己更多的感情与经历。在"六朝松下话东大"的讲座上,他充满激情,如数家珍,以东南大学的历史沿革为线索,详细介绍东大精神的演进与传承,并结合自己丰富的人生阅历讲述东大历史上的"诚"、"止于至善"、"嚼得菜根,做得大事"等校训所承载的东大精神和道德追求。

身体抱恙之前,每年的新生文化季,他都要回到东大,回到他所热爱的学生们身边,带领他们吟诵校歌,品味东大精神。

2006 年,东南大学迁到九龙湖校区的时候,安排的第一场讲座就是王步高教授的"六朝松下话东大"。王教授认真补充内容,PPT 由最初的 67 页逐年扩充到 200 多页。2014 年,王步高教授在刚刚落成的九龙湖校区体育馆为 4000 多名新生做主题为"沧桑百载话东大——科学的东南与人文的东南"的专场讲座。王步高教授介绍了东南大学的悠久历史,展示了作为六朝皇宫所在地的四牌楼校区的深厚文化积淀,还从"文苑灿漫"、"社科精英"、"科学名世"三个方面,介绍了东南大学历史上的众多杰出人物。

王步高教授希望东大的老师、同学们通过他的校史校情讲座,能更了解学校悠久辉煌的历史,更热爱这片土地,更愿意为东大的腾飞贡献自己的力量。

王步高教授还多次向东大的同学们表示他的殷切期望。2016 年的春节,他以"具有深邃独立之思想,雍容坚韧之精神,吃苦耐劳之体魄,广博渊深之学识,善于研究性学习,敢为天下先之一流人才"寄语东大学子。

王步高教授以他的言行,成全了无数学子对于"大学"的最美好心愿。有位学生回忆:"大四毕业时听到王老师所做的'沧桑百载话东大'的校史讲座,重新认识了这所学校的底蕴和辉煌,并促使我决定留下来为这片土地的明天努力。"

王步高教授曾说,希望工作到九十、一百岁,力争赶上 110 岁的郑集教授。如今王步高教授在 71 岁就匆匆离开了我们。他曾说:"无论我到哪里,脸上都会写上'东大人',我还要为东大增光,为东大争气。我这大半辈子,

只有东大给了我多少施展才能的舞台,让我为东大,为全国的母语教育做成了点事。我深深感激让我能做点事的领导和同志们。感谢对我情有独钟的东大学子。当你们唱起校歌,看到我写的碑文,想起我时,我更想念你们,想念东大。当我百年之后,我的在天之灵每年也回到东大的各校区转上几十回,看看我所期望的'日新臻化境,四海领风骚'理想在年轻一代东大人手里变为现实。"

生命无常,《临江仙》将一直萦绕在我们心中……

(《东南大学报》,2017 年 11 月 10 日)

附
录

外公的东南大学校歌，
是他一生中最为骄傲的成就

中央戏剧学院　王子航

21年前的1996年，当我出生在这个世界，外公抱着我，欣喜若狂地用手机向亲朋好友宣告着我的降临。而21年后的今天，我站在这里，将代表我的家族，与在场的各位一起和陪伴我成长的外公做最后的告别。

自我呱呱坠地、嘤嘤学语伊始，至我长大成人，外公的身影，如影随形地陪伴着我，我也见证了他从发色黝黑、气宇轩昂的大学教授，渐渐垂垂老矣，卧病在床，直至今日，匆匆驾鹤西去。

可能在座的人知道他年轻时被污蔑判罪后宁死不屈，绝不同流合污的刚毅顽强；可能有人知道，他和我的外婆相濡以沫，从扬中出发，闯荡南北二京，依旧不灭初心的温柔纯粹；可能有人知道他在清华公寓中和学生一起包馄饨过节大聊家常，其乐融融的和蔼可亲。在人们眼中，他总以冷眼对强暴，又总以温柔对善良。在我的眼中，外公伟大而平凡，他伟大于三尺讲台，教书育人，德高望重，以至于他的光环笼罩着我，在任何时候，提起"王步高"这个名字，都会让我倍感荣耀。而他又无比平凡，他和生活在这片土地上的任何一位老人一样纯粹地善待自己的家人，呵护着他的子孙，总是会做出许多善意的举动，让家里人无比温暖。

我依稀能记得小时候外公带着我，坐着蹦蹦车上幼儿园的情景。幼儿园门口路窄，蹦蹦车开不进去，外公就会把我扛在肩上，大步流星往校门口走去，直到到了门口，把我放下，我走进校园，望望他，他笑着给我轻轻挥挥手。在北京的时候，我从他在清华的公寓离开，他执意要送我，他陪我过天桥，在公共车站等了很久，等到车来了，我上了车，回头看见他目送着我的车缓缓离开，然后他看到我在看他，朝我挥挥手，让我放心离开。直到他生病回家，当他躺在医院的病床上，每当我即将离开病房回家给他打招呼时，他也只是笑着，挥挥手。最后一次见他是在今年国庆，他躺坐在他书房的椅子

王步高诗文集

上,和两个来南京探望他的清华学生交谈,我即将回学校,我进书房跟他打招呼,他嘱咐我"保重身体,避免熬夜"后,又是同样地挥了挥手。他总是这样挥手向每一个短暂或者永远离开他的人告别。

在北京上学的时候,由于学业繁忙,加之路途遥远,一个月都难抽上一次时间前往清华看他,总是会等他主动来慰问我,并询问我有没有时间去清华一趟。每次我去,外公总是会购买许许多多的水果,他说他最喜欢看我饥肠辘辘地过去,然后开始狼吞虎咽,看着果皮把垃圾桶填满。走的时候他总是会问我有没有钱,他也从来不管我是不是真的缺钱,总会准备一叠厚厚的钞票塞给我。我妈常常开玩笑称我外公是一个"自动吐钞机",自动地给我钱花,生怕我没钱了饿肚子。他生病的时候住在医院里,也常常问我有没有钱花,如果没钱一定记得跟外婆要。他也从不吝惜时间与外婆以及家人打电话。外公去清华后,外婆留在南京的家里,每天到了晚上外婆家中的电话就会响起,那是外公下了晚课给外婆报平安呢!哪天晚上外公如果不打电话回家,外婆便会整夜睡不着觉。我的表弟表妹在美国生活,外公很难见到他们,每次他们回国之前,外公都要忙里忙外,给他们准备很多生活用品,以保证他们回国以后生活自如。他力图保证周全,甚至会买一部手机,等我姨妈回国以后使用,等到返回美国的时候,他又会买很多美国难以买到的东西,大包小包地让他们塞上飞机带回美国。然而,他平生对自己极度节俭,每次去往超市,都舍不得买品牌的饼干,总会买很多廉价至极的脆饼放在家里。有时上课没有时间吃饭,就用一两个馒头或者几块脆饼充饥。甚至在生病期间常常因为相同的药,省人民医院的要略贵于中大医院而强烈要求转院。

外公总是教育我们,为人要刚正不阿,一定要吃得苦中苦,才能卓有成就。他鄙视投机钻营的行为,反对阿谀奉承的勾当。他生于民国内战的动乱时代,长于政治斗争剧烈的荒唐岁月,他深知辛亥以来,通过大学教育救国的精神肇始,于是沥尽心血,教书育人,培养祖国的栋梁。直到改革复兴的现今中国,他也常教育青年,不要忘记初心,要善良地面对生活。他赤诚丹心,奔波于金陵与北平两座城市之间,但内心从没有被利益所侵染,从没有利用学校的名义为自己牟利,他总以自己的行动告诉世界,教书育人是为人师表的本分,大学是一方不可为世俗利益污染的净土,是一个青年人实现华美蜕变的温房,绝不可成为野心家借以利用的名号。

外公的《东南大学校歌》是他一生中最值得骄傲的成就。小时候,我用拙劣的钢琴技艺给外公演奏《东南大学校歌》，他都会听得津津有味。今天，斯人已逝，书写传奇的人渐渐离场，外公命可泯，身可灭，但精神将屹立于乾坤之间，长生于万世万代的后人心中。六朝松下，金陵城中，将有万千精英站立在前人的肩膀上，向后世的青年人诉说东南的精神，并讲授百载文枢的气概；将有更多的青年人，走出校园，走向世界，向全世界呼告，他们是黄土地的孩子，他们是新中国的楷模。

　　我万分感激外公，感激您赋予我无微不至的关爱，感激您教授我至善崇高的美德，感激您让我从小便坐在您的肩膀上，走遍南京城的大街小巷，让我俯瞰整个繁华世界。希望你重生在一个天下大同的时空里，继续笑容满面地教书育人，桃李芬芳。愿您安息！

　　（本文为王步高教授外孙王子航在其外公追悼会上的致辞。）

（《东南大学报》，2017 年 11 月 10 日）

因为他，清华理工学子写出让诗人"震撼"的诗

《新华每日电讯》记者　张修智

一本不到 300 页的小书，让人领略到清华园里诗教复兴的峥嵘气象。

这本名为《清华学生诗词选》（下称《诗词选》）的书，由清华大学出版社于 2016 年底出版，是清华大学"清华学生原创优秀作品"项目之一。

《诗词选》收录 2009 年以来清华大学选修"诗词格律与写作"课程的学生诗词作品，凡 600 余首，出版以来，尚未在大众层面引起广泛注意，但在国内诗词界，却已是赞声一片。

《诗词选》的引人注目之处在于，有 241 位清华学子的作品入选，其中 82％为理工科学生。更重要的是，这些大多出自理工科学子之手的作品，品质颇为不俗。

"有诗味，有深度，有高度。"中国工程院院士、清华大学荷塘诗社名誉社长王玉明先生接受新华每日电讯记者采访时，这样评价《诗词选》中的作品。王玉明同时也是一位享誉国内诗词界的诗人。

原中华诗词学会常务副会长、诗人梁东认为，《诗词选》中的作品，"体裁多样，古风、五绝、七绝、五律、七律、词均能写出严格守律的佳作，词之佳作尤其多。这些作品既透着强烈的青春气息，又不失典雅的韵致，有的尚显稚嫩，可有不少却给人以老辣和成熟的感觉"。他并认同一种说法：这些作品甚至令人"震撼"和"自愧不如"。

在传统文化复苏大潮澎湃有声、高校人文素质教育提倡经年的大背景下，源远流长的中国诗教传统，在人们印象中以理工科见长的清华园中结出累累果实，自然令人刮目相看。

附录

当工科男、工科女遇到诗

海淀区中关村融科资讯中心 B 座一层的星巴克咖啡店，张洵恺落座后，

为脚上的拖鞋略表歉意。不过,这位看似散淡的谷歌公司程序员,很多时候,却严格地遵循着一种无形的戒律——他能记住一百多个词牌的平仄,并因写得一手格律谨严的旧体诗词,被清华的同学们半认真半调侃地以"恺神"相称。

张洵恺今年23岁,2016年,他从清华大学计算机系毕业后来到谷歌公司,成为一个"码农"。人虽离开了学校,他写的一些诗词,仍被清华清莲诗社的同学所乐道。

> 雨住骄杨轻泣,风停曼柳长垂。临行何必尽低眉?怒潮知涨落,皓月有盈亏。　　把酒三年兄弟,登楼万里晴晖。离愁化作壮怀飞。他年重聚首,一笑解金龟。

这首《临江仙·别同窗》是张洵恺在大一时,为送别高中同学所写。最后一句典出"金龟换酒",说的是唐朝时贺知章在长安初见李白,深赏其才,邀其共饮,但当日身上却没带酒钱,遂解下佩带的金龟——当时官员的佩饰物——换酒,二人一醉方休。整首词音韵响亮、自然,字里行间洋溢的青春、友谊十分动人。

他的《记一二·九合唱》则显示了这位理工科学生强烈的家国意识:

> 独立喧嚣意不群,但凭此曲哭英魂。
> 飞鹰走马长流水,火树银花深闭门。
> 国难百年无后死,天悲数纪有余温。
> 承平歌舞红妆面,可似京华旧血痕?

这种家国意识,不独为张洵恺所有,而流布于《诗词选》全书中。

化学系2010级的杨晋焱,在清华从本科读到硕士,2012年秋天的大三下半年,他选修了"诗词格律与写作"课,从此走入诗词之门。"这件事情对我很重要,它给我带来的世界极大。"回忆自己与诗词的结缘,杨晋焱说。

杨晋焱的诗词风格清新中带有奇崛。他说自己不喜欢托古,认为竹帘、香烛等已经不是现代社会常见的生活用品,不宜入诗,而喜欢让街道、电脑、楼房等现代社会的物象出现在诗中。在一首描写自己宿舍的诗中,他写道:

客里中宵灯不孤，万泉河畔是吾庐。

香甜弥漫加餐后，键鼠轰鸣入梦初。

少遇假期能卧榻，每逢外快便添书。

窗前月色频来访，没有窗帘请自如。

"我喜欢诗词那种独特的形式美，喜欢它带给人心灵的独特体验。"杨晋焱这样谈论读诗做诗的乐趣。他现在北大附中任教，繁重的工作之余，读诗写诗仍是他精神世界里不可替代的元素。

张洵恺、杨晋焱只是今日清华理工科学生中写作诗词的两个佼佼者，《诗词选》表明，这是一支长长的队伍。

《过成都杜甫草堂五首》之四，表达了对诗圣杜甫身世与遭际的深沉感慨。作者为精密仪器系 2007 级学生曾悦：

楼台久别好晴明，有疾斯人道不行。

魍魉窥窗听雨脚，江湖泊梦说功名。

蓬门绿草逢归燕，巷口乌衣对废城。

底事微躯憔悴尽，故园消息慰生平。

《悼袁崇焕》是一曲挽歌，对愚昧、自私的庸众表达谴责，对悲剧英雄深致叹惋。作者为正在环境学院读大二的任滋禾：

从来志士易途穷，天下纷纷笑此公。

举世慧哉图白好，唯君痴矣做英雄。

仁心何罪偏加罪，战至全功不是功。

料得先生应脱帻，忠魂依旧保辽东！

《送友入伍》抒发对军旅生涯的向往。作者为精密仪器系 2006 级学生申昊：

漫道黄龙久解兵，几番烽燧起承平？

扬鞭走马成忠武，击剑吹箫是达生。

今夕朋侪尽樽杓，他年戎伍作干城。

京华人事休萦念，一逐长风向柳营。

《簪菊》托物言志。作者为自动化系 2012 级学生漆毅：

唤醒玉人攀摘忙，临漪素面试新妆。
胸中云气浮沧海，手底秋心绽狷狂。
疏懒只怀杯底月，清闲最恋晚来霜。
含烟拾翠随山老，不媚东君名利场。

通读过《诗词选》书稿的 86 岁的诗人梁东，在为该书写的序言中，如是概括清华学子作品的特点："清华学生的诗词，力求面向世界、贴近生活、有思想、不跟风，对国计民生较为关注，对雾霾、贫富差距、钱学森之问、教育制度、低头族等问题有清晰冷静的看法，令人耳目一新；亲情孝道、思乡怀旧、相思别离等传统题材，也都写得别有风致，品位高，诗味浓。"

梁东并认为，尽管清华学生的一些作品中存在刻意模仿古人、"为赋新诗强说愁"的倾向，但总体上，应该为他们鼓掌。

赓续文脉、语脉和德脉

南京龙江小区阳光广场的一座公寓楼，当记者如约敲开王步高先生的家门，步入主人的书房兼卧室，尽管已有精神准备，但仍被眼前这位老人的羸弱所震惊。

2009 年春天，甫从东南大学退休的王步高，接受了清华大学的邀请，到清华开设"诗词格律与写作""大学语文"等四门文化素质课。

王步高早年在南京大学德语专业学习，"文革"爆发后被迫中断学业，并两次被打为"反革命"。"文革"结束后，他在吉林大学、南京师范大学攻读古典文学专业，并成为词学大师唐圭璋的入室弟子。他的诗词写作课，在东南大学享有盛誉，在高校人文素质教育界亦素有口碑。因教学关系，清华国家大学生文化素质教育基地副主任程钢副教授与王步高相熟，一听说王步高退休的消息，他立即向学校做了推荐。

"清华当时正苦于找不到好的大学语文老师，听说他退休了，我与程钢立即赶到南京。其实也没提供什么特殊的条件，王步高就痛快地答应了。"时任清华国家大学生文化素质教育基地常务副主任的李树勤回忆道。

对于清华，王步高显然抱有精神上的皈依之感。清华的讲台，是王国维、陈寅恪、梅贻琦、黄万里等站立、授课过的地方，每每提到这些学问博大精深、思想人格独立的前辈先贤，王步高都用"敬畏"一词表达自己的敬仰、惕励之情。

王步高同时也怀有高度的文化自觉。他说，中国近现代的激进反传统造成了文化的断裂，而继承中国传统文脉、语脉、德脉，正是母语教育的历史使命。

在王步高看来，文脉主要指文言文字与文学。中华文脉主要是靠文言延续的，文言有典雅精美简洁的特点，受过高等教育的中国人都应该能读懂文言文，还应该能写。文脉的另一方面是字脉。王步高主张，像清华大学、东南大学这样的重点大学的学生，应当掌握常用的繁体字。

"如果清华学生去台湾做交换生，连'臺灣'都写不出来，肯定不是什么荣耀的事。"采访中，王步高再提他常用的这一说法。八年中，王步高在清华开的四门课，全用繁体字课件，这在清华是极少见的，而清华也容得下它们。他为这一事感到欣慰。

语脉主要是指掌握入声字，能从音韵的角度欣赏分平上去入的格律诗词，甚至让一部分学生能写出格律严整的格律诗词。王步高认为，普通话废除了入声，这导致今人无法体会中国古诗词的音韵美。

病榻上的王步高，说到入声字，目光仿佛变得格外明亮。这是当今诗词界争论不休的一个问题，王步高属于坚定地主张保留入声字的一派。他列举中国十大词名作，指出其中的六首，包括苏轼的《念奴娇·赤壁怀古》、岳飞的《满江红》、李清照的《声声慢》等，押的都是入声韵。这些慷慨悲壮、名满天下的词作，用入声韵是其成功的关键因素之一。

因此，在东南大学、清华大学的"诗词格律与写作"课上，王步高一开始就要求学生辨别四声，主要是辨别入声。

而所谓德脉，是指儒家经典与诗词中包含的包容、廉洁、知耻、旷达、感恩、节物、民本、爱国等价值观。王步高认为，多了解、背诵一些经典名作，对当代大学生乃至国民、官员，都会产生积极的影响，有助于恢复五四运动以来被历次政治运动所摧残的传统道德。基于这一思想，在教学中，王步高总是突出讲授乌台诗案与苏轼的黄州词，用苏轼在人生低谷时的表现，对学生进行旷达与挫折教育，启迪学生"从黄连里嚼出甜味来"。

桃李满天下，斯人独憔悴

桃李满天下，斯人独憔悴。正是这位老人，以燃烧的节奏，历时八年整，在清华播下了诗教的种子。

强烈的使命感，严谨的学风，基于深厚学养的激情，辅之以自身曲折而丰富的生命体验，使得王步高的课程风靡清华。

"有的学生说，选王步高老师的课，比在北京买车摇号还难。"李树勤说。在他看来，从课程的质和量角度衡量，王步高都堪称几十年来清华大学最好的教师之一。

"清华的一线教师一般 96 个学时就满工作量了，王步高每年都讲 288 个学时。八年的学期里，他每天吃食堂，全部心事都扑在学生身上。"李树勤同时认为，王步高显然也很享受站在清华的讲堂上，因为清华学生的文化敏感性很强。

王步高本人，也多次公开表达在清华任教的感受。他常用"震撼"与"自愧不如"这样感情色彩浓烈的词汇，形容自己在清华授课的体验。

在多个引发王步高"震撼"反应的例子中，一个著名的故事是：在一堂诗词格律与创作课上，他以周邦彦的《花犯》一词为例，讲到词句两个仄声连用时候，不能任意用两个仄声字，最好用去上声。所举的是词中的"更可惜，雪中高树，香篝熏素被""但梦想、一枝潇洒，黄昏斜照水"两句。下了课，旁听的学生曾悦过来跟他说："《花犯》是犯调，不是正格的，你应该举正格的例子。"王步高闻言眼睛睁得老大——一个学工科的学生，竟然还知道什么叫"犯调"——两个不同的宫调合成一个词调，这是一个一般中文系老师也不懂的概念。

曾悦的批评，令王步高"眼睛陡然一亮，心悦诚服"。

后生可畏，清华的后生尤可畏。"在这些后生面前，我绝不敢以真理的化身自居，必须谦逊、低调，活到老，学到老。"王步高说。

面对这样的学生，特别适合研究性教学。王步高在每门课的开始便明确提出，期末要交两份作业，一是对课程进行评价，提意见；二是给他编写的教材挑出三处错误。

2016 年 12 月初，王步高被查出身染恶疾。12 月 12 日，清华教务处的微信公众号"学在清华"发出一条题为"紧急通知：三门文化素质核心课停开"的消息。该公众号一般的阅读量为一两千，这条消息的阅读却达到了两万多。许多学生都知道,停开的这三门,都是王步高的课。在公众号罕见的大量留言中,弥漫着对"王老爷子"的关切与祝福。

两个月后,在"知乎"上,出现一条"听王步高教授的课,是怎样的一种体验"的问答。提问回答者多是在清华听过王步高课的人。众多充满细节与感情的回答,复合出一个可亲可敬、真性情的"老师＋长者"的形象:一口乍听费劲但听惯了很有韵味的扬中腔普通话;讨厌学生在课堂上玩手机,会让玩手机的人站起来;喜欢拖堂,但不令学生反感;多达 300 页的 PPT……

清华园里,王步高仍是一个常被提到的名字。有十几拨学生专门去南京看望归养的他。记者采访的十几名清华学生,包括曾担任过王步高助教的夏虞南、王莹、张洵恺等,说起王步高,都交织着发自内心的亲切、感念与敬意。其中被说到最多的,是每逢佳节,王老师都会邀请学生到家中,一二十人,一起包饺子、玩诗词游戏,其乐融融。

计算机专业毕业、负笈美国的周圣凯,在微信上对记者回忆王步高在清华做题为"诗词与爱情"的讲座时,自己抢到了前排位置时的喜悦之情。他对王步高强调用今人的观念与态度,结合古雅的语言去作诗的主张,记忆尤为深刻。

在南京,缠绵病榻上的王步高,对清华一往情深,念兹在兹。

"有人问我:如果当初知道选择来清华会以一场大病收场,还会来吗?我说:会! 我不后悔当初的选择。"采访临近结束时,王步高大声说。

(《新华每日电讯》,2017 年 9 月 22 日)

把诗种进清华园

记者　王嘉兴

决定孤身前往北京成为一个"老北漂"时,王步高 61 岁。

那时,他在东南大学已经是享受国务院特殊津贴的教授,主持着两门国家精品课程,著有数十本专著和教材,还是南京十大藏书家之一。对这位半生坎坷,到不惑之年才将妻女接到身边生活的老人而言,这更该是颐养天年的时候。

但他还是坐上了去北京的火车,到清华大学开设最基础的关于诗词和语文的选修课。"国文是一切课程的基础,它的水平制约其他一切课程最终的水平。"他曾在一篇文章里说。

邀请王步高教授来任教前,清华大学李树勤教授在心里嘀咕:"这个岁数,土生土长的南方人,家住秦淮河边,亲人朋友都在南京,是我可能就不会去。"李树勤也找过别的老师开基础选修课,"都是千方百计找借口拒绝。潜意识里觉得体现不出水平,宁可自己发文章,写作品。但王老师答应得非常痛快"。

在清华大学,王步高授课量高达每年 288 课时。有一年女儿重病做手术他都没回家看一眼。"在清华,做到他这个程度的屈指可数,一线教师 96 个学时就是满工作量了。"李树勤说。

最初的聘书只有一个学期,王步高在清华一口气教了 8 年,直到 2016 年12 月被查出罹患癌症才回南京。今年 5 月,病榻上的王步高还和前来探病的清华大学校领导说,自己想下学期回学校继续开课。后来在医院检查情况不理想,他听完趴在窗口很久,一句话都不说。

11 月 1 日中午,王步高去世的消息传来,学生纷纷转发他生前的自述文章。清华大学和东南大学均在学校官网首页放上王步高的照片,感谢他为学校带来的诗词风韵。

上世纪 90 年代中期，王步高在东南大学开设的"大学语文"课就已经是所有学生的必修课。东南大学人文学院党委书记李涛说，后来教育部在全国范围内发起大学语文教育改革，王步高就是倡议者之一。

在长文《试论当代国文教育的历史责任》中，王步高尝试回答"钱学森之问"，"国文教育拖了中国高等教育的后腿"，这也是他坚持在大学里开语文课的初衷。他认为，呼唤大师，呼唤提高高等教育质量，都离不开国文教育水平的提高。

王步高刚到东南大学时，中文系是社会科学系文史教研室的一部分，只有三四名教师。东南大学中国语言文学系何平副教授还记得，时任校长在一次活动中回答称学校并无中文系，在座中文系教师愕然，备受刺激。

为了让被边缘化的中文系在这所当时以工科著称的大学立足，王步高牵头设计课程体系、培养大纲，引进教师。为了申请硕士点，他常常冒着酷暑挤公交。系里没有打印机，他和何平就整天待在打印店里，直到关门。

诗文几乎占据了王步高全部的时间，他的生活空间被压缩到很小。在清华大学教书时，他最远就是到 2 公里外的圆明园散步。大多数时候，他都在清华园西南角的一间小屋子里批阅作业，准备课件，到了饭点，到楼下的教工食堂喝碗粥。有时工作忙，他就买两根玉米，中午啃一根，晚上啃一根。

他的选修课被学生形容是"我们这代清华学生的浪漫记忆"。那时，来自文理工科的学生齐聚一堂，在晚课上读诗诵词，稽古勘误。

李树勤说，王步高刚到清华时，学生不重视人文素养。南开大学的顾沛教授在全国各地开数学文化讲座，场场爆满，唯独在清华只迎来了稀稀拉拉的几个学生。王步高在一段自述中说，自己也曾做过噩梦，200 余人的教室学生几乎跑光，只剩下六七人。

王步高上课从不点名，课件只用繁体字，说话是带有浓重扬中口音的普通话。"我说的才是标准的中国话，你们那是北京方言，我的更有来头。"他的课常常拖堂数十分钟，台下仍然坐满学生。他认识学生的方式大多是在课上问："×××是哪位，今天在吗？"这意味着学生上次的作业写得不错。

清华大学社会学系的王莹经历过没有王步高的校园："那时学校也有诗社，但大家都是乱写，连格律都不通，也没正经办过活动。"王步高到清华开课后，组织学生成立了清莲诗社，"他不仅教我们基本的规则，还让我们领略到诗词的美"。

诗社的成员大多上过王步高的课。逢年过节，王步高都会叫学生到家中聚会,行飞花令,吟诗作对。后来流行玩狼人杀,他就坐在一旁专注地看。

2016年12月,王步高主编的《清华学生诗词选》出版,收录了他到清华任教以来,选修过"诗词格律与写作"课程的241名学生的600余首作品,其中近200人为理工科学生。

原中华诗词学会常务副会长、诗人梁东认为:"这些作品甚至令人'震撼''自愧不如'。"王步高鼓励学生将街道、电脑等现代社会的物象写入诗中,"写得不像古人不见得不好,现在哪有什么残灯和纸窗"。

他读了一辈子诗,反对诗词无用的说法,"读书人就是要'为往圣继绝学',继承中华文脉"。

1966年,王步高被打成江苏省第一批"反革命",之后是铺天盖地的大字报和无休止的批斗。批斗会上,王步高想到鲁迅"要敢于直面惨淡的人生,敢于正视淋漓的鲜血",竟在主席台上笑了起来,台上台下都跟着一起笑。30岁出头的县委领导一时下不来台,事后找人私下劝他"哪有组织向个人低头的"。

女儿王岚说,王步高生前最自豪的事情之一就是从未揭发他人。"文革"后期他更是公然对县委书记说"我没有罪,我绝不走坦白从宽的道路"。

那是他家最艰难的一段岁月。王岚回忆,当时全家只有母亲有收入,后来为了供父亲考研,吃肉的次数极少。唯一一次过年吃鱼,还是父亲的老相识用破雨衣裹了一条大鱼,丢在家门口转身就跑。

但是条件再差,他也没有攀附过谁。关系亲近的学生做了当地某局的局长,他反而减少来往。后来学生仕途不顺,两家走动才又频繁起来。

他喜欢罗庸和冯友兰填词的西南联大校歌。每次在课堂上念完词后,他总要沉默几秒。他还说自己喜欢杜甫多过李白,"更入世,更忧国忧民",讲课时一定会念"安得广厦千万间,大庇天下寒士俱欢颜"这首诗。

亲近的人知道,"文革"期间,他曾被调到扬中的丰裕五七学校当副校长,曾接济了很多没鞋穿,冬天踩着高跷来上课的学生。

在王岚眼里,父亲像古时候的言官,"从来没有得罪不得罪的概念",看不惯的事情当面就要说。不管是在家还是在课堂上,他总是忍不住针砭时弊。王步高骂起长袖善舞的文人毫不客气,还会批评同行不重教学,"很多研究诗的人根本不会写诗"。

写诗出律、不符合常识也在他批评之列,例如南宋词人姜夔的"淮南皓月冷千山"是胡写,"大年初一怎么会有月亮"?他还布置作业让学生给古人

"找茬"。

学生交来习作,他逐字点评。上课前,他总会提早半小时到教室,补充字库,调试设备。一堂3小时的课,课件超过300页,他把诗词中所有的入声字用蓝色标出。"一点也不敢敷衍,这里的讲台以前是王国维、陈寅恪、赵元任等大师站的地方。"

每学期他都重新编撰课件,把最新的研究和学术争鸣成果放进去。往届学生都争着义务给他做助教,一名学生专门为他开了一个网站,便于收发和点评作业。

王步高对慕课(MOOC)的兴趣也很足,多门课程入选国家资源共享库,病中都在做收尾工作。

他是业内出了名的拼命三郎。前几年,他和上海古籍出版社组建的四人团队同时做《唐宋词鉴赏辞典》,却比对方更早完成。后来那边打来电话说:"王老师以后要出什么书通报一声,我们就不做了。"

王步高的家里堆满了书。客厅和卧室里都有一整面墙的书柜,书房除了一扇窗户外,三面都是书柜,从地面一直延伸到天花板。

在他只有十多岁时,每天中午都会捧着饭碗翻书,后来相伴一生的妻子也在那时因为爱书相识。20年后在狱中,王步高最期待的事情就是妻子送饭时捎来古代文学书籍。他总会从被封上的窗户缝隙目送妻子离开,把妻子夹在书里的纸条背下来,然后咽进肚子。

生病后,王步高一直住在书房。病榻上方钉了两排架子,放了两排他自己写的书。一位曾去南京家中看望的学生记得,那排架子恰好是床的长度,"这才是著作等身啊"。

王步高去世的那天晚上9点,上百名东南大学学生来到体育馆前,齐唱他于2002年作词的校歌。数百名学生、朋友到南京家中吊唁,把公寓楼的3部电梯全都压坏了。

王步高生前常和两个女儿说,人的物质追求不要太高。他的国家课题经费每年都没花完,"不知道怎么花",除了请人做课件,多的钱全部退给了国家。在清华园,他不请保姆,"唯一的额外消费是每天一只梨,那是因为上课讲太多话"。他住的房子几乎没有装修,学生来了得坐床上。

早年被分配到江苏古籍出版社工作时,他就每天在办公室打地铺,睡沙发。在这样的境况下,王步高组织编纂了我国最早的《唐宋词鉴赏辞典》。这本书在当年全国销量排名第四,为出版社带来了上百万元的利润。

出版社给他的回报是一间不到30平方米、要和别家共用厨房的屋子,还有另一处朝北、面积8平方米的书房。直到那时他才把家人从扬中老家接到身边生活。书房堆满了书,连转身都困难。

南京的夏天极其闷热,书房跟蒸笼似的,冬天又变得阴冷潮湿,他常年在里面看书写作。

到现在暑假回家,他还是天天穿着破得全是洞的老头衫,得意自己被东南大学的保安拦着不让进,"他们觉得我是民工"。妻子给他洗衣服才看到存折,清华大学一个月给的讲课费只有3500元,奚落他"不知道你图什么"。

他曾多次和来探病的人说,在古典诗词的传承上,少有清华学生这么好的苗子了,"学生拿出令人震撼的作品,我也得跟上他们"。

多年前,他拜入词学大师唐圭璋门下,就立志将恩师继承的清代乾嘉学派和晚清词学的传统延续下去。

去世前的几个月,他变得很难入眠,原本健硕的身躯形销骨立,腹部却因腹水积聚,肿得巨大。他仍然记得每一拨来探访的学生,嘱咐诗词选要继续出下去,三本未写完的书要找谁收尾,告诉清华大学校方,《清华百年赋》要用他今年8月刚修改过的第54版,还想方设法推荐人选,让诗词课能开下去。

2011年写《清华百年赋》的时候,王岚形容"父亲整个人都痴了,在家就像看不到我们一样"。写完后还发给所有识字的朋友看,让每个人都提意见。

在清华园,这位已经退休的教授没有一刻停下来。许多人到现在都记得他曾大声告诉学生:"我的学术生涯才刚刚开始,还有至少十年!"

(《中国青年报》,2017年11月8日第10版)

王步高诗文集

"清华最抢手的选修课老师走了"

《新京报》记者 曾金秋　实习生 刘名洋

在退休受聘清华大学八年后,69 岁的王步高教授因病回到南京。回去时,他简单收拾了几件行李,准备病养好了再回清华教书。不料,这一去就再也没回来。

作为中国著名古典诗词研究学者,师承词学大师唐圭璋,曾参与编纂了《梅溪词校注》、《唐宋词鉴赏辞典》等学术著作。退休返聘后,六旬的王步高依然坚持每年 288 课时的强度,课程内容广受学生好评。

身为东南大学文学院教授,他还创作了该校校歌。11 月 3 日的悼念仪式上,20 多名东南大学学子在灵堂前唱起校歌,以此悼念他们敬重的王步高教授。

在周围人眼中,满腔热忱、饱满激情、旺盛斗志,对所从事工作热爱与专注,是王步高为人处世的风格。他一生勤勉,直到生命最后一刻。

最抢手的选修课

清华大学拍摄的 MOOC 视频中,王步高头发花白,身穿淡黄色绸缎衬衣,操持着浓重的江苏口音,讲述什么是词源、词律。

据清华大学官方介绍,从 2009 年秋季学期起,王步高应邀来清华大学讲授"大学语文"、"唐诗宋词鉴赏"、"诗词格律与创作"等课程,每年教学约 288 课时,课程评估分长年名列前茅。

在老师们眼中,王步高尽管年事已高,但依然十分勤勉。按照学校规定,文科教师每年开课 96 学时就完成教学工作量。王步高教授仍开设四门课,授课达到 288 学时,而且几乎都是国家精品课。"为了教学工作,他长期一个人吃食堂,很少回南京,他的女儿患病手术期间他都没能回去。"

王步高的友人周聘回忆,他对备课一事有强烈的洁癖。每节课前都要备课,是王步高给自己立下的规矩。无论是在清华大学还是东南大学,他永远都在细化自己的备课本,每一次都会插入之前没有的内容。"这对他的好处是使他教学水平不断提升。"

王步高曾告诉周聘,读书看作品一定要找到最深层的意义。如果对原有教案不满,他就会不断找相关材料进一步佐证完善,比如研究作者是南方人还是北方人,说话发音到底如何,尽量还原诗词最原本的味道。

周聘举了这样一个例子:古代"霞"在黄河以南念"xiá",在黄河以北念"xié","项"在南方念"hàng",在北方念"xiàng",在古诗词中发音不一样,味道就不一样,意思也会有差别。

2016年底,清华大学选修"诗词格律与写作"课程的学生的诗词作品——《清华学生诗词选》出版。他笑称,自己帮助清华学子脱单,因为写诗比送花来得浪漫。

王步高的女儿王岚说,北上教学让退休的父亲重新焕发生命力,他甚至不觉得自己的身体出现了特别严重的问题,他想做的,只是用尽全力教好每一堂课。半年课程下来,他的语文课在清华反响热烈,不久就成了选修中最抢手的课程。

至今在论坛上,仍能看到学生盛赞王步高的课程内容,以及各种"抢课秘籍"。

"外公仍对世界充满好奇"

生活渐渐习惯了下来,对家人的思念只能通过频繁通话来弥补。有学生回忆,王步高曾在课上表示,妻子对他的生活状态一清二楚,因为老两口每天要打好几次电话。

独自生活五年后,外孙王子航来到北京。在外孙考大学之前,王步高已经考虑回南京养老。听说外孙要考中戏,王步高很欣慰,表示愿意继续在北京留几年。

在北京的那段日子,爷孙俩差不多每月见一次。一见面,王步高会准备许多水果和一叠厚厚的钞票,看着外孙往垃圾箱里塞满果皮,他心满意足。两人也常就各自学校开展的活动、戏剧学院的课程展开交流。王子航觉得,外公虽然年事已高,看起来仍对世界充满好奇心。

闲下来,王步高喜欢看《非诚勿扰》,他好奇于台上相亲诸人的说辞及心理状态。偶尔,他们也去看话剧。有一次去看《活着》,演到悲剧桥段,王步高哭到无法继续看下去。

王岚说,父亲外表坚毅,其实内心是个敏感柔弱的人。

家乡的盛名

王步高出生在江苏扬中的一个农村家庭。如今,当地不少人都知道他当年考研转系的励志故事。

"他从农村考上南京大学德语系,又被打为反革命,之后又考上硕士、博士,这个经历确实鼓舞了我们老家的很多人。"王岚说,追悼会上,来了许多父亲几十年前的学生。

女儿王岚觉得,父亲作为扬中走出来的第一个研究生,求学经历始终给他背负了很多压力。这些都没有压垮他,却实实在在地激励了很多人。从小范围看,姐妹俩从小在父亲的影响下,学习成绩在当地都算名列前茅。有时考差了,老师甚至会说,"你是王步高的女儿,怎么能考成这个样子?"最终,姊妹俩一人考上南京大学,一人考上南京师范大学。

王步高后来为人熟知的是他反对专门化的大学教育,提倡宽松的教育理念,这在许多方面有体现。王岚说,上世纪 90 年代,父亲就已经很反对学生加班加点写作业,他曾经告诉作为重点中学教师的女儿王岚,要给学生减负。

王岚回忆,1993 年,她当语文老师兼班主任,那时起就从来不给学生布置家庭作业,"后来这届学生考得特别好"。

亲友圈也都以王步高为榜样。王步高的外甥女王红霞考上国防科技大学,毕业后留校任教,成为一名数学教师。王红霞认为,血缘至亲的优秀给她带来了强烈的心理暗示,这种"像娘舅"的心理暗示伴随她考取大学、博士研究生,成为研究生导师。自工作以来,她开始从高校教师的角度思考:"他确实是个一息尚存就要奋斗不止的工作狂,每当我遇到'瓶颈',想起舅舅,就觉得应该停止懈怠,要对得起三尺讲台。"

"正在事业大成之际"

提起王步高,行内人都会想到他在出版社坐冷板凳的那段日子。

周聘曾与王步高在江苏古籍出版社共事。据他回忆,当时他的境遇可以用"很差"来形容。他虽然考上了南京师范大学的博士研究生,因单位刁难,中途退学,重新回到工作岗位。

"回来之后他的境遇更不如从前，但对人还是很仗义。"周聘说，当时自己年轻，一些言论得罪了人。刚好处在转正期，有人站出来说他不成熟。只有王步高愿意站出来为他说话。

　　上世纪70年代，王步高在江苏扬中当地的"丰裕五七学校"担任副校长，在那个物质匮乏的年代，王步高为了说服穷人家送孩子来上学，曾承诺可以让孩子们去学校自办的工厂干活。

　　周聘介绍，王步高在"文革"中曾两度被打成"反革命"，被关押审查300余天；他还在民兵训练中被土地雷炸伤，呼吸、心跳停止，虽然已被追认为烈士，却又奇迹般转危为安。这些经历逐渐造就了王步高从容的性格。

　　后来，王步高参与了《唐宋词鉴赏辞典》的编纂工作。这本词典为他获得了精神上的巨大慰藉，并缓解了他的生活经济压力。周聘记得，当时这本辞典的售价是12元，印刷14万本全部卖完，为出版社赢得了不菲收益。

　　周聘说，他参加了王步高组织的"春华诗社"，王步高似乎并不愿意让生活在苟且中度过，诗社成了他的一个寄托，并且一办就是三十年。

　　"中道崩殂"是周聘认为王步高最值得惋惜之处，"能感觉到他在这条路上正走出前无古人的精彩，并且很有把握地预感到，他已突破了事业的顶部，前面一片开阔，身边一片等待收获。可就在声誉日隆、事业大成之际，中道崩殂，这就是所谓的命运吧"。

（《新京报》，2017年11月12日）

师德永昭　诗心长存

——清华大学成立王步高教育基金

清华新闻网11月14日电（通讯员吕婷）　11月13日，"清华大学王步高教育基金"成立仪式在工字厅举行。王步高教授的夫人刘淑贞女士，女儿王海寰、王岚，友人高士元先生，清华大学副校长、教育基金会理事长、国家大学生文化素质教育基地主任杨斌，校党委原副书记、国家大学生文化素质教育基地顾问胡显章，清华大学国家大学生文化素质教育基地原常务副主任李树勤出席仪式。

王步高教授是享有盛誉的大学语文教学名师，曾在东南大学中文系长期执教。从2009年秋季学期起，应清华大学国家大学生文化素质教育基地的邀请来清华授课。在清华任教的八年间，王步高教授为学生开设了"大学语文"、"唐诗鉴赏"、"唐宋词鉴赏"、"诗词格律与创作"等课程，每年教学高达288课时，每门课节节"爆满"，多门课程教学评估排名全校前5%。在清华期间，王步高教授所创设的国家级精品课程、国家级精品视频公开课以及网络慕课总数在全国首屈一指，为清华人文教育作出了巨大贡献。他被誉为"清华近十年来最优秀的教师之一"。2017年11月1日，深受清华同学敬爱的王步高教授在南京仙逝。

受到王步高教授精神的感召，在副校长杨斌大力支持下，一位入学20年的清华校友匿名发起设立"王步高教育基金"。本基金为留本基金，由清华大学教育基金会负责基金资产的保值和增值。基金用于支持清华大学通识教育与国家大学生文化素质教育基地的建设和发展。

杨斌代表学校对王步高教授及其亲友、捐赠校友表示感谢。杨斌表示，王步高教授与清华深厚的感情难以用时间来衡量。如何把他最热爱的育人事业延续、传承下去是我们必须承担的责任。今年9月去南京看望王步高教授时，他曾表示，非常希望清华同学培养起来的对通识教育、对中华文化的

附
录

热望能继续燃烧下去。成立"清华大学王步高教育基金"来支持学校通识教育和学生文化素质教育的发展，正是一个非常有意义的方式。

胡显章在发言中表示，王步高教授的去世不仅是家人的损失，也是清华的损失。一位逝去的教育家留下的空白很难弥补，但灵魂留下的影响却可以延续。设立该项基金正是将王步高教授的影响传承下去的有力途径，"以文化人，以文育人"，让他伟大的精神品格成为清华教师立德树人、学子自强不息的不懈动力。

李树勤说，王步高教授做到了三个极致：讲课讲到极致；爱学生爱到极致；爱清华爱到极致，他为清华教师树立起一面旗帜。成立"清华大学王步高教育基金"，对发扬王步高教授的优秀品质、继承他未竟的事业、鼓舞清华师生提升精神文化修养，作用不可估量。

王步高教授的亲友分别表达了对他的追忆与哀思。夫人刘淑贞女士回忆，王步高十分热爱清华的课堂和清华的学生，暑假里他无比盼望着开学去清华授课。所有的时间都花在备课、上课上，每节课上课前都要重新备课，每一份作业都要亲笔批阅，有时凌晨4点就要起床为学生们批改诗词作业。

女儿王海寰、王岚表达了对父亲的深切怀念。她们表示，他成就了清华的一部分学生，清华也成就了他。感谢清华让她们的父亲度过了一段幸福而有成就感的时光。

王步高教授的朋友、1987级清华校友高士元说，王步高教授在去世的前几天，躺在病榻上的他见到我们说的第一句话是："清华的《百年赋》我一直在修改，现在已经改到54稿，你们将它带回清华，看能不能发出来。"王步高教授走到生命的尽头，惦记的仍是清华，实在令人感动。

仪式上，杨斌将王步高教授创作的《清华大学百年赋》的节选送给了他的家人。

王步高教授生前最爱桂花。北京的冬日寒风凛冽，在这个桂花早已凋零的季节里，工字厅的一株桂花正临风绽放，清香远溢。曾经上过王步高教授课程的学生代表和王步高教授的家人在工字厅的桂花树下合影留念。王步高教授的崇高精神正如这冬日里的桂花一样，昂扬盛开，风骨长存。他对中国传统文化的坚守与传承也在同学们的心中播下了珍贵的种子，让我们静待花朵绽放的那一天。

仪式由教育基金会副秘书长王丹主持。王步高教授外孙王子航，清华大学国家大学生文化素质教育基地常务副主任王巍，人文学院副院长、国家大学生文化素质教育基地副主任蔡文鹏，马克思主义学院副书记、国家大学生文化素质教育基地办公室主任何建宇，国家大学生文化素质教育基地副主任程刚以及学生代表参加了活动。

（供稿：教育基金会　编辑：华山）

附

录

首届清华大学"王步高通识教育奖"颁奖

清华新闻网5月22日电(学生通讯员曹翰林) 5月18日,首届清华大学"王步高通识教育奖"颁奖仪式于六教举行,清华大学外聘教师、东南大学原教务处处长和高等教育研究所原所长陈怡教授获此奖项。清华大学副校长、教育基金会理事长、文化素质基地主任杨斌颁奖并致辞。颁奖仪式由清华大学国家大学生文化素质教育基地常务副主任王巍主持。随后,陈怡作了题为"中国人的大学问——《大学》解析"的学术报告。

王巍介绍了清华大学"王步高通识教育奖"的缘起。王步高先生是享有盛誉的大学语文教学名师,2009年于东南大学退休后应邀到清华大学任教,他的课程深受学生欢迎,在清华执教期间与清华师生结下了深厚情谊,为清华的文化素质教育作出了重大贡献。2017年11月王步高先生去世,清华师生深切缅怀,一位清华校友匿名捐资百万正式成立"清华大学王步高教育基金",以此纪念王步高先生,支持清华大学的文化素质教育。经教务处、人文学院、文化素质基地协商,决定设立清华大学"王步高通识教育奖",每年由相关单位组织专家与学生评选,奖励一位对清华大学通识教育与文化素质课程建设作出重要贡献的教师。

杨斌为陈怡颁奖并致辞。他在致辞中指出,清华第25次教育工作讨论会正在进行中,要把价值塑造、能力培养、知识传授的"三位一体"的教育理念进一步落到实处。陈怡教授在清华大学的教学中既传授了中国传统文化的知识,也培养了同学们阅读经典的能力,他本人更是中国传统人生价值观念知行合一的践行者;陈怡教授身患重症十多年,但他坦然面对,乐观开朗,教书育人;清华同学不仅可以从陈怡教授身上学到中国传统文化知识,更是在面对一位践行中国优秀传统文化的行道者。

陈怡表示,自己始终深受王步高教授之影响,不仅对于生活与生命抱有乐观精神,同时誓为教育事业奉献毕生之精力与能量。他认为,经典阅读与经典文献教学应成为大学教育的重要组成部分,这些内容既是民族精神之血脉,更是人类智慧的结晶。

陈怡在学术报告中以翔实的文献材料与精彩的讲述,结合朱熹注本《大学》,为现场听众详细分析了《大学》中的儒学之道,解读儒家"德"之深刻内涵,并分享《大学》带给读者的深刻启示。

出席本次颁奖仪式的还有北京大学原常务副校长王义遒,清华大学原校长助理、文化素质基地原常务副主任李树勤教授,清华大学教育基金会副秘书长王丹,王步高先生的外孙王子航,文化素质教育基地副主任程钢副教授,人文学院副院长、文化素质基地副主任蔡文鹏副教授等。

荣获首次"王步高通识教育奖"的陈怡教授是一位出色的教学管理者,曾任东南大学教务处处长与高等教育研究所所长、江苏省高教学会高校教学管理研究会理事长、《中国大学教学》杂志主编、教育部大学文化素质教育教指委委员等职,曾获评"全国大学优秀教务处长"。同时也是优秀的大学教育与中国文化的研究者,曾获国家优秀教学成果奖 5 项,出版了《〈老子〉〈论语〉今读》《庄子内篇精读》《〈道德经〉讲读》等多本关于中国文化的教材。陈怡更是一位杰出教师,他自 2000 年以来在多个学校开设中国传统经典阅读的课程,每年教学 128 学时,教学效果优秀,并于 2014 年获清华大学首届"龚育之奖教金"。

附录

（供稿:清华大学国家大学生文化素质教育基地）

行大学之道　成君子之风

王步高诗文集

　　做清华人，首先要养成独立的人格。独立人格，是做人的核心品性，它来自于独立的思考、大胆的质疑和批判性思维。同学们，你们都是高分考进来的，但这并不意味着你们所熟知的知识和认知都是对的。从现在起，你们要学会质疑，要善于质疑，要勇于挑战。"破山中贼易，破心中贼难。"敢于质疑和挑战，就迈出了"不唯书、不唯上、不从众"的第一步。人文学院王步高教授在一次课上讲到岳飞《满江红》的真伪问题，一位学生提出"河南话里没有入声韵"，岳飞是河南人，《满江红》是押入声韵的，所以，这首《满江红》的真伪值得怀疑。王老师虽然不同意这名同学的观点，但高度肯定了他的质疑精神。在大学里，什么是"好学生"？好学生不再是像过去那样把已有的知识烂熟于心，而是能够独立思考、敢于质疑，能够自己去发现问题、提出问题和解决问题。这是一个人的心智走向成熟、走向独立的过程。当你们今后进入了社会，在面对他人的质疑和指责，不被理解、不被欣赏的时候，只有具备了独立人格，你们才能始终坚持心中的理想追求，充满信心地去迎接挑战，始终把命运掌握在自己的手里。

　　（节选自清华大学陈吉宁校长在 2014 级本科生开学典礼上的讲话稿）

谁，终将被铭记？

芦春艳

11月1日，著名古典诗词研究学者，东南大学、清华大学教授王步高，在南京逝世，享年70岁。

王步高，1947年5月生，江苏扬中人，1969年毕业于南京大学外文系，1984年在吉林大学获硕士学位，曾任江苏古籍出版社编辑，其间考入南京师范大学攻读博士学位，师从于词学大师唐圭璋。1991年开始在东南大学文学院任教，是《东南大学校歌》的词作者。2009年起，应邀到清华大学讲授"大学语文"、"唐诗宋词鉴赏"、"诗词格律与创作"等课程。著有《梅溪词校注》《司空图评传》等学术著作及高校教材四十多种。

在高校全民科研，重论文、轻教学的时代，王步高教授注意到了国文教育的重要性。他主编的《大学语文》，被列为国家规划教材并获奖。作为大学语文的教学名家，他还注重传达讲气节、讲节操、不唯书、不唯上、不从众等中国文学中所蕴含的人文精神，注意学生思想境界的提升与健全人格的塑造。"兼具少年心气与长者风范，既豪气干云又有儿女情长"，从清华学子杨道源的评价中可以想见王教授课堂教学的魅力。

据回忆，王步高在讲解张良桥下拾履的典故时，曾教导学生应懂得"忍一时之小忿，争一生之高下"。这番话其实对于每一个面临困惑、压力，身处困境、折磨的人来说，都是一种鼓励与指导。王教授早年人生颇多坎坷，也许正是因为有了这样开阔的人生格局，他才能于困惑艰难之后终有所成。

（《传记文学》，2017年12月）

附录

王步高精神永存

菜九段体悟

昨天(2017年11月2日)去了王步高教授家中的灵堂祭拜,王老师的遗像是生病之前的,阳光、开朗、慈祥,香案上有部分王老师的代表作。我以为王老师不止是留下了等身的著作,更是留下了不朽的精神。在缺少精神的当下,王老师的精神实为国之瑰宝。

那么什么是王步高精神?精神不像著作可以触摸看见,要精确描述几无可能。但以菜九对王老师的感受,或可提炼出王步高治学精神一二,而其他庞杂的精神现象都可以作为这个一二的旁生品质。这个"一二"即,"天生我材必有用"的自负,临深渊履薄冰的戒惧。菜九以为,正是二者的完美结合,成就了王老师受人景仰的学界地位,汇聚起让人怦然心动的学术成果。

什么是道路自信,就是像王老师一样坚信自己的方向是正确的,用功是有效的,只管把精力投入下去,收获是可期的。在自信的同时保持足够的自我警觉,使体系开放,随时接纳更好更精准的认知。王老师的很多公开课程其实已到相当高的程度了,是业内争相效仿的标的,但王老师还是逢课必备,并随时更新。正是这样的精益求精的敬业精神,才使得这些课程精品的层级一上再上,且始终准备轮替,没有最好,只有更好,永远处在完善过程中。近日网络查找王老师信息,所有对王老师的赞美与痛悼,都透出对王老师上述精神的推崇。至少,王老师的精神比他的学问更能赢得学生的爱戴。

我与王老师在江苏古籍出版社同事过一段时间,同事而不同道,是君子之交、道义之交。我以为,所谓的君子之交与道义之交,应该基于人格上的感召,志向上的契合,精神上的互勉。只是王我之间,精神方面是单向的,我是受惠方受勉方。王老师的学术方向及用功不在我的兴趣范围,而他对学问的追求与用功形成了一种感染力量,一直在激励、召唤我前行。我结识王老师的时候,他的境遇很糟糕,但穷且益坚,险恶无望的小环境不能坠其青云之志。王老师绝没有因为境遇不佳就虚度蹉跎,从来没有放松在他认准的方向上的用功,充分利用超长的空闲充实自己。俗话说"穷则独善其身",而王老师则在"独善其身"的基础上也"兼济天下"的。在那段处境艰难的时光里,也正是王老师创立的江苏省中青年诗社蒸蒸日上的时候,诗社获得这样的成长,王老师投入了大量的精力应该是最重要因素。王老师为诗社的发展精心规划布局,可谓呕心沥血,我以为他提出的要求也很能体现他的一贯精神,他要求诗社要出作品出人才,每年争取进一小步,就这样,以雄心勃勃的大局观确立长远目标,而切实可行的计划保证了稳步前进,丝毫没有好高骛远的虚气,总是脚踏实地地寻求真实的进步。现在回头来看王老师的艺术创作与学术追求,何尝不是在叠进累加式的过程中逐渐壮大进来,终呈巍峨之势,成为业内赶超攀援的标志。其实,就菜九亲历,无论是诗社的日常工作,还是王老师在学术上的钻研,条件都非常不足,但王老师都以满腔热忱与饱满的激情投入进去,而这两个素质居然在很多时候成了维系事业运转的核心成分,至少春华诗社能够维持到今天,多仰仗王老师的激情推动与凝聚。

满腔的热忱、饱满的激情、旺盛的斗志、对所从事工作的热爱与专注,这些差不多是王老师的招牌与标配,无论是从事学术、讲学,还是推动某项事业,王老师都是以此标配全力以赴,在成就了一些事业的同时,也感染了一批人、激励了一批人、带动了一批人,给社会注入一股热流、一道正气。

最后,转引一位受王老师教诲的学生的哀悼之辞,表达对王老师的痛悼……

在纪念王步高先生逝世两周年
暨大学语文教育学术研讨会上的发言

李树勤

（2019 年 11 月 3 日）

各位老师,各位同仁:

早上好!

今天的会,一是在王步高先生逝世两周年之际表达我们对他的深切怀念;二是进行学术研讨,将步高先生未竟的事业认真继承和发展下去。

我讲几点意见。

一、如何评价王步高先生的为人

我认为,用"学为人师,行为世范"八个字来评价王步高先生是很确切的。据查,"行为世范,学为人师"出自宋高宗赞颂孔子及其弟子的诗。人民教育家陶行知曾提出"学高为师,身正为范"。1996 年,北师大征集校训时,启功先生建议用"学为人师,行为世范"作为北师大校训,得到全校的认同。他将两句顺序换了一下,可能是考虑句尾两个字连起来恰好读为"师范",表明学校的性质。作为"人师",步高先生满腹经纶,著作等身,桃李满天下。作为"世范",他充满了爱,如闻一多先生所说"诗人主要的天赋是爱,爱他的祖国,爱他的人民",步高先生深爱着祖国,深爱着家庭,深爱着教育事业,深爱着东南大学,深爱着清华,深爱着学生,深爱着他所从事的语文教学。他的爱是深沉的,又是刚正不阿的,他崇拜岳飞、文天祥、闻一多,直到我的老师黄万里先生。作为同龄人,我能理解他。在"文化大革命"那个特殊的年代,他经受了磨难和迫害,体察了世态炎凉。他的品格,不是念书念出来的,而是社会现实炼成的。可以说历史造就了王步高,王步高见证了历史。

二、如何评价王步高先生的工作

王步高先生在清华工作的 8 个年头,可以说是有口皆碑。他在清华创造了三个第一。

作为文科教授,教学工作量第一。按照清华的规定,文科教师每学年授课96学时就完成教学工作量了。王步高教授竟开了三门课,授课学时达到288学时。为了工作,他长期一个人吃食堂,很少回南京。

其教学的质量第一。学生将他的课称为"神课",说"这真是一种享受",抢着选他的课。因课堂容量限制,选不上课的学生抱怨"比北京买车摇号还难"。课上,师生互动,以诗言志,将课上到出神入化的地步。课下,他经常把学生邀到住处,济济一堂,一边包馄饨,一边吟诗作对,谈古论今,其乐融融。甚至将北大、中科院的硕士生、博士生都吸引来。

因为王步高,清华第一次用一位外聘的授课教师名字设立基金。每年评选一位教学优秀的教师获奖。至今已评选了两届。

三、王步高先生对我们的启示

王步高先生对我们最重要的启示是,他的工作有力地证明了在大学开设《大学语文》的重要性、必要性。同时也证明,只要肯投入,肯下功夫,就一定能开出深受学生欢迎的大学语文课。他的课程,有力地发挥了"大学语文"在提高大学生文化素质工作中的基础作用。就清华来讲,由于王步高的课,使文化素质教育课程产生了全新的影响力、吸引力,提升了学校的文化品味。按照步高先生的设想,在诗词领域,要力图打造一个"清华学派",改变清华学子"工科男""工科女"的形象。他发现,为出版《清华学生诗词选》第一集选中的诗作中,80%以上的作者竟是来自理工科的学生。这令他惊奇,兴奋不已。令人遗憾的是,这个目标还未实现,步高先生就离我们而去了,给我们留下来一个难以填补的空白。但他给我们带来一个很重要的启示,那就是我们的工作都要有明确的奋斗目标,并努力去实现。特别是在党的十八大以后,习近平同志将"三个自信"加上"文化自信",上升为"四个自信",并强调,"文化自信是更基本、更深沉、更持久的力量。"由此,对文化载体的语文教学提出了更高的要求。我们更应该加倍努力。

四、关于王步高先生的两篇重要遗作

王步高先生有两篇重要遗作:一是《东南大学校歌》,一是《清华大学百年赋》。《东南大学校歌》已在东南大学深入人心,传唱多年,而且在步高先生葬礼上,东南大学的师生就是唱着校歌为王先生送行的。《清华大学百

赋》目前尚未在清华产生广泛影响。这说明清华重视不够，宣传不够。事实上步高先生的《清华大学百年赋》，是一篇难得的文化精品。步高先生怀着对清华大学深厚的感情，为此花费了大量的心血，7年时间写了54稿。第54稿是在他去世前两个月完成的。可以毫不夸张地说，这篇佳作，字字珠玑，堪比"初唐四杰"之首王勃写的《滕王阁序》，其内容博大精深，更非《滕王阁序》可比。他用2574个字，将清华的地理方位、校园景观、历史沿革、奋斗历程、精神文化、办学理念、优良传统、名人名家、方向目标，跃然纸上，令初到清华者，受到精神洗礼，心灵启迪，爱上清华。我每读此文，想到步高先生抱病作赋，呕心沥血，禁不住泪流满面。我在清华已54年，我对母校的了解、理解，远不及步高先生。因此，我建议，将步高先生《清华大学百年赋》编入清华的大学语文教材，认真诵读讲解，使其成为每一位清华人的必读篇章。

    谢谢各位！

王步高诗文集

1120

悼念恩师王步高先生

曹　爽

晚饭后,惊闻恩师离世的噩耗,记忆被如洪水猛兽般吞噬。原来三月一别,竟成永诀! 入夜,伫立南湖之畔,恍若回到一年前深秋的某个午后,与先生漫步于圆明园福海边,品诗论道,忆往述怀⋯⋯

初见先生,是在 2014 年郑州全国大语会上,那天的微文写道:"第一天早餐,一位年近七旬的老者端着餐盘坐在我身边,抬头一看,竟是大语界泰斗王步高教授,小惊喜。老爷子和我想象中没什么分别,博学亲和,浓重的江苏口音,兴致盎然地聊起他的大语 Mooc,与教育部合作的新项目,以及从东南大学到清华园的偶思闲语⋯⋯愉快的早餐时光。"与先生结缘在那抹清朗的夏日晨曦中。此后,一如既往地读其书,慕其名,心怀仰止。

2016 年秋,有幸到清华访学进修,成为一条重游学海的痴鱼。一入校,便毫不犹豫地选择师从这位在清华园里教国文的先生。先生对我最大的影响,是令我清楚地看到自己职业理想的化身。我兴奋地对自己说:我要成为他那样的人! 一位纯粹的学人,拥有一颗纯净的诗心。半生苦难,一世执着。认真地做学问,认真地爱讲台,认真地寻大道,博学、率真、谦和,堪当"星斗其诗,赤子其人"。

先生主讲《大学语文》《唐诗鉴赏》《唐宋词鉴赏》《诗词格律与创作》等课程,课程评估长年排在清华前 5%。因为太受欢迎,即便每门课程 80 到 200 人的容量,也远无法满足求知若渴的清华学子,被称为"比在北京买车摇号还难"选到的课。平均每学期开 3 门课,每周有 3 个晚上要讲 2 个半小时,一般 22:00 以后下课,还会一丝不苟地答疑到更晚。先生关注于提升课程的品质内蕴,几乎每次课都要做两三百页的课件,课上旁征博引、妙语连珠、术道相融,将人文知识传授、人文方法训练与人文精神培育融会贯通。对诗词名家及作品的评价,为多年潜心研究所得,注重考证,见解独到,很有学术价值。听先生的课是一种享受,深感只有学养深厚、乐业爱生的人文教师才能打造出如此有内涵、有品位、有情怀的人文课堂。眼前这位文化学者就是我的楷模!

课余,最期待的就是与先生畅谈,聆听教诲。先生时常给我专业方面的指点,例如他会语重心长地说,从事人文教育不仅要"开河、开湖",也要"挖井",不仅要有广博的积淀,也要注重与学术专长有机结合。如我原本的研究方向古汉语音韵学,被称为汉语中的"绝学",若找到与诗词教学的契合之门,便可成为教学效益的倍增器。先生是词学大家唐圭璋先生的入室弟子,以其多年的学术积淀为我启智茅塞。

先生也常与我分享他近 70 年的人生经历。这位很有骨头的知识分子,即便于苦难、贫困、孤独、落魄中,也从未低下他高贵的头。先生每讲一段过往,便会将其中体悟到的由衷感怀与哲思,传予我这兴致勃勃的听者、虔敬的后生晚辈。

不过,我也并不总是那个乖巧的学生,偶尔也会令先生皱眉。记得一次"诗词格律与创作"课后,先生留的作业是写一首五绝。当时因为正在学唱昆曲,便随手写了首《小旦》:"点绛唇含蕊,秋波媚染霜。霞裙梅弄影,曲尽满庭芳。"诗中辙韵俱工,还巧嵌 4 个词牌名,本以为先生会赞许,孰料他说:"创作诗词要用心用情,这首有点小卖弄。"诚感受教。

10 月下旬,与先生和师母到南开参加全国大语会。会议结束后,距回京有半天空闲,于是贪玩去了五大道。晚饭时,先生不无遗憾地说:"下午去见了叶嘉莹先生,走之前没找到你,原想带你一起去的。"听罢捶胸顿足,悔憾不已。

12 月中旬,先生因查出恶疾回南京治疗。怎敢相信,那个课堂上声如洪钟、神采飞扬的他,那个亲近自然、喜爱运动、常用脚步丈量圆明园、颐和园的他,那个热爱生活,每年端午、元旦请学生们到家中茶会赋诗的他,就这样悄无声息地谢幕于清华!而我接下来的求学之路,也倏然黯淡。遂填《青玉案》一首,以赠先生:"浊尘漫卷残阳瘦,怎奈得,西风骤。往事常浮人寂后。忆津门旅,念商都旧,水木寻仙薮。华年一梦韶光负,呓语三更唤师友。且盼端阳重聚首。赏荷塘月,咏熙春柳,笑看人长久。"

今年 3 月,到南京探望先生。寻访先生笔下东南大学 1600 多年的六朝松、胭脂井、瞻览先生题写的"百年校庆碑记"。病房里,我一边和师母包秧草馅馄饨,一边与二老闲话家常。先生的气色比预想中好些,人也从容达观,说舍不得学生们,希望病情稳定后能重返清华,还邀请我假期到他扬中老家做客,欣然赠我他8年心血凝成且墨香未散的《清华学生诗词选》样书。

4月底,我做了次大手术,没敢告诉先生。偶闻其近况,心中一直挂念。教师节,先生在电话里说他最近消瘦了许多。

中秋节,先生在电话里说他不怎么到室外活动……怎会想到,电话那端微弱的语声,竟是先生与我最后的话别。正如一年前走进先生的课堂,聆听到的竟是他的清华绝唱! 说好的"拼到50,苦到60,教到80,活到90"呢?! 先生,这次您食言了!

机缘造化,我和先生同一天生日。从今以后,每岁生辰,敬恩师一杯浊酒,以其作《东南大学校歌》与《百年清华赋》为祭! 从今以后,将先生之高格大德,承扬彰化于我辈育人之业! 从今以后,先生不再,先生永在!

几小时前,在悼念先生的帖子中有段网友留言:"王老师,您此去欲何?""玉皇唤,做翰林。""若一去不回……""那便一去不回!"的确是先生的性子,也确应是先生的归宿!

拜别先生! 恩师千古!

(2017年11月2日晨)

两次美国之行的回忆

刘淑贞

大女儿一家十多年前定居美国后,曾多次邀请我们去美国,步高也一直想去看看,但因为平时他忙于备课、上课,寒暑假他又要利用来写书、写文章、编教材,因此一直未能成行。2013年暑假在女儿他们一再邀请并订好机票的情况下,步高才带着任务与我一同去了美国。

我们之前虽然也有出国旅游,但那都是单位组织的跟团旅游,单独自己出国,这还是第一次。步高在中学学习的是俄语,大学学习的是德语,到美国却需要英语。虽然女儿给我们准备了很详细的攻略,但我们还是带着很忐忑的心情上了飞机,从中国去美国十几个小时的飞机,以及在底特律转机都还是挺顺利的,可我们从底特律飞女儿他们城市的飞机,却出了一点小插曲。飞行途中,因为气流原因有人员受伤,飞机被迫临时降落在一个小机场,因此中途耽搁了两个多小时,但在这整个过程中,全飞机的人没有一个人喧哗、抱怨,都安静地在自己的座位上等待飞机重新起飞。这让一到美国的我们就对美国人的高素质感受很深,后来在多个场合谈到这段经历时,步高都对此大为称赞。

女儿让我们在家倒了一个星期的时差后,就带我们游览了美国首都华盛顿。从女儿家到华盛顿要开车七个多小时,一路上不是茂密的树林就是大片的草地,步高一路感慨于美国的地大物博,除了途经的几个大的城市,高速公路两边几乎看不到建筑和农田。

在华盛顿我们第一天参观了白宫、林肯纪念堂、华盛顿纪念碑。第二天参观了国会山庄、美国国家历史博物馆、美术博物馆等。因为小外孙对航空博物馆特别感兴趣,匆匆一个小时他根本没有看过瘾。步高对小外孙很宠爱,第三天他说服女儿他们,带小外孙又几乎在航空博物馆中逗留了一天。他虽然听不懂、看不懂介绍,但还是陪着小外孙参观了博物馆里的所有展馆。

外孙俩跟我们一起旅游，兴奋极了，一路上两个人争着给我们拍照留念，

那几天的旅游很开心，步高也是从未有过的放松。白宫前的广场有一片小树林，树林里的小松鼠在树上树下跳得欢快，步高像孩子一样给它们喂面包，招手引它到面前来，然后将它抱起来玩，逗弄得非常专注，这或许是他成年后最放得开的一次游玩。

回家休整一周后，女儿他们又带我们去美特尔海滩。步高从小就爱水，因此到了海边他就像孩子一样兴奋。一到海边鞋子一脱就往海滩跑，并往海水深处跑，我喊也喊不住。我想拉住他，他说不怕，别拉我。他们几个人手拉手，往水深处淌过去，突然一个大浪过来，看不见人了。我吓坏了，心扑扑直跳，浪过去，他们大笑着露出水面。这时他忘记了一切，尽情地玩得特别开心。女儿他们订的是海景房，在我们住的房间躺在床上就能看到大海，他第二天早晨天不亮就起来在阳台上坐着，他说要好好享受海景，太阳要出来前，他将我们大家叫醒看日出，我们看到红红的太阳从海面慢慢地露出来了，然后一下就弹跳得很高，太神奇了。大家迫不及待地吃了点早餐又去海滩，他同外孙们欢快地跑着、追着，躺在海滩上唱着，在海滩捡海螺，大家兴奋得忘记吃饭，直到都觉得很累才回到旅馆吃饭、休息。

后来女儿他们又陪我们去离他们家不远的景点"大雾山"去玩，在山上住了几天，每天爬山。山景不同于园林景，山里有各种野生动物，有野马、野鹿、野鸡和野熊等。有从没见过的树木，溪水围住山边湍急地流着，发出哗哗的声响。这里有漫山遍野的真奇斗艳的野花，与外界隔绝了，没有喧闹，更没有拥挤，我们享受了几天的野外生活。

这次在美国期间我们还帮女儿他们将他们家后院的小山坡用大石砖砌成了两层梯田，解决了她家的吃菜问题。我们几个人忙着挖地、搬砖、运砖、砌砖，步高也在写作的间隙帮我们搬砖。暑假快结束时，菜园已初具规模，他很有成就感，拍了很多照片，称我们的工程为"美国长城"。

2016年暑假我们第二次去美国，外孙女要报考大学，所以女儿他们就安排我们和他们一起去参观美国大学。我们参观了六所大学：哈佛大学、麻省理工大学、耶鲁大学、普林斯顿大学、宾夕法尼亚大学和哥伦比亚大学。这些学校各有特色，规模都很大，各学校专业的设置也各有特长，学校所在的

城市我们也连带参观了。步高觉得美国大学的人文环境还是比国内的要好很多。他问我喜欢哪个城市，哪个学校？我说："我喜欢普林斯顿和普林斯顿大学，这个城市太优美了，校园非常漂亮，特别这个学校的教堂，金碧辉煌、富丽堂皇，美极了。"他说："我也是喜欢普林斯顿大学，我还喜欢哈佛大学，但说实在话我还是更喜欢清华。"参观完大学后我们又开车去了尼亚加拉大瀑布，大瀑布的壮观让步高流连忘返。

游玩之余步高并没有忘记带去的任务，他的《诗词格律与写作》这本书就是在这个暑假内基本完稿的。每天一大早天没亮他已坐在办公桌前。每到吃饭时喊他下来吃饭，吃完立即上楼伏在电脑上不停地写，连出去走走的时间都舍不得浪费。

愉快的旅游和家人的团聚，也没有能让他忘记他的讲台，暑假没结束，他就惦记着回清华上课。他在查看清华开学时间的时候，看错了日历，发现回国机票晚了一个星期，他立即让女儿他们改签机票。我们都劝他，晚一个星期上课影响不大，但他坚决不同意，逼着给改票。清华的学生、六尺的讲台，永远是他最深的爱。

(2020 年 2 月)

王步高诗文集

对"大学语文"课的评价选

很感谢一个学期来您的授课与教导。每周二的晚上成了我最快乐的时候。"大学语文"不仅让我从严谨的公式、计算中得到放松,更让我的人文素养得到了提高。原来语文可以如此美丽。这种美是人文的美,是思想的美,她感染、陶冶并提升了我们。

感谢您以及所有编写《大学语文》的老师、学者们,这门课让我受益匪浅,这本书,值得我永远品读与珍藏。

化学系 化学 92 李晶 2009012238

这一学期听您的课我最大的一个感受是:语文就是生活。在这样一门课上,我们就像朋友,您向我们讲述着您对于不同作品的感受,从历史层面看,从文字层面看,从思想主题方面看,那些或者优美或者拗口的文字语句在您的讲述下也让我有了不一样的感触。这让我看到了语文的魅力在于她的包容,她的多样,她和读者的心灵的那种踏实而温柔的触碰。语文就是生活,您也将您的生活经历,您的那些美好的记忆和奋斗的经历与我们分享,让这门课变得富有人情味,让这门课被一种理解与尊重的氛围所包围。而且您对于我们的人生观,价值观甚至是爱情观的渗透都让我有不同的收获,有时候有些道理是需要一个人用一生去理解感悟的,您说的那些语重心长的话我都记着,我想在今后的生活中这些一定会在一定程度上改变着我的生活状态。至少我会像您一样热爱生活并且珍惜所拥有的,至少我会学着像您一样变得更加坚强,至少我会更加用心地去感悟语文所带给我的不同感受。

生命科学学院 93 班 王晧泽 2009012360

初入大学,蒙您教诲,深感荣幸,没齿难忘。顷读《大学语文》,如闻金玉良言,所收录之名篇,见解之全面独到,获益匪浅。深感您所说"《大学语文》

不是一本教材,而是一辈子收藏的书籍"之道理。您的才学,您的生平,相信给每一位有幸听您讲课的同学都留下深深的记忆和人生的启迪。

陈雨晴 水利水电工程系 93 班 2009010276

大学里面还有语文课的,这让我感到很高兴。王老师的语文课在我们学生中可以说是一片叫好声,我本人最大的感受便是老师有着极强的个人魅力。

王老师的魅力一方面是由于老师的知识是不愧于教授这个称号的,学识广博,见解独到,讲课时旁征博引,甚至是对于其他学科的知识也有了解。老师讲课充满感情,精力充沛,让我们很受感染。老师对每一篇课文都有自己的看法,同时这些看法都是建立在对原文的仔细研究之上的,而不是像当下个别学者为了哗众取宠而故意提出的某些荒诞无稽的观点,这让我知道了在学习的过程中应该非常注重思考和创新。然而我认为老师真正的魅力在于上课时不是仅仅教给我们一些课本上的语文知识,同时也将很多的做人的道理寓于其中了,我认为这些才是我能够终身受用的东西。很多的知识终究会被我们遗忘,但是老师那一晚送给我们的一句"要从黄连里吃出甜味来"却将鼓舞我在以后的日子里坚持下去。每每说及以前的被打为右派的日子,老师便会慷慨激昂,老师没有单纯地说教,是用自己的亲身经历来感染我们,这才是真正的言传身教,是为师之大境界。成文先成人,这是我始终坚持的观点,"思想不高的人是不能成为任何大家的",老师的这句话让我豁然开朗。

您主编的《大学语文》课本是我目前见过的最系统最详尽的一本语文课本,虽然是由于为了避免和中学的课文重复,很多名篇都没有入选。从各单元的【总论】到各篇目的【汇评】【赏析】,还有最后的【附录】,编排非常有系统和条理性。我觉得书中是字字珠玑,看书时不想落下其中的任何一个部分,所以我的看书速度非常慢,一个单元我要看上几个小时才能够看完。

作为一名物理系的学生,进入大学之后接触的就基本上全是专业方面的东西。高中时期很喜欢的语文感觉疏远了很多。上学期选课期间,当看到老师您开设的"大学语文"之后,出于对语文的热爱和对老师您的崇敬,我毫不犹豫地选了这门将会让我受益终生的课——"大学语文"。从此,一学期的美妙历程便开始了。

每个星期二晚上总是我最高兴的时间。在一堆公式、数据运算和理论推导里面驻足了一个星期的我,在周二的晚上总是在文海中畅游,感觉无比的欢悦。老师您的讲课方式我相当喜欢:不拘于个别文字、句子的解释;注重的是整体文义的把握和整体的"浩然之气"。

还记得老师您经常给我们讲各个作家的生平,或褒或贬,公正客观。您说"文人多无骨","如方孝孺等便是千古难得",通过您的课,我再一次感受到了您说的"骨",文人须有骨,诚然!

还有便是老师您讲述的您在"文革"中经历的种种。很震撼于老师您的气节,在这迷失了的社会里面显得是那么地可贵,给我们以人格上面的熏陶。

通过老师您的讲述,我也改变以前盲目崇拜那些著名人物的不良习惯。我知道了"陆老,陆老,诗多好的少",也知道了"想得读书头已白,隔溪猿哭瘴溪藤"是一句彻底的败笔,还知道了《深虑论》里面解决问题时"归之于天"的荒谬和可笑。

一学期的课程是短暂的,转瞬间便已到了结束的时刻。当我将这份卷子交上去的时候,我知道这美妙的历程终于也就画上了一个句号,但这门课对我的影响将是一生的。下学期有机会的话我还会选修老师您的"唐宋词鉴赏",望再次受教于老师门下。谢谢老师让我度过如此美好的一学期"大学语文"课。望一切安好!

基科　迟焕杭

《大学语文》是一本十分优秀的教材,不管是从内容还是从质量上来说,都不可多得。课件的制作也十分精美,不管是背景还是字体,看得出来老师都煞费苦心。作为一名新闻专业的学生,从编辑学的角度上来看,这本书的选材、体例、编排都是无可挑剔的。

大一上学期就知道班里很多人选了"大学语文"这门课,也听到了很多关于王老师关于东南大学的轶事,本来感觉清华作为一个理工科学校(虽然学校在大力建设文科院系,很遗憾,我还是不能完全改观),在众多枯燥专业、诸如机械、材料的围攻之下是不会有很多人欣赏我们这些文科生的风花雪月闲情逸致的,"大学语文"可能只是高中那种应试教育的延续,所以就没选这门课。到大二下学期的时候,听到一些同学讲起这门课竟然有一丝炫耀,提起随时可能回东南大学的王老师更是依依不舍,我就"抓住最后的机会"选报了王老师的这门"大学语文"课,不得不说的是,至今我仍为做出这个正确的选择而庆幸甚至自豪。

一个学期的学习下来,"大学语文"给我的感觉不仅不是那种应试教育的"填鸭"模式,反而更多的是被它的课程内容、被王老师的教学方法和人格魅力深深折服。《诗经》《楚辞》、汉魏古文、唐诗宋词元曲,这些祖宗传下来的艺术瑰宝不再是沾满历史风尘的冰冷语句,更像是一位位先哲娓娓道来的亲切叮咛,或悲或喜,或平静或激昂,它们都成了有情绪有生命的艺术品,向后人尽情展示着时代的魅力,述说着湮没在滚滚大浪里的那些人那些事。

很欣赏王老师的课堂表现方式,那种完全投入的感觉绝不是一个仅仅为了薪金为了名利的讲师所能达到的。在我看来,教师是一个很神圣的词语,绝不仅仅只是像讲师那样讲授知识,更应该教导学生,引领学生去探索世界、发掘未知,帮助学生塑造健全的人格和正确的"三观"。而王老师则完美地做到了这些,不管是用自己的苦难经历教育我们,还是诲人不倦地引领我们徜徉语文的殿堂,从知识到人格,教人育人都得到了很好的诠释。谢谢您!

新闻82　2008016862　张晏慧

"大学语文"的课堂是多彩的,如玄晖之清丽,如后主之悲戚,如太白之狂傲,如东坡之旷达,如老杜之忧愤,如易安之婉约,如孝孺之傲骨,如左忠毅公之不屈。我们览迁客骚人之图谱画卷,我们赏先达志士之怀抱胸臆,我们静闻文人雅士的古韵笙歌。老师教诲我们积极生活,切莫"飞鸿万里愁如海";身有骨气,"人不可有傲气,但不能没有傲骨";心存达观,"好竹连山觉笋香";懂得隐忍,"卒然临之而不惊,无故加之而不怒"。老师言传身教,表达出的浑然正气和一身傲骨,给我留下了很深的印象。"大学语文"课洵为精神之旅途。

化学　方　堃

"大学语文",教我以对知识与历史的温情与敬意。回忆一个学期,展现在我面前的再也不是原先的凌乱与虚空,而是一条真实的浩浩汤汤的中华文学长河,从《诗经》、《楚辞》发源,挟带着先秦的激荡、汉唐的雄风、魏晋的俊逸、宋朝的婉媚、明清的庄重,经过近现代战火的洗礼,奔向东方文明的大海。每次上课,我总是坐在前三排,总是陶醉于古典诗文中细致动人的描摹、优雅清新的画面、抑扬顿挫的朗读。这令我很欣慰,自己是带着心去上课的。我已体验到如何去享受一门课。

这门课教我成为一个完美主义者。老师布置的两篇作文,从构思到写毕,每篇我都花了整整一天的时间,泡在人文新馆来作。其间冥思苦想,反复推敲斟酌，竟好几次错过了用餐时间。每得奇思佳句，兴奋不已，竟也不觉得饿。以后我又修改了好几次，最终达到自己挑不出毛病的地步，颇为得意了。当时激励我的，是一种追求完美，不留遗憾的劲头。这一点颇受王老师的影响。他创作东大校歌时的细细打磨，他创作《清华赋》时的53次易稿，他所布置的找教材中三处错误的作业，都令我由衷敬佩他的治学精神。老人尚且如此，我辈焉敢不勉乎？

这门课教我如何做人。确切地说，是王老师教我如何做人。他强大的个人魅力，便是在课程结束之后鼓掌声长达一分钟的原因。他只发过一次火，也是他来清华的第一次发火，是针对几名刚上课就随便出入的学生。然而还没到下课，他竟跟我们连连道歉起来，方才气头上要求的交纸条点名也就在老人的笑声中作罢了。足见他是一位宽容敦厚，可亲可敬的长者。但他是极讲原则、爱憎分明的。他曾经在课上骂过一大批小人帮凶，痛斥过"文革"的罪恶，以至于脸都涨得通红。年过六旬的老人呵，敢爱敢憎，有时又很可爱，他是真正的性情中人。

为师为学，终生受益。我可以磊落地说，这一次"大学语文"在我生命中之存在，绝不会因走出考场而结束。文学的精义，老师的人品、谈笑，学于其间的陶醉与感喟，必将温暖我未来跋涉的灵魂。而我对于这门课的责任，则是永存的。时时反顾，时时呵护，时时自新。

张恒经　952009012476

我非常喜欢王老师的教材。在买教材之前，就有上过这课的同学跟我讲一定要买一本新书，这本书值得收藏。以前的课程的教材都是在课上完之后就束之高阁了，但是《大学语文》这部书是始终放在我书桌离手最近的那一边。有时候学习专业知识累了，拿来翻一翻，读一读那些朗朗上口，情感丰富的诗词，回归中国古典文化。

我感受最深的是从来没有看过哪个老师能把课件做得如此的精美。每一张幻灯片都可以看到王老师的心血，精益求精，真的让我非常感动。在上这门课之前，我从没有大声念过那些古代经典诗词，高中也只是为背诵而背诵，没有完全用心去体会。都说词是用来唱的，但是我从来都没有感受过唱出来的词是什么样子。我非常感谢王老师在课堂上播放的朗诵和唱词，让我深深感受到那些诗词的美好。

王老师是一个人生经历坎坷教学经验丰富的老人，在课堂上王老师不仅讲"语文"，还讲"人生"。在讲苏轼《留侯论》的时候，我喜欢王老师在黑板

附录

上一笔一划写下的"忍一时之小忿,争一世之高下"。近三个小时的课,王老师可以一口气流畅地讲下来,对于一位老人来说,我真的非常敬佩和感动。每堂课下后热烈的掌声,真的是同学们对老师的敬业精神的感谢。

因为有了这门课,在清华这所工科大学里,多了一些人文情怀。谢谢王老师和大学语文。如果人品够好,希望下学期能选上王老师的"唐诗宋词鉴赏"课。

新闻 01　欧媚　2010012884

慕名而来,满载而去。选课前很多师兄师姐的推荐让我做出了选这门课的决定。而事实证明,它名不虚传。

这门课无疑是让我惊喜交加的。总算有机会再领略祖国的文学之精妙、历史之悠远、精神之宏大。从《诗经》开始进入中国古代以及现当代的文学世界,重新唤起了我对中国文学之兴趣和热爱。小时候总说长大了要当个文学家,年幼不知所谓,现在就算是了了心愿了。

这门课不同于我过去上过的任何一堂语文课,没有枯燥乏味、故作高深的语言,没有照本宣科、令人昏昏欲睡的讲解。您也不同于我过去的任何一个语文老师。不会哗众取宠,不会严厉疏远。而是平易近人的、真实亲切的,让人觉得每一句话都有岁月的积淀,有时沧桑,有时豁达;每一节课都有独到的见解,对李清照、对陆游……您都让我看到了不一样的他们……

这门课真的给了我很不一样的感受。作为一个法学院的学生,无论以后是成为律师还是法官或是从事其他职业,这门课不仅给了我侃侃而谈的资本,也向我更加全面地展示了古今中国的面貌,更引发了我对文学的兴趣。期待这能成为我一生的财富,成为修养的积淀。

法 12　颜佳莉　2011012842

一个学期的《大学语文》课程即将结束了,应该说此时的情感是满足与不舍相交错的。

之前上过王老师的"唐诗鉴赏",感觉收获实在多,于是这个学期毫不犹豫地又选择了王老师开的另一门为同学们啧啧称道的"大学语文"课程,想在读完唐诗后还能对中国各种文学形式有更进一步的了解。

上课对于我来说简直是一种享受,王老师讲起话来语调里透着的尽是悠悠古韵,恍然间仿佛置身于千百年前的学堂,那滋味真是说不出的奇妙。而让我感触颇多的还有王老师做学问的态度,课间总有同学围在王老师周围问问题,而王老师不仅一一悉心解答,还与同学们一起探讨。记得老师提起总爱向广东的同学们问询字的读音以推测出其古音,这样一位大师却能低下头向普通同学求教,真是又可爱又可敬!

社科 9C　欧阳筱萌　2009012647

自从进了"五道口男子技工学院",我觉得自己离文学的距离越来越远,思维方式变得更加地理性而实际,缺少了几分潇洒和浪漫的情怀。为了让自己的心灵重新受到文学的熏陶,重新点燃内心浪漫的火花,我慕名选修了王老师的"大学语文"。一学期下来,跟随王老师在文学的海洋里遨游,在每个周二的晚上去和古人对话,感受秦时的砖、汉时的瓦、唐朝的诗情、宋朝的烟雨,顿时觉得自己的心也随着老师的讲述而变得敏感而湿润了。

一学期下来,我不光学到了许多知识,还为王老师的品格所感染。您在文革中遭受了很大的磨难,但对待恶势力您从来没有低过头,而是乐观地与之抗争,恶势力没有压弯您的脊梁,反而让它变得更加地坚挺。真的十分佩服您不随波逐流始终坚持自我的品性,这一点值得我们所有人学习。另外,我还十分羡慕您美好的爱情,您教导我们"爱情要追求美满,而不要追求圆满",您和师母不离不弃,十年如一日的爱情,也是我们年轻人学习的典范。每当看着您一脸幸福地说起师母的时候,我想做这样一个让人挂念的妻子真的是女人一辈子最幸福的事了。

总之,这学期学习"大学语文",我收获颇多,从知识到修养都是一次全新的体验,真的非常感谢王老师!

经 02　蒋艺　2010012625

对"诗词格律与创作"课的评价选

　　本学期王步高老师的"诗词格律与创作"课程,使我已较为全面地掌握了入声的辨别;体会到了对联中平声、仄声格律的和谐,并感悟到了其中的意境美;课上和课下的练习与创作,使我对五言、七言绝句和律诗有了更为深刻的认识,并从自身对平仄的运用,对诗句的推敲和对字词的精选中,切身感受到诗词创作的奥妙以及中国文化的博大精深。同时,在聆听王老师的讲课中,我感受到了王老师的博学与才气。课上王老师激情的授课方式使我燃起了对诗词格律与创作的兴趣。经过这学期以来的学习,我对诗词的创作有了很大的提高,且更加热爱古诗词,更加热爱中华文化。"诗词格律与创作"课程使我受益匪浅。

安明伟　03003235

　　是王老师的诗词课,让我从一个诗词的门外汉走进了真正的诗词殿堂,我学会了最基本的诗词创作,创作出了属于自己稚嫩的作品;是王老师的诗词课,让我对中国的古典文化有了更深入的了解,学会了更理性更专业地分析一些作品;也是王老师的诗词课,让我增加了阅历,明白了更多的人生道理,每每听王老师讲自己的人生经历,我都会觉得那就像传奇一般,让我有给王老师写传记的冲动!

　　上王老师的课真是一种享受。忙碌而充满烦恼的大三,每周三晚的诗词课成了我的期待,成了一个盼头,一个可以真正轻松地享受生活的盼头。

朱思颖　法72　2007012752

　　开学初,我动员了所有的好朋友帮我选上了您的这门课(清华系统只能选择一门课作为一志愿,即使作为一志愿,这门课抽中的比例是1/7)。您在清华里的口碑很高,所以我非常渴望在毕业前的最后一个学期聆听您的教授。

您一学期的悉心教导让我们这群工科园子里的孩子领略到古文的美妙,渐渐可以作对子,作诗,作词。我为我的大学可以以您的课为句号感到庆幸。

经管62　邵晓琦　2006012409

我是那个经常令您生气,不服从格律的同学。首先对您说声:谢谢。

从小到大,我以从不拘"法"为常,为荣。文字创作更是如此。刚开始我确实不理解遵守格律的意义。通过您的教导,我明白,只有尊重规则,才有资格对规则说话。

文学生命上的成长,很难得很难得。我很幸运,在清华遇到了您,让我从"业余"成为"正规"。在历时几十个小时创作的十几首诗歌中,我深刻感受到诗词创作的乐趣。"苦中作乐"或是如此。最后,我把最近和过去的最满意的作品中的优秀部分"艰难"地逐字逐音地修改,我悉数写在此本。

最后,通过此课,我在做人上有了很大感触。您说:"要写出好作品,首先你这个人字是要大写的。"同时您对文字的严谨、照片的仔细,都深深震撼着我,从王老师这门课上我学到了一样东西:正直地对待文字,对待学问,对待生活。这可能是我的最大成长。

最后,我以送您的一副对联作为本次作业的结束:

龙行有格,先格心,再格物,东海潜苍龙,苍龙日暮还行雨

树参通律,严律己,宽律人,南山隐老树,老树春深更著花

横批:文君(宠)坤元

经管　杨奇函　2008012485

谈到这门课,王步高老师自然是不能不说的。老先生不仅学识渊博,而且很有文人所独有的"气"。陈寅恪曾在王国维纪念碑上盛赞"独立之精神,自由之思想",而我在这门课上,才真正见识了什么是独立自由的学术精神。先生时常在课堂上讲一些"题外话",时事政治、历史典故、人生经验、学术问题,可谓是旁征博引,天马行空。对于历史典故、时事政治,我们从小到大接受的都是官方正统的观点,即使有一些不同的看法,能像老先生一样说得如此明确、一针见血的实在很少,这让我们接触到了很多新的思想,启发我们从不同的也更全面的角度去思考问题。老先生的人生阅历和诗词创作经验也给了我很多启发,比如"完美的苍蝇仍旧是苍蝇,有缺点的凤凰还是凤凰",何谓名句? 那就是"人人心中都有,人人笔下都无"的句子。虽然老先生多次向我们道歉说这些题外话很占用了上课的时间,但我觉得这些"题外

话"恰恰是这门课上最闪光的地方。诚然,诗词格律创作是我们学习的重点,但以后我们之中的很多人可能不会有太多的机会写诗填词,学过的知识也可能忘记,可是老师上课的时候给我们讲的这些"题外话",却能够影响一辈子,因为这真的是一种眼界的开阔、思想的启蒙。退一步讲,先生也曾说过,唐诗特色是盛唐重气,晚唐重意,我想,没有独立的思考、自由的精神,又怎么能创作出这么动人心魄的"意"和"气"呢?这门课不仅是一门教我知识技能的课,更是一门教我做人做事的课。

生 94　刘亚旭　2009030021

早闻王老师的名声,也听上过"大学语文"的同学说,若是在清华不上一次王老师的课,必是憾事一件,便心心念念选这一门自己也很有兴趣的课了。

本以为诗人写诗,词人写词,都是突然念起,一挥而就,然而到了自己,却发现万不是如此,为一字苦苦斟酌至抓耳挠腮,竟也是常有的事了,离那种可以即兴赋诗填词的境界,却觉得越发遥远了。好在老师悉心教诲,又经常能够评析其他同学的作品,觉得自己的对诗词格律的基础知识确实增长了不少,虽然不求甚解,也可让我写出一首不容易挑出毛病的诗了。老师上课常常用一些历史轶闻或是自己的经历启发我们,让我觉得课上学到的又何止是诗词的知识,更是一个文化人的精气神与一身傲骨吧。自古文人墨客在文学上有所成就的时期,却往往是官场、人生失意之时,而国破家亡之际,又往往更易出惊世之篇,这便是逆境对人的激励作用吧。也愿我自己能够在以后的人生路上保持正直清白的心性,不管时运如何,都不要放弃自己最初的理想与追求。

化学 91　张文津　2009012229

进入大学之后,听到王步高老师大名,坊间传闻奇闻异事举不胜举。总结出王老师几个特点就是底蕴深厚,为人正派,要求严格,心直口快,仁义厚道。又看到王老师的"诗词格律与创作"课程,我决定无论如何也要选上这门课。其实在选课之前,我曾经咨询过上过这门课的朋友,大家都极力推荐我来上,但是同时也告诉我,这门课可能要花一定时间,要做好心理准备。

这门课是不可多得的好课。一学期过后,从小处说,我学会了一种新的技术——写诗填词,以后有了新的雅事;从大处说,我更加深刻地体会了中国传统文化,从此以后看别人的诗词也有了不同的眼光和更高的境界。意想不到的收获是,收获了很多欢笑,了解了很多人生的感悟,学到了很多人生的哲理,对于如何做一个大写的人也有了更深的体会。这些都是王老师教给我的。我可能这辈子都没法成为一名职业的,伟大的诗人,一辈子都无法企及王老师以及很多古代诗人词人的高度,但是我很可能会成为一个懂诗词的工程师,一个有一些中国古代文学素养的理工科学者。一个理学工学素养深厚的人,其文学素养也绝不会低,这些已经有很多大师们为我做出了先例了。

最后谢谢王老师一个学期的教诲,我期待与老师更多的相会,期待从老师那里获得更多的教益。谢谢老师! 同时也祝以后选上这门课的同学都能够收获知识,收获感悟,收获快乐!

李秋澄　2011010793

很小的时候便开始读诗词,无论是"嘤其鸣矣,求其友声"的诗三百,还是"红楼隔雨相望冷,珠箔飘灯独自归"的义山诗,还是"仰天大笑出门去,我辈岂是蓬蒿人"的太白集,每每翻开书卷,总会有那么一两句打动我内心的句子闪现,让人时不时也会有拿起笔,书下属于自己的诗词的冲动。不过由于所学不多,这种冲动,也就只停留在想法的阶段而已。

幸运的是,来到清华大学后,我逐渐拥有了这个机会,首先是在开学之初的"百团大战"中,我发现了清莲诗社,从此便结识了一群志同道合的好朋友,一起喝茶,一起吟诗,度过了很开心的时光。然后,在本科生选课目录上,我更是邂逅了王老师开设的"诗词格律与创作"。甫一见这个名字,我便坚定了要选这课的决心。无奈这门国家精品课程实在是太火了,以至于我第一学期死活没有刷上。这才有了这学期姗姗来迟的相遇。

课程是从"平上去入"开始的。王老师用他那明显带有南京方言色彩的普通话向我们讲述了音韵的发展和变化。非常痛苦的是,籍贯湖北宜昌的我,方言里没有入声字,这让我倍感苦恼。每次看到山西、江苏的同学们可以轻易地通过方言来辨别入声字时,我就会很羡慕嫉妒妒恨,然后也只能抹抹泪去背常用的入声字,这个时候,王老师总结的那些辨别入声字的方法对我就具有了特别重要的意义。

然后是"天对地,雨对风,大陆对长空,山花对海树,赤日对苍穹"的对联,从工对到流水对,婚联到挽联,王老爷子一点一滴细心地为我们讲述着对联的基本知识。他告诉我们写好对联是写律诗的基础,因为律诗是非常工整的,颔联和颈联都是要求对仗的。

不过,最开心的应该是讲诗词的时候,因为这个时候王老爷子会展示同学们的作品,我最喜欢的就是凝结着同学们心血的作品了。看着跟自己一样慢慢学习格律的同学们写出的作品,既是对他人努力成果的赞许,也是对自己的勉励吧。无论是短小精悍的绝句,还是工整对仗的律诗,抑或者是各有千秋的词谱,还是古体诗等,都涌现出了很多优秀的作品。"江左松楠,江右流岚""半笼明月半笼虾",真的好美。

除了学会了格律和写作,欣赏了很多动人的诗句以外,这门课给我印象最深的,就是王老爷子的处世为人和人生态度。只身一人从金陵来到北京,他心中充溢着的,是对教学的莫大热情和对推广诗词,提高现代人文学素养的强烈愿望。记得讲婚联时,王老爷子曾经说过这样一句话:爱情要的不是完美,是圆满。是啊,没有哪一段感情是可以完全没有冲突没有磨合的,但是,只要双方都努力用心去经营一段感情,那结果,必然也会很美好的吧。王老爷子和夫人相携相伴的爱情故事也感我至深。不是每个人,都可以找到这样相守一生的伴侣的。

总之,这学期的诗词格律与创作课程我上得非常开心,也收获了很多很多知识和朋友。读诗如读人。愿我的人生中永远弥漫着诗情画意,鸟语花香。

是以为记。

法 22　潘陈雨　2012012882

这学期的"诗词格律与创作"对于我来说是一场美丽的旅行,每天都有诗词相伴,生活也多了许多色彩。平日里我们更细心地去体悟生活,从中措辞摘句,更富有诗意地去生活。每周在王老师的课上,我们学习更多的诗词知识,聆听老师对我们诗句的精彩点评。从自己的诗词思考炼字炼句,从别的同学的作品中体会新的角度,感受更加丰富的精神世界。对于王老师的教学,我有三点特别地欣赏。

第一欣赏王老师的知识渊博。发已白,心不老,课内课外的许多知识都信手拈来。我想"诗词格律与创作"这门课,来听课的同学所收获的可比那些不来听课,自己看课件的同学收获的多出百倍。很多时候王老师给我们所传授的拓展知识,同样地深刻和精彩。

第二欣赏王老师的诗人气质。老师在课上总是对我们说自己的性格不好,脾气有些大,得罪了好多人,叫我们不要学他。但是我却认为自古的大诗人都是需要独特的气质的,那些与世俗同流合污之人,怎么能跳出这个混乱的圈子,站在一个新的高度去提炼生活呢? 写诗忌讳落入俗套,做人更是如此，多一些原则，多一些性情，人生才有光彩。

第三欣赏王老师鼓励我们做一些紧扣时代特征，关乎时事的诗词。在这一点上我有很多的感触：自古最超卓的诗作都是用作品去总结时代，诗人敏锐地观察出所处时代的特征，使自己创作的作品能够与时代共鸣，发出最强音。我们的国家正处于一个飞速变化的时代，充满着不确定性，谁能用文字精准地凝练出时代的特征，谁就是真正好的诗人。所以艺术创作是不能脱离时代的，否则就不会有生命力。

感谢王老师的悉心教导，转眼我马上就要大四了，在清华园也度过了三年时光。三年里我学了王老师的"大学语文"、"唐诗鉴赏"和"诗词格律与创作"，这些都是我最美好的记忆，记得去年的"唐诗鉴赏"课的期末作业中，我提交了几首自己写的小诗，向王老师表达了自己的诗词爱好。这学期我总算如愿以偿，选上了"诗词格律与创作"，一学期的学习后，我也发现了我的飞越。这三年，是王老师把我领进了语文与文化的海洋，在这个要画上圆满的句号的时候，我想衷心地和您说声：谢谢！您是一位让我一生难忘的老师，祝您身体安康，祝您创作出更多流芳百世的作品，祝您在清华园教书愉快，祝您桃李满天下！

附录

学生　赵冶

钱牧斋向有言曰：有不学而能者，有学而不能者，有可学而能者，有可学而不可能者，有学而愈能者，有愈学而愈不能者，有天工焉，有人事焉，知其所以然，而诗可以几而学也。经过这一学期的课程，以为此言实为有据。

盖古人之诗以天真烂熳，自然而然者为工。若以剪削为工，非工于诗者也。天之生物也，松自然直，棘自然曲，鹤不浴而白，乌不涅而黑。西子之捧心而妍也，合德之体自香也，岂有于矜齧笑、涂芳泽者哉？先生多次教以性情入诗，始知不应以诗为主而我为奴。至于补凑割剥，续凫断鹤，截足以适屦，犹以为工，此痴人说梦也。

又，此课程虽名以"诗词格律"，然先生所授之道，固不止于格律而已。

所谓"王者之迹熄而诗亡，诗亡然后《春秋》作"，王者迹熄，诗道凌夷，未有如今日之甚者也！今所习固为诗词而已，然亦由先生而稍知前辈学人为人为学之道，如此，则所习又不止于诗词矣。

人文 2　陈梦佳　2012012690

这或许是我这一学期来收获的最有价值的东西。诗词格律这门课，让我学到了很多，关乎知识，关乎做人，关乎人生，关乎心境。

1139

给我印象最深的，是老师伟岸正直、嫉恶如仇的个性。虽是因为性格等原因一辈子跌跌爬爬，但是活得正，活得有骨气，活得有尊严，挺得起脊梁。

很喜欢、很敬佩王老师，很想继续上完老师的其他课程，只是我命不济，下学期选的课全都掉了，真是伤尽古今人品。老师曾说，不知会在清华待多久，毕竟这不是自己的家。我其实很惶恐，因为这种时间的阴阳差错有时真的让人欲说还休，我有时会羡慕那些修完您四门课的学生，在这不断错位的时间里，他们赶上了。

我只是一粒不起眼的沙子，一直在痛苦地找寻着自己的存在，或许有一天，我会被一阵风，吹进蚌的心里；或许有一天，我会被一阵风，吹落到天涯。不论如何，我会走下去。感谢老师，让我学习，思考，明白了很多。

美院史论系　邹海萍　2012013002

王步高诗文集

对"唐诗鉴赏"课的评价选

　　从预选的满心期待,到正选的不幸落榜,再到补退选的不懈刷课,直到后来与同学换课后喜获"唐诗鉴赏"的幸运……几经周折,是执着让我获得了坐在 2101 教室聆听王老师授课的机会。来之不易让我更加懂得珍惜。每次上课,我都坐在前排,听您对唐诗独特的见解,听您熟悉的乡音,听您有趣的故事。您对中国古典文学的热爱让我动容,您对中国传统文化的熟稔让我佩服,您丰富的人生经历更给我给养。每一次课,都是我文化上的提高、思想上的洗礼和精神上的升华。还记得讲《长恨歌》的时候,王老师投入了全部的感情,舒缓的音乐,隽永的文字,深情的解读,让我触景生情,竟一时忘了这是在上课……这样好的课程,怎么可能缺席,就连分心都是一种损失!

附
录

　　王老师主持编写《唐诗鉴赏》一书,凝聚了您学术、授课多年的成果,并将这些智慧结晶以浅显易懂的方式呈现给我们。犹记得您在教材第 66 页《〈燕歌行〉主题辨》一文中,为我们介绍了关于《燕歌行》内容几种代表性的看法,并一一作出评论,最后提出您对此的理解。这篇文章解释了我长久以来的疑问,并让我第一次对《燕歌行》的主题有了深入的了解和清晰的认识。此外,"集评"、"汇评"、"赏析"的架构贯穿全书,条理清晰,既把历代诗评辑录展现给我们,让我们原汁原味地欣赏古人的评论,体会诗词的意蕴,更鼓励我们结合时代的精神形成自己的见解。"备选课文""泛读课文"栏目的设置,为我们提供了深入探究的契机。此外,"大学语文"网站的设计更体现了您的良苦用心。从网络课程到教学实况,再到参考书目……全方位、多角度的教材解读是对我们课堂学习的良好补充与有力促进,如此用心,对一门文化素质课程来讲十分不易。

　　当然,最吸引我的是王老师的授课方式。每节课都在轻松、活泼的气氛中进行。动情时低沉到极处,感慨时又激昂到极处,情调闲雅,怀抱旷达,留我们无穷回味。课下，无论我们遇到什么问题，都能够得到您耐心细致的解答。从这个意义上来讲，王老师既是我们的良师，更是我们的益友！

感谢王老师！

是您教会了我严谨。课程就像是您的孩子，您对每节课的精心准备，细致到了每一张PPT，每一个文字，甚至每一种字体，我们都看在眼里，记在心里，十分感动。

是您教会了我谦逊。无论是大学语文，还是唐诗鉴赏，在课程结束之时，您都会要求同学们对教材和课程提出意见或建议，虽然您已经做得足够完美。

您用渊博的的学识指引着我。还记得年初的人文知识竞赛，我作为志愿者参与了筹备与举办的全过程，决赛上您点评鞭辟入里，对唐诗宋词信手拈来，让我发自心底地敬佩。同时也让我深深意识到，自己的文学水平还差得很远，路曼曼其修远兮！

您更用自己的人格魅力感染着我。无论是生活，还是爱情，您都是我的榜样。还记得今年元旦，您邀请诗词格律课的同学去您家吃馄饨，让我们感到格外温暖，也格外羡慕。不久之前，我有幸读到了您的《回眸》，让我看到了平日里德高望重的王老师柔情的一面："月到中天，清华园里月色溶溶，万籁俱寂，我上完晚间的三节课，答完疑，激情奔涌的心境还未平静下来，又骑车急急忙忙赶回寓所。我要赶紧给妻子打电话，这是独处异乡每天必做之事，她不接到我的电话是不会睡觉的，虽然这时已过10点半钟。""夜半了，月光静静地照在我的脸颊上，泪水打湿了枕巾，我每晚都在这思念与回忆中安然入睡。梦中我又穿山度水回到南京，和她在一起，我又能见到那双永生难忘的眼睛……"这些平实却真切的文字，让我一个人对着电脑泪流满面。您和师母的爱情告诉我在快餐时代，什么叫忠贞，什么叫坚守，什么才叫真正的爱情，而这是我一生都渴望追求的东西。

今年九月，我将要赴德国海德堡大学交换一年，一年的缺席注定我没法继续选修您的诗词格律课，然而我记得林语堂说过，中国是一个没有宗教的国家，但是它是一个以诗歌为宗教的国家。我会牢记在您的课上所学，在异国他乡为中国传统文化的传播做出自己的贡献。同时，我也由衷地希望，能够在我重回清华之时，继续坐在您的课堂，听您熟悉的乡音，分享我在异国的经历，继续和您探讨中华古典文化的精髓与奥义。

2010012750　　杨元辰

作为一门国家精品课程,王老师的"唐诗鉴赏"从未让我失望过。自己从小就对诗歌十分感兴趣,于是上学期不惜动用第一志愿选上了这门课。刚开始对王老师的口音有些不适应,但到后来不仅完全适应了王老师的说话方式,而且觉得王老师的口音颇带古韵,觉得古诗不那么读反而略失风采。

　　作为一名工科学生,对于诗歌文化接触的机会相当地少,仅仅靠课外有限的时间要去品读好诗歌也略显困难。所以很感谢王步高老师能来到清华大学给我们这些对诗歌抱有浓厚兴趣的学生开设这么有意义的课程。在这门课程中,我学到了很多关于文学的知识,而不仅仅局限于诗歌的常识。诗歌的鉴赏内容宽泛,自然不能局限一隅,每每提到作者及诗歌背景,自然要联想到时代,从而就得建立相关的历史观,诗歌是极为精炼的语言,字字珠玑,皆有缘由,鉴赏者品其诗歌,旁征博引,对文学史皆有涉猎。而王老师当之无愧地做到了这点,每次听着王老师引经据典,都会灵魂神游,思绪不受拘泥,如沐春风,一周的时光中最为享受的便是这与诗歌交流的夜晚,与诗人的对话,听着千古绝句在源远流长的中华文化中荡气回肠。

　　受益匪浅,这四字虽为普通,却概括了我对唐诗鉴赏这门课与课本的最为实在的感受。以前虽然爱好诗歌,却只是零星地自学了一些常识,并未对诗歌有更系统深入的了解。唐诗作为中国乃至世界诗歌史上巅峰,对它的学习自然有助于理解诗歌的整体。其实上这门课最让我印象深刻的并非王老师的渊博知识,而是王老师对诗歌的挚爱。王老师在品诗歌时总是流露出无限的感情,仿佛如作者身临一般,将自己的饱含于诗歌中的情感娓娓道尽。王老师不仅挚爱诗歌,更是挚爱着自己的家乡,自己的故园,自己的母校。每次课上王老师总是会不自禁地重拾往事种种,分享自己的经历,让我们这些学生能够更加了解王老师,通过了解王老师,自然能领会王老师在这门课上的每一抹心血。

　　如果说诗歌是诗人言传情感的媒介,是诗人的风骨志气,而王老师,作为一名讲述诗歌的诗人,其中的风骨志气存于句句慷慨激昂的话语中。王老师经历"文革",仍笑对磨难,远离家乡,仍不忘故土,对于世间种种,皆敢怒敢言。王老师言传身教,除了诗歌,还有人生的哲理与态度。

自 12 班　熊撼天　2011011343

　　上这门课,总体感觉就是震撼。这震撼是从选课开始的。选课时的火爆状况实在是让我无法想象。看看课件,课件制作的精美程度和内容的丰富也使我惊讶——每节课150＋的课件实在是一个巨大的数字，也包含着巨大的信息量。上课时，听着老师结合自己人生阅历的讲解，三节课，中间只休息5分钟，但是，不知不觉，时间就这样过去了……上课时与诗人对话，结合时代了解诗人的创作意图和他们的人生沉浮；下课后总有些意犹未尽，总是会再翻看一遍课件，看看诗中的情感。

材13 张竞文 2011011932

其实学生更愿意叫您"先生"以示无以言喻的尊敬之情。很庆幸自己能选上您的课，我想这是我收获最大的公选课之一了。

一学期的传道、授业、解惑，您用江南的独特之音带我们走进诗词的殿堂，用批判的眼光让我们学会自己思考，诗词的魅力在您的带领下愈加彰显，更加深了我对它的热爱。也许精彩的课程让我收获了知识的沉淀，但让我真正受益终身的是从老师身上学会的为人刚正不阿、处事认真负责的态度。

还记得老师在课堂上给我们讲的每一个小故事，坎坷的人生经历没有让您失去对生活乐观积极、不惧风雨的态度，每每您爽朗的笑声传至耳边，都让我们感到像李白"安能摧眉折腰事权贵"一样的豁达和"愿将腰下剑，直为斩楼兰"的气魄。

从老师课堂上与我们分享的经验和小故事中，得知您经历了世事沧桑，遇到很多不平之事，但是没有改变您像诗人一样的气节，爱憎分明，敢怒敢言。您对于诗词有独到的见解，对于即便是名家之言也敢于批驳质疑。对于一些细小的疑问您总是严谨求证，不是偏听偏信；还记得您指着PPT上某位名家的鉴赏之语说着"这就是不懂诗的人才这么写的"……批判的思维如何形成？就是要首先敢于质疑，对于生活在被前人铺天盖地的理论充斥着学习生活的现在，是老师您让我看到了治学的严谨之道和求实之标。

还记得老师经常说"今天晚上上课前我在准备课件的时候又发现……"。您总是不断思考不断改进，不断有更高的要求，您的课件精美，让我们上起课来总有种赏心悦目的感觉，让美丽的诗词更多了一分魅力。

谢谢老师一学期含辛茹苦、孜孜不倦的教学。经师易遇，人师难遇。弟子因师则以贤，无以为报，惟愿老师身体健康，家庭幸福，一切顺利。学生亦会一如既往勤奋求职，以报师恩。

社科0B 陈美诗

一学期的唐诗鉴赏课即将结束，由于大二课业繁重，这学期除了必修的课程外我只选了这一门选修课，而事实也证明了这是一件多么幸运的事情。

我十分有幸能够两次选上王老师的课程。大一慕名选修过"大学语文"课,在那之前便听很多学长称赞过王老师的授课风格和为人秉性,亲身的聆听学习更是让我强烈感受到了这些。进入大学以来,理工科紧锣密鼓的学业一度让生活的色调变得单一而紧张,而"大语"的课堂无疑是数字符号公式的世界里一泓醉人的甘泉,让我体尝到了久违的文学之美、文字之趣,然而由于课时有限、课程内容又极其丰富,不得不将一些时期的文学作品做简略处理,只讲解少量的代表作,不免遗憾。对于偏爱古代文学尤其是唐宋诗词的我来说,"唐诗鉴赏"在很大程度上弥补了这一遗憾,让我能够尽情地在大唐的风云中感怀、在诗歌的意韵中徜徉。再一次来到熟悉的课堂,再一次看到古韵十足、精致考究的课件,再一次感受王老师严谨教学的风范、性格鲜明的讲解和对待学生慈父般的悉心指导,我仿佛又回到了一年前,又一次品尝到那曾经抚慰我焦灼内心的诗书飘香、诗情漫卷。像这样,每周用一个晚上的时间,给自己的心灵放个假,暂时离开那些繁杂的符号逻辑,听一听大漠边关戍人离殇、阡陌田间儿女情长、坎坷际遇艰辛求索、盛唐气象慷慨放歌,还可以听一听王老师坎坷波折、矢志不渝的经历和那段在清华亦广为人知、缠绵悱恻的爱情,一门仅 3 学分的课,收获却难以用数字衡量。

附录

材 02 熊珊 2010011962

真是荣幸,上学期上了王老师的"唐宋词鉴赏"课感觉收获颇丰,本学期又选上了"唐诗鉴赏",同样一学期下来好似接受了一场唐诗经典的洗礼一般,酣畅淋漓。在此衷心感谢王老师一学期以来的辛勤付出和谆谆教导!

作为一名理工科学生,在清华这样一个理工背景极为浓厚的环境下,每天大部分时间不得不埋头于数学、物理、力学等专业基础课枯燥的演算中,但自己内心对文学的喜爱之情却从未因此而削减,只是自己能够花在上面的时间越来越少。因此本学期每周四晚上便成了我每周最快乐的时光,它让我从枯燥的数理世界中解脱出来,全身心地投入自己所喜爱的文学海洋里尽情遨游。王老师学识渊博、见解独到,讲课旁征博引、充满激情,让我颇受感染。跟随王老师的脚步,本学期我们从初唐诗一直讲到晚唐诗,仿佛穿越了时光隧道般,回到唐朝与诗人对话,感悟他们的情感所思,使我真切领略到了唐诗的博大与唯美。王老师的敬业精神也十分值得我学习。每周四晚上看着精美的 PPT,听着王老师犹如天籁的方言,真是一种享受。王老师刚直不阿的人格魅力更是令人钦佩。在学习唐诗的过程中我也学到了积极乐观的人生态度,也领略到王老师作为一个学者的不随波逐流、正直不阿的精神。不得不说，王老师您不但教会了我们学习，也教会我们如何做人。再次对王老师一学期的辛勤工作表示感谢！

航 91　贾楠非　2009011593

一舞剑气动四方
——有感于王教授唐诗鉴赏课

恢弘的人文讲堂，一曲激越昂扬的校歌之后，我见到了他——东大校歌的词作者、"唐诗鉴赏"的主讲人王步高教授，虽是年逾花甲，却精神矍铄，气宇不凡。我的人文课，也就在兴奋与期待中开始了……

总而言之，王教授的课为我们开启了一扇门，古典的唐诗圣殿的大门。我们随着王教授一起欣喜地走近那一章章唯美的诗篇，或颔首，或垂泪……虽然教授的普通话不甚标准，但这丝毫无损于他声情并茂的朗诵。那份投入为我们抹去了历史的滚滚烟尘，一首首经典平仄铿锵，让我们深深沉醉。于是开始变得敏感，心境亦随着诗文的起承转合相应地改变，而这一切都离不开王教授的点拨分析。

是的，是教授身上的学者风范引领着我们，是他腹中的诗墨书香吸引着我们，是他胸中的满满豪情感染着我们，是他心上的执着热爱激励着我们。

一首首唐诗，在王教授的细致讲解下，展现着迥异的魅力风情，却带给我们同样的心灵享受、绝美体验。

除了对唐诗的品评赏析，王教授与我们分享的还有他的人生态度。记得在讲及"盛唐气象"时，教授脸上跃动着别样的风采，他是深深敬服这种风骨的。那是昂扬与奋进，勃发与豪迈，不傲慢狷介，亦不唯诺自卑，流露于眉宇间的是坦荡荡的自信，傲然于天地的是不屈的豪情。

我们振奋，我们鼓舞，礼堂沸腾了！"盛唐气象"在这里找到了最好的载体！昔日的辉煌、昔日的傲骨，在王教授的铿锵宣讲中，获得了热烈的复苏！

期待王教授以舌作剑，犀利潇洒地舞出唐诗的经久魅力。

时梦雪　17108112

一代大师当如是

生命中总会有一些苦难赐于人类，而人们对于苦难的态度则不尽相同，强者把苦难踩在脚下，最终成了成功的垫脚石；弱者则把它扛在肩上，最后成为他溺死在苦海里的棉花……王步高老师就是前者，虽然一生经历的磨难很多,但他一直是坚强乐观的,竭尽全力直面人生的风雨,他成功了,风雨之中有最美丽的彩虹。他是一代名师,用他的学识和人品影响着我们。

古语有曰:"听君一席话,胜读十年书。"他是长者,是良师,也是益友。

他说自己不值得崇拜,和那些古人相比,他只是一粒微尘,他对我们的影响却是至深的。

孔祥月　1720110

说实话,教授令我佩服的不仅仅是他的才气,更是他的人格魅力:

一个对生活充满希望,以积极乐观态度面对生活的人是可爱的;一个知道自己想要追求的,并且为之孜孜不倦的人是可敬的;一个幽默风趣平易随和的人是可亲的;一个六十多岁仍然想着奋斗,想着奉献而不是享乐的人是崇高的。

伍梦竹　交通学院

教之以才,导之以德,可谓师矣;学而不厌,诲人不倦,堪称表焉。

朱俊龙　材料学院

一个学期以来通过对唐诗的学习,我学习到了很多。每周四晚上从繁忙的课业中解脱出来,去听王老师的课,都是一种享受。我喜欢听王老师讲每次读到"唯将终夜长开眼,报答平生未展眉"时的两泪涟涟,我喜欢听王老师讲王勃时的声声惋惜,我喜欢听王老师讲到李白、杜甫时的由衷钦佩,我甚至喜欢听王老师讲东大的趣事,讲"文革"时的辛酸。从这门课,我对唐诗有了更深的了解,而我从这门课上收获到的又远远多于唐诗,那是对人生的思考,对文化的热爱。如果说学上这门课之前我只是浅浅地喜欢唐诗,那么学过这门课之后,我已经无法抗拒唐诗的魅力,我愿意一生被唐诗的神韵笼罩着,熏染着。

王琼　2009030006

每周四晚,携着原本疲惫浮躁的心,端坐课堂,听老师熟悉的乡音,在耳边娓娓道来,从诗词手法,到体味人生,在历史的韵味中涤荡心灵,在诗人的胸怀中感悟生活、体悟自然、经受浮沉,忽然感觉自己短短二十载岁月被拓宽到无限。初唐之涩,盛唐之雄,中唐之史,晚唐之重,诗的美,是多角度、多层次、多滋味的,沉浸其中,才能体味品不尽的快乐。

诗人或许是最了解诗人的,老师从诗人的角度探寻,总有驾轻就熟、深入浅出之感,独到的点评、犀利的评价,更让我对一位刚正耿直、率真直言的老人有了由衷的敬佩和喜爱。

工程物理系核82班　余韵寒　2008011838

附录

1147

王老师的课讲得特别好,为人很有骨气,颇有大师风范。王老师的到来,应该是填补了清华一个很大的空缺。王老师有极其深厚的诗词功底,对诗词造诣颇深,清华乃至中国就缺这样的大师。王老师讲课之时,能将诗词、典故、人物故事、现实感受等信手拈来,且慷慨陈词,激情满腹,但又不乏幽默诙谐,因此能感染学生,使之产生共鸣。

王老师的课件做得特别好。背景之唯美,字体之合适,音乐之典雅,见解之独到,一定是费了很多心思才做出来的,能给人一种亲切之感。所以有不少周边学校的同学都慕名而来,想要王老师的课件一看。

王老师治学严谨,对教材中的错误,一个也不放过。并且经常鼓励学生敢于质疑,勇于提问,而且喜欢和学生讨论,没有任何架子,让同学们倍感亲切。王老师不畏权势、敢于表达自己的思想,也给每一个同学留下了深刻的印象。

基数 73　2007012161　李小龙

这已经是我第二次选王步高老师的课了,常常跟同学们提起这两门课,有时还戏称王老师为"江南老才子",熟悉我的人都知道我特别喜欢王老师和他开的课,甚至本学院的《清新时报》还采访过我上课的感受。

记得有一句话:教育,就是过了很多年,你所学的绝大部分都忘掉了,留在你心中的那部分。在"唐诗鉴赏"的课程里,可以说我便产生了这种感觉。记得讲到《长恨歌》"春风桃李花开日,秋雨梧桐叶落时"一句时,王老师认为这句写得极好,并详细分析了温庭筠《更漏子》里的"一叶叶,一声声,空阶滴到明"作为对照,于是一种凄清、苦寒的气氛便油然而生,主人公愁肠百结的离情之苦仿佛历历在目,那一刻,我甚至动情到快要流出眼泪。常常觉得,王老师在课上讲过的很多诗句,也许很多年过去,已经记不清晰了,但是上课时那种真切的感受还会一直在。我想,这就是一种教育吧。

再说点题外话。一方面,王老师对历史人物,即使是权威的大诗人,也能在称赞他的同时,直指他的弱点;另一方面,可以看出王老师对自己的人生感触颇多,偶尔讲到一句诗,能引发对自己的曾经的回忆,不管回忆是快乐的还是心酸的,甚至能够跟诗人达到一种契合。我尤其喜欢王老师这点,就姑且称其为性情中人吧。

新闻 81　2008012879　王　馨

非常喜欢王老师大胆直言、朴实率真的性格和一丝不苟、纵横捭阖的教学风格。何为大学,大学者,有大师也。您这样的唐宋文学领域的大师能够来到清华,我们每一个人都感到高兴和骄傲,希望您能以自己大师的风采,通过您的授课和您的做人，真正去影响越来越多的清华学生，去告诉他们什么是清华精神，什么是人文精神。相信只要有越来越多王老师这样的大师来到这个园子，清华有一天一定会成为中国人在世界上的骄傲！

英 81　高云君　2008012742

在物欲横流的当今社会，在繁重的专业课程学习之余，"唐诗鉴赏"这门课程可谓是让人的心灵经历一次文化的熏陶与精神的洗涤。

这门课的成功与老师的个人魅力有很大关系。抛开课程内容不谈，我们从王老师身上也学到了很多。首先，让我最为尊敬的是老师身上体现出的一种为师的风范。老师的教学态度严谨认真，每堂课都会提前到，虽然是同一门课，但老师仍旧会随时完善课件。每次三小节都是中间只休息一会儿，从未有迟到或提前下课的现象发生。另外，老师的课堂风格鲜明，充满特色。王老师一丝不苟也幽默诙谐。再者，老师身上有一种文人风骨。在当今社会，很多人只是拿"教师"当做一种赚钱的工具，但我在老师身上看到的是一个教育工作者对于工作的那份热爱，看到的是一个文人对于文学的追求，对于精神的追求。

人文学院　社科　孟振琴

附
录

王老师是我见过的最有激情的老师，认真敬业，博闻强识。不管有多累，都坚持上好课。并且从不拘泥于原有的课件，每每有了新发现，都会马上加到课件上，"路曼曼其修远兮，吾将上下而求索"，大概是王老师孜孜不倦的最好写照。

如果用一个词来形容老师，我想所有人都会认同"赤子之心"这四个字，王老师为我们阐释了什么是真正的生活：诚以待人，不虚假，不做作，以一腔热忱感动每一个人。虽然人在清华，但那些小小的细节，那些真实的情感，流露出老师对东南大学真切的热爱，每每思及，常会热泪盈眶，感动于老师的真诚和真情。

总是会在听课的时候感觉心疼：老师年纪大了，却坚持在讲台上连续讲三节课，尤其是有时下午刚刚做完讲座，课件不能放朗读，老师总会坚持自己诵读一遍。我们协会也曾请老师做过讲座，老师的认真和博学、热情和激情给我留下了深刻的印象。"所谓大学者，非谓有大楼之谓也，有大师之谓也"，大师，不只是学识渊博，更要能够像老师一样敬业，不为自己，只为爱着的孩子们，教书育人，方为大师。

经　金悦

我觉得老师上课最大的亮点也是最成功之处,就是在讲授过程中融入了自己对诗人其诗与诗人其人独到的看法与深沉的情感,以批判性的眼光对待唐诗。对那些真正精彩的作品,真正有着崇高品格的人,您是真心实意地叹服;但对那些有才无德的诗人,您又毫不留情地批判。更难能可贵的是,对像李白、杜甫、白居易这样的大诗人,您也敢于对他们的诗句产生质疑,指出他们的不足,告诉了我们古人不只是用来仰望的,我们一样可以追赶甚至超越他们。您重视诗品甚于诗歌本身。您非常推崇的"身多疾病思田里,邑有流亡愧俸钱"已经成为我的人生信条之一,不断激励我成长为中华民族的脊梁。事实上,您也以实际行动为我们树立了榜样。尤其是您为我们讲授的十四次课上,最晚的一次到达教室是晚上七点整,提前整整二十分钟,又一次甚至提前了一个多小时,这些都让我十分感动。我一直觉得,品读唐诗的最高境界是结合着自己的情感与生命体验去解读,而一节真正优秀的课又同时是一位老师用自己最真正的情感与独立的思考去挥洒出来的。而毫无疑问,您为我们后辈树立了真正的榜样。

　　我觉得老师课堂上的另一大闪光之处在于您为我们提供的极大的信息量。就教材而言,我认为您教材的最大亮点也是我最爱去读的地方就是古人的集评与汇评,画龙点睛而又余味无穷。而且,您教材的编排非常全面,以时序为主线索,力图最系统地为我们阐释唐诗,初唐、盛唐、中唐、晚唐的划分,李白、杜甫、白居易的突出让讲授思路十分清晰。同时在某些章节的末尾,又加入了横向以题材分类的更多的补充以及学术界一些最新的研究成果,让我们开阔了眼界。就您的课堂讲授而言,您不仅详尽系统地为我们讲解唐诗本身,介绍一位位作家诗人,同时又向我们介绍了您丰富的人生经历,并为我们讲解很多文化常识,如《唐诗三百首》中每位作家作品的篇数、唐代著名诗人的排行、诗词格律、句中对、柏梁体、借汉指唐、"三元"、山西永济县等等,都让我们开阔了视野。这样大的信息量让我们充实了自己。可以说,每一次唐诗鉴赏课都是一次盛宴,其间尽是美味佳肴。

数学系基科班　李博伦

那些含英咀华的日子

　　越来越觉得自己能抢到王老师的"唐诗鉴赏"课是一件无比幸运而幸福的事。从1/7的比例里突围而出,颇有点"于千万人之中遇见你所遇见的人"的缘分的味道。

身处理工学术气息浓厚的清华园,有缘与众多同样热爱中国古典文学的人们相识、相伴是难得的。从生活的琐碎中稍稍解脱出来,只一脉心香、一怀虔诚,便足以徜徉在唐诗的世界中沉醉不知归路。如果说中学时诗歌赏析总与考试有着千丝万缕、欲说还休的联系,那么如今的重逢与回归,方是真正缘于对一方令此心安处的净土的渴望与追寻,这最简单、纯粹的初衷了。

曾以为对诗词的体会是个人的、只可意会的审美历程,如今却有机会醉心于精致典雅的幻灯,微闭双眼听那些动人心扉的词藻和着恰到好处的情感婉转流泻而出。躁动的心渐趋平静,天地仿佛凝聚,万物似乎冥合,让心绪追随古人的哲思飘飞,使灵魂得到洗濯与升华。

听王老师侃侃而谈、品评一首首诗、讲述一个个故事,诙谐风趣间常常有令人耳目一新的惊喜收获。对人云亦云的批判、对看似定论的质疑,激昂文字启发我们对世界、人生的思考,传道授业解惑超越了课程知识本身,值得我们用一生去回想。

新闻与传播学院班　蔡晶磊

五一假期的时候,我终于有机会去一趟南京,特意让同学领我去东南大学看看。时间紧张,我们还没有来得及找见凤凰台就匆匆离开了,但是我还是觉得没有白来,因为在这一所校园里,我看见了曾经您向我们描述过的那种娴雅而庄重的气质。您不仅常说"我们东南大学",也常说"我们清华大学",在我们的心里,您是可爱而可敬的清华老师的代表,我很高兴能和您有师生之缘,也希望您能在清华待得再久一些。虽然我还有一年就要毕业了,但我希望我们师弟师妹们能像我一样能在唐诗鉴赏或是其他的课程中领略唐宋诗词之美。

新闻 81　王一惠　2008012866

王老师带给我最大的触动源自他的人格魅力。王老师的才气是不必多说的,洋洋洒洒的《清华大学百年赋》,引经据典,文采斐然,将清华百年的风雨与荣光写得酣畅淋漓。让我读完,不仅心生作为一名清华学子的自豪,更由衷地钦佩王老师的好才华。我明白,这不是一蹴而就的成功,而是需要经年累月的积淀与磨砺。王老师为我树立了一个极好的学习榜样,让我看到在这个日趋浮躁的时代,依然可以如王老师那样坚守文人的清高,潜心学术。此外,从王老师的只言片语中也能得知其大半生的坎坷与波折,但这依然没有磨平王老师刚直上进的个性,课堂上的他总是充满着文人的骨气与魅力。虽然年过半百,站在我们面前的王老师依然充满率真与锋芒。他爱憎分明,在学术上坚守自己的立场。我仍记得,上学期在讲完苏轼的词作后,王老师与我们分享的人生感悟。他说,要能从黄连中嚼出甜味,要做生活中的强者。命运沉浮,我们无法掌控,但却可以把持内心的坚定。只要有一颗强大的内心,自然能闲看风云、静观人生。先人们通过文学作品为我们留下了这些宝贵的精神财富,而王老师则身体力行,为我们树立了现实的标杆。他让我明白,人要有自己的骨气和坚定的信念。这也是我在课堂之外,收获的最珍贵的人生财富!

新闻　严瑜

王老师是我来清华园听说的第一个老师。

王老师是个可爱的老头儿,不知道这样讲是否冒昧。王老师的课总是充满了欢声笑语,各种稀奇的轶事,各种对诗人的犀利的评价,这样一个神奇的大课堂里,回荡着王老师高亢而激情四射的声音。我总是无比佩服王老师的激情,能够雷打不动地坚持讲上三个小时,而且经常忘记下课或者拖堂。这种敬业精神值得我们这些小辈学习。学品如人品,王老师虽然看着和善可亲,但也颇有风骨,这是时常让我感动的。很幸运遇上王老师这样一个有趣而正直的好老师。您带我们把自己放在诗人的同一层面,更贴近地品读他们,评价他们,减少了很多敬畏与疏离感,带来的反而是鉴赏水平的提高。

至此,一学期就这样结束了。到了学期后期时常会有把这门课再上一遍的冲动。

人文　王琳

吾甚爱唐诗,少时日诵之。初不求甚解,后痴迷终日。
当世尚理工,堂上亦所愿。故竟废所学,残留者几矣。
东南王夫子,授业于清华。小子何所幸,得以聆清音。
半载倏忽过,感慨近陶公:久在樊笼里,复得返自然。

航天航空学院　任柠

我想,王老师是极具文人风骨的。人生虽有几多艰辛,然王老师很是乐观达观,在课堂提起"文革"时的坚毅眼神,讲到家乡时的那饱含深情,提到"老鼠爱大米"时的那种怒其不争,提起以前养蚕时的那种眉飞色舞,都让我佩服不已。小小的细节,流露出的是王老师对生活,对唐诗,对巍巍中华文化的热爱。因为这份强烈的热爱,我深受感染,更觉得幸运。我想,所谓大学,非是有大楼之谓也,而应有大师之谓。离开了高考,我们已经不需要再为了学习而学习。一学期的"唐诗鉴赏",我感受到的不仅是唐诗之美,更体会到的是一个学者,一个真正的治学之士,一个真正的知识分子所应该具有的节操和气质,我想这是所有为学之士都应具有的品质,这也是非常值得我学习的地方。如今的社会愈加浮躁,学术氛围也愈加功利,所以王老师的一言一行更加值得我们敬佩。

材 02 班　2010011940　马江涛

对"唐宋词鉴赏"课的评价选

王老师对唐宋词的精辟透彻的描述,用的是通俗易懂的语言。王老师的课就像雾中的一座灯塔,而他几十年的曲折经历和深厚的文化底蕴就是那指引的灯光,生活中的日常现象被运用到诗词讲解中,是如此地恰当却又不减其魅力,更把作者当时写词时的性情和环境表述出来。

王老师的课是"有声有色",精彩的幻灯片,适当的朗诵,无一不让我们沉浸在诗词独特的意境中……抛开以往直白的翻译和模糊的解释,取而代之的是对思想的直接感触。

王老师在课堂与我们有自由的交流,他可以说是饱经沧桑,历经曲折,对生活的理解胜过我们不知多少,对诗词的理解更是可望而不可即,而他无私地把他的经历和感受通过诗词的讲解来弥补我们极度匮乏的心灵感受。

黄 磊 43404115

一直以来,王老师的选修课都是热门。年年爆满,岁岁超额,有的同学甚至几年内选好几次。这其中,有喜爱选修课内容,期望在课内学到更多的知识的,也有慕名而来的,正所谓聆听大师教诲,如坐春风,我呢,二者兼有之。

这一学期下来,我着实学到了不少东西。不单是唐宋词的鉴赏,还有做人的道理。王老师说到相关的内容,经常结合自身经历,将其拓展开来。或讲述名人轶事,或抒发人生感悟。记得有一次讲到苏子瞻的《定风波》时,王老师就告诫我们做人要有种平和的心态,不要追求完美,"一蓑烟雨任平生"、"也无风雨也无晴"。老先生讲课声情并茂,至动情处,竟落下泪来。

刘 俊 43204218

"唐宋词鉴赏"这门课是我上过的所有公选、人文课中对我影响最大、让我受益最多的一门课程。

我觉得王老师在课上结合自己的人生经历讲解词,使我深受教育,其中,给我印象最深的是讲苏东坡黄州词那一课,王老师结合自己在"文革"中的经历,深深地触动了我,让我知道即使遇到坎坷,身处逆境时,要学会"从黄连中嚼出甜味来",苦难有时也是人生的一笔财富,让我学会面对困难和磨难。我觉得学习这门课程在提高我鉴赏唐宋词的能力的同时也极大地提高了我人文素养,而我觉得后者对我以后的影响更广泛更明显。

学习本课程带给我另一个大的收获是让我在欣赏古诗词的同时有了怀疑的精神。以前中小学以正面教育为主,用的是谆谆教导或灌输的方法,所以我们得到的往往是书本的教师的观点,缺乏自己的创新思维。只是觉得古诗词博大精深,内涵深厚,却从未或极少提出质疑,而王老师的课上,老师往往给出多种观点让我们去体会,在解读体会各种观点的同时也增强了我的怀疑的精神,让我不再迷信书本。这对锻炼我独立思考的能力以及日后在自己的专业领域培养创新意识是很有帮助的。

宋　诚　19105312

云天在望,高山仰止。本学期十分荣幸选上了王老师开的"唐宋词鉴赏"一课,获益甚多。闲时聆听吟诵,恍如天籁。忆吾幼时诗词读罢,只觉韵律和谐,琅琅上口,而囿于水平阅历,诗词深意却不甚了了。但觉听老师授课,条分缕析,作品背景,词人生平,引经据典,娓娓道来,学生听时如临新地,有豁然开朗之感,而老师又不失时机穿插自己的前尘往事,对比诗词,更觉唏嘘,乃知为诗为文之道弥远,而人生不如意事常八九也。

工物 63　蔡金赤　2006011747

我选择了"唐宋词鉴赏"。坐在课堂上我有到清华以来从未有过的舒坦。

王老师给我印象最深的一句话是这样说的:过去这个地方是王国维先生站的,我是不够格的,所以要更加努力一点,敬业些。即便在清华,这样的老师已经不多了。很多人讨厌中学老师的严厉与古板,但是我现在懂得了这份严厉与古板的珍贵。听着那些耳熟能详的词句,我想起了以前的老师,很久没人这么声嘶力竭地给我们讲过一堂课。在清华呆的时间越长,我愈发喜欢那些性情率真直爽的人。王老师经常在课堂上坦言他的一些经历和情感,包括对家乡家人的思念,对往事的怀念和以前的种种遭遇,毫无矫揉造作。时而让我们大笑,时而让我们感慨,最多的是钦佩。我似乎感觉到站在讲台上的不仅仅是一位老师,更是一位已经有很多白发的老人,天冷的时候也会腰腿痛吧,他总是红红的眼睛尤其让人不很放心。

每周四晚上的三节课,是我最放松的时候。不仅仅是因为那些以前就爱好的优美的诗词,更是因为那样一种课堂的氛围:一位老人在讲台上谈笑风生,毫无掩饰,率真而豁达,让我莫名地就有一种亲切感。在这里我与那些诗词是那样接近,与历史是那样接近,与这位老人是那样接近。似乎讲台是一眼泉,老人一碗一碗把泉水舀给我们,充满爱怜,就像祖孙。即使犯错,也会得到他的原谅。王老师给我们讲他对爱情、婚姻、家庭的一些观点时,总是自称"糟老头子的一些谬论"、"希望对我们有些帮助",完全是一个长辈的形象,而不是那些只会夸夸其谈的所谓教授。我相信王老师经历过许多事情,人因为积淀的东西多所以谦逊厚实,轻薄的人往往是飘来飘去的模样。

王老师是我所见过的真正意义上的诗人或者说词人。当老师站在讲台上,引用着浩如烟海的古籍,我感觉自己实在幼稚,或者说肤浅。原来我们的祖先是有着这样的文化的,这样精湛的文化从这位老人口中涓涓流出,使我沉醉。若能有这样的人做一个朋友,恐怕此生都不会寂寞。这个课堂让我想起了许多平时不会想起来的事情。我翻出了那个中学时用来抄诗词的笔记本,细细地读,发现做自己真正喜欢的事情的机会真是太少了。

化学系班　张　皓

如果说可以用浪漫来形容一门课的话,那么"唐宋词鉴赏"一定是清华园里最浪漫的课之一。掌故经典随手拈来,臧否人物辛辣爽快,加上诗词本身的典雅蕴藉,配合着王老师江苏一带的口音,听者竟时有时空交错之感而全然忘我。以至于一门从不点名的选修课几乎场场满座,结束时的掌声经久不息。

很多次王老师在台上妙语连珠、慷慨激昂地讲课的时候,在引述老师的老师曾经的学术成果的时候,我都差点忍不住想要站起来问一句:"王老师,您的事业,前有来者,那么,后继有人吗?"但我每次都能抑制住这种冲动,因为我环顾四周,看到的是许许多多睁得大大的眼睛在日光灯下闪着光亮,就像夜空中的明星一样让我陶醉。我突然能感受到作为您的幸福,以及中国古典诗歌的不朽。

多年以后,我想我会记起一个白发苍苍的老者在六教的某间教室里,时而眉头紧锁,时而开怀大笑,时而追忆往昔,时而抨击时事的场景。那将是一个清华大学普通的大学生的幸福,也是一个时代的幸福。

新闻与传播学院　孙超　2008012913

一学期的"唐宋词鉴赏"使我仿佛穿越千年来到了一片如梦如幻的诗歌

的桃花源。这桃源中有着才子佳人的轻歌浅唱,名士大夫的人生哲思,更有着那千古忠魂的狂歌怒啸,使我于红尘之中仍能得此一方精神家园,欣欣然之余颇自豪自己当初的选课之明。先生讲授的唐宋词鉴赏,纵论古今,融诗情,哲思,民族大义为一体,使听者在三小时的讲授中尽历"美,智,义"之三境,先生之课可谓几臻化境。

最后,有一句话不吐不快:高山仰止,景行行止,先生之风,心向往之。只是希望多年以后再见先生,先生依旧如故。

社科八　徐博洋

私下里和同学们交流的时候,发现只要上过这门课的人都对它赞不绝口。除了王老师个人的魅力以及渊博的知识之外,这门课还有很多地方让我印象深刻。

首先是精美的课件以及生动的朗诵录音,颇具古典风味的课件非常符合这门课的主题,每次课看着这些课件就仿佛回到了词人生活的年代,和他们一起经历悲欢离合、人生起落、国仇家恨,而生动的"小喇叭"朗诵让我们更加深切地感受到了词人的情绪。

第二,与中学教材的衔接很好。这门课以及教材上有一些我们在高中已经学过的词,课堂上也就不需要在词的创作背景和主要思想上花太多时间,王老师总是讲出新意,比如苏轼的《念奴娇·赤壁怀古》,老师向我们介绍了历代和这首词的词作,让我们对此有了一个纵向的了解,也从另一个角度理解了这首词的价值。

第三,充足的背景知识和课外延伸。老师对于词人生活经历还有每首词的创作背景讲解能让我们更深刻地理解词的内涵,特别是几个重要的词人,如苏轼、李清照等,王老师的讲解非常详细,也非常生动。而词之外的补充和延伸也是这门课的一个特色,印象最深的是王老师对于岳飞词真伪的讲解,用二十多张PPT来讲解这个问题,扩展了很多知识。

第四,结合现实。虽然这是一门关于古诗词的课,但我们都很喜欢老师在课堂上结合现实的"借题发挥",讲到词人入狱,老师总是回忆起他"文革"时候坐过的三百零九天牢;讲到词里面描写的优雅环境,老师总是回忆起他小时候还没被污染的自然环境;讲完苏轼的黄州词,老师会和我们分享他从苏轼的人生经历中得到的启示;讲到秦观的《鹊桥仙》,老师会告诉我们年轻人该如何看待爱情和婚姻。在这门课上,我们学到的不仅仅是知识,也得到了很多关于人生和理想的启示。也许很久以后,我们会忘记《鹊桥仙》讲的是什么,但我们却不会忘记王老师说过的"世界上大部分婚姻都包含着凑合的成分"、"爱情要追求美满,不要追求完满"。

其实《唐宋词鉴赏》绝对是清华当之无愧的精品课程。

新闻 刘响

时光荏苒,转眼间,这已是我连续第三学期选修王老师的课了。从"大学语文"、"唐诗鉴赏"到"唐宋词鉴赏",每学期选课都要留出第一志愿,仍不免经历等待抽签时的惴惴不安,这是怎样的执着,亦是怎样的缘分。

王老师在"文革"中的坎坷经历,对于成长经历大都一帆风顺的清华同学,实在是莫大的磨练,不是纸上文字的空洞纪录,而是感性的生活体验与激荡的灵魂洗礼;王老师与爱人在困境中的相濡以沫,对于校园里或憧憬或正在经历爱情的我们,更是值得追求、在漫长的时光中逐渐体会的;王老师在工作之后重新决定考研,那份执着的信念,那份为了理想不屈不挠的奋斗,或许是在安逸的园子里待久了的我们渐渐远离了的;王老师在"文革"中面对狱卒和昔日好友的敌对,在出版社面对上下级的孤立,也同样提醒着不谙世事的我们,路遥知马力,日久见人心;王老师对于"老干部水平""打油诗、打水诗"的戏谑调侃,对于导师唐圭璋先生人文如一的尊崇景仰,也呈现出浮躁当下逐渐稀缺的一种姿态,一种纯粹的文人的姿态,一种大写的人的姿态。王老师讲座持续到六点多,在教室匆忙吃过东西又讲课到将近十点,这份敬业,这份赤子之心,令人钦佩,令人感动。而那些寄情于古人遗迹、与友人衔觞赋诗的轶事,更是令我们领略到别样的情趣:做自己喜欢的事,做自己擅长的事,在自己选定的领域坚持做到极致,原来可以这样美好。

在这偌大的清华园里,有这一年半的光阴与王老师的课堂相伴,与中国古典文学相伴,是我莫大的荣幸。

生命科学学院 生 93 李倩 2009012356

已经花甲之年的您总是完整地上完两个半小时的课,整个过程声如洪钟,气贯长虹;在诗词格律文化素质讲座开始前您鞠的深深一躬同样深地刻在我的脑子里;每个学生询要课件、发送邮件,您都一一满足并回复;课堂上,您炯炯的目光和同学最及时地交流,有时候对词句的共鸣都不需要言语就理解,"谦谦君子,蔼然长者"八个字是对王老师您最好的注解。

吉亚君 20090010788

最让我记忆犹新的是王老师下午给我们做素质讲座之后又紧接着给我们上课的那一次经历。老师竟然在没有吃晚饭的情况下连续讲课六七个小时。我心里既感动又为老师担心，就给老师发了一封邮件。王老师第二天一大早就回复了我。他说，能为清华增光添彩感到很高兴。这句话，很简单，却很感动。这是真正的学者精神！

建筑系　建91班　梁迎亚　2009010004

想对王老师说的话：

其实我想说，虽然离开家乡，但您在北京并不孤单，因为您的身边有一群发自内心地敬您爱您的学生。或许这样的想法有些自私，但希望您一直在清华开课，因为那样于我们而言是真的一份莫大的福气。

衷心地祝愿老师新年快乐，合家幸福。如果说我对课程有什么建议的话，就是希望老师身体健康，来年能以一样饱满矍铄的精神为同学们授课，让更多的清华学子不仅在学术上受益，更能从您的人生经历上收获一份无价的财富。

最后有几句话想送给老师：

您学识渊博，从不以师长自居。

您是一个诗人，也是一个学者，也是一个长者。

一茶一盏，一灯一卷，作为一个诗人，在当下浮躁的学风中，老师可谓淡然。文学之精髓，历史之大道，成竹在胸，运斤而成风。

独善其身，兼济天下，作为一个学者，在清华理工的氛围中，老师可谓坦然。正道修身，齐家治国以平天下。倡人文之风，担复兴之任，任重之行，不亦远乎？

运筹帷幄，高屋建瓴，作为一个长者，对于学生，老师可谓尽心竭力。巨细之事，必躬亲过问，冷暖之间，必关怀备至。睿智之言，其娓娓而谈笑，经验之谈，其循循而诱人。

此吾师之人也，盖一儒者，一学者，一长者而已。

为长者淡泊其人，为学者辨章其文，人文之妙，存乎于心。

修身者宁静其道，修智者考镜其远，道远之任，运乎于行。

此吾师之风也，大师之风也。

桃李虽不言，而其下自成蹊也。

社科00　刘扬

老师的课严谨与幽默并存，学术的深度与内容的广度并重，不唯书，不唯师，鼓励学生积极思考，探究。这种不同于中学语文仅仅抠字抠句的教学方式，让我领略到唐宋词这一传统文化的真正魅力。

我深信，一门课的吸引人是与老师的个人魅力分不开的，在上课的同时我折服于老师的个人魅力。您正直、爱憎分明，有一种侠客的豪迈坚毅之气，同样也有流觞赋诗、把酒同欢的文人气质，还有柔情似水、令人动容的充裕感情……感谢老师精彩的讲课，我在学习到美丽的唐宋词的同时，也领略了一位名师的风采。

材料系 11 班　汤梦琪　2011011860

在同学中有一个说法："选王步高老师的课就等于间接放弃了一个选课第一志愿。"为什么这么说呢？——因为您的课在同学们中实在是太受欢迎了，选课的人数远远超过了课容量，所以想选上课非常不容易，常常是落选的同学比选上的同学还要多几倍。

的确，一门课好不好，并不仅仅是由课程本身决定的；课程的硬件就如同烹饪的原材料，最为关键的是授课人的精心调配。您为这门课注入了精、气、神，赋予了这门课以灵魂。由于王老师您已经有多年的文学教学经验，因此能够把这门课讲得既能让理工科的同学喜闻乐见，也能给文科的同学以新启发；既能让诗词刚刚入门的同学听懂，也能给想要深入理解、研究诗词的同学以真知。难忘您在大雪天里冒着雪来给我们上晚课；难忘您晚上近十点下课后仍留在教室里耐心地为同学们答疑解惑；难忘您用亲身经历为例，来给我们讲述做人的道理……

人文学院　外文系　唐岸　2010013236

词是生活中最美的画，因为每一首词，都饱含着词人对生活、对命运的理解，修王老师的"唐宋词鉴赏"这门课，总能让我在一片纷繁中坚守住自己的最初的理想，保持对生活最纯真的向往。

工程物理系　核 01 班　张驰　2010011757

清华大学清莲诗社：最后一次格律课作业

小序

载酒客　顿首

时丁酉年庚戌月壬申日午时五刻，秋气尤清而风渐冽，叶坠纷纷，步高先生仙去。

蓦然回首，先生去金陵，适燕京，躬耕于水木清华，尔来七载有余矣。而七载间，先生讲学，从者必接踵云集，每至无可落座之处，而后来者尤静立以闻。

呜呼！先生才识，贯诗词文赋而难备述；先生风骨，朝夕之间亦时化人。水木诸生，蒙先生教诲，更不可谓不多矣。自去岁秋，先生染恙，不期而别，余等岂敢一刻不萦于心哉！

后逢闲暇，余等诸生或三五人，或一二人，每往探视，闻沉疴渐去而气血犹未尽衰，方稍释念。然竟倏忽而闻此噩耗，殆非大贾乎！

呜呼哀哉！呜呼哀哉！

云淡天清又一秋，纷纷叶坠不堪留。往事今朝，料难回首。

但结集诗文以寄泉扃，纵不可达哀思于幽冥，亦当不负先生一番教诲矣。

云山苍苍，江水泱泱。先生之风，山高水长。呜呼哀哉，尚飨！

诗部

哭王步高老师　十灰③
曹天江

长安秋叶送飞埃。千里从今不返来。
痛哭万端唯是愧，沉思无事亦堪哀。
听琴曾足偷闲耳，立雪安能梦见哉。
日暮西风护桃李，犹分诗笔对霞裁。

怀王步高师　二冬③
申　昊

故园历历旧游踪。此去蓬莱第几重。
冀北长嘶千里马，江南残照六朝松。
已非节令酬簪菊，复检诗文愧采葑。
今夕寒虫鸣不住，当时秋意一般浓。

悼王老师　十四寒④
杨晋焱

此夜西风彻骨寒。或催游子暂离鞍。
常传千载诗家意，怎续当年座上餐。
满目音容频掩卷，一腔涕泪复登坛。
后生已效先生事，欲告先生却是难。

悼王老师　十一尤④
程天润

仙驾而今第几州？仓皇命笔或能酬？
先生不必劳批点，小子辞微请笑收。
向日才情招志士，彼时肝胆斥王侯。
庭前秋雨香秋叶，挽上秋风恣意愁。

王步高诗文集

悼王步高师　九佳③
怀音

幽冥何处问形骸。落木森森叩玉阶。
夜月殷勤忆恩泽，天风卓荦想襟怀。
未悭青眼相期厚，岂悔丹心与世乖。
渺杳大鹏飞不顾，金陵秋雨恨无涯。

悼王步高老师　四支④
许晶晶

及长渐知世事悲。平生许愿每相违。
但言别去或相见，岂料天人隔永期。
赖种诗心常感念，唯余风骨共瞻仪。
江南江北堪一恸，细说音容与世知。

悼王老师　九青③
肖煌煜

一生负气感青冥。情与时乖甘独醒。
苦尽携妻方得意，老因传道又伶俜。
愁翻云海山何在，稍忆春风泪竟零。
拍案昔曾惊满座，人间无处得重听。

悼王老师
漆　毅

其一　十灰③

触目年年破败哀。生憎草木落还开。
别无仙法通冥漠，徒向人间费剪裁。
立雪顽童他夜梦，临风羁客此时杯。
长街直往东南去，奔涌车川望一回。

其二　五微④

遗文遗像检千回，仿佛前尘便得归。
小子差池雁南度，老师憔悴鹤西飞。
高标吾辈能共说，慈色今生都永违。
桃李他年相聚处，强留莫惜月沾衣。

悼王老师　一东④
李若愚

金陵城上度飞鸿。一夜霜寒满袖风。
强拾旧诗悲憾事，枉将清泪寄秋虫。
先生已脱红尘外，我辈淹留天眼中。
笺破当时双燕句，灵山此去可相逢。

悼　七阳④
高语晨

灵台一去挽书凉。忍向秋风嗟渺茫。
志折苍松哀侳偬，魂裁皓月恨仓皇。
诸生有泪纷遥寄，千里无人共草堂。
是夜遗容应入梦，怜我未及话衷肠。

哭王老师
任滋禾

其一　十一尤③

陆贾高才一令收。神宫词赋费追求。
召回长吉应已足，何必先生题玉楼。

其二　十五删③

太息当时有病颜。比之今日已成全。
春犹未至东君误，魂岂难招宋玉愆。
恩及万方同一哭，悲因见月报无眠。
重开诗卷须衔泪，不泯风流自可传。

其三　十一尤③

久信无神死便休。如何今日苦幽求。
长羞我辈难勘破，轸恸先生成远游。
向日德高应有魄，仙班差乐请忘忧。
才名徒自闻天下，赢得人间泪不收。

悼先师王步高　十灰④
颜钱明

星翻白日竟惊雷。未信灵台恨已灰。
卷地西风销骨彻，间关黄鸟促歌哀。
箫韶远并天梁绕，桃李今从阆苑栽。
叹惜芸芸浮世客，程门无复雪中开。

九月秋卒　十三元①
滕明睿

才气归天地，春秋自此燔。
何由齐住笔，咽绝不成言。

悼王步高老师　十二侵①
秦杰锐

一别春已逝，先生何处寻。
梦犹存浩气，身莫仰徽音。
餐饭勤相劝，诗文欣与吟。
而今秋色里，只得泪沾襟。

悼王步高老师　十一尤③
姚轶群

重叩先生隔显幽。先生曾记我名不。
倾怀孤介定谁与，遗爱苍浃终可酬。
安有劳魂还北土，也应收泪待西州。
一声将息金陵暮，燕子梁空随意秋。

附
录

悼王步高老师　十一尤③

刘牧丰

惊晓先生赴玉楼。应知天上总无忧。
一园桃李谈今古，满面风霜笑泛浮。
犹记慈心怜子女，也曾怒目向王侯。
他年重效趋庭事，此夜沧溟月正秋。

悼王老师　四支①

何鑫圣

西风漠漠携音至，生死茫茫未可期。
黄叶半城堪入画，悲伤万缕不成诗。
天寒透骨方觉冷，人逝锥心欲探迟。
纵有清秋千样美，更添寥落动哀思。

悼王老师　一先④

龚裕阳

诗苑衔英几灿然？钟山陟极最翩翩。
讲台丈尺千年事，韵典门章百代篇。
成府道旁观气冷，金陵城下得词妍。
来前师向五云去，一面缘悭更悼怜。

词部

钗头凤·沉痛悼念王步高先生

齐　家

板三米,坛三尺,三千弟子争桃李。心芳洁,气高节,才华横溢,两京人杰。绝！绝！绝！
诗如是,词如许,才情天下人无几。歌双阕,曲三叠,两年师友,一生离决。别！别！别！

王步高诗文集

1166

浪淘沙·悼步高先生
宋飔睿

叶落满长街,秋气萦怀。声声啸叫有余哀。过后恍然惊湿眼,岂自秦淮!

世事总难猜,噩耗倏来。音容历历竟蒿苔!唯有诗书能百载,照见形骸。

青玉案
郑孟蕾

孜孜水木流年度,国文振、诗声著。集句飞花同此趣,西南小室,学堂归路,园绮莲香处。

古来难得韶光驻,竟别匆匆邈难顾。月下寒窗吟旧句,车尘俱寂,秋风拂树,霜降星初曙。

浪淘沙
李若愚

闻信只潸然,心绪千端。笑容仿佛似当年。汤饺诗行俱不见,空剩尘烟。

一夜晚风寒,梦度千山。玉蟾枉向旧时圆。写就新词将问取,更遣谁看。

满江红
陈潇宁

泉壤文星,曾是此人间一客。数秋光、当时未解,已成轻掷。指点遥天枝上月,清辉烂漫阶庭白。到而今、重过月明中,无人立。

前度会,华胥觅。明朝事,悲欢隔。信覆蕉梦鹿,长诀容易。强道玉楼应不苦,片言未尽泪盈睫。料明春、甘荠满丘原,无情碧。

琐窗寒·悼王步高先生
藏壑主人

悲歌楚些,独立斜阳,向长淮望。吟笺赋笔,草木尚余清响。令名标,东南韵在,六朝风物添惆怅。但烟波浩渺,时时梦到,九重霄上。

难忘。听传讲。似故友扁舟,兴来寻访。红牙拍板,千古词章同赏。念人间,如此客程,伤心别后成绝唱。正幽寒,雁阵飞回,领一天疏旷。

注:王步高先生曾有《临江仙》一调,为东南大学校歌,中有"六朝松下听箫韶,齐梁遗韵在,太学令名标"等句。

临江仙

碧　帆

丁酉九月初八,余往南京,寻东南大学同窗周密,九月十三,王步高先生驾鹤。于今次先生东南大学校歌韵并听而吊之。

星子茫茫榆笑,萍吹阵阵松涛。小楼独立听华韶。飒然浮一叶,梦起拂高标。

弦索周郎前曲,东南镇指群豪。江湖有辈袭弓韬。遗经千古在,凛凛继风骚。

挽联

张洵恺
向公侯怒,与英豪齐,数十年在讲席耕耘,器识有源承周子;
为东南歌,同清华赋,忽一夕得天宫邀请,生徒何处学颜回。

徐锐
先生已步天阶,有高节仰止,重念风华空余泪;
后学正登大雅,无大贤斧正,再读回眸徒伤神。

童心
虽小子不才,朽木难雕;
然先生德高,雨露均沾。

赵文康
风骨绝律江流远;
竹兰桃李遍云山。

黄铁亮
诗酒虽存,更有何人挥翰墨;
箫韶已逝,再无夫子领风骚。

申昊
数十年讲席费燃脂,文章有公论,肝胆向人倾,更消磨晚岁殷勤,泽遗后进;
八千里天涯独陨涕,教诲每知新,音容恍如昨,忍伫望重山间阻,世无先生。

张琦

抱恙东南归,六朝松下,韵骨渐销,梦想每怀银杏灿;

函丈甲子回,百岁园中,诗风重盛,诵吟难忘桂枝香。

王鑫

清都又添听韶客;

浊世再无振铎人。

陆恺

教泽弘施,忆昔年同沾化雨;

音容顿隔,痛此日空仰高山。

祭文(代跋)

吕一铮

附
录

维丁酉九月十三日午中,惊闻王先生步高仙去。弟子一铮,衔哀致诚,遥祭曰:

呜呼! 大学之谓,乃在大师。故王先生步高,学湛道著,身正教慈。清华任教八年,满园桃李;文坛执耳一世,万字珠玑。

去岁生也有幸,忝列座中。一年闻道,才识见长。每援书扣问,先生不以生驽钝,耳提面命者凡三四。生初颇自负,尝以陋作示之。而先生字句斟酌,几易其稿,是以知己之不逮远甚。后略知先生生平,更叹其德才两兼。课中情之所至,起而拍案,詈斥宵小,曾不以公侯为念。此真文人风骨,足侔先贤。

先生极恋杏坛,虽微恙而不顾。前年在堂,犹弦歌不辍;今载回宁,又厥疾勿瘳。仲秋偶睹近像,形容瘦削,喟之良久。生等百千学子,方祈勿药,切盼重逢,一竟何辞世之速也? 乃恨吾辈之至诚,不足以感其苍天!

先生之风,山高水长。千家传诵,百代流芳。今不能至,谨寄哀念;他日束刍,春礿秋尝。尚飨。

后记

一

　　我端坐在书案前,环顾四周,一切都恍如昨日:这个位置正是那年父亲在治病的间隙,在我家休养时依旧天天研读不辍、勤勉工作的座位;在我右手边的书架上,几本父亲没有读完的书依旧沉静地躺在那里,两年多来一直没有动过,一如它们的主人一次阅读后掩卷待读的样子……

　　在我的电脑里,存着一张照片,照片上,父亲就坐在这个位置,在电脑前浏览网页,亦思亦阅,沉浸其中,左手还举着一个刚吃完的果核。虽然化疗药物的副作用令其满头白发、形销骨立,但骨骼轮廓依旧挺拔、傲然于世……

　　触景生情,感慨良多,在朦胧的意识里,似乎总觉得父亲并没有离开过这个世界,好像他不过是去了一个很远很远的地方,一如早年的他形单影只地远去吉林求学,又如晚年的他孑然一身北上清华一样,在另一个地方挥洒着汗水、流淌着心血,浇灌着他的学问与事业的园地。然而,父亲毕竟已经离去了,离开了这个令他万般挂念、不忍辞别的娑婆世界。这一年多来我一直想为父亲写点什么,但至今都未能如愿,其间多少次端坐在电脑前敲击键盘,文章虽开了头,却每每都因为难抑的悲恸和纷乱的思绪,而不得不停笔,正所谓“心有千千绪,下笔一时难”。直到去年的五月,我终于能够稳住情绪,静下心来,着手整理父亲的这部诗文集。

　　在历时一年的岁月里,我求索勘验、积微拾缺、编纂结集,如今父亲的诗文集即将定稿,于今日接到南大出版社胡豪老师、也是本书的责任编辑的电话,告知最后一次的校对也已进入尾声了。父亲身后的第一部纪念性诗文集即将付梓,确实是值得欣慰的事,聊以告慰父亲的在天之灵。

每每回想起父亲历时七十年的坎坷人生,忆念起父亲为之准备已久,甚至于重病之中仍心心念念、不忍释手的诸多未能完成的、诠释与赋新中国文化典籍的宿愿;回想他在生命的最后的历程,在历时十一个月的痛苦治疗过程中,怀着强烈的求生愿望与病魔苦苦抗争的一幕幕情形,回想着父亲走后的这一年多的日子里,没有父亲陪伴的种种的际遇、种种的酸甜苦辣……都让我如鲠在喉,不吐不快,特书于此,聊作后记。

二

父亲的一生,既坎坷曲折,又富有传奇色彩。他出生于上世纪四十年代,童年与青年时期,家境贫寒,童年给他留下的印象是"敝衣枵腹、绳床瓦灶"。但苦难的岁月并没有熄灭根植于他灵魂深处的"誓成大器、立身报国"的理想火焰,苦难的岁月磨砺了他坚毅的秉性。随着时间的推移,他非凡的智慧之光也逐渐显露,在中学时代即已显示出超群的才华:他用一篇篇格调高雅、惊风落雨的诗赋讴歌祖国,释放出心中澎湃的激情……1964年高考以优异的成绩被南京大学录取,入读外语系德文专业,虽然未能如愿进入他钟爱的中文系,但他的文学梦并未因此而中断,反而一直在延续着,在大学期间他的新诗创作日臻成熟。大学毕业后,他为了践行对母亲许下的诺言,放弃中国外交部的分配派遣,自愿回到故乡扬中教书育人。其间在原扬中县幸福农场劳动锻炼时,遭遇土地雷意外爆炸,被炸成重伤,昏死过去,医生的抢救加上他顽强的生命力,让他奇迹般地从死神手里挣脱出来。在扬中担任中学语文教师期间,他常用自己的诗词作品、创作心得与感悟,指导启发学生们写作与做人,以至于受其教育和影响,他所教的学生中有不少人后来走上了文学创作的道路……

父亲踏入社会后的人生之路,充满坎坷,历经磨难。由于那个时代众所周知的原因使得父亲也无例外地卷入地方政治运动的漩涡,沉浮跌宕,苦苦挣扎。令他刻骨铭心的是在1978年,他莫名其妙地被隔离审查,关押十个月之久。经受了这一次灵与肉的炼狱后,父亲下定了考研的决心。在备考的日子里,父亲克服跨学科、跨专业、时间紧及复习资料严重缺乏等重重困难,每天仅仅睡眠3个小时,刻苦学习。功夫不负有志人,终于在1982年跨专业考取了吉林大学中文系的硕士研究生,父亲成了扬中县第一个考取硕士研究生的人,这是父亲人生道路上的一个重要的转折点和里程碑,是一次华丽

后
记

1171

的转身。

从此以后，父亲在导师的悉心指导下，贪婪地汲取唐宋诗词的精髓，游弋在唐诗宋词的海洋里，他的诗词创作获得了更高层次上的升华。从这个起点出发，几十年如一日，孜孜矻矻，走向一个又一个学问与学术的高地：在江苏古籍出版社做编辑期间，主持出版了《唐宋词鉴赏辞典》；在东南大学被聘为国家二级教授，拿下两个国家精品课程；在清华大学任教期间，他的课成了清华最受学生欢迎的"神课"……

他身后，留下一系列的著作，林林总总。概而言之，父亲的作品，时间跨度很大，超过半个世纪；内容范围也涉猎很广，既有教育教学理论探索与实践方面的著作，更有唐宋诗词研究的论著，还有很多其他方面的作品。由于搬家多次，父亲的作品散佚很多，有不少作品因发表时间过久难以找到。因此，此次《诗文集》的出版，未免有遗珠之憾。

三

纵览父亲的作品，从体裁上可以划分为几大类：诗词歌赋、散文、鉴赏辞典及鉴赏论文、学术论文，以及入选国家级精品课程的一系列高校教材与配套教参等。为使读者对收进父亲《诗文集》的作品有一个概貌性的了解，兹谨依上述类别，采撷其中几朵具有代表性作品的花絮，以飨读者。

诗词歌赋方面：父亲从十多岁开始写诗，终其一生，笔耕不辍，最后一首诗是父亲生命的最后三四个月留下的封笔之作《病中忆清华》。由于时间跨度超过半个世纪，作品散佚太多。他青年时代的诗作以新诗为主，后期作品更多的是格律诗词。他的诗词作品具有一个显著的特征：量不甚多，唯精为尚。例如，他百易其稿而成的《东南大学校歌》歌词、54 次易稿而成的《清华大学百年赋》等，皆堪传世。还有一些父亲的诗词作品，虽然在他的一些文章中曾有记载，但只留下寥寥数语的记述性文字，或只有题目，内容已难寻，想想真是憾事。慎终追远，为原汁原味地保留父亲作品的精髓，展现其创作的心路历程，本次编纂结集他的《诗文集》时，在作品的筛选上，秉持的原则是尽量保留作品的原貌，按照创作年代的先后编排录入。

散文方面：父亲还创作有不少散文作品。其中《回眸》一文，发表之后，反响热烈，影响甚大，感动了很多人。诸如此类的散文，同样按写作年代编排。

鉴赏辞典及鉴赏论文方面：父亲曾主编了多部鉴赏辞典，如《唐宋词鉴赏辞典》(执行主编)、《爱国诗词鉴赏辞典》、《金元明清词鉴赏辞典》等。此外，还参与了其他十多种鉴赏类图书的编撰。在这个时期，父亲曾撰写了大量的鉴赏文章，在选编《诗文集》时，鉴于大部头的《鉴赏辞典》限于篇幅无法录入，因此仅从其所撰写的大量的鉴赏文章中，精选了三十多篇，录入《诗文集》。选篇原则是：父亲关于史达祖和司空图——他的主要学术研究对象——的鉴赏文章，这些鉴赏文章囊括了父亲在此专题上较多的独到见地和学术观点，因此全部选入，其他，则成就大的诗人的名作鉴赏尽量多选，有的成就较小的诗人仅选一篇作品作为代表。吴敬梓的《移家赋》非常艰涩，且体量巨大，父亲在几乎没有任何参考典籍的情况下，进行了艰苦卓绝、苦心孤诣的学术研究，因此虽然此鉴赏文的篇幅很大，亦被选入。

诗词研究论文方面：父亲的学术研究方向是唐宋词研究，他的诗词研究对象以唐宋为主，上至隋代，下至当代。此部分论文，散见于全国各地、各个时期的各类期刊，有的已是只见标题，而找不到内容；有的只知道研究对象，论文则难觅踪迹。比如，父亲一生崇尚苏轼，也曾写过不少文章，但诸如此类的研究文章基本全部散佚了，很是遗憾。为了将研究同一作家的论文集中，此部分按研究对象的生活年代先后编排。

教育教学研究论文方面：收集父亲对于大学教育，尤其是大学语文通识课教育的研究成果。此部分论文，集中体现了父亲主要的教育理论研究成果和实践经验的结晶，均按写作年代编排。

序跋方面：父亲曾经写过很多的序跋，有的是为自己主编的著作或教材写的，往往是以论文代序，大多已被收入了论文部分；还有大量序跋是应朋友、同行之邀而作，数量甚多，结集之时，选择了其中的一小部分收入，均按写作年代编排。

讲座采访方面：父亲生前开设了大量的讲座，主要有古典诗词研究、大学通识教育、东大或清华的校史研究等。其中宣讲东南大学校史的"六朝松下话东大"的讲座，先后开设过四十多场，是东大新生入学和新教师入职的第一堂必修课。受篇幅限制，《诗文集》里仅选择收入了其中四场讲座的文字记录整理稿。

附录：父亲的逝世，在全国教育界产生了巨大的反响，很多媒体进行了报道，《光明日报》等报刊更是将父亲列入 2017 年去世的十几位"中国脊梁"

后
记

中。一时间,悼念文章、挽诗挽联大量涌现,余波绵延至今。凡此种种,从另一个侧面和视角,对父亲一生的治学精神和学术成就给出了一种真实的、大众化的诠释和映照,为此,特收录入集,编入附录。附录部分的处理原则是:分成三个内容。一是"新闻报道",收录父亲生前和去世后的重要报道,希望能够全面展示父亲的成就;二是"辑评",收录了包括清华大学校长和选修父亲课程的学生的评价,以及父亲好友、学生、家人的回忆文章;三是清华大学清莲诗社的《最后一堂诗词格律课作业》,收录清莲诗社成员撰写的挽诗挽联。

<h2 style="text-align:center">四</h2>

《诗》曰:"战战兢兢,如临深渊,如履薄冰。"在父亲《诗文集》的编校过程中,我每一天都是在诚惶诚恐中度过的。我担心漏掉父亲的重要作品,又担心收录的作品有讹误。我担心父亲终其一生呕心沥血、倾心研究所留下的累累硕果,由于我学养之肤浅、知识之贫乏,在此次结集时,不能焕发应有的光彩。我担心潜藏在父亲《诗文集》背后的、支撑着他一步步攀上学术高峰的那种"精益求精、孜孜不倦、唯精唯是、四十六易其稿"的严谨的治学精神、治学态度,于我却未能继承一二。

像所有学有所成的学问家一样,我的父亲也是一个普通的人,一个平凡的人,一个忠诚于他的学问和事业,不惜为之献出自己全部心血甚至生命的人。在这篇后记里,我想告诉大家:我唯一的希望是通过我的努力,能够还原一个真实的他,能够通过此部《诗文集》较全面地展示和铺陈一个学者一生所累积下来、沉淀下来的学术成果、学术探讨及其人生和心路历程,当然也包括他的不足、谬误以及未竟的探索。编印这部《诗文集》,是希冀为后继的者们在向上攀登的研究路上留下一级台阶或一块垫脚石。

这部《诗文集》,在结集的过程中,每一次分类,我都是以诚恳的心态,去虚心地求教于很多专家,然后反复斟酌,加以完善。每一轮的修改稿,均再呈请专家审阅,虚心听取他们的修改意见。如是,最后终于拿出第六稿。第六稿的书稿交到出版社之后,在听取了责任编辑和相关学者、老师的意见之后,再加以修改完善,遂成为现在这个样子。

由于自己学识有限,加之编校难度较大,本《诗文集》的不足与缺点在所难免,唯盼各位专家指正。

王步高诗文集

《诗文集》结集过程中，承蒙各位专家、亲朋好友、诸位老师们的辛勤付出和大力支持，尤其是"《王步高诗文集》编校群"中的高士元老师、赵怀民处长、冯鸿鸣主任、周骋老师、关长煜老师、曹爽教授、何二元教授等，还有初期为本书收集过资料的徐复兴先生。南京大学出版社的编辑胡豪老师和荣卫红老师更是为本书出版倾注了心血。值此付梓之际，谨向他们致以诚挚的谢意。

　　是为记。

王　岚

2019 年 8 月

后
记

图书在版编目(CIP)数据

王步高诗文集 / 王步高著. —南京：南京大学出版社，
2020.11

ISBN 978 - 7 - 305 - 23241 - 1

Ⅰ. ①王… Ⅱ. ①王… Ⅲ. ①古典文学研究-中国-
文集 Ⅳ. ①I206.2 - 53

中国版本图书馆 CIP 数据核字(2020)第 184949 号

出版发行 南京大学出版社
社　　址 南京市汉口路 22 号　　　　邮　编 210093
出 版 人 金鑫荣

书　　名 王步高诗文集
著　　者 王步高
责任编辑 胡　豪

照　　排 南京紫藤制版印务中心
印　　刷 南京爱德印刷有限公司
开　　本 718×1000　1/16　印张 75　字数 1220 千
版　　次 2020 年 11 月第 1 版　2020 年 11 月第 1 次印刷
ISBN 978 - 7 - 305 - 23241 - 1
定　　价 280.00 元

网　　址 http://www.njupco.com
官方微博 http://weibo.com/njupco
官方微信 njupress
销售咨询 (025)83594756

封面设计　郭　渊

ISBN 978-7-305-23241-1

9 787305 232411 >

定价：280.00元（上下册）